水浒南传

柯元华◎著

中国文联出版社

图书在版编目（CIP）数据

水浒南传 / 柯元华著 . -- 北京 : 中国文联出版社，
2025. 2. -- ISBN 978-7-5190-5743-5

Ⅰ . I247.5

中国国家版本馆 CIP 数据核字第 20241PS785 号

著　　者　柯元华
责任编辑　蒋爱民
责任校对　秀点校对
装帧设计　西　子

出版发行　中国文联出版社有限公司
社　　址　北京市朝阳区农展馆南里 10 号　　邮编　100125
电　　话　101-85923066（编辑部）　101-85923025（发行部）
经　　销　全国新华书店等
印　　刷　三河市华东印刷有限公司

开　　本　710 毫米 ×1000 毫米　　1/16
印　　张　41
字　　数　711 千字
版　　次　2025 年 2 月第 1 版第 1 次印刷
定　　价　128.00 元

前　言

　　《水浒传》是我国四大名著之一，演绎北宋末年官逼民反的故事。宋江等一百零八位好汉聚义梁山，举起替天行道的旗帜，除霸安良，劫富济贫，攻城掠寨，威震朝野；后来接受招安，成了镇压方腊起义的败北之师。令人扼腕，发人深省。

　　时隔二百余年的元末明初，在浙中沿海，亦爆发了声威浩大的方国珍起义。因其溯源方腊为十世宗祖，义军头领四十八宿中也多有梁山英雄后裔，亦因官逼民反，揭杆聚义于海角山隅，开展了一场场惊心动魄、跌宕起伏的"保境安民""保疆卫国"的传奇。故谓之《水浒南传》。

　　可惜这段尘封七百多个年的故事，早已淡出人们的记忆，无人前去挖掘、整理。即使一些方国珍传记类作品，也较多单纯介绍方国珍率领一批台州盐民、渔民、农民被逼下海、举旗反叛的民间口传记述。方国珍这位历史人物，这位在黄岩、在台州、乃至在浙江人民心目中的英雄，在口传记述中没有像梁山好汉那样有血有肉，栩栩如生。如今台州博物馆、黄岩博物馆，或者名人馆等，都陈列着方国珍专栏，雕塑着方国珍、方国璋、方国珉、方明谦等好汉塑像，虽有他们的生平和出生入死事迹的简单叙述和正面评价，但未能从骨子中剖析这些历史人物的本质：他们流淌着前辈英雄的血，闪烁着梁山英雄的魂。

　　早在孩童时，我就听祖辈们口头讲述方国珍的故事，虽然情节断断续续，却是有声有色。进入青年时期，看了吴雁、翁赋、卢秀灿先生合写的《方国珍》一书后，对我启发很大。这本书写得很好，为台州历史文化作出贡献，受到台州人民好评。同时我认为《方国珍》一书远未结束，还有许多可发掘的资源和可开发的空间。因而萌发起续书写《水浒南传》的念头，为此而逐渐收集、积聚相关的历史资料，同时探索研究它的来龙去脉，以期进一步挖掘潜藏着的丰富资源和开发出扣人心弦的历史懿事。

　　为此，我曾多次走访了当年方国珍活动的地方，尤其是黄岩北城唐门山下，这里是当年的魏国公泰不华与越国公方国珍战斗的古战场，也是元廷元帅泰不华捐躯和浙江东南民军大将陈仲达殉职的地方。此地建有"将军庙"。此庙正殿供奉着方国珍、方国璋、方国珉的神像，配殿还奉有泰

1

不华的灵牌。七百年后的今天，台州百姓把方国珍誉为"保境安民""保一方平安"的英雄、神人，故此受人长年顶礼膜拜，所以将军庙内香火长年彤红不灭、香客接踵不绝。由此可见，黄岩人民心目中对方国珍是何等的敬慕！这样，更坚定了我写《水浒南传》的决心和意志。

元世祖于南宋景定元年，即庚申年，建立了国号"中统"，第五年即甲子，改为至元元年。至元十六年己卯，南宋小朝廷亡。世祖忽必烈改国号为大元朝。至方国珍下海时，元朝已经五十四年了。此间换了八位皇帝，看来一代不如一代，一代腐败一代。当年皇帝称惠宗，号顺帝，名"孛儿只斤妥懽贴睦尔"。他自幼从皇宫长大，长期沉迷酒色，天天浸泡在宫娥嫔妃成群的欲海之中，哪有心思治理国家大事，可以说越来越昏庸无能。由此可见，上梁不正下梁弯，各级地方官员，更是肆无忌惮，贪污腐化、搜刮民脂民膏。由此衍生出一批地方恶霸势力，豪抢掠夺，侵害百姓利益。在贪官与恶霸势力的双重搜刮下，百姓身陷水深火热之中。

当时黄岩州达鲁花赤的养子斑木松，勾结路桥恶霸蔡乱头等，横行乡里、强抢民女、霸占盐田、良田，无恶不作，无故害死了方国珍的父亲方伯奇、兄长方国馨和陈仲达的父亲陈旭东、哥哥陈伯达，还要致方国珍、陈仲达等家灭门！在上天无路、入地无门的情况下，方国珍、陈仲达"无奈起义，被逼下海"！

距今七百多年前，以方国珍为首的台州热血青年，他们在除恶霸、抗蒙元、战倭寇、斗蛮夷的战斗中，顽强拼搏、英勇善战、威武不屈、气壮山河。他们夜破积谷山，晨沉蔡乱头、抢挑先锋钱得胜，手擒元帅朵儿班、北麂岛琼瑛遇海盗，南麂山国珉捉倭寇，尤其是七战七捷苏州张士诚，因而威惊四方、名扬海外！可是起义军首领存在着严重的狭隘意识，只知"保境安民、保疆为国"，缺乏"抗蒙元，救中华"的大志，曾经数次接受朝廷招安，不仅如此，还主动上京收买朝廷官员，牟取江浙行省参政知事、漕运万户的官职。这就注定了方国珍是一个宋江式的人物。所以，本书也称为《水浒南传》。

至于攻打苏州大周国的事，此战是由张士诚首先挑起来的，方国珍为了保浙江地方的平安，被迫起来反击。应该算是"人若犯我，我必犯人"的保境安民的举措，应当给予正面肯定和评价。

在方国珍造反的同时，还有河北的韩林儿、湖北的陈友谅、苏北的张士诚等起兵。这四支抗元势力中，要算是方国珍的民军最强悍，其结局也是方国珍最好：他被元廷招安后，曾任江浙行省参知政事、漕运万户；归明后，明太祖任命方国珍为贵州省左丞；病故南京时，洪武帝亲自祭奠，封他为越国公，其夫人封为越国夫人，同时其父、祖父、曾祖父三代皆受封侯。方国珍子孙满堂、家庭兴旺，其侄方明谦，太祖亲自任命为明威将军、抗倭统帅。

方国珍的故事深深地感动了我，我是台州人，何不把故事编写成小说，为黄岩、为台州、为中华文史留下一笔宝贵的文化遗产？为此，我早就萌发起续写一部《水浒南传》的梦想，只因忙于工作，只好埋在心底。

2011年10月，我顺利地出版了80回本的《红楼再梦》，反响甚佳。紧接着，我就着手作续写《水浒南传》准备。经过三年的资料收集整理和资源的开发挖掘，时至2015年，我已经是八十三岁的耄耋老人了。随着年事已高，如不赶紧开笔，也许永无《水浒南传》！开写后，如若身有不适、健康欠佳，亦有半途而废的可能，这就会愧对台州父老乡亲！

《水浒南传》于2015年初开始撰写，两年来，抱着迫不及待的心理，我废寝忘食、埋头苦干，天天坐在电脑前操盘。经过两年多的潜心耕耘，终于在2017年年初，一部八十回本、六十余万字的《水浒南传》初现雏形。再经过近两年的紧张修改和润色，终于与大家见面了！

《水浒南传》还独具匠心地塑造了吕门五兄弟的故事。这就是方腊当年的高级幕僚——吕师囊在仙居县的第十代曾孙——吕家五兄弟。他们与方门五兄弟十分的契合、惊人的相似：

黄岩方伯奇五个儿子，分别取名是：国馨、国璋、国珍、国瑛、国珉；

仙居吕伯喜五个儿子，分别取名为：家远、家道、家进、家通、家达。

两家十个儿子合起来，就是"国家"！不仅仅是名字的契合，而且他们性格、品德、意向也十分相似。其结果、其结局，也反映出"国"与"家"的契合。书中充满着"以国为本""以家为重"的"家国情怀"。因此说"国家"也是本书的副题，也是本书的一个亮色。

二〇一八年六月

序

陈思透　叶阿东

　　正当国泰民安、物阜年丰的太平盛世！在文化大发展、大繁荣的时代，迎来了《水浒南传》一书的问世。这是我们台州乃至浙江人民的喜事，也是文化界的一件盛事。

　　柯元华先生撰写的《水浒南传》，是一部承前启后、继往开来的历史小说，它继承了《水浒全传》的脉络和反抗精神，开创了"保境安民""保疆卫国"的崭新画卷。《水浒南传》叙述的在元朝末期，以方国珍为首的一批台州盐民、渔民、农民被逼下海、举旗抗争的故事。情节跌宕起伏、人物刻划生龙活虎、有血有肉、有声有色。可称得上具有传奇色彩的文学巨著，值得一读。

　　当时黄岩州达鲁花赤的养子斑木松，勾结路桥恶霸蔡乱头等，横行乡里、强抢民女、霸占良田、强夺盐田、欺压百姓、无恶不作，任意害死了方国珍的父亲方伯奇、长兄方国馨，杀害陈仲达的父亲陈旭东、哥哥陈伯达，还要致方国珍、陈仲达等家灭门！在上天无路、人地无门的情况下，"无奈起义，被逼下海！"

　　距今七百多年前，以方国珍为首的台州热血青年，在除恶霸、抗蒙元、战倭寇、斗蛮夷的战斗中，表现出壮志凌云、威武不屈、气壮山河英雄气概和足智多谋、英勇善战的顽强意志。他们夜破积谷山，晨沉蔡乱头、抢挑先锋钱得胜，手擒元帅朵儿班、北麂岛琼瑛遇海盗，南麂山国珉捉倭寇，尤其是七战七捷苏州张士诚，因而威惊四方、名扬海外！

　　方国珍他们的英勇事迹，深深地感动着台州人民。尤其是在"保境安民、保疆卫国"上，竭尽全力、尽职尽责，为国为民作出了贡献！因此说，方国珍无论在功绩和文韬武略上，远超《水浒传》中的宋江、方腊他们。因而深受黄岩、台州乃至浙江人民拥戴。可是存在着严重的狭隘意识，只知"保境安民、保疆为国"，缺乏"抗蒙元，救中华"的大志，曾经数次接受朝廷招安，不仅如此，还主动上京收买朝廷官员，牟取江浙行省参政知事，漕运万户官职。这注定了是一个宋江式的人物。所以本书称之为《水浒南传》。

至于攻打苏州大周国的事，此战是由张士诚首先挑起来的，方国珍为了保浙江地方的平安，被迫起来反击，应该算是"人若犯我，我必犯人"的保境安民的举措！应当给予正面肯定和评价。

柯元华先生大器晚成，他自 2011 年出版了 80 回本的《红楼再梦》后，紧接着就着手作续写《水浒南传》的准备，经过三年的资料收集整理和资源的开发挖掘，已经是八十三岁的耄耋老人了。《水浒南传》于 2015 年初开始撰写，两年来，柯先生抱着迫不及待的心理，可说是废寝忘食、埋头苦干，天天坐在电脑前，经过两年多的潜心耕耘，终于在 2017 年年初，一部八十回本、六十余万字的《水浒南传》初现雏形。再经过一年多的紧张修改和润色，终于与大家见面了！

《水浒南传》还独具匠心地塑造出吕门五兄弟的故事。这就是方腊当年的高级幕僚——吕师囊在仙居县的第十代曾孙——吕家五兄弟。他们与方门五兄弟十分的契合、惊人的相似，两家合起来就是"国家"！这也是本书的主要亮点。

（序作者：叶阿东，原台州市副市长（正厅）；陈思逯，原台州地区行署副专员）

目 录

引　言

江南水浒叩心弦，穿越时空二百年。

地跨三千三十里，台温沿海起烽烟。

北宋宣和四年（1122）正月，南方永乐王方腊在睦州清溪绑源洞召开阁僚会议，参加的有王弟方七佛、王舅陈春、驸马董秋、枢密使吕师囊等。方腊颁诏："宋江、卢俊义、吴用一伙来势凶猛！自渡长江后，一举占领我润州、常州、宣州、苏州等大片土地。吕枢密、王弟方貌等将士，虽经顽强抵抗，还是节节败退。最近又陷我湖州、嘉兴、临安三府！目下正向睦州袭来，来势凶凶、实难抵挡！看来睦州将失、清溪难保！

"为保持实力，即刻战略转移。命枢密使吕师囊、王弟方七佛俩率万名将士向浙东南征发，迅速进入仙居、黄岩，突击占领台州府城——临海……"

"陈春、董秋二位，即刻保卫、护送陈王妃、王子及内宫眷属们安全同往台州，暂时安排、隐居在仙居、黄岩等地。"

吕师囊，原来是歙州富户，因献钱粮与方腊有功，官封东厅枢密使。吕师囊幼年曾熟读兵书战策，惯使一条丈八蛇矛，武艺出众。部下管领着十二个统制官，名号"江南十二神"。

军情紧急，王命在身，吕师囊、方七佛俩决不敷衍，立即率万余兵马，马不停蹄地向台州征发，他们跨越兰溪江，经婺州，过苍岭。于宣和四年三月中旬至四月上旬，陆续到达仙居县境内，再从仙居县发起攻打台州府城——临海。只因临海城池坚固，先后三次攻城都以失败告终。

此时的吕师囊将兵分两路：一路由方七佛率五千兵，转向进攻温州，首先夺取乐清县城，再进温州城；另一路由吕师囊亲自率五千兵直攻黄岩县，吕部行动迅速，于四月十三日，顺利地攻克了黄岩县城。

时任江、淮、荆、浙四省宣抚使的童贯，紧急调动"西北劲旅"，直袭台、温两地。西北军来势凶悍，至六月将吕部赶出黄岩县城。吕师囊随向城南撤退，退向沙埠、乐清，意图与方七佛部会合。谁知在黄岩硖石口，（沙埠佛岭头）被元军阻截，双方血战数日，吕部虽然突围，由于道路陌生，误入沙埠太和山。至七月，吕师囊被宋将折存可兵困黄岩断头山（太和山岩板里），被全歼。吕师囊重伤跳崖被俘，解至临海，箭射裂尸……

以方七佛为首的五千名方军，正将攻克乐清县城时，忽报黄岩县城失守、吕师囊被俘虏。方七佛闻此恶讯，急忙收兵，急流勇退，退回睦州。

九月十九日，途经仙居白塔乡的道上，幸遇陈春、董秋、陈王妃等后宫眷属和吕师囊家属等。正在这时，忽报：

"在九月初九，重阳节，清溪绑源洞为宋江率领的水泊梁山兵马所破，永乐王方腊为鲁智深、武松所擒，已被押解往临安。"

这一不幸消息，真是晴天霹雳，使人目瞪口呆、心惊肉跳、惊慌失措！王妃陈玉容当即昏晕过去，一时不省人事。方七佛的五千将士呆若木鸡、不知所措。

正当束手无策之时，突然来了个身着道袍、脚穿麻鞋、肩背宝剑、腰挂宝葫芦的道士。这里有词牌《浣溪沙》写他的模样：

> 头戴纶巾气若仙，身披道服衬黄边。一双鞋袜后跟穿。
>
> 疑是蓬莱瑶岛客，似曾相识费神诠。鹅毛小扇笑嫣然。

道士愁眉不展地说："你们的永乐王已经被掳，正在解往开封的途中，将与宋江同时处死！永乐国也不复存在了！你们正陷在进无前途、退无后路的绝境之中。"

方七佛与众人连忙跪拜求教说："请道长指点迷津！指条活路。"

道士不假思索地说：

> 解除武器化为零，隐姓埋名免圈图。
>
> 采伐农林遵守法，居家耕读保安宁。

方七佛根据道长这首诗的旨意，当即下指令：

> 官兵当解甲，隐姓作良民。
>
> 家有回归去，咸无山伐薪。
>
> 筑庐须织草，品德善为仁。
>
> 守纪当遵法，忍甘清白人。

众人毫不犹豫，忙着将从昏迷中醒来的陈玉容抬进了山嵞，所有行李全部搬了进去。此时的陈王妃苏醒过来了，她睁开眼睛问："请问道长，这里山清水秀，是什么地方？"

"这里是神仙居住的地方、是台州府仙居县白塔里田市乡柯思嵞。"

接着道长念念有诗：

> 腊氏门墙继有人，儿孙延续地生津。

相传十代英才出，二百余年方李陈。

众人不解其意，恳求地问说："恕百姓愚笨，请诠释诗中之大意。"

"这是天机，仙机不可泄。"说后便走，众人齐问："请问先生大号？"道士又念道：

公瑾东吴联假姻，孙姑御妹信如真。

胜归诸葛乘龙计，也使赔钱又失人。

不言而喻，这是一首藏头诗，就是"公孙胜也"。学识渊博的董秋立即行鞠躬礼说："谢谢公孙胜先生！您不但不参与攻打我们，反而前来指点迷津！"

公孙胜说："我对你们的不幸遭遇深表同情，更不赞成宋江他们去镇压农民起义军，所以那时回代信州去了。今天知你们大难临头，特来指点指点。"

众人还要进一步询问，道士飘然而去，瞬间不见了。

第一回
委羽村姑娘备嫁妆　县前街美女惨遭殃

星光灿烂月徘徊，海岛烟霞水上来。

忽见东方扫星亮，人间又有几多灾。

正当元朝元统元年（1333）即癸酉年正月初八夜，空空道长在江西代信州龙虎山三清宫，与昊昊真人俩人夜观天象：见东南沿海上空星光灿烂、月色清明、祥光万道。突然间，在刚刚升起的紫微星旁，出现一颗耀眼的慧星，慧星拖着长长的尾巴，似一把扫帚，故此人们称它为"扫帚星"。渐渐地，"扫帚星"遮盖了紫微星，紫微星悄然暗光失色。

此时此刻，空空道长问道："真人！此乃何兆？吉凶如何？"

昊昊真人拿出文王八卦，面向东方屈指数来，他百感交集地说："吉凶易断，只是又有数十年的内乱，又有无数生灵将遭涂炭！"

"恕我多言，敢问真人，元朝江山基业若何？难道将有战火发生、难道将要改朝换代！"空空道长问说。

"说来话长，只好长话短说。"昊昊真人将时局做了如下简述：

蒙古民族是个伟大的民族，是中华民族大家庭中的一员。当年元世祖孛儿只斤·忽必烈率领蒙古骑兵东征西伐，多么地英勇善战，国家多么地强盛，夺回了被侵占的领土，使中华儿女扬眉吐气。蒙古是中华民族的一员，也是中华民族的骄傲。

元世祖于南宋景定元年，即庚申年，建立了国号"中统"，第五年即甲子，改为至元元年，至元十六年己卯，南宋小朝廷亡。世祖忽必烈改国号为大元朝。至今已经五十四年了，其间换了八位皇帝了。看来一代不如一代，一代腐败一代。当今皇帝称惠宗，号顺帝，名"孛儿只斤妥颥贴睦尔"。他自幼从皇宫长大，长期沉迷酒色，天天浸泡在宫娥嫔妃成群的欲海之中，哪有心思治理国家大事？可以说越来越昏庸无能。

上梁不正下梁歪，各级地方官员，更是肆无忌惮，贪污腐化、搜刮民脂民膏。由此衍生出一批地方恶霸势力，他们豪抢掠夺，侵害百姓利益。在贪官与恶霸势力的双重搜刮下，百姓身陷水深火热之中。由此可见，一场改天换地的斗争即将出现，一场翻天覆地的战争就不可避免的了。

空空道长听了昊昊真人如此一说，心中几分明白，元朝已经开始走向衰落，一场即将到来的风暴就要开始。于是进一步地问："元廷气数还能维持多久？"

真人未作正面回答，只说这是天机。于是念了一首诗：

神州大地雾阴霾，东海波涛拍石崖。

气数能延三十五，群雄起义聚江淮。

国珍虽有将才志，洪武胸中帝业怀。

水浒南传应本写，掀开七百载沉埋。

空空道长听了这首诗后，虽有几分明白，还是不解《水浒南传》的意思，于是他谦逊地问："从未听说过水浒有南传，不知从何而起，故事情节若何？是否可透露点讯息？"

"有何不可，只是三言两语很难说清。"昊昊真人说。

"请君稍透露点消息，简述简述。"空空道长说。

真人笑逐颜开地说："故事说的《水浒全传》中南方永乐王方腊的后裔——第十代玄孙们，他们在浙江东南沿海反霸、抗元、抗倭斗争中的英雄事迹，同时演绎出气壮山河的动人故事。"

"据此说来，这个方腊的后裔也有一番轰轰烈烈的名堂？他能成气候、够条件成书立传？在《水浒南传》中占有一席之地？"空空道长问说。

"当然当然！这些后裔们无论在人品道德、文韬武略上，略超其祖辈。但他们也'缺帝王之宏志、无宏伟之纲领、非治国之大才'，看来也难成气候。"昊昊真人说。

"据此说来，这位英雄也是位草头王，也与宋江、方腊一类的人物。"空空道长问。

"长江后浪推前浪、世间新人超旧人，看来他们略胜前辈一筹。我也一时难以说清，还是你亲自去经历一番、去看个究竟。"真人卖着关子说。

"请问真人，故事出在哪府哪县？到何地去看个究竟？还请指点迷津。"空空道长说。

"他们现在在东南沿海、就在江浙行省台州路黄岩州一带。我们从现在开始，关注关注这块热土，这就是要你身临其境哟。"昊昊真人说。

"谢谢真人的指点，贫道即时就去看看这片热土。"空空道长说。

"不一定要你亲自前去，必要时可去趟，给他们指点指点就可以了。"昊昊真人说后，便递给他"双龙宝鉴"一面。

"双龙宝鉴"是龙虎山的"镇山之宝"！呈蛋圆形，面玻璃状，形如新娘的莲花宝镜。左右两傍镶有五爪乾龙，大如农家的"米筛"！空空道长接过"双龙宝鉴"，揭开了它的面纱，终于看清它的庐山真面目，看到了台州地界、看见美不胜收的山山水水，不由得萌发起浓厚兴趣说："此乃风水宝地、是文化礼义之邦、仁义道德之郡、鱼米之乡！"于是便作"忆江南"一首：

> 江南好，富庶在台州。东海波涛常浩浩，
> 括苍松柏尽悠悠。粮米喜丰收。

台州的确是个好地方，东临波澜壮阔的大海，碧海与长天一色，渔帆与海鸥共舞。加上星罗旗布的岛屿，大小各异、错落有致、如颗颗璀璨的明珠，透发出勃勃生机。岛屿是避风港、它蕴藏着丰富的水产资源，有闻名中外的大黄鱼、鲳鱼、墨鱼、带鱼、鲟鱼、鲥鱼和鳗鱼外，还有梭子蟹、大龙虾，等等。更加引人注目的海水晒盐，盐业是台州的支柱产业，是台州人的财富源泉，也是皇上赋税的主要来源。

台州西部，群山起伏，有世界第一柱曙光之称的、高达二千多米的括苍山脉，山峦跌宕起伏、钟灵毓秀、松柏苍翠、四季鸟语花香、常年郁郁葱葱。

台州中部是肥沃的田野，年年夏秋种植双季稻，尤其是温黄平原，素有"米粮仓"之称。

空空道长奉先祖之命去一趟台州，亲自来台州经历经历，其目的是为了圆《水浒南传》这个梦。他看着看着，远远瞧见"黄岩州"三个醒目耀眼的大字。

为何称黄岩州？元朝政体与历朝不同，它按户口为依据，以户口封官，如百户、千户、万户等。当时将州府称作路，如台州路、温州路、庆元路。将大的县称作州，当时黄岩地方大（包括温岭），有四万多户，所以称作黄岩州。

黄岩地处东南沿海，夏、商、周时为瓯越地，秦、汉时属会稽郡，历史相当悠久。到唐朝武后天授元年，始定为黄岩县。根据县志记载，说在县西一百二十里的地方有一座黄岩山，山上有一块大黄石，因此而得名。黄岩山又叫仙石山，相传早年有一个仙人，云游到括苍山麓，看到这块突兀峥嵘的大黄石，惊叹不已，说山冠黄石，必然神奇，这是东南之灵气。

黄邑东边，有座钟灵毓秀的方山；城北有风景秀雅的翠屏山，山峦跌宕起伏；西望嵩岩山，巍然屹立；邑南的委羽山，秀雅清岚、霞光万道、仙香飘逸，是仙人居住的地方。

"山不在高，有仙则名。"空空道长远望委羽山巍然屹立，见石砌牌坊上刻着"第二洞天"四字，夺目耀眼。远远看见有位耄耋老人在委羽山上赋诗：

笙歌笛韵，浩气万千。奉林翔鹤堕翩；降落洞边。故名委羽，誉为第二洞天。
美丽传说，百里深渊。直通浩瀚东海；壮士探研。点完担烛，声听潮汐轮船。
山峦耸翠，月挂高巅。古柏枝头喜鹊；柳絮绵绵。萝藤深处，大有宫透香烟。
芳梅映日，丹井清泉。历史追溯宋代；距近千年。清流源源，秋风碧水鸣弦。
宫贮巨镛，宝贵留传。本是朝廷钦品；珍惜时延。悠悠岁月，经历风云变迁。
牌坊雄伟，屹立宫前。终日迎宾接客；长夜无眠。通幽深处，蓬莱胜景凡仙。
宜人风物，万寿亭联。常人闲庭欣赏；竹石堤沿。粉墙画壁，优雅环境馨笺。
蜂飞蝶舞，鸟语花田。晨辉朝霞斜影；旭日东妍。蒸霞云彩，嫣红姹紫婵娟。
斑鸠唱晚，飞莺焉然。当今官府开发；浮想蹁跹。公园兰图，雅韵辞赋楹联。

> 柳暗花明曲径延，萝藤深处锁寒烟。
>
> 浮尘不到山中日，世外便藏洞里天。
>
> 月影松高云鹤舞，风声水落听鸣弦。
>
> 我来欲问仙翁在，丹井长流涌药泉。

又有写道：

> 葭管初飞景色和，洞天曲径望浑多。
>
> 寒梅映日争开芷，绿水含风漫作波。
>
> 眼底有山皆积翠，耳边无处不闻歌。
>
> 寻幽哪觉斜阳晚，犹自依依玩碧萝。

空空道长被歌赋、仙气吸引，就驻足于此、落脚在委羽山。他不由自主地走进了石砌牌坊，走进了大有宫。

委羽山位于黄邑南郊，山的东北有一洞，世传仙人刘奉林于此控鹤轻举堕翮，故名委羽山。委羽山这座风水宝地，"物华天宝，人杰地灵"，必然衍生出雄伟曲折气壮山河、可歌可泣的故事和凄婉动听的传说。

"人杰地灵"山好、水好、人也好。羽山村有户姓周的人家，生有两个女儿，大女儿周丽珠已经出阁，小女周丽娟天生丽质，美貌艳丽。这里有词牌《行香子》写道：

袅娜芳容，美貌销魂。宝髻耸、妙发乌云。眉如弯月，小口红唇。步移轻盈，常笑口，露温存。

玉纤灵巧，风华正茂，秀气藏、蓬勃青春。胸中珠玉，秀丽缤纷。离阙嫦娥，蕊仙子，下凡尘。

故事发生在十三年前，周丽娟时年十八，长得娉婷玉立、貌若天仙。因而求婚者门庭若市，可是都被她拒之门外。却是为何？因为她早已有意中人了，这人就是本村书生刘仁本。他俩年龄相仿，一起长大，可说是青梅竹马，刘仁本与周丽娟，真是郎才女貌，天生一对。并且一起读过多年私塾，可说是同窗好友，只因女子不能赴试，故此丽娟辍了学，可是他俩的心仍系在一起。

刘仁本的确值得周丽娟相爱。据史料记载：刘仁本，字德元、号羽庭，（1301—1368）黄岩大南门委羽山人。是元代黄岩四位进士之一，官授江浙行省左右司郎中。

刘仁本人品出众、品行端庄、相貌堂堂、英俊萧洒，算得上是个美男儿。

周丽娟有个姐姐，名周丽珠，长她六岁，也是位绝色美女，六年前婚嫁给黄岩城里西街裁缝店老师方伯奇为妻。

方伯奇的祖上是从仙居迁徙来的，是祖传裁缝，客居此地已经八代了。伯奇人品厚道、诚实本分，裁缝工艺水准高，在黄岩可说是独一无二的了。不仅会做普通衣服，还会描龙绣凤，据说其祖上曾绣过龙袍、凤袄。所以，公子哥儿、太太小姐的衣着都找他来做，他还给寺院方丈做袈裟，因而生意十分红火。

方伯奇自幼读过数年私塾，可说是明礼识字之人，娶妻周氏丽珠。丽珠与妹妹丽娟一样漂亮，被誉为姐妹花。是同一模型塑造出来的，同样身材苗条、品行贤惠，艳丽可爱。这里有词牌《汉宫春》写道：

孔雀鸣蛋，凤息梧桐树，迎面桃花。青丝妙发，亮丽飘逸金钗。樱桃小口，露红唇，洁齿银牙。看慧眼、灵灵流水，含情脉脉芳华。

玉立婷婷姿色，步移飘若柳，淑女娇娃。肌肤暗香细腻，何用脂搽。尖尖手指，巧玲珑、洒弹琵琶。男羡慕、姑娘嫉妒，倾城倾国奇葩。

周丽珠与方伯奇成婚以来，夫妻恩爱、生活幸福。成婚六年，已育有三子了，大儿子取名国馨，今年五岁；二子名国璋，年刚三岁；三子名国珍，刚好半年多三天，尚在襁褓中。

国珍虽然只有半岁，长得英俊，长手长脚、浓眉大眼。丽娟十分疼爱这位小外甥。因而她经常出入方家店铺，可以说一有空就来姐姐家中，一来是看看姐姐，再则是替姐代劳——抱抱外甥。今天来城最主要的目的，与姐姐商量买办嫁妆的有关事项。

今天她特别打扮漂亮些，她想待买好嫁妆后，抽空去州里看看心爱的——刘仁本。所以她穿得既时髦又得体，本来洁白的脸面，还敷点白粉、樱红的口唇再搽点口红。头发梳得油光雪亮，发髻打得蓬松大方，插上一支双蝶银钗，带上一条珍珠项链，上身着件桃红粉香缎夹袄，下穿西湖绿衬黄边宽脚裤，足穿一双湖蓝色绣花鞋。对着镜子照了又照，感到非常满意。

羽山到城里只有五六里路程。周丽娟因心情好，走起路来轻松愉快，不用半个时辰，就到姐姐店铺。见妹妹到来，姐姐周丽珠高兴得手舞足蹈，热情洋溢地出来携手并肩地请进店堂。丽娟与姐姐客套几句后，便去抱起疼爱的小外甥——方国珍，与小外甥玩得十分开心，几乎忘了买嫁妆的事了。

还是姐姐性子急，丽珠催促说："娟妹，把小珍儿给放下，我俩去街上买嫁妆要紧，走吧。"

丽娟笑容满面地点头说："好好！的确今日要买的东西多，银子可能不够，不够我去州里向仁本要点来。"

说后，姐妹俩先往大井头"茂盛丝绸商行"买了两件衣料，又去桥亭头买了一条大被絮，再到县前《龙凤祥银楼》看看，想买双银手镯什么的。

在银楼，丽娟被五花八门、琳琅满目的金银首饰吸引。那时一般人家，谁能买得起黄金首饰，丽娟婷婷玉立秀气，就是缺少珠光宝气，姐姐体谅她的心思，想买双金耳环送嫁，但也无能为力，只买了双龙凤银手镯作送嫁礼。

姐姐丽珠虽然身在银楼，但心系家里，始终牵挂着三个孩子，尤其想着小国珍已经饿着了，于是催促着说："我们回去吧，小珍儿饿着呢，我乳头有点胀，急着去喂奶。"

妹妹意识到误了姐姐的喂奶，把小外甥饿着了，她立即表示说："对不起，误了给孩子喂奶，走走！"

姐妹俩带着买好的东西，从银楼出来，急匆匆回转店铺。谁知没走几步，就在司前街，迎面来了五六个身高马大的打手，人人头系黄头巾、腰缠红腰带，一副凶神恶鬼模样。为头的更是：

虬枝错落，盘若干赤脚独角龙，怪影参差，立见是条红鳞巨蟒。远观却似判官须，近看宛如魔鬼发。满面横肉张血口，遇着此人必遭灾。

这个恶霸魔鬼，见到丽娟、丽珠，拦住去路说："我早听说你俩是名闻黄岩的姐妹花，尤其是这位貌若天仙的小妹子，似'嫦娥下凡、仙女降临、西施再世、杨妃重生'。走！跟本老爷子到我府上坐坐，我会给你吃鱼吃肉、穿绸着缎、戴金带银，保你一世吃穿无忧、常年珠光宝气。"

"老爷子，对不起，请让开！"周丽珠恳求说。

"我寻你的小妹很久了，今天好运气碰着了，怎舍得你俩走开？"恶霸嬉皮笑脸地说。

"她是有夫之妇，其男人也在州府堂里做官的。"丽珠明确告诉说。

"这我已经知道，就是刘仁本那个小子，他哪有这个艳福，难道这颗仙桃让他先尝、先得！不不、万万不可能，必须由我独吞。"他说后右手一挥说，"上，给我抬着去。"

他话音一落，四个恶鬼一起上，两个拉手、两个抬脚，如老鹰叼小鸡似的，很快把周丽娟抬了去。

此时的周丽娟手脚被架，无挣脱之力，只是呼天唤地地喊叫着："救命！救命！！"喊得嘶心裂肺、喊得声嘶力竭、喊得使人胆战心惊！

青天白日，县前闹市，在大人广众面前，强抢民女，强抢姑娘，这还了得！周丽珠怎能让妹妹"羊落虎口、鸡进狐肚"受此侮辱？就不顾一切地冲了进去，想夺回妹妹。但这个强盗不但不放周丽娟，还绝无人性地说："你既然送上门来，你也很漂亮，你和你妹俩人我都要。"随即对手下说，"这个姐姐也很漂亮，把这个美娘也一起抬进来！"

县前街离西街只有三五百步路程，正在家中做裁缝的方伯奇听说"斑毛虫"正在强抢丽娟，气得浑身发抖、恨得咬牙切齿，立即放下手中的活儿，急不可耐地跑步前来抢救。岂料"斑毛虫"正将其老婆丽珠也一起抢去了。

此时此刻，方伯奇不顾一切、拼死命地冲了上去，紧紧抓住丽珠的手，拼命地想从他们手中将爱妻夺回来。孤掌难鸣，一人怎敌数人？这帮恶人对伯奇拳打脚踢，没办法，手来咬手，脚来咬脚。虽然其身上拳如雨淋，但伯奇忘却疼痛，死缠不放。由于他的顽强、拼命，终于夺回了自己的贤妻。

虽然这位贤淑的丽珠，被丈夫方伯奇夺了回来。可是周丽娟这位姑娘，却被恶魔蹂躏了。此时，外面的人只听到丽娟的喊救声，这种声音从宏亮到微弱、从惨叫到悲泣。人们都为她悲愤、为她叹惜。

这个"斑毛虫"，为何如此胆大妄为、如此肆无忌惮？他就是黄岩州"达鲁花赤真木帖"的养子，名叫斑木松。人们称他为"花花太岁斑毛虫。"

说到这里有必要粗略地简介一下元朝政体：

众所周知，元蒙朝代的政体与历朝有所不同，基本上将州府，改称为路，如台州路、绍兴路、温州路，等等。当时黄岩人口众多，四五万户，加上物产丰富、土地面积大（包括温岭），所以施名黄岩州；（仅次于台州路）。那时没有省长、知县、府台一类的称呼，称最高长官为"达鲁花赤"。

因此这个"斑毛虫"能如此目无法纪、无法无天、强抢民女、无恶不作。全仗着养父是黄岩州达鲁花赤之势。

此时，刘仁本正在州里起草公文，闻说周丽娟被斑毛虫强抢、遭侮辱。正是晴天霹雳，他义愤填膺地走出一看，果真如此，就不顾一切地急忙去拦阻、去评理。"秀才碰着兵，有理讲勿清"，一个文弱书生，怎么对付得了蛮横无理的恶霸、强盗？眼巴巴地看着心爱的人遭此不幸！

刘仁本受此大辱，倍感惭愧、悲痛！他悲痛欲绝，便感到天转地动、头重脚下轻，他晕倒在台阶上，额上碰撞了个洞，鲜血横流。当即被人抬至药房，经郎中敷药后，血被止住，幸好没有大碍。

刘仁本醒来后，睁眼一看，首先见到的就是朋友、准连襟方伯奇在身边，他有气无力地握住伯奇的手说："如何能救出丽娟？她遭此侮辱，我怎能忍心、怎能不报仇？"

"刘弟暂且忍耐，事到如此地步，只有向达鲁花赤真木帖禀报。"方伯奇扶起刘仁本后接着说，"我扶你一起见官去！现在就去！"

刘仁本跌跌撞撞地走进大堂，见达鲁花赤真木帖坐在正堂品茶，他一话未说便上前"扑通"一声双膝跪地、泪如雨下地说"达鲁花赤真木帖大人，请救救我的贤妻！"接着将上午发生的情况做了简述后说，"请大人即去勒令斑木松将周丽娟释放了！"

可是这个达鲁花赤真木帖却若无其事地反问："你不是还未娶妻吗？哪来的妻子？"

"回禀大人，小的与周小姐早年就已经定婚，近日即将拜堂成亲。"刘仁本如实地回答。

"笑话,真是笑话。你们成亲不成亲与我何干?"达鲁花赤真木帖牛头不对马嘴地说。

"大人!我来请大人给我申冤的,斑木松在光天化日之下,当街强抢良家女子。这是王法所不能容许的。"刘仁本理直气壮地说。

"你们汉人有那么多的规矩、那么多的噜苏事,在我们那,一个姑娘希望有汉子来抬她,你们把'抬'称作'抢',真是无事生非!本官不管。你给我滚!"达鲁花赤真木帖说后便立起走了。

此时的刘仁本,真是有苦无处诉、有冤无处申。在走头无路之时,八拜之交的方伯奇过来牵着他的手亲切说:"仁本弟,事到如此地步,还是先到我家吃点东西后再作商量。"

刘仁本有气无力地来到"方伯奇裁缝店",一看丽珠家齐满了人,一个个愁眉苦脸,周丽珠更是哭哭啼啼、哭得死去活来,众人正在劝慰之中。丽珠见伯奇、仁本俩人回来,猛地用衣袖抹去泪水后问:"丽娟释放出来吗?"

"没有,哪里释放得出来?"伯奇将刚才的情况约略地做了介绍后接着摇摇头说:"天啊!真是无法无天啦!怎么办好呢!"

"天无绝人之路,难道让丽娟长期受其侮辱不成,我去,我拼死在州里!死也要把妹妹救出!"周丽珠说后便起来,冲着要去救妹妹。

周丽珠的一闹,只有添乱,众人急忙去拉她回来,又要劝慰一番。她的一闹也有好处,迫使大家想方设法去救人。她的一句"死也要把妹妹救出"的话,提醒人们怎么去救。此时的刘仁本意识到,走喊冤告官之路——无门,走花钱行贿的后门——不通。

刘仁本陷入绝望之中,陷入寻思苦想之中,他想到刚才丽珠的"天无绝人之路"的话,灵光一闪:"只有另辟蹊径,走一条偷袭的捷径",就暗下决心:"不救出周丽娟誓不为人!"

刘仁本看去是位文弱书生,其实是位胸怀大志、足智多谋的人,也可说有宏才大略之辈,岂能无能到"与她同归于尽"绝路呢?于是劝慰丽珠说:"姐姐,请勿过于悲伤,我看丽娟是位善良的好人,好人终有好报,吉人自有天相,我看丽娟定是有救的。"

伯奇、丽珠他们穷于无计可施的情况下,当听到仁本的高谈阔论、豪言壮语后,接着说:"说得好,说得好,不知有何锦囊妙计?"

"刘某自有办法,三天内定能救出。"说后便起身就走。众人只好耐心等待他到底采用什么"锦囊妙计",救出丽娟来。且听下回分解。

第二回
爬壁虎三更拯淑女　方伯奇半夜避渔村

漫长夜晚苦悲啼，暴雨侵来水决堤。

弱柳难经三九雪，幼苗怎奈冷霜凄。

刘仁本回到家中，坐在书房冥思苦想"锦囊妙计"。正在这时，忽报有二位客人登门拜访！他急忙立起热情地招呼说："久仰，久仰！急切盼望杜兄、潘兄光临！"

你道两位是谁？这里需要先作些介绍：一位是杜屏山，另一位是潘文忠。

杜屏山，黄岩北城杜家村人。杜家村离城五六里路程，位于松柏苍翠的翠屏山下，就在碧波荡漾的永宁江畔，也在赤橙黄绿的橘林丛中，是名人辈出的风水宝地——南宋右丞相杜范的家乡。

杜范（1182—1245）南宋大臣。字成之，号立斋，谥清献，台州黄岩杜家村人，嘉定元年进士。历官殿中侍御史、吏部侍郎兼中书舍人、同知枢密院事、右丞相兼枢密使。至今杜丞相祠堂尚在，有人为杜丞相祠堂留诗：

翰墨题留锦绣存，祠堂默拜祭英魂。

屏山隐隐疾风飒，澄水潺潺含泪痕。

贤士赤诚忧社稷，良臣乏力挽乾坤。

忠言逆耳难听奏，诽语谗言宋主昏。

杜屏山是南宋抗元英雄杜浒之曾孙，史料记载其曾祖父杜浒：

杜浒是南宋抗元英雄。南宋丞相杜范之侄。德佑元年（1275）正月，元军迫临安时。杜浒时任县宰，他纠集民兵四千人。呼应文天祥开阃平江，许浒往附之。

杜屏山，家中排行第一，有人叫他杜一山、杜大山的。准确地说是杜屏山。说起这个"屏"字，它有其内涵和出处：

杜家村村后，有一座风景秀丽的名山——翠屏山，此山是黄岩的四大名山之一，也是黄岩的天然屏障；是台州南北的分水岭，也是黄岩与临海的分届线。当年牟大昌就以此山为屏障，组织民团，在此抗击入侵元军。

南宋著名理学家朱熹在此处办过学堂，讲演理学，留有石刻。这里有诗写着：

灵岩石刻气岚岚，陡上台阶五八三。
"松竹风寒"崖上写，"影云寺院"镂岩领。

杜屏山七尺男儿，相貌堂堂，生就一副练武的料，小时读过三年书，后弃文习武。他认为祖上世代皆是书香门第，仍救不了大宋的美丽河山，元蒙靠铁蹄踏遍中华，就得学武艺抗元。他长到十三岁时，独自一人去温州永嘉山里习武。

在永嘉的三年里，可说是"卧薪尝胆"，睡在柴栏、吃在柴栏，可说靠吃野菜、野果、野味成长的。

他练功非常刻苦，正是闻鸡而起。他的诚挚、勇敢、积极向上的精神，深深感动了老师，因而拳师诚心诚意教导他，所以进步很快，尤其是擅长轻功，如若在屋脊行走，似野猫爬坡、如松鼠跳树。故此，号称"爬壁虎"。

"爬壁虎"杜屏山在永嘉习武三年，至十六岁时，学得武功后才回到杜家村。三年音讯全无，父母以为他已经失踪了，今天突然回来，父母高兴、邻居欢迎、亲戚惊奇。他们都问他："这三年到哪里去了，在做什么?"可是杜屏山却说帮人"牵牛"(牵牛便是放牛，即做童工)。

杜屏山回家后仍坚持白天务农，晚上练功，为了不暴露真相，坚持天天傍晚，独自一人去翠屏山练功，往往到半夜才回家睡觉。

就在今年深秋十月，杜屏山挑来一担百来斤橘子，进城穿街走巷，高声叫卖。他走过半城，喊了半日，挑得脚软腰酸，喊得口渴肚饥。可是却无人问津、分文未卖。看看时将中午，正是饥肠辘辘时，当走在柴桑巷时，不料从金鼓巷里，匆匆撞出个卖番薯的青年汉子，冷不防两人碰个正着，正好把杜屏山的前橘箩子翻倒，满街滚滚而擂的橘子。这个突然而来的冲击，使这个"爬壁虎"傻了眼，路上行人不断，一时束手无策。他火冒三丈地骂道："你瞎眼啦，你冲死去啦! 报死去啦!"

"你寻死去了!"那人以牙还牙说。

"你给我橘翻了，还嘴硬，必须赔我橘子。"杜屏山说。

"赔你个屁。"那人说后，挑起番薯便走。

"不许走!"杜屏山说着就上前拉住他的箩筐，两人互不相让地吵了起来。杜屏山一怒之下，将他的一筐番薯也全翻倒在路上。此时两人就风风火火地打了起来。一来一往、一进一退，打得难解难分，脚下的橘子被踏成烊饼，那人踏在番薯上，一滑就滑倒，两脚朝天。此时杜屏山准备前去按住，不料他有一套蹬技功夫，突然两脚蹬来，给杜屏山推出丈余，刚好碰到小店的柜台，这一下了得！柜台倒坏，瓶瓶罐罐破碎、糖糖果果撒落满地。店中的损失远远大于番薯与橘子。

两人打架变成三人，小店店主岂敢罢休，就上来抓住他俩的胸脯，要他俩赔偿。小店店主哪能是他俩的对手，他俩稍微带一下，店主便倒地不起，结果伤了筋骨，痛得呼天唤地，一时爬不起来。

祸越闯越大。不但橘子满街变烊饼，番薯成粉酱，还打碎小店柜台和物资，更严重的摔伤了人，除了要付一定的医药费外，还有可能上告官府，搞不好还有坐大牢的危险。面对这一严重局面，两人都傻了眼，一时目瞪口呆，无话可说，束手无策。只好共同来扶起小店主人，异口同声地说句"对不起"。

店中的小老板名叫陈永年，年方二十一，上月十八，娶来娇妻杨氏玉英。他祖居柴桑巷，祖传卖酒烟、南北货。杨玉英看小店柜台被翻，急匆匆地跑到州府衙门，请来舅父刘仁本。

刘仁本听说外甥家有事，急忙赶来。当看到这种情况，又气愤又好笑：气愤的是砸碎柜台、摔伤了外甥；好笑的是两人打了半日，却又共同来携扶其外甥，看上去既像冤家对头，更似相识朋友。

仁本问清了事情的全过程，再看了外甥的受伤程度后，先叫他俩各自捡回可吃的部分橘子、番薯，报费了的全部搬掉并扫清道路。接着叫外甥媳妇从街路中捡几块番薯，快去烧煮，中午大伙一起吃。

此时，刘仁本叫他俩坐下来，并亲切地倒茶递水后，问了各人的情况。他问了杜屏山后，接着问这位壮士说："请问小哥家住那里，姓甚名谁，便于以后交个朋友。"

"回禀老爷，小的姓潘名文忠，本邑西乡平田桐树坑人。"他说。

"桐树坑到城里路很远吗？"仁本问。

"我也说不准，百多里山路，坑坑洼洼，昨天下午出来，昨夜在茅畲街路廊凳子上睡了一会儿，天未亮从茅畲赶路，赶到这里就将近中午了，由于慌慌张张，结果碰撞杜兄的橘箩筐，把它翻了，对不起。"潘文忠诚恳地说。

说起潘文忠，年方十八，相貌堂堂，大眼方口。祖上茅畲西边村人，其曾祖跟随牟大昌一起抗元，在黄岩翠屏山东侧——岭佳屏山头，不幸为国捐躯了。从此其祖父为躲避元兵追究，故此逃避到深山冷岙——桐树坑，一住就二代了。

桐树坑离平田尚有十多里路程，平田村办有武馆，教的少林功夫。潘文忠十一岁时就开始习武。山里的孩子白天放牛、砍柴、种地。练习武功全在夜里，潘文忠与村中几个小伙伴，坚持每天晚上到平田习武，这样连续苦学苦练了五周年才出师。

潘文忠天资聪明、勤劳刻苦，学习成绩都在他人之上。可说十八般武艺，件件皆能，他擅长脚蹬功，所以刚才一脚蹬出杜屏山丈余，蹬坏小店柜台。

山里人交通不便，因此生活过得十分清苦，少吃没穿，因而流传着：

深山百姓万家穷，累月长年野菜充。

冬夜严寒无被盖，夏天木粉赶蚊虫。

近来，只因老母患有眼疾，想进城买点眼药，潘文忠挑担番薯，想卖了番薯买眼药粉。不料，刚一进城便闯了大祸——碰撞橘箩。

刘仁本、杜屏山俩听了潘文忠以上介绍的同时，杨玉英已经煮熟了番薯，五人一起边吃边谈。大家谈得十分融洽。真是不打不相识，刚才拳脚相加，瞬间变为挚友相认。

对于陈永年受伤的事，虽然伤势不重，但也伤及筋骨。杜屏山在永嘉习武时，学会了医疗伤筋、伤骨、创伤的简单医术。他看了陈永年的伤情后，就去墙脚、路边采摘奈何苑、花地芹等多种草药，洗净捣碎，敷在陈永年的伤处说："这样连敷三五次后，自然就会好了的。"果然不过五天，伤痛基本痊愈了。

从此刘仁本与杜屏山、潘文忠成为朋友。事后不几天，杜屏山、潘文忠相约挑来橘子、番薯、莳药等土特产来到陈永年家，表示对陈永年的慰问和对刘仁本老爷的酬谢。

就在这天，杜屏山、潘文忠俩走进黄岩州，想去拜访刘仁本，当走到县前街，看到斑木松强抢周丽娟的事。虽然他俩历历在目、愤愤不平！可当时不知这姑娘是刘仁本的未婚妻，所以没有、不敢动手相救。事后才知是刘老爷的爱妻遭此不幸。于是，在刘仁本走投无路的情况下，杜屏山、潘文忠俩就主动前来搭救周小姐。

杜屏山、潘文忠的到来，刘仁本喜出望外地迎接于大门外，热情有加地说："请请！请进屋里坐！"他右手挽着杜屏山右肩，左手牵着潘文忠，亲如兄弟般地迎进屋里，同时吩咐家人送上果品茶水。

不等刘仁本开口，杜屏山首先说："刘老爷不要说了，前天的事小弟亲眼所见、亲耳所闻，全知道了。"说到这儿，杜屏山气得咬牙切齿地接着说，"前天'斑毛虫'强抢民女的事，全黄岩人都知道。也可说群愤激昂，一致声讨他的滔天大罪！"

"现在周姑娘受此凌辱，何能忍受！再不施救，恐怕她性命难保。"仁本泪流满面地接着说，"救出周姑娘是刻不容缓，万分火急、迫在眉睫！拜托、拜托！"

"小的知道了，今晚一定救出。"杜屏山立起拍着胸怀继续说，"刘老爷请放心，包在我俩身上。"

刘仁本感激涕零紧紧地握住杜屏山、潘文忠的手说："拜托拜托！要小心、小心再小心，要保证她安全脱险、做到万无一失！"

"我知道应当怎么做。请问，周姑娘救出后，送到何处、交给何人？"杜屏山说。

"叫我外甥永年在外接应，你俩给她送路桥其姨母家。"刘仁本说。

"噢，可否把这个坏蛋——斑木松干掉？要杀了他易如反掌。"杜屏山说。

"不不不！不可，不可。"刘仁本摇手说。

"却是为何？"杜屏山不解地问。

"杀了人、人命关天，人命案官府要查办的，查办起来也许有些麻烦。不杀人，不伤人，把周姑娘偷偷领出，他向谁报案？可以说他也不敢报！"

"遵命，小的有数。"杜屏山、潘文忠俩说后便走。

黄岩州府戒备森严，如同铜墙铁壁。州里有军士三百，其中马军一百，马匹六十，步兵二百，其中夜间一百，分别前半夜五十人；下半夜五十人。还有更夫二十。就是"斑毛虫"也有保镖数人，他们长夜巡视，毫不懈怠。

面对这样的情况，要在州里偷出百多斤重的活人，谈何容易，犹如虎口拔牙。

傍晚，杜屏山一人徘徊在城关大街小巷，思考着"何时、何处进入，怎么出来，经过哪条街巷安全，更重要的是如何利用其薄弱环节，出其不意、击其不备"。

经过仔细踩点和周密的考虑，时间选定子丑之交，即三更开始，地点选从三堂后樟树下，办法是越城墙而入。

当更夫三鼓敲了过后，街道静悄悄的，人们都已进入梦乡了，这时，在三堂后的城墙上，一个黑影如野猫似的，一下子便上了墙，转眼就到"斑毛虫"的寓所。其寓所便是公寓，住的是三间平房。房门上了大锁，并有两个卫士守着。

杜屏山上了屋檐，轻轻地、神不知鬼不觉地挠了几张瓦片，但只见房内灯火辉煌。此时"斑毛虫"醉醺醺的、被四个保镖陪着回来。保镖们把他送入卧室后，就关门上锁，此后门卫便去无一人，正是偷人的好机会。

却说"斑毛虫"，强抢得周丽娟后，日日酒肉穿肠，夜夜寻欢作乐，今天是第三夜了，三天来，看看刘仁本没有什么动静。今晚请来狐群狗党，办了三桌婚庆酒，说自己娶来了三姨太，好好庆贺庆贺。酒宴至半夜。

这个"斑毛虫"，虽然醉意浓浓，但见到美女，却精神百倍。在明晃晃的二支红蜡烛灯光照耀下，房间如同白昼。他笑逐颜开地掀开被子，一个洁白的胴体，展现在眼前。他却采用各种花样，进行随心所欲的玩弄，甚至不择手段。可是这位女子，吓得魂不附体，满身颤抖，她目不张，口不开，任凭他"天翻地覆、翻风覆雨"，百般地凌辱。

此时的杜屏山，义愤填膺，恨不得一刀两段，一下子就结果了他的性命。但想起刘仁本先生的交代，"小不忍则乱大谋"。只好忍气吞声地看他玩弄结束。

当更楼更打四鼓后，这个"斑毛虫"才呼呼睡着了，睡得如死猪一般。

此时此刻，是行动的最好的机会，机不可失！杜屏山纵深一跳，便跳了下来。下来后，首先将门掀开，轻唤小女子起来，然后，把所有烛灯吹灭，迈着猫一般轻捷的步子携扶着她。

这时周丽娟低声问："你是谁，你要干吗？"

"我是谁并不重要，是刘仁本先生派我来救你的。"杜屏山说。

"要我到哪儿，刘先生在哪里？"周丽娟说。

"请姑娘必须配合我，刘先生要我们把你送路桥姨母家去。"杜屏山明确说。

"谢谢壮士救命之恩。"丽娟轻声说。

"不要说话，逃出虎口要紧。"杜屏山说着带她沿墙角，再拐个弯，便到三堂后了。杜屏山右手搂住周丽娟、左手挽着墙壁，双脚一蹬，跳到墙头。此时他轻轻拍了拍手，见有两个黑影过来，杜屏山才把她放下，下面两人接住。然后，他一跃而下。

墙边有一顶"毛蓝小轿"在等候着她。所谓"毛蓝小轿"，就是在靠背竹椅上，再搞个竹架，盖上土布土染的毛边蓝布。就是这种小轿也只有老爷、先生、太太、小姐们能坐，是当时有身份的富人的代步工具，因此坐在轿里就没有人敢来盘查。

让周丽娟她坐轿是最理想的办法，不但不被他人发觉，况且跑得快。他们不走直下街，却走天长路，直奔小南门。到达城门头，正好更打五鼓，东方已经拂晓了，就是正好开城门的时刻。守城兵士见轿子款款而来，急忙打开城门后，还向小轿行个军礼，表示敬意。

出得城后，抬轿人竭尽全力，以小跑的速度，飞速前进，抬得汗流浃背，汗珠如雨。他们不顾饥肠辘辘，仍是马不停蹄，一口气抬到坝头桥，才歇脚片刻。跟在轿后的杜屏山，虽然空手，其实也跑得下气接不得上气、气喘吁吁。四人在坝头各人买了碗米粥充饥。

用了早餐后，杜屏山从安全考虑，决定由陈永年陪同，安排转换乘小快船，坐船有篷，不易被人发现。待小船块开启后，杜屏山与潘文忠抬着空轿，不进黄岩小南门，却走高桥头、三童岙、岭下殿方向，逶迤转入西门。

刘仁本高度评价杜屏山、潘文忠的能干、沉着、周全、神速。

第二天，准确地说，是周丽娟被抓去的第四天上午巳时辰光，斑木松从睡梦中醒来，他伸了个懒腰，睁眼一看，发现美人不见了！他急得如无头苍蝇、似热锅蚂蚁，犹如一只发疯的狂犬，到处搜索、四方寻找。直到中午，始终未见周丽娟的踪影。即刻他亲自带十来个侍从，直奔西街"方伯奇裁缝店"，向方伯奇要人。

他到达店铺，一话未说，就直闯进来，翻江倒海般的大搜查，搜了小店，还搜邻居，搞得左邻右舍人心惶惶。尽管他挖地三尺，还是没有抓到周丽娟。抓不到其妹就要抓其姐姐，幸好周丽珠不在店里，结果把方伯奇也抓去。

抓方伯奇的目的是作为人质，要他交出周丽娟，他软硬兼施，先用硬的一手，如县官审案一样地审问："周丽娟到哪里去了？你必须把她找回来！"

"丽娟被你在大街上抓去的，众人都看到的，怎么向我要人呢？"伯奇理直气壮地反击说。

"她昨夜、也许是今天早上，我醒来后，发现周丽娟不见了，肯定到你家来了。""斑毛虫"说。

"哈——哈——哈！笑话，真是天大的笑话，不要搞错了，应当是我向你要人才对哪。"方伯奇举理力争地说。

"你不要敬酒不吃吃罚酒，如果不把人交出，把你店铺给封了，把你关起来坐大牢，把你屁股坐烂！""斑毛虫"穷凶极恶地威吓说。

"我犯的什么罪？我抢了何家女子？抢了哪家财物？凭什么要关押我？"伯奇说。

"周丽娟是我的爱妾，你必须把她送还给我，否则就对你不客气了。""斑毛虫"说。

"我真的不知道她在哪里。要关要杀全由你了。"伯奇义正词严地说。

这样斑木松真的把方伯奇带进衙门，真的给他关押一夜后。第二天，他看来硬的不行就来软的，"斑毛虫"改变态度了，他皮笑肉不笑地给方伯奇倒茶递水，称其为姐夫说："姐夫请用茶，我有话直说，妹夫我太爱你的小姨子，我俩成亲四天了，以后我会待她好的，保她戴金带银、珠光宝气，一辈子享福。"

三十六计走为上计，昨夜坐了一夜牢房，实在难熬，蚊子叮、臭虫咬。方伯奇想了想后说："我确实不知道小姨子的下落，待我回去寻找，若找着后一定规劝规劝，劝她回心转意、死心塌地嫁给你。"

"斑毛虫"听伯奇这么一说，高兴地说："好好！烦望大姐夫多多劝慰劝慰！"

方伯奇出狱后，回到店铺，见大门紧闭，才知他们都已经躲藏了，无路可走，只有躲藏。为了逃过劫难，伯奇他白天照样在做裁缝，装出若无其事的样子，待到夜里，他偷偷赶赴路桥姨母家。

一进姨母家，见家中乱作一团，似有大事发生，他忙问："什么事？发生什么大事？"

"刚才你小姨子要自寻短见，好险好险！幸好发现早一点，终算把命给救回来了！"

接着大家将情况做了大概的介绍：周丽娟被志士救出后，当天就来到路桥姨母家。可是她的情绪极度消沉，长吁短叹，口口声声说"不想活了！"说得最多的是"怎么对得起仁本哥，这样肮脏的人，怎么与仁本哥成亲呢！"她越说越哭，越哭越伤情，哭得死去活来。母亲、姨母劝她不听，就叫姐姐前来劝慰。还是哭哭啼啼、哭个不停。

此时的姐姐周丽珠预知她有发生"自杀"的可能，所以寸步不离地在她身边。岂料晚饭后，丽珠去外面洗个脸，立即回来。只有一刻钟时间，发现丽娟用她自己的一双袜子接起来，吊在桁架上。幸好来得及时，把她从死亡线上救了下来。这就是方伯奇看到的一幕。

此时众人唉声叹气地说："好好的一个家、好好的一个姑娘，遭此不幸、遭此大难！这将如何是好呢？"

"恶有恶报、时辰未到。君子报仇十年不晚。人要好好活着，只有活着，才有报仇雪恨的机会，小姨子采取自尽的办法，是傻事，我们要坚强、要活着，要报仇雪恨！"

方伯奇的一席话，也可说是旁敲侧击地启发了周丽娟。她开始意识到死了就是白死，以后如何报仇雪恨？意识到要学会做个坚强勇敢的人。

伯奇被抓去后放了出来，也是件大幸的事，大家把注意力集中到他的身上。伯奇将羁押在州里的情况做了介绍后接着说："晚上偷偷来，一则是看望小姨子，再则是商量下一步如何应对的事。"

他的提醒，把他们从悲观中解脱，从失望中震醒，从而转向如何应对的思考之中。这样便七嘴八舌讲开了，人人陷入沉思默想之中、个个进入动脑筋想办法、如何应对的深思熟虑之中。还是方伯奇见多识广，他想了想后说："自古道，留得青山在，不怕无柴烧，大丈夫能屈能伸。眼前硬拼不能，只有以退为进、以守为攻。当务之急就是保住生命！"

伯奇又一番高谈阔论，一方面旁敲侧击地启发周丽娟，要她坚强地活下去。

正在这时，忽见刘仁本到来。其实他来一刻钟时间了，刚才在门外听到伯奇的话，所以一进来便说："伯奇兄说得对，我同意他的看法。"

"正在穷于无力可施、无计可想之时，很高兴欢迎贤弟的到来，很想聆听贤弟高见。"伯奇说。

"哪有高见之说，大家共同来想个办法，最主要的就是使我们脱离虎口。"刘仁本接着说，"丽娟虽然逃出，他们还会更疯狂地寻找，当前如何逃过这一劫；'斑毛虫'因抓不到周丽娟，必然来抓周丽珠，如若丽珠嫂子不躲避，必遭侮辱！伯奇哥也要吃亏，非再次把你抓回去！有可能伤及孩子……"

"是是是！在无法脱身时，我骗他说是出来寻找丽娟的，如果不把丽娟送回去，我必再次被关入牢狱的。可以说黄岩是待不下去了的。"伯奇这样一说，丽珠丽娟姐妹俩又一次悲泣。

刘仁本思考一会儿后接着说："好汉不吃眼前亏，看来你们是有家归不得了。丽娟只有暂时藏匿于姨母家，近来绝对不可再回黄岩了；伯奇、嫂子和孩子他们也应立即离开黄城、离开西街方家里，否则后果不可设想！"

"弟言极是，未知何处可以安身？"伯奇愁眉苦脸地说。

还是周丽娟坚强，她立起说："祸是从我而起，害得姐姐、姐夫和外甥们有家归不得！我心如火焚、肝似刀绞。我有办法。"说到这里，她卖过关子，故意停了下。

丽珠、丽娟姨母家在路桥中街，路桥"济世堂"药铺是隔壁邻居，药店老板兼郎中，大号称济世先生，姓李名保生，人称他为"保生济世堂"。人们习惯称他为李济世。李济世是祖传名医，所以店堂挂满"医术高明""妙手回春""药到病除"等锦旗、匾额。店铺生意十分红火，真正是门庭若市。

济世堂人手不足，去年春天，周丽娟来路桥姨母家玩时，见药铺生意忙不过来，便自告奋勇地前去帮忙，先是打杂，十多天下来，夫人金氏十分满意，聘请她为店铺管理，夫人还亲自教她"抓药"，由于丽娟识字、有文化，加上她天资聪慧，不几个月，就基本学会了，便成为一名药剂师了。

只因人在路桥，心在黄岩，天天牵挂着刘仁本，于去年初冬便回黄岩羽山，忙碌地准备嫁妆。所以近三个月来，未去过路桥了。今天，丽娟为姐姐、姐夫一家避难的大事，前去请求李济生帮助。

李济生心地善良，最为行善积德、喜做好事、乐于助人。当她把她和姐姐家的遭遇状况做了介绍后，并提出到洋屿避难的要求。李济世当即表示说："帮助别人就是帮助自己，'雪中送炭真君子'。我在洋屿老家还有三间房子空着，你姐姐一家五口够住够用了的。"

"谢谢！谢谢李先生、太太的大恩大德。"丽娟行鞠躬礼说。

"不必客气，只是房子久未住人，需要打扫打扫，这事由你姐姐自行处置好了。"金氏夫人诚恳地说。

紧接着李济生还补充说："我与太太婚礼在老家办的，可说是家具齐全，包括床铺、炊具都有，只管拿去用好了。"

洋屿离路桥二十余里路程，就在当夜，丽娟抱着小外甥方国珍，陪着伯奇全家五人，由邻居陈旭东租船，偷偷地到达洋屿。

周丽娟临行时，换了件黑色的上衣，抱着小外甥方国珍泪如雨下地向刘仁本行个鞠躬礼后说："仁本哥，对不起！"说着递上一张诗稿。

刘仁本也在路桥租了一辆小轿，从路桥回到黄岩后，才打开周丽娟的诗，见她用小楷写着：

天昏地暗夜沉沉，杜宇声啼血泪淋。
洁白身躯浇浊水，桃红粉面毒虫侵。
肝肠寸断悲哀痛，肉体伤心切齿喑。
今世无缘成好合，来生有望续知音。

又有一首绝句写着：

敲窗夜雨泪如注，暮色朦胧冷月遮。
躯体忽遭泥淖浊，洁身此刻变残渣。

刘仁本泪如雨下地看了一遍又一遍，接着举笔和了一首绝句：

亲人凌辱泪如注，美丽星空黑雾遮。
恶霸横行当共讨，蒙元不抗是人渣。

不知刘仁本如何除霸抗元？且听下回分解。

第三回

陈仲达含悲声诉说　空道长欣喜纳门徒

晴天霹雳响惊雷，不测风云横祸来。

二亩良田强掠夺，旭东父子赴泉台。

　　空空道长在委羽山大有宫住宿了数天，听完了十三年前发生在黄岩羽山村周丽珠、周丽娟和刘仁本、方伯奇家的往事后，他深表感慨和欣慰，所欣慰的是，寻找"水浒"后人总算有了眉目了。为了圆《水浒南传》这个梦，就告别了大有宫道长，匆匆地向峰江白峰岙赶去。到达白峰岙，见香严寺是个风水宝地，寺院壮观，就决定先到寺中落脚，然后再去寻访"水浒全传"中散落在台州的部分后人。

　　香严寺，始建于唐开元元年（713），当时赐额禅林寺。禅林寺初建不久，天宝四年（745），唐高僧鉴真和尚开始第四次东渡时，率弟子二十多人，逗留该寺讲经说法十余天，给香严寺增光添色，也为黄岩、台州历史文化添上光辉一页。

　　现今香严寺主持方丈是位得道高僧，年逾九十，鹤发童颜，智慧无穷。他深知天文地理、更知国事民情。今天早上，方丈见喜鹊枝头闹，必有贵客访，便对众僧人说："本寺今日有贵客，众位要好好接待，多备个斋饭，并安排个洁净房间相待，或许贵客还要在本寺住上一段时间。"

　　中午时分，果然不出方丈的所料，见一道长从山门飘然而入：众僧见来者是位道士，他中等偏瘦身材，留山羊胡子、羽扇纶巾、身佩龙泉剑、腰系宝葫芦、脚穿步云鞋。看上去约五十开外，一双明眸炯炯有神，不难看出他是位有道行的得道高士。这里有诗写道：

羽扇纶巾高士风，身披道服步匆匆。

龙泉宝剑腰中系，似有文才又武功。

　　若要问他的来历：空空道长便是《水浒传》中"入云龙"公孙胜的第八代传人，号称"出海蛟"公孙也。公孙也先生来到香严寺不几天，便是元宵节了。他闲着无事，独自一人徒步于后山，欣赏山色风光，不觉口吟小诗一首：

　　　　山清水秀伴晨风，松柏寒梅相嵌中。
　　　　鸟语花香芳草绿，春光晓日映天红。
　　此时此刻，忽闻山岗上传来练武的拳脚声，空空道长好奇地三脚两步上了山岗，举目遥望，果然见两小伙子在练习拳术。仔细看了一会儿，见他练的是南少林拳，打得也十分认真，招式凶狠迅猛，稳健中露着杀气。等他俩一路拳脚练完后，道长拍手叫好说："好啊！小伙子拳打得很不错嘛，佩服佩服！"
　　两小伙子见一道士站在山岗上拍手称赞，于是有礼貌地走到道长面前，行鞠躬礼说："练得不好，请师父指正，赐教。"
　　"练得很好嘛，你俩练的是真宗的南少林拳，了不起。哪里学来的，是从福建学来的吗？"道长问。
　　"师父好眼力，我是去福建莆田广化寺学了三年，刚刚在年前十二月二十八日回来。"小伙子说。
　　"看你们的拳脚中露有杀气，似有深仇大恨在心，不知我猜得可对否？"道长问道。
　　小伙子一闻此言，不觉心酸难忍，泪如雨下地说："杀父、弑兄之仇，时刻在心，深仇大恨，永生不忘。"
　　道长边道歉边询问道："恕贫道失言，触及你们伤心事，罪过，罪过。小兄弟俩是本地白峰夯人吗？"
　　"说是也不是，说来话长。"小伙子说。
　　"说是也不是？这是什么意思，不妨说来听听。"道长说。
　　"我俩是兄弟，原是路桥街人，被仇家害得家破人亡，逃难离乡，为报杀父弑兄之仇，千里迢迢去福建学艺练武，如今仍是势单力薄，不敢冒然回路桥复仇，固而在此地落脚，等候时机。"
　　"你们长得挺像，不难看出你俩是亲兄弟，不知姓甚名谁？"道长感兴趣地问。
　　"不瞒道长，我家陈姓，弟子我名仲达，我弟名叔达。"陈仲达说。
　　"那贵府中还有哪些人？"道长继续问道。
　　一提到家人，陈仲达便咽喉硬噎、泪如雨下地诉说起往事：
　　三年前，父亲陈旭东，母李氏，还有一个哥哥名叫伯达，一家五口人，有良田三亩，临街房屋一间，称得上是自食自足人家，一家人享受天伦之乐。只因隔壁邻居是个恶霸，这个恶霸姓蔡，名横，因他家住在南头，人称蔡南头，暗地里称他为蔡乱头、蔡滥头。蔡横有个姐姐名蔡玉娇，虽有几分姿色，但她是个水性扬花的风流女子，善于勾引男人，当时可算得上是台州一妖娆。蔡玉娇臭名远扬，苍蝇吻烂鲞，因此蔡家流氓地痞、公子哥儿云集，可说是门庭若市，臭名昭著。

"人以群分、物以类聚"，这个蔡乱头与黄岩州达鲁花赤真木帖的养子、花花太岁斑木松（人们习惯称他为斑毛虫）来往亲密，还有与台州临海恶霸马天狼等臭味相投，结成死党。

蔡玉娇这个水性杨花之流，早和这批流氓恶棍混在一起。斑毛虫特意将蔡玉娇介绍给台州路兵马总监白景亮相识。蔡玉娇施展勾魂技艺，很快投入他的怀抱，她摇身一变，成为白总监的二太太了。

横行乡里的蔡乱头，也随之一变，成了台州路的"国舅爷"，之后他有恃无恐，行为更是肆无忌惮，霸占良田，强抢民女，欺行霸市，为所欲为，无恶不作，成为台州一霸。

陈旭东是位诚实农民，他家的三亩良田，其中二亩，坐落在蔡乱头的水田隔堤，蔡乱头想侵占陈家的这二亩良田，用来建造楼阁、花园。

一天上午，蔡乱头带着随从三五个人，来到陈家。陈旭东心中不寒而栗，仍是十分礼貌恭敬地说："蔡少爷光临寒舍有何指教？请进屋奉茶，众位先生请。"

蔡乱头毫不掩饰地说："你家的二亩水田与我家水田隔条小堤，因为我家要建造楼房、花园，需用着你家的二亩田，特地过府来向你买田的。"

陈旭东见恶魔进门，知道必有祸殃。听此一说，如五雷轰顶，就惊恐万状地说："对不起，我家仅有三亩水田，是用来养活全家的。这二亩良田岂可卖得！"

"我是要给你钱的，又不是白拿。"蔡乱头财大气粗地说。

"这是我家唯一养家糊口命根子，哪舍得把田卖掉，况且还是祖业。"旭东说。

"祖业又怎么样？我给你钱，你可向别人家再买回田来。"蔡乱头说。

"蔡少爷，实在对不起！老父亲临终前再三嘱咐，'儿呀，父亲只交给三亩水田、一间房屋，这就是祖业，这是祖上数代相传下来的，你要保护牢这些产业！'我答应父亲说'我会保住产业的'，这样父亲才闭上眼睛的。"陈旭东解释说。

"我不管你这些乱七八糟的东西，谁知道你父亲说什么，今天我亲自上门向你买田，是给你最大的面子。"蔡乱头威胁说。

"蔡少爷，实在对不起，我绝对不能卖。"陈旭东斩钉截铁地说。

"不卖也得卖，我蔡少爷说出的话，是要算数的，你看着办好了。"蔡乱头放狠话说。

"天下哪有强买的道理？"陈旭东说。

"你不要敬酒不吃吃罚酒！"蔡乱头气势凶凶地威胁说："你要识相些，否则悔之晚矣。"

蔡乱头说完狠话，转身带着随从扬长而去。自此之后，陈旭东陷入恐惧之中。恐怖笼罩着陈家，一家人饭也吃不下，觉也睡不好，整日提心吊胆，只怕有大祸临头。

果然不出所料，就在三个月后的一天，蔡乱头未同陈旭东打招呼，擅自将陈家的二亩水田圈了进去，分文不给地强行霸占了。

陈旭东闻讯，急忙跑到田头，看见自己水田里，被插上蔡氏花园工地的牌子！并且约有二十来人已经在填土施工了。陈旭东怒不可遏地上前拦阻说："这是我的祖业，我的良田呀，怎能任意强占？这是强盗行为，是国法所不容的，请立即停建。"

此时蔡乱头带着蔡兴等十来个打手，走到陈旭东跟前，蛮横无理地说："那天我亲自到你家，向你买的田，你怎么今天来翻悔，真是岂有此理！"

陈旭东一听，气得直蹬脚说："我何曾答应卖田与你，契约何在？你分文未付，怎能就强占他人田产？"

蔡乱头强势欺人说："我蔡少爷用得着你这块田，亲自到你府上说过，这是对你的客气。你要银子，等我花园建好后再给。"

陈旭东斩钉截铁地说："我是坚决不卖的，就是刀架在我头上也不卖。"

蔡乱头蛮横地说："我已跟你讲过了，这二亩田我要用，你卖也好，不卖也罢，反正我是要定了，现在就是我的了，看你怎么办？"

"天啦！天下哪有这种无法无天、蛮不讲理的恶人？"说着便去搬那"蔡氏花园"的牌子。

蔡乱头见状就在蔡兴耳边嘀咕说："给他做了，下手狠一点，一拳致残，一拳致死，都无所谓！"

蔡兴得到主子教唆，胆气十足，不紧不慢地走到陈旭东身边说："今天是你自作自受，死期到了，对不起，这是主人说的，叫我一拳给你致命，你死后也不用记恨我，到阎王那里告状也就告我主子蔡乱头吧。"说完就挥拳向陈旭东腰部狠击过去。蔡兴是习武之人，懂得人的要害部位，他的这一拳正好击中的是腰部，击碎了腰肾！陈旭东当即便晕倒在田头。

李氏闻此恶讯，率伯达、仲达、叔达跑到田头，见陈旭东已昏死过去！四人急忙抬着陈旭东回到家里。回家后，任凭你千呼万唤，仍然是目不张、口不开，已经是命归离恨天了。

因为无钱收葬，只得卖掉小儿子陈叔达。陈叔达时年十二岁，也与哥哥陈伯达、陈仲达一样，相貌堂堂，聪明能干，勤奋好学。他经姨妈介绍，以三十两银子卖给白姓人家。叔达是卖身葬父到了白峰岙的。

葬父后，年已十六岁的陈伯达和十四岁的陈仲达，牵着贫病交加的母亲，走到中街城隍庙前，请人代写状纸，要状告蔡横强占良田，打死田主陈旭东人命关天的"人命官司。

路桥城隍庙前摆有写字摊，代写书信、契约和状纸的是一位落第秀才，他不但很有学问，还急公好义。他在此已经两年多了，他碰到的不平事虽然很多，但都没有见到过如此凶狠、残酷的惨案。他十分同情陈家的不幸遭遇，所以分文不收地为李氏母子代写状纸。

写好状纸后，由伯达、仲达兄弟俩赴黄岩州告状。谁知正当他俩走在桐屿街的路上，就被蔡乱头派出的亲信截住，搜查抢夺状纸。

十六岁的陈伯达，看到仇人来抢夺状纸，岂肯轻意就范，就咬牙切齿地护住状纸，千方百计想挣脱逃跑，二弟陈仲达也拼命护着哥哥。

蔡兴见陈氏二兄弟拼命挣扎，不肯交出状子，顿时恶性又起，把伯达打倒在地，还在胸口重重地踩上一脚，只听得伯达"啊呀"一声惨叫，挣扎一下，便一动也不动了，蔡兴从伯达身上搜夺到状纸，随手放进衣袋，看了一眼死去的陈伯达后，便扬长而去。

这时的陈仲达也被打倒在地而血流满面，等蔡兴等一伙人走后，仲达爬到哥哥身边，伯达早已人事不醒，尽管仲达千呼万唤，伯达与世长辞了。十六岁的孩子，小小年纪就这样被活活打死在桐屿街！真是惨无人道！

更有甚者，就在桐屿打死陈伯达，打晕陈仲达，抢夺状纸的同时，另有一批恶棍来到这位代写状纸的牟子善摊前，一话未说，先给牟老秀才三个耳光，接着把他的写字摊桌子敲碎、凳子打断、砚台笔筒抛到河里，墨水溅满街道，致使街上一片狼藉。同时还严厉警告说："你必须就在今天离开路桥街，否则就在等死！"

蔡乱头是个没人性的恶棍，讲得出就做得到的。这位牟子善吓得直打哆嗦，被迫匆匆地离开了路桥。自此也不知他身藏何处？更不知其生活如何？

第二天早上，邻里周丽娟女士急匆匆地过来告诉陈仲达的母亲说："陈婶婶，看来你儿子陈仲达在路桥不能再待下去了！蔡乱头也要对你的儿子下毒手的，听他的手下说，要给你家斩草除根，要把你两个儿子统统除没了。"

李氏听此一说，真如五雷轰顶。她想：家中已经死了两人，自己倒也死不足惜，但还有两个儿子，这是如何是好呢？保护陈家的根是当务之急。于是急匆匆地收拾起必需的物品，带着儿子，偷偷地从后门走出，来到了白峰呑姨妈家暂避。

陈仲达虽然年仅十四岁，却酷似个血性男儿，目睹残酷现实，岂肯就此罢休。于是提出要到福建去，要去学习南少林武功。一个尚未成年的孩子，做母亲的，怎舍得他独自一人远走他乡，可是他倔强地要去，最后还是拗不过他，只好让他去福建学武。

儿子要出远门，川资是个大事，何处筹措、哪里借钱？仲达深知家中境况，他偷偷潜回路桥，向堂叔借得银子五两、早米一斗，回到姨妈家，找出几件破衣裤和一条薄棉被，两眼含着泪水，依依不舍地拜别了母亲和姨妈，鼓起勇气，向南方走去。

空空道长听了仲达的以上介绍后，感动得眼睛湿润，深表同情。于是问说："你长途跋涉，爬山越岭，过河涉水，想必路上十分艰苦？"

"是的，一路上确实历经无数艰险，晓行夜宿，风霜雨露，饥寒交迫，自不必多说了，路上遇到的二大险情，使我永生难忘。"仲达回忆着说。

"不妨说来听，可能对人对己都有好处。"空空道长说。

陈仲达清了清嗓子接着继续说："其一是，就在浙江温州瑞安，横渡飞云江时，突然间乌云密布，接着雷电交加，暴雨倾盆而下，狂风呼啸，把我们乘坐的渡船吹翻，同船的二十来人全部落水，加上江流湍急，众人被江水冲散，随波逐流沉浮不定，我被冲到下游百丈多远时，偶而遇到一根漂浮的木头，受求生本能的驱使，紧紧地抱着木头不放，总算得救。后来得知这次同船的人中有六人遇难，我也可说是大难未死。

"其二是，在福鼎县与福清县交界的深山老林里，又饥饿又口渴，为了自己的生存，就去山林中想寻找些野味、野果充饥，偶然发现了一只野兔，我虽然光着一双充满血泡的脚，还是忍痛去追赶。奔跑追逐间，突如其来有一条大蟒蛇，它张着血盆大口挡住去路，这时想躲避已来不极了，因为距离太近，且已经惊动了大蟒蛇，在进退无路的局面下，我灵机一动，就地随手攀折来一根竹子，去了叶子，就主动上前勇猛地袭击其头部及上半身，这蛇痛得乱转乱卷。约连续猛击上百下，蟒蛇已蜷作一团，我以为危险消除了，我也感到筋疲力尽，喘口气刚想离开。

"岂料蟒蛇突然反扑，昂头向我冲来，好在我眼明手快，用双手去捧住蛇的颈部压向地面。不料大蟒也有大蟒的手段，它卷动身体顽强地缠住我的全身，并且越缠越紧，人与蛇缠在一起，几乎都不能动弹。这时人与蛇在比毅力、比顽强、比意志，双方互不相让，我一面抓牢它的颈项不敢松手，一边在寻找石块，或许是命不该绝，旁边正好有块石头，我一手紧按蛇颈，另一只手捡起石头，高高举起猛烈地砸向蛇的头部，一连砸了十多下，慢慢地感到身体被缠已有所松动了，大蟒蛇的蛇身也松软了，我意识到蛇可能被我砸死了。但心中还不放心，一只手仍紧按蛇颈不敢有丝毫松动，另一手推动蛇身，挣扎着摆脱蛇的缠绕，脱身后才松开手，跳离丈余后才惊魂始定，捡起竹竿敲打蛇体，确信这条大蟒蛇已经死了。

"这时的我已经精疲力尽，又渴又饿，休息片刻后去找来柴草，把它给烤熟，好好地饱餐了一顿，把剩余的蛇肉带着，足足食用了两天。就这样日夜兼程，一路打听，终于来到了莆田广化寺。"

"莆田广化寺是一座大寺院，广化寺原名金仙院，隋开皇九年（589）改为金仙寺，是著名的千年古刹，与福州鼓山寺、厦门南普陀寺、泉州开元寺并称福建四大丛林。是福建'最佳'风景区之一。宋代广化寺十分鼎盛，有10院，120庵，僧众1000余人。诗人黄仲沼《咏南山》诗：'灵岩一百二十寺，多少楼台锁夕曛。'这是当时盛况的写照。不知近况怎样？可惜我还没有去过呢。"道长说。

陈仲达接着将广化寺情况做了简要的介绍……

空空道长止住说："不要再说了，你的遭遇的确惊险，听了使人毛骨悚然，不知你现在有何打算？"

"我的目的就是要报仇雪恨，至于怎样才能杀了蔡乱头，为父兄报仇，我会寻找机会的。"陈叔达说。

"说的也是，看来只有你兄弟俩的力量恐怕还不够，应该设法联络受过蔡乱头欺负、凌辱的人们，大家共同起来找他算账，才能报得深仇大恨，切不可轻举妄动。"空空道人耐心地劝说。

"谢谢道长指点，晚辈切记不忘。"陈叔达点点头说。

"请问道长，能否收我为徒？"陈仲达诚恳地说。

"这个嘛……"道长正要开口回答，突然胸中有一股热潮涌起，深感奇怪。随即举起左手刻指细算了片刻，默默地自语道："原来如此。"随后笑逐颜开地说："只要你我有缘，收徒是可以的，不过我要问你两个问题，你可要如实回答。"

"好吧，请道长提问？我定当如实回答。"陈仲达说。

"你父亲临终时你可在场？"道长问。

"在场，我兄弟仨都在场。"陈叔达说。

"你可记得你父亲生前有什么遗嘱吗?"道长问。

"父亲死得突然、死得可惨啊!临终前想说的话,结果说不出口。"仲达说。

道长再问道:"你父亲有否留有祖传的什么资料等?"

陈仲达思索片刻后说:"有是有,可惜家里的田契、家谱、诗稿等不知母亲藏匿在何处,一时难以找到。"

"凭你的记忆,你父亲常挂在觜边的话?"道长问。

"父亲常说的是一首谜语和一首绝句。"仲达说。

"就将这两首说来听听。"道长感兴趣地说。

"这首谜语是:

> 万上加一点,左耳右东边。
> 芳草茂千里,木子福延绵。"

道长不加思索地说:"万上加一点,就是姓方的方字;左耳右东边;就是姓陈的陈字,芳草茂千里,便是董字;木子福延绵,便是李字。"

陈仲达、陈叔达异口同声地说:"谢谢道长诠释!谢谢道长指点迷津。恕学生愚蠢,还是雾里看花,敬请道长再诠释方、陈、董、李的内涵?"

空空道长没有正面予以回答,于是念了首小诗:

> 方门腊月岁严寒,陈府春回王舅贤。
> 董氏秋收丰硕果,李家俊杰注团圆。

这时,陈仲达兄弟俩虽然几分明白,大意是第一第三字,拼起来就是人名。但还是一知半解的,知其然,不知其所以然,可是不敢再问了,只是放在心底慢慢思忖。不等他俩听懂与否,道长已经急不可耐地进一步问:"不是还有一首绝句吗?说些什么,不妨说来听听。"

陈仲达随口说:

> 名门挚友世相传,厄运贫寒十代延。
> 隐匿亲民沾德泽,沉埋二百二三年。

陈仲达接着说:"上述的诗一代代传下来的,但不知暗藏什么玄机?敬请道长指点迷津,予以诠释。"

"这里藏有玄机,还须你们自己去经历一番。到时候自然会明白的。"道长卖着关子,接着高兴地说,"好好,缘分有了,我可以收你俩为徒。"

"可以收我兄弟俩为徒了!这是真的?"叔达问说。

"可以可以!贫道来此仅是第三天,就收到了两位有缘分的门徒,可喜,可喜。"道长高兴地说。

仲达、叔达听此一说,立即上前向公孙道长下跪三叩首说:"谢谢师父收我俩为徒，日后我们将努力学习，苦练武功，严守武德。"

"好好！起来起来。"公孙道长高兴地亲手牵扶起两个徒儿后，便和他俩坐在绿茵茵的芳草地上说，"你们练的是南少林功夫，招式功力很是不错，而内功尚还欠缺，待我慢慢传授给你们武当内家功夫，你们若能内外兼修，必将功力大增，大有作为。"

"徒儿知道了，一切听从道长教诲！"仲达说。

"你俩与我有缘，有缘千里来相会，无缘对面不相逢。"道长接下念诗一首：

> 陈氏门宗继有人，王妃子侄结成姻。
> 童家淑女良缘续，二百年前一脉亲。

仲达不解地问："徒儿愚笨，不懂诗中之意，第一句有点点懂，接下三句，全然不知。不知王妃是谁？童家淑女怎样、二百年前与谁一脉？"

"一时难以说清，只有慢慢领会、细细品味，以后会明白的。"道长卖着关子说。

原来陈仲达、陈叔达两人就是陈王妃的嫡亲——陈舅爷的第十代玄玄孙。也是《水浒南传》的主角之一，今日相遇，道长心里当然是乐滋滋的。

此时此刻，见路桥上空突然乱云纷飞，不知是何征兆？且听下回分解。

第四回
牟塾师市上遇追杀　陈仲达街头逐恶魔

> 坎坷人生苦涩磨，牟师经历实蹉跎。
> 文章满腹用无处，同在南传扫恶魔。

公孙也先生毫不犹豫收下门徒后，兴奋不已地天天五更起床，就到后山教练拳术。仲达、叔达俩喜逢良师，欣喜若狂。因而学习认真，毫不懈怠。他俩生来是个习武的料，天资聪慧，一教就懂、一学就会。也许是学过了南少林的原因，有了坚实的基础，就能举一反三，所以学习成绩突飞猛进。

师徒仨互敬互爱,亲密无间,关系十分融洽。光阴如箭,不觉时间过去两个多月了,明天是清明节。道长自从来到香严寺后,从未走出白峰岙,只是天天认真地教学生练习武功。他突然想去路桥走走,于是提出:"明天是清明节,我想与你俩到路桥街走一趟,看看路桥的繁荣景况。"

陈仲达也有三年多未去过路桥了,当师父提出要带他到路桥去,心中十分高兴。当即表示:"听师父的,我也急着想到路桥走走。"

为了安全,经过商量,道长改扮为和尚,穿上黄色僧服,自称了空和尚;陈仲达本来在莆田广化寺学武,自己就有僧服,为了不使蔡乱头发现,自然就着僧服,一副小和尚模样。叔达是个十五岁的孩子,况且路桥是自己的家,无须改扮,与师父、兄长保持一定的距离,暗中紧紧地跟着。这正是:

> 师徒上市自逍遥,笑逐颜开走路桥。
>
> 街道繁荣无我问,冤家相遇气难消。

路桥从来就是繁华之街、富裕之地,是浙江经济繁荣的三桥之一,即北有绍兴的柯桥;南是温州的虹桥;中间便是台州的路桥。路桥历史悠久、经济发达、商品丰富,因而商贾云集、名扬海内外。

路桥十里长街,从石曲至河西头,笔直无曲折,两边楼房排列整整齐齐。街临南官河,河长百里,从黄岩宁溪到温岭,河水清澈见底,终年川流不息。南官河不仅带来肥鱼成群,更有商船如梭,运货物、载客人热闹非常,它给路桥带来富裕、繁荣,同时也给路桥人带来忙忙碌碌、拥拥挤挤。

师徒仨从石曲沿街走走看看,觑见琳琅满目的商品,还有五花八门的卖艺之类,有敲锣打鼓献艺的、有笙箫管笛卖唱的,更有衣衫褴褛沿街求乞的。

这里有诗写道:

> 商品琳琅满目堆,旧人新客自徘徊。
>
> 航船似织穿梭去,车马成群款款来。

在繁华热闹的背后,也隐藏着种种非法的罪恶活动,也可说"是非之地",同时也是鱼龙混杂之处。

路桥街上,人来人往,车来马去,拥挤难行,只好慢慢地向前。

当师徒走到卖芝桥头,突然出现五个年轻汉子,凶相毕露地追逐一个五十来岁的寒士,这寒士身穿破旧的黑色粗布长衫,脚下穿双破布鞋,瘦弱身体,面容憔悴,在拼命地逃避。因慌不择路,正好与公孙也先生撞个满怀。

道长看他悲切模样和求救的目光，知他有大委屈。路见不平，拔刀相助是出家人慈悲之举，也是做人的必有风格和起码的行为准则，更是正义男儿的应有道德。空空道长当即让过寒士，拦住后面追赶的人问："在大街之上、光天化日之下，追赶一个手无寸铁的老人，这成何体统？"

"你管多了，用不着你这个和尚来管！"其中一个很凶的青年说。

"他身犯何罪？就是犯罪，也应由官府处置。你们这样做是国法不容的。"道长义正词严地警告说。

"什么犯法不犯法，你管个屁，在路桥，我的主人说了算。"他们蛮横无理地说。

"你们这样做道德所不容的。"道长继续警告说。

"不要你这个不僧不道的和尚叽叽喳喳的，你给我滚开！"他说着便来抓这位寒士。空空道长一手捏住这个青年的右臂，痛得他哇哇乱叫。此时另有二人，左右一齐向和尚冲来。

看他们冲向师父，冲向寒士，正好碰着杀父、弑兄的仇敌，真可谓冤家路窄。陈仲达手痒痒的、拳头捏得紧紧的，牙齿咬得咯吱作响，意识到一场激烈的战斗就在眼前，于是站出来说："师父，您保护这位老先生，他们由我一人来对付好了。"

空空道长知道陈仲达有能力对付得了这些恶棍，同时也给他一个锻炼的机会，于是便点头表示同意。

陈仲达已经认出这个带头的，便是蔡乱头的心腹，就是打死父亲和兄长的仇敌蔡兴。就暗下决心，要打他个人仰马翻、打他个落花流水。有道长在身边，仲达的胆子也大了许多。他就一跃上前说："你们五个打一个叟翁，算什么本事、成何体统？"

"这干你屁事，你给我滚远点，否则给你两个秃驴一起抓来送官。"也是这个领头的蔡兴说。

"那要看你的本事了，来吧，一个对一个，谁先上。"仲达采用各个击破的策略。

"一个就一个，难道怕你！"蔡兴说。

蔡兴是蔡乱头的得力助手和贴身保镖。他练过拳脚，确有两下子，在路桥街可说得上是个有"三脚猫"功夫的了。说后便冲了上来，先是伸右手拳打仲达的前胸，仲达左手挡开，并还他一拳。这样一上一下、一来一往，你来我退、我冲你退。

仲达知道对方绝对不是自己的对手，与他玩玩也不错。所以不贸然暴露自己，装作与他平手的样子。空空道长看出陈仲达：

一上一下，有如深水戏珠探龙，一来一往，却似悬崖捉狼伏虎；

一招一式，方能显出英雄本色，一进一退，才知深藏大将风范。

拳来脚往，两人斗了三十余回合，乍看不分胜败，实则蔡兴已有点招架不住。但他岂肯罢休，他咬牙切齿地在腰间取出飞镖，说声"着"，猛力向仲达射来。他以为这下这个小和尚就没命了。谁知空空道长早已提防这一把戏，已经做了准备，其飞镖早已暗藏手里，随即发出。"唧"的一声，镖镖相碰，正好碰个正着。

这样排除了险情，使蔡兴吃了一惊，随即拱手欠身说："对不起，由我的师兄来。"说着便退了出去。

陈仲达正在兴头上，准备慢慢与他玩个痛快，再找机会一拳打死他。不料这个蔡兴突然退下，心感惋惜。这时一个身高马大的壮汉走了上来，只见他：

头缠香云纱万字花头巾，身穿杭州产丝绸白锦袄，外着苏州造织锦缎黑马挂，腰系西湖绿缠身带，着条白色衬黄边灯龙裤，足穿一双鹰爪皮四缝高筒靴。生得眼小、鼻细、嘴大，身长八尺，腰阔十围。

粗略一看，不难看出此人是个武林人打扮。陈仲达暗想，此人定是处州青田的教头。他来路桥已经五年了，既是拳坛教练、又是蔡横的贴身保镖。这个教头姓蔡，单名柱，绰号"野山狼"。

陈仲达只知蔡柱其名，不知其功夫底细，今天与其相遇，心想不能轻敌，必须沉着应对。蔡柱是蔡横的走狗，怨家碰到对头人，仲达他暗下快心，一定要战胜他。

蔡柱自以为功夫不错，一副傲慢样子。上来大言不惭地说："哪个不要命的，胆敢与我挑战，有胆的快上来。"

陈仲达不慌不忙地走上前去说："小的便来挑战。"

"你是何方人氏，姓甚名谁，必须报上名来，死后便可为你收尸。"蔡柱说。

"我是出家人，是个和尚，号称小行者。不要多问，出招吧！"陈仲达说。

行者武松，也做过和尚，是个顶天立地的英雄，仲达十分崇拜武都头，今天急中生智，偶尔说出自己的雅号"小行者"。

柴柱问："你小小年纪，有何能耐？敢于与本教头比试较量，还是回你的寺院去，做你的小和尚好了。"

"不要多说，也不要小看我这个小和尚了，有本事只管使出。"陈仲达说。

"好，你就接招吧！"他先来三进攻的拳法，连续来个左进三，再来一个右进三。小行者接着来个左退三和右退三。紧接着还他个左进六、再来个右进六的六上六进法。看来拳法有条不紊，脚步健稳有力。众人看去：

这左退三、右退三，退入蛟龙潜深海；

这六上前、六进攻，打出雄狮悍出山。

两人进进退退，来来去去，互不相让，真是将逢敌手，战了六十回合，仍旗鼓相当、不分胜负。道长在旁看出，陈仲达功夫没全施展，可是这"野山狼"，却用出了平生之力。陈仲达趁机来个扫荡腿，一脚钩倒深山野狼。"小行者"左手抓他的头发，按倒他在地上，右手挥拳猛击屁股。如若击他的头部就会伤及其性命，如若击其腰背，他就会终身残废。

闲话小说几句，黄岩有句自古留传的俗语，称受打的人为"吃柴"，说蛮横无理的人为"蔡柱"，意思一定遭人惩罚。后人以讹传讹说成"柴柱"二字，但不知此话出自何处，原来此语的历史来源，就是出于此处、就出在蔡柱此人身上。

此时此刻，站在后头指挥的蔡乱头，急忙对身边这个身高马大的军官模样的人嘀咕几句后，见此人气势汹汹地出来。众人看去：

头戴一字红头巾、身披鲜艳朱红甲、脚穿一双抹绿靴、腰系七尺皮搭膊，手中拿着两刃双面刀。

看去是位威风凛凛的将军。此人是谁，他是何方神圣？不仅从无见过，也是无从听说。仲达一时疑惑不解。

此人便是大名鼎鼎的台州路兵马总监白景亮，是蔡横的姐夫。今天他带二夫人来路桥扫墓祭祖的。刚好碰到此事，于是他跳下马来吓唬说："好大胆！胆敢在太岁头上动土，快放开蔡教头，否则一刀结果你的性命！"

此时陈仲达早已放开蔡柱，看他来头噱噱，所以退了几步说："小的不敢，只是比试比试，民间比武是常有的事，将军何出威胁之言？"陈仲达理直气壮地说。

"既然比试，输赢是常有的事，小和尚，敢否与我比试比试。"白景亮说。

"不敢不敢！"陈仲达着意地说。

"为何不敢，是比不过我，是胆怯、怕输了是吧？"白景亮说。

"订个口头约定吧，你们当官的讲话不算数，万一你输了，你要杀我吗？"陈仲达说。

"我输了不杀你。"白景亮认为这小小和尚有何能耐，于是说，"上来吧！"

"你把刀子丢了，空手对空手，这样公平。"陈仲达说。

"当然当然！好的好的。"白景亮便将刀交给手下后说，"你先上。"

"慢！慢！将军讲话总算数的。"陈仲达着意挫一下他的锐气，同时麻痹一下对方。此时他确有几分心寒，用目光请示师父，师父虽然也没十分把握、存有几分担心，还是点头示准。

空空道长知道，一场恶斗就在眼前，随暗中吩咐陈叔达，趁人不注意时，快把这位寒士带走，要保证他的安全。这位"拼命三郎"毫不犹豫地立即带走牟子善。

这一比试非同小可，无论在身材、经历、武艺上，白景亮都有压倒的优势。但陈仲达仍有信心，这就是"自古好汉出少年""初生牛犊不怕虎"。知道要随机应变、沉着应对，处处提防点、小心点才是。

白景亮摆开架势，扎住马步，紧握拳头，圆睁大眼，露出一副凶恶嘴脸。

陈仲达也以同样的姿势，沉着应付。此时，还是白景亮先动手，他来个先发制人：左腿加双拳，就是上一步，来个左右两手猛击腰。陈仲达退一步转个腰，使其双拳落空。白景亮看双拳落空，才知这个小子确有两下子，他再来个双腿双扫荡。陈仲达却还他个退三后进四，即先退三步，使他再次落空，紧紧抓住对方立足未稳之机，还他个前进四，就是跳跃式的跃到其身后，也还他个扫荡腿。这一腿非同小可，力扳千斤。幸好白景亮退得快，险些就倒地败北。

空空道长看这场比武：

一个是雄狮出山气壮山河，一个是猛虎入林锐不可当。

上一步和退一步，如鳄鱼悠然潜水；

退三步和进四步，似巨蟒昂首出洞。

他俩如二虎相争、双狮搏击，经过几上几下，几进几退，连续打了八十会合，仍胜负难测、输赢难料。道长不难看出，白景亮因年纪渐大，沉迷酒色的原因，看来已经力不从心了，而陈仲达年轻气盛，况且是童子军，有越战越勇之气概，看来胜券在握。

陈仲达再用南少林真功夫来对付：先来一个气壮山河霹雳腿，一蹬脚，石破天震，一下脚，脚下的这块石街板碎成四片，接下将其中的一片石板踢出丈余，刚好落在蔡横跟前。

此时此景，不由得使白景亮大吃一惊。他做个手势，说声"上"。

蔡乱头喊着"大家一起上"，紧接着喊杀声四起，几十人拿起刀枪一齐向陈仲达、了空和尚冲杀过来。

幸好了空和尚早有防备，只见他口中念念有词，双手高举起一个小纸包，凭空一抖，见一股黄烟弥散开来，顿时迷雾遮天、狂风飘发、日月无光，似有天崩地裂之状。使人惊恐万状，纷纷逃离现场。

约莫半炷香时间，现场尘消烟散，哪里还有和尚的身影？白景亮躲在远处目瞪口呆，一时间还回不过神来。

道长与仲达趁机逃遁，早已消失在人群中，走得无影无踪。

话说这位寒士，被陈叔达带进一间民房里，房子的主人就是叔达的叔叔家，叔父十分佩服侄儿勇敢、智慧，救先生脱离虎口。

叔父给寒士用了点心后，改换了衣服，穿上其叔父的衣裤，一副农民样子。仍由好心邻里周丽娟和她的外甥——学生送他回洋屿。

要问这位寒士是谁？他就是前面说过的，三年前在城皇庙前代写书信、代做状纸的落第秀才。他姓牟，名子善，表字扬文，年约五十，祖籍本邑西乡茅畲人，就是宋末与文天祥一起抗元的将军牟大昌的直系玄孙。

南宋末年，黄岩茅畲牟大昌，为人慷慨，刚正不阿。那时，南宋的半壁江山也将殆尽，蒙古大将伯颜逐鹿江南，民族英雄文天祥力主抗元，牟大昌聚集乡里青年参与抵抗元蒙大军，他的侄儿牟天于在乐清樟树下起义，领兵到黄岩西乡北洋西岑矮山岭头与牟大昌会合，山岗上插满旗帜，因此这条岭便就称为将旗岭。

当时已故宰相杜范的侄子杜浒听到牟大昌的英雄事迹，举荐大昌为"浙江都使正将"，伯颜攻入台州，台州知府杨必大开城投降。元兵乘胜前进攻打黄岩，牟大昌与侄儿牟天于在黄土岭安营扎寨，旌旗招展。旗帜上写着：

大宋忠诚牟大昌，义兵今起效天祥。

赤心为国卫疆域，愿与庶民存共亡。

牟大昌作战非常勇敢，是文天祥名下的十大将军之一。这首用鲜血和生命凝成的诗，是战斗的号角，是出征的誓词，气壮山河，感天地而泣鬼神，充分体现了"台州人的硬骨气"。

子善先生十分崇敬牟大昌，其祖父名继昌，其父名为昌武，所以他取号扬文。他更敬重爱国名将文天祥，在其房中，奉若神明般地奉有文天祥、牟大昌的画像。并配挂着文天祥的名诗《过零丁洋》：

辛苦遭逢起一经，干戈寥落四周星。

山河破碎风飘絮，身世沉浮雨打萍。

惶恐滩头说惶恐，零丁洋里叹零丁。

人生自古谁无死，留取丹心照汗青。

牟子善才学出众,自然曾几进考场,却屡屡不中,究其原因就是文章中流露出抗元的思想情绪。更有甚者,一次在应试时,把前面说的文天祥的《正气歌》带进了考场,本应录取的他,被监考官发现,这还了得!立刻取消其资格,当场判定他"关押半月,永远不得赴考"。

良才不遇伯乐,在没有办法之下,牟子善只能以设摊卖字、代人写字画作对联、代写书信、代作法律文书,以此来维持生计。

就是在三年前,设在路桥城皇庙前的写书摊被蔡乱头推翻后,经邻里周丽娟介绍,到洋屿李氏祠堂教书。

"七讨饭、八教书。"牟子善一人住在破破烂烂的祠堂角落,可说是鬼窝里生活。听到的是鬼哭狼嚎。

李氏族人对牟子善尚且尊敬,商定年薪十箩谷,即一千斤稻谷。当时带有二十个学生,每人年交五斗,即五十斤。可是实到只有十八个学生,结果子善实收就是九百斤。九百斤稻谷,自吃六百、尚有三百斤谷换买油盐。至于菜、柴,抽空去山上捡拾些柴草,平时在祠堂的一块空地栽种蔬菜。

自从那时偷偷躲避到洋屿村后,牟子善一直就住在洋屿,不敢来路桥、也不敢回老家茅畲探亲访友。正好遇上今天清明节,当时当地几乎家家上山祭祖扫墓。他想趁此机会,去茅畲一趟,也应去扫墓祭祖一番。

牟子善从洋屿去茅畲,路桥是必经之路,况且时过三年多了,以为冤孽已经忘记了,还特意乘坐航船,低着头坐在船蓬下,不易被人发现。因为在路桥必须换船,上船后再到河西头,转换乘黄岩的船舶,不料一上船,就被蔡乱头发现,演出刚才危险的一幕。

从此,牟子善心情忐忑不安,预感到随时都有被抓捕之险!未知险恶如何?且听下回分解。

第五回
牟子善欣收贤弟子　方国珍玩意斗三株

尊师躲避小船蓬,狡猾官兵苦落空。
智斗三株初显手,雄才韬略展雄风。

前月清明节,牟子善由学生方国珍陪同,准备去老家——黄岩西乡茅畲扫墓祭祖，不料刚到路桥，遇着穷凶极恶的蔡乱头，险些被断送了性命。至今仍心有余悸，几乎夜夜在噩梦中惊醒。

方国珍初出茅庐，第一次陪先生出远门，岂知就在路桥，出现袭击牟子善的危险境地，如若没有空空道长和他的俩弟子路见不平、拔刀相助，就命赴泉台了。想想多么的可怕！因而他想得很多很多，他开始看到社会的不公，看到好坏与善恶。同时思考着如何惩恶扬善、为国为民、做个顶天立地的男儿。

日月如梭、光阴如箭，方伯奇屈指算来，他来洋屿一住就有十二个年头了。当年逃难到此时，一家五口，当时的小国珍只有半岁，如今已是十三岁的少年郎了，那时只有三子，现在已经有五个儿子的大家庭了，他笑逐颜开地思忖：

大儿子，国馨，年方十七，生于元朝延佑二年，即乙卯（1315）年；
二儿子，国璋，年方十五，生于元延佑四年，即丁巳（1317）年；
三儿子，国珍，年方十三，生于元延佑六年，即己未（1319）年；
四儿子，国瑛，年方十一，生于元至治元年，即辛酉（1321）年；
小儿子，国珉，年方九岁，生于元至治三年，即癸亥（1323）年。

伯奇为何要把五个儿子取名为"国"？众所周知，方姓氏族也是历经战乱、饥荒之苦，从河南固始逃难到安徽歙州和浙江的睦州。再从严州（睦州）到台州。他们自认为长城以内就是中国，汉民族是炎黄子孙、是中国人。视现在蒙古民族是外人，所以认为蒙元时代为外人所统治，就是亡国，汉族便成了亡国奴。因此天天想着复国，所以把儿子取名为国，这里也彰显方伯奇强烈的爱国精神。

其实，他把儿子取名为国，还有一层更深刻的含义，就是妄图恢复南方永乐小王国。方伯奇知道，他就是陈王妃所生的第九代传人，就是方腊的第九代嫡系玄玄孙，至今还保留着永乐小王朝玉玺、金印。这也是《水浒南传》的精华所在。

至于"王"字旁，就是氏族的辈份排行，也心存称王称霸的含义。

周氏丽珠很有规律地隔年生一子，成亲十一年，连生五子，当时村民十分称佩她很有福分，夸耀她贤惠勤奋。别的不说，就是把五个孩子一个个养大，也是件很不容易的事，其中不知她付出多少艰苦、多少力气、多少汗血。自国珉降临后，就再也不生育了，有人说她快生快息，福气好。

伯奇为人诚实，裁缝手艺精良，得到民众的好评。前几年峰江白峰吞香严寺方丈要出南洋云游，需要定做两件袈裟，从国清寺那里打听得洋屿方师父会做袈裟，特地亲自前来恳请。伯奇不仅按时做好衣服，而且式样上乘、品质优良。方丈看后非常满意，从此该寺百来个僧人的衣物都包给他做，可以说生意十分兴隆、十分红火。

方伯奇不是佃农、在洋屿村也没有正式户口。他在洋屿上无片瓦、下无寸土，住的房子是借来的，全靠裁缝手艺养活全家。因而也教儿子他们学做裁缝。大儿子国馨裁缝手艺学得不错，似有父亲风范，但最喜欢玩船，因为前门面临大海，后门紧连河流，刚好经常有船停靠在其后门，因此经常跑去学撑船。

二儿子国璋除学裁缝外，最大的爱好是玩水，特别是夏秋季节，一有空就偷偷去河里玩水，不知不觉练就游泳好手。

三儿子国珍，他生来心性好动，总是坐不住、闲不着，除跟两个哥哥学撑船、学游泳外，更喜欢到海里摸虾、捉蟹、捕鱼。整日在日头下晒，在海水中泡，皮肤晒得又黑又结实。

国珍在十岁时，也就是三年前，突然喜欢上读书了。他与小伙伴李金海经常到祠堂外听牟子善教书，祠堂建在小山坡，简陋的教室，十八个学生，窗子用几根木棍钉牢。教室里供奉着孔夫子画像。学生们读的是《三字经》，先生用"抑扬顿挫"的声韵，津津有味地读一句，学生跟一句。如"子不学，非所宜。幼不学，老何为？玉不琢，不成器。人不学，不知义……"这样反复教了十多遍后，牟塾师叫一位学生立起背诵，可是背了前两句，后面就背不出来了，这样连续问六位学生，没有一个背读完全的。

这时，方国珍立在窗外，急得要命，为他们捏了几把汗，急不可耐地在窗外说："牟子善，我能背。"

牟塾师听到窗外有孩子说能背，便好奇地请他说："进来，进来，进来背给我和同学们听听。"

方国珍毫不犹豫地走了进来，向老师行了个鞠躬礼后说："先生好，方国珍有礼了！"

他的一个小小的举动，不由得使牟塾师大吃一惊，小小年纪，能讲出大人般的话。因而热情地问："你叫什么名字？"

"方国珍。"

"今年几岁？"

"今年十岁，属羊的。"方国珍的回答吐词清爽、铿锵有力。

"那么你把我刚才教过的一段《三字经》背给大家听听。"老师明确说。

"可以可以。"方国珍点头表示后，紧接着低着头，就滔滔不绝地把刚

才先生教过的都背下来:

"子不学,非所宜。幼不学,老何为。玉不琢,不成器。人不学,不知义。为人子,方少时。亲师友,习礼仪。香九龄,能温席。孝于亲,所当执。融四岁,能让梨。弟于长,宜先知。"

小国珍看着先生问:"先生,我背得对吗?"

"对对!一字都没错,真了不起。"老师夸奖地说。

面对这个天资聪颖的儿童,牟子善感到惊奇。他从教几十年,从未碰到如此天才的"神童"。于是问道:"你想不想来这儿上学?你愿不愿来这里读书?"

"我很想读书,我怕父亲付不起学费,所以不敢向父亲提出读书的要求。"方国珍接着又补充地问一句,"先生,我天天在窗外听您教书,可以吗?"

小小的十岁儿童,却如此地懂事、明理,可以说十分地难得。老师当即表示说:"不要天天在窗外偷听,从现在起,你可大胆地来教室读书、写字。"

"只怕父亲不答应。"国珍说。

"你放心,你父亲是我的老朋友。我会同你父亲说明,你父亲定会同意你入学读书的。"老师的一席话,方国珍听了高兴非常。

从此开始,方国珍便成为牟塾师的得意门生,除了白天在校读书外,还夜间陪伴老师,与老师住在同一房间,可以肯定地说,老师单独给他授课。经过的三年勤奋学习,他读完了《论语》《孟子》《大学》《中庸》"四书",还读完了《诗经》《春秋》等五经。与此同时,牟子善还教他学习书法,从柳公权到王羲之,学过多家字体、临摹过各门字帖,方国珍进步很快,能写一手好字。

前年早春二月,天气冷暖多变,牟塾师偶感风寒,几天卧床不起,方国珍寸步不离地守候着老师,为他煎药送茶,煮粥熬汤。

牟塾师病情渐渐转好,国珍也开始练习书法,他聚精会神地在抄写墙上挂着的文天祥的"留取丹心照汗青"的律诗。这时牟塾师问:"国珍,你可知文天祥的英雄事迹?"

"只是听说,但不知详尽,请先生告知。"国珍恳切地说。

"那是五十年前的事,说准确一点,就是南宋德佑二年,大批南犯的元兵攻陷南宋都城临安(杭州)。时任丞相的文天祥传檄天下,号召四方民众奋起抗元。"

"后来怎么样,结果如何?"方国珍睁大眼睛问。

"他战斗非常英勇，但元军兵强势大，文天祥被俘，元朝主帅劝其降元，他誓死不屈，以'头可断、血可流'的大无畏精神，写下了这首流芳百世的诗歌。"

牟子善的一席话，方国珍听得津津有味。故事大大启发了他幼小的心灵，他开始懂得要做文天祥那样的威武不屈的英雄。

转眼间便是端阳节了，端阳节留传至今约有二千多年了，众所周知是纪念爱国诗人屈原的，黄岩也和各地一样，基本上家家户户都做点好吃东西，表示驱邪除魔。有人为端阳节写了诗和词各一首：

行香子·端阳怀念屈原

五月榴芳，佳节端阳。赛龙舟、米粽飘香。屈原爱国，身献罗江。百姓哀丧，肝肠痛，实堪伤。

楚辞灿烂，无穷韵味，异彩呈、世代弘扬。山河美丽，民族辉煌。橘颂离骚，金璀璨、永光芒。

前题

万户千家米粽香，榴花献瑞颂端阳。

屈原报国身躯献，百姓哀伤欲断肠。

橘颂承传歌雅韵，离骚文采读诗章。

汨罗江畔龙舟赛，华夏河山处处昌。

二

端阳佳节喜冲冲，女女男男忙碌中。

白酒斟天祈福禄，雄黄溅地祝年丰。

门前蒲箭除妖孽，屋内樟烟驱毒虫。

恶霸贪官相勾结，流氓地痞括邪风。

当然也有无米无柴的贫困百姓，不乏有"一碗清水洗菖蒲"的民众。

这样的日子，方伯奇也遇到过，就是在十二年前，他刚逃到洋岙时，当时没有一笔生意，一家五口，生活维艰，母亲因孩子喊饿、常常无米缺柴而流泪。近几年来，方伯奇家虽人口较多，但因生意兴隆，日子过得不错。昨天小姨子丽娟特意送来一斗糯米、一瓶白酒、一只烧鸡和一包雄黄，给他家包粽子过佳节的。

过节日，包糯米粽子，孩子们非常高兴，人人围着母亲，七手八脚地也学着包，包得最好的是国馨，其次是国璋了，还有国瑛、国珉俩，几乎是乱七八糟地在捣乱，国珍正在聚精会神地学习，母亲夸奖他进取心强、进步快。

正在这时，父亲从店间走进来对国珍说："牟子善一个人住在祠堂里，怪可怜的。你去把他请过来，和我们一起吃粽子、过节日。"

端午节，是重要节日，规定放假一天，牟子善一人在祠堂里，确实可怜兮兮的。国珍正想着此事，只因为父母未说，所以不敢开口。当听到父亲这么一说，慌忙起身，飞也似的去请牟子善。不一会儿，国珍把先生请来了。

牟子善的到来，全家立起，迎接于前门。伯奇放下手中的活，陪先生说话；丽珠忙着做菜、国馨煮粽、国璋搬凳、国珍搬菜、国瑛烧火，各做各的。一会儿，菜就做好了。当正在准备开始用餐时，忽见李金海急匆匆地跑来，跑得上气接不得下气，急着一时说不出话，看来有什么大事即将发生了。

"有甚大事，快说！"先生问。

"不得了！官兵要抓先生，要抓牟子善！"李金海歇了口气后接着说，"官兵十多个人，人人手拿大刀，气势汹汹的。父亲叫先生快逃，逃得远远的。"

"'三十六计，走为上计'，牟子善必须快走，否则就来不及了。"伯奇说。

"菜已经烧好、粽也煮熟、酒也倒好了，吃点再走吧？"丽珠说。

"这将怎么办！恐怕来不及了，还是先走为上。"先生说。

"对对！你必须立即就走。"伯奇说。

"怎么走，走哪儿，走哪儿安全？"先生急切地问。

"先生别慌张，一切听从我的安排。"方伯奇胸有成竹地吩咐说，"后门刚好有一艘船，这艘船是香严寺运布料来的，乘船比较安全些，先生乘船去白峰岙香严寺，方丈是我的朋友，先生放心好了，您可在那儿安身一段时间。"

"可以可以！"先生点头表示说，"好好！我不会撑船，谁送我？"

"一切由我安排，保你安全到香严寺。"伯奇说后做了如下安排：

方国馨，为大副，负责摇橹把桨，主管一切；

方国璋，为二副，站立船头手捏撑蒿，主管方向；

方国珍，站左边，辅助撑船，眼观左岸动静；

李金海，站右边，与国珍一样，观瞻右方。

安排定当后，伯奇再三吩咐说："各人要各负其责，还要齐心协力，互相帮助，一定要保证牟子善的安全。"

当船即将启航时，母亲周氏丽珠送来一篮子粽子、一瓶烧酒、一只烧鸡和几碗好菜，供先生和孩子们途中解饥。

这艘是四舱船，中间两舱有船篷，先生当然是坐在中舱，一则不晒太阳，更重要的不能被人发现。国馨等四人各尽其力，各显其能，毫不懈急。

五月天气，赤日炎炎，各人拼力撑篙、摇橹，他们汗流浃背，干脆脱光上衣，光着身子，全力以赴。

自从前月清明节蔡乱头在路桥发现牟子善，却未抓到牟子善，自己反被打败。这个蔡乱头一直耿耿于怀，寻求报复。当得知牟子善就在洋屿，本来立即来洋屿抓他的，只因上次的教训，只怕有高手作保镖，所以不敢贸然动手。他采取更恶劣的手段，向黄岩州上告，告其结党反元。

黄岩州接状纸后，视为重大政治案件，认定牟子善是"反元分子"，就立即派总制尹三珠亲自带一队人马，即刻赴洋屿抓捕牟子善。

尹三珠等一行十多人，乘着端阳节，为使人不避，快马赶来捉拿牟子善。谁知扑了个空。尹三珠抓不到牟子善，交不了差事，急得如热锅里的蚂蚁，就开展疯狂的大搜捕行动。他们搜遍家家户户，就是没有搜到牟子善。

他们搜了村内搜村外，看村东，但只见茫茫东海，浪涛滚滚，滩涂滑滑。仔细看看没有刚走人的足迹；看看远方，白浪滔天，无有船只远出迹象；再搜村南，也只见辽阔田野，稻浪翻滚、绿草茵茵。没有办法，只得扫兴而归，但仍不死心，还是一路留心寻找。

国馨他们一直是船不息浆，始终拼命摇橹奋进，正当下午未申之交，船过新桥管来到清陶，离峰江不远了。看红日西斜，估计官兵不会追赶了，正准备停船歇息。

正在这时，国珍猛见左岸大路上，自东向南，一支马队匆匆追来。他急忙告诉说："请注意，官兵追赶上来了！"

此时此刻，尹三珠等一帮人马，已经看到河中靠右侧，有艘船，便立刻命令停马查问，刹那间，十二个官兵一齐跳下马来，人人目盯船中。他们看了一会儿，尹三珠亲自开口高声呼喊道："过来过来，船中小朋友过来！"

兄弟四人见问，一时有点慌乱，国馨说："怎么办好呢？官兵来了！"

国璋说："他们在左岸，我们可向右岸逃，待他转过来，我们已经逃得远远的了。"

国珍说："不可不可，我们能跑得过马吗？怎能逃得了他们的追赶。

我们不要惊慌失措，小弟我自有办法。"

金海忙问："什么办法？快说！"

"听我的。"国珍一面应对官兵，高喊道，"长官们！请，等等，你们不要走，我们来了！"喊后随即对国馨他们说，"把上衣放船上，游泳过去。"

国珍回头对牟子善说："请放心，你在船舱里一定不要露面。"说后带头跳进河里，并对国馨他们说，"跟我来！"

他们一行四人，装出争先恐后的样子，很快游到彼岸。国珍慌忙上岸，一话未说地就去学骑马，国馨他们也学着国珍，各人择了一匹马便上。尹三珠见状，忙喊："下来下来，谁叫你来骑马的！"

"不让我们骑马，叫我们干吗？"方国珍反问说。

"我的马是不准你们骑的。"尹三珠说。

"我们很喜欢玩马，借我们玩玩好吧。"国珍着意要玩马，以此来缠住不放。意在转移目标。因尹三珠一时答不上话来。方国珍趁此说，"大家快上马，军爷同意了。"说着再次号召他们上马。

这时有几个官兵高声喊道："滚滚，快快滚开！"

方国珍见此状况，觉得已经到火候了，随即跳下马来，装作无精打采的样子说："借我骑一会儿都不肯，多么的小气，我以为大官大气量，却原来是个小气鬼。"说后就和他们慢吞吞地游了回来。当将游到船边时，国珍猛然想到什么，急忙吩咐，不要上船，向下游游去。

谁知尹三珠还未放过他们，而是在观察、试探行动。仔细看了一会儿，未发现什么破绽，但还怕有失，于是再次呼喊："小鬼，转来，本官有话要问你。"

国馨有点惊慌失措："这将如何？我们怎样应对？"

"莫怕，我有办法应付。"国珍接着说，"我们回到船上，将上衣拿来，一手顶着衣服，一手游泳。"一行四人，排成"一"字队形，一律右手举白色上衣，整齐划一，装出一副欣喜若狂的样子，并高喊，"军爷叫我们学骑马去、我们玩马去！"

他们上得岸后，立即穿好上衣，更不顾湿淋淋的短裤，便去上马。却又被尹三珠等官兵拦住说："现在不能上马，待本军爷问你们几个问题，答对以后方可骑马。"

"什么题目？快讲！"国珍急着说。

"那艘船里有人吗？"尹三珠怕他们没有听懂，便手指河中的船补充说，"那……那…….那条河中的船篷下、篷下有人吗？"

国珍他们早已知道他的意思，故作不懂的样子摇头问说："什么人？"

"一个老人，年纪五十多岁。"尹三珠感兴趣地说。

"有有有！一个时辰前，好像有个人向前走过去了。"国珍手指南万说。

"说具体点，这个人的相貌特征？"尹三珠进一步问。

"没看清，没太注意看。"国珍装出稚气十足的样子说。

"我再问你，那艘船里，有没有个老头？"尹三珠狡猾地追问。

"你们不是问过了吗？我们说没有，不信你自己去看好了。"国珍暗想这样与他们纠缠没有什么好处，只有摆脱纠缠才是上策。想办法将被动应付化为主动进攻。于是转题说，"你问我们的，我们全告诉你们，现在总可以让我们骑马了？"说着挥手示意"上"，国馨、国璋、金海紧接着一起上马。

"不许上！"这位姓赵的军爷气势汹汹地制止说。

"那么你们讲话不算数的。"国馨高声责问后，紧接着方国璋、李金海异口同声地说："你们讲话不算数的。"

"走走！天将晚了，回家里去。"国珍说后挥手向附近的村落走去。消失在竹林丛中。

方国珍他们这样一走，完全骗过了狡猾的尹三珠、赵琬他们。所以制军赵琬说："这是一群当地的野孩子，看来这是一艘弃船，是'野渡无人舟自横'。"

此时尹三珠突然想到"一个时辰前，有个老头向南走去"这句话。急忙上马说："快快，大家快上马，快追赶这个老头要紧。"这样他们催马扬鞭，直向峰江、路桥方向驰骋。

国珍他们就藏匿在竹林丛中，偷偷看着他们走远了，才小心翼翼地出来，再急匆匆地向船中游去。

独在船中的牟子善，透过船篷的一个小洞，对国珍他们的行动看得清清楚楚，对他的表现非常满意。待他们回船后。因为这五人都没有吃中饭，各人都肚饥难熬，牟子善一人在船中也点酒未喝，是在等待他们。他们一上船，先生高兴地说："各位辛苦了，进舱里来，一起来吃点东西。"

"人也饿半死了，想吃紧了。"国珍说后拿粽便扒。国馨先拿一只递与老师说："先生饿了，先生先吃。"

"大家一起吃，。"先生说后，大家围在一起，喝酒、扒粽、吃菜，尤其是那只三黄鸡，各人啃得津津有味。不一会儿，一篮子的糯米粽子、一瓶白酒、一只烧鸡吃得精光。

饱餐后，看看天色不早了，牟子善吩咐："可以开船起航了。"

船慢腾腾地在河中前进，人人心花怒放地在笑声中回忆。他们回忆刚才紧张险境，回忆着刚才发生的一切。

先生满意地夸奖国珍的智慧和才能说："小小年纪，大大智慧，威武不屈，无穷胆略，了不起!"有词牌《念奴娇》一首赞方国珍：

少年可畏，勇敢多智慧，何愁顽敌。铁马官兵何有惧，水上畅游摇茸。树上黄鹂，枝头喜鹊，频报欣消息。敌人归去，凯旋胜利在即。

初露聪颖才能，英雄胆略，壮志凌云立。喜见嘉粗苗悦色，粗壮萌芽新苗。方氏门墙，国珍顷出，统帅千军入。枫江过去，便当香寺平极。

闲话休说，还是安全护送先生要紧，他们仍与以前一样，各守各位、齐心协力，奋勇前进。当船到白峰桥，已经是：

群鸟西飞望碧空，峰江一片晚烟笼。

香严宝寺看雄伟，古树残阳若画中。

香严寺内透香烟，洋屿村中噩耗传。不知洋屿发生何样大事？且听下回分解。

第六回

洋屿村盐田遭霸夺　方伯奇告状命归天

方门不幸惨遭灾，横祸侵来动地哀。

家破人亡凄切切，抛妻别子意恢恢。

在孤鹜与落霞齐飞的时刻，轻舟款款地驶过白峰桥了，白峰岙离此不远。"船到码头人到站。"先生就在此上岸，同时由国珍陪同牟子善进山。国馨、国璋、李金海三人同船返回洋屿。

香严寺华灯初上，香烟袅袅、暮鼓声声。在灯光与眉月的辉映下，隐约看见山门中有一僧一道在迎接。走近一看，原然是高僧——香严寺方丈悟觉法师、龙虎山道长出海蛟公孙也，一左一右笑容可掬，且异口同声地招呼："久仰，久仰! 祈盼牟子善率学生光临，请请! 请进请进!

"谢谢! 谢谢方丈、谢谢道长! 老朽这下有礼了。"牟子善说后行鞠躬礼。

聪明的方国珍便立即双膝跪地，低头行礼："谢谢方丈、谢谢道长。"表现得恰当好处。方丈、道长说了声："快起来，不必举礼。"随后，就引他俩走进斋堂。方丈吩咐几句便回方丈楼去了，道长也随着走了。

此时，陈仲达、陈叔达两兄弟过来相陪。他们三人在路桥共同对付蔡乱头时已经相识，是患难与共的朋友，自然是热情洋溢，无拘无束，谈笑风生。

用斋后，仲达、叔达带领方国珍走进他俩的房间，三人同一寝室。还是国珍先问："太谢谢你俩，给我的床都铺好了，你们哪儿知道我们会到来的，我感觉十分好奇。"

"我俩哪里知道，是道长早上吩咐的。"陈仲达说。

"方丈昨天就说过，'明天有师弟来'，这说明道长与方丈俩早就知道你们要来这里了。"叔达说。

"那天在路桥看到，道长的武功十分了得，我很想来这儿学习，只是不敢提出。岂知今天真的来了，正是有福、有缘。"方国珍说。

"上午师父说你'在这里要住上两三年'哩。"陈叔达说。

"请师兄多多关照！"国珍说。

他们三人说得很多很多，不觉进入了梦乡。国珍一觉醒来，见两位师兄正在起床。他也立即坐起问："师兄早！天亮了吗？我还在做梦呢。"

"天还没有亮，现在是五更天，规定'闻鸡而起'，快快！师父已经在后山练功了！"

"知道了，请带我去。"国珍说着很快穿好衣服，三人慢跑到后山，见师父笑容满面地说："很高兴国珍来此练习，希望你要刻苦锻炼，勤奋习武，练就一手真功夫。"

"徒儿切记道长教诲，我会认真努力学习的。"国珍表示说。

空空道长接着对陈仲达说："国珍先跟你学，从学习基本功开始，有了扎实的基本功，就有举一反三的效果，到时学习各门功夫就容易得多。"

"徒儿知道。"仲达表示说。

由于国珍天资聪慧，有一看就懂、一学就会的天赋，生就一副习武的料。

在习武的同时，三人还兼学文化，牟子善亲自专教他们读书，规定上午习文，早上和下午习武，傍晚专业道家功课。这样他们就专心致致在读书、习武和学道。可说"两耳不闻窗外事"，可是世事却纷纭变幻莫测。

先说蒙元朝廷日趋衰落，各级官员贪污腐化、地方土豪劣绅强抢豪夺，百姓怨声载道，再加上连年遭灾，粮食歉收，农民缴不起田粮。朝廷因收不上赋税，发生严重的财政困难。

自戊辰（1328）至癸酉（1333）的五年时间里，换了五位皇帝，当今的皇帝号称惠宗、即顺帝，名"孛儿只斤妥懽贴睦尔"，算得上个强势君主了。一天早朝，文武百官朝觐时，当朝丞相奏道：

"当下国库空虚，洞庭湖、洪泽湖畔盗贼四起，据报陈友谅，张士诚等举兵造反，正来势汹汹。前方将士粮饷难济。就是朝中官员也半年未发薪酬了。"

"不要再说了。"孛儿只斤妥懽贴睦尔不耐烦地打断了"忽尔木加只衣"首相的奏述，接着说，"朕已知道。即日颁旨。"

皇帝的旨意是：

"加强赋税，犹为盐税。江浙沿海、尤其是扬州、台州，贩卖私盐十分猖獗。务必严加整治，严禁偷逃税收，违者严惩不贷。"

圣旨以雷霆万钧之势、一日千里之速向下传达，为此，元顺帝为了加强台州的盐税收入，随委任内阁大臣——曾住为台州路达鲁花赤。

曾住他奉旨来到台州之初，还是秉公办事的。谁知地方黑恶势力猖獗，难以施展其才。

黄岩州东南乡路桥的蔡乱头，是台州路兵马总监白景亮的小舅子，他早已涉足盐业、插手盐税领域。他亲自勾结洋屿前洋村恶霸陈恢等，他俩研究如何欺行霸市，涉足和掌握盐业、掌握税务大权。

蔡乱头亲自带一队人马，视察了洋屿一带沿海，察看了一个又一个盐田。其中最看中的是洋屿村的大片滩涂，因为其滩涂平坦、开阔，条件十分优越。

为此，蔡乱头特意去前洋村找臭味相投的陈恢，与他谋划如何夺取洋屿盐业、侵占洋屿盐田。

陈恢是个无赖之辈，早有霸占洋屿盐田之意，只是力不从心，不敢动手。他苦苦等待时机，没料到蔡乱头亲自光临，主动地找上门来谈协作。陈恢求之不得、欣喜若狂。急忙出来迎接，热情洋溢地说："久仰久仰！非常高兴蔡兄光临！"

蔡乱头摇晃着尖尖的脑袋，手捏一把折叠的白纸扇，带着十来个小兄弟走进陈家，假装斯文地说："多有打扰，请君见谅。"

"大驾光临，迎接来迟，请多多原谅！"陈恢说。

他俩一番客套后紧接着进入主题，还是蔡乱头主动地驱走侍从后，开门见山地说："最近我看了各地不少盐场，算是洋屿的盐场最好、最有前途。"

"高见，高见！兄台说得真是。"陈恢鼓掌赞成说。

"贵村与其隔壁，可否将它占为己有？"蔡横挑逗说。

"不瞒你说，小弟早有此意，但无良策，更无高人相助。"陈恢说。

"蔡某我愿为兄台效劳、出力。"蔡横说。

"谢谢！小弟我求之不得。不知从何入手，怎么行动？"陈恢说。

"请别着急，要从长计议，必须从长计议！"蔡横说。

"怎么的从长法？请明确告知。"陈恢说。

他俩商议确定：

一是尽快建立民团组织——准武装，名为白虎帮，入帮条件是，十八岁至三十八岁的男性，女性却以十六岁至二十八岁；

二是即日起开始训练，就是学习武功，同时请来著名拳师为教练。暂由路桥蔡武馆教师蔡柱兼任；

三是教师薪水由入帮会者平均摊派；

四是本帮由陈恢任帮主（团长），属路桥蔡武馆直接领导。

不几天，前洋村白虎团宣告成立，入伙人员共三十九人，其中女子五人。他们都是农民，仍坚持白天耕种、捕鱼、晒盐，夜间练习。

约过半年后，蔡横、、陈恢带领随从四十多人，来到洋屿村，赶走在海涂滩头作业的盐民，强占了大片的盐田。说什么这一带自古就是前洋村固有土地，反诬洋屿村侵占前洋滩涂、水产等资源。

洋屿村民被迫起来告状，因祠堂牟子善不在，他们都集中到方伯奇裁缝店，商量有关告状事项。方伯奇可算得上半个秀才，他经常帮助村民代写书信、代写对联和法律文书等。今天这么大的事情，方伯奇义不容辞地担当拟写状纸的任务。

经过整整一夜的冥思苦想，终于拟出了初稿：

黄岩州台鉴：

本州东南乡洋屿村民，历古自有滩涂三百余亩，已建成盐田。近日，邻村前洋陈恢勾结路桥恶霸蔡横，霸占本村盐田大半，计一百八十余亩。……

状纸由全村一百多户村民签名画押，再由李金海的父亲李远达，方国馨两人送至黄岩州衙门。谁知洋屿村的一切行动，都在蔡横、陈恢他们掌握之中。李远达、方国馨俩走到衙门前，首先见到的是陈恢他们一伙，他们已经在等候着。他们对着李远达、方国馨冷笑，并扬言："你们打十八个筋斗，也逃不出我如来佛的手掌心。"

他还念念有诗：

有钱有势事融通，州府官员握手中。

状纸前门刚送进，后堂酒肉醉绯红。

李远达、方国馨他们几次上告，如同石沉大海，杳无音信。迫于无奈，他们向台州路告状。状纸也由方伯奇拟写，内容基本相同，只是加上：

"三次状告，黄岩州未予理睬，在上天无路、入地无门的情况下，要求台州路作出英明决断，勒令前洋村归还被侵占的所有滩涂；并对为首分子陈恢等予以定罪。"

状纸写好后，需要选派几位识几个字、能说话的老人上台州路呈状。

为此，村民们集中在李氏祠堂，进行群众推荐。经村民讨论，一致推举方伯奇、李远达俩为代表。

当时方伯奇没有在场，他得知后，急忙放下手中赶制的衣服，急匆匆地跑到李氏祠堂，向众人慎重其事地提出："谢谢各位抬举！请各位原谅，非我怕事，一是因为方某我是客居在此，时间也只有十多年，对村中的事不甚了解；二是洋屿村姓方的只有我一家，可以说代表不了洋屿民众；三是我手头加工的衣服很多，用户急着要。"他讲话后向大家行了三个鞠躬礼。

方伯奇的话说得实诚在理，得到大家的认同。但考虑到村民的利益需要，大家还是要求他去。村中年纪最大、威信最高的李正明老人代表村民再次要求他说："方老师，为了洋屿村民的土地不受侵犯，为了夺回被侵占去的盐田，也为了本地方的安宁，我代表全村村民向你请求，麻烦你走一趟台州路。"

伯奇是个诚实的人，面对诚实的老人，只好表示："谢谢大家看得起我，方某受命就是。"

大家最后推举李小东、李老三同往。他们接受上几次的状纸未出门、对方已经在衙门等候了的教训，为了安全，这次的一切行动和所走路线等，都在保密中进行。

方伯奇意识到可能要出事，就采用"明修栈道、暗渡陈仓"的手法，不走陆路走水路，偷偷地在下半夜步行到海门，再在海门乘航船，直达台州路——临海。

世上没有不透风的墙。洋屿村的一切行动，都在蔡横、陈恢的掌握之中。他们得知方伯奇、李远达要到台州路达鲁花赤那里去告状，蔡横一边叫陈恢写好状纸，反告方伯奇他们贩卖私盐；一边亲自骑快马去临海找白景亮，商量如何趁此机会，将方伯奇羁押、坐牢。

时任台州路达鲁花赤的曾住，皇上派他来台州的主要任务是严禁贩卖私盐，加强盐税收入。可是上任半年多来，成绩微微，仍收不上盐税，正在焦虑不安之时，忽地见白景亮送来状纸，状告路桥洋屿方伯奇等贩运私盐，说他们行为恶劣、逃税严重，必须从速从重惩处。故此，曾住亲自过问此案。他问白景亮："此状纸所告方伯奇贩卖私盐，确有此事？"

"此案千真万确。方伯奇他们目无皇法，当今皇上颁布禁止贩卖私盐，可是他有意公然对抗，因此黄岩、路桥一带贩卖私盐十分猖獗。原因就在于打击不严，不但屡禁不止，反而越来越猖獗。"白景亮说。

达鲁花赤曾住听后，立即提笔，在白景亮送来的状纸上提上"立即提拿归案"六个字，并对白景亮说："你可立即派兵去把他们抓来坐牢，给他抄家，并没收其非法所得。"

"不用派兵，他自己会送上门来的。"白景亮说。

"却是为何？"达鲁花赤曾住不解地问。

"他们是一伙不法之徒，恶人先告状，诬告检举揭发他的人，近日可能前来台州路越级告状。"白景亮说。

"这太好了，自己送上门来。"达鲁花赤说。

正说着，传来黄岩东南乡洋屿方伯奇、李远达等告状来了。

方伯奇他们到达临海后，立即便去台州路衙门（原台州府）。门卫需要办理登记手续。门卫说："你们是哪里人，做什么事，要找谁？必须写清楚。"同时递上登记册一份。

方伯奇、李远达接过登记册，认真地写上：黄岩州东南乡、洋屿村村民方伯奇、李远达、李小东、李老三的名字。前来面呈达鲁花赤曾住，状告前洋村陈恢强占我村的盐田、滩涂事项。

刚刚登记好，见有七八个当兵的走来，视他们为犯人，把方伯奇等四人带了进去。紧接着来了两当差的人宣布：

"查黄岩州东南乡洋屿村方伯奇、李远达等人，目无皇法，公然对抗朝廷，长期贩卖私盐；反而恶人先告状，诬告前洋陈恢等人侵占其盐田。据此说来，其情节十分严重。经达鲁花赤批准，作如下决定：对方伯奇、李远达执行拘禁，并对其进行抄家，没收不法之财……"

他们宣布后，立即将方伯奇、李远达带进囚牢羁押。李小东、李老三被放回。

自从方伯奇上临海告状去后，周氏丽珠心中忐忑不安，预感有事将要发生。所以坐卧不安，两夜几乎没有合眼。她回忆着她和伯奇成亲的二十多年来，形影不离，夫妻俩恩爱无比，甘甜如蜜，一直生活在一起，从未分居过一夜。今天伯奇不在其身边，似失魂落魄、无精打采似的整日站在家门口，盼望夫君早点回来。

看着看着，看见李小东、李老三俩匆匆回来了，但不见方伯奇、李远达两人。她急忙上前询问："小东、老三叔叔，我家伯奇呢？"

"伯奇被官府羁押了！"听到这句话，如五雷轰顶，似晴天霹雳，她晕倒了。国瑛、国珉慌忙赶来扶挽。

正在此时，忽见有十来个官兵骑着高头大马，向村中飞奔过来。官兵中有个向导——前洋村陈恢，直奔方伯奇家。把他家包围住，接着向周氏丽珠宣布："方伯奇因贩卖私盐罪，已被羁押在台州路。我们一行是奉命前来抄家的。"

紧接着，十来个人似狼如虎，翻箱倒柜，把他家来个天翻地覆、翻天覆地、翻来覆去的搜查，几乎有点价值的东西，全都搬到空地上，连刚买的一斗米也被搬出，所以堆满前门所有空间。凡是有价值的统统没收充公。

还是方国瑛有胆量，向官兵提出："所说充公之物，必须登记造册。"

登记册上写着下列账单：

布料：十二块，计三十一丈六尺（客户加工）

裁好衣料，五件；

成衣，十一件；

衣柜二只；

木箱三只，

银锭两块；

铜钱十一吊；

……

此时此刻，突然三个官兵骑着快马，来与他们嘀咕几句后，再次进入屋里，似有挖地三尺之势，搜寻什么宝藏似的，搜着搜着，终于在其床底下的一个地穴里，搜出一个锈迹斑斑的铁皮箱子，打开一看，果然是藏匿着珍奇异宝似的东西，分类统计如下物品：玉如意一只、翡翠耳环一双、钻戒一对、金手链一双、玉镯一只、玛瑙镯子一只，此镯子中刻有"陈王妃玉容"五字，是价值连城之宝。此外，还有很多珠光宝气的东西，由于时人外行，一时难以辨别，只笼统地登记件数。

他们翻到箱里最底层时，发现还有重要宝物——印鉴一类东西：最主要的"永乐王国"金印一方；玉玺一枚，此外，还有其他金、玉、玛瑙之类的小印章等。

这一重大发现，是一惊天动地的大事！

由此可见，方伯奇原是方腊之嫡亲玄玄孙。

他们有了这个重大发现，除了拿去银锭、铜钱外，其他布料衣物一概留下。一行十一人，骑上快马，快马加鞭、马不停蹄向台州路奔去。

却说达鲁花赤曾住获此瑰宝，也是欣喜若狂，即刻写好奏章，派人直送大都。据说他们一行五人，沿运河北上，到达淮阴地带，迷失方向，走错道路，误入东海县境内，走进"马陵"古道。从此人员、宝物消失得无影无踪。后人听后，无不为此而惋惜。

待等官兵去后，李小东、李老三随将去临海告状的情况做了介绍，着重说方伯奇、李远达一到衙门就被拘禁的情况。村民听了无不义愤填膺，众人不知所措。国馨、国璋出远门卖盐未归，三儿子国珍在香严寺跟师父南游去了。

丽珠一话未说，只是不停地哭。国瑛、国珉俩也跟着母亲哭。时年十二岁的国珉擦了眼泪后说："娘，请勿伤心。我马上到路桥姨母家去，请姨父、姨妈想想办法。"

"好孩子，快快地去，路上小心。"丽珠点头说。

国珉刚跨出村口，见国馨、国璋挑着空箩筐回来了。还是国馨先问："珉弟，你这么匆忙，到哪儿去？"

"到路桥姨妈那儿去。"国珉将情况做了简要的介绍后说，"哥，你俩快去照顾娘。"说着便跑步向路桥去了。

国珉快步跑到姨妈家，姨妈丽娟陪国珉去黄岩羽山找刘仁本，与仁本商量如何搭救方伯奇的事。

刘仁本与方伯奇亲如兄弟、情同手足。他即刻研墨提笔，连夜写好申诉状，并叫国珉即回洋屿照顾母亲。刘先生就与国馨、国璋同去台州，送去这张申诉状，同时探望父亲。

方伯奇以贩卖私盐罪，被台州路关押的消息，在全台州传开。

方伯奇的冤家对头——花花太岁斑木松，趁此进行嘲弄、报复。他带了几个侍从，骑着快马赶到临海。他通过狱卒，提审方伯奇。伯奇走出牢房，举目一看，见是冤家对头，便低下头往外走，就在这弄堂间，在侧过"斑毛虫"的瞬间，谁知斑毛虫暗中给方伯奇一下冷拳，击中他的腰间，击中要害部位——肾脏。

这一拳非同小可，肾脏击碎，疼痛难熬。他"啊呀！啊哟！啊哟"连叫三声后，忽地头重脚轻、天旋地转，双膝无力，倒了下去。

衙役们把伯奇拖回牢房，当夜便疼痛难忍、发热头痛。

翌日，国馨、国璋兄弟俩来到临海，首先去探望父亲。几经曲折，同时花费些银两后，终于获准探监。兄弟俩到达牢狱，见父亲面无血色、憔悴不堪，坐不住、立不起。三人相对，泪如雨下。还是国馨先说："孩儿不孝，未守候父亲身边，害父亲遭此苦难！"

"孩子不必自责，这与你们无关，只怨世道黑暗。"伯奇有气无力地说。

"看父亲疼痛难忍，孩儿怎能与父分苦？"国璋问说。

"你父亲也是个坚强的汉子，本能经受住各种折腾的，只因……'啊哟''啊呀'……"喊了几声后，伯奇泪流满面地继续说，"只因昨天下午，来了个冤家对头斑毛虫，给我腰间肾脏猛烈一拳，看来肾被击碎，命在旦夕了！"

"不会的，不会的！父亲定能康复的。"国璋擦了擦眼泪后接着说，"都说好人定有好结果，父亲是好人，想必定会康复的。"

"母亲非常惦念父亲，本来也来探望父亲，只因……"国馨说。

"你母亲她怎么样？她身体可好？出什么事了吗？"父亲问说。

"只因家里被抄，家里乱得一塌糊涂，母亲要整理，托我们代向父亲问好。"国馨如实告诉说。

"抄家了，抄去了什么东西，床底下的……"伯奇急问。

"其他没什么。主要是床底下地穴里的铁箱被抄去了。"国馨诚实地说。

伯奇听此一说，大惊失色，他立即双膝跪地。国馨、国璋兄弟也随同膝盖落地。静听父亲说：

"方家祖上，容妃娘娘！恕儿孙不孝，留传九代的珍奇之宝——先王方公的印鉴、玉玺和王妃娘娘的首饰，这是复国之宝物，竟然损失在我的手中！"

国璋问说："此物真有如此重要吗？"

"重要，非常重要，我想把它传给你们，所以将你们的名字——称国馨、国璋、国珍……"父亲说。

"就要我们一代一代地传下去？"国璋说。

"是的。还要接过来，要恢复我永乐国……"

正在这时，牢役吼叫："时间已到，快快出去。"说后将方伯奇拖了进去。

国馨、国璋兄弟泪如雨下地看着父亲被拖进牢狱，心如刀绞。

走投无路的国馨、国璋两兄弟，怅然若失地在街头游荡，当走到江下街，迎面碰见刘仁本先生匆匆而来。他们似遇救星似的快步上前，向刘叔叔招呼说："叔叔好！侄儿这厢有礼了。"

"你们是……噢噢，国馨、国璋兄弟，你们看到父亲了？"刘仁本问说。

"见到了，父亲他……他……他被'斑毛虫'打成重伤啦！"国馨说。

"伤势很重？有否给医治？"仁本问。

"没有就医，看来危在旦夕。"国璋说。

"你父亲他人在哪？"刘仁本着急地说。

"在监狱里。"国馨说。

"走！我们到监牢里去。"说着两人来到牢狱。

国馨等三人同样买通狱卒，进得牢房，一看，方伯奇他刚刚昏厥过去。经抢救，终于唤醒了他，他慢慢地睁开了眼，眼见刘仁本和三个儿子在身边，有气无力地伸出手，握住刘仁本的手说："谢谢你来看我，临终前能遇见老弟和两个儿子，可说不幸中的大幸！"

"不要这么说，贵体慢慢会康复的，想必不会有事的。我想法子请医生来看看，吃几贴伤药，会康复如前的。"刘仁本安慰说。

"不必了，我已经病入膏肓，危在瞬息之间。有几件未了之事望孩子记住：

一是害我者是斑木松、蔡横、陈恢，杀父之仇牢记不忘；

二是将未做的布料、或已做好的衣服，全部发还原主；

三是要善待你们的母亲，她是贤妻良母，五个孩子养大很不容易；

四是兄弟要团结，共同对敌，我看国珍可能有出息，你们要扶持他！扶持扶持……持……持……"说着便闭上眼睛。

第七回
洋屿村村民皆恸泣　青龙帮帮会发誓言

晴天霹雳响惊雷，洋屿村中动地哀。
方氏门庭遭劫数，伯奇被害赴泉台。

方伯奇被害的噩耗如晴天霹雳，似五雷击顶。山含悲痛、海发怒涛、人在哭泣。哭声惊天动地，洋屿村民沉浸在悲痛之中，人人哭哭啼啼地前来吊唁。最最悲痛的莫过于方夫人周丽珠和他的儿子们。

方国珍还在香严寺，已经两年多未归家了。怎么他昨夜突然做了个噩梦：

他梦见父亲面容憔悴地向香严寺走来，国珍急忙上前迎接说："父亲好！今日匆匆来寺，有何要事吗？"

父亲含泪地说："你两年多未回家了，我们被人陷害，已经是家破人亡了！"

"有这么严重！到底发生了什么？"国珍问。

"我们家被抄家了。"父亲说。

"抄去了什么东西，可有值钱的东西？"国珍问。

"金银珠宝都是身外之物，抄去何可足惜，最最可惜的是藏匿二百多年的铁券丹书、金印玉玺！这是无价之宝！"父亲说。

"有这么重要吗？它有这么多的价值？"国珍问。

"此物是我们的先祖、永乐王方公的遗物，一代代传下来，到我手里是第九代嫡系玄玄孙了，这是复国之希望所在，是方门之希望所在。"父亲泪如雨下地说。

"失就失了，父亲也不必过于伤心自责。孩儿可否追回来？"国珍说。

"无望了，无望了，看来复国也无望了！"突然父亲倒地不醒，"父亲父亲！"国珍正在拼命地喊，猛听见陈仲达"国珍国珍"地喊叫。

噩梦惊醒，国珍便感心思不安。正在这时，忽闻寺外有人唤"三哥三哥！"仔细一听，是四弟国瑛。急忙跑出山门应道："国瑛！这么早来找我有甚要事？"

"快快！快快回家去。父亲被人害死了！我是报丧而来的！"国瑛泪如雨下说。

"我去告诉一声师父，立即与你一起回家。"国珍说。

"不用了，我知道了，你马上可以走了。"空空道长说。

"谢谢师父，徒儿暂且拜别！"国珍说。

"你可先走，等会儿我与方丈他们都来，给你父亲做几日道场。"道长说着挥手相送。

国珍、国瑛跑步回到家里，见父亲的灵堂已经摆好！灵柩放在中间，国珍情不自禁地冲向灵柩，扑在棺材上恸哭。此情此境，催人泪下。众人劝慰一番后，方国珍慢慢平下心来。这时，刘仁本走来说："国珍，三年不见，长高了，长成了大男人了，大男人就要顶天立地。起来吧，起来看看，这灵堂布置得可以了吗?"

国珍扫视一下，灵堂摆式虽不十分讲究，却是隆重得体、壮严肃穆。

白布作帷幕，围成半口形灵堂，灵堂上方放有长方桌一张，桌上放有插蜡烛的器具——烛台，点着一双一斤重的白蜡烛，插着三支长香，正是香烟袅袅；紧接着下面的正中间放着灵柩，灵柩上盖有红毡子；灵柩下方放有一张方桌子（八仙桌），桌上整齐地摆着煮熟的猪头、公鸡各一只，还有鱼、豆腐和水果等供品。

供桌下方平铺二条苦茨（绞苦），苦茨上同样铺盖白布。此苦布是用晚稻草敲软编织而成；是家家户户必用的床垫，见国馨、国璋、国瑛、国珉他们头戴麻布帽、身披麻衣，脚穿麻鞋，手捏清香，并排跪在苦茨上，低头向父亲谒念。

国珍看看灵堂上的对联，挽联：

横额：海怒山悲

　　　壮志未酬躬身救国埋头半世遭人陷害抛妻别子；

　　　鸿图失愿力挽乾坤奋斗一生遇贼暗伤驾鹤升天。

国珍看后随即挥毫用行草题写一首挽联：

横额：血海深仇

　　　万里阴霾社稷混沌驱逐去；

　　　千山叠翠乾坤浩荡彩霞来。

众人看着，齐赞国珍文采非凡，不仅字写得漂亮洒脱有力，而且有气壮山河之雄伟气概。

洋屿村民沉浸在悲痛之中、方家妻儿沉浸在悲惨的苦海里，全村上下在哭泣、在悲痛、在悼念。男男女女、老老小小、排成长长的队伍，秩序井然地前来吊唁。人人都为失去慈祥可亲的方伯奇而悲泣，人人都为方伯奇不幸遭害而悲痛、而愤怒，洋屿形成澎湃的怒涛。

暂不表灵堂摆式和群情激昂，紧接着香严寺悟觉方丈和空空道长领三十三位僧人，带着各种法器、道具，摆起道场，道场肃穆壮严。三十三位和尚，立即到位，接着便钟磬叮叮、木鱼笃笃、诵经声声。这么大的道场引来无数观众，附近村民也前来吊唁和观看。到了中午时分，香严寺和尚送来斋饭，待到红日西沉时刻，他们收入法器，准备回寺。

正在这时，忽见路桥南山寺悟静师太带三十三个尼姑前来接班。当地称她们来念夜经，尼姑她们自带法器、自备道具，再点香烛，开始不眠之夜的诵经。

南山寺也是个大寺院，当时有女尼百余人，也是黄岩最大的女尼寺院。当天上午，悟静师太收到香严寺方丈亲笔信，要她派三十三个女僧人去洋屿方伯奇家，共同超渡方伯奇。

在大和尚悟觉方丈和大尼姑悟静师太的亲自主持下，做了三日三夜道场。这样的道场，也可以说是既隆重又俭朴。

因为天气比较炎热，所以只做三日隆重的道场。道场圆满后紧接着举行隆重的葬礼。

出葬这天，天气晴朗，风和日丽。

先是周丽珠率五个儿子向灵柩跪拜后，接着方国珍代表五兄弟、悲痛欲绝地宣读祭文：

> 东海怒涛，西山愤恨；见不平而愤怒，含冤地暗天昏。
> 急风暴雨，丽日含呻；失亲人而哭泣，送慈父而归魂。
> 乌云蔽日，沧海浊浪；人亡家破落魄，英年良善殃身。
> 父亲抱负，壮志凌云；一心一意救亡，谁知报国无门。
> 胸怀社稷，帝业诚心；一年一月祈盼，却成监狱牢蹲。
> 恶霸当道，地痞流氓；强抢掠田夺地，乌呼一命沉沦。
> 为人诚实，坦荡胸襟；热情洋溢堪嘉，雄心斗志凌云。
> 悲离慈父，痛不欲生；泣不成声叫屈，悲哉痛也悲辛。
> 祖上遗训，雪恨为人；儿孙谨记祖训；乃定中华乾坤。
> ……

出葬的场面更加动人，香严寺方丈、南山寺师太，他们领来男女僧人一百三十人，还有空空道长带来二十位道士。

灵柩起动后，送葬队伍紧跟其后，除洋屿全村出动外，附近各村的不少村民自愿前来送别，人员数量无法统计，估计多达千人。

伯奇安歇吧！刘仁本即兴诵诗一首：

> 凄风苦雨泣悲凉，血海惺风霾耗疡。
> 惊悉兄台遭陷害，忽闻挚友命亡伤。
> 流氓忤害平民死，恶霸凶残百姓殃。
> 半世人生何苦涩，英年早逝痛肝肠。

就在葬礼结束的第二天，国馨五兄弟和李金海等在整理灵堂的同时，一起商量如何报仇雪恨的事。国馨提出："父亲被害，惨死在恶霸之手，此仇怎报？"

"杀父之仇，岂可不报，我方国珍不报此仇，决不为人。"国珍重拳击桌说。

"我们想办法先把陈恢杀了！"国璋说。

"对对！先杀陈恢，我赞成！"国瑛、国珉俩异口同声地说。

"怎么个杀法？他们有'白虎帮'、有拳师教练，我们都没练过武，不但打不赢他们，反而要吃亏。"李金海说。

"我们村虽然人口比前洋多，可是都没有受过专门训练，去年的教训历历在目，结果反被打伤十多人，还夺去锄头十八把、扁担等二十多条。"国馨说。

正说着，刘仁本走过来说："仇是一定要报的。古语云，'君子报仇十年不晚'你们要从长计议，先要壮大自己的力量。"

"听刘叔叔的，我看立即组织力量，成立拳坛，成立'青龙帮'，对抗和压抑'白虎帮'。"国珍说。

"'青龙帮'这名字不错，请解释解释。"李金海首先表示赞同说。

"青青为天，青能压白；青龙，乃东方之神，'天神之贵者，莫贵于青龙'；《礼记，曲礼上》'行前朱鸟后玄武，左青龙而右白虎'；龙翔在天，龙能治虎。他们的白虎，唯青龙可压、可治。"国珍说。

"有道理，有道理！说得好！我同意。"国璋举手表示说。

"这名字的确很好，青龙制白虎，白虎只有青龙可压！"刘仁本说。

"听你们的，就这样定了。请谁为教练？"国馨说。

"我可暂且担任此教练，你们看可以吗？"国珍自报奋勇说。

"常言道，能者为师，这样太好了！我相信国珍能行！"刘仁本欣喜地说。

"教师的事不必担心，我可请师兄、师父来；当前急需把人员组织起来、把地点定下来。"国珍说。

"地点设在祠堂内，人员大家共同去组织。"李金海说。

说到李金海，他的父亲李远达与方伯奇同时入狱，只因斑木松一拳打死方伯奇后，刘仁本当时就向达鲁花赤提出交涉，迫于压力，李远达于昨天傍晚被释放回家了。

大约经过几个多月的紧张筹备，洋屿村"青龙帮"宣告成立。由二十八位男性青年组成。大家推选方国馨为帮主。

于次年五月十三日，即关老爷（关羽）寿诞，在李氏祠堂左则的一片桃园中举行结义仪式。他们事先在此筑起香坛，香坛横额：青龙制白虎：
上联：

仁播云天志在驱邪惩恶；

下联：

义耕乡泽心存保境安民。

坛前点燃斤重红烛一双，插上青香三支，八仙桌子一张，桌上摆放猪头、公鸡、黄鱼、豆腐四个盘头。还有净水三杯，黄酒三盅。场面虽不十分显赫，但也算是隆重、壮严、肃穆。

接着由方国珍宣布结义仪式开始，二十八位兄弟向关公爷神像跪拜并三叩首。

第二项：全体起立，向关爷神像起誓，也由方国珍主誓，主誓读一句，众兄弟高举右手接下念一句：

上天行仁，仁人取义，我等为保境安民，扬善惩恶，自愿结为义帮。凡若入吾邦者皆为兄弟。自今日起，一人有福，全帮同享；一人有难，全帮担当。凡我帮友，均须言必仁、行必义。务必做到以下三项：

其一，不论在任何时候、任何情况，都决不许欺侮百姓；

其二，不论在任何场所、任何理由，都决不许偷盗奸淫；

其三，不论在恶劣环境、严刑吊打，都决不许卖友求荣。

若有不遵帮规，倚势作恶，全帮共讨，神人同诛。誓言一诺千斤，决无翻悔。

昔日桃园结义争得三分天下；今天洋屿成帮书承水浒南传。

宣誓就职后，方国璋提来一只大公鸡，交给国馨，国馨接过公鸡，右手在桌上拿来杀猪尖刀，当场割断公鸡喉咙，将滚烫鸡血滴入酒碗中，待血尽酒满后，国馨首先喝了一口后，分别递给国璋、国珍、国瑛、国珉、金海、金松等，依次饮了一口，表示：

"滴饮热血为盟誓、义结金兰是弟兄。"

结义盟誓后的第一件大事是设立拳坛，练习武功。当天傍晚就开始学武。

自然是顺序前进，必须以理为先，方国珍也从原理开始讲课：

"拳术是中华民族五千年的文化精华所在，是治国强身之本，我们地处江南，为适应南方人的特性，我们先学'少林南拳'也叫'南少林'，待少林南拳基本学好后，接着是'太极南拳'。

"'少林南拳'出自福建泉州、莆田：泉州南少林武术历史悠久，源远流长，自成体系，在海内外有广泛的影响。它始于晋唐，盛于两宋。论著作，有俞大猷的武术《剑经》；论武功，南派拳术风格独特；谈寺院，泉州少林寺曾名扬天下；芳声远播，其影响遍及中国大陆各省和港、澳、台地区，还远及欧美、日本、澳大利亚和东南亚。

"少林南拳拳法综合吸取了我国民间和古代行伍中流传的各家拳法，仿效飞禽猛兽的飞翔、蹿跃等动作，创造了龙、虎、豹、蛇、鹤的五形拳，以及牛、鼠、兔、犬、鸭、马、猴、鸡、龟、虾、猫等十二形拳。一些前辈高僧更在研修锻炼过程中，总结自己之心得体验，又借鉴医家之经络学说和气功之导引理论，独创出一种气力合一、内外俱练的技击拳术。"

学习坚持理论与实践相结合，主要是重在练习，一个个表现十分认真、用功、刻苦。他们是农民的儿子，坚持白天劳动，晚上习武。经过三个月来，参加的人渐渐地少了下来，并且越来越少。究其原因是，时到中秋后，他们都去卖盐了。可是方家五兄弟，还有李金海、李金松、李金有、李金富九人坚持不懈。

再说方家自从方伯奇亡故后，裁缝店虽然方国馨在坚持着，但因技艺欠精、质量欠佳，生意日趋萧条，频临倒闭状态。加上无田无地，无处耕种，一家六口无分文收入，为了维持生计，国璋、国珍、国瑛也跟着去卖盐。

其实他们并非贩盐，实是自产自销。就是当地村民晒制的海盐，除大部分经盐商贩往外地销售外，还有少部分组织当地盐民自销，方国珍他们是属自产自销范围。长期以来，方国珍他们蒙受"盐贩"的不白之冤。

盐是百姓生活不可缺少的食品，盐税是朝廷的财政收入，历朝以来，都是由朝廷管理。自北宋咸平三年起，朝廷设黄岩盐务监官，是江浙两省五个临官之一。本朝大德三年改黄岩场盐司令，从七品，下辖十三团五十灶。因此说管理非常严格。

方国馨留在家中，一是身为青龙帮帮主，不好擅离职守；二则是为了照顾母亲。

近几天，周氏丽珠向邻居借来编草鞋用的工具——草鞋扒等，并讨来六把晚稻草，稻草放在木头墩上，再用木槌槌敲稻草，慢慢地将稻草槌软，同时还买二斤绿麻作绳，麻绳作经草作纬，编织草鞋，足足忙碌了三天，编织好九双草鞋。给儿子出远门卖盐时穿着。

洋屿百姓卖盐实是自产自销。可是官府一律视为贩卖私盐，盐兵日夜缉私。在这种环境下卖盐，可说十分艰苦且非常危险。国璋、国珍肩挑小竹箩，不走大路走丛林、穿峡谷、过险道。第一次正好是重阳节，国璋肩挑百斤、国珍挑着八十斤、国瑛挑五十斤晒盐。三人一行，半夜从洋屿出发，途径白峰岙——沙埠——廿四横——鸟山——桐树坑——雁荡山仙姑洞——永嘉八仙岩。足足走了三天，终于将盐卖完。可是国珍、国瑛的肩上已经红肿得如大馒头，痛得叫苦连天。

这样的生活真叫人心痛，母亲看到国珍、国瑛的肩上不仅肿得如馒头，而且已经磨破肉，鲜血淋淋的。母亲怆然泪下说："儿呀，你不该投胎到方家来的，害得你吃这么大的苦，真叫娘心痛哟！"

"母亲不必伤情，为了母亲，为了生存，我们什么样的苦都能承受，我们是男子汉，应当顶天立地，何况磨破肩上点皮。"国珍说。

国珍他们日复一日、月复一月地继续在卖盐。一天兄弟仨，挑着盐刚过大溪岭头，进入乐清地界，突然岭南闯出十多个盐兵，国璋叫兄弟往山林中逃，自己一脚滑下，跌落悬崖。国珍、国瑛哪逃得了？被官兵抓去。

国瑛年小，羁押一夜后被释回家。国珍被羁押五天后才放还。

国瑛回家后将在大溪岭的遭遇告诉母亲，母亲听后大哭一场，以为国璋已跌落悬崖没命了。三个儿子一起出门，一个没命、一个坐牢，好不凄惨！

国馨随即与国瑛、国珉仨去大溪岭寻找国璋，寻了一天，寻遍山山岙岙，终没找到国璋踪影。国馨他们回来，仍找不到国璋，母亲更加伤心。她只是在哭，哭着哭着，见国珍回来了，这也使母亲得到点安慰！

全家人都为国璋跌落悬崖失踪而焦虑，国馨、国珍再三去大溪岭，打听和寻找，兄弟俩再把山山坑坑重寻一遍，找了两日，仍无踪影，只得垂头丧气地回来。

与此同时，母亲与国瑛俩去路桥，再由丽娟陪同，去南山寺，拜佛求签。求得第三签上上，悟静师太为她详解说："观世音菩萨保佑，你儿子定是平安无事，不但能平安回家，同时红恋高照，会娶个新媳妇归来，祝福你。"

"签司会灵验吗？"周氏半信半疑地问。

"灵验灵验！南山寺观音菩萨的签司签签灵验！你放心好了！说不定你未到家，或许你儿子——国璋已经到家了，还带来了儿媳妇哪。"

姨妈丽娟陪母亲与国瑛从南山寺回来，询问国馨、国珍找寻情况后，又呜咽起来，大家不免劝说一番。

正在这时，突然见国璋领着一位姑娘和一位徐娘半老的女士，看样子是母女俩。众兄弟快步迎上，抱住国璋，五兄弟抱团一起，抱得紧紧的，人人热泪盈眶，泣不成声。周氏母亲她莫名其妙地上前牵挽着陪国璋而来的母女俩。但她疑惑不解地说："欢迎两位送我儿子回来，万分感谢！不知以何称呼？"

小女子见问，立刻脸泛红云，腼腆地下跪说："冒昧登门，母亲在上，媳妇儿这下有礼了，请母亲恕罪！"

母亲一时乱了方寸，面对如花似玉的儿媳妇，面对突如其来的亲家母，急忙双手牵扶起儿媳妇说："孩子不必举礼！起来起来，自家人何必客气。"

"谢谢母亲认了我这个儿媳妇！"

国璋的回来，同时还带来了儿媳妇和丈母娘，是洋屿村的特大新闻，尤其是说她的新媳妇如何如何的漂亮、贤惠和知书识礼！人们绘声绘色。因而看新娘的人络绎不绝，可说方家门庭若市，热闹非常。不知这儿媳妇从何而来？且听下回分解。

第八回
端午节王家无粒米　乐清县贤女巧吟诗

秀才落第感凄凉，潦倒贫寒哭一场。
野菜充饥难忍受，贤妻烈女美名扬。

却说方家在悲痛中突然化险为夷、喜从天降。方国璋怎么带来如花似玉的儿媳妇？话得从头说起：

温州路乐清县虹桥镇，是浙江最繁荣的三桥之一，气候温和、物产丰富、市场繁华，号称小温州。王姓氏族算得名门望族了，其祖上出了个大官，就是著名的文学家、政治家、诗人——南宋状元王十朋。

王十朋，字龟龄，号梅溪，宋徽宗政和二年（1112）农历十月廿八生于左原梅溪村。他是南宋时期温州地区文化繁荣的典型代表。

王十朋的第五代玄孙王日明，人品厚道。他读过书就过学，考过秀才，只是多次乡试未中，是个落第秀才，因才学不错，人们习惯称他为王秀才。

为此王秀才一直耿耿于怀，认为自己学识不错，但为何屡屡不中，他不承认是学识原因，而只认为命运的作弄。因此精神上出现萎靡不振，学业上心灰意冷，生活上陷入困境。

王日明娶妻章氏云香，章云香是雁荡山牌楼村人。出身也是书香门第，其祖上几代做官，因而至今还树立着七座牌楼，时在南宋，连续四代蝉联进士，南宋最后一位进士，就是章云香的曾祖父。后人写有"牌楼诗"：

青山绿水七牌楼，章姓门墙数一流。

四代蝉联中进士，芳声远播耀千秋。

章云香聪明、识字、贤惠，且貌美出众。她性格柔和，什么苦都能承受，就是吃野菜、饿肚皮也不叫苦。可是一味地迁就丈夫，使她和家庭困境越陷越深。在王日明二十六岁、云香二十二岁时，生下个女儿，取名王翠玉。人们习惯称她为玉姑，玉姑的确生得娇柔娉婷，不仅品貌出众，而且聪明能干、勤奋好学。

穷人的孩子早当家，玉姑除了读书写字外，还学习针线，与此同时，天天去郊野挖野菜、捡柴草。就在去年端午节，家中除由玉姑捡拾来柴草外，无米无盐。云香含泪向丈夫提出："今日是传统的端阳节，家中无米断炊，我虽然饿习惯了，饿坏了女儿，我哪舍得！我心痛！你可去上街下屋借升米来，烧碗米汤给女儿充饥。"

王日明迫于无奈，只有硬着头皮、厚着面皮去街上街下、前村后透，借了一个上午，粒米无有，只好垂头丧气地回到家里。

此时，母女俩泪水汪汪地坐在柴栏凳子上，在"坐等借米落锅"。王日明回家，看见锅里盖着锅盖，以为她们找来了米，于是过来揭开锅盖。见锅里放有一勺清水、三根菖莆、一只空碗。碗内放着一张字条，他急忙拿来一看，见她写着：

今生命苦嫁穷夫，佳节端阳件件无。

邻里雄黄调白酒，奴家清水煮菖莆。

王日明看了此诗后，百感交集，有口难言。他觉得对不起贤妻章云香，对不起孝顺女儿王翠玉。他再也待不住了，便毫无目的地往外走。

"向哪儿去？去干吗？"心中在嘀咕着，渐渐地向北走，向岳父家乡——雁荡山走去，虹桥到雁荡山十来里路程，当走到大荆时又不敢进岳父家，因为向岳父借得太多太多了，觉得没有脸面再见岳父母。他犹豫不决，进进出出，还是不敢，于是莫名其妙在雁荡山徘徊。

走不多路，见路上放着一头黄牛，看黄牛在埋头吃草，牵牛绳拖在地上，他好奇地拾起牛绳，学着牵牛，牵着牵着，不知不觉地将这头黄牛牵到了虹桥附近。

此时大荆乡雁荡村两人匆匆赶上，说他偷牛。人赃俱获，何用强辩？此时此刻，王日明有口难辩，只是口口声声地喊冤枉。雁荡山牛主人把他带到乐清县衙门，告他偷盗耕牛。耕牛是农民耕田的工具，为保护耕牛，当时法律明文规定："偷盗耕牛者，当以重罪处置。"

乐清县达鲁花赤，将此案当作大案论处，当即就进行审理。原告说："被告在雁荡山偷盗耕牛，牵至虹桥时被抓获，人赃俱获。"

县官问被告:"刚才原告说的是实吗?"

王日明有口难辩,只有把今天端午节家中无米断炊的情况做了如实的介绍,将妻子章云香的菖莆诗念了一遍。

县官是个诗词爱好者,可是诗作得并不高雅,却常要与人对诗,也可说是个爱诗癖。长期以来,很少有人与其和诗、对诗。当听到秀才妻子会作诗,便很感兴趣。心中想着要看看她容貌、试试她的才华。于是明确宣布:"偷盗耕牛是有违法度,王日明先羁押本县,待调查后依法处置。"

王秀才自中午走出后,章云香母女俩心中忑忑不安,怕他出什么事来,云香心里后悔不该戏弄丈夫。母女俩一边在路边田野挖野菜,一边迎接王日明。待到傍晚时,见三叔叔急急跑来告诉说:"嫂嫂,大哥出事了,出大事了!"

"出什么大事哟!"章氏问。

"大哥被抓到乐清县羁押了。"三叔说。

"我父身犯何罪,做何错事?"翠玉说。

"偷盗耕牛罪,此罪不轻,要坐牢的。"三叔说。

"怎么办,现在去行吗?"章氏问。

"夜里不审理,也不允许进入,只有等明天。"三叔说。

翌日,章氏母女俩来到乐清县衙门,衙役做了简单的询问后,便领她们去县堂。母女俩进去一看,见县太爷已经升堂了。她俩慌忙下跪说:"小女子拜见大老爷!"

乐清县达鲁花赤装模作样地问:"你俩何乡人氏,有何要事?来见本县作甚?"

"民妇是本县虹桥人,贱妾丈夫名王日明,听说被大人羁押在县里,不知他身犯何罪?"章云香问。

"犯盗窃耕牛罪,昨天被雁荡山牛主抓住,人赃俱获。"县官明确说。

"贱妾丈夫从来遵纪守法,偷鸡摸狗的事绝对不会,况且盗窃耕牛的大事,小女子绝相信妾夫不会,定是冤枉的。小女子要求当面询问妾夫王日明几句。"章氏说。

县官同意她的请求,不一会儿,王日明面容憔悴地出来。她看见丈夫如此模样,心痛、怜悯、惆怅,百感交集。还是忍辱负重地对丈夫说:

苦读寒窗数十秋,解忧何必学牵牛。

来年自买大黄牯,供你天天玩到头。

县官一听,果然是位才女、诗人,他立即诗兴大增,随即对上一首:

偷字轻轻改作牵,贼人淡淡变良贤。

麻绳在手秀才认，君有何言可辩焉。

章云香毫不迟疑地立马对上一首：

相公本在学牵牛，怎将良民胡作偷。

绳在手中防畜跑，放任有损稻田丘。

县官越来越来劲，认为棋逢对手，诗遇吟友。但也认为以上几首过于直白，欠缺雅趣，需要再试试她的深度，故此又作一首，以作调情：

广寒玉女降莹萦，满腹珠玑花自明。

霜鬓欣逢游赏地，春风荡漾赏芳声。

云香听后，感觉诗中的暗露"玄机"，对"霜鬓欣逢游赏地"明显不过的了，她仍沉着应对，也作一首：

商宫妙曲谱新声，袅袅婷婷花自明。

君子为奴歌白雪，我为女父正芳名。

县官感到对方的确不简单，不仅对答如流，而且滴水不漏。于是乎再作试探：

白洁蕉花开自然，娇娘风韵已缠绵。

游蜂浪蝶常侵袭，可在堂中炊野烟。

云香越听越觉不对，先将夫君获释是头等大事，于是再作周旋。也作一首：

白雪皑皑下碧空，冰肌玉洁一江风。

天晴日出阳光丽，携手牵牛芳草中。

云香的一对一答，不仅为夫正名，坚持"偷牛"改为"牵牛"，一字之改，改有罪为无罪。同时在诗才略占上风，倒使县官招架乏力，一时对不上来，他只得勉强地再来个直白一首：

大荆一路至虹桥，足足行程十里遥。

怎说解忧纯习赏，难圆其说法难饶。

云香不假思索地次韵步县官和上一首：

大荆玩耍到虹桥，款款行来何觉遥。

白日青天行大道，好人冤枉理难饶。

县官越辩越感觉有点招架不住了，听她说的也是有几分道理，"青天白日，走在大路上，怎么能定为偷呢？"同时县官心怀不轨，定下了先放秀才后留其母女之计。

乐清县当即传王日明出来，当众宣布："王日明犯偷盗耕牛罪，人赃俱获，本当判处十年牢狱，只因你妻章氏、女儿翠玉保释，本县准予释放候审。"

王日明、章云香、王翠玉一家三人叩首致谢后，转身就走。此时突如其来事发生了，县官突然出言："王日明可以先走，章云香、王翠玉暂且留下！"

章云香她们三人还是往外走，门卫将王日明驱逐出去，却把她母女俩拦住。章云香问："这却是为何？"

两卫兵异口同声地说："你去问县官大人！"边赶回边吓唬说，"达鲁花赤真木帖太爷要提审你，必须老老实实地回去拜见大老爷。"

迫于无奈，母女俩只得回头向县堂走去，几经回首，隐约看见夫君在大门外等待着她俩。

她俩走进县堂，见县官仍在原位坐着，云香礼貌地上前叩首问："唤民女回来，有何吩咐？"

当时乐清县的达鲁花赤真木帖也和全国各县一样，不是汉人，却是南方出生的蒙族官三代。他见章云香虽然年过四十岁，但她楚楚动人的风韵犹存，尤其是她那口若悬河、对答如流、满腹才华，倾倒了他。他萌发起想占有她的欲望。达鲁花赤真木帖他年已六十，原配也是蒙古族女子，年余五旬。他俩育有两子两女，其两女一子已经婚嫁，唯有小子还在身边，年长二十，尚未娶媳。

达鲁花赤真木帖异想天开，一举两得。他老谋深算，来个先娶媳妇、后纳妾的办法说："请问夫人，你女儿才貌双全。本县的小子年长二十，尚未婚配，意欲与君，不不不，与君之女儿缔结百年之好！不知君意若何？"

章云香意识到他居心叵测，事到这个田地，也只得沉着应对说："我小女无有此福分，已经有婆家了。"

县官说："夫人你这就不对了，我昨天在审问你夫时，他亲笔写有'女儿名翠玉，年长十七，尚未许婚'今天怎么说'已经许婚'了呢！"

"秀才只是书呆子，从来不管家中事，连女儿终身大事也不知道。"云香说。

"请不要推辞，我看上你的女儿，是你们的福分！我堂堂达鲁花赤真木帖，哪一点配不上你家。"县官狞笑着说。

"不不！是我家配不上县大老爷，是女儿没有这个福分，确实已经有了婆家的。"章氏辩解说。

"不要再欺骗本县了，在本县面前要花招，胆子真不小！我问你，许配何乡哪村，谁家子弟，叫何名字？本县立即就去查明。"达鲁花赤声大势粗地说。

　　王翠玉看来该是自己出面的时候了，快上三步，上前向达鲁花赤真木帖叩个头说："是小女子自己许婚的，母亲是知道的，并且同意这门亲事了的。只是还未告诉父亲而已。"

　　"哪乡哪村人"

　　"台州路黄岩州人。"

　　"姓甚名谁?"

　　"姓方的，名叫方小二。"

　　"做什么的?"

　　"种田、打渔、卖盐。"

　　翠玉见母亲有点难以应付了，只有自己出场。她想如果说乐清县的，他一查便知。所以说台州路黄岩州。说到这里，要说起前夜翠玉做的梦，翠玉做了个噩梦，也可说是个美梦：

　　一天她和母亲一起，走到雁荡山外婆家，见山花烂漫、鸟语花香，她上去想采摘几朵红杜鹃，不料来了一群恶少，他们气势汹汹地要欺侮、强抢她，她欲逃不能、欲喊无亲、欲哭无应时。突然来了三个卖盐客，他仨路见不平、拔刀相助，各人拿出挑盐的扁担，驱赶了流氓、恶少，解救了她。他们自称方家三兄弟，最大的叫方老二，生得英俊潇洒、和蔼可亲，且身强力壮，算得上是位美男子。救命之恩，何以相报，只有以身相许。翠玉爱上了方老二，这位方二爷也深深地爱着她，两人堕入爱河之中。正在这时，母亲过来说"天已亮了，好起床啦！"金鸡啼破三更梦，母亲打乱她的美梦，美梦醒来，心中甜滋滋的，从此美梦时时在脑子里徘徊，梦中的情人刻刻形影不离。说明翠玉姑娘她长大了、成熟了。

　　她刚才与县官的谈话中，有如此的对答如流，主要有梦中的影子。

　　可是县官其意已决，娶翠玉为媳，纳云香为妾决不放弃。他改软为硬，改说理为强词夺理。突然提高嗓门说："你俩在本县面前说谎，是欺骗本县。欺骗本县就是得罪本县。不用多说了，娶翠玉为儿媳妇之意已决，什么时候答应什么时候离开，否则不许你俩走出乐清县衙门。"达鲁花赤真木帖说后，接着吩咐衙役安排她俩吃饭住宿，便退了出去。

　　章氏母女俩明白一切，母亲说："是母亲害了你，不该将你带进虎口。"

　　女儿说："是母亲太聪明、太漂亮的原因，醉翁之意不在酒，是在母亲您。"

　　母亲说："我心中明白，问题是如何逃脱虎口，这是上上之策。"

　　女儿说："暂且忍耐，待等时机，由我策划。"

　　王日明之三弟见嫂子和侄女软禁在县里，已经两天了，急得不得了。

他与几个哥们商量，通过熟悉的衙役关系，在夜静更深之时，几人翻墙而入，将章氏母女俩偷偷救出。

她俩被救出来后，急匆匆地向北逃走，向雁荡山方向走来。这是故土、也是一片热土。章云香记得，父亲有一片茶园在大溪岭（又叫胡姆岭），茶园中有一间烧草木灰的草棚，当地称灰廖屋。这个灰棚位在与台州黄岩州的界线边。经过修缮，能供我母女暂且安身。这样章云香和女儿王翠玉，就在这荒无人烟的山岙里度日。虽然常听鬼哭狼嚎，但也长闻鸟语花香，日子虽然艰苦，但也以平安为乐。

大溪岭头是台州与温州的分界线，以流水为准，向南是温州，朝北便台州。

话说方国珍、方国璋、方国珍三人肩挑百来斤重食盐，为了回避盐兵的缉私，长期在险峻的丛林中行走。谁知刚过岭头，突然十多个盐兵冲来。他们四处乱逃。方国璋箩筐一头碰到大树，一脚滑坡，跌落深坑峡谷，一阵晕厥，他昏迷过去。

在半山腰的山坳中，有间不起眼的小草篷，草屋里住着一户人家，家中只有母女俩。时过中午，女儿翠玉轻启柴门，手提水桶，想去提水。猛听到山上吆喝声，仔细一听有人喊"你往哪儿逃"，翠玉明白，准是盐兵在缉私！不觉抬头看去，果然不出所料，看到山岭上有盐兵在追赶小盐贩子，她好奇地看着，猛见一人从山上滚了下来。她大吃一惊，救人要紧！她来不及去告诉母亲，就急忙往山涧跑去。

她走近一看，见一青年血迹斑斑地躺在地上，一动都不动，轻唤不应答，重喊又不敢。用手去扶他，软弱如蚕。危急之中，救人性命责任重大，顾不得男女有别，况且山间无人，就嘴对嘴地进行人工呼吸，轻轻呼了几下，见他慢慢转过气来，慢慢地睁开双眼。此人得救了，翠玉露出了愉快的欢笑。

方国璋睁开眼睛，见自己躺在姑娘的怀里，见她的口唇刚刚轻启，还湿润湿润的，知是她救了自己。姑娘的胸怀暖和着他，他仍有气无力躺着。此时的姑娘猛觉难为情，忙推开他，可是他险些儿又倒下，她只得又将他紧紧地抱住。谁知他也把她紧紧地抱着，似乎把她作为救星。也许异性相吸的原因，两人紧紧地抱了一会儿，渐渐地她扶他站起来，接着一步一拐地扶到草棚。

母亲见女儿搀扶进一位受伤青年，没顾上细问就迫不及待地给他烧水熬粥，照顾无微不至。国璋经其母女俩的精心调养，渐渐地恢复了元气。当国璋提出准备回家，翠玉泪水汪汪地说："我跟你一起去，一是你一人走，我母女俩放心不下，二是我俩无依无靠，只求你接纳我母女，一生足矣！"

国璋听她说过了她家的经历，对她母女的遭遇深表同情，玉姑口对口呼吸、救了他的性命，尤其湿润的觜唇，留下甜滋滋的美味，永生难忘。国璋表示说："我非常高兴您俩陪我回家！只是……"

"只是什么？有何难处？"玉姑问。

"倒没有什么难事，只是哥哥长我两岁，他尚未成家……"国璋说。

"小事一桩，到时我会向伯母说的，想必伯母会乐意接受我的。"

失去儿子十多天的方母周氏，以为儿子国璋已经不在人世了，日夜悲泣。但终未找到尸体而还有一线希望，只是天天倚望儿子平安回来。

果然不出所料，见国璋拐着脚，由姑娘和大妈相伴，送他回来了！多么激动人心！

接着国璋将翠玉母女俩的遭遇，向母亲及兄弟们做了介绍，大家都对章夫人、王翠玉姑娘表示由衷的敬佩，对她母女的遭遇深表同情、对她俩的坚贞不屈的意志表示称赞、对她俩的聪明才智表示佩服。周丽珠乐呵呵地接进其母女俩，称章氏为亲家母了。

翠玉母女救了方国璋的性命，不求点滴回报，反而国璋未花分文，娶来了如此贤淑的妻子。此事成为美丽的佳话，无人不为之而感动。当时当地的青年争先恐后地跑来看看王翠玉的容颜和气质，还想听听她的故事。熟悉方国璋的青年都来握握他的手、搭搭他的肩，想在国璋的身上揩点福气，搭点运气。

第九回

董桂芳喜作相思曲　方国珍笑对恩爱词

盐船款款至南塘，突发惊雷风雨狂。
折断桅杆帆破损，维修董府谒香芳。

自从在大溪岭被盐兵追赶得鸡飞蛋打、鸦飞鸟散，险些儿丧了性命后。方国珍仔细想来，肩挑重担，走险道，遇毒蛇，多么地可怕。现在家庭人口增多，已经是九口人吃饭的大家，摆在面前的责任重大。国珍思来想去，要想法子搞艘船来，用船运盐、贩盐，这样运量大、多赚钱、少辛苦。他就将此意向告诉二哥国璋，国璋听后说："说得也是，帮别人撑船，赚点气力钱，搞艘船撑撑，赚钱肯定不错，只是海上也有缉私船。风险也大了许多。"

"风险肯定会有，听说路桥蔡乱头他们都是在海上贩盐发家的。他们可贩，我们岂能不可？隔壁有样，何不效仿？"国珍态度坚定地说。

"与他们比，我们有何优越条件？"国璋说。

国珍信心十足地说："条件有三：一是我们都是撑船人，也可说船老大，撑船不用他人；二是熟悉水路，尤其是温州——丽水，楠溪江一带水路了如指掌；三是几个客户与我们关系不错，销路不成问题，这是最主要的优势所在。"

"三弟说的也是，把你的意向与帮里兄弟们说说，征求征求大家的意见。"国璋说。

用船贩盐的意见一经提出，得到大多数人的赞成和支持。李金海当即表示说："国珍的主意不错，我表示赞同和支持。"

"意见不错，可是我们没船，怎么办？"国馨说。

"可先租艘船来，待赚钱后自己买。我们村不是有条公船，经常空闲着，空闲时，租给我们用。我去向我父亲说说，肯定会同意的。"李金海想了想后接着说，"只不过船旧些，需要修一修。"

"这艘船小了些，遇到大风大浪，风险是有的。"李金松说。

"我们走的海岸线，不出远洋，风险不会太大的。船小些反倒灵活方便，加上二哥当大副，撑船技术水平百人挑一的，请放心好了。"国珍说。

国珍的话可以说一槌定音，大家表示支持。帮里商量确定后，李金海很快租来了船。有了船后，方国璋将船看作兴帮之路、富村之本，发家之望，因此亲自驻守在船上修理，全帮众兄弟齐心协力、一齐动手，进行了必要的修理，与此同时对破漏的篷帆也做了修补。

第一次出船，推选方国璋为大副，方国珍为船长，李金海为二副兼总务，负责账款事项，李金松负责安全。

为了安全，李金松做了精心的安排，把所有盐打包放到底层，上面放着咸鱼、鱼鲞、鱼干、虾皮、炊皮、桶装咸虾、蟹酱，等等，以应付盐兵搜查。

他们选择夜间起航，在夜色的掩护下乘夜潮进入海门关口，顺着椒江航行，到了三江口上阙灵江。当盐船进入马头山时，东方拂晓，江面晨风拂面，波涛拍岸，好一派江上风光！突然，看到右岸——涌泉码头驶出一条小快船。国璋即对国珍说:"你看,此船正朝我们方向摇来,苗头不对,如何应付?"

此时国珍、金海正在后舱做早餐,听国璋一说,急忙出来一看,果然是一条巡捕快船!方国璋急忙将船调头转向,靠向马头山转弯处的岸边,随着下桅收帆停航。

谁知对方早已看到,已经追赶来了,国璋他们已经来不及躲避。船上两个盐兵,一个仍用力摇橹,一个站在船头,手拉弓箭大声喊道:"不要躲避了,你们跑不了了。"

国璋胆子小,认为初次出航,就要血本无归,这将如何是好!便问国珍:"三弟,这、这,怎么办?"

国珍说:"不要惊慌失措,先把船停着,由我来应付,你们都看我眼色行事,我有办法对付他们。"说着,小快船已经靠到"永宁号"盐船了,船尾的盐兵放下橹,用铁钩钩住"永宁号",船头的这个拉弓的盐兵收了弓,拿出腰刀,一脚跳了上来说:"谁是船长?"国珍陪笑说:"小民便是,军爷有何指教?"

盐兵扫视了船上的货物后打着官腔问:"你们船中有没有夹带私盐?"

"我们这船运的全部是咸货。"国珍说。

"你们船上盐味很重,肯定存有私盐,必须将上面的咸货统统掀开,让我检查一遍。"另一个盐兵说。

国珍衣袋里摸些碎银递给盐兵时说:"我们船舱小,翻货也不方便,求求两位军爷行个方便,包涵包涵。"那个摇橹的盐兵盯住银子摇了摇头,其实瞧不起这点碎银,不但不卖人情,反而凶相毕露地挥舞腰刀说:"快把上面的东西掀开,老子要查个水落石出!"

看来这下真的逃不过了,一不做二不休!国珍向金海、金松递个眼色。金松从其后将木棍击了过去,这个带刀人"啊哟"一声,连人带刀跌入江里,与此同时,金海给另一盐兵脚下一棍,打得倒地求饶。国璋从灶间拿来菜刀,一时冲动,想当头砍下去,国珍忙摇手说:"不可!砍死了,祸也闯大了,况且他们当兵的,秉公执法,何罪之有,决不能伤他性命。"

此时那个落水的盐兵也挣扎着爬了上来,他俩听国珍这么一说,急忙讨饶说:"小的迫于生计,迫于无奈,为了混口饭吃,家中还有老母和老婆孩子,求你们饶恕饶恕,放我们回去。"

"放你回去是肯定的,现在暂且委屈一下,是为了我们自己的安全,不得把你俩绑起来。"国珍说着,金海、金松各拿一根绳子,分别将两个盐兵绑得扎扎实实。然后,趁着此地无人,将两个盐兵送到马头山的树林中。

当安排好盐兵后，船立即起锚拉帆，调转船头返航，趁着退潮，顺风顺水，很快回到海门。盐船一到海门，国璋一时六神无主，提出："船往何处去？"国珍已经胸有成竹地说："开往温州，开向乐清清江。"

清江位于温州路乐清县境内，江面宽阔，内通永嘉县部分山区，地里辽阔。国珍选择这里，的确是个好主意。果然，船到清江，往西航行十多里路程，就是在刚过芙蓉镇的沿江小码头的地方。此时此刻，国珍有感而发，随口吟诗一首：

> 清波荡漾至芙蓉，群鸟西飞望碧空。
> 潮水东风相伴送，欣闻丹桂透帆篷。

此时已经日沉西山，天将晚了，肚也饿了，大家停船，在此休息一下，一则看看这里的地理环境，再则打听打听，这里有没有做食盐生意的人。

他们四人走上码头，见有一群肩上挑着箩筐的人，他们见到国珍他们便问："你们船上有盐卖吗？"这里就是清江第一盐埠。他们从这里把盐贩去，用肩挑到几十里、上百里，甚至于几百里外的永嘉山里出卖。国珍他们终于找到了销售点。

初次生意，采取薄利多销的办法，只有两天的时间，三千斤盐全部卖光，就是咸货也批发给商贩了。

第一次贩盐，赚了些钱，可说凯旋归来，在回归途中，正是海上生明月，水中银鸥翱翔。李金海发起诗兴，不觉口吟一诗：

> 冰轮浩瀚照清波，水上轻风景色和。
> 碧海蓝天同一色，樯帆玉浪漫吟哦。

国璋听后也发诗兴，他也口占一首：

> 一轮明月伴东风，碧海波澜玉浪冲。
> 款款渔舟帆自舞，徐徐云彩映晴空。

这一次贩盐尝到了甜头后，从此他们不上临海仙居线，专走南线。接连几趟都是一帆风顺。时间大约过了半年，母亲周氏告诉国璋、国珍说："最近几个月，国璋不要出船了，翠玉即将分娩，璋儿要做爹爹了。暂由国珍、金海他们当班。国瑛、国珉都长大成年了，带他俩一起去，让他俩经历经历，历炼历炼。"

此时正当中秋八月，国珍、金海、金松、国瑛、国珉五人一行，船到楚门。忽然间西边天空黑云密布，几道闪电划破长空，显得尤为壮丽。不一会儿，轰隆的雷声击破长夜的寂寞，紧接着大风巨浪一起袭来。"山雨欲来风满楼",使人感到恐惧。船在大海,一时无处躲避,急忙前去下帆,放桅。已经来不及了,一阵狂风暴雨,霎时,桅杆被拦腰折断。此刻大家冒着倾盆大雨,将桅杆拉住,将船篷护好,防止盐船倾覆,以防船篷漏雨,化盐为水。

一场狂风暴雨终于过去,但由于此船老旧,造成船桅折断,无法行驶。没有办法?只能颠簸地摇到楚门——南塘湾。南塘湾是一个小渔港。港湾里大多是渔民,这里有一家富户。这富户姓董名卿,他虽然不打鱼,却开有鱼行,设有修船的船坞,专为渔民们服务,从中赚取应得的利润。

说起董卿,他与《水浒全传》有着血脉渊源,他既与"双枪将"董平有着远亲,更是永乐王方腊的驸马爷董秋的后裔、第九代传人。当年董秋在黄岩与方七佛、陈春、方野分别后,来到了风景秀丽的楚门,就定居在丫髻山下。

董卿的父亲中过举人,做个小官,家庭富有,当地人称他为"员外"。董员外今年五十开外,其夫人在去年一场瘟疫时不幸去世。他育有一男二女,儿子名志强,董志强生性豪爽,喜欢结交江湖豪客,年龄二十,尚未娶妻。两个女儿是双胞胎,大女儿取名桂芳,小女儿取名桂香。桂芳、桂香年长十八。说起桂芳,桂香,还有一段美艳有趣的故事:

董府院中有两株百年桂花树,据说是其曾祖父年轻时种下的。百年古树,长年郁郁葱葱、四季芳馨远播。更为奇特的是,就在董夫人身怀六甲时,正当丹桂盛开的傍晚,夫人挺着大肚子走到桂花树下、坐在亭旁的椅子上乘凉。不觉间打个盹:

她眼看两株桂花树,同时变成了娉娉婷婷的两个美女,笑逐颜开地走到夫人跟前叩首说:"夫人好!我俩在贵府百多年了,诚蒙您们的辛勤浇灌,如今已经修成人形。请您把我俩带到人间去、带到繁华的大千世界去,去经历经历、体验体验人间的生活。"说后见她俩偎依夫人身边,并轻声地唤"娘"!

不几天,夫人分娩了,果然生下两个漂亮的女孩子。董员外十分喜欢,就以夫人梦中的情境,把两女取名"桂芳""桂香"。这一美艳的故事和传说,给人留下千古佳话。

桂芳、桂香天生丽质。聪明伶俐,董员外十分疼爱,视其为掌上明珠。为此,请名师教她们和其哥读书学识。可是桂芳的文才总是在哥哥之上,桂香却擅长武功,她与哥哥一起练习武艺,可说并驾齐驱。

更使人仰慕的是她俩的花容月貌,婷婷玉立,似两朵鲜艳夺目的出水芙蓉,婀娜多姿。董员外千金,名扬台温两路,因而求婚者纷至沓来!可说门庭若市。可是在桂芳、桂香眼里，没有一个被看中的。为此她俩自己也说不清，连她俩自己也陷入困惑之中。

却说方国珍一行，因风雷击断船桅，只得停靠在南塘湾。等到东方拂晓，国珉已经做好早餐，五人吃了早米粥后。国珍独自来到董府，此时董府大门紧闭，国珍因事急心急，就轻轻地敲了几下门说："请开开门。"

董府门卫，是一个小得不能再小的差事，但自以为权力蛮大。国珍的敲门声，敲醒了他的美梦，因而十分地不耐烦，说："什么人天没亮就来敲门，真烦！你找谁啊？"

"我找董老爷子、董员外。"

"找董员外有何要事？"

"向他借桅杆的，是向员外借桅杆来的。"

"你与他什么亲戚、何样朋友？"

"非亲非故，是路过的，今来特向员外求助来的。"

"非亲非故，老爷子是不借的，请回，你到别家去吧！"

"据说此地就只有董员外有桅杆卖，别无他家，求求你开开门。"

这个看门的终于起来打开了门，但仍不让他进去，他说："看样子，有可能是打劫的'绿壳'（土匪）。"

国珍听了不与他多说，便说："你与我让开。"可是他还是阻拦，国珍轻轻一掠，把他掠倒在地。这个门卫倒在地上狂叫："有强人进来了，有强人来打劫啦！强人把我腰骨打断了。"

正在院中锻炼武功的董员外的公子、董桂芳的胞哥董志强，听到说有劫匪，他手拿鱼叉，快步上来说："哪个盗贼强人？胆敢在本府逞凶！"

这个门卫爬将起来，手指国珍说："就是这个行劫盗贼，强闯董府！胆敢把我打倒在地。少爷，切勿放过他。"

国珍听家人喊他少爷，再看他模样儿，断定他就是董公子。就上前笑脸作揖说："拜见董少爷，小的这厢有礼了！吾非盗贼，更非坏人。是路过客商，昨晚船到南塘湾时，偶遇狂风暴雨，折断桅杆，今特来贵府求借。刚才对贵府下人有不到之处，万望公子多多见谅！"

可是董志强还在气头上，他冷冷地说："吓！一句见谅就可以了，没有那么便宜的事！在董府院中，胆敢打了府中的人，这还了得。"

"以你的意思怎么着，向你赔罪总可以了吗？"国珍忍气吞声地说。

"不行，一句赔礼就了事吗，不可以，识相的，必须跪下，束手就擒，把你绑缚，待本少爷查明，你是何样人物，若好人释放，如坏人送官府严办！"

国珍岂肯束手呢！他昂首挺胸地说："古语云，四海之内皆兄弟，仗义轻财是好汉。进贵府租借桅杆，何罪之有？要将吾绑缚，法、理何在？"

志强一时答不上话来，支支吾吾说："打了我府家人就是法不容、理不通。"

"我以为董公子是大度、豪爽之人，谁知如此小气，不但不借桅杆，还要诬人为盗，请问！盗了什么？真是岂有此理！"

董志强见国珍不但不低头，反而言辞强硬，还诬蔑他为小气鬼！心中更添几分恼怒。他强着自己有两下子功夫，想在他面前吓唬吓唬一下。就抖动手中的鱼叉，向着国珍掠过来，意图是将他掠倒在地，再唤手下人将他绑缚，看他怎么嘴强。

所谓鱼叉，众所周知，是用来抓鱼的工具，式样各异，品种繁多。可大同小异，都是铁打、钢铸的，有双叉、三叉、四叉、五叉等，不管几叉，都是有一根长短不一的竹杆或木柄。

董志强的鱼叉，可算得全南塘湾最好的了，况且他叉鱼的本领也是第一的，无论是水面鱼、水底鱼，有百发百中的效果，人们称他为鱼叉王。今天要显显自己的本领，方显显董志强的威风。当他的鱼叉掠过来，国珍便跳跃过去了，当刺过来，他早退得老远的了。志强打他不着，一连三落空。这下董志强火了、羞了，感觉在家人面前没有面子了。他火冒三丈地咬紧牙关，使出独有杀手锏——"夺命追魂法"，猛烈地将鱼叉向方国珍掷了过去。

方国珍看到他的这一招十分了得，就一闪身，躲避到廊柱旁。不但没有刺着，反而被他夺去了鱼叉，转身掷向屋梁，众人看去，鱼叉不偏不倚，刚好刺在梁的正中，竹叉杆还在半空中摇曳、晃动。不由得使人目瞪口呆。

"志强住手，不得对客人无礼！"董员外好梦醒来后，认为此梦是好兆头，有望能找到乘龙快婿。猛听得屋外院子里，唏唏嚷嚷，走出一看，见儿子与一客人在扯皮、在逗能。他当时没出声，想看看这青年的武艺如何。当看到有如此武功的人，十分惊讶。忙出来吓住儿子后说："客官身手不凡，是高人也！了不起！"

国珍回首，见是一位品行端庄、气质不凡的长者，定是董员外，连忙上前施礼道："小的这厢有礼了，冒昧打扰，请员外恕罪！"

"客官何方人士，有何贵干？"

"晚辈洋屿人，贱名方国珍，近日外出经商，昨晚船至南塘湾，途遇狂风暴雨，不幸狂风折断桅杆，特此登门，今向员外借支桅杆，以解燃眉之急。"

志强一时尚未消气，仍愤愤不平地说："有此规矩吗？哪有打上门借东西的？"

国珍立即向志强鞠躬施礼说："国珍向公子赔礼道歉，实在是贵府人员蛮不讲理所致，得罪了，请多多原谅！"

"这叫作不打不相识嘛！一回生、二回熟、三回是朋友，还赔什么礼哪！"说着员外笑逐颜开地上前拉住国珍的手，亲热地问："年纪轻轻，相貌堂堂，武功十分了得，真了不起。"回头对志强说，"向客人赔礼。"

志强行拱手礼说："刚才多有冒犯，请君谅解，倒是为兄得向你赔礼道歉！"

此时的董员外十分看好方国珍，看到他如此好的武功，想起昨夜灯结双花，和凌晨一梦，正是应着此人。看来他是最理想不过的女婿。欲试试他有没有识字，到底文才如何？于是提出："客官要借桅杆，请立个借据，以便日后口说无凭。"

国珍清爽快意地当即表示说："应该的应该的，请拿出文房四宝来。"说后，其家人很快拿来笔墨纸砚，放在中堂的八仙桌上。国珍毫不犹豫地快步走到桌子旁，研墨举笔写着："船至南塘，偶遇狂风，桅杆折断；员外好善，助借一支。下月送还。立借据人洋屿方国珍。"

员外细看，他的书法功底不错，年纪轻轻，书法却在我之上。有如此之好书法的经商青年人，可说从未见过，十分难得。

董桂芳、董桂香闻说有人与哥哥争吵，忙走来看看，看见这个小伙子在写借条，她兴味盎然地过来瞧瞧，瞧见他字写得很是不错，桂芳不觉赞说："好书法，字写得真不错！是习赵体的，与赵孟頫差不太多！真了不起！"

桂芳的轻轻一赞，董员外心中明白，他明白女儿已经看中方国珍了！这却是为何？知子莫若父。他知道两女儿心性怪僻，从不与男孩说话，更不赞赏男孩半句。她母亲在世时就给她俩提亲，几年来上门相亲的人多达数十人，可是她俩没有一人可看中的。就在前月，松门有个叶员外的儿子叶公子，今年二十二岁，相貌堂堂、一表人才！他骑着高头白马前来相亲，可是她俩避得远远的，连看也不看一眼。而今天看到方国珍，却出呼寻常地目不转睛、心花怒放，还走到他跟前，赞不绝口。

董员外更明白，今天早晨，梦见夫人笑逐颜开地走来说："今天家有贵客，两个女儿的夫婿来了！员外您要好好地关心、爱戴和照顾他们！使女儿嫁个好男人，将来做个越国夫人！"美梦醒来，听门外有人在吵架，莫非是女婿登门，走出一看，见是一位不错的青年，莫非是夫人说的这个女婿？且听下回分。

第十回
董员外喜招乘龙婿　孪生女幸逢如意郎

南塘丹桂透芬芳，董府千金闺阁藏。
偶见男儿思爱慕，孪生姐妹选新郎。

董员外热情好客，已经派人请李金海、方国瑛、方国珉三人同来做客。"有客自远方来，不亦乐乎"，他兴致勃勃，亲自作陪并共进午餐，还唤儿子董志强前来相陪。

当地盛行"八金碗"，有叫八大碗的。所谓八金碗，实则是镶金边的盆、碗。

今天是办全鱼宴。所谓全鱼席，就是八只菜肴都要是海鲜。汤炊黄鱼、红烧鲥鱼、清蒸鲳鱼、生炒鱿鱼、鲜熬鳓鱼、油煎鲟鱼、香葱鱼翅、清汤鲫鱼。其做工之精细、味道之鲜美无须细表。

饭后，董员外特意领全体人员同赏后花园，再考试考试未来女婿的才华，员外提出说："刚才看了国珍先生的书法很是不错。本府最近修了一座亭子，尚未题额撰联，今日方先生、李先生光临寒舍，请给我作联三副、横批一幅。"

员外这一提议，得到大家一致赞成，李金海他们知方国珍文化底韵比较深厚些，能担此任，同时借此难得的机会，可表现表现他的才华！而董桂芳、董桂香她们也借此看看他的真才实学。员外话音一落，芳亭旁已铺开文房四宝——笔墨纸砚。

方国珍心知肚明，知道这是一场考试，也是一次难得的机会！必须作好联、写好字，以最佳的状态展现在众人面前、展现在董桂芳面前。他调整好自己的心态，看了看周围的环境，稍作思索后举笔挥毫：写上"兰桂芳香"四字，员外问他"何为'兰桂芳香'？"

国珍说："亭西蕙兰馨馥郁，亭东丹桂透芳香；况且贵府二位千金芳名'桂芳、桂香'"。

众人皆赞方国珍"字字写得刚正有力,用句雅典贴切,横批可用"。祈盼着方国珍的三副楹联:

其一用行楷写着:

> 丹桂透芳香喜鹊啼鸣荫福祉;
>
> 芝兰馨馥郁凤凰展翅兆祺祥。

其二改用行书:

> 翠竹千竿映衬芳亭呈秀雅;
>
> 芙蓉万朵含辉榭阁透芳馨。

其三是行草:

> 梅萼秋光花园锦绣;
>
> 风和日丽董府昌隆。

众人看着,报以热烈掌声,多说他的字写的是飘洒雅秀,尤其是董桂芳高兴得赞不绝口:"特别是这副行草,写得洒脱飘逸。"

员外看后点头表示赞赏说:"用句上虽不十分高雅,但也比较贴切。看其书法功底十分了得!三联都可以,全用上。"

此时方国珍已经看中董桂芳了,两人的目目含情,董员外看得清楚,知道桂芳喜欢上方国珍了,女儿婚姻有望,董员外欣喜万分。正在这时,方国珍提出说:"谢谢员外的热情招待,晚生感激涕零!今天无以报答,来日必当重谢!我们急需修船,否则耽搁了时间。"

董员外明白女儿的心思。就对国珍说:"你们的船,不用你们担心,我已经派人修缮好了,随时可以走。不过,我和我全家都要求你们多住几天。"

"谢谢员外的热情挽留!在这里有吃有喝的,实在是不好意思。因为我们船上有干鱼货、有盐,急着要上楠溪江上游、到处州方向出卖。"国珍说。

董员外笑容满面地说:"这也不用担心,你们这船的所有货物,不论多少,按照市面价格,我一律全收。你们把账单报来就是了,明天我派人把货物全搬到我的仓库里来。"

员外这样一说,国珍心中明白,其目的是要我们现在不要走,其实国珍也不想走。但考虑到这样会给员外带来经济损失,这是不可取的。越在受人恩赐时越要表现出"宽厚坦荡胸怀、高尚善良的品德"。于是他说:"谢谢员外,员外的深情厚意我们心领了!我们来此已经两天了,给员外破费的同时,还增加许多麻烦。若把这船货物再卖给您,岂不是给员外增加更大的麻烦。不可不可,我们实难从命。"

方国瑛拱手向员外行了鞠躬礼说："谢谢员外好意，我们已经给董府添了很多麻烦，这数千斤盐放着更添不便。待我们卖了后，定再回楚门，再来董府。"

董桂香看国瑛与国珍是同胞，品貌十分相似，似同一人。她知姐姐爱上了国珍，我可喜欢这位帅哥——国瑛了。她哪舍得他们走呢！她按捺不住内心的激动说："爹！不要让他们走，让他们在这儿多住几天。"她在说话时，目光已经落在国瑛身上。

方国瑛看董桂香同样美艳无比，心中已经羡慕不已，就把目光落在她的眼上，出现了目不转睛、眉来眼去。国瑛说："谢谢董小姐关怀！我们去去就回，就在十天半月时间，再来贵府拜访。"

"你们说话要算数，处州回来，一定要光临我家，我们在盼望着。"董桂香说。

员外也明白少女桂香的意思，看来两个女儿都看中方家两位公子。女儿的婚事是员外心中牵挂着的大事！夫人临终时再三嘱托："两个女儿已经十七岁了，她俩是桂花仙子降生，她俩的婚姻我始终牵挂在心，务必要嫁个好男人。"夫人的话记忆犹深。他同时认为，两个女婿同时上门、难得的机会，岂可失却！于是决定说："本来船上的事一切由我给包了。也好，国珍、国瑛说一定要去，那就去吧。快卖快回！我们在等着你们回来。"

国珍看员外真心实意、见两位小姐情真意切，特别是桂芳递过迷人眼色，他再三表示说："一切听从员外吩咐，一定快卖快回，争取十天就回，最多不超过半月。"

听国珍这么一表态，董员外心中十分高兴，故此提出说："志强很想拜师学艺，但总是不长进，今请四公子方国瑛予以开导开导！"

国瑛已经明白，是在试试我的武功水准，意思要我与董公子比较比较，他心有把握地说："虽然学过武、练过功，其实也不长进，万望董公子多多指教。"

董志强确也有两下子，他上来拱手说："方先生请。"

方国瑛还礼说："请请！董公子请！请公子先出手。"

"二位且慢！哥哥暂且歇息，让小妹向方公子请教请教。"董桂香已经看中了方国瑛，所以迫不及待地抢先与国瑛比试比试。桂香的确也有两下子，她始终与哥哥董志强一起习武，并且在武艺上并驾齐驱，只是在体能上稍逊一筹。桂香阔步上来，用传统太极拳法，先来个"上步七星，"方国瑛还她个"退步跨虎"；桂香再来一个"进步搬拦垂"，国瑛还她个"搂膝拗步"；桂香再用"上步拦雀尾"，国瑛还个"倒卷翁"；桂香来个"野马分鬃"，国瑛还她"双峰贯耳"；桂香采用"白鹤亮翅"，国瑛还她个"闪通臂"；桂香再用"转身别身垂"，国瑛还她个"右蹬脚"。

这样你来我去、我进你退，你上我下。两人战了三十回合，表面上不分胜负，打个平手。不难看出国瑛武功远远在桂香之上，但桂香仍不甘认输，因为与意中人比较，别有一番趣味，她突然来个"斜飞势"，妄图偷袭其胸膛，谁知国瑛还她个"披身伏虎"紧接着再还一个"转身别身垂"。这下桂香挺不住了，脚下步子乱套。被国瑛轻轻一拉，桂香不由自主地扑进国瑛的怀里。此时国瑛脸面绯红地说："对不起，多有得罪，请小姐见谅！"说着便慢慢地松开手。桂香羞羞答答地说："恕小女子无知，有眼不识泰山！得罪了，请原谅！"

国瑛非常聪明，明知是一场表现赛，所以打出了水平、彰显出了风度、显现出了武艺、恰到了好处。众人报以热烈的掌声。

不难看出，方国瑛也是位武林高手。所以董员外当场宣布：上午比赛到此结束。接下吃中饭。下午，志强陪国珍三兄弟去看看南塘的自然风光，登丫髻山、看漩门湾。同时，志强还向方家公子请教拳术。

中饭后，董员外请李金海、李金松俩到他的书房，并叫小姐房中的贴身丫鬟小蓉、小荷来给他俩倒茶送水。接着员外问："我看方家三兄弟人品诚实，相貌堂堂、况且文才不错、武功上乘！请介绍介绍他家的大概！"

金海、金松是个聪明人，已经明白员外与他谈话的用意，早已心里明白。接着，他俩将方家的情况，做了比较祥细、如实的介绍后接着说："方家五兄弟的人品、文才、武功都很好。只是……"

"只是什么？"员外急切地问。

"只是家庭并不富裕。"金海说。

"只要人品好就行！嫁人就是要嫁个好人，纨绔子弟何用。"小蓉在旁边插话。

"恐怕小姐嫌他家欠富。"金松说。

"我家小姐是不会的，前些日子，公子哥儿上门求亲者多着，小姐一个都看不中，看样子，她俩就是看中方家兄弟俩。"小荷坦率地说。

"真的啦！好好！这样就好！"员外虽然看出女儿的意思，当听小荷说女儿已经看中方家公子，心中激动地说，"小蓉、小荷你俩快去问问两位小姐，要她俩给我一个明确态度。"

不一会儿，小蓉、小荷笑逐颜开地回来说："禀报员外，两位小姐点头表示了。"讲到这儿，小蓉故意卖个关子，特意停一下。倒使员外急着问说："两位小姐是怎么表示的，说具体些。"

"别急别急！且听小蓉我慢慢道来。"小蓉接着详细地说："大小姐说，'方三公子、方国珍是位顶天立地男儿，最理想男人，非他不嫁！'"

金海在旁听了，心中高兴万分，也按捺不住地问："还有二小姐呢？她怎的表示？不妨说来听听。"

"二小姐更明确地说：'我俩是孪生姐妹，一切跟着姐姐，姐嫁给方公子，我也要嫁给方公子，我也是非方四公子不嫁！看上去，方四公子与方三公子品貌一样，很像双胞胎，况且我已经投进过国瑛的胸怀，我已经是方家的人了。'。"

董卿听了小蓉、小荷这一说，就对金海、金松说："女方由小蓉、小荷作媒，男方就请二位作伐了！"

"这样的好差事，我俩当仁不让。"李金海表态说。

"方家二位公子，可会应允这门亲事的？"董员外问。

"只要员外和两位小姐不嫌弃，方家哪有不依之理，这是方家的福分。"李金松继续补充说，"不过方家一时筹措不起聘礼和聘金，请暂缓行聘。"

董卿当即表示："我是嫁女的，何要聘礼。并请转告两位公子，分文不收。"员外接着半开玩笑半认真地问："小蓉、小荷，你看李家两位相公怎样？你俩可看中？"

"不敢非分妄想！李门两位公子若能娶我，是前世修来的福气！谢天谢地。"小蓉、小荷异口同声说。

员外也是半开玩笑半认真地问金海、金松："请问两位，刚才小蓉、小荷说的话你俩可听到？"

"谢谢两位姑娘的厚爱。"金海说。

"两位姑娘品貌端庄，若能娶之，福分非浅。"金松说。

正说着，国珍、国瑛他们回来了。金海、金松与小蓉、小荷的闲谈就暂且到此。随将员外和两小姐许婚的情况，向国珍、国瑛做了详细的介绍。这一特大的喜讯，国珍、国瑛俩听到两位貌若天仙的千金，愿意嫁他俩为妻，人逢喜事精神爽。他俩喜不自禁，国珍经过思索片刻后说："家中老母尚在，自古儿女婚姻应由母亲作主，我俩在此答应，有所不妥。"

"珍哥此话不错，有必要经过母亲允许，但也不能错过难得的机会。"国瑛接着说："我与金松连夜启程，赶回家中，向母亲禀明。"

此意见得到员外的支持说："还要劳驾一下方老夫人、请方老夫人来南塘湾一趟。"

国珉当即表示说："这样最好，我一个人去也可以，请母亲前来是最好不过了。我立即就去。"

员外说："确定董府派出两名管家带着三百两银子，作为嫁妆，说明聘礼分文不收。"

临行时，员外确定由方国珉和董明、董朋一起去请方夫人。

国珉与董明、董朋趁着中秋的月色，连夜行走，翌日早上便来到洋屿家中。方母听到董员外两个女儿，要分别嫁给国珍、国瑛，同时先给陪嫁银子三百两，还请她去南塘湾看儿媳妇，心中好不快活。同时也感到几分疑虑。于是把国珉叫到身边问："这两个姑娘你有否看到？是犯的啥毛病吗？"

"看到看到，什么毛病没有，的的确确是大家闺秀、千金小姐！不仅貌美如花，且文才高雅，可称得上才貌双全的贤女子。"

喜事临门！方夫人喜不自禁，高兴得急忙去请李金海的母亲来，帮助磨糯米粉，做糯米团。与此同时，叫国馨快去街上买鱼、买肉等，好好地招待董府贵客。

第二天一早，方夫人打扮一番，穿上得体的衣服，显出庄重、大方和富有涵养。当即拿来红纸，分别写上国珍、国瑛俩的年庚八字。随与国珉、董明、董朋向楚门走来。

贵客的光临，董员外兴味盎然、董桂芳、董桂香兴致勃勃、欣喜若狂！董府沉浸在欢乐的海洋中。

先说董桂芳、董桂香俩姐妹，羞羞答答地前来拜见方老夫人，向她行跪拜大礼说："夫人万福，请受小女子一拜！祝夫人福如东海，寿比南山！"

方夫人急忙双手牵住她俩的手说："免礼！免礼！起来、起来！二位小姐如此贤惠识礼，见二位如此漂亮可爱，正比玉女天仙！"说着牵着她俩的手捏了又捏，看了又看，有舍勿得放开之意。

董桂芳笑容可掬地说："谢谢夫人的抬举、夸奖，小女子心中非常高兴，但愿……但愿……但愿做……做您……'但愿人长久，千里共婵娟'。"

方夫人明白她的意思，她笑口答说：

"但愿姻缘红线牵，芳姿媳妇降门前。

　若能娶得慧贤女，喜幸方家福禄绵。"

说后，董桂芳、董桂香立起脸泛红云，羞羞答答地将自己的年庚八字分别递交给方夫人。方夫人也随手将国珍、国瑛的年庚八字递给桂芳、桂香。方夫人见她俩收了去后说："董员外和两位董小姐看得上国珍、国瑛，这是他俩的造化、是他俩的福分，也是方门的福祉！"

桂芳、桂香表现得体贴入微、无微不至。方夫人笑口常开、乐不思蜀。

董员外看方家答应了这门亲事，心情舒畅地准备办嫁妆、办喜酒。只是焦急地等待国珍、国瑛他们的到来。

国珍他们福星高照，生意兴隆，这一船的干水产品和食盐，卖得十分顺利，只有三天时间，便销售一空。他们归心似箭，就匆匆回地返回南塘湾。

国珍、国瑛、金海、金松喜不自禁地走进董府，桂芳、桂香心花怒放地迎接于大门，无拘无束地分别牵着心爱人的手，双双对对走进客堂，拜见员外和方夫人。

真是"无巧不成书"，正好遇上中秋佳节，人逢喜事精神爽。员外兴味盎然地说："今天是中秋佳节，今晚是花好月圆之夜，是难得的时刻，大家聚集于花园芳亭，开个月光晚会，共赏月圆之夜。"

董员外一言九鼎，况且是佳节良辰，众人积极响应。众人一齐动手，很快月光晚会布置得富丽堂皇。晚会开始后，董员外着意说："明月团圆夜，请国珍、国瑛二位各作宋词《水调歌头》一首。

董员外话音一落，得到众人的一致赞成，首先是董桂芳表示说："好好好！"

方国珍积极响应，即兴作说：

水调歌头　中秋月圆

相聚赏明月，美酒桂花香。清风飘爽如醉，同院沐清凉。白鹭翔翔成对，鸿雁南飞比翼，雅韵透祺祥。如梦似痴醉，淑女若王嫱。

气爽爽，绵绵意，话情长。南塘逸致，台榭亭阁乐悠扬。园外秋风悦舒爽，墙内琴声清脆，客地胜家乡。但得随人愿，祈福共隆昌。

方国瑛接着吟咏：

水调歌头　芳香南塘

丹桂院中种，经历百余年。时逢花放佳节，同赏月团圆。难得南塘相遇，月殿嫦娥初会，仿佛作神仙。如梦似痴醉，还是在人间。

秋风爽，芳香袭，夜无眠。同欢共乐，蓬岛仙阁乐绵绵。人有悲欢离合，月有阴晴圆缺，相遇自姻缘。但愿人长久，今世爱婵娟。

员外听了二人的词后，带头热烈鼓掌，霎时间，庭院掌声雷动。员外喜不自禁地当众宣布："今天董府大喜临门！喜从天降，降下二位贤婿！特此宣布：

一、大小姐董桂芳，许配给方国珍；二小姐董桂香，许配给方国瑛；

二、后天是八月十八，是黄道吉日，二位小姐同时出阁，嫁妆同时发运。明日速办嫁妆。

三、洋屿的原船装载嫁妆，本府再派二艘船送行，一船坐乘新郎新娘和方夫人。

四、小蓉、小荷俩收为义女，视作亲生。同时小蓉更名为董娇蓉、小荷更名为董娇荷。她俩陪两位小姐，同赴方家，她俩的婚姻全由桂芳、桂香作主。

另一船是护送的鼓乐队伍等。董员外以上四条宣布后，报以热烈的掌声。不知后天董府千金如何出阁？且听下回分解。

第十一回
姐妹双双同时出阁　弟兄对对皆娶娇娘

夏冬历尽自春秋，玉洁冰清雅韵优。

傲骨丹心呈异彩，千金一笑露温柔。

在秋高气爽、丹桂飘香的季节，空天风和日丽、碧海波澜荡漾。三艘婚船徐徐地向洋屿驶来，船上彩旗飘扬、鼓乐齐鸣，气派十足，荣耀无比。

方国珍、方国瑛和方国珉、李金海、李金松赴温州卖盐，船至南塘湾，幸遇财主，娶来董员外千金。一家同时嫁二女，独户同时娶二媳，成为千古佳话，成为美丽传说，成为黄岩的特大新闻。

船到洋屿码头，七里八乡的人，从四面八方赶来看热闹，可说人山人海，热闹非常。

当婚船停泊稳妥后，两位新郎穿着簇新的衣冠，新郎在左、新娘在右，新郎分别牵扶着新娘，缓缓地走上码头。他们分别是方国珍与董桂芳、方国瑛与董桂香。两对新郎新娘手牵手地同向方门走来。当他们走过人群时，人们都报以热烈的掌声和欢呼声，同时发出"哟哟哟"的赞颂声，赞美新娘貌若天仙、歌颂新娘美比西子。

桂芳、桂香俩，本来就是孪生姐妹，不仅人长得一模一样，而且一样的打扮、一样的衣着、一样的裙裤。今天的穿戴与以往完全不同：据台州习俗，新娘成婚之日，她有东宫皇后娘娘身份。所以头戴凤冠、身披霞帔、脚穿刺凤绣花鞋。后有两个丫鬟簇拥。众人看得眼花缭乱、看得目不暇接。

看了新人看嫁妆，先看桂芳、桂香的妆奁：当时数得上是最好、最高挡次的，称为"铺陈扛"，所谓"铺陈"，就是一应俱全，标准是"十扛十担是'铺陈'"。不言而喻，一个新娘的嫁妆就要有"十扛、十担"的东西，不说箱箱笼笼，就说床上用品、厨房用品、洗涤用品、祭祀类这四大项。

先说床上用品：每个新娘有大小棉被八条、四季蚊帐四顶、冬夏枕头六对、厚薄床榻四副。此外还有小儿的床上用品等。

厨房用品：金边大盆、中盆、小盆各一打（十二口）；青瓷大碗、中碗、小碗各一打（十二口）；金边、青瓷茶盏各一打（十二只）、闷碗（加盖密封）八只；大、中、小调羹各十二只（一打）、大、中、小酒盅各一打。此外还有各挡筷子，其中象牙筷一桌（十二双）银筷一桌（十二双）各种竹筷两把（十二双一把）。更有竹制油漆的大小器皿、大小菜刀、剪刀、砧板等一切俱全。

洗涤用品专门一扛，主要是各种油漆木桶。分别是：大、中、小浴桶各一只，铜质、木质各一只，大小洗脚桶、揉粉桶、倒汤桶、送饭桶、送羹桶、洗衣桶各一只，切水桶、放便桶各一对。

祭祀类的东西，最主要的是铜壶蜡器等值钱的礼事、（是为祭祀的专用品，用蜡器特制的工艺品，作为摆设的）香炉、烛台等；还有木制油漆各类桶盘：其中长方形桶盘两只，正方形十二只、圆形十二只。

至于衣物之类，春夏秋冬、青中老小齐全。所谓小，是指孩子的衣着，包括小儿的尿布、肚兜儿、裤衩、裤带等，可说"一生可用了"。

两对新郎新娘跟随簇拥的人群，来到了方家小院。方家小院原是李济世的，虽然独家独院，可是面积不大，只有三间小木屋。方国璋夫妇和儿子已经占用一间，国馨、国珍、国瑛、国珉四人同住一间，另一间便是厨房，母亲就是住的是厨房连眠床，可以说已经很挤的了。

今天突然来了两位新人，一时无处安排，房间是个大问题？为了方便，青龙帮帮主——方国馨决定，婚礼放在洋屿殿，这是洋屿的首例，也可以说是史无前例。

方国馨既是方家老大又是帮主,理所当然地主持弟辈他们的婚礼,此婚礼与众不同:

董府带来的两班乐队,分左右坐定,左队是锣鼓类,右队是细吹类。当宣布婚礼开始,两队各显其能、自逞其强,左队接着锣鼓喧天,热闹非常;右队丝竹悠扬。乐队奏毕,由主持人方国馨引两对新郎新娘向天地跪拜,再向洋屿殿神像行跪拜礼,向方母行跪拜礼,接着新郎新娘夫妻对拜。

今天最忙的是要数方国馨,他这边正在主持婚礼,那边舞龙舞狮又要开始,国馨是滚龙、舞狮的头把手,当这个节目尚未结束,又去做下个节目。

洋屿村的滚龙、舞狮可说黄岩第一,打遍黄岩无敌手,今天国馨自己家连娶两个弟媳,喜事临门,因而以最好的表现,舞得尽心尽力。内行人说它尽善尽美,所以报以热烈掌声。

婚礼结束,婚宴开始。婚宴自然也放在洋屿殿,因为前些日子,方家收到董府送来的三百两银子,国馨与母亲商定,取出其中的一百两,请全村村民一概参加婚宴,且礼金分文不收。全村六百多人,八人一桌,共办七十八桌大菜。台州习惯八大碗。近八十桌酒菜,把洋屿殿挤得水泄不通。

其菜肴并不特别,只是:红烧猪肉、肉皮泡扎、青炖黄鱼、盐水白虾、洋屿炒蜻、沙埠芋头、路桥茭白、青菜煮豆腐。菜肴虽然只有八碗,但却高头满碗,美味可口。

洋屿沉浸在欢乐的海洋里、方家浸泡在蜜糖中。最最快乐的当然是方国珍、方国瑛俩,他俩不费分文、不花力气,迎来了南塘湾员外千金——丹桂仙子。

婚宴结束,国珍、国瑛分别各牵桂芳、桂香的手,款款步入方家。此时此刻,乐曲重启,歌舞再来,为新郎、新娘送入洞房而奏乐、而歌唱、而欢呼!

送洞房的仪式大同小异,且有点俗套,这里暂且不表。最最重要的房间怎的安排?这一任务自然地落在方国馨身上。国馨决定他与国珉俩住到洋屿殿的青龙帮里,房间让给国珍、国瑛做洞房。

二哥方国璋、王翠玉和侄儿占去了一间,母亲连厨房、饭厅占了一间,剩下一间小小的两个八尺空间,本来也只铺两张床,四兄弟共睡。今天,帮会兄弟们把床搬了个方向。房子中间用木条钉构成前后两间,再用村里的旧砖和蛎灰,构置成三堂砖壁。就这样,两间新房就此落成。

虽然方国馨、方国珉暂时住在洋屿殿的帮会里，还有两个伴娘——小蓉、小荷住在何处？正好李夫人走来说："我看今天来的两个伴娘，贵府一时无处安排，还是住到我家去吧？"

方夫人当即点头表示说："很好很好，谢谢！"

后随方夫人问小蓉、小荷："因我家房子狭窄，请两位小姐暂且住到李夫人家里，不知可否？"

两伴娘异口同声地说："可以可以！听从夫人安排，非常高兴李夫人前接我俩！"说后高兴地挽扶着李夫人，兴致勃勃地向李府走去了。

"洞房花烛夜，金榜挂名时。"一笔难写两对新婚夫妻的柔情蜜意：

先说方国瑛与董桂香，他俩被送入洞房后，双方都有点儿拘谨、含羞。在红烛光芒的映照下，新娘更显娇艳无比，她那粉红色的脸蛋，如一朵盛开的桃花，皮肤似一块精美的羊脂玉。她羞羞答答地卸下头上的凤冠，满头的青丝妙发，透出阵阵芳香、她那柳叶眉下的一双明眸，秋波荡漾、柔情似水，洁白的细牙与小口樱唇，相互呼应，衬托出美人妖娆雅韵。

此时，新娘移步到国瑛前面，轻声地说："相公，请帮助奴家把颈项上的纽扣儿给放了！"国瑛轻轻地接连放开她的三个纽扣，露出洁白柔嫩的胸脯，一双充满弹性乳房，半遮半露、隐隐约约，似两颗柔嫩的皮球，随着心脏跳动，媲美冰球跌宕起伏。

当方国瑛看得如痴似醉时，桂香再次柔情蜜意般地说："相公，请给我的上衣给宽了、裙带儿也解开！""不知庐山真面目，只缘身在此山中。"当她宽衣解带后，显露出暗藏十八年的"庐山真面目"。

此时此刻，方国瑛内心有点急不可耐，但尽力抑制住冲动，表现出男子汉的豁达大度胸怀，却斯斯文文地唱了首"巫山一段云"的小令：

人约黄昏后，衫儿衬着揍。桂香芳雅袭胸头。姿情的不休。

一个哑声儿摸，问那其间怎作，明朝莫待鸟儿啾，不害点儿羞？

桂香接着也来一首"巫山一段云"：

脉脉含情看，相公没语拦。你将胡话作挑蛮，笑看腰板弯。

切莫匆匆性子，待会儿任凭你，齐声合唱首斑斓，东班揍西搬。

桂香边唱，边走到国瑛的跟前，双手解开他的衣扣，同时将胸脯紧紧贴进他的胸膛，不等她放完扣子，他把她拦腰抱起，紧紧地抱在胸怀，如抱小孩子似的，把她放到床上，可是她的双手也紧紧扯住不放，让他压在自己的身上。

再说方国珍和董桂芳俩送入洞房后，到底玩的哪些花样儿？因为天气还是比较热，桂芳一入洞房就急着要卸妆，卸妆时叫国珍拉好窗帘后，她轻声地说："对不起！请相公面朝后壁，不要看着我。"国珍老老实实地听从指示，头不转、眼不睁地呆立着。不一会儿，桂芳说："衣服换好了，请相公转过身来坐下，咱俩说说话，喝喝茶。"

国珍转过头来一看，见她穿一套粉红色、杭州产香云纱、短袖紧身睡衣，换上一双珍珠耳环拖到半肩，右手轻轻地摇摆着檀香扇。她这样的穿戴，半隐半露，似雾里看花，如水中望月，越发的美艳、越发的迷人。国珍看得如痴似醉、看得目不转睛。

这时桂芳泡了一杯茶水，递到他嘴边说："相公，请用茶！"国珍转过神来，慌忙双手接过茶盏，并小小地喝了一口说："谢谢，谢谢！"说话就从"谢"字开始。

"不要谢，也不需谢，我们是夫妻，递茶端汤为妻的分内事，服侍公婆、关爱丈夫义不容辞、责无旁贷。"桂芳说。

"今生遇着你、娶了你，是前世修来的福分，也是我方家的福祉！"国珍说。

"我也一样，有幸遇着你、嫁与你，是我的福分！心感无比幸福，非常愉快，身心沉浸在幸福的爱河里，有说不尽的愉快！"桂芳诚实地说。

"这说明我们俩有缘分，有缘千里来相会，无缘对面不相逢。我怎么有幸跑到南塘湾，跑到董府，抱来如花似玉的千金——桂花仙子？"国珍说。

"是的，我们俩的婚姻是上天安排好了的，的确是前世姻缘！我怎么看到别的男人都不喜欢，唯有看到你，就一见钟情！"桂芳接着将梦中的情形，重新地向国珍复述了一遍后接着说，"我把你当成白马王子、看作潘安再世、子建重生。"

"也许是情人眼中出西施！"桂芳的一席话，使国珍感动得热泪盈眶地说，"我也一样，把你看成西子重现，王嫱再世，杨妃降临，洛神、湘妃还在。"

"谢谢！谢谢看得起我，谢谢相公的夸奖，使我激动得无以应对了。"桂芳喝了口茶水后说，"我们不谈这个了，换一种欢快的形式好吗？"

"可以，换什么来着？"国珍说。

"可作作诗，唱唱曲什么的。"桂芳想了想后接说，"因为唱曲没有丝竹伴奏，还是作几首绝句，轻松方便，且又富有诗情画意。不知君意如何？"

"好的，好的！"国珍打心眼儿里爱着桂芳，她的提议自然也是打心眼儿欢喜。他接着问，"谁先来？"

"让我先来，我喜欢轻松愉快、语言贴切、直白达意、贴近生活。先来一首：

> 满怀悦意伏郎胸，其乐无穷甜蜜中。
>
> 对饮吟诗言幸福，洞房暖色烛光红。

国珍接着也来一首绝句：

> 贤惠新娘偎在胸，柔情蜜意乐心中。
>
> 身心相印依怀抱，亲吻脸庞留口红。

桂芳接着又一首：

> 芳心逸意作新娘，千里姻缘恩爱长。
>
> 夫唱妇随同白首，鸳鸯比翼共翱翔。

国珍不假思索地和上一首：

> 国珍幸运娶娇娘，美满姻缘天地长。
>
> 海角天涯同比翼，云高海阔共翱翔。

桂芳猛觉得这首诗有点儿好高骛远，欠贴切，于是再补一首：

> 无限柔情意万千，扬帆越海夜无眠。
>
> 秋池巴峡巫山雨，梦魇甘霖下玉田。

国珍感到贴切，笑意满怀地点头表示，接着再和一首：

次韵和董桂芳

> 巴峡巫山景万千，新婚雅韵不思眠。
>
> 青云细雨绵绵下，晚雾茫茫罩玉田。

新婚燕尔。国珍、国瑛他们堕入爱河里，泡在甜蜜中，沉浸在新婚快乐之中。

光阴如箭，不觉一月已过。这一月来，乐坏了周氏母亲，累坏了大哥国馨。如今是成了十个人的大家庭了，二三四弟都已经成亲，上月二弟媳翠玉生下个胖小子，取名明善。小明善十分可爱、非常有趣。总之这么大的一个家，作为当家的，日常生活都要由国馨一人操办、一人担当、一人顶着。

方国馨是个责任心很强的人，自从父亲去世后，一直担当起这个家。他又是青龙帮的帮主，同时要处理村里的日常事务，尤其是帮里成员的练武，抓得紧紧的、一刻也没有放松。所以自己的终身大事却丢在一边。如今是二十六岁的大男人，至今尚无婚娶，母亲为此而焦急。

就在重阳节，母亲慎重其事地提出说："国馨，你已经二十六岁的人了，眼前三个弟弟都已成家了，你也抓紧把婚事定下来！"接着母亲从抽屉里拿出一把红纸说"这些都要是小姑娘们的'年庚八字'。有本村的，也有邻村的，还有黄岩路桥那边的，乘着兄弟媳在一起，大伙帮你谋划谋划，从中选一个来。"

没等国馨开口，翠玉心直口快便抢着说："母亲的话极是，大哥为我们操心，为全家操劳，却把自己的婚姻大事放在一边，弟媳表示感谢，今天代我儿子明善叫声'大伯伯'谢谢！"

还是国珍和桂芳细心，他俩接过母亲手中'年庚八字'，以年龄为主进行筛选，遴选出其中的三人说："我俩认为这三个人的年龄均在二十岁，是她们当中年龄最大的。与大哥相差八岁，大哥属牛，她仨属猴的，无冲无克。"说后递给国馨。

"先交还给我，我可叫算命先生，把'八字'合合。"母亲说。

"不用了！"国馨说。

"却是为何？二十六岁的人了，不能再拖了！"母亲急不可耐地说。

"谢谢母亲和弟弟、弟媳们的关心，不过近日……"国馨说。

"不过近发生什么？"母亲急着问。

"最近认识了一个姑娘，人倒不错，也是二十岁的。"国馨说。

听国馨这样一说，大家都感到高兴，祝愿他早成眷属。还是翠玉好奇心强，感兴趣地提出说："认识多长时间了？她是哪儿人？"

听到问话，国馨陷入深深的回忆之中。就在国珍、国瑛成亲的第三天，他到路桥石曲租轿行付租费时，经石老板介绍认识了一位姓陈的姑娘，从外表上看，相貌很是不错，所以两人相爱上了，目前正在热恋中。

可是国珉对这个石曲姑娘存有疑虑，却是为何？

就在前天，国珉见大哥与这个所谓的石曲姑娘，在村外的河边出现，看样子将要成为他的大嫂子了！国珉好奇，偷偷地去看看未来嫂子的模样儿。一看，此人似曾相识，好似隔壁前洋村人。国珉目光敏锐，多个心眼儿，从中看出这里可能有"名堂"。于是要看清她的"庐山真面目"。当红日即将西沉时，见大哥与这个石曲姑娘分手后，看她向路桥方向走去，走一里多路程后，便绕道回前洋村。以上情况，国珉看得明明白白。

今天早上，国珉问说："大哥，昨天下午与你在一起的这个姑娘，长得很是不错，她是何方人氏？"

"你看到？不错吧！她是路桥石曲人。"国馨说。

"不是吧，可能是前洋头人。"国珉说。

"不会的，不会的，我昨天傍晚看她一人回路桥去了。"国馨说。

听了国馨这么一说，国珉越发疑惑不解：本来是前洋人，何为要谎称石曲人？又为什么向路桥方向走去，半途却返回？不难看出，这里的"名堂可大着呢！"国珉是五兄弟中最有心计的。所以把此事藏在心底里，暂且未说，可是心里总时刻关注着。

事情真如国珉疑虑的那样，国珍、国瑛在南塘湾娶来天仙般的美女，并且随船嫁来数不完的嫁妆，不但不花分文礼金，反而倒贴纹银三百两！这样方家一下子成了富有人家。俗话说"人怕出名猪怕肥"，如今方家名扬台州，这也招来一些人的妒忌。古语云："祸兮福所依、福兮祸所伏"，方家的一时荣耀，招人妒嫉，也许招来横祸，"关门户里坐，横祸天上来"。

方国珍、方国瑛的婚礼那天，前洋村的村民，几乎都来看热闹，可说众口盛赞。唯有陈恢等少数人未去。陈恢派心腹冯二狗去看方家婚礼后，来到陈恢家，此时的陈恢正在自言自语，且语无伦次地大发雷霆："怎么多的好运，偏偏落到方家，这么漂亮的姑娘，偏偏嫁给他？真是岂有此理！"

"大爷息怒，想个法子，慢慢地折腾他，叫他老老实实地把两个美女送过来，给大爷你享受！"冯二狗说。

"好好！好极了！有何高见？"此时前门走进蔡乱头，他听冯二狗这么一说，就在门外叫好。陈恢、冯二狗见蔡乱头进来说："不知贵客光临，未出远迎，请恕罪！"

"何罪之有？倒是我未报先来，多有打扰。"蔡横说。

陈恢唤赛金花前来服侍，给蔡乱头倒水献茶。还是冯二狗多嘴说："刚才我说方国珍、方国瑛他俩新娶的老婆。他妈的想法子给拿过来，蔡爷可听到？"

"听说两个女的很漂亮，路人说得天花乱坠，特地从路桥打轿过来，问个究竟。"蔡乱头把纸扇在二狗肩敲打三下后问，"到底如何？你可看到？"

"是真的很美，的确非常非常地漂亮，不是我吹牛，我见过的女人多着呢，从未看过这么的大家佳丽、美貌的女子。"冯二狗绘声绘色，说得唾沫四溅。

"你怎能叫他'老老实实地把两个美人送过来！'到底有何妙计？"蔡乱头说。

"计划成功，我有什么好处？"冯二狗问。

"两个送一夜先由你玩，这样可以吧？"蔡乱头说。

"此话算数？可以可以！"冯二狗说。"当然算数。"陈恢接着问说，"请说出你的锦囊妙计？"要知说出何计，且听下回分解。

第十二回
方国馨遇害惨丧命　冯二狗魂归地狱门

二狗歪人心地邪，陈恢弄巧脑搬家。

妄图嫁祸他人死，害己损人成蛤蟆。

冯二狗读书识字狗屁不通，谋财害命花样百出。他摇头晃脑地说："告他海盗劫贼，说他的财产、老婆都是抢劫来的。这样把方家五兄弟给抓起来坐牢、他家的财产全部充公，把他两个娘们给'解救'出来，这不是坐收渔利吗？"

"妙妙妙！高高高！"蔡乱头伸出大拇指赞扬说。

"计策倒不错，你要告他抢劫罪，证据何在？一定要有证据。没有人证物证未必能告得准！"陈恢说。

"就是要想个办法、找个证据嘛。事在人为，没有找有，无洞取蟹，无中生有。"冯二狗说。

"说下去、说下去，怎么个找法？怎么个无洞取蟹？"陈恢很感兴趣问。

"我们可以去炮制、可以去栽赃。不过要谨慎些。"冯二狗说。

"好好！好主意！"蔡乱头连拍三响桌子接着说，"我有办法！"蔡乱头说。

"什么锦囊妙计？什么鬼花样？看你这样兴高采烈的。"陈恢问说。

"最理想的办法，就是栽赃。我们反正天天有船在大陈洋，我在积谷山有基地，拦船抢劫是本行，天天看到有商船路过，多数来去的是福建商船，我们可以冒充方国珍的船，以方国珍之名去抢劫。抢来的东西归为己有，把罪责栽赃于他，这样以海盗罪，官府就可抓他的人、抄他的家、没收他的财产。到时他们的两个外地老婆无路可走，便成为我们的了。"蔡乱头异想天开地说。

"主意很好！我赞成。抢了福建人的货物，怎么能说他们干的？"陈恢说。

"我有办法，到时使他们有口难辩、有冤难申，只有哑巴吃黄连，有苦无处诉。"冯二狗胸有成竹地说。

"我们把李家两兄弟也扯进去，把李金海、李金松也一起给抓了。听说南塘湾来的两个伴娘也很漂亮，目前正在与李金海、李金松关系密切，把两个什么蓉的荷的，统统地抓来！由你冯二狗挑选一个。"陈恢说。

"在计划实施前，必须拿到方家的一些东西，同时还必须将洋屿这艘船上的用品给偷点来。这些东西务必带到现场，留在福建船中，作为抓捕他们的罪证。"冯二狗说。

"很好很好！上述两项怎么实施？何人去办？"蔡乱头说。

"上述两项由我来完成。只要荷花女给我就好了。"冯二狗说后，随即对在旁的赛金花说："主要看你的了，你去接近方国馨，向他要信物，信物最好是有方家标志的东西。"

"你们都有了，陈大爷到时就不要我了，我可不干！"赛金花说。

"放心。事情成功后，不但有赏钱，还把你娶进来作三房。"陈恢说。

陈恢派赛金花勾引方国馨的目的，就是要害死他。就在方国珍、方国瑛婚后不久的一天晚上，国馨因石曲女之约，赴洋屿至石曲的半途约会。国馨为人诚实，从不失信、更无失约。当晚饭后，就匆匆来到约定地点，今天出乎意料地石曲女早已在等候了。当她看到国馨到来，装出热情洋溢的样子，快步走了过来，一把抱住国馨说："我想死你了！你母亲可答应了？"

"我也一样地想念着你。至于母亲，看来不成问题，只是要你的年庚八字，等着去算命合八字。我对你说过多次了，至今还未拿来。"国馨说。

"你须先拿信物，我再拿'八字'，谁知你真心还是假意！"石曲女说。

"完全可以，不知你要何样信物，下次一定带来。"国馨表示说。

"下次不行，不行不行！就是现在定要一二件物品，作个纪念。"石曲女说。

"今天确实未作准备，身边没什么有意义的东西。"国馨说。

她来时，陈恢只叫她拿信物，没有说明何物？赛金花打量国馨头上戴着顶莆草帽，帽上写有"青云徐来"四字，就随手拿来戴在她自己的头上说："先给我顶草帽，暂作留念。"心中还是快快不快，意思信物尚不理想。

国馨因帮里要练武，也无心与她纠缠。这样两人便分手了。在回来时，想到下午在船上还留有一件夹袄，趁便去拿回来，明天早上天气转凉要穿。

当走到船边，发现好些人在自己的船上拿东西，有好些物件已经搬走了。国馨看见，这还了得，慌忙跑上去，一手抓住冯二狗胸脯问说："你们干吗要偷我们的东西？"

贼胆包天，此时的冯二狗却奸笑说："不仅要你的东西，还要你的命！"说声"上"，三五个凶贼手拿木棒，一齐劈头盖脸地向国馨打来，他"啊哟"一声，倒地，便再也爬不起来了。

当天晚上，国璋、国珍、国瑛他们早已进入温柔梦乡。唯有国珉惦念着大哥，怕大哥出事。等到三更半夜，还不见大哥回来，认为多半是被那个女人缠住了，但也不排除其他不测！于是便手拿木棍，偷偷地去寻找。当找到洋屿殿旁边的树林中，隐隐约约看见有一黑乎乎的东西，走上前去，用手一摸，摸着是一个人。"呀啊！大事不好！大哥被害了！"

国珉"大哥大哥"地猛喊，千呼万唤唤不回。就一把楼住国馨尚未发冷的身体，拼着所有力气，连背带抱地抱回了家。

噩耗如晴天霹雳、噩耗打破了冬夜的寂寞！刹那时，哭声惊天！洋屿"地震"了，全村沉浸在悲痛之中，人们同仇敌忾，声讨杀人罪行！

是谁？杀人者是谁？对此，方家人、洋屿人都深深陷入沉思中。周氏母亲悲痛欲绝，几次晕厥过去，方门一时乱作一团。还是国珉先来劝慰说："母亲！事情已经发生了，哭也没用，料理大哥的后事，需要母亲定夺。"

"活活把我馨儿打死，我心痛哟！谁是凶手？"

"父冤兄仇一定要报，大丈夫报仇十年不晚。"国珉说着，同时眼看着三位哥哥说："请三位哥哥拿主意。"

国珍从悲痛中醒悟过来说："此仇不报非为人，大哥的葬礼，由母亲、二哥、四弟处理，一切听从母亲安排；我和五弟寻找凶手要紧。"

"还是报官要紧，是不是先去报官？"国璋说。

"报官屁用，上次父亲就是'告状'时被害死，数年了，冤沉大海，向谁申冤！"国珍说。

"三哥说得也有理，我看报官归报官，侦查归侦查。二哥在家料理，由我去报官，三哥与小弟去查找凶手也是要紧的。"国瑛说。

"我看问题就出在这个所谓'石曲'女人身上。"接着国珉将看到的一切，从头至尾地说了一遍后说，"昨天晚上，看大哥与这个女人走去，我跟了一段路，不好意思，便回来了。回来后还是睡不着，所以到处寻找，果然真的出大事了！不料我去晚了点。"

水浒南传

大家听了国珉这么一说，初步明白了个大概。国珍、国珉俩先到石曲，寻找这个女人，无名无姓，往哪儿找呢，找了两天从无着落。

却说陈恢、蔡横得知方国馨已经死了，知道问题的严肃性和紧迫性，必须加紧实施"栽赃"方案。

就在国馨死后的第三天下午，传来"福州号"商船在积谷山被海盗抢窃的消息。说此商船从长江口那边驶过来的，船上主要货物是苏州丝绸绢纺、南通色布、色织布等织物。价值银子五千余两。此案成为近几年来的最大案件。台州出了大盗贼，案情重大。案情很快出现在台州路达鲁花赤曾住、黄岩州达鲁花赤真木帖的案头上。真木帖当即派都统尹三珠调查处置。

"福州号"原地抛锚，等待当地官员检查。尹三珠他们到达"福州号"检查，发现此案与洋屿方家有关联，认定是方国珍的青龙帮所为。因为抢劫现场，留下数件物证：

第一是一根毛竹扁担，扁担上方写着"一路顺风"四字，其落款是方国珍。

第二是两只小竹箩，虽然破烂不堪，由方国珍亲笔题写的"崇德堂办"四个楷书，写得刚柔相济，无可置疑，一看便知。

第三件是一顶蒲草帽，也是方国珍在帽上写有"青云徐来"四字，这顶草帽是方国馨常戴的。

第四是一双破布鞋，看样子是方国璋穿过的，是周氏缝制的针线。

以上四项，足以证明此案与方家作案的可能性极大。此时状纸如雪片似的飞进州县。方国珍做海盗、抢劫福建商船，已成街头巷尾的首条新闻。

方国馨的葬礼刚刚结束，一家人沉浸在悲痛欲绝之中。当更深夜静时刻，猛听见后门"啪啪啪"轻敲三下，周氏打开一看，见是姨夫李济世和小姨子周丽娟急匆匆地走来，惊慌失措地告诉说："姐姐，大事不好了！方家就要大祸临头，就要满门抄斩！"

正是关门屋里坐，横祸天上来。国珍他们还是半信半疑问："我们何罪之有！说我们犯什么罪？消息可能不实。"

"消息绝对正确。"丽娟从衣袋里取出刘仁本先生的亲笔字条，国珍他们打开一看，见他写道：

"近日，台州路、黄岩州同时收到蔡乱头、陈恢的状纸，说：'以方国珍为首的青龙帮横行东海，抢劫路过福建省商船数起。十一月十二日，趁着月色清明，在积谷山洗窃路过"福州号"商船，抢劫去大量丝绸布匹，价值白银五千两。船上留有罪证。'

"以此看来方家大祸临头，只有离家出逃！暂避祸事。必须从速，刻不容缓！"

落款：委羽山人

如何逃脱？大家做了简单的议论，当即作出三条统一意见：

一是连夜行动，收集家中一切有价值的东西，主要金银珠宝、衣裳服着；

二是立即通知青龙帮全体成员，一起暂时逃避，告知娇蓉、娇荷与桂芳、桂香一起回南塘湾，并同样带回所有嫁妆等贵重物品；

三是青龙帮成员，自带刀枪剑戟，在明天傍晚，集中洋屿殿，不得有误。

安排定当后，丽娟说："考虑到船只有限，姨夫给你从路桥租来三艘船，每船中配有大副、二副和员工各三人。听从你们调用。"

冬天的夜晚是长长的，洋屿民众几乎总动员，他们齐心协力，以临战常态一夜之间，把四只船装得满满的，天方明，四船扬帆，缓缓地向远方驶去，消失在茫茫的大海中。

天亮后，周氏丽珠与妹妹去了路桥，去了南山寺，十一月十五，在妙静师太主持下，皈依了佛门，穿上"海青"，披上"德衣"，成了佛家弟子。

这边，就是陈恢、蔡乱头、"斑毛虫"、冯二狗请来黄岩州都统尹三珠，他们聚集在路桥，就在"望月楼"酒店大摆筵席，暗中庆祝抢劫成功，明是庆祝告状成功，明日配合官兵捉拿方国珍四兄弟及青龙帮要员！抢夺南塘湾四美，多么快意的事。

同一天，国珍亲自到香严寺，拜望空空道长、牟子善先生和陈叔达、陈仲达两位师兄，向他们讲了当前十分危急的情况，并提出立即举旗起义的意见。

意见一经提出，立即得到空空道长和牟子善的赞许，得到师兄的支持。空空道长当场打了一卦，是第一签《升进卦》，卦象批语：

彩凤临丹阙，灵龟降吉祥。

祸除多福禄，喜气自洋洋。

空空道长看了卦象后，喜上眉梢地说："按卦象算来是吉兆，东海风雨急，宜早不宜迟。不仅可以行动，而且必须立即行动。"说后随作五绝一首：

行动须宜早，振旗切莫迟。

瞬间风雨急，英勇领雄师。

方国珍明白了个大概，但觉得还缺少周密的行动计划，于是提出：

"请道长和老师指点迷津，给我一个详细的行动方案。"

现今的牟子善，不是当年的教书匠，而今跟着空空道长，身着道袍、脚穿云靴，手捏宝剑，一身得道高人的气度。他捋了捋胡子说，"国珍，我问你，你是想临时脱险避难？还是举旗造反！是只为报杀父、弑兄之仇？还是抗元报效国家？"

国珍一时答不上来，支吾片刻后说："两者皆报！"

"好好，有志气，我就要听你这句话，否则是目光短浅的人。"牟子善接着说："这就要有最低纲领和最高纲领，最低纲领就是眼前，杀了蔡乱头、陈恢、冯二狗等，报了仇、雪了恨、避了祸。最高纲领是抗击官兵，举起除恶抗元旗帜，招兵买马、夺城掠地。"

牟子善的一席话，大大地启发了方国珍，他点头表示说："承蒙老师教诲！学生我心胸开阔了许多，从现在起，向最高纲领奋斗！"

"子善先生说得不错，如果没有最高纲要，就是庸俗之辈、鼠目寸光之流。成不了气候、办不成大事。"空空道长说。

"请先生教我！为学生制订战略目标和具体方案！"国珍立起向两位老师行鞠躬礼说，"现在情况紧急，当前应如何应对？"

空空道长掐指算了算说："今天晚上必须召开青龙帮会议，说明情势，说明后天官兵就来抓青龙帮的人。同时号召他们同心合办，举旗造反。明天晚上可以行动，可以杀了陈恢等人，后天，大批官兵前来抓捕时，可以抗他一阵子，打他个人仰马翻，就是给他们一个教训。"

"我们的立足点在哪？在积谷山可否？"国珍说。

"有位吴先生说你们先占领积谷山，是可行的方案。目前必须先立足琅玑、黄礁两山，黄、琅山上有淡水、有田地、有居民，况且离洋屿近些，是必争之地，是义军的桥头堡。"空空道长说。

"两位尊师可否与我们一同下海，扶我国珍，谋划大业？"国珍请求说。

牟子善做了具体部署说："可以可以，今天不行，我俩帮你写告示，揭露蔡乱头、陈恢、冯二狗等人抢劫商船，嫁祸于人的滔天罪行。今天晚上由仲达、叔达俩去路桥，将告示贴遍路桥街头巷尾。明天晚上他俩来洋屿，也把告示贴遍洋屿、前洋两村。"

"噢！仲达、叔达明天下午就来洋屿，与你们并肩战斗！"空空道长说。

十一月十八黄昏，洋屿村戒备森严，岗哨林立，洋屿殿人头攒动，青龙帮会议在此召开：会议第一项就是选举帮主。因为帮主方国馨被害后，一时青龙无主，急需补选。经大家议论，一致选举方国珍为帮主。

第二项是由新帮主讲话，方国珍借此机会，揭露蔡乱头、陈恢等打死方国馨、窃取船上可佐证之物，抢劫"福州号"商船，栽赃我们青龙帮，妄图给我们抓尽杀绝的滔天大罪。同时说明情况十分紧急！必须以牙还牙！

青龙帮全体人员听了这么一说，感到震惊！无不义愤填膺、无不切齿痛恨！人人表示，宰了蔡乱头、杀了冯二狗、千刀万剐陈恢。全场情绪十分激动。明天大批官兵将前来抓捕、前来大屠杀，官逼民反，你不造反，他必杀你！与其束手待毙、束手就擒，不如起来造反。大家纷纷提出："杀了陈恢、蔡乱头。干掉他妈的几个官兵，看看我们的厉害！"

会议开得十分成功，紧接着进入暴动前的准备，青龙帮里磨刀霍霍、洋屿村中人心惶惶。

十九日，就是晚上武装暴动的这一日。尤其重要的船，预计去南塘的船今天就会回来。准备在黄昏前把家族及粮食、衣物等日常用品搬运到琅玑山。

说到黄琅，李金海的舅父母就是琅玑山人，早晨，李金海已去那里了，安排好住宿等事项。洋屿至黄琅，只有几十里路程，一夜可来回二趟。先到琅玑是图个方便、是明智的选择。

昨天晚上，路桥街头巷尾贴满"告示"，揭露蔡乱头等人的罪行。起到轰动效应，街头巷尾议论纷纷扬扬！

当天下午，陈仲达、陈叔达俩风尘仆仆地来到洋屿，随身带来被服及日常生活用品，还有钢刀、匕首等器械和一捆纸头。一进"崇善堂"（即方家），和国珍、国璋等寒暄几句后，便去做米粉糊。当粉糊一做好，就去张贴。他们看来比青龙帮还卖力。

此时的前洋村，白虎帮正忙碌着为配合官兵，妄图一举扫荡洋屿青龙帮、抓获方家四兄弟而准备。与此同时，传来路桥街上贴满"蔡乱头、陈恢、冯二狗抢劫福建商船，栽赃陷害方国珍的'告示'"，这给陈恢一伙当头一棒。

傍晚，陈恢聚集白虎帮成员，在陈家大摆庆功酒席，也可说是庆功大会。庆祝这次"海上行动"成绩巨大，同时对所有参加人员一律奖赏，对有功之人给予表功。

陈恢号召大家开怀畅饮，酒宴中，赛金花表现得更加卖力，她打扮得花枝招展，东摆盏、西敬酒，时而坐在这个膝盖上、时而坐在那个腿裆中，时而与这个拥抱、时而与那人亲嘴。她坐在陈恢膝盖上，亲了他的嘴后讨封说："我虽然船上打劫未去，但勾引方国馨上花了不少心思，不要把我的功劳给忘了。"

正当白虎帮个个喝得酩酊大醉、东倒西歪时。方国珍率青龙帮已经潜入陈府，把陈府包围得水泄不通。方国珍一声令下："动手！"

青龙帮如天兵天将，来个一对一，国珍一手抓住陈恢的胸脯，先给他"啪啪啪"几个耳光，打得他眼冒金星、鼻孔出血；国璋抓住冯二狗，两个耳光打得跪地讨饶命。方国珉最恨的是这个赛金花，左手抓住她的头发，右手给她脸面劈头盖脑噼噼啪啪地打个痛快，打得她尿屎满裤裆。

紧接着，方国珍宣布陈恢四条大罪大恶：

其一是：勾结黑恶势力，横行乡里，欺压百姓，霸占洋屿盐田一百六十余亩。

其二是：穷凶极恶，勾结"斑毛虫"，打死良民方伯奇。

其三是：指使冯二狗，棒杀方国馨；

其四是：更为恶劣的是抢劫"福州号"商船，窃得丝绸绢纺，各色纺织品数千匹，价值银子五千两。反而加害洋屿青龙帮、诬陷方国珍。

"仅举以上四条，足以证明陈恢是个无耻之徒！是十恶不赦的恶棍！今天该是报仇雪恨的时候！"方国珍说后，一刀削去，陈恢立马身首异处，鲜血直冲屋顶、四溅房内，接着把陈恢人头抛到中间的桌面上；

这边方国璋同样抓住冯二狗的头发，效仿方国珍，紧接着也来一刀，冯二狗的狗头，血淋淋地也抛到同一张桌上。

方国珉最恨的是这个赛金花，他也抓牢她的头发，她吓得浑身发抖。当看到这一情境，看到陈恢、冯二狗血淋淋的头颅，便瘫痪在地上，国珉用力拉她的头发，再也站起来！原来已经吓死了。此时白虎帮的人，一个个吓得魂不附体，战战兢兢地低着头。

为了明天的顺利起义，方国珍决定把白虎帮的人一个个地捆绑在柱子上。并警告他们不许乱动，否则与陈恢、冯二狗一样，格杀勿论。并由方国珉带五六个弟兄看管。其余一律休息。凌晨三更烧饭，四更吃好早饭。

国珉他们麻烦不少，白虎帮的人一会儿这个要小便，那个解大便。都要把绳从柱子上解开，便后再系牢。好在负责看守的人纪律性很强，丝毫没有半点放松警惕性。当鸡啼三遍，几个黑影从外面进来。国珉喊："是谁？站住！不能动！哪来的？"

"我们是官兵，是黄岩州来的。"官兵说。

"来了多少人？"国珉问。

"我们是先头部队，十来个，他们在后面，大约五十人，快了！马上就要到来。"官兵说。

"好，你们等会儿。"国珉说后与弟兄们嘀咕几句后，迎上前去，一刀一个，两刀一双。就是趁官兵不备、他们误认为是陈恢的的白虎帮，是自己人。所以国珉他们干脆利落地一举全歼官兵。

洋屿那边，起义部队，也可称青龙帮成员，正在聚集洋屿殿吃饭时。这时天刚蒙蒙亮。突然报说："官兵来了！官兵进村了！"

他们饭刚吃一半，就是吃个半饱，立即放下碗筷、拿起钢刀、长枪、板斧等武器，一齐冲了出去。

要知胜负如何？且听下回分解。

第十三回
洋屿村决然齐造反　青龙帮被逼下琅玑

惊涛骇浪水天宽，漫卷龙旗敌胆寒。
野鹤闲云任浪迹，青龙出海泛波澜。

却说青龙帮帮众正当吃早饭时刻，岗哨报来官兵已经进村来了！来得真好，来得正是时候！趁着天刚蒙蒙亮的时光，青龙帮三人一组，分别埋伏在路口、墙角、屋后等处，来个巷战，来一个杀一个，进来两个杀一双、杀他个人仰马翻、打他个措手不及。

先说南大门，由陈仲达带两个助手在执勤，官兵一队八人，虽然占有人多之优势，但存在环境生疏之不足。陈仲达倚靠在墙角转弯处，官兵将头伸过来，仲达左手顺势一拉，他打个跟跄，扑到他的胸前，仲达一刀刺其胸部，立马丧命。第二个官兵将刀向仲达劈来，这位义帮兄弟名叫李金有的手法不错，一刀削去，两刀一碰，碰得火花四溅，陈仲达再一刀，刺中其腰间，白刀进红刀出，血喷如泉，命赴阴曹地府。

陈仲达是员虎将，他来个主动出击，迎上前去直刺、横削，又刺伤二人，官兵连损四人，剩下四人，吓得慌忙逃蹿。

陈叔达也率领一位青龙帮成员李金富，坚守西大门。西大门主要掩体是左右两株大樟树，陈叔达倚左，李金富在右。官兵一行也是八人，昂首阔步、耀武扬威地直冲而来。叔达凭借樟树掩护，待官兵到达身边，一步

101

跨出，一手抓住官兵，一刀削去，这个为首的头便身首异处，将头抛到他们面前，另一个官兵看后，急忙退步，却被李金富一板斧劈去，他也脑袋开花。这时陈叔达跃起，如一头发狂的雄狮，怒吼道："我不想送你们的性命，你们立即回头，若进半步，管教你一刀两段！"

官兵们看得目瞪口呆，吓得魂飞魄散。谁敢越雷池半步！叔达再吼一声："不要命的过来，要命的滚！快快地滚！"官兵扭转头便跑。

因为东门是面对大海，官兵不便进入。他们的重兵放在北门。北门由方国珍与方国璋俩亲自把守。这里没有什么掩体，国珍在左、国璋立右。两人同拿钢刀，怒目而视，威武不屈严阵以待。

官兵约三十人，分三个小队，领队的是黄岩州总制尹三珠。尹三珠耀武扬威，只见他：

> 腰系龙泉三尺剑，坐骑高大玉龙骢。
>
> 身披奎大龙鳞甲，右手钢钗乱舞中。

尹三珠威风凛凛地站在村口说："方国珍，正是冤家路窄，不料在此相遇！吾乃黄岩州总制尹三珠是也，今日奉台州路达鲁花赤之命，特来捉拿你和你全家，你必须束手就擒，免遭死罪，否则满门抄斩！"

"请问尹总制，小民何罪之有，有劳总制亲自出马？"方国珍昂首挺胸地说。

"你公然抢劫'福州号'商船，抢得绸布纺数千匹……"尹三珠说。

方国珍打断他的话说："此乃陈恢、蔡乱头所为，人赃俱在，全在陈恢家中，你去一看便知。"

"不要狡辩了，你快点放下钢刀！举手受缚！与我一起去黄岩州衙门！以免遭满门抄斩！"尹三珠说。

"我若不去呢？看你怎么办！"方国珍不慌不忙地说。

"这由不得你了，把你们统统抓去，立马给予你家满门抄斩！"尹三珠说。

"看你没有这等本事，你不但抓不住我们，倒是把你抓来，送到东海喂癞头鼋，喂长脚虾！"方国珍说。

这时尹三珠火冒三丈，挥动方天画戟呼喊道："你们给我上，捉拿方国珍、方国璋。给他满门抄斩！"尹三珠话音一落，官兵们一齐呐喊道："大家一起上，捉拿方国珍！"

可是方国珍、方国璋毫无畏惧地昂首挺胸，以静制动，以不变而应万变。官兵看见他俩巍然不动站立着，就有几分胆怯。方国珍怒目而视说："上呀！哪个有胆量的上啊！凡找死的统统上来！"

此时，官兵们倒有几分胆怯，他们迫于军令，不得不上，先有三个胆大的冲了上前来。没等他们动手，方国珍一刀挑去，三人的朴刀飞出丈余，回转一刀一个，两个人头落地，国珍随手捡来一个人头，向尹三珠的头上甩去，他头一歪，人头甩在他的胸膛，鲜血溅满他的脸面、鲜血染红他那白色的战袍。

尹三珠看到方国珍如此干脆利落、两下便送了三人性命，马上挥舞画戟向国珍刺来。短刀对长枪、徒步对大马，看起来优劣分明。方国珍必须化劣为优，必须把他拉下马，来一个同等条件比试！当尹三珠把枪刺来时，方国珍不但不闪避，反而还来个跳跃上去，左手抓住其枪杆子，右手一刀斩去，尹三珠的枪断为两截，再将枪头掷向马肚，这匹高头大马立即声嘶力竭，国珍再削一刀，马右前脚被砍断了。尹三珠落马了。

方国珍没有杀他，反而颠了颠手说："来呀，你枪我刀不公平，我给你一把刀。"说着右足一踢，从地上挑出一把，踢飞给尹三珠后说："我们来明的，旁人不许插手。"

尹三珠确实也有两下子，同时也迫于无奈，他咬紧牙关、鼓起勇气，决心与方国珍比个高低，但只见那：

一来一往，似凤翻身；一进一退，如鹰展翅，一照一捌，比龙腾空，一遮一拦，像虎争雄。一个是丁字脚，抢将袭来，这个是螳螂腿，猛烈挡住。这真是：虽不上凌云阁，只此堪描入画中。

他俩斗了五十回合后，尹三珠实在支持不住了：他头重脚下轻，眼红面额赤，跟跟跄跄冲上来，摆摆摇摇退下去。如出水之蛇，似落垟之虎。此时的尹三珠，有招架之势，无还手之力。险些儿跟跄跌倒，幸被其手下救起，就夹着尾巴慌忙逃命。

却说蔡乱头是与尹三珠一起来的，他带来十来个人，直达前洋村，准备来"分享红利""带个美女"，即把方国珍的老婆——董桂芳给抢去。他耀武扬威地走进前洋村，走进陈府。首先看到的陈恢、冯二狗的人头悬在门口，惨不忍睹的场面，吓得他魂飞魄散，回头便逃！却被方国珉看到，追杀过来，杀了两个，捉去三人。

这时正好尹三珠他们也一败涂地，正在逃走，这个蔡乱头也跟在其中。他们来时五十二人，死去十二人，被俘虏七人，伤八人。可说官兵大败而逃。

因为方国珍这时不想杀太多的人，更不想杀了尹三珠，有意放他一条生路。

这里有诗写道：

刀枪箭戟显威风，洋屿青龙首立功。

六十余回英勇战，官兵败退影无踪。

洋屿一战，青龙帮士气大振，如此干脆利落地打败官兵，可说首战告捷！待官兵逃跑后，青龙帮随即去前洋陈恢家中，将被绑的白虎帮成员，要他们分别交代抢劫"福州号"商船的经过，并且询问了抢来的物资现放在何处，白虎帮的成员为了争取从宽发落，都比较主动地交代了情况。青龙帮一一做了记录，让白虎帮成员画了押！

最后青龙帮还抄了陈恢的家，把有价值的东西，统统搬走，特别是粮食，打开他的谷仓，足有稻谷三仓、五千斤左右。青龙帮将白虎帮成员松绑，令他们一起将所有稻谷装袋，搬运到航船码头。

同时还杀了一头从陈恢家养的百余斤重的乌猪，还买了一只白羊，一只红毛公鸡和两条大鲤鱼，就在洋屿殿举行隆重的祈祷。

红烛高照，清香高烧。更可看之处是，这只乌猪毛褪得精光、雪白，伏卧在八仙桌上，猪头处插着红烛、点着清香。白羊、红公鸡也同样洗得雪白，但另一桌摆放。

此时此刻，青龙帮成员，包括准备下海的所有人员，每人点燃三支清香，双膝跪地，向天地神灵祈祷。祈祷由帮主方国珍主持：

"苍天在上！……"

约经过一个时辰，祭祀结束，锣鼓喧天、鞭炮齐鸣，一派欢天喜地的节日气氛。

接着煮肉、烹羊、烧鸡、熬鱼。大酒、大肉大喝一餐。场面之恢宏、气氛之融洽、斗志之高昂前所未有，欢笑声震耳欲聋，一直闹到申时。这天的好时辰已经到，刚好是涨潮时刻，六十多人的队伍，正在浩浩荡荡出发时，忽然陈叔达扛着一面大旗跑了上来说："大伙慢点儿走，让我这面大旗走在前面。"

众人目睹这面飘扬的大旗：旗长八尺、宽四尺，黄底。旗中用青色丝线精绣"青龙"一条。这条龙绣得活龙活现，十分壮观，人人赞叹。起义队伍由陈仲达为旗手，雄赳赳气昂昂地向海边走去，把这面青龙旗插在第一艘的船头，东风吹来，旗帜飘扬，向着琅玡山前进。

说起这面青龙旗，还有一段故事：就在一年前的一天，空空道长对牟子善说："子善兄，看来方国珍明年就要举旗起义了，可是他们还没有旗帜。"

"道长说的也是，是要一面旗帜的。"牟子善同意说。

"那你给他设计一面，绣像功夫可大着呢！你必须抓紧设计出来，否则到时间就临时抱佛脚，来不及的。"道长说。

"怎么个设计法，请道长说来听听，请说个大概方案。"牟子善说。

"旗长八尺、宽四尺，中间一条青龙。你的任务是画一条龙，画一条活龙活现的龙。"道长说。

"明白了，我立即就着手设计，把初稿拿出来后，再作商讨。"牟子善说。

牟老先生不到十天时间，就画出了一条五爪乾龙，龙鳞片片，龙角棱棱，非常威武。公孙道长看了十分满意。就派陈叔达去路桥，把刺绣任务交给周丽娟。周丽娟独自一人，关在房内，日夜穿针引线，足足忙了十一月的时间，总算绣好。

陈叔达前天特地跑到路桥拿来旗，今天就派上用场，有了这面青龙旗，显得威风多了，旗帜高高飘扬，帆船徐徐前进。真是：

　　　　风帆与旗帜共舞、海鸥和群鹭同翔。

好一派海阔天空的壮观景象。海阔凭鱼跃、天高任鸟飞。好兆头！

再说方国珍率领的起义军，威风凛凛地来到琅玑山。当时的琅玑山与大陆相距三十余里，山清水秀，景色十分秀丽。傍晚从洋屿望去，正如杨贵妃唱的："海岛冰轮初转腾，笑看玉兔又东升。……"四面是滔滔不绝的大海，早晨旭日东升，光芒万丈，彩虹绚丽多姿；更使人陶醉的是，浪花拍岸，"卷起千堆雪"非常雄伟、十分壮观。

皓月在东方的海面徐徐升起之时，帆船迎着明月款款前进。

海纳百川，大海的胸怀，造就成黄琅人的诚实、勤劳、勇敢、耿直、和蔼可亲和豁达、大度的心胸。岛上居民约百多人，以渔业为主，兼做种地，既是农民，也是渔民。

昨天李金海到达海岛，向舅父母及渔民讲述洋屿情况，提出到此避难的请求。黄琅民众以极大的热情，把青龙帮视为贵客和亲人，表示尽心尽力、诚心诚意的支持。

当帆船到达码头时，黄琅百姓自觉地前来搬运东西，尤其是五千斤稻谷，他们一下子全搬到仓库里。并给予安排住房，八十余人的住宿吃饭是个大问题。幸好岛上已经建有公共活动的场所——庙宇，庙宇是岛上百姓祭祀等活动场所，供奉着海神爷等神像。他们集体住宿在这里，行动更加方便。

在岛上居民的热情照顾下，大伙的日子过得倒还开心。可是方国珍要考虑的问题太多太多了，他召集了核心人员会议。这是一次具有重要意义的会议。主要意义之一是确定了领导核心。他们分别是：

方国珍、方国璋、陈仲达、陈叔达、李金海、李金松、方国瑛、方国珉。

会议一致推选方国珍为总指挥，号称将军。

方国璋为副总指挥，称副将。

陈仲达为副总指挥，称副将。

陈叔达、李金海、李金松、方国瑛，方国珉五位为偏将。

同时决定请公孙也先生、牟子善先生为军师。

其二是改"青龙帮"为"东海水师"。

会议还对下一步行动做了部署，作出了第一步占领沿海岛礁，以黄琅为基础进一步扩展白果、道士冠、以大陈岛为基地，进而攻打积谷山，消灭蔡乱头。

他们研究的第二步行动计划是：攻打台州路，占领涌、台、温。活捉白景亮、尹三珠、斑木松。

当研究第三步计划，即最高行动目标时，忽然洋屿送来情报。大家打开一看，它的大意是：

那天尹三珠率领的官兵被打败后，报知台州路，第三天，调来台州全部兵马，约二千人，可说是兴师动众，浩浩荡荡地来到洋屿，首先把全村包围得水泄不通，接着直扑方国珍家。走进一看，方家空空如也。但也尚存几只空箱破笼和盆碗盏之类的东西。这些东西被官兵砸得个粉碎。

此时的尹三珠老羞成怒，妄图把方国珍的房屋给烧了，此时当地百姓提出阻止说："官兵怎么能放火烧屋？况且这屋不是方家的，他是向人租住的，你烧的是老百姓房屋！"

台州路兵马总监白景亮抓了十多名百姓，进行盘问和严刑拷打，他们如实地说："方国珍等青龙帮全体下海去了，留下的都是平民百姓。"最后官兵垂头丧气地抬着十多具尸体，回黄岩州去了。

方国珍他们听完了大陆传来的消息后，接下想继续研究第三步行动目标，也就是最高纲领时，忽报王翠玉与方明善来了，大伙忙着一起去码头迎接她俩去了。

却说王翠玉与其母亲、儿子，趁着黑夜，由国璋亲自护送，偷偷地到外婆家——雁荡山牌楼村，暂避官兵围剿。她人在雁荡山，心系洋屿村，情牵方国璋，时刻打听洋屿讯息。当得知方家安全脱险，现已经转移至琅玑山的可靠消息，便急着要来海岛。

她不敢回黄岩路桥，而是从乐清白溪搭乘渔船，辗转龙门岛，绕道而来。翠玉的到达，给大伙增加了欢乐，给方国璋带来宝贝儿子，两岁的方明善，十分可爱。

傍晚，国璋右手牵着儿子，左手挽着翠玉，迈步在美丽的琅玑海滩。星星闪烁、白云飘游。好一派海岛风光，好一个海阔天空。"海鸥翱翔起舞，涛声鸣奏乐章。"此时此景，感慨万千。玉姑随吟诗一首：

> 东海冰轮尚未升，水天一色看鱼鹰。
> 金波荡漾银鸥舞，道士冠中谁点灯？

玉姑无意中念到"道士冠中谁点灯"，这就展开了《水浒南传》波澜壮阔的场面。这句诗使国璋想起了一件大事——道士冠上可能藏匿着数千匹丝绸织物！

道士冠离琅玑不远，约只二十里路程，当时是无人居住、荒无人烟的小岛。但景色十分秀雅，绿树成荫、芳草青青、鸥鸟成群、柳暗花明。它不仅形状似道士冠，而且曾经住过道士。

说到这里，还有一段优美的故事：当年上八洞大仙，参加王母娘娘蟠桃盛会后，驾起祥云，从西天去山东蓬莱阁下棋，在路过台州湾时，他们看此处景色宜人，何仙姑与吕洞宾开玩笑说："我看你有留恋台州湾之意，我抛下个桃仁，化作个道士山，下次过来给你住个够。"说也奇怪，海中立刻隆起了一座小岛，故名道士冠。

这里的确住过道士，就在前朝，即南宋年间，来了个得道道人，他积草为庐，从不食人间烟火，长年累月以野果充饥。据传说，这个道人便是吕纯阳大仙。

道士冠是渔民避风休息的好去处。就在前几天，蔡乱头、陈恢、冯二狗率白虎帮，抢了福建商船后，不敢将物品带回大陆，暂时藏匿在荒无人烟的道士冠，准备待方国珍和青龙帮入狱后，再启运回大陆、放在路桥。

当方国璋听玉姑吟出"道士冠中谁点灯？"这么一句诗后，看见道士冠时暗时明，有灯火移动，看来有极大可能——蔡乱头在偷运物品了！情况紧急，方国璋立即回头，快步来到琅玑殿，向方国珍他们讲了道士冠发现新情况，看到多处灯火移动！方国珍当即作出出击道士冠的决定。

东海水师成立的第三天，也可说水师第一次紧急集合。方将军一声令下，八十多人很快到达小操场，听从命令。

方国珍亲自点兵，在册八十三人，全部到齐。接着宣布："今夜发现道士冠有灯火移动，断定是蔡乱头他们一伙在偷运藏匿在此的布纺。机不可失，必须立即出发，拦截他们，夺回物品。这是一场战斗，务必取胜，不得有误！出发！"

一声令下，八头领各带一船，队伍浩浩荡荡地向道士冠进发。不知胜负如何？且听下回分解。

第十四回
道士冠中欣传捷报　白果岛头围困官兵

硝烟遍地乱如麻，白果官兵困岛涯。
昔日三株欺百姓，今天白果变蛤蟆。

自古损人必害己。蔡乱头在洋屿看到陈恢、冯二狗俩的人头后，便心情不定、神魂颠倒，恶梦不断，一合上眼就看见陈恢血淋淋的头，吓得他失魂落魄、半死不活。

他虽然恶梦缠绕，却仍然念念不忘道士冠的这批物资，价值五千两银子的丝绸绢纺。只怕落入方国珍的手里，他越想越怕煮熟的鸭子飞走，所以暗下决心，切莫耽搁，必须从速取回。

积谷山是蔡乱头的剿穴、基地。平时抢劫来的物资全都埋藏在积谷山岛的匪剿里。唯有此次，一是为了栽赃方国珍；二是怕被人揭发，露了马脚，造成人赃俱在，酿成大祸，所以着意埋藏到杳无人烟的道士冠。

不料偷鸡不着，岂料被方国珍识破。现在方国珍已经占据了琅玑、黄礁二岛，琅玑、黄礁山离道士冠很近，如不抓紧取回这批物资，就有可能落入方国珍之手！

蔡乱头越想心里越急，急着要立即取回已经到手的物资。可要取回这批物资也非易事，蔡乱头也意识到，容易被方国珍发现，因此需要强有力的人员，必须组织得力的武装力量，突击取回这批重要物资。他考虑再三：一是调来在积谷山的海盗三十八人、船三艘；二是在路桥利用好自己身边的所有力量，计三十人、船三条。三是前洋陈恢残余二十人，船两艘，共组织起战船八艘，计八十八人。

在路桥的这批力量是主力，由蔡乱头亲自指挥。他们伪装渔船，扮作渔民模样，故意避开洋屿，改道从箬横下水。他的三支力量，都要在下午辛时到达白果岛，以白果岛为依托，可进可退。况且白果离箬横近些，离道士冠更近。

蔡乱头队伍先到白果岛，在此休息片刻，蔡乱头坐镇白果岛，由得力助手蔡兴和蔡小头两人具体负责。

当红日含山时，蔡兴迫不及待地率领八十三人、八艘船。他们从白果岛出发，乘着黑夜，悄无声息地到达目的地——道士冠。兵分两队，一队上岛搬运丝绸布匹，一队四艘船负责巡逻瞭望，如若发现方国珍他们，抗得住坚决抵住，如若顶不住就退回白果岛。

再说黄岩州的尹三珠，自从洋屿一战，损兵折将，被方国珍打得一败涂地后。心中耿耿于怀，正准备重组力量，妄图攻打琅玑山、消灭方国珍。正在这时，忽然从路桥报来消息：说蔡乱头组织近百人的武装力量，已经从箬横下水，向白果岛前进，目的是取回五千匹绫罗绸缎。

价值五千两银子的巨额财产，岂能由蔡乱头独吞？尹三珠一边写好紧急公文，上报台州路达鲁花赤和总管，一边组织和调动地方武装力量，分别从新河、新桥和海门三地出发，直扑白果岛，赶在半夜前到达，要从蔡乱头手中夺回全部货物。

尹三珠不清楚这批物资藏匿地点，误以为是在白果岛。此岛离大陆三十余里，离道士寇只有十七八里，离黄琅二十里，呈三角状态。

白果岛是仅次于黄琅岛的小岛屿，岛上森林茂盛，野草芬芳。岛内住有几十户人家、百来个渔民。有诗为证，题为"白果风光"：

青松岭上夕阳斜，缕缕炊烟百姓家。

鸟语花香人共醉，明晨旭日更芳华。

当夜，蔡乱头、尹三珠、方国珍三支力量，都在虎视眈眈看着这批物资。

先说蔡乱头他们如何搬运布匹：

蔡乱头他们出师不利，只因道路崎岖，荆棘丛生，在天黑、路陌、且崎岖曲折的山上，身背百来斤的布匹，谈何容易。其领头的名叫蔡小头，是蔡横的第四号人物。这人武功还算可以，对背货、挑担，却是笨拙。他喜欢吹牛，说自己力气如何如何地大，手下称他为小四爷。

这位小四爷为显威风，带头背着上百斤重、圆滚滚的麻袋包，天黑、路窄、且崎岖坑洼，当他背到船帮岸，不慎一脚蹿进海里，"扑通"一声，连人带布落水！由于百来斤的东西压他身上，早已经沉入海底，大伙打捞了好一阵子，才捞上一具尸体。

这样使人胆战心惊，不一会儿又有几人因跌倒而受伤。约搬了三分之一，有几个搬得筋疲力尽、坐在埠头叫苦不迭，没有办法，只得慢腾腾搬运，这样就耽搁了时间。于是蔡兴命巡逻的，调一艘船回来搬运，这样巡逻船减至三条。

正当他们即将搬好的时候，时过半夜。这时方国珍的"水师"悄悄地到达了。当他们发现"水师"的八艘船时，方国珍的船队已经将蔡兴的五艘船包围了。八船对五船，九十人对五十人，"水师"优势明显。加上蔡乱头方一死五伤，剩下的一个个筋疲力尽，连刀枪还在船中。蔡兴措手不及，顷刻之间，被方国珍的"水师"包围在核心之中。蔡兴高喊："上上！大家一起上！"

陈仲达认得蔡兴，是杀父弑兄之仇敌，且在路桥街交过手，恨不得一刀结果了他的性命。他一箭步，飞到蔡兴身边，一拳把他打倒在地，随手夺过腰刀，再揪住其头发说："你们听着，把船连货统统地运到琅玑山去。如果不从，你们看！！"说着一刀砍去，蔡兴便身首异处。陈仲达将蔡兴血淋淋的头颅，抛入大海。此时蔡军已经乱作一团，一个个双膝跪地，磕头求饶。

自洋屿一战后，方国珍的名声大振，他站在船头高声喊道："你们听着，你们已经被包围了，一个也跑不了！只要将船和布匹，全部运到琅玑山。就对你们既往不咎，一律无罪释放！"

"如若负隅顽抗，就像蔡兴这小子一样！"陈仲达挥刀说。

"你们答应不答应？"方国璋站在另一船头说。

"答应答应！我们全答应！"他们近五十号人异口同声地说。

却说蔡乱头的三艘巡逻船，没有遇到方国珍的水军，却遇着尹三珠率领的官兵。官兵三面向白果岛围来。首先是蔡氏巡逻船发现有船徐徐驶来，疑是方国珍队伍，他们硬着头皮与他拼搏一下，不等发话，官兵抢先问说："你们是谁？是来干什么的？"

蔡乱头的人吹牛皮说："我们是官兵，是台州路兵马总监白景亮部下的官兵。"

"请出口令！"官兵问。

"什么口令？"蔡兵答。

"就是今夜的联络口令。"官兵再说。

"什么口令不口令的，你们这批土匪，识相点，快快地滚开，否则将你们统统地抓去杀头坐牢！"蔡兵威胁说。

"来呀！来抓吧！你们真正是土匪。真是贼喊捉贼。"官兵说。

此时蔡兵的三艘船"一"字儿摆开，貌似要冲杀过来的样子，谁知却向后退却，渐渐地向白果岛方向退去。

官兵也没有发起进攻，也随他们款款地追赶，双方对峙约半个时辰后。"海上生明月"，时日是十一月二十五日凌晨，弯月从海中升起，似比镰刀、如若蛾眉。这真是"海岛冰轮初转腾，笑看玉兔又东升"。场面非常壮观。在月光的映照下，隐隐约约看见疑似官兵的旗帜。蔡兵急忙调头，向白果逃避。谁知官兵是三路来的，从新河方向来的官兵，已经在后面拦截。蔡兵看前后官兵夹攻，只得向西逃走，没走多远，又见一队从新桥驶来的官兵。

蔡乱头的三艘盗贼船，陷入尹三珠率领的官兵包围之中。他们再调转船头，向白果岛方向直冲。其中一船正与尹三珠的指挥船相遇。小船撞大船，小兵遇将军，一撞即翻，全部落水，其中三人活着爬了上来，爬到尹三珠的船里，被三株捆绑。

正当一船撞沉时刻，其余两船冲出重围，冲到白果岛，逃上了山，蹿进树林中去了。尹三珠也不敢上山搜寻，只好将白果岛团团围住，并将蔡乱头的两艘船，和当地渔民的十来条渔船，一起抛锚到离积谷山十里以外，抛得远远的。等到天明准备搜山。

蔡乱头的部分残兵败将，退到白果岛后，很快与蔡乱头结合上了。蔡横压根儿没料到官兵的到来，八十多人出来而今只有二十三人，少了六十多人。就是这二十三人，也被官兵包围在孤岛之中，可说插翅难飞。蔡乱头心急如焚，如热锅里的蚂蚁，坐卧不安！

却说方国珍，轻而易举地缴获船只五艘，布纺近五千匹、人员四十三人。当凯旋归来的时候，天已放明，岛上渔民得知后，男男女女齐到码头，兴高采烈地来迎接，来帮助搬运缴获的物资。在渔民的帮助下，很快将丝绸布匹搬进了海神殿。

"水师"凯旋归来，缴获如此之多的胜利果实，"水师"将士欣喜若狂、琅矶百姓欢欣鼓舞。一夜战斗，一个个饥肠辘辘，正当吃早饭时，传来官兵正在围攻白果岛的消息。紧接着方国珍命令："我们全体水师，紧急集合，立即向白果岛出发，趁此机会，夺些船只和刀枪来。"

水军将士精神抖擞，士气高昂地整装出发，仍然是八艘船，照昨天的编制，向白果岛前进！

再说白果岛尹三珠的官兵，待到天明，他们在原船用过干粮后，发起搜山行动。

蔡乱头他们力不从心，还是负隅顽抗，他们占据有利的地位，二十多人，将石块一齐滚了下来，石块如暴雨般地袭来，官兵来不及躲避，一下子五死八伤。蔡乱头趁机冲下来，居高临下，杀得官兵一时乱作一团。

在这种情况下，尹三珠立即调出全兵力，可说倾巢而出，船上不留一人，全部上岛。很快把蔡乱头击退。蔡乱头被迫退到山头，尹三珠岂能放过这一机会？就发起搜山行动。

正当尹三珠与蔡乱头鏖战时刻，方国珍率领的东海"水师"快速到达。

方国珍看见山上正在激烈的战斗中，又见官兵的八艘兵船，以及蔡乱头的三艘船，都是"野渡无人舟自横"船上空无一人。

无人最好，机会难得！方国珍立刻计上心来，就命水师立刻夺取船只。一眨眼时间，八艘军船统统解绳放索，统统地撑到大海中央，与此同时，将已经抛锚在海边的蔡乱头的三艘，也一个起带走瞬间变成十九艘船。还有当地渔民的渔船已经被官兵推到老远的海中央抛锚着。

蔡乱头毕竟是势单力薄，难挡官兵，结果束手被擒。此时的尹三珠，得意扬扬地要蔡乱头交代藏匿货物："快快说出，这批物资藏在何地，全部交还官府，可从宽发落。"

"我们都是把兄弟，'船帮船、水帮水'，统制大人何必来这样，先把我给松绑了，有话慢慢说。"蔡乱头说。

"你拦船抢劫，是海盗行为，罪该杀头。当下必须先带我把东西取来，再给你松绑！"尹三珠说。

说到这里，蔡乱头以为物资还在自己手里，于是摇头晃脑地说："现在物资全在我手中，我们可以讲个条件，看在多年交情的情分上，分成各半，这样你总满意了吧？"

"按理说应当全部充公，念你我的情分上，看在你又是白景亮总监小舅子的面子上，咱们三七分成。"尹三珠说。

蔡乱头思考着："本来自己犯的大罪，今天能得三分之一，约有一千六百多两银子可得，也是个理想选择。"他说："看在尹大人的面情，听你的，三七开就三七吧。"

"货物在哪？快快带我们取来。"尹三珠说。

"不在这里，全部藏在道士冠，我们到那里去。"蔡乱头说后，大家回首看望道士冠。怎么回事？怎么自己船只都抛到大海中去了？为何船离岛两三里远、到底发生了什么，到底是怎么一回事？好生奇怪！怎么有这么多的船？

为此双方再次发生隔阂，尹三珠误认为是蔡乱头这帮人在作弄他。可是蔡乱头也误认为是官兵的布局。双方迟疑片刻后，还是蔡乱头说："你们把船驶回来，我们到道士冠去取物资。"

"这船是谁开出去的？难道不是你们这伙人！"尹三珠说。

"绝对不是我们干的，肯定不是，他们不会不来向我报告的。肯定是你们的官兵搞的。"蔡横说。

"我们的人全部都在你这。不对！出大事了！"尹三珠惊觉地说。

此时的蔡乱头也感到情况不妙，于是高喊："蔡兴、蔡兴，把船开过来，我们与官兵谈好了条件，快过来。"

方国璋听到后立即回答说："我们是东海'水师'，是方国珍的队伍。你们被包围了。"

陈仲达站在另一艘船头补充说："我是陈仲达，蔡兴的人头已经喂大鱼了！"

李金海站在自己的船上回答说："所有货物都被我们运到琅玑山去了！"

李金松也一样地说："你们在道士冠的人，全部被我们俘虏了！"

以上四人的回话，使尹三珠、蔡乱头吓出一身冷汗！面对巨浪滔滔的大海、面对严阵以待的方国珍的水军。身陷孤岛，无船可渡！真是插翅难飞。在走投无路的情况下，尹三珠只得低头求饶说："请方国珍出来说话。"

李金海说："如今的方国珍已经称为方将军了。"

尹三珠迫于无奈，只好说："请方将军出来说话。"

李金松说："方将军不在军中，有话对我们说好了。"

尹三珠毕竟是官场上的人，他意识到硬拼不能，事到这种田地，应当选择走活路，只有与方国珍谈判。所以说："我们与方将军谈判、谈条件！"

"请你们耐心等待，等方将军来后再说吧！"陈叔达接着又说，"方将军公事繁忙，三天后与你们再说，我们走了，再见。"

说后，眼看二十来艘船，缓缓地向黄礁、琅玑方向驶去。霎时，消失在茫茫的大海中。尹三珠、蔡乱头只有眨眨眼，无可奈何地叹气。

且说方国珍早就去黄琅，做了两件事：一是将俘虏集合，进行训话说："我们东海水师是宽待俘虏的，知你们也是穷苦百姓，家有父母妻小，都为生存而投靠蔡乱头。应该说是无罪的，待打败官兵后，本将军可送你们回家去；如若有人愿意留下，留在我们水师中，我们表示欢迎，视为自己人，以兄弟相待、互相称兄道弟。"

当做了这两件事后，准备出去看看白果方面的情况，刚走到码头，迎面来了空空道长和子善先生。两位老先生的到达，方国珍喜不自禁地快步上前，"扑通"一声，膝盖落地，向两位老师磕了三个响头："先生大驾，有失远迎，请师尊恕罪！"

"起来起来！何罪之有，倒是我俩未报先来，多有打扰。"牟子善说。

说着师徒仨走进屋内，当然是敬茶敬果。他们要谈的话很多很多，还是从当前说起，方国珍将昨天发生的事做了大概的叙述后说："尹三珠的百来官兵和蔡乱头的二十来人，现困在白果岛，可说插翅难飞。他们必然求我与他们谈判，我正在需要先生的一臂之力。今天两位恩师突然降临，是天助我也！"

正在这时，方国璋领部分水军也回来，向方国珍回报和请示。见到两位老师，国璋参拜后说："非常欢迎两位师尊光临！"

"听说你们把尹三珠围困在白果岛，很有谋略，佩服佩服！"牟子善说。

"不完全是计策，更多的是机遇，谁知道他们会弃船上岛呢。"国璋接着将刚才的情况做了简明扼要的报告。

两位老师听了十分满意，接着商讨了怎么与尹三珠谈判的有关事项。谈着谈着，不觉就到吃晚饭的时间，今天是水师旗开得胜的日子，是缴获战利品、俘获五六十人和收编二十五人的日子，更是欢迎空空道长、牟老先生光临的时刻，正好当地百姓送来猪羊慰劳，当晚杀猪宰羊，大摆筵席，热闹非常！

却说尹三珠他们，心烦意乱、心急如焚，先是吃饭问题，连同蔡乱头的二十多人，计百余人的吃饭就是大事，当地十来户居民，都是向大陆买米的，家中存粮极其有限。官兵们早上没吃饭，中午这一餐，是去百姓的地上，挖来番薯，放在火中烤起来吃的。晚上天将黑了，夜饭米不着落，更加严重的是：

> 海岛严寒霜满天，衣单挨饿夜难眠。
>
> 北风烈烈刺身骨，檐下寄居知可怜。

尹三珠堂堂黄岩州统制，他带领近百名官兵，威风凛凛地来夺取财物，谁知却身陷孤岛，过着饥寒交迫的日子，且日挨一日，度日如年！时间三天三夜终于熬过去了，还不见方国珍派人来谈判。这样的日子，可说是一刻也熬不住，没有办法，只得暗暗落泪。

此刻，一条渔舟乘着北风，扬着风帆，徐徐地向白果岛方向驶来。随风传来悠扬的渔歌，唱的是《美丽黄琅》：

> 黄琅白果早朝霞，丽日扬帆意景嘉。
>
> 碧水长天同一色，渔舟画舫共芳华。
>
> 天涯海角寻财物，地域松边百姓家。
>
> 望返无门何处路？夕阳西下哭爹爷。

尹三珠他们虽然无心欣赏优美的渔歌，却也视渔歌如救星，听到渔歌，仿佛似亲人到来。他们不管来的是谁，都到码头迎接，其实不是迎接，而是打听消息。

当渔舟靠上码头，上来的是两个渔民。官兵和蔡家军一起拥上，七嘴八舌，乱七八糟的提这问那，其中心问题是，打听何时可放他回大陆？

两个渔民说："我俩是玑琅渔民，名叫黄法宝、黄法贵，白果的王潮生是我们的舅舅。经方国珍将军允许，一则前来看望舅舅，二来给你们捎封信。"说后从衣袋取出两封信后说："一封是给尹统制的，另一封是给蔡乱头的。"说着便递交上去。

给蔡乱头的是一份公告：

"查蔡乱头身为海盗，伙同陈恢、冯二狗等，于本年十月十六夜，强抢福建'福州号'商船，抢得丝绸织品三千匹，色布色织布二千匹。将所抢的物资藏匿在荒无人烟的道士冠。更可恶的陷害无故百姓，谎说"是洋屿青龙帮、方国珍等所为。妄图致青龙帮、方国珍为死地。"

"青龙帮和方国珍兄弟蒙受不白之冤，在上天无路、入地无门的情况下，迫于无奈，被逼下海。目前，蔡乱头的六十五人全部被俘虏，所抢物资全部在方国珍麾下东海水师处。人证物证俱全。这被俘的六十五人中，人人检举揭发了蔡乱头的罪行。其中有二十八人自愿加入水师，其余择日释放。"

另一张是给尹三珠的短信：

"尹统制好！因事务繁忙，无暇与君谈判，请再待五天。"

"还等五天，太长了！明天，要求方将军明天亲自过来谈，只要放我们回去，什么条件都可以谈。"尹三珠恳求说。

不知何时放他们回大陆，且听下回分解。

第十五回
牟子善胸怀谋大局　尹三珠被迫条约签

国珍妙计陷三株，围困官兵五日逾。
插翅难飞笼里鸟，十条协约定赢输。

黄法宝、黄法贵俩从白果岛回来后，立即、如实地向方国珍他们做了报告。

　　根据白果岛的最新情况，方国珍召开军务会议，敬请公孙道长、牟老先生参加。方国珍首先提出任命公孙也、牟昌文（牟子善）为水师军师。这一提议得到与会者的一致赞成。

　　接着就处置被困尹三珠、蔡乱头的有关事项，提请讨论。讨论出现两种意见：一种是想法接出常住渔民，继续围困他们，把他们困厄在岛上；另一种认为，为了百姓的安宁，须提早解困他们。两种意见，各执己见，最后由道长、牟老定夺。

　　公孙道长提出说："我们是义军，凡事都要晓以大义，仁至义尽，以仁德布天下，以慈善信人民。困死他们不可取，我提议早日前去谈判为宜。"

　　牟子善接着说："公孙道长说得对，应当尽快前去谈判，解民众于水火之中，况且官兵中多数也是受苦百姓出身，也是无罪者，其中虽然存着有罪之徒，但也不是罪该万死之人。"

　　"两位军师之言极是，听军师的，尽早派人去谈判。"方国珍说。

　　翌日，一艘渔舟扬着乳白色的风帆，在阳光的映照下，显得格外靓丽，它徐徐地向白果岛驶去，三五对海鸥跟着小舟，翱翔在风帆周围。此时此景，牟子善感慨万千，随作小诗一首：

　　　　渔帆野鹜舞东风，对对银鸥比翼中。

　　　　碧水微澜波荡漾，黄琅岛外挂长虹。

　　却说尹三珠他们看见一小舟款款而来，猜定是方国珍派人谈判来了。果然小舟靠岸，上来一位六十多岁，鹤发童颜，身着道袍，头戴道冠的道士，手捏一把法塵，稳步走上前来，后面跟着一位身材魁梧的青年。他腰系一把广东刀、肩背一把龙泉剑。似当年诸葛军师带着赵云一般。

　　此人便是水师大将陈仲达。陈仲达具有大将风范，不仅身材魁伟，而且武功十分了得，他从北少林到南少林、从南太极到北大极，可说十八般武艺件件皆能。还会能文，写得一手好书法。今天军师带他来的目的就在于他武能以一当十，文能以才取胜。

　　见两人到来，尹三珠他们围了上来问说："二位莫非是黄琅水师派来的，是来谈判的？"

　　"是的。这位就是水师的军师、好了道人牟子善先生。"陈仲达介绍说。

　　"久仰久仰，惊闻大名如雷贯耳。"尹三珠说。

　　"何来大名！老朽姓牟名子善，道号好了先生。君是尹三珠统制吗？"

　　"本人正是尹三珠。"

　　说着说着，他们走进了土地庙，土地庙是三间小木屋，中间设有方桌一张、四张木凳，当地一位老人刚刚烧过香，青烟还在庙宇内袅绕，谈判就在这里开始。世事茫然，不知所措，从何说起？还是牟子善主动出击说："天地不仁，以万物为刍狗。圣人不仁，以百姓为刍狗。天地之间，其犹橐龠乎？……"好了先生接着说："你们官府明知蔡乱头、陈恢他们横行乡里，无恶不作，谋财害命；更严重的是蓄意制造'福州号'事件，你们竟然加祸他人，加罪于方国珍他们，妄图致方国珍全家及其青龙帮于死地。"

　　牟子善问得尹三珠无言回答，只是支支吾吾地说："当时被他们欺骗了，我哪里知道这是蔡乱头他一手炮制出来的。"

　　"诬陷良民！你问心无愧吗？你对得起黄岩百姓、对得起方国珍及其青龙帮吗？"牟子善说。

　　"是对不起方国珍及其青龙帮，是犯了极大的错误。"尹三珠表示说。

　　"这仅仅是错误吗？这是犯罪行为。逼良为娼、逼民为盗！你是逼他们有家不能归，逼他们下海为盗，是不是？"牟子善说。

　　"是是是！我承认，是犯了大大的罪！"尹三珠低头认罪说。

　　"本来想困死你们的，方将军考虑到怕殃及百姓，为解官兵扰民之苦，派本军师前来谈判的。"牟子善说。

　　从刚才简单的谈话看来，尹三珠已经被训服了，他没了架子，更无当年的骄气和傲气，可以进入谈判的时候了。

　　经过一番认真的、且开诚布公的谈判，终于达成了如下协议：

　　一、抢劫"福州号"商船，是蔡乱头、陈恢、冯二狗所为，与方国珍及其青龙帮无关；同时撤销对方国珍一家及青龙帮的指控、还他们清白。

　　二、方国珍为了保护洋屿百姓、保护自己，杀了陈恢、冯二狗，实属为民除恶，实属正当自卫。是陈恢、冯二狗他俩咎由自取。方国珍及其青龙帮无罪、无责。

　　三、前月，黄岩州府听从蔡乱头、陈恢的诬告，派官兵捉拿方国珍及其青龙帮时，方国珍他们为了自卫，杀死、打伤官兵，应作正当防卫，作无罪处置，不追究其责任。

　　四、陈恢及他的白虎帮，横行乡里、霸占洋屿盐田、蓄谋杀害方国馨、参与抢劫"福州号"商船，制造骇人听闻的"方国珍抢劫商船"事件。据此，前洋白虎帮予以取缔，帮会成员既往不咎。

　　五、方国珍及其青龙帮，受蔡乱头、陈恢他们陷害、受官兵追杀，是'逼上梁山'的，是被逼下海的。因此不能视作海盗，应该视为义兵、称为水师。

六、尹三珠这次率领官兵是为追剿蔡乱头，为方国珍所领导的水师所围困，由此造成官兵伤亡，都是蔡乱头所为，罪归蔡乱头。

七、自即日起，白果岛解除封锁。

八、官兵与水师以海岸线为界，在二年内双方互不侵犯。

九、归还被扣压的八艘官船和船内的设备。

十、水师在大陆的家属，保其生命财产安全和行动自由。

以上条约一式两份，各执一纸。

本条约自签字之日起生效。

甲方代表——黄岩州统制尹三珠签字。

乙方代表——东海水师军师牟子善签字。

记录人陈仲达签字。

谈判结束、双方签字画押后，牟子善问说："听说蔡横也在这里，为何不来见我？"

他们随即去找蔡乱头，忽报蔡乱头今晨不见了。他们一帮人哪儿去了呢？话得从头说起：

蔡乱头早年已经成为海盗了，他看准了积谷山。积谷山是台州湾土地面积较大的岛屿，岛上森林茂盛，更重要的水产品与淡水资源丰富，早有人类在此耕作、捕鱼等活动。同时也是水上南北交通要道，福建、广东商船至浙江、江苏乃至进长江的交通要道，也是北上京城的水上必经之路。

近来，蔡乱头看准了这块土地，一来为了拦船抢劫；二来为自己寻找退路，他由于在路桥作恶多端，怕死无葬身之地，所以偷偷地在积谷山占山为王。他深思熟虑、精心策划，建立"蔡氏水寨"，自命为寨主。所以岛上存有大量物资，如布匹等日常用品，应有尽有，尤其是粮食，足够百人吃三年。

上次抢劫"福州号"商船是从积谷山出发的，为了栽赃于方国珍及其青龙帮，所以暂时藏匿于道士冠的。就是这次来白果岛，部分人员也是从积谷山调来的。准备将道士冠取回的物资，全部转移至积谷山。不料一去三五天全无消息，蔡乱头在积谷岛的部下，他们的船天天在白果、道士冠打探，终于发现白果岛上人头攒动，但无人员船只进出，他们断定是被困在岛上了，但也不敢贸然上岛。

于是乎，天天在周边观测，就是不敢靠近，因为打着"东海水师"旗号的船，不停地在巡逻。就是夜里也不例外。

刚好今天凌晨，东海水师将士们闻说今天就要与官兵谈判，准备晚上就可放还官兵，因而放松了警惕性，趁着天还未亮的时光，就回去睡个懒觉。

就在这空当间，蔡乱头的人偷偷地爬上了岛，用原来约好的信号，很快接上了头。这样，蔡乱头的这帮海盗，如脱钩的鲤鱼、似放索的猢狲，摇摆着尾巴，消失在茫茫的大海中。

方国珍闻说蔡乱头已经逃脱，也不多大指责部下，若无其事地说："逃就让他逃，狗肉不熟加把火吧！"意思是放长线钓大鱼，在积谷山一举消灭他。

第二天一早，方国珍召开有空空道长、好了道人参加的核心会议，作出兵分四路追击蔡乱头，围困积谷山的决定：

第一路由陈仲达、方国瑛带领战船四艘，配三十六水兵，围堵南面，防止蔡乱头向温州方向逃蹿；

第二由陈叔达、李金海带领战船四艘，同样配三十六战士，从东面包围积谷山，以防他们向大陈山逃去；

第三路由方国璋、李金松带领一队，也是三十六人、四艘战船，从北面包围积谷山，以防敌人退回箬横、新河一带。

第四路由方国珍、方国珉亲自带领三十多人，围堵西面。

各路水兵必须配备十天的淡水、粮食、柴草、油盐。先围后攻，何时进攻听从指挥。

先说方国珍这一路，他们先到达白果岛。见尹三珠的官兵去得精光。岛上渔民闻说东海水师方国珍将军到来，纷纷扬扬地传开了，不一会儿，渔民陆续地前来迎接。场面十分动人，最激动人心的要算是黄法宝的舅妈，她泪如雨下地跪地说："官兵他们害得我好惨啦！把我家的粮食、银子、铜钿全部抢光！更可恶的是还把我……"说到这里，舅妈说不下去了，只自己不停地哭泣，哭得悲悲切切、凄凄惨惨。使人听得悲痛欲绝。

方国珍上前扶起舅妈并安慰说："舅妈请起！此仇一定要报，方某我会替舅妈报仇的。"这时散落各个山坳的男女老小，陆续到达码头，一则表示迎接，二则是看看方将军的模样儿。"方将军是为贫苦百姓的，法宝、法贵向我说你们不但没骚扰黄琅百姓，反而给每户发一匹布、一斗谷。"舅妈说。

趁此机会，方国珍说："各位乡亲，我是向大家慰问来的，近日，白果岛百姓遭受土匪、官兵的双重侵扰，各家各户蒙受重大损失。对此，国珍我表示同情，今日特地带来色布三十匹，这里共三十户人家，一户一匹。这次未带粮食，以后黄琅、白果的百姓一视同仁。"

方国珍安抚白果岛百姓后，接着向远隔四十里余的龙门岛进发。龙门岛位于积谷山西面，是松门外的一座小岛，岛上住有几十户渔民，他们男人以打渔为生，女子织渔网、种蔬菜、做家务、养孩子。百姓安居、生活祥和。龙门人民十分好客，但也爱憎分明。

方国珍借此机会去拜访老朋友胡永潮，他们是怎么熟悉的，说来也有一个故事：

前年七月的一天，方国珍与国璋他们的运盐船，刚刚驶至龙门岛附近地区，突然狂风大作、暴雨倾盆。方国珍的船不得不避风于龙门岛。这次狂风暴雨算是几十年一遇的，不仅商船受困，就是岛上百姓生活也遭遇巨大损失，当时国珍、国璋、国瑛和李金海四人，全都住宿在胡顺法老伯家。一阵狂风刮来，将其茅屋掀翻，再加上倾盆如注的暴雨，胡老伯一家三口和国珍他们同时暴雨淋头、房间变成泽国。胡老伯母经不起这样的煎熬，晕厥在暴雨下。国珍、永潮他们将她扶起，发现手心滚烫，受风寒侵入，发高烧了。

当时方国珍他们自己船里的食盐，由于船篷被风雨破坏，船舱进水，食盐损失大半。

大雨过后，国珍、国璋、国瑛、李金松怎肯这样离开？方国珍拿出三两银子，交给国瑛，由国瑛亲自护送胡大妈去松门就诊。医师诊断为重伤风引起肺炎，病情十分沉重，靠来得及时，否则就无回天之术了。

与此同时，国珍、国璋、金海、永潮一齐动手，把倒塌的草房重新竖立起来，国珍再拿出五两银子买来一些材料，用了两天的时间，把房屋完全修好。待胡伯母从松门回来一看，自己的房屋不但已经修好，反而比原来好了许多。

龙门岛是攻打积谷山的战略要地，它离积谷山约三十里，南隔洞头约六十余里，是通往温州的必由之路，占领龙门岛，就是切断蔡乱头的退路。

方国珍的东海水师，乘着四艘船，缓缓地驶进了龙门岛港湾，在港湾拾贝的儿童，见突然来了四艘船、三十个人，虽然来人态度和蔼可亲，但人人身佩腰刀，不由得使孩童们大吃一惊，纷纷跑回家去报信。

岛上居民闻讯后，霎时户户闭窗、家家关门，瞬时人影不见了。因为海岛居民饱经海盗欺负，经常有海盗常来抢劫，他们误认为是积谷山的土匪来了。

方国珍多次避风于龙门岛，对岛上路线了如指掌，无须打听就往胡顺法家走去，走不多远，国珍远远瞧见鹤发银须老人，快步向他走来。国珍也上前握住他的手说:"老伯好!你怎知道我们到来?"

"刚才小孩说有土匪上来,我走上山岗看个明白,看看不像个土匪,仔细看来就是方老板了,故此前来迎接!"胡老伯说。

"一年不见,老伯精神可好着呢!"国珍说。

"托方大人的福,身体倒还健康!只是……"胡老伯说。

"只是什么?永潮哥呢,他好吗?"方国珍问。

"只是在半月前,永潮前往大陈洋捕黄鱼,在回来的途中,经过积谷山时,被蔡乱头抓去修工事去了。"胡老伯心情不安地说。

"有这等事!这个蔡乱头真是可恶,在路桥作恶多端还不够,现在竟然跑到海岛来扰乱。"方国珍感慨地说。

"求求方将军救救我儿子,使他早日脱离他的魔爪。"胡老伯说。

"老伯,请放心,国珍我近日就去攻打积谷山,一定救出永潮兄弟。"国珍说。

说着,老伯领大伙走到家里休息,还没走到家门口,老伯高喊:"老婆子,快快开门,你看是谁来了?"

"我以为是蔡乱头的土匪来了,却原来是方老板、方恩人来了!请请,请进!"胡老伯母热情招呼说。

"不要叫恩人,我们是患难与共的兄弟,去年不是在一起同甘共苦吗?同风雨、共患难吗?"国珍笑逐颜开地说。

"恩人呀,去年你们救了我的命,如今请恩人救救我儿永潮!"老伯母恳切地说。

"伯母请放心,我们这次来不是贩盐的,而是来打积谷山、来打蔡乱头的。"国珍接着将被"逼上梁山"、被逼下海的情况做了简要的介绍后说:"现在积谷山全在我们的包围之中,近日就要进攻了。"

胡老伯夫妇听了非常高兴地说:"善有好报、恶有恶报!终于盼来了报仇雪恨的这一日,阿弥陀佛,保佑好人一生平安,旗开得胜!"

"谢谢,但不知积谷山的山形地貌,特来请教老伯和永潮哥的。"国珍说。

"走!我们到土地庙去,它建在半山腰。在那里能看到积谷山的概貌。"胡老伯说着,把国珍、国瑛带上半山腰的土地庙里,土地庙是三间草屋,站在门口,积谷山的概貌尽收眼底。老伯细细地指南指北,他们还能隐隐约约看见蔡乱头在山岙里正在修工事的场景。

正在这时,外面传来几声啼哭声,且越哭越悲哀,从轻声到号啕。走近一看,见是位中年妇女,她见到方国珍,便"扑通"一声,双膝跪地说："请救救我女儿！"

"大嫂请起，请起！"方国珍边说边扶起这位大嫂说，"什么事情，慢慢说来。"

"我家姓葛，我的女儿小名彩珠，今年十七岁，岛上人都称赞她漂亮，说她是美人鱼转世、海龙王三公主投胎，是一朵含苞欲放海棠。不知怎的消息传到蔡乱头的耳里，就在半月前的一天上午，彩珠在海滩涂拾贝、捉蟹时，蔡乱头带来一群土匪，将我的宝贝女儿强抢去了，至今不知是死是活！听说方大人是英雄，特来请求大人救小女脱离魔爪！"

方国珍听了葛大嫂如此一说，更激起对蔡乱头的愤慨！他义愤填膺地说："大嫂请放心，大嫂的女儿就是方某的妹妹，一定想法救出彩珠！"

当送走葛大嫂后，又有一位头发花白的中年男子走上，向方国珍拱手说："我也有一事相求，就在前天，我父子俩从大陈洋捕鱼回来，捕来满满一船大黄鱼，谁知路过积谷山附近，半路杀出蔡乱头，把我俩和船一起劫到积谷山，连人带鱼一律扣压。我被关押一夜，第二天我好说歹说、七跪八拜，终于还我一条空船和我的老命。儿子还被扣押在岛上挖工事。"

"老哥，请坐下慢慢说，他修什么样的工事？有多少人在修？"国珍问。

"主要是两处工事：一是修蔡柯寨，就是蔡乱头巢穴；另一处是加固码头防守工事。"老哥接着解释说，"为何称蔡柯寨？是从穆桂英的穆柯寨而来，他妄想立寨为王。"

"你看到我永潮没有？"胡老伯问。

"看到了，碰到了！他身体尚且健康，他说天天在搬运石头，要花十分的力气。"老哥接着将永潮的话复述了一遍说，"永潮说'修工事的民工约六十人，两处各半，他们都是外地抓来的。近来他们情绪紧张，说方国珍要来打积谷山，所以抓紧修工事。"

"永潮还说什么吗？"方国珍进一步地问。

"永潮还说，蔡乱头的人员，原来有五六十人，最近出去三四十个，回来的只有二十不到，可能被打死了，所以人人士气低落。"老哥说。

"你对岛上的道路了解否？"国珍问。

"不但了解，可以说非常熟悉，因为我在姨妈家长大的，并且经常去那做客，对那里的海滩、山岙、岩洞、道路了如指掌。"

国珍听了很感兴趣，并请他详细叙述，国珍做了一一记录，并绘制一幅草图。草图绘制后还请老哥做了修正。在此基础上，国珍询问老哥、老伯："如何消灭蔡乱头，同时救出永潮、彩珠和小弟？"

他俩听国珍这样一问，认为方将军尊重他们的人格，看得起他俩。再加上他俩的儿子都落在蔡乱头的魔爪中,于是提出许多可采纳的意见。归纳起来是:"智取与强攻相结合、围困与诱惑双管齐下。"

方国珍接着做了两件事:一是从白果岛带回的俘虏,经方国珍大义劝说,其中有二十五人要求与蔡横划清界限,自愿投降东海水师。方国珍当场给予松绑,并编入水军队伍;二是将缴获的战利品,拿出其中的色布或色织布百余匹,按户口计算,一户一匹布。这样当即兑现。因此岛上渔民欣喜若狂,无不欢欣鼓舞。

至于如何攻打积谷山,且听下回分解。

第十六回
方国珍夜破积谷山　陈仲达晨沉蔡乱头

男儿奋勇在疆场,激浊扬清名远扬。

岛上成仁酬壮志,国珍威武永留香。

却说蔡乱头从白果岛死里逃生、顺利脱险后,虽然到了积谷山,但他仍心有余悸、忐忑不安,怕方国珍就要来打山夺寨。于是召集部下商量对策。他声音颤抖地说:"自从方国珍下海的半个多月来,他连续占了琅玑、黄礁、白果、道士冠四岛。据最近准确情报,方国珍亲自带领三十多人,现在又已经占据了龙门岛。形势对我们十分不利,不几天必来犯我积谷山了,请众位出出主意,应如何应对?"

陈恢的堂弟——陈悝,自从陈恢被杀后,就与冯二狗的胞弟冯三猫,两人一起投奔蔡乱头门下,一起来到积谷山。陈悝为了效忠,他首先发言说:"这次道士冠取货,损失太大了,不但折船八艘,更为严重损将两员、折兵六十,大大挫伤我方元气!"

"是呀!我们要接受这个血的教训!"冯二狗之弟冯三猫咳嗽了两声后接着说,"现在我们正处于被包围状态。面对这一严峻局势,应当采取软、硬的两手策略。"

蔡乱头听后,感兴趣地说:"软的应怎样?硬的当如何?请说说具体点。"

"先说软的一手,就是采取缓兵之计,派人与他们谈判,想办法双方坐到谈判桌上，提出互为友好、互不侵犯的主张，只求给我积谷山一岛，将他已占去的四岛归方国珍所管。这样的好处是避免当前一战，且为我们以后发展创造条件，为全面反攻争得时间。"

蔡乱头站起来拍他的肩上说："你这小子主意不错，鬼点子倒蛮多的。可以！只是他妈的，便宜了这小子。你说说还有硬的一手呢？"

"硬的就是要做好打的准备，在武的方面要做最坏的打算，至于具体方案要详细研究。"冯三猫说。

蔡乱头当即表示赞成冯三猫意见说："文的，由你与陈惬两人去与方国珍谈判，我是懒得与他说。武的由我自己亲自管，筑工事我自己心中有数。"

方国珍他们已经做好攻打的准备，并制订出比较完善的作战方案。正在具体分工时，忽然报来说："积谷山派人前来谈判！"

"来了也好，听听对方的意图有何不可，欢迎！"方国珍明确表示说。

方国珍决定由好了道人主持，方国珉协助与他们谈，地点放在龙门岛土地庙内。也是这张方桌和四张木凳子。牟老先生仍身着黑色道袍，以东道主的身份说："欢迎二位，首先自我介绍一下，本人乃东海水师军师牟子善，这位是本水师副将方国珉。请你两位也通报一下高姓大名。"

这个冯三猫花样百出，他自我介绍说："我名叫冯三爷，也是南方水兵军师，这位是陈副军师。我俩奉蔡寨主之命，特来与水师缔结友好之邦交！"

"失敬失敬，冯三猫摇身一变，怎么变成军师了？"方国珉抢白说。

"久仰久仰，方国珉摇身一变，怎么变成副将了？"冯二猫还击说。

因为冯三猫是前洋村人，前洋与洋屿隔壁邻居，本来就很熟悉的。冯三猫读过书，能识几个字。加有一张巧嘴，到处搬弄是非，称得上前洋"三烂"（即陈恢、冯二狗、冯三猫）之一。所以国珉一看到他，便抢白几句。谁知三猫他不示弱，还国珉一句。国珉岂能输饶呢？他反击说：

"古人云'蜀中无良将，廖化作先锋'，蔡乱头也正是无人了，人人都说'狗头军师'，今天怎么派了个'猫头军师'来？"方国珉的再一句抢白，说得冯三猫一时回答不上来。

这个陈惬看着冯三猫满头大汗，陷入困境之中，他也出来助阵说："你说我们狗头、猫头，请问你的军师是什么来头的军师？"

"我们的军师号称好了道人，是《水浒全传》中入云龙公孙胜的第九代传人，才比吴用、智若张良、心善菩萨。你们能比吗？"国珉骄傲地说。

冯三猫毕竟学识浅薄，一时没有恰当的语言可以应付，就乱七八糟地说："我是诸葛亮的十代传人，你能比吗？"

"诸葛亮出在三国时代，当今是元朝，到现在一千多年了，怎么只有十代？根据何在？说来听听。"国珉问。

"你怎么说牟子善是公孙胜的第九代传人，根据何在？先说来听听。"冯三猫辩驳说。

"公孙胜先生是在北宋晚年，离现在二百多年，民间基本上以二十年为一代，道界一般三十年为一代，所以好了道人是第九代传人。"国珉说。

"你有证据吗？拿出看看。"冯三猫误认为国珉也和他一样，都在卖嘴皮、吹牛皮，所以他装腔作势地说。

"有，你俩看着！"国珉说后，就从好了大师的包裹里拿出一叠文书，取出其中的一件，摊开桌上，展现在眼前的是一幅难以置信的画卷：

文卷上印有三个图案即龙、虎、八卦。其文中写道：

"江西省信代州龙虎山天师府认定：浙江省台州府黄岩牟子善，已经修成真果，成为《水浒全传》中公孙胜的第九代传承人。"特此公布，希各知照。

下方盖有张天师印鉴。

接着，国珉解释说，公孙胜先生的第八代传人，也是本水师的军师——空空道长公孙也先生。牟子善这份证书是刚在半年前颁发的。

当在折叠文件时，陈悭看到委任状说："请慢，这是什么？借我看看。"国珉随手递给他说："这是本水师的委任状。你看好放回原处。"

陈悭见它写着：

委任状

兹委任牟子善先生为东海水师军师。特此委任！

东海水师方国珍

这两件公文，给陈悭和冯三猫看傻了眼。一时呆若木鸡。趁此机会牟子善说：

"我们是抗元将士，我们的宗旨：推翻蒙元皇朝、建立以汉民族为主体的多民族国家。绝不是似蔡乱头那样的拦路抢劫的土匪，也不是如《水浒全传》中的宋江一样，'打家劫舍，劫富济贫、只反贪官、不反皇帝'的聚义。"

方国珉是五兄弟中目光最敏锐的一个，他看出陈悭的意志已经动摇了，攻破积谷山，可以在他俩身上找到突破口。必须乘胜前进，于是说："我们东海水师是'顺天意、得民心'而应运而生。所谓顺天意者，你看！

空空道长是龙虎山张天师派来的、好了道人也是龙虎山天师府委任的。这是天书，今天你俩能看到这两张天书，是你俩的福分。这叫天助我也！这就是顺天意。"

方国珉的话说得陈惬瞠目结舌，两只眼睛睁得圆圆的。方国珉接下继续解释说："所谓'得民心'。唐朝人魏徵说过'水能载舟，亦能覆舟'，这说明'得民心者得天下，失民心者失天下'，这是古训，也是劝世恒言！我们水师建立不几天，得到民众的拥戴，可以说天天有人来投靠水军。"

牟子善看出了他俩萌发归顺水师的心思，接着说，"请你两位说说，怎么和谈，请提谈判条件。"

没等牟子善说完，冯三猫抢着说："就是各自为政、各占山头、互不侵犯。"

"请说具体点，怎么个各自为政法？"军师进一步问。

"就是将黄礁、琅玑、白果、道士冠、龙门五岛归你们水师所管辖，只有一座积谷山归蔡家寨占有。"

国珉耐不住地说："笑话！上述五岛，谁要你分给我们的！想得倒美，就是叫我们不要打积谷山，让他平平安安地做山大王。没门。"

正在这时。忽然报来好消息，李金海带领徐鹏飞等三名松门人，前来投靠水师，知道牟子善在这里，所以前来拜见军师！

徐鹏飞原是松门千户所部下的一名要员，他自我介绍说："我是小官，与百户并职，也有两下子武功。因为一点小事，与百户发生争执，一怒之下，打死百户，闹出了个人命官司，今天特来投奔水师。为此，所以带来三艘运粮船和三名水手，作为投靠水师的见面礼。"

听了徐鹏飞简要介绍后，军师故意说："投奔我们东海水师，表示热情欢迎！请问，积谷山还有'蔡家寨'，你们何不前去投他的门下？"

徐鹏飞慨然地说："东海水师不仅劫富济贫、除暴安民，更是抗蒙元、救中华的英雄之师！得到百姓的拥护；而蔡乱头的'绿壳寨'（土匪寨），他们是作恶多端的强盗，怎能与东海水师相提并论呢！"

"说得好，徐壮士说得太好了！"方国珉有意借此启发陈惬他俩，接着说："蔡乱头派人来与我们谈判，你说要不要与他谈？"

徐鹏飞态度明确地说："谈什么谈，百姓期望方将军尽快发兵，一举消灭蔡乱头，夺回积谷山。"

"以你所见，就是不与他们再谈判了？就是立志攻打积谷山了。"国珉说。

徐鹏飞豪气万丈："夺取积谷山、消灭蔡乱头，易如翻掌，用不着一天时间，就可以解决了。"

坐在旁边的冯三猫、陈愎俩听得明白，心中忐忑不安地站立起来说："既然不谈判了，我俩只好走了。"

"请等一会儿，本军师还有事要与两位商量商量。请坐请坐。"军师说。

徐鹏飞为了表忠心，继续提出说："松门千户的仓库，存有大量的粮食和军用物资，我可引路，一定能顺利夺来。"

军师说："很好，我记住了，一定是要用的。不过目前暂不需要，因为一则无存粮之仓库，二则是目前可以说兵多、粮足、将广，将此粮食暂存松门，待要用时就去取来就是。"

方国珉精明能干，善于掌握"火候"，认为已经到了促冯三猫、陈愎俩"倒戈"的时候了，就说："对不起！耽误了两位。请你两位再说说。"

"既然不谈了，我俩只有回去。"陈愎说。

"你回去怎么向蔡乱头交代？"国珉问。

"如实回报，说你们不肯谈判。"冯三猫说。

"意见是你提出的，又是你自告奋勇，回去恐怕蔡乱头要起疑心，万一疑你俩通敌咋办？"国珉说。

"这个……这个恐怕不会的吧！"陈愎说。

"有可能！完全有可能。因为蔡乱头是个反复无常之徒。"方国珉进一步说。

牟子善考虑打积谷山、除蔡乱头需要这两个人，就对他俩晓以利害说："你俩回去也可以，不过要知道，取积谷山就在明天，蔡乱头就要死无葬身之地，可以说他们一个跑不了。"

"我们是抗蒙元、复中华的将士，要做翻天覆地的大事业。古语云：'识时务者为俊杰'。你俩赶快弃暗投明，随同我们共同抗元。"方国珉说。

"你们若归顺东海水师，就是我们的兄弟，与刚才的徐鹏飞一样，给予重用，如果反戈一击有功，将论功行赏！"牟子善说。

冯三猫心思灵活，当即表态说："人往高头走、水向低处流。我愿弃暗投明，投奔水师，愿为水师效劳！"

陈愎见冯三猫抢先表态，也接着表示说："你们抗蒙元、复大汉我赞成，愿意投奔方国珍将军，竭尽全力为水师效力。"

"好好！两位说得好，从现在起，你们是我们自己的人了。现在已到吃午饭的时间了，先去一起吃饭，稍后方将军会来接见你们的。"牟子善说后，四人便一起去码头的广场上就餐。

中餐结束后，方国珍、方国璋、陈仲达、陈叔达、李金海、李金松、方国瑛、方国珉等将领走进餐厅，随后出来空空道长、好了军师。方国珍向大家招手说："继昨天五人加入本水师后，今天又有四船六人投诚我们水师，他们分别是：由松门徐鹏飞率领的运输船三艘，水手三员；由冯三猫、陈惬俩从积谷山带来战船一艘，两人愿意弃暗投明、投奔到我们水师。请这六位起立。

此时方国璋宣布说："全体起立，以热烈的掌声，向新来的兄弟们表示热烈欢迎！"

话音一落，餐厅里响起热烈的掌声。简单的欢迎仪式过后，方将军宣布"晚餐提前开饭！"

中饭后，方国珍召开军务会议，研讨和部署今晚攻打积谷山的有关事项，尤其是作战方略，着重是指挥及分工。当军务会议结束后，紧接着召唤冯三猫、陈惬俩去问话。

冯三猫、陈惬奉召，心中忐忑不安地前去，走进一看，见有十人就坐，断定是方国珍等领导层了。方国珉首先依次向他俩做了一一介绍：

方国珍、方国璋、公孙也、牟子善、陈仲达、

陈叔达、李金海、李金松、方国瑛、方国珉。

他俩向十位毕恭毕敬地行了鞠躬礼。不等他们开口问话，冯三猫再行鞠躬礼后说："长官好，唤小的到来有何吩咐，小的愿意弃暗投明、愿效犬马之劳！"

方国珍摆摆手，示意他俩坐下，他说："今天晚上，我们就要攻打积谷山，你俩必须将叽谷山的情况、特别是军事力量、人员部署等，如实地向我们讲来。这对你们是一次立功的机会！若在这次攻打中作出贡献者，不仅有赏，还可以委以重用。如果要弄于我，依照军法处置。"

"小的愿诚实地、毫无保留地、彻彻底底地向方将军交代清楚！"冯三猫说。

陈惬比较诚实地说："据本人了解，岛上原有总数八十余人，大小船只十二艘，最近去道士冠，调走最好的三艘、人员四十二人。结果回来只剩下十二人。现有总人数刚好四十人，我俩除外。船八条，其中两条已经漏水，正在修理中。"

冯三猫进一步表态说："蔡乱头他们是一伙乌合之众，没有具体的军事部署，更没有能人高手。如果用得着我俩，小的愿意领路，直冲蔡家寨、活捉蔡乱头！"

"好好！有用得着你俩的地方了！"方国珍高兴地说。

这天晚餐就在申时开饭，是八人一桌，主要菜肴有：一条大黄鱼、一大碗红烧肉、一碗香菇滚豆腐、一盆青菜炒肉片，再加海带虾仁羹。

冯三猫、陈悭心情尤其高兴，今天交上好运了，晚上可以立功的机会到了。他俩最喜红烧肉，吃得津津有味！

当晚饭一结束，方国珍、方国璋俩走上台阶。方国璋首先说："请各位肃静！今天晚上，我们决定攻打积谷山，活捉蔡乱头！现将有关作战部署等事项，由方国珍将军向大家宣布。"

紧接着方国珍宣布说："蔡乱头是恶霸、地痞，是无恶不作的土匪，令人发指，他的罪行累累！罄竹难书！！我们决定今晚夺取积谷山、歼灭蔡家寨、活捉蔡乱头！"

讲到这里，方国璋插话问说："大家有信心、有决心吗？"

此时餐厅中响起"有信心、有决心！夺取积谷山、活捉蔡乱头"的响亮口号，这口号惊天动地。人人精神振奋、斗志昂扬。此时主席台上传来"肃静"的口令，刹那间，场内鸦雀无声。人人静听方将军训话。

方国珍说："此次是我师成立以来的第一次军事行动，我们有船舶四十一艘、武装人员二百，虽然占绝对优势，但不能轻敌，要打一场漂亮仗，打出士气、打出威风。为此宣布：

第一支队，由陈仲达、方国珉俩带三十人，号称尖刀班，由冯三猫带路，直扑蔡家寨，袭其要害、捉住贼首。

第二支队，由陈叔达、方国瑛俩带三十人，号称突袭班，由陈悭领路，直捣兵营，争取不杀或少杀人，逼其全部投降。

第三支队，由李金海、李金松俩带三十人，埋伏后山和码头，以防对方逃跑。

第四支，就是其余的百多人，一起出发，船抛海面，以防不测，以防外援和内逃，做到万无一失。

这场夺岛战斗由方国璋总指挥，各队必须严守纪律、听从号令、不得有误！"

当红日即将西沉时，方国珍宣布：出发！

命令如山，战士意气风发，斗志昂扬，战船齐发，争先恐后地向积谷山驶去。这正是：

> 夕阳璀璨满江红，漫卷旌旗映碧空。
> 桅橹如林迎巨浪，风帆似蝶舞东风。
> 银鸥展翅成双对，白鹭翱翔比翼中。
> 岛国光芒看海阔，龙门景色望长虹。

龙门岛到积谷山约三十里路程，这夜风和月丽，弯月如银钩，星星闪祥瑞：有人口吟一诗：

浩瀚空天月似钩，星星闪烁白云游。

惊涛骇浪银鱼跃，碧水波澜荡舫舟。

却说蔡乱头，自从冯三猫、陈慊两人赴龙门岛与方国珍谈判后，他一厢情愿地认为谈判定能成功。好比吃了定心丸似的，绷得紧紧的心情突然放了松，今晚想与路桥带来的压寨夫人——赛珍珠玩个通快。由于蔡寨主早早与压寨夫人就寝，寨子里的匪徒们也乱七八糟地赌的赌，嫖的嫖。岛上防守极度松懈。

陈仲达、方国珉率领的水师，刚好半夜到达，冯三猫、陈仲达先上得码头。步头上只有两哨兵，一个呼呼大睡，一个酒气冲天。他见有人走到前面，慌忙喊说："哪一个！"

"是我，是来查哨的。"冯三猫接着说，"我们是方国珍的东海水师，今晚是来捉拿蔡乱头的，你俩暂且委屈一下。"说后绑了他俩，押解至船中。冯三猫熟人熟路，他们沿捷径，绕过二道岗哨、避过一座村落、走过三处险道，畅通无阻地到达大寨。

大寨筑在女神（娘娘）庙里，是由娘娘庙改建而成的，只有三间土石屋，坐西朝东，面对浩瀚的东海，环境十分险峻。后山悬崖峭壁，下看也是绝壁悬崖。人称"鹰愁涧""猴不入"。就是在悬崖绝壁一块狭小的空间，构筑起石寨子。一条约二里长的人工栈道，沿绝壁、攀绳索、过木桥，才到达石寨。

因为入口处虽然设有岗亭，本来配有两名哨兵，怎么今晚逃岗。冯三猫引陈仲达、方国珉一行三十余人，小心翼翼地来到了寨门口。寨门前坐有两个岗哨：一个呼声如雷，已经睡得半死不活；另一个却在打盹。打盹的那位猛然惊醒，打着官腔说："是哪个？"他刚一开口，陈仲达一手抵住其咽喉，他说不出、喊不响了！

另一个睡着的被惊醒后战战兢兢地立起，低声下气说："饶命！"

门卫被控制后，除方国珉和三个人站在门口，观察动情以防万一外，其余的蜂拥而入。由冯三猫带路，向蔡乱头的卧室径直闯去。

上半夜，蔡乱头与那个压寨夫人——赛珍珠浪得神魂颠倒、玩得死去活来。至半夜后，才呼呼睡去。

冯三猫他们进去一看，见他俩裸体而睡，这个赛珍珠一丝不挂，叉开双腿，仰天呼声吁吁，而蔡乱头一手托住赛珍珠的乳峰、侧卧在她的身旁。

此时此刻，陈仲达上去"啪、啪、啪"给蔡乱头三个耳光后说："快起来！"随对手下说，"把他俩捆绑起来！"此时的蔡乱头，还莫名其妙，眨眨眼说："冯三猫，他们是谁！在开什么玩笑？"

"实话告诉你，这位是东海水师陈仲达将军，我们都已加入方国珍将军的队伍！是我带他们捉拿你的。"冯三猫明确告诉说。

这时的冯三猫，看着赛珍珠的裸体，似有入神着魔的样子，迟迟未与捆绑，让其慢腾腾地穿裤着衣。

紧接着，在寨子里的所有人，全部被控制住了。可以说积谷山已经夺取、蔡家寨已经告破、蔡乱头已经活捉。

与此同时，陈叔达、方国瑛与陈愊的第二支队，与第一队同时上得码头，沿着石砌的崎岖小道，直扑下坦寨。下坦寨就是海神庙，也是村民聚会、祭祀的场所。近来蔡乱头占了此山，便占山为王，把此处作土匪安身之地，住宿、生活在一起。

陈愊带领的水师走近时，被守卫发现，高声喊叫："有人啦！有敌人呀！"陈叔达眼明脚快，三两脚跃到他身边，一刀削去，身首异处，再也不喊了！

这时寨子里乱作一团，人人不知所措，还是陈愊熟悉，随手点燃灯火，他说："我们已加入东海水师！你们被包围了，一个也逃不了，蔡乱头肯定是活捉了，为了活路，大家举手投降吧！"

方国瑛立在暗处窥视，见一匪徒，一把飞刀向陈叔达射来，国瑛一刀接住后一个动作，不仅阻挡住飞刀，更惊奇的是，将原刀弹还给他，还刀刺其人的咽喉，这人立即呜呼哀哉了！

还有一人，偷偷走到陈叔达背后，突然向他袭击，陈叔达说："何必背后行动！"说着便往后轻轻一刺，正刺其心胸，"啊"的一声，此人"啪"的一声，倒地后再也起不来了。

仅这简单两手，蔡乱头的手下被惊慑住了，也不敢动了，只得举手投降了。

第三支由李金海、李金松带领的队伍，潜藏在隐蔽的岩石旁、树林中，等了好长时间，一点响动都没有，眼看东方鱼肚白，天将方明，认为可以收兵了。

此时此刻，山坳间，隐隐约约发现人头攒动，看似有人。金海传令："保持高度警惕性，随时做好战斗准备！"话音刚落，看见有二男一女，向码头移步。

金松上前喊话："你们是谁？往哪跑！"，

那人呆了会儿，操着永嘉口音说："到码头去，等船到松门去。"

李金海说："今天岛上戒严，禁止所有人出岛。"

"这是为什么？我有要事请放我们出去。"此人恳求说。

徐鹏飞随着李金海一起，他前去查那个人随身行李时，不料那人一腿飞来，把他踢出丈余，幸好李金松眼灵手快，伸出两手接住了徐鹏飞，否则要受伤筋损骨之苦。这样双方就风风火火地打了起来。李金海、李金松俩与两个男的打了三十多回合，打个平手。

此时天已经大明，旭日正徐徐东升，陈仲达、方国珉他们押解蔡乱头回码头交差。突然看见金海、金松与两人打得难解难分。仔细一看，此人是永嘉来的，他既是拳坛教练、又是蔡横的贴身保镖——绰号"野山狼"。

他来路桥已经十多年了，五年前在路桥街交过手了。今日冤家路窄，猛喝一声："'野山狼'，你跑不了了！"说着腾空而起，一刀刺入他的心窝，报了八年前的仇。另一个是"野山狼"的师弟，被金松劈头盖脸的一刀，血溅山林。还有个女的，被陈仲达一脚踢进大海喂大鱼了。

这场打斗被捆绑的蔡乱头看得明白、吓得半死。

此时各支队相继凯旋，国珍、空空道人、好了道人也已陆续到来。一个土生土长的积谷山人名叫丁光土的，是方国珍的知交朋友，也是这里的线人。他"嘭！嘭！嘭！"地敲起锣来。

这里有个规矩，凡有大事、要事，以鸣锣为号，家家户户、男男女女，必到码头广场集合。不一会儿，本来狭窄的场所，被挤得满满的，水师的人占了多数。

大家走来一看，看见"蔡家寨"的旗不见了，换成"东海水师"的旗帜。蔡乱头被捆绑在旗杆上。这时方国璋站在桌子上说："父老乡亲们！我们是东海水师，今天凌晨，破了蔡家寨，活捉蔡乱头！下面由方国珍将军宣布对他的惩治。"

方国珍手按刀鞘，英气勃勃地跨前两步说：

"我们是东海水师，我们的宗旨是'抗蒙元，救中华'建立一个以汉民族为主体的多民族共荣的中华，我们主要对头是元朝官府，我们的志向是保境安民！蔡乱头是横行乡里、陷害百姓、无恶不作的绿壳（土匪），是百姓共同的敌人，罪该必死，今天赐其全尸，将其沉入东海，让其喂王八去！对于跟随蔡乱头的人，只要改邪归正，本水师一律既往不咎，一律从宽处置，愿意留下的视为兄弟，不愿留下的，可以自谋生路。"

方国珍讲话一结束，接着行刑开始，方国璋宣布："行刑开始！"

陈仲达、陈叔达说："十年前，蔡乱头占我良田二亩，杀我父亲、杀我大哥，罪该万死！"说着，将绳索轻轻放下，蔡乱头慢慢地沉入大海，一个浪花过后，便消失得无影无踪。留下便是人们的思索。

第十七回
福建木材全收统购　江南水浒细说根由

景彩斑斓玉镜开，偶然遇见木杉材。
三千福建质优料，够造军营粮食堆。

且说积谷山的早晨，美丽、壮观。一轮红日从东海冉冉升起，旭日光芒万丈、朝霞染红大海，渔帆与海鸥共舞、彩云和白鹭齐飞。金波玉浪，拍打岛礁岩石，卷起千堆雪。此时此景，方国珍触景生情，即兴作《满江红·积谷晨光》一首：

积谷黎明、凭望处、徐徐旭日。堪壮丽，骄阳喷薄，海蓝天赤。霞曙晨光催巨浪，金涛玉浪冲岩壁。观沧海、见壮阔波澜，渔舟集。

旗帆舞，桅杆立。渔网晒、娇娘织。彩霞辉瑞霭，白云飘逸。积岛清风吹绿树，谷山薄雾悬崖碧。歌声脆，美女舞千姿，姑娇滴。

紧接着，方国珍下了四项指令：

一是陈仲达、方国珉俩仍与冯三猫一道，带原班人员，驻扎在"蔡家寨"，清理寨子里的所有人员、物资，包括金银首饰等，所有物资必须登记造册。任何人不得占为己有！同时对损坏的要进行修理。更重要的是彻底摧毁"蔡家寨"，恢复和修缮"石矶娘娘宫"。

二是由陈叔达、方国瑛俩与陈惬一起，带领原班人员，立即返回原海神庙。首先对所有人员进行逐一登记、建立花名册，详细写明姓名、性别、年龄、籍贯、住址等。并向他们明确宣布：凡愿意留下的，一律以兄弟相待，凡是要离开的，让他离开，决不阻拦，但必须由我们统一安排。与此同时，要严格纪律，任何人不得骚扰百姓！如有违犯，军法处置。

三是李金海、李金松俩，由丁光土带领，清理和保护粮食仓库，并建立和完善账册。将盘点后的确切数字报告于我。还有，快去把被抓来的民工，统统释放，他们回家的有关事项，由水师统一安排。

其余人员，保持高度警惕性，注意各方动向，随时准备战斗。

方国珍没有忘记胡永潮、葛彩珠、郭小明的事，与国璋一起亲自寻找他们的下落。正当这时，忽见龙门岛胡老伯、葛二嫂、郭山叔三人风风火火地到来。国珍急忙前去迎接。

不言而喻，他们仨同时来，是寻找自己的儿女。看到他们后，国珍热情地说："久仰久仰！很高兴三位的到来，我与国璋正在商量此事，请放心：我俩亲自与你们一道寻找，想必很快会找到的。

说到曹操曹操到，胡永潮从小道边跑边说："我胡永潮来了！"胡永潮接着说，"我们早上起来，知道蔡乱头已被水师沉入海底了，民工们人心大快，刚才碰到丁光土了，说国珍哥已经当将军了，我特地跑来见你。"

"我家小明呢？你看到他吗？"郭山叔说。

"看到看到，他天天与我在一起，他也马上就来了。"说着小明也到了码头。

葛二嫂子泪流满面地说："潮哥，我彩珠呢？还活着吗！"

"可能还活着。"讲到彩珠，永潮心潮澎湃，泪珠滴滴。事情还要从头说起：

半月前的一天，蔡乱头带着蔡兴等一班喽啰，悠然自得地来到龙门岛，一则看看此处风土人情，同时寻找美女娇娘。龙门的葛彩珠是第一美女，那天刚从滩涂捡拾鲜贝回来，不巧遇着这个山大王——蔡乱头，不巧窄路相逢。

蔡乱头看到如此娇艳的姑娘，立即动起邪恶念头——抢。他一声令下，这批狗腿子似狼如虎，不论三七二十一，抱腰的抱腰、抬脚的抬脚、扛头的扛头，没等她反应来、没等她喊冤叫屈，便把她抬到船里。待葛二嫂及村民知道、赶到码头时，土匪船去得远远的。葛二嫂与村民只有"望洋叹苦！"

葛彩珠与胡永潮，他俩早订鸳鸯之盟、白首之约。自胡永潮被抓去修工事后，彩珠心中忐忑不安，牵肠挂肚地天天在海滩涂转悠，表面拾蚌、捉虾蟹，实则在盼望永潮早点回来，谁知天有不测风云，偏偏遇着蔡乱头这个淫棍！

她被抢到积谷山后，蔡乱头迫不及待地要强奸她，谁知彩珠是个烈性女子，坚决不从、激烈反抗，使他无法得逞。可是蔡乱头岂能罢休，几次三番地逼迫她，刚烈的彩珠一怒之下，跳落悬崖。当时碰得头破血流、不省人事。

天无绝人之路，刚巧永潮在近处抬岩石，看到这一可怕的情景，可是无人，也不敢有人前去救治，唯有胡永潮不顾一切地爬下坡去，把满身是血、昏迷不醒的她，一步一拐地背到百姓家治疗。

外面盛传葛彩珠已经死去了，所以蔡乱头也以为她真的死了。他根本没当一回事，反说："该死的东西，不识抬举的！"

这户人家就是丁光土，照顾她的便是丁大嫂。

胡老伯、郭山叔俩都看见儿子了，只有葛女士未见到女儿，正在牵肠挂肚之际，丁大嫂牵着葛彩珠缓缓地走来，彩珠见到母亲，"哇"的一声，扑进母亲怀里，不停地哭泣。

这次积谷山的胜利，非同小可，可说取得了重大胜利。据统计，缴获大小船只十二艘、刀枪剑弩等武装器具二百余件，经造册登记，所有的七十七人，全部归顺东海水师。更加辉煌的是缴获粮食两万八千斤。

积谷山的胜利取得，东海水师如今是兵多粮足。这使方国珍名声大振，各路有识志士，纷纷前来归顺方国珍。

这样，摆在方国珍面前的问题是，积谷山地域太小，容纳不了这么多的人，必须扩大地盘。他考虑再三，最理想的方法搬迁到大陈岛。于是找来胡老伯、李金海、方国珉，请他们相陪着，一起去大陈山岛一趟。

大陈山，位于台州湾东面，是一个土地面积最大、离大陆最远、资源最为丰富且环境极为优美的岛屿。方国珍看中大陈岛，是战略转移、是明智的选择。

方国珍、胡老伯、方国珉、李金海，撑着渔船，一身渔民打扮，并由胡永潮、郭小明撑船，他俩一个摇橹、一个扬帆。积谷山至大陈山，约八十里路程。天高云淡，船轻水阔，一帆风顺。

大约航行到了半途，偶见前方有一运木材的船队，远远看去，似一条长蛇，黑乎乎地从南至北，向大宁波方向前进。方国珍叫胡永潮慢慢地靠近运木船，不一会儿，就追上了他们，国珍要与他们的船保持同步状态，两船处在并驾齐驱状态。

此时，方国珍站在船头上与对方答话说："老哥好，请问你的木材是买来的？还是运到哪儿出卖的？"

对方答说："是优质杉木，是福建三明出产的，准备运到台州或明州出售的。"

国珍问："这批木材有何用途？共计多少根？"

对方说："是造屋建房的专用材料，三千根长木可用于柱、梁、桁、栅、楞；小料二千，用于劈椽的。"

国珍问："成批卖给我，全部统收，共需多少银子？"

卖方说："现钱，一次付清，共需三百两，如若一次性兑现，打七折，两百一十两银子好了。"

国珍当即表示："就二百两好了，请在明天运到大陈岛，银子一次会清。"

对方再问："你说话算数，决无翻悔？到大陈找谁？"

国珍表示："一言之出驷马难追，决不食言，明天在码头见。"

卖方说："先小人后君子，请给点定金，以防万一。"

国珍刚从积谷山蔡乱头处缴获来三百两银子，由方国珉保管着。方国珉是个聪明人，他理解三哥买木料的用意，他办事果断，于是就当场一次性付清。

福建商人笑逐颜开地千恩万谢说："保证明天傍晚送到，并请老板留几人，陪着我们一起同往大陈岛。"

国珉当即表示："好的，由我和胡老伯俩与你们一道。"

胡大伯不解地问："你们要这么多的木材干吗？"

方国珉胸中有数地说："把大陈建设成东海水师基地，我们急需这些木材，用于修建兵宫、粮仓。"

大陈岛是一个富有传奇色彩的著名岛屿。为台州列岛 106 个岛礁中的主岛，分上、下大陈，二岛仅相隔五里水道。大陈岛，古称东镇山或洞正山，5 世纪中叶始闻。古代台州往朝鲜、日本的商贸船只皆取道该岛，并习惯以"高梨头礁"为航海标识。上大陈岛古称"三女山"或"三盘山"：传说为释教始祖如来佛的出世之山，史载"有二石如松状，号石松，潮平则没，舟行必避之"。这松枝状的适淹礁很可能是珊瑚礁，渔民在大陈海底仍常能拖获小块珊瑚残骸，即说明这个问题。

大陈岛水产资源丰富，出产名闻于世的大黄鱼、带鱼、鲳鱼、墨鱼和海蜇；岛礁四周栖息着众多的石斑鱼、黑鲷、梭子蟹、七星鳗、虎头鱼等享誉海内外的鱼类生物种群，是浙江省的第二大渔场。这里有"锦绣大陈岛"诗一首为证：

> 海天一色白云间，两颗明珠映宇寰。
> 甲午岩边看日出，浪通门外望鹈鹕。
> 乌沙头外橹帆舞，下屿洞中龙水潺。
> 玉浪金波轻拍岸，韶光祥瑞大陈山。

方国珍、李金海站立船头，见岛上峰峦起伏，两岛延伸的小山，似巨臂抱着这宽大的港湾，船未进港，风大浪高，一进港湾，立刻风平浪静，果然是名不虚传的天然渔港。因此国珍赞不绝口："好地方，好地方！这么大的港湾，可停千艘船。"

上得岛去，见客店酒楼、百货副食、果品水产等满街叫卖，呈现出一派繁荣景象。当走到一间小酒楼前，李金海停住脚下步说："海上颠簸一天，已经是饥肠辘辘，先吃饭后住宿吧。"

紧接着方国珉、胡老伯也到达了。说着一起走进酒楼。这是一间背对青山、面朝大海，在酒楼可饱览东海风光。店家见一行六人，其中三人身佩腰刀，虽然渔夫模样，却是武士气节，知是一笔不小的生意，随即将他们领进阁楼小包厢。

他们刚一坐下，店老板便送上六杯大陈"云雾茶"，递上菜单说："客官，菜单在此，请点！"国珍接过看了一遍后，递给李金海说："你点吧！点最好的一档！"

菜单尚未确定，已经送上六只冷盆。分别是：花鲜壳、海香螺、梭子蟹、大对虾、鳗鱼鲞、煮墨鱼。同时拿来两壶特制黄酒。

六人点了六条鱼，第一大黄鱼、第二银鲳鱼、第三鲈鱼，第四是大陈独有的石斑鱼。此外两条是鲥鱼和鳓鱼。

石斑鱼生活在大陈岛周围水域的岩壁旁，专吃石缝间的小动物和微生物。分两类，即红石斑和乌石斑。尤其是红石斑，红须、红尾、红黑相间的斑花，可说十分漂亮。今天吃的就是红的，清炖红石斑的鱼肉雪白、清香、鲜嫩、爽口。方国珍他们生活在海边，可以说泡着海水长大的，但未尝过此鱼，今天是第一次品尝。他们边吃边赞不绝口。

在酒足饭饱之时，国珍从窗口遥见山上一排排石头房，他问店老板说："老哥，岛上有这么多的石头房屋，是做什么用的？"

"听我爷爷他常说的是，就在本朝，元兵打到台州黄岩，南宋小王朝的部分官兵且战且退，结果退到大陈岛，所以在此建屋立寨。由于大陈岛离大陆百余里，滔滔大海阻隔，元兵不敢进入。天高皇帝远，残余南宋官兵在此驻守了几十年后，渐渐地自然消亡了。"

"此房现在有人住宿吗？"国珍进一步问。

"我爷爷小时就没人住了，人们不敢住，说屋里面常常闹鬼，所以一直空着。但在台风袭击时，一些外地避风渔民，也会暂住此处。"

饭后，方国珍、李金海、方国珉三人，乘着夕阳余辉，朝着山上的空石屋走去。

此空石屋，外表看去有点破旧不堪，内部尚且结实，尤其墙壁、房顶基本完好，只要稍作修缮，便可驻军屯兵。

国珍一行六人，走遍了下大陈的山山水水，感觉十分满意。他们走了下大陈，再看上大陈。上、下大陈虽然分开，中间只隔五里的小峡谷。当时上大陈的码头就在大岙里。船未登岸，远远看见由福建运来的木材已经停靠在码头的右方。在等待方国珍的安排。

大岙里的港湾与积谷相差无几，岸边有个小渔村，住有数十户人家，这里百姓好客热情，视岛外来的人为客，称朋友、称兄弟。见到胡老伯他们，就邀在他们家吃饭，李金海问："大岙里的人为何如此热情好客？"

胡老伯经常在大陈洋捕鱼，几年前的初秋，胡老伯和龙门的朋友，在大陈洋捕鱼时，不料突然刮起狂风暴雨，他的船来不及避风，刮断桅杆、吹坏篷帆。就是大岙里的金顺法，不仅请胡老吃饭住宿，还热情帮助修理篷帆，还借给一根桅杆。从此两人结成挚友。

这次胡老伯带朋友到来，金顺法当然热情有加，就将这批木材搬运到村边一块空地放下。

在上大陈同样看到一幢幢小石屋，不言而喻，是与下大陈的石屋同时建筑、同时空却的。方国珍随便问："这此石屋听说是南宋小王朝的兵营，肯定是驻军屯兵的好去处，也是海上的军事要塞！"

金顺法说："对对！大陈岛不仅水产资源丰富，更是海上军事要塞，地处东海——台州湾最大的岛屿，是水上的交通要道，它东去东洋、琉球、高丽等国，南至台湾、南洋诸国，因而经常有商船经过此处。"

"我想把这些石屋装修一番，用作兵营可否？"方国珍随随便便地说。

很健谈的金顺法说："你的主意不错，但不知要驻何样兵？我只知大陈是个吉祥之地、安全之岛。历朝以来，都曾安营扎寨，但从未损兵折将。"

金顺法看上去是个山野村夫，却原来如此博古通今。国珍十分佩服。

正在这时，忽见空空道长与琅玑山黄法宝、黄法贵带十多个人，前来拜见方国珍。国珍等慌忙迎接说："道长大驾光临，有失远迎，失敬失敬！"

"倒是本道未报先来，请将军见谅！"道长说。

"贫道料定将军想在此安营扎寨，此处急需修理兵营，同时还需修建粮食仓库，千把号人的吃饭是个大事，'兵马未到，粮草先行'，没有几万斤军粮储备，就会造成兵荒马乱。"

"道长真是神人，知天文、识地理，还知我心！道长所言极是，谢谢道长亲自上岛！"国珍感激地说。

"自己人，不用客气。我已经叫冯三猫、陈愜两人各领三十人、三艘船，并五千斤粮食，即来大陈岛修兵营、建粮仓。"道长说。

"何不叫陈仲达、陈叔达他俩带领呢？"国珉说。

"他俩另有大用，待这里安排好后，你们都回积谷山去，有要事等着你们去完成。"道长卖着关子说。

道长知方国珍移师大陈岛的计划，给予极大的支持和肯定。

接着仍然由金顺法领他们看古旧兵营、选新粮仓地址。他们走遍了上大陈，看了旧兵营、选了新仓储，道长心有感触地说："自然环境十分秀丽，确是屯兵、驻军的好地方。但这些旧兵营，必须作些修理。待会我画个草图，与大伙看看。"

在道长画图的同时，由法宝、法贵带十多个民工先动手，新建一个大厨房、大餐厅，首先建能容纳几百人吃的大锅灶，地址就在老兵营的左边，以最经济的打算，初步确定建厨房五间、餐厅五间。

对此道长再三叮嘱说："不要说千把号人，就是今天到来三五十号人，他们吃什么，住哪儿，都得安排好。所以说重中之重就是锅灶、厨房。人以食为天，吃饭第一。"

黄法宝、法贵是诚实的木工、泥水工，办事十分认真，他俩所带来的民工，个个齐心协力，遵照道长的图纸方案，一丝不苟地在施工。

方国珍上岛的第六天，见冯三猫、陈愧两人带来六十人、六艘船、五千斤粮食，喜气洋洋来拜访方国珍、道长、国珉、李金海他们。他们回报说："奉国璋将军、牟子善之命，特来向将军报到，听从将军安排!"

方国珍当即决定，全体将士全力以赴。同时吩咐黄法贵带百两银子，立即去松门采购砖瓦，务必迅速直送到上大陈码头。

只因兵营、仓库尚未修好，这些人和粮食，分别集中借住、借藏在百姓家中。

翌日，方国珍、方国珉和胡老伯他们一起，返回积谷山。方国珍明白道长的意思，现在人员增多了，需要足够的军粮。他对国珉说："现在可以将松门的这批粮食运来。"国珉说："我也认为已经用得着这批粮食了，回去后就去实施。"

方国珍、国珉回积谷山去后，大陈山的这些工程，自然由李金海负责。李金海具体分工如下：

冯三猫负责营房修建；陈愧分管粮仓的兴建；黄宝法继续修厨房、建餐厅。按照规划：粮食仓库全在上大陈，兵营也建在上大陈，共要百间营房。

李金海问计于道长。不等他开口，道长抢先说："我知道你要说什么。"道长接着说，"不要说了，这我心中有数。今天不说这个，我要说说你们李家祖上的身世，恐怕对你有好处!"

"我对我们李家祖上的身世，全然不知，请道长不妨说来听听。"李金海睁大眼睛说。

"说来话长，你们的先祖，就是《水浒全传》中的'滚江龙'李俊。"道长说

"没搞错？不是说''滚江龙'他们七人在榆柳庄，尽将家私打造船只，从太仓港乘驾出海，自投奔国外，后来成为暹罗国（后称泰国）之主。童威、费保等都做了暹罗国官员'了吗？"

"你的先祖李俊将军的下落众说纷纭，有的说他们没有出海，而是隐居太湖，过着与世无争的田园生活。其实是……"道长停了会儿继续说，"的确是如书中写的，从太仓港出发，一直向南航行。"

"向暹罗国方向，暹罗很远吧！"李金海睁大眼睛问。

道长继续介绍说："暹罗国离太仓港的确很远，它在中国南方、南海那边，远隔万里，至本朝至治三年（1323）才与中国通使。要去暹罗必经东海—台湾海峡—南海，航程万里，宋元时期的航海还欠发达，海上常有狂风暴雨，到暹罗真是谈何容易！"

"他们必然受阻，必然遇到艰难曲折。"金海说。

"他们从长江口出发，航了十天半月，才到达东海的嵊泗洋。嵊泗洋海阔浪高，这里是'无风三尺浪'，'天有不测风云，人有旦夕祸福！'突然，东南海域乌云密布，看似一场狂风暴雨将要袭来。说时迟，来时快，来不及解绳放索，收帆抛锚，即刻暴雨倾盆，狂风巨浪一齐袭来。此船掀翻，费家四兄弟全部葬身大海！李俊、童威、童猛水性好，他仨紧紧抓住桅杆，任凭随波逐浪，漂了三天两夜，不知怎么漂到了普陀山，船搁浅在洛伽山。"道长介绍说。

"普陀洛伽山，是南海观音的地方，不是说菩萨不去东瀛，也将船搁浅在洛伽山，这船也搁浅在洛伽山吗？"李金海说。

"对对，应该说观音菩萨庇护！他们上得岛后，僧人布施斋饭，在普济寺休息三天后，准备继续向南航行。到达洛伽山，说也奇怪，被掀翻了的船又不知怎么的竖立起来了。"道长喋喋不休地说。

"他们只有三人了？"金海说。

"三人上得船后，看见船篷下贴着一纸，李俊一看，见它写有一诗：

暹罗万里路坷欠（多坎坷），千里行程风雨颠。

李俊一人洋屿住，二童海岛结婵娟。

三人不解诗中意思，不知何处是洋屿，更不懂'二童海岛'是何说法，只是糊里糊涂地继续向南方航驶，经过五夜六天顺风航行，来到了台州湾的大陈洋。他们停泊大陈山岛，在下大陈休息一夜，第二天继续向

南，当船驶在大陈至积谷山的途中。又发现东南方黑云滚滚，一场狂风暴雨即将袭来，李俊看一下里程表记载刚好千里。猛觉得可能又有灾难袭来！他对童威、童猛说：'不好！风雨即刻就来，我们立即收帆放椗！'他俩正当下帆时，一个高达数丈的巨浪猛拍过来，此船瞬间倾覆！"

"后来呢？只留一人！"李金海惊骇地问。

道长继续介绍说："后来，后来雨过天晴，在洋屿山的海滩上躺着一个泥人，当地捕鱼的渔民，见海滩上有个东西在动，走近一望，原来是一个还活着的人。他就把这人背到家里。"

"俗话说'救人一命，胜造七级浮屠！'以后怎么样？"李金海惊问。

"自古道'大难不死定有后福'，这位渔翁有个姑娘，正好芳龄二九，尚未出阁，李俊就入赘洋屿。"道长说。

"依你说来，我是李俊的后代，是他的玄玄孙了！"金海问。

"是的，你是他的第十代玄玄孙。"道长明确地说。

"你说的根据何在，总不是道长杜撰的吧？"金海进一步问。

"是有根有据的。根据待日向你公布。现在的水浒南传，主要我们八家、二十六人，你我都是主要继承人。"道长说。

"哪八家、谁二十六人？说来听听。"金海问。

"第一家，原是南方永乐王方腊的玄玄孙方国珍、方国璋、方国瑛、方国珉；

"第二家，就是原水浒中水军上将李俊的玄玄孙，李金海、李金松，还有你的堂兄弟李金有、李金富；

"第三家，是方腊的侍卫郎、陈王妃之长兄陈春，可说是国舅爷，这人在水浒全传中，他一直在方腊身边，宋江攻入帮源洞时，他与方腊同时逃出，因陈王妃肚子痛，在路边坐一会儿，结果幸免于难。他一直跟随陈王妃。陈的第十代玄玄孙就是陈仲达、陈叔达；

"第四家，就是原水浒中'入云龙'公孙胜家，公孙胜道长，不赞成打方腊，所以没有来南方。只是方腊被擒后，特来仙居救陈王妃顺利生产孩子。贫道我是公孙先生的第八代传人，牟子善是第九代传人。

"第五家便是董家。当时任方腊警廷尉的——驸马董秋，他始终保卫主公，他与陈王妃、陈春和陈妻、董妻及几位宫女一起逃到仙居。现在的董志强、董桂芳、董桂香就是董秋的第十代玄玄玄孙女；

"第六家可能就在大陈岛。所以在本书引言中有句'芳香……婵娟'吗？就是即将出场的是童威之女——童婵、童娟。

"第七家也是即将出场的是关家二兄弟，他俩便是《水浒全传》中的

'大刀关胜'的后裔。

"还有第八家要到下半本才出场。他家与方家正好成对偶，其故事具有传奇色彩，到时更有可读性。

"由此说来，由这些人组成的骨干力量，继承了《水浒全传》的脉络，创造出《水浒南传》故事。即将开展一场轰轰烈烈、波澜壮阔的战斗。"

道长还在兴致勃勃地介绍着，忽然想起了搬木材要紧。道长吩咐李金海速去通知法宝、三猫、陈惬他们，组织全体员工、兵士全来搬运木材。

不一会儿，三支队伍、七十多人全部到齐，一同跟着道长，他们看见码头没有船舶，更无木排，哪来大批木材？

道长一笑，手一挥让众人往那边看，真的有一堆木材。大家一点，共有三千多根长木材，二千条小木料，数量准确，一根不少。完全可以满足建营房、造粮仓的。

就在大家步上码头时，见有一船二十多人到来。李金海看出，就是刚才道长说到的李金有、李金富俩。金海忙问："你俩带这么多人来干吗？"

他俩异口同声地说："是道长早已吩咐过的，叫我俩来做工的。"要知道李金有是做木工的，他带的十人全是木工；李金富是做泥水工的，他带来的十人全是做泥水工的。

虽然修兵营、建粮仓工程巨大，但有了九十多人的工匠、劳工。一场浩浩荡荡的土木工程在大陈岛立地开花。

修这么多的粮仓，不知粮食从何而来？且听下回分解。

第十八回

渔网阵官兵遭围困　劫粮仓千户吓断魂

红鱼摆尾跃龙门，曙色兵船迎敌蹲。
喜听三声号炮响，官兵自进网乾坤。

且说方国珍、方国珉、胡老伯和胡永潮、郭小明一行五人，从大陈山直接来到龙门岛，目的是把胡老伯他们送回龙门老家。

正在龙门岛码头，一位自称松门人的青年男子匆匆地走上码头，对着方国珍问："请问，方国珍将军在哪？"

方国珍说："你找他干吗？有什么事？"

他说："有重要事，需要当面报告方将军！"

国珍打量他一下后问："你有什么事？就对我说好了。"

那人仔细打量一下后说："你就是方将军吧！我叔叔经常说方国珍是'浓眉大眼、熊腰虎背'，看来你真像！"

"对对，我就是方国珍，你的叔叔是谁？"

"我的叔叔是徐鹏飞，我是他的侄儿，名叫徐绍富。"

"松门有什么大事、要事？就向我说好了。"方国珍说。

"就是千户所的事，他们说我叔叔犯下人命官司，不但不去投案自首，反而抢了他的三艘船、五十担谷和三个水手，听说叔叔投奔方国珍，人在龙门岛。据悉，他们近日要攻打龙门了，军情紧急，特来报告将军。"徐绍富说。

国珍热情地说："谢谢小哥，谢谢小哥隔江过海来报告，走，我们一起上岛去，你叔叔现在在积谷山，明天叫他也来龙门。"

第二天，东海水师的军务会议就在龙门召开，重点讨论松门夺粮、劫船、抢军火的事。会议还邀请徐鹏飞、胡永潮两人列席。国珍首先将昨天徐绍富报告的情况，做了扼要的介绍，同时研讨具体作战方略。

根据徐绍富的报告，大家经过认真且热烈的讨论，陈仲达提出：采取智取，即用偷袭的方法，选择夜间，趁六月二十九日，松门海神爷寿诞，因为这几天松门海神庙要唱大戏，千户是个戏迷，趁此难得机会，前去偷袭。

国珍感兴趣地问："怎么个'诱敌'法？不妨说来听听。"

陈仲达说："这是一次扬眉吐气的机会、英雄有用武之地。因为我们有两大优势：其一是兵员比对方多，据说官兵不到二百人，而我可调五百，以绝对多数压倒他们；其二是我们是当地人，水路、陆地都比较熟悉。"

"对！我与仲达所见略同。"牟子善接下解释说，"我们在龙门岛外布下'渔网阵'，就要设水下机关，使其进得来出不去，来个一网打尽。"

"说得不错，那你们想怎么诱敌出击？怎能一网打尽？"国珍进一步问。

"我们先不动手，让他们先动手，这样有理有节，不是在白果岛签有十条合约吗？两年内不打官兵的，现在两年未过。"军师咳嗽了一声接着说，"待他们打来时，我们用几十人去抵挡，且战且退，把他们引入网里，也可以说引鱼入网，我们其余兵船抄其后路，来个大包围，达到全歼官兵。然后，才去大摇大摆地运粮食、搬军火。"

"我对布阵不尽熟悉，有劳军师多多费心。"国珍说。

经过半个月紧张、有序的准备，最主要的是布阵，军师按照文王八卦，画出九九八十一道弯，长达数里的水下布下二千零八根木桩。使敌船进得来出不去，陷入绝路。同时在兵员分布上也与"渔网阵"相配套，使各项措施基本得到落实。

却说松门那边，千户所早已报告到黄岩州、台州路政府衙门，说"松门千户所反贼徐鹏飞，私通方国珍，抢劫货船三艘、粮食五十担，带去船夫三人，现在屯扎在龙门岛。为此，要求台州路、黄岩州速派重兵清剿，以免他们羽毛丰满、酿成不可收拾的地步。"

千户所打报告是职责，是必须做的事，否则作隐瞒不报论处。同时可把责任推给上司。

台州路达鲁花赤看此报告，就立即亲笔批复："黄岩州要抽调兵力，支持、督促松门千户所，尽快行动，及早消灭龙门的劫匪、反贼！"，

黄岩州统制尹三珠与方国珍已有协议，两年内不得互相动武，因此借故推诿。迫于上级压力，派出兵员百人，战船三艘，表示最大支持。

千户所的驻军最高长官冯白川，是个蒙古人，行户出身，有两下子武功，特别是骑射功夫不错，可是水上，尤其是大海作战基本不懂。他正愁兵员不足，得知黄岩州派官兵百人，前来助战，冯白川自以为"似虎添翼"，可以立即行动了。

正在这时，探子报徐鹏飞与侄儿徐绍富的船经常在松门活动。冯白川气得咬牙切齿。

六月二十九日，是松门海神庙海神爷的寿诞，当地习惯请戏班唱大戏。千户曹虎，是个戏迷，他命冯白川要在海神爷寿诞前，打败方国珍，夺回龙门岛。

曹虎定于六月十八，发起对龙门岛的攻击。冯白川第一次在水上开战，他异想天开，认为定能旗开得胜、马到成功，一举夺取龙门岛。待到海神爷寿诞日，可带小老婆，安安心心地去看大戏了。

六月十八日早晨，正当炎炎酷暑，旭日从海上徐徐升起，松门海域三十艘战船，"一"字儿摆开，船上桅帆旗帜飘扬，船内官兵剑拔弩张。每船配七人，其中一人把舵、二人把浆、一人扬帆、一人拉弓待发，两人手拿长矛、腰佩朴刀。看上去真是威风凛凛。

岸上响起三响号炮，战船浩浩荡荡地向龙门岛进发。野骛远逃、银鸥回避，一路畅通无阻。当船航行至离龙门岛约十里处，见对方，即龙门岛

的方国珍的东海水师,打着青龙旗,有十来艘船挡住前进方向,当头的就是徐鹏飞。

这时徐鹏飞站立船头大骂说:"冯白川,你出来,你这狗官,当时没杀了你,不但不感谢我,反而今天还带兵来打我们。来吧,非把你们碎尸万段、沉入海底不可!"

冯白川听得火冒三丈,随即命令:"冲上,冲上!放箭,放箭!非把他碎尸万段不可!"

徐鹏飞他们的船,都配有挡箭牌,一看发箭,立即竖立起挡箭牌。冯白川他们接连发三百多支箭,箭箭落空,对方安然无恙!一脚下落空,将会脚脚下落空。冯白川看射箭无功,就发起冲击。谁知徐鹏飞他们且战且退,而冯白川的兵却认为"他们是不可一击的乌合之众",就无所顾忌地急起直追,他们呼风呐喊,且越追越深入,一直冲到龙门岛。

这时,方国珍立在岛上的大岩头,笑逐颜开地高喊:"欢迎、欢迎!热烈欢迎冯总制光临!"

冯白川仍执迷不悟,他也站立船头,还大言不惭地说:"方国珍,你死到临头了,还嘴硬,看我如何收拾你!还是快快举手投降,饶你不死!"

方国珍以牙还牙说:"看我如何收拾你!还是快快举手投降,饶你不死!不要再挣扎了,你们已经是'笼中之鸟、瓮中之鳖'了,逃不出我方国珍的手掌心了!"

方国珍话音一落,一刹那,山峇间突然响起"活捉冯白川"的口号声,呐喊声震天动地。冯白川看情况不妙,宣布退兵,可是来不及了,已经进入了"死穴"。

牟子善设的渔网阵,是按周易八卦布阵的。前几天在这一海域,打下了十八弯的木桩,这就是"迷魂阵"。他们糊里糊涂跟着进来,哪知水下都是桩桩。船退不出去,怎么办?有几个官兵跳下水去,海水比人还深!

正当冯白川攻打龙门岛、深入追赶之时,松门所的千户曹虎,在官邸召白玉娇来唱戏。

元朝中期,戏曲盛行,元曲成为最时髦的了,最近从外地来了几个唱戏的风尘女子,其中最出名的是白玉娇。她不仅曲唱得好,更是美貌娇艳。曹虎见到她后,如犯魔怔,天天叫她去其官邸唱戏。今天唱的《西厢记》,她那清脆的嗓音唱道:"我这里软玉温香抱满怀,呀!刘郎到天台,春至人间花弄色。将柳腰细摆,花心轻拆,露滴牡丹开。……"

唱到这里,这曹虎再也按捺不住心中的欲火,一把抱住白玉娇,抱在自己的膝盖上,在那乱摸乱亲。

此时此刻，忽然门卫急报："千总，大事不好了！"

"真讨厌！真是坏了我的好事！什么大事不好？大惊小怪的。"曹虎说。

"我们的粮仓、军火库被抢了。"门卫说。

"有这等事！青天白日的，谁敢白日来抢，真是好大的胆。"曹虎疑惑说。

"听说是方国珍他们抢的，是龙门那边来的。"门卫说。

"冯白川呢？他吃干饭的吗？"曹虎说。

"他早上领兵打龙门去了。"门卫说。

"打龙门怎么倒打到我们松门来。龙门对松门，两门对阵，总不会搞错了吧？"曹虎说。

"没有错，小的问清楚了的。"门卫说，

"抢去多少，总不会把八万斤粮食洗劫一空吧？"曹虎仍轻描淡写地说。

"八万斤粮食全部洗劫一空，还有近千件兵器全部被抢。"门卫说。

说到这里，曹虎"呀！"的一声昏厥过去，身子摔倒在地，吓得这个白玉娇也"呀！"的一声，跑了出去。

却说松门曹虎命冯白川全力以赴，倾巢出动，攻打龙门岛去了。

有谁知道方国珍却兵分两路，一路由方国瑛领二百兵士抵挡官兵，且战且退，目的是引鱼入网，来个瓮中捉鳖。另一路则由方国璋亲自带三百兵、六十艘船，偷偷潜入松门。再兵分两路，一路由方国璋、陈仲达、徐绍富，带两百人，四十艘船，直闯蛇山粮仓。

蛇山粮仓紧靠海滨，共有九人把守，今天打龙门，调走五个，只剩四人，这四个当兵的，见小队长出去了，他们成了猢狲放索，两个去寻野妓，两个也去喝酒了，粮仓空无一人，徐绍富熟人熟路，见警卫无人，一斧头劈去，门锁脱落，走进一看，粮库满满的一仓，百斤一包，打包好好的，且堆放整齐有序。

八万斤粮食共八百包，幸好紧靠码头，两百人，平均一人背四次，只用了一个时辰，粮食搬运结束。

此时这四个当兵的昏头昏脑地回来，见他们把仓库粮食已经搬光了。便糊里糊涂问："请把批文给我，这么急干吗？把门锁都砸坏了。"

"你们擅离职守，军务紧急，找你不到，险些误了军情，这还了得！"方国璋严肃地说。

"是是是！是我错，下次不敢。"当兵的说。

"走走！你们四人与我们一道走！"方国璋说。

"到哪？我们去干吗？"当兵的说。

"押运粮食哟。"国璋说后，这四人莫名其妙地跟着一起下船，粮食船全部扬帆起航。只等那边军火库了。

却说军火库比较麻烦，地址远在山岙里，离海边三四里路程，是一个僻静的幽角地带，就在兵营旁边。方国珉、李金松、陈叔达他们带领的百来人，分三路中队前进，第一队由陈叔达带十人，为先头尖刀突击队，第二队由李金松率领三十人为主力队，最后是方国珉率领的四十人，紧跟其后，以防中间杀出或后路袭击。

先说陈叔达的第一队，他们手捏朴刀，快步突击兵营，谁知兵营却空空如也，只剩下炊事班、卫生班的十来个人。叔达问："他们呢？"

"长官，你寻找谁？"老头问。

老婆子说："今天凌晨，官兵一律起床吃饭，天还未明时光，全体紧急集合，一、二、一地喊着口号，到码头下船，听说攻打龙门去了。剩下全是勤杂人员。"

正说着，谁知后面杀出四个当兵的，四人手握兵器，摆开架势问："你们来兵营干吗？"这时，陈叔达他们早已刀剑出鞘。不料其中一人朝叔达杀来，叔达眼灵手快，一闪身，那人刺个空，叔达一转身，轻轻一刀削去，这人的头颅"啪"的一声落地了，再一转手，另一个同样人头落地，一刹那，两个人头被杀，吓得他们目瞪口呆。

这四人就是兵器管理员，不在兵营编制在册人员，所以今天没有通知他们去攻打龙门。

这时叔达命令他俩打开兵库，吓得魂飞魄散的管理员，战战兢兢地打开仓库。随后大队人员到来，一人一捆，百来人就把它搬个精光，叔达特意留两捆说："还剩下两捆，你俩给我们一起送去！"

"是是是！"两人低三下四表示说。

虽然袭劫兵库十分顺利，由于路途较远些，等国珉、叔达、金松他们回来，国璋他们已经在船上招手了。

如此干脆利落地袭击粮仓、兵库，自己却做到零伤亡，可说是个奇迹。全靠军师神机妙算！

胜利凯旋的将士，人人兴味盎然地高歌：

锦绣松门

东方绚丽望松门，水秀山明锦绣存。

热闹繁华观市井，农家富庶看渔村。

胜利归来的六十艘兵船，满载沉甸甸的粮食、兵器，乘风破浪，顺风顺水，很快便到达龙门岛了。这时又传来悠扬的歌声：

美丽龙门

一片风帆映日斜，桅林屹立匆栖鸦。

空天阔海任飞鸟，迎面东风卷浪花。

又有人高歌：

二

龙门岛上郁青青，一望春山若画屏。

夕照芳舟奔皓月，晨曦舴艋自娉婷。

这时的冯白川所带的三十艘船，还围困在千桩万水之中，期盼着救兵的到来，他远远看去，误认为救兵到来，谁知走近一看，却是水师的六十艘船，满载松门粮仓的粮食和兵库武器。此时的冯白川彻底绝望了。提出要与方国珍谈判。方国珍明确回答说："所有船只、兵器、人员全部留下！"

方国珍一声令下，禁锢在海中的官兵分别先后陆续上到龙门岛，就在码头的空间集体吃饭。然后，方国珍向被俘虏的官兵明确宣布："你们全部被俘虏了，我们是优待俘虏的，一律不杀不打，只要弃暗投明，一律既往不咎，愿意留下的，就是我们的兄弟姐妹。"

方国珍的话引起轰动，接着方国璋宣布今天的战果：

"缴获战船三十艘、缴获粮食八万斤、俘虏二百一十六人，（其中粮仓四人，兵库两人）兵器共一千三百二十件。在行动中兵器库两人抗拒，我们对他们从严惩处，当场杀头。总之战果辉煌！更值得庆贺的是，我们自己无一伤亡。用时髦的话叫'零伤亡'。"

在场的冯白川听得目瞪口呆！垂头丧气，低头不语。俘虏中出现窃窃私语。其中多人提出"弃暗投明"，愿意投奔东海水师，愿意跟随方国珍，这样便成一面倒的局面。

却说曹虎一时昏厥过去后，经人抢救，终于渐渐苏醒过来，醒后他问："冯白川呢？他在哪？叫他快来见我。"

手下回答道："曹大人，请息怒！不但粮食仓库和兵器库被洗劫一空，仓储人员尽数被俘。更严重的是，冯白川所带领三十艘船、二百一十人，全部被擒，冯白川本人也成为俘虏了！"

"天哪！天要灭元了！"说着再次昏迷过去了。

方国珍的松门一战，名声大振。但也带来问题：突然来了两百多人，吃住问题如何解决？正在这时，李金海、冯三猫俩从大陈岛回来，特意传达公孙也先生的意见说："空空道长知道你们松门取粮凯旋归来！特来表示祝贺！同时向大家报喜——大陈山仓库、兵营已经峻工了，今天缴获的粮食、兵器、人员统统地转运至大陈山。"

大陈山兵营、粮仓的建成，可容纳数千人住宿，可储存二十万斤粮食。这是了不起的工程，这一特大喜讯传来，进一步鼓舞官兵的士气，方国珍更是欣喜非常。当即作出决定：李金松、冯三猫，在此暂且休息几天。由方国珉、陈仲达、陈叔达带百人押运，将俘获的二百多人及粮食、物资，统统地护送至大陈岛。

方国珍一声令下，方国珉、陈仲达、陈叔达率领十艘船、百余兵士，押解缴械投降的二百多战俘，以及粮食等物资，共计五十余船，浩浩荡荡地驶向大陈岛。

再说这冯白川提心吊胆、垂头丧气，等待方国珍的发落。他想是坐牢、是杀头，认为杀头是无疑了！从军三十年，打过大小战斗几十场，从未失败过，想勿到今天输得如此之惨、想勿到会输在方国珍之手！

这时，方国珍亲自给冯白川松绑，并与其共进晚餐，陪同的有方国璋、方国瑛、牟子善、李金海、李金松等高级将领。

受宠若惊的冯白川，心中还是忐忑不安。不料方国珍举杯说："请请！冯大人受惊了！"

冯白川慌忙立起，举杯说："谢谢！谢谢！请请，方将军请，各位请！"

"冯大人，你也太小看我们了，不然的话，怎么会蹿进网坤阵，十八弯后便入坤。这是死穴。"牟子善说。

"是是！就是严重轻敌，认为你们是'草寇'，是'乌合之众'，是一群'狂徒'。"冯白川说。

这时窗外的树梢头，立着一只唱晚的黄莺儿，国珍随手拾了个弹弓，递给冯白川说："冯大人，窗外这只黄莺儿，吱吱嚷嚷的，请大人将它弹下。"

冯白川双手颤抖地接过弹弓，东描西照一番后，"唰"的一下弹出，差距半尺，这黄莺稍受惊吓，一时飞走了，但毫毛无损。不一会儿，又回到原点。方国珍不慌不忙，拿起弹弓，轻轻一拉一放，见黄莺脱落！小小一技，使冯白川瞠目结舌！

酒足饭饱后，方国珍说："今日难得与冯大人相遇，请留下点墨宝。"说后侍从端来文房四宝，与他联对：

冯白川算得上是饱学四书的人，还能写一手好字。他欣喜地说："应该的，应该的。不知以何为题材？"

国珍说："来副对联，你写上联，我补下联，题为'今日感怀'"

冯白川含羞写了上联：

含羞书联两百官兵悲入网；

方国珍欣喜和上下对：

欣然赋对千箩稻谷喜移仓。

众人笑评说："对联虽然称不上高雅，但也贴切。两人旗鼓相当，在书法上国珍略胜一筹。"

这时，冯白川恍然大悟，才知东海水师是一群文才横溢的有识之士。恭手称赞说："方将军原是文武全才、文韬武略之高士。"

方国珍笑逐颜开地说："谢谢给东海水师恰当的评价。冯大人，这里没有你的事了，请走吧！"

"走？往哪走呀！"冯白川说。

方国珍说："回大陆去，船已经备好了，由徐绍富先生送你回松门。以免尊夫人牵肠挂肚的。"

"谢谢！谢谢！"冯白川千恩万谢地离开龙门岛，却愁眉不展地回到松门，他不知如何向上司交代，更不知上司作何处置。

当送走冯白川后，回首见胡永潮、葛彩珠两人立在自己身后。国珍忙问："你俩找我有事？"

彩珠心直口快抢先说："我与永潮哥商量好了，准备近日拜堂成亲。"

"好呀！我因公事忙乱，险些耽误你俩的婚期！你俩父母怎么讲？"国珍说。

"我爹说请方将军作主，由将军安排！"永潮说。

"彩珠呢，你娘怎说？"国珍再问。

"我娘也说由方将军作主，听从您的安排！"彩珠说。

"你们打算何时拜堂成亲？"国珍说。

"听将军的，您说了算，您选择的日子定是好日子。"彩珠说。

"好好，后天可以吗？后天是黄道吉日，大吉大利，对你俩无冲无克。"

永潮、彩珠欣喜若狂地分别去告诉了父母，接着进行了紧张准备。

方国珍对牟子善说："真是好事连连、喜事多多，昨天松门一战，战绩辉煌，正在欢欣鼓舞的时刻，又传来后天胡永潮与葛彩珠喜结良缘的喜讯！"

"喜事还有着呢！我也要办喜事呀！"冯三猫喜气洋洋地走来说。

"噢！你也有喜事，说来听听。"国珍问。

"我也要赶在后天拜堂成亲！这叫'捉日子'，就是步永潮的好日，省钱省事，是最好的选择。"冯三猫说。

"也行，门道精明得很。但不知新娘是谁，可否告诉我？"国珍说。

"当然当然，新娘就是'白牡丹'！"三猫说。

白牡丹，就是原来的赛珍珠，是蔡乱头的姘妇，上次打蔡家寨时，冯三猫看到她赤身裸体仰卧床上，她那洁白的躯体、苗条的身材，深深地印入其脑海。他神魂颠倒、走火入魔般地追求着她。她当时拒绝说，"我是个被蔡乱头糟蹋了的女子，成为臭名远扬的女人。"她泪如雨下地接着说："其实我是良家女孩子，家住本邑西乡宁溪山区，姓王名小莺，由于身材苗条、相貌端庄、皮肤雪白，人家称我'白牡丹'。"

"前年正月半，我的姨妈家住十里铺桥，那里三年一度的庙会，非常热闹、十分好看。有打花鼓、走高跷、唱莲花、扛抬阁、舞狮子、滚龙灯、敲锣打鼓，场面非常恢宏。我跟着母亲来到姨妈家——十里铺看庙会。"

"就在十里铺街，我正在聚精会神看走高跷，高跷扮演'张骞打蛋'，正巧，一个鸡蛋抛到我的头上，蒙头满面都是蛋黄，此时一个人浪涌来。场面混乱不堪。险些儿把我压倒，此时几个人牵住我的手，前拉后推，莫名其妙地一下子，被推至横山头。就在横山头下船，就这样，便成了蔡乱头的'情人''婊子'。"

王小莺再三表示，"要洗掉污垢，还我清白，做个清白良民，因而还原为王小莺，号称'白牡丹'"。

听了冯三猫的介绍，众人对王小莺的遭遇表示同情，对他俩的成亲表示高兴。

按照当地风俗习惯，凡是婚庆，必须请龙门人人都来喝喜酒。全岛男女老小，共计一百三十六人，必须请到。

可是同时出现两对新郎新娘，这酒怎么请，但也有规矩，即一个办中午、一对办晚上。经协商一致，冯三猫办午酒，胡永潮设晚宴。这一天，龙门岛可说热闹非常，人人沉浸在欢歌笑语中，

方国珍、国璋、国瑛、金海、金松、军师、鹏飞、光土八人单独一桌。他们正在向新郎、新娘敬酒之际，忽见徐绍富匆匆走来，不知有何急事，且听下回分解。

第十九回

方母升天奔丧着急　夫人进岛一路惊慌

母亲谢世泪滂沱，咫尺天涯苦折磨。
莫怨孩儿无孝顺，前程坎坷自奔波。

却说徐绍富匆匆走来有何急事？就是报丧而来。他不敢在大庭广众面前喧哗，而是约国珍离席，国珍问："这么匆忙，有何急事？"

"老太太过世了！方将军，您的母亲升天了！"徐绍富说。

"真的，你哪里知道？"国珍说。

"是南塘湾董员外派董成前来报丧的，董成就在外面。"说着董成走了过来向国珍行鞠躬礼说："姑爷好，小的这厢有礼了。方老夫人升天了，员外派我特来报丧。"

噩耗如晴天霹雳，噩耗似雷霆万钧！方国珍刹那间天旋地转，不觉泪如雨下。国璋、国瑛他们见此情境，知有大事，自然过来问讯。他们得知这一噩耗，悲痛万分。

他们的母亲周丽珠原在路桥南山寺，皈依了佛门。因为南山寺离南塘湾路途遥远，贤媳妇桂芳、桂香不便前来路桥照料、探望。同时考虑老人家的安全，所以偷偷地接她去仰天湖圣水寺安度晚年。

在仰天湖，桂芳、桂香还有小荷、小翠她俩也经常过去陪她说说话，日子过得安祥。但老人心中总是牵挂着儿子，当时五个儿子围在身边，心感荣耀和幸福；如今儿子远在海角，整日牵肠挂肚。随着年纪的增大，想儿的念头越来越浓烈，有时想得夜不入眠！

由于思儿太切，渐渐地身体每况愈下，日沉一日、沉疴不起。虽然儿媳、孙子绕膝慰藉，但仍无力回天。她在临终前告诉媳妇和孙子说："将来如有出头之日，将我的躯体与你的公爹同葬一墓，这才叫'生同床、死同穴'！"说后便闭上眼睛，千呼万唤唤不醒——老太太安详地与世长辞了。

国珍、国璋、国瑛他们闻此噩耗，心急如焚，决定立即前往南塘湾吊唁！时间紧急，刻不容缓，连夜便走。将士们闻此噩耗，人人心感悲痛。

要求前去吊丧者不计其数。考虑到安全等诸多因素，最后决定由方国珍、方国瑛、李金海、李金松四人前往南塘奔丧；方国璋、牟子善俩统领全局。大陈岛仍由公孙道长、陈仲达、方国珉、陈叔达四人统领。

方将军亲自出发，当然选用最好的船，此船就是那天冯白川所乘的这条指挥船。船上配有大副两人，员工四人。

国珍、国瑛、金海、金松四人同去南塘湾吊唁的同时，看望和接回夫人。

此船此路，国珍他们四人最熟悉不过的，何须董成带路。当夜风轻浪平，一帆风顺，至东方拂晓，船已到达南塘湾。上得岸后，四人以小跑的速度，直奔董府，倒使董成追得上气勿接下气。

可是董府尚未开门，董成边敲门边喊叫："老张，快快快开门，四位姑爷到来了。"

门卫老张听说姑爷到来，急忙打开大门，笑容满面地请说："姑爷好！请请请！请进请进！"。

不等四位姑爷走进门来，董成跑步进去报告了董员外。董员外闻说女婿来，慌忙出来迎接说："非常高兴看到我的女婿到来！但外面风声甚紧的，我再三嘱咐董成，勿可将姑爷带来。结果四个姑爷全都来了！"

国珍、国瑛、金海、金松见到岳父，立马双膝跪地说："岳父大人吉祥，请受小婿一拜！"

"起来起来！都是自己人，行什么礼！进去，进屋里去，进去喝口热水。"董卿将四个女婿带进客堂。家人听说姑爷到来，送茶的送茶，做点心的做点心。真是贵客光临。

国珍、国瑛、金海、金松都不见娘子，忙问："桂芳、桂香、娇蓉、娇荷和孩子们呢？"

"她们都在仰天湖，在圣水寺守灵。"董志强走来接着说，"欢迎欢迎，欢迎妹夫光临。"此时大家立起，热情地抱拳问好。董员外说："志强，把妹夫送圣水寺去，他们急着去吊丧！"

由志强陪同，五条好汉，二十里路，半个时辰便到。寺院虽然不大，但也整洁雅致。此时十八个女僧人，加上桂芳、桂香、娇蓉、娇荷她们正在做佛事——拜地藏经、梁王经、颂三昧水忏。计划做七日道场，已经拜了六日，今天是最后一日。

国珍他们来得真好，正需要孝子捧香炉，国珍、国瑛泪如雨下地跪拜，金海、金松、志强也同时膝盖跪地，人人悲痛万分。国珍因途中劳累，加上一夜未睡好。他即兴发挥，临时做了短文表示祭祷：

炎炎酷暑，历历寒风，凄凄苦雨，惨惨秋霜。不观月晕暗色，只见天日无光。

双双鹤鸽，泣泣依依，一洲芦叶，两两悲伤。哀鸣沙矶头渚，倦宿贩荷汀江。

萧萧瑟瑟，簇簇斯斯，疏疏弱柳，荷叶殛怆。离人点染波泪，怨妇蹙颦眉决。

淡月寒星，长长夜景；凉风冷露，九九寒殃。凄风苦雨百恨；秋露雪地荒凉。

悲哉痛哉，呜呼哀哉！母亲谢世，割我肝肠。……

下午申时，最后放了一堂"焰口"、打了一堂"蒙山"。国珍等手捧清香，送出三门。这时水镜师太宣告道场圆满。

道场圆满后，就是老太太的灵柩安放事项，根据老太太临终嘱咐，暂时存放在圣水寺后山腰，请工匠做了个"明坟"。所谓"明坟"，就是在地上做了个貌似小屋的坟墓。灵柩不落土，便于下次迁徙。

桂芳、桂香、小翠、小荷自从洋屿匆匆别离，时间过去将近两年，这两年，对青春少妇来说，多么漫长的时间！一笔难写各人的相思之苦，只得从桂芳说起：

董桂芳难舍难分地与国珍分别后，同妹妹们来到南塘湾，虽然原是自己的家，但远离夫郎，是多么的难受、多么的痛苦！她朝思暮想、想得夜不入眠。加上身怀六甲，多么希望丈夫在自己身边，常常半夜起床，挑灯研墨，作诗写曲，抒发相思之情。

更使她痛苦的是十月怀胎，肚子里的孩子一天天大起来，在即将分娩的时刻，多么希望心爱的夫郎在自己身边，关爱她、怜悯她、抚慰她，日日夜夜希望爱夫立刻出现在她的身边！当分娩肚子痛得十分难受时，声声口口叫"啊哟！珍哥哟!"

当孩子学习讲话时，第一句喊的是"爸爸"，可是却见不到爸爸！多么渴望！多么惦念！

今夜国珍来到身边，桂芳顾不到孩子需要父爱，自己一下子扑进夫婿的胸怀，泣不成声地说："我好想好想你，恨不得咬你几口肉，把我想得似痴如狂!"

国珍也紧紧搂起桂芳，情不自禁地说："我也一样，想得如痴似醉。"说着把她抱到床上。

国瑛、金海、金松也是一样，受到夫人热情相拥，尤其是小荷，见到金松，更是了不得，她热烈奔放，紧紧地抱住夫郎，使劲地接吻，吻得上气接不得下气。

真是"久别胜新婚"。

不说小夫妻久别重逢，却说元军自从松门一战失利，使元军在东南沿海遭受一次重大挫折。因而加强戒备。前几天，有十多个官兵来到董府——"查户口"，幸好桂芳她们到圣水寺去了，否则有可能出大麻烦！从此之后，风声一天紧如一天，董府门前好像有人盯梢了，连董员外本人也在他们的监视之中。

董员外考虑女婿们的安全，本来乘他们去仰天湖的空间，由董成为主组织府中人员，偷偷将家中值钱的东西，基本都搬到船上。准备他们连夜回去。但又考虑四女婿难得来此一宿，是求之不得的事，况且女儿也想与夫婿团聚！所以不好意思催客人走。可是他却为此提心吊胆！

"北斗西斜月三更，猛听东门犬狂吠。"怕是元军前来抓人，但又考虑四个女儿与夫婿正在欢娱时刻，不想惊动他们。只吩咐门卫他们提高警惕！

不一会儿，听见脚步声骤增，不对，肯定是官兵来了。董员外不得不催醒女儿女婿他们说："快起来，官兵抓你们来了！"

"良宵苦短月三更""此时真是甜蜜时"。国珍、国瑛、金海、金松他们刚刚睡去，猛然闻得起床之惊呼，便知一场战斗将开始。各人抽出朴刀，以刀相迎。果然不出所料，官兵敲门叫喊："开门开门！"

"半夜三更的，叫什么叫，真烦人。不开、不开！"门卫说。

"我们是官兵！是来查户口的，不开也得开。"

国珍他们听得明白，一边请门卫打开大门，自己脚一跃，飞过高墙，跳出董府墙头，站在树林丫杈间，居高临下，细看官兵虚实。

的确来了官兵三十余人，但不知来自何方。南塘湾不属黄岩州，而属温州路永嘉县，是玉环千户所。且看他们来此作甚？门卫客气地问："长官，长官来此有何公干？"

"是查户口的，听说今夜有外人住宿贵府？"当官的说。

"别无外人，都是自家人，是董府眷属。"门卫说。

"不要多说，进去搜查便知！"这个当官的一声令下，三十多人一齐涌进董府。他们搜了各个角落，最后搜到女眷房间，虽然并无男人，却发现男人用品——衣服。他们发现新大陆似的惊讶地说："是方国珍！真的是方国珍，这就是他的婆娘，带走！"

这样，四个房间同时发现留下男人衣着。他们认为好事来了，这是立功受赏的好机会，个个气势汹汹地来抓女眷。一时吓得桂芳她们战战兢兢。

唯董桂香有不错的武功，但一直是藏而不露，今天找上门来，逼得她不得不还手了。

桂香的房间闯进五个兵士，他们见是一个女子，上穿一件粉红紧身衫，下系一条桃红贴身短裤，脚着一双大红绣花鞋。这正是：

> 青丝妙发髻盘龙，目秀眉清唇舌红。
>
> 两颗冰球峰耸立，销魂落魄懂懵懵。

一人面对五个，桂香毫不犹豫地颠了颠手说："来吧！谁先上。"被桂香的美貌惊呆的蒙兵，他们毫无斗志，销魂落魄地丢刀弃棍，妄图贪点便宜。其小头目一话未说地上来想抱住她。她左手一把抓住他的胸脯，再轻轻一推，这个贼头贼脑的小头目"啪"的一声，倒地了；桂香一脚踩着他的胸口，紧接着一手一个，左右两手抓来一双压在他的肚皮上，这样三人叠幛在一起，还有两人，桂香飞上两腿，他们也跟跄倒地。

方国珍他们再也忍耐不住了，说声"下！"，四人同时飞下树来，冲进府里，各人各奔自己房间，拯救自己的娘子。

就说是方国珍看见两个官兵各拉桂芳的一只手，另有一人在后推，正当把她拉到房外，方国珍以一当十，一脚踢一个、两脚踢一双，三拳两脚，打得官兵人仰马翻。一人当关万人莫入，他立在房门外高喊说："我方国珍在此，谁敢进来半步，就给你粉身碎骨！"

其中有一个蒙人，年约四十，看来是个行户出身，确有两下子三脚猫功夫，他操起不生不熟的本地方言说："他妈的，你这个反贼！胆敢反抗朝廷，该当何罪！"

"来吧！你这个贼种，跑到这里来横行霸道，敢动我半根毫毛，非宰了你不可！"国珍说。

说着这毛人先来个"五雷霹雳刀"，此刀力压千钧，若抵挡不住，就会身分两片。他劈头盖脸地向国珍砍来，国珍一闪身，还他个"四海震裂刀"，此刀气壮河山。他一刀挡去，"啪"的一声，刀锋相逢，火花四溅，溅得屋内"如雷电闪烁，似流星耀眼"。吓得董桂芳心惊肉跳，急忙关掉房门。这个达努，横跨一步，再来拦腰斜削一刀，这叫作"勾魂摄魄刀"，如无功法，便被拦腰折断，瞬间成两截。国珍眼明手快，还他个"驱魄撕裂刀"，他一刀挡去，雷霆万钧之力，立即响声如雷。达努看两招落空，咬牙切齿地再试一招，他采用"酷毙宰尸刀"，此刀专取头颅，他用旋转方程式，直取颈项，刀转动、头颅落。可是方国珍还他个"残虐魔爪刀"这刀法就是魔鬼缠绕术，不但抵住"酷毙宰尸刀"，还把它缠绕得刀飞人仰。

这个毛贼——达努他栽倒在地，国珍没去杀他，让他起来。可是他看没了刀，就赤手空拳来与国珍斗。国珍也弃了刀，来个拳对拳。双方摆起架势，蒙古人只会摔跤，不会拳术，他来个猛虎扑山，直冲过来，国珍退下三步、最顺手牵住助他冲力，结果头碰墙壁。碰得他嘴破、牙脱、口喷血。

这个毛贼真不自量，也许是其游牧民族的顽强精神，揩擦了口中的血，再来个冲头功，他使出平生之力，咬紧牙关，向国珍直冲，国珍稍一闪身，正好冲在柱子上。"砰"的一声，这个达努便倒地了。

国瑛他们也是一样，同样遇到类似的情况，但元军都被击退了，夺回了娘子。可是官兵还没休兵，还在董府滋事。

国珍、国瑛、金海、金松都面临呵护贤妻和击退敌人的双重任务。因为冲出去打击官兵，只怕娘子受惊。就说董桂芳她受惊后，只是搂住夫婿，不让他出去，祈求夫君的保护！

正在这时，传来董员外被抓走的消息和门卫老张被杀的恶讯，桂芳姐妹她们随即放开丈夫说："快去，把爹救回来，快快！"

国珍他们四人赶到时，见董志强、董成他们正在与官兵撕打，国珍喊了声"上"，他们四人，如出山猛虎、似进谷雄狮。不问三七二十一，冲入核心，一拳一腿、三拳两脚，打得官兵叫苦不迭，很快救回董员外。

官兵看情况不妙，说声"撤！"回头便跑。国珍威吓说："你们不能跑，也跑不了。"但他们还乱跑。董府只有前后两条路，国珍、金松站东大路，国瑛、金海立西后门，这真是四人当关、万夫莫逃。

先说方国珍、李金松，他俩手捏钢刀，怒目而视，挡住了去路说："你们一个也跑不了，快快束手就擒，否则格杀勿论！"此时，当兵的都呆若木鸡，不敢轻易妄动。

可是刚才倒地的达努，还不甘心失败，认为只有两人挡路，妄图逃出围困。他的跳跃功确实不错，一个筋斗翻过数丈远，看他一翻飞到国珍、金松身边。国珍看得明白，随着也飞了过去，趁其将要落地时刻，给他一腿脚。达努扑倒了，国珍上前抓住他的头发说："今天本想不杀人，所以想放你们一把，谁知你胆敢杀死门卫张伯，对不起，必须偿还一命！"

说着轻轻一刀转去，这个达努就头颅落地了，此时血喷如泉，吓得官兵七跪八拜，求饶保命。国珍问说："你们是在何路当兵？是谁叫你们来抓我们的？"

这些当兵也搞不清楚是怎么回事？其实是，南塘湾不属黄岩州，应归乐清县，乐清县多次收到台州路的公函，说"黄岩反贼方国珍，盘踞沿海岛屿，与朝廷为敌，妄图推翻大元朝。其妻小均在南塘湾。望贵县配合，捉拿方国珍等反贼！"

近日，又接台州路公函说："反贼方国珍，气焰十分嚣张，近日袭击松门千户所，抢去粮食八万余斤，虏掠官兵二百余人，各种船只三十三艘，还抢了兵器仓库。据说其妻小现在贵处南塘湾，在董府——董卿家中。请多加防备！"

乐清县方面不知方国珍是什么样人，误以为是一群海盗，松门千户所都是"饭桶"，连"土匪"也对付不了。

就在昨天晚上，在南塘湾发现一条官船，查无官员，疑是海盗所窃的，就这样，他们断定是方国珍来南塘了。他们探得"海匪"只有四人，料定是董卿的四个女婿了。当时乐清统制出差温州。副统领达努自以为功夫不错，但无用武之地，今天以副代正，是理所当然的了。这个达努来不及与台州军方联系，就迫不及待地确定连夜行动。

听完了他们的叙述后，方国珍命令他们"放下武器，一个不杀。但必须把董府的东西统统地搬上船。待搬运结束，一律放还！如有负隅顽抗、格杀勿论！"

官兵成了囚犯、成为劳役。四个姑爷成了狱官，指挥他们搬这运那，使他们忙得满头大汗。至中午，基本搬运完毕，方国珍叫董府厨房做好午餐。这群官兵没有吃早饭，个个饥肠辘辘。他们人人狼吞虎咽，国珍他们携妻小及董府员工，早已开船了。待他们饭饱后，再到码头一看，此船扬着风帆，乘风破浪地向东、向大陈洋方向徐徐前进！

方国珍他们装扮成商船，多艘商船刚刚从漩门港湾驶出，漩门湾南岸就是玉环岛，当时玉环与楚门相隔，是一个孤岛与乐清湾之间，面积最大的岛。虽然居民不多，全岛只有一二千户人家。

玉环离松门很近，离龙门更近。又是台州与温州接壤的三角地带。因为独特的地理环境，由于最近松门千户所全军覆没，为此特设玉环千户所。千户是上司委派的，同时也派来几十名官兵，其目的是加强沿海防备，防止玉环、洞头两岛落入方国珍之手。

因为松门一战振动元廷，此时是元至正二年（1342，壬午），元惠帝孛儿只斤妥懽帖睦尔，接到台州曾住的急告。报说"黄岩州松门千户所，为海盗方国珍所窃，……两百余官兵几乎全军覆没"，元顺帝即刻龙颜大怒，第二天早朝，大学士在孛儿只斤勒只达启奏台州路黄岩松门事件。顺帝令大学士拟檄文，檄讨方国珍，要兵部派兵惩剿。

可是兵部奏说："湖北陈友谅、江苏张士诚纷纷起来造反，加上连年灾荒而带来粮饷短缺、而盗贼四起造成兵员不足。因而难以调兵遣将。只令江浙行省自行处置。江浙行省面临张士诚的严重挑战，提出舍小岛、舍大陈，保玉环、保洞头的战略部署。"

以上两岛的任务落在温州路身上，温州路决定叫玉环千户所，从乐清各地抽调兵力。

新调入的玉环千户是浙西金华人，姓杨名富，习过武练过功，他就在南塘湾千户达努下面任白溪百户。刚在前天被升迁为玉环千户所。"新官上任三把火"，上任的第一天，接上司紧急公文：

"台州海盗方国珍等四人，今天潜入南塘湾，已经在董卿府中。今晚达努率三十余人前去擒贼，贵处必须紧密配合，严加布防，防止漏网之鱼在玉环逃走。如若活捉方国珍，定将重重有赏！若失职造成其逃脱，要严加追责。"

这个杨富年轻气盛，认为自己"好运多多，前天升千户，今天又送来立功受奖的好机会。手下有船五艘，兵士三十，三十对四人，足足有余，一旦被我擒拿，立了头功，有可能从此飞黄腾达！"因而昨天半夜子时接到指令，他就在丑时部署行动。做好布控，并要求兵士们时刻保持高度戒备，聚精会神盯住海上动静，严防海盗在玉环溜走。

可是等呀等，一直等到将近中午，还未见从南塘湾方向有船只。这么多人连早饭都未吃，一个个肚饥口渴、呵欠连连，看上去人人精疲力竭的样子。

却说方国珍他们的三艘船，顺着西南风，冉冉向东而来。桂芳等四姐妹同坐一船，她们心情舒畅，精神愉快，喜笑颜开。桂香突然想到今天是七月七日，正巧是七夕节，不觉口念七绝一首：

牛郎今夜渡银河，织女相迎笑乐呵。

只恨清规严戒律，一年一度奈如何？

桂芳接下也想露一手，岂料忽见前面有官兵阻挡，不觉大吃一惊！

却说玉环千户杨富，看见南塘湾那边三艘运输船徐徐而来，他兴奋不已地说："来啦，来啦！海盗来了，我们立功的机会来了！大家一起上，捉拿方国珍。"

说着方国珍立在船头，见五条兵船挡住去路，猜定是玉环的兵。国珍想，怎么有这么多船和兵？切莫慌张，其奈我何？

这时杨富站立船头高喊说："吾乃玉环千户杨富，奉上司之命，过往船只必须经过检查，否则一律拘留！"

方国珍也站立船头，拱了拱手说："千户大人请！我们是从南塘湾驶出的，与你们无关，你们不要多管闲事。况且船中坐的是妻儿老小，载的是衣裳服饰，没有军火兵器，更无禁运毒品。请方便方便！"

"不可不可！"这个千户头摇得如拨浪鼓似的，凶相毕露地说："必须逐人逐项地检查。"

"那也可以，先从我这艘船开始，从我身上着手！"国珍慷慨地说。

"好嘞！"一声，杨千户挥了两下手，有六七个兵士跟着杨千户一起上了国珍这艘船。这艘船只有国珍、金海两人，其装载的全是箱箱笼笼。可是这个杨富却说："这不是商船，而是什么地方打劫来的贼船，全是家庭用品之类的东西，肯定是抢劫来的。带走！人和船统统地带走，带岛上去！"

国珍与金海使个眼色，两人一齐动手，一手一个如抛稻草人一般，一下子四个兵士全落水了，被抛入滚滚的大海里，李金海再擒拿两人，两个吓得叫"饶命"。而国珍紧抓住杨富的头，把刀搁在他的颈项说："你必须给我放行！否则你将与南塘湾达努一样，身首异处，把你的头抛到大海喂王八。"

杨富听说达努已经被方国珍杀害，好汉不吃眼前亏，保住性命要紧，于是战战兢兢地说："放行放行！统统地……统统地放……行！"

国珍挥手高呼："走，开船喽！"说后三船继续向大陈岛前进！

第二十回
陈兄弟偶遇贤淑女　童姐妹欣逢如意郎

巧扮新妆情意牵，娇人雅态意缠绵。
多情原是前缘续，艳丽丰姿恩爱眠。

走过高山才知平地、经过狂浪珍惜顺风。方国珍他们四人的这次南塘之行，可说是一次历险之行，凌晨的一场恶战，若无高超的武功，就有可能命归地府了；中午若无勇敢果断，有可能被擒玉环。越过风险便是平安，方国珍他们的三艘商船，顺风扬帆，只用约一个时辰，就到龙门岛了。

一到龙门岛，受到方国璋、王翠玉他们的迎接，迎接他们安全归来。

前些日子，翠玉与儿子方明善，娘儿俩一直住在琅玑山黄老伯家，黄家待他俩如同亲人，日子过得倒也惬意、自在。但她也天天想念着国璋，本想早来龙门，只因战事繁忙，且国璋他们立足未稳，加上主人好客而再三挽留，一住就一年过去了。

前几天，从大陈岛回黄琅的民工说："国璋的母亲去世了。"翠玉闻婆婆去世之噩耗后，悲痛万分，就急着来龙门，准备前去吊丧，可是来晚了一步，没有赶上！

翠玉与桂芳、桂香她们一别两年，如今妯娌相见，悲喜交集，她们要谈的话当然很多，从离别之苦至想念之情，由怀孕之喜到养子之乐。谈得津津有味，此时翠玉之子方明善走来说："妈妈！她们是谁？"

"好孩子！是婶娘！也可称婶婶。懂吗？"玉姑说。

"我懂，婶婶好！还有个弟弟叫什么名字？"明善说。

二岁的方礼正学会走路，同时也在叽叽喳喳在学讲话，桂芳牵着明善的手说："小弟弟名叫方礼。"说后又牵住方礼的手说，"礼，过来，与哥哥握握手。"

桂芳离开洋屿时，她已经怀孕了，于次年三月分娩，产下了这个小方礼。方礼活发可爱，聪明伶俐，且生得白白胖胖，真叫人喜欢！

闻说方将军夫人到来，彩珠、白牡丹等岛上女眷们前来迎接，她们看到桂芳、桂香和娇蓉、娇荷她们艳丽无比，人人赞叹不已。众人相见，不免互相客气一番。

只因为龙门一时无有床位，不便安排桂芳她们的住宿。决定队伍移师大陈岛。确定由胡老伯、胡永潮、郭山叔、郭小明等主持龙门，维护岛上安全事务。积谷山由丁光土带二十余人留守。其余人马一起赴大陈。

如今的大陈，今非昔比，面貌焕然一新，崭新的营房、整洁的客堂、密封的粮仓、宽畅的厨房。

这么宏大的工程，就是花三年也未必建好。可是短短几个月，便胜利竣工，这全赖空空道长的神通广大。

国珍、国璋、金海、金松、仲达他们，率领五十余船，二百六十余兵士，顺风顺水，在天黑之前便到了上大陈岛，到了大岙里码头。

上大陈军民，闻说积谷山、龙门岛的将士移师到此，更为引人注目的方将军等五位夫人同时的到来，无疑给岛上增添欢乐气氛，人们争先恐后地前来欢迎。

欢迎场面非常隆重且十分热烈。先说空空道长，头戴道冠、手拿法器,身背三尺龙泉剑,腰系一个宝葫芦,他率国珉、叔达等七百八十余人,立在码头,鼓掌欢迎。此时,众人高呼:"热烈欢迎积谷山、龙门岛弟兄胜利会合!热烈欢迎董员外光临!"口号声惊天动地,响彻东海。

首先由方国珍、方国瑛、李金海、李金松四人扶董员外上岸,空空道长亲自前来挽着董卿的肩膀说:"久仰、久仰,热烈仰望董员外光临兵营!"

随后二百七十二兵士也陆续上来,新老会合,千人队伍浩浩荡荡地向新兵营走去。走不多远,便是上大陈大岙里兵营,一排排崭新的营房,错落有致地屹立在岛上。人民不得不感叹这是个奇迹。可以说把人人都惊呆了。要住一千人的营房,按照十人一间,需一百多间营房。千人吃饭,需要十间厨房二十间餐厅,更为重要的是,还要做千张眠床和百张桌子。

更加舒心的是还建有将军楼,有单一宿舍,今晚翠玉与国璋、桂芳与国珍、国瑛与桂香、金海与小翠、金松与小荷,五对夫妻,享受最温馨的一夜。

住在将军楼的除方国珉外,还有陈仲达、陈叔达兄弟俩。他俩年纪不少了,仲达二十九、叔达二十七,已经是大男人了,至今尚未成家。眼看方家三兄弟和李家两兄弟,都已经有妻子了,唯有陈家兄弟俩还是光棍两条。思想起来就是睡不着觉。

在全军放假三天的第二天,分三批先后去下大陈观看美不胜收的东海风光。国璋、国珍、国瑛、金海、金松他们成双作对,散步在沙滩码头或购物于商场店铺。玩得开心愉快。

仲达、叔达不看风光看街景,他俩走到下大陈,看到一间小店中有两个姑娘,生得倒也几分美貌。大陈岛,店小顾客稀,她俩见到仲达、叔达,立即站起来笑脸相迎说:"先生请!欢迎先生光顾小店。请问想买点什么?"

"买什么?我自己也说不清,只是看看而已!"仲达说。

"先看看,有什么中意的买点去。"小女子说。

"你说说,我俩应买些什么好?说实话,几年来是第一次逛街上商店,更不知买些什么东西好!"叔达说。

"好,我给你参谋参谋,买条小手绢儿,回家送太太。"大姐说。

"我俩尚未择偶。"仲达说。

"噢!看你俩已经到了封妻荫子的时候了,谁知姻缘未出。对不起!"小妹说。

"冒昧请问,两位贵客是何方人氏?看来是非大陈本岛人。"大姐仔仔细细打量他俩一番后说,"上下大陈没几个男人,他们个个都认识。"

"大姐说得不错，我俩是路桥人，你俩去过路桥吗？"叔达说。

"从未去过。你们什么时候去，把我俩带去，看看路桥风光。"大姐下意识地说。

"可以可以！不过最近去不了，何时能去很难说。"仲达感叹地说。

"两位是东海水师来的吧？看样子是当长官的。"

"眼睛倒蛮犀利的，说对了，我们是当兵的。"叔达说。

"请问长官大号？有便到你营房找你，有事也可请长官关照。"小妹说。

"小姐真会说话，我俩是兄弟，姓陈，就是大陈的陈。我叫陈仲达，吾弟唤陈叔达。"

"我们也是姐妹俩，童姓，是儿童的童，姐姐名叫童婵，我叫童娟。"小妹说。

"好好，多好听的名字，挺秀气的。"仲达下意识地赞美说。

"谢谢赞赏，听了很高兴。我有时想将婵改为蝉，认为自己没有那么漂亮，只是树上的知了罢了。"大姐说。

"姐妹俩的确漂亮，真是'名副其实'。"叔达说。

姐妹俩听到他俩的赞美，心里甜滋滋的。也许岛上男儿太少的原因，看到如此英俊潇洒的男儿，随即产生爱慕之心，进而发展为爱恋之意。于是半开玩笑半认真地说："你们招收女兵吗？我想跟随你们当女兵。"

"女的当兵太少了，部队需要女兵，你俩真若愿意当兵，肯定接收。"仲达说。

"你说话算数，不会骗我俩？"大姐、小妹俩异口同声地说。

"大男人说话当然算数，你俩来当兵，但要你父母同意，否则说我们把你们骗来的。"陈仲达已经动感情地说。

这时，方国珉等路过小店，见仲达、叔达在与女店员说话，便招呼说："时间不早了，一起回去吧？"

仲达、叔达看看天色不早了，他俩依依难舍地离开小店，但也几经回首后，才与国珉他们回转兵营。

"一石激起千重浪"，两人泛起万里云。童氏姐妹目送他两走后，胸中风云激荡，心潮澎湃。等到日落黄昏，母亲从海门搭船回来，采购进来一批急需的商品。女儿当然帮助母亲搬运物品，还主动地给母亲递汤送饭，表现得尤为热情。母亲吃饭时，两个女儿一左一右，坐在母亲身边。还是小妹问说："娘，海门那边有什么新消息吗？"

"有有！一路上讲的全是大陈岛的新闻，说方国珍如何如何的神，说昨天又来了好几百人，说他们真神：人们夸奖他们'纪律严明、决不扰民'。现在大陈岛驻有官兵千余人，我们的生意也会好起来的。"

"娘，我们看到当兵的了。"小妹说。

"他们没欺侮你们?"娘问。

"他们可好啦，平易近人、和蔼可亲、品貌端庄。"大姐说。

"好呀！找个当兵的女婿，比天天陪老娘强!"娘开玩笑说。

接着姐妹俩将今天两官兵来店闲聊的情况，做了如实的回报。母亲听后问说："他俩是姓陈的！是大陈的陈!"

"是是，对对！没有错，兄弟俩是路桥人。"大姐说。

"好好，姻缘出了，我的好女儿，夫婿终于来了!"母亲激动地说。

"这话怎么讲？请母亲说具体点。"姐妹俩异口同声地说。

"上个月，我在船上，见一道人在替人算命，他们都说他算得准。我也给你俩的命算算看。他说你俩'命福不错，吃用勿愁；就在下月，喜结鸾俦!'他说这个月女婿会找上门来的，果真如此。"母亲心花怒放地说。

"真有此事？真有此福分！谢天谢地!"大女儿欣喜地说。

"还有还有，他还说，姻缘出在姓陈的，就是要嫁给陈姓的夫婿才对。今天正真遇着陈姓男儿!"母亲说。

"哪有这等奇事，哪来这位神仙般的先生!"小女儿说。

"还有，道士先生还写有诗一首。"母亲接着从抽屉里拿出纸条，见他写着：

> 下月姻缘出，夫郎本姓陈。
> 祖先应许诺，婚配有前因。

正好应验了这句话，看来是天赐良缘！母女仨沉浸在欣喜、幸福之中。尤其是大姐，辗转反侧、夜不入眠。天刚蒙蒙亮就起床，唤醒妹妹，两人好好地打扮一番，尽量把自己打扮得漂亮些。

为此，也花了好一番心思和工夫，梳什么发型、着什么衣服、穿何样鞋子等，都做了精心筛选。做到"娇艳而不俗气、大方而有风姿"。

经过一番打扮后，姐妹俩前来请母亲评判。母亲笑说："这样才差勿多，'佛要金装、人要衣装'。七分人貌，三分打扮，这叫完美无缺，漂亮极了。"

"谢谢母亲夸奖。我俩现在就走，到上大陈去。"童婵说。

童婵，今年十九，童娟十七，正是含苞欲放的花朵，透发出阵阵芳香。

仲达，二十九，叔达二十七，正当风华正茂的英杰，萌发起勃勃生机。

下大陈至上大陈，仅五里路程，很快便到达，上得岸后，便向大岙里走去。走不多路，见两位道长笑逐颜开地说："久仰久仰！很高兴二位小姐光临!"

她俩感觉好生奇怪,怎么这道士都知道?莫非仲达、叔达已经请他来迎接。于是大姐问说:"道长劳驾,谢谢二位道长迎接!仲达、叔达他俩可有事?"

"他俩在等着你们呢,在将军楼,快去。"空空道长说。

她俩大陈生大陈长,对上下大陈岛的山山水水了如指掌。可是不识将军楼这个名称,走不几步,"将军楼"三字闪闪发光,心中豁然开朗,明白他俩是将军!

此时桂芳牵着儿子方礼,在台阶散步,看见两位靓丽姑娘走来,便笑逐颜开地说:"两位姑娘找谁?"

桂芳的美貌、气质惊呆了她俩,童婵行鞠躬礼说:"夫人请,小女子来找陈仲达哥弟俩。"

"请进请进!请在客厅少坐。"桂芳吩咐南塘湾带来的保姆说,"你去请两位陈将军出来,有客求见。"

谁知他俩正在等待着她们,两位童小姐刚一坐下,仲达、叔达便进来,他们礼貌地客气一番后,两位军师也来了,紧接着翠玉、桂香、小蓉、小荷等女眷都到了,把客堂挤得满满的。

这么多人坐在一堂,也可说是第一次,一派喜气洋溢的氛围。还是空空道长先说:"很高兴见到两位童姑娘,这真是'踏破铁鞋无觅处',我在台州寻找十年,就是没找到,最近偶然性地发现就在大陈本岛。真所谓'得来全不费工夫'。"

道长说得"神乎其神、玄乎其玄",众人听得目瞪口呆,不知这两位姑娘是何方神圣,如此费十年工夫才找到她俩。她俩到底有何来历,大家静下来洗耳恭听。

道长接着说:"要问这两位姑娘的来历,说来有个离奇,且悲喜交集、惊心动魄的故事:

"《水浒全传》说李俊、童威、童猛等,乘新打造的帆船,计划到暹罗国去的。本书前面说到此船航行至大陈洋,第三次遇到狂风暴雨,大船掀翻,滚江龙李俊漂流到洋屿滩涂,被人救起,在洋屿生根发展,这就是李金海、李金松、李金有、李金富他们的先祖。"

大家听了空空道长如此说来,不难看出,这两位小姐便是童威、童猛的什么人了。

道长接着说:"当时童氏兄弟俩被狂风吹入大海,凭着自己的水上功夫,随波逐流,在大海漂浮,终于捞到了一根救命稻草——木桨。兄弟俩依附木浆，在大海漂流三日三夜，虽然三天不吃不困，尽管精疲力竭，但凭着顽强意志，终于漂到大陈岛。"

"此时岛上居民很少，也就在下大陈，有一渔娘养有两个女儿，年龄相仿，尚未出阁。渔翁在出海时，被风暴掀翻，就这样命葬大海。"

"童威、童猛入赘王家，大姐嫁童威，生下孩子改姓王，小妹嫁童猛，生下孩子本姓童，你俩便是童猛的第十代玄玄玄孙女。"

"童家与陈家有什么瓜葛呢？就在围剿方腊残部时，在金华楠溪江，李俊、童威、童猛的水军追赶上，两军对峙。李俊和童氏兄弟看见对方两男六女，其中一女还身怀六甲，顿生怜悯之心，放她们一马。就是这一放，结下阴德，因果相报，才会有这感人肺腑的结果、有今天的美满姻缘。"

桂芳问说："如此说来，陈仲达、陈叔达莫非是陈春之后、陈王妃之侄亲？"

"没错，真是这样。这叫作'千里姻缘一线牵''十世修来渡共船'，才算'珠联璧合''美满良缘'。"

"你董家也是一样，你们祖上是保护陈王妃的驸马爷董秋。董秋忠于职守，始终不渝地保护方家、保护陈王妃，使方腊门脉得以传承发展，董家立有汗马功劳。同时方家也有恩于董家，陈王妃将亲妹妹嫁给董秋，当时六个女人中，其中一是王妃的妹妹，还有一位是国舅陈春的夫人。所以说前世姻缘。"道长说。

听完道长的介绍，大家激动非常，人人欣喜若狂地致以热烈的掌声。对于仲达与童婵、叔达与童娟的给合，感到由衷高兴，表示最热烈的祝贺！

道长对他们的给合高度重视，他兴味盎然地说："我和子善兄给男方作媒，翠玉、桂芳、桂香为女方作伐！仲达、叔达、童婵、童娟可同意？"

"同意！同意！同意！同意！"四人异口同声，且声音朗爽、洪亮地回答。

童婵、童娟姐妹俩，昨夜还是朦朦胧胧地想着意中人，今天来是想投石问路，没想到这么快就找到如意夫郎，即将住进将军楼，成为将军夫人，多么地幸福！但不知何时拜堂成婚？盼望道长作出明确时间，好去准备嫁妆。

谁知道长比他们还心急，他兴致勃勃地提出说："大男大女的，应当早定婚期，就定后天！后天是中秋佳节，是好日子，良机莫失。"

"我俩还未与母亲说，不知母亲是否允许这门亲事。"童婵心中乐呵呵说。

"还有嫁妆未备,嫁衣未做。"童小妹甜滋滋地说。

"等会儿你母亲就来了。"果然不出道长所说,忽见路上一位中年妇女,穿着得体地向将军楼走来。童家姐妹欣喜若狂地说:"我娘来了、母亲真的来了!"

翠玉、桂芳、桂香、娇蓉、娇荷等女眷一齐出来迎接。翠玉、桂芳俩一左一右地挽着大妈的肩,热情洋溢地迎进客堂。

大家看去,大妈中等身材,年约四十开外,头梳盘龙蓬松髻,耳戴凤尾珍珠环,身穿墨绿大襟袄、下着石青衬边裤,脚下士林蓝绣花鞋。她喜不自禁地向大伙行鞠躬礼说:"各位将军请!众位太太、夫人请!老身我多有打扰,万望诸位见谅!"

大家一听,才知大妈知书达理之人,于是翠玉说:"贵客光临,给将军楼增光添色,将军楼迎来第一位贵客。"

"岂敢岂敢,哪称得上贵客,民妇有幸拜谒诸位,这是我的福分。"童大妈谦虚说。

"今天我和桂芳她们一起,为童婵、童娟姑娘作媒,想讨杯酒喝。"翠玉开门见山地说。

"好好,很好!男大当婚女大当嫁,不知夫婿是谁?家境如何?"童妈着意地问。

"他俩就是陈仲达、陈叔达将军,也是兄弟俩。上月在船上给你女儿算过命了,就是这两个姓陈的。"道长指着他俩说。

"道长、将军、夫人、太太看得起我,看得起我两个小女,实在是童家的福祉,也是我女儿的福分。但不知小女意下如何?"

童大妈这样一说。陈仲达牵着童婵的手、陈叔达挽着童娟的腰,走到大妈跟前,"砰"的一声,八只膝盖同时落地,四人异口同声地说:"请母亲恩准!"

见此情境,大妈乐呵呵地起身,牵起仲达、叔达的手说:"贤婿请起!贤婿请起!现在都是自己的人了,不必客气,何必举礼!请坐请坐!"

"我们给你选的女婿不错吧?大妈可满意?"道长说。

"满意满意,非常地满意!这要谢谢道长、谢谢方将军、谢谢夫人!"大妈说。

董桂芳笑逐颜开地说:"如今我们是自家的人了,请问何时请我们喝喜酒?"

童大妈喜上眉梢地说:"听从道长安排,由方大将军、太太、夫人作主。"

仲达、叔达、童婵、童娟当即表示："听从道长、方将军安排，由太太、夫人代我们作主。"

"都是大男大女的人了，办事必须从速，就定后天好了。"道长说。

"后天就后天，只不过嫁妆未备、嫁衣未做，怎么来得及？"童妈说。

"后天是大好日子！况且乘全军休假的大好时光，就定后天好了。"道长说。

"嫁衣请勿操心，我姐妹俩的箱子里，各有好几套簇新嫁衣，从未穿过。作为送嫁礼送给两位童家妹妹。"董桂芳说。

"还有如床上用品，如棉被，蚊帐、床单、枕头等，作为我的送嫁礼。"董桂香说。

"我也表表意思，送些金银首饰之类的东西，金耳环、银手镯各一双。"娇蓉说。

不等翠玉、娇荷表态送礼，童婵、童娟同时立起，向桂芳她们表示感谢说："谢谢！衷心感谢太太、夫人的关爱！"

"后天，童妈与童婵、童娟早点过来就是了，由我们给你化妆，胭脂香粉由我赠送。"翠玉握着童妈的手说。

空空道长、好了道人最后表示说："就定后天好了。婚礼地点放在兵营，全体官兵、两岛全部居民前来做客。婚礼由方国珍、方国璋、李金海、李金松主持。"

> 中秋明月照妖娆，琴瑟悠扬伴玉箫。
> 花烛洞房甜似蜜，夫妻恩爱度良宵。

今天是大陈山最热闹的日子，下大陈的童婵、童娟两姐妹出嫁，上大陈的陈仲达、陈叔达兄弟俩娶亲。照岛上规矩，不分上、下大陈，凡下大陈婚嫁，下大陈男女老小皆来吃喜酒，上大陈也是一样。今天东海水师方国珍将军的师兄——陈仲达、陈叔达俩成亲，决定在新兵营举办婚庆、大摆筵席。当时下大陈约百多人、上大陈八十余人，筵席全部放在兵营。加上兵营中官兵一千余人，合计约一千二百人。

下大陈的民众听到去上大陈喝喜酒，高兴得手舞足蹈。因为一是借此去看看新兵营，二是看看方国珍是何许样人，更要看看两个新郎的模样。

最高兴的要算是东海水师的全体官兵，他们到达大陈岛后，住的是新房子、吃的是活海鲜，上午操练、下午种菜、晚上睡觉。今天两位陈将军成亲，大家有喜酒喝，当然高兴，因而搬桌子、移凳子、洗碗筷、端盘子争先恐后、兴高采烈。

"洞房花烛小登科"。今天是中秋佳节，是陈仲达、陈叔达喜结良缘的大好日子。他俩虽未登科，却胜于登科。虽然是弄刀舞剑的大男人，但也显得几分拘谨。弟弟看哥哥，哥哥问弟弟，感到几分傻气。这时翠玉、桂芳她们走来问说："伯伯俩今天做新郎，我们为你做的什么？需要哪些儿帮助？"

"我俩正在窘呆着，什么都不懂，万望众位嫂嫂指点指点。"仲达说。

"大伯挺谦虚的，还要我们教不成！哪些儿不懂，尽管说好了。"娇荷半开玩笑说。

"人家忙得不亦乐乎，你俩还在发呆，快来，快来谢谢嫂嫂。"翠玉说。

"谢谢嫂嫂！请问，叫我俩去哪？"叔达说。

"跟我们来，你先来看看洞房，再看你和新娘的演戏的'戏台'搭好了没有。"娇蓉说。

她们把仲达、叔达带去看洞房。洞房就是原来住的隔壁，远远便见红纸对联写着：

> 青鸟报佳期仙娥下阙；
> 寒梅传芳信箫史登楼。

另一洞房间写着：

> 额上点芳梅翠黛新妆匀淑女；
> 枝头闹红杏缠绵春意满琼楼。

见洞房间窗联是：

> 菊绽东篱一道虹桥填鹊渡；
> 月明绣阁百年佳偶入洞房。

另间窗联是：

> 绣阁谈心晓曙偎肩犹昨夜；
> 添香攻读夜阑剪烛不知寒。

看了对联看房间，两个房间摆设相同，铺陈一样。暂不表箱箱笼笼，也难说坛坛罐罐，单表工艺考究的眠床、床上用品及摆设：

这两张工艺眠床实属罕见，也许很多人从未见过，它是红木油漆床，床宽七尺，号称半间床，意思是占去半个房间，又称双个盘洞三弯床。

对于这张床，一时很难说清它的精细做工和艺术价值，大家把目光放在床上用品上：一条六斤重的蚕丝被，其面是粉香缎龙凤被，绣有一龙一凤，一条五爪乾龙活龙活现，一只展翅凤凰栩栩生，且做工非常精细；一对西湖绿什锦缎绣花枕，鸳鸯成对同比翼、湖虾成双共遨游，还有显花缎床单，印度绸蚊帐。可说满眼是绫罗绸缎，使人眼花缭乱，可说看傻了眼。

仲达不解地问："嫂子，这些东西是哪来的，要很多银子吧？"

"这都是嫂子送的，都是崭新崭新的，连嫂子我也未仔细看过。"桂芳说。

"太谢谢各位嫂子了，不知何以报答！"叔达说。

"要谢我们的东西可多啦！"翠玉说着，从箱里拿出新郎衣说："这两套'新郎衣'是嫂子们连夜赶制出来的，式样是我母亲设计。"

"嫂子好！谢谢嫂子想得周到。"仲达说。

"不要谢，只要新郎、新娘高兴就好。"桂香说。

"快去快去，快去把头发也理理，理得漂亮些。"娇蓉、娇荷说。

走了新郎来了新娘，不一会儿母女仨笑逐颜开地来到将军楼。新娘的到来，翠玉的母亲——章云香领玉姑、桂芳、桂香为"毛面"过门的新娘化妆。按照当时惯例，必须打扮，着重是穿着，照当时当地习俗，穿戴十分巧究：

头戴凤冠，大陈一时难以找到，幸好桂芳、桂香俩用了留下一对；

身着凤冠霞帔，这是红绸缎绣凤凰的大褂。是皇后娘娘穿的服饰；

脚穿红绣鞋，这鞋也是大红缎面料，绣着彩凤展翅翱翔。

说也奇怪，这些衣裳服着，都是桂芳、桂香俩的，但给童家姐妹穿也很合身，好比事前经过量身定做的一般。经翠玉她们精心设计、认真筛选。当穿到童婵、童娟身上，感到十分恰当、非常得体，看上去如玉女下凡、天仙降临。

紧接着就是举行婚礼了。

下午申时许，两岛客人陆续到齐，全部集中在兵营广场，他们看了一排排簇新的营房和将军楼后，个个称说神奇、人人赞不绝口。正在这时，婚礼开始：

左边方国珍、方国璋、李金海、李金松、方国瑛、方国珉、董志强为伴郎；

右边由王翠玉、董桂芳、董桂香、董娇蓉、董娇荷为伴娘。

此时此刻，人们欢呼雀跃，欣喜若狂，看新娘娇艳似玉女下凡、瞧新郎潇洒如金童再世。人人都说天生对对，个个皆评地契双双。

看了新人看伴郎，伴郎他们身着将军服饰，庄严肃穆、雄伟威武。

最钦佩的要算几位伴娘，她们一个个气质不凡、风度若仙。众人赞叹不已。

一百多桌、一千多人聚集在一起喝酒，多么地热闹、多么地开心、多么地喜悦！最最高兴的莫过于新郎、新娘，这么多人聚集一起，来庆贺他们的婚庆。但也带来忙碌，千多人、百来桌，桌桌人人要求新郎、新娘敬酒。这是起码要求，也是义不容辞。

他们要求新郎、新娘敬酒的目的是，除了近距离地瞧瞧新娘的美貌、新郎的帅气外，更主要的是寻开心。

新郎、新娘采取先易后难的办法，就是先敬官兵后敬居民，由方国珍、方国璋等夫妇陪同，每到一桌全体起立，向新郎、新娘贺喜。约半个时辰，一百多桌的官兵在热烈掌声中结束。

接下轮到大陈岛上的居民了，他们当中不乏也有知书达理的有识之士，应当慎重应对。当敬到下大陈中老年男士这一桌时，他们提出要新娘作诗几首，并要求与中秋佳节有机结合。

新娘大姐童婵欣喜满怀地口占一首：

> 冰轮冉冉正升空，花好月圆欢乐中。
> 贵客盈门同贺喜，夫妻共敬酒三盅。

新娘话音一落，这位贵客也念了一首：

> 皓月当空景色和，大陈岛上两嫦娥。
> 吴刚送上桂花酒，同庆中秋共唱歌。

新娘小妹童娟也来一首：

> 乐见人人笑语温，中秋月色照乾坤。
> 东风玉浪波澜涌，欣喜今宵客满门。

大姐童婵喜气洋洋地再来一首：

> 婵娟呈瑞桂飘香，弦颂诗歌两岛扬。
> 万顷波涛翻碧浪，千林硕果映朝阳。
> 枝头凤鸟啼鸣韵，雅阁高人贺吉祥。
> 月到中秋分外烨，人逢喜庆兆隆昌。

新娘小妹童娟再续一首：

> 良辰喜酒饮中秋，玉树云天景色幽。
> 皓月高朋同会聚，东风瑞气乐悠悠。

"良宵苦短日高起，从此君皇不早朝。"良宵苦短，童婵与童娟十分相似，太阳老高了，她们还未起床。忽听窗外有人作词牌《满庭芳》一首：

细雨绵绵，飘蓬更漏，喜情似梦如烟。畅游巫峡，云雾罩蓝田，独棹孤舟小艇，悠悠洒，驶向天边。春风暖，黄花缀绣，花好月团圆。

良缘。人渴望，相逢不易，梦绕情牵。愿郎自遨游，玉露甘泉。巧遇中秋满月，人陶醉，碧水潺潺。江风静，日高未醒，嗔你夜无眠。

红日照窗前，童娟在朦朦胧胧中醒来，睁开双眼，见自己睡在叔达的胸怀里，自觉好笑，便随口念一诗：

窗前红日睡迟迟，正是新婚甜蜜时。

莫笑奴家贪懒睡，波澜激荡涨秋池。

却说童大妈早早起床，看女儿迟迟尚未起床，就去营房外转了一圈，看看官兵的操演，当看得入情入迷时，不知董员外走到了身后，她因离表演太近，战士们一退一冲，大妈急退几步，正好退进董卿的怀里，幸好他站稳些，险些儿两人撞倒在一起。董员外不知是有意或无意，也许是出于本能的关爱，情急之中，双手搂住了她；不知她一时心慌意乱，还是本能异性相吸，一时也呆站着。正在这时，董志强走来请父亲用餐，偶然看到这一情境。

此时董员外才意识到，胸前搂个女人，慌忙松开手，童妈红着脸走开了。志强也不在意它。

谁知"一石击起千重浪、两撞激出三分情"，童大妈今年四十有二，丈夫去世已经十年了。十年来，她含辛茹苦地支撑着这个家，一心一意地把两个女儿养大。因此把什么个人生活、青春幸福等，都抛到九霄云外。自从早上偶然一退，退进了董卿的怀里后，一种异彩纷呈的感觉涌上心头。心中激荡起云天雾海、激发起绵绵柔情。她的脑海里出现了一个男人，走起路来、干起活来、睡起觉来始终就有他，已经成为去之不了的了。

而董卿也和她一样，是从早上偶然一搂，搂起思潮起伏、心潮澎湃！其夫人去世五年了，心中虽然存有续妻之念，但无如意之人，因而淡却冷漠。自从搂了她一下后，感觉这个女人很是不错，认为她虽然徐娘半老，却是风韵犹存；她那白里透红的脸蛋、仍然光彩照人；她那笑容可掬的神情，可以看出纯洁、慈祥的品格。他爱上了她、他时刻想念她，且这种思念日深一日。

董员外是个明白人，虽然女儿已经出阁，外孙成群，但儿子志强已经二十五岁了，至今尚未找到媳妇。心中好不思虑！如若自己续妻，必须先娶儿媳。

说到董志强，应该到了封妻荫子的时候了，他见妹妹早已嫁夫生子、又见朋友们皆都娶妻成家，思想起来，略有几分焦躁。

正在这时，妹妹桂芳走来说："强哥，国珍他们正在商量，准备发兵攻打洞头、玉环等岛屿，未知哥哥肯去否？""去去，一定去，请妹夫带我去！"志强说。

未知志强有否去洞头，此去一战胜负如何？且听下回分解。

第二十一回
贤女婿洞头遇岳父　美男儿户所接千金

美丽洞头晓日红，辉煌战果得三丰。
志强喜遇称心女，贤婿茅篷岳父逢。

秋高气爽、山明水秀的大陈岛，在大岙里将军楼中，正在开军务会议。会议当然由方国珍主持。他说："我们在大陈山休整一个月了，再不能坐吃山空，等待官兵前来挨打。据有关情报，陆上官兵妄图对我们们围剿。你不打它，它必打你，面对这一情况，下阶段应如何行动？"

为此进行了较为热烈的讨论，讨论出现三种意见：一是打回大陆去，可以攻城夺地；二是向北，攻打舟山群岛；三是向南，攻打洞头群岛和玉环岛。最后由方将军、道长、军师定夺。

牟军师说："要打有把握的仗，要打胜利的仗。打大陆是迟早的事，暂时条件欠具备，可暂缓考虑；打舟山，我们力不从心，舟山列岛，素有岛国之称，现元兵驻有江南水师，也可说江南水师的大本营，战船数千，水师万余。我们区区千余人，等于以卵击石，暂时不可取。"

牟子善进一步分析说："我们采取先易后难的办法，在战斗中壮大自己力量，在战斗中成长自己。当前最理想的选择是按照方国珍将军的战略'防北进南'，南进就是打披山、玉环、洞头诸岛。"

不等军师讲完，国珍接着说："很好！军师之言正合吾意：洞头可说是战略要地，是必夺的宝岛，它是福建、岭南漕粮北运的必经之路，每年经过此处的漕粮达数十万担，占领洞头，等于占领水上交通要道，也就是此后我们何愁军粮不足！"

军师进一步说："占领洞头还有一层意思，防止舟山的江南水师袭击，如若江南水师袭来，我们可移师玉环、洞头，退步有路。"

"还有一层意思是扩大影响，为下一步登陆温州作些铺垫。"国珍说。

听了军师和将军的意见后，大家表示赞成，一致同意"北防南进"的战略。

战略已经确定，目标已经清楚，摆在面前是战术问题了。在具体战术上也有二两种不同意见；一种是采取先易后难，顺序前进战术，就是先打披山再打玉环，最后攻打洞头；另一种是先打洞头后打玉环，两种意见各执一词。

至于具体行动，也应由军师和方将军决定。军师说："战略战术是相互依赖互相依存的，虽然有明确的战略，但战术失误就会危及大局！"他思考一会儿接下说，"打仗要'出奇不备，贵在神速'。我以为先拿洞头为宜，具体由方将军部署。"

方国珍首先将洞头的情况做了介绍：

洞头地处浙南沿海，瓯江口外，是中等岛屿，它由 103 个岛屿组成，故有"百岛之主"之美称。总户口一千多户，近来设立了千户所，配有官兵百余。

洞头地理环境优越、资源丰富、人杰地灵。洞头气候宜人，冬暖夏凉；有石奇、滩佳、礁美、洞幽之特色，有"世外桃源"之称、"人间仙境"之说。也就是说，洞头是最适宜居住的地方。

洞头渔场是仅次于舟山渔场的浙江省第二大渔场，面积 4800 平方公里，常年洄游的鱼、虾、蟹类达 300 多种，10 米等线以内浅海 26.6 万亩，潮间带滩涂 10.16 万亩。洞头港是天然渔港，东沙港是海鲜锚地，鹿西港是东南海上最大的水产品市场。

方国珍介绍了洞头的概况后，接着说："因此说，洞头是兵家必争之地，争得洞头岛，割断漕运喉。"接下作如下命令：

方国璋为主将、统领。

李金海、李金松为副将、副统领。

李金有、李金富、徐鹏飞、丁光土为正校官。

配战船五十艘，水军四百人。四校官各领兵一百人。

正在这时，忽见董志强匆匆赶来说："方将军，董某我加入东海水师以来，全无战功，这次'南进'，我愿效犬马之劳，望将军准予以谢！"

董志强的请缨，方国珍想了想，认为他的武功不错，让他出去锻炼锻炼、表现表现也有好处。但不知夫人她的意见如何？故此说："让我想想后再作决定。"

方国瑛、方国珉、陈仲达、陈叔达他们也提出协助方国璋，共进洞头的请求。空空道长做了如下解释说："我们的主要力量应留在大陈，本营决不能空虚，否则舟山的江南水师必来犯我！未去南进的将士，仍然肩负保卫本岛，防御北侵的重任。"道长还进一步解释说，"仲达、叔达刚新婚不久，让他们再休息几天。以后另有重任！"

在出发前，翠玉特意告诉国璋说："首先祝贺你旗开得胜、马到成功，早日凯旋！与此同时，请关注关注我父亲的下落，母亲望夫心切、常为此而悲泣。"

国璋表示说："我会注意的。岳父大人很有可能就在洞头，岳母也有同感，她曾多次谈到岳父定还活着，他可能在洞头。"

说着，弟媳桂芳、桂香俩过来嘱托说："我俩的哥哥志强已到成家之年，至今尚无找到合适的女人，请多多关注关注他的婚姻，拜托众位将军予以关照。"

九月九日是传统的重阳节，队伍确定今日出发，当天凌晨，方国璋一声令下。五十条战船，四百将士，扬着整齐的风帆，船头飘扬着"东海水师"的旗帜，队伍浩浩荡荡地向南进发。

却说洞头千户汤显时，年约四十，文才不错，前科考中举人，首任于洞头千户，他办事倒还公平。"天高皇帝远"，千多户人家，各家"自扫门前雪"，可说无所事事很清闲。汤显时他平生两大爱好：一是品茶；二是下棋。

正因为洞头是水上交通要道，再加上近来方国珍在台州湾占岛略地，元朝当局为防漕运粮草被窃，特调平阳县副统制——狼勇兼任千户所管制。狼勇行户出身，功夫不错。此人最大缺点是骄傲自满、自以为是。他对被调入洞头心存不满，以为大材小用，所以根本不服从千户所领导，于是乎沉湎于酒色之中。

元至正九年己丑（1349）九月二十一日，洞头千户接到紧急情报——东海水师战船五十艘，浩浩荡荡地向洞头袭来！汤千户接报，显得惊恐万状、束手无策。立马召狼勇商量应对。此时是上午巳时辰光，可是这个管制却在洞头唯一的勾兰院抱小妞。在紧急军情前面，却找不到他。汤千户亲自去勾兰院，他还在小梅香的床上。被汤显时抓着他的耳朵起来。

可是这个狼勇，醒来后说："干吗，开什么玩笑。"

"快快！快快起来，海盗上岛了，快去抵挡，不然就来不及了。"千户说。

等到狼勇他起来。方国璋的东海水师已经把洞头给包围了，先由丁光土带领的第一中队上岛，走不多路，迎面来了个身穿战甲、头戴钢盔，手拿七尺长矛的狼勇。他居高临下，挡住去路说："哪路强盗敢来侵扰本岛，你们快快束手就擒，免遭一死！"

丁光土同样手执长矛，以枪还枪地说："我们是东海水师，奉方国珍将军之命，今日特来剿灭你们，你必须立刻束手就擒，否则便人头落地！"

"来吧！倒要看看你的本事了！"狼勇说后，两人便风风火火地打了起来。那狼勇先来晴天霹雳枪，说着突然向丁光土猛刺过来，光土感觉一惊，急中生智还他个风驰电掣矛，枪矛相碰，碰得火花四溅、碰得叮叮当当。两人战了四十回合，丁光土觉得难以抵挡，便败下阵来。

徐鹏飞接着上去，他手拿板斧，三两脚便跃到狼勇前面，双方不问姓名，劈头盖脸地便砍杀起来。板斧对长枪，徐鹏飞劣势明显。但他学习的是水浒梁山黑旋风李逵的脚步，以快速占强。他采取矮脚虎王英的蹿鼠术，就是如黄鼠狼的速度，蹿过其背后。但被狼勇的划扫界挡住，他的划扫界就是将枪头往下现乱划，使徐鹏飞不得前进。这样两人斗了五十回合，徐鹏飞仍无取胜的希望。

董志强看得双手发痒，就喊："鹏飞下来，由我上。"这时，大家把目光集中到董志强身上：

董志强在南塘湾小有名气，可是在军中却名不经传，但见他：

顶上头巾鱼尾赤，身上战袍鸭头绿，脚穿一双踢土靴；腰系数尺红搭膊。面圆耳大，唇阔口方。长七尺身材，年二十五岁。相貌堂堂强壮士，未侵女色少年郎。

董志强，在南塘湾是个叉鱼高手，不仅枪挑水面鱼，还能枪刺水底鱼。人们都知他是叉鱼高手，其实使八尺华戟，如长蛇飞舞。存气吞山河之雄志，有威武不屈之气概。使人感叹！但见那：

天丁震怒，掀翻银海，悉云荏苒，怒气氤氲，六出奇花飞滚，头上日色芳芬。

地下悲风，战戟金山，棍棒森严，笑口云茵，数声鼓响惊讶，几下夜幕醺曛。

犯由牌贴，人言此战，何为胜者，臂手千斤，银钗枪花双摇，都道玉驹麒麟。

长坂坡地，嗓喊声频，永别杯酒，音中耳亲。铁甲钢刀系腰，你看兵器惊魂。

这样，你来我退，我进你退。你进我退，如猛虎争食；我进你退，比雄狮称霸。互不相让。双方战了五十回合，胜负已经分明。志强的华戟如闪电耀眼、似暴雨袭击。打得狼勇有招架之功，无还手之力。此时董志强一戟击中他的胸膛，再用力将其腾空挑起，把他的躯体挑出丈余，落在庙宇前的写字摊上，给这位老先生吓了一跳。

这里有诗写道：

洞头首战远名扬，英俊将军董志强。

枪挑元将千尺远，敌兵举降跪慌张。

其实，岛上只有三十名官兵，他们亲眼看见他们的长官被枪挑而死，一个个看得目瞪口呆、胆战心惊，吓得魂不附体。此时方国璋喊道："缴枪不杀、立功有赏、主动投降、既往不咎；负隅顽抗、格杀勿论。"

国璋宣布后，董志强用温州方言重复一遍后说："方将军的六句话，是对俘虏的宽宏大度、仁至义尽。你们听懂了没有？"

"听懂了，知道了。"官兵齐说。

"听懂了很好，所有人必须放下刀枪，举起双手，接受缴械投降！"董志强说后，元兵一个个不约而同地双膝盖跪地说："愿意投诚东海水师！"。

此时方国璋、李金海、李金松三位将军走到他们面前，亲自接收投降，收了刀枪箭戟后，方国璋向他们宣布："你们起来！从现在起，你们就是东海水师的军人，从今后，一切听从水师指导，服从命令听从指挥！"

此次军事行动十分顺利，自己保持零伤亡，就是未损一兵一卒，杀首领一人，获战俘三十人、收战船八艘，缴朴刀三十把、枪十二支等。

以上情况，时任千户的汤显时看得明白，听得清楚。他恨狼勇无能、怨自己倒霉。面对现实，别无选择，只好束手就擒。他立在户舍门前，低着头，是在迎接，还是在思过，连他自己也搞不清，只有等待东海水师来处置。

方国璋、李金海、李金松他们首先命令把狼勇的尸体埋了后，就来到千户所，见一人呆若木鸡般地低头站着。国璋断定是汤千户了，于是问："先生莫非是千户所达鲁花赤汤显时？"

"是，本人便是汤显时。请问将军来洞头的目的。是要钱物？还是要粮食？"

"非也。我们既不是打家劫舍的海盗，也不是劫富济贫的义军。而是抗元复汉的民族精英。我们不拿百姓的一米一粟，不伤群众的一鸡一鸭。"方国璋说。

"是吗？"汤显时听后感兴趣地请他们进千户所。进所后，他便命其手下端杯泡茶，表现还算热情厚礼。他接着前面的话问，"那么你们来洞头为的什么？你们这么多人吃什么？"

"我们已经自带粮食，自己做饭；为了不打扰百姓，住宿就在船上。"金海说。

"真的吗？我活到四十多岁，不但从未见过，也可说从未听过。佩服佩服！但愿说到做到。"汤显时惊讶地说。

"至于到洞头的目的，我们一时也说不清，只是服从军令而已，只知是战略所需。"李金松含糊其词地说。

"我是朝廷命官，是属九品官，应怎对待，作何处置？"汤显时关心自己的命运。

"你说呢？两条路可走，一是跟着我们一起抗击蒙元；二是带着家眷回大陆、去平阳县述职。"国璋明确说。

"谢谢方将军宽宏，汤某未带家眷，小的独自回大陆去。"汤显时说。

"可以可以，我以为再过三月或半年后回去为好。"国璋说。

"这是为什么？我想即日就走。"汤显时说。

"原因有三：其一是马上回去对你不利，狼勇战死，全军覆没，你作为千户却毫毛无损地回去，你怎么交代；其二是你看一看东海水师的严于律己、决不扰民，回去可向他们说说；其三是看看我们的军粮从何而来的。"国璋说。

"也好，听方将军的，暂缓三月吧！"汤显时说。

"很好，汤先生是个爽快人，本将军聘请你为书吏，负责文字抄写。同时军部就设在千户所。"方国璋明确说。

却说岛上民众，目睹官兵首领狼勇战死、官兵全部缴械投降，人人胆战心惊，家家门户紧闭。可是等到第二天早上，人们偷偷地打开门户，看看街上动静。见将士住宿在自己的船上，对百姓秋毫无犯。又见街头巷尾贴满告示，告示写道：

本水师是百姓之兵，进驻洞头是保境安民，保一方平安；

百姓是兄弟姐妹，水师官兵决不扰民，决不侵害民众利益；

行使地方官府职能，百姓若有诉求，即来将军府报告；

将军府设在原千户所。

东海水师将军方国璋签字

消息很快在岛上传开，洞头百姓无不感到欢欣鼓舞。就在告示贴出的第三天上午，有三位老人走到将军府，反映岛上有十来位困难老人，他们贫病交迫、朝不保夕、度日如年，要求方将军施舍。将军府做了一一登记。按照登记名册，方国璋、李金海、李金松三位将军亲自上门访问，并送粮到户。

当走到洞山庙，见一老人，贫病交迫，蜷曲在庙角的稻草堆里。国璋关心地在其额上摸了模，发现皮肤滚烫，于是说："老伯身患风寒，此病不轻，必须给予医治！"说后，把老伯扶起，扶他到将军府。幸好岛上开有一间小药铺，立即请来郎中，给他诊治。郎中认为，目前正值深秋季节，天气转凉，由于衣单褥薄，体弱力衰，易患伤风寒疾，此病不轻，需药物调养。

老人住到了将军府，方国璋亲自照料，端汤煎药、送饭做面，关心备至。经过几天的精心调养，老人的身体渐渐康复。老人康复后，对方将军他们表示千恩万谢说："谢谢方将军、谢谢两位李将军！谢谢诸位，老朽在病入膏肓之时，得遇诸位将军相救，救命之恩，恩重如山，一贫如洗，无以报答。只有祝愿众位贵体康泰、万事胜意！"

"吉人自有天相，大难不死，定有后福！听说老先生学识不错，能写一手好字，为何落到如此田地？"国璋问。

"一言难尽，官府逼迫，走投无路，躲避到此。"老人说。

"请问老先生高姓大名？何方人氏？"国璋问。

"何有大名，草民王……王大明，台州黄岩人。"他吞吞吐吐地说。

"这就是你的不对了，到现在还不信任于我们，还不讲实话。"国璋说。

"将军何出此言，何有不实之处？"老人说。

"我是贩盐出身，特别对温州一带的方言了如指掌，老先生是乐清虹桥人，怎么说是黄岩人？"国璋切住要害问。

"佩服佩服！草民的确是乐清虹桥人。真实姓名是……"他欲言又止。

"真实姓名是王日明对吗？"国璋明确说。

"是是！为了逃避官府当局的缉拿，王某我隐姓埋名已经数年了，请将军谅解。"王日明说。

"岳父大人在上，请受小婿一拜！"方国璋双膝跪地说。

这时，王日明和在场的人，一个个目瞪口呆、丈二和尚摸不着头，王日明莫名其妙地问："这是为何？这是为什么？"

"我是王翠玉的夫婿。"方国璋泪流满面地接着说，"这次来洞头的目的之一就是寻找岳父的。临来时岳母再三叮咛，务必寻找岳父的下落，玉姑本想随军而来，但怕战争风险，所以未允。"

听了国璋如此一说，大家恍然大悟！原来如此。于是众人向王先生拱手致敬。原千户汤显时过来挽着他的手，走进其卧室，顷刻之间，换上了汤先生的新衣，王先生以全新的面容，风度翩翩地出现在将军府、出现在众人面前！

昔日穷困潦倒、衣衫褴褛、栖息佛殿的王大明，如今却成了方将军的老丈人（岳父），无人不感到惊讶。消息不胫而走，这一特大新闻立刻传遍全岛。

由此，王日明便成为新闻人物。因为温州人对南宋末期状元王十朋十分的崇敬，非常崇拜，他是温州人的骄傲。听说王十朋的玄玄孙之一——王日明就在洞头，便也成了洞头人的骄傲。因此，前来将军府看热闹的人就纷至沓来、络绎不绝。

王日明为何落难到此、说来使人毛骨悚然：

六年前的事，他记忆犹深、历历在目。当时他从乐清县衙走出，看见妻子与女儿被官府带回衙门，心中忐忑不安，于是就在大门外立等，尽管夜深天黑、口渴肚饥，还是目盯县衙大门，焦急地等待妻子和女儿的出来。谁知更鼓三通后，突然来了几个衙役，不问青红皂白，将其双眼蒙住，把他带到一座小石屋里关押。

三天三夜不审不问，也不给吃喝，当他命悬一线、奄奄一息之时，总算来了两个衙役，要他答应三件事：

一是必须交代和承认偷盗耕牛；

二是证明女儿王翠玉未予许婚；

三是写明因本人无能、无力养活妻子，愿意休妻。

王日明虽然人在奄奄一息之中，但心中明白，万万不可上当，既然命在旦夕，就来个半死不活，时而睁开眼、时而闭目不语，任凭脚踢拳击，忍辱负重，最后来个装死，干脆闭上眼睛，状如死人，吓得衙役慌忙便跑。这样他一言不发、一字未写。

衙役走后，堂弟就来了。当夜，堂弟偷偷地把他带到虹桥邻居家里，经过几天的调养，王日明身体恢复如前。但官府仍然穷追不放，到处寻找人章云香、王翠玉和王日明的下落。可是王日明也找不到妻子和女儿，以为她俩已经投海而亡了。所以天天在大海边盼望妻子和女儿随着潮水回来。

正当中秋大潮，一浪袭来，把他卷入惊涛骇浪之中，人人以为他已经死了，虹桥千户所将其户口吊销了。

天无绝人之路，当时有一条洞头商船来虹桥进货返回，看见有人被潮水冲走，急忙将他救起。

王日明精神几乎崩溃，自认为妻离子散、家破人亡、有家归不得，干脆来个隐姓埋名。

听了王先生的介绍，人人热泪盈眶。大难不死，定有后福，大家为他找到女婿而高兴，为即将一家团聚而欣喜。老人喜上眉梢，口念小诗一首：

苦到头来百福回，犹如霹雳响春雷。

将军威武吾贤婿，从此夫妻会玉台。

最最高兴的还是方国璋，这次来洞头，取得辉煌战果的同时，还找到岳父大人，真正是喜上加喜，双喜临门！于是也作小诗一首：

洞头一战势崔嵬，果实累累实快哉。

岳父大人欣喜遇，贤妻母子即将来。

此时李金海提出："必须将顺利夺取洞头、国璋偶然遇见岳父这两件喜事捷报全军、捷报大陈总部，喜报需尽快送去，使他们共享！"

"捷报捷传，何时动身、派谁传送？"李金松说。

"由徐鹏飞、丁光土两人回去。"金海说。

说着把徐鹏飞、丁光土两人请来，国璋宣布说："军部决定，徐鹏飞、丁光土两位即刻回大陈总部，向方将军和军师他们通报，说洞头胜利夺取。同时，找到翠玉父亲，请岳母、翠玉和明善即来洞头，看望岳父。"

金海补充说："为了路上安全，你俩各带军船一艘、水军十员。"

金松说："从长期考虑，粮草要着手准备。"

徐鹏飞说："请问将军，今晚动身还是明天？"

"请等一等。"李金海接着说，"洞头无战事，我们四百人，加投降来的三十人，待在这时，无所事事。我意见，各分一半，由我和李金松俩带二百多人、五十条战船，明天去攻打玉环。"

"好主意，我赞同。"李金松接着说，"我胸有成竹，十天内一定夺取玉环。"

方国璋高兴地说："好好！我正在思考攻打玉环的事，不料你们想到了。这就说明英雄所见略同！就这样定了！兵加一百，船舶加十条。"

第二天早上，李金海、李金松带领李金有、李金富，选战船六十条，兵士三百加三人，浩浩荡荡地向玉环进发。徐鹏飞、丁光土、徐绍富他们也同时一起出发。

方国璋、董志强、王日明、汤显时等到码头送行，正在这时，从大陆平阳县方向有条客船徐徐来到码头，船中走来两位女人，看样子是母女俩。一不知来者是谁，更不知玉环战况如何？且听下回分解。

第二十二回

董志强欣逢贤淑女　李金松智取玉环山

金秋归雁白云间，晨露霞光映玉环。

碧浪渔帆鸥共舞，夕阳璀璨漾斑斓。

秋水与长天一色，青云与海鸥齐飞。在秋高气爽的洞头岛码头，战船齐发、旗帜飘扬，水师浩浩荡荡地向玉环进发，好一派斗志昂扬的气概。

当送走水师船队后，紧接着一条客船从平阳县方向徐徐驶来。在石砌的台阶上，其中上来一对母女，见她俩的衣着时常、服饰艳丽，不像是洞头岛上居民，未知来者是谁，众人拭目以待。

董志强送别李金海他们出征玉环，正在"欲穷千里目、更上一台阶"之际，还在挥手送别之时。母女她俩前来问说："请问军爷，洞头千户所往哪？"

"就在此山上，等会儿，同我们一起去好了。"董志强说。

"谢谢军爷！太好了，您也是千户所来的？"小女子说。

"是的。你俩是来找汤千户的吧？是汤老爷子家眷吧？"董志强说。

"是的。汤老爷子是我的父亲。"小女子说着。

"太太、小姐好！请问小姐芳名？"董志强边行鞠躬礼边说。

"小女子这厢有礼了。贱名芳芝。"汤芳芝说。

"长途跋涉，翻山越岭、漂洋跨海，想必旅途劳苦。"志强说。

说着说着，便来到了千户所。董志强今天心情特别高兴，他喜形于色地高喊："汤先生，你看！什么人来了，我把汤夫人和你的千金接来了。"

汤显时没料到夫人和女儿会来洞头岛，事先夫人也没来信，这可说是突如其来。夫人和女儿既然来了，当然心中高兴！

汤夫人为何突如其来呢？汤老爷子前年春天来温州平阳县鳌江任千户以来，至今已经两年半了。三十八岁的汤夫人，二年多未见到夫君，思夫心切，特来看看老爷子，是情理之中。她特意突然到来，是给老爷子一个惊喜。

更为重要的是，闺女芳芝，如雨后春笋、蓬蓬勃勃地长大，前年春天还是个小姑娘，如今却成长为婷婷玉立的大姑娘了，女大十八变，越变越漂亮了，已经到了谈婚论嫁的时候了。江郎山景色虽好，毕竟地处山区，虽然也有身强力壮的男儿，看看都是些山野村夫，凭借女儿的姿色，出来看看有没有更好的男儿，想嫁个读书识字的书生或弄刀舞剑的壮士。

虽然路上辛苦，看到了老爷子，什么辛苦一概忘却。

夫人和女儿的到来，汤显时欣喜若狂，但也不知所措。就来请示方将军和董志强说："今日内人和小女到来，不知如何安排为妥？请两位明示。"

旁人听来有几分好笑，自己老婆、女儿到来还要请示别人。其实，千户所房子有限，只有三间卧室，两间由将军们占去，自己剩有的一间，近日住进来方将军之岳父，而今两人同住一间，今晚夫人与女儿何处安住？

面对这一情况，汤千户把这个难题推给方国璋、董志强俩去做，也是情理之中的事。

方国璋也正在为这事发愁，因为岳父住在千户所中，今日汤夫人到来，岳父必须移铺。不久，岳母和翠玉及儿子也要到来，住宿是个必须解决的一件要事，住在何处？

正在这时，汤显时提出住房安排之事，国璋他也来个撂挑子，把此事交董志强处理，同时也考验考验董志强的能力，于是说："此事由董副将军安排。"

董志强本来没有官级，也不是将军，方国璋看见董志强非同一般，有能力胜任领军人物，所以便信口开河，说董志强为副将军。

有缘千里来相会。董志强看见汤小姐就有几分喜欢，本来就想在小姐面前表现表现，不料这一"光荣"任务落到他的身上。他喜不自禁地说："小事一桩，包我身上。"说后，他做了如下四条指示：

其一，两间房子归还原千户所，就是汤先生、汤夫人俩一间；

其二，汤小姐单独一间；

其三，将军办留一间，由王日明老先生一人住宿，并兼任负责日常事务。

其四，三餐伙食由水师支付，请汤夫人和汤小姐代我三人做饭，暂时六人同堂吃饭，一起生活，如同一家。我和方将军白天在此办事，夜里回到船上住宿。

董志强安排得有条不紊，得到方将军的赞许。志强还补充说："还有最后一条，今天晚餐由我董某请客，并负责做几道好菜给汤夫人汤小姐接风！"

方国璋不等志强讲完，便接着表示说："很好，我赞成，应当为汤夫人和汤小姐接风！"

"谢谢！"汤显时拱手表示说，"谢谢方将军、董将军的关爱！"

今天，董志强的表现确实不错，不仅处事有条不紊，而且恰到好处。因而得到方将军的称赞，还受到汤千户、汤夫人的好评，更是得到汤小姐的崇拜！

汤芳芝虽然气质不俗，她也是深山里走出的姑娘，她见到董志强这样风度翩翩的青年，就羡慕不已，除了羡慕他的帅气外，更羡慕他这么年轻，竟然当起将军来了，真是了不起！于是，她着意上前与董将军搭讪说："董将军好，谢谢董将军对我们的关爱，小女子这厢有礼了！"说着行了鞠躬礼。

因为董志强肩负重任，没有时间与她闲聊，于是说："不要谢我，这是我的本职，是责无旁贷的事。"说后当即吩咐侍从做两件事：

一是立即打扫房间，整理和铺设眠床及用具，与此同时，将夫人与小姐的行李搬进放好；二是立即派人去街上买些好菜来，尤其是鲜鱼。

暂时不说董志强晚餐请客，为汤夫人、汤小姐接风洗尘。

却说李金海、李金松与李金有、李金富率领六十艘船、三百多名兵士，飘着旗帜、扬着风帆，徐徐向玉环驶去。

洞头至玉环虽然隔海相望，但也有四十来里路程，需要一天的时间才能到达。他们总算一帆风顺，至第二天凌晨寅卯之间便到达坎门港湾。

说到玉环岛。它位于浙江东南沿海，是中国黄金海岸线中部，距宁波、福州、基隆诸港均在180海里之内。玉环岛条件比较优越，领域内总面积2279平方公里，其中陆域面积378平方公里、海域面积1901平方公里。

元朝时期，玉环与楚门隔条漩门港，漩门港潮起潮落，汹涌澎湃，十分壮观。

他们到达玉环地界，就兵分两路：一路从南端坎门登岛；另一路则至玉环的中心——大麦屿登陆。李金海、李金有带领三十艘船、一百一十人，负责从坎门首先登岛；李金松、李金富带三十艘船、一百一十人，绕岛直达玉环。

兵贵神速，更要出其不意。此时李金海命令：全部偃旗息鼓，悄无声息地作好登岛准备。他们再分若干小队，悄然来到坎门港。

坎门虽然是重镇，但没有重兵驻扎，更无防守设施，只派十来个兵丁，在此收缴税收、敲诈勒索，重要的是，凡是渔船进港，视收获多少，收鲜鱼多少为税。此时正当凌晨，无渔船回港。因此官兵断无一人。

李金富为先头部队，装作商船模样，悄无声息地顺利地靠上码头。紧接着李金海的队伍，分成五个小队，悄然挺进。

至于这十来个官兵，驻扎在码头西边的三间平房里。只管收税，但是基本不管打仗的事。李金海带着百多人，破门而入。他们还在睡梦中，见这么多武装部队到来，一个个吓得战战兢兢，跪地求饶！不到一个时辰，玉环的重镇——坎门，被东海水师悄悄地占领了。

坎门是天然渔港，当时岛上住有二三百户人家，除渔民外，还有卖米、卖酒、贩布、缝衣等商贩和四六工匠。虽然一条小街，但见居民们忙忙碌碌、各自经营着事业。李金海的百余水师，押着十来个俘虏，沿街走过。居民人人兴奋不已。因为这些官兵，不仅坐收渔利，还天天在街上苛捐杂税。民众对他们十分不满!

再说李金松带领的百余人,选择在玉环大麦屿登陆。登陆后直向玉环闪进,玉环是重镇,是千户所所在的地方,也是官兵驻扎之地。

前任统制杨富,上任只三个月,被方国珍甩到海里,就被大鱼吃了。新任千户所统制欧阳击,也武举出身,确有几下三脚猫功夫。今年三十八岁,正当年轻气旺之时,本当前去担任乐清县统制的,因为行户出身的杨富坠海身亡,江浙行省指定他来玉环,乍看大材小用,实则"良才"重用。

欧阳击上任的第一要务,是防备大陈岛方国珍的袭击。所以把全部兵力部署在大麦屿港码头。为此加强防务、加强巡逻值班、加固港口码头的工事。

岛上守军共百名官兵,十人派往坎门收税,九十人坚守玉环。在玉环,他们分为三个分队,一队三十人。

第一分队为海上巡逻队,配十艘船,每艘船上固定弓箭架构四副、箭头百支,船头还做有可移动木质盾牌。可说刀枪箭戟齐备。

第二分队是防守队,重点放在码头。码头加高城墙,并增加一道大门。十二个时辰,官兵轮流把守。不论白天黑夜,戒备森严、闲人莫人。

第三分队是守卫队,他们荷枪实弹,坚守玉环岗位。这里虽然没有城墙,但仍把守着东西南北四面路口。凡是有发现可疑人物,一查到底、决不放过。

这个欧阳击自己,龙泉宝剑不离身,真是"枕剑达旦",毫不懈怠。

可是李金松所带的百余人,当时确定在大麦屿登岛的。船至大陆岛附近,见有一队渔船,从披山洋捕鱼回来。李金有三艘船是先头部队,就上去与渔民搭讪说:"大哥,发大财啦!正好是带鱼汛,想必捕来许多带鱼吧?"

"这次运气不错,网网丰收!捕了一船满满的。"渔民高兴地说。

李金富着意唱了首顺口溜式的小曲:

　　　　金秋归雁白云间,晨露霞光映玉环。

　　　　碧浪渔帆鸥共舞,夕阳璀璨漾斑斓。

几位渔民听李金富着这么一唱,高兴极了,他们问说:"小哥,你们做什么生意的,现在到哪儿去?"

"我们是买咸货的,到玉环去,看看有什么便宜货,随便买些去。"金富说。

"近来风声紧,说大陈岛方国珍要来打玉环,楚门官兵查得紧。"渔民说。

"官兵有个惯例，每艘船都必须检查，都必须抽头。"另一渔翁说。

"什么是抽头，抽去什么？"金富问。

"就是把你船中最大最好的鱼，抽几条去。丰收还好些，有时基本空船回来，他也抽。"渔夫诉苦着说。

"还有不是打鱼的，包括你们做生意的，有东西就抽，没东西就是银子铜钱的，见什么要什么，贪婪无度呀！"另一渔翁说。

"他们抽这么多的鱼，吃得了吗？"金富有意问。

"吃不了就卖，卖来的铜钱各人私分了。"渔民气愤地说。

"你们可以不上楚门码头，开辟新码头，另走捷径吗？"金富着意说。

"是的，我们已经偷偷地开辟了新路。"渔夫说。

"我们跟你们一起走好吗？"金富说。

"完全可以，俗话说'船帮船、水帮水'互相帮助是应当的。"渔民表示说。

当时的芦浦是一片滩涂，只有一处狭长的小港，李金海的船也随着紧跟。约经过半个时辰，所有船只停妥，人员上岛。百来个战士，仍分若干分队，仍扮商人模样，三五成群地向玉环前进。

却说玉环的统制欧阳击，自以为防御已经到位了，可说天衣无缝、无懈可击了。三个月来，他那绷得很紧的神经，终于放了松。加上连日的劳累，身感几分倦怠，中午喝了几盅闷酒，在床上躺一会儿，不觉便睡着了。

守卫玉环的三十个官兵，他们的执勤称为三班倒，即四个时辰一班。二人一岗，东、南、西、北、中，共五个岗点，"中"就是保护千户所的。

小小的玉环，官兵双眼瞄准着统制，官兵们见他睡着了，便也偷起懒来了。先说南街口的岗点旁边，设有一个赌场，有打牌九、颠三和、做六名的。五花八门、呼风呐喊。尤其是纳六名，（也说纳六陈）。它在纸上写有陈吉品、陈扳桂、陈逢春、陈荣生、陈日山、陈安士共六名，纳一赔五，就是说纳着其中一名，一元赔五元。这个玩意儿很有吸引力。

两个岗哨看着眼红，也偷偷地进入赌场，去参加"纳六名"了，赌得神魂颠倒。正在这时，李金富率领的第一分队，悄无声息地从南大街长驱直入，随后各分队也随着紧跟而上。

无须问津，"玉环岛千户所"六个大字，十分耀眼。瞬息之间，百余将士全部到达。

可是千户所岗哨还在朦胧之中，李金富把刀搁在他们的脖子上："不许动！不许喊！"

这个倒霉的兵士，才猛然醒悟，急喊"海盗！有海……"他的盗字还未说出，这个说话的工具瞬间被李金富的刀给割断了。

欧阳击统制在睡梦中惊醒，听见外面有惊叫声，又听脚步声骤起，猛然起床。此时李金富带领的一队人马冲了进来。他急忙去床头取剑，谁知临睡前把剑丢在客堂了。千日万日，剑不离身，偏偏今日，却手无寸铁。

没办法，只得来个空手道，妄图冲出包围。挡住他的是对手李金富。

李金富，是青龙帮的骨干力量。但没什么大的表现，只有在洋屿抗击尹三珠时，打过一仗，斩过一个人头。今天想借此表现表现，于是把朴刀递给手下。他也来个拳对拳，他在青龙帮所学的南少林拳术，与欧阳击玩了起来。众人拭目观战：

李金富右手一拳打去，欧阳击一闪身，未被击中；欧阳击一脚飞来，李金富猛退半步，也避过一击。

金富一脚踢出，欧阳击也正一脚蹬来，两脚相碰，撞得双方摇晃着各退三步；此时欧阳击见几回合打下来，仍不分胜负，产生几分焦急。他急忙左腿虚晃一下，接着转过身来飞起右腿，直冲金富胸膛。

金富没想到对方的手脚如此之快，他急中生智，连忙退步倒地，再滚动两下，不但使他落空，还给他个右蹬腿，踢中了欧阳击的小肚子处。

欧阳击擅长脚下功夫，但却脚脚落空，这招不行再换一招，就是用拳击。拳击是欧阳击的专长。他原名欧阳击正男，正因为他的拳击高手，故此更名为击。

欧阳击为了发挥自己的特长，先在众人面前表演一番。他扎好马步，目睹前方，双拳轮流出击。内行人不难看出，他怎么也是南少林功夫，出手之快、出拳之重，确实算得上功夫到位了的。

李金富学的也是南少林，熟门熟道，两人便风风火火地打了起来，众人见他俩一进一退，一上一下。细看他们各有门道、别有招数。欧阳击先来跳跃式前进三步，其双拳如雨点密集击来，真是使人眼花缭乱；而李金富也急退三步后转身一跃，跃到其背后，不但避免受击，反而可在其背部袭击，变被动为主动。

欧阳击不觉一惊，他以为南少林拳术只有他所知，谁知对方的南少林拳术如此娴熟。两人"棋逢敌手"，拳术相当、少林遇少林、欧阳击与金富年龄相妨。输赢便是斗智斗勇了。

欧阳击以为自己的科班出身，校场考出来的武官，何惧无名小卒？而金富却认为是表现自己的好机会，况且金海、金松俩已经来到了自己身边，何愁此仗不胜！于是精神抖擞。接着两人又激激烈烈地打起来了。他们从房间打到空旷操场，双方越打越有劲头，互不相让，更无输赢。

还是欧阳击先出击，他一脚跃起，跃过丈余，向李金富头上飞踢一腿，金富向左一闪身，不仅避过腿脚，反而给他一个扫荡腿，把尚未站稳的欧阳击，扫得摇晃摔倒地上。

说到李金海他们从坎门上来后，看着岛上秋色明媚，野菊芬芳。他们无心欣赏坎门风光，见李金富正在与欧阳击在战斗。

这时，在旁的李金海出于好意，前去牵扶一下。谁知欧阳击恼羞成怒，一脚向他猛踢过来，妄图致人于死地。幸好李金海眼灵手快，不仅避过一踢后，上前揪住他的头发，给予他"啪啪啪"三个耳光，打得他眼肿鼻出血！这里有诗写道：

欧阳击尽力使拳头，金富玩还便不休。

脚腿双来难施展，就擒束手断驴头。

"给他绑缚！"李金海这样一说，大家七手八脚地将欧阳击严严实实地绑缚起来。

两队会合后，两百多人，仍兵分两路，由李金有带领一队去码头，收缴守卫兵士武器；由李金富带一队兵士玉环也可说和平接收了。

还有剩下的玉环千户所的项千户了。说起这个千户，姓项名山、本省绍兴新昌人。原是玉环百户，近几年玉环户口有了发展，加上最近形势紧张，为了抵抗方国珍，上司决定将玉环原百户所提升为千户所。因一时没有恰当人选，就将这个项山自然臻升为千户，从百户升至千户，足足提升一大级。

留二三十人，押解欧阳击。由李金海、李金松带领他们走进千户所。

项山毕恭毕敬地立在大门口，低头迎接说："恭候光临！请请、请进请进。"

李金海说："我们是东海水师，奉方国珍将军指令，前来接收玉环岛。"

"项某明白，项某愿为将军效劳，要我为你们做点什么？"

"项先生愿意归顺我们，希望你要配合我们。"李金海说。

"当然当然，应该的应该的，将军只管吩咐就是了。"项山表示说。

正在此时，玉环民众把千户所围困得水泄不通，他们不是来看热闹的，而是来向项山兴师问罪的。

说到项山，他读书识字不多，歪门邪道满腹。他在玉环三年零八个月中，好事不做、坏事无数，且听百姓呼声：

项山任职玉环百户以来，除了收缴田粮（农业税）一项是合法外，其余全是设置的五花八门的苛捐杂税，就是千方百计地搜刮民脂民膏。例如：

一是收鱼头税。规定每船每次必收，其额度少起一斤，多至百斤，酌情处理；

二是收添子税，规定生男生女是喜事，必来报户口、造名册。男孩收米一斗、女孩收米五升；

三是收分户税，凡是兄弟分家，必来千户登记开户，每收取稻谷五斗。如五兄弟分家，就可收取二担半稻谷；

四是收取造新砖瓦房税，（茅棚例外）规定每间交税一担（百斤）。

仅举以上四项，足以证明他是个贪得无厌的"地头蛇"。

因为地处天涯海角，天高皇帝远，无人监督。所以，他渐渐成为恶霸。群众越揭发情绪越激动，一致要求李将军对他严加惩处：

一是给予项山、欧阳击就地羁押，由东海水师监管；

二是立即对项山的财产查封，把不义之财退赔还百姓。

根据百姓的呼声，李金松代表水师当即作出表态：

根据百姓揭发，原玉环千户项山，自任职百户起，在三年零八个月的时间里，他巧立名目、苛捐杂税、搜刮民脂民膏。性质十分严重，手段非常恶劣。本水师同意百姓要求，将项山、欧阳击羁押审查、所有资产一律查封。

李金松一宣布，立即得到玉环民众的拥护和赞扬，当场报以热烈掌声。

再说李金有、李金富他们到码头收缴官兵武器，玉环街到码头二三里路程，李金有他们很快便就到达，可是守卫的三十人全部集合在一起，等待举手投降。因为玉环镇里的兵士早早跑去通报了，说玉环街"海盗"几百人，把欧阳击和项山都抓起来了。群龙无首，他们只有束手就擒。与此同时，水上巡逻的所有八艘船，也已经靠岸抛锚，也在等待着东海水师前来接收。

李金有、李金富将两部分的人都集中在一起，进行训话，阐明东海水师的规定：凡是缴械投降的，均作投诚看待，一律既往不咎，视为自己兄弟；凡是抗拒或负隅顽抗者，格杀勿论！

规定宣布后，他们一致表示愿意投诚东海水师，纷纷上缴刀枪剑戟。

第二十三回
万担漕粮机智夺取　百余官兵轻易就范

万担漕粮运北京，百船护送百官兵。

玉环岛外全拦劫，东海水师朝野蔑。

却说徐鹏飞，丁光土两人喜气洋洋地回到了大陈山，随即向方国珍他们回报水师胜利夺取洞头岛，同时还找到翠玉父亲王日明的两大消息！消息使人精神振奋，大陈岛一片欢腾，军民们沉浸在胜利的喜悦之中。

最最高兴的要数是章云香、王翠玉了，这可乐坏了她母女俩。乐城一别六年了。六年来，思夫之苦，苦比黄连；思父之痛，痛及肝肠！他为了保护母女俩的生命安全，不惜牺牲自己、痛别亲人。为此而隐姓埋名、历经千辛万苦。他那高尚的情操，深深地感动人们，云香和翠玉激动得泣不成声。

她俩恨不得即生双翼，插翅飞到夫君、父亲身边。方国珍完全理解她俩的心情，决定近日陪同她们赴一趟洞头。

好事连连，捷报频传。首先传来的玉环岛已经胜利夺取，缴获战船十二艘、刀枪剑戟二百五十余件、降兵九十九名。杀敌一人，羁押千户、统制二人。据百姓揭发，原千户所达鲁花赤项山，贪污钱财金额巨大，目前正在清理之中。

紧接着又传来重大讯息，说福建漕粮即将启运。

福建、岭南没有水路，所有田粮贡品赋税，必须经过海漕船运，当局简称"漕运"。可曾记得，当年隋汤帝修运河，目的是为了官粮、贡品运输到京城。

福建、岭南山高路窄，所有官粮、贡品，必须经过江浙沿海，经长江口至扬州，乘运河北上。据可靠情报，这批漕粮数量巨大，有漕船百艘，并有四十艘水军护航。

时不再来，机不可失，如何劫持这批漕粮是当务之急。为此，方国珍问计于公孙道长和牟子善。公孙道长没有正面回答，只是念了首诗：

洞头景色若蓬莱，百舸漕粮款款来。

　　积谷山前波浪涌，玉环岛外折船开。

　　三更螺号四方起，半夜火光烧断桅。

　　骇浪朝霞红日上，水师胜利凯旋回。

　　方国珍理解道长诗中的意思，决定亲自去一趟，此去目的有三：一是劫持数量巨大的漕粮，这是难得的机遇，必须保证做到万无一失；二是慰问和犒劳洞头、玉环军民，计划建立由当地民众自治的政府；三是护送王老夫人、翠玉嫂子、侄儿明善去探望国璋的岳父。与此同时，夫人董桂芳也想陪翠玉同往，她为哥哥的婚姻发愁，看看洞头那边有没有合适人选。

　　此时，留在大陈岛的陈仲达、陈叔达俩提出要参加劫持漕粮行动，却被方国珍阻止说："你俩的心情完全理解，可是大陈岛是我们水师的命脉所在，好比心脏，是我们的大本营。元蒙的江南水师，对我们虎视眈眈，随时有可能突然袭来，防止北方是最为重要的，我把保卫大陈的责任全落在你们身上！"

　　却说翠玉和其母亲，她俩心急如焚，连孩子方明善也开心极了，他跑来说："叔叔，我妈和姥姥急着要看我爸爸和外公去！请早点出发。"

　　方国珍仍以徐鹏飞、丁光土的原班人马为主，他们熟水熟路，决定十一月初三，起程赴玉环、洞头。

　　初三早晨，晨光灿烂、风和日丽、碧波荡漾。军士们毫不懈怠，提前进入工作状态。章云香、王翠玉、董桂芳和方明善、小方礼等家眷们，也随时到达。十艘船只、由徐鹏飞、丁光土率领三十二位兵士，护送方将军及家眷，向南方前进。

　　仲冬季节，轻风习习、云帆徐徐、北雁南飞、军船款款。董桂芳见景生情，随作小诗一首：

　　波澜壮阔水涓涓，云淡风和共海天。

　　北雁回归歌丽日，军船缓缓向前川。

　　说着船已经到达了玉环岛，很快便在大麦屿码头靠岸。李金海他们四兄弟率二百多兵士前来迎接，同时，闻讯而来的玉环百姓，纷至沓来。方国珍和夫人董桂芳首先步上码头台阶，紧接着便是章云香、王翠玉、方明善、小方礼等同时登岸。

　　玉环民众目睹方国珍将军的风采、百姓盛赞方夫人的品貌。方将军在玉环听了李金海他们简单回报后，着重将拦截福建漕粮的大事做了具体的部署，确定拦截地点就在披山洋，确定玉环军为主力。

　　他们在楚门做了短暂的休息后，就急忙向洞头前进。

　　在洞头，这段时间最忙碌的就是董志强，在短短的十来天里，做了四

191

件大事：

其一是，解决住房紧张状况，他知道翠玉和其母亲要来，需要两个房间，此外自己的妹妹也有可能一起来，因此说安排住房是当务之急。他观察千户所的东边有空旷草地一片，虽有斜形坡度，且可以填挖和平整。如何把斜坡改成宅基地，需要民工。

董志强自己原部下二百多人、加上刚投降过来的八十人，这近三百士兵，天天闲着无事，于是立即召集全体官兵，宣布说："最近没有战事，所有官兵参加岛上建设。建设同样是战斗，全体官兵务必积极参加。"

具体兵分三路，第一路一百人，负责挖土填地，务必在三天内将斜坡地填平、夯实，平整成一片屋基地。

第二路，九十名官兵、去本岛山后村砖瓦厂搬运砖瓦。价格按当时当地市场价，所需资金全部向我董志强结算。

第三路，也去九十人官兵，去东山村木材场搬运木材。数量照清单，价格凭市价。

军令如山，官兵积极响应。不到三天时间，上述各项任务胜利完成。与此同时，董志强与汤显时、王日明，设计好一张五间砖瓦平房的图纸。

幸好岛上四六工匠齐全，大部分闲着，听到有工做，工匠们纷至沓来。紧接着按图施工，在施工中，官兵鼎力相助。同样不到五天时间，两道工序完工。总共只有八天时间，五间平房盖好。

其二是，房间的装饰和日常用品，董志强还派当地有经验的人去温州府城，买来五张床子、五只橱子、五张柜桌和床上用品。尤其是床上用品，可说被头、床垫、床单、枕头、蚊帐等一概齐备。

其三是，在建房的同时，董志强亲自去选了一块空旷的土地，建设容纳二百人至三百人的简易营房，并设计好了图纸。

其四是，进一步加深了与汤小姐关系。就说第一天，为汤夫人、汤小姐接风晚宴，董志强着意安排汤显时与汤夫人为上方，王老先生为左手方、方国璋为右手方、自己与汤芳芝并坐下首。他这样安排的目的是投石问路，试探她的反应。

其实汤小姐看到这个董将军，打心眼儿欢喜。当安排她与董志强同凳共坐，立刻喜上眉梢、笑容满面地说："谢谢方将军、董将军的热情接待。"说后便愉快地走到董志强旁边，坐上同一条双人木板凳子上。

酒宴开始，方国璋首先举杯向汤夫人、汤小姐表示欢迎后，接着就是董志强立起举杯说："古语云'有朋自远方来，不亦乐乎'，今天贵客从远道来，心感十分高兴！我代表东海水师全体将士，向夫人、小姐表示最热烈的欢迎，并致以最崇高的敬意！今置薄酒，表示接风！请各干杯！"

不等汤老爷子开口，汤小姐却急不可耐立起，表示感谢说："谢谢方将军、董将军！谢谢你们的热情接待！小女子感激涕零，今向两位将军和前辈行个礼、敬杯酒！祝各位万事如意、贵体康泰！"

汤芳芝的小小举动，得到董志强他们的好评。总之，晚宴在热情洋溢的氛围中开始，在欢声笑语里结束。

总之，董志强在这段时间的表现确实很好，除了他本身的应有才能外，有赖于方国璋的幕后支持，他有意让志强表现表现。

董志强的表现，的确得到汤老爷子、汤夫人的赞赏，赞赏他年轻有为，是位有能力、有才干的好青年。同时更使得汤小姐羡慕的是，她这几天天天跟着、看着董志强在办事，在她眼里，董志强是位了不起的青年，渐渐地羡慕他、爱上了他。

江南的仲冬，同样是万木霜天红烂漫，渔民捕捉好时光，银色的带鱼条条如扁担，金色的黄鱼根根似金条，船船满载而归、人人笑逐颜开。正在这时，从玉环方向，十多艘"兵船"徐徐向洞头岛驶来，人们远远瞧见，猜测是徐鹏飞、丁光土和翠玉他们来了，方国璋、董志强他们不约而同地前来码头迎接。

不一会儿，船驶近洞头码头，随徐鹏飞、丁光土一起步上的方国珍和董桂芳、翠玉和母亲及方明善、小方礼。

方大将军的到达，震动了洞头军民，首先部队紧急集合，向方大将军和方夫人、向方国璋将军夫人和岳母表示热烈欢迎，近三百名官兵一律向大将军敬军礼。场面非常隆重、壮观、感人。

更感人肺腑的是章云香，她一上码头，远远瞧见了王秀才在岛上的人群中，于是步履轻快，一脚两个台阶，快步走到王日明身边，一话未说，就急不可耐地上前，猛然扑进他的胸怀，两人泪如雨下，且抱得很紧很紧。此时无声胜有声，情在不言中。

此时的翠玉也泣不成声，她也去抱紧父母，三人抱成一团。更有趣的事同时发生，这一场面，看呆了小明善，他莫名其妙地看得发呆，他也走到母亲和姥姥身边，紧紧地抱住三人的各一条腿。

这一激动人心的时刻，感动得人人热泪盈眶。渐渐地，汤芳芝把目光盯在董桂芳身上，她不仅欣赏她的气节和风度，还发现她与董志强惊人的相似。桂芳同时发现那边的这个姑娘，怎么的把目光盯着我和志强？

还是汤夫人见多识广，看到将军夫人们到来，连忙去泡了十多碗桂圆鸡蛋茶，便叫女儿芳芝捧上茶来。

汤小姐彬彬有礼献茶说："大将军、将军、太太、夫人请,请各位用茶!"

这一小小举动,主客立即把目光投向送茶人身上,桂方接过茶盅后说:"谢谢!谢谢漂亮的小姐,不知怎么称呼?"

"小女子贱名汤芳芝。"

董志强迫不及待地抢着介绍说:"这位就是汤千户的千金,汤芳芝小姐。"

董桂芳看她品貌端庄,行动举止典雅,是个不错的女孩。而汤芳芝表现得尤为热情、好客。她主动提议说:"各位路上辛苦了,请到房间休息休息!"说着兵士们把行李搬进新房间了。

至于房间,志强事先已经做了精心安排,从东到西,方国珍和董桂芳为一号间,方国璋、王翠玉为二号间,王日明和章云香为三号间,汤显时和汤夫人为四号间,汤芳芝为五号间。五间房子摆设整齐,舒心、典雅。

此时人们聚集在两个房间里:最多的聚集在方国珍、董桂芳和小方礼的房间里,这时的董志强他妹夫、妹妹地喊个不停,表现异常亲切。汤芳芝明白董夫人便是志强的妹妹了,于是也帮着搬行李,汤显时、汤夫人初次遇见大将军,理所当然地要走进方国珍房间坐坐,陪将军和夫人说说话。

另一间就是集中到王日明、章云香的房间,主要有方国璋、王翠玉、方明善。

这一切,惊呆了徐鹏飞和丁光土俩,他俩离开洞头短短十多天的时间,怎么出现五间新房?他俩来时,一路上担忧住房问题,不知晚上如何安排住宿?岂料董志强有如此才能,如此之快地建起新房、购置家具和日常用品,可说是个奇迹。不得不使人佩服!

方国珍携夫人登上洞头的消息,很快传遍全岛。第二天一早,洞头百姓,男男女女、老老小小,前来看新房、看方将军和两位方夫人。

面对这一情况,董桂芳、王翠玉妯娌俩,不得不细心地打扮一番,以最佳的状态,出现在众人面前。

早上,方国璋携着王翠玉的手和儿子方明善,方国珍挽着董桂芳肩牵着小方礼,笑容可掬地向百姓招手问好,首先是方国珍说:"乡亲们好!谢谢大家来看我们,我代表哥哥、嫂嫂、夫人,同时也代表东海水师全体将士,向大家问好!"方将军的讲话,人们报以热烈的掌声。

正在这时,徐鹏飞、丁光土俩匆匆忙忙地跑来报告。说巡逻船发现洞头海域南端,有船队过来,初步判断是漕粮船队来了。

方国珍胸有成竹地说:"先派若干小分队盯住它,但是绝不许震动它,计划是在玉环海面、在披山洋一带拦截。"

选择披山洋海域拦截的好处是:玉环水师是主力,洞头水师阻断其退路,前路有大陈山水师总部,三路挟击,可说它们插翅难飞,万担漕粮就能唾手可得!

为了顺利夺取百万斤漕粮,方国珍立即召开军事会议,部署行动方案。为了做到万无一失,他亲自到玉环传达作战计划,并与李金海、李金松共同指挥。

没等方国珍动身,巡逻队二次报来可靠消息:"漕船规模浩大,共约一百四十艘船,一线笔直驶进了洞头洋,其中漕船整整一百艘,前后各二十艘官兵护航船。据说是历次以来,这次是护航力量最强的。"

据此情况,方国珍吩咐方国璋、董志强的洞头兵,袭击后队护航船;前头的护航船由玉环兵袭击。说后,方国珍带几个得力助手,匆匆向玉环岛驶去。

当夜,七颗星(北斗星)即将落山,看来已到半夜子时了,漕船已经进入玉环海域了,李金海、李金松命令全部出发,八十条战船、三百多兵勇,一齐向披山方向前进。

大约航行了半个时辰,时在丑时辰光,正当半夜后,此时此刻,发现了目标,一条长长的船队,似巨蛇在东海游弋,如长龙在水面逐浪。李金海、李金有他们的左队,趁更深夜静、精疲力竭之时,偷偷地袭击漕船的中间,先从中间最薄弱环节,把它裁为两截,使漕船船队前后脱离。再用自己的三条战船,牵引后半截五十条漕船和二十条护航船,向玉环方向驶去。

这次漕运总领是蒙人,名叫德流,是位武夫。他知道台州海域"海盗"盛行,按常规只用二十船、六十人护送,这次是破天荒地加倍,即四十艘船、一百二十名官兵押运。他以为这下可万无一失了,因而产生麻痹大意和轻敌思想,他认为小小海盗,有何能耐,胆敢与官兵对抗、胆敢抢劫漕运?

因此出现先紧后松的状况,当进入洞头洋时,人人剑拔弩张、如临大敌。经过一天多的航行,看温州海域风平浪静,一路平安无事。当半夜过后,官兵们早已进入梦乡,几个拉帆的只是昏昏迷迷地在拉帆,根本没有顾及海上动静。他们呵欠连连,倦怠不堪,便东倒西歪地睡着了。

与此同时,李金松、李金富的右队,采用打蛇打七寸办法,抓住软肋、切住要害,断其颈项。兵贵神速,突然间,很快砍断与漕船连接的缆索,并将缆绳系在玉环兵的战船上,将漕船往西北方向拉动,很快兵船与漕船拉开了距离。使漕船断头，群船无首，李金富正在牵引漕船时，德流在蒙眬中惊醒。

德流一看，漕船与战船已经脱离。战船遭到重重包围，见漕船已被别人牵引，急忙吩咐放箭。同时他亲自跳跃到李金富的身边，举刀杀将过来。在这紧急关头，李金松一个飞腿过来，李金富猛上跳海的同时，右手拉住这个德流下水，李金松用力过猛，也同时落水，三人同时落入水中。这时三人稀里哗啦地在水里打了起来，两人对一人，金松抓他左臂，金富按住其右肩，把德流的头时浸、时仰地喝饱海水。当这个统领半死不活时，才把他拖上玉环兵的船中。

此时，方国璋、董志强他俩带领的洞头兵按时到达指定地点，在跟踪了一个多时辰后，看看已经进入玉环水面。猛见自己的玉环兵，将漕船中途截断。

方国璋命令动手，按照原先部署，董志强急忙去截漕船的后船，不料站在后队副领队，名叫达卡勒，冷不防地，"啪啪"两刀砍来，两个解缆的兵士，"呀"的两声，前后被砍杀，落入水中，不幸牺牲了。

尚未开战，失却两兵士，董志强义愤填膺，急忙用八尺长戟，冲刺过去。这个达卡勒眼明手快，身一闪，避过枪头。反而他也还董志强一长矛，志强用长戟抵住。这样双方风风火火地在船上战了起来。两人旗鼓相当、平分秋色，矛来枪挡、枪去矛抵，激激烈烈地打了三十多回合，仍不分胜败。

站在旁边的方国璋，见志强一时难以取胜，只怕万一有失，就亲自上去接替。方国璋的枪法与众不同，他的"旋风弧形枪"，是别出心裁、独具一格，他出枪如"白蛇吐舌"，还枪比"蛟龙腾云"。不仅出手快，而且半弧形扫荡。两人战不几个回合，方国璋干脆利落地一枪刺入达卡勒的咽喉，这个年仅二十八岁的副总领，血从口中喷出。方国璋再一送上一抽回，就倒入大海，真的喂大鱼去了。

此时洞头兵早已经截断缆索，拖着漕船，也跟随玉环兵，徐徐地向玉环方向前进。

此时此刻，东海水师成了打捞队，将落水的官兵救了上来。此时海里的官兵半死半活，惨不尽睹。

有人为此作诗一首：

> 时光转瞬露朝霞，暮战刚休旭日华。
> 船队百艘舱满满，漕粮万担白花花。
> 德流落水鹏飞救，达卡沉亡喂大虾。

东海水师名震宇，大都慑刹帝王家。

旭日东升，朝霞璀璨、波澜壮阔的玉环海面。迎来灿烂、辉煌的时刻，战斗胜利结束。这一胜利非同小可，缴获漕船百艘、官粮万担、兵船四十艘，俘获官兵六十三人，溺死、战死官兵五十九人。此外，俘获漕船船工二百零二人，其中两名七品官员。

这么多的粮食，一时无处堆放，方国珍决定，由李金海与徐鹏飞俩，带六十条漕船直运大陈岛，交道长和军师安排；由李金松、李金有、李金富仨，带二十艘船、二十万斤粮食给玉环军民；方国璋、董志强、丁光土同样带二十艘船、即二十万斤粮食慰劳洞头军民。

先说方国珍、方国璋他们带着二十艘漕船、五十九名俘虏，敲锣打鼓，回到了洞头岛。

摆在面前的二十万斤粮食如何处置，洞头居民从未见过这么多的粮食，百姓眼看一夜之间，劫持如此之多的粮食，人人目瞪口呆。

方国珍、方国璋作出决定：一半即十万斤，作为军粮，交董志强处理、保管；另一半，即十万斤，慰劳洞头百姓。此事交汤显时、王日明俩安排落实，具体要求按照户口，平均分配。

据登记在册，全岛共一千六百多户，平均每户一百二十多斤粮食。因保管储藏条件没有，决定立即发放户！

洞头百姓无不感激涕零，尤其是不少贫困、已经或即将断炊的居民，千恩万谢来领取。

玉环岛与洞头情况基本相同，分粮方法一样，同样深受百姓拥戴。

这么多的粮食，大陈岛也一时放不下，六十万斤粮食，非同小可，也只有拿出相当数量的粮食，慰劳百姓，这是一举两得。

第二十四回

元顺帝听闻心震撼　方国珍从此远扬名

百万漕粮失浙东，朝廷皇帝怒忡忡。
朵儿挂帅台州路，大败无归捉瓮中。

福建、广东的百万斤漕粮被劫，是一件震撼全国的大事。它震动了元廷，震动了皇上。元顺帝大为震怒，随即召集群臣计议。翌日早朝，顺帝心情十分沉重地说："自我大元朝开国以来，四方臣服，天下升平。朕继承大统，至今已经十六年了，十六年来，各地虽然盗贼频频，但都被及时制服，还是国泰民安。如今东南沿海，出了方国珍这个江洋大盗贼，胆敢抢劫万担漕粮，公然对抗我大元朝。蚁穴不除，将会溃堤，方贼不灭，必成大患。尔等食君禄、沐皇恩，要同仇敌忾、声讨方贼，平定东海，还大元平安。"

中书左丞脱脱出班奏道："浙江台州方贼国珍，结伙下海为盗，劫营夺寨、横行海上、反心昭然若揭、抗元原形毕露。当地官员玩忽职守，剿灭不力，坐失良机，致使贼胆包天、胆敢劫持漕粮，说明羽翼渐丰，单靠州县之力恐难剿除。臣以为江浙行省参知政事朵儿只班深明军机，曾经屡立战功，请圣上命他为帅，统领舟山的江浙水师，南下证剿，事必可成。"

监察御史斡勒海寿跪奏道："台州路达鲁花赤——哈剌不花、总管——役阿昏愦，他俩治理无能，剿匪不力、玩忽职守。请圣上罢免这两人的官职，另择贤能，前去治理台州路。"

集贤大学士伯颜奏道："臣夜观天象，有荧惑犯星以致灾荒四起。盗贼增多。臣斗胆进言圣上，速选择吉日，派国师大喇嘛设坛祭天，皇上亲主郊祭大礼，求上天禳灾赐福，佑我大元基业。"

中书右丞搠思监也出班奏道："天下兴平日久，百官中文恬武嬉的多了，勤于政事的少了，官员中贪污受贿成风，终日泡在勾栏院里吃花酒、看杂剧。这样下去，会使天下不宁！臣以为当务之急，要整饬吏治。这是治国之本、安民之道。臣拟了整饬吏治的十条策议具文奏章在此，呈圣上御览。"

顺帝接过奏章看了一遍，点了点头道："各大臣刚才所奏——准。"

朝议之后，元顺帝随即召国师——大喇嘛葛达多措进殿，命令其立即筹备祭天大礼之事。与此同时命中书省草拟诏书，遣快马昼夜兼程飞驰杭州，直送江浙行省衙门。

江浙行省平章政事韩嘉讷、参知政事朵儿只班，两人跪接诏书，按元顺帝的旨意，立即发文：

"台州路达鲁花赤——哈剌不花，玩忽职守、剿匪不力，致使台州湾海盗猖獗！他们掠地夺岛、占山为王，公然对抗朝廷、竟然抢劫漕船百艘，烧毁军船四十余艘、窃去官粮万担，圣上闻此，龙颜大怒。为此，江浙行省政事、参政事决定：

罢免哈剌不花的台州路达鲁花赤的职务，立即来杭州报到，罢免役阿昏愦的台州路总管职。同时来杭听候处罚。

任命曾住为台州路达鲁花赤。

调庆元路达鲁花赤——帖木儿为台州路总管。"

朵儿只班受任为征剿"海盗"统帅。重任在肩,他却忧心忡忡。回到府中,在夫人孛罗氏面前长吁短叹。孛罗氏问说:"老爷身受皇命,率师征讨海盗,是皇上对老爷的宠信,老爷为何却闷闷不乐?"

朵儿只班叹了一口气说:"夫人有所不知,这次出征与往常不同,为夫屡战沙场,历经腥风血雨,岂惧打仗?只是这次征讨的是海盗,听说方国珍这批反贼,在海上出没无常、诡计多端,恐怕难以对付。"

孛罗氏说:"夫君屡战沙场,且屡屡胜利,可称得上常胜将军,今日何惧小小海盗?"

"夫人想必知道,我们蒙古人马上功夫比汉人强,在陆地我可驰骋纵横。可是在茫茫大海上,滔滔巨浪,怎能应对、如何取胜?"朵儿只班愁眉不展地说。

"老爷此言虽然有理,只是皇命在身,圣命难违。但也有可借之力——舟山水师,舟山水师有许多将士,他们熟悉海情,更知水况,通晓海战方略。老爷可依靠他们,借他们之力,定获全胜!"孛罗氏勉励着说。

经夫人这么一说,朵儿只班面有喜色,他脸露笑容地说:"夫人意见不错,照夫人说的去做,明日即赴舟山。家中一切事务,由夫人操心了。"

"请老爷放心,家中之事妾身自会料理好的。"夫人接着说,"还有一事,下月十八,是君兄——朵儿只依右丞的寿辰,我会派人将寿礼送过去的。"

"夫人贤惠,一切拜托了!谢谢!"朵儿只班说。

"老爷若打了个胜仗,速报喜讯,妾将喜讯报给大伯,想必给寿诞增辉添色!"夫人孛罗氏说。

第二天,朵儿只班带领几十名的亲信随从,策马赶赴浙东庆元路(宁波府),再从"庆元"乘船转到舟山。

舟山群岛与庆元隔海相望,海水滔滔,朵儿只班从涌江口下船,乘着舟山水师来迎接的大船,半天多的时间,便到主岛沈家门。

江浙水师知道朵儿只班的到来,舟山水师将、校们,一齐到码头迎接,岸上敲锣打鼓、号角声声、火炮三响。同时将士高呼:"热烈欢迎朵儿只班统帅!"

朵儿只班是当时元廷中的一员名将,他在征服西南边塞、少数民族的所谓叛乱中,表现非凡,确立战功。如有一次,他单枪匹马闯苗寨,活捉两名苗寨首领,取得了决定性的胜利。此事受到皇上表彰和元廷的赞扬。

这次他来统帅江浙水师，讨伐方国珍的东海"海盗"。因而受到水师大营将士们的尊敬和拥戴。

征讨方国珍是元顺帝钦命，朵儿只班不敢有丝毫怠慢，就连夜召集众将领商议出征大事。朵儿只班首先说："这次奉皇命征讨以方国珍为首的匪帮盗贼，众将领务必同心合力、同仇敌忾，务求必胜。"

江浙水师其实是徒有虚名，长期未有战斗，军心懈怠、军纪松弛。这些将校长期过着花天酒地的生活、整日泡在勾栏院里。今天在朵儿只班统帅面前，表现十分不错，他们个个大言不惭，人人口若悬河。

他们说："有朵儿只班将军的英明指挥，这次出征必定是旗开得胜、马到成功，一举夺取大陈岛，活捉方国珍。"有的说："小小盗贼，有何能耐与天兵抵抗，当他们得知朵儿只班将军率领江浙水师到来，早已闻风丧胆、逃之夭夭了。"更有的说："我们战船坚固，可说是坚不可摧，他们小小渔舟，不堪一击，必将是打他个落花流水、头破血流。我们定能攻无不克、坚无不摧。"

他们越说劲头越足，越讲大话越多，讲得天花乱坠，牛皮越吹越大。

而朵儿只班听得心花怒放，以为他们尊重他。认为这次出征必然是胜利在望，于是他故作谦虚地说："诸将在水师大营多年，想必熟悉海情、熟知水况，为这次一举拿下台温海域诸岛、消灭东海海盗、活捉方国珍，还需众位献计献策。请各位直言，本帅择善而从，以期取胜，不辱皇命。"

一些水师头领，自以为天下无敌，更不知方国珍情况，视他们是一群不堪一击的草寇、盗贼。为了在主子面前逞能，便积极进言。

海道巡展钱得胜首先进言："方国珍一伙盗贼，无非是乌合之众，大帅这次率师征讨，上衔天威、下孚众望，必能旗开得胜！盗贼的巢穴设在大陈岛。我们可先合围上下大陈岛，打他个措手不及。只要擒住贼首——方国珍，岛上盗贼就会冰消瓦解、四散逃蹿，我们就一举得胜，很快班师复命了。"

朵儿只班赞成地说："钱将军说得不错，其意见可取。但愿我们一举得胜，很快班师复命。"

水师千户鲍大刚说："从舟山到大陈岛，选择顺风吉日，一个昼夜便可到达，把大陈岛围个水泄不通，使方国珍这帮贼盗插翅难飞，必将束手就擒。"

朵儿只班被各位将领们说得信心百倍、斗志昂扬。他便满怀信心地拱拱手说："此番出征就倚仗诸位了。待消灭方国珍这帮贼寇后，本帅将各位的功劳，一一奏明皇上，请求圣上论功行赏。"

朵儿只班接着宣布：

"本帅任命钱得胜将军为剿匪左先锋，鲍大刚将军为右先锋。"

同时宣布三日内做好战斗准备，待命出发。

朵儿只班随身带来了术士，他就命术士测定顺风吉日、出发良辰。接着朵儿只班率领庞大的江浙水师船队，从定海出发，浩浩荡荡地向大陈岛进军。果然不出所料，天刮北风，北风呼呼、旗帆哗哗，战船徐徐，三百多艘战船，列队前进，真可谓旌旗遮日、风帆若云。

此时，朵儿只班端坐在中军的帅船上，遥望辽阔海空，指挥着大元朝雄伟的江浙水师，心感荣耀无比，不觉口占一诗：

滚滚旌帆遮蔽空，旗开得胜妙无穷。

军船三百齐前进，海贼国珍擒瓮中。

且说方国珍他们，早已得知元顺帝命朵儿只班，率领舟山水师前来征讨的讯息。军情紧急，一场恶战迫在眉睫！于是立即召回洞头的方国璋、董志强，玉环的李金海、李金松，研究商讨御敌之策、破敌之计。

军务会议，有道长、军师、方国璋、方国瑛、陈仲达、陈叔达、李金海、李金松、方国珉、董志强参加。由方国珍主持，他首先提出说："这次以朵儿只班为帅的江浙水师，是元军的主力，必须慎重对待，丝毫不能麻痹大意，这是一场关系生死存亡的大仗，所以要只能取胜、不可失败，否则我们将无立足之地、无安身之处。"

李金海口出豪言："兵来将挡，水来土掩，江浙水师来了，东海水师吃掉它，消灭它，朵儿只班算什么东西，管叫他有来无回。"

方国璋冷静地分析说："听说朵儿只班是员猛将，可是他走错了路，他不懂水兵，怎么指挥？任其再勇也难以施展才能，只有跳海一着棋可走。"

讨论出现不同意见，有人主张是暂时放弃大陈，部队全部撤离，分散到龙门、积谷山、黄琅、白果等岛屿。把敌军引到洞头洋，在那岛屿星罗棋布、海阔天空的大洋，宜于一举消灭；有的主张是，必须保护大陈岛，这里有兵营，更有粮食，大陈一旦失守，败局已定了，他们定把你营房烧毁，把你粮食抢走，使你无立足之地、无安心之处。放弃大陈的方案绝不可取。

讨论出现不同意见是必然的，也是正常的。最后由道长、军师定夺。

军师牟子善胸有成竹地说："各种意见各有道理，我们可采取既要保住大陈，做到大陈万无一失，又要把敌军引入洞头洋海域，争取在玉环、洞头一带海域全歼敌军。当否请道长明确指示。"

"军师的意见是可取的，"空空道长接着说，"先说如何保卫大陈岛？

上下大陈岛兵多粮足，我们有能力、有智慧保卫大陈岛万无一失。如何既保卫大陈万无一失，又达到消灭江浙水师。具体由方大将军部署作战方略。"

方国珍说："这是一次硬仗，是生死存亡的一仗，只许取胜，不可失败。为此特作如下部署：

其一要保卫大陈岛，保证上下大陈万无一失！确定由陈仲达负责，并迅速拟个具体方案，如加固工事等，要立即部署实施。

其二是举洞头之兵，作渔网之坤，防止向南逃跑。确定由董志强把守。

其三是丁光土、徐绍富带三十船，一百兵埋伏积谷山岛；胡永潮、徐鹏飞带三十船，一百兵，埋伏在龙门岛，侍机出击。

其四是李金海、李金松回玉环岛，就是要你俩作为消灭朵儿只班的主力，力争在把江浙水师消灭在披山洋。

其五是由李金有、李金富带五十船，百多兵埋伏在披山岛。"

"火是光明、火是我们胜利之本。"军师接着说，"切记，最后采取火攻而全歼敌军，因而必须做好火攻的精神和物质准备。"

"如何将敌军引入洞头洋，这个责任就落在陈叔达的身上，陈叔达与黄法宝、黄法贵带一百船三百兵，在三门湾、蛇蟠岛与头门岛之间开始拦截，着意将他们引入海岸线南进，尽力避开大陈岛。"空空道长接着说，"以保存自己实力的同时，尽可能地给敌人以迎头痛击。还要装出挺不住的样子，且战且退，一直把敌人引入洞头洋。"

"这样最好，我们可以举大陈主力，随后追击，变防守为主攻。"陈仲达说。

"战争千变万化，我们要随机应变，"方国珍接着说，"大家要互相配合、协同作战，夺取抗元第一仗的伟大胜利！"

却说朵儿只班的元军水师，从舟山沈家门出发，靠沿海线前进，当进入台州地界——三门湾，此处海况复杂，风大浪高。就在蛇蟠岛外，隐隐约约看见头门岛和一江山岛了。

黄法宝只带二十多艘船，在三门湾海域，时露时现、隐隐约约。东海水师旗帜歪歪斜斜，佯作缓缓退却之状，装出力不从心的样子，达到避开大陈岛，诱敌进入沿海线、逐步诱敌进入披山洋的目的。

当元军驶入头门岛与一江山岛之间，陈叔达率百余战船，同样一字儿摆开，且主动发起攻击，他向元军喊话说："朵儿只班听着，你们快快回去，否则有来无回，全部葬身海底！"说后百箭齐发，一起向元军指挥船发射箭矢。他们箭无虚发，一支支向朵儿只班射击，险些儿射中他的心窝。不由得使朵儿只班大吃一惊。

双方互相放箭约半个时辰，由于元军战船坚固，陈叔达看来一时难以取胜，只有且战且退。

而元军以为方国珍的全部兵力在此，于是不敢贸然前进，也稳步推进。

天有不测风云，突然间，刮起了一阵猛烈的东南风，由于敌船船帆高大，一时转不过舵，不但无法前进，反而有所倒退，一时官军出现小小的混乱现象。

陈叔达趁这大好时机，发起反攻，一声呐喊："冲呀！冲呀！"，顺风射箭，箭头如雨点般地射向元军，致使元军多人中箭伤亡。虽然朵儿只班尽力挺住局面，扭转败局，双方进入对峙状态。

大风过后，紧接着，淅淅沥沥的雨，伴随着夜幕降临，双方只有休战。元军因为地生陌疏，只得就地抛锚，

陈叔达他们的战船，除巡逻值班外，其余在头门岛停泊休息。

头门岛，是个美丽的岛屿，风景十分秀雅，山清水秀、鸟语花香。这里有诗写道：

> 鸟语花香锦绣存，山清水秀望头门。
>
> 悬涯浪拍千堆雪，水角船横万水温。

头门水产资源丰富，水深鱼多。它位于台州湾北侧。头门港，是一个难得的深水良港，位于浙江省沿海地区中部，北临宁波、南靠温州。岛上住有十来户诚实的渔民。陈叔达趁此难得的机会，向他们介绍东海水师的抗元主张，不但对百姓秋毫无犯，同时还将部分干粮分发给渔民。

陈叔达为了说明头门岛属于东海水师的管理，推举四十二岁的大叔——张家正为头门村村长，直属大陈岛总部管辖。

却说朵儿只班，他却忧心忡忡，谁知小小头门岛外一战，损兵两人、伤五人。虽然说小小的伤亡，是常有的事，不值一提。但不知明天将如何？心中无数。

次日凌晨，雨过天晴，东方红日喷薄欲出，光芒万丈红遍天际。朵儿只班无心欣赏美不胜收的日出画面，却催促战船奋勇前进。

此时此刻，号角声声，声嘶力竭且惊天动地。吓得海鸥横冲直撞、惊得黄鱼慌蹦乱跳。元军江浙水师扬起风帆，继昨天之水路，续前日之航速，威武依旧地向大陈岛方向前进！

陈叔达的东海水师为了将元军引入岐途，引入洞头洋。他们以逸待

劳，以静观动。

当江浙水师向大陈岛方向前进，进入一江山岛时。陈叔达急忙来个突然袭击，击其不备，攻之不测。

江浙水师遇到突然袭击，朵儿只班视遇大敌，奋起猛烈反攻，双方立即进入紧张的战斗状态，箭矢如雨点，几只野鹜遭射击而坠入大海，岂不怨哉！

双方狂风暴雨般的战斗约一个时辰，朵儿只班也不敢贸然前进，陈叔达仍旧且战且退，他们紧靠海岸线退却。

朵儿只班架起望远镜，仔细观察，看到的就是昨天的样子，就是昨天的一百条破船，一条无增、一条不少。他进一步认定这就是方国珍的全部力量，所以决定穷追不舍，一追到底。

陈叔达向椒江口退去，他们之间始终保持一箭距离，所谓一箭之距，就是战船上的强弓可互射，手弓是射击不到的。到达中午时光，不知不觉退到了黄礁山以东附近海域。避过了大陈岛，积谷山却历历在目。

朵儿只班不识东海状况，也没仔细查考地图，误将积谷山为大陈岛。所以继续催促队伍向"大陈山"（积谷山）前进，渐渐地落入圈套，蹿入了布好的渔网之中。

将到积谷山时，红日西沉，夜幕又临，双方休战。休战后，陈叔达着意向积谷山方向退却。

夜幕即将降临，朵儿只班命令偃旗息鼓，烧水做饭。紧接着召集部下商议军务，他说："今天下来，虽然未与盗贼正面开战，但都处在敌弱我强、敌退我进状况，看来已经追赶到敌人的老巢——大陈岛了。明天如何攻克大陈岛？请诸位多提高见。"

诸将领接着纷纷发言，江浙水师副帅达鲁拉吉说："皇恩浩荡，仰赖天威，虽有小小损失，这是难免的。总体而言，可说是旗开得胜、胜利在望了，看来离凯旋只是一步之遥了。"

左先锋钱得胜说："仰赖皇恩浩荡，全靠朵儿大帅威望，出征以来顺风顺水，畅行无阻，天军直逼盗贼巢穴，可说是稳操胜券。"

右先锋鲍大刚抢着说："据鲍某观察，方国珍一伙有战船百艘，盗贼二三百之众，在当地可以成其气候、可以独霸一方。但无论是战船、弓箭，还是匪兵等，怎能与我天兵相比，他们是以卵击石，必然是鸡飞蛋打！"

朵儿只班被他们一吹，他趾高气扬地说："海盗流寇有何所惧，他们是蚍蜉撼树，我们是胜券在握。但也不能麻痹大意，要慎重对待，至于如何全歼海盗，还望诸位多提良策。"

鲍大刚说："战争的主动权在我们手里，打与不打、何时可打，由我们说了算，就是大帅的一句话。明天早上观察地形，接着来个大包围，然后，选择有利地形，发起强攻，突破重点，全面登岛。"

左先锋钱得胜说："从这两天的情况看来，敌人狡猾，很有可能弃岛而逃，与我们玩捉迷藏，如果我们集中登岛，他却四面游荡，岂不中计？"

朵儿只班听后认为，两人所说都有道理，决定兵分两路，由鲍大刚负责围岛、由钱得胜负责对付可能救援之敌。

却说陈叔达假退积谷山岛，实则退至龙门岛。此时，方国珍、方国璋、李金海、李金松他们已经在龙门岛等候了。

因为方国珍他们始终在观察敌人的动态，始终与陈叔达保持着两三里路程的距离，始终在引导陈叔达的退兵路线。所以，陈叔达知道他们在龙门岛等候。

在龙门岛，他们首先将这两天的引敌深入的情况，做了概括性的总结。

方国珍说："两天战况，请叔达谈谈看法。"

"我们已经掌握了主动权，已经牵着敌人的鼻子，把他们引入罗网，任凭我们宰割。"陈叔达进一步说，"昨天与他们交过手了，借着几阵东南风，发起对敌猛力攻击，取得初战的胜利。"

方国璋说："朵儿只班以为我们怯战，必乘胜前进。我们按制定策略办，战斗就在明天。至于具体如何作战……"

不知明天战况如何？且听下回分解。

第二十五回
志强枪挑钱得胜　李金海勇擒朵儿只班

江浙水师昂气扬，朵儿统帅逞何强。

大刚上将自刀刿，得胜先锋鸡落汤。

却说朵儿只班他们，也与昨天一样，当旭日东升时刻，吹起进军号角，吹得声嘶力竭，吹得惊天动地，惊得鸦飞鸟散。紧接着战船徐徐前进，向着积谷山方向进发。

陈叔达他们不吹军号吹螺角，当他们的军号一停，便吹起响亮的螺号，螺号声音清脆动听，逶迤雅逸。瞬息之间，螺号从四面八方响起，从披山洋到积谷山、从龙门岛到玉环山、从大陈洋到洞头洋，处处响起螺号。他们有的站在山顶上吹，有的却在山旮间吹，更多的在船头上吹。螺号响彻云霄、响彻东南海角。号声吹得敌人胆战心惊、迷惑不解、晕头转向、不知所措。

陈叔达仍按原班人马，继续"一"字摆布，挡住他们前进。朵儿只班的三百条战船，依旧按"品"字形阵势，摆出扬扬得意的样子，穷凶地向着陈叔达的中军冲来。陈叔达仍然缓缓退却，双方仍然保持一箭之距。

当进入积谷山与玉环岛之间，朵儿只班的三百艘船，突然兵分两路。由鲍大刚带一百艘船，向积谷山方向移动；由钱得胜率领一百艘船，继续追击陈叔达他们；朵儿只班亲自率一百船为钱得胜殿后。

先说鲍大刚的战船，接近到积谷山时，他就命令说："立即抢滩登陆，抢占码头。"

守在积谷山的李金有他们，早已摆开阵势，严阵以待，当鲍大刚的战船靠近时，就箭弩齐发，逼退进攻的船队，退到箭弩的射程以外，双方对峙着。鲍大刚见首轮进攻受挫，恼怒万分，让船队环岛绕行，企图寻找新的登陆点。陈叔达被钱得胜死死地盯住，难以回援，这种局面朵儿只班当然非常高兴，认为已掌控了战场的主动权，把陈叔达的百余艘船当作方国珍人马的唯一主力，误认为只要消灭这股力量，就可取得完胜，就带着自己率领的百艘船从侧翼迂回过去，企图对陈叔达的船队形成前后夹击。

海面上的行动毫无秘密可言，朵儿只班的图谋，陈叔达早已察觉，就毫不犹豫地大踏步退却，避开朵儿只班图谋。朵儿只班见此计未成，就恼怒地和钱得胜配合对陈叔达部狂追猛打，紧紧咬住不放。

鲍大刚见朵儿只班和钱得胜追赶陈叔达的船队去了，认为已无后顾之忧了，就可集中力量围攻"大陈岛"了。

积谷山岛的地形是不易防守的，除码头方向外其他地方几乎是无险可守，蔡乱头当年也只是在山上修建蔡家寨作为巢穴，对付几十人是可以的，若数百人登岛，蔡家寨是无可作为的。李金有当然知道积谷山岛是无法固守的，当在码头方向阻击敌军获胜后，就伺机组织人员撤退。

正当鲍大刚从四面登岛进攻时，李金有从码头出发，带领三十条快船冲了出来，向北撤退。鲍大刚的任务是攻占岛屿，建立临时落脚点，所以对撤离的船只也没加追赶。

登岛后，发现所谓的大陈岛，空空如也。鲍大刚的四五百个官兵，畅通无阻，如入无人之境，全部上岛。这时才发现是个空岛，只有几十家渔民的破房，都已人去房空，鲍大刚猛然感觉不对，这里不是大陈岛，而是积谷山！

陈仲达、方国瑛、方国珉他们身在大陈岛，时刻关注着战斗动向。他看敌人已经越过大陈洋，正在向披山洋移动，知道敌人已经落入圈套。大陈山岛已无战事了，断然决定，率大陈的主力，即战船三百，兵员八百，向南出发，途中遇到李金有船队，告知元军情况，陈仲达闻言大喜，说："兵发积谷山，围攻鲍大刚。"

鲍大刚的水兵在岛上布防完毕，正准备把船开往码头集中，忽然发现有三百余条战船把积谷山岛团团围住了，不由得大吃一惊，哪来的三百多艘船？看来难以对阵，顿时个个都目瞪口呆、束手无策，只能固守待援，听天由命了。

陈仲达、方国瑛、方国珉他们围而不攻，双方保持一二里之距离对峙着。龙门岛的胡永潮，得知陈仲达他们包围了敌军，带来本岛的民团等力量——二十多艘船，也来助阵。

却说朵儿只班和钱得胜俩仍继续与陈叔达在大海上周旋，当敌船进入玉环海面时，李金海的百条战船，突然从南塘湾（楚门）海面横空杀出，直冲朵儿只班的船队；紧接着李金松的一百条战船，从坎门港直逼朵儿只班主力。李金海、李金松的二百多艘船，分别从两个方向、一齐向朵儿只班、钱得胜他们杀来。

此时，朵儿只班惊呆了，原以为方国珍主力只是百余条战船，现在却又杀出二百来条战船，真不知方国珍有多少兵力，没有办法，只得分头抵抗。

钱得胜去对阵李金松的坎门兵。李金松进进退退与敌缠斗，有意把他们引入洞头洋，此时海面发起薄雾，能见度降低，钱得胜的先锋船队刚到洞头港湾，湾里突然驶出一支船队，挡住去路。钱得胜站在船头，手执开山大斧喝问："来者莫非是海盗反贼方国珍？谅你无处可逃，快快投降，可免一死。"

方国璋站立船头，右手执矛、左手执盾，大声地回喝说："吾乃东海水师副统帅方国璋是也。今天元朝气数将尽，天下百姓怨声载道，四方志士揭竿而起，尔等何还作元廷鹰犬？不如放下武器，归顺我们东海水师，才是唯一的出路！"

"小小海盗，有何能耐，竟敢大言不惭！"钱得胜一边令击鼓呐喊，一边手执八尺长枪，直向方国璋刺来，东海水军徐鹏飞驾船冲在前面，一枪斜杀过来，挡住了钱得胜的枪，接过了挑战钱得胜的任务，同时高呼："兄弟们、军士们，大家一起上，捉住这个狗官，可立头功。"

钱得胜听得火冒三丈，下令各船一起放箭，一霎时，海面箭如飞蝗、矢若雨点，一齐向徐鹏飞的战船飞来。可徐鹏飞威武不屈地站立船头，勇猛地指挥战斗。

因敌船射击过猛，徐鹏飞躲避不及，右肩膀臂中了一箭，支持不住，败下阵来。

元军左先锋钱得胜乘胜前进，发起更猛烈的攻击。方国璋指挥战船，再次发起更加猛烈的还击，双方持续对峙一个多时辰。看看元军官兵筋疲力尽、箭头乱飞，支支落在水中，根本射击不到东海水师的船上。方国璋仍继续发起攻击，达到耗尽敌人的士气、锐气、力气的目的。

方国璋乘坐的这艘船，是他自己设计建造的，船头装有强弓、坚矢、韧弩，初试锋芒，威力无比。他和助手们把箭头瞄准钱得胜，三人一起拉弓，方国璋亲自把握弓箭管把。说声"放"，"呼"的一声，其箭矢上装有燃烧的火龙，形如流星，火光四射地向着钱得胜射来，紧接着支支火箭，一齐射向敌船，瞬间，钱得胜的指挥船，火光冲天，烟雾滚滚，烈焰腾腾。

如此猛烈的攻击，多数战船着火，少数船只逃跑。被烧着的船只，官兵叫苦连天，喊爹叫娘。一个个跳入海里。这个钱得胜，眼巴巴地看着自己的指挥船烈焰冲霄。他长期在江浙水师，善于游泳、稍懂潜水，面对滔滔大海，面对熔熔烈火，无路可走，只得跳海。可是这个顽固不化的元军将领，仍不甘心失败，他游向尚未着火的船上，混在战士中间，妄图再与方国璋他们一决雌雄。

董志强眼明手快，一边催船奋进，一边手拿铁钩钩，猛力抛到敌船，再用力把它拉近距离，一个飞翻，飞到敌船。随着董志强的跃然飞过，战友们也陆续飞跃到敌船。这时双方风风火火地打了起来，钱得胜继续顽抗，手拿大斧，向着董志强猛劈过来，董志强一叉叉开钱得胜的板斧。钱得胜就赤手空拳，扑向董志强，双方进入拳脚相交。这样你进我退，我进你退，双方斗了二十回合，不分胜败。董志强年轻力强，正玩得起劲，打得开心，看看对方，有上气不接下气、力不从心的样子。这个钱得胜，他与董志强打了几十个回合后，感到精疲力竭，知道难以取胜，就采取逃脱的办法。他凭借自己有点儿水上功夫，他虚晃一拳后，"扑通"一声，便跳入海里，游向远处，妄图逃跑。

董志强急忙拿起钢叉（戟），掷向钱得胜，正好刺中他的背部。鲜血立刻染红海水。董志强的钢叉是两用的，叉柄装有绳索、叉尖制有倒刺，一旦刺入身上，就逃脱不了。此时董志强慢慢地收住绳索，拉近后，捞起叉柄，再将这个元军左先锋挑了上来，并且举得高高的。董志强的举动惊呆了众人，更惊呆了敌人。钱得胜身高马大，足足一百六七十斤重，却如稻草人一般，凌空高举。这样使得敌人胆战心惊，纷纷举手投降。

再说主帅朵儿只班，被李金海追逐得如无头苍蝇——迷失方向。这时继续向南，南方有陈叔达的百条战船挡住，转而向西，又有李金松的百艘船拦阻，箭矢如雨点般地飞来，可说无法前进，他只有向北后退，谁知李金海的百条战船，虎视眈眈，今向他扑来。只有向东，他以为向东是一条生路，可与鲍大刚的队伍联合，有可能得以逃脱。走不多远，便接近积谷山了，朵儿只班以为鲍大刚已经占了"大陈山"了，不料被李金有、李金富俩的八十艘船拦截。他不得不站立船头问话说："我们是江浙水师、我是水师统帅、是朝廷命官，你们是什么人？还不赶快让开！"

李金有答说："我们是东海水师、是方国珍的队伍，你们被包围了！"

"我们前有鲍大刚鲍将军的队伍；后还有钱得胜钱将军的队伍。你们必须让路，免遭对抗朝廷之大罪。"朵儿只班说。

"实话告诉你,，鲍大刚在积谷山岛被我们活捉了，官兵全部投降了，可以说你们是全军覆灭了。"李金富说。

"我不信，我们还有钱得胜他们。"朵儿只班说。

说着方国璋、董志强率百多艘船赶上了。他俩听到刚才朵儿只班的话，董志强再次举起钱得胜尸体，在其枪头转了几圈说："你看，钱得胜将军在这里！朵儿大帅，你认识吗？"

此时，朵儿只班目瞪口呆、叫苦不迭。眼看自己只剩下六十多艘船，而东海水师，共有战船六百多条。以超越十倍的兵力，把朵儿只班围困在核心之中，在茫茫大海上，真是插翅难飞！

其随从、亲信名叫孛鲁，是他的私人参谋、军师，他看败局已定，还想逃脱，于是说："大帅，束手就擒，不如垂死挣扎，想法冲出去。"

"向何方向突围？"朵儿只班说。

孛鲁说："北面敌船很多，难以突破；西边是玉环岛，是海盗老巢，等于去送死；东方是茫茫大海，风大浪高，有去无回；只有向南，向福建、广东方向撤退，到时借助南闽兵力，组织反扑。"

"好主意！本帅自有办法。"朵儿只班虽然吓得魂不附体，但仍强打精神说："哪个是方国珍？敢站出来与我说话吗？"

方国珍早已站立在其对面的船头说："方某国珍在此，有何交代？"

"看来这下我朵某真的输了，但败得不服。"朵儿只班说。

"有何不服，不服在何处?"方国珍问。

"就是没有与你领教，你敢否与我比试吗? 如若败在你的手下，我死而无悔了。"朵儿只班说。

方国珍慨然地答应说:"可以呀，比什么? 你说。"

朵儿只班说:"就是在此船上，请到南面开阔海域比试比试。"

根据他的要求，方国珍从南面让开一条水路。

朵儿只班装作要大显身手的样子，耀武扬威地说要与方国珍在大海比武。谁知他假借比武，实则逃跑。他以为自己的船性能好，逃得快。当驶出包围圈后，便加快速度，且越驶越快，一直向南逃跑。

待方国珍他们反应过来，船将离开洞头洋了，方国珍、方国璋、陈叔达、李金海他们急起直追，一直追赶到福建省五虎门洋面，才追上朵儿只班的船队。

五虎门洋面海况比较复杂，小屿、暗礁林立，再加上水道生疏、夜幕沉沉、风大浪高。方国珍他们只得见机行事、小心应对。

而朵儿只班见已经到了福建地界，便松了口气，他说:"幸好我急中生智，加上船的性能好跑得快，才逃脱虎口。"

夜色漆黑，他以为太平无事了，同时也怕船舶触礁，所以在五虎门停了下来。并吩咐随地抛锚休息。朵儿只班他们正在烧水做饭时刻，万万没有意料到，方国珍带领五十艘船，悄悄地再次包围了朵儿只班。为了造成先声夺人之势，五十艘船同时点燃火把，熔熔火光，照得五虎门如同白昼，朵儿只班见状心惊肉跳。

此时此刻，方国珍高声地说:"朵儿只班听着，你们被包围了，这下是插翅难飞、无路可逃了，只有举手投降一条路了。"

朵儿只班一生驰骋疆场，今夜落得个无地自容。他长叹说:"天呀! 堂堂天国大将，怎会落得束手待毙的地步。"同时他认为束手就擒，不如战死沙场。于是强打精神，命令部下，准备决一死战。

方国珍的快船，紧逼朵儿只班的战船，两船对峙。方国珍横刀执盾，威武不屈地说:"吾乃东海水师大将军方国珍，朵儿只班听着，你已经是穷途末路了，赶快投降，才饶你不死，否则死无葬身之地。"

朵儿只班也持枪站立船头应道:"本帅乃天朝元帅，岂肯投降尔等盗贼，方国珍，你过来，本帅与你斗上几个回合，比个输赢、见个高低。"

方国珍怒吼道:"来吧。"说着，就提刀出击。却被陈叔达阻止住说:"小小朵儿只班，何需大将军亲自出马，待我过去把他擒来就是。"不等叔达说完，李金海已经迫不及待地提枪，向朵儿只班猛击过去，陈叔达看李金海跨跃到敌船，只怕有失，就在另一艘船飞跃到敌船，向朵儿只班猛扑过去。

朵儿只班并不亲自出手，孛鲁等随从家将，可说是贴心保镖，个个身手不凡，他们一齐上阵，合力奋勇抵抗。李金海渐渐地体力不支，有招架不住的样子。

"金海，我来也。"陈叔达他手握双刀飞舞着向前而去，犹如一团白练翻滚锐不可当，孛鲁哪里是叔达的对手，被叔达一刀削去，就右臂落地，鲜血喷溅，立刻倒在船板上。李金海趁势大开杀戒，一下子杀了五个敌人。

此时的朵儿只班再也坐不住了，舞起浑铁枪，向陈叔达猛杀过来。这两人撕打起来，可说是旗鼓相当。双方都使出了绝招，你一枪我一刀，一进一退，一来一往，双方战了四十回合，仍不分胜负，

李金海收拾了朵儿只班的亲信后，想过去助叔达一把，因船上空间有限，就绕过其背后，看见有一捆缆绳，就地取材，随手将缆绳扔掷过去，刚好扔在朵儿只班的脚下。在船上打斗，怎经得绳索缠绕，不觉被缠住双脚，摔倒在船板上。陈叔达趁机跨上一步，飞起一脚将朵儿只班踢入大海。

李金海是海水浸泡大的，长期在海里打滚，号称"滚海蛟"，真不愧为"滚江龙"李俊的后代。他见朵儿只班被陈叔达踢进大海，他一个猛扎，飞快地游到朵儿只班身边，一手抓住朵氏的颈项，一手推开浮标，这时候不识水性的朵儿只班，只任凭李金海摆布，时而将他的头浸入水中，让他灌饱难熬的海水，时而将其头抬起，透一透气。弄得他直呼饶命。方国珍这时喊道："金海，暂请勿将他弄死。"

"好！听大将军的。"李金海如拖死猪般地将他拖到大将军方国珍的船上说："这个大死猪交还给你，要杀要割任凭你处置。"

朵儿只班被捉住后，其余的人全部投降了。方国珍他们胜利返航了。

再说陈仲达的大军包围积谷山岛，眼看夕阳西下了，夜幕即将降临。方国璋、李金松、董志强他们的三百艘船，同时押解着敌人投降的百多艘船，一起来支援陈仲达，这样积谷山外的船越来越多。

站在山上的鲍大刚，只盼左先锋钱得胜的救兵，看看红日西沉时刻，见西南方黑压压的船队到来，他似乎看到希望，看到救星。借着落日的余晖，见一将士的枪头，高高举着一个刺死的尸首，同时猛听到喊说："鲍大刚你看着，这个就是你们的左先锋钱得胜。"

鲍大刚听得毛骨悚然，吓得心惊肉跳，深知败局已定，更知无处可逃，只有死路一条。于是长吁短叹。这里有诗为证：

军旅生涯数十年，战功屡立喜心田。

谁知惨败国珍手，了却残生泉下眠。

有人作诗写道：

右路先锋鲍大刚，英雄善战志昂昂。

大陈岛外波涛急，积谷山边自刎亡。

陈仲达本想主动发起进攻，但未知洞头洋的确切消息，因而拖延到傍晚。既然到了傍晚，索性等到明天，等到方国珍他们到来。果然，当东方鱼肚白时，见一船队款款从南而来，天越来越明，船越来越近。走近一看，见方国珍、陈叔达、李金海他们押解着朵儿只班，吹起胜利的海螺号角，凯旋而归。

积谷山对于方国珍来说，无论是一草一木，一砖一石，尽在心中。打积谷山，如同回家探亲。方国珍他们刚要发起进攻，谁知百余艘船的官兵却人人举手投降，表示弃暗投明，归顺东海水师。

经陈仲达、李金有、丁光土、徐鹏飞他们清点核对，只少鲍大刚一人。战斗变成了寻尸首，寻了好些时间，终于在一株松树旁，发现他自己剑刺胸膛，自杀身亡。随着鲍大刚尸体的找到，宣告战斗已经胜利结束，朵儿只班的江浙水师全军覆没。

这一胜利非同小可，江浙水师全军覆灭，元廷大将朵儿只班被活捉。大将左先锋被杀身亡，大将右先锋自杀身亡，缴获战船二百六十艘。方国珍率领东海水师，凯旋回归大陈山而高歌：

金波玉浪万千重，白鹭祥云共碧空。

捷报频频传喜讯，凯歌阵阵伴东风。

洞头岛外帆樯立，积谷山涯战果丰。

江浙水师全覆没，大陈海域战旗红。

第二十六回
胜利归来良缘喜结　贺新婚两对拜双堂

东海波涛逐浪高，国珍应战显英豪。

先锋左右葬鱼腹，活捉朵儿深水捞。

以方国珍为首的东海水师，在披山洋的战斗中大胜元军，致元军的中央水师全军覆没。元廷左先锋钱得胜、右先锋鲍大刚葬身鱼腹。统帅朵儿只班被方国珍活捉,三百条战船全被缴获,可说是大获全胜。方国珍决定班师大陈山,开一夜庆功会,办两场新婚酒,设三天庆功宴。

从洞头洋到积谷山、从披山洋到大陈岛,到处响起了胜利的号角,螺号声逶迤激荡,欢呼声此起彼伏,使人们心旷神怡。正是:

> 樯橹如林　旌旗漫卷　万里晴空波荡漾;
> 风帆蔽日　银鸳翔翔　千船击水浪滔天。

方国珍为展示船队的威风,确定十船一行,百船一线的方队。说也奇巧,刚好一千艘船,十乘百,一条不多一船不少。由方国珍、方国璋、陈仲达、陈叔达、李金海、李金松、方国瑛、方国珉、董志强和李金有十人,为先带头,随后队伍整整齐齐,有条不紊,款款地驶向大陈岛。

空空道长,了了军师,知道方国珍他们凯旋归来,组织起欢迎队伍,除留守在岛上的军人、家属外,还有上下大陈的两岛的民众,敲锣打鼓,一齐到上大陈码头迎接。

台州与北方不同,北方喜欢打大鼓,台州最盛行敲锣鼓,基本上乡乡、村村都有锣鼓队。凡是庙会、喜庆等都有锣鼓来凑热闹。上下大陈各有一个锣鼓队,今天,方国珍的东海水师取得如此的重大胜利,上下大陈民众欢欣鼓舞,便自动地敲锣打鼓,前来迎接凯旋的东海水师。

上大陈大岙里码头,鼓乐喧天,道长、军师俩率黄法宝、黄法贵等留守兵士、后勤人员、家属、大陈居民等数百人,兴高采烈地迎接胜利归来的将士们。不一会儿,千艘战船徐徐从南而来,将到码头时,立即锣鼓喧天,螺号震耳,欢呼声此起彼伏,鼓掌声排山倒海,人人笑逐颜开地迎接归来的英雄。

道长、军师他们一一地与方国珍等握手后,见李金富、徐鹏飞、丁光土三人紧紧地捆绑着朵儿只班,将他押解上码头。空空道长、了了军师连忙上前说:"金富、鹏飞、光土,不得对朵儿将军无礼!"说后便亲自上前给朵儿只班松绑说:"朵儿将军,受惊了!"

朵儿只班受宠若惊,一时丈二和尚摸不着头,自以为这下必死无疑了的,一到岛上,就要杀头问斩,怎么会出现热情接待!到底为了什么?一时胡思乱想,事到这等地步,只好静心以待。

当一千条战船、三千多将士,蜂拥而上后,接着后面又来了一个三十条的船队,道长、军师示意方国珍他们先上,自己和朵儿只班及部分眷属暂且缓步,暂留码头,迎接洞头来的旧眷新客。

不一会儿,洞头的船队来到,道长、军师、朵儿只班和属眷们,上前表示热烈欢迎！气氛十分亲切。他们当中最受器重的是国璋之岳父——王日明先生、原洞头千户汤显时夫妇及其千金。

道长、军师见到他们，真是热情洋溢。可是这位被俘的元廷将军，却是莫名其妙、哭笑不得，欲笑口不张、欲哭又不可，只好呆若木鸡似的，听着军师说、跟着道长转，也在表示欢迎。

凯旋归来的方国珍，宣布先设三日庆功宴，再开一夜庆功会，后喝两场婚庆酒。

先说三天的庆功宴，这倒简单，就是大家通通快快地喝三天酒、吃三天鱼肉。但不知为什么？庆功会要等三天后开呢？不知其葫芦里卖的什么药？

说到要吃两场婚庆喜酒，人人喜出望外，个个笑逐颜开。但也议论纷纷，谁是新郎新娘？

说到这里，洞头兵大体明白其中的一对，肯定是董志强与汤芳芝的婚庆了，他们俩的确是郎才女貌、天生一对。这里有个优美的故事。

前面说过，董卿是方腊的警廷尉、驸马董秋的第九代玄孙，董桂芳、董桂香、董志强便是第十代嫡系玄玄孙。今天董志强要娶的媳妇汤芳芝，她就是《水浒传》中——金钱豹子汤隆的第十代玄玄孙女儿。

金钱豹子汤隆虽然是位偏将，但他武功高强，算得上是位常胜将军，他跟随宋江，从山东打到浙江，最后打到乌龙岭时，因山高路险，不慎跌落山崖，右脚受伤。当时宋军认为他在混战中牺牲了。其实是被当时的警廷尉董秋发现，看他右脚受伤，但并无大碍，就命军士们将汤隆背到樵夫家中，给刘老伯一锭银子，托刘老伯照料。汤隆在刘老伯家住了三个多月，等右腿痊愈后，才知宋江他们也溃不成军地早回东京了。无奈之下只得留在南方。

《水浒传》五十八回"汤隆荐徐宁"中，写道："话说当时汤隆对头领说，'小的是祖代打造军器为生。先父因此艺上，遭际老经略相公，得做延安知寨。先朝曾用这连环甲马取胜。欲破阵时须用钩镰枪可破。汤隆祖传已有画样在此，若要打造，便可下手。汤隆虽然会打，却不会使。若要会使的人，除非是我姑舅哥哥会使这钩镰枪法……"由此可见，汤隆是兵器世家出身。

刘老伯生有两个儿子、一个女儿。儿继父业，两个儿子都是樵夫，大儿子已经成家，小儿子刘二宝，长年累月，"伐薪烧炭南山中"。

一天，汤隆向刘老伯提出说："我祖传兵器世家，会打铁，我想与二宝弟到睦州开个打铁店，给农夫打农具、给主妇打菜刀、给勇士打棍棒、给兵家铸利器。"

刘老伯当即表示说："好呀！学手艺最好，卖田卖地，卖不了手艺。二宝今年二十一岁了，已是而立之年，可开始立业的时候了，你把二宝带去更好。"

刘老的小女取名三宝，年方十九，尚未婚配。她听汤隆说要带二宝一起去睦州开店打铁，心花怒放地说："睦州我也去，我可给汤隆哥、二宝哥买菜、烧饭、洗衣。"

大伯看看女儿已到谈婚论嫁的时候了，看看女儿喜欢上汤隆了，女儿喜欢我也高兴。于是笑呵呵地点头表示："好好，三宝同去更好。"随即问，"汤隆，将三宝带去可以吗？"

汤隆笑容可掬地说："好，很好！很高兴与三宝同往。"

刘大伯交代说："你要多多关照三宝，我将这女儿交给你了。"

"请放心，我会善待三宝的。"汤隆说。

不说前因，单说当今。俗话说"有缘千里来相会，无缘对面不相逢"，说也奇怪，当前的这位汤小姐，见到到董志强就打心眼儿喜欢，就有相识恨晚的感觉。也许是山里姑娘，见的英俊男儿、公子哥儿少的原因，其实是前世主定姻缘。汤小姐有枚祖传铜镜，形状十分的华丽，做工非常精细，是汤家的"传家宝"。更极得一说的是，这枚铜镜的背面铸有"遇董可托，姻缘莫失"的八个小楷。今天终于遇到姓董的，这是圆二百多年之梦，报十代未报之恩！

说到这里，今将汤芳芝与董志强俩爱恋经过略作简介：汤小姐一踏上洞头岛，第一眼看到的便是董志强，见他相貌堂堂、英俊洒脱、气质不凡。她暗中想着"这样英俊潇洒的男儿是最理想不过，若嫁给他为妻，是我的福分，暗中祈祷！老天保佑！"到达千户所后，因为住宿、生活都与董志强在一起，故此天天看着他，她看到董志强有非凡的才能，短短的十来天时间内，建好五间宿舍，并且安排得有条不紊。汤小姐进一步想"他是一个才智聪颖、才华横溢的优秀青年"。因而她进一步爱慕他。汤芳芝更羡慕董志强的英雄气概，钦佩他奋不顾身、英勇善战、勇往直前的胆略，更赞他勇猛过人、枪挑元军大将左先锋钱得胜、又顶洞头统制狼勇英雄形象。

汤小姐越想越爱董志强，她朝思暮想，想得夜不入眠、日懒三餐。她再也静不住了，于是写了一首词，借此投石问路。

浣溪沙·问路

锦绣洞头秋水华，山光映照绿窗纱。小楼曙色盼朝霞。

梦想男儿何所在，燕双比翼共归家，与君同赏海棠花。

她写好词后，附上几句说"写得不尽人意，请君雅正"。接着写上落款。悄悄地放在他的案头，便面泛红云、慌慌张张地退了出来。但她心中总是忐忑不安，不知对方反应如何。

第二天上午，汤芳芝的案头，忽见纸条折叠，连忙打开，一看便知董志强的复词了，见他写的也是词牌：

巫山一段云·共路

俩在青山上，观看碧水流。娇柔淑女几回眸。心里乐悠悠。

鸥鹭双飞翼，红枫点缀秋，金波荡漾共芳舟。小径喜同游。

汤芳芝心花怒放地看了他的回词，她看了一遍又一遍，看得入情入迷。就情不自禁地又继续作词一首：

行香子·奴爱南塘

一叶芳舟，双橹奔游。水天清，影湛飞鸥。鱼翻东海，鹭点台州。望南塘美，楚门秀、董家留。　　风光翠翠，漩门幽雅。乐滋滋、悦意心头。轻风送爽，菊艳金秋。但愿夫强，奴夫爱、爱夫牛。

就在当晚，董志强的案头又见一书，就是前面说的词牌"行香子"，看后十分开心，他随即写还"行香子"一首：

行香子·我家南塘

水绕村庄，美丽南塘。见屏风，锦绣华堂。庭园两桂，收尽春光。海棠添翠，芳芝雅、我珍藏。　　婷婷玉女，娥嫦下世。发髻飘、秀目光芒。有缘相遇，今世难忘。乐望妻贤，娇妻美、爱妻祥。

董志强怕一时难懂词中的含意，又作小诗，以作注释：

南塘雅逸是吾家，两桂芳香姐妹花。

碧玉海棠添艳丽，秋风晨雾早朝霞。

从此，两人情诗篇篇，情书封封，短短一月，已经是"月上柳梢头，人约黄昏后"。对此方国璋心知肚明，汤老爹喜出望外。大家都是同一愿望，希望他俩早成眷属。

正巧，方大将军的夫人，董志强的妹妹董桂芳的到来，给她俩当起了"红娘"。桂芳非常关心哥哥的婚姻大事，她牢记八年前，母亲去世时对她说的话"桂芳呀！母亲有两件心事未了，一是你和香儿已经长大了，你俩的嫁妆全部齐备，只是贤婿未出，望你俩嫁个好男儿；二是你的哥哥，已经到而立之年了，他是董家的单丁子，你姐妹俩要关心哥哥，给他娶个好媳妇，使董府血脉世代相传"。

母亲的话清晰在耳，仿佛就在眼前，仔细一想，已过八年了，至今哥哥仍是光棍一条，越想越迫切急需解决的大事。此次来洞头的主要目的，就是为董志强物色个好对象来着的。

一到洞头，就看到、听到汤芳芝爱董志强的新闻，如此大快人心的消息，董桂芳欣喜若狂，她迫不及待地走进哥哥的房间，想弄个清楚，问个明白。谁知志强不在，抽屉未锁，着意地打开看看，有没有互相情书、情诗往来。当打开一看，看见一叠叠诗词曲赋书件，光曲子就有数十首。

前面所说的只是冰山一角，一时很难记住这么多的诗稿。当时，元朝最盛行戏曲，曲子是最时髦的，董桂着意看看她俩的曲子：

琴声·汤芳芝

书斋明月照黄昏，知有瞅问，静看梧桐引栖凤。那官人，必来听这琴中韵。玉女登门。相思之曲，意向董君询。

琴迷·董志强

满山秋色月明中，耳清音送，此处佳人丝桐理？响叮咚，声声弹出求鸾凤。听曲墙东，致咱心动，细听勾魂懵。

暮霭·碧玉海棠

虽有那曹子建七步才，却欠下汤小姐相思债；他那般气昂昂胸怀卷江淮，你可是胸宽如海开。则令我夜深在绣阁徘徊。实则祈求上玉台。

胆窄·南塘逸客

我倚墙门手托腮，相思话儿呆。不是天生胆量窄，只因为连连的脸赤，氲氲的耳热，忽忽的口难开。

魂牵·碧玉海棠

情思昏昏目倦开，单枕侧，梦魂飞入楚阳台。无明无夜受侬害，不痴若狂半的呆。堕情海怎自返，实绵绵欲意将心念，柔情几徘徊。

情系·南塘逸客

君真是娇滴滴美玉无瑕，粉脸生春，云鬟如霞。凭那般红唇洁齿，又何必要抹脂涂搭。只你那天生妖娆丽质，指头儿高举众口夸；美分儿嗟呀，时刻在牵挂，处处显芳华，何时达咱家。

正在这时，董志强走了进来，见妹妹在偷看他俩的诗稿，不由得脸泛红云，羞羞答答地说："你何时进来的，我正想与妹妹与妹夫商量此事的。不料你来了，来得真好，看了这些曲稿了，想必已经明白了。芳妹感觉怎样？她可以吗？"

"很好，非常非常的好！妹妹始终牵挂哥哥的婚姻大事，今天终于盼望到哥哥有嫂嫂了！妹妹我欣喜万分，今表示祝贺！"桂芳欣喜地说。

"这位汤小姐还可以吗？妹妹能通过吗？"董志强笑眯眯地说。

"很好！人貌好，文才好，人品好！是位难得的美女，娶到她是你的福分，也是我们董家的福祉。祝贺你！"董桂芳再次表态说。

"至于拜堂成亲的事，就拜托妹妹周全了。因为我一则怕难为情；再则一切都不懂。此事还望妹妹在妹夫面前说说，一切听从大将军安排。"董志强诚恳说。

"哥哥放心好了，成亲的事，待凯旋回大陈后办理，因为父亲在大陈，必须经父亲点头。"桂芳说。

"当然当然，当然要经父亲允许，婚礼也要有香妹他们参加。"志强说。

桂芳一到大陈，立即向父亲及香、蓉、荷妹报告了哥哥的婚姻大事，喜讯如繁花似锦，似姹紫嫣红，随着胜利的喜悦，真是锦上添花，人人欢呼雀跃，无不感到欢欣鼓舞。

"真是好事连连、喜事多多，还有喜事在后头呢。"董桂香说。

"你说的就是父亲的事，就是父亲娶童大妈的事？"桂芳说。

"就是就是，一点没错。"香、蓉、荷齐声说。

"走，我们一起找芳芝去，她是我们的嫂嫂，是主人，大家一起商量商量更好。"桂芳说。

于是，桂芳、桂香、娇蓉、娇荷四姐妹同去请汤芳芝，就将父亲爱上童大妈的情况做了简要的介绍。芳芝听了，很感兴趣地提出说："很好、很新鲜，想必故事更精彩，不妨说来听听。"

"这有何不可呢，都是自家人，是有必要向嫂子说说。"桂芳说。

紧接着，将员外与童大妈相爱的情况做了些简要介绍：自从那天早上在观看军人练武时，董卿不慎踩了童妈一脚，险些儿摔倒时，被童妈拦腰抱住后。从此之后，两人便互相帮助、相互关爱。自从童婵、童娟出嫁后，童妈以一人开店、难以为继为由，随将小店转让给别人。干脆利落地搬到上大陈、住进将军楼。桂芳、桂香、娇蓉、娇荷、童婵、童娟她们，特意将房间安排在董卿隔壁，便于相互照料。童妈她性格直爽、心地善良、手脚勤快。虽然四十开外，却风韵犹存。人人都喜欢她、尊重她，视她为慈母。

此后，董员外和童大妈俩的确互相体贴，彼此之间如同一家，凡是董卿的衣服，全由童妈洗涤、缝补、折叠。还有递茶送饭，关心备之，两人如同一家。

如有一次，董老偶遇风寒，身体不适。童妈就守在他的身边，一刻不离地嘘寒问暖、递汤熬药，十分地体贴。

董员外也是一样，他也十分关爱童妈。如一天早上，童妈说要到下大陈去。而董伯却不放心地说："你一个人去我有点担心，我陪你去，上船下船便于彼此之间照顾！"

"这样太好了，非常高兴与董爷同往。"从此之后，两人就形影不离。

汤芳芝听得人情人迷，就被此故事感动，于是当即表示说："好好！父亲的婚事更为重要了。父母为大，先让父母的婚事办后，再办我俩的。"

"这就难为你了。"桂香说。

"不要说了，就这样定了，当下立即动手筹办父亲的婚礼。"汤芳芝说。

就是这次庆功会盛况空前，场面恢宏，气势雄伟，十分隆重。大会上，表彰了记大功的三十六人，记二等功的一百一十人，记三等功的三百三十人。记特等功的三人，分别是：汤显时、董志强、陈叔达。

与此同时，在庆功会上，方国珍宣布提升董志强为将军。趁此机会，将军和校尉名字公布如下：

大将军：方国珍

上将八位是：方国璋、方国瑛、陈仲达、陈叔达、李金海、李金松、方国珉、董志强。

偏将二员：李金有、李金富。

正校四员：丁光土、徐鹏飞、黄法宝、黄法贵。

汤显时，新任洞头里里长。（千户）

王日明，新任玉环楚门里里长。（千户）

这次最受益的要算是董志强，他立了战功，晋升为将军，娶了夫人，做了新郎。娶了夫人又升官、父子同时娶新娘。

三天庆功宴很快过去了，庆功宴结束，婚庆酒接着开始。婚庆会场面非常热烈，除全体官兵外，还有上、下大陈民众。由了了军师牟子善主持，朵儿只班陪同。空空道长致辞说："今天的婚礼与众不同，是照我们教会的礼节举行，一切听从本道安排。"

道长这么一说，人们交头接耳："教会的仪式怎样！"

道长接着宣布："请新郎董卿、新娘童妈（陈兰芳）入席。"随着道长话音一落，由董桂芳、董桂香、董娇蓉、董娇荷，分别陪着董卿步入左面；由童婵、童娟陪同童妈步入右边。

场院立即出现欢呼雀跃的场面，人们以为是董志强与汤芳芝完婚，没料到竟是老的一对。小的、老的都好，反正大家有喜酒喝、有热闹看。前次陈仲达和童婵、陈叔达和童娟的婚礼，除这次投诚过来的新兵外，凡是大陈人和老兵都看过，可说前所未有、登峰造极！今天也是道长、军师主持，定有杰作，别有一番热闹可看。几千人聚集在一起，既交头接耳，又聚精会神，人人目不转睛。

董员外按宋代的穿着、董夫人也照宋代最时髦化妆。出场后，道长手拿法器，向上天鞠了三鞠躬，接着宣布："南塘湾员外董卿与大陈山女士陈兰芳喜结良缘，婚庆现在开始！

第一项程序，红烛高烧。此时，突然间下大陈的山头，分别出现火光冲天，似巨烛高烧、如火山爆发。火光照红东海。使人情不自禁地欢呼雀跃，也使朵儿只班目瞪口呆！无不称奇叫绝。

第二程序，彩霞映岛。此刻，见空天飘然飞来几片云彩，霎时祥瑞霭霭，甘露湑湑。不一会儿雨过天晴、彩虹高挂、霞光万道，使人赞不绝口。

第三项程序，八仙贺喜，道长念念有词，见祥云自西天飘然而来，渐渐飘至上空，人们目睹七彩祥云，似上八洞大仙光临，云中看仙、雾里看花，若隐若现，非常壮观。不一会儿，彩云向东而去，渐渐地消失人们的视线。

人们期望更多的奇观，可是道长却宣布婚庆结束，婚宴开始。

接下来董志强的婚礼，按当时当地的习俗举行，既隆重又热闹。这里不作详表。

第二十七回
元顺帝谋和招安局　方国珍乘胜取松门

韶光瑞气映松门，海碧天高锦绣存。
比武英雄初显露，拳坛试术有乾坤。

却说元顺帝，以为有朵儿只班为帅的江浙水师，奉旨前往台州惩讨"反贼"方国珍，定能旗开得胜、马到成功。可是近日，心中总是忐忑不安，似有不祥之兆。

因为近年政局不稳，乱像丛生、盗贼四起，就在前年、即元顺帝至正十一年（1351）颖州刘福通造反。刘福通所率领的起义军被称为红巾军，因为头部都会裹上红巾。红巾军势如破竹、一路南攻、不断扩张。

刘福通（1321—1366），颖州（今安徽省阜阳市界首市）人。同年，与韩山童等长期利用白莲教在民间进行活动。

韩山童（？—1351），元末民变领袖。原为栾城（今属河北）人，其祖父因传授白莲教，被谪徙永年（今属河北）白鹿庄。他继续传教工作，声称天下将大乱，弥勒降生，明王出世，又自称是宋徽宗八世孙，当为中原之主，借以鼓动百姓起事，与刘福通等聚众，杀白马黑牛，宣誓起事，他被推奉为明王。.

刘福通、韩山童掠城夺地势如破竹，元军节节败退，搞得元顺帝寝食不安。正在这时，忽报江苏张士诚率数千人举旗造反。并在江苏高邮建"大周国"，年号天佑元年。此时正是元至正十三年（1353）把矛头直指蒙元、直指元顺帝。

前日早朝，顺帝传旨：有本奏上。

左丞相脱脱说：臣有本启奏，江苏反贼张士诚与弟张士德、张士信、张士义率盐丁起兵，攻下泰州、兴化、高邮等地。在高邮建国，张士诚自称诚王，国号周，年号天佑，率军渡江攻取常熟、湖州、松江、常州等地，有势不可当之状。

紧接着，右丞相朵儿只依奏说："启奏皇上，据臣所知，亳州军情十分紧急！韩山童之子韩林儿已正筹划称帝，国号为"大宋"，定都于亳州。

目下正率军攻克汴梁。

元顺帝闻奏，似有大惊失色之状！便说："尔等食君饷、沐皇恩，当下国难当头，众大臣有何良策，快快献上。"

脱脱左丞相听后立刻俯伏金阶奏道："我主万岁、万岁、万万岁！请皇上宽心。种种迹象表明，近年国运欠佳。可请国师大喇嘛，择定吉日良辰，祭拜上天，祈求上苍保佑逢凶化吉、遇难成祥、化险为夷！保大元朝江山永固！"

顺帝听后，脸有喜色说："准奏。命大喇嘛葛达多措急速行动。"

众大臣齐呼："皇上英明，我主万岁！万岁！万万岁！"

大喇嘛葛达多措是国师，是从西藏请来的和尚王。只见他：

> 额前发掩映齐匀，脑后参差颈似鹈。
>
> 黄褂袈裟光璀璨，乌袍黑蟒自缠身。
>
> 头箍金圈耀人目，脚踏银盘眼四巡。
>
> 拿手斑斓龙降木，犹如佛祖或天神。

大喇嘛葛达多措接旨后，认真地择定吉日良辰。脱脱丞相和朵儿只依，朝中各文武大臣，跟随顺帝前往崇天门外近郊，举行祭天大礼。

皇帝全副銮驾，仪仗队鸣锣开道，祭祀品车水马龙，号角声惊天动地。沿途数里，旌旗招展，车马行人一律回避。

其祭坛，坛面四周栏杆，均由汉白玉石铺砌，坛高九丈、方圆八十一丈，气势雄伟。坛上插遍旗幡，七彩旗帜飘扬，场面非常隆重壮观。坛前摆放着各种祭器，多数是金玉所制，做工精细、工艺巧究；坛左立着十二笾，坛右排着十二豆，中间摆着青铜铸造的宝鼎，鼎中插着万寿香，香烟袅袅，金筒蜡烛，炉火焰光，照得祭坛金碧辉煌。显出皇家独一无二的气派。祭坛下方，环列着御林军、虎贲队、仪仗队、礼乐队，彰显庄严肃穆。

元顺帝御驾到来，众人跪地叩首，三呼万岁！万岁！！万万岁！！！，接着由国师大喇嘛葛达多措引上祭品，群臣按官阶品位排立坛前，听司理监的口令，与台上的皇帝一起，对天行祭拜礼。

最最重要的由大喇嘛宣读祭词：

> 苍天保佑，佛祖呵护，华夏江山永固；
>
> 世祖显灵，神明显圣，大元基业千秋。
>
> 江浙沿海，盗贼兴起，占岛夺地造反；
>
> 贼首国珍，网罗地痞，抢劫漕船百舟。
>
> 袭击兵营，杀害命官，占去东海诸岛；
>
> 招兵买船，藏垢纳污，聚集贼寇浙瓯。
>
> ……

求佛祖保佑：

> 皇恩浩荡日蒸蒸，贼寇扫清华夏宁。
>
> 国泰民安无战祸，风调雨顺谷丰登。

祭礼仪式十分烦琐，难以一一表述。足足举行了两个时辰，才算祭毕。

随后，脱脱、朵儿丞相及重臣和太监们，陪同元顺帝走进金顶大帐篷休息。小太监随即送上香巾、递捧香茗。顺帝抹了抹额上汗珠，喝了几口香茗后，便问朵儿只依道："朵儿爱卿，朕看你近来憔悴许多，上午又立了半天，累了吧，坐下歇息！"

"谢圣上龙恩！近来为东海的战事发愁。"

"朕派朵儿只班将军前去惩剿台州海盗，时已月余，未知战况若何？"

左丞相脱脱奏道："皇上洪福齐天，上天保佑。朵儿只班是位常胜将军，想必定能旗开得胜、马到成功，扫平东海、消灭海盗，不久就会班师回朝。"

右相朵儿只依奏道："小小海盗，有何能耐与天朝元帅对抗！想必是已经夺回了大陈岛、活捉了方国珍。"

正在这时，见一将军慌慌张张上殿，跪伏金阶奏道："启奏万岁，大事不好！"

顺帝问道："平身，有事慢慢说。有何大事不好？难道朵儿只班出师不利？"

巴达将军道："何止是出师不利，而是全军覆没，无一船一兵逃脱。"

顺帝听后，大惊失色地说："朵儿将军他们都阵亡了？"

巴达道："据临安特快报说'朵儿只班被俘，左右先锋钱得胜、鲍大刚阵亡了，其余将士亡的亡、降的降，没有一个得以逃回，三百条战船同样有去无回。"

元顺帝一时六神无主地说："这将如此奈何？众爱卿有何良策？"

脱脱奏道："皇上切勿忧虑，胜败乃是兵家常事。方国珍这个反贼一定要剿灭，血债必须偿还。我们可派精兵强将，加倍军力前去惩剿！一定要踏平大陈岛、活捉方国珍，以他的头来祭祀钱得胜、鲍大刚两位将军。"

朵儿只依说："我大元朝武将颇多，但海战经验缺乏，主帅难选。选得不当，恐怕重蹈覆辙。"

脱脱说："明日早朝，请各大臣共谋良策。"

朵儿只依考虑弟弟尚在方国珍手上，若采取发兵攻打，恐怕朵儿只班性命难保，于是提出说："以臣之见，可借鉴前朝宋徽宗招安水泊梁山之策略，重耍蔡京、童贯之手腕。眼下各路盗贼四起，何不借方国珍之手，去除刘福通、韩山童、徐寿辉的残余，去平即将暴发的张士诚之大周国呢？"

"妙哉，高哉！高论高论。"脱脱丞相接着赞赏说，"招安最好、且是唯一正确的选择。它能一是减轻我们当前财政压力，由于连年灾荒，田粮难收，加上漕粮屡屡遭劫，目下已经军粮难以接济；二是水师军力薄弱，战船不足，看来没有胜算的把握。"

左右俩丞相这么一说，朝中的众官员齐唱赞歌，可说一致表示支持和拥护。这样最好，对这些官员来，丝毫无损。

元顺帝道："先礼后兵，只要方国珍他们愿意归顺朝廷，为我大元朝效劳，朕可封他一官半职；如若不依，可再发兵惩讨！"

"遵旨！皇上英明！"众大臣行鞠躬礼说。

朝议结束，脱脱、朵儿只依命翰林院拟写诏书，由朵儿只依亲自前往。他坐镇临安，指挥招安事项。

由江浙行省召集台州、庆元、温州三路及江浙水师等官员，前来商讨招安事宜。朵儿只依传达当今皇上的圣旨和诏书，同时宣讲招安的意义。台州等三路地方官员表示遵旨的同时，并表示要尽心尽力，配合朵儿相爷，做好招安。

却说方国珍收到元顺帝亲自签发的诏书，立即与道长、军师及众将军们商议对策。大家普遍表示："前车之覆辙，后车之鉴别，《水浒传》中宋江的覆辙，历历在目、教训惨痛。我们决不可重走宋江之老路！"

可是，方国珍却有意要与他们和谈。既然大将军心存和谈主张，就派军师牟子善和汤显时俩前往庆元（宁波）商谈招安之事。经过长达半月、多达六次的多方会谈，最后达成以下协定：

一、方国珍接受朝廷招安，愿意归顺大元朝；

二、方国珍及所属将士、兵马船舶，编入元军队伍。对于方国珍以往的所作所为，一律既往不咎；

三、归顺后的方国珍，成为朝廷命官，官为定海尉。受朝廷俸禄；

四、原元军元帅朵儿只班予以释放，送归朝廷。

以上四条在签定后，就要付诸实施。四条中两条是虚，两条是实。就是释放朵儿只班和方国珍上任定海两条，是实打实的东西。为了落实归顺约定，方国珍毫不犹豫地将朵儿只班送到杭州，交还给其哥哥朵儿只依。

朵儿只依和朵儿只班、带着方国珍归顺朝廷条约，回到了京城。办了一件大好事，可说大功告成。皇上已布告全国，宣布方国珍率东海水师万人，全部归顺朝廷。同时任命方国珍为定海尉职，颁发委任状。

方国珍接受了定海尉这个官职。定海尉官职虽然不高，也可说是位朝廷命官。方国珍对这个官衔有"拾之无味、弃之可惜"的感觉，但还是领受了官印、官帽、官服、朝靴、仪仗等官衔标志。

由于空空道长及众弟兄的竭力反对，方国珍迟迟不去定海赴任。

此时方国璋、方国瑛、陈仲达、陈叔达、方国珉、李金海、李金松、董志强他们，不但阻止方国珍去定海上任，反而带领全部主力，万名将士浩浩荡荡地去登陆松门镇。

松门是台州重镇，可说是战略要地，地处黄岩州南部，离黄岩城较远，离东海诸岛很近，在此可制扼海陆两地。一旦有事，可以进退自如，进可长驱直入，南至瓯、闽、西达处、金、衢、严；北征涌、绍、杭、嘉、湖。退则东南各岛，海阔天空。长期在海岛的将士们，听到要登陆松门，人人意气奋发、个个斗志昂扬，精神百倍。

东海水师登陆松门，易如反掌。队伍蜂拥而上，毫无阻拦，更为重要的是受到百姓的拥戴。可是苦了松门千户所千户蒋耀宗。前任松门千户曹虎因被方国珍袭击粮仓而丢官，现任千户又遇着方国珍。

如今的方国珍，不是海盗，而是朝廷命官，官职在千户之上，所带的军人，不是土匪，而是官兵。讲官职，方国珍比蒋耀宗高，讲实力又是方国珍强。面对高一级的方国珍，不得不表示热情接待，不得不安排食宿。

他们进入松门的理由，是借道去定海上任，谁知一住数月过去，不但并无去意，反而还在招兵买马、扩大地盘、扩充力量、扩大势力范围，看来有赖着不走的迹象。

这位蒋千户左思右想，论官职低他一级，俗话说"官低一级，缚头缚脚"。论兵力，方国珍松门驻军兵五千人，千户所不到百人，连百分之一都没有。力量对比，悬殊太大。长此下去，必吃大亏，三十六计，走为上计。于是，借着到黄岩州、台州路有事为由，带着家眷和亲信，悄然地离开了松门。

蒋耀宗一走，松门千户所，便成了方国珍的天下。方国珍就派原松门千户所司徒（百户职）徐鹏飞主持千户所的日常事务。

方国珍在松门扎下脚跟后，成了当地的土皇帝，因而把去定海做官的事，丢到脑后，在弟兄们的劝阻下，也不想去当官了。

虽然江浙行省曾行文催促他赴任，可是方国珍却以各种理由，予以搪塞，一门心思地扩大地盘，扩充兵力。不到一年时间，从大陈洋到洞头洋，从三门湾到披山洋、从玉环到温岭，大片的土地、大片的海域，成了方国珍的天下，远远超出定海数倍了。

春风送暖、春光明媚，转眼间，又到了姹紫嫣红的清明节了。国珍、国璋、国瑛、国珉四兄弟到其父母坟前扫墓。在回来的路上，是在温岭石夫人山脚下、就是在石粘村，见在一块空旷的地方，有十多个青少年正在练拳比武。方氏四兄弟就停住脚步，感兴趣地看他们比试。

他们的比武比得十分认真，且个个功夫也有两下子。从此，他们意识和体会到，民间潜藏着无数有识之士或武林高手，何不招贤纳士呢？于是国珉提出说："俗话说'人嬉要懒，兵嬉要反'，当前兵闲无事，我们何不搞个比武打擂，一则可招贤纳士，吸收社会力量，再则是带动部队勇于进取、奋勇向上、积极操练的风气。"

国瑛表示说："国珉的意见不错，搞一个打擂比武，这不仅可以招贤纳士，提高我军士气，还可扩大影响力、提高知名度。"

国璋想了想说："我也支持国珉的意见，同意搞一场轰轰烈烈的比武打擂，可吸收温州、永嘉，甚至可以在闽南、浙北的武林高手。"

方国珍听得心花怒放、兴致勃勃地说："五弟的意见很好，我们兄弟四人中算你最聪明，这个点子提得及时。回到松门后，与道长、军师及大家商量商量。"

回到松门，就将"打擂比武"的设想，向道长他们提出，得到众将军的积极支持。并确定由方国珉、陈仲达俩负责。

仲达、国珉办事认真、利索，不到一个月的时间，告示贴遍闽北、浙南、金华和浙北广大地区。方国珍设坛打擂的消息传遍大江南北。地点原来设想放在礁山，考虑礁山交通不便，最后确定改设在石粘。就在石粘搭起擂台。

擂台气势恢宏，且庄严肃穆。中间贴着"选将台"三个大字，两边柱子上挂着大红对联，其联是：

　　　　高士贤人 请上擂台竞俊杰；
　　　　英雄好汉 莫居下列自沉埋。

台后彩旗招展、鼓乐喧天。

方国珍亲自主持开擂仪式，他迈开虎步、跨上擂台，拱了拱手说："我们这次摆擂，与武林中以往习惯不同，也与朝廷考武状元有别，不是分门派高低，而是选优秀将才。我们水师兵多将少，为了选拔优秀帅才，不论军内军外、不分本地省外，均可参加比武。"

说到这里方国珍点一下手，陈仲达一脚跨上擂台。方国珍指着陈仲达说："本次擂主就是陈仲达将军，谁人胜过陈将军者，不管是谁，就提任将校军衔，予以重用，决不食言。"

陈仲达身穿一套黑色紧身服，腰系红色丝绸带，头戴棕色活舌帽，穿一双牛皮靴，他在台上走了三圈后，拱手说："各位请了，请那位想比试的先生上台。"

台下人山人海，热闹非常。其中有参加打擂的英雄好汉、更多的是当地看热闹百姓。不一会儿，一位穿军服的、二十来岁的小伙子，推开群众，干脆利索地跳上擂台，对仲达抱拳致礼说："今来向将军学习几招，请见谅！"

陈仲达谦虚谨慎地说："请请请，请壮士大胆出手。"

说后，两人便拳脚相交，你进我退、你攻我守，一上一下，拳来脚踢，这样斗了三十回合，还不分胜败。因为小伙子拳脚灵活，陈将军功夫扎实。场中不停地响起欢呼声和喝彩声。正在这时，小伙子被击倒了，仲达急忙过去，将这小伙了扶起说："有伤着了没有？"

小伙子摇了摇头说："谢谢，没有事的。"说着便跳下擂台去了。

随着锣鼓的不停催促，又一个黑脸大汉跳上擂鼓，这个大汉脱掉上衣，露出胸脯、秀出肌肉，肩膀上一块块雪亮的肉块隆得高高的，确是一位勇士。黑大汉不慌不忙地在台上转了两圈后，再蹲了几下，立起蹬了三脚，运了运气，擦了掌、磨了拳，一话未说，就向擂主击来。

"慢，请报上名来，便于互相了解，拳打脚踢情义在。"陈仲达说。

"我是温州庆元人，本人姓刘，双名三宝，由于长期在山上烧炭，再加上皮肤黑，绰号黑三郎，你就叫我黑大汉就是。"

"很好，刘兄请。请出手吧！"陈仲达拱手相让地说。

"擂主请！"黑大汉说后，猛然来了个勾心拳，此乃南少林的拳术，不难看出他的南拳拳法不错，此拳名是"追月生风"，此拳十分凶猛。陈仲达已经看清其拳术属于中等以上水准，早已心中有数，做好提防准备。他就用"金蝉脱壳"之术挡住。黑汉一转身，再来双手直劈陈仲的胸襟，这叫"劈山救母"。陈仲达双手一合，用"童子拜观音"的架式架开了，黑汉纵身一跃，转到仲达背后，紧接着来个"双龙抢珠"，双拳直击仲达两腰，如若被其击中，其两颗肾脏就被击坏，这一招十分凶险。幸好仲达猛然还他个"回身右蹬脚"。不但化解了险情，而且还给黑汉一腿脚，踢得他跟跄后退。黑汉岂能罢休，他知陈仲达也会南少林，随即改用太极拳式，就来一个"进步搬拦挂"。直向仲达腿裆部位击来。仲达看他改用太极拳法，也随即还他个"搂膝拗步"，不但拦住其拳，同时还击中了他的左肋骨，击得黑汉"啊呀"一声，退下擂台。

勾心拳术说奇葩，追月生风出手华。

进步搬拦还一腿，却遭擂主卷龙蛇。

黑大汉退下后，紧接着跃上来一位五短身材的汉子，看上去胖墩墩的，但手脚倒挺利索的。他自报奋勇地说："小的是福建鼎北村人，姓张名兴，绰号张武大，今年二十二岁。"他从小就习武，同样也是南少林功夫，练就一手跳跃蹿山功，此功独一无二。

他上得擂台后，向擂主拱拱手后，便躺倒在台上的楼板上，不停地在台上翻腾乱滚，其名为猫儿擂。擂了数圈后，猛然用腿脚发起攻击。其速如狂风、其势似暴雨、进若猛虎，退比龙虾。使人眼花缭乱。陈仲达知道这是"卧虎藏龙腿"，是福建南少林的上乘功夫，必须用大鹏扶摇法对付。

"大鹏扶摇法"，是制服"卧虎藏龙腿"的唯一办法。请看他俩的斗法：张兴身材短小，弯着身子，形如蹿山猫，以锐不可当之势，向仲达袭来。可以说其速度之快，使人无法退缩。仲达用大鹏扶摇直上战法，身子一跃，扶摇数丈，早就飞过其后。张武大抬头一看，却不见擂主，险些儿撞到柱子。回首一看，擂主却笑容可掬地招招手说："来吧！我在这儿哟。"

矮人拳术土中爬，躺倒擂台玩傻瓜。

卧虎藏龙称绝技，螳螂在后妨灵蛇。

张兴大岂肯服输，再来一技，他再来一个"螳螂捕蝉"，螳螂爬行很快，矮胖子利用自己的特长，练就一手螳螂捕蝉功。他咬紧牙关，拼平生之力，再次发起攻击。陈仲达看清这一门功夫虽然厉害，但毕竟是昆虫之类，可说是雕虫小技，不在话下。张兴采用"爬山虎偷袭昆虫"法，突然发起袭击。陈仲达却以"雄鹰展翅捕黄雀"的战术，不管爬山虎如何地快，而雄鹰早已腾空飞起，一脚踩在他的背部，再一手抓住其颈项，似老鹰叼小鸡似的高高叼起。

矮胖子张兴服输了，他拱拱手，向擂主鞠躬地说："陈将军功夫真了不起，小的佩服至极，愿意拜将军为师，为将军效劳，请收我为徒！"

擂台共设三天，第二天参赛打擂者虽然陆续不绝，但高手却寥寥无几。第三天午后，正准备清场时，忽见两匹高头大马奔驶而来。走近一看，见一壮男和一女子。

方国珉上前拱手问说："两位英雄莫非是来打擂的？"

"是的。怎么？是来迟了吗？对不起，因为我们路途遥远而来，再加上陌路，故此晚了一步。"壮士说。

"对不起，我俩从浙江湖州而来，可以说是马不停蹄！还算赶上了。"

小女子说。

国珉见此状况，他们如此长途跋涉、如此的旅途劳累，又没吃饭，决定先休息吃饭。于是说："客官好，长途跋涉，辛苦了，先歇息。"说着亲自捧上两杯桂圆茶。同时命厨房做饭。

未知来者是何等样人？他和她姓甚名谁？且听下回分解。

第二十八回
关公子护花花折损　小琼瑛除恶恶伤人

将军后裔系忠魂，关胜传承十代孙。
正义难伸横祸犯，逃奔躲避至松门。

却说两匹高头大马飞奔而来。走近一看，见一壮士和一女子。要问来者是谁？他姓关，是兄妹俩，哥哥关磊、妹妹关琼瑛。他俩就是《水浒传》中大刀关胜的后裔、关胜第十代玄玄孙。

《水浒传》中写道：关胜在逼上梁山的同时，其家眷早被梁山好汉——病大虫薛永带上了山。宋江归顺朝廷后，其家眷仍在山东水泊居住。宋江他们平定南方时，死的死、害的害，结局使人心寒。唯有大刀关胜的结局最好，他自回到东京，被授予大名府总管兵马职。关胜为人正直、武功盖世，以身作则，甚得军心，众皆钦服。因酒醉而失脚落马，由此得病而不治身亡。

关将军亡故后，其家眷当即就迁徙回河南开封。因金兵侵犯中原，东京失守，徽、钦两帝被虏，江北的大好河山落入金兵之手。关夫人忠于大宋，决不投靠金国，跟随赵构，携子女逃避到浙江湖州。这样，就在湖州府吴兴县南浔镇定居下来。由此，关胜后裔在湖州代代相传。

关天啸是大刀关胜的第九代孙之一，他读书识字，文才不错，中过秀才。只因夫人早逝，留下一子一女，他既当爹又当娘，长期在街坊卖字画、代写书信等，赚点微薄工钱来维持生机，含辛茹苦地把子女扶养成长。

大儿子取名关磊，字若柱，若中流砥柱之意。今年二十二岁，似有祖辈遗风，他性格豪爽、心胸开朗、光明磊落、为人诚实、喜欢习武。从小就跟叔父关天明练习拳术，由于勤奋好学，刻苦锻炼，练就一手好功夫。

他擅长大刀，从小就崇拜关羽，更崇拜大刀关胜，认为祖上先人如此武功盖世、如此英勇善战，尤其是钦佩"青龙偃月刀"，因而打造一把重达十八斤的"白蛇吐信刀"。自十二岁时开始练习大刀功，至今足足十年了，十年来，始终是刀不离身、身不离刀。爱刀如爱命，把刀擦得精光雪亮，把刀锋磨砺得锐利无比。真有"削铁如泥、削发似灰"之锋利。这里有诗写道：

> 白蛇吐信雪花刀，十八斤量日日操。
>
> 练就功夫无敌手，江湖又出一英豪。

武艺高强的关磊安分守己、礼貌待人、谦虚谨慎，得到村民的好评和赞赏。

就在数月前的一天上午，关磊从叔父家练习回来，路过普东村，见一姑娘从镇上回村，她手中拿着几束丝线，其后面跟着两个游头光棍，小姑娘知道有人跟踪，便加快脚步，可是他俩也加速跟随，很快便超越过小姑娘，上前把她拦住说："小妹妹，跑得哪么快干吗？这么漂亮的姑娘，我俩就喜欢，与我回镇里去。"

姑娘惊慌地说："请让开，我母亲在等丝线做鞋。"可是这两个流氓却缠住不放。

此时路过的关磊，看见这种情形，只怕姑娘遭到欺负，于是站在一旁观看。果然不出所料，看见这两个歹徒正在欺负她，在她的身上乱摸，任意玩弄，还把她拦腰抱住，准备强抢。

"路见不平，拔刀相助"是关磊的气概和本性，"得出手时便出手"，他三步两脚走到他们面前，吓唬说："不能动！两个男人欺负一个姑娘家，成何体统，给她放开。"

可是这两人岂能罢休，反而气焰嚣张地说："关你屁事，多管闲事，老子爱怎么样就怎么样！"

关磊火冒三丈地说："住手！你放也不放？"

他俩异口同声地说："不放又怎么样？"

关磊跨越两步，先给他俩一人三个耳光，打得他俩眼冒金星、目瞪口呆，然后再一手一个，同时抓住两人的颈项，用力一推，推倒在水稻田里。待他俩爬起来，眼看着姑娘逃回家去了。

姑娘战战兢兢地跑回家，扑进母亲的胸怀，号啕大哭。随将刚才的遭遇做了叙述。母亲听得"阿弥陀佛"念个不停地说："上天保佑，靠这个小伙子，他是你的救命恩人。"

从此之后，姑娘时刻惦念着救命恩人——小伙子。只知他是城南方向的人，但不知其姓名住址。姑娘再也不敢上街，只有天天在自己家门口"守株待兔"，等待小伙子的出现。

从此之后，关磊也时刻惦念着这位姑娘，他怕这棵美艳娇柔的幼苗遭受摧残、怕似花如玉的姑娘被人玷辱，既然视她为娇嫩无比、美艳非常的花朵，那么关护、保卫她是自己义不容辞的职责。于是经常去普东村转动，暗地里在保护着这位姑娘。

而这两个恶小，是从负辱姑娘不成、反被推入稻田而耿耿于怀，并纠集一批流氓恶棍，借机报复。专门派人监视她，如有机会就强抢过去。

姑娘虽然不敢走出家门，但想起这位救命恩人，想起这位英俊洒脱的青年，仿佛他就在村前等待着她。她便悄悄地走出村外，果然见到了他在村口徘徊。爱情的力量鼓励着她，她敢于抛头露面走上前去招呼说："大哥哥好！请到我家坐坐。"

"请勿客气，我怕难为情，以后一定登门拜访。"关磊说。

"你怎么在这里？来这里干吗？"姑娘说。

"这……这……这，这就是担心你的安全，怕你受到坏人伤害。"关磊腼腆地说。

"你在关心着我？你在暗地里保护我！"姑娘动容地说。

"是的，我在时刻想着你的安全，为你的安全发愁。同时发现有坏人在跟踪你，所以在暗地里保护你，你要倍加小心！"关磊关切地说。

"谢谢！我也为此而提心吊胆，从此之后，就不敢上街下市了，今天是冒险走出来的，想见你一面，表示向你致谢，谢谢救命之恩！"姑娘说。

"谢谢你重情厚义。路见不平，拔刀相助，是男子汉应有的品格，小事一桩，何足挂齿！只望姑娘平安无事就好！"关磊说。

"请问公子高姓大名，仙乡何处？今年几何？"姑娘问。

"本人姓关名磊，本镇南岸村人，年方二十二岁。请问姑娘芳名、芳龄？"

"小女子姓吴，小名娟秀，今年十八。父亲早亡，与母亲相依为命。"

"你从小无爹，我从小无母，说起来同是苦命儿！我们同命相怜，苦命男遇着苦命女！"关磊说。

"苦命女险遭不幸，多亏关公子相救。"娟秀说。

"小事一桩，举手之劳，何足挂齿！"关磊说。

"冒昧请问公子，有无婚配！"娟秀面若桃花地说。

"贫穷子弟，未予择偶。"关磊明确说。

"救命之恩重如山，小女子无以报答，公子如不嫌弃，愿以身相许，今生今世，愿为公子效犬马之劳。"娟秀动情地说。

"姑娘若愿意与我结秦晋之盟、订白首之约。是我关磊的福分。我心中非常感动、非常愿意娶你为妻。"关磊明确表示说。

"婚姻大事，都要由父母做主，未知伯父可允许?"娟秀说。

"我父亲是个读书识字、明理的人，想必会允许的。但不知你母亲意下如何、能否应允?"关磊说。

"我母亲会应允的，她在天天念叨着你，称你是英雄、是好人。并说要我永远不忘怀你的救命之恩。"娟秀说。

"谢谢你母亲看得起我，但愿早成眷属。"关磊说。

"婚姻是大事，要有'父母之命、媒妁之言'，你可托媒人牵个线。"娟秀说。

"好好，我会想办法托媒的。"关磊表示说。

两人边走边谈，不觉走到南浔镇了，既然到了镇上，顺便买了些丝线回去。关磊怕她再遇坏人，于是还送她一程子，看看天将中午了，两人依依难舍地暂别。

关磊走后只有一些些的时间，就是离娟秀家约半里路程处，突然冒出七八个恶小，拦住她说："我们天天在等着你，一直没有见到你，今天终于落到我们的手里了。"

"你们想干什么?"娟秀问。

"想把你带去，与我们睡觉。"接着七八个一起上，抬头的抬头、扛脚的扛脚，七手八脚地一下子把她抓进了鬼蜮之地。

时过中午，娟秀的母亲还未见女儿回来，心中忐忑不安，怕上月的事重现，就急忙上街寻找。首先向丝线店询问，得知女儿买了一盒丝线回家来了的。吴母知道大事不好了，于是就只有沿途询问。在路上有人看到，娟秀被人强抢去了。

娟秀被抢的事，关磊全然不知。关磊正准备将他与娟秀的婚姻事，向父亲说明，求父亲托媒。可是话到嘴边，未于开口。

关磊的父亲关天啸与往上一样，挑着小桌、矮凳和布包，去二里以外的南浔街头代写书信、代写法律文书，兼卖字画。

今天运气不错，写字摊刚一摆出，就来了一大妈，要请关老先生代写状纸。她悲痛欲绝地说："关老先生，我有天大的冤枉，请给我写份状纸。"

关老热情接待说："大妈请坐，坐坐，有什么冤枉讲来。"

大妈泪如雨下地将冤情做了如下叙述：

大妈今年四十有三，丈夫于五年前去世，留下一女，取名娟秀。母女俩相依为命，靠着一亩水田，自耕自种，平时帮人纳鞋底、做针线赚点钱，维持生机。

女儿娟秀渐渐长大，女大十八变，越变越好看。今年刚好十八岁，长得如出水荷花、似欲放芙蓉。十村八乡的作伐者纷至沓来，娟秀都没答应。

因为她只看中了本镇南郊一位习武的青年，两人正在热恋中。正在准备托媒作伐时，却被镇上的一群流氓抢去了。

这些流氓恶棍，横行乡里，无恶不作。可是官府当局只顾自己花天酒地、嫖娼宿妓，早与这伙不法之徒同流合污。

娟秀被抢时过半月，至今仍未放回，大妈曾多次前去探望和求救，但都绝望而归。迫于无奈，只有前来请关先生代写状纸，状告到吴兴县。

关先生听后，义愤填膺地说："真是无法无天，这帮人横行乡里、无恶不作。请问大妈，是在何时何地抢去的？"

"是在三月十三上午，我女到南浔街上买丝线，在回家的途中，被歹徒强抢过去的。"大妈说。

"这还了得，公然在光天化日之下，强抢民女！真是岂有此理！请问，此事有无人证？"关老称生问。

"有有，在路上好多人看到，可是他们敢怒不敢言。"大妈说。

"你知道这帮歹徒的真面目，到底是一伙何等样人，为首的姓甚名谁，家住哪里？"关先生问。

"据说为首的绰号叫烂番薯，真实姓名不知道，说起烂番薯，南浔人都知道的。"大妈诚实地说。

"你有否见到你女儿，她说些什么？"先生关切地问。

"我照样天天去找我娟秀，可是一直没有见到。我正忧心着女儿怎么样。"大妈说着泪如雨下地说。

"有没有其他方面的消息？"关先生亲切地问。

"没有、没有！一点消息也没有。很有可能是被他们给害死了！"大妈含泪说。

"有可能，完全有可能被这批恶贼害死了！"关先生同情地说。

"请问，你的诉求是什么？"关先生问。

"要求吴兴县严惩恶棍流氓，立即放还我的女儿。"大妈说。

关天啸愤愤不平地说："就要严加惩处，还百姓一个安宁、保地方一个平安！"

正在这时，一群打手走来，二话未说，先把关天啸的写字摊砸个烯巴烂。关老问说："这是为什么？"

"好大的胆，你胆敢为她写状纸！胆敢状告我们！胆敢在太岁头上动土！砸你的摊是对你的客气，如若再给她写，就做死你！"他们边说边捡拾起状纸草稿，把它撕得粉碎。

关天啸的小女关琼瑛，别名燕飞，号寒梅仙子。她气质不凡。有人写词夸她：

蝉鬓金钗双压，凤鞋绣花斜踏。连环绿袄衬红纱，丝带柳腰。眉清目秀银杏脸，唇红齿白玉无瑕。青丝妙发盘龙髻，天然美艳海棠花。

又有诗写她：

美艳姑娘貌若花，妖娆体态众人夸。

双飞雏燕分轻雨，一树柔秧吐嫩芽。

风有声音能冷暖，身无耳朵听鸣蛙。

此身长作蓬莱客，足向仙班宴上嘉。

她性格豪爽、为人正直、文武双全，擅长武功。她最羡慕的是《水浒传》中的一丈青扈三娘。今年一十八岁，尚未婚配。她是父亲的掌上明珠。

关琼瑛十分孝顺父亲。知父亲未吃早饭，特意做了两个米饼，送来给父亲吃。当她走将近时，看到三个歹徒还在手撕纸头、脚踢笔砚。她快步上前问："这是为什么？为何欺负老人？"

"这容不得你来问话，我要欺负谁就欺负谁，用不着你来管。"歹徒甲说。

关琼瑛义愤填膺地说："他是我的父亲，我不管谁管！我父向来遵纪守法，你欺压良民，皇法所不容！"

"什么王法不王法，在吴兴就是我们的法，看你怎么样？"歹徒丙说。

"目无王法，天理难容，欺侮百姓，民愤不平！"琼瑛说。

"这个妞嘴倒蛮犟的，人也比娟秀还美嘞！这么漂亮的妞，把她带去。让我们兄弟好好地享受享受。"歹徒乙说。

"带去带去。"歹徒丙说着，便过来抓琼瑛的右手。琼瑛随手捏住其手腕，顺势一推，把他推出丈余，摔倒在地上，只是"啊呀啊呀痛呀！"地叫个不停。还有甲乙两个歹徒，一起冲了上来，是来对着关琼瑛的，妄图把她抓去。他俩虽然习过武，打过架，有两下子功夫，但绝非寒梅仙子的对手，她若无其事地站着，以不变来应万变。此时，这个推倒在地的也很快爬起，形成三对一的局面。他们喊声"上"，三个一起从三个方向冲上。

关琼瑛不慌不忙地一手对一个，两手抓一双，她抓住甲、乙各人伸来的手，使力一拉，他俩碰个满怀，碰得鼻子牙齿出血。同时一转身，右腿一蹬脚下，刚好踢到丙的腿裆中，踢得他再次"哇哇"地喊痛，这一手绝招叫作"老鹰抓小鸡"。

关小姐轻松、简单的一下子，干脆利落地击退三人，两人自碰自，碰得头破血流，使人好笑。随着旁观者的笑声，便灰溜溜地跑了。琼瑛知道，这不是事件的结束，而是一场狂风暴雨的开始。她就催促父亲赶快离开，同时请哥哥急来。

不出所料，不一会儿，果然气势汹汹地来了八个手拿棍棒的恶魔，他们凶相毕露地走到她的面前说："这个妞果然漂亮，关小姐，跟我们走吧！"

面对八个手拿凶器的歹徒，如何应对、怎能制服他们？关琼瑛思考着如何利用其薄弱环节，突出重围。于是问说："哪有请人用棍棒的，我是一个小女子，怎经得如此恐吓。"

"只怕你不去，所以要把你强押过去。"他们说。

"可是本小姐碰硬不欺软，若用硬的，上来一个，与本小姐比试比试。"不等琼瑛说完，有个歹徒色迷迷地且急不可耐地手拿棍棒，上来拦腰就抱，妄图先发制人、急功近利，轻而易举地劫持她。

岂有此理！真是胆大包天，她借此难得机会，顺手牵羊，左手抓住其头发，先给他"啪啪啪"三个耳光。打得他眼冒金星、鼻血四溅。再给他一脚踢得远远的。关琼瑛轻轻松松地露了一手，他们看得目瞪口呆。她趁此夺得棍子，并颠了颠手中的棍子说："有本事，一人对一人，哪个想比试比试的上来，本小姐与其较量较量！"

关琼瑛擅长刀功，但棍棒也是她的长项，所以胆敢提出挑战。他们中有个名叫烂田螺的人，武功确有两下子，也练过刀枪棍棒，是这群人的老三，绰号烂三叔。他应声而上。他先来一个"劈天雷"，就是劈头盖脸地正面袭击。寒梅仙子快退三步后，紧接着再上三步，还他个"滚地炮"，就是棍棒最快的速度，袭击其脚下。就这样你进我退，我进你退，上上下下，斗了三十回合。粗看不分胜负，实则是琼瑛有意与他玩玩，以寻找其薄弱环节，击其不备，切中要害。机会终于到来，琼瑛耍弄松劲样子，烂田螺趁机冲上来，琼瑛稍作闪身，一棍击其双腿，立即倒地，可说他脚已断，终身残疾了。

这样，一人右手骨折、一人双腿折断，另一人不敢动手。他们在拖延时间，等待哥儿们的到来。不一会儿，有十来个歹徒，气势汹汹跑步前来，看来一场凶险的战斗就在眼前。面对十来个恶少，琼瑛采用缓兵之计，以挫其锐气，她装出若无其事的样子说："慢，你们十来个大男子，打我一个小女子，算什么英雄，要打就一对一，我陪你比个高低、打个痛快。"

她这样一说，倒使他们陷入窘境，他们被琼瑛的胆略制住，当时没有一个敢冲上来。虽然她被包围在核心之中，但是仍镇定自若，想着必须跃出包围圈，变被动为主动，起到以一当十的效果。她将棍棒作拄子，一个筋斗跃出圈外。想着"他们不敢动手，我先动手"，把上来的第一个人，给他一闷棍，击中其腰椎，此人立刻倒地。

毕竟是寡不敌众，一女难敌十男，她再次被围困，看来有插翅难飞的境况，任凭她如何左冲右撞，还是突不出重围。

"瑛妹，我来了啦！"关磊手拿大刀冲了上来说。

半月来，关磊始终不懈地在寻找吴娟秀，一直没有消息，只怕她落入恶人魔爪，为此而焦躁不安。当见父亲从街上急匆匆地回家，得知是为吴娟秀失踪而写诉状，得罪了恶霸流氓，由此写字摊被砸毁，琼瑛被围困，因此就急来解救妹妹。他来得及时。

歹徒们看见关磊来势汹汹，倒吃了一惊。关磊一下认出强抢吴娟秀的两个人。冤家对头、窄路相逢。关磊大声道："我正在找你们，今天终于送上门来！"

"找我们干吗？"就是这个烂番薯说。

"吴娟秀在哪？必须还我娟秀。"关磊明确说。

"她已经死了，她自己投河自尽了。"烂芋头说。

"不要骗我，她不会死的，必须还我娟秀。"关磊说，

"真的投河寻死了，真的。"烂番薯说。

关磊一听，心中怒火燃烧，就提起"白蛇吐信刀"，一刀一个人头，两刀两个人头落地，血溅街头，接连杀两人，吓得他们魂飞魄散，逃之夭夭。

琼瑛见此，这下闯下大祸了，人命关天！非同儿戏，随拉着哥哥："你闯大祸了，快逃！快快。"说后他俩便跑回家。慌忙带着父亲逃出家中，直向南而来。

为何向南而逃？奔向何处？就在前天中午时光，在街上听说台州路沿海一带，那边海盗很盛。他们窃皇上漕粮、抢官府粮仓，济百姓苦难。刚在昨天，见街头巷尾贴有方国珍设台打擂的告示。无路可逃，哥妹俩决定逃往台州，投奔方国珍。

此祸非同小可，被杀的两人，却是吴兴县达鲁花赤的养子，名叫兰番哈次，另一个是吴兴县总管的儿子，名叫于沙。两人如此横行乡里，无恶不作，完全是倚仗父亲的权势。

吴兴县达鲁花赤和总管俩得知儿子，在光天化日、当街当众被人杀头，这还了得，立即全军出动、全城搜捕。

第二十九回
方国珉钟情关小姐　关琼瑛爱慕五将军

石粘村上设擂台，千里姻缘快马来。
一见钟情关小姐，三生石畔果荫栽。

却说方国珉，他眉清目秀、相貌堂堂、风度翩翩、才思敏捷、文韬武略。今年二十六岁了，已经到了娶妻荫子的时候了。只因军事繁忙和姻缘不遇，至今尚未找到合适的姑娘。

今天偶然来了个美貌女子，随生羡慕之意、爱恋之心。因而热情接待，关心周到，他首先吩咐厨房做饭，亲自把其兄妹俩引入临时客堂，敬上黄瓜、蜜桃等水果。接着，厨房便端上酒肉饭菜，国珉也没吃过中餐，当然相陪。并热情洋溢地说："有客自远方来，不亦乐乎，表示热烈欢迎，欢迎两位光临！"

而关琼瑛被方国珉的热情感动，她笑逐颜开地说："谢谢！谢谢方将军热情接待。只因路途遥远和阡陌生疏，来迟了，对不起，请将军见谅。"

"倒是要谢谢你俩看得起我们，长途跋涉，路远山高，不远千里，来到这里，一路劳顿，辛苦了！"国珉说。

"我们来迟了，打擂比武何时进行？"关磊问说。

"今天就不比了，必须好好休息休息，待请示大将军后再说。我以为打擂就不必了，你既然投奔本水师，就是自己的人了，不打擂也罢。"国珉说。

"谢谢方将军的关怀，兄妹在走投无路的情况下，特来投奔水师，落难之人，多蒙水师相留，愿为水师效劳！"关琼瑛行鞠躬礼说。

"'同是天涯沦落人，相逢何须曾相识'，彼此之间同命相连，同是一根藤上的苦瓜，何分彼此。不知因何委曲，流落到此？"国珉说。

"一言难尽……"接着兄妹俩把在老家湖州的遭遇，做了扼要简略的介绍后说，"我兄妹俩虽已逃脱，老父亲尚在途中，不知何时才能到来？"

"我更担心父亲路上的安全！"琼瑛说。

"何不与老父一起来？"国珉说。

"只怕来迟了，赶不上打擂时间，所以将他留在绍兴客店。"琼瑛说。

"请放心，肯定没事的。今天、明日你俩好好休息，后天我陪你一起去绍兴，把老父亲接来就是了！"

"谢谢小将军的关怀！"琼瑛说。

当酒足饭饱后，方国珍、方国璋、方国瑛、陈仲达、陈叔达、李金海、李金松、董志强等前来接见，彼此之间做了介绍和认识。随后董桂芳、王翠玉、董桂香、董娇蓉、董娇荷、童婵、童娟、汤芳芝等夫人女眷，也一齐前来拜见。

翠玉、桂芳、桂香她们十分关心国珉的婚姻大事，天天唠叨着为他物色对象，可是终未找到合适人选。想不到今天天降贵宾，突然降临一位绝色美女。

而关琼瑛，虽然生长在苏杭之间的美女之乡，见过的夫人小姐不少，今天见到的一群美女夫人，个个气质不凡，人人风度若仙。她慌忙立起，行鞠躬礼说："太太、夫人好，小女子这厢有礼了。"

"十分欢迎关小姐的到来，见到你非常高兴！"翠玉和桂芳她们边说边上前牵着琼瑛的手，彼此之间热情洋溢如同姐妹。

下午，她们一行夫人女眷，与琼瑛一起回到松门总部。桂芳亲自吩咐厨房，为关小姐专做两桌好菜，另一桌是由方国珍、方国璋、方国瑛、方国珉、陈仲达、陈叔达、李金海、李金松、董志强陪同关磊。这一桌当然是上述夫人全部作陪。其菜肴之丰盛无须细表，只说彼此之间亲切交谈。还是王翠玉、董桂芳她们笑逐颜开地向关琼瑛敬酒说："非常欢迎关公子、关小姐的到来，请起立，一起举杯，敬关小姐一杯，表示接风！"

关琼瑛感激涕零地说："谢谢！谢谢众位夫人的热情款待。今借花谢佛，借主人之酒，回敬各位太太、夫人一杯。"

翠玉下意识地说："有缘千里来相会，今天关小姐的到来，仿佛是天上降下贵客，真是做梦也想勿到，这说明我们的缘分非浅。"

幽雅的庭院有株盛开的石榴，花开鲜艳夺目，石榴花恰逢石榴女，翠玉以此为题作《石榴》诗一首：

晚霞院落石榴妍，贵客登门设便筵。

月色清明花艳丽，灯光璀璨照婵娟。

桂芳夹了块肉，递到琼瑛的碗上说："关小姐说得好！好一个美婵娟，我也来一首。"

> 月色祥光照石榴，花开锦簇喜幽幽。
>
> 有缘今日同欣赏，雅逸清香记意留。

各位夫人她们听翠玉、桂芳表了态做了诗，也毫不迟疑，争先恐后地争着表态，接着便是董桂香：

> 晨光喜鹊笑榴开，今日方知贵客来。
>
> 灿烂韶光心爽朗，陈年美酒敬三杯。

按理让董娇蓉、董娇荷先来，她俩可能尚未想好，示意请童氏姐妹先上。请看童婵念道：

> 娇容贵客貌榴花，雅典芳菲明月斜。
>
> 今夜举杯应共醉，未来前景更芳华。

童娟念道：

> 前门桃熟石榴红，月色韶光美意中。
>
> 貌若仙姬天外客，风尘仆仆女英雄。

汤芳芝急不可耐立起，向关小姐及众位叩个首，吟出：

> 石榴艳丽透芬芳，玉立婷婷秀气藏。
>
> 雅逸清香人赞赏，英姿飒飒美红妆。

接下便是董娇蓉，请听她念道：

> 五月石榴花正娇，婷婷玉女显妖娆。
>
> 芬芳雅致人皆赞，朴实无华勿散骄。

董娇荷：

> 清香院落正黄昏，满树芬芳映院门。
>
> 人面榴花同艳丽，天光月色美渔村。

关琼瑛听了她们的诗后，认为以上八位将军夫人，不仅气质高雅、风度翩跹，更是文采不错。她们的诗虽然并不高雅，但也从中看出她们才貌双全、朴实无华的贤妻良母品质。于是她也来一首七绝：

> 枝头红火正芬芳，酷暑来临暗暗香。
>
> 不与荷蓉争艳丽，难能丹桂送秋凉。

总之晚宴在愉快欢乐中结束。桂芳她们十分关心国珉的婚姻大事，晚宴后她向大将军建议派国珉陪琼瑛去绍兴，目的是为他俩增进感情，促使早成眷属。方国珍同意夫人建议。

方国珉从见到关琼瑛后，随生一见钟情之感。今天派他陪关小姐去绍兴接其父亲关天啸来台州，当然是件美差，心中无比喜悦。而关琼瑛也和国珉一样，对方国珉同样有一见钟情的感觉，尤其是晚宴后，见了八位气质不凡的将军夫人，就编织起将军夫人梦。她梦寐以求的白马王子果然出现了，梦想着与这位白马王子骈马驰骋！

方国珉、关琼瑛骑着高头大马，从松门出发。松门至绍兴，可说路途遥远，国珉熟识道路，不走天台道，而绕道宁波路。五月骄阳似火、赤日炎炎，可是他俩心比天气更热。一路上彼此相互关心和照顾、互相体贴和帮助。两人快马加鞭、马不停蹄、翻山越岭、渡河过桥，至傍晚便到宁波奉化。

夜幕降临，他俩住宿在奉化一间客店，客店老板娘见一对男女青年光临，热情洋溢地说："欢迎光临！本店客房有高、中、低三档次，有单、双、统房间，不知客官要何等客房？"

国珉示意琼瑛表态，琼瑛说："选中等的单间。"

老板娘把他俩带到夫妻间说："这房间不错，双人床、棉被、床单等都是新的。"

琼瑛满意地说："好好！谢谢！"说后以脉脉含情的目光，试问国珉"怎么样？"

国珉迟疑片刻后说："给我再选择一个房间。"

老板娘一时不解地问："这是为何？没有最便宜的了。"

"不是为价钱的事，而是我俩没有成婚。"国珉说。

"看你一派英雄气概，却是个安分守己的老实人。不要紧，晚上在我这里成亲好了。姑娘，你说呢？"店家说。

这下难住了关琼瑛，她脸泛红云腼腆地说："由他决定，他说了算。"她的模棱两可的话，国珉几分明白，但仍坚持说："她听我的，由我说了算。"这样，国珉另住别处，所以一夜无话。

早晨，经过旅途劳累的她，还在睡梦中，却被国珉唤醒。她急忙披衣起床，做了简单梳洗和化妆，一同用过早点，便踏上去绍兴的征程。当天傍晚，便到了绍兴。

自古以来，绍兴是个繁华富庶的地方，市内灯火辉煌，车水马龙，热闹非常。国珉初来绍兴，人地生疏，琼瑛虽然经过此处，只记大概。好在记住了"茂生客栈"这个店名，找了好一阵子，终于找到父亲。

他俩跑得筋疲力尽，一到绍兴，便感饥肠辘辘。悠悠万事，吃饭第一，就在客店吃饱晚餐。

走进一看，房间内坐着三人，多了两个女人。她俩是谁？倒使关琼瑛一时糊涂，她不解地问："两位是……是是怎么称呼？"

关琼瑛的父亲笑笑说:"她就是吴娟秀,是你哥哥的朋友,这位就是她的母亲。"

"伯母好!娟秀姐,你还活着?"关琼瑛不解地问说。

"说来话长,只好长话短说。"娟秀接着将经过情况做了简要的叙述:

当时,她被强抢到一幢楼房内,有十多个男子,见到娟秀这么漂亮的姑娘,如饿虎扑食,人人争着要强奸她。娟秀吓得死去活来,但仍头脑清醒,坚贞不屈,顽强拼搏。在百般无奈之下,幸好房子临河,趁上厕所的机会,投河自尽了。

当时河流湍急,被急流冲至下游。此时刚好有位渔翁船过此处,将她救起。当她醒来时,已经躺在织里村渔翁家里,好心的渔婆十分同情她的不幸遭遇,对她无微不至地关怀。经过数天的调养,身体渐渐康复。康复后,才知关公子为她抱打不平,一怒之下杀死两个"魔王",犯下了杀人大罪,畏罪潜逃,逃往台州投奔方国珍那里去了。

娟秀携母亲,找到关磊的叔父,说明来意后说:"关磊为我而背井离乡,我要为他做牛做马。我也要到台州去,寻找关公子。"

"我十分同情你的不幸,其父亲现在还在绍兴府城。"叔父说。

"我母女俩能找到伯父吗?"娟秀问。

叔父热情地说:"我大哥是我把他送去的,住的客店也知道,我给你俩送去好了。"

就这样,娟秀母女俩今天中午才到达绍兴,刚刚送走关叔父,不料又遇着关小姐了。

方国珉见到关天啸,彬彬有礼地说:"伯父好,方国珉这厢有礼了。"

关天啸看见女儿带来一位小伙子说:"谢谢,不必举礼。请问……"关琼瑛接着说:"他就是小将军,大名方国珉,是方国珍大将军的胞弟,特来迎接父亲来的。"

"久仰久仰大名,有请有请,有请方将军,谢谢!"关父、吴母、娟秀起立拱手说。

他们旅途劳累,需要休息一天。第二天,趁此难得机会,他们一行五人,观看了繁荣的绍兴市井,参观、游览风光秀丽的鉴湖,同时品尝了女儿红等绍兴名酒、名点,领略了绍兴水乡风光。

第三天就急着来黄岩。如走新昌、天台道,这条道路十分凶险,不仅山高、岭峻、路险,而且经常强盗出没,多处出现拦路抢劫。因而确定走水路到宁波,绍兴到宁波有航船,关父、吴母、娟秀三人乘航船。国珉、琼瑛仍骑马先回到宁波等候。

国珉到宁波后，方国珉安排关伯父、吴母、吴娟秀三人住宿到客店，由琼瑛留下作陪。他自己快马加鞭来到三门蛇蟠岛。此时的蛇蟠岛，已经由东海水师管辖，黄法宝分管三门、临海沿海诸岛屿。方国珉命黄法宝率船三艘、官兵三十，速赴宁波迎接贵客要紧，黄法宝决不迟缓，火速来宁波迎接关天啸他们。

方国珉安排妥善后，自己急速返回宁波。安排关老先生、吴母和娟秀下船。一路上，黄法宝对他们无微不至的关心和照顾，大大感动了关天啸，他十分赞赏方国珉，赞扬他为人诚实、办事认真、处事果断。

待送走关父、吴母、娟秀，看黄法宝的船开走后。方国珉才与关琼瑛每人各骑一匹马回来。一路上，时而快马加鞭、相互追逐比较，时而马放南山，两人玩耍捉迷藏，总之玩得开心。

大岩岭，也称猫狸岭，地处台州临海、三门、天台三县的结合部，是宁波至台州最险峻的地方，不仅山高岭峻，而且强盗出没之地。关琼瑛不知底细，到达大岩岭上，见断无人烟，她故意撒个娇说："啊呀！我马鞭丢了。"国珉急忙下马，捡回她的马鞭，交还了她。琼瑛认为这样不过瘾，就假说肚子痛，却装成下不落的样子。这样慌了方国珉，他不顾男女有别，急忙前去将她抱了下来，可是她趁此机会投入国珉的怀抱。这时，她真的感到有气无力、手脚酸软麻木，有一种说不出的感觉，干脆让他抱个够。此时双方的心贴得更紧，谁也不愿松开。但都不敢越雷池半步，只是紧紧搂抱。

突然，丛林中出来五个强盗，他们人人身佩腰刀，肩扛扁担棍棒，是为有钱抢钱、有物抢物来的。他们看见一男一女，正在拥抱中，还有两头大马，认为"好运"来了。于是大声吆喝道："好大的胆，跑到荒山野岭上搞野鸳鸯。"

琼瑛一时慌了手脚，慌忙回答说："不不！不是搞野鸳鸯，而是小夫妻俩玩玩的。"

强盗以为这下可收到买路钱了，故意问："你俩真的是小夫妻?"。

国珉明确点头表示："是的，我们真的是新婚夫妇，她肚子痛，走不动，我给她暖暖肚子。"

强盗说："此路属我管，凡经我这里，都要留下买路钱，你们把身上的所有铜钿、银子、金银首饰统统拿出来！"

琼瑛视这帮不堪一击的土匪，绝对不是什么好东西，于是说："我没有铜钿和银子，更无金银首饰。"

强盗气势汹汹地说："没钱人也可以，这么漂亮的小夫人，到我们寨子里做压寨子夫人，连人带马都要！"

"那要看你们的本事了，你们敢动我半根毫毛，管叫你魂上西天。"国珉说。

"不要与他噜苏，上，先把这妞抓去就是。"他们说后，两人对付方国珉，三人去抢关琼瑛。琼瑛视他们是草芥，待他仨上来，她来个左右开花，一脚腿踢一个、两脚踢一双，把他们踢得远远的，再来一路老鹰扑小鸡，双腿一跃，跃飞过这个人的头上，抓住其头发，给他噼噼啪啪五六下耳光，打得他哭爹叫娘。另两人，方国珉早把他抓在手里，动弹不得，只得双膝跪地、磕头讨饶。

正在这时，丛林中走出一个武士打扮的人，不难看出这人就是头领。他出来拱手说："两位请息怒，他们是我的弟兄，刚才多有冒犯，请高抬贵手。请问你俩是……"

"他是方将军！"关琼瑛说。

"方将军！难道是……"

"这位是东海水师方国珍大将军的小弟，方国珉将军，不认识吧！"琼瑛说。

"真是有眼不识泰山！请方将军饶恕，请将军宽恕！"他与这五人个个叩首求饶。

方国珉见此状况，看到他们个个衣衫褴褛，都是些山野村夫，于是说："起来起来，回家去吧！"

"我们都是无家可归的人，收纳我们吧，我们愿意为方将军效劳。"

国珉着意尊重关琼瑛，所以半开玩笑半认真地说："你们去问问小夫人，她愿意收纳你们我就同意，由她决定。"

他们转向跪求关琼瑛，她慌忙避开说："我可担当不起你们的大礼，我同意就是了，望你们忠于方将军。"

众人磕头说："谢谢小夫人接纳我们，定为方将军、小夫人效力。"

"你们来松门找我们，松门见！"关琼瑛、方国珉跳上大马，飞驰而去。

他俩回到松门后，立即将去绍兴的情况做了汇报，大家高兴极了，最最高兴的是要算关磊了，不但接来了父亲，还接来吴娟秀母女，真是特大喜讯，都以为吴娟秀已经死了，谁知人还活着，马上就要到来，就可相见了。他高兴得了不得，热泪盈眶地说："真的是谢天谢地，真是难以置信的喜讯！"

第二天下午，晚霞映红海面，东风荡起波澜，海鸥对对翱翔，喜鹊双双归巢。好一派海角松门风光。关磊、关琼瑛他们早在埠头迎接了。这时看三艘帆船从远而近，慢腾腾地向松门驶来。不一会儿，黄法宝站在船头，高声招呼说："关老爷子来了！吴大妈来了！"

在码头，除关磊、关琼瑛外，还有九位将军、八位夫人都在迎接。他们三人下得船来，受到如此隆重的接待。方国珍、方国璋、董桂芳、王翠玉等一一与他们握手，表示热烈欢迎。

接着在将军府设宴款待，酒菜之丰盛不必细说。单表娟秀见到关磊，"哇"的一声，泪如雨下地扑进关磊的怀里，不停地哭泣，她语无伦次地说："我以为今世也见不到你了，今天再见，死而足矣！"

关磊紧紧地搂着她说："我以为你命归地府了，今世再见不到你了，想不到今天在此相见，这是上天的安排，说明我们俩有缘。"

娟秀点头说："我们俩缘分非浅，今生今世再也不能分开了。"

娟秀她俩的深情，感动得旁人也热泪盈眶。国珍、国璋、翠玉、桂芳看在眼里、记在肚里。国珍、桂芳提议"趁此平安无事之时，尽快把国珉与琼瑛、关磊与娟秀的婚事给办了。"

国璋说："我也这样想，我与翠玉的意见，现在人多，不必大操大办，只在小圈子里，办几桌酒席，表示祝贺就行了。"

次日桂芳走进琼瑛卧室，见她在桌上放着刚写好的一首诗，墨汁未干。看她写着：

> 寒门未识紫罗香，欲托良媒羞自伤。
> 谁爱红楼纨绔客，奴怜俊秀小方郎。
> 自从幸遇珉公子，激起相思情意长。
> 芳姐能为媒妁作，三生石上望朝阳。

桂芳随即提笔用行楷和上一首：

> 昨夜星辰淡淡风，榴花开处矮墙东。
> 蜜蜂彩蝶双飞舞，鸿雁鸳鸯比翼中。
> 芳姐愿为媒妁作，将军意敬酒三盅。
> 良辰美景应从速，即日同房花烛红。

翠玉、桂芳请道长、军师选择吉日良辰，就定五月十三。五月十三不但是大吉大利，更为重要的是关云长诞辰。《水浒南传》喜事多多，但多对同日同时成亲的，唯有此书，后天又有两对，三双同时完婚。

"怎么会有三双呢？"桂香半知半解地问。

"第一对是，方国珉与关琼瑛；第二对是，关磊与吴娟秀；第三对是，关老伯与吴大妈。"桂芳说。

"关老伯与吴大妈相配，合适。他俩可愿意？"桂香说。

"很合适，很相配，况且已经相爱了，趁此机会，趁关云长寿诞，将关门的父、子、女三人同堂成婚，可说是'今古奇观'了，是'绝无仅有'的新闻！"

第三十回
元顺帝天兵重进发　方国璋水路败元军

国珍何惧敌军征，冲破波涛水万顷。
大瓮同洋如捉鳖，龙门海域火喷兵。

却说方国珍自被招安后，时间过去已经二年，不但不去定海上任，反而从海岛占到陆地，占去台州、温州的大片土地，公然设台打擂，招兵买马，扩充势力。黄岩州奈何他不得，台州路更无可奈何，温州路叫苦不迭。江浙行省急得如热锅里的蚂蚁，纷纷表奏朝廷，再三催促，派重兵围剿。

元顺帝看了叠叠奏章，怒不可遏。一天早朝，脱脱丞相奏道："反贼方国珍可恶可恨，他假招安实反抗，公然蔑视朝廷，不但拒不归顺朝廷，更不去定海上任。反而变本加厉，占岛掠地，看来已经到了非剿灭不可的地步。"

正在这时，中书右丞玉枢虎儿吐华奏道："下官昨天收到湖州路奏章，说吴兴县达鲁花赤的养子和吴兴县总管的儿子俩，近日被当街杀害，杀人凶手逍遥法外，现已投靠台州方国珍。由此看来，方国珍的贼势越来越盛、越来越猖狂。因此说，必须立即派兵，将他彻底剿灭。"

时任右丞相的朵儿只依奏说："臣则认为应暂缓征剿，方国珍虽然未去定海上任，但也未见有兵变迹象。"

玉枢虎儿吐华奏说："右丞朵儿只依为了营救其弟弟败将朵儿只班，假戏假演，演出瞒天过海的《归顺朝廷书》。时过两年，试问，方国珍去定海了吗？反而招兵买马，扩充势力，掠地夺镇。臣以为责任在朵儿只依身上。"

元顺帝当即宣布"革除朵儿只依的右丞相职"。同时任用主张征剿方国珍的玉枢虎儿吐华为中书右丞。玉枢虎儿吐华接任后，毫不迟疑，立即调兵遣将，决定水陆两路齐头并进：

水路统帅：由江浙行省左丞孛罗帖木儿出任。

陆路统帅，虽然玉枢虎儿吐华提出过人选，但都被众大臣否决了。为此顺帝忧心忡忡，推敲再三，没有更适合的人选。一天顺帝去后宫向太后请安，太后见顺帝憔悴了许多，于是问道："皇帝近日为何消瘦许多，难道朝中有甚军机大事？一时化解不开而忧心如焚？不妨说来听听，或许为娘能帮助分忧。"

顺帝如实地说："江浙行省台州路，反贼方国珍聚众数万，占岛掠地，公然抢劫漕粮，对抗朝廷。前年派江浙水师前去征剿，结果全军覆没；后由右丞朵儿只依前去招安，但是他明归顺暗反抗，当时签下'归顺朝廷'条约，过后拒不执行。反而变本加厉，到处招兵买马，如不及时消灭，必成大患！"

"皇帝派兵就是了，这有何难处？"太后说。

顺帝愁眉不展地说："朝中将帅虽有，但忠心耿耿者不多，上次派朵儿只班率钱得胜、鲍大刚去征剿，谁知丧师辱国，使祖宗蒙羞。今日朝议，水军统帅已定，只是陆路统领终难定夺。"

"你要选怎么样的将才，才能平定江南方国珍之乱？"太后关切地问。

皇帝想了想说："最主要的是对朝廷忠心耿耿，还要有文韬武略。"

太后说："本宫认为选泰不华为帅为宜。他忠直刚正，不仅文武全才，很有韬略。况且在江浙做过官，对浙江的情况最为熟悉，尤其对台州最熟悉不过的了，哀家认为他是最理想的人选。皇帝何不派他领兵，封他为帅！"

元顺帝仔细想想，泰不华确实不错，于是点头说："若非母后提醒，朕几乎忽略了，没有考虑周到。朕也认为泰不华能担承此重任，可立即下诏，封泰不华为帅。"

泰不华是何许样人？为何受到太后的如此赏识？

泰不华（1304—1352），字兼善，伯牙吾台氏，原名达普化，元文宗赐名泰不华，先世居白野山，随父定居浙江台州临海。十七岁时，江浙乡试第一名。至治元年（1321），赐进士状元及第。泰不华是蒙古族子弟，其父亲当过入直宿尉，担任过台州路录事判官。台州是泰不华出生地，也可说他生在台州，长在台州。他有得天独厚的优越条件，因而对台州的风土人情、地理环境十分了解。

泰不华勤奋好学，不仅认真读书，而且刻苦习武。十七岁就得中江浙行省乡试第一名，十八岁得中赐进士，殿试第一名，就是十八岁得中头名状元。被授予集贤修撰之职，很快便提升为监察御史。同时也是大学士、诗人。他享有很高的信誉，现任礼部尚书职。这是选择泰不华出任浙东宣慰使都元帅的主要条件。

泰不华他既有文韬武略之才，更有刚正之性。在当时官吏腐败的元朝，可算得上不可多得的好官。如在顺帝即位之初，加封文宗后为太皇太后之称号，加封帮助顺帝登上皇位的有功之臣——燕帖木儿伯颜为王。耿直的泰不华认为此举不合礼制，与几名御史联名上表进谏：陈述"婶母不宜加徽""相臣不当封王"的道理，要求顺帝收回成命。太后闻之，勃然大怒，欲杀众谏官员。当时吓得他们魂不附体，唯有泰不华挺身而出，他勇于担当地说："此事是我发起的，责任在我一人，请太后、皇上要杀就杀我一人，望勿累及诸位大臣。"太后见泰不华如此冒死相谏，如此敢于担当，认定是一个了不起的人才，皇上不但没有处罚他，反而赞赏他说："朝廷有如此刚正不阿的大臣，乃是我大元朝的大幸！"

太后也赞道："我大元朝有泰不华这样的人才，才能遵守祖宗法礼，可保大元江山基业万世恒昌。"事后还亲赐他两枚金币，以表彰其忠诚、耿直。从此得到顺帝的重用。

根据以上几条，泰不华是最理想的人选。皇帝立即颁下诏书：任命泰不华为浙东宣慰使都元帅，率师征讨台州反贼方国珍。

泰不华毕竟是文人，时任礼部尚书，而今要领兵出征，其夫人闻之，大惊失色道："老爷是文官，虽有武略，可是从未领过兵打过仗，怎能担此重任？况且是四十八岁的人了。还是奏明皇上，另选良贤。"

泰不华语重声长地说："圣旨重千钧，皇命在身怎可考虑个人安危，就是赴汤蹈火，也是在所不辞！"

夫人泪水汪汪地说："老爷整日为国事操劳，看来人也消瘦了许多，苍老了不少，四十八岁的人，看上去像是五六十岁的样子。我担心着。"

泰不华虽然是忠臣硬汉，在夫人的感动下，也泪花如珠，他劝慰说："夫人不要多说了，自古以来'君要臣死，臣不得不死'，况且是得到皇上的重用，保卫大元朝江山永固，是臣义不容辞、责无旁贷的应尽职责。"

其夫人明白，皇命在身，岂容多说。于是在泰不华临行的前夜，设家宴为元帅饯行。那夜黄昏，厅堂灯火通明，全家人聚集一起，还是夫人率子女立起向老爷敬酒说："今日皇上送来御酒一坛，托皇上的福，全家共沐皇恩，今敬老爷元帅御酒三盅：第一盅，祝皇上洪福齐天，祝大元朝江山永固；第二杯是祝老爷身体康泰，长命百岁；第三盅酒是祝元帅旗开得胜，马到成功，不日凯旋！"

正在这时，一阵狂风，吹进厅堂，所有灯烛瞬间即灭，眼前一片漆黑。此狂风来得突然！不由得使泰不华大吃一惊，使夫人吓了一跳，感到是有不祥之兆。

翌日早上，夫人和子女门前送行。正在挥手送别之刻，不料一声猛烈的惊雷，紧接着狂风暴雨大作，下得使人措手不及、使人一惊，似有晴天霹雳、不利之感。

临行这天上午，脱脱丞相、玉枢虎儿吐华等官员到京南驿亭送行，脱脱说："年兄这次挂帅出征，多蒙皇太后器重，亲自遴选大人，此去任重道远，祝施展英才，望旗开得胜，早日剪草除根，一举歼灭方贼国珍。这是国家之幸，万民之福。"

泰不华说："太后、皇上如此信任下官，愚臣为国效力，愿为肝脑涂地，尽忠尽职，誓死报效朝廷。"

玉枢虎儿吐华着意说："年兄此话差矣，出征前不能说死字。望旗开得胜，祝凯旋。"

皇命在身，泰不华毫不懈怠，快马加鞭，只带五十余名随从，来到江浙行省——临安府——杭州。

到达钱塘后，泰不华立即调兵遣将，迅速调集北方水师，合同江浙水师，成立大元中央军。组成精锐兵力万余，与中央水师统帅孛罗帖木儿，商定出征等有关事项。

双方商定，陆路由泰不华统领，从杭州出发；水路由孛罗帖木儿指挥，仍从定海出发。共同采取水陆两路挟攻，一举歼灭台州方国珍的东海水师。

元军水陆两路，浩浩荡荡地向台州进发，向黄岩州袭来。

方国珍领导的东海水师，早已收到以泰不华、孛罗帖木儿为帅的元军，分水、陆两路前来讨伐的情报。方国珍立即召开军事会议，研究对策，参加会议的除空空道长、了了军师外，还有方国璋、方国瑛、方国珉、陈仲达、陈叔达、李金海、李金松、董志强等九将军，同时还请新来的关磊也列入。

方国珍主持会议说："据可靠情报，朝廷以泰不华为帅的陆军，以孛罗帖木儿为首的中央水军，现已聚集杭州，近日便来剿讨。看来气势汹汹，我们怎么应对？"

方国璋首先发言说："我还是这句老话'水来土掩，兵来将挡'，有何惧哉！我们有信心、有能力消灭来犯之敌！"

陈仲达说:"不论天时、地利,都有利我们,只要我们充分发挥有利条件,掌握主动权,就能一举将它歼灭!"

方国珉说:"敌人分水陆两路进攻我们,我们也应水陆两路去对付,因此必须作两路对付准备。"

总之,各位纷纷发言,提出许多好主意,这里不作一一表述。且听道长、军师和大将军的战略战术安排:

一是兵分两路:水路由水军统领方国璋、方国瑛、李金海、李金松、董志强领将校李金有、李金富、黄法宝、黄法贵、丁光土、徐鹏飞六人,率战船一千二百艘,水兵万人。

二是由陈仲达、陈叔达、方国珉、关磊率领新近加入的关琼瑛、刘三宝、张兴等校官为首的地面部队,兵员万余,从陆地抗击元军。

至于战略方面,道长说:"首先全歼敌人水军,活捉孛罗帖木儿、郝成俩,杀其威风、灭他锐气。再来全力对付泰不华的陆上元军,打他个全军覆没!"至于如何全歼大元朝的中央水军?道长有诗念道:

> 敌船五百势汹汹,东海波涛激荡中。
>
> 道士冠边埋伏击,一江岛外射弯弓。
>
> 火龙四十船喷发,箭弩三千烈焰红。
>
> 积谷山前温旧梦,龙门港后捉新鑫。

根据道长的这首律诗,方国璋等水军头领心领意会,基本领会了道长的作战方略。方国璋立即召集将校研究策略,部署具体行动计划。

说到这里,今将东海水师现有兵力作些透露:大小战船一千一百六十余艘,其中较大型号的六十六艘,包括上次缴获的朵儿只班的指挥船。此外,还有方国璋精心设计的火龙船四十艘。

水军将士万余人,大船配十六人,一般船配八人,其中弓箭手六人,船上各种设备齐全。

这里需要说一下方国璋设计的火龙船,所谓火龙船,顾名思义,是用来火攻之船,此船小巧玲珑,犹如民间比赛的划龙船,它没有帆樯,船长一丈六尺,宽五尺,两边摇橹共八只,每边各四橹,均由人工摇曳,船中主要放置硫磺、火药等易燃易爆品。它的特点隐蔽性强,航行速度快,是专门用来对付官兵大船船队的火攻战船,故名火龙船。

方国璋还设计过多种战船,就是将原来的渔船,他都一一地做了改装,全面配置上发射架、挡箭牌、望远镜、指南针等。

水师分四个大队,每队配大小战船三百条、战斗水军二千五百人。

力量对比,方国珍的东海水师远远超过元军的中央水师。当然,战斗的胜负不完全取决于力量对比上，更重要的是将士的精神面貌和战略战术的运用。

再说孛罗帖木儿，带领随从五十余人，调来北方水师战船二百八十艘、水兵四千五百人。风风火火地来到明州、（元朝改作庆元）来到江浙水师总部——定海，与定海的水师官兵研究战略部署和战术安排。

他首先传达皇上的旨意，同时表白了自己忠于大元朝，拥护元顺帝的决心。他好高骛远，说："台州反贼方国珍的罪行昭然若揭，公然占岛掠地，攻镇夺村，招兵买马，对抗朝廷。现在贼势日益壮大，已经到了迫在眉睫的时候，到了刻不容缓的地步，因而当今皇帝诏示我们，务必尽快彻底地消灭方贼国珍的东海水师。"

江浙水师在前次攻打方国珍时全军覆没，人人心有余悸，个个胆战心惊。水军头领、万户郝成说："前次因匆促上阵，造成彻底失败，我们应吸取这一惨痛教训！"

孛罗帖木儿说："上次败就败在兵分三路，结果被反贼各个击破，这就是战术上的严重失误。"

郝成问："将军说得有道理，现在我们应当采取何种战术，才能取胜？请将具体作战方案说来听听。"

孛罗帖木儿说："我们的战船大而稳，坚而固，因而可采用稳步前进的战术。我们的五百条战船，可抵挡他们二千条破船。只有步步推进，使他们无法靠近，及至把他们赶出东海，赶到爪哇国去。"

郝成再问："就是一个团队，不分若干中队，这样恐怕万一……"

"万一什么？你说。"孛罗帖木儿说。

"只怕敌方万一采取火攻！要吸取'三国赤壁'的经验教训。况且方国珍常用火攻的。"郝成说。

"郝将军多虑了，赤壁之战的曹操，是将战船连在一起，捆成一团。我们却不这样，而只是抱团一起前进。况且我们不让他们靠近，也许他们早已经闻风而逃了。"孛罗帖木儿武断地说。

因为江浙水师在前年损失了主力，显然是兵力不足，这次调来了北方水师，其主力由北方水师担当。江浙水师反而成了附随，加上前次溃败的阴影，始终笼罩着他们的心里，个个意志萎靡不振，人人精神垂头丧气。

元廷中央水师重温江浙水师的旧梦，重走他们的老路，也是从近海的海岸线前进。庞大的船队，行动也如老牛拖破车，十分的缓慢。当进入三门湾后的第一岛蛇蟠岛时，这个孛罗帖木儿命令将蛇蟠岛包围起来，他亲自上岛搜寻、检查。

因为元廷中央水师的到来，以李金有为首的驻岛部队，早已经撤出。临走时还特意留下一些慌忙出逃的痕迹，给他留下溃败的迹象。

蛇蟠岛往南便是头门岛，所谓头门，顾名思义，就是台州湾的前门。元军到达，发现岛上不但没有了东海水师，连老百姓也随军撤出去了。孛罗帖木儿也亲自上岛，同样一家一户地去包围、去检查，不但查不出名堂，反而化却了不少时间和精力。

孛罗帖木儿的目的十分明显，他每上一岛都要作些记录，这不是调查地理水文，而是记录何日、何时占领了何岛屿，便于一一向皇上表功。

杳无人烟的一江山岛，原江浙水师主将吉普利脱善意地提出不必去登岛了，而北方水师和孛罗帖木儿也硬着要全部上岛屿。同样将一江山岛包围得水泄不通，倒使岛上的山鸡野兔，吓得鸦飞鸟散。

当将进入大陈岛时，方国璋他们决不能让他们登岛。因为大陈岛不仅是个战略要地，而且留有许多军事设施。

为了不使大陈岛的军事设施遭受损失，东海水师决定出手，李金松率领四百条战船，突然横空杀出，向元廷的中央水师发起猛烈攻击。

孛罗帖木儿他们一路而来，可说是一帆风顺，未受到任何抵抗，满以为方国珍他们闻风而逃了。谁知在大洋之中，几百条战船突然出现，突然箭如雨点，精准射击官兵，第一波的袭击，射伤射死中央水师三十余人。

孛罗帖木儿见此情况，命令发起还击。他们向李金松的船队袭来，李金松装作惧怕的样子，且战且退，造成节节败退的样子。而中央水师误认为方国珍的主力，是一群乌合之众，是不可一击的草寇，就命令全速追赶。而李金松他们，渐渐地向近海岛屿退却，向道士冠、黄琅山、白果岛方向退却。

元军的中央水师，穷追不舍，不知不觉，追到了道士冠。道士冠是一座近海的无人小岛，往往被人忽略了，以孛罗帖木儿为首的中央水师，真的被忽略了。当他们追呀追的，追到了道士冠附近地区，才发现这里隐隐约约有些动静。他问："这里是什么地方，前方似有海盗活动迹象？"

吉普利脱说："让我看看地图，我没亲自来过此处。"

孛罗帖木儿说："身为江浙水师主将，连此处是什么岛屿都说不清，怎么指挥水军打仗，快快查来。"

吉普利脱有近视眼，他慌忙地说："回禀元帅，这岛名为'通土寇'。"

孛罗帖木儿说："从未听说过有'通土寇'的岛礁，有没搞错？"

吉普利脱强辩说："从未听说的事多着呢？难道所有岛礁你都知道？"

走不多路，"道士冠"三字历历在目。正在这时，谁知这里已埋伏着李金海的四百条战船，约三千水兵，突然杀出，为首的站立船头高喊："孛罗帖木儿听着，吾乃东海水师将军李金海，你的末日到了，你又是下一个朵儿只班了！"接着一声令下"放箭！"随着李金海的令下，箭如狂风暴雨，万箭向孛罗帖木儿的船队射击。

孛罗帖木儿奋起还击，只因船队太大，前后差距两三里路程，一时乱作一团。此时的李金松的船队立即调转船头，也从前面挡住，再次发起猛烈攻击。敌军虽然也进行了短暂的激烈抵抗，总是在被动应战。这一场战斗，虽然东海水师也有损失，共伤二十余人、死六人。可是敌军损失惨重，伤亡共百多人，这样，大大地挫伤了中央水军的土气、挫伤了孛罗帖木儿的骄气、傲气和锐气。

眼见敌人军心动摇土气低落，李金松急忙装作败退，继续向南，向大间洋方向逃退，而李金海却向黄琅、白果方向退隐。

而孛罗帖木儿自大地认为，方国珍的水师不堪一击，已经被击退了，胜利即将来到，就继续追赶李金松的"败兵"。谁知落入了方国璋他们的圈套，进入了早已设计好的鱼网里——大间洋。

大间洋，实际上是个海湾，它三面是陆地。元廷的中央水军糊里糊涂地追呀，赶呀，不知不觉，莫名其妙地赶到了大间洋，走进了死胡同，蹿入了渔网阵。可是以北方水师为主力的中央水师，还误认为这里是洞头洋，所以孛罗帖木儿说："看他往哪儿跑，非把他追到南海，追到爪哇国勿可！"

正在这时，方国璋、方国瑛、李金海、李金松来个瓮中捉鳖：

李金松的船队退入湾里后，忽地出现在南方。不一会儿，东方突然出现方国璋、方国瑛的两支船队，孛罗帖木儿见情况不妙，急忙命令向北撤退，岂料李金海的船队杀向过来。一刹那间，千余条战船，把以孛罗帖木儿为首的中央水师，包围在窄小的大间洋里。

方国璋他们发起猛烈的攻击，弓箭如狂风暴雨般地三面飞来，连续不断地射击了整整一个时辰的乱箭，射得元军中央水师无招架之能、无还手之力，一个个抱头鼠蹿，他们都龟缩在船舱里躲避。

看看已到火候了，由李金有指挥的四十条火龙船，瞬间从四面八方冲来。火龙船以最快的速度，冲到敌船旁边，用铜管枪喷射硫磺、火药，紧接着支支火箭射入敌船，瞬息之间，敌船着火，火势十分迅猛，整个东海浓烟滚滚，烈焰腾腾。

面对汹涌的烈火，敌船的将士叫苦不迭，孛罗帖木儿想冲出去，可是身上已经着火了。情急之中，被人推入海水里。随着主帅的落水，焦头烂额的中央水师，也纷纷跳海。

原江浙水师统领、现中央水师副帅郝成，仍然顽强坚持战斗，他妄图挽回败局，仍作垂死挣扎，却被浓烟熏倒，也落入水中。

孛罗帖木儿、郝成俩都被方国璋救起，其结果与朵儿只班一样，成了个落汤鸡。与此同时，东海水师投入救捞官兵的行动中。这里有诗写道：

> 海阔云烟锁，天高入望迷。
>
> 扬帆怜寂寞，摇橹响东西。
>
> 弓弩如雷雨，硫磺火鸟啼。
>
> 敌船兵跳水，元帅落汤鸡。

第三十一回
泰不华攻占藤岭败　李金海防守姆岭丧

> 粉蝶蹁跹舞彩衣，枫林红叶映斜晖。
>
> 悬崖峭壁人难上，杀得元军无路归。

元军北方水师的彻底溃败，孛罗帖木儿和郝成等被俘，大大挫伤了泰不华的锐气，也可说断了他的右臂。原以为两路夹攻，先袭击方国珍水师，断其后路，再把他困死在松门海角。谁知出师不利，谁知中央水师却遭受全军覆没的命运：元帅被擒、主将被活捉。

泰不华是个坚强、勇敢的人，他忠于皇上、忠于大元朝。"明知山有虎，偏往虎山行"。皇命在身，退无去路，还是硬着头皮往前冲。虽然没有水师配合，就是单枪匹马，也要打个轰轰烈烈。他率元军主力，向黄岩州南部挺进、向松门进发。

东海水师进入陆上后，一场陆地战斗迫在眉睫，为了迎接即将开始的陆战，故将"东海水师"更名为"东南民军"。何为东南民军？当时地方民团盛行，民军是由民团引申过来的，表示意思是百姓的军队。

却说东南民军取得了抗击元军中央水师的重大胜利，为抗击元军进攻开了个好头，但仍不骄不躁。方国珍再次召集军事会议，研究如何抗击元军主力。方国珍说："元军的中央水师被我们击败，这只是个开端，还有泰不华的陆上主力，况且陆战是元军的长项，加上我们缺乏陆战的经验，面对强敌，东南民军应如何应对？"

李金海说："敌人必经藤岭和姆岭，我们重兵埋伏岭上，可利用居高临下的优势，在山上多堆些乱石、滚木，再用弓箭射击，看他怎么上得岭来？"

关磊说："李将军的意见不错，但只是被动防御，缺乏主动出击这一点，如何变被动为主动，这是取胜关键所在。"

方国珉说："关将军说得很有道理，前些日子，忙于对付元廷中央水军，没有主动在陆地袭击敌人，现在他们已经到了黄岩了，路桥、新桥一带都是平川，无隐蔽之处，很难途中阻击。"

方国瑛说："不知道他们从哪条路而来？若判断准确，我可带领数千人，分若干小队，半途阻击，打他个冷不防。"

陈仲达说："国瑛办法可取，我也带几百人埋伏中途，袭击其软肋，打他个要害。"

董志强说："前些日子，我向大将军提出过，可组织力量在大岩岭、黄土岭分别设两道防线，就要把敌人阻截在临海、黄岩以外。可是大将军未予采纳。现在还来得及，我带二千兵，傍晚赶到黄土岭，袭击尚在临海的部分敌军。"

关磊表示支持说："好！董将军的主意不错，这样才叫主动出击。我愿意与董将军一道，把泰不华的后续部队全部消灭，这样彻底阻截其援兵。然后，配合主力，包剿黄城。"

陈叔达喜出望外地说："好好！这样最好！我也与志强、关磊一起，割断泰不华的后路，只有这样，泰不华才不敢再进攻我们的总部——松门了。"

李金海热情洋溢地说："我带两千兵力，埋伏在十里铺。十里铺是必经之路，晚上就上方山，再从山上移动到十里铺、横山头，袭击长蛇之七寸。"李金海还解释说，"所谓七寸，就是蛇的致命点，也就是人的颈项，准确说是袭击其咽喉。"

众将领积极发言，言之有理。总之人人信心百倍，个个表示需要主动出击。大家期盼大将军作出决断，期待正确的战略安排和战术应对。

可是大将军方国珍却摇了摇头说："主动出击不妥，应当采取被动抵抗的策略。"

关磊不解地问："这是为何，因何主动出击不可？为何却将主动变被动？"

方国瑛牢骚满腹地说："来松门将近两年了，两万人，待两年，真是坐失良机、白白浪费了时间、浪费大量的人力物力！如果主动出击，早已占领台州、明州和温州了。也许打过了长江了。"

"现在还来得及，马上去占领黄土岭、占领方山和嵩岩山，把黄城包围住。"陈仲达稍带激动地接着说，"给我三千兵，给三天时间，一定把黄岩城拿下。"

总之将军们斗志昂扬、精神抖擞，期待着方国珍的决策。

可是方国珍却说什么"礼义道德"一类的东西，他做了如下解释：

"在前年，因为我们与元廷签过'归顺朝廷和约'。说实话，是我违约，不但没有去定海上任，反而在积蓄力量，是有对抗朝廷之嫌。故我们理亏，所以一直守在松门小镇，因此没有再去扩大地盘、没有去主动出击。待等他们打到了松门，我们才开始反击，到那时，我们才有理有节。既已守了两年，请各位耐心再耐心，再守约几日。我们现在仍坚持以藤岭和姆岭为界，守住不放，决不让敌人越过。"

李金海仍坚持着自己的意见说："打仗还讲什么理和节，坐失良机是最大的损失。"

正在争论不休之时，需要道长、军师作出正确决策。就在这个关键时刻，忽然了了军师头重脚轻，昏厥过去了。军师的一昏，非同少可，七十二岁的人了，发大病了，他便一病不起。

空空道长若有所思地摇了摇头说："众位将军言之有理，但有的事情不以你们的意志所左右的。大将军有大将军的考虑，他现在还下不了与元军彻底决裂的决心、没有推翻蒙元王朝的雄心壮志。我们只有耐心等待。"空空道长接着还说，"若想夺取全国，我们的水师可以立即北上，一举夺取定海。消灭元军的江浙水师、再进军长江口，前后进入长江。配合我们的陆军，不用两年，就可夺取半个中国——江南。"

军师一病，大伙都忙着处理军师的病体要紧，军事会议就这样草草了事。

就在这时，有两个自称黄岩沙埠买虾皮、咸烤的人来找方国珍。国珍知道来人定有军情要事，于是亲自迎接。

来人非别，就是黄岩城北杜家村的杜屏山、平田乡桐村坑村的潘文忠。他俩同是刘仁本的好友，也是救方国珍姨妈周丽娟逃出苦海的恩人。都是知根知底的好人，却是从未见过面，今天相见，真是"相逢何必曾相识"，国珍热情迎接说："久仰久仰！十分仰望两位光临！请请，请进请进！"

杜屏山说："请请！方将军请，杜屏山这厢有礼了！"

潘文忠说："潘文忠冒昧登门，多有打扰，这厢有礼了！"

方国珍道："两位光临，想必有要事相告，但说无妨。"

"我俩受刘仁本先生委托，特来告知紧急军情的。据可靠情报，元军泰不华，近日就来攻打松门。"说着递上刘仁本先生的亲笔信。

方国珍急不可待地拆开一看，见他写着：

> 元军近日袭松门，今夕黄城万马圈。
>
> 东海水师应勇敢，锦囊妙计定乾坤。

方国珍立即召集方国璋、方国瑛、方国珉、陈仲达、陈叔达、李金海、李金松、董志强、关磊等前来。设晚宴招待，晚宴就在客厅举行。此处删略一些客套和礼节，着重请杜屏山、潘文忠俩介绍黄岩敌情。今将他俩介绍的敌情作如下综述：

到昨天止，万名元军全部到达黄岩，他们在黄城休整三天后，就出兵攻打松门。据可靠消息，元军从黄岩出发，经路桥—泽国—牧屿—藤岭。

方国璋举杯敬酒说："承蒙两位前来告知，请问两位有何御敌之策？"

潘文忠直言道："潘某是山野村夫，何有计策、谋略可言，据我愚见，将军可派兵中途伏击他们的中段，将它断为两截。这样不但打乱他们阵脚，更为重要的是挫伤敌人之锐气。"

杜屏山是有勇有谋之士，他思考再三后说："据杜某愚见，他们后天倾巢出动，万名官兵来袭击松门，可说是声势浩大。可是黄岩却成空城，我们可趁机突然袭击，只需千余兵力就足够了，就可在后天傍晚发起攻打黄城，我俩可组织数百人为内应。"

"这样最好，这也是刘仁本先生的意见。"潘文忠接着说，"这一招高明，当他们听说黄城失陷后，元军阵脚就乱，不但无心攻打松门，瞬间便陷入进退两难的境地、陷入混乱之中，就使他们如虎落平阳，我们就可把他们围困在路桥一带，来个瓮中捉鳖。"

"当下黄城其实是一座空城，黄岩百姓听说元军南下黄岩州、攻打方国珍的消息，黄城百姓，闻风丧胆，纷纷逃往山区躲避战祸。"杜屏山接着说，"其实我们俩也有能力、有把握夺取黄城，只是后无援兵，难以固守。"

方国珉上前握住他俩的手说："说得好！真所谓英雄所见略同，这是上上之策！最妙不过的了。"

可是方国珍仍固执己见，他不但听不进别人的意见，反而不耐烦地说："不要多说了，仍照原来作战方案，不需，也不必更改作战方案了。"

果然在九月初九日早晨，元军统帅泰不华率领万名陆军，从黄岩小南门出发，一路中队向路桥—泽国—牧屿—藤岭袭来。

元代的新河、箬璜还是浅海，陆路进入松门必经藤岭和姆岭。方国珍选择松门作为大本营，是最好不过了的，后有大海，海阔天空，前有高山峻岭。元军要攻打松门必须要先越过藤岭、翻过姆岭。

藤岭、姆岭十分险峻，山高岭峻路难行。当地留传着一首民谣：

藤岭腾空耸，姆高爬半年。

跌擂坑底下，捉骨两三天。

当地百姓过岭也十分艰难，何况万名大军翻山越岭，况且是一条荆棘丛生的崎岖曲道。前有伏兵，上有滚木、滚石。方国珍凭借得天独厚地理环境、凭借将士的英勇善战和战无不胜的信心，决定在此阻击强大的敌军，他觉得可说是万全之策。

方国珍为了有理有节地夺取战争的胜利，必须把来犯之敌阻止在姆岭以外。决定兵分两队，先选六千精兵，由方国璋、方国瑛、李金海、李金松、董志强五位将军，带领李金有、李金富、徐鹏飞、丁光土等埋伏藤岭。

另一队是由大将军方国珍、陈仲达、陈叔达、方国珉，关磊五人，带领关琼瑛、黄法宝、黄法贵等坚守姆岭，作最后一道防线，决不让敌人越姆岭半步。

大将军宣布后，大家表示服从命令、听从指挥、坚守岗位。

唯有关磊提出说："报告大将军，我兄妹俩蒙受大将军的厚爱和款待，无以报答。今天初次参战，愿意到最前线去，参加保卫藤岭的战斗。"

"我也与哥哥一起，到最前线去。"关琼瑛表示说。

方国珍认为关磊的提议十分中肯，他也想看看他的能量到底如何，于是当即表示，接受他的请求，决定与董志强对调。

却说泰不华的万人队伍，早上东方拂晓，从黄岩出发，到达温岭的藤岭，已经是午后了。这么多人就地休息半个时辰，以干粮作午餐，决定就在未时发起攻击。

万人的队伍，要翻越大山，就要在逶迤崎岖的山岭上爬坡。队伍犹如一条疲惫不堪的长蛇，有气无力地在慢腾腾地向上移动。

元军的强项是马上，人人坐骑高头大马，身披铁衣马甲，手拿弓箭、腰挂马刀。马队擅长在草原上驰骋纵横。可是到达崎岖的山道，不但无法发挥作用，反而成了累赘。

元帅泰不华命先锋察儿脱花，领五百精锐铁骑，向山上冲刺，可是山野林木茂密、荆棘丛生，只一条藤岭可上。元军先锋察儿脱花指挥五百精锐骑兵，由于石砌阡陌险峻，兵士无法乘坐战马，他们从马上跌落，有的跌得头破血流，成了伤员。

察儿脱花眼看不能坐在马上，只得吩咐人人下马，个个牵着战马前进，将士成为马夫。他们手中的弓箭成了多余之物，一手牵马，一手拿弓，好不笨拙。当五百将士将近上得半岭时，突然一阵乱箭射来，岭上六千守军，一人三箭就有二万支箭袭来，先头的五百骑兵，死的死、伤的伤，一句话，不死则伤。察儿脱花本人看箭如雨点，刚巧身边有棵大树，就俯卧在大树底下，总算逃过一劫。

元军进攻严重受挫后，泰不华命令察儿脱花再上。察儿脱花再次组织千名战士，改变方式，人人丢弃弓弩，个个头戴钢盔，左手盾牌、右手钢刀，冒着乱箭，勇猛爬行前进。当他们上得半岭以上，突然滚石、滚木，居高临下，一起向下、向着他们滚滚而来，真是势不可当。这一波袭来，十有八死。这不仅滚死了冲上山顶的先锋队，连在半山腰的也死伤大半。这里有诗写道：

> 藤岭巍巍崎路斜，元军上岭似爬蛇。
>
> 石擂滚滚高天下，遍野伤员在喊爹。

泰不华看两次冲刺受挫，就亲自上阵，他仰望山顶，再观岭道崎岖，不由得紧皱双眉，愁容满面地问说：“诸位，有何办法越过此岭？凡越岭有功者赏！”

副将哈里刺，算得上是个足智多谋的将军，他说：“此岭险峻，易守难攻，就是再组织几次强攻，也于事无补，也是一样败退下来。”

泰不华急不可耐地说：“你说怎么办，难道就无计可施了吗？”

“办法倒有，”哈里刺接着说，“最好、最理想的办法就是‘诱敌下山’，这样变被动为主动。”

泰不华仍心急如焚地问：“怎么个主动法？”

哈里刺说：“我们的将士埋伏在山下各个角落，他一下得山来，就将反贼包围、歼灭。”

泰不华再问：“怎么个引诱法，怎能引诱敌人下山，以何为诱饵？”

哈里刺说：“办法有二：一是激将法，组织一批人大骂，骂方国珍反贼，骂得他恼羞成怒，骂得他狗血喷头；二是诈败，如若还不下山，我们只有采取诈败，骗取他们下山。”

泰不华表示先采取第一种办法。先锋察儿脱花奉命组织五百余人，第三次登山。他们偷偷地上山，寻找箭射不到、石滚不着的地方。然后发起谩骂，说方国珍是反贼，是贼种，是缩头乌龟，是狗熊，是猪罗，是孙子，等等。

哈里刺的呆笨之计，怎奈骗得了方国璋他们，知道这是个诱他下山的阴谋诡计。开始根本不理睬他，把它视作"临死的悲鸣、绝望的嚎叫"。可是日复一日，连续三天一直不停地号叫，叫得他们头痛脑涨。

李金海是个急性子，实在忍耐不住，于是提出说："我再忍耐不住了，待我带几百个弟兄下去，把这个先锋察儿脱花生擒上山来，先给他的舌头割了，再给他切肉割块，方消所恨，真是欺人太甚了，真是忍无可忍了。"

方国瑛阻止说："不可不可！这是元军的阴谋诡计，李将军切勿上当！否则是小不忍则乱大谋。"

李金海说："我知道是个阴谋，他连续骂三天了，天天说我们是缩头乌龟，我气勿过。"

此时此刻，又听见察儿脱花在半山腰间喊道："反贼方国珍，你是乌龟子，是缩头乌龟！看你没胆量，有胆的下来，与我们比试比试！"

"来啦！非把你的舌头割不可！"李金海应了声后，便带二百多人如出山猛虎般地冲了下去。

察儿脱花看李金海上当了，就抡起双斧，与李金海战斗。李金海抡的是双刀，双刀对双斧，大将遇先锋，这真是棋逢敌手，将遇良才，这样你来我退、我上你退，钢刀遇板斧，噼噼啪啪、叮叮当当地斗了二十余回合，的确胜负难测。察儿脱花当时认为自己武功盖世，胜券在握，战胜李金海是易如反掌。谁知斗了几十回合，感到有点招架不住了，他半真半假、边战边退。

李金海只怕有诈，追了一阵子就不追了。可是这个察儿脱花又破口大骂，骂得狗血喷头。李金海气得咬牙切齿，恨不得冲上前去，一刀结果了他。李金海忍不住，再次冲了前去。

察儿脱花边战边退、边退边骂，而李金海却是边战边追。不知不觉追到了山下，进入敌人的埋伏圈。此时突然号角声震天动地，元军呐喊声震耳欲聋。瞬息之间，把李金海包围在核心之中。

这时先锋察儿脱花挥舞双斧、副将哈里刺手拿双铜、副先锋哈尔迷达手举双刀，三将一齐向李金海杀来。

面对三位元军大将，李金海毫无畏惧，仍面不改色，英勇抵抗。他意识到自己已经中计，落入圈套，无法脱身了。他误认为哈尔迷达就是察儿脱花。就来一个鱼死网破，朝哈尔迷达冲去，一刀刺中他的胸膛，可是这个哈尔迷达也给李金海肚中一刀。两人同时都无力再抽回宝刀了。这里有诗为证：

> 金海将军气斗牛，凌云壮志志难酬。

英雄胆略人钦佩，长使后人珠泪流。

李金海与哈尔迷达两人，面对面地站着死，死得多么的壮烈、多么的英雄！

方国瑛得知李金海阵亡了，就率千余将士，如猛虎般地冲下山来，抢回了李金海的遗体。

李金海的死，并不影响东南民军的士气，反而激励将士们的愤慨和斗志。眼看元军元帅泰不华、先锋察儿脱花、副将哈里晨刺，率领元军再次发起攻击。新来的领军关磊，义愤填膺地率千名精兵，展开与元军浴血奋战。

关磊手拿长八尺、重一十八斤的大刀，威风凛凛地站立在藤岭上，他大喝一声："民军大将关磊在此，谁敢上得岭来，就叫你身首异处！"

元军不知民军中有个姓关的人，不由得大吃一惊。先锋察儿脱花先派几个将校上阵，与关磊战了几个回合，试探他到底有何本领。这些小校哪里是关磊的对手？待他们冲上来后，关磊的八尺大刀如纺车盘似的，不停地旋转，真有箭飞不进、刀插不着。元军将校似有闻风丧胆之感，迫于军令，硬着头皮冲了上来，一起向关磊杀来。关磊不慌不忙地采用"九龙喷水"刀。所谓"九龙喷水"，就是此刀如九龙喷薄之势，他手捏刀柄，周身顺三转、倒三转，只一刻钟的工夫，元军八个将校个个被拦腰折断。

关磊这一轻松之举，便吓得敌人目瞪口呆、心惊肉跳。先锋察儿脱花说："谁敢再上，谁敢再上，谁敢再上！"他连喊三声，仍无人响应。在迫于无奈、无计可施的情况下，只有他自己强打精神说："上上上，跟我一起上。"

见察儿脱花举起双斧，气势汹汹地向岭上冲击，随从百余军人紧跟而上。这个先锋也有两下子，但斧子柄短，难对八尺大刀。可是他要发挥自己的长相，就采用"长蛇出洞术"的扒地爬，妄图爬行前进。这一招关磊看得明白，立刻还他个"金鹰爪地蛇"，刹那间，刀从地上扫，给地上划了一条沟壑，险些儿把察儿脱花划断两截。

察儿脱花已经是"黔驴技穷"，他还有一技，是"烟幕飞弹"，这是元军的杀手锏！它形如皮球，却大于皮球，这个内藏火药的东西，不但响声如雷、震慑对方，而且还有一定的杀伤力，说白了，就是早期的土烟弹。他从腰间取出这个"烟弹"，向关磊投掷过来。关磊眼灵手快，一刀将已经冒烟的铁球掷还过去，刚好落在他自己的脚跟前，倒使察儿脱花吓了一跳，其右腿还受点儿轻伤。

察儿脱花急忙便逃，关磊岂肯放过？他居高临下，三步两脚，走上前去，一刀削去，这个元军大将、征讨台州民军的急先锋，便惨死在关磊的刀下。关磊报了李金海将军之仇。

元军见先锋察儿脱花人头落地，吓得他们抱头鼠蹿、落荒而逃。关磊岂肯放过这一难得的机会，乘胜追击。关磊命号兵吹起号角，此时军号、螺号四起。冲锋号响彻云霄！呐喊此起彼伏。山上的民军发起冲锋。这里有诗为证：

俏俊青年执大刀，功夫盖世显英豪。

关胜后裔真传九，杀得敌人无路逃。

与此同时，民军在岭上将士倾巢而出，接着守在姆岭军队的也全部过来助战，近两万人摇旗呐喊，喊声震耳欲聋，可说漫山遍野都是民军，可说是势不可当。

泰不华急忙立即收兵，可是来不及了。元军道路陌生，他们无路可逃，只有束手就擒，只有待死。

就说副将哈里刺，他手拿双铜，正在抱头鼠蹿时，正巧遇着关琼瑛。关琼瑛挡住去路说："快快举手投降，免遭一死！"

可是这个哈里刺，见是个女孩子，他威胁说："我是元朝将军哈里刺，快快带我出去！"

关琼瑛挥了挥枪说："你若不投降，休想从我这里过去。"

哈里刺则认为一个女孩，没什么了不起，就抢起双铜，向关琼瑛冲杀过来。关琼瑛苗条身材，英姿飒爽，枪法灵巧。她提起七尺长枪，寒梅仙子巧耍梅花枪，这是她的绝招。不等哈里刺杀来，枪矛已到他的额前，险些刺入脑壳。哈里刺不由得大吃一惊，连忙退下三四步。哈里刺定了一下神后，再次上来与关琼瑛交量，由于关琼瑛开头一枪，险些送了他的性命。于是两人都比较慎稳，这样你来我退、我进他退，双方战了二十多回合，关琼瑛假意后退三步，趁他冲上来时，一枪正中哈里刺的咽喉。从此永远封住了他的口。封咽喉是关琼瑛的绝招，是最致命的一招。

此时的元军死伤无数，藤岭下面死体遍野，流血成河。元军元帅泰不华仰天长叹："如此惨败，有何脸面面对皇上！"说着欲举剑自尽，却被随从保镖阻止。众随从再三劝慰，就领他向深山里逃蹿。走不多路，见后面一队人马紧追上来，为首的就是方国珍。

不知泰不华如何逃脱？且听下回分解。

第三十二回

李金海葬丧行祖祭　方国珍痛切读悼词

巨星陨落月朦胧，静默悲哀泪眼红。

半降旌旗沉悼念，松门百姓送归终。

却说泰不华在三十勇士的护卫下，落荒而逃，逃不多远。见前面一队人马，站立在山岗上，正在摇旗呐喊："活捉泰不华，为李将军报仇！"泰不华抬头一看，更觉大吃一惊！见方国珍率领数百民军，威风凛凛地挡住去路，真是插翅难飞。泰不华毕竟将帅之材，临危不惧，他却抖擞精神，与方国珍决一死战。

此时的方国珍手执大刀，立于阵前高声喊说："来将可是泰不华乎？本将军就是方国珍是也，已在此等候一个时辰了。你不是奉旨捉拿方国珍吗？来吧，让我们战个三百回合。"

泰不华心寒嘴硬地说："反贼方国珍，你假意接受朝廷招安，实则欺骗皇上，拒不上任履职，反而从海岛到陆地，扩大地盘，公然对抗朝廷！今日天兵到此，还不快快投降请罪！"

方国珍据理说："元帅此话差矣！是你朝廷的不是，是朝廷违约，反把罪责加到我的头上，真是岂有此理！"

泰不华说："真是颠倒黑白，明明是你拒不去定海上任，明明是你在扩大地盘，还明目张胆地在招兵买马！反说是朝廷违约？"

方国珍例举以下三条，予以反驳说：

"一是说我拒不上任定海尉，实是莫须有的罪名，这是你们的圈套。不是我不去定海履职，而是你们不让我归顺朝廷。我是要把万余名将士，全部带到定海，充入江浙水师，而你们却叫我一人上任，这不是圈套是什么；再则，方某我还是耐心等待朝廷来人，具体引我办理有关上任手续，可是等到今天，等到的却是水陆两路大兵前来围剿！"

"二是说我们占镇掠地，也是子虚乌有的事，是对我民军的诬陷。松门是在三年前就归我们管辖之地。是从和约签订后，两万多人就固守在小小的松门。如若不守约、要扩大地盘，早就打到台州、打到杭州、打遍江南了。到今天止，没有占领一个城池，怎么说我们'占镇掠地'扩大地盘？"

"三是说我们招兵买马，也是无中生有的事。自从和约签订后，我是朝廷命官，所属的民军，都是朝廷的将士，如若我招兵买马，也是为朝廷出力。至今，朝廷不但不发给我们一分军饷、一粒军粮，反而诬陷扩充势力。"

以上三条，有理有据，说得泰不华一时哑口无言，他觉得方国珍说的似乎有些道理，觉得朝廷是有欠缺，或者说严重失误！但仍为元朝辩护说："你为什么不去定海履职？"

方国珍反问说："你说话算数吗？如若算数，就从明天开始，所有弟兄都是朝廷的官兵，请发军饷、军粮，与我一道到定海，这样行吗？你能答应吗？"

方国珍的一席话，又问得泰不华无言应对，他呆了一会儿后说："你可上京面奏圣上，两年了为何拒不上京？"

方国珍说："你把我当猴子耍，把我骗到京城，叫我去送死！你若有诚意，为什么不派文官来催促我上任？而今却要大动干戈！"

方国珍思维敏捷、口若悬河。泰不华还是强词夺理说："今日天兵到此，不但不举手投降，反而负隅顽抗，将我水、陆两军，几乎全军覆没。"

方国珍说："前年签的和约，白纸黑字，历历在目，我是在此等待你们来招安的，可是等到今天，终于等来状元公大兵征剿。你身为礼部天官，我以为你泰不华定是先礼后兵的，不会来攻打我们的。如若要主动打你，你们就过不了姆岭了？今天你们来剿灭我们，我们只是回礼，否则有礼不还，是非礼耶！"

泰不华想到自己身为统帅，带领水、陆两路天兵，浩浩荡荡前来剿讨方国珍，不料却被方国珍打得一败涂地，几乎全军覆没，活着也无脸去见皇上。而且方才却又被方国珍数落一通。他恼羞成怒，手挺长矛直向方国珍刺杀过来。方国珍不慌不忙地也举长矛挡住，长矛对长矛，将军对元帅，两人风风火火地打了起来。

看官，请看大元朝大元帅泰不华怎么的穿戴：

头戴镶金嵌钢紫头盔、身穿锦绣丝绸白斑甲、腰系一条镶金紫红带、脚穿两只云彩鹰爪靴、左肩一把狮王铁胎弓、右腰一壶雕翎镂子箭、坐骑一匹高头银灰马，手拿一根雪花点长矛。

再看泰不华与方国珍两人的战斗，他俩一上一下、一来一往、你进我退，我退你进，接连斗三十回合，不分胜负、打个平手，可是方国珍略胜一筹。看看天渐渐黑暗下来，夜幕已经降临。方国珍着意虚晃一枪，紧接着横枪掠去，泰不华冷不防，跌落马下。方国珍勒转马头，宣告胜利结束、宣告凯旋！

却说泰不华跌落马下，被随从卫队救起，趁着已经降临的夜幕，摸黑逃跑了。

话说方国珍凯旋，心情却忐忑不安！身未卸甲，便去抱住李金海的遗体，抱头痛哭，泣不成声，哭得悲悲切切、凄凄惨惨。

李金海今年三十四岁，说起来也很巧合，他与方国珍同年同月生，两人同时长大，一起成长，志向一致，患难与共、情同手足。

李金海聪明能干、勤奋好学，为人诚实中肯。他从不计较个人得失，一心一意跟着方国珍赴汤蹈火、舍生入死。他在军中是威望最高者之一，很得军心、民心。

今天，民军失去一位德高望重的将军，人人无不痛心疾首，无不痛哭流涕！军营里哭声震天。

最最悲痛要算董娇蓉，自从嫁给李金海后，已经过去十一年了，十多年来，夫妻恩爱，相敬如宾，可说是甜甜蜜蜜，如胶似漆。她育有一子一女，女儿为大，年方八岁，取名李秀清，儿子为小，今年四岁，取名李昌盛，十分可爱。

董娇蓉失去了心爱的丈夫，心如刀割，悲痛欲绝。悲悲切切，泣不成声，声嘶力竭地哭喊"也不想活了！"任凭王翠玉、董桂芳、董桂香、董娇荷她们怎么劝慰，但仍哭泣不止。

更使人心疼的他俩的子女，小小年纪，失去慈父。姐弟俩声嘶力竭地呼唤，呼得使人心寒、哭得使人悲怆，总之千呼万唤唤不回。

人人沉浸在悲伤之中，数万名将士和当地父老乡亲，左臂带上白袖套，表示对李将军的哀悼。方国珍当众宣布，全军放假七天，同时请来当地七七四十九个和尚，做七天七夜道场，以超度亡灵。

正在这时，兵士报道："有贵客到来！"众人视之，是黄岩大名鼎鼎的进士、时任江浙行省左右司郎中，他为官清廉、体恤民情，是得高望重的刘仁本先生，同时带十来个随从前来吊唁。

与刘先生同来的还有周丽娟女士，众所周知，周丽娟是方国珍、方国璋兄弟们的姨母、也是李金海、李金松的婶母，同时也是刘仁本先生的早期恋人。周丽娟为方、李两家，为民军出过不少力，作出了不少的贡献，她也是德高望重的前辈。

今天刘先生、周姨妈的到来，方国珍、方国璋、李金松、方国瑛、方国珉、陈仲达、陈叔达、董志强、关磊等将军和家眷董娇蓉、王翠玉、董桂芳、董桂香、董娇荷、童婵、童娟、汤芳芝、关琼瑛等，一齐到来，向刘先生叩首迎接。

刘仁本先向李将军吊唁后，但对灵堂等安排不尽满意，于是提出说："灵堂安排不尽人意，需要重新部署。"

方国珍说："前辈有何高见，请明确告知。"

"我想举办隆重葬礼。"刘仁本接着说，"李将军德高望重，是民军的缔造者、是创始人之一。他舍生忘死，身先士卒、冲锋在前，立下赫赫战功！同时也是大将军的左右臂。再则为激励后人，效仿先贤，培养出一支舍生忘死、忠于大将军、紧跟大将军的队伍。"

方国珍说："以刘叔叔的意见，应当是怎么的礼节。葬礼的规模又应如何？"

刘仁本说："按照李将军的品行和官职，应当举行'祖祭'。"

方国珍说："因为当地没有看过'祖祭'，请说祖祭的来历、出处。"

刘仁本说："祖祭出自《周礼》一书，《周礼》是一部通过官制来表达治国方案的著作，内容极为丰富。礼记、周礼是儒家的经典。"

方国珍拱手表示说："刘叔叔言之有理，侄儿听从先生教诲、服从先生安排。"

刘仁本说："今日李将军升天，照当时宋、元制度和黄岩习俗，凡七品官以上去世，都可举办'祖祭'礼，（也有说做祭）况且李金海是将军，应当举行'祖祭'。这完全符合等级制度和习俗。"

下面请看怎么"祖祭"的？笔者虽然在其他书上说过"祖祭"，在这里有必要再作详情叙述。首先让我们看看灵堂的摆设：

孝堂（灵堂）中央挂着用白布做成的灵帷，也称孝幕，其幕后称作"寝处"。就是设放着李金海灵柩的地方。

帷幕前左边设一条苫次（稻草编制的、俗称稿苫），苫次上铺陈毛毯，专供孝子跪拜之用，李金海的夫人董娇蓉，率儿子李昌盛和女儿李秀清，穿着麻衣孝服，跪在苫次毯上。

两旁为寝门，就是出入幕内之门，是专供点脚头灯和烧香之用。

帷幕前设一张画桌，桌上放五事一堂，（烛台、香炉等装饰品）五事上点着斤重白蜡烛一对和烧高香三支，并敬黄酒五盅、茶水五杯。

长案前设供桌数张，专为设放供品之用，其供品有猪头、黄鱼、公鸡、母鸭四荤和香菇、木耳、黄花菜等山珍，还有桂圆、荔枝、蜜橘、香梨、苹果、红柿、白果、黑枣等干鲜果品。

　　再前是祭坛，祭坛铺陈数张苫次，（稿苫），苫次上同样铺上虎皮或毛毯，供人跪拜，两旁站立主祭员、陪祭员。

　　当祭祀开始，主祭赞员、陪祭员等引六员登场，沿阶上共设十位司祭员，分左右两边站立，每边各五人。阶下灵棚为拜坛，供将士们轮换跪拜。

　　祭祀时间，一般上午辰时至下午申时，祖祭程序是：

　　一是先由大赞高声宣读，孝妇、孝子、孝女和孝眷等步入灵堂，分男东女西，站立两旁，再分重服在前，轻服在后。

　　二是紧接着主祭员、副主祭员就位，并唱赞。

　　三是放地雷炮，所谓地雷炮，是用生铁浇铸成的，内装满火药，并把它夯实，其下方有个放导火索，地雷炮响彻云霄，地雷炮震耳欲聋。

　　四是鸣钟、击鼓。二门外擂大鼓、敲大钟各三声。三声巨响，响声沉闷，其声壮严肃穆。

　　五是中军奏细乐。乐队奏古时乐曲，如《将军令》等。

　　主司员唱赞后，接下由方国珍主祭，他悲悲切切地宣读祭文：

　　　　呜呼哀哉，悲哉痛哉，河山惨淡失色，日月阴暗无光。

　　　　秋霜白露；疾风恶雨，草木为此含冤，东海因而哀丧。

　　　　孤雁南飞，寒鸦叫冷，杜鹃声声血泪，鹧鸪句句悲吭。

　　　　人在哭泣，鸟在哀鸣，大地暗然漆黑，青山落叶飞黄。

　　　　金海兄弟，形影相随，虽非嫡亲手足，情重胜于同胞。

　　　　天天月月，岁岁年年，三十四年共处，半世生死芬芳。

　　　　海滩拾贝，私塾读书，彼此携手帮助，互相学习荣昌。

　　　　祠堂结义，拳坛习武，共拟昌明文稿，同商武艺纲常。

　　　　永嘉卖盐，东海捉鳖，肚饿野果共享，收成好歹同当。

　　　　南塘董府，洋屿渔村，两人皆娶淑女，双双成却新郎。

　　　　洋屿起义，南村斗霸，神庙高声明誓，你我同擎旗扛。

　　　　舍生入死，患难与共，并肩战斗兄弟，志同宇宙洪荒。

　　　　呜呼哀哉，悲哉痛哉！……

　　　　天昏地暗，为何夺我兄弟……

　　接下便是夫人董娇蓉致悼念词，她双膝跪地、泪如雨下、泣不成声地念诵悼词（排律）：

　　　　日月无光怎回首，天昏地暗泣啾啾。

　　　　夫君惨死心头割，无限悲伤珠泪流。

　　　　锦绣前程遭浩劫，风华正茂葬荒丘。

夫妻恩爱甜如蜜，指望天长到白头。
回想窗前并剪烛，忆思月下瑟琴悠。
镜中照影成双对，枕上谈情解带羞。
奴若欢颜君脸笑，我因烦恼你忧愁。
如胶似漆人长久，形影相随志趣投。
品格端庄胸厚道，襟怀坦白意温柔。
身先士卒光辉像，吃苦耐劳何计酬。
吃苦在先心地善，无微不至运筹谋。
英雄俊杰才初展，血雨腥风一命休。
妻失夫郎知甚苦，子离亲父恨多仇。
痛心疾首夫离别，笑貌音容记意留。
……

祖祭壮严肃穆，本应灵柩停放七七四十九天，只因为九月天气较热，不易长久停放，确定只放七天七夜。二万多官兵，分七天瞻仰遗容，可说够紧张的了。好在安排合理，葬礼与瞻仰有条不紊地进行。

葬礼之隆重无须详细叙述。古话说"落土为安"，大家最关心的是他的落土。李金海出生洋屿，本应回到洋屿。只因时局未定，当时洋屿还在元廷统治下，恐怕时局不稳、政事有变。据此，与董娇蓉再三商榷，董娇蓉坚持把李金海的遗体，落土在南塘。为何安葬在南塘？

董娇蓉说出以下五条理由：

其一是南塘风景秀丽、环境优美、文化底韵深厚，可说是风水宝地。

其二是董娇蓉的出生地，她对故土有深厚的感情。更使她留恋不舍的是董府，她感恩董老爷收她为女，决定住在董府，在董府守孝、守节，安心在董府把子女养大成人。

其三是，南塘与松门近邻，不到洋屿的一半路程，同是都在方国珍的民军管辖之下，既方便且稳妥。

四是在去年春天，董员外携夫人童妈，已经住回南塘董府，四个女儿和儿子、儿媳都不在其身边，需要有人照顾，董娇蓉回董府，既便于照顾董老爷子，也便于给李将军上坟祭扫。

五是李金海生前对南塘（楚门）心存好感！前年春天，即五月初五端午节，他陪同娇蓉和孩子来到南塘探亲，登上了丫髻山，在丫髻山顶上，面对大海，高歌词牌《一剪梅》一首：

玉树金风露水凉。枫叶流丹，今日端阳。夫妻伉俪乐年华。幸结同心，恩爱情长。丫髻山头宝地方。　　紫气东来，鸟语花香。今生有幸旅旋门，美慕南塘，无限风光。

还有七绝一首：题为《南塘湾》：

南塘秀丽漾淋清，鸥鸟渔舟映宇寰。

云淡天蓝观玉浪，芦花荡里蓼花湾。

就这样，方国珍和众将军同意李夫人的请求，七日道场圆满、祖祭结束，送李金海的灵柩去南塘。

二万多将士，再加上松门、楚门一带的民众，送葬队伍多达三万人，松门到楚门不过三十余里路程，可说是一条不间断的人链、把两门紧紧地连在一起。

葬礼结束后，最关心、最迫切的军师的身体。方国珍率各将军去探望，同时派人去路桥请医，路桥最好的医师就是李济世。他是国珍的姨父，也是李金海、李金松、李金有、李金富的叔父。

名医李济世的儿子李金树，从小跟父亲学习医术，渐渐学业有成，也成为路桥的名医，今天与父同来，目的是成为随军医师，并由他筹建军队医院。

李医师诊断认为："军师年事已高，加上日夜为军事操劳，身体渐渐虚弱，正当秋冬之交，偶受风邪。医称中风，此病不轻，须慢慢调养。"

这次松门大捷，元军尸体遍野、伤残无数。除俘虏外，一概由黄岩州自己处置。因为地点在藤岭西北，属元廷管辖之地，无须费神。摆在面前的是乘胜反击，一举夺取黄岩、台州，还是原来一样，原地踏步，停足不前？

为此出现两种意见，李金松、陈仲达、陈叔达、方国瑛、方国珉、董志强、关磊他们一致主张乘胜前进，先取台州，再占浙江。且听几位将军的发言。

李金松稍带激动地说："当务之急，就是乘胜反击，只要给我三千兵力，一举扫平台州全境。"

陈仲达表示说："我同意李将军的看法，乘胜前进是当务之急，是刻不容缓的事，是机不可失。给我三千兵，我去攻打温州。"

陈叔达摩拳擦掌说："乘这难得的机遇，元廷的江浙水师已经溃不成军了，我和董志强俩，率全部水师，不要两个月，先夺定海，再占长江口。"

方国珉淡淡地说："我支持以上几位将军的意见，现在发起进攻是最佳时期。机不可失、时不再来。切莫错过，给我三千兵力，我与关将军、关琼瑛三人，三个月内，保证夺取明州（元改称庆元）。"

董志强站起来举手表示说:"我们水军不仅要占领长江口,还要夺取青岛港。"

总之将士们斗志昂扬、心花怒放,准备打一场气壮山河的大仗。

此时李金松叫李金有、李金富俩,把俘虏、元廷中央水军统领字罗帖木儿、江浙水师统制郝成两人带上来。准备给他一刀两段,杀了他俩。以消心头之恨、以祭李金海亡灵!

正当将他俩推斩首时,方才一言不发的方国珍,却站起来高声说:"住手!不得无礼!"说着便亲自上前给他俩松绑,并端来两张竹椅,请他俩坐下后说,"我等受地方官吏和恶霸等欺压,是逼上梁山的,逼得无路可退,结果退到东海。就是在海上也不许生存。官兵两次讨剿,被迫反抗,致使官兵死伤无数,国珍我也于心不忍。"

字罗帖木儿说:"将军的意思是愿意归顺朝廷,愿意放我们回去?"

方国珍说:"是的。希望你俩深明大义,双方从此罢兵,互相决不再战。"

郝成说:"只要释放于我,我们立刻上奏朝廷,表明将军体恤百姓,要求皇上再次招安!"

方国珍说:"很好,就这样定了。"

对此,李金松等众将军表示强烈不满。连默不作声的方国璋也忍耐不住地说:"真是岂有此理,哪有打了胜仗,还要屈膝求和的?"

为此民军陷入意见分歧之中,没办法,大家同去找空空道长。找了半天,终于找到。你道他去哪儿?原来独自一人去藤岭山上,在那里一为战死的官兵超度亡灵;二为了了军师祈祷、祝福,祈求他早日康复。

道长祈祷一结束,急忙立起拱手说:"众位好,谢谢你们来看我。不说也罢,贫道知道你们的来意了。"空空道长接着说,"陈仲达、李金松、陈叔达等将军的意见很是不错,贫道十分的赞赏。可是有的事不以你的意志为转移,也许是天意!大将军有大将军的想法,为了大局,大家还是听从大将军的吧!"

空空道长的一席话,平息了面红耳赤的争议,不知以后如何二次招安,且听下回分解。

第三十三回
泰不华巾山头待罪　方国珍千户所招安

黄花美酒蟹初肥，战士沙场凯奏归。
二次招安严肃气，海门户所断芳菲。

不说方国珍等待招安。却说泰不华如何逃脱：

泰不华当时跌落马下，被卫队救起，趁着夜深人静，一行二十人，慌忙沿着崎岖的山道，向西南方向逃奔。他们因道路陌生，绕温峤、走方岩、过大溪、经乐清大荆，再到沙埠、茅畲、平田、小坑、乌岩，最后经古道——义城岭，足足走半个月，终于返回临海。

那时山林茂密、荆棘丛生、人烟稀少，翻山越岭，何其艰难困苦！人人身上的衣衫，全被荆棘划破，个个手脚伤得鲜血淋漓。更使泰不华懊丧的是，在攀爬太湖山岩板里时，他本人一脚滑落，跌落悬崖，幸好被一株老劲松挡住，搁在崖壁上，命悬一线！为救泰不华，两个卫士不幸为此而跌落崖底，命丧九泉，魂归地府。结果只剩下十八人了，他泪如雨下地作小诗一首：

凄风呼烈烈，夜色气氤氲。
吾领万将士，残存十八人。

泰不华一行十八人，无精打采、唉声叹气地来到台、温交界处——佛岭头。佛岭是台州至温州的古道，是黄岩至乐清的必由之路。

佛岭岭端，一块天生大岩石耸立在岭之中间，且世代屹立、威武雄伟，铿锵不屈。它便是台、温的分界石，也是佛岭镇山石。路过之人无不敬之，故此轿马行人必须绕岩而行。

魏国公泰不华见此巨石，感到好奇，口占小诗一首：

千年名古道，佛岭势巍魁。
台温分界石（分界温台石），神奇永不摧。

此时此刻，夜幕降临，天气突然变冷，紧接着北风呼呼，乌云滚滚。两天没有吃饭、睡觉的泰不华他们，一个个筋疲力尽，冷得全身发抖。面对饥寒交迫，眼看便要在此饿死、冻死。正在这时，突然天响霹雳，眼看雷击这块分界石，岩石中立刻火花喷溅，响声震耳欲聋，似有山崩地裂之状，吓得他们心惊肉跳。

响声过后，他们仔细瞧见，原来完整的大岩石，随着一声巨响，瞬间劈开两片。好不稀奇古怪！于是，魏国公当即命名，此岩为"天打岩"。这就是台、温界界石——"天打岩"的来历。至今天打岩巍然屹立。与此同时，泰不华再作小诗一首：

> 元军经佛岭，霹雳响惊雷。
> 界石火光灭，瞬间开半摧。

岩石天打开后，忽闻旁边响起清脆的木鱼声和念佛声。奄奄一息的泰不华他们，闻声则喜。知道这里存有寺院佛殿，便强打精神，疲惫不堪地来到了佛岭寺。

佛岭寺院不大，只有三个和尚。老话说"三个和尚无水喝"。的确如此，寺里水缸里无水，米桶中无米，幸好尚有木柴。老主持看见到来的这十八个失魂落魄、半死半活的人，救人性命、胜造七级浮屠。就命小和尚搬柴生火，先为他们取暖；然后，再叫两个和尚去扛水，真是两个和尚扛水喝。泰不华他们边烤火边烧水，慢慢地还了魂来了。

幸好寺院下面，有一块土地，种植着番薯，当下是番薯成熟季节，也是这三个和尚点起火把，再去地上挖了满满四箩筐鲜薯，"嗨哟嗨哟"地抬着回来。这样，他们边烤边吃，真是饿鬼一般，狼吞虎咽，吃得津津有味。泰不华感慨万分，念了五言绝句一首：

> 佛岭三和尚，红薯四大筐。
> 烤人同烤薯，一肚吃精光。

佛岭离黄岩城只三十余里路程，泰不华若走直径，半天便可到达黄岩县城。但是他们怕黄城已被方国珍的民军占领，所以不敢就近，宁可舍近求远，因而仍走崎岖山道。在佛岭寺休息两天后，仍攀山越岭，经茅畲、平田，来到黄岩西部重镇——乌岩。

乌岩景色秀丽、环境优美，百姓好客。泰不华一行到此，受到热情接待。他们"不问客从何处来？到达乌岩便亲人"。于是安排生活食宿。乌岩给他们留下美好的记忆。

泰不华告别乌岩镇，来到义城岭。义城岭是千年古道，岭上森林茂盛，鸟语花香，穿过义城岭，便是临海了。

泰不华一行十八人，历经千辛万苦，总算死里逃生，回到了台州府城临海。走进台州路衙门。新任台州路总管，姓赵名琬，进士出身。泰不华拜见赵总管，泪如雨下地说："惭愧惭愧！吾奉旨讨伐方国珍。反为贼寇所败，水陆两军，几乎全军覆没。真是丧师辱国，上愧对皇上，下有负庶民。本应以死谢罪！有赖左右劝阻，为报这次耻辱，只好忍辱偷生，待罪台州，等待皇上处置。”

赵琬劝慰说："元帅且宽心，自古道'胜败乃兵家常事'。元帅何必过多自责。”

泰不华说："身为元帅，如此惨败，罪不可赦，只好在此待罪。”

赵琬仍劝解说："失败原因错综，主要方国珍贼势太盛；事出台州，我是总管，同样在此待罪，只有听从圣上处置。”

临海是一座古城，有着悠久的历史。自晋代开创以来，迭经唐、宋、至元，已有千年。城中有一座山，名称巾山。赵琬安排泰不华暂住巾山。

巾山东西北三面临街，南濒灵江；上有双峰对峙，峰顶建有双塔，峰峦之间对称，犹如巾帽，故此得名。因此说巾山是临海的一大名胜。泰不华在此养病疗伤，是最理想不过的地方，并由其文员抱琴陪伴。

泰不华天天在读书阁读书、思过。他思量再三，决定拟写如下奏章：

臣本庸才，荷蒙重任，陆路讨贼主将，出师松门。大同一战，水路水军大败，波及陆上，致使军心动摇。仓促上阵，谁知贼兵势大，敌强我弱，多于我军数倍，贼兵以借地利，居高临下，滚木乱石纷飞，伤死无数，我军损失惨重，四面包围，将士多数罹难。顽强拼搏，杀敌大将一员。全军覆没，臣之大罪，臣虽突围，险些命归地府，幸被救回，左臂受伤。手骨未愈，暂不进京请罪，待罪台州，听候旨意。

方贼不灭，国无宁日，若蒙圣上洪恩，轻臣之罪，臣将不惜贱命，重讨方贼，誓取国珍首级，以献陛下。

元军水陆两路全军覆没的消息，很快传到大都，坏消息络绎不绝，元顺帝听得心烦意乱，震惊非常，寝食不安。接着台州路、江浙行省先后送上叠叠奏章，收到泰不华的"请罪书"是最后一个了。

这天早朝，元顺帝升殿，急切问道："方国珍扰乱东南，两败王师，连泰不华也溃败不堪，可说全军覆没。面对贼势日盛，朝廷应如何应对？”

右丞相玉枢虎儿吐华奏道："这次出征不利，水陆两军皆败，出乎意料，这说明方国珍贼势渐大，若不继续围剿，彻底消灭他，势必酿成大患！”

大司农达识帖木儿上奏道："方国珍聚集东南沿海，至今尚未攻州掠县，也未主动进攻官兵，两次兵败王师，都是我们进攻所致。你不犯他，他不犯你，被俘将士，一个不杀，这说明还存有归顺朝廷之意。”

右丞玉枢虎儿吐华再奏道："这是方贼之诡计，他们诡计多端，臣认为必须再派精兵强将，予以坚决、彻底消灭之。"

大司农说："近来中原白莲教之乱起于颍州，声势日大，州县频频告急。加之颍州紧靠大都，不能小觑。当务之急，必须集中精力，首先消灭白莲教，解颍州之乱。"

玉枢虎儿吐华道："方国珍就让他兴风作浪？难道几万将士就这样白死不成？"

大司农说："方国珍只不过是肢体之患，不足以动摇大元朝社稷、江山。"

玉枢虎儿吐华道："依你之见，就让他逍遥法外、让他羽毛丰满，酿成大患？"

大司农说："为了集中力量，平定颍州之乱，方能稳住中原，稳定大局。至于方国珍，可继续采取招安方略，先封他一官半职，千方百计，稳住局势，避免作乱。这是上上之策！"

达识帖木儿的一番阐述，中肯实在。当时群雄四起，乱象丛生，风云变幻。元廷惶惶不可终日，哪有精力来平定东南方氏之乱。

可是玉枢虎儿吐华坚持反对"招安"，他大声疾呼说："方贼两次辱我王师，致使各地盗贼四起，主要根源是始于方国珍！因此说招安之计断不可取，这是一条长贼人之威风、灭朝廷之士气的下下策！"

两人各抒己见、争得面红耳赤。元顺帝征求左丞相脱脱："爱卿有何主见？你看怎样，应当如何才对？"

脱脱说："臣以为二位大臣之言，均有道理，颍州、台州都是朝廷之患，必须予以消灭。但相比之下，还是大司农说得在理。因为……"

顺帝接着说："因为方国珍离大都远些，他们在海疆。"

脱脱说："是的，方国珍他们远在海滨，一时不会构成重大威胁，况且已经招过安。他们目前按兵不动，更无攻州掠县之举动，还是招安为上策。"

顺帝再问："爱卿之意给方国珍再次招安？"

脱脱明确表示说："当今之方略，应稳住东南，专对江淮，先治颍州之患。"

无顺帝说："爱卿言之有理，方国珍他任定海尉不去，这次任他何职？"

脱脱说："稍大的官职，可能会去上任。"

朝议定下，对方国珍再次进行招安，顺帝命大司农达识帖木儿为钦差大臣，大司农奉旨来到江浙行省，会同行省参知政事樊执敬、浙东南连防使董守悫，三位大臣同赴台州。

皇命在身，刻不容缓。达识帖木儿、樊执敬、董守悫，连同随从保镖百余人，经绍兴、过天台，风风火火、快马加鞭、马不停蹄来到台州府城临海。

台州路达鲁花赤僧住、总管赵琬率部下众官员，早在城外五里亭外等候迎接。达识帖木儿等入城时，街头巷尾，戒备森严，衙门内外，荷枪实弹。

达鲁花赤僧住、总管赵琬当然设宴款待，菜肴之丰富，无须细表。他们最关心的是方国珍的近况，大司农达识帖木儿问道："方国珍近来动静如何？有否出来袭击？"

赵琬说："方国珍仍在松门以南，官兵没有进入其领地，他们也没有出来袭扰。"

大司农再问："据说近来黄岩城倒还安宁，百姓还是平安无事？"

僧住说："是的，据说方国珍他们经常有人来路桥、黄岩上街下市，对百姓始终是秋毫无犯，由此看来，东南民军似有山东水泊梁山的味道，方国珍与宋江是一路货色。"

大司农达识帖木儿说："这说明皇上英明，顺帝对方国珍实行招安归顺的策略是正确的。至于具体实施，明天与泰不华元帅共同探讨。"

第二天上午，大司农等三位钦差大臣，与台州达鲁花赤僧住、总管赵琬一起来到巾山。

泰不华住在风景秀丽的巾山疗伤养病，是赵琬的精心安排，也是他最好的选择，经过近二个多月的调养，他的身体大有恢复，伤口日渐愈合、骨折基本好转。与此同时，前来看望他的人络绎不绝。今日大司农等亲自到访，泰不华感激涕零，连忙上前行叩首礼说："罪臣叩见诸位登门，请请，请进！"

众客官同进读画阁，见案头放着文房四宝，可见他正在写诗作画，真不愧是诗人、画家。大家经过一番礼节性的请坐、用茶等客套后，把话题转到对方国珍的招安上来，还是台州路达鲁花赤僧住先介绍说："大司农等三位大人，奉旨前来台州招安方国珍，特与元帅商议具体行动方略。"

泰不华说："皇上英明，罪臣认为招安是最佳的选择。"接着他将方国珍的"三条反驳"如实地做了回报后说："我以为方国珍要趁机反击的，谁知他仍按兵不动。我认为不要小觑他，他是有实力夺取台州。为保江山社稷安宁，为保百姓安居乐业，招安是上上之策！罪臣我表拥护和支持。"

大司农达识帖木儿问说："元帅对台州情况熟悉，君以为派谁作为特使、去与方国珍谈判？"

"泰某认为黄岩的刘仁本先生可担此任。"泰不华思索一会儿后接着说，"刘仁本进士出身，时任江浙行省左右司郎中，为人诚实。"

达鲁花赤僧住说："据说这刘仁本与方国珍关系密切，方国珍的姨母原是刘仁本青年时的情人。是否可以？请大司农定夺。"

大司农同意泰不华的推荐，认为派与方国珍关系密切人去更好，有利于招降早日成功。他明确说："就要寻找与方国珍亲密的人，我认为刘仁本是最合适的人选，就这样确定，本官就任命刘仁本为'招安特使'。"

大司农他们一时不敢来黄岩，仍坐镇府城指挥，立即派人请刘仁本前来临海。

刘仁本性格内向，聪明能干，有极高的责任心。但是书生气十足，办事认真，从不马虎，一到临海，便去领命。

这里有人为此写有词牌：《小重山》，题写刘仁本。

火火凤凤梦一场。温柔情雅逸，讲和祥。招安诸事可商量。东风急，烈焰灼身伤。　歌舞解愁肠。绕过芳草绿，路还长。万般惆怅意彷徨。老来悔，惨死在京乡。

却说松门民军，听得朝廷派大司农再次前来招安，同样出现不同意见，多数主张拒绝接受招安，普遍认为接受招安就是向朝廷投降，不进则退，不攻则降。表示要主动出击，再不能这样待下去了，应当乘胜前进。

正当众位在意见分歧、争论不休时，忽视刘仁本到来。刘仁本德高望重，深受民军尊敬。他的到来，国珍等各将军们一致表示热情欢迎。

方国珍正在为难之中，恰逢刘仁本的到来，就将刚才的分歧状况做了介绍说："听说朝廷派大司农等来到台州，要招安于我们。众将领普遍表示不予接受，要继续坚持战斗……"

不等方国珍说完，刘仁本急着说："大将军，你的意见？你说是接受招安，还是反对？"

方国珍说："为了百姓免遭战争之苦，我以为以接招安为上。"

陈仲达说："招安是阴谋诡计，《水浒传》中的宋江是前车之鉴，我们切勿上当，应当放弃招安之说。"

看来一场争论又要重新开始，刘仁本认为仲达的话很有道理，只因为自己使命在身，一心想着招安，就着意阻止说："不要再争论下去了，我同意大将军的意见，上次招安失败的责任在你们，是你们撕破和约的。我们何不再尝试一次。"

方国璋说："如若别人来说招安，立即叫他滚，今天刘叔叔光临，我尊重您，听您的。不知怎么个招安法？要有条件的招安。"

方国珍说:"上次叫我一个人去定海,明摆着是个圈套,叫我把万余弟兄抛弃了,所以我不去上任,这是主要原因。"

刘仁本说:"这次给你就地上任,就在台州本地,这是破例之举。"

国珍问:"何地为官,任何官阶?"

刘先生说:"海门是重镇,拟定任海门千户所达鲁花赤。"

国珍不尽满意地摇了摇头说:"尚欠理想。只是……"

刘先生说:"只是嫌官职欠大是吗?"

国珍说:"不完全是嫌官小,而是嫌地盘太小了。"

刘先生说:"此话怎么讲,你的意思是……?"

国珍说:"我去海门千户所上任,还有二万弟兄怎么办?一个小小的海门容纳得下吗?为此我提以下三个条件:

一是固定地盘。原松门,楚门、玉环、大陈洋、披山洋、洞头洋等诸岛屿,仍归我们民军管辖。此外,北岸的三门湾的蛇蟠岛、头门岛及杜下桥、章安镇。南边的新桥、金清等地明确划归海门千户所管辖,以便连成一体。

二是确保人员不变。三万名官兵仍属我管理,任何人无权调动,军饷、军粮也由我自己负责。

三是,方某本人、身边工作人员等需要百人,这百人的薪饷由朝廷给予。"

方国珍提出有条件的招安,得到了民军将士的拥护。以前的争辩都已经成为过去,重新回到团结一致的和谐局面。

刘仁本也认为,方国珍的以上三条,是应该、必须、合理的。因而第二次"招安"可说十分顺利,只有一天的时间,便基本成功,超出了原来的预想。

刘仁本办事认真、积极、负责,当日傍晚便乘轿返回黄岩,到达家里已经是日落西山黄昏后了,第二天一早,就去临海述职。在临海,刘仁本将去松门的情况做了详细报告,他着重说了民军中的两种不同意见说:"民军中存在着两种不同意见,即主战派和主和派,可以说,除方国珍外,全是主战派,主战派占绝对上风。"

大司农达识帖木儿感兴趣地问说:"主战派说些什么,他们的诉求如何?"

刘仁本趁此机会,着重宣扬一下民军的实力和主张说:"李金松、陈仲达等多数将军,拒绝接受招安,主张对抗。方国璋、方国瑛、董志强他们要率领东海水师,在一个月内夺取舟山的江浙水师,再一月,占领长江口，随后可北进山东青岛、西沿长江直上，直到重庆。还有陈仲达、方国珉、陈叔达、关磊他们主张北夺浙江、江苏、安徽，西进江西、湖南、湖北，南征福建。一年时间，就可占领长江以南大片土地。"

刘仁本这么一说，不由得使大司农他们目瞪口呆、恍然大悟。

樊执敬、董守悫俩不约而同地说："看来他们的口气倒不小，到底实力如何？"泰不华说："从两次围剿失败的教训看，方国珍确实有一定的实力，我们就是存在自以为大的思想，过高估计自己力量，犯了轻敌的错误。"

刘仁本着意喧染民军的实力说："刚才说的并不吹牛。如若没有方国珍的强烈阻拦，他们早已打遍浙江了，至少台州早被占领、舟山的江浙水师不复存在了。"

僧住问说："据此说来，方国珍算是温和派、可争取的对象。现在方国珍已经同意招安了，他怎么说？"

刘仁本接着将方国珍的意见做了叙述，提出了有条件的招安。接着将招安条件做了一一介绍。大家听后，同样出现两种不同意见：一种认为可以考虑，基本认可；另一种则认为"助长贼势""养虎为患"，是不可接受的。

上述的两种意见，争论不休，争得面红耳赤。以大司农为首的主和派，他们皇命在身，以求得招安为目的，以求完成任务为目的，认为条件可取，可以商谈。

可是，以泰不华、僧住、赵琬等为首的地方势力，却激烈反对，他们怕方国珍背信弃义，地方政府奈何他不得，给台州留下极大的隐患，以上说的条件不可接受。

双方各执己见，最后叫刘仁本定夺。刘仁本是主和派，与方国珍的主张一致，他立场是站在方国珍一边，但也迎合大司农的意愿。为了促进和谈成功，于是说："据刘某看来，这是难得的机遇，应尽快答应条件、签订和约。"

泰不华反问："这是为何？他实际控制的地盘大大超过台州的几倍，这样以后地方政府怎么能管住他？"

刘仁本着意说："方国珍现有兵力三万，战船三千，若动干戈，你台州挡得住吗？朝廷两次派重兵围剿，其结果全军覆没。"刘仁本接着反驳说，"泰不华元帅难道忘记这次失败的深刻教训。如若方国珍不留一手，还有最后十八人返回临海吗？"

刘仁本的最后一句，直指泰不华，意思是没有方国珍手下留情，你泰不华早已经是命归阴巢地府了。一语触痛泰不华的痛处，他一时无话可说。由于刘仁本的主张与大司农的意见相吻合，因而得到大司农他们的支持。

接着就是讨论签约的有关事项，当时大司农心情舒畅地提出以下四条决定性的指示：

条约文稿仍由刘仁本先生斟酌修正，在具体条件上要兼顾双方的诉求。

请方国珍本人外，还来四个代表。我达识帖木儿、樊执敬、董守悫三人代表朝廷，台州路达鲁花赤僧住、总管赵琬代表当地政府共五人。这样五对五谈判合情合理。还有黄岩州达鲁花赤和总管俩、刘仁本三人作见证人，并同样在文约上签字，一同参加签约仪式。

此条约一式八份，朝廷与方千户各执二纸，江浙行省、台州路、黄岩州各一份，还有一纸留放在案卷中。

签约仪式力求壮严、隆重，以热情接待方国珍他们，创造和谐氛围。此外，为了营造良好气氛，请泰不华将军回避。

与此同时方国珍将被俘的水军师将军交还给达识帖木儿、樊执敬、董守悫。双方握手言和。方国珍、方国璋、陈仲达、李金松、董志强五人，代表民军去临海签订归顺和约，不仅受到热情接待，还基本按照方国珍的诉求，他们满意而归。

第三十四回
方国璋千户评公正　关将军巡海赞谨慎

初任千户兴匆匆，遇却陈年旧案中。

人命官司山似重，国璋判断若包公。

千户制始于金，元代相继沿续这种制度。其军制千户，设"千夫之长"，它隶属于万户。千户所统领百户所，分上中下三个等级，统兵五百以上称千户所，千户所分上、中、下，但均设"达鲁花赤"一员.

方国珍自从临海归来后，就着手组建海门千户所，于是前去拜见道长，征求道长的指导性意见。空空道长对归顺朝廷不甚满意，但还是顺势而认可说："上千户只七百兵,你手下二万余兵,显然是大材小用了。事已至此,你可明挂千户牌,暗称万户候。下面分若干个千户所(一律挂百户所牌子),具体起草个方案出来,让我瞧瞧。"

道长的一席话,给方国珍指明了方向。为此,方国珍做了精心的考虑,作出了具体的分工和平衡,现将各千户所公布如下:

方国璋实为海门千户所的达鲁花赤,(挂名方国珍),领兵二千。

陈仲达为上、下大陈岛千户所的达鲁花赤,(挂百户),领兵二千。

方国瑛为松门千户所的达鲁花赤,(挂百户)领兵二千。

方国珉为洞头千户所的达鲁花赤,汤显时告老,(挂百户)兵二千。

陈叔达为玉环千户所的达鲁花赤,王日明告老,兵二千。(辖披山岛)

董志强为楚门千户所的达鲁花赤,(挂百户),兵二千(辖龙门,积谷山)

李金松为杜桥千户所的达鲁花赤,(挂百户),水兵五千。

关磊领兵三千,驻防在海门周围,(三门湾、金清、新桥、三甲、章安、杜桥等)

以上各千户,由大将军方国珍统一领导。各千户必须在一个月内上任。各将军分工后,各尽其职、各显其能,表现尤为积极。这里不一一枚举,先说方国璋组建海门千户所。

海门是台州重镇,也是沿海重要港口,是水陆交通的主要汇合点。台州境内的灵江、永宁江两大水系的汇合到椒江出海,是台州湾的门户,故称作海之门。海门是战略要地,出口处有牛头颈、老鼠屿两面挟持着,地势险要。海门也是台州的港口、商埠,各种商品进出口十分频繁,商品远销海内外。地理环境优美,有秀雅的太湖山、枫山、白云山、凤凰山等,青山苍翠、绿水长流、鸟语花香、莺歌燕舞、姹紫嫣红。这里有诗写道:

> 东山览胜海门东,荡漾波澜碧浪中。
>
> 秀雅太湖晨薄雾,白云山上杜鹃红。

街景繁华整洁,商品琳琅满目,百姓勤劳智慧,是一片祥瑞之地。海门千户所就在南门的东山脚下。

前任千户所的达鲁花赤名叫尹三珠,是方国珍的老对手,几次败在国珍手下,可说是冤家对头。真是"不是冤家不聚头",他知道方国珍前来接任,早早地做好了准备。他不仅在移交手续上做好了准备,更重要的是在各方面设下应对措施,就是埋下了他的线人,就是在东山脚下周围安下亲信,随时收集情报,及时报告尹三珠,因此说方国珍的一举一动、都是在他的掌握之中。

方国珍、方国璋、关磊带领李金有、李金富等随从官兵百余人，骑着高头大马，来到千户所，进去一看，所内空空如也，剩下几张破桌破凳。方国珍感到惘然，向谁接收？方国璋则笑容可掬地说："这样不是很好吗？无须办理移交手续，既方便又简单。一切从零开始。"

国璋的"从零开始"的一句话提醒了方国珍，一切都要按新的办法行事，因为他不懂元朝规则，就自以为是，一切以自己的主意办。

首先请来工匠，给陈旧的宇舍进行全方位的装修，以崭新的面貌展现在众人面前，从而得到当地百姓的好评。但不知新来的达鲁花赤办事如何，这是众人拭目以待。

翌日，就有一件棘手的事——是三年一直未于解决的陈案。来者是葭芷人，姓王名其祥，年余五旬，胡须、头发花白，走起路来踉踉跄跄，看上去偏老些、有六十多岁的样子。他的诉求是：为三年前的一桩命案，其女儿死于非命，为此上告无门，其老伴活活气死。是谁造成家破人亡？事情还是从头说起：

王老伯祖传做馄饨世家，其爷爷、父亲至其本人，三代以卖馄饨为生。王其祥在葭芷街开有一间馄饨店，由于牌子老、质量好、价格平，生意一直红红火火。近年来越来越好，可说门庭若市，尤其是年青人，七村八乡的都到他店里买馄饨。

为什么生意一年好于一年呢？究其原因，王老伯生有一个女儿，取名英莲，那年正好十八，生得如花似玉，真是如花花解语、似玉玉生香，不但貌美，而且手也巧，学得一手好本事，做起馄饨味道鲜美，所以人们称她为馄饨西施。

馄饨西施名扬海门、路桥、黄岩等地，于是顾客云集。顾客之中，四成是来品味馄饨、六成是看馄饨西施的，所以说来客之中有正人君子，也不乏纨绔子弟、油头光棍、地痞流氓之流，，等等。

小英莲貌美嘴更甜，深受顾客喜爱。当地有个富户的公子，年方二十，姓贾名瑞生，相貌堂堂，品格端庄，勤奋好学。他也深深地爱着英莲，成了馄饨店的常客，几乎天天来店吃馄饨。渐渐地英莲对瑞生产生了好感，英莲选中的是瑞生，瑞生更是钟爱英莲。

正当月上柳梢头、人约黄昏后，双方热恋之时，消息不宣而走，消息很快传到双方父母的耳朵里。尤其是贾瑞生的父母，感到不可接受。随即找儿子谈话，表明决不同意这门亲事。可是遭到儿子的拒绝，瑞生反问说："这是为什么？是嫌其家庭贫困、门当不户对是吗？"

其父说："是的。但不完全是，因为……"

儿子说:"因为嫌她不读书、没文化,缺乏涵养是吗?"

其母说:"说对了,我们就要娶个有教养、懂礼义的女子。况且父母已经正在物色了一个,可说是才貌双全的女子。"

父亲说:"她是黄岩城里赫赫有名大财主张用的孙女儿,是我们高攀了,无论怎样,她的条件都比我们优越得多,是最理想不过的人选。"

任凭父母苦口婆心地劝慰,可是儿子总是摇头拒绝。为此父母气得了不得,其母亲患有胸闷病,其实是心脏病,不可大气,大气抵小死,这一气,气得她吃不下饭、睡不好觉,生了一场病。

贾瑞生为何如此坚贞不屈,究其根源,这位王英莲已经怀孕了。馄饨西施怀孕的消息,很快传开。一时成为街头新闻,有说与贾瑞生的、有的长舌头说得更难听,是千百众人生起来的。新闻传到了贾老爷子耳朵里,贾老爷子越发不可接受。

为此,贾夫人亲自上门,在大人广众面前嚷嚷,说英莲勾引其儿子,要她与贾瑞生脱离关系,并说不认这个孙子。贾夫人的出格的举动,葭芷街一片哗然。普遍认为欺贫爱富,看不起穷人家的女孩,连自己的孙子都不认。

人言可畏,群众言论传到贾老爷子的耳朵里,认为夫人到馄饨店在群众面前羞辱英莲,是出格行为,更认为不问青红皂白,断然否认孙子,更是不妥。

可是孩子一天天长大,馄饨西施的肚皮越挺越高,而贾瑞生的心也越来越着急,几次求父母认她、娶她。贾老爷子说:"如果真的是姓贾的后代,是自己的孙子,我接受,只怕是野种、杂种。"

儿子再三表白说:"我与英莲的爱情是纯洁的,我绝对相信她,她是一个纯洁的姑娘,孩子肯定是我的。"

贾老爷子是个通情达理的人,他知道儿子的为人,相信儿子说的都是真的,自己的孙子哪有不认之理,正准备认了这个孙子,认了这门亲事。

正在这时,忽然晴天霹雳,一声惊雷袭来,说王英莲被害了,惨死在白云山下,怀孕七个月的孩子也死于腹中。一桩惨不忍睹的命案,使人目瞪口呆!一个花季少女,突然凋零,使人怆然泪下!

最悲痛欲绝的是王老伯夫妇俩,王夫人十八岁成亲,一直未能怀孕,至十二年后,即三十岁时,才生下这个英莲,英莲是王家的命根子、是父母的掌上明珠,父母把一切希望寄托在女儿身上,依靠她养老送终。

王夫人听到女儿的突然惨死,也痛不欲生,立刻昏厥过去。邻里千呼万唤,终于把她唤醒,醒来后哭得死去活来,几经昏厥、几经唤醒。王老伯也泪如雨下、泣不成声，他呆若木鸡、不知所措。还是邻居朋友前来帮助料理有关事务。

王英莲死于非命，惨死在屠宰刀下。人命关天，必须立即报案。邻里陪王老伯去海门千户所报案。时任海门千户的是尹三珠，尹千户做了些询问和记录，王其祥将女儿与贾家公子相遇、怀孕的情况做了比较详细的报告后，接着将贾家夫人来店吵闹的经过也如实说明。

尹三珠就立即派人去现场察看、验死。验尸结果与报案相符合，认定是一起凶杀案，小女遭利器所伤而死。此结论得道家属和百姓的认同。至于谁是凶手，众说纷纭，较多的认为是贾府所为。

福无双至、祸不单行。这边是尸首搁在板头，凶手未抓，结论未下，不能落土。一边是火上浇油，死者的母亲王夫人，见女儿死得太惨、尸体不能落土，一时失控，哭倒在地，挣扎一下，便与世长辞了，与女儿同赴黄泉。

死了女儿的第五天，又死了母亲。时值春夏之交，天气一天天炎热起来，王英莲是尸体开始腐烂发臭，两具死尸并排停放，如何收尸？是一件刻不容缓的事。海门千户达鲁花赤尹三珠，一时感到无可奈何，确定先收葬后处理，王老伯也同意这样做。

但丧葬费无从落实，尹三珠叫贾员外贾明光来，说明葭芷发生这么悲惨的事，要求贾明光员外支助，出资金将其母女给收葬了。

贾明光出于同情、出于对儿子引起少女怀孕而忏悔的双重心理，义无反顾地欣然同意说："其母女俩的丧葬费全由我支付。"

由贾员外出资的、王英莲母女俩的丧葬，还算办得风风光光，王其祥也感到点儿欣慰。

事情并不就此结束，更麻烦的事接踵而至，人命官司尚未了结。王英莲为何人所杀？凶手是谁？严惩凶手是一件不可回避的大事，葭芷的百姓强烈要求尹三珠捉拿凶手。

谁是凶手？百姓普遍认为是贾明光父子所为，当地几个秀才为抱不平，帮助王其祥代写法律文书——状纸，状告贾明光、贾瑞生父子害死王英莲。

尹三珠收到状纸后，经多方了解，也认为贾家作案的可能性最大。随即分别传唤贾家父子。

先传其父，贾明光在葭芷很有名望，称得上望族，当尹三珠问起此事，贾明光断然否认说："贾某我一向光明磊落，决不做违法之事，更不会做杀害人命的恶事。"贾员外理直气壮、正气凛然，谈话就此结果。

第二个传唤的就是贾瑞生，贾瑞生对馄饨西施情深义重，英莲惨遭杀害，他悲痛欲绝，精神几乎崩溃。他魂不守舍，战战兢兢地来到千户所。他只是悲悲切切，哭哭啼啼，一副痛不欲生的嘴脸，丝毫没有作案的迹象。他还如实地做了说明，说得入情入理。

此案审了数天，毫无收获。时间过去半月，社会舆论的压力越来越大，尹三珠为了应付压力，再三传唤贾瑞生。这次根本没有审问，而是一话不说，将其羁押在千户所。

贾夫人听到儿子被千户达鲁花赤羁押了，一时六神无主，乱了方寸、慌了手脚。俗话说"有钱才使鬼推磨"。就偷偷送给尹三珠白银二百两。

尹三珠收了白花花的二百两银子后，当然也将贾瑞生给保释了。

此事使王其祥老伯家破人亡，冤案未破，没得到分文赔偿。于是天天泪水洗面、日日垂头丧气。但他年年向尹千户上告，尹三珠一边伸手向贾家敲诈勒索，一边敷衍塞责，用言语搪塞过去了。就这样，贾夫人白白送了五百两银子，花得实在冤枉、实在乌龙。

这次尹三珠调离，方国珍上任，王其祥岂能放过这一机会，就来告状。

接受此状纸的是方国璋，方国璋才智聪慧，很有才干，如何破解三年陈案？他推敲再三，其案卷里留下杀猪刀一把，卷宗记载："验尸结果，王英莲为这把刀所刺而死。此刀从案发地附近路旁水沟中捡到的。"

破案就从杀猪刀开始：海门、葭芷、洪家场等共有十八间打铁店，国璋扮作农民模样，拿着这把杀猪刀，去问打铁店老师："这把刀是谁人所打？"正巧，就在当地葭芷永富打铁店一问，王老师一眼认出说："这刀是我打的，在海门能打这种刀的只有两家，请问客官，你要打几把？"

"先打一把，三天内能打好吗？"客户问。

"可以可以，你后天下午来拿就是了。"店家说。

"打这杀猪刀的人多吗？"顾客问。

"打杀猪刀的人很少，就是几个杀猪客（屠夫），别人谁打哟？三年只打三把刀，一把是新学徒，一把是太老而以旧换新不，一把尖刀失落而补打一把。"

"噢，怎么杀猪尖刀会失落了？"顾客问。

"就是本街贾一刀的杀猪刀失落了，是叫我给他重打一把。"王永富进一步解释说，"所谓贾一刀，他是杀猪高手，不论猪有多大、多凶，只是一刀，就杀到要害、刺及要穴，猪肉雪白。"

贾一刀原名贾宝法，今年五十五岁，他有三个儿子，分别是二十三岁、二十一岁、一十八岁，至今尚未成亲。大儿子子继父业，跟父学杀猪，成为父亲的得力助手。小儿子虽然游手好闲，三年前只有十五岁，作案的可能性不大。稍一筛选，便是老二了。老二名小喜，绰号滥赖二。说他滥，就是乱七八糟的事都会干；说他赖，就是干了坏事死不认账，借了别人的钱不还；所谓二、就是排行老二。

根据以上情况，方国璋带手下五六个温州籍的兵士，扮作赌棍模样，背着一麻袋铜钱、一只蓝色"双麻"银子（用布缝制成，两头放东西，中间空着背在肩上），来海门赌博。苍蝇闻滥鲞。贾小喜打听到温州有"赌博行贩"过来，并说银子整"双麻"。这只狡猾的狐狸有望上钩，不出所料，贾小喜等一伙果然找上门来，在凤凰山脚的庙里，寻"温州人"他们赌博。贾小喜赌技不错，赌了半天，双方输赢不大，基本打个平手。

一回生，二回熟，二天时间便成了赌博朋友。第三天由"温州大亨"请客，他们邀请小喜这伙人喝酒，地点就在义市街"芳香楼"。白吃白不吃，渐渐地，贾小喜他们喝得酩酊大醉，时令进入初夏，天气转热，贾小喜不知不觉地脱了上衣，胸中露一枚翡翠"貔貅"。黄金有价玉无价，人们看去是一块稀世翡翠。"温州大亨"看了看后问说："王老弟的这枚'玉貔貅'很不错吧，无论是成色、工艺、花纹都是上乘的。我实话告诉你、我是个珠宝商，可否借我看看，如果真的，是一件贵重之宝。"

贾小喜喜不自禁地说："这有什么不可以的，请评价评价。"说着便从颈项上摘了下来，随手递给"温州大亨"。

这个大亨看了看后赞不绝口地说："好好！真不简单，是祖传的？还是买来的。"

这下贾小喜愣住了，只是支支吾吾、牛头不对马嘴地说："这个东西是买来的。"

"哪儿买来的，带我去看看，我也想买，不知还有吗？"大亨说。

这个滥赖二知道说漏了嘴，忙改口说："我是说着玩的，其实是祖传的。"

"温州大亨"已经明白，无须详细再说。紧接着方国璋找来贾瑞生，问起"貔貅"项链的事，瑞生才将经过情况，原原本本地做了如下交代：

瑞生与王英莲相爱后，英莲提出要瑞生送件纪念品，表示留作永久性的定婚信物。瑞生考虑再三，认为"蓝色翡翠貔貅项链"是母亲的定亲信物，是最贵重的东西。于是便将母亲这块"貔貅"偷偷地拿来，也是偷偷地送给英莲。

为了慎重其事，方国璋请来贾明光夫人，向她调查"貔貅"的事时问说:"夫人,听说你家有枚遗失的'貔貅项链',有否此事?"

贾夫人认定家中有枚"蓝色翡翠貔貅"丢失,随将情况作说明:"我在前年才发现丢失了此物,此宝物所藏之地只有老爷子、我和儿子三人才知道。我猜定是儿子所为,随即找我儿贾瑞生问话,儿子当即承认是他拿去了的,作信物送给当时的馄饨西施王英莲了。因为官府未于追究,所以至今不敢向官府交代。"

贾夫人的话,与贾瑞生交代相吻合,与贾小喜胸前的那块宝石一模一样。方国璋断定谋财害命、杀人凶手是贾小喜。当天下午,方国璋仍扮成温州大亨,与手下若干人,再去找贾小喜一伙赌博。贾小喜他们因为没有赢到钱,心驰神往地前来找温州人赌博,当赌博一开始,忽视海门千户所官兵进来抓赌,把当场十来个人统统抓走。

一到千户所,全部被羁押,不一会儿,温州大亨等摇身一变,变成官兵模样。大亨成了千户所的达鲁花赤了,变成了方国璋。这一突如其来的变化,不由得使贾小喜一伙丈二和尚摸不着头。这是为何?感到情况不妙。

紧接着官兵将贾小喜一人带走,带到审问室。方国璋命手下将他的项链摘下来,这时原"温州大亨"问道:"贾小喜,你还认识我吗?"

贾小喜见到"温州大亨"便是海门千户所的达鲁花赤,于是大惊失色、目瞪口呆、战战兢兢地低下头说:"你原来是方大将军,有眼不识泰山,对不起!"

方国璋不慌不忙地抓住主题,单刀直入问道:"贾小喜,你的'蓝色翡翠貔貅'是哪来的,必须从实讲来!"

"方将军,是祖传的。"贾小喜抵赖说。

"必须对我讲实话,到底是哪里来的。我已经问过你父亲了,你父亲说根本没有此物。"方国璋态度严肃地说。

"是我的,这'蓝色翡翠貔貅'是我家宝物。"贾明光夫人走了进来说。

"确是我家祖传的,是我自己的。"贾小喜继续抵赖说。

"你说是你的,你说说它有什么记号?"贾夫人问。

"这……这'蓝色翡翠貔貅'就是玉的,你说说有什么记号?"贾小喜要花招说。

"请方将军拿放大镜看看,'蓝色翡翠貔貅'背面刻有'祥瑞'二字,并且是我亲笔,谁敢冒充得了的?"贾夫人说。

贾小喜还妄想抵赖说:"确实不是我家的,是路上捡拾来的。"

"贾小喜，你看这把杀猪尖刀你认得吗？这才是你的。"方国璋猛拍三下响子，随把这把刀甩到他的跟前斥喝道："人证物证齐全，还妄图抵赖！再不如实招来，将他拉出去，先打八十棍棒，给他打个半死再说，将他带出去打！"

"大将军，我招我招。"贾小喜接着将杀死王英莲的经过做了如下交代：

贾小喜等一些流氓地痞，见到王英莲张口潺潺欲滴，妄图占有她，可是王英莲只爱贾瑞生，他们因为占不到便宜而心生妒嫉，妄图破坏他俩恋情，所以每天晚上紧盯他俩不放。就在一英莲被害的那天傍晚，贾瑞生约同王英莲迈步在白云山下。当时月色清明、星星闪烁，突然西方黑云滚滚，明月瞬间无光。此时贾瑞生从衣袋中取出一件东西送给英莲说："这是一件传家之宝——'蓝色翡翠貔貅'，这是我父亲送给母亲的定亲礼物。今天特地拿来送给你，祝我们俩永结同心，天长地久。"

谁知隔壁有耳，贾瑞生的话却被贾小喜一伙听到，随生劫财劫色之心。等贾瑞生与王英莲分手后，贾小喜一伙三人把小英莲拉回到白云山下的树林丛中，进行轮奸。

英莲进行顽强拼搏，坚决不从，并扬言要去报官，贾小喜拿出杀猪刀，一刀刺她的咽喉，这样一个花季少女，死于非命！这个"蓝色翡翠貔貅"就成为贾小喜的了。这个三年的人命陈案，终于告破。

这一大案的告破、三年沉冤的昭雪，大大提高东南民军的声望，提高新任海门千户所方大将军的信誉。因而深受百姓的赞颂，深得人民的好评！以诗词为证：

行香子·国璋

夜幕萧萧，暮雨飘飘。沉年冤屈、雪今朝。婷婷淑女，死在猪刀。老母鸣呼，胎儿没、命三条。　　新任千户，胸藏百姓，案重审、深入查操。仅过一月，沉案招销。当代包公，民称颂，显英豪。

命案昭雪

韶光西晒水粼波，有道伊公耿不磨。
人命官司无禀断，三年沉案梦南柯。
国璋千户深民众，明察秋毫怎奈何。
松引虬龙扶日月，石成砥柱屹江河。

正在这时，远在洞头岛的关琼瑛，带着五六个兵士来到海门，向大将军方国珍报告情况——我东南沿海岛屿，出现夷人侵犯。

不知情况如何，且听下回分解。

第三十五回
北麂岛琼瑛战海盗　洞头洋国珉捉蛮夷

东海边疆白鹭飞，洞头五月鲥鱼肥。

纷纭樯橹如痴醉，南麂忽然倭寇围。

却说方国珉自从担任洞头千户所达鲁花赤后，他谦虚谨慎，踏实能干。前任千户所达鲁花赤汤显时虽然告老，但仍不还乡，他仍然住在洞头千户所，与夫人在此协助方国珉，仍为千户所公事操劳。

方国珉初次上任，不懂官场事务，于是事事处处向汤老伯父请教。短短几月，在处理事务上，有条不紊，比上任略胜一筹。

更值得一提的是，他在治军上有着卓越的天才。当时摆在他面前的三千将士，当务之急是如何带好兵，用好兵。成为有纪律，更有战斗力的队伍。方国珉与关琼瑛两人考虑再三，着重抓住三条：

首先在组织上，将三千人编制成一个团队，自命为"海蛟龙团"团长。下设三个分团，各领千人。分别一分团由李金有任团长，二分团由柳贤明任团长，三分团由张兴任团长。分团下面三个兵营，兵营下面再设三个连队。

这里略将这个二分团团长柳贤明：他就是猫猩岭与方国珉、关琼瑛相遇的头领，其手下有十八弟子。当时遇到东海水师将军方国珉和其小夫人关琼瑛，方国珉与小夫人亲口说："欢迎众位兄弟到松门来，投靠方国珍的东海水师。"

柳贤明是仙居蟠滩人，这班弟兄全是仙居田市乡柯思岙人。柯思岙是元代名学家柯九思的家乡，这里山清水秀，人杰地灵。但也人多田少，百姓生活贫困，故此出现一些拦路抢劫的"土匪"。这些人中，有一部分是当年方腊的余部、永乐王王弟方七佛的败兵就隐居于此。因此出现人多田少，出现不少无田无地无房的三无人家。今天柳贤明所带的十八人中，就有十六人是方七佛部下的后裔。

柳贤明很高兴带全帮十八位兄弟来到了松门，主动投奔在方国珉、关琼瑛麾下。这班弟兄十分能干，更为积极，对方国珉、关琼瑛忠心耿耿，言听计从，已经成为方国珉的得力助手和骨干力量。因此说，柳贤明出任分团团长是意料之中的事。

没有纪律，不成军队，不讲纪律，溃不成军，便成乌七八糟的匪帮。如何加强军队的纪律建设，是摆在方国珉面前的又一重大课题。

狠抓部队素质建设，不断提高作战能力。方国珉把提高战斗力作为第一要务来抓，抓牢不放，一抓到底。

洞头地处东海，面对滔滔不绝的大海，首先要求每个兵士，必须学会在海里游泳，并且要成为游泳高手；其次要学撑船，要求人人成为逆风撑船的高手；最后更要练习在船上打斗，水下搏击。练就一手好功夫。尤其是"海蛟团"的将士们，个个精神饱满，练习积极认真，进步很快。

最值得赞赏的是小夫人关琼瑛，最使人钦佩不已。关琼瑛随夫来到洞头岛后，立即被洞头的秀丽景色吸引、陶冶。更使她开心的是海阔天空、碧波荡漾、渔樯林立、渔帆蔽日、渔火荧荧、渔歌唱晚的海国风光。

关琼瑛心格开朗、任性好强，对大海情有独钟，对水别有一番感受。她从小就喜欢玩水，认为水是人类生命的源泉，人是从水中走出来的，"没有水就没有人类"。因而天天去江河游泳，所以成为游泳高手。湖州府地处太湖沿岸，是水网地带，开门见水，但还觉得还玩不过瘾，总是向往着大海。她终于来到东海，亲眼看到潮起潮落，看到太阳从海里升起、星星从水中出来。自从来到洞头后，天天早上起来看日出。她感慨万千，随便吟诗一首：

> 晨曦旭日正腾空，万丈光芒天海红。
>
> 碧水鳞鳞泛玉浪，云帆点点沐东风。

更使关琼瑛感兴趣的是学撑船，她撑内河小舟是行家高手，掌舵海上大船有点胆怯，困难难不倒她，她那坚忍不拔的顽强意志、勇往直前无所畏惧的学习精神，激励着一颗蓬勃向上的心，坚持日日在海上行驶战船。因此，她天天早上看日出、练习武功，上午学习海水游泳，下午学习撑船，生活安排得有条不紊。

洞头岛管辖范围较大，除洞头列岛外，还包括北麂、南麂列岛。两岛屿比较南麂岛为大，面积 7.64 平方公里，因南麂列岛由大小 52 个基岩丘陵型岛屿组成，另有 55 个明礁、14 个暗礁。南麂岛，别名海山，古代又名"南己山"，是一座优美的岛屿，以风景秀丽和海洋物种丰富而著称。周围多岛礁，最高点大山海拔 229.1 米。当时岛上住有二三十户人家，近百位居民。

还有北麂山列岛，它由大明甫岛、小明甫岛、北麂岛、下呑岛、关老爷岛等组成。主岛北麂岛有 17 个大小岛屿，有人居住的岛屿。

南麂列岛原由温州路平阳县管辖、北麂列岛原属温州路瑞安县管辖。自从方国珍占领东南沿海后，现在的南麂、北麂均属洞头列岛范畴，归洞头千户所达鲁花赤管辖，归方国珉与关琼瑛俩辖管。

国珉与琼瑛有很强的事业心和责任心，且十分敬业，把保境安民作为第一要务，在自己辖区内，经常亲自出动巡逻。

傍晚，夕阳的余晖晒红海面，洞头洋海域，显得格外壮丽，银鸥对对、野鹜双双，展翅翱翔在南天白云之间，在落日余晖激射下，显得更加绚丽多彩。

关琼瑛拿出从元军水师统帅手中缴获来的望远镜，不停地东张西望，望着望着，忽然发现不明国籍的数条帆船，忽隐忽现，正朝南麂岛方向航行。

看上去，绝对不是本水师的船只，也不是当地渔船，更无旗帜，其国籍不明，它们不知从何而来？琼瑛心中打鼓着，必须弄个水落石出。于是命令水手朝南麂方向驶去，约加速航行了一个时辰，双方的船越来越接近，关琼瑛问手下说："这是哪来的船只？已经傍晚了，它往南麂干吗？"

"我也搞不清楚，可能是海盗船，据说前几年也曾出现过。"老水手说。

"是盗抢渔船，骚扰渔民的捕捞的海盗？"关琼瑛问。

"不光是骚扰海上捕鱼，更为严重的是骚扰岛上渔民生活，他们强抢掠夺，无恶不作。"水手说。

"他们是什么人？如此明目张胆，从何而来？"琼瑛问。

"近年来，我东南沿海，如北麂、南麂等岛屿曾经出现过夷人的侵犯。"水手说。

关琼瑛听说是外域蛮夷侵犯，民族的自尊心涌上头头，就命令水兵进入临战状态、作好战斗准备！与此同时，向周边的水师战船发出战斗信号。

再经过一个多时辰的加速行驶，离夷邦船队越来越近。此时敌船已经发现有船追击，对方不但不逃避，反而明火执仗地调转船头，向关琼瑛她们的船队迎头冲来，似有鱼死网破之状。关琼瑛则采取张大网捕大鱼的战术，立即命令我方船舶调转头转向，且战且退，达到诱敌入深、把敌船引入网里的目的。

　　皓月当空，碧水蓝蓝，夜幕沉沉。关琼瑛把敌船引入洞头洋腹地，正准备收网时，忽然见北麂岛方向出现三艘敌船，这三艘船也向她们的船队袭来，似有东北挟制之状，形成首腹受敌之危。不意之中，一场突如其来的海战即将爆发，一场迫在眉睫的战斗就在眼前。关琼瑛沉着应战，立马调转船头，吹起了进军号角，当军号吹响后，此时此刻，东南海域螺号声四起，号声响彻云霄，似有排山倒海之势，汇荡成一股惊天动地力量。

　　敌船听到如此宏亮、雄壮的号角，犹如给敌人奏响了四面楚歌，使他们不知所措。他们惊慌失措地立刻调转方向，向东方逃蹿。

　　看到已经进入渔网的鱼，怎能让它们逃跑？关琼瑛驾舟急起直追。当追赶到南麂以东，那里浪涛汹涌澎湃，丈余高的波涛迎面袭来，且遇逆风行舟，战船颠簸得有顷刻覆没之险。

　　敌船的水手，长期在海上航行，历经千难万险，技艺略胜一筹。他们见来的是个女子，踉踉跄跄的样子，立刻调头转向，变被动为主动、变逃避为进攻，向关琼瑛的船队冲杀过来。

　　在这千钧一发之际，关琼瑛急中生智，急忙朝左（即向北）回避，正巧避过浪头、避过撞击，就是避过船毁人亡的瞬间。可是敌船也如脱缰的野马，一时失控，无法逆转。

　　战场情势瞬息万变，一下之变下风为上风、变被动为主动。关琼瑛紧紧抓住趁顺风之优势，发起射击，一支支箭头飞向敌船。谁知"螳螂捕蝉、黄雀在后"，忽视背后有两条敌船正向关琼瑛的船冲杀过来，战况千变万化，形势十分险峻。

　　关琼瑛并不孤军奋战，正在危急之时，关军的左右两船辅助他们，四船呼唤呐喊地打了起来。此处阻击，挡住敌船进攻，解除了关琼瑛的被两船攻击之危，她仍然奋不顾身地继续追击已经进入包围圈的敌船。

　　敌人已经明白，形势对他们不利，就在此刻间，风向突然转南风，敌船即刻向北边逃奔。再往北边走，便是披山洋，披山岛同样是东海水师管控范围，归属玉环千户所管辖。关琼瑛明白，那边有陈叔达将军把守，可说是逃不出如来佛祖的掌心，不去追击它。

　　她再次调头向南麂前进，协助左右两船，一同抗击敌船。此时双方正在剑拔弩张，旗鼓相当。关琼瑛不去正面助战，而是绕道而行，抄袭其后路。

　　话分两段，却说洞头千户方国珉将军，正在与汤显时商讨有关政务事项，猛然听到螺号声咧咧呐呐，已知南麂列岛海域出现异常情况。就立即出动战船三十三艘，兵士三百三十，以临战状态，乘风破浪地直向南麂岛方向前进。

皓月当空,海天一色,在月光的辉映下,隐约发现南麂岛上出现一些异常现象:灯光、火把忽隐忽现,疑是有人占岛,仿佛听到百姓的哭泣声。由此断定,有盗贼已经登岛了!方将军意识到——解百姓之危,刻不容缓。

于是,方国珉不去与夫人关琼瑛会合、也没时间与她打个招呼。而是当机立断,集中精力、兵力,一齐驶向南麂岛,以最快的速度,解南麂百姓之危。

他们熟地熟路,发现南麂码头,有八条来历不明的船只,肯定就是敌船。就立即将南麂包围得水泄不通。

方国珉的三百兵士,不在码头,却在僻静的崖壁处,悄无声息地登到岛上,再兵分三路,一路由柳贤明带一百人,突击和占领码头;另一路由徐鹏飞带领一百兵,从南面突击南岙坑,解救和保卫村民百姓。

方国珉自己带一百兵,从北面险峻的山间小道,绕峡谷、攀悬崖、穿丛林,披荆斩棘地奔向南坑村。

先说柳贤明所带的百人,不在码头上岛,而是从后山上岛后,绕道偷偷地来到码头。不出所料,这八艘船,的的确确是敌船,且每船留有两个敌人。他们发现了民军,就喊着听不懂的话,大体意思是“你是什么人,干吗的?”

柳贤明立即临时分成八个小组。于是分头进入强攻。敌方也人人手拿朴刀,进行反抗。只因我强敌弱,很快地将他们制服,其十六个敌人被结果了,并将他们的尸体抛入大海。然后将船拖到海上抛锚,就是切断了敌人的逃跑之路。然后留二十人在码头,其余一起奔向南坑村。

南坑山有两条进出的道路,张兴带的百人,是从南大路而入,也是偷偷地进入南岙山村。正当敌人胆大妄为、毫无顾忌地在抢劫时,张兴率众兵士悄然来到。张兴个子短矮,在打擂时表现步履轻快。他们很快到达村口。在村口,仅发现两个哨兵,没等他反应过来,一个箭步,跃到他的身边,一话未说,就来个左右开刀,很快结果了两个人的性命。

此时方国珉的大队人马也已经从北路进入南坑山。但只见一群蛮夷正在抢劫岛上百姓的财物。国珉他们先看这些人的模样:

> 身材稍矮短、肤色略黝黑,眼睛圆而小、鼻梁尖而凹,
>
> 脚矮步履快、手短臂膀宽,声音响而洪,话语听勿懂。

又见他:

> 头戴铜盆帽,身着乌棉袄,下系紧脚裤,脚穿牛皮靴。

　　腰挂弯弓孥，肩背简头壶，手拿杀人刀，穷凶相毕露。

　　这些海盗正在将岛上男女民众赶到屋外，用绳索捆绑在门前的大树上，任由他们百般地凌辱。只留下两人在看管和叽叽喳喳地训话，多数人正在每家每户地搜索财物。敌人肆无忌惮地只顾奸淫掳掠！凡是有价值的东西，一律搬到空地，准备将其搬动到船上。妄想把南山洗劫一空。当搜好钱物后，正在进行奸污妇女时。不知方国珉的兵士已经到达其身后。

　　已经到了该出手的时候了，方国珉吹了声口哨，接着喊了声"上"，张兴跨上三步，手起刀落，瞬间将两个看管的结果了。不一会儿柳贤明他们也已到达，三百人把南山村包围得水泄不通。夷人共八十人上岛，十六人守在码头，两人放哨，两人看管，上述二十人已经身首异处了。六十人进村，被三百人的民军海蛟龙团包围得水泄不通。

　　蛮夷还是负隅顽抗，他们虽然个子短矮，但也十分地灵活，妄图从人群中蹿出去。幸好有张兴看得清楚，尽管蛮夷练就一手爬行术，却逃不过他的火眼金睛。张兴惯用的"踏步"术，就是采用"踏足踏"。把妄图逃脱的敌人踩在脚下。虽然也有几人逃脱，但面对滔滔大海，也是插翅难飞！

　　蛮夷中几个头儿，不甘心失败，还进行仍负隅顽抗。他穷凶极恶地手拿两面双刃刀，冲着方国珉的胸膛刺杀过来。方国珉眼灵手快，一刀横挡住敌人，这样双方便叮叮当当地打了起来，方国珉身材高大，优势明显，双方战了三十回合，敌人渐渐招架不住了，当他将刀砍来时，方国珉横刀削去，这个夷人头目，被削成两段。

　　与此同时，柳贤明、张兴他们也与敌人进行激战。虽然我方也有两死三伤，但在我方强大的攻势下，蛮夷成了瓮中之鳖，全部就擒。

　　岛上捉住的三十六人，交给徐鹏飞他们看管。方国珉、柳贤明、张兴他们集中主要力量去围剿海上蛮夷。

　　却说关琼瑛仍然在南麂与北麂列岛之间的海域，继续与蛮夷周旋。渐渐地，敌人看来也招架不住，他们妄图逃跑，不难看出，敌船妄想向东突围。关琼瑛她的船队越来越多，已经多约数十艘船，挡住了去路。

　　斜月西斜，时过半夜，渐渐地，夷船被包围了。大家一个看，方国珉将军的船队已经到达。琼瑛见到国珉的船队，立即吹起胜利的号角，随着螺号声越来越清脆，包围圈也越来越缩小，把敌人包围在核心之中。迫使他们举手缴械投降。

　　敌船不甘心失败，还妄想冲出重围，他们仍左冲右突，还是不断地放出冷箭。面对穷凶极恶的敌人，方国珉下令予以坚决还击。一时箭如飞蝗，射得他们死伤大半。正在这时，猛然听到妇女的惨叫声，关琼瑛听得明白，立即命令停止放箭。

海蛟团约有百条战船，包围着夷人的七条敌船。且渐渐地越包越紧，狡猾的敌人，迫于无奈，不得不举手投降。

经查，这帮夷人已经在北麂岛进行了洗劫一空，抢来了铜钱银子、金银首饰、粮食布匹、衣服鞋帽，等等。更可恶的抓去十八位女子。关琼瑛上到敌船，将女同胞逐一松绑。这十八人中，有花季少女，有妙龄女郎，更多的是徐娘半老的渔娘。敌人把她们劫持的目的是以奸淫之。

这样兵分两路，一路由关琼瑛亲自带领，柳贤明、张兴他们将北麂的女子和物资，送回北麂山。另一路是方国珉徐鹏飞他们押解俘虏回洞头。

他们一行共十五艘船，每船十人、共计一百五十人。他们来我国东南沿海，来南麂、北麂的目标是抢劫、掠夺。其中八艘船进入南麂，七艘船进入北麂。

北麂居民少，只有二十来户人家，他们在登上北麂岛，猛然听到关琼瑛她们的螺号声，便房掠些后便往南麂，妄图与去南麂的队伍会合，却被关琼瑛她们挡住。

据史料记载：13世纪至16世纪期间，以日本为基地，活跃于朝鲜半岛及中国大陆沿岸的海上入侵者，曾经被归于海盗之类，但实际上其抢掠对象并不是船只，而是陆上城市。

此时正是十三世纪中叶，即元至正十年（1350）。是倭寇入侵东南沿海的开始。方国珉、关琼瑛为国家、为民族作出了重大贡献。

方国珉、关琼瑛俘虏蛮夷八十多人，全部羁押在洞头岛，如何处置这些人，关琼瑛特地来到海门，报告和请示方大将军。

方国珍听了上述情况回报后，十分高兴地说："很好！你们为国立了大功，做了一件振奋人心的大事。非常了不起，表示祝贺。"

关琼瑛开门见山地说："如何处置这些人？是给杀头？还是释放？为此特来向大将军请示。"

"先审问，将审讯记录下来。"国珍说。

"大将军有所不知，我和国珉审了三天，没有一点儿收获，他们的语言一点不通，文字也不认识，写的圈圈点点的，乱七八糟的。无法继续审问下去了。"关琼瑛说。

方国珍考虑片刻后说："现在仍然羁押在你们洞头，过几天，我和空空道长、刘仁本先生过来看情况再说。"

"我认为这是个重大案件！要不要将此情况报告官府、报告元朝当局？"

"不必了，无须报告朝廷。"方国珍说。

由于南麂、北麂列岛抗倭斗争的胜利，给东南沿海带来数十年的平安！

由于方国珍的"无须报告朝廷"轻描淡写的一句，使中国的史书上丢失这段重要的历史，只留下当地民间的传说。如果笔者不将此故事作些记载，恐怕后人更不知晓了。为此有人作小诗一首：

> 号角声声入九霄，洞头南麂架长桥。
>
> 战船撒网渔家乐，重浊玄黄为国娇。

后经道长、刘仁本他们审理，情况基本搞清，的确，方国珉、关琼瑛所击败、所擒获的就是倭寇。

当方国珍、空空道长、刘仁本、方国珉、关琼瑛他们，研究讨论如何进一步审讯倭寇，以及如何处置他们时。忽视松门千户方国瑛、董桂香夫妻来到。有客自远方来，不亦乐乎，大家当然高兴。

最高兴的要算关琼瑛，除了她生来热情好客外，尤其对董桂香别有一番缘分。因为董桂香也会些武功，羡慕关琼瑛的武功，她经常跟关琼瑛在一起，向她学习请教。因此她俩关系分外亲密。今天她夫妻俩的到来，关琼瑛热情洋溢地说："欢迎欢迎，非常欢迎四哥、四姐的到来！"

"多有打扰，请见谅！"桂香说。

"大驾光临，想必也有要事请示大将军吗？"关琼瑛说。

"今来洞头的目的有三——"桂香说。

"请问其一？"琼瑛说。

"听说弟弟、弟嫂在南麂、北麂岛英勇斗顽敌，一举消灭倭寇，取得重大胜利。特来表示祝贺！"桂香说。

"谢谢！请问其二呢？"琼瑛说。

"二是拜访弟弟、弟嫂你俩来的。尤其是半年未见到我的好妹妹，心里闷着呢，早就想过来看看你。"桂香说。

"谢谢！我也一样，除了练武、打仗外，没有人与我说说话了。请问还有其三呢？"琼瑛再问说。

"其三是向大将军，向你们汇报最最重要的大事！"

不知有何要事，且听下回分解。

第三十六回
夷倭人找寻无价宝　关琼瑛闻讯抢先捞

倭寇何为岛屿投，找寻宝贝海山丘。

东南沿海无人处，石窟丛中洞壑留。

最近，关琼瑛从北麂、南麂列岛抓获七十五名倭寇，因语言、文字不通，难以审讯。只好将他们所带的物品，进行逐一的检查、清点、登记、编号、造册。查着查着，发现倭寇头领的包裹里有个精装的小铁盒子，盒子外面包有两层绸缎，包布打开后，盒子还涂抹油蜡密封，以防水湿，由此可见盒子之贵重。此时此刻的倭寇头领却情绪紧张，发出"咿咿啊啊"的狂喊，意思是这个很重要，不要给他弄坏了。

关琼瑛感兴趣地打开这个"盒子"，见盒子里别无他物，只有一张图纸！图纸的画面是浩瀚的大海，其中岛屿星罗棋布，错落有致；画面上星星点点，远远近近，大大小小，粗略看去有数十个岛礁。以上不难看出，此图绘的是东南沿海岛屿，瓯江、椒江口清楚可见，括苍山、雁荡山历历在目。琼瑛仔细瞧瞧，瞧见比较大些的岛屿，都标明符号，还注有文字。

什么图？这激起关琼瑛浮想翩翩，或许是"宝贝深藏诸岛之中，也许近在咫尺之间"，于是决定抓住这一难得机遇，打破沙锅问到底。

此时方国珉走来问说，"看你聚精会神的样子，有否看出名堂来？"

"名堂可大着呢！"琼瑛起身拉着国珉的手说："你来看，这是一幅东南沿海岛屿明示图，详细地注有符号，我正在研究这些符号和标明的文字。"

"这里不难看出，全在我们管控岛礁的范围，就是台州湾——洞头洋一带海域。"国珉接着分析说，"没错，就是这一带海域。你看是军事地图，还是商业交通图？"

琼瑛摇晃一下脑袋后卖着关子说："不完全是用于军事、交通的，还有可能——"

国珉急说："还有什么可能？难道是张藏宝图！难道这些岛屿藏有宝贝？"

"有可能,有可能,完全有可能!"琼瑛进一步分析说,"一从这盒子的包装来看,其防水之严密、保管之谨慎,绝不是一般交通用图;二从图纸编制看,其手法用意非同一般,与我们绘制的大不相同,也不完全是军事战略图,其中藏匿着不为人知的秘密、其中必有名堂。"

"据你的解读,可能是一纸藏宝图?"国珉摇了摇头接着说,"想得太天真了,哪有这么好的运气、福气送到我们手里!只可惜我们看不懂,现在摆在面前的是如何读懂图纸。"

"最理想的办法就是请懂东瀛语言的人。"琼瑛接着说,"因为语言不通和不懂东洋文字?怎能解读?"

国珉若有所思地说:"我们不识东瀛文字、不懂东洋语言,不等于别人都不懂,'朝中有事问百姓',渔民远涉重洋,也许渔民们会懂些。"

琼瑛欣喜地说:"有道理、有道理,主意不错。"于是关琼瑛采取在岛上召集一些老渔民,询问有没有懂东瀛语言的人。

经过各岛屿的走访,"踏遍铁鞋无觅处,得来全不费工夫"。就在北麂岛就有人懂些东洋语言,这位就是老渔翁杨老伯。

杨老伯名正知,祖居瑞安,十三岁时跟父亲打鱼来到北麂岛,以捕鱼为生。年青时,哪里有鱼就到哪里捕,经常去远洋捕捞。一天在东海海域捕捞时,偶然地遭遇狂风突然袭击,"台风"暴雨刮断樯橹、吹折风帆,刮得渔船破损。杨正知抱住破船,随着猛烈的东南风,随波逐流地漂流到琉球群岛。

半死不活的杨正知,被琉球百姓救起,得到当地渔民们的照顾。因此客居在琉球、东瀛十年之久。十多年后,有几位东瀛、琉球政客、商贾、渔民前来找杨正知说:"杨大哥,你在我们这里十余年了,我们也想到中国的东海去、看看美丽的台州湾,把你也送回老家去……"

杨正知当即表示:"谢谢、谢谢!非常感谢!"

他们说:"不要感谢,我们要求你给我带带路,指点指点这些岛礁。"

杨正知说:"可以可以,完全可以。如果用得着我杨正知,我将赴汤蹈火、在所不辞。"

这样杨正知随同他们一起,回到了祖国、来到家乡。与此同时,也陪着他们游览了东南沿海有关海域,走遍了台州湾和洞头洋等岛屿。据此说来,杨正知不仅熟识些日语,还可能对这张图纸有些了解。

方国珉、关琼瑛立即请来杨老伯,请他作翻译,杨正知愉快地接受聘请。此时此刻,特邀的方国珍、空空道长也同时到来。

方国珉、关琼瑛将上述情况,如实地做了回报后接着说:"当下的难题，就是读不懂这张图纸，杨老伯略懂些东瀛文、更懂些东洋语言，请给予解读为谢！"

接着关琼瑛将七十五名倭寇的花名册逞递上说："这是夷人登记的七十五个花名册，但不知是真是假，请杨先生、道长甄别。"

与此同时，关琼瑛从原包装中拿出一张《东南沿海岛屿图》（藏宝图），展现在道长、国珍和杨老伯面前。道长、国珍看后，只觉得此图纸重要，但不知所以然。琼瑛将图纸转递给杨老伯说："杨老伯，请看看这张图纸，内中是否存有机密？"

杨正知略知些东瀛文字，他接过图纸，瞧了又瞧，终于瞧出了名堂、终于翻译出"藏宝图"三字！这一重大发现，一石激起千重浪，激起关琼瑛、方国珍、方国珉他们热血飞腾、心潮澎湃。

东洋人哪知这些岛礁中藏有宝贝？是何样的宝贝？宝藏何处？必须打破沙锅问到底，必须弄个水落石出。

于是决定把所有的东洋人集中到台州湾的积谷山，积谷岛离松门、龙门很近，这里有现成的营房，况且这里居民不多。东海水师，现改为东南沿海民军。方国珍从民军军营中调来炊具、用具、被褥。并决定调松门民军百人驻岛，做好警卫。

杨正知为人正直，具有浓厚的爱国情怀，对事业忠贞不渝。通过半个月的接触，弄清了他们的名册基本属实，其中有东瀛籍的二十二人，琉球籍的三十二人，其他小岛的二十一人。更弄清了他们的主要目的是来寻宝的。

方国珍、空空道长、方国珉、关琼瑛终于弄清了倭寇扰乱东南沿海的真正目的——寻宝、寻找一千八百年前的秦国宝物。

关琼瑛聪明能干，深知知内情者莫过于道长。于是上前向空空道长行鞠躬礼说："请问道长，宝物来自何方？是何宝贝？藏匿在何处？万望道长指点迷津！"

空空道长沉思默想片刻后说："说来话长，只好从头说起"：

秦始皇（前259—前210）他十三岁继承王位，早在公元前240年，秦始皇"一举吞并六国，万里江山归一统"。建立了秦国皇朝。经过几年的治理，可说是河安水清，天下太平。秦始皇二十八年（前219）始皇嬴政已经四十一岁了，想想自己打下的万里江山，多么的辉煌、多么的荣耀！梦想万寿无疆，永远活着，可是他身患多种疾病。

秦始皇看上去精神不错，其实患有心、肝、肾等疾病。医师诊断他"难以长寿，难过五十二岁这一关"。意思是五十二岁（虚岁）这年就要死亡。现在离死亡只有十一年了，想想多么的可怕！于是梦想寻找长生不老药，祈求长生不老。于是遍寻各地方士，四处寻找长生不老之药。

秦国一些方士，为投秦始皇所好，编织起神仙之说，声称海上有仙人、仙药，吃了仙药后便可长生不老。

当时齐国比较富裕，秦始皇嬴政吞并齐国时，吞并去无数金银珠宝。齐人方士徐福耿耿于怀，愤愤不平，梦想将这些宝物夺回来。当听到秦始皇嬴政要寻找长生不老药的消息，于是编了一首诗：

世闻海上有仙山，山在虚无缥缈间。

不老长生神草药，青春永驻返童颜。

于是秦始皇找来齐国方士徐福问道："你说海上有仙山、仙人、仙药？能使人长生不老？果然是真的吗？"

徐福话已说出，不好收回。否则就是犯欺君之罪，就要杀头问斩，罪灭九族。于是就胡乱黑编地说：

蓬岛仙翁益寿绵，吃盅仙药便神仙。

君王不老无灾厄，百姓安详八百年。

徐福信口开河，胡说一通。求生心切的秦始皇信以为真，即命徐福为特使，赴东南岛国，寻找神仙、寻找长生不老药。

开始时，徐福曾两次带人去沿海岛屿寻访仙岛、仙人、仙药。也曾去过山东蓬莱岛多次，但从无碰到什么仙人，更无采到仙药。看看难以完成使命，看来就要罪灭九族了。不觉吓得直打寒战，由此徐福身染感冒，发冷发热，病倒在台州湾的船舶上。

秦代的台州属扬州管的，徐福从扬州来到瓯越地界、来到台州湾。就在一天早上，徐福从迷惑中醒来，迷迷糊糊地睁开眼睛向东遥望，望见东北方出现青山苍翠、流水清澈、繁花似锦、姹紫嫣红、牛羊成群、人寿年丰的景象。此时徐福向当地渔民询问说："这是什么地方？离这里远吗？"

当渔民说："这是海市蜃楼，人称蓬莱仙境，也有说是东京城沉陷后的再现。其实是东瀛的影射，离这里千余里，那里物华天宝、景象万千、美不胜收。"

"海市蜃楼"使他醒悟，领悟到东海的东方还有群岛，知前面就是东瀛、琉球等。徐福顿感"海阔天空、前途无限、鹏程万里"，随生退步之策，他想："何不带很多金银珠宝、童男童女，漂洋过海到东洋去，到琉球去，在那里安家落户、生根开花、繁衍生息？"

徐福主意已定，就匆匆回到咸阳，走进了阿房宫，拜见了秦始皇。嬴政见徐福匆匆回来，见他脸上容光焕发，满以为已经找来了长生不老药了。于是问道："可找来仙药了！"

徐福谎奏道："找是找到，只是要价太高。特来请示皇上，请皇上施以重金。"

秦始皇感兴趣地问道："此药能使人长生不老，使人永远年轻？"

徐福谎说："是的，那里仙乐悠扬、人人鹤发童颜，个个骑鹿驱虎，无病无痛，驾鹤云游仙山蓬岛。"

徐福说得天花乱坠，皇上听得如饥似渴，迫不及待地要他快到仙岛买取仙丹妙药，所以答道："他要什么你就给什么好了，凡是我皇宫有的任由你搬去是了。"

阿房宫嫔妃成群，乐曲使人醉生梦死。秦始皇说声"由你去办就是"后，他又被嫔妃簇拥着进宫里去了。

徐福知道：秦始皇嬴政吞并六国时，从各国缴获大量金银珠宝，其中齐国最多。于是徐福精心策划，就此写了个清单：童男、童女三千名、战船、商船百艘，船夫、船妇二百，船工武士千名。船上载满粮食、布匹；还有金银珠宝、翡翠玛瑙等。此清单只呈与秦始皇审视，秦始皇嬴政看了看后说："打开国库，任由徐福任意挑选、搬运就是。"

徐福为了防止赵高等阻止，为了万无一失！于是问道："启奏万岁，只怕朝中众大臣不服，请万岁爷下道圣旨，任何人不得阻拦。"

嬴政当即批下御诏："徐福出行，诚为购药。所带宝物，朕已审核。一路放行，不得阻拦。"

徐福虽然有了御诏，但还是心有余悸，就匆匆起程。临行时，秦始皇还亲自在咸阳宫为他饯行。一路上日夜兼程、马不停蹄，他一行从北海游弋到东海、来到了景色秀丽的台州湾。

秦代的台州湾，海域面积更大，时遇中秋佳节，海上生明月，秋风吹锦衣。徐福得了那么多的金银珠宝、发了那么多的翡翠玛瑙等横财，得意忘形地来个"歌舞升平"！

他喜不自禁地开个中秋晚会。中秋夜晚，皓月当空，台州湾海域，顿时笙箫管笛齐鸣，铃铛琴瑟悠扬，童男童女载歌载舞。

台州是文化繁华之地，百姓能歌善舞。但从未听过如此美妙的乐曲！因而引来当地渔民关注，琴声唤起附近百姓的好奇。松门一带民众偷偷地划着渔船前来窥视，发现他们锦衣玉食，富庶奢华。究其根源，渐渐知道，原来是一帮咸阳去东瀛取仙丹妙药之人、随身带来一群宫廷乐队和童男童女，同时还带有无数金银珠宝。

时遇不巧，正在这时，东海海域狂风暴雨袭来，加上天文大潮，台风将船队的桅杆折断，风帆吹落！浆橹卷没，船队陷入困境。折断的桅樯需要重换，船破需要修理，风帆必须更换。这一切，就要请当地百姓维修，估计时间需约数月。

"财富不可露，一露便招祸。"他们一露富，从而招来四面八方的民众，有好奇前来观看的、有趁机前来打劫的、有穷困前来乞讨者、不乏有地痞流氓、油头光棍、江洋大盗，等等。

从此偷抢事件频频发生，搞得徐福一时晕头转向、不知所措，他最担心的就是怕这些宝贝被劫。

被狂风折损的破船，尤其是这艘藏"珠宝"船的破损更为严重，急需进行修理。修船需要请当地渔民帮助。徐福怕这些宝物有失，他亲自白天去岛上察看，晚上偷偷地将这批金银珠宝、翡翠玛瑙，搬移到山中进行掩埋藏匿。

在当地渔民的大力支持下，经过了三个多月的紧张抢修，这些破损的船已经基本修缮，不久就可扬帆启航了。

徐福带着童男童女、金银珠宝去仙山取仙药的阴谋，虽然瞒天过海地瞒过了秦始皇，怎能瞒过赵高等文武百官？自从徐福离开咸阳后不久，秦朝宰相赵高得知徐福带去大量的金银珠宝，知道这是个天大的阴谋。于是就立即召集蒙武、蒙恬、蒙毅、白起、王翦、王贲、王离等人，揭发徐福企图逃往东瀛的阴谋！众官员听后恍然大悟。

宰相赵高命白起、蒙恬、王翦三员大将领一万兵马，一路追赶上去，定要追杀徐福，夺回这些宝物！

因为路陌、人多，行动有些缓慢，他们追到扬州时，说徐福已经上山东蓬莱岛去了。秦兵都是陆军，也叫旱兵，面临滔滔大海束手无策。待找来舟船后，追到山东蓬莱岛，据当地百姓说，根本没有徐福来过。蒙恬、王翦、白起知道他是个阴谋，打着去买仙药的旗号，实则要去东瀛。所以就一直向东海追来，一路追杀到台州湾。

就在这时，徐福得知白起、蒙恬、王翦三大将军从咸阳追杀过来，吓得魂不附体。根本顾不得要取回岛上埋藏着的珠宝，就慌忙逃蹿。

白起、蒙恬、王剪到达台州后，闻知徐福已经逃了，就急起直追，决不许将国宝带到东洋！谁知追了数天，因遇狂风巨浪，追赶不上了。没有办法，只得垂头丧气地回转咸阳，气得赵高他直跺脚。

徐福去东瀛后，曾经多次派人前来寻觅，但由于时过境迁，当时温岭姆岭以东都是大海，无数岛屿断无人烟。他们已经找不到原址了，次次空手而归。

光阴似箭、日月如梭。不觉过去三十年了，徐福已将老死过去。可是他还念念不忘这批贵重的宝物。临终时，还再三叮嘱："后人切勿忘记藏匿在台州湾某岛屿的这批'宝贝'！"

秦代到元朝，时间过去一千八百多年了，可是徐福的后裔，还念念不忘徐福的遗嘱，经常不断地前来找寻。后来逐渐成为侵扰我东南沿海的——倭寇。

方国珍、方国珉、关琼瑛听了道长的以上解读，终于读懂这张藏宝图的来历。方国珍当机立断，立即将这七十五名东洋人无条件地释放，除这张图纸外，所有东西归还。并告诉他们不得再来扰乱我国沿海岛屿！

宝物藏匿在何处？寻找这么具有特别重要意义的宝物，是刻不容缓的当务之急。寻找这批宝贝，等于大海捞针！要寻找过去一千八百年前的宝物，是摆在方国珍、方国珉、关琼瑛面前的最大难题。

有困难找道长。方国珍他们就请空空道长指点迷津。空空道长毫不犹豫地拿来文王八卦，放在桌子上，慎重其事地合掌，口中念念有词。

何为文王八卦？传说人类的始祖伏羲氏，他创造了八卦的演算和运用。文王八卦的贡献在于把先天八卦的自然规律引进到社会现象中。传说周文王得河洛图推演而成《周易》，根据四象，配以乾、坤、巽、艮、震、离、兑、坎，分别代表天、地、风、山、雷、火、泽、水八种物象。

空空道长用的是先天八卦。八卦又称伏羲八卦，传说是由距今七千年的伏羲氏观物取象而所作。先天八卦的卦序是：一乾、二兑、三离、四震、五巽、六坎、七艮、八坤。

道长按照先天八卦进行运算，只用一个铜钱，用手将铜钱掷在八卦的图纸上，铜钱落在坤字上，应该说断个坤卦。

通过运算，道长批出一首小诗：

> 岛上寻常宝贝存，东风巨浪对双门。
>
> 石矶壑谷溶崖壁，栈道前头小吞坤。

方国珍对这首小诗有似曾相识之感，说起地理环境也感觉景物就在眼前。琼瑛、国珉也在深思熟虑之中。道长卖着关子说："照卦象和卦中的判词看，非远则近。"

方国珍说："真正是非远则近，可说近在身边，近在咫尺！"

道长说："何以见得，怎说近在身边、近在咫尺？"

国珉说："对双门，就是面对龙门、松门吧。"

琼瑛说："据我了解的石矶娘娘出在《封神榜》，石矶壑谷就是在本岛吧。"

国珍说："栈道前头就有呑坤村。明显不过了，这一带我熟悉。"

杨正知说："既然道长、将军都知道了，老头的任务也完成了，请送我回北麂去。"

琼瑛说："现在宝贝尚未找到，杨伯还须留下，就是找到了，你是有功之人。本将军当应报答。"

随后，方国珍、方国珉、关琼瑛还召来柳贤明、丁光土、胡永潮、徐鹏飞与道长、杨正知一起，一行九人，前往积谷后山寻宝。

积谷后山就是当年蔡乱头占据之地，蔡乱头就借着险要的天然环境，在此修建工事，他住进石矶娘娘殿的洞壑，并把路桥带来的、海上抢来的金银珠宝和贵重物资，都藏匿在此。上次方国珍把蔡乱头的巢穴捣毁，物资运走了。现在重返此处，倍感亲切。

看着看着，方国珉发现有一大硕大鼓的圆石鼓，仔细瞧瞧，瞧见隐约有刻字痕迹。

他叫柳贤明拿来水和刷子，把石鼓表面洗刷得干干净净。篆写的汉字隐隐可辨。经慢慢解读，终于翻译出一首小诗：

> 松竹依山秀，寻珠石洞斜。
>
> 金银深穴壑，玛瑙自芳华。

方国珍等一齐动手，终于搬掉这重约千斤的石鼓，露出可一人进出的洞穴。这一重大发现，使大家欣喜若狂。丁光土是本岛人，况且个子偏短矮些，他带一柄朴刀，似兔子般地蹿了进去。

丁光土进去一看，洞内毫光闪砾，夜明珠闪闪发光、金元宝、银元宝互相辉映、玛瑙、翡翠自有光华。这使丁光土眼花缭乱、目不暇接。他各选择几个，走了出来说："你们进去看看，说也奇怪，千多年了，怎么这些宝贝一尘不染，还毫光闪砾，美不胜收。"

不等丁光土说完，柳贤明、胡永潮迫不及待地蹿了进去，约过了半个时辰，他俩同样拿了些宝贝出来说："我们约略数了数，内有黄金元宝千锭、白银元宝五千锭、珍珠百斗、翡翠玛瑙一时难以计数。"

方国珍、方国珉、关琼瑛他们也一一进得宝库，做了清点，做了记录后。并指令：

一是严格保密，不许对外宣扬；

二是暂且原封不动，保持原状；

三是暂定由丁光土、柳贤明俩负责保卫。

第三十七回
董桂香资源大开发　方国瑛经营门槛精

捕鱼销售一条龙，商品经营热闹中。

水产加工新品种，松门兴旺亦昌隆。

　　方国瑛、董桂香来洞头是请示和汇报如何发展生产，解决二万多人的军饷问题，就是要解决军人的吃饭、穿衣等生活问题。这是最最重要的大事。

　　松门千户所除部下三千兵外，还有关磊的六千兵、陈叔达的六千水师，都驻扎在松门周边，如此之多的官兵，吃饭、穿衣就成大事。必然带来严重的财政问题。如何解决财政困难，摆在方国瑛面前的是个棘手难题。

　　为此，方国瑛闷闷不乐、愁肠百结。董桂香略有所知地问："夫君因何愁眉不展，莫不是为军饷而发愁？"

　　"不错，现在不说要关心百姓的生活疾苦，就连自己部下的官兵的吃饭将成问题，这么多的人闲着，坐吃山空。让其发展下去，必会出现无米下锅的局面！这样继续下去，我们怎么带好兵、打好仗？当下急需解决给养这个大事。"国瑛说。

　　"妥善解决三两万人的给养，的确是件大事！为妻考虑再三，必须立即行动，发展生产，走军队自给自足的路子。"董桂香慢条斯理说。

　　"噢！好啊！题目很新鲜，有何锦囊妙计？怎么个发展生产法子，不妨说具体点。"方国瑛感兴趣地说。

　　"我们地处沿海，海阔天空，天高任鸟飞，海阔凭鱼跃，可把战船作渔船、将士作渔夫，可去近海、远洋捕捞，定有很好的收成。"桂香信心百倍地说。

　　"捕这么多的水产品能销得了吗？"国瑛进一步问说。

　　"出路有二：一是扩大销售，可以与当地渔民一道，远销到温州、明州、福建、江苏、江西等地，也可以吸引外地渔贩来松门采购；二是开展水产品加工，研究开发新产品。这是重中之重。"董桂香说。

"主意不错，我非常赞同！谢谢夫人想得十分周到。不知从何入手？何时开始？"国瑛进一步探索说。

"先易后难、从少到大。说干就干，从现在开始。"桂香果断地说。

"好好！很好！先把部队一分为三，即一部分学捕鱼，一部分学加工，还有一部分去学经商。"国瑛兴味盎然地说。

"还要抽调一部分官兵去开发盐业生产，盐业是台州经济的支柱产业，必须集中精力加以开发。这也是无本生意，何乐而不为呢。"董桂香说。

"此提议很好，我也正在考虑中。"国瑛说。

"扩大盐田十分重要，台州的食盐业大有潜力、大有前途，我们要学会和制作盐业，也就是掌握一项重要的财政收入。"桂香笑容满面地说。

方国瑛是个快事快办、敢作敢为的人，他把上述意见很快传达到下面，形成官兵共识。并确定由郭小明负责捕鱼；由徐绍富负责研究开发水产品加工；黄法宝、黄法贵负责扩大盐田。

郭小明如今是已经有两个孩子的父亲了，也是龙门的百户，是方国珍的朋友，更是民军的骨干。同时也有很多渔民的朋友，他俩经常在一起捕鱼、卖鱼。

郭小明应召去任捕鱼总领，真是喜出望外，很快来松门向方国瑛领命。

方国瑛对胡永潮十分信任，他明确说："这么多船空着、这么多人闲着，的确是很大的浪费。请你和小明来，就是要你俩领二千兵、四百艘船去远洋捕鱼。"

"发起出海捕鱼的确是个好主意，我表示支持和拥护。"胡永潮表示说。

方国瑛的主意一经提出，就得到全军将士的支持和拥护，同时也得到当地民众的赞赏和支持。

虽然各项准备正在大场旗鼓，且有条不紊地进行着。摆在董桂香面前的一大难题——教会官兵织渔网。

苎麻是台州沿海的一项产业，几乎家家户户的门前屋后，都有种植苎麻。苎麻用途广大，除了做衣料外，还可以编制大量的渔网。董桂香从小就学会苎麻的编织技术。她除组织女眷们学习和编织渔网外，还发动战士参加编织渔网活动，在将军夫人的带领下，在松门，从军营到居民，一时掀起种植苎麻、编织渔网的热潮。

"在山靠山，在海靠海。"捕鱼是沿海渔民的主业。渔民出身的胡永潮、郭小明，自从接受去捕鱼的任务后，信心百倍。没等新的渔网织好，迫不及待地就利用旧破的渔网，进行必要的修理后，就带领二百艘船、千百人，先出近海大陈洋捕鱼。

秋高气爽的傍晚，风轻月明，水天一色，海上生明月，一月高天挂、一月落海中。景色壮丽、心情舒畅。有人特写小诗一首，题为《夜捕》：

月色清明张网开，黄鱼白鲳满舱台。

活灵活跳渔家乐，笑逐颜开满载回。

好天气遇着好运气，经过一夜的紧张捕捞，可说是旗开得胜、凯旋归来。二百条大船，船船满载归来。

松门码头二百艘船整齐列队，场面十分壮观。且船船满载而归，人人笑逐颜开、个个心花怒放，呈现出一派喜不自禁的氛围。此时此刻，胡永潮喜上眉梢地吹起了螺号，松门驻军，闻到号角，不一会儿，数千官兵从四面八方涌向码头。

官兵看到如此之多的大黄鱼，真使他们眼花缭乱，傻了眼似的，因此人人乐此不疲地投入搬运。他们扛的扛、挑的挑，把军营的空间放得满满的。

这么多鲜活的大黄鱼、白鲳鱼，鲳鱼、带鱼、鳗鱼等，如何处理？一时成了当务之急！据初步估算，每船二千斤，二百船就达四十万斤活龙活现的鲜鱼。当搬了将近一半，方国瑛突然决定——未搬部分暂不搬运，暂时留在船中。

却是为何？因为一则军营放不下，二则一时处理不了这么多的鱼。他考虑再三，当机立断地提出"就地出售"的办法。

董桂香明白国瑛的意思，就立即在码头写出告示：

"昨夜，本千户所官兵，在大陈洋捕获大量的大黄鱼、鲳鱼、带鱼、鳗鱼等。质量上乘，活蹦活跳。以六折的批发价对外出售！数量有限，售完为止。"

告示一式数百份，派百余士兵去新河、石粘、箬璜、横峰等地贴出。告示贴出约一个时辰后，各地渔贩蜂拥而来。他们挑着箩筐，争着买鱼。

在卖鱼时，董桂香还出告示："先到先买，足秤足两，老小无欺。"

卖鱼从下午未时开始，开始时只有十来人，后来来买鱼的人越来越多，多达无法应付的局面。全赖部队人多，官兵一起上，帮助鱼贩搬运，直至天黑，约卖了八百多担，剩下的只有两百担了。还留下两万斤，就原封不动地放在船上，晚上由郭小明、胡永潮赶到温州，明天早上就在温州上市。

胡永潮、郭小明熟门熟路，当夜，船便至温州瓯江港头，当船抛锚缆索后，各路鱼贩纷至沓来。他们看到条条金黄鲜亮的大黄鱼，便知是正宗的大陈洋黄鱼。

大陈黄鱼闻名遐迩，它以味美、肉嫩、香甜而著称。有的老鱼商看到胡永潮，便知有大陈洋大黄鱼到来，所以顾客蜂拥而至。他们带去的二十船，约二万斤大黄鱼，一个上午全部卖完。

这些鱼贩，实际就是当地农民，他们以种田为主，兼做些小生意。他们买得鱼后，就在当夜，马不停蹄地挑到百里之外的大山里叫卖。所以说，贩鱼的生意也是十分难做，靠的是气力、脚力。古时道路崎岖，他们挑着鲜鱼，以最快的速度，跑步前进，去百里以外的山里叫卖。挣的是微薄的劳力钱。

军营里还有几万斤鲜鱼，拿出一部分自捕自食，给全体官兵饱餐。

军营里还留部分的黄鱼、鳓鱼、带鱼、墨鱼、鳗鱼等，如何加工？成为当务之急。否则就会变质。此时，龙门的胡老伯、葛女士他们，闻知捕来二百船大黄鱼，也喜气洋洋地来松门，为董桂香他们出谋策划。就是共同商讨开辟水产品加工之路。

龙门、松门、楚门、坎门，本来就是鱼产品加工基地。当地民众听到民军水师要开加工场，纷纷前来献计献策，以极大的热情表示支持。

鱼产品加工品种很多，还是从少到多、先易后难。先搞当前急需加工的五种产品：

其一是加工大黄鱼。黄鱼加工品种有两种：即剖黄鱼鲞；腌咸黄鱼。今日捕来这么好的大黄鱼，应当全部剖成高档的黄鱼鲞。

制黄鱼鲞说难也不难，就是用菜刀或特制剖鲞刀，从鱼的背部开刀，将大黄鱼剖成两片，但其肚连在一起，这样便于晒干。它的工艺并不复杂，可说一学就懂，人人都能学会。这样，仅用一个上午的时间，万斤黄鱼鲞全部剖好了，且品质上乘。他们把黄鱼鲞，日里放在阳光下晒干，夜里搁置在通风处晾干。

黄鱼鲞是食品中的上品，是鱼产品的佳品，它美味清香可口。鱼鲞中最最出名的是浙江台州松门白鲞。因此留传着：

> 松门白鲞，吃了还想，芳香扑鼻，富有营养。

在剖黄鱼鲞的同时，不能忘了取出黄鱼胶。每条黄鱼有条胶，鱼胶是最佳营养品。把取出的黄鱼胶贴放在木板上，同样给予晒干。待干燥后，放到油锅里泡，泡出的鱼胶，可做高档菜肴。

其二是鳓鱼，也称白鱼，其颜色雪白，也有叫白鳓鱼的。它也是鱼类的上品，它以味美、肉香而著称，其营养价值也非常高。鳓鱼的加工方法是咸腌。

腌制的方法也并不复杂，即把盐均匀地散在鱼上，一条一条地放入腌制桶子里（器皿）压实后，再密封加盖即可。此项加工的技术是放盐。既不要太多，也不可太少。

咸鳓鱼是咸货店中的上品，也是有钱人餐桌上的佳肴。从来都说"鳓鱼满间香，吃了还要想！"所以说一般百姓很难吃到咸鳓鱼。

其三是墨鱼，也称鱿鱼、乌贼。以墨黑取名，它以美味极佳、营养丰富著称。它的加工方法是晒鲞。其工艺是也不复杂，就要把内脏清除干净即可，同样与黄鱼鲞一样，晒干或晾干。

墨鱼鲞是高级水产品，它不仅是高品位菜肴，同时还是一味滋补品。

墨鱼除其肠子外，其双和乌，可制成副产品。墨鱼双进行腌制，它是一品最好的名菜；墨鱼乌用盐腌成糊状汤，是作大众菜肴。

其四是鳗鱼，大陈洋的鳗鱼大有名气，它以营养丰富而著称，以个大、肉嫩、味美而名闻海内外。这次捕得数千斤鳗鱼。它的特点是适合加工成鳗鲞和咸鳗两种。剖鳗鲞与剖鱼鲞一样，都是从其背部开始剖析，最好挂在通风阴凉处晾干。咸鳗与腌制其他水产品相似。无论是鳗鲞或咸鳗，都是餐桌上的美味佳肴。

其五是带鱼。带鱼是大陈品质最好的，无论是美味、肉质、鲜香等，远远比南海带鱼好，更比非洲的带鱼优越得多。可说是独一无二的了。面对上万斤带鱼，如何加工，却也是个难题。有人说剖鲞、有人说腌制，董桂香提出"炒鱼松"的办法，就是将带鱼加工成上等鱼松。

众所周知，鱼松是高档食品，鱼松优于肉松。那时，尚未有制鱼松的先例，这是董桂香的首创。

因为董夫人懂得炒制猪肉松的工艺，迫于无奈，她只得亲自动手，按照制猪肉松的办法去做，不料一次成功。这就是"举一反三、一通百通"。在董桂香的精心操作下，带鱼制鱼松一举取得成功。此时，众人欢呼雀跃、奔走相告、欢欣鼓舞。经大家一品尝，觉得香甜无比、美味非常！大家赞不绝口，这是董桂香对开发水产品的一大贡献。

方国瑛、董桂香他们发起捕鱼和水产品加工，开创了民军官兵轰轰烈烈的大生产活动。变闲置战船为渔船，变闲兵为渔民、盐民、工人。从此加工的品种越来越多，计上百种，几乎所有水产品都可以加工成美味佳肴。这里仅举以下几例：如海虾，可制成虾米、虾仁、虾干、虾皮、炊虾、虾咸、虾酱等。他们加工的品种越多，生意也越来越好，销路自然越来越宽广。

此时民军兵分四路，即分四支队伍：就是四分之一的人，专业从事集中捕鱼，他们捕遍大陈洋、披山洋、洞头洋，远若乘泗洋及至福建的——洋，等等。从大黄鱼、鲳鱼、鳓鱼、墨鱼、鲥鱼、鳗鱼等，直到虾、蟹、螺、蜻、贝等。

四分之一的人是加工水产品，他们的工场越来越大。从此应运而生的咸货行遍地开花，当时松门一带不少农民、渔民，弃农经商，外出开咸货店，经营民军生产的各档水产品。

四分之一的人，去搞营销，这么多产品的销售，需要一支比较大的销售队伍。他们打开鲜鱼、鱼产品的销售渠道。将鲜、干、咸的鱼货运到仙居、天台、温州、处州、金华、明州等地销售。还有干、咸的海产品进入长江沿岸，深受湖北、湖南、江西等百姓的拥护。可说生意越做越大。

还有四分之一的人，去发展晒盐业。盐业也是台州的支柱产业，方国瑛把晒盐当作重中之重来抓，所以组织庞大的盐业队伍。他们集生产、销售为一体，开展一条龙的经营之道。

方国瑛他们从小就是晒盐、煮盐长大的，也是挑盐、贩盐出身。他对盐业情有独钟，一经营起盐业，越发不可收拾，生意越来越大，销路越来越广。

食盐的需求量十分广大，产多少销多少。可是也带来了很大的麻烦，遭到当地官府的嫉妒，相形见拙。简单地说，台州的基础产业控制在方国珍手里了，其财政收入源源不断。尝到甜头的方国珍、方国瑛他们，全神贯注地一门心思地晒盐、卖盐。

盐税是朝廷财政的主要来源之一，可是台州的盐业，却被方国珍全部控制。造成台州官府分文不收。时任台州路达鲁花赤的泰不华，感到脸上无光，更严重的无法上交核定的盐税收入，急得束手无策、急得如热锅里的蚂蚁。

泰不华在三年前，由太后推荐，皇帝御赐为剿匪大元帅，结果兵败姆岭。因待罪思故，所以一直冷落在台州，天天在临海巾山闭门思过，于是耿耿于怀。

前任台州路达鲁花赤僧住，因缴纳不上盐税等原因，被调至处州任总管，足足降了一级。

最近经江浙行省推荐，泰不华予以重新起用，从礼部天官降级为台州路达鲁花赤。

他上任半年来，并无成绩可言，税务收入反而大减，尤其是盐税分文不收。不说交不上皇上赋税，连地方财政也发生很大困难。造成军人无粮饷、文员无薪水。

"前车之覆辙，后车之鉴别。"前任达鲁花赤僧住，被降职亲眼所见。究其原因就是方国珍作祟，他认为："不除方国珍永无宁日，不是他亡便是我死！"于是他处心积虑地要除掉方国珍、杀了方国珍，报三年前全军覆没之仇。

除掉方国珍谈何容易？前次他曾派卫六去刺杀，但刺杀不成，方国珍不但安然无恙，反而落得人财两空。

为此，他召集总管赵琬、赵宜浩，兵马总监白景亮等官员，商讨如何除掉方国珍。泰不华愁眉不展地说："方国珍他们把我们害惨了，害得两千盐兵失业，害得我们官兵无粮饷、文官无薪水，这样下去如何是好？"

总管赵琬说："只有再写奏章，请求皇上再发大兵剿灭。"

总制白景亮说："我们已经写过五次了，如石沉大海，连个影子也没有！写也白写的，反正要讲的话都说尽了。"

泰不华大言不惭地说："我们是朝廷命官，难道胸无大志，让其将我们困死吗？我们应当设法除掉他、消灭他！"

白景亮夸夸其谈地说："老尚书说得对，难道让方国珍这个小子，再继续无法无天下去吗？真是他妈的、真是岂有此理！要想法除掉他！"

赵琬沉思默想一会儿后说："请问总制，请说说看，除掉方国珍，有何锦囊妙计？"

"这这这，这可调台州各县民团一起来，把他赶到海里去，先把盐田夺回来，马上恢复收缴盐税。"白景亮说。

"谈何容易，民团一是不敢，也不会来；二是他们没有受过训练，怎么能与方国珍抗衡？这一条不可取。"赵琬说。

"我考虑再三，只有采取斩首的办法，除掉方国珍，才会'树倒猢狲散'。"泰不华接着说，"我想了很久，方国珍现任海门千户所，他经常到王林洋捕王林虾。想法把他骗到王林洋来。"

"怎么个骗法呢？他可狡猾着呢？"赵琬说。

"我泰不华自有办法。"他这么一说，别人谁敢再说什么了。

却说方国珍正在指导装盐上船，准备运清江上游——永嘉出售时，见台州路总管衙门送来公文，国珍急忙拆开一看，见它写着"……奉江浙行省指令，江淮战事紧急，迫切需要调集战船两百艘，约期半月，交船地点在三江口。望照办勿误。"

当时国珍问送信人说："你叫什么名字？"

那人向方国珍再行叩首礼貌后说："小的名叫王大用。"

国珍再问："这公文是谁派你送来的？"

"是台州路达鲁花赤泰不华、总管赵琬两位大人叫我送给方国珍，不不，方大将军的。"送信人王大用说。

国珍呆了一会儿后再问："怎么一下子要征调两百艘船？"

王大用说："我只是奉命送信的，至于具体情况那就不知道了，万望大将军见谅！"

"知道了，你可回去了。"方国珍不冷不热地说。

"泰不华、赵琬两大人正急着呢，万望将军早日备齐两百艘船，一艘都不能少。"此人还补充一句，"需在半个月内，交船地点在三江口。"

王大用走后，国珍觉得几分不快，他是个送信的人，装出一副老三老四、长官的样子，其言语带有几分命令的口气，真是岂有此理。同时他想"向我要两百艘船，仅仅是为了调船吗？恐怕是醉翁之意不在酒！"于是必须找军师商讨一番。

只因为军师早去洞头休养，空空道长又不在，很有必要亲自去趟洞头，一则拜望军师、看望弟弟和弟媳，再则是把泰不华来函的事，与军师商量商量，便于作出正确的决定。

可是，驻在洞头的方国珉、关琼瑛两人，不完全同意方国瑛他们的做法。却认为顾此失彼、不务正业。这样下去，民军的性质发生变化，就是使兵变民，当兵的不去训练、不讲打仗。只是埋头开发生产，造成迷失方向。

所以方国珉以离松门路远为由，很少参加水产品加工等事。坚持操练、捕鱼两结合，但仍坚以操练为主，绷紧打仗这根弦，原来制定的练兵制度不变，做到常备不懈。

方国珉、关琼瑛以武为主的方针，得到空空道长、了了军师的高度评价和充分肯定。

了了军师，原来就住在松门养病。他在松门所听到、见到的都是在说捕鱼、腌鱼、剖鲞、晒盐、贩盐等，根本忘记自己是军人，忘记了"打仗"二字。他曾经多次摇头说"军队不准备打仗，要我这个军师何用！"因而他干脆到洞头去，在休养的同时，与方国珉、关琼瑛探讨如何应对即将可能发生的战事。

他们探讨认为，已经二年多没有打仗了，今年是元至正十六年（1356）丙申，是猴年。看来一场战争即将就要发生！因而必须着手做好打仗的准备。"你不打他，他必打你。"这是客观存在的，不以你意志为转移的事。说到这里，军师面露笑容说："趁势夺取黄岩城、占领台州府，打一场有声有色、扬眉吐气的大仗。打出威风来!"

正在这时,空空道长从闽南云游回来,他知道牟子善已经在洞头了,就从福建泉州乘船直达洞头。一进门,见军师、国珉、琼瑛正在说"准备打一场扬眉吐气的仗。"道长听了很高兴地说:"好好,说得好,我赞成!"

道长的到来,国珉、琼瑛慌忙立起,向道长致叩首礼说:"久仰久仰!非常高兴道长的回来!"军师也从病床坐起,表示欢迎道长的回来。

无巧不成书,道长刚来,却又碰上方国珍、方国璋俩来到。他们碰巧在一起,互相客气一番后,很快把话转到主题上来。方国珍向道长、军师、弟弟、弟嫂问好后,接说:"前天收到泰不华的信函,说江淮战事需要,要我们调两百艘船给他们,并要在半月内必须调足,一艘不少,在三江口交船。为此特来请示道长、军师,同时也征求弟弟、弟嫂的意见。"

不等国珍说完,军师牟子善迫不及待地说:"阴谋阴谋!是一起大大的阴谋。幸好来与我们商量,否则将吃大亏!"

要知详细,且听下回分解。

第三十八回
双宝珠湾魏公殉职　王林洋畔仲达归天

三江风雨动干戈,十里涛声别恨多。
二百艘船藏暗箭,王林洋畔起烟波。

泰不华向方国珍调船二百艘,的确是一起蓄谋已久的阴谋,妄图乘调船之际,将方国珍杀了。方国珍也明知这定是阴谋诡计,特地来洞头向道长、军师请教应对之策。来得正好,好在道长云游回来,还是先听听道长的意见。

空空道长说:"你第二次归顺朝廷两年多来了,他们给你了什么?发过军饷?没有。其实,他们时刻妄图消灭我们,杀了你方国珍。近年来,各路造反英雄群起,尤其是江淮的张士诚,来势汹汹,他们占地夺城,搞得皇帝老儿晕头转向。所以元朝当局无力来攻打我们,因此换来了二年多的安宁。目前,新任台州路达鲁花赤的泰不华,因收不上皇粮、盐税,日子难过,可说是度日如年。他把这些困难局面,统统归罪于你方国珍身上，他对你切齿痛恨，妄想一举将你杀死，于是设计出一起'三江口'调船的阴谋。"

"道长说得很对，方某我也有同感，三江口调船的确是个阴谋。请问道长，我们应当如何应对？"方国珍诚恳地问。

"先听听将军你的意见，既然是个阴谋，你准备采取什么措施对付为上？"空空道长说。

"我决不上他的当，积极做好打仗的准备。如果他们真的动起手来，那就不要怪我失约，他不仁，我不义。趁此打到黄岩去、打到台州去。"方国珍表示说。

当听到方国珍这么一说，在场的人报以热烈的掌声。还是关琼瑛心直口快地说："好好！我表示拥护，由我们洞头兵作先锋。打到黄岩城、宰了斑毛虫、杀死尹三珠！打进台州府，杀死白景亮！活捉泰不华！"

关琼瑛的几句话，把大家憋在心里的话掏出来了。因为这么多的官兵天天闲着、无所事事，却去捕鱼！真是英雄无用武之地，所以人人的心都闷憋着。如果去打仗，早夺州县城池，何愁无粮无饷？

关琼瑛的发言，得到道长、军师的赞赏，同时也给人们带来精神焕发、春意盎然，展现在面前的是姹紫嫣红。

"目标已经确定，方向十分明确。接着就是具体的战术问题了，就是怎么个打法了？至于作战方略，由军师起个草案。"方国珉说。

说到军师牟子善，虽然右边半瘫，右腿右手已经萎缩，行动不便，但头脑还无大碍。他谦虚地说："年老了，老朽没用了，路也不能走，字也无法写。还是请方将军自己写个方案，给道长过个目好了。"

方国珍说："这样也是，待初稿写出后，请道长、军师雅正是了。"

军师关切地问："大将军，你准备以谁的部队为主力？派谁挂帅？"

"军师你说呢？我正在考虑中。"方国珍说。

"我建议以洞头军为主力，以方国珉、关琼瑛为先锋部队，关磊将军为统帅。"牟子善说。

方国珍点头表示说："可以可以，我完全同意。"

方国珉、关琼瑛听了军师的推荐和将军的表态，信心百倍地抓紧部队的训练，作好一切准备，决心打一场气壮山河的大仗。

却说泰不华、赵琬俩来到了黄岩州，向时任黄岩州达鲁花赤真木贴儿、总管赵宜浩、统制尹三珠，再次通报准备在三江口诛杀方国珍的计划，以便得到黄岩州的密切配合和大力支持。

赵宜浩是文人，就有几分胆怯，他是黄岩州总管，对方国珍情况比较了解，可说是知此知彼、知根知底的人，于是说："方国珍现有战船数千、兵员数万，不可轻易妄动，搞得不好，不但消灭不了他，反而偷鸡不着蚀把米、打狗不死反被咬。请两位大人慎之又慎！"

泰不华说："正因为方国珍兵多、粮足、势大，明打明战战他不了，所以采取智取，就是设计个骗局，想法把他除掉。"

赵宜浩说："这样做风险太大，凡一有失怎么办？"

泰不华说："风险当然是有的，尽力做到万无一失。如果我们的计划得以顺利实现，为朝廷剪除了东南大患，为元朝立下了赫赫大功！若能大功告成，在座的都可青史扬名了。"

在场的尹三珠，是个草包，他拍马屁说："老尚书说得有理，我绝对相信老尚书的能力和智慧，一定能运筹帷幄！定会一举消灭方国珍，为国为民除害。"

赵琬说："追杀方国珍，已经箭在弦上，不得不发，开弓没有回头箭，我们意已决，没有路可退了，现在就是共同协力，杀了方国珍。"

赵宜浩附和说："我当然相信老尚书的智慧和胆略，希望做到万无一失。"

泰不华说："为了做到万无一失，切实加强黄岩、临海的防务，我已经抽调温州、庆元（明州）、绍兴的兵力来支援我们台州。因此说，我们有胜算把握。"

黄岩知州真木贴儿看看泰不华雄心勃勃，也只得附和说："方国珍强占了我们黄岩大半个地盘，如钉在我们头上的一枚钉子，搞得我头昏脑涨，搞得我寝食不安！我赞成两位大人的锦囊妙计，就要有破釜沉舟的决心和意志。有志者事竟成，祝旗开得胜。"

尹三珠大言不惭地说："黄岩城的防务就包在我尹三珠身上好了。黄岩城墙坚固，况且有近三千人把守，我们将以逸待劳，以一当十，就是方国珍来万人也难以攻进黄城。"

泰不华、赵琬俩听了非常满意，他俩来黄岩取得满意结果，得到黄岩的鼎力支持。两人马不停蹄地回到临海，部署具体作战计划，布置详细暗杀机关。

可是赵宜浩因力阻无效，意识到一场血雨腥风就在眼前，因此而长吁短叹。其夫人刘氏问道："老爷因何闷闷不乐、愁眉不展，看你心事重重，有何难题？不妨说来听听，或许为妻能够帮你解开心结。"

"夫人有所不知，昨天泰不华、赵琬俩亲自前来黄岩，谋划以调船为名，引诱方国珍至三江口，设下骗局机关，将其杀害。对此我力阻无效。

方国珍能轻易上当吗？真是'机关算尽太聪明，反害了自己的性命'。看来一场腥风血雨、一场战争就要落到黄岩、落在我们的头上。"赵宜浩说。

刘氏听此消息，不由得大吃一惊，她大惊失色地说："据此说来，泰不华这下要诱杀方国珍！这岂不是在老虎口里拔牙，去送死！必将是偷鸡不着蚀把米！搞不好方国珍还要趁机打到黄岩城里来！"

赵宜浩叹了口气说："就是就是。这下黄岩是首当其冲，看来黄城必然要落到方国珍手里了。"

刘氏夫人惊慌失措地说："这……这……怎么办才好呢？"

赵宜浩吩咐说："夫人不必惊慌，应立即做好准备，你可把家里的金银首饰、细软服饰等值钱的东西，打好包，偷偷地搬到岳母家里去，你和孩子们也可早点走，避免临时抱佛脚造成人财损失。"

刘氏夫人的娘家就在城南羽山村，与刘仁本同村，她就是仁本的堂妹。刘氏夫人与刘仁本的夫人金氏关系亲密，情同姐妹。她把泰不华准备在三江口、杀方国珍的事说了出去，关照她也作好准备，同去羽山老家躲避几天。

刘仁本听此消息，不觉心头一惊。事关重大、时间紧急！约定时间是三月十八日，今天是元朝至正十六年三月十六日，时间只有两天了。刘仁本只怕方国珍遭到暗算，他租好小船，准备亲自去一趟海门。后来考虑自己去有些欠妥，况且船比人慢，更怕被人识破。于是叫来杜屏山、潘文忠，随将情况告诉他俩，并派他俩即刻去海门，请方将军切实做好防范和应对，做到万无一失。

杜屏山、潘文忠忠贞不渝，便身藏利器，脚穿草鞋，跑步前往海门千户所。黄岩至海门，路程约三十里，通常需要一个半时辰，可他俩却只用半个时辰多一点，便到了海门千户所了。

三月十六夜黄昏，海门千户所里灯火通明。方国珍、方国璋、陈仲达、董志强、关磊等，正在商讨后天"三江口"的具体作战方略。忽报黄岩有客到来，方国珍等急忙起来迎接，见是杜屏山、潘文忠俩，又见他俩跑得上气不接下气、跑得大汗淋漓，知有急事要事来着。

方国珍连忙递上毛巾并热情地说："先擦擦汗水。非常高兴见到两位仁兄，请坐请坐！有事坐下说。"

方国璋端上茶水说："想必口渴了，喝口茶水，润润喉！"

陈仲达有几分心急，没等他们喝水便说："仁兄是否为后天交船的事而来？"

"是的，是刘仁本先生派我俩来的！"杜屏山接着说，"刘先生说'后天三江口交船是个阴谋，他暗藏机关，将趁此机会，暗杀大将军、杀了你们！'"

潘文忠说："刘先生说'交船是假，杀你们是真。你们要切实做好防范，做到万无一失。切勿上当受骗'，刘先生急得慌，本来想亲自前来，他已经租好了小船。因为小船慢，只怕担误时间，所以派我俩跑步前来。"

千户所对门有间小饭店，国璋知道他俩未吃晚饭，当即派人去定了一桌酒菜。不一会儿，酒菜饭端来，摆酒回灯同开宴，大家一起边喝边谈。还是方国珍先敬酒说："谢谢两位仁兄，辛苦你俩了！我代表民军将士，敬两位仁兄薄酒一盅！"

杜屏山、潘文忠立起回敬说："谢谢方将军及诸位将军的热情款待，为后天三江口逢凶化吉而干杯！"

这样经过几层互相敬酒后，话题集中在"三江口"怎么个逢凶化吉上来。方国璋说："请两位仁兄放心，我们知道是一场骗局，已经做好了切实的准备，准备打他个天翻地覆！"

杜屏山说："我们希望你们打到黄岩来，打黄岩时我俩可作内应，可先把这位斑毛虫给杀了！"

潘文忠说："我去把这个尹三珠杀了，只要将他杀了，便是树倒猢狲散，到时我们开城来迎接方将军进城。"

陈仲达听了非常高兴，他走到杜屏山、潘文忠面前，紧紧地与他热烈握手说："好好！我第一个冲进黄岩城，与你两位在城门口再握手！"

这里说一下所谓"三江口"，"三江口"地处灵江、澄江、椒江的三江接合点，就是三江之口。灵江在北，是仙居、临海两县流域至"三江口"，澄江，也称永宁江，从宁溪至黄岩流域至三江口，椒江就是下游出口处。地处黄岩至海门的中间，离黄城十余里。

至正十六年三月十八日早上，由临海尉李辅德、台州巡防水师千户赤盏一起，率船队从灵江而下，舟船从上游顺水而来，提前来到了三江口。元时的三江口与王林洋相连，所以泰不华将船停泊在王林洋。

与此同时，总管赵琬率千余骑兵，从马头山步灵江沿岸直下。在杜岐到马鞍山一带，防守在澄江北岸，配合与接应泰不华。

真木贴儿、赵宜浩、尹三珠的黄岩兵，防守在王林洋南岸，即王鸭西洋到三江口，十里堤岸，埋伏着千余步兵。

不说泰不华的部署，却说方国珍的用兵。这天早上由方国珉、关琼瑛率领的洞头兵，带来了二百条兵船，款款地驶进了椒江口，缓缓地停靠在码头。从外观来看，船只不大，属中等木帆船。其实，每船配精兵十名，人人都是弓箭高手，配备足够的弓箭和强弩等刀枪剑戟。

时近中午，方国珍命方国璋、董志强在海门军营留守，自己与陈仲达、起锚解缆，向三江口而来。三江口，江面宽阔，常遇波涛汹涌。可是这一天，却是风平浪静、日丽风和。方国珍直目遥望，见王林洋停放着二三十艘船舶，其中一艘大船，插着旗帜，料定是泰不华的帅船了。他对陈仲达说："泰不华定在此船，仲达，你与国珉、琼瑛准备战斗，我先上去，与泰不华理论几句，看他以何对我。"

仲达力阻说："你是主帅，泰不华对付的就是你，你不能去。"

方国珍说："怕什么，二年前在姆岭，我与他交过手，我若不留他一命，他早已转世为牛马了，他没有三头六臂，怕什么怕？"

仲达坚决劝阻说："你绝对不可上他的船，要上就让我先上。"

方国珍拗不过陈仲达，只好点头答应。陈仲达说后，便跳上一艘小快船，只带随从两人，由水手划桨，徐徐向泰不华的大船靠近。

泰不华见民军的一艘小快船徐徐而来，其船头立着一位气势轩昂的大将，手佩五尺龙泉剑，腰插青铜双刃刀，威风凛凛地向他驶来。他再举目遥望，又见后面黑压压的船队飞驰而来，不由得大吃一惊！

小船很快就到达大船旁边，陈仲达高声喊话说："船上是泰不华将军乎？请他出来说话。"

泰不华手扶栏杆说："我就是泰不华，你是何人？"

陈仲达说："我乃是民军上将陈仲达，今奉方大将军之命，前来交船的。两百艘船全部带齐，请收讫。"

泰不华反问："原来是约定方国珍亲自前来交船的，今日为何不来？"

陈仲达说："这是什么意思？你是要船的，还是要人的？"

泰不华一时答不上话来，只是支支吾吾地说："我要方国珍亲自前来交船，这是事前有约在先了的。"

"陈某我乃是民军上将，难道不能代表？如果要人不要船？我二百艘船马上就回去，把我一个留下。"陈仲达明确表示。

泰不华还是痴心妄想，想方国珍入瓮。于是说"我……我……我需要与方国珍交谈交谈。他为何不来见我？"

"方将军已经来了，你看！他就在那艘船头上立着。"陈仲达已经看出泰不华的阴谋诡计，决不让方国珍上当。于是说，"方将军请你过到我们这边船上，将二百艘船一艘一艘地点交给你们。这是常理，就应该在我们的船上，办理移交手续。"

陈仲达的话，句句在理，且有理有节，中肯客观。泰不华不但答不上话，他开始意识到，以借船之名，行骗方国珍入瓮是傻主意。眼看已经被对方识破了，他还不死心，仍痴心妄想要杀了方国珍，但口气转和软些说："请他过来，就在这里办理手续好了。"

陈仲达看见泰不华对手下在嘀咕着什么，从行动中断定他们就要动手了。如若方国珍一过来，不死于刀下，便乱箭穿身！于是就斩钉截铁地说："不可能，这绝对不可能。就要请泰不华将军过去。"

此时泰不华看到方国珍已经作好了准备，看来除不了方国珍了。他知道陈仲达是方国珍最得力的助手，是员猛将，武功在方国珍之上。除不了方国珍，就杀了陈仲达也好。随命令放下跳板，让陈仲达上船。

陈仲达上得船后，见船上刀枪林立，处处暗藏杀人机关，不觉心感一惊，但仍从容不迫地问："尔等从不讲信义，以借船之名，行诛杀之实，明里调船，暗里杀人，你看你船上剑拔弩张，杀气腾腾，这是向我们借调船的吗？"

泰不华理亏词穷，却还蛮横无理地说："方国珍明说归顺朝廷，暗在谋反！方国珍不除，怎能上慰朝廷、下对百姓？"

"方国珍是朝廷命官，他严格遵守和约。如若要悔约，我们早就打进台州府了。你们却以借船为名，行暗杀之实。这样道德吗？"陈仲达严厉地驳斥说。

泰不华离间说："据说陈将军武功不错，今日若能迷途知返、改邪归正，起来与我们共同对付方国珍，保你记上头功，奏明皇上，可封你将军职。"

陈仲达"哈……哈……哈"地冷笑着说："你在做白日梦，我以为你是个堂堂正正的真人君子，所以在姆岭放你一马。想不到你竟然设计陷害我们，今天才看出你是无耻之小人。"说着双方都拔出宝剑。

在剑拔弩张之时，猛听到"轰隆"一声，陈仲达突然跌入舱底！此船底下安装着密密麻麻的利器，非常锋利地刺向陈仲达。可惜！这位名扬四海的英雄，却惨死在暗害之中！

陈仲达两位随从保镖，舍生入死地冲上前去，意欲救回陈将军，岂料再一次"轰隆"，两位贴身侍卫也跌落机关里，他俩"呀"的尖叫一声，便也成为肉酱了。

紧接着乱箭齐发，一起向民军射来。方国珍看到陈仲达和两员勇士被害，悲痛万分。此时一阵乱箭，又有兵士伤亡。

关琼瑛见此，就义愤填膺！她习惯地吹起螺号，螺号就是冲锋号。两百条战船，一齐向元军发起进攻。因为民军人众、船多，很快掌握了主动权。不到一个时辰，由临海尉李辅德、台州主巡防水师千户所赤盏率领的五十条战船，有四十五条被俘虏了。这四十五船，很快换了旗帜，全都插上民军的蓝色青龙旗。

泰不华看势头不妙，只有向西、向黄岩方向败退。因为正遇退潮时，加上慌不择路，船至王鸭西洋和马鞍山双宝珠之间，大船搁浅了，不巧搁在澄江的江心中！不一会儿，方国珉、关琼瑛的船队，把泰不华的大船和仅有的五艘船，包围得水泄不通！

穷途末路的泰不华，意识到无路可逃，心想与其束手就擒，不如再杀他几个，方显出我泰不华的英雄本色！他立在船头，装出毫无畏惧的样子，手拿宝剑怒目而视。

关琼瑛正准备冲上前去与泰不华比个高低、战个明白，却被柳贤明拦住说："小夫人且慢，让我们上去与他较量较量。"说着，他带三五个人一起上。泰不华的确有两下子，斗不几个回合，连伤三员，其中一人被刺胸膛，看来性命难保。柳贤明上去，双方你来我退，我上你退，叮叮当当战了三十多回合，虽然难分胜负。内行人看出，还是泰不华略胜一筹。

此时，陈叔达赶了上来，他知道哥哥陈仲达已经被害，所以从这船跳那船，很快跳到了关琼瑛这艘船上。他见泰不华正与柳贤明在激战，陈叔达就待不住了，恨不得立即上去，把泰不华碎尸万段！他说："请退下，让我来！"说着便与泰不华风风火火地打了起来。

众所周知，陈叔达与陈仲达是同胞兄弟，是青龙帮的教练，功夫仅次于陈仲达，但都在他人之上。他跟哥哥学的基础功是南少林，擅长福建武夷刀。此刀法是以武夷山的巍峨和灵气，练成气壮山河、威武不屈的刀法。

陈叔达与泰不华战了三十回合，把泰不华打蒙了，他不懂南少林，更不知武夷刀法，渐渐地力不从心，步履蹒跚，踉踉跄跄。陈叔达飞起一腿，踢中他的前胸，泰不华倒地了，陈叔达上去连踩两脚、再刺一刀，这个名扬一时的泰不华，就此殒命了。

兵败如山倒，顷刻之间，势如破竹，土崩瓦解，泰不华的水军船队全军覆没了。站在北岸的赵琬还在摇旗呐喊，不料李金松、李金有率领五千兵士，从灵江南岸的马头山，杜岐一带登陆上岸，阻住了赵琬的退路。

当赵琬发现泰不华已经为陈叔达所杀，他急忙撤退。可是已经来不及了，发现从马头山至西陈白岩一带，全被堵截了。他知后路堵塞，急忙向黄岩方向败退，从北门渡过浮桥，退至黄岩城内。

却说由尹三珠带领的、防守在南岸的黄岩兵，见泰不华已死，情况十分危险。正准备撤退时，忽见从上辇、汪岙方向大批民军人马，为首的将领是关磊。他以势不可当之猛烈，向尹三珠的黄岩兵奋勇杀来。尹三珠他们幸好逃得快，只伤亡八十余人，他自己得以逃进黄岩城里，这下吓得浑身发抖、吓得屁股散尿。

这场战斗，虽然民军取得重大胜利，杀死了元军原元帅礼部尚书台州路达鲁花赤泰不华、临海尉李辅德及张君璧、王大用、鲍琴等。活擒了赤盏，但也付了惨重的代价，牺牲了民军上将陈仲达。

当时，将泰不华的遗体就地安葬，就安葬在澄江北岸的双宝珠山中。双宝珠山是座景色秀丽的风水宝地，在宋代，在小山上建造宝塔两座，故称"双宝珠"，因此双宝珠山留有很多动人的故事和美丽的传说。泰不华安葬此处，是对他的敬重。墓地至今尚存，后人在此处，修了一座将军庙，庙里塑造着方国珍、方国璋、方国瑛的塑像、后人将泰不华的灵牌也奉于此庙，至今香火延绵不断。

有人为将军庙作小诗一首：

> 双宝珠山不胜休，将军庙宇喜重修。
>
> 不华元帅捐躯地，方氏国珍荣誉留。

王林洋战斗一结束，方国珍就去抱住陈仲达的遗体，号啕大哭，哭得心撕裂肺。场面感人肺腑，几乎全军将士也跟着哭，哭声惊天动地。仲达夫人童婵闻此恶讯，一时晕厥过去，不省人事。慢慢苏醒过来后，她哭着要去寻短见，挣扎着要跟了仲达一起走，人们好不容易劝住她。陈仲达的遗体，暂放在海门千户所，供军民们瞻仰、吊唁，待打下黄岩城后，再举行葬礼。

未知能否拿下黄岩城，且听下回分解。

第三十九回

斑木松父子当报应　尹三珠狡猾夜逃脱

> 明善挥刀斑木松，黄城灯火夜红彤。
>
> 三株狡猾晨逃脱，赵琬悲怜葬白龙。

童夫人撕心裂肺的哭声，哭得民军将士义愤填膺！人人摩拳擦掌，个个磨刀霍霍，决心打进黄岩城、踏平台州府。为陈仲达将军报仇雪恨。

王林洋一战和陈仲达一死，有力地教育了方国珍，他开始意识到安分守己、遵守和约是自欺欺人，两年多来，没有扩大地盘，却始终不渝地固守原来的土地。谁知招来陈将军不幸身亡。

陈仲达完全是代方国珍而死的。没有陈仲达代死，方国珍肯定没命了！方国珍越想越悲痛，他终于痛心疾首地说："打打打！打进黄岩城，杀死斑毛虫，活捉尹三珠！"

众人听方国珍如此一说，接着大家振臂高呼："打进黄岩城，杀死斑毛虫，活捉尹三珠！"还是陈叔达冷静地说："打黄岩城虽然容易，但也切莫麻痹大意，任何轻敌都是危险的，我们应当认真对待，打一个有把握的仗！"

"叔达将军说得有理，我们拟个方案，由谁为先锋部队，谁人为帅？"关磊接着说，"我提议仍由方国珉、关琼瑛的部队为先锋，由方国璋将军为帅。"

关磊的提议得到大家的赞同，接着由方国璋提出具体作战方案，并确定行动日期和时间。

与此同时，黄岩城里形势十紧张，赵琬、真木帖儿、赵宜浩、尹三珠等通宵达旦，日夜紧闭城门，街街巷巷布满岗哨，强化防守。黄岩州衙门贴出告示：

"为了防止方国珍贼盗攻入黄城，要求城里百姓自动组织民团，共同抵抗贼寇入侵。出力有奖、立功有赏！"

就在告示贴出的当天晚上，小南门的城门早已关紧，城外洲的路廊凳子上，坐着十多位年青小伙子，他们是在等待时间。当更深人静时，见几个小伙子，在城墙外打了个飞身，一下子腾飞上了城墙上，随后，接二连三、一个个地跃过城墙。

这就是方国珉、柳贤明他们。城内的杜屏山、潘文忠俩早已在接应。杜屏山有百来个弟兄，重点聚集在小南门，已经在接应方国珉的到来。而潘文忠的六十多人聚集在小东门，等待方国璋、方明善父子兵的到来。

这次攻入黄岩城，由方国璋为帅，其儿子方明善向父亲请缨说："父亲，这次攻打黄岩由我为先锋好吗？一定能旗开得胜、马到成功。"

"我相信你有胆略、有能力担此重任。不过你年纪尚小，还需要再锻炼锻炼，再打几场大仗后，方可胜任先锋。"方国璋说。

"我已经十六岁了，如今是一员参将了，参将也可称将军。俗话说'只有在游泳中学会游泳、打仗中学会打仗。'"方明善说。

"这次攻打黄岩城，是我军第一次陆地打仗，也是第一次攻城。必须打好这一仗，打出威风来！"方国璋说。

"请父亲放心，攻城没什么了不起，我已经胸有成竹、心有把握的了。"方明善说。

"如今的黄城，原有尹三珠一千兵，地方民团约五百兵，再加上台州赵琬的一千五百兵。因此说不能小觑！"方国璋说。

"他们三千兵，我们不是准备五千兵，数量多他一倍吗？"方明善说。

"当然，我们有胜算的把握。要知道，必须要速战速决，否则温州、明州、绍兴的援军就来了。我们要打他个措手不及。"方国璋说。

"那我做什么？让我在战斗中锻炼、在战斗中成长！要求做个副先锋可以吗？"儿子方明善恳求说。

"可以，可以，做个副先锋是对你的最大胜任了。"方国璋说。

"请问，谁是正先锋？"儿子问。

"这次战斗是上几天战斗的继续，继续由你叔叔方国珉为先锋。"方国璋说。

与方国珉小南门越墙的同时，方明善也率数十个童子军，他们平均年龄十六岁半，但个个功夫不凡，爬墙、过河都是高手。明善一声令下，他们个个如灵猴，不声不响地翻进了城内。

早在等候的潘文忠，把方明善等接进了城。在这时，尹三珠的巡逻兵过来了。三月二十一日黄昏，天空阴沉沉的，他们点着火把，看上去有三十余人。方明善他们就地俯卧，就俯在城墙脚下的草丛中。说来也有几分好笑，这些官兵晚餐吃了一只死狗肉，结果造成食物中毒——闹肚子，有个官兵急不可待地溜到城墙下方便。不料正走到方明善的身边，明善再也忍不住了，随手给他一刀封喉。可怜这个小子，连一句话都没说，就这样呜呼哀哉了。

方国珉提前进城的目的是配合杜屏山，追杀尹三珠。而方明善是配合潘文忠追杀斑木松父子的。

却说前几日，州府告示一经贴出，一时间，一些地痞流氓、赌棍窃贼、地方烂头，他们蠢蠢欲动，妄图趁机升官发财。这天上午，桥亭头大街上走来四五十人，他们打着民团的旗号，手中拿着兵器，簇拥着一辆轿子，向州衙门走去。

众人看去，轿中之人年约六十，须发花白，且满脸横肉，一副凶相。不说便知，这就是横行黄城的斑木松，人称斑毛虫。说到此人，大家还记得，在三十年前，他就是强抢方国珍的姨妈周丽娟的恶棍、也是在府城监狱打死方伯奇的凶手。

这个斑毛虫，知道方国珍要攻城了，更知道一旦方国珍攻进黄城，自己就只有死路一条，于是就主动组织一批黑恶势力，打着保卫黄岩的旗号，起来与方国珍拼个死活。他的两儿子，名叫斑竹、斑柴，有其父必有其子！两个儿子好逸恶劳、游手好闲，倚仗其父之势，欺压百姓、鱼肉街坊，百姓恨之入骨！

官府贴出告示后，斑木松对两个儿子说："方国珍要攻打黄岩城里，你们可知道？"

两个儿子说："已经听说了，满城风雨、人心惶惶，犹如大难临头。"

斑木松再问："方国珍是什么人，你俩知道？"

儿子答："知道，是海盗。也有人说他是好人、是英雄、是好汉！"

"屁话！你们要知道，他与我们有深仇大恨，若方国珍打进城里，我们便没命了。怎么办？你们不是有把兄弟吗？赶快把他们组织起来，成立尖刀团，你俩任正副团长。"

大儿子斑竹说："只怕他们胆子小，有的可能不敢来。"

斑木松说："现在每人先发银子十两，待打胜仗后，每人发银子三十两，重奖之下必有勇夫。"

两个儿子以为自己一下子成为团长了，就迫不及待地去组织一批邪恶势力，结果有百多人报名，今天实到只有五十多人。自命正副团长的斑竹、斑柴，耀武扬威地向州府衙门报到，向尹三珠表忠。

尹三珠命他们为先锋尖刀团，叫他们加强巡逻，严防有人里通外贼。斑竹、斑柴自以为这下可以当上乱世英雄了。毫不犹豫地巡东街闯西街、看南门走北门，耀武扬威、不可一世。

就在当天傍晚，就是至正十六年三月二十二黄昏，夜色沉沉，灯光暗暗。斑竹、斑柴巡视北门浮桥头，见山地货行一群人卖竹笋，不知为何而吵架？刚巧尖刀团巡逻到此，忽然有认识斑竹、斑柴的人喊叫道："斑团长，请你俩过来，他们为笋钱而争吵，过来调解调解。"

斑竹、斑柴兄弟俩，只当了一天的团长，见拍马屁的不少，叫他俩"团长"得也很多，感到非常骄傲。就得意扬扬的向人群走去。

此时此刻人群中走出三五个汉子，似曾相识但又不熟悉的人，他们热情洋溢地挽着他俩的肩上。没走几步，忽见斑竹、斑柴，"呀啊"一声，倒了下去。手下的人见正副团长被杀，吓得魂不附体，树倒猢狲散，一刻钟的时间，全都逃之夭夭。

现在的斑木松，不住州府衙门，就住管驿巷口，离山地货行只有百来步路程。斑木松刚吃了晚饭，正在休息。

与此同时，见有人来说："斑老爷子，快来快来！你的儿子被人打伤了，就在隔壁山地货行。"

满脸横肉的斑木松，听说儿子为人所打，这还了得，急忙出来说："好大的胆，胆敢在太岁头动土！"他没走几步，忽觉腰间一凉，雪亮的尖刀已经通进了他的腰肾。斑木松问："你是什么人？"

"方伯奇是我的祖父，方国璋是我的父亲，我便是民军参将方明善是也！"说着又补给三刀。这个作恶多端的恶霸，终于恶有恶报！有人作诗一首：

> 多行不义得人憎，自古恶人遭报应。
>
> 罪孽累累当宰杀，毛虫父子拍苍蝇。

突然间，斑木松、斑竹、斑柴，一家三口为人所杀。一时，黄城乱作一团，闻说方国珍已经打进城来了，家家关门，户户失灯，致使黄城一片漆黑。

斑木松一家三人之死的消息，很快报到赵琬他们的耳朵儿里了，同时也报到尹三珠的耳朵里。尹三珠与斑木松"同病相怜"，同在一条贼船上。他听说斑木松、斑竹、斑柴都为方明善所杀，知道方国珍他们已经进城上，自己的脑袋也保不牢了！说不定黄昏斑木松被害，也许半夜我尹三珠落头。他心急如焚，急得如热锅里的蚂蚁。三十六计走为上计，向何处逃呢？可说是"上天无路、入地无门"，已经到了无路可逃的地步了！

与此同时，赵琬、真木帖儿，赵宜浩他们同样愁肠百结，听说方国珍他们已经进城了，就心急如焚地派人来找尹三珠。尹三珠强打精神，装出一副成竹在胸、运筹帷幄的样子，来到知州大堂，此时赤木帖儿等都在等待着他。

赵琬见尹三珠进来，就以严肃的态度问："你人到那里去了，听说方国珍他们已经进城来了，斑木松父子都被杀了！你是怎么防守的，为何不来报告？"

尹三珠瞒天过海、花言巧语地说："哪有方国珍进城，我亲自带兵巡逻，刚刚回来，东西南的城门有重兵把守，至今仍然好好的；北门浮桥早被切断，且有三百兵士把守着。"

"那斑木松父子是谁杀了的？不是方国珍，你说是谁？"赵宜浩问。

"斑木松自己与人结冤太深，民众对他不满，故趁乱将其杀了。"尹三珠说。

"也有可能。那你要加倍提高警惕，加强防守，切莫大意。"真木帖儿说。

"这是我的职责，大敌当前，责无旁贷！"尹三珠说。

尹三珠在上级面前大言不惭，可是内心却盘算着出逃和投降两条路。为此，他考虑再三，三十六计，走为上计。因为对黄岩熟人熟路，他选择往南门逃脱。

却说大南门，趁着夜幕降临后，刚好在更声初打时，方国珉、杜屏山他们率领百余人，早已经混在官兵之中了。因为把守南门、西门的都是台州府赵琬的部下、是赵琬带来的，他只知城外的是敌人，误认为城内的都是自己的人，丝毫不知方国珉、杜屏山的百多人，已经混在他们身边了。当更鼓敲响，方国珉"啪啪"地放了两响鞭炮，民军将士一齐动手，趁敌人不备，一人杀一个，一下子将把守城门的制服了。接着城门大开，董志强率千余人，蜂拥而入。他们向着知州衙门冲杀过来。

尹三珠见此状况，急忙向西门逃蹿，谁知西门也已经打开了，由关琼瑛率领的民军千余人如洪水般地涌了进来，势不可当。

西门也与南门一样，潘文忠率部下八十多人。当听到南门放鞭炮的讯号，与南门同时下手，同样很快制服了台州兵，同样大开城门，迎接关琼瑛进城。

再说东门，驻守在东门的是黄岩兵，是尹三珠的队伍，由于尹三珠不在兵营，早已军心涣散。方明善只带二十多个人，早就混入尹三珠的队伍，特意靠紧城门。当听到南门鞭炮声，方明善喊道："我们是民军，刚才杀死斑毛虫的是我们，你们必须举手投降！"说着就打开城门，此时此刻，守兵中有几个顽抗的，方明善他们以一当十，二十多个好手，一下子杀死五十多人，杀得敌人胆颤心惊，只好后退，让方明善将东门打开。

方国璋率领的三千大军，如猛虎般冲了进来，喊声惊天动地。尹三珠混在乱军中，逃蹿到北门的樟树下，偷偷地跳进永宁江。

尹三珠学过游泳，水性不错。今夜无路可逃，只有游泳过江是唯一的逃生之路。当时正在涨潮，潮水随着东风，汹涌澎湃地袭来。尹三珠和五个贴身保镖无法横渡，只好紧靠南岸随波逐流。这样，就很快逃出黄城，不到半个时辰，随潮流冲到了七里渡。这个尹三珠终于在七里渡过浮桥，向北逃蹿。

再说由方国璋、方明善为主力三千兵，所向披靡，一路畅通无阻地直向黄岩州冲刺。此时方国珉、杜屏山的一千多南门军同时到达，同时到达的还有关琼瑛、潘文忠、柳贤明的西门兵。五千多人把原来的黄岩县包围得水泄不通，其中由关琼瑛、潘文忠、柳明带领的千余人首先冲进县堂。

这时台州路总管赵琬，黄岩州达鲁花赤真木帖儿、总管赵宜浩三人，已经在知州衙门等候了。当关琼瑛他们进入，赵琬等三人立在门口，低头迎接。

赵琬他们以为来的是方国珍，却不料是关琼瑛。关琼瑛的出现，惊呆了赵琬、真木帖儿、赵宜浩他们，先看她何样打扮，有诗一首写道：

> 金钗宝髻映精神，凤袄绸衫穿紧身。
> 鞋着平跟斜踏步，披肩铠甲玉麒麟。
> 蛾眉秀眼情无限，洁齿樱唇举礼彬。
> 绣带双刀腰两插，芙蓉出水醉花茵。

关琼瑛的出现，倒使赵琬感到窘态百出，本来准备与方国珍理论几句，辞正言顺地骂他假招安、真谋反，却不料出现的是关琼瑛，于是突然改口说："请请！请小夫人进堂上就坐！"

关琼瑛见他一副窘态，她也彬彬有礼地说："众位大人请，众位同进堂上就坐。"说着大摇大摆地走进了大堂。关琼瑛喧宾夺主地拱拱手说："本夫人这厢有礼了！各位大人请坐，想不到吧？"

赵琬说："真的没有想到，请问方国珍呢，他为何不来见我？"

关琼瑛说："赵大人问得正好，方国珍将军为什么要来见你？你又没去请他，你若去请他，他也不会来的。"

"这是为什么？"真木帖儿说。

"不是吗？前几天，泰不华请他的目的是害死他，那天如果没留个心眼儿，方国珍早已被你们暗害了。"关琼瑛这么说，说得他们哑口无言。

赵宜浩说："今天不是方国珍攻打黄岩城吗？目下黄城已经攻破了，我们听候他的处置。"

"这次打黄岩州是我和我丈夫方国珉的主意。我完全可以代表民军，对你们作出如何处置的决定。"关琼瑛接着解释说，"因为我们驻扎在洞头岛，是你们向我们借调两百艘船，我们老老实实地把船送来，却遭到你们的暗算，害死了陈仲达将军。当时你们赵总管在北岸、达鲁花赤和赵宜浩在南岸，妄图一举消灭我们。你们挑起战争，我们不得不予以回击！这样就顺便地追进了城里来的，攻城自然也是顺理成章的了。"

"依你说，这次攻城与方国珍无关？是你的主张？"赵琬说。

"不错。方国珍十分遵守信用，严格遵守和约，所以二年多来未越出地界半步，未干扰你们的公事民事。是你们毁约：你们一不发薪饷，妄图把我们饿死，更严重的是平白无故地制造'三江口借船'事件。是你们逼我们上梁山的，逼得我们不得不予以还手，是你们逼我攻打黄岩城。"关琼瑛义正词严地说。

"这一点我们有错，现在想想是'老刘死计'，后悔莫及。"赵琬说。

"更可恶的是你们私通倭寇，唆使外邦力量来消灭我们!"关琼瑛义正词严地说。

"这一点绝对不是的，我们不可能私通倭寇的。也不会利用他们来消灭你们的。"赵琬说。

"那么我们在南麂、北麂与倭寇交战时，你们在坐山观虎斗、你们为什么不来共同抗倭呢?"关琼瑛问。

赵琬还是比较诚实地承认说："私通绝对没有，坐山观虎斗是有的，希望你们两败俱伤，我们从中渔利。"

"算你坦率，我问你：我们这次抗倭战斗是功还是故?"关琼瑛问。

"是功是功，应该说是为国立了大功。据说小夫人在抗倭战斗中，表现出卓越的军事天才和威武不屈的胆略!佩服佩服!"赵琬说。

"那你们有没有上报到上司、给我们记上一功?"关琼瑛说。

"没有，没有。我们绝对不会给你报功和记功的。就是要把这件事在历史上给抹杀掉。"真木帖儿说。

"请问真木帖儿，你们怎么知道我们在南麂、北麂抗倭战斗的，看来如亲眼所见似的?"关琼瑛有目的地问。

"不瞒你说，你们中有人会及时通报我们的。可以说，你们的活动也在我们的掌握之中。"真木帖儿说。

"请问达鲁花赤先生，是你们把卫六他们安插在我身边?"关琼瑛问说。

"是的。的确是卫六在你身边。"赵琬说。

"可否请他来见我一下?"琼瑛说。

"可以可以。"赵宜浩接着说，"叫卫六来见小夫人。"

不一会儿，卫六战战兢兢地走来说："夫人好!卫六我这厢有礼了!"

卫六的话音刚落，"唰"的一声，见关琼瑛手里一支飞镖飞出，不偏不移地正中卫六的咽喉!这个泰不华派进民军的线人、间谍，便一命呜呼了。

关琼瑛这一小小的举动，惊呆了赵琬他们，惊得他们目瞪口呆、瞠目结舌。无不惊怵于她的绝色功夫——一镖封喉!的确，"一镖封喉"是她的绝招。

时间过得真快，不觉一个时辰过去了，方国珉见夫人还在府衙大堂里说话，有点耐不住了，于是与方国璋、刘仁本、董志强、方明善他们进了大堂。赵琬、真木帖儿、赵宜浩急忙立起说："将军请、刘先生请！"

关琼瑛立起拱了拱手说："赵总管、达鲁花赤，赵大人，关琼瑛告辞！你们的事，听候方将军、刘先生处置好了。"

关琼瑛给赵琬他们留下很好的影响，她不仅武功非凡，而且性格豪爽，行为彬彬有礼，言谈口若悬河，且句句在理。的确是位了不起的女子。众人似有相识恨晚之感，也有舍不得她离开之意。

当方国璋、刘仁本他们坐定后，赵琬迫不及待地说："方将军、刘先生，对我们作何处理？"

"视各人态度好坏，分别对待，不求一律。"方国璋说

"赵宜浩先生，噢！赵年兄好。"刘仁本接着说，"你是进士出身，做官尚且清廉，对民军也没多大罪行，应作无罪处置。请留在衙门，继续为官，与我们共图大业，共同对付元军。"

方国璋说："原黄岩州达鲁花赤真木帖儿，这次跟随泰不华搞什么三江口调船，致使陈仲达将军被害，负有一定责任，暂作羁押处置。"说后立即予以绑缚。

方国珉直指赵琬说："你与泰不华同流合污，处心积虑地要致我们于死地，我们在南麂、北麂抗击倭寇，为保卫国家边疆而立下战功而不报，却瞒天过海地制造'三江口调船'事件，妄图一举歼灭我们，罪不可赦！"

刘仁本与赵琬关系不错，当时白龙峿的陶承恩，是位知名人士，知道赵琬与陶承恩是朋友，就通过陶承恩把赵琬保释出去。据说赵琬不久病死在白龙峿。

自从方国珍的民军占领黄岩州后，民军总部从松门迁徙至黄岩城，随同进城的有方国珍、方国瑛、李金松、陈叔达、关磊等。

同时对旧政体进行必要的改革，改黄岩州为黄岩县，改"达鲁花赤"为"县令"、改"总管"为"县丞"。确定方国璋为黄岩县令，刘仁本为县丞，赵宜浩协助县丞、主持日常事务。

原海门、松门、楚门、洞头、玉环等千户所照旧存在，暂不更改。

方国珍为首的民军进城后，由于对百姓秋毫无犯，因而得到百姓的拥护。所以说，黄岩城街市秩序井然，很快恢复了往日生机。

方国璋任海门千户所达鲁花赤的两三年来，他秉持正义、公平，办事光明磊落，深受百姓拥戴，可说是有口皆碑，他早已名声远播。今天任黄岩县令，自然得到大家的支持。

刘仁本正在衙门理事，有两位中年男子走来寻找方国珍。仁本问道："两位是何方人士，姓甚名谁，找他何事？"

"我俩是仙居县人，是兄弟，姓吕，我名叫吕家道、吕家达。有重要事与方国珍将军商榷。"

不知有何要事？且听下回分解。

第四十回
柯九思欣然收弟子　吕伯喜含冤路黄泉

风雨仙居别恨多，柯思吞里漾风波。

蟠滩伯喜愁无限，似诉冤情苦折磨。

仙居县，顾名思义，是神仙居住的地方。"一人得道、鸡犬升天"的典故就起源于仙居。仙居历史文化悠久，历代人才辈出，有晚唐著名诗人项斯、宋代世界上第一部食用菌专著《菌谱》作者陈仁玉、元代诗书画三绝的大书画家柯九思。仙居文化积淀深厚，境内有距今 7000 多年的下汤文化遗址、国内八大奇文之一——蝌蚪文、中国历史文化名镇、华东第一龙型古街——蟠滩古镇、宋代大理学家朱熹曾送子求学于桐江书院，还有春秋古越文字等，文物古迹不胜枚举。

蟠滩古镇，位于仙居县城西约五十里。早在公元 998 年前，这里就因水路便利成为永安溪沿岸一个繁华的集镇。经过了千年的风云、千年的沉淀和积累，蟠滩仍保存三里长，鹅卵石铺砌的"龙"形古街。就在这鹅卵石铺砌的街道上，在北宋晚期，街上住有一家吕师囊的后人。吕家在仙居、在蟠滩也算得上是个名门望族了。

"吕师囊在黄岩——乐清交界处，（沙埠佛岭、南六坑、廿四横、马家山一带）败宋军的折可存、刘光部队，并攻克乐清县城，与青田的义军联手攻打温州。"

"江、淮、荆、浙四省宣抚使童贯，调动'西北劲旅'至台温，至六月，将吕部围困在黄岩硖石口（沙埠佛岭），双方血战数日，吕部突围。七月，吕师囊被宋将折存可兵困黄岩断头山，（太湖山岩板里）全歼。吕师囊重伤跳崖被俘，解至临海，箭射裂尸……"

吕师囊原为摩尼教首领，他虽然被处死，但教会、子女尚在。子子孙孙相继延续发展。至第九代玄孙之一的吕伯喜，他读过书、习过武，几次乡试屡屡落榜，最后总算考了个秀才。吕伯喜为人诚实、正直、公正，被帮会一致推选他为首领。

摩尼教，又称明教、明尊教、二尊教、末尼教、牟尼教等。是3世纪中叶波斯人摩尼（Mani）在拜火教的理论基础上，吸收了基督教、佛教等教义所创的一个世界性宗教。摩尼教主张善与恶的二元论，认为宇宙间充满善与恶。

吕伯喜娶妻方氏，说也奇怪，仙居的吕伯喜与黄岩的方伯奇惊人的相似，他也生有五子。其五子的取名也与方家十分地契合：

方家以国为本，方伯奇把五个儿子分别取名为国馨、国珍、国璋、国瑛、国珉；

吕门以家为重，吕伯喜将五个儿子分别取名为家远、家进、家道、家通、家达。

仙居吕伯喜的五个字连起来，就是远进道通达，意思是畅行无阻、前程锦绣；且字字都有连迁，厚意是兄弟心心相连。而黄岩方伯奇儿子却是王旁。人家说'国以民为本'，方伯奇却认为'国以王为主'，所以将儿子取名王字旁。凑巧的是方家的国与吕门的家，两家合起来便是"国家"。

说起远进道通达，也有不同见解，一天，吕伯喜与朋友走到海门章安古街，两人在街头闲逛，偶然抬头，看见一凉亭上写着"远近通达道，进退过逍遥"十字，于是两人便探讨起来，朋友说："改退为近，还是改为'远近通达道'为好。"吕秀才说："我以为还是'远进道通达'为妥。"朋友问："请解其中之意。"吕伯喜说："应当是希望前程平坦锦绣。"朋友赞同说："有道理，有道理。"说也奇怪，时隔十年后，吕伯喜接连生下五子，故此取名。

吕门五子，生得虎头虎脑，个个熊腰虎背，人人相貌堂堂。而且天资聪慧，勤奋好学，得到蟠滩百姓赞赏。

吕伯喜十分重视对儿子的教育和培养，除了自己亲自教导外，还请来一位资深老师教书。为此特制定《吕氏家训》：

闻鸡即起，打扫庭园，保持内外整洁；既昏便息，紧关门户，必须亲自检点。一粥一饭，当思来之不易，半丝旧帛，恒念物力维艰。宜未雨而绸缪，毋临渴而掘井。自奉必须俭约，饮食新鲜且精，勿营华屋，勿谋良田。祖宗虽远，祭祀不可不诚；子孙虽愚，经书不可不读。居身质朴，行为检点，莫贪意外之财，莫饮过量之酒。

兄弟叔侄，必须分多润寡；长幼内外，应宜法肃词严。勿听诟言，慎审邪恶，岂可好歹不分；只重资财，轻薄父母，不是真人君子。嫁女择婿，毋索重聘，娶媳企求淑女，更勿计较厚奁。见富贵而生谄，称为小人，遇贫穷而作骄，最是可耻。

施惠无念，受恩莫忘！凡事当留余地，得意不能骄奢。人有喜庆，不可生妒，富贵切忌淫逸。人有祸患，不可幸灾乐祸，更要济贫扶困；邻里灾厄，不是莫不关己，而须尽心尽意。

人各有志，志在四方，自幼必须勤读，从小就要尊师；功课作业，岂能马虎？养成一丝不苟，做到融会贯通。勤奋好学，刻苦读书，并非追求科第，志在报效国家。

安分守己，顺时听天，决无损人利己，也不扰民生事；为人若此，庶乎近焉，为官心存祖国，岂许贪赃枉法？

……

无独于偶，吕门的五个儿子与方家五子年纪相妨，现将其五个儿子的出生年岁公开如下：

大儿子，家远，生于元延祐四年，干支丁巳（1317）

二儿子，家进，生于元延祐六年，干支己未（1319）

三儿子，家道，生于元至治元年，干支辛酉（1321）

四儿子，家通，生于元至治四年，干支甲子（1324）

小儿子，家达，生于元至治七年，干支丁卯（1327）

从出生年月看，老大、老二、老三，吕门三位公子比方家三兄弟各少两岁，而吕家通、吕家达与方国瑛、方国珉各少三岁。

人称吕门五虎，但也各有千秋、自有好恶；先说老大吕家远，天资聪颖，勇于进取、性格内向。在父亲的精心教育下，学习突飞猛进。十七岁时，基本读完了四书五经。吕伯喜身受赴考之苦，不想叫儿子赴试，就去拜名人柯九思为师。吕伯喜与柯九思同是仙居人，不但窗好友，而且是同更。

柯九思（1290—1343）字敬仲，号丹丘、丹丘生、五云阁吏。台州仙居人，出生在群山簇拥、碧溪环绕的仙居县田市镇柯思岙村，是江浙行省儒学提举柯谦（1251—1319）之子。得文宗图帖睦尔宠幸，初授典瑞院都事，至顺元年（1330）特任奎章阁鉴书博士，参与鉴书博士，参与鉴定内府所藏书画。文宗死，受排挤而罢官，流寓苏州胭脂桥，往来于苏、杭、沪一带。博学，长诗文，精鉴别。书法雄健稳秀。工山水、花卉、竹石，尤精墨竹。所作宗文同法，写干用篆法，罗枝用草书法，写叶用八分或用鲁公撇笔法，用书法写疏篁，晴雨风雪、横出悬垂、荣枯稚老各极其妙，颇具奇趣，为文同一派之最佳者。传世作品有至元四年（1338）与倪瓒会于清阁所作《清閟阁墨竹图》轴，现藏故宫博物院；《双竹图》轴藏上海博物馆；《晚香高节图》轴藏台北故宫博物院；《仿郭熙山水图》卷流入美国。著有《墨竹谱》。

柯九思见吕家远人品端庄、为人诚实、勤奋好学，就欣然同意收为门徒。并就尽职尽责地进行教导。在老师的精心培育下，吕家远的学业进步很快，成为柯老师的得意门生。光阴似箭、日月如梭。不觉三年过去，如今的吕家远长大成二十岁的小伙子，长大成一表人才。

柯九思三十岁时（1319）出生的小女儿，取名柯雅文，眉清目秀、聪明伶俐，是父母的掌上明珠。她比家远少二岁，今年一十八，长得婷婷玉立、英姿飒爽、家远与文雅两人又是同窗，其学业可说是并驾齐驱。一天，柯九思着意考考女儿柯雅文、学生吕家远的诗才，于是作诗一首：

> 古木槎牙知几年，一丛修竹翠依然。
> 空山莫道多寥落，自有春风到日边。

吕家远习作一首：

> 新枝萌发巳逢春，三月笋芽如日津。
> 大地风花寥雪月，别无秋雁去天巡。

柯雅文作一首：

> 红枫叠翠缀香秋，重九霜风篱菊幽。
> 绿水粼波河映月，自移倩影至窗头。

柯九思满意地点头说："你俩都不错，可说是'旗鼓相当、平分秋色'。"说后再作一首：

> 春风桂楫木兰舟，欲采芳蘅不自由。
> 秋水潾潾吹暮雨，苍梧云冷易生愁。

吕家远习作：

> 秋月花浓酒一杯，东篱香送小楼台。
> 清风飒飒吹晨露，艳丽芙蓉含笑开。

柯雅文习作：

> 夏日东风绿柳斜，荷池花艳望朝霞。
> 露珠滴滴漫迷雾，云淡天高旭日华。

柯九思批语："各有千秋，并驾齐驱，互勉互励，携手共进。"

从此，吕公子与柯小姐两人，不仅在学业上互帮互学、共同进步，而在彼此感情上互敬互爱，相互勉励。值得庆幸的是，吕家远不仅成为柯九思的得意门生，更使人羡慕的柯雅文爱上了吕公子，而吕公子更爱柯小姐。

吕门二公子家进、三公子家道，生性好动，读完基础课程后，吕伯喜把他俩送去习武。好在武馆就在横溪，离皤滩只有一二十里路程，可边习武边读书。家进、家道生来就是习武的料，他俩对武功非常感兴趣，习武主要是有决心、有恒心，是苦炼成钢的。他俩一进武馆，就一个劲儿地学习，所以成为武馆的佼佼者。

吕家进、吕家道秉性善良、品行端庄、为人厚道、性格开朗、胸怀耿直、吃苦耐劳、宽宏大量、善于助人。所以师父、同学都喜欢他俩。加上天资聪明，学习进步很快。比较起来，论武功吕家道略胜一筹；论文笔吕家进稍高一格。虽然各有所长，但基本上共同前进，无论是拳脚棍棒、刀枪剑戟，十八般武艺件件皆能，但他们并不张扬，藏而不露。

两个小弟吕家通、吕家达，就在本镇，在习文学武的同时，还专学手艺，老四学木工、老五习打铁。当时皤滩开有业余武馆，家通、家达白天外出做工，傍晚在本村练习武功。

皤滩武功馆历史悠久，开办于北宋时期，二百年前，当时吕门的祖宗吕师囊就在此处办起武馆，并且兼任教官，在鼎盛年代，有教师十多人，学生来自四面八方，有本县本乡的、有各州外府的、有贫困孩子，也有公子哥儿。学员多达百余人。自从吕师囊被宋军打败后，官府说它是邪教活动，屡屡遭到取缔，从此一蹶不振。虽然屡屡遭受打压，但是皤滩武功馆仍然经久不衰。

吕家通、吕家达俩习武十分积极主动，坚持天天晚上练到半夜，因而进步很快，成为武馆的骨干力量。

吕家大公子吕家远，跟随老师，往返于苏州、杭州。在苏州，吕家远与柯雅文举行了婚礼。女儿婚后不久，官为正五品诗人、画家、书法家的柯九思，感觉到身体不适，咳嗽不止，在五十岁时返回故里——仙居。至五十四岁时（1343），身患不治之疾，医治无效而与世长辞了。

就在柯九思逝世这年，黄岩方国珍在东南沿海，几败元军。方国珉、关琼瑛俩在临海猫狸岭，遇着柳贤明的部下，随后，柳贤明带领部下二十多人（仙居皤滩人）投靠了方国珍。

柳贤明与吕伯喜是亲戚，是伯喜的亲外甥。自从伯喜与柯九思攀上亲后，就受到一些人的嫉妒。趁着柯九思的去世，趁着柳贤明的"投敌"，有人向仙居县、向台州路告状，状告吕伯喜三条大罪：

其一是身为摩尼教教主，长期以来，公然进行反元的邪教活动；

其二是私通黄岩海盗方国珍，唆使外甥投靠海盗，并参加对抗朝廷的战斗；

其三是大儿子吕家远书写反诗，公然污蔑当朝，宣扬反元、抗元观念。

说到这里，有必要将吕家远的所谓反诗供大家评判：

> 元宵佳节出家门，朦雨西风欲断魂。
>
> 必是苍天降惩罚，败兴归返夜黄昏。

再一首是：

> 方圆百里卷龙风，阁上皆同雷雨隆。
>
> 珍贵衣衫全湿透，好如东海老渔翁。

这两首诗是在吕家远的千百首诗中挑选出来的。说他是藏头诗，上首是"元蒙必败"，下首是"方国珍好"。

台州路兵马总制白景亮，是方国珍的冤家对头人，他就是路桥蔡乱头的姐夫。自从在路桥街被陈仲达打败后，一直耿耿于怀。方国珍在积谷山沉死蔡乱头后，他咬牙切齿地要报复方国珍。仙居这个告状者与白景亮也有来往，所以把状纸先送给白景亮。

状纸例举吕伯喜的上述三条，是犯了投敌反元大罪。白景亮如获至宝，立即报至台州路达鲁花赤僧住、总管赵琬。

僧住当即吩咐白景亮：立即派人去取缔摩尼教，捉拿吕伯喜、吕家远。

一朝权在手，便把令来行。白景亮有权有势，有枪有兵，他亲自带领百余官兵，来到仙居，会同仙居县一起，兵分两路：一路由仙居县派兵去田市柯思吞，捉拿吕家远；白景亮亲自来到幡滩，如临大敌似的，把幡滩包围得水泄不通。先去抓捕吕伯喜及其儿子。幸好吕家几个儿子家进、家道、家通、家达闻风而逃，逃到山里，未被抓住。

与此同时，把摩尼教教会活动场所一举摧毁，当场抓去五个执事人员，并贴上取缔的封条。

晴天霹雳，突如其来的袭击，搞得幡滩人心恐慌！最受打击的就是吕伯喜家，吕家被抄，父子俩被抓入狱。

柯九思生前，吕家人来客往，热闹非常。就在柯九思去世三个月后，吕家却遭灭顶之灾。家人一时乱作一团，陷于绝境，束手无策。

柯雅文凭借当年父亲的声望，抛头露面地去台州路喊冤。她通过熟人等各种手段，终于找到僧住和赵琬。她问："我夫一介书生，清白良民，今被衙役所抓，不知身犯何罪？"

僧住说："心存反元，故作反诗，意欲煽动，妄图改朝。"

柯雅文说："依据何在、反诗怎说、煽动何人？无中生有。"

赵琬说:"反诗两首,足以证明。白纸黑字,何容抵赖?"

柯雅文说:"就说两诗,当堂辨析,谁是谁非,岂容歪曲。"

僧住说:"藏头两诗,明白无疑,'元蒙必败,方国珍好。'"

柯雅文说:

> 原本朦胧雨,何为去月蒙?
>
> 不能分国阁,可说是涂虫。

她的短短一首五言诗,说得僧住、赵琬一时无话辩驳。加上事先三百两银子打点,僧住他们收到了好处费。柯雅文费尽口舌、花了钱财,终于将夫君从牢狱中救出,从此也负了一身债。

柯雅文救出夫君后,义无反顾地去救公爹,任凭她好说歹说,磨破嘴皮,如石沉大海。不论破费钱财,钱财散尽,似付之东流。

他们凭借在教会为由,以此致吕伯喜于死地。自从其祖上吕师囊起,朝廷视摩尼教为邪教组织,视为反蒙抗元活动,几次三番地予以禁止和取缔,可是他们暗中仍有些活动。镇上有个叫王法宝的人,与仙居县衙门有来往,他嫉妒吕家,故此向县衙举报:"说吕伯喜倚仗五子之势,进行反元的邪教活动,以教会名义,达到'反蒙元朝廷'之目的!"

经过柯雅文的再三努力,吕伯喜最后总算解回仙居县羁押。由于狱卒折磨与迫害,吕伯喜于元至正七年(1347)七月,猝死于仙居监狱,终年五十八岁。

这个王法宝是镇上有名的无耻之徒,凭借有几下三脚猫的功夫,横行乡里、欺行霸市。他网罗一批地痞流氓,到处为非作歹、寻衅滋事!他也欺软怕硬,吕家五兄弟,身强力壮,又有武功,所以不敢欺负他,在他眼里,吕家是个绊脚石。

最近,王法宝家来了两个客人,一个是姓白的,是临海来的白公子,不言而喻,便是白景亮的三公子白蒙,是蔡二夫人所生的。另一个是仙居县里来的,是白公子的朋友。王法宝热情接待说:"两位仁兄光临寒舍,请问有何贵干?"

白蒙说:"有话直说了,有证据表明,你们皤滩吕伯喜的五个儿子,继续进行邪教活动,更严重的是私通海盗方国珍,肆无忌惮地进行反元廷活动。想必仁兄有所知道?"

"略知一二。"王法宝接着说,"其父为此死在监狱,其子怀恨在心,他们继续进行教会活动,千方百计地扩展势力范围,妄图推翻蒙元王朝。"

"说得好,小弟就是为此而来。"白蒙接着说,"就是要想办法把你的这块绊脚石给搬掉,就是要依靠你们自己的力量,尽快铲除吕门势力,早日消除祸患。"

"这是我梦寐以求的。不知白公子何为对吕门如此切齿痛恨?"王法宝问。

"不瞒仁兄,小弟的舅父原是路桥富户,是方国珍害我舅舅一家,我舅父还被惨无人道地活沉溺于积谷山;没有方国珍,我的父亲早已官职升到行省了,就是这个方国珍,搞得家父抬不起头,日日垂头丧气、愁眉苦脸。不报此恨怎能罢休!"白蒙切齿痛恨地说。

"明白了,吕门是你我共同的敌人,应当共同携手。不知如何致他于死地?"王法宝说。

"就看你们的智慧和本事了,可不择手段,或用莫须有之罪。"白蒙说。

"这是要担当风险的,事成后,我有什么好处?没好处我可不干。"法宝说。

"我父亲原是台州路兵马总制,虽然年事已高,退了下来,但权力还有的,以后有你的好处,听说你有两下子功夫,说不定还给你个官当当。"

"一言为定。你就看我的了。"王法宝表示说。

吕伯喜死后,并不就此太平无事,反而麻烦的事接踵而来。

时年八月中秋节,吕家道在蟠滩步头做搬运工,在搬运食盐时,他身背百多斤食盐,就在跳板上,遭人暗算,连人带盐跌入河里。幸好河水不深、溪流不急,况且他会游泳,很快从水里爬起,慌忙去捞盐,结果是个空麻袋。

百多斤盐的价值三两银子,按制度规定,谁损失谁赔偿,就这样要扣三个月的工钱,他气呼呼地上岸来,先给暗算他的王法宝一蹬脚,把他蹬到了河里。

这个王法宝自从他结识了县里来的朋友后,更加肆无忌惮。今天特意将挑板踢落,使吕家道跌落水中,准备等待他爬上,再来个痛打落水狗。谁知吕家道武功高强,当他上得岸时,王法宝等八个人一起上,再将他打落水中。

这下可激怒了吕家道,他如出水蛟龙,从水中腾飞而起,跃然跳上岸,以猛虎下山之势,三拳两脚,将王法宝等八人一个个踢落水里。他们岂敢就此罢休,依仗人多,爬上岸后,再次发起攻击。

吕家道凭借码头广场,利用空间地带,跃然跳到中间,目观四面、耳听八方。等待他们的攻击。这里有《巫山一段云》写道:

身似山中虎,性如火上油。心雄胆大存机谋。何惧这貔貅。

倚仗心中胆，全凭两拳头。掀天身价满台州。问你几多愁。

王法宝已经在码头准备凶器，他们人人手拿刀枪棍棒，八大金钢摆开架势，从四面八方向吕家道杀来。旁观者为手无寸铁的吕家道捏把汗，看来非成肉酱不可！当他们冲近身边时，谁知吕家道一个飞腿，跃出包围圈，脚踩王法宝的头，同时夺取他那的五尺两刃刀。因为这些人中，算是王法宝的刀最好，所以就对王法宝下手。有了刀在手，何惧"八金钢"。

王法宝还不就此罢休，仍继续发起进攻。吕家道不想杀人，只是被动防卫。可是他们却穷凶极恶地发出暗箭，妄图致他于死地。吕家道当听见箭声来，急稍一转身的同时，猛烈推出与其格杀的这个人，其箭头正好穿进这人的身胸，这人猛然倒地！

此时仙居县五十多官兵进来，说吕家道杀死人，吕家道据理力争，旁观者也纷纷为吕家道辩白，任管如何辩驳，一切无效。结果将他五花大绑，带进仙居县牢狱羁押，一押数载。

方国珍、刘仁本俩听完吕家通、吕家达的介绍后，义愤填膺地表示声援。不知如何声援，且听下回分解。

第四十一回
公孙也飘然回龙虎　　方国珍愤怒杀三株

风和日丽碧云天，薄雾青岚生紫烟。
道长腾云回返去，国珍引领过前川。

在攻打黄岩城的同时，由陈叔达、方国瑛、董桂芳、董桂香他们，处理和安排陈仲达丧葬事项。陈仲达的治丧由方国珍、方国璋、方国瑛、方国珉、李金松、陈叔达、董志强、关磊、刘仁本九人组成。灵堂设在路桥陈仲达老家。

黄岩这边，大家仍然轰轰烈烈地忙于攻打黄岩城；路桥那边，却悲悲切切地祭奠陈仲达。陈仲达不仅武功出众，而且人品端庄、胸怀坦荡、爱兵如子、身先士卒。因而得到官兵的尊敬。陈将军阵亡的恶讯，如似五雷轰顶，全军官兵沉浸在极度的悲痛之中。

最最悲痛的要算夫人童婵了，童夫人携五岁的儿子陈海清，一岁的女儿陈文姬，日夜守在灵堂，悲痛欲绝地跪在苦次上，她饭也不想吃，水也懒得喝，日夜悲怆啼哭，哭得凄凄切切，哭得像个泪人。看上去人也瘦弱了许多，短短的七天过去，风韵楚楚的身材荡然无存，笑逐颜开的容光烟消云散，简直像个瘦老太婆似的。

陈仲达阵亡的噩耗传到了南塘湾，身在楚门的童妈、董娇蓉等，急急地从楚门赶来路桥，在吊唁陈仲达的同时，劝慰劝慰童夫人。童婵见到母亲，反而哭得更厉害，她一个劲儿扑进母亲怀里，泣不成声地说："我不能没有仲达，没有了他，我还做什么人哟？如若没有两个孩子，早就跟仲达走了！"

童妈见女儿痛不欲生的样子，她也心如刀绞泣不成声泪如雨下，只能强压悲痛劝慰女儿一番。

正遇春夏之交，天气渐渐转热，尽管采取各种防腐措施，都无计于事，必须立即安葬落土。路桥没有山，陈仲达的姨妈家在白峰岙，况且其父母也安葬在那里，同时路桥至白峰岙路程不远，方国珍他们决定：将陈仲达落土在香严寺后山，这一决定得到童夫人的同意，也得到大家的一致赞同。

葬礼之隆重不必细说，就在陈仲达出葬的这天早上，又传来噩耗——军师牟子善也与世长辞了。军师牟子善患病已经四年多了，近来一直住在洞头岛养病。在此期间，李济世亲自去洞头诊治过多次，致使其病情得到稳定、生命得到了延缓。

洞头环境优美，空气新鲜，加上当时关琼瑛十分尊敬、关爱老人。因此把洞头作为养老胜地，所以汤显时夫妇、王日明夫妇、关天啸夫妇和军师牟子善等，他们都住在洞头岛。生活过得很愉快，天天在玩象棋、讲故事、打太极拳等，玩得十分开心。

就在五天前，当牟子善得知陈仲达将军阵亡的噩耗，突然旧病复发，立刻昏厥过去，一时不省人事。经众人的及时抢救，终于慢慢苏醒过来。

军师醒来后，他泪不自禁地说："我与仲达同命相连，当年因仲达家遭人陷害，是我为他家写状纸申冤，结果被迫逃离路桥、躲避到洋屿村，后来在路桥，险些被蔡乱头打死，是陈仲达救了我一命。时间过得真快，算来已经二十多年了，二十多年来，我与仲达患难与共！他是好人呀！他的阵亡，是我们民军的重大损失！可惜！可惜！"说着他再次昏迷过去了。

军师的再次昏厥，大家也再三进行抢救和呼唤，看来病情十分沉重，由于年事已高，七十多岁的人了，身体每况愈下，已经奄奄一息，千呼万唤难唤醒，于在元至正十二年三月二十六日，军师牟子善病逝于洞头岛。

享年七十二岁。

军师牟子善德高望重，是民军的创始人之一，他为民军作出了巨大贡献！军师的不幸谢世，给民军造成重大损失。

惊闻军师牟子善病故的噩耗，方国珍、方国璋、方国瑛、方国珉、陈叔达、李金松、董志强、关磊、关琼瑛、柳贤明、李金有、李金富、杜屏山、潘文忠、徐鹏飞、徐绍富、丁光土、胡永潮十八位将军，在结束陈仲达的葬礼后，全部移师到洞头岛。在洞头，汤显时、关啸天、王日明等人早把牟子善的灵堂布置得壮严肃穆，吊唁等事安排得有条不紊，首先由在洞头的官兵有序地进行着祭拜。

方国珍等将军们的到达，给灵堂增添悲痛气氛！将军和校官们个个身穿白衣素服，手拈三支清香，向军师遗体行三跪拜九叩首礼后，接着由岛上居民顺序地行叩首礼。

不表国珍他们吊唁细节，着重表一表空空道长公孙也，他身着宽松道袍，腰挂宝葫芦，肩背龙泉剑，披长发、赤双脚。口中念念有词后，右手抽出宝剑，不停地在空中摇摇晃晃了片刻。不一会儿，见灵堂内渐渐蓝光闪烁，似有蓬莱道士，玉女仙姑从天而降，簇拥着军师，腾云驾雾地升天而去。

紧接着，空空道长宝剑入鞘，从衣裳中拿出一双步云鞋，此鞋形如小船、样若风火轮，这就是《水浒全传》中神行太保戴宗留下的宝靴，这双步云鞋可日行千里。空空道长穿上此鞋后，用双手理了理蓬乱的头发，打了个道士髻，然后向众人招了招手，恋恋不舍地迈出大门，向着西方腾去。

此时此刻、此情此景，惊得众人目瞪口呆，一个个双膝跪地，合手默拜。此时此刻，方国珍等众将领，人人举手高喊："道长回来！军师回来！"此时此刻，在场的民军官兵、平民百姓齐声高喊："道长回来，军师回来！"此时此刻，众人目送空空道长，慢慢地消失在人们的视线中。

这一惊心动魄的场面，无不使人瞠目结舌、无不使人叹为观止、无不使人永生难忘！这一惊心动魄的场面，更激起大家对空空道长的崇拜、更激起对牟子善军师的崇敬！

方国珍他们决定：将军师牟子善的遗体运回黄岩，安葬在路桥白峰岙，安葬在陈仲达旁边。白峰岙香严寺是牟子善出家之地，也是他安身之舍。安葬在陈仲达旁边是他临终前的遗嘱，是最理想的选择。

翌日，牟子善的灵柩，安放在民军的指挥船中，船上插满鲜花。晨时过后，地雷炮连放十二响，紧接着哀乐齐鸣。与此同时，洞头洋至披山洋，螺号声咧咧呐呐，惊天动地，响彻东海、响彻云霄！

开始，由洞头的五百条军船，船头挂着白幡，庄严肃穆，这叫千帆齐发，为牟子善送行。船到玉环地带，又有玉环、楚门、松门、龙门等千余条军船前来迎送和护航；船至大陈洋，有大陈山、积谷山、黄礁山、黄琅山等五百余艘军船前来迎接。一眼望去，千帆齐发、白帆若云。白幡如白云密布、白幡与怒涛咆哮，白幡与银鸥并怒！

场面之隆重一时难以言表，船至洋屿码头靠岸，同样放炮十二响，万人在码头迎接灵柩，在码头，螺号声再起，从新河到白峰岙，沿途二十多里路程，二三万官兵，几乎全程的道路两旁列队，夹道迎送！军人们人人左手握刀，右手行军礼。最使人感动的是军人们人人悲泣落泪，齐声高喊："军师一路走好！一路走好！！"

在香严寺，全寺数百僧人在路口拈香迎接灵柩，场面感人肺腑，使人怆然落泪。

最最伤心的要算是方国珍，接连走了陈仲达、牟子善，与此同时，也走了空空道长，也许一去不复返了。

尤其是陈仲达，他俩不仅是患难之交的挚友、生死与共的兄弟，真真切切的习武良师、休戚相依并肩战斗的兄弟。方国珍更明白，"他是替我方某赴汤蹈火而死的"。

当时，方国珍陷入悲痛欲绝之中。他想，"没有了陈仲达，以后有谁这样舍己为我？没有了道长、没有了军师，以后由谁来为我出谋划策、谁能为我决胜于千里之外？"

正在这时，刘仁本走了进来说："军师、仲达的葬礼都已经结束了，我们可回黄岩去，急需商讨以后斗争方向等有关事项。"

在原黄岩州衙门，就在原政府机关召开会议，由八将军们和刘仁本先生参加。会议当然仍由方国珍主持，他垂着头说："仲达走了，军师也走了，看来道长也不会再回来了！我的心也碎了。面对这一局势，我们以后应当如何应对？"

方国璋说："军师病故、仲达被害，是我军的重大损失！我们必须化悲痛为力量，重新振作精神，为仲达报仇。"

"说得好！我同意国璋将军的意见。"李金松接着说，"我们应该气不馁、志不软，重振雄风，继续前进！"

"我赞成国璋、金松将军的意见。"关琼瑛心直口快地接着说，"牟子善军师升天了，我提议另补一位——由刘仁本先生继承军师！"

刘仁本推辞说："刘某我才疏学浅，恐怕难担此任，请另选良贤。"

关琼瑛抢着说："刘先生学识渊博，为人诚恳踏实，是理想的人选。"

为此大家纷纷发言，一致认为刘仁本是最理想不过的军师人选，非他莫属了。最后方国珍明确表态说："刘先生是我方家的恩人，也是我们民军的恩人，他几次三番地支持、帮助、挽救我们。况且刘先生学识渊博、胸怀坦荡、文韬武略。我完全同意刘先生为我们民军的军师。刘先生是当之无愧的军师！只有刘先生能胜任为我们开创未来的新局面而谋划的重任。"

刘仁本表示说："众位将军对我如此信任，刘某我感激涕零，定将为民军鞠躬尽瘁！"

方国珍高兴地立起，带头热烈鼓掌，全场人人起立，掌声如雷、经久不息。

接下第二个议题是下一步的行动和目标，还是由方国珍提出说："下一步就是何时攻打台州？请各位多提宝贵意见。"

对此，进行了热烈的讨论，形成了两种不同的意见：一种是先打台州城，后夺各县城；另一种是先夺各县城，最后攻打台州府城。两种意见辩得难解难分之际，忽报仙居吕家通、吕家达俩再次到访。

他俩来得正好，就邀请参加会议，先听他俩的意见，他俩要求首先攻打仙居，救出吕家道要紧。接着介绍了仙居情况，主要是敌我双方的情况：

自从台州路达鲁花赤泰不华为陈叔达所杀、黄岩州被方国珍的民军占据后，江浙行省加强了台州及所属各县的防守。他们视仙居为第二个黄岩，最近台州路加强了兵力，于是调来绍兴路五百兵力，其中二百官兵就派驻仙居。还有黄岩原总制尹三珠逃脱后，自报奋勇、主动请缨到仙居去，以加强仙居的防守。

从此，仙居县城每到夜幕降临，城门关闭、全城戒严。但也不是天衣无缝、无懈可击，还存在着许多漏洞和薄弱环节。好在白天看管不严，可扮作菜农、樵夫，挑担进城，也可装成商贩、工匠，混入县城。只要有百来人事先入城，等到约定时间，杀了守城官兵，打开城门，便可长驱直入。

听了吕家兄弟的上述介绍后，方国珍说："很好！这个尹三珠作恶多端，前次在黄岩逃脱，逃到仙居去，继续与我们作对，很好！追到仙居去，活捉尹三珠。"

军师刘仁本问："你们自己有多少力量，要我们调多少兵力来支援？"

吕家达说："我们最多只有百来个武士，如果没有外援，勉强可以应付。"

吕家通说："需要你们支援三百名兵力，我们才有胜算的把握。"

关琼瑛抢着说："三百兵，小菜一蝶，小事一桩！柳贤明手下的三百名都是精锐兵种，况且又是你们的表兄，由柳贤明去支援你们好了。"

关琼瑛随随便便一说，她话音一落，谁知柳贤明认真严肃地立起说："承蒙夫人器重，柳贤明得令！"

方国珍表态说："很好，就命令柳贤明为先锋，三百人不够，可带五百兵。"

刘仁本说："至于具体行动计划和作战方案，先由柳贤明、吕家兄弟拟个初步方略，到时我们可再作商议。"

吕氏兄弟与柳贤明，心情舒畅地回到仙居，他们经过半个月的侦察，几经扮作樵夫卖柴、农民卖菜、商人卖豆腐，走遍了街头巷尾。基本熟悉了地理环境和官兵活动的情况。

一天中午，柳贤明与吕家达正在饭店就餐，见一位小妇人带着一个小姑娘，头戴竹编箬帽，身穿粗布衣衫，脚着平底布鞋。不慌不忙地走来，点了两菜一汤二饭，端来坐在与柳、吕两人坐的隔壁桌子上。小姑娘见两个男人只顾自己吃饭、喝酒，连眼也不瞧她俩一瞧，她特意念词牌《忆江南》一首：

> 江南柳，嫩绿翠茵茵。枝小树低瞧不见，
> 哪知生自女儿亲。翁醉汗津津。

吕家达不认识这小姑娘，听她唱的是《忆江南》，他感兴趣地和上一首：

> 仙居菜，嫩绿翠茵茵。味美新鲜皆爽口，
> 我知亲自种艰辛。汤碗面条津。

关琼瑛见柳贤明还未觉察，只顾自己在喝酒，也来凑热闹，她也和上一首：

> 仙居水，激透碧涟涟。味美清甜凉爽口，
> 我知长寿又延年。清爽是山泉。

柳贤明听了三人都在作《忆江南》，他头不抬目不窥地也和上一首：

> 仙居酒，味道好香醇。甜美纯浓真爽口，
> 我知长寿五年陈。多饮健身身。

柳含春见父亲还未觉察，还想再饮，她再作《忆江南》提醒：

> 仙居酒，多饮会伤身。只顾纯浓真爽口，
> 未知前面小夫人。看我柳含春。

柳贤明听小女孩说"前面小夫人，看我柳含春"，如梦初醒、恍然大悟！抬头一看，真的小夫人和女儿柳含春坐在对面。于是再念了首小令《忆江南》：

三盅酒，喝得醉津津。错认西山来食客，
谁知蓬岛小夫人。还有女含春。

四人相见，要说的话当然很多，不等他们说话打招呼，忽见尹三珠率一队人马，亲自前来巡查。他耀武扬威地走了进来，看着两个男子便来查问："你俩是哪里人，来城里干什么的？"

"仙居田市人，来城里卖柴的、是卖软柴的。"吕家达说。

尹三珠再问柳贤明："你呢，你是哪来的？你是做什么来的。"

"我与王老四是同乡同村人，也是卖柴的、是卖硬柴的。"

吕家达、柳贤明的卖柴，寓意就是卖拳头的，黄岩说吃柴就是吃拳头的。

尹三珠听不懂"硬柴""软柴"是什么东西，于是说："什么乱七八糟的，说清楚点。"吕家达和柳贤明懒得解释，再坐下装作继续喝酒的样子。其手下几个都是仙居人，他们抢着代为翻译。

尹三珠查了这店到那店，他们来到了"神仙居酒楼"，这酒楼生意兴旺，可说是仙居第一酒店。见楼上楼下、前间后间，间间爆满。他看第三包厢内，坐着十三个讲黄岩话的人，三株顿感疑惑，带五个随从走了进去，一见果然很是面熟！他装腔作势地说："你们是哪里来的，是黄岩来的吗？"

其中一个食客答说："不，不是黄岩，而是海门来的。"

尹三珠立走到他们的身边问："来仙居干吗？是做生意的么？"

"不错，是做生意的。"这个客人接着补充说，"是卖鲜的。"

尹三珠在海门任千户所达鲁花赤，他骄傲地说："我在海门当过多年达鲁花赤，所以看你们很是面熟，不像是卖鲜的，似动刀动武的吗？"说着走到另一人的身边问："你也是卖鲜的？不像不像，必须对我讲实话。"

"他是卖鱼鲜的，我不是，我是杀猪的。你不认识我吗？我是方国珍！"尹三珠听后不觉大惊失色，慌忙就逃，可是来不及了，被方国珍抓住右手腕，左手腕早被李金松抓牢。尹三珠痛得双膝盖跪地。另外五个随从也被陈叔达等控制住了，刚好两对一，一个也逃不了，只好跪地求饶。

方国珍怒发冲冠地问："尹三珠，你好狠毒，你为何害死我父亲？"

尹三珠说："将你父亲羁押在台州是我所为，而暗害你父的却是斑木松。"

　　方国珍问："你明知蔡乱头抢劫福建商船，你为什么要嫁祸我方国珍和洋屿青龙帮致我们于死地？"

　　尹三珠说："是我上了他们的贼船，收了蔡乱头的好处，他还答应给我三成红利。"

　　方国珍问："当年你被困白果岛时我放你一马，而今还到仙居来与我作对？"

　　尹三珠说："也是你把我害得好苦，如果没有你，我可能官升到行省了。"

　　方国珍说："你妄图把我们杀绝，你可以立功受奖、可以升官发财是吗？"

　　尹三珠支支吾吾。方国珍怒气冲天地一刀直刺尹三珠的胸堂，钢刀抽出，血溅满楼，其五个随从妄想逃走，怎能逃得了？全被当场杀死。

　　这十三人就是方国珍、方国瑛、方国珉、陈叔达、李金松、李金有、杜屏山、潘文忠、徐鹏飞、徐绍富、胡永潮和黄法贵、黄法宝。他们人人身藏暗器，个个身手不凡。刚从今天早上进城的，却被尹三珠发现。既然已经发现，只好提前行动。

　　新任仙居县总制尹三珠，在仙居酒楼被杀！消息很快传遍仙居全城，人人奔走相告："尹三珠被杀了""尹三珠被杀死在神仙居酒楼""方国珍来仙居了"。仙居城门门官急忙去关城门。关了更好，因为城内已经进来三百多人了。

　　此时的仙居县城乱作一团，街街巷巷店铺关门上锁。可是尚有百来个巡逻官兵，一时丈二和尚摸不着头，还散落在街头巷尾，一时来不及归队、来不及逃避进县府衙门。这些当兵的成为无家可归的失联者。这些官兵六神无主，犹如无头苍蝇，四面乱蹿，结果为方国珍的民军和吕家达他们的义士所擒、所杀，但也不少举手投降的。

　　夜幕降临，仙居县城一片漆黑，官兵不敢开门，龟缩在县府衙门。方国珍他们的三百多人，由吕家进、吕家通、柳贤明，各带领一队，还有吕家达带一队百多人的仙居义士，分别隐蔽在东西南北四处民房里。上半夜，县城静得十分可怕，街上断无行人，更无灯光。更楼鼓打三通后，方国珍的队伍与吕家达的义士，发起向县衙机关冲击。他们由下午投降过来的原官兵带路，偷偷地把县府包围得水泄不通。

　　是智取，还是强攻？请看方国珍的用兵策略：方国珍采取两手策略——智取与强攻相给合：

　　智取，就是利用原官兵与吕家达他们的当地仙居人，去后台门轻轻敲门，说我们是被关在门外的官兵，现在偷偷地逃回来，并报上联络暗号和真实姓名。他们一听是自己人，就毫无疑问地开了门。由于夜静更深，见带头是自己人，百多人蜂拥而入，随后方国珍的大批人马都涌了进来。这时，原几个守门的早已身首异处了。

强攻是为配合智取的，由方国珍、方国瑛、李金松、陈叔达他们发起强攻。因为县里的围墙不高也不坚固，他们翻墙而入，墙里虽然有弓箭手，由于黑夜，不但无法射击，反而为对方所俘。

不一会儿从后门进入的人，很快冲到前门，很快打开了大门，方国珍的队伍从前后两门长驱直入。至东方发晓，仙居县城已经被方国珍的民军占领了！在占领过程中，虽然有过战斗，但不很激烈，官兵大多数被缴械投降了。

翌日早晨，吕家进、吕家通、吕家达、柳贤明等直冲监狱，去营救吕家道。可是晚了一步，吕家道已经被害，见他倒在血泊中。吕家三兄弟懊悔晚了一步，谁是杀人凶手？吕家三兄弟疯狂地寻找杀人凶手。

在东门口，小夫人关琼瑛与小含春衣衫未改，仍着便装去城门口视察。正在这时，见三个男子，东张西望，贼头贼脑，妄图逃出城门，关琼瑛看出他仨不是良民百姓。柳含春上前说："大叔，请问你去哪？"

"去城外。"他回答的短短三个字，不难听出他们不是仙居人，操的是临海口音。据可靠消息，白景亮的三公子就在仙居县衙，至今尚未找到，有可能这人就是白蒙！柳含春再问："去城外何地，带我去行吗？"

那人神色紧张地说："滚滚滚滚！快快滚开！"

柳含春是关琼瑛的得意门生，她也学会两下子武功。着意跨上一步，趁其不备，碰撞其腰间，发现身藏暗器，就想一举夺取。白蒙当即发现，两人便风风火火地打了起来，一进一退、二上三下，拳打脚踢，战了十多个回合。柳含春知力不从心，渐渐败退到小夫人身边，以求关琼瑛出手制服他。

关琼瑛看得明白，当白蒙追赶过来时，她踢出一下螳螂腿，把这个白蒙踢倒在地，柳含春急忙返回给他再踢几下腿，她眼精手快，一下子夺取了他的利器。

这时白蒙的三个保镖齐来"保驾"，关琼瑛毫无惧怕，以一对三。谁知白蒙是个不学无术的纨绔子弟，两个随从也是酒色之徒。不一回合，被关琼瑛制服了。关琼瑛问说："你是白蒙吗？"

白蒙仍傲然地说："是是是！我就是白蒙，我父亲就是台州路兵马总制，不不不，现在是台州路总管了，快把我给放了，否则我父会杀了你们的。"

此时此刻，吕家达他们也追赶到，见白蒙被小夫人抓住，上来抓住他的胸脯问："刚才，在监狱的吕家道是被你给杀死的?"

白蒙支支吾吾，答不上话。吕家达把刀搁在他的脖子上问："说也不说！不说马上给你人头落地！"说着轻轻地一划，鲜血从颈项中流出。

"啊呀！"白蒙见脖子血已经流出，吓得混身发抖，于是战战兢兢地接着说："我说我说，是……是……是我给……杀……杀……杀了的。"吕家达听得明白，一刀削去，这个白景亮的三公子——蔡乱头的外甥，便身首异处了。

台州路白景亮的三公子，对方国珍素有深仇大恨，认为吕家是私通方国珍的。所以对吕氏五兄弟怀恨在心，千方百计地致吕家于死地。最近经常来仙居，与尹三珠打得火热，还有另一原因，尹三珠拈花惹草，在勾栏院找了个"小云香"，送给白蒙玩，所以他长驻仙居。恶有恶报，白蒙想不到自己今日死在吕家达刀下。

预知后事，且听下回分解。

第四十二回

孙千户败兵黄土岭　关将军奇袭虹桥镇

廊桥雄伟若长虹，瑞气韶光映碧空。

墨客诗人题雅韵，楹联佳句颂昌隆。

方国珍所领导的民军夺取仙居县后，当即发布四条命令：

第一条，对仙居县原元朝政府官员，分优、劣两类，优者既往不咎、原则上官居原职、照样履行公务；劣者就地羁押受审。

第二条，对于原士兵和勤杂人员，不分好歹，凡是愿意留下的，一律留下继续履职；不愿意留的，可随时离开。

第三条，民军是为百姓服务的，决不损害百姓利益。一切生活照常、商店照常营业。严惩犯罪、犯法行为，若有损害百姓利益的，严惩不贷。

第四条，仙居县暂由民军接管，民军暂定由柯九思的女婿——吕家远临时行施达鲁花赤的职责，务必听从号令、服从领导、不得违抗。

这四条命令颁布后，方国珍亲自与吕家进、吕家通，快马加鞭来到田市乡九思畚去请吕家远。吕家远被释放后，一直小心翼翼、安分守己，他潜心于田园生活，不敢多写诗词曲赋和楹联。自从三弟吕家道无辜入狱后，吕家远、柯雅文曾多次去仙居县喊冤叫屈与施救，但都于事无补。为此而长吁短叹，愁眉不展。今天方国珍与二弟、四弟登门敬请，吕家远欣然应允，随同他们来到仙居县城。

吕家远看上去是个儒弱书生，其实他有非凡的才能，办事干脆利落且有条不紊。

短短数月，吕家远治理仙居成绩卓著，因而得到仙居民众的拥戴和支持。

却说元顺帝接到江浙行省、接二连三的紧急奏报：首报是黄岩"三江口事变、泰不华阵亡""总管赵琬下落不明"，元顺帝听后大惊失色，当即作出两条决定：

一、追认泰不华为荣禄大夫、江浙行省平章政事、柱国等称号，封魏国公。

二、任命孛颜忽都为台州路达鲁花赤，提任白景亮为台州路总管。

时隔五天，上述的公文刚刚发出，又报"黄岩州被陷落，黄岩达鲁花赤真木帖儿、总管赵宜浩等被俘"。再过二月，再报"仙居县又被方国珍占领，该县总制尹三珠被杀、政府大小官员皆降"。

此时正好蕲州徐寿辉起事，江淮、河南纷纷告急！元顺帝心有余而力不足。朝议几次都是议而不决，确无兵力可以调动。没有力法，只好命江浙行省自调兵马，同时又命福建元帅黑的儿派兵支援江浙行省，共保台州路不落方国珍之手。

此时台州路临海城内，百姓人心恐慌！纷纷扬扬地传说"方国珍要攻打台州古城—临海！"其实方国珍的确正在积极准备攻打台州府城，已经派由杜屏山、潘文忠带五百多兵，从"三江口"夜渡灵江，进入临海涌泉，再翻越桐树山，准备占领东塍、大田两镇，截断元军向北逃跑的去路。

桐树山，位于临海城东，离城五里，山高千丈。杜屏山、潘文忠在桐树山居高临下。他俩天天在观察临海城里城外的动静，就在这时，忽见东塍—大田—临海一带的路上，有数千人马向临海城区移动，这是什么人？必须弄个明白。

杜屏山他们，扮作樵夫，挑着硬柴，进了临海城。经过三天的侦探，探知他们是"元军浙东元帅也忒速失，率浙东和庆元（宁波）元兵五千人马，前来支援、保护台州府城，使临海古城不落入方国珍之手。"

方国珍得知这一军情后，决定暂缓攻打台州临海的计划，传令"按兵不动，积极备战，待机进攻"。杜屏山、潘文忠他们仍驻守在桐树山，还有柳贤明、吕家进、吕家达等驻守在仙居与临海之间的白水洋。

浙东元帅也忒速失屯兵临海府城，已经月余了，未见方国珍的行动，就派千户所孙禄，率领二千兵马南下试探。

孙禄率兵三千，偷偷地越过马头山。马头山是黄岩通往临海的必由之路，地势十分险要，其东边，面临滔滔不绝的灵江，西边是悬崖峭壁山岭，只有一条崎岖古山道，且荆棘丛生。

而孙禄的行动都在方国珍的掌握之中，可说有意放他进来，让他入瓮。孙禄来到了黄土岭北麓，见山道险要，区区三千人，怎能与方国珍抗衡！所以不敢前进，他小心翼翼地上了半山，忽然火炮"轰隆！轰隆！轰隆！"连放三下，接着喊杀声此起彼伏，一齐向孙禄杀来。吓得孙禄慌忙撤退，可说是逃跑。此时民军趁势追击，追杀得孙禄他们人仰马翻。

指挥这场战斗的竟是民军小将、方国璋之子方明善。他年小气盛，且能文能武，是一位难得的人才，方国璋有意让他锻炼锻炼。

方明善岂能轻易放过这个机会，就命令手下的三千名兵急起直追，一直追至马头山。这仗打得也算爽快，打死、跌死敌军一百三十人，打伤、摔伤二百二十人，俘虏二百八十人，敌军共损失六百三十人，逃回临海的只有三百六十人，其中十人下落不明。

方国珍的民军，在黄土岭岭北的小小一战，吓得元军闻风丧胆，孙禄不说自己无能，而在浙东元帅也忒速失面前，只说方国珍如何如何的厉害！说得神乎其神，吓得元军不敢发起进攻。因此双方进入僵持状态，一直僵持在马头山一带。

浙东元帅也忒速失、台州路达鲁花赤孛颜忽都、总管白景亮他们再不敢发起进攻，只在焦急地等待，等待福建元帅黑的儿的援军到来。

却说元廷驻闽元帅黑的儿，算得上是军事世家出身，他原是忽必烈的第五代外甥孙。虽有几分马上功夫，但无实战经验。近日接圣上旨意，说浙东台州路临海城告急！叫他派兵援助、配合浙东元帅孛颜忽都抵挡方国珍的进攻。要他从南面攻打黄岩，来个南北、前后夹攻，一举消灭反贼方国珍！

黑的儿认为自己是行户出身，是"草原雄鹰"，视方国珍是草寇。他毫不犹豫地亲自率五千兵马，前来援助台州。他们长途跋涉，从闽南的福鼎—平阳—瑞安—乐清，来到了风景秀丽的雁荡山。

　　新任民军军师的刘仁本，办事沉着稳重，他想到南方不一定太平无事，要防止元军从背后袭击！从福建、温州抄袭我们的后方！防止袭我之不备。于是就派关磊领兵五千，进驻沙埠佛岭以南，要他占领乐清大荆、雁荡山，占领清江以北，待夺取台州后，为下一个目标—进攻温州作准备。

　　关磊是位虎将，他毫不迟疑地率五千兵马，立刻向乐清前进，首先进驻乐清大荆镇。大荆是乐北重镇，地势险要，关磊将部队驻足在险胜门一带，有人写道：

　　　　苍翠巍峨显胜门，峰峦奥壑妙山坤。
　　　　登攀探秘路难走，曲径崎岖欲断魂。

　　关磊看中这一战略要地，把主力驻扎在这里，派手下两员上校，各带五百兵，作为先头部队，分别驻扎在雁荡山、白溪岭两个关口。这两位上校就在石浦打揸时招收的温州永嘉人刘三宝，还有福建福鼎县志士张兴。关磊、张兴、刘三宝都是打揸时进入民军的，他俩都在关磊、关琼瑛部下。

　　驻扎在白溪的张兴，三短身材，貌不惊人，身穿普通老百姓衣服，他独自一人来到白溪街上闲逛，实则打探军情。走着走着，忽视听到三个操福建口音的人，是同乡，看看不是商者，却是军人模样。他好奇地跟在其后面，细听他们在说些什么？猛然听得他们说："不知离黄岩还有多远？谁知方国珍在哪？更不知这次打仗谁胜谁负？"

　　听此说来，张兴明白这些人不是敌人是什么？于是上前拱手问说："三位仁兄请了，小弟这下有礼了！"

　　"请请，你是谁，怎么不认识，是哪支部队的？"甲问。

　　"我不是什么部队的，是做生意来着的，家是福鼎人，听你仁口音是霞浦的，霞浦与福鼎隔壁邻居，也算是老乡，'老乡遇老乡，两眼泪汪汪'嘛。你们来此作甚？"张兴特意滔滔不绝。

　　"不瞒老乡说，我们的确是霞浦人，是跟元军元帅黑的儿来的，是来打黄岩方国珍的。"霞浦兵说。

　　"不要骗我，牛皮倒挺大的，方国珍兵员上万，你们三人怎么个打？就是有三头六臂，也打不过他的。我不相信。"张兴特意说。

　　"不骗你，骗是小狗。实话对你说，我们由福建元帅亲自率领的五千兵，已经全部渡过清港了，大部队驻扎在虹桥。我们是前头部队，前来打探的。"霞浦兵说。

　　张兴听了不觉大吃一惊，意识到事关重大，务必将此紧急军情报于关将军知晓，必须把他们三人扣留住。于是说："请三位到小弟家坐，喝杯热茶，我家有武夷山的好茶，请请！"

"不不不！我们公务在身，准备明天要来雁荡山，有机会改天登门拜访。"

"我家就在这里，坐一会儿就走，明天可以再来吧。"在张兴的热情邀请下，他们也随着来到白溪庙，见是这里有几百号提枪弄刀的人。他们知是上当了，妄想逃走，可是来不及了。

"这三位是我的老乡，难得在此相遇。"张兴对手下说后仍挽着他们的手说，"别怕，他们都是我的手下，保你平安无事。"

他们想"既然来不了、也逃不出了。不入虎穴，焉得虎子，索性来看个究竟"，就只好跟着张兴走进兵营。张兴同样泡茶递水，热情有加。这时霞浦兵甲说："张兄，这是你的不对了，你说带我们到你家去，怎么来到军营？"

"对不起，请愿谅！我没有与你们说清楚，我是军人，军人就是以兵营为家，完全可以说这是我的家。"张兴笑呵呵地说。

"你们是什么兵？你是干什么的？"霞浦兵问。

"实话告诉你，我们是民军，就是方国珍的部队。"张兴说。

"你把我们骗来，应当守信用，快把我仨送出去。"他们说。

"这就对不起了，请委屈一下，关将军马上到来，今天晚餐由关将军请客。无论如何，必须喝盅酒后再走。"张兴热情洋溢地说。

大荆—白溪只有三四里路程，张兴一进门就派人去请关将军。不一会儿，关将军骑着高头大马来了。关将军的到达，在白溪的民军立即紧急集合，张兴自然而然地领部队列队站立，张兴他自己喊："立正，敬礼！""礼毕、稍息"。关将军没讲话，只是摆了摆手，意思散会。

关磊随后就来会见这三个福建兵，不等张兴介绍，关将军摆摆手，叫他们坐下后说："不是敌人便是朋友，我愿意化敌为友，与你们交个朋友！可以吗？"

这三个闽南人，一时答不上话来，只能说好话："可以，可以，好好好！好的好的。"

"既然是朋友，必须以朋友之礼对待，先敬你三位各人清茶一杯。"关磊说着给各人捧杯后接着说，"既然是朋友，你们必须对我说实话。若是对朋友讲假话，欺骗于我，就是敌人！明白了吗？"

"明白了，明白了。"三人异口同声地回答。

"你们愿意与我们做朋友，必须与我讲实话！"关磊重复着说。

"愿意愿意，愿意讲实话！"三人表态说。

"好好！我相信你们是我的朋友，我问你，你们是什么部队？"关磊问。

"是元朝元顺帝派驻福建的皇家部队，为首的就是元帅黑的儿。据说是奉皇上旨意前来浙江台州的。"他们说。

"是来打方国珍的？"关磊问。

"是的，说北面有浙东元帅孛颜忽都五千兵，正面来攻打方国珍。我们是来袭击你们的背后，击你们于不备！使你们腹背受敌！"他们说。

"共来多少兵？"关磊问。

"五千人，我们只知是五千，具体数量不很清楚。"他答说。

"大部队都在虹桥？明天来大荆？"关磊问。

"是的，明天进驻雁荡山，后天占领黄岩沙埠佛岭一带。"

"好好，是朋友，晚上我请客。"说后，关磊、张兴与他们三人，乘马来到大荆军部。这是意外的收获，关磊惊喜非常，一边在设宴，一边当即做了明天战斗的部署。

却说黑的儿不知道自己部下有三人失踪，仍照原计划实施。他们寅时起床，卯时吃饭，辰时出发。

民军比元军提前一个时辰出发，提前埋伏在白溪岭以南、埋伏在森林稠密之处。居高临下、以逸待劳，提前抢占制高点。抢占有利位置。

辰时一过，关磊他们在白溪岭山南，清楚地看见元军从虹桥方向由一路中队、浩浩荡荡地向白溪、向雁荡山前进，其先头部队扛着大旗，旗帜鲜明地高高飘扬。队伍也算整整齐齐，还不断地喊着"一二一""一二三四"等口令。且步伐整齐划一，口号声音宏亮，可见是一支训练有素的部队。

这个元军元帅思想比较麻痹大意，根本没估计到就在乐清地界，就有敌方军兵埋伏，因此以一路纵队前进，五千兵一路纵队行军，方显出壮观、气派，以达到惊慑敌方、壮我士气之效果。

而关磊，在山上看得明白，把它看成是一条疲惫不堪的长蛇。打蛇莫打头，打蛇打七寸，必须击其薄弱环节、袭击要害部位。

黑的儿的五千兵马，约过去一千兵后，关磊一声令下，"出击"，此时山头山下，军号声、螺号声、喊杀声四起，四千民军漫山遍野地向元军杀来，且居高临下，似猛虎下山，势不可当。

这一突如其来的袭击，使元军一时乱作一团，他不知所以然，全无抵抗之能、还手之力。只有逃跑一着，逃跑也不容易，路窄人多，不打自倒，跌倒跌伤无数。况且有四千民军从山上冲杀下来，谁能抵挡？

这个元帅黑的儿，莫名其妙地遭到突如其来的袭击，眼看漫山遍野的敌方军兵杀了下来，势不可当，只有撤退到芙蓉镇。

还有民军的一千兵，由刘三宝率领，埋伏在山北。以阻截败退之元军。的确这批已经败退的元军，群龙无首，如无头苍蝇，目无方向。他们也懂得，识时务者为俊杰。在刘三宝的"投降不杀"的号召下，全部举手投降了！

黑的儿的五千兵，一千的先头部队已经投降、也可说被俘了，还有二千左右被杀伤、杀死了，或者是摔伤、摔死了。逃回虹桥的不到二千人，且其中有不少伤残者。

芙蓉镇，是一座山海相依的千年古镇，似一颗灿烂的明珠，地处风景秀丽的北雁荡山南麓，东濒乐清湾深水良港，南临滔滔不绝的清港。

关磊岂能放过这一大好机会，就立即发起攻打虹桥的战斗。而一时失魂落魄的黑的儿，逃回到虹桥后，定神回首，见敌军追赶于身后，为首的是一位三十开外的英俊男儿。但见他：

鞍上人披铁铠，坐下马带铜枷。刀剑白铺千里雪，旌旗红展一天霞。弓弯鹊画，飞鱼袋半，露龙梢插雕翎，狮子壶紧豹槎。人顶深盔垂护，马披重甲朱砂。单悬四足。开路人兵，齐项微漏风华。合后军将，尽拈长枪，数千甲马刚下山，一员大将战马夸。

而关磊看黑的儿怎的打扮：

狻猊舞爪，狮子摇头，闪金獬豸逞英勇，奋锦貔貅显威风。豺狼作对，虎口拔牙，来喷劣马，直奔雄兵，虎豹成群张巨口，带刺野猪冲阵中。卷毛恶太撞人来。如龙大蟒皂扑天冲。吞象顽蛇氏钻地落。两军相恃两马相逢。正是棋逢敌手，却是马遇良骢。两人年龄相妨，正巧旗鼓相当。同骑高头白马，身着白甲披红。

还是黑的儿先问："来者是何许人也？胆敢与本元帅刺杀，该当何罪！"

关磊左手拉住缰绳，右手握住吞云喷雾刀，威武不屈地说："吾乃浙东民军上将关磊是也，奉大将军方国珍之命，前来捉拿于你。"

黑的儿说："无名之辈，有何能耐，快去叫方国珍过来，与本帅比个高低。"

"闲话少说，快快放马过来。你这个败兵之将，看你往哪跑！"关磊边说边递刀过去，这样便枪来刀去，刀去枪来，你进我退、我进你退，双方就噼噼啪啪地打了起来。打得有声有色，使人眼花缭乱、目不暇接。这里有《西江月》写道：

鞭舞蛟龙断尾，枪横一柄枪牙。硒军看得眼睛花，二将纵横交马。

使棍军班领袖，使枪将种堪夸。天昏惨日见扬沙，都比鬼神可怕。

两人战了四十回合，双方旗鼓相当，仍难解难分、不分胜败，可说胜负难测。就在六十回合后，黑的儿有点气缓，提枪的速度放缓，而关磊却越打越勇敢，加上刀法运用自如，渐渐占了上风。可是双方仍互不相让，当战到一百二十回合时，黑的儿再也挺不住了，他虚晃一枪，立即调转马头，拼命逃跑。由于他骑的是千里马，逃得很快。

此时的关磊也精疲力竭，也不去追击，眼看着他逃得远远的。元军元帅的败逃，手下的二千官兵，纷纷扬扬地向南逃蹿。

关磊为了不骚扰百姓，特意不进街市追逐，让他们统统地逃到船上去。看官有所不知，昨天傍晚，关磊派快马去楚门、玉环，要他们调船三百艘，务必在中午时到达清港，停泊在靠近虹桥的岸边，等待元兵的入瓮。

正巧，此时李金松、李金有俩刚从黄岩回转到玉环、楚门，当接到关磊的紧急情报和要求援兵讯息，李金松立即调来战船三百，每船配兵十员。李金松、李金有亲自带领，半夜扬帆起航，至巳时已经到位。

这些福建元军莫名其妙地下船后，以为这下可太平无事了。但也有的急性子催促着快快靠往南岸、可向南逃跑。而大多数认为等待元帅的指令，也有的认为乘船回福建多好！逸遭长途跋涉之苦。

午时刚过，他们等来的不是元帅黑的儿，而是民军上将关磊。在船中等候多时的李金松、李金有站立船头拱手说："关将军辛苦你们了！我们可以走了吗？"

关磊立在岸上拱手说："谢谢李将军，谢谢你们，可以返航了。祝你们一路顺风！"

这时，这些福建元兵如梦初醒，"船在江心悔已迟"他们想逃逃不了，想怨向谁诉，是自己跑下船的，只好低着头，只有听由命运摆布了。

再说这个黑的儿，骑着高头大马，逃到清港，见潮水汹涌，见这么多的船，仔细看没有一条是渔船，全是军船。他想"不对，肯定不对，切不可下船！"于是沿着江堤，向西逃奔，一直逃到永嘉地界，在清港上游渡过。

关磊的芙蓉大捷非同小可，不仅使浙东元帅也忒速失、台州路达鲁花赤孛颜忽都、总管白景亮大失所望，更使元顺帝惊慌失措。

最近也忒速失、孛颜忽都、白景亮他们，心急如焚，急切地等待南方的好消息，满以为福建元帅黑的儿，偷偷地从南方袭来，袭击方国珍之不备，袭击方国珍的腹背，定能伤其要害。因此，也忒速失他们做好了一切准备，准备来个大反攻，至少把方国珍赶回到海里去，把从仙居、黄岩的陆上赶出去！这样才保台州路府城的平安无事。

也忒速失、孛颜忽都、白景亮他们盼也盼，终于盼来了黑的儿的五千兵几乎全军覆没的恶讯！也忒速失叹息地说：“看来守住台州无望了，台州迟早要落入方国珍之手！”

孛颜忽都大惊失色地说：“悔不该来台州！看来凶多吉少，台州难保了。”

白景亮听得目瞪口呆，呆了半天才说：“我的舅爷、我的儿子，都是被方国珍害死的，看来我的命也要送在他的手里了！”

关磊的虹桥大捷，大大地振动了皇上。不知元顺帝作出如何应对，且听下回分解。

第四十三回
元顺帝三招方国珍　吕家进首攻天台县

秋风丽日望天台，雨后青山丹桂开。
家进趁晨占夺县，东城三竹自徘徊。

元顺帝至正十八年（1358），癸巳暮秋十月，顺帝看了叠叠奏章，怒不可遏。一天早朝，脱脱丞相奏道：“反贼方国珍接连陷我黄岩、仙居二县后，又侵占乐清和永嘉县的大片土地。还有福建元帅黑的儿五千兵马、就在温州乐清清江，几乎全军覆没，只逃回八十二骑。看来台州路岌岌可危、府城临海危在旦夕！”

时任右丞相的朵儿只依奏道：“方国珍假招安实反抗，公然蔑视朝廷，不但拒不归顺朝廷，反而背本加利，占城掠县。已经到了非剿灭不可的地步。”

脱脱丞相奏道：“臣则认为还需暂缓征剿！因为湖北的陈友谅，贼势更盛，已经占据湘鄂赣的大片土地，近日公然宣布，自称汉皇帝。”

玉枢虎儿吐华奏说：“还有徐寿辉、邹普胜、倪文俊、韩林儿等，纷纷举旗、夺地掠城、称王称霸。”

朵儿只依道："江苏的张士诚割据去江苏大片地盘，势不可当，我们应如何对付？应当及早消灭之。"

元顺帝愁眉苦脸地说："我倒不惧怕张士诚，倒是濠州钟离人的朱元璋，他年青有为，真有势不可当之感，不可少觑！"

众人齐奏："皇上英明！皇上英明！"

脱脱奏道："目前国库空虚，军粮难济，难以应付浙江台州的方国珍。臣以为还是采取招安之策！除此之外，别无选择了。"

朵儿只依奏道："上两次招安，给方国珍的官职太少，只给个千户，当时他就占据台州、温州海域大片土地，应当给他州级官衔，或许他会接受或者满意。"

元顺帝道："准奏，拟个方案就是。"

经脱脱左丞、朵儿只依右丞、吏部侍郎拟定，报告皇上备案后，公布于下：

授予方国珍为徽州路治中；

授予方国璋为广德路治中；

授予方国瑛为信州路治中。

方国珍接到元顺帝使者诏谕，召集刘仁本、方国璋、方国瑛、方国珉、陈叔达、李金松、董志强、关磊，还有吕家远等，商议如何应对。大家看了诏谕后，方国璋首先发表意见说："元廷当局表面上封我们三兄弟为官，实则是个空头官衔，是玩弄我们的鬼把戏、是欺骗我们的花招，我一不信、二不受！"

方国瑛接着表示说："我同意二哥的意见，什么治中治北的，我也不相信、不接受。他们的目的是让我们兄弟分散、朋友分离，达到各个击破！我绝对去信州的。"

方国珉榜上无名，三兄弟唯他没有任职，可是看问题眼光锐利，他一针见血地指出："朝廷把三位哥哥封在三地做地方官，彼此之间相隔千里，其目的是分我之力量，达到各个击破，最终是一个一个把我们吃掉。我们切不可受骗上当，万万不可接受！"

关磊也是个目光远大的人，他情真意切地说："我完全同意国璋、国瑛、国珉兄的意见，这是调虎离山之计，把你们调得远远的，台州就保住了，更重要的是达到各个击破、把我们全部消灭之目的。况且我不能没有你们，如若离开三位将军，似群龙无首，如断线风筝、一盘散沙！"

初次参加会议的吕家远说："据我看，官帽暂且接来，上任可以不去。因为它没有说明何时赴任，也没有任何证件，绝对是空头支票，是玩弄我们的鬼把戏。我们可以假对假。"

"这就是英雄所见略同，众位说的很对，我同意众位的看法。"刘仁本接着说，"千万别去上任，否则悔之晚矣！现在看来，元朝已经是岌岌可危、朝不保夕，各路英雄群起，势不可当！它们已经招架乏力。我们还是作好攻打台州的准备。"

方国珍本来准备上任徽州的，当听了大家的意见后，觉得很有道理，他开始意识到这是个骗局，于是表示说："好的，就照军师的意见办，下半年只有两个多月了，抓紧作好准备，准备明春就取台州府城。"

不觉冬去春来，方明善仍守住黄土岭北，仍然与孙禄对峙着；杜屏山、潘文忠虽然春节回城，但是部队仍驻扎在大树山；西北线的白水洋，吕家通、吕家达俩牢牢把守着；关磊的五千兵马防守在清江北岸，温州一线稳如泰山、万无一失。

此时，时任江浙行省左司郎中的刘基，他奉行省之命，风尘仆仆地来到台州，处理和了解浙东元帅也忒速失与方国珍两军对峙局面。

刘基（1311—1375）字伯温，元末明初杰出的军事谋略家、政治家、文学家和思想家，明朝开国元勋，汉族，浙江文成人。他多才博学，不但精通天文地理，更懂阴阳八卦，深知兵书兵法。刘基深知阴阳历算，便知元朝日益败落，危机四伏，义兵四起，官员日益腐败，朝廷岌岌可危。

他奉命来台州，首先拜访浙东元帅也忒速失、新任台州路达鲁花赤字颜忽都、总管白景亮等。听取了他们的军情汇报后，决定亲自、实地看看对峙状况。

翌日早上，由白景亮陪同，从临海江下街下船，沿灵江直下到马头山。再从马头山上岸，视察了僵持将近一年的阵地。他看见黄土岭上旌旗招展，戒备森严；而见元方官兵，似有疲惫不堪的样子，中饭就在军营就餐，沿途翻越过三条峻岭，回到临海已经是夜幕降临了。古城临海仍十分热闹，笙歌悠悠，漫舞翩跹，灯红酒绿。

这几天，刘基足不停步，走遍了临海全城，察看了城墙、炮楼，视察了军队防守能力等状况。拟就了加强台州路——临海古城的防务，特制定《台州临海防务十策》：

第一，组织水上联防。在马头山至涌泉，加强水上封堵，需调战船三百艘配水兵三千员，组成上、中、下三道防线。凡过往船舶必须经受检查。

第二，挖掘沟壑、构建工事。就是从马头山至临海的三十里陆路，处处构筑战壕，路路设置障碍，尤其是杨梅岭、长石岭，须重兵把守。

第三，招兵买马、扩充兵力，在现有万人的基础上，急需再扩充兵员万人。在上司无力支援的情况下，招募民团，以临海为基础，扩大到天台、宁海两县，达到招足万人。

第四，加强城防。临海城墙虽然坚固，但也不是坚不可摧！他们可用云梯攀登、填土或搭台翻越。因而必须重兵把守，多备弓箭。

第五，筹集军费。

……

第十、加强北边的稳定，尤其是天台。天台县是台州的大后方，保持天台县的稳定，就是台州府城安全的关键所在。它的地理环境决定了只要天台在，就有台州在，否则断无退地。

《台州临海防务十策》制定后，刘伯温召见浙东元帅也忒速失、台州路达鲁花赤孛颜忽都、总管白景亮等人，将以上《台州临海防务十策》，交给他们，并向白景亮再三交代说："以上十条，务必条条落实、时时检查，做到万无一失。"

白景亮表态说："刘先生的《台州临海防务十策》写得好，写得绝对绝对的好！卑职按照先生的十策，一条一条地检查落实，做好万全准备、达到万无一失。"

刘基接着明确交代说："最后一条，就要加强天台的防务，始终要把天台县牢牢地掌握在自己手里！如若临海落入方国珍之手，天台在，台州还在，可以组织力量反攻。白景亮你是军人出身，你要亲自顾问天台县。"

白景亮大言不惭地说："先生说得对，天台应当看作台州的后院，天台县山大山高，它还连接四明山。方国珍是海盗，胆敢进入天台，就把他彻底消灭，把他们全部埋葬在天台。"

天台位于浙江省东中部，台州北部，东连宁海、三门两县，西接磐安县、南邻仙居县，临海市，北界新昌县。县境属浙东丘陵山区，天台古时即为浙东名邑，历史悠久。新石器时代，天台境内就有人类繁衍生息。夏、商、周三代，这里聚居瓯越族，春秋战国时属越国和楚国。

天台又是佛教圣地，天台国清寺始建于隋开皇十八年（598），初名天台寺，后取"寺若成，国即清"之意故此改名为国清寺。南宋时被列为"江南十刹"之一。

传说中的济公海佛也是天台人，原本只是南宋临济宗的一位异僧，在南宋杭州浓郁的罗汉信仰氛围下，他圆寂后不久便被传说为五百罗汉转世。

仙居与天台是邻县，吕家远、吕家进兄弟他们的姑妈，婚嫁至天台藤桥松溪。

藤桥是南宋权臣贾似道的家乡。这里设有武馆，年青人喜欢习武，可是他们拳术只是一般。究其原因就是没有高手教导，急需寻一位武林高手当教练，经姑父藤志明介绍，吕家进被聘为藤桥武馆教头，当地习惯称他为"拳老本"。

吕家进的确功夫不凡，吕家五兄弟中，武功最好的要算吕家进和吕家道，比较起来还是吕家进艺高一筹。他任天台藤桥武馆教练以后，表现出有卓越的才能和高尚的武德。由此得到了学员的敬慕，因而学员进步很快，所以得到民众的好评。从此藤桥武馆名扬天台，学员从八人猛增到百余人。

但也招致一些人不满。当时全县办有六个武馆，它们分别是平桥、街头、白鹤、苍山、洪畴、藤桥。最好的要算平桥武馆，学员达三十多人，最差的就是藤桥，只有八人。自从吕家进任教练后，如今藤桥武馆朝气蓬勃，相比之下其他武馆相形见拙、黯然失色。同行妒忌，也可说是竞争，实际是忌妒多于竞争。由于藤桥武馆的发展壮大，严重威胁着兄弟武馆，造成洪畴、苍山两武馆濒临倒闭局面，就是平桥也学员锐减，只剩下十八人了。

洪畴教练卓天东、苍山教练祝天明、白鹤教练竺天豹，号称"天台三竹"！他们怒不可遏地来到藤桥，与吕家进行交涉，以请吕家进吃饭为名，实则准备给他打个半死！以教训教训他一下，以杀杀吕二爷的威风，消消自己的怒气，达到使他在天台立不住脚为目的。

吕家进明知来者不善，猜定是来无事生非的！明知山有虎、偏向虎山行。他在精神、行动上已经做了充分的准备，他独自一人，坦然自若地赴宴。

酒宴设在"藤王阁酒楼"，该酒楼是藤桥最好的，他们点了八个菜，天台也与仙居一样，称八大碗，有肉、有鱼、有虾等，同时要了四壶好酒。菜已上齐，酒过半酣，洪畴的卓天东突然换了嘴脸，怒气冲天地提出说："吕家进，你怎么挖我们的墙脚，把我们武馆的人都拉去了？"

吕家进的确是个海量，二壶三壶酒不在话下，况且只喝了半壶多点，装作醉意浓浓的样子，但头脑十分清醒，且慢条斯理地说："卓仁兄请息怒，吕某我没有挖……挖……挖你的墙脚，拉……拉……拉你们武馆的人。"

卓天东说："你抢了我们的人，还不认账，真是岂有此理！"说着便把酒瓶摔过来。吕家进眼明手快，随手接过飞来的酒瓶，并同时推了出去，不偏不移，正好落在卓天东的酒杯中！刹那间，酒瓶、酒杯同时开花，碎片划破卓天东的脸孔，致使鲜血溅出。

这时的卓天东恼羞成怒，一手翻了桌子，造成碗筷菜肴撒满酒楼，一片狼藉。此时四人便风风火火地打了起来！楼梯旁挤满看热闹的人，霎时他们三人都拿出暗藏的凶器，短刀、长剑、三节棍一齐亮相。三对一，大家都为吕家进捏把汗。看官别急，这吕二爷确有两下子，他沉着应对。虽然手无寸铁，只有一张木凳就可抵挡。

他从小就练这个玩意儿，木凳功是他独有的长项，一张四尺木板凳能挡七剑八刀，可抵三头六臂。竺天豹从其左边冲上用三节棍袭来，刚好击中木板凳，三节棍的接缝被木板凳的轮角扎住，吕二爷借其冲劲用力抽来，竺天豹不料被扑到在地；右边的祝天明从皮靴中抽出三尺龙泉，劈头盖脸地向吕家进袭来，他仍用木板凳抵挡，这刀确也几分厉害，把凳子劈成两截，两截也好，一截击一人，两截击二人。

这样你来他退，左来右闪，一人对三人。只见：

三只南山猫熊，一条东海蛟龙。龙舞双角峥嵘，熊斗五爪牙狞鬃。爪牙狞恶，如银钩不离锦毛团，头角峥嵘，似桐叶振摇树黄枫。翻翻复复，点刀棍没半点闲空；来来往往，木凳手有千般凌空。宝剑龙泉当头劈，脑门相隔半分毫。三节棍棒齐袭来，险离心口差半盅。使用木凳数壮士，正气牛斗志威风。

这里有诗写道：

> 一张木凳抵三人，独打青龙就只身。
>
> 棍棒刀枪皆不入，谁知苦练付艰辛。

他们四人斗了半个时辰，仍难解难分，互不相让，各不罢休。旁观者不难看出，这位吕二爷越斗越勇敢，丝毫没有气馁的样子，倒使他仨精疲力竭。尤其是这个卓天东，鲜血染红脸面，仍坚持不懈，继续战斗决不罢休。

场中共有四张木板凳，已经被卓天东砍了三把，吕家进手中仅存一把，必须保护好，再不能给他砍了！当卓天东砍来时，吕家进仍用凳子阻挡，可是剑劈半凳，被吕二爷挟制住，一时抽不出去，趁机顺时针一别扭，卓天东的宝剑"唰"的一声，断成两截！这边竺天豹的三节棍已成一节短棍了。祝天明的短刀根本发挥不了作用，三人同时感到难以取胜。还是卓天东识时务，"啪"的一声，膝盖落地说："师父饶恕！恕我不知天高地厚，多有得罪！请饶我无知！"

紧接着祝天明、竺天豹俩也双膝跪地，口称"师父饶恕！"

吕家进慌忙行鞠躬礼，拱手说："兄弟请起，兄弟请起！"

吕家进的姑夫藤志明，是位诚实农民，家有水田三亩、旱地二亩，平屋三间。夫妻俩勤劳俭仆，生活过得尚且惬意。他听说侄儿在"藤王阁酒楼"与人打了起来，急忙跑来救护，进来一看，还是吕家进占了上风，所以成为旁观者。当看到互相称兄道弟的场面，激动地上前说："各位英雄请，真是不打不相识，你们是我侄儿的朋友，自然也是我的侄儿！"藤志明吩咐店家说："再包一个房间，重开一桌，今天的一切开销由我来。"

不打不相识，今天打出朋友来，坏事变好事，从此天台县的六个武馆互相帮助、取长补短、共同提高。

自从仙居县被方国珍领导的民军占领后，白景亮的儿子白蒙，是吕家达杀死的，白景亮知道黄岩的方家、仙居的吕家都是摩尼教，都是敌人。白景亮得知吕家进在天台有一定的势力，全县共有六个武馆，都归吕家进总教练调遣。他想，吕家进是个危险人物，要保证天台不落方、吕之手，必须先下手为强！必须先除掉吕家进，同时捉拿他的亲信，清除其势力范围。

至正十四年正月十六，白景亮陪同浙东元帅也忒速失，带着随从亲信三十余骑，风风火火地来到天台县，察看和部署天台的防务事项。白景亮以台州路总管的身份说："本总管陪也忒速失元帅，此来的目的是视察天台的防务，据有关情报，天台形势十分危险。仙居是为吕家远四兄弟所侵占，有迹象表现，吕家进在天台网罗亲信，正蠢蠢欲动。"说后他做了如下部署：

首先捉拿吕家进及其在天台的亲信；其次是立即解散所有武馆；最后是切实做好防卫。与此同时展现眼前的所谓吕家进的亲信名单：有洪畴武馆卓天东、苍山武馆祝天明、白鹤武馆竺天豹、平桥武馆虞人美、街头武馆唐山虎等二十二人。

不难看出，这二十二人，都是天台县的武林高手。他们手下何止十人、八人？就是在县里的武官、狱卒，都有他们的门生。就是今天在场的便有他们的亲信、门徒。因此消息不胫而走，很快传到吕家进他们的耳朵里了。

吕家进和"三竹"他们，立即做了应对部署和防御措施。首先保证人员不落入官府之手，于是就立即做好了隐蔽；然后，积极准备以攻为守，主动出击，效仿仙居模式，一举夺取天台县，打他个措手不及。

果然不过五天，台州路、天台县联合出动千人，进行大搜捕行动。连续搜了三天，一个也没有抓获。白景亮的第一次行动宣告失败。

白景亮恼羞成怒，开始疯狂行动，竟然将他们的亲朋好友统统抓来。

这下可出大问题了，牵涉面太广了，必然伤及无辜，造成人心惶恐不安。吕家进在天台的姑妈、姑父也被抓入牢狱，更可恶的是，对其进行严刑逼供。

官逼民反，天台县武术界普遍要求举旗造反。此时，吕家进和难兄难弟们躲避在临海白水洋，躲避在吕家通、吕家达的仙居兵营里，同时，派吕家达去黄岩，请方国珍派兵支援。

方国珍问计于刘仁本。刘仁本说："这是千载难逢的好机会，派兵三千，分三路前进：由董志强、方国瑛、方国珉各领千员，大将军你可亲自挂帅。"

"这样可以，具体作战方略若何？"方国珍谦虚地说。

刘仁本说："把董志强、方国瑛、方国珉召来，与吕家达一起商讨具体作战方案、研究行动计划。"

好在上述几位都在黄城，还有在黄岩的方国璋，关琼瑛也来一起商讨。

会议先由吕家达介绍有关情况后，经大家商议作出如下行动计划：

时间确定三月二十八日，这天是天台东狱庙庙会，趁此城门提早打开，董志强带领的千人，由竺天豹引路，从北城进入；方国瑛带领的千人，由卓天东引领，从东门进入；方国珉带领千人，由祝天明引领，从西门进入。唯有南门放开，让他往临海方向逃蹿，他们必然经过大石镇，这里崇山峻岭、道路崎岖，吕家通、吕家达在此埋伏，定能一举歼灭逃散之敌。

吕家进、"天台三竹"等武术界人士，分别在三月二十六、二十七两天，悄悄地进入县城，潜伏在重要地段和要害机关，以配合方国珍部队的行动。

三月二十八早晨，城门提前一个时辰打开，本来辰时、今天就在卯时。卯时天还未明，北、东二路人马混在人群中进城了，门官误认为是香客前来敬香的，统统放行。只有西门的门官，从中看出破绽，提出盘查。正要进行盘查时，却被吕家进抓住胸脯，一刀刺入其心脏，这个门官一声不响地倒地，便呜呼哀哉了。

至辰时，天台县堂大门已经打开，天台县达鲁花赤额贴切尔、总管贾以民，分别被董志强、方国珉抓获。唯有统制尹仲株，带着五百余兵，从南门逃跑。果然不出所料，他们向临海方向逃蹿。

尹仲株的五百多兵马，一路马不停蹄地逃到临海地带，逃到了临海大石乡，满以为这下可平安无事了，时间已近中午，他们连早餐都未用，一个个饥肠辘辘，需要搞点吃的。大石是山区小镇，五百多人到何处用餐？

尹仲株一时慌乱而未带银两，而该小街只有三家小饭店和二家小面馆，五百多饿鬼，如狼似虎，将食品抢劫一空，他们抢了饭店抢百姓家的食物，使当地百姓怨声载道。

正在这时，埋伏多时的吕家通、吕家达领五百兵，从四面八方杀来。打得尹仲株措手不及，他抵挡了一下，看情况不对，就带百来人杀出重围，继续向南逃奔。走过七八里路程，将到更楼乡地界，忽然杀出一队人马，为首的是位小妇人和一小姑娘。她挡住去路说："来者莫非是天台尹仲株统制耶？"

"你们是什么人，胆敢拦截本统制的路，快快让开！"尹仲株说。

"要问它同意不同意。"小妇人颠了颠枪继续说，"我就是方国珍的弟媳、方国珉将军的夫人关琼瑛是也！识相点，快快下马受降。"

尹仲株听到关琼瑛名字，便感心中一惊，他心寒嘴硬地说："今天算我倒霉，碰到你这个扫帚星。快快让开，不然本统制就不客气了。"

关琼瑛身边的柳含春急不可耐地拉马，冲了上来，在尹仲株面前虚晃一枪，两人便噼啪地打了起来。柳含春如今是十八岁的大姑娘，在关大姐的精心培育下，武功大有进步，与尹仲株打了二十回合，自感力所不及，自觉败退下来。

关琼瑛威风凛凛地披挂上阵。尹仲株也挺枪过来。两人在马上战了三十多回合，关琼瑛略占上风，她从锦囊中取出飞镖，刺中对方的马眼。马受刺痛，疯狂跳跃，把尹仲株颠下马来。关琼瑛有五百人马，尹仲株只好束手就擒。

就此，宣告天台县已经归顺方国珍了。请看台州城——临海如何攻破，且听下回分解。

第四十四回

方明善智取孔化岙　孙千户战死马头山

东流水逝去无还，夏夜千帆占港湾。
近万官兵全覆没，将军殉职马头山。

却说浙东元帅也忒速失、台州路达鲁花赤字颜忽都、总管白景亮等人，惊闻天台县已经失守，恶讯如晴天霹雳。他们一时心急如焚、惊慌失措，慌作一团！感到临海危在旦夕、台州危在眼前！没有办法，只有向行省求救。

江浙行省接到台州路的紧急公文，急报说："……天台县又被方贼国珍占领，县城已经陷落！台州古城——临海已成孤岛了，随时都有被攻陷之险，请行省速发援兵数万，以解台州失陷之危！"

江浙行省没有援兵可以调动，实在无能为力，只得向皇上转报，来个责任上交，把难题推向皇上。

天台县大捷，大大鼓舞民军的士气。武将们个个精神抖擞、人人斗志昂扬，纷纷要求乘胜前进，一举夺取临海府城、占领台州全部。为此，军师刘仁本认为攻打临海时机已经成熟、条件完全具备。于是提议召开军事会议，主要议题是商议攻打台州路、夺取临海城。会议仍由方国珍、刘仁本主持，参加会议的有方国璋、方国瑛、方国珉、关磊、陈叔达、李金松、董志强、杜屏山、潘文忠、吕家远、吕家进、吕家通、吕家达和关琼瑛等。

首先由方国珍宣布：提升吕家远为副军师；吕家进为上将；吕家通、吕家达、关琼瑛为将军，方明善为偏将。

紧接着分析敌方的兵力及其部署，敌方约二万兵力，其中一万兵力部署在南线，即马头山至灵江南，着重驻扎在马头山、杨梅岭、长石岭。此条战线由浙东元帅也忒速失把手，这一带沟壑繁多、工事坚固，多半是训练有素的浙东的兵把守。

另一万兵，坚守在府城临海。临海城墙坚固，况且重兵把守。城上昼夜轮流岗哨，城头刀枪林立，弓箭在弦，全由白景亮亲自指挥。

这是一场硬仗，如何打胜这一大仗？一种意见是主张集中兵力，先吃掉灵江南的也忒速失部队，办法是从尤溪、括苍方向向东挺进，把他们逼进灵江；另一种意见是先攻府城临海，再来围剿也忒速失部队。

吕家远说："先打也忒速失为好，这样的好处有二：其一是消灭敌方的有生力量，把灵江以南的一万兵吃掉，为夺取临海城减少阻力；其二是这样，我们可以集中精力攻城，也许是不攻自破了。"

最后方国珍表态说："我同意吕家远的意见，先吃掉也忒速失的万兵部队，只要把也忒速失消灭了，下一步打临海的事就好办多了。

打这一仗由吕家远指挥，这对初出茅庐的他，是一次考验，也是一次表现立功的机遇。主要是考验他的指挥才能，看看他的战术安排。

要打临海，就要首先占领灵江。只有夺取灵江，才能掌握战争主动权，先把南北分开，迫使临海古城成为孤岛、迫使马头山孙禄的近万名官兵孤掌难鸣。吕家远的占领灵江这一招，真是高明的决策。

灵江是浙江第三大水系之一，江长 44.7 公里，流域面积为 1058 平方公里，发源于仙居与缙云交界处的天堂尖，干流自仙居县天堂尖曲折向东至椒江牛头山颈入海，全长 197.7 公里……江水终流不息、滔滔不绝。

当时刘伯温来台州时，就看到灵江是战略要地，所以把保卫灵江作为其战略部署。他把仅有的三百艘船全数部署在灵江，并告诉白景亮"要坚守灵江"！所以白景亮他们一直守在马头山的关口。

时间过去一年了，这一年来并无发生过战争，也无方国珍他们前来骚扰。因此，元军的台州水兵们思想麻痹、精神懈怠、意志消沉、纪律松散。这些水兵多数是当地人，到了夜静更深时，他们中有不少兵士，有的家舍就在涌泉、张家渡、讯桥、马头山一带，不少人偷偷地潜回家里去了。甚至出现船上几乎无人把守的情况。

按照刘伯温的部署，他们分三道防线：因资源有限，第一道防线设在马头山以东，只配八十艘船；第二道就设在马头山，配船一百四十艘；第三道设在孔化岙外面江面上，也只有八十艘战船。

李金松所领导的民军东海水师，对敌船的情况了如指掌。况且民军水师从大海大浪中成长，与元军中央水师战斗中锻炼出来、是一支训练有素的水兵，与临海灵江水兵相比较，大巫见小巫，肯定是占绝对优势。灵江的三百条敌船，根本不是对手。可是李金松却不轻敌和大意，也慎重其事地对待。

民军水师调战船千艘，由胡永潮、丁光土、徐鹏飞、徐绍富等水军头领，分成四个战斗船队。各领战船二百，尚有二百艘船由水军上将李金松亲自指挥。

元代的灵江江面宽阔。时值炎夏，东南风飒爽。六月初一夜，江面漆黑，胡永潮的二百船为先头部队。子夜过后，正当丑时，胡永潮他们的战船，悄无声息地来到马头山附近地区，进入第一道防线。因航道没有封闭，民用船只仍可航运，胡永潮利用民用航道，长驱直入，待船过一半，敌方才发现，已经来不及了。此时，徐鹏飞的两百艘船也紧紧跟上，敌方的八十艘船，全被四百艘船包围在核心之中。在没有战斗、也来不及反应的情况下，就悄无声息地被民军水师征服了，也可说八十艘船、百余人已经被俘获了。

胡永潮、徐鹏飞的两路中队，四百艘战船齐头并进，很快来到了马头山关卡。初一夜晚，虽然全无月色，但也星光灿烂，显得格外宁静。

江上水军头领达勃勒，因为江上蚊子很多，叮咬得睡不着觉。他刚好起来解小便，猛看到灵江上云帆盖天铺地、黑压压地齐满江面。且已经驶近身边了，他急来抱佛脚，自吹冲锋号！尽管号声如放屁，嗲嗲啦啦的，难听死了，但也唤醒水兵们紧急起床。

这些水兵从未经过战斗，刚从睡梦中醒来，一时昏头昏脑，懵懵懂懂。而丁光土、徐绍富的战船也相继到来。这个达勃勒可说是个勇士，也可说是个傻瓜蛋，面对力量明显悬殊的情况，仍面无惧色，还独人站立船头，把住弓箭，进行顽强抵抗，不停地放箭，显得十分勇敢。

徐绍富的船队刚刚到达，就被达勃勒的乱箭射击，他的部下好几个水兵被射伤！面对敌船的射击，徐绍富当即发起猛烈还击，但是仍压不住它。他仔细瞧瞧，原来这艘就是指挥船，所以有坚固的挡箭牌。

徐绍富眼看部下三个兵士鲜血横流，他气不可耐地向达勃勒的指挥船靠近，当两船只相距丈余时，徐绍富凭借撑杆，跳跃到达勃勒的船上，两人便噼噼啪啪地打了起来。

船上打仗不比平地，其空间很少。不管条件怎样，两人打得难解难分，战了三十回合仍难分胜负。

正在这时，突然间，天空乌云密布，雷声大作，风起云涌！一声惊雷，不由得两人同时惊呆，紧接着大雨倾盆，可是他们仍在冒雨战斗。战了百多回合，仍互不相让、各不罢休。此时雨越下越大，而两人的战斗却越来越猛烈。随着一声惊雷、一道闪电，徐绍富的钢刀刺入达勃勒的心脏，达勃勒立即倒地。

雷阵雨很快过去，经过夏雨的洗礼，晨曦曙光映红东方大地、雨后青山更加苍翠、天空显得格外壮丽，灵江更加绚丽多彩。

至旭日东升，战斗宣告结束。以李金松为首的民军水师，占领了灵江，从马头山到临海的更楼乡，沿途二十里路的水道，全由李金松为首的民军水师所占领。

第二天早上，浙东元帅也忒速失与往常一样，天明就起床。他晚上基本上都住在府城，日里经常去兵营视察。今天带三十余随从、保镖，心头忐忑不安地来到江厦街，准备渡江去马头山前线，与孙千户商讨部署和指导日趋紧张的作战方略。

临海江下街是繁荣、忙碌的地方，人来人往、上船下船的人陆绎不绝，叫卖声震耳欲聋！也忒速失走近一看，感觉情况不对？怎么江上来了那么多的船舶，况且条条都是战船，却高高地飘扬着民军的旗帜。真是岂有此理！再看浮桥已经被切断，情况有变，三十六计走为上计，也忒速失大惊失色地立即回到衙门，立即向孛颜忽都、白景亮他们报告了上述情况。

他们听后，感到惶惶不可终日，尤其是也忒速失大惊失色、六神无主。江南的万名官兵，有谁去指挥战斗？于是向孛颜忽都、白景亮提出调守城官兵去营救、意欲借城内之兵，突破灵江，与千户孙禄的官兵连成一体。他慎重其事地提出说："敌人占领了灵江，就是切断我们南北一体，如不夺回灵江，看来临海难保！"

"依元帅的意见？"白景亮问说。

"立即倾城而出，击退敌军，夺回灵江，打通南北通道。"也忒速失说。

这一提议当即遭到孛颜忽都、白景亮他们的否定。道理很简单，保卫府城是重中之重。

也忒速失急得如热锅里的蚂蚁，急得猛跺脚。一切着急都是与事无补，只好无可奈何。

占领灵江、水师大捷，大大激励了民军将士的斗志。机不可失，时不再来，趁热打铁才能成功。方国珍他们决定六月初六，发起对孙禄部队的全面进攻。

初二早晨，孙禄将军在马头山上，亲眼看到灵江江面被方国珍的水师占领，已经知道与临海古城隔断了，与也忒速失也失去联系了。

摆在孙禄面前的有三条路：一是逃跑，人地生疏，往哪逃？此路不通。二是举手投降，作为一个军人，偷生怕死、屈膝求荣？可耻可耻！这条路不能走！留下的只有顽抗到底，继续战斗！由此看来一场恶战是不可避免的了。

打马头山的重任就要落在方明善肩上，他年方十九岁，长得英俊洒脱，算得上是个帅哥。年纪虽少，且精通兵法，更知文韬武略，可说是文武全才英雄少年郎。近二年等待，终于盼来施展才能的日子了！方明善他与孙禄僵持了将近二年，对敌方的情况做了详细的了解，并画了地图。

六月初五日，由方国瑛、方国珉、陈叔达、董志强各领五千兵，分别从屿下黄坛、划岩山、义城岭翻山越岭，来到尤溪一带安营扎寨，于次日凌晨，配合方明善，四路中队、两万兵力一齐向东移动，向马头山、向讯桥的杨梅岭、长石岭方向前进。

六月初六，是发起总攻的日子。方明善率五千兵，用"声东击西"战术，先用六百兵去佯攻马头山，其余的人马走古道"暗渡陈仓"，偷偷地占领了蒋家山。

在蒋家山，这里一片竹海，笋、竹是当地村民的支柱产业，几乎家家编箩筐，户户做篮子，百姓勤劳朴实。

就在三月前，黄岩北门浮桥头山地货行里，有十多位姑娘，精神倦怠地挑来箩筐叫卖，同时也带来几株好笋。不言而喻，卖箩筐的绝大多数是临海蒋家山人。正好柳含春来到山地货行买春笋，遇着这些女孩。柳含春见这些姑娘脸无喜色，精神恍惚，于是问说："姐妹们家住哪里，来黄岩路远吗？"

她们回答说："家住临海蒋家山，到黄岩五十余里山路，我们从半夜起身，就是刚才到达这里。"

柳含春同情地说："你们也够辛苦的了，姑娘家半夜三更、翻山越岭，还挑这么重的东西。下午回到家又是半夜了。"

姑娘含泪说："苦的不要紧，我们都是苦女孩。最近来了无数官兵，他们简直是土匪，抢物、抢米、抢姑娘！搞得我们不敢归家！可说是有家去不得！"

"他们是哪来的官兵，住在你们山上干吗的？"柳含春问说。

"听说是宁波那边来的，是来攻打黄岩方国珍的。"姑娘们坦率地说。

柳含春十分同情她们的不幸遭遇，就带她们去见关琼瑛，小夫人知道攻打临海迫在眉睫，到时候可能用得着她们，于是同意让这十二位姑娘暂住在黄岩。

在这三个月里，柳含春教她们习武。山上姑娘诚实可爱、朴实无华、吃苦耐劳、学习认真，进步较快。很快成为柳含春的忠实学生和知己朋友。

真是知其然不知其所以然，谁知千户所孙禄的总部就设在蒋家山村，孙禄本人也住宿在蒋家山。半年前，白景亮从勾栏院里选择了个名叫小云香的妓女，送给孙禄长期享受。

三个月的等待，终于等来这次攻打孙禄的消息。柳含春表现尤其积极，因为她喜欢上了方明善，想与方明善并肩战斗。所以她率领原"巾帼班"和这十多位蒋家山姑娘。与方明善一起，从半夜起身，经小道、穿丛林、过峭壁、披荆斩棘。到达蒋家山已经是红日东升了。

方明善的数千兵马，很快占领村前屋后，把该村包围得水泄不通。蒋家山天王殿里只有二百多官兵，面对数千的民军，这此官兵谁敢抵抗？只得束手就擒、缴械投降了。

方明善他们找遍全村，就是没有找到孙千户。据其部下及小云香他们的交代，就在半个时辰前，孙禄带领随从亲信六十余骑，向汛桥乡去了，可能到马头山指挥打仗去了。

方明善自有谋略，他知道敌军驻扎在孔化岙，就兵分两路，一路从蒋家山越山翻岭，占领后山，以防敌方向山上逃跑。另一路则从汛桥方向，沿灵江西南岸向孔化呑进军，以堵住敌军西逃去路。

刚到孔化呑，猛听到马头山方向喊杀声四起，孙禄军率领千余官兵，去支援马头山。马头山是前线，约有守军千名，并筑有坚固的工事，一时很难突破。

方明善派杜屏山、潘文忠各率三百勇士，向马头山发起佯攻，目的是把他围困在马头山。杜屏山、潘文忠是虎将，他俩是土生土长，对这一带情况十分熟悉。况且各自各有绝技，有能力、有条件发起进攻。他俩从凌晨开始，趁着黑夜，悄悄摸黑上山。

号称"爬山虎"的杜屏山，带着三十名攀登高手，不走山道而攀悬崖峭壁。马头山的悬崖，对杜屏山来说，完全不在话下，训练有素的攀崖队，脚穿钉靴草鞋，腰系百尺粗麻绳。轻如蜘蛛、快似壁虎，不到半个时辰，便攀登到顶峰。

这三十人上得顶峰后，把绳索往下面放，就是利用这三十条绳索，再把他们一个个地拉了上来。待到旭日东升，杜屏山所带领的三百兵，在人不觉、鬼不知的情况，全部攀登到顶峰。

这个潘文忠也有绝技，就是蹿地，故此号称"蹿地鼠"。他虽然没有《封神榜》中申公豹的功夫，却也算得上是独家绝技。他常穿草绿色衣裤，俯伏在山间，爬如灵蛇，行似山鼠！故人们称他为"蹿地鼠"。他手下多数人都学会了这一技术，都有两下子功夫。

在杜屏山他们攀登悬崖绝壁的同时，潘文忠也趁着微弱的星光，一个个扒地爬行前进。他们攀越崎岖林间，三百多人，队形是十乘三十的方队。他们人人头戴面罩、身着外装、手穿皮套。如蛇似鼠。蹿着蹿着，潘文忠发现野猪窝，窝里还有六只小野猪，母猪为保卫仔猪，张开大口发起嚎叫和攻击。捕野猪是潘文忠的拿手好戏。他对手下说"别怕，让我来"。尽管黑夜，能一刀致命。这是意外的收获，待打好仗后，晚上可以饱餐一顿。大约经过半个时辰，已经蹿到敌人的帐蓬边了，才发现二个哨兵，正在打盹。潘文忠如杀野猪一样，给这两哨兵一刀一个。

此时东方已经拂晓，由杜屏山率领的攀登队，居高临下，正好与潘文忠的蹿山队同时到达，双方配合得非常默契。

自称千人的孙禄兵驻扎在马头山上，实际只有六百多人，这是军队的正常现象，就是吃空饷，其饷银由各级官员贪污去了。他们从朦胧中醒来，睁眼一看，见是自己被包围了。可是这个百户的名叫阿德米，一刀向杜屏山杀来，杜屏山随用刀挡住，此时两人打了起来。这个百户不敌杜屏山，双方战了三十多回合，阿德米乱了刀法，杜屏山虚晃一刀后，接着一刀刺中他的心窝，阿德米倒地没命了。

而潘文忠与另一个小头目激战片刻后，由于对方刚刚从睡梦中醒来，迷迷糊糊，懵懵懂懂，被潘文忠一刀削去，可怜他顷刻间人头落地。接连两个头目被杀，这使士兵胆战心惊，吓得魂不附体。

"缴械不杀，投诚有赏，立功有奖！"杜屏山宣布后，官兵中一个个举手投降，战斗不到一个时辰，宣告马头山已经被占领。

官兵偏将孙禄带来千余官兵，前来支援马头山。他不知道马头山已经被占领、两个百户已经被杀。他刚上半山腰，杜屏山、潘文忠率民军居高临下，势不可当地向孙禄杀来。

孙禄一看情况不对，急忙退兵，退不多路，方明善亲自率四千余人、正好从汛桥方向包抄过来，在孔化呑村前相遇。孙禄一看，真是冤家路窄，前面这位小将定是方明善。

后无退路，身后有杜屏山、潘文忠紧紧追来；东临灵江，不仅江水滔滔，还有水兵弓箭如飞蝗；西边山呑，漫山遍野喊杀声惊天动地！真是"上天无路、入地无门"。他想只有横下一心，于是决心与方明善战个明白、决一雌雄。于是，他向方明善正面冲来。

方明善怎生打扮，但见他：

戴一顶呑龙头，撒青缨，珠闪烁烂凌风。按一副损枪尖、红锦套，村香绵熟钢钟。穿一身彩沿边，珠络缝，图金绣我袍红。系一条衬金叶，玉玲珑，着一双高靴通。穿一件簇金线、海驴皮、胡桃纹、淡绿色花马龙。

穿一张紫檀靶、泥金梢，龙角面、虎筋弦马雕弓。

悬一壶紫竹杆、朱红扣、凤尾翎、狼牙金点双峰。

挂一口七星装、沙鱼鞘、赛龙泉、欺巨阙雷剑锋。

横一把撒朱缨、水磨杆、龙呑头、偃月样三刀冲。

骑一匹快登山、能跳涧、背金鞍、摇玫勒胭脂骢。

团花点翠锦弥红，玉带金袍将帅风。

鹊画弓藏银袋插，雕鞍稳坐五花骢。

方明善耀马横刀，挡住去路说："来者莫非是千户所孙禄将军乎？"

孙禄虽然心头七上八下而忐忑不安，但还是强打精神说："吾乃浙东元帅部下兵马将军孙禄是也。你是什么人，见到本将军还下马？"

"哈哈哈！笑话，俗话说'胜者为王，败者为寇'，今日民军少将方明善到此，还不快快下马受降！"

孙禄大言不惭地说："不要高兴得太早，我们有万名将士就在孔花呑一带埋伏，你小小几千兵难逃一死，必须快快投降！"

"你看，孔化岙山上全由陈叔达将军占领了；杨梅岭、长石岭，分别已经由方国瑛、方国珉将军占领。还有蒋家山，你这个小云香，已经在我们手中。"方明善说后叫手下将小云香带到阵上，给孙禄看后说："孙将军，你可认识这位小云香？"

这个孙禄倒也有几分骨气，意识到已经是全军覆没了，没路可走了，只有死路一条。反正是死，索性与方明善战个高低，也许有可能战胜他。于是下定决心"垂死挣扎"。

孙禄便耀马提刀地向方明善杀来，这样两人就轰轰烈烈地打了起来，请看：

> 旗仗盘旋，战甲飘扬。绛霞影卷，峰回路转，一片拂地沙场。
>
> 你上我下，我进你退，灵江浊水，骇浪惊涛，似滚数团烈伤。
>
> 如若澎湃怒狂。马头愤慨，长石风云，杨梅岭上雾茫。这个按南方丙丁火，如泰华峰头翻玉璧；那个按西方庚辛金，似焰摩天上走丹阳。

这真是：

> 马头山下作沙场，孔化岙前弓箭杨。
>
> 壮士横刀魔鬼哭，英雄直剑小妖伤。

方明善与孙禄战了八十余回合，虽不见胜负，可是方明善年轻力壮、且越战越勇，而孙禄年近半百，却力不从心，渐渐地招架不住了。这时，方小将军跃马飞出，右手七尺横刀如龙似电、飞向孙禄，可怜这位孙千户被拦腰斩落马下！

刘仁本仍追认孙禄为壮士，把他安葬在马头山下，随着年代的逝去，早已经是"荒冢一片草没了"！

第四十五回

刘仁本智破台州路　　方国珍生擒颜忽都

> 裁云剪玉破城池，攻克台州切莫迟。
>
> 仁本军师谋智取，琼瑛蒋女显芳姿。

自从关磊率民军占据乐清雁荡山后，长期住在洞头岛的王日明、章云香两位老人，回到阔别多年的老家——风景秀丽的雁荡山。他俩闻说外孙方明善又立战功，取得马头山大捷，特地从雁荡山徒步来到黄岩。

此来黄岩除了对外孙表示祝贺外，还考虑外孙的婚姻大事。王日明、章云香德高望重，他俩的到达，在黄城的文官武将、夫人太太、公子小姐，一齐前来拜会。方国珍、方国璋、王翠玉当然设宴款待。这些人中，出现几位妙龄女郎，最引人注目的要算柳含春、柯萌秋两人。柳含春的出现，使人感觉姹紫嫣红、鸟语花香、春意盎然；而柯萌秋的登场，更使人凭添爽心悦目、光芒四射、芳香扑鼻、秋色满园。

初次出场的柯萌秋，这真是“柯家有女初长成，养在深闺人未识”。她就是柯九思之外孙女，吕家远、柯雅文之爱女，芳龄二八，比含春少两岁。她有祖父遗风，在父母的调教下，琴棋书画颇有长进。有人写道：

天降玉人非等闲，瑶台月殿下琼山。
芳姿袅娜媲西子，艳丽娉婷若玉环。
妙发青丝人赞美，红唇小口笑开颜。
月圆花好何时有？携手偎依小叙间。

这位姑娘羞羞答答地走到夫人董桂芳身旁，彬彬有礼地向她行了个叩首礼。董桂芳十分看好这位姑娘，伸双手将她搂进怀抱，视作爱女而爱不释手。而柯萌秋如痴似醉地偎依在夫人怀里，露出幸福的笑容。这倒使方国珍、董桂芳的爱女方迎春，感到占去母亲之爱，眼睛睁得圆圆、嘴唇噘得高高的。

而柳含春与柯萌秋则不同，她与方明善并肩战斗，可说是立了战功，算得上“巾帼英雄”了。她那光彩照人、娉婷袅娜的芳姿雅态，立刻引起章云香的注意，她向含春招呼说：“姑娘过来，老太婆看你天真活泼、楚楚动人，十分的可爱。”

柳含春知道这位气节不凡的老人，就是方明善的外祖母，立刻脸泛红云，羞羞答答地走到她的身边，毕恭毕敬地行鞠躬礼说：“婆婆万福，小女子这厢有礼了。”

章云香笑呵呵地携着小含春的手，念念有词：

一见姑娘美玉容，娉婷袅娜出墙东，有缘今日喜相逢。
借问芳名年几许？有无择偶配夫翁？春风得意乐融融。

柳含春是个聪明姑娘，完全明白老人家她这首《浣溪沙》的意思。她兴致勃勃地回谢一首《浣溪沙》：

明月初升女小丫，含春十八未成家，姻缘自有在心芽。
借问婆婆何挂齿，绿荷夏日望莲花，朝霞旭日映芳华。

章云香听了柳含春的《浣溪沙》，心中非常高兴，羡慕她不仅美貌出众，更是文才超群，出口成诗，是一位难得的好女孩子，是最理想的外孙媳妇。于是再作一首：

　　　　明月东升万丈光，当空皓洁望东方，男婚女嫁作新娘。

　　　　多管婆婆思作伐，含春倘若愿成双，老身欣喜喜非常。

柳含春听了外祖母愿意作伐，这门亲事就稳如泰山，奴将要成为方家的人了，即将成为方明善的人了。多么的理想，多么的幸福！于是再作一首，以此表态：

　　　　拜谢婆婆多费心，含春感激记犹深，霞光映照夜扶琴。

　　　　愿作方门儿媳妇，胜如祖母赏千金，旱苗有幸得甘霖。

今天最最高兴的要算是王翠玉，翠玉在旁听得明白。可说是喜事连连，真是三喜临门。何为三喜？一是儿子打了胜仗、凯旋归来；二是美若天仙的儿媳妇送上门来；三是父母大人双双光临。她喜不自禁止地也作《浣溪沙》一首，以致表示：

　　　　东海风光锦绣存，荣昌庆幸自方门，家教善孝己儿孙。

　　　　有幸欣迎贤媳妇，寒来暑往度晨昏，满园春色满乾坤。

不说方家喜气盈门，却说台州路达鲁花赤他们心急如焚。灵江失守、孙禄战死、江南陷落，古城临海已经成为孤岛，随时就有被陷落之险。

方明善的马头山大捷，浙东元帅也忒速失、台州路达鲁花赤字颜忽都、总管白景亮以十万火急的奏章，飞报朝廷，说"浙东也忒速失的万名官兵，在台州临海马头山，为反贼方国珍的侄儿——方国璋之子——方明善所败，偏将孙禄不幸殉难！"并绘声绘色、肆意夸大说"方明善文韬武略过人、刀枪剑戟娴熟、十八盘武艺件件皆能！"从此，方明善名声大振。因而大大震动了元顺帝、震动了满朝文武。

浙东元帅也忒速失、台州路达鲁花赤字颜忽都、总管白景亮等人虽然惶恐不安，但是还是死不瞑目，还要作最后挣扎。

临海是千年府城，融儒、佛、道为一体。始建于晋，扩建于隋唐，周长十二里，城墙又高又厚、十分坚固、易守难攻。城墙北依北固山，南接巾子山，前绕灵江，东滨东湖……就是把半个北固山和整座巾山都包在其城中，在全国也是罕见的。此城于北宋大中祥符年间（1008）重建。就在元代本朝，各地城墙很多处被毁，可是台州府城墙还在加固……近年又进行了维修。

白景亮他们除采取加紧备战、加固工事外，还强制应召城内男性青壮年入伍，又称壮丁。规定凡十八——四十岁的男子，照花名册，统统编入官兵队伍。当时临海全城符合上述年龄的有五千多人，除病残外，实际只有四千多人。这个白景亮也算狠毒，把新招来的临海市民，一律编入守城部队，日日夜夜站在城上，以作人肉盾牌。

自从灵江被占领后，达鲁花赤孛颜忽都、总管白景亮等人加强城上防守。早上日出开城—傍晚红日含山关城。就是白天开城时也严格检查甄别。

这次攻打台州路由刘仁本策划。他采取正面强攻与智取相结合的两手策略。首先做好强攻的准备，确定兵分四路，每队五千，计二万主力，还有一万留作备用，总之以绝对优势，打一次有把握的仗。具体部署是：

第一路由吕家进、吕家通、吕家达和天台的祝天东、卓天明、竺天豹等仙居、天台兵五千兵，从北门攻入；

第二路由方国瑛、董志强率五千兵，李金有、李金富为配合，从东门攻入；

第三路由方国珉、关琼瑛率五千兵，杜屏山、潘文忠为配合，从西门攻入；

第四路由李金松、丁光土、徐鹏飞、胡永潮的水兵为主力，从江下街攻入。

攻城总指挥方国珍。副总指挥方国璋、关磊。

台州地区种植双季稻，正遇六月，是收成早稻时令，正逢赤日炎炎、也是台风雷雨频发的季节，如不及时收割，即将到手的稻谷，就有烂在田里的危险。旧时的市民大多也是农民，在城外都有农田。倒是有的农民"耕者无其田"，无数农民租种城市富人田地，也有许多市民土地就在农村。六月中下旬是夏收季节，是一年中最繁忙的季节，当地把夏收夏种，称作"抢收抢种"，简称"双抢"。临海的大田、张家渡、东塍等乡村，一遇"双抢"季节，当地劳动力明显不足。社会上自行形成"余缺调济"，每到夏收夏种季节，仙居、永嘉等地早稻迟熟地区的农民，大批前来临海的大田、东塍、张家渡等地打工，帮助收割早稻。

今年，临海城区的主要劳动力被强征去守城，眼看已经黄熟的早稻，就有被狂风暴雨吞噬的危险，因此人人心急如焚。纷纷要求达鲁花赤孛颜忽都、总管白景亮放他们去乡下收稻。可是白景亮坚决不放。这关系到百姓生死存亡的大事，必然引起百姓的强烈不满和愤慨。

军师刘仁本知道粮食是百姓的命根，决不能让粮食遭受损失，于是派柳贤明亲自带三千兵，扮成仙居农民，前来大田、东塍等乡村打零工，在真心实意帮助农民收割早稻的同时，积极准备伺机潜入城内。

台州是台风频发之地，尤其是在收割早稻季节里。天有不测风云，突然间东方黑云蓬蓬勃勃、风起云涌，有经验的人们预感到一场灾难性的狂风暴雨即将来临。

眼看将要丰收的早稻，就有被淹没的危险，临海城内的百姓，因为劳动力被征召去守城，田间有稻无人收，因此急得如热锅里的蚂蚁，叫苦不迭。群众有苦诉不得，百姓的愤恨形成了澎湃的怒涛，提出了强烈抗议。

陶承恩是台州路总管助理，也是原总管赵琬的挚友。他为人诚实、襟怀坦白，德高望重。他是黄岩东门白龙呑人，与刘仁本是同窗好友。前年赵琬在黄岩被俘后，要求住在白龙呑陶承恩家，第七天就在陶府去世。

面对百姓生命财产将遭重大损失的时刻，到手的稻谷岂能不收？事关百姓生死攸关的大事，陶承恩挺身而出，向达鲁花赤字颜忽都、总管白景亮等人，阐明利害关系，否则今年要有数以万计的人被饿死。

在陶承恩的开导下，在临海府城民众的抗议声中，台州路达鲁花赤字颜忽都终于允许被强拉去守城的四千余人，放假七天，待狂风暴雨过后，即刻回来。

这四千多人出城抢收稻谷，加上柳贤明的三千人，形成了一支收割的大军。在收割中，柳贤明的民军与临海的民众建立了亲密的感情，彼此之间成为兄弟一般。柳贤明他们把一担担稻谷挑进城，挑进百姓家。

经过七天的紧张抢收，成熟的早稻基本收完。紧接着狂风暴雨真的袭来。此时，临海百姓十分感谢柳贤明他们，他们自然成为客人，如自由翱翔的紫燕，分别飞入了寻常百姓家。

临海紫阳街，繁华热闹。商品琳琅满目、小吃繁花似锦、糕点芳香扑鼻。柳贤明走进一间糕点店，见一群姑娘正在品尝糕点，她们边吃边赞说：

　　　　临海紫阳糕点妍，蒋家山上女婵娟。

　　　　城池坚固问何用，万马千军墙壁穿。

柳贤明一听，是自己闺女与蒋家山的一群姑娘们在吟诗。但不知她们何时进城的，正在吃得津津有味。他也打趣地说：

　　　　紫阳街上遇婵娟，糕点甜香淑女贤。

　　　　雨后朝霞添璀璨，晨光曙色凯歌绵。

柳含春一听，便知父亲已经在此，就悄悄走到父亲身边，嫣然一笑地低声问："有事吗？"父亲说："小心点，不要张扬。"含春说："请放心。"父亲再问："你们是怎么进来的？"

说来话长，就在大家忙碌着抢收早稻时，崇和门外来了三顶轿子，门卫正在例行检查时，时任助理总管的陶承恩前来迎接说："刘兄请，请请请，三位请进，非常欢迎诸位光临。"三顶轿子大摇大摆地抬进陶府。你说另两位是谁？公开身份是刘大人的儿子、儿媳。其实从轿里走出的是方明善、柳含春。

至于这些蒋家山姑娘，也是白天卖箩筐、团箕、糠筛、米筛等进城的。柳含春率蒋家山蒋春香、蒋秋香、蒋冬香等十二位姑娘，就是要发挥这些姑娘的特殊作用。她们到底有何特殊任务？请看她们的行动：

府城有条九曲巷，因巷长弯曲而得名。巷里遍布勾栏院，无论白天黑夜，站街女拉客不停。这里是公子哥儿吃喝玩乐的场所，也是地方官员经常光顾的地方，现任台州路总管的白景亮，经常光顾兰香院。

兰香院的符兰香，确有几分姿色，被白景亮长期包养，归他独人专用，规定她不许再接客。近天来，传方国珍有"奸细"进城，白景亮心中有些害怕而几夜没去兰香院了。

柳含春与蒋家山"三香"姑娘她们，特意在兰香院对门租了套房子，"守株待兔"、在守候白景亮，可是连续守了三夜，未见白总管光顾。

三夜空守，水性杨花的符兰香有点忍耐不住了。正好浙东元帅也忒速失闲得无聊，知道白景亮三天未去兰香院了，趁此空档，特意过来补缺。兰香见也忒速失元帅光临，真是喜出望外。她左手搂住他的腰，右手搭他的肩，笑逐颜开带进了云房。她一边吩咐下人泡上人参茶，一边抱他坐在膝盖上，百般地扶摸。这个浙东元帅，带万兵来台州，如此的损兵折将败得只剩下一人，还来寻欢作乐？面对兰香如此浪漫，很快就进入颠鸾倒凤、巫山云雨之中。

柳含春与她的姑娘们，虽然有一条窄长的巷所隔，在明晃晃的灯光下，看得明明白白，倒使这些姑娘们代她羞惭。

这个白景亮三天没进勾栏院，就春心荡漾，欲火上升。当更鼓二敲后，看看没有方国珍他们的动向，就偷偷地来到兰香院。

玩弄得神魂颠倒的也忒速失和符兰香，搂抱着呼呼睡去了。正当他俩睡得正香时，不料白景亮走了进来，白景亮看到如此场景，正要发怒，但又不能，因为也忒速失是浙东元帅。官高一级，管头管脚下，只好忍气吞声。

这个符兰香说，"你俩都是当官的，怕什么，来我这里，一切听从我的。我把你俩作亲人，俗话说'开饭店的，只愁食客少，开妓院的，何惧嫖客多'。一夜陪两个是经常的，就是三个也不怕！你白总管快点压下来，现在就轮到你了，晚上就让我辛苦点好了。"

就这样，这个白景亮也无所忌讳地蹿进了小兰香的香罗帐里，三人共上云雨巫山。

再说灵江水师们，自由自在地进出临海城内城外，这就是胡永潮、徐鹏飞、丁光土等。在元代，临海的西门和南门有条河流直通城内，从西门入一南门出。此城河河水川流不息，供居民生活用水。可是在出口处，往往是水满洞口，人不能进入。可是胡永潮等水兵，人人练就蹿水功。他们行若“鹭鸶”，好在夏季，光着上身就可以自由地随便出入！

现在是诸事具备，只欠东风了。就是这个东风也要吹得适当、吹得恰到好处。刘仁本、方国珍认为，行动必须迅速，避免夜长梦多。就定于六月二十八，立秋日凌晨寅时发起进攻。夏日的寅时，东方即将拂晓，人们正在甜睡中，这是发动进攻的绝好时期。当公鸡初啼后，柳贤明率千多名兵士，以迅雷不及掩耳之速，突然袭击其崇文门。

东门即崇文门是重点防守之地，配有门卫部队三百，实行三班制，每班百人。门卫虽多，到了下半夜，大多都已经是七倒八歪斜地睡着了。当柳贤明带千人突然袭击，他们就措手不及。首先将两个哨兵控制住，要他俩打开大城门，可是有一人拖拖拉拉，似有抗拒之嫌。柳贤明一刀削去，这个门卫的头颅“啪嗒”落地！另一个门卫急忙讨饶说：“长官饶命，城门我开！”说着便急忙打开了崇文门。

城门一打开，以方国瑛、董志强为首的五千兵马，如潮水般地蜂拥而入，真是势不可当。她们入城后直冲台州路衙门。

再说柳含春她们等到了鸡啼二遍，又听到崇和门那边人声骚动，断定攻城行动已经开始。机不可失，必须从速，柳含春带十二位姑娘，很快走进兰香院。

这个符兰香一手搂着一个，正在甜睡中，她昏昏沉沉地猛听到床前来了许多人，叫她起来。她若无其事地说：“干吗起来，我要陪白总管、陪也元帅！”

喊声惊醒了也忒速失、白景亮，睁开眼睛一看，见的都是女孩子，白总管还不知羞耻地说：“本总管在此，快点滚开。”

这使得姑娘们哭笑不得！没办法，只有求方明善来帮助。也忒速失、白景亮住在兰香院的消息，柳含春早已经告诉“前线总指挥”方明善了，他已经带冯三猫、陈恹在等候了。当听含春一喊，立刻进来十多个男人，柳含春她们悄悄地退了出来说：“方将军，小女子将两只‘猪八戒’交给你了。”说后就往西门，去迎接关琼瑛去了。

方明善、杜屏山、潘文忠将他俩五花大绑，直解台州路。活捉浙东元帅也忒速失、总管白景亮的消息，很快传开了，这是大快人心的消息！

在狂风暴雨袭击之后，灵江上游洪水汹涌澎湃，水位大大提高，洪水涌进临海城区，江下街已经成为泽国，百姓民房浸水。水涨船高，灵江水位的提高，洪水涨上江下街的城墙旁边。以李金松为首的水师，不费力气地可以攀越城墙，进入城区。当接到卯时行动的命令，李金松等很快越过城墙，征服了守城门官兵，水兵改作步兵，长驱直入台州路衙门。

紧接着北门、西门两路兵马，基本上与东门一样，顺利夺取城楼，大开城门。在北门，由吕家进、吕家通、吕家达和天台"三竹"他们，引五千兵，跑步地向原知府衙门冲来。

关磊与张兴、刘三宝他们，二月前就在做攻打临海城的准备，在乐清大荆，打了一千零八十只铁勾，配一千零八十条绳索，选一千加八十名精英，日夜训练攀登城墙。经过二个月的紧张训练，做到了万无一失。就在攻城前三天，这一千加八十精英，已经在临海城外考察先址，他们选择西门，以配合妹夫方国珉、妹妹关琼瑛。

关磊率领的一千加八十的精英，在卯时到来前，就神不知鬼不觉地很快越过城墙，很快控制门卫，同时打开城门。

方国珉、关琼瑛的五千主力，与借用李金松的灵江水船舶，在江下西侧，越城墙而入。他一进入就去占领城楼、控制门卫，打开城门，迎接妹夫、妹妹。

关磊、方国珉、关琼瑛、张兴、刘三宝他们也向衙门直冲过来。走不几多，碰到方明善、冯三猫、陈恢他们绑缚着也忒速失、白景亮过来。

旭日东升、晨雾消散，四面八方涌进来近三万民军，街头巷尾看到的都是方国珍的兵马，原台州路的元军，不约而同地自动缴械投降了。

可是找遍全城，就没有发现达鲁花赤这个人，大家正在四处搜索时，蒋家山的春香、秋香从女厕所出来说："我俩刚才杀死了一个流氓贼子。"关琼瑛当即夸她说："怎么这样勇敢，到底是为什么要杀他？"

她俩介绍说："我俩在女厕所小便，见厕所便池中藏有一人，在偷窥女人的小便，真是十恶不赦！我俩问他是"什么人"，百问不答，妄图逃跑，还手提宝剑，负隅顽抗，他逼我们动手，因而就此将他杀了！"

关琼瑛拉她俩去女厕验明死者正身，原来这就是台州路达鲁花赤孛颜忽都。

原来达鲁花赤孛颜忽都从睡梦中惊醒，一看衙门全被包围，真是无路可逃、插翅难飞。他慌不择路，没办法，蹿进了女厕所。

早饭后，战斗宣告结束，临海恢复了平静。方国珍在崇和门前，绑着原浙东元帅也忒速失、总管白景亮，向城民百姓宣布：

原台州路副总管陶承恩，为官清廉，德才兼备，且有功于民军。今天民军任命陶承恩为台州府代总管，协助方国珍、刘仁本，行使代理府台职责。

原台州路达鲁花赤孛颜忽都，在战斗时中刀身亡，对他所犯的罪行既往不咎；

原浙东元帅也忒速失，奉命来台州时间不长，暂作俘虏，日后从轻发落；

原台州路总管白景亮罪孽深重、罪大恶极，罄竹难书。绑赴刑场，斩首示众！同时没收他家所有财产。

方国珍占领台州路后，改台州路为台州府。接着，就在当年七月，把总部从黄岩迁徙至台州府。

八月，方国珍与吕家远、关磊、吕家进等率一万兵，浩浩荡荡地向宁海县进发。当下台州共有五个县，即黄岩（包括太平）临海、仙居、天台、宁海（包括三门）。当时宁海县是属台州府的。

自从台州路被方国珍攻陷，浙东元帅被俘、达鲁花赤战死、总管白景亮杀头的消息当天就传到了宁海县，宁海县达鲁花赤就把家眷、金银细软等物运往庆元（宁波）藏匿了。当方国珍他们到达时，宁海已经成为空城，并无任何抵抗，也无热烈欢迎。面对这一状况，方国珍暂定吕家远为宁海县临时县令，行使达鲁花赤的职能。

此时是元至正十四年（1354），甲午九月。方国珍统一了台州。

就在九月，方国珍在临海举行一次盛大的家宴。参加宴会的：

方国璋、王翠玉，率子女方明善、方明敏、方清莲；

方国珍、董桂芳，率子女方礼、方完、方迎春；

方国瑛、董桂香，率子女方娴雅、方娴静、方明祥；

方国珉、关玉瑛，率子女，方明谦、方明廉。

由此可见方家下一代人丁兴旺发达，苗壮成长。有的已经到了谈婚论嫁的时候了，如方明善已经是二十岁、方礼十八岁了、方明敏十七岁。

参加宴会的还有亲戚王日明、章云香、董卿、童大妈、关天啸、吴大妈，还有汤显时、汤夫人等。

宴会在热情洋溢的氛围中进行，大家高兴的是看到下一代的苗壮成长，最关心的是孙辈们的婚姻大事，尤其是方明善与柳含春，方礼与柯萌秋两对青年的婚姻大事。不知后情如何，且听下回分解。

第四十六回

方礼萌秋终身乃定　含春明善她俩成亲

　　风和日丽缀金秋，丹桂芳菲景色幽。

　　如箭光阴如水去，梳流岁月美名留。

　　王翠玉、董桂芳精心考虑，趁这次攻打府城临海的大捷，就在府城举办方门家宴。为此特邀美貌姑娘——柳含春和柯萌秋俩。

　　家宴在欢声笑语中开始，当酒过半酣，人人面泛红云，个个神旷情怡。章云香兴味盎然地说："总说是苦尽甘来，终于盼来下一代的茁壮成长！看到外孙才貌出众，心中有说不出的高兴呀！"王翠玉笑逐颜开地说："是啊！托父母亲的福，儿女长大成人了，善儿已经到了娶妻荫子的年龄，想着抱孙子了。"

　　董桂芳的心比翠玉还急，看看儿子已经十九岁，也想着抱孙子了。于是抢着说："我看这位柳姑娘是最合适的人选，她靓丽可爱，与明善很匹配，真是郎才女貌！"。章云香乐呵呵地说："我也这样想，不知外孙儿意下如何？"翠玉接着说："善儿很尊重姥姥，还是由姥姥作主定了。"云香兴味盎然地说："我玉姑也太抬举我了！姥姥我老了，不中用了。还是由外孙儿表个态，或者作首诗什么的，都可以。"

　　姥姥章云香话音刚落，忽听有词牌《西江月》一首：

　　归雁双飞秋色，庭园柳意春光。芙蓉枫叶正芬芳，笑口红唇难忘。

　　贤淑温柔相邀，今生有遇娇娘。东风艳菊映堂皇，织女牛郎共上。

　　众人视之，这就是军中参将方明善将军，对着姥姥拱双手表示敬意。而坐在另一桌的柳含春，迫不及待地也和上《西江月》一首：

　　紫燕南来春暖，繁花似锦秋风。木樨丹桂暗香浓，秀俊明清心动。

　　形象谦和潇洒，小丫幸遇英雄。千枝玉树自从容，红日当空共捧。

　　姥姥听了明善、含春俩的《西江月》后，喜不自禁地也作《西江月》一首：

　　喜鹊枝头啼唱，方家喜事临门。男儿立志掌乾坤，百万军中拿稳。

　　男女姻缘前定，良贤淑女温存。夫妻恩爱度晨昏，碧水清流滚滚。

德高望重的董员外说："听了三位的《西江月》，觉得方明善与柳含春俩，是天生的一对，多么的匹配！老头我表示大力支持！"

董员外这么一说，在堂的人，报以热烈的掌声。方明善大方地上前携着柳含春的手，毕恭毕敬地向众位行鞠躬礼。此时此刻，知府衙门再次响起暴风雨般的掌声。

还是翠玉考虑周到地说："还没征求其父亲的意见，更没有经女方父母——柳先生的同意呢。"方国璋当即表示说："我尊重岳父母和夫人的意见，更尊重善儿的主意，只要明善与含春相爱，我举双手赞成！"

柳贤明与夫人陈氏，见女儿与方小将军相爱了，喜不自禁、毫不犹豫地表示说："高攀了！方将军、方夫人和王老爷子、章老夫人看得上我女儿，这是小女含春前世修来的福。"

姥姥章云香没有什么贵重的饰物、礼品可赠，就从自己手中摘下一只翡翠手镯说："姑娘过来，老太婆没啥东西，就将这只镯子送给你，祝贺你们俩夫妻恩爱永恒、生活美玉纯情、日子翡翠斑斓！"

柳含春礼貌懂事，她接过礼物后，"扑通"一声，双膝跪地行叩首礼说："姥姥外公万福！谢谢姥姥！祝外公、姥姥福如东海、寿比南山！"

王翠玉见姥姥都送礼了，就向含春招手说："含春过来。"说着就摘下自己身上的两只耳环说："这对金耳环是我唯一的金器，作为方家的定婚礼物，祝你俩恩恩爱爱、甜甜蜜蜜、幸福一生。"

董桂芳看到侄儿婚姻已定，就想到自己的儿子婚姻大事，于是说："我的礼儿也已经到了择偶的年龄了，不知谁家姑娘看中他？"说到方礼，有必要将方礼的情况略作介绍：

方礼是方国珍的长子，年方十九。他相貌堂堂、胸怀坦荡、品学兼优、文才出众、是一位难得的人才。董桂芳与方国珍结婚的第二年，方礼出生在南塘湾董府。外公待他如珍宝，称他为宝贝。在外公董员外亲自的培养教导、董桂芳的精心呵护下，小方礼健康成长。这里有几个鲜为人知的故事：

他六岁开始读书，到十四岁，经过八年的寒窗苦读，基本学完当时必读的《论语》《孟子》《大学》《中庸》等四书，还读了《周易》《尚书》《诗经》《礼记》《春秋》等五经。门门功课名列前茅。

就在十六岁那年，先生因太太偶染风寒，高烧不退，急需回家探望。他只带得意门生方礼一人作陪。

先生家住乐清清江镇，师徒俩急匆匆地到达清江北岸，清江江水滔滔，一时无有渡船。"野渡无人舟自横"，正巧有条渔舟泊岸，他扶先生下了小舟，不料这是一条无蓬、无篙、无桨的弃舟。

时正中秋，先生一时呆若木鸡。小方礼有胆有识地说："大风大浪难不住我！"

"江面宽达数里，江深数丈，你小小年纪，有什么办法过去？"先生说。

"今天风和日丽，秋高气爽，秋天多东北风，身在北岸，可借东风。"小方礼说。

"让它成为无缰野马，漂浮在江上？"先生说。

"不不，还有我，还有我借船，船借我。你看。"方礼说着，光着上身，扑通一声跳入江中，很快把船推动，他将缆绳系住腰间，右手托住船帮，借着小舟的浮力，左手轻轻划水，且轻松自由。借着东风、借着船的浮力，借着潮流，安全地划向彼岸，很快就到先生府第。

进得周先生府上，见师母面红耳赤，发烧厉害。先生有点心慌意乱，一时束手无策地说："烧得这么厉害，叫我怎么办呢？"

小方礼也跟先生一样，学着按了师母的脉搏说："从脉象看，师母是偶感风寒，并无大事。从《周易》中云天需，君子以待阴阳结合。时值秋天，以温解燥，宜用生姜三块、紫苏三根、清水三碗，煎熬三个滚头。就将三碗熬成一碗，喝后便会退烧。"

果然如此，周师母服了方礼所熬的姜汤后，睡了一觉，散了一身冷汗后，便感头不痛、脑不胀，身体舒服多了。周师母夸张方礼说："小小年纪，如此聪明能干，了不起！长大之后，必将是国家之良才！"

方礼陪先生回南塘湾后，先生说："要读的书你都已经读完了，虽然是学无止境，但本先生就是这样的学识了，按理说你就可以赴考了。"

方礼说："当今天下乱七八糟的，已经几度不见科举了。况且我也不愿在元廷下面为官。还是跟先生继续读书。"

就在方礼十六岁这年，方国珉、关琼瑛在洞头北麂打蛮夷时，方礼听到看到美好的河山就有被外夷侵占的危险，金碧辉煌的财富就有被倭寇掠夺的可能，灿烂的中华文化就有被毁于一旦之险。他以前是学文为主，兼习武功的。自此之后，他专心习武。

方礼做什么事都是如此，一旦习起武来，就不分日夜。当时的南塘湾，民军将领的下一代，基本上都集中在董府，董公馆既是学堂，也是武馆。其中多数是董员外的外甥孙子或孙子，其中：

方国珍、董桂芳的子女方礼、方完、方迎春；

方国瑛、董桂香的子女方娴雅、方娴静、方明祥；

李金海、董娇蓉的儿子李煜然、李煜道；

李金松、董娇荷的儿女李云燕、李云莺、李煜厚；

董志强、汤芳芝的儿女董华光、董华明、董华良。

此外就是亲戚，也可称得上是外孙、是孙子，他们是：

方国璋、王翠玉的子女方明善、方明敏、方清莲；

方国珉、关琼瑛的子女，方明谦、方明廉、方清岚；

陈仲达、童婵的子女陈海清，陈海滨；

陈叔达、童娟的儿女陈丹凤、陈丹彤、陈海东；

关磊、吴娟秀的子女关阳、关月。

初步算来有近三十人长期住在南塘湾，生活、学习在南塘湾。董府是书香门第、规矩人家。董员外对这些孩子全视作亲孙子看待。请有学问的老先生，也有武功高强的老师教导。孩子们在这大家庭成长，算得上有教养人家出身。

再说这个宝贝大外孙方礼，由于天资聪慧，刻苦练习，武功长进很快。在练武的同时，还与方明善一起，熟读兵书、研究兵法。这真是"长江后浪推前浪，世上新人超旧人"，青出于蓝，胜于蓝。

去年以来，李云燕、李云莺俩，同时爱上方礼。众所周知李云燕、李云莺是李金松、董娇荷的双生女，比方礼少一岁。事有凑巧，上辈董桂芳、桂香是孪生姐妹，下辈又有李云燕、云莺孪生姐妹。虽然她俩与桂芳、桂香没有血缘渊源，但相貌不像娇荷，却像桂芳、桂香。姐妹俩不仅貌美如花、聪明伶俐、光彩照人。而且她俩性格相同、步调一致、声音相仿、理想无二、追求一样。同样爱上一个人——方礼。

就在去年春天，正是柳暗花明、姹紫嫣红的季节。姐妹俩去漩门湾看涌潮回来的路上，偶尔遇着一群野男孩，他们见两个如花似玉的姑娘，难免几多羡慕、几多赞叹，难免有人言语出格、行动出轨。而她俩误认为是流氓，自己习过武、练过功，有两下子，所以不怕。那人双手在其肩一搭，云燕还他个"显通臂"，刚好打在他的鼻梁上，这人鼻子出血了，这下闯祸了，十多个人起来要她赔礼道歉，闹得不可开交。正巧方礼路过，见师妹俩被众多男孩"欺侮"，为师妹解困义不容辞。于是上前打抱不平地说："十多个男子汉，欺侮两个小女孩，成何体统？"

他们七嘴八舌地说云燕、云莺"将他打得面肿鼻出血，一定要她俩还他个道理，不然就不让她俩走，否则一定要报复。"

方礼坚持据理力争说："是他先动手搭她的肩，云燕是被迫还手的。"

打人莫打头，云燕却一拳击在这人的鼻梁上，流血满面，实在难看。

方礼心平气和地说："到此为止，可说互相扯平了，各走各的路好吗？"

他们中有几人认为人多势大，这个出血的人，他大言不惭地说："是我们看得起她俩，就是玩她一下有什么了不得的？"说着坚持要把她姐妹俩带走。

话越说越多，渐渐地发展成互不相让，进而到了蛮不讲理的地步。方礼看来软的不行，不得不来硬的一手说："燕、莺，你俩可以先走，由我一人与他们周旋好了。"

云燕、云莺说："不不，我们三个一起上。"说着她俩摆起架势，一副预备打架的样子。

对方中几个也算有点力气，看到这一状况，怒气冲冲地说："真是岂有此理！把我们人打了，不但不道声歉意，反而还要再打人，真是岂有此理。难道败了不成！"说后双方就打了起来。

一人对一人，他们不是她俩的对手，打了几下后，变成二打一或三打一的局面，几乎全部联合起来打她俩。方礼看云燕、云莺俩有点真的招架不住了。该出手时便出手，方礼吓了一声说："好男人不与女人斗，况且是三人打一人，是男人吗？有种的统统上来，与我一人打，看你们有多少本领？"

他们看方礼是一个十八九岁的孩子，面上稚气十足，还嫩着哪！有多大的能耐？他们中也有三五个习过武、练过功，况且年纪比方礼稍大些，算得上有两下子的、"三脚猫功夫"的人。他们说声"上""大家一起上！"，刹那间，十二个人一个个摩拳擦掌，摆开架势，一起冲了上来。

一人对六人，看小方礼怎么"以少胜多"？方礼他面无惧色、胸有成竹，采取以退为进，各个击破之策。他表面与他们斗了几个回合，假装敌不过他们，采取败退样子，且战且退。他不走大道退小路，小路只能一个人可走，因而不能一齐涌上，只能一路中队追赶，他们以为是把方礼逼进绝境了，便可把他丢进流水滔滔的河中。

当退到左边是河、右边是港的小堤上时，方礼来一个大反攻。他立住脚，趁对方不备，就是在他们冲来时，就靠左退半步，用左手抓住右膀，再用右手轻轻一推，把他推河里。第二个看前一人已经落水，不觉心中一惊！妄图反抗，可是来不及了，又被方礼推入港中。这样来一个抛一个，接连有三个人被抛入河里。余下的三人看看情况不妙，回头便逃跑，因为道路狭窄，怎能逃得快，却被追来的方礼再把他们四人推进河里、抛到港中。六个人中就有四人落水，只剩下二人所谓"饭桶"，走得最慢却逃得最快，拼死命地逃奔，终于跑了。

这一小小的打斗，算不上惊天动地的举动，一人斗六，也可说是个奇迹。同时也反映出方礼那英勇无畏气概、善于利用地理环境，诱敌深入的选择是最佳的战略战术，取得了卓越战绩。最后师兄妹仨，笑逐颜开地离开漩门湾，最后说声"再见朋友！"

从此以后，李云燕、李云莺姐妹俩更爱方礼了。当天夜里，姐妹俩辗转反侧睡不着，她俩想得天花乱坠，想到方礼的堂堂相貌，想到他文才横溢、足智多谋、文韬武略。想到今日英勇救美的举动。越想越爱、越爱越睡不着。于是李云燕偷偷起床，点灯作词：

今日漩门游忆，偶遇一帮顽贼。嬉闹女孩家，险些彼相遭袭。

多揖。多揖。方礼奴终身给。

李云莺与姐一样睡不着，见姐姐挑灯习书，她在写些什么？云莺悄无声息地起来，看她专心地在作《如梦令》。她也步姐姐韵和上一首：

今日秋游回忆，巧遇男儿亲密。救美表忠心，真是英雄还击。

亲密。亲密。咱俩终身同给。

姐姐云燕看了妹妹云莺的词后，感到几分诧异，于是问说："你也爱方礼？你要与我夺爱？"

"是的，我非常爱方礼，我与你孪生姐妹，咱俩的命运就连在一起，姐姐喜欢的，妹妹我也喜欢，姐姐爱他我也爱他，姐姐嫁给方礼妹妹我也要嫁给方礼。这才叫作'有福同亨、有苦共尝'。"

"这是真的吗？为什么要这样做？"姐姐问。

"不知为什么？我也说不清楚。我只知道你我的命运注定了的，好姐姐，姐妹俩同爱一个男人不是更好吗？"云莺说。

"说实话，我也这样想，两女一男，日同窗、夜同床，三人形影不离，互敬互爱、相敬如宾，该是多好！"姐姐云燕说。

不几天，上述的两首《如梦令》出现在方礼的案头上。虽然都没落款，不难看出是云燕、云莺之笔。消息不胫而走，消息很快传遍董公馆，消息传到了国珍、桂芳的耳朵里，同时也传到李金松、董娇荷处，一时成为佳话。

国珍、桂芳总觉欠妥，一子娶二妻，是孩子的幼稚，是一时情感的冲动，可能以后会带来诸多的不便和麻烦。于是桂方特意去南塘湾，问清儿子的真实思想和情感状况。

方礼是个胸怀坦荡、高瞻远瞩、瞻前顾后的人，经过深思熟虑，认为一人娶二女多有不便，所以未予应允。

无独有偶，桂芳、桂香也是孪生姐妹，当时的想法也与云燕、云莺一样，想嫁给同一个男人。幸好来了方国珍、方国瑛兄弟俩，不然的话，同样同时都嫁给方国珍了，至今南塘有人还说桂芳、桂香同嫁给方国珍的。

桂芳考虑李家两个闺女贤淑、温柔、敦厚，决定给她俩找一门理想的人家。苦苦考虑半年，没有合适的，故给方礼婚姻也拖到今天。谁也没有想到远在天边，近在眼前，就是仙居吕门。

吕家进，娶妻天台藤桥贾淑兰。婚后第二年三月，生下双胞胎儿子，取名天祥、天和。如今已经长大成人了，已经是十九岁了，算得上英俊男儿。李云燕嫁吕天祥，李云莺嫁吕天和，天生两对，云天结合，美满良缘。暂且不谈云天良姻，留待稍后再表。

再说董桂芳看中了柯萌秋，把她搂在怀里，关切地问："姑娘娇嫩如脂粉、艳丽似鲜花！姑娘芳龄几何？"

"谢谢夫人夸张，托太太的福！小女子虚度二九了。"柯萌秋说。

董桂芳念了首词《菩萨蛮》

　　姑娘丽质清明月，娇容圣洁肌肤雪。何用画双眉，发云梳妙丝。
　　问君何有决，女嫁男婚结。吾子可随心，百年欣喜深。
萌秋听了方夫人的《菩萨蛮》后，她心花怒放地和上一首：
　　嫣红姹紫枝头突，春风送爽窗前月。紫燕画梁依，锦堂双寄栖。
　　谢夫人贴作，小女终身托。公子意中人，双双并驾春。

不难看出，柯萌秋明确表示终身托。方夫人桂芳摘下自己的金耳环、金镯、金戒指，分别戴在萌秋的身上。她甜滋滋地偎依在夫人怀里，任凭她穿戴好后，热泪盈眶地向夫人行跪拜大礼说："谢谢夫人关爱，此恩永生不忘！"。

夫人乐呵呵地扶起萌秋说："请起请起，好孩子不必拘礼。"

大家最关心下辈们的婚姻大事，尤其是上一辈的章云香，她看到外孙已经定婚了，就想起趁金秋的大好季节、趁最近无战事、趁这么多的人在临海，她主张就在重阳佳期间，把方明善、柳含春俩的婚事给办了。老人家的提议得到董员外、关天啸、汤显时和童妈、汤妈、吴妈等的支持。方国璋、王翠玉和柳贤明、柳夫人对儿女婚姻非常满意，同意长辈的意见，决定九月九日重阳节，在古城临海、在台州府衙，为方明善、柳含春举行婚礼。

九月初九重阳节。相传此风俗始于东汉。唐代文人所写的登高诗很多，大多是写重阳节的习俗，杜甫的七律《登高》，就是写重阳登高的名篇。

婚礼由军师刘仁本、吕家远俩安排。

九月九日，小将军方明善结婚，是民军中第一件特大喜讯，前三天已经向全军发布："九月九日，重阳节，民军镖悍将军方国璋之子、小将军方明善与柳含春，在台州府衙门举行婚礼。为表示祝贺，决定全军放假一天，就地举行庆贺活动。切勿骚扰百姓。"通告发出后，从括苍山到大陈洋、从南麂列岛至回屿岭、从象山港到清江渡，民军将士们杀猪宰，敲锣打鼓，一片欢腾。

最最高兴的要算是柳含春，先看刘军师的婚联：

福禄降祺祥柳府娉婷贤淑女；平安成吉庆方门勇猛小将军。

副军师吕家远也写一联：

绣阁温馨月下偎依甜蜜夜；香房恩爱晨光懒起艳情天。

地点就设在知府大堂，就照台州传统习惯进行，其场面之恢宏、食客之众多、菜肴之丰富不必细表。

却说民军约三千兵，驻扎在雁荡山法华寺，法华寺建于唐代，历史悠久、建筑恢宏，是一座与天台国庆寺相媲美的寺院。刘三宝为庆祝方明善婚庆，高兴得忘乎所以，行酒令、猜酒拳兴高采烈，结果喝得酩酊大醉。

重阳节，秋高气爽，弯月当空，星光灿烂。刘三宝带三五个随从，来到了清江渡，野渡无人舟自横，幸喜有一艘空抛锚船只，机会难得，他便亲自驾舟，来到彼岸——虹桥。当时的清江镇，属温州路管辖，清江北岸属民军，地岸归元军。为防民军过江，南岸元军严防死守，他们密切注意北岸动静。当刘三宝的船一到彼岸，就被元军捉住。

近来，关磊与张兴都在台州临海，把八千名兵士全交给刘三宝负责。不料出现民军驻雁荡山首领刘三宝被抓。

民军兵士当夜快马加鞭，来到黄岩、来到台州，报告这一不快的消息！

第四十七回
关磊智取虹桥古镇　明善攻破乐清县城

乐清湾处浪涛狂，八百船帆彻夜航。
丈八城墙轻越过，民军掠地敌难防。

至正十八年秋，重阳节。元顺帝早朝，朝中文武百官俯伏金阶，三呼

"我主万岁！万岁！万万岁！"元顺帝挥手说声"平身"，百官立起启奏，先由左丞相脱脱奏道："江浙行省台州路最后一个县——宁海县，也被方国珍占领了！看来温州和庆元（宁波）也在危急之中。"

右丞相奏道："首当其冲是温州，温州的大片土地已经被方国珍占领了，温州面临东海，东海海域辽阔，资源丰富，玉环、洞头、南麂、北麂、批山等全被侵夺，还威胁到福建的大旦、小旦等岛屿。就在陆地，清江以北的乐清、永嘉的部分土地也被蚕食。"

左丞相脱脱奏道："现在温州上升为战略要地，温州失则闽南危，闽南失则岭南急。现在看来温州必有一战，保卫温州刻不容缓，当务之急是加强温州的防守。"

顺帝道："朕已经命黑的儿率万名精兵驻守温州了，他们早就进入前线了。"众大臣齐声说："皇上英明，皇上洪福齐天！"

黑的儿是原福建元帅，二年前在雁荡山与关磊一战中，几乎全军覆没，只逃得八十余骑回到福建。他如实将情况急报皇上，接受朝廷处罚。因为他是当今皇上的外甥，不但不予以处罚，还保持原元帅职，但要他将功折罪，在闽浙之间招兵买马、扩充兵力，继续待在闽北、浙南一带，重点要保卫温州。做好万全准备，保证万无一失。

黑的儿感激涕零，感谢当今皇上不但不予以降罪，还对我这个败军之将予以重用。因此而信誓旦旦地表示："永志不忘皇上的恩典！决不辜负皇上的期望，誓死保卫闽瓯安全、保卫温州安全，夺回被失陷的土地。"

两年来，黑的儿在福建、温州招兵买马、扩充兵力，在各方的大力支持下，兵力已经接近万人。他败在乐清虹桥，为此而耿耿于怀，于是准备在虹桥进行反击。由此可见，黑的儿早已重兵驻守乐清了。

却说民军由关磊领导的八千兵，不动声色地驻扎在乐清的清江以北的虹桥、大荆、雁荡山一带。两年来，在此休养生息，且常备不懈。就是打台州时，只动用其训练有素的千名攀登兵，其余的七千兵仍按兵不动。

其中三千五百兵士由张兴率领，驻在乐清大荆雁荡山；另三千五百兵由刘三宝率领，驻扎在虹桥镇一带。

重阳节，刘三宝为庆祝方明善婚庆，高兴得忘乎所以，行酒令、猜酒拳兴高采烈，结果喝得酩酊大醉！当夜秋高气爽，皓月当空，星光灿烂。刘三宝带三五个随从，来到了清江渡，便与三五个随从，他亲自驾舟，来到彼岸——清江。

清江南岸是元军把守，属黑的儿管辖。为防民军过江，他们严阵以待，密切注意北岸动静。当刘三宝的船一到彼岸，就被元军捉住。

　　元军捉住刘三宝等三人，立即将他们解往乐清县城。时任闽瓯元帅的黑的儿正在乐城，闻知清江守军抓来了刘三宝，正是冤家碰到对头人。黑的儿还记得，两年前，由刘三宝率领的数千兵，打得他落花流水、追得他无路可逃。今天民军刘三宝送上门来，是天大的喜事，是天助我也！黑的儿立即亲自对刘三宝进行审问。

　　驻守在北岸的民军，隐约看到首领刘三宝被元军抓捕去了，这还了得，刘团练被俘！他们立即快马加鞭飞报上黄岩、台州，祈求解救刘三宝。

　　九月初十上午，在台州府衙门里，人们沉浸在婚庆的喜悦中，沉湎于节日的欢乐里。人们分享方明善、柳含春的新婚喜悦。当红日升高三丈，不仅新郎、新娘"睡迟迟"，而且方国璋与王翠玉也"不早朝了"。

　　不料，快马飞来万分火急报告："驻乐清虹桥首领刘三宝等数人被清江元军抓去了，请急发兵解救！"

　　惊闻刘团练被元军抓捕，方国珍、刘仁本俩立即召开军事会议，在临海的将校全部参加，会议主题是如何解救刘三宝。方国珍说："解救刘三宝是当务之急，如何解救，请提良策。"

　　刘三宝是关磊部下，关磊说："我早就想着去打乐清了，岂料他敢在太岁头动土，由我率原部八千兵马，踏平清江镇、解救刘三宝。"

　　当时在场的张兴说："我和刘三宝亲如兄弟、情比手足，小小清江，何用关将军劳驾。由我率本部七千兵马，定能马到成功、旗开得胜！"

　　方国珍点头赞许说："关将军在府城多住几天，小小清江，由张团练率七千兵马，足以对付得了。"

　　"知己知彼、百战不殆"。张兴与民军的领导们，缺乏对敌方情况的了解，存在着轻敌的麻痹大意。张兴回到乐清大荆，来个紧急集合，说虹桥元军俘我刘团练，为了解救刘三宝，宣布立即行动，攻打清江，救出刘三宝。

　　却说闽瓯元帅黑的儿捕得刘三宝后，一边进行前线战术部署，由温州防御元帅李得胜、偏将郑不花带五千兵马，即刻奔赴清江，与偏将车英一道，坚守清江南岸，等待方国珍的到来，准备将方国珍、方国璋、关磊他他们一网打尽。

　　与此同时，黑的儿在乐清县城，连夜对刘三宝进行审讯。此时的刘三宝还在醉生梦死之中，昏昏沉沉地被绑着，被推进县堂下跪。

　　黑的儿坐在厅堂，手拍响子问道："堂下跪的是什么人，快快如实招来。"

刘三宝迷迷糊糊地说："你是什么人，胆敢问我，我是你老子，知道吗？"

黑的儿明知再问："你叫什么名字，任何职务？来清江干吗？"

刘三宝似醒未醒地说："你爹叫什么名字，你都忘记了？我是你爷，来清江是喝酒的，快快，快拿酒来，让你爹喝个够。"

刘三宝搞得黑的儿哭笑不得。他忍不住地将三宝推出去，打了一顿后再给冷水喷头，喷得刘三宝清醒。他醒来一看，自己被五花大绑在乐清县，开始醒悟到自己酒喝得太多了，但仍不知怎么被捕的。既然如此，也只好看着办吧。

酒稍醒来后的刘三宝，再次跪在乐清县堂。黑的儿再次审问："刘三宝，你来清江作甚，是来刺探军情的？"

刘三宝如实说："方明善小将军成亲，我高兴，是酒喝多了，也不知做什么？"

黑的儿乘机策反说："我们是元军，是皇上的军人。方国珍是海盗，你赶快弃暗投明吧！你若是归顺大元朝，保你享受荣华富贵，官升二级，官为瓯越大将军。"

"你可记得两年前，我心欠狠、手太软，没有追赶上一步，没有将你杀了，其实是放你一马。"刘三宝接着说，"是你快快投诚我们吧，我们兵多、将广、粮足，胜利必定属于我们的。"

黑的儿审讯没有收到明显效果，就恼羞成怒地说："你不要嘴硬，今天落到我的手中，非把你杀了不可，不仅把你杀了，还把你们统统地杀了！"说后就把刘三宝打进地牢关押。

再说张兴匆匆赶虹桥，召集七千兵紧急集合。宣布立即行动，"踏平清江镇，救回刘团练！"他的具体行动是分两路中队，即一是原雁荡山的民军，在清江中上游渡江，目标过江后夺取虹桥上街；原驻大荆的民军，从清江中下游渡江，渡江后夺取虹桥下街区。

元代的清江江面宽阔，没有水师支援，七千人怎能过江？当时的雁荡山、白溪镇只百来条渔舟，怎渡数千武装？本来东海水师战船数千，就在玉环、坎门、楚门，张兴因为性情急燥和轻敌的双重因素，只依靠百来艘渔舟，发起强渡清江。张兴确定，一条渔船内可坐人，就说顺风顺水，每次只能渡千人，七千兵需要分七批次才能渡江。正是晚秋时令，秋风扫落叶，北雁南飞。

可是敌方的黑的儿、李得胜、郑不花、车英等将帅全部集中在清江南岸，他们虎视眈眈，紧盯清江北岸，同样七千兵以逸待劳。当第一批民军上得清江南岸，就被伏兵围困，百艘渔舟被扣，千名民军被俘！搞得张兴不知所措。

千名兵士白白送给元军、送给黑的儿他们，这还了得！没办法，只有报告方国珍大将军，只得求救兵，请关磊立即来雁荡山。

却说关磊对张兴发兵救刘三宝不放心，在台州再待两天后，就带千名精锐战士回转乐清前线。就在半途，遇到部下张举等三马飞跑过来，来人张举等见到关磊将军，立即下马，呈上张兴急报。关磊看了急报后下说："你俩快去报告大将军，还有一位与我一起回清江去。"

关磊直到清江，听了张兴的经过情况报告后，知道情况十分不妙！他立即部署，进入紧急临战状态，全部兵力部署在清江北岸，随时击退偷袭元军。

关磊分析认为，千名兵士、百名渔民被俘后，必然如实报告我方军事情况，他们知道我关磊还在临海，大将军他们远在台州，远水难救近火！趁我不在雁荡山之机，就要趁火打劫、趁虚而入，完全有可能今晚偷袭我们，战斗就在今晚。

不出关磊将军所料，黑的儿捕捉千名民军和百名渔夫后，立即进行审讯，他们采取"威胁利诱、刑讯逼供"等不择手段，个个"坦白交代"，人人招供画押。全部说出了实情。

而黑的儿觉得这下升官发财的机会来了，终于等来了报复的机会。就在当天下午，召开有温州防御元帅李得胜，偏将郑不花、车英和乐清县达鲁花赤等人参加的会议。重点研究"趁热打铁"，连夜攻方国珍的民兵。

他们分析认为，机会难得，趁方国珍在台州府娶侄媳妇的时刻，趁关磊还在临海喝喜酒的时候，趁今日千人被我俘虏的好兆头，趁热打铁，趁胜追击，一举消灭关磊全部，夺回被占领的地盘。

总之他们心信百倍地立即行动，同时做了军事部署，动员在乐清的所有兵力，共八千余人，号称万人，无论在地理、兵力、指挥上都有利于他们。但他们压根儿没想到关磊已经到来雁荡山，并且已经做了作战部署。

九月十五黄昏，秋高气爽，皓月当空，风平浪静。看上去，清江北岸静悄悄的，似若无人。因为在晚饭前，关磊假装部队撤回法华寺、撤回显胜门的样子。而清江南岸却人头攒动，忙忙碌碌、船帆密集。

黑的儿、李得胜他们共有八千兵，因为只有二百艘船，每艘船只能渡十人，一批只能渡二千，他们决定分四批次。第一批由偏将车英率领、郑不花为第二批。车英将军是个急性子，本来确定三更出发，可是他急不可待地便在二更开始。

当更鼓二通打响，车英将军宣布出发令！即刻二百艘船"一"字摆开，一齐出发，齐头并进，急驰地向北岸驶来。不到半个时辰，二百艘船同时靠岸。车英是第一个跳下船登上岸的人，他一挥手，两千兵也跟着登上了北岸。正准备向纵深伸展的时刻，不料关磊的七千兵以逸待劳，在草丛中、在田梗旁、在树林里、在堤坝下，一齐杀了出来。

与此同时，有三五百人早就埋伏在江岸，待元军登岸后，随即跳上敌船，以二比一的优势，控制了船夫，并将二百艘船驶到江心之中。这样一则断了援兵，再则使车英的先头部队退无去路。

车英一看不对，他们已经严阵以待，关磊亲自指挥，知是中计了。战了半个时辰，伤亡过半，急忙撤退，向何处退，后面是滚滚清江水、滔滔初潮浪。在江心中，民军高喊："车将军，船在这里、在江心、在我们手中。"

在"缴械不杀"的口号声中，在走投无路的情况下，车英只有走举手投降这条路，只好束手就擒。

而在南岸清江的元军偏将郑不花，率二千兵，排列整齐地在等待第二批过江，等了一个多时辰，渡船全停泊在江心之中。不一会儿听见"车将军，船在这里、在江心、在我们手中"的声音。更深夜静，微微的东北风送来了北岸刀枪剑戟的打击声，不难听说，车英将军凶多吉少了。

晨曦的曙光照得清江灿烂辉煌，江水依旧滔滔不绝，可是人们起来一看，景色依旧美丽，但是怎么二百艘船全停泊在清江江心？到底为什么？也许昨夜已经发生了什么？

昨天元军元帅俘虏民军兵士千名，昨夜元军反而被俘二千，前夜抓来民军团练刘三宝，今夜被抓元军偏将车英。

黑的儿、李得胜明白，这是得不偿失之举，抓来一千、失去二千，是一项赔本的买卖。

而关磊扳回一局，可说心里得到了些平衡。因此双方进入对峙状态，等待下一步的行动。

再说方国珍收到张兴报来的特快消息，听到刘三宝和千名兵士被俘，他向来人张举询问了经过情况，就紧急商量应对之策。方明善、柳含春俩说："此事是由我结婚引起的，应当由我俩率二千水师、三千步兵，配合关磊将军，一举踏平乐清县，半月内一定夺取乐清城。"

刘仁本认为方明善、柳含春新婚蜜月，于是说："我们将帅多多，况且都闲着无所事事，小将军正在蜜月中，何用小将军劳驾。"

方明善说："此次刘团练被抓和千名兵士被俘，都是因我俩结婚而起的，既然因我俩而起，应当由我俩来解决。况且我俩有能力、有办法打到乐清去，夺取全温州。"

方国珍点头说："说得也是，我相信明善与含春能担此任，同意你俩的请求，打到乐清县，救回刘三宝，救回被俘弟兄。"

刘仁本说："大将军点头了，我也同意。但要谨慎从事，切勿大意。"

方明善、柳含春领命攻打乐清县，第二天，小夫妻俩带领着随从，骑着快马来到虹桥，此来目的有二，一则察看清江、乐清的概况；再则与关磊将军取得沟通，着重与关磊商讨攻城之策。

再说黑的儿损兵折将以后，垂头丧气、闷闷不乐。他开始意识到关磊这个人确实厉害，没想到其用兵如此神速。想着想着，进一步意识到乐清县也处在危险之中，有可能关磊乘胜夺取乐城。他越想越着急，越想越觉得乐清县处在危急之中，随时有可能被陷落之险。

方明善、柳含春与关磊分析认为，必须乘胜前进才能成功。于是确定于九月底或十月初行动。并商定由关磊攻打虹桥，方明善直攻乐城。

乐清——意为"乐音清和"。名字美丽而富有诗意，以音乐礼赞命县名。它历史悠久，于东晋宁康二年（374）置县，始名乐成，至五代后梁开二年定名乐清。它境域辽阔，东至东海之乐清湾，与玉环县相望，东北至湖雾镇北面的羊角洞，与温岭为界……

方明善、柳含春这几天积极调兵遣将，研究战略战术，忙得不亦乐乎。方明善的用兵特点在于奇，鉴于乐清状况，必须发挥水兵的优势，利用乐清湾的天然环境，趁着月底三十日的无月光之夜，黄昏过后，在玉环坎门港口，方明善一声令下，千帆竞发。千条战船全不点灯，悄无声息地向乐清县前进。

果然不出方明善、柳含春所料。黑的儿、李得胜的兵力基本都部署在清江，乐城只有二千兵。

十月初一凌晨，方明善兵分四路，分别各领一千兵听令攻城。他带的关磊的千名"攻城特种兵"，他们察看了城墙状况后，趁着静悄悄的早晨，选择在各城门的旁边攀登。这千名勇士，身缠绳索，将绳索的挂铁钩钩甩到城墙上，当钩钩住物体后，借着点力，很快跃了进去。他们进去的主要任务是打开城门，各门二百五十人从墙上跃下，似天兵下降，很快四门打开，四千人蜂拥而入，势不可当。

当时乐清县达鲁花赤他们，只想着虹桥的防守，根本没有想到乐清县城的安危，所以只留二千兵守城。

方明善攻进城后，第一件是制服元军，因为"天凉好个秋""睡好五更天"，方明善突如其来的袭击，出乎他们的意料。不少官兵还从其被窝里抓出。不到一个时辰，元军全部缴械投降了。

更重要的寻找人质，方明善率五百人，冲进监狱。监狱牢房暗无天日，在微弱的灯光下，刘三宝见到方小将军，高兴得忘乎所以地喊叫："小将军救我来了，小将军，我刘三宝在这里。"

元至正十四年十月初一，温州路乐清县被方国珍占领，达鲁花赤被俘。当日中午，关磊领百骑来到乐清县城，前来与方明善处得联系、前来追捕黑的儿和李得胜的。在虹桥只抓了个偏将郑不花，在乐清也是只抓获达鲁花赤，就是逃了闽瓯元帅黑的儿，温州防守元帅李得胜。

这里有人调寄词牌《蝶恋花》一首，以致调侃：

萧瑟清秋寒露雨。微见初霜，八百舟船聚。将士六千今夜取。凌晨攻入城池处。　　阶下囚禁花达鲁。捉对成双，艳妓街头女。可惜良晨俘作房。乐清县令移新主。

李得胜的家就在温州，一般晚上都住在家里，白天有事来一下就回温州了的。而黑的儿这二年来，基本上都住温州，常在勾栏院中出入。

使关磊、方明善着急的是这被俘的一千人的下落，为此决定立即提审乐清县达鲁花赤。经审问后得知，黑的儿、李得胜怕被俘房的千名民军有变，就在两天前，被偷偷地送到永嘉县某地羁押着。

不知如何解救被俘的千名弟兄，且听下回分解。

第四十八回
吕家进攻破巽宅寨　吕家通夺取永嘉城

高门挚友手相牵，巽宅东村会有缘。
楠桧齐芳馨远播，永嘉县令换高贤。

闻说民军千名弟兄被俘后，已经转移到永嘉巽宅镇。巽宅是永嘉县偏远乡镇。关磊、明善感到惊讶。为此，特派刚从乐清监狱营救出来的刘三宝，带三个随从，快马加鞭去台州临海，向大将军、刘军师报告夺取虹桥镇、乐清县情况后，着重报告被俘去的千名民军弟兄已经转移至永嘉巽宅的情况，并请求方将军、刘军师从速解救。

在临海的将士们，得知方明善和关磊，旗开得胜，一夜间以零伤亡的战绩夺取乐清县。同时抓获乐清县达鲁花赤和温州偏将郑不花，还分别在清江、乐清擒获元军六千余官兵，取得了辉煌的战绩和重大胜利。

可是没有找到被俘的千名民军，他们去了哪里？难道被害？为此关磊、方明善审问了郑不花，得知被关押在永嘉山区某地。他们将人质转移到永嘉的目的，就是防止民军偷袭，人质被抢回。这千人落在元军之手，是他们与我们谈判的唯一资本。

如何解救被俘虏的千名兵士？这是摆在民军面前的当务之急。为此，方国珍、刘仁本就召集在临海的将校们，商议解救人质的相关事项。新任上将吕家进说："摆在面前的是先打温州还是先攻永嘉的问题。关磊将军和明善将军夺取乐清是先例，在下认为应当先打永嘉，同时解救人质。"

吕家远说："我同意家进的意见，温州地处永嘉，其地理环境决定，打温州是治标不治本，如果你占了温州城里，他们可退到永嘉乡下，随时有可能反攻。只有先夺永嘉，切断西逃去路，温州的元军就惶惶不可终日。"

方国珉说："家远、家进兄说得很对，我同意'打温州必先打永嘉'的主张。这是兵家的用兵常理。况且永嘉与台州山水相连，易打易攻，且有胜算把握。"

以上意见，得到大家的一致赞同。方国珍表示说："各位言之有理，我同意先攻打永嘉县，极早解救人质。接下来要商量的就是，应当派谁去解救人质，由谁去打永嘉及具体的战略战术。"

吕家通说："永嘉与仙居是山水相连、道路相通的隔壁邻居，我们孩童时代经常去永嘉，对永嘉的地理环境比较熟悉，并且有很多朋友。打永嘉就包在我吕氏兄弟身上。"

方国珍当即拍板说："好好！相信吕氏兄弟有智慧、有能力解救人质，有办法、有把握夺取永嘉。就这样定了，祝你们马到成功！"

永嘉县，是温州路辖下的一个县，位于浙江省东南部，瓯江下游北岸，东邻乐清、黄岩，西连青田、缙云，北接仙居，南与温州市区隔江相望。

永嘉历史悠久，远在新石器时代就有人类在此生息繁衍。夏、商、周为瓯地。春秋时期属越国，战国时入楚。汉高祖时属闽越，惠帝三年（前192）就设县。

永嘉历来人才辈出，文风鼎盛。东晋南朝出任永嘉太守的历史名人、有山水诗鼻祖谢灵运和书圣王羲之、"山中宰相"陶弘景，到宋代又出现了"永嘉学派"哲学家叶适。

　　吕家兄弟自加入民军以来，虽有贡献，但战绩尚欠辉煌。这次吕家远他们讨战的主要目的，就是想借邱家兄弟的力量，在攻打温州前，夺取永嘉县，为民军攻克温州做铺垫、做贡献。

　　元至正十八年十二月初一凌晨，人们正在甜睡中，永嘉县巽宅镇，突然黄犬狂吠，脚步声四起。人们从窗户中不难看到，街上来了无数提刀拿枪的汉子，便知是武装部队。这些军人来干吗的，话得从头说起：

　　巽宅镇是永嘉县辖镇，位于永嘉县西北部、小楠溪上游。东与山坑乡、碧莲镇接壤，南与茗岙乡相连，西与界坑、石染、西岙为邻，北与界坑乡、应坑乡毗连。

　　就在一个月前，巽宅镇的大庙里，不知从何处抓来千名囚徒，统统被羁押在庙宇里。与此同时，来了约二千荷枪实弹的军人。平静的山乡，为何变成刀枪林立的危险境地，使人胆战心惊。只怕终有一日，会现兵戎，成为战争之地。

　　不言而喻，这些被抓来的千名囚犯，就是雁荡山关磊、刘三宝的部下、打乐清清江时被俘的民军兵士。这千名民军是黑的儿、李得胜的唯一资本，可以拿来与方国珍讨价还价的谈判条件。他们只怕被关磊他们劫持回去，故此民军被遣送到偏远的永嘉巽宅镇。

　　关磊、方明善、吕家达、吕家通等知道被俘的千名弟兄，全部藏匿在巽宅大庙。关磊他们商定在十二月初一凌晨行动。定于十一月三十日傍晚，四路中队向永嘉进发，约定于十二月初一凌晨到达巽宅镇。

　　这四路中队分别是由关磊、方明善、吕家通、吕家达各领千名精干力量，于十一月三十日下午或傍晚开始出发：关磊的千人从乐清雁荡山出发，方明善、柳含春率千人，从乐清县城出发，而吕家达从仙居白塔镇、吕家通则从黄岩的乌岩镇越境。

　　根据各地路途远近，这四支中队必须十二月初一寅时到达巽宅镇。永嘉地处山乡，道路崎岖、地势险峻、跋山涉水、黑夜行军，困难多多。困难难不倒解救千名弟兄的决心，关磊、方明善、吕家通的三支兵马，均按照指定时间准时到达。

　　大王庙供奉着观音菩萨、财神土地，还供奉着关云长、谢灵运、王羲之、陶弘景和叶适的塑像。每逢初一、十五，当地百姓，八乡十村的都来烧香拜佛的。就是最近被元军占据后，可是敬香的百姓仍陆绎不绝。今天是初一，从寅时起，各路香客从四面八方涌来，民军的各路中队也跟着香客涌入。

　　元军看守官兵，眼看情况不妙，不仅人涌进太多，而且出现很多是身强力壮的汉子，情况不妙，急忙驱赶。他们把未进入的统统拒之门外，已经进来了的，欲将他们逐一驱赶出去。在驱赶中有的老妪步履蹒跚，踉踉跄跄，却遭脚踢拳打。

关磊见到关羽神像，就跪地膜拜。正在这时，有两个元兵走来驱赶。关磊不予以理采，他们就一脚踢来，关磊轻轻一拉，这个元兵"啪啦"一声倒地了。这还了得，元军中有人高喊"打人了！"喊话的人没料到这是他自讨苦吃，自找麻烦，自寻混乱。敬香的百姓听到说打人了，就慌忙逃避。而民军的三路中队的三千人，借乱早已进入巽宅镇和大王庙之中，已经开始控制元军的行动。

柳含春仍带十二女将，首先打开东西两边的厢房，放出被羁押的千名"俘虏"说："我是柳含春，我们是解救兄弟们来的，你们快去夺刀抢枪，一起并肩战斗，快快！"

他们齐心响应说："谢谢小夫人！听小夫人的。"这千人虽然赤手空拳，却似出山猛虎，势不可当，勇敢无比。不到半个时辰，他们中的多数人都夺得了刀枪，喜不自禁地回到了关磊、刘三宝的队伍中。

吕家达带来的千名仙居兵，刚过西坑乡时，见前面有三十来人站在村口。吕家达误认为是元军，准备结果了他们，喊说："你们是什么人？"

对方答说："我们是你们的朋友，是来迎接吕将军的，你们从仙居过来，走八十多里的崎岖小道，辛苦了！"

吕家达问："你们是谁？怎么知道我们从仙居来的？"

他们答说："我们主人请众位在这里喝碗茶水，请吕将军到我主人家小坐片刻。"

吕家达心中几分明白，但还是问说："你主人是谁？莫非是？"猛听见村里传出宋词《长相思》：

> 朋友来。贵宾来，阡陌丛山朋客台。仁兄共举抬。
> 心花开。几思呆，枫柏苍松满地栽。何须思细猜。

吕家达一听，便知是邱楠的声音，随回一首《长相思》：

> 夜四更。挚友行，逢水攀山都是情。星星似月明。
> 吾领兵。君用兵，兄似张良武穆称。芳名传播馨。

"吕兄请，小弟邱楠、邱桧在此等候多时了。"

邱楠、邱桧是永嘉巽宅镇人，比吕家远少几岁，与家进、家道同龄。就在柯九思还乡后，邱楠、邱桧兄弟俩曾在田市乡柯思吞拜柯老先生为师，在仙居就读三年，因此说邱楠、邱桧俩是柯九思的得意门生，是吕家远、柯雅文的师兄师弟。

吕家达拱手谢说："多谢仁兄，小弟我公务在肩，不能脱身，事后必来登门拜访。"

"这我知道，还早着呢，不讲早迟，只讲适时，慌什么？"邱桧诚邀说。

吕家达知道邱家兄弟才学在自己之上，此次幸遇，实是难得，岂能错失良机？于是与邱桧携手并肩地走进邱府。邱楠已在客堂等候了，邱楠走出门前迎接说："久仰、久仰！十分仰望吕仁兄光临寒舍。"

"多谢多谢！多有打扰。邱仁兄神人也，你俩怎知我们路过贵处？"吕家达接着说，"我们这次行动，对部下也是保密的，从未透露过要来永嘉的消息。"

邱楠谦虚地说："仁兄夸张了，我是毛估估、毛算算算出来的。前月，我们巽宅突然来了千名被俘虏的军人，同时来了约二千元军。这千名俘虏，估计就是你们的人，知道你们必来解救的。"

"邱仁兄真神，那你怎知我们会在今天早上到此的？佩服佩服！"吕家达说。

"彼此彼此，你我都是读书之人，且都熟读过兵书，深知五行八卦、天文地利。"邱楠接着解释说，"知道你们根据'云天需，君子以待阴阳结合'而定。月尾是阴，月初即阳，月末是阴，日初即阳。据此推算，你们必定是在初一凌晨，采用第八计中的'暗度陈仓'，定从仙居的崎岖山道而来。必在凌晨路过此地。"

"我们的行动都在仁兄的掌握之中，如若敌方有如仁兄一样的能人，我们将如之奈何？"

邱桧说："随时应变，兵家从来是千变万化，水来土掩，兵来将挡。想必吕仁兄能应变自如。"

看看天色将明，吕家达立起告辞说："小弟重任在肩，就此拜别，稍后将引关将军、方将军他们登门拜访！"

"慢，吕兄切勿着急，你们的队伍就在这里等候是了。"邱楠接着说，"等会儿，将近千名元军败退到此，就需要你的部队在本处擒拿，否则他们就逃往深山，追之晚矣。这是我留你们的真正目的。"

"谢谢！非常感谢邱仁兄，我们初来晚到，人地生疏，该如何应对，怎么部署？请仁兄告我。"吕家达诚恳说。

却说黑的儿的二千元军，因场地有限，其中一千兵驻守在天王大庙，另一千兵则驻扎在北岙坑村。他们半月轮换一次。北岙坑离大王庙三里多地，初一早晨，驻守在北岙坑村的元军，听到大王庙元军发来求救信号，便紧急集合，正当出发时，见大王庙元军败退下来。

大王庙打得十分顺利，三支队伍再加千名释俘，形成四比一的局面，加上民军有备而来，不到半个时辰，敌方伤的伤，降的降，逃的逃，等到天明，大王庙战斗宣告结束。

吕家通感到不对，敌方明明有二千人，为何不到一千人，尚有一千在哪？还有吕家达为何未到？莫非与另一部分元军在战斗！

经过突击对降兵的审问，得知另一千兵则驻守在北岙坑村，刚才有些元兵正向那儿逃跑。据此状况，只留柳含春她们和刚获释的刘三宝等千名弟兄，其余直追北岙坑村。

而驻扎在北岙坑村的元兵，见逃来的元兵说"方国珍已经打过来了"，其中有的血流满面，吓得北岙坑村元兵弃寨而逃。北岙坑村只有一条可退之路，就是一条进入东边村的路。

等到东方拂晓，见元兵如丧家之犬，蜂拥地向东边村逃来。吕家达按照邱家兄弟的安排，已经在守株待兔了。这些逃跑之兵，见后面关磊等数千民兵追赶，慌乱地退进了东边村毛坑、牛棚、猪圈里躲藏。果然不出邱楠、邱松的所料，他们正是蹿进了布好的渔网。

东边村有它独特的地理环境，三面环山，且十分地险峻，这里有猴愁涧、飞鹰惊、鼠难爬等山道，前有一条大道，后山是一条名为仙人跳的崎岖小道。近年来邱家兄弟俩以"天水讼，君子以作事谋始"，还做了些精心设计，布下了阵图，以防贼寇侵袭。不料今天来这么多的人，正好派上用场。

待元兵蹿进"渔网"后，关磊、方明善、吕家通带领三千兵追进村中，没想到邱楠、邱桧、吕家达已在村口迎接了。关磊他们丈二和尚摸不着头脑，没等他们转过神来，邱家兄弟急忙拱手请说："关将军、吕将军、方将军请，请到寒舍小憩片刻。"

关磊等拱手还礼说："请请请！"就这样，一起走进邱府。当一坐下，家人端上了早点说："将军们，请用膳！"

不难看出，早已做好饭菜，等候他们的到来，由此可见，这一切的一切，都在邱氏兄弟的意料之中。关磊、家通、明善所关心的是元兵残余逃向何处，于是问说："刚才的元兵残余，看见已经逃进本庄，怎么瞬间即逝，他们逃往何处？"

邱桧说："他们已经成为瓮中之鳖，等会儿由吕家达兄的兵士前去捉来就是。"

当饭饱茶喝后，一起前去察看，见逃进村的元兵，全被吕家达的兵捉住了，排列整齐地听候发落。

巽宅解救人质一战，宣告胜利结束。摆在面前的是班师回台，还是继续再战？为此吕家达提出说："我们此来的目的是解救人质，现在人质已经顺利解救，何时班师回去？下次何时再来攻打永嘉县？"

关磊认为莫失良机，应当继续再战，于是说："请问邱兄，我们是先回台州，还是乘胜前进，一鼓作气打进上塘镇，夺取永嘉县？"

邱楠笑容可掬地说："众位都是将帅之才，在将军面前岂敢班门弄斧！据小弟之愚见，乘胜前进、一鼓作气是上策，是事半功倍；若掩旗歇鼓，即刻班师，明年再来，是下策，这就是事倍功半，错失良机啦。"

关磊佩服得点头说："聆听邱兄教导，小弟我茅塞顿开！请问应如何乘胜前进，一举夺得永嘉县？请提良策。"

"兵家用兵之道颇多，小弟认为'兵贵神速、出其不意'是最为重要的。"邱楠慢条斯理地接着说，"巽宅至上塘只有几十里路程，如若今天晚上攻打上塘，这可说用兵神速。你们只要有一千兵，足以对付永嘉的五百兵，他们把重兵放在保护温州上，根本没防备你们会来打永嘉的，这就是出其不意。"

听了邱楠这么一说，方明善非常佩服地说："邱叔叔说得对极了，真是指点迷津，机会难得，怎能坐失良机？应当立即行动，明晨就去攻克永嘉上塘。"

"我们对上塘情况不甚了解，万望二位仁兄多加指教。"吕家达接着说，"闻说邱楠兄有张良之才，邱桧兄有万夫不当之勇，这次攻克永嘉，还是靠两位仁兄的谋划。"

吕家通、方明善、关磊一致表示："一切听邱先生的，由二位邱先生统一指挥。"

"也好，既然关将军、方将军和吕二兄弟抬举我兄弟俩，恭敬不如从命。"邱楠思考着接下说，"诸位一夜劳顿，太辛苦了，今晚就在舍下休息好了。攻打永嘉县的事交给我们就是了，但要给我一个人、一千兵。"

关磊说："我们的五千多兵，包括本人，均由邱兄调动。你要谁只管说好了。"

"我只要刘三宝一人，和刚才解救出的千人。"邱楠进一步解释说，"刘三宝是地道的温州人，他懂永嘉方言。因为他的外祖母就在永嘉碧莲镇，从小就在永嘉长大的，而且也知永嘉的地理环境。"

吕家通说："一千兵够了吗？我的一千兵你也由你带去吧。"

"够了够了。"邱桧接下说，"杀鸡焉用牛刀？他们只有五百兵，实是吓唬百姓用的，也可说是维护地方秩序的，他们根本不会打仗的。"

邱楠胸有成竹地说："明天早上，请四位将军和柳小夫人一起、带各路的五千兵马前来上塘。一则宣示方国珍的民军占领了永嘉县；再则商量永嘉的驻军及有关治理等事项。"

十二月初一白天，首先是二千俘虏做了恰当的安排，被解除武装后的元军，仍回原大王庙，宣布凡愿意弃暗投明的，当即参编入民军队伍；对不愿投降的，继续关押，待审问后再作分别处理。策略宣布后，约一千二百八十人愿意投诚民军，尚有七百多人无明确表态，成为阶下囚，被羁押在大王庙里。

民军的五千多兵、加上投降过来的一千多兵，是一个不少的队伍。由关磊宣布："就地休息，不准喧哗，更不扰民。"这样使巽宅乡静平依旧，百姓安然无事，旁人不知巽宅兵变。

初一傍晚，更深夜静后，刘三宝的千名弟兄在东边村紧急集合，悄悄地向上塘前进。

上塘是永嘉县城，虽有城门，但并不十分坚固，因为久无战事，基本彻夜不关，可说进出随便。近来，自从方明善占领乐清后，永嘉县也加强了防备。从此，永嘉达鲁花赤曾数次去温州路，要求派兵数千，保护永嘉不落方国珍之手。可是温州路达鲁花赤和元帅李得胜说"自身难保、无能为力"。

昨天，达鲁花赤与其夫人一起，再次去温州讨救兵，至今未归。

刘三宝一行千人，按照邱桧的安排，分成四个分队，从东西南北四门，分别进入县城，他们基本步调一致、同时进行。基本上都是攀越城墙而入，最为方便的是西门，西门城墙刚刚修补过的倒墙缺，蜊灰未干，砖头摇动，一推就倒，这样连攀登都用不上。

队伍比较顺利地进城后，各路队伍就直闯永嘉县堂。县堂高墙沟壑，也算坚固壁垒、戒备森严。其五百兵士中，一百二十人是门卫，分别守在各门；其余的三百八十人均在县衙守护，由达鲁花赤和统制指挥。县衙大门从戌时关闭，辰时开启，天天如此、月月不变。

昨天下午，永嘉县统制勃勒也达已经知道巽宅大王庙人质被劫，黑的儿的二千元兵反而成俘虏。消息如晴天霹雳，吓得勃勒也达胆战心惊。他毕竟是久经沙场的人，他不但是枕戈待旦，而且是亲自督促巡逻，时刻惊惕、密切提防。

趁着黎明前的黑暗，邱桧他只身一人，翻了个筋斗云，纵身一跃，腾飞进入县衙大院内，岂料，正好遇着这个勃勒也达他们的十多个随从，很快把邱桧包围在核心之中。一人面对十多人，况且又在高墙内的大院里，他们的人将越来越多，情况十分危急。何能制胜？何能化险为夷？

邱桧看到院子大，有空旷的场地，可以施展才能的时候了。于是再来一个筋斗云，纵身再跃，飞出人群包围圈后说："来吧，老子在这儿啦，过来过来！"

他们蜂拥而来再次将他包围起来，其中二人从背后冲上，邱桧突然来一百六十度旋转，一眨眼间，两颗人头落地，吓得他们后退数丈。此时此刻，必须提防暗箭飞镖，果然不出所料，一支飞镖从右侧射出，邱桧同时发出飞镖，正好碰个正着，致使他们目瞪口呆。

渐渐地，包围圈逐步缩小，趁此机会邱桧又是一个筋斗云，一眨眼间，他腾飞到勃勒也达身边，以迅雷不及掩耳之速，抓住勃勒也达的头发，来个左右两个三百六十度的旋转后说："百万军中取上将首级如锦囊探物，何惧你这个小小节节。"说后一刀削去，可怜这个勃勒也达就身首异处了。

这一举动，吓得元兵心惊肉跳、魂不附体，一个个跪拜求饶："愿意缴械投降，归顺民军！"这时，东方拂晓了，旭日已露光芒，永嘉县的大门已经打开，刘三宝的队伍，蜂拥似的进入大院，接受元军的缴械了。

巳时一过，关磊、吕家通、吕家达、方明善四位将军，率领约五千民军，操着整齐的步伐、精神抖擞地向上塘走来。进入了永嘉县城，队伍从上街到下街、从东街到西街转了二圈。全城百姓站满看热闹的人，他们以崇敬的目光，对民军予以赞颂，人们不知具体人数，夸大说"方国珍有'二三万'兵进入永嘉"。

至正十九年正月十五，永嘉的街头巷尾、挂灯结彩、敲锣打鼓、热闹非凡。百姓们笑逐颜开地闹元宵，放鞭炮、舞长龙、滚狮子彻夜难眠。今年的元宵节比往年更热闹、更繁荣昌盛。

究其原因，不言而喻，今年是行了新政，换了县主。原来的达鲁花赤是蒙古人，他们不懂汉民族的文化，也不知过大年、闹元宵的内涵，不但不予以提倡，反而进行制止。今天改朝换代，换上了由永嘉巽宅人邱桧任县令、刘三宝任安保县丞。一个多月来，永嘉县社会秩序井然，百姓安居乐业，经济日趋繁荣，得到百姓的拥戴。

而在温州的黑的儿、李得胜、达鲁花赤他们惶惶不可终日，提心吊胆地过了大年。而方国珍、刘仁本他们考虑着攻打温州的行动计划。

不知怎么攻破温州城？且听下回分解。

第四十九回
鼎北村张兴逢女友　平阳县女侠捉伊君

鳌江不战自投降，鼎北村头儿望娘。
美貌新人迎喜娶，春风杨柳醉平阳。

至正十九年正月十五，关磊、方明善、柳含春他们从永嘉凯旋归来，就直达乐清县。与此同时，刘仁本、方国璋、王翠玉护送王日明、章云香也来到乐清。正巧是元宵佳节，这么多人聚集在一起，多么地开心，尤其是章云香、王翠玉母女俩，踏进乐清县衙，激动无比、感慨万千！二十三年前的旧事历历在目、记忆犹深。

乐清是温州的门户，治理好乐清县，关系到温州百姓的向心力，也为下一步夺取温州全境打下基础。为此，方国珍任命王日明为乐清县代理县令，张兴为乐清县武安丞。

为何选用王日明？王日明虽然是个落第秀才，他确有真才实学，最主要的是仰仗其曾祖父——前朝状元王十朋的信望。选王日明为乐清县代县令是最合适不过的了，况且其女婿方国璋是民军将军、黄岩县令，外甥又是驻乐清县的将军。必将得到乐清乃至全温州人民的拥戴。

选用张兴为县丞，其主要原因是乐清刚刚夺取，政权并不巩固，需要有位会武功的将校级官员任副职，以安民心。因此说，选张兴是最合适不过的，也是意料之中的事。

如今的张兴，已经做起了官了。因此就思念起家里的老母亲和哥哥、嫂嫂，还有未成婚的——赵小娇。他阔别家乡已经十二年了，但不知老母健康状况如何。于是向王日明提出告假半月，王日明当即表示照准。王夫人章云香还送其老母不少旧衣服，王翠玉她们也送了不少衣服等物，还叮咛他娶个贤媳妇回来。他选择二月初三动身，带着十多个随从，前往福建福鼎县鼎北村探亲。

福鼎县鼎北是福建省最北的一个村，与浙江南部平阳县接壤，这山清水秀、峰峦叠翠、姹紫嫣红的地方，就是张兴的家。张兴家有老母、哥哥和嫂嫂，是实实在在的庄户人家。张兴中等偏矮身材，怕受人欺侮，因而喜欢上了习武。由于天资聪慧，习武进步很快，上次去台州石粘打擂，一晃十多年过去了，一直未找到闲暇归家看望母亲和哥哥、嫂嫂。

乐清至鼎北村路途二百多里，张兴一行十三人日夜赶路，于次日傍晚便到家了。他家有小木屋三间，虽然破旧，但也有安身之处。张兴的老母与《水浒传》中李逵的母亲有惊人的相似，也是双目失明。张兴见到母亲，泪如雨下地膝盖落地说："娘，不孝儿子兴儿向母亲磕头来着！"

母亲慈祥地摸着儿子的头说："儿啊！自从你去了以后，娘天天在家门口盼望，这样，一天又一天地盼、一年又一年地盼，年复一年，渐渐地眼睛模糊了，什么也看不见了。娘的眼睛是看儿看瞎了的，今天儿子回家了！终于回到娘的身边，可是看不清你的脸面，却摸出了儿的大概样貌。"

听了母亲的肺腑之言，张兴感动得泣不成声。母亲说："起来起来，男子汉要有男子汉的样子，哭什么哭。我问你，你在外面做什么？现在还好吗？"

"回母亲的话，生活过得很是惬意，如今做了官了。"张兴说。

"真的啊！在哪做官？做什么官？"母亲问。

"就在温州府乐清县当县丞。"张兴说。

"这个县丞有多大，管什么的。"母亲关切地问。

"是县官，比县太爷小一点，就是副县太爷。"张兴说着，命手下拿出送给母亲、哥哥、嫂嫂的衣裳、鞋帽等，还有三锭银子。随从们打开包包裹裹，有丝绸绢纺、有粗布衣衫。尤其是翠玉的几件衣服，崭新崭新的，嫂子看得赞不绝口。章云香的几件服饰，做工十分讲究，张母用手捏了捏，披在身上，高兴地问说："好看吗？像妖怪吗？"

众人都说"很合适，很得体，简直像个富老太婆！好看极了！"

村上邻居闻说张兴做官回家，带来衣服和银子，消息很快地传开了，"富在深山有远亲，穷在路边无人问。"张家瞬间门庭若市，张兴事先有所准备，凡是大人登门来访的，每人给五个铜钱，小孩一个，当时计价，五个铜钱，可买五斤黄酒，果然有些气派。

张兴做官回家探亲的消息传到了平阳县桥墩村，浙江平阳桥墩与福建福鼎鼎北是邻县邻村，只有几十里路程。桥墩村有个姑娘赵小娇，生得身材比较矮小些，却也小巧玲珑，十分的可爱。在她十八岁、张兴二十岁那年，经邻居做媒，介绍给张兴。经过相亲，双方都感觉十分的不错、非常的满意。当时张兴兴味盎然地问："小娇，你看得上我吗？"

小娇腼腆地点头回答说："行，不错呀！看得上。你对我呢？中意吗？"

张兴笑逐颜开地表示说："行，很好呀！满意满意！"张兴当即将从母亲手上摘下的一双银手镯，当面亲手戴在赵小娇手上说："这镯是祖传的，是我父亲送给我母亲的订婚礼物，今天转送你，但愿你我永结同心、白头偕老！"

赵小娇喜不自禁地取出其传家之宝——父亲用过的翡翠貔貅，亲手挂在张兴的脖子上说："这是我母亲给父亲的订婚信物，父亲长年累月戴着，他是刚才摘下来的，作为我的信物，今天戴在夫郎身上，感到无比幸福。愿你我恩爱甜如蜜、快乐过一生！"

就在这天中午，就在桥墩，看到一张刚刚贴上的榜文，见榜上写着"……台州路黄岩州方国珍在温岭石粘村，设擂台赛。……敬请各路英雄前来比武……"张兴认为自己功夫不错，待在家中没大出息，需要出去历练历练，长长知识。他回到家里向母亲报了已经定亲的"喜讯"后，提出到浙江台州打擂的主张。母亲和哥哥也认为"好男儿志在四方"，只希望去去就回。

谁知他一去无消息，屈指数来已经十二年了，当年十八岁的姑娘，如今是三十岁的人了。她可称得上对婚姻忠贞不渝了，她日盼夜盼只盼着张兴、日等夜等只等他回来。十二年来，其父母为女儿的婚姻，曾经无数次找媒人给她另择佳偶，可是都被小娇一一拒绝了。

青青柳色泪淋淋，十二年头盼好音。

屋后莺声啼不住，门前忽见喜轿临。

就在前几天，灵溪乡有个单身男子，他说要带着轿子，前来迎娶赵小姐。为此她正在考虑如何躲避的事。忽然，赵家门前来了一顶大红花轿，前来迎娶新娘，同时还跟着迎亲队伍，他们吹吹打打，锣鼓喧天，热闹非常。

赵小娇正准备逃走时，偷眼看见迎亲的新郎不是别人，却是张兴！她惊喜非常，高兴得忘乎所以，飞似的跑上前去，猛烈地扑进张兴的怀里，泣不成声地说："你这个无心汉，把我害苦、把我等坏、把我想死了！"

张兴感动得热泪盈眶说："对不起你，但也说明'真金不怕火炼，坚贞才见真情'。你我的情深如海、意切如山。"说后，携着小娇的手，走到岳父母跟前，行了大礼后，扶着新娘上轿。此时人们已经传开，张兴做了乐清县县太爷了，小娇成了夫人了。

话说张兴习武地也在平阳桥墩，因此他的朋友大多都是平阳人。新婚宴贵客盈门，宾朋满座。其中引人注目的有鳌江李平、水头林显，他俩能文能武，尤其武功，在平阳县算得上数一数二的了。

张兴与赵小娇的新婚幸福无须细说，却说闽瓯元帅黑的儿、温州防守元帅李得胜，温州路达鲁花赤他们心急如焚，惶惶不可终日。最近温州瓯江北岸的乐清县，瓯江西边南溪江北的永嘉县，皆被方国珍的民军占踞，严重地影响着温州城安全，可说温州处在风雨飘摇之中。

二月的一天，达鲁花赤召集黑的儿、李得胜来商讨对策说："看来温州危在旦夕，方贼国珍随时都有可能来攻打温州，我们应如何应对？"

李得胜说："看来温州城落入方国珍之手是迟早的事，我们的退步就是瑞安和平阳，平阳过去便是闽南了，福鼎、福清那里山高水险、海阔天空，我们丢失温州，还有瑞安县和平阳县在。"

正在这时，平阳县达鲁花赤派人送来紧急情报，说"反贼方国珍的得力干将、乐清县县丞张兴带领十多人，在平阳桥墩一带活动！本县不敢轻易妄动，请达鲁花赤、黑、李元帅定夺。"

看了平阳县的紧急情报后，黑的儿脸色发青地说："现在的平阳县已经上升为战略要地，务必保证平阳不落方贼之手，否则退无去路，只有束手就擒。"

摆在他们面前的是如何捉拿张兴一伙，当即确定由温州路统制尹伊君，率领五百名官兵，再由瑞安、平阳各出二百五十兵，共合千人，浩浩荡荡地来到平阳桥墩。千人对十来个人，就是小题大作，杀鸡用牛刀。

尹伊君带五百兵，先到瑞安，再调瑞安的全部武力二百五十人，于翌日早上前去平阳。瑞安到平阳，必须横渡飞云江。

飞云江，古代曾名罗阳江、安阳江、安固江、瑞安江。是中国闽东独流入海（东海），是浙江省八大水系之一，是浙江省第四大河，温州市第二大河。发源于浙江省景宁县洞宫山白云尖，自西向东流经泰顺县、文成县等，有诗写道：

> 一江云水自天来，清浊分明费剪裁。
>
> 河纳百川流不息，涛声雪浪响惊雷。

七百五十人横渡飞云江，足足花了两个时辰。此时百姓回避，商船让路，严重影响百姓生活。尹伊君的七百多兵马，过飞云江后，就达平阳，中午派饭平阳县城。

平阳是历史名城。早在秦国时代，遂设河东郡，平阳为河东郡属县之一。秦始皇二十六年（前221）秦灭六国，天下设三十六郡，平阳县仍属河东郡。这是历史上第一个郡县制的县。西晋武帝太康四年（283），名始阳县，后称罗阳县或横阳县。平阳县达鲁花赤贴木乃金，亲自率领二百五十兵士前来迎接，表示欢迎温州路派重兵来剿灭潜入平阳的"反贼"！

却说张兴假期已过，必须回转乐清，新夫人当然一同前往，当走到灵溪镇，忽视李平、林显俩匆匆跑来说："张兄，大事不好！温州路兵马统制尹伊君带一千多官兵前来捉拿于你，现在正在横渡鳌江，很快便来灵溪了。"

张兴听后说："谢谢二位仁兄！我们十多人怎挡他们千兵？请指点迷津。"

李平说："看来你乐清是去不了了，还是在此躲避几天再说。"

张兴拱手说："多谢了，小弟在此人地生疏，拜托仁兄周全。"

林显说："时不宜迟，快快，跟我俩来，到南雁荡山去，到仙姑洞风景区去。"

南雁荡山位于浙江省平阳县西部，是风景名胜区，属山岳型风景区，分东西洞景区、顺溪景区、明王峰景区、碧海天城景区、赤岩山景区五大景区。景区以山得势，因水成景，山因水活，水随山转，山光水色，相映成趣，以秀溪、幽洞、奇峰、景岩、银瀑、石堑等自然风光而闻名遐迩。其中东西洞景区……南雁荡山岩洞多，顶有名的要算仙姑洞。所谓仙姑洞？传说这个岩洞里坐着个朱氏仙姑。

张兴一行刚上仙姑洞，还立足未稳，就报官兵随后追来。官兵为何如此神速？追得张兴他们有束手不及之感。原因就出在王小三身上。

王小三，三十三岁，还没有娶媳妇，究其原因他是个好逸恶劳、游手好闲、无事生非的人。近来相中三十岁的桥墩未婚姑娘赵小娇，正在逼娶时刻，突然出现个张兴。事有凑巧，正当王小三带来狐朋狗友，抬着小轿，准备强娶赵小娇。谁知晚来一步，新娘却被张兴娶过去了。

王小三气得直蹬脚，气得咬牙切齿，他随起报复之心。事后得知张兴是方国珍下面的官员，就急忙报告平阳县，准备致张兴于死地，张兴一死，老婆袖手可得。平阳县得知这重大消息，如获至宝，就立即向温州路报告。今天张兴他们逃往南雁荡，全在王小三的眼皮底下。

南雁荡群山耸立，道路崎岖，尚且有千名官兵，要捉拿张兴他们也并非难事。好在有李平、林显相助，他俩熟地熟路，走了一山又一山，过了这峰又那峰，走到比较安全的地方。占了极理想的地理位置，居高临下，进可如猛虎下山，退可溜之大吉。

赵小娇从未见过世面，有点心慌意乱、胆战心惊，可是在上山途中，不慎跌了一跤，右腿骨折，不能行走，只有扶她住在仙姑洞疗伤。仙姑洞道姑多人，她们热情照顾。但也使张兴心中下志忑不安，怕她落入敌人手中。

果然不出所料，这个王小三也熟门熟路，他们把仙姑洞里里外外搜了个遍。让把一个个女道士出来查验。赵小娇已经做了改装,一身女道姑打扮,躺在床上呻吟,可是骗不过这个王小三。倒引来这个王小三的注意,他毫不犹豫地走进禅房,揭开她的面纱,小娇的面貌暴露无遗。

王小三发现赵小娇,如获至宝,说要把她带回灵溪其家,可是小娇拼命挣扎,说脚痛厉害,坚决赖着不走。各女道姑一齐阻拦。王小三无奈之下,请示尹伊君。尹伊君决定立即将赵小娇送至平阳县,交给达鲁花赤处理。当即就把小娇抬至平阳县女监牢羁押,根本不予以治疗。

关琼瑛对洞头岛富有深厚的感情,况且老父亲不想长住在喧嚣的台州府城,提出要回到洞头安度晚年。关琼瑛带着柳含春、蒋家山十二姑一起,送父母回洞头岛。她们刚到岛上码头,见三艘渔舟匆匆而来。彼此比较熟悉,他们见到关琼瑛就报告说:"报告女将军,大事不好!张长官他们被围困在平阳南雁荡山了,其刚成亲的赵夫人也被抓进了平阳县,打入重犯牢房。请立即前去解救!"

关琼瑛急问:"没有搞错?此话当真?"

"千真万确,我家就在平阳鳌江,小民亲眼所见、亲耳而闻。"渔民说。

"谢谢众位特地前来报告,请问小哥,我们将怎么行动为妥?"关琼瑛问。

"据说张长官他们只有十多人,可是官兵却有一千人,情况十分严峻,你们可以派重兵攻克县城。那包围南雁荡山的元军自然溃退。"渔哥说。

情况紧急,关琼瑛立即派出三队人马,一是急报玉环的李金松将军,请即发兵二千、战船五百,封锁飞云江;二是急报乐清县方明善,请方将军即刻派兵,配合我们洞头军,一起攻打平阳县。还派一队去临海,报告大将军。关琼瑛立即召集洞头仅有的二千驻兵,做好临战准备,保持临战状况。

洞头至平阳最近,本来就属平阳县管辖。二月二十八日夜,关琼瑛的五百艘船悄无声息地直向鳌江前进。元朝的平阳县与黄岩一样,县境大,人口多,也称平阳州,为了使读者放便,仍作平阳县称呼。当时县城就在鳌江。

鳌江三面临水,就呈半岛状态。关琼瑛不乘战船乘渔舟,在洞头渔民的帮助下,扮成渔翁模样,一行五艘渔船缓缓地驶入鳌江码头。她们就是这五十来人占领码头后,紧接着大批兵士陆续上岸,很快控制了县城各个要道。

先说关琼瑛、柳含春她们,腾空而起飞进了县堂里,很快进入女监狱。正巧见二男子拉着一个女子从女囚牢出来，女的赖着不走，而两个男子一左一右，架着女子，半抬半拖地往外拖。关琼瑛从中看出了名堂，就上前拦住问："你是什么人？她是谁？你拉她到哪儿去？"

这男子理直气壮地说："她是我的老婆，她不守妇道，偷男人，我把她带回家去。可以吗？"

"不可以。让我问一问她后再说。"关琼瑛对女子说，"他是你的男人吗？他说的话是真的吗？"

女子虽然惊恐万状，但还比较沉着地摇摇头说："不是的，不是的！他是个无赖！"说着便挣扎着双膝跪地说，"大叔叔，请救救小女子！"

可是这两个无赖仍不放手，妄图将她拉出去。关琼瑛制止说："你把手放开，我有话还要问她。"

这个王小三仍抓住不放说："不要听她胡说八道，她是我的老婆。走！回家去。"

"不许走！"关琼瑛、柳含春上前抓住他俩的各一只手，捏得他"啊唷哟！啊呀！"地叫皇天。关琼瑛接着问，"她还是你的老婆吗？"

王小三说："不是的，不过我想娶她。她最近要嫁给台州反贼张兴，我想夺回来。"

关琼瑛明白了一切，就扶起赵小娇说："嫂子，不要怕，我们是张兴的朋友、是来救你的。"接下吩咐她们，"将张太太带到船上去休息，好好保护张夫人。"

此时二千兵士都已经顺利进城了，把县堂包围得水泄不通。平阳县只有二百五十名武装力量，都被召集去围南雁荡了，谁知县城却空空荡荡。关琼瑛的二千人，如入无人之境，无一抵抗。

平阳州达鲁花赤贴木乃金、总管杨银俩束手就擒。而尹伊君所带的千名官兵还在南雁荡山搜寻张兴一行，真是知其然不知其所以然，经李平、林显俩熟地熟路的带领，几经迂回曲折，绕开敌人的围剿，已经辗转到水头镇林显的家里了，可是他们还在不停地搜山。

突然间，水头镇来了不少荷枪实弹的军人，不由得使张兴大吃一惊。他探听虚实，据种种迹象，不像是敌人，或许是自己人。的确如此，关琼瑛见城内平安无事，就决定五百兵留下驻扎鳌城，其余的都去鳌江南岸，去解张兴之围。

"踏破铁鞋无觅处，得来全不费功夫。"张兴从门缝中看清，原来是小夫人关琼瑛、新小夫人柳含春。激动得热泪盈眶地开门请她俩进来。急忙开门迎接道："关夫人请！小夫人请！张兴这下有礼了。"

关琼瑛、柳含春见到张兴，就走了进林府，向张兴他们通报了两件事，首先是说赵小娇已经解救，二是平阳州（县）已经夺取，达鲁花赤、总管已擒。说后就派人去船上将张夫人小娇送到水头林府。约过一个时辰，蒋春香她们把赵小娇送进了林府，张兴、小娇感激涕零且异口同声地说："谢谢关夫人、小夫人的恩典！"

闲话少说，摆在面前的是如何及早活捉尹伊君、消灭温州兵。为此关琼瑛胸有成竹地说："趁平阳县城的夺取、达鲁花赤、总管擒获的有利形势，乘胜前进，一举歼灭温路的残兵败将。"

当天下午，水头、龙港、灵溪等乡镇街头，贴遍"今日凌晨，平阳县城被方国珍的民军占领，达鲁花赤贴木乃金、总管杨银被擒拿！奉劝尹伊君等人迷途知返、弃暗投明、欢迎缴械投降！"这一特大新闻，以迅雷不及掩耳之速，迅速在平阳、温州传开。惊动了平阳及温州百姓，同时大大惊动尹伊君等追剿张兴的元军。尹伊君等元军闻此恶讯，惊恐万状，知道大势已去，立即传令撤退。事不宜迟，傍晚开始退回温州。

当夜幕降临，南雁荡山下的多个道口，隐隐约约地有黑影在移动。可以肯定是元军开始撤退了。打蛇打七寸，打人打要害。张兴他们已经埋伏在各条要道路口，以逸待劳、守株待兔。

果然不出李平、林显等的所料，他们分五条道路下山，全部在关琼瑛的掌握之中。元军胆战心惊地偷偷离开了南雁荡山，向比较平川的地带退却，满以为可以脱险了。就在这时，关琼瑛、柳含春、张兴、李平、林显等各路伏兵，突然跃起。如张兴他带的三百兵，埋伏在从水头往仙姑洞的路上。他看元军一队约二百人，当走进张兴的埋伏圈。他一声令下"出动"，三百兵勇如猛虎扑食，一齐扑向元军。

这一突如其来的袭击，击得他们措手不及，但也有几个顽固不化的，挥刀抵抗，民军们手起刀落，一下杀了二十多个负隅顽抗的，局面很快稳住。在"缴械不杀"的策略感召下，他们举手投降了。

三月下旬的田间，稻苗矮小，无隐蔽之处。可是在田梗的水沟里，张兴发现有一件黑糊糊的东西，一动不动的，是物是人是狗是猫？他不慌不忙地一刀刺下，试试是什么东西，一刀下去，忽然响起"啊哟！啊呀！"的喊叫。

民军七手八脚地将此人拉起，看他满身污泥，污水滴滴答答的，人不人鬼不鬼的，看来此人定有名堂。于是张兴提问归降的元兵："他是你们中的什么人？"

元兵齐说："他就是温州路兵马统制尹伊君。"

在尹伊君被活捉的同时，关琼瑛、柳含春、李平、林显各路伏击，都取得了预期的结果，元兵全部缴械投降了。

当夜，关琼瑛他们，点燃灯火，押解着尹伊君及近千名战俘，渡过滔滔不绝的鳌江，行着整齐的步伐。走进平阳县城。

行动宣告平阳县已经被民军占领了。这次攻克平阳县的重大胜利，全赖关琼瑛的果断、英勇！

平阳县的陷落，出乎黑的儿、李得胜他们的预料，他们预感到温州的陷落就在近日，为此而寝食不安，感到惶惶不可终日。

不知何时攻克温州，且听下回分解。

第五十回
随手牵羊顺来瑞安　就手可得轻取温州

夕阳流水美瓯江，滚滚奔流百里长。
达鲁已遭兵刃死，的儿元帅剑中亡。

张兴被困南雁荡山的消息在民军中很快传开，一场援救张兴的行动如火如荼地开展。第一个接到关琼瑛通报的是玉环李金松，李将军立即调兵遣将，很快五百条战船、二千水兵整装待发。二十日傍晚西南风哗哗唰唰，逆风行舟，困难重重。但将士们逆风破浪、顶风前进，于二十九日下午，顺利到达瑞安飞云江。

第二个接到关琼瑛报警的是乐清县的方明善。他随即派人通报还在虹桥的关磊，与此同时派人去永嘉县，向邱家兄弟及刘三宝，通报张兴被困的紧急情况。

先说由方明善带领二千民军，用二百艘船，从柳市东的瓯江口强渡。对岸就是永强地段，永强过去就是瑞安地带。方明善的兵马借道瑞安县，很快便到飞云江。方明善见江上舟船林立，大江封锁。这是为何？定情细瞧，看清了不是别人，就是李叔叔、李金松将军。

方明善他们上得李将军的船后，急着要渡过飞云江，去平阳县解救张兴。同时，他也关心着柳含春，柳含春因与关夫人有约，前几天去洞头岛拜会关琼瑛去了。估计她定与关夫人一起去平阳了，于是急着要上平阳县，与夫人并肩战斗。

今天是四月初一，关琼瑛知道各路救兵已至，就派柳含春带二百兵去向李将军感谢和问候，并通报平阳已经占领，张兴之围已解。同时迎接方明善他们来平阳助兴。

不出关琼瑛所料，柳含春她们刚过昆阳，见一大队兵马过来，定睛一看，真是方明善，她喜出望外地迎上前去打趣地说："三夜不见老婆，竟然追到平阳县来了，我看你差不差！"

"追老婆羞什么羞，一天不见如隔三秋吗？三天等于九年了，想着急了！"方明善接着说，"张叔叔之困已解了吗？"

柳含春点头说："嗯嗯！你们的部队就地休息，你与我回到飞云江去，向李叔叔报告平阳县已经被我们占领了！"

平阳县的顺利夺取，大大鼓舞民军全体将士的高昂斗志。李金松喜闻平阳已经占领，他十分佩服关琼瑛勇敢、大胆、果断。为民军夺取温州作出了贡献。他考虑着何不趁此难得的机会，一举夺取瑞安县，不也是一件美事吗？他就命令每艘船只留二人，其余的全体官兵，全副武装冲进瑞安县，夺取古县城。

李金松的二千水兵，人人都是久经考验的勇猛壮士。他们上得岸后，直闯瑞安县。没料到一路畅行无阻，百姓让道，女子回避，县门大开，很快进入县衙。

却说瑞安县达鲁花赤和总管，惊闻平阳已经陷落，平阳州达鲁花赤贴木乃金、总管杨银被拘禁、温州路统制尹伊君身亡，同时知道瑞安仅有的百来个武装，也已经缴械投降了。再看飞云江从昨天起，已经被"盗贼"占领、封锁了，今天又有数千兵马横渡过江。形势十分严峻，三十六计，走为上计。瑞安县达鲁花赤和总管，偷偷地向温州城逃避。

李金松进得县衙后，搜查里里外外，就是找不到达鲁花赤和总管。据当差的交代，他俩刚刚走了的，估计已经进入温州城里了。

李金松占领瑞安县后，忽地有人报告说，飞云江上游有一支军人正在渡江。李金松亲自带兵前去看过究竟，原来就是自己人。李金松虽然不认识邱桧，但他们俩早已心灵相通、信息互递。李将军命胡永潮、丁光土俩将其部队带回瑞安。他和邱桧一同前往平阳昆阳。

李金松的顺手牵羊，袖手得来个历史名城——瑞安县，真是始料未及。

正在这时，关磊、邱桧两人率领三千兵，绕道从永嘉来到瑞安，意欲借道去平阳解张兴之围。他们刚过南白象，迎面来了个二个中年男子，慌慌张张地拦路向关磊求救说："报告长官，大事不好了！平阳县被"反贼"占领了，请长官立即前去夺回。"

关磊问："你说的是真的，是谁占领了平阳县？"

拦路者说："千真万确。是我亲眼所见，是两个女人，据说是她名叫关琼瑛。"

"你叫什么名字？是做什么的？"关磊再问。

"小的名叫王小三，是种田的。因反贼张兴抢夺了我的老婆，要求长官去夺回平阳县，夺回我的老婆。"

"你可愿意带路？"关磊着意地问。

"包我身上。愿为长官效劳。"王小三说。

这个王小三确是熟地熟路，他绕道瑞安县城，避过城镇，经飞云江上游，过渡进入平阳地界。因渡船有限，大多数人仍留在瑞安境内。冤家路窄，窄路碰着对头人，就在昆阳近郊，正好遇见关琼瑛、柳含春、方明善与赵小娇走来。这个王小三倒眼精灵，他告诉说："对面有敌人，站在前面的就是我的老婆。"

与此同时，关琼瑛他们也看见了关磊他们，便来热情迎接，场面之热烈可想而知。这倒使王小三看傻了眼，眼看情况不对，回头便跑，张兴一刀飞去，正中其背部，王小三"呀"的一声，倒地不起了。

这么多人聚集在昆阳，实属难得。趁此机会，就如何夺取温州的有关事项做了一一商讨。

在兵力上，关琼瑛二千、李金松二千、方明善二千、关磊二千、邱桧一千。共九千兵，关磊准备再调千名攀城精英。

战船，现有七百艘，关琼瑛决定再调洞头战船三百条，共计千船，完全能够封死瓯江。

时间暂且保密，最后报请大将军、刘军师批准。当前就是把温州封锁在城墙里，封死一个月、逼得它开门来迎接。

计划初步确定，忽报大将军、刘军师、方国珉、吕家远、陈叔达、吕家进六位头领到来，这给昆阳会议添辉增色。

方国珍他们自接到关琼瑛的报告，说张兴被困南雁荡山，所以也带来二千兵，沿水路直达鳌江，知道他们都在昆阳，所以再从鳌江来昆阳，来得正巧，这么多人在一起正在商量军情大事。

关琼瑛他们首先向方国珍、刘仁本汇报了夺取平阳的大概，李金海说了占领瑞安简况，关磊讲了夺取温州的初步计划。方国珍、刘仁本他们听了很高兴，基本同意大家的意见，争取在一个月的时间，切实做好攻城的各项准备，做到万无一失。

随着乐清、永嘉、平阳、瑞安的陷落，温州城已经成为孤岛，被方国珍的民军围困得严严实实。这就大大动摇了温州城内的民心和元兵军心。原本只有三千兵，其头领尹伊君带五百兵去打平阳县，谁知一去不复返，剩下在城内只有二千五百兵，况且军心浮动，纪律松弛。

温州路总管胆小怕事，半年多来一直报病在家，剩下的就是闽瓯元帅黑的儿、温州保卫帅李得胜和达鲁花赤三人。

时间半月过去了，温州城内处在水深火热之中，百姓苦不堪言，街市萧条，商铺倒闭，无数居民家无米无柴，怨声载道、民怨飞腾。在将要被困死、饿死的情况下，百姓期望着方国珍他们早点打进城来，以解燃眉之急。

更急的是莫过于温州路的达鲁花赤、黑的儿、李得胜他们，真比热锅里的蚂蚁。

这个李得胜与黑的儿、达鲁花赤不同，他是汉人、是浙西金华人。他懂得识时务者为俊杰的道理，眼看各路义军四起，大元朝的大局每况愈下。当前温州危在旦夕，如若跟着黑的儿，就是死路一条，就是束手待毙。识事务者为俊杰！不如与他们分道扬镳，投靠、归顺方国珍！这样起码能保住性命，搞得好，若有所表现，还有可能弄个一官半职，也许有升官发财的可能，于是暗中做起反叛的各种活动。

一天中午，有两位女子走进李得胜家，有客自远方来不亦乐乎，李得胜莫名其妙地迎她进屋里，一边泡茶一边亲切地问："两位似曾相识，一时想不起来。今日光临，有何要事？"

"无事不进三宝殿。我俩是做生意的，想与李帅做一桩买卖，况且是一桩双赢的生意！"女子说。

"我是当兵的，不懂买卖，既然双赢，愿闻其详？"得胜说。

"城内三千银，城外万三银，二者相比较，你大我大，我赢你赢。"女子说。

李得胜说：

> 大姐啥身份，你赢吾怎赢？
> 只思余出路，怎保我前程。

关琼瑛说：

> 平阳擒达鲁，知否有琼瑛。
> 还有含春女，平阳夺县城。
> 只须归顺俺，定有好前程。
> 当下还原职，功成再跃名。

李得胜明确表示：

> 一言成九鼎，尊敬小夫人。
>
> 李某心归顺，请君任认亲。

关琼瑛、柳含春看策反已经成功，来个出其不意，说声"再见"，快步走出李府，一眨眼间，消失得无影无踪。

四月廿九日下午，达鲁花赤与黑的儿要李得胜陪他俩，一同去南门查勘防务设施，以及军事部署状况。他们仁走到城门旁边，见有十来个兵士坐在空地上玩牌九（赌博）。这个黑的儿忘记了现在处在危难时期，也和往常一样，给这几个当兵的人严厉训斥、脚头乱踢。这些当兵的不但不低头认错，反而站起来还他几下脚头。可是李得胜不但没有制止，也没有批评当兵的，反而帮当兵的说："当兵的处在战时状态，精神压力大，玩玩牌九，解闷消愁，请勿计较！"这给黑的儿一个没趣。但黑的儿也深知李得胜近日言语反常，行为不规，居心叵侧。

达鲁花赤着意将李得胜转到东门，远远看去，见一群官兵在交头接耳。他们走近时，突然话止，人人脸色恐惧、情态紧张，不知为什么？

黑的儿的脸色变得很快，露出了狰狞、可怕的嘴脸，他发冷笑地说："李元帅，你已经迫不及待地想谋反了，你已经与关琼瑛她们有多次的接触！你的行为，都在我的掌握之中，你能逃得过我的眼睛吗？"接着对亲信说："把李得胜抓起来！"他话音刚落，就有十多个人上来抓李得胜。

可是李得胜高声喝住说："且慢！谁敢来抓我！今天要抓的就是你黑的儿和达鲁花赤两个。"李得胜说了声，"大家一起上，把他俩给抓起来！"

此时双方出现僵持状态，当兵的蒙住了，到底执行谁的命令？还是黑的儿迫不及待地抽出佩剑，向李得胜刺来，李得胜一闪身，刺伤他的一个卫士，另一个卫士，一刀拦腰削去，这个黑的儿身断一半，当场毙命。

这个达鲁花赤看情况不对，带着三个保镖，妄图从人群中溜走。却被两个戴草帽的人拦住，一刀直刺其胸堂，白刀进红刀出，这个达鲁花赤就命归阴曹地府了。

你道这两个戴草帽的是谁，就是关琼瑛、柳含春。她俩大多时间是女扮男装，所以未被注意。就说那天从李得胜家走出，就在转角处，披上男装、戴上草帽，很快消失在人群中。

接着东西南北，城门全部打开，方国珍的万人队伍，迈着整齐的步伐，雄赳赳气昂昂地进入了温州城。

原温州兵多数是李得胜的部下，几乎基本倒戈，全部编入民军。但也有五六百兵是黑的儿亲信，大多是福建籍的。他们看形势不对，也自动地缴械投降。

方国珍未花力气、未动刀枪、轻而易举地占领了温州府城，全赖于关琼瑛、柳含春的策反成功。

方国珍进城后，紧接着发布安民告示，大意是：一是商店照常开门营业，照常公平买卖，不得欺行霸市；二是……

下一步是考虑怎么管理好温州的事。原温州府就是永嘉、乐清、平阳、瑞安四县。元代以前的泰顺是属平阳县管辖，泰顺县建于明代；文成是属瑞安县管辖，也是在明朝建县的。因此说温州全部收归方国珍管理之下。

接下便是端阳佳节，方国珍想起当年章云香、王日明过端阳节的故事，决定放松放松，传下命令，全军放假三天，以表庆贺温州的胜利占领。与此同时，还请方国瑛、陈叔达、吕家通三位将军速来乐清县。

此时，时任黄岩县县令的方国璋，欣闻儿子方明善、儿媳柳含春攻打乐清县顺利，更喜岳父王日明当上乐清县县令。就与夫人王翠玉同来乐清，一则表示庆贺，再则参加共庆端阳佳节。真是好事多多，刚到清县，报来温州府城胜利夺取的特大喜讯。

五月初三，方国珍、刘仁本、吕家远等来到乐清县，一则拜访王日明、章云香俩老人家，同时请王翠玉、柳含春婆媳俩，抓紧准备，后天在乐清设庆功宴，共庆端阳，同度佳节。

五月初四，方国珍、方国璋、吕家远、方国珉、李金松、关磊、吕家达、吕家进、邱桧、关琼瑛等一行，由邱桧带领同往永嘉县。

此去永嘉除了考察外，更重要的是拜访邱楠先生。名声远扬的邱楠，现在方国珍麾下，现任永嘉县令。除关磊外，大家都未见过他。今天大将军领高级将领登门拜访，真是出乎意料，倒使邱县令感到慌乱一时。

他所慌乱的就是一餐中饭的事，方国珍说："都是自已人，是兄弟，中饭就在菜馆吃餐便饭好了。今天是请邱仁兄来的，明天我们在乐清县设便宴，同贺端阳佳节，共庆温州胜利回归。"

元至正十九年端阳节，民军的高级将领集中在乐清县，他们有方国珍、方国璋、方国瑛、方国珉、刘仁本、李金松、陈叔达、董志强、关磊、关琼瑛、杜屏山、潘文忠、吕家远，吕家进、吕家达、吕家通、邱楠、邱桧、方明善。还特邀李得胜和温州总管王怀柔参加。

这么多人，摆两大桌，每桌十人。按照温州习惯，共十三道菜，称"十三花"。主食是糯米粽子。酒宴由方国璋主持，他是方家的老大，并且四十二岁就做起了公爹！方国璋笑逐颜开地说："各位大驾光临，诚表衷心感谢、热烈欢迎！"方国璋接着说，"下面由大将军致欢迎词。"

方国珍热情洋溢地说："方某我自从洋屿起兵以来，承蒙各位鼎力相助，才有今日之昌盛。曾记得：

道士冠中劫赃物、白果岛上围三林。松门夺粮、龙门罢阵，大陈岛兵营固、积谷山乱头除。三受招安大骗局，二抗元军廷中水师。龙困浅滩、马陷沙丘，晒盐挑盐度日，捕鱼拾贝如鹈。南鹿北鹿抗倭寇，藤岭姆岭败元痴。石粘打擂、洞头操兵，各路英雄云集，四方志士支持。三江口中假借船、王林洋畔鬼计施。仲达就义，金海捐躯，黄岩杀斑木松，仙居除尹三珠。天台起义、宁海逃跑，马头山战孙禄、台州府捉元髡。虹桥对垒，雁荡险失，乐清县顺利得，永嘉城写史诗。平阳夜袭空城，瑞安随手牵羊，攻温州以就手所得，取瓯越如锦囊取资……"

> 端阳佳节笑颜开，知县堂前贵客来。
>
> 喜气盈门怀敬意，衷心谢敬酒三杯。

紧接着方国珍、刘仁本率众将领一起走到关琼瑛跟前，向她敬酒说："平阳、瑞安的顺利占领和温州的轻易夺取，全赖弟媳的智慧、勇敢、果断所取得的。请大家举杯，向我们的女将军致以最崇高的敬意！"

在场的人对关琼瑛报以热烈的掌声，大家争前恐后地上前向她敬酒、致意，场面十分热烈。关琼瑛感动得热泪盈眶，却谦虚地表示说："谢谢！谢谢大将军、谢谢刘军师、谢谢各位的抬举，我只是做了点应做的事。"

酒宴在热烈愉快的气氛中进行着，接着，还是柳含春活泼有趣，她捧着酒杯，笑容可掬地走到长辈面前，笑逐颜开地首先向太婆婆敬酒说："太婆婆万福！敢问婆婆可记得二十五年前的端午节的'菖莆诗'？今天看看别有一番感受。孙辈感慨万千，今天机会难得，请太婆婆、婆婆各和一首。"

太婆婆章云香甜甜一笑说："《步前菖莆诗》一首。

> 今生来世喜穷夫，恩爱何论有若无。
>
> 白水清茶充酒喝，柴扉也可插菖莆。"

婆婆王翠玉喜气洋洋地说："我来一首《次韵婆婆的菖莆诗》。

> 正大光明好丈夫，人生切莫说多无。
>
> 贪婪过度会倾覆，洁白清贫伴菖莆。"

章云香对孙媳妇十分满意，于是提出说："我的宝贝孙媳妇，你也来一首。"

柳含春点头表示说："作得不好请勿见笑。我也来一首：

> 明善忠诚好丈夫，含春决不说多无。
>
> 一生幸福同偕老，甘愿贫寒睡菖莆。"

太婆婆、婆婆对含春的和诗十分赞赏，对她的祖率胸怀深表叹服。关琼瑛饶有兴趣地也来凑个热闹说："我也来个《次韵和柳含春》。

　　　　终生钟爱奴君夫，从不追求有若无。

　　　　一十八年悄笑过，三杯美酒醉菖莆。"

酒宴间，方国珍对于温州的人事做了精心的安排，他说："暂且按照宋朝政治体制施行。

"改温州路为温州府，任命邱楠为温州府府台，号称知府，是民军的全权代表；

"原温州路总管王怀柔，改任温州府府尹，行使原总管职能；

"原温州路护防元帅李得胜，改任温州府安保丞、统领温州武官。

"至于所属各县知县，由邱楠拟个方案交我们过目后另行公布。"

端阳节后，方国珍、刘仁本、吕家远他们仍在温州，商量和帮助巩固温州地方政权的事宜。他们一行先到平阳县，平阳是个大县，元时称平阳州，此时恢复平阳县称呼。

方国珍任命原洞头千户汤显时为平阳代理县知县、原瑞安县总管为平阳县丞，李显为平阳县武安丞。

他们在瑞安县，方国珍任命关天啸为代理知县、林平为武安丞。

永嘉县仍由邱桧为知县，刘三宝为县丞。

乐清县由王日明为代理知县，张兴仍任乐清县丞。

方国珍、刘仁本认为温州的事，在众位的共同努力下，处理得有条不紊，感受到十分满意，他们正考虑着回转台州去。正在这时，柳贤明、丁光土忽然来了，他俩慌慌张张地来报告象山县的情况。

他们来温州向方国珍及众将军说些什么？且听下回分解。

第五十一回
石浦渔姑遭受辱　象山小将显锋芒

　　　　碧桃吐艳柳舒烟，美丽秋山若画妍。

　　　　石浦渔姑铭肺腑，长留记意醉心田。

柳贤明、丁光土匆匆从台州来到温州，向大将军、刘军师等众将军报告最近象山、奉化二县，发现敌方增加兵员、加固工事，并公然入侵我方梅林、观山等乡镇，且与我方有多次交战，虽然已被我们击退，领地未被蚕食，但局势仍十分紧张。为此特来报告，以防他们趁虚入侵我们领地。

方国珍等各将领听了柳贤明、潘文忠的口头报告后，一致认为"不进则退，我不打他，他必打我"。于是决定，即日班师回台州，再择日攻打明州。

接着就攻打庆元路（宁波）的战略战术，进行较为认真的探讨。先由刘仁本介绍说："宁波是浙东要塞，也是战略要地。土地肥沃、物产丰富，尤其是舟山群岛的渔业资源，名扬海内外，称得上著名的世界渔港。"刘仁本接着说，"最近由也迷迷夫为宣慰都元帅，江浙行省右丞贴里帖木儿亲自赴庆元检察和部署防御战略。目前正在加固工事，因此说不可轻敌。"

邱楠慎重地说："据邱某愚见，可采取折中的办法。庆元在北，我们在南，我们攻打州城，必经奉化、鄞县。何不先夺象山、奉化、鄞县，这样一举推进，再夺取庆元府城。至于镇海、慈溪、定海等县，待夺得宁波后予以解决就方便了。"

吕家远举手赞成说："邱楠兄的意见不错，可先集中兵力分别夺取象山、奉化两县，只要上述两县顺利拿下，下一步就是鄞县了。"

刘仁本最后表示："各位的意见很是不错，我同意邱楠、家远的办法。至于定海县，可先攻下，也可围而不攻，最好配合攻打庆元城的同时，发起攻打和夺取定海县。"

军师刘仁本说后，意见得到了统一，大家一致表示同意邱楠、家远的看法，听从军师的安排。同时认为"战争从来没有固定的模式，一切从实际出发，从南向北推进的策略是可行的。

作战方略已经确定，至于派谁去、怎么打的具体战术上，必须作出具体安排和部署。

首先考虑派谁为主力部队，由谁为先锋，为此，方国珍征求意见说："这次攻打庆元路责任重大，应当由谁为主将、谁为先锋？"

吕家远主动请缨说："这次进攻庆元的任务，陆上就交给我们吕家四兄弟了，请大将军给我们万名陆军就够了。在水师上，请李金松将军调二千战船，万名水军，力压元廷的江浙中央水师。"

李金松说："据说元廷中央水师有战船三千，水师二万，我们也需要三千艘战船，二万名水兵，只能说旗鼓相当。"

陈叔达说："我将大陈岛的一千多艘船、五千多名水兵，全力支援你们。作为你的坚强后盾。"

方国珍明确表态说："好好！南有邱桧、北有吕家进。吕家进能文能武，就任命吕家进为进甬统帅、吕家通为先锋、吕家达监军。应当是吕家远先生为进甬总指挥！"

关磊表示说："好好！完全同意大将军的决定！相信定能旗开得胜。我还带五千兵来支持你们，做你们的后备力量。"

方国璋表示说："我也带五千兵，全力以赴，大力支援！"

吕家远他们回到台州临海，专心致志地看读兵书、拟订战略战术、书写作战方案。夫人柯雅文轻步走到夫君跟前，关切细声地问："看你如此忙碌，似有要事大事似的。到底有何军机大事？不妨说来听听。"

"最近就要攻打庆元路，这次以吕家军为主力。大将军命令我为总指挥，吾肩负重任，必需慎重对待，因此必须制定个具体的作战方案、制定个万无一失的战略战术。不知夫人有何高见？"吕家远说。

柯雅文，看起来是柔弱的妇道人家，但她博览群书，对攻打庆元有独到的见解："庆元是水陆交通要道，敌方有水兵二万、陆军二万，明州府城池坚固，切不可小觑。"

"小看你了！女人家怎知敌方的军情？我的计划是从南推进。第一步是双管齐下，同时打象山、奉化两个县。"吕家远说。

"双管齐下不可取，同时打两个县的计划也不可取。击其两臂不如断其一指。你可采取先易后难的战略，集中优势兵力攻打象山县。打出气势、打出威风，打得他闻风丧胆！"柯雅文说。

"夫人说得也有些道理。你说先易后难，攻打象山易在何处？"吕家远进一步与夫人探讨着说。

柯雅文笑逐颜开地说："象山县小、地窄、路近，完全在我们台州府宁海县的控制之下。只要不犯战略错误，夺取象山县可说是易如反掌。"

吕家远进一步问："怎么说易如反掌，如何能打出个威风凛凛的场面来？"

"这就要看你的本事了，我绝对相信我的夫君有能力、有办法，打出个气壮山河的气概来。"柯雅文说。

"我看母亲也是纸上谈兵，好高骛远，夸夸其谈。"在旁的女儿柯萌秋接着说，"我们去过象山多次了，还到过石浦镇啦，对那的地理环境比较熟悉了。小小象山县，怎能动大兵？杀鸡焉用牛刀？"

"你也算野姑娘了，两人随便跑到敌方去，万一有人出卖你俩，说你们是方国珍的儿子、媳妇，这还了得！非出大事不可！以后绝对不许可。"柯雅文严厉敬告说。

柯萌秋申辩着说："不是只有我俩，人还多着呢。还有方明敏、方明祥、方明谦和方娴雅、方娴静，等等。"

柯雅文说："说起来倒使我大吃一惊，你们都是方家的子孙，一出事将如何是好？"

"有师父保护着呢，我们都是天台'三竹'老师的弟子。是祝天东、卓天明、竺天豹师父带我们去熟识熟识地形、了解了解敌情。师父估计我们最近就要攻打象山的了，所以要我们做攻打前的准备。"女儿柯萌秋说得兴高采烈。

天台"三竹"自从归顺方国珍的民军以来，看到民军将才济济，自感有所不及，存有英雄无用武之地的心理，感受无报效方国珍的机会。尤其是近来，将军们在温州，打得有声有色，他们锐不可当、势如破竹，短短数月，便占领了温州全境。

"三竹"他们为了自己有所作为，趁此闲着无事的机会，就自动地担当起培养下一代的任务。所以把诸将军他们的子弟们，从南塘带到宁海来练习武功，以进一步造就他们，培养成为一支后备力量。

"三竹"提出上述主张，得到了当时任宁海县县令的吕家通，宁海县丞柳贤明两人的同意，同意在宁海县办起武馆，因而从楚门南塘湾转到了隐蔽的地方。

天台"三竹"他们意识到，下一步就要攻打庆元，打庆元必先从象山入手，所以曾多次带学生去象山"野营"，他们几乎走遍了石浦、西周、鹤浦、贤庠、墙头、定塘、涂茨、大徐、新桥、泗洲头等十五个乡镇。

象山县的石浦港是天然渔场，不仅环境优越，而且渔业资源十分丰富，同时也是避风港湾。一到捕鱼旺季，这里是渔帆如云、渔樯似林、渔火若萤。

一天，"三竹"和他的弟子们，迈步在码头，看到鲜鱼活蹦活跳，渔姑活泼可爱，看他们笑逐颜开地将一筐筐鲜鱼抬上岸。此时，见一队官兵走来收渔税。他们一艘船一艘船的一律收取，渔民也已经习以为常，自动地打开渔舱，任由他们拿。

因为这两天，刚刚刮了大风，所以收成甚微。可是官兵收渔税却连续来了三班，可说是接二连三，一班收了又一班。渔民们确实难以承受这一沉重的税赋。多数渔民敢怒不敢言。但也有几个胆子大的提出抗拒，这样就发生一场冲突：

当几个官兵走到三个青年人的船上，见他的舱中的大黄鱼活蹦乱跳，伸手将最大的八条全拿走。三青年心痛不已，实在舍不得！于是从他们手中夺回六条后说："你们简直是强盗，在白日强抢！"

可是这几个官兵真不识相，不仅一定要夺去这六条大黄鱼，同时还打了渔民三个巴掌。这三个青年渔民，一怒之下，也把三个官兵推入港湾，推入滚滚的大海里，幸好当时被人救起，不然便葬身鱼腹了。

官兵岂能罢休？调来数百名官兵，荷枪实弹，前来捉拿所谓闹事渔民。当时船中渔民奋起反抗，这样便风风火火地打了起来。

此时此刻，"三竹"和弟子们已经混入渔民队伍里。路见不平，拔刀相助，祝天东、方明谦、方明敏他们见这三个青年渔民被官兵抓走。就奋不顾身地上前将五个官兵再次推入海里，夺回了被抓的三个青年渔民。

虽然事越闹越大，祝天东他们的举动，大大鼓动了渔民们的斗志、他们高呼："官兵滚回去！"这就大大挫伤了官兵的傲气和锐气。

你道这帮恶小是谁？原来就是象山县达鲁花赤、象山县总管、象山县统制的儿子们，他们住在丹城，经常来石浦玩耍。

石浦是个繁华之地，到了夜晚，灯红酒绿，勾栏院花天酒地。这些恶小是勾栏院的常客，他们来此的目的是寻欢作乐的。其中几个就是石浦镇千户所千户的公子哥儿。

今天将他们摔进港里，港水滔滔，渔船挤挤。险些儿断送了性命！他们岂能就此罢休？一爬上了岸后，就迫不及待地寻报复，继续集聚力量，十来个人个个手拿棍棒，气势汹汹地一起冲向方明敏。

方明敏就是方明善的胞弟、是方国璋的第二个儿子，比明善少二岁，今年刚好十九，与方礼同龄。方明敏功夫不错，才智聪慧。虽然对方十来个人将他围困在码头有限的空地上，方明敏一个飞跃，飞跃过他们的头，很快地突围了。他们再次向方明敏冲击过来，方明敏摆开架势，他以一当十，第一个上来，手拿棍棒劈头盖脸地砸向方明敏，明敏一闪身，来个顺手牵羊，将他按在地上，踏上一只脚，随手夺过棍棒。棍棒在手，一人当关万人莫入，他边表演花棍边警告说："谁敢上来，咱们玩玩？"果然他们一齐冲了上来，方明敏抢起这根夺来的木棍，接连击倒四五个，他们就不敢贸然发起进攻了。

天下到处有坏人，不一会儿四面八方涌来十来个打手，人人手拿钢刀、剑戟一起上来。一齐向方明敏袭来，看来他有插翅难飞之险，看来一场恶战一触即发。

面对这一状况，祝天东老师右臂一挥说："我们一起上！""三竹"和男孩儿们人人身藏暗器，三节棍等软兵器立刻从腰间抽出，不声不响地快步上前，来到他们的身后。他们刚开始动手，"三竹"他们袭其不避，噼噼啪啪地击倒在地，击得他们无招架之力，方明敏毫毛无损地与同伴们，乘着渔姑她们的渔船，溜回彼岸。不一会儿，石浦千户所带来百来人官兵，前来捕拿方明敏他们。待他们追赶上，明敏等已经绕小道回到了宁海县城地界。

吕家远、柯雅文听了女儿的上述介绍后说："故事倒很精彩，想必后来会更精彩。试问你们已经准备攻打象山，有何计划？不妨说来听听。"

柯萌秋笑了笑说："我也说不准，明天请方礼、明敏、明祥、李云燕、李云莺、李煜厚、陈海清、陈海滨、方明谦他们来好了。"

柯雅文说："人小志大，小小年纪，多大能耐？明谦只有十五岁。"

"不不，已经十六岁了，俗话说'有志不在年少，无志百岁空劳'不要小看方明谦。"柯萌秋接着解释说，"小小年纪，却熟读兵书。其实他很聪明呢，很有见地，明天你听听他见解，看看他的胆略。"

第二天，果然来了这些童子军，他们中还是由方礼为主，方礼将敌方的情况了解得一清二楚，可说是了如指掌。特别是军队的部署和地理环境，弄得明明白白，尤其是进出道路等，还画有草图。

吕家远听了很是满意地问："我把攻打象山的任务交给你们，你们能够完成任务？能保证凯旋？"

方礼、明敏、明祥、李云燕、李云莺、李煜厚、陈海清、陈海滨、方明谦等异口同声地说："请放心，我们一定能够完成任务，一定能够凯旋！"

接着方明谦说："据了解，驻象山元军只有一千二百兵，其中丹城六百、石浦三百、西周三百。其实没多大战斗力，我们可以采取各个击破战略。只要三天就可平定象山了。"

吕家远听其一说，便赞不绝口；"了不起、了不起！果然是个将才、果然是人小志大！就限你五天，你要多少兵力，只管说来。"

小明谦谦逊地说："由方礼哥、明敏哥决断，由他俩说了算。"

方礼说："本当千兵足矣，为了万无一失，给我们一千五百兵。"

吕家远说："你们能指挥打仗？一千五百兵交给你们有点不放心，万一……"

方明谦说："虽然有很强的自信心，以防万一，还请您和吕家通将军俩作我们的顾问。"

"好好！说得好！我俩全力支持。要知道，战场不是儿戏，必须拟个方案出来，交我们过目。这是制度，也是军队的纪律。"吕家远说。

不谈小伙子他们的作战计划，却说元廷江浙行省对庆元路的防务十分重视，并做了精心安排和具体部署。他们把防务的前线和重点放在奉化县，对象山县就任其自然，只驻军一千二百名。象山县的达鲁花赤曾多次要求增加驻守部队，不但没有派兵增援，反而要将石浦、西周的六百兵撤到奉化去，因此致使象山军心浮动。

小伙子们回到宁海后，立即向"三竹"老师回报吕将军已经同意，准许我们攻打象山的消息。"三竹"听了很高兴。接着研究了具体的作战计划：由祝天东、方礼、李煜厚、陈海清、方明谦五人负责，带兵九百，攻打丹城；由卓天明、方明智、方完、陈海滨四人负责带兵五百攻打石浦；由竺天豹、董华光、董华明、李煜道、方明祥为首的率兵五百，负责攻打西周镇。

这是一支刚刚成长起来的新生力量，是一支朝气蓬勃的力量，与当年父辈的洋屿起义十分相似，可条件比当年优越得多，起码有"三竹"为骨干在支撑着，更有家远、家通作坚强的后盾。

姜是老的辣，笋是新的嫩。"三竹"与"小伙"配合十分契洽，彼此互相取长补短。貌是一分为三，其实是三位一体，一个拳头。这一千五百兵就是吕家通部下的驻宁海兵，他们熟悉象山情况。中秋节后的八月十八夜，秋高气爽、皓月当空，民军的一千五百兵，分三路中队，分西、南、北三面向西周镇一齐袭来。

元时的西周镇百姓，大多住的草房、茅屋。元军的三百兵，全住宿在这座断垣残壁的破庙里，门倒墙塌，破烂不堪。天凉好个秋，中秋节后八月十九凌晨，元军官兵睡在铺着稻草的地上，任凭蚊子叮咬，还是呼呼大睡着。

先说由祝天东、方礼、李煜厚、陈海清、方明谦带领五百战士，从西边进入。西边虽有土墙，高度不到齐腰，孩童也能翻越，何况训练有素的民军，很快跃入庙内，把正在熟睡的元军一网打尽，他们来不及反抗，便全部缴械投降。

民军夺取西周镇后，紧接着火速向丹城进发，他们跑步前进，不到一个时辰，东方刚刚拂晓便到了丹城。这时城门正在打开，民军突然从西、南两门蜂拥而入，直奔县堂。

此时，象山县县堂的大门刚刚开启，值班元军正在换岗，谁知民军大队人马直冲进来！卓天明、方明敏、方完、陈海滨、陈海清他们冲入机关宿舍。方明敏、方完等早已探明鲁花赤的住址，率十来人破门而入，进了达鲁花赤的房间。达鲁花赤与夫人俩一丝不挂地从睡梦中惊醒，被民军抓获。接着分别将总管他们一个个捉住。

而竺天豹、董华光、董华明、方明祥带领的五百兵直冲兵营。此时元军正准备起床。竺天豹正好遇着蒙人副将贴木铁儿，这个副将身材高大，且满面胡子，手拿钢刀，向竺天豹杀来。竺天豹用方天华戟还击，两人就打了起来。由于势均力敌、旗鼓相当，约打了五十回合，仍不分胜负。

可是其他元军兵士却被董华光他们制服了，一个个缴械投降了。而这个贴木铁儿还是顽固地与竺天豹在对抗。贴木铁儿知部下已经投降，看大势已去，无挽回希望，心乱刀乱，被竺天豹一戟刺其胸部，这个副将就死于竺氏之手。

随着贴木铁儿战死，达鲁花赤、总管和统制被捆绑，象山县可说已收归方国珍领导下的民军版图。可是还有石浦镇尚在元军管制下，应立即给予夺取。

就在当天，即八月十九午后，石浦千户所接到象山县达鲁花赤的手令，说"象山县城已经被方国珍的民军占领了，你们已经退无去路了，本县已派战船三十艘前来接应，务必赶快乘船逃走"。

未时刚过，石浦码头，果然款款地驶进三十艘不挂旗帜的船只，稳稳地停靠在石浦码头。紧接着，军人、家属们争先恐后、神慌情恐地下船。本来预计三百来人，怎么来了四百多人，把每艘船坐得满满的。

为何超限？因为多出的人既不是元军，也不是千户所家属。到底他们是谁？正好柳含春率柯萌秋、方娴雅、方娴静等都在船上，认出那天在渔港码头，戏弄渔姑的这个人也在船中。这才明白不过了，这些人多少怕受到民众的报复，故随元军逃之远远。谁知逃不出如来佛之掌心。

可是，这批元兵和千户他们不知是民军水师，还误认为是元廷的中央水师。

由胡永潮、丁光土俩率领的船队，刚从象山港驶出，迎面来了十来艘元廷的中央水师！不知如何应对，且听下回分解。

第五十二回

江口镇祝天明诱敌　奉化县陈以南捉人

> 调虎离山妙计存，官兵自己大开门。
> 民军混入县城里，统领元将吓断魂。

由胡永潮、丁光土俩率领的船队，刚从象山港驶出，迎面来了十来艘敌船。它们是元廷的江浙中央水师，还是宁波地方水兵？胡永潮立即命令说："左前方有敌船十艘，正向我们靠近，应作好战斗准备！"

此时的石浦兵还是糊里湖涂、莫名其妙。他们抬头看了看说："哪里是敌人？是自己人，是奉化县水兵巡逻队。"

丁光土考虑船内有尚未缴械的元兵，也有手无寸铁的妇幼，为了妇孺们的安全，于是着意避开敌船。可是敌船他也多管闲事，莫名其妙地前来盘问："你们是哪来的？载的什么东西？往哪里去？"

胡永潮一时想不出妥当的回答，只是支支吾吾地说："到到三三门湾去，到前方去。"

对方还是不断地追问："看你船这么沉，载的什么东西？有没有私盐？"

丁光土为了变被动为主动，他变守为攻地说："你们是什么人，到哪去？你们倒像个走私的。"

可是这位石浦千户站起来，三步两脚跳到船头，当起和事佬说："我是石浦镇千户，咱们都是自己人，他们是宁波水师，是来接我们到宁波去的。"

这位驻石浦元军头领也借此出头露面一翻，他一脚跳上船头，向奉化船挥挥手说："是的是的！我是象山县副统制，象山县被方国珍占领去了，快走吧。"

奉化水兵信以为真，各走各的路，他们继续向北航行。而胡永潮、丁光土向南航行，航不多远，刚刚进入三门海域。忽见奉化兵匆匆追赶过来，他们高喊："你们给我停住！你们说往宁波去的，怎么往台州方向驶去？你们不像庆元水兵，却似台州反贼方国珍的人。你们到底是什么人？"

胡永潮不予以理睬，命令全速向南航行。而奉化兵继续不停地急起直追，当追到蛇蟠岛附近，胡永潮命令就地抛锚，准备还击。

在蛇蟠岛，李金松知道，东海水师的主力全在三门湾，就在蛇蟠岛周围，全力以赴，为支援攻打庆元路。

此时奉化兵看对方剑拔弩张、见形势不妙，就立刻调转船头，准备逃蹿。晚了！刹那间，四面八方都是民军的战船，不是十条百条，而是数百艘船，把他们包围着。他们与石浦兵一道，同时举双手向民军缴械投行。

经一一造册登记：象山石浦兵，其中军官六人，兵士二百八十八，千户一名，官员及家属二十四、、还有无业人员六十三人。奉化兵，战船十艘，军官二名，水兵八十一人。

这是一个意外的收获，大大鼓舞了民军攻打奉化的信心。同时也给庆元路、奉化县达鲁花赤猛击一掌，打得他们莫名其妙！一天时间，就是八月十九的一天，不仅象山县被占领，还有石浦的千户和三官百兵，更有奉化县的水上巡逻队和十条战船，也同时神秘地失踪了！

奉化县历史悠久，早在秦汉时属鄞县，晋至隋代，先后属句章县、鄮县。唐开元二十六年（738）析鄮县置奉化县。

奉化位于江浙行省东部，地处庆元路南郊、象山港畔，全县陆地面积1277平方公里，海域面积96平方公里，海岸线长61公里，地貌特征为"六山一水三分田"。东部海域辽阔，常有海盗骚扰，因此配有水兵二百八十名、战船三十。分三班轮流，保持十二个时辰不间断地海上巡逻。

八月十九日傍晚，奉化县县堂灯火通明，达鲁花赤木尔铁金，总管陈以南，统制冬木山儿等，心急如焚地等待失踪水兵的消息。木尔铁金心有不祥之兆地说："出事了，肯定出事了，听说三门湾来不少海盗船，很有可能被方国珍的水师抓去了！立即告诉水兵，今夜切勿出远海，立即派人向庆元路报告。"

话音刚落，忽视副统制匆匆进来报告："据可靠消息，今天早上象山县丹城和西周镇，被台州反贼方国珍占领了，象山县达鲁花赤、总管、统制已被俘虏、囚禁，驻军首领阵亡！就在今天下午，石浦镇的驻军和千户所的全部人员，一个不留地被劫持，至今去向不明。与此同时，我们的巡逻船队也被挟持而去了。"

冬木山儿听后，坐立不安地说："看来奉化也危在旦夕、也难逃一劫，我们该如何应对？"

总管陈以南说："看来方国珍的贼势日盛一日，有势不可当之状。且元军每况愈下，靠我们区区二千兵，何以抵御？？"

统制冬木山儿说："总管此言差矣！我大元朝江山固若金汤，当年世祖皇帝南征北战，东讨西伐，无往而不胜，多么地威风！而今虽然不比当年，百节之虫，死而不僵，可是我们有强大的后盾——庆元路和江浙行省。我们可以请求上司派兵援助。"

达鲁花赤木尔铁金说："说得也是，我们只有这么着了，事不宜迟，请统制带几个精干随从，连夜去庆元路走一趟，向达鲁花赤他们回报象山失陷和本县水兵被劫情况，要求火速增兵保护奉化！"

这个统制意识到大势已去，难挽危局。现在是别无选择，只有立即前去求讨救兵。于是带上十多个随从，快马加鞭，奔赴庆元路。

庆元路达鲁花赤、总管刚刚收到象山县失陷的报告，正以万分火急之文书，已经向江浙行省做了书面报告。江浙行省接报后，由行省右丞贴里帖木儿带百名骑兵，快马来到庆元，与浙东宣慰使铁木贴金元帅等，紧急部署防务事项。

暂不说他们调兵遣将，却说天台"三竹"之一的祝天明，原籍奉化县江口镇人，出身庄户人家，家有老父和兄妹，天明排行第二。哥哥天光，三妹名月芬，小妹月芳。祝天明性格豪爽、心胸豁达，喜管闲事、爱打不平。

孩童时，他放过牛，读过书，种过田。但他最喜欢习武，当地办有一个民间习武场，本村村民儿童夜间可免费入学。天明与哥哥天光，夜夜去武馆练习武功，由于有较好的天赋和自己的刻苦练习，学习进步较快，功夫皆在同学之上，光阴如箭，祝天明不觉已经长成为二十岁帅哥了。

奉化有着独特的文化底蕴，传说奉化是弥勒化身的故乡，是布袋弥勒化身的。布袋和尚在奉化出家。今天九月九日，是传统的重阳节，奉化县雪头山的雪头寺，正在做弥勒道场。奉化弥勒道场，历史悠久、名声远扬。因此香客云集，其中不少来自明州城里，多数从水路乘船到江口，再转轿或步行到雪头寺。

这些人中多数是敬香拜佛的善男信女，也有登高望远的文人墨客，更有不少是赌徒和寻衅兹事、拦路抢劫的犯罪分子。他们在山头地角，寺前殿后，颠三和、纳六名，打牌九，还有什么猜红五星、斗蟋蟀等五花八门的赌博活动。

祝天明家有顶毛蓝小轿，他和哥哥祝天光做轿夫。今天是拉客的好机会。早晨从定海来了几艘大船，其中一对老年夫妇，手提一只沉甸甸的箱子，看样子是位富户人家。他要讨轿上雪头寺敬香，天明兄弟俩接到这笔生意，喜出望外地抬着老人，向雪头寺抬去。

当他抬到半山腰，抬得满头大汗的祝天明兄弟俩，在一处小平台上歇息，不料半途冲出七八号拦路抢劫强盗，他们人人手拿"三节棍""四面箭""铁疾藜"等短兵器，凶相毕露地说："我们从舟山跟踪到此，船上人多无法下手，所以在此地等候你了。"

祝天明说："你们是什么人、你们想干吗？难道拦路抢劫？"

"不要多管闲事，我们就要这只箱子。"他们说后便抢夺这箱子。

天光、天明岂能罢休？路见不平拔刀相助，况且是自己的客户，保护客人责无旁贷，夺回财物义不容辞！天明三步两脚冲上前去，三拳四腿击倒盗贼，干脆利落地夺回箱子。可是强盗岂能放手，七八号人瞬间从腰中抽出短兵器，一齐向天光、天明杀来。

"哥哥，你保护客人，他们由我一人对付好了。"天明说后手拿"短柱"，（是挑夫、轿夫的专用工具。）怒不可遏地以一挡八。由于山道崎岖，悬崖峭壁，环境险峻，他利用天时地利，立足在有利位置。虽然身在悬崖峻岭间，可是力运两臂拳头中。本来可上二人的路，可是他们八人一起上，祝天明居高临下，站得稳、看得准，先看准这两个可能的头儿，紧盯他俩立足不稳的瞬间的破绽，来个主动出击。对方用三节棍袭来，天明用短柱抵挡，刚好棍击短柱中，再施劲一拉，三节棍来不及放手，这人便扑倒在地，天明上前一步，再使劲一脚踢出，这小子就如圆球般地滚下山崖。这个落崖的小子，发出最后"呀"的一声，便命丧黄泉路了。

另一个头儿见情况不妙，扭头想逃，天明跨上一步再踢一脚，这个头儿也跟着翻滚落崖，也魂归离恨天了。

这批强徒终于被击退，祝天明却犯下人命官司。你道这两名死者是谁？却原来是庆元路达鲁花赤儿子的朋友。

不论死者是何等样人，更不辨正义之举，人命两条，非同小可！奉化县出了人命大案，庆无路达鲁花赤公子的朋友，被祝天明踢死于崖下，庆元路特派专人前来捉拿治罪。

他们务必要抓到凶手！这下，吓得祝天明不知所措，三十六计，走为上计。祝天明只有当夜潜逃，才是唯一活路！他逃到台州路天台县洪畴乡姨父家。当时隐姓埋名，两年后宁波方向未见追究，祝天明渐渐地抛头露面，与洪畴青年办起了武馆，开始他的习武生涯。

一晃八年过去了，江口的百姓，不少是天明的左邻右舍、亲朋好友，至今还在惦记着这个路见不平、拔刀相助的好人——祝天明。

今天祝天明奉命来奉化县江口镇，其目的不言而喻：就是要"引蛇出洞"和"调虎离山"。前几天，吕家远、吕家达，方礼、方明敏、方明谦、陈海滨、陈海清等商议攻打奉化县的策略。

自古英雄出少年，这班青年中年龄最小的要算方明谦了，他提出说："奉化县城是弹丸之地，现有元军五千，且城池坚固，防守严密。为了避免更多的伤亡，应当智取为上。"

"说得有理，请问小弟，怎么的智取法？"吕家远说。

方明谦不假思索地说："应用'调虎离山'和'引蛇出洞'策略，就是在引蛇出洞的同时，趁机突袭奉化县，打他个措手不及。"

吕家远感兴趣地说："你用何计，能将他们全部调出？"

方明谦不慌不忙地解释说："不不！不可能全部调出，要想把原来的二千兵调出去，留下的都有是刚来的新兵，我们就可以浑水摸鱼了。"

"吕家达问："怎么引他出洞？谁为诱饵？把他们引到何处？"

方明谦说："就有劳祝天明老师了，祝老师家是奉化江口人，因为又有前科，他们知道祝老师已经在民军中，尤其是前几天象山打西周镇，是祝老师指挥的，老师已经成为新闻人物。祝老师一旦在江口出现，必然引起他们的高度关注、必然引诱他们前来抓捕，趁他们出城的机会，我们可大举入城了。"

果然如此，今天祝天明的突然出现，倒使江口百姓感到高兴，尤其是祝家的亲朋好友前来登门问候。祝天明回来的消息很快传开，一时成为江口的头条新闻。消息不胫而走，很快传到奉化县达鲁花赤木尔铁金，总管陈以南，统制冬木山儿等人的耳朵里。还是统制冬木山儿警惕性高，他听到祝天明的名字，猛然想起了，近日在象山县打西周镇的头领就是祝天明，今天祝天明在江口的出现，是不祥之兆，是台州反贼入侵奉化的凶讯！必须立即予以消灭，趁立足未稳，打他个措手不及。他立即吩咐部下整装出发，奔向江口。

最近冬木山儿多次去庆元路要求援兵，终于要来了三千官兵，刚刚昨天到达，今天是第一个早上，全部驻扎在县城。加上原来二千，小小奉化县城，共有官兵五千。今日发现江口镇来了祝天明，冬木山儿如临大敌，亲自调原来的二千兵去捉拿"台州反贼"——祝天明。

县城到江口十来里路程，他们很快把江口镇包围得水泄不通，更为严重的是进行逐街逐巷、逐家逐户的搜查，一时搞得百姓人心慌乱。可是查了半天，没有发现祝天明和他的部下。

正当冬木山儿收兵回城时，忽见街头巷尾来了无数的民军，民军堵住所有去路，且正迎面冲杀过来，反把元兵压退回江口镇里，官兵倒被民军反包围住了。

原来，祝天明带来约二千民军，隐蔽在镇外的田间。这时，正好是"稻黄橘熟"的金秋季节，水田无水，晚稻未收，便于民军隐藏埋伏。他们在暗处，看清元军进街后，民军才慢慢地从田间出来，紧紧地将元军包围住。

此时，双方也发生了较为激烈的战斗，民军由"三竹"带领，进入巷战。冬木山儿喜欢耀马扬鞭，不懂巷战，当"三竹"他们堵住街头巷口，击他个突如其来，因此元军慌乱不堪，逃却无路，伤亡不少。面对强大的民军，元兵无还手之力，只好步步退却，败兵如破竹，他们都退至中街头。民军的包围圈越缩越小，冬木山儿束手无策，他别无选择，只有一街一巷地硬拼，就命令部下突围。

江口中街是条古街，街面窄小，连一辆马车都难以通过，两面皆是民房商店。且家家关门上锁，他们冲出几人，几人被杀或被捉去！不但冲不出半步，反被挤压在一条小街中。

这时，一间店门突然打开，元军以为一线希望，误以为可以在此逃出。谁知出来的就是祝天明、卓天东、竺天豹等人，他高喊说："我们是民军，是方国珍的部队。我就是祝天明，还有卓天东、竺天豹都在这里！你们被包围了，你们进入绝龙巷，已经无路可逃了，赶快缴械投降吧。"

冬木山儿就在人群中，他不但不投降，反而拔出五尺马刀，向祝天明冲刺过来。天明眼明、身灵、手快，慌忙用方天戟抵挡住，而冬木山儿再刺一刀，却刺在他自己部下的警卫身上，这位警卫的哥哥是警卫长，他见弟弟被刺身亡，一时怒火上升，就向这个冬木山儿背刺一刀！这个奉化县武官便魂归阴曹地府了。

冬木山儿一死，两千兵士在"缴械不杀"的号召声中，举手投降了。

机不可失，时不再来，趁热打铁才能成功，"三竹"他们立即向奉化县城前进。到达县城，见城门大开，见方礼、方明敏俩在迎接"三竹"胜利进城。这是怎么一回事？倒使"三竹"一时丈二和尚摸不着头。

原来是：当冬木山儿领兵出城后，埋伏在周边的民军，随后以元军返回之状，以迅雷不及掩耳之速，以锐不可当之势，五千之众，蜂拥似的从四门涌入城内。原来出去二千，不到一个时辰，怎么进来五千兵？刚刚调来的三千元军，更是莫名其妙，他们不知所以然！当民军进入元军营房时，要他们缴械时，才恍然大悟。虽然元方有三千大兵，晚了！来不及了！

但也有一场较为激烈的战斗：元军浙东副将贴儿铁切，刚任命为浙东"抗贼"将军。他上任仅只五天，满以为飞黄腾达、官运亨通，却谁知兵营被不明身份者包围，贴儿铁切看情况不妙，手拿丈二长矛，冲出门外，见人便杀，接连刺伤刺死十来人，刺得潘文忠带领的原黄岩兵不敢前进，反而后退数丈。

方明谦见潘文忠难以取胜，就在暗地里抽出弓箭，瞄准这个将军，"嗖嗖嗖"地连发三箭！箭无虚发，箭箭中着，第一箭正中左额，二箭射其左臂，三箭击中前胸，就是这最关键的一箭，正好射击其心脏。

这位将军可说是十分的勇敢，前两箭都被他自己将箭头拔出，可是第三支箭头，再也无力拔了，这位蒙族将军，唰然倒地，再也爬不起来了。

元军将领阵亡，元兵知道力量悬殊，识时务者为俊杰。兵营里的官兵看清自己无能为力，迫于无奈，人人举手投降了。

等到"三竹"他们进城，奉化县城已经落入民军手中了。还有奉化的达鲁花赤和总管下落不明，如若他俩尚未找到，奉化不能说已经归顺民军方国珍了。

这次攻打奉化的主将是吕家达，因吕家通还在象山处理前后事项，吕家远特意将任务交给吕家达。吕家达很重视培养年青一代，所以将"三竹"的弟子带在身边。今天吕家达带着这班少将们走进县堂，见县堂中站着三五个卫兵，向来者行军礼，表示向来人致敬。

旁边捆绑着一人，看样子，便是奉化县达鲁花赤。还有一位穿着得体的长者，拱手表示欢迎。这位就是奉化县总管陈以南先生。

陈以南是台州临海人，他看到全国各地群雄四起，大元朝气色将尽，已经是危机四伏、岌岌可危，更知方国珍所领导的民军，不但对百姓秋毫无犯，还得到台州民众的拥戴，同时意识到，民军攻打奉化是意料之中的事，因此就心存归顺之意。

今天民军进入县城时，达鲁花赤准备与民军大战一场，冬木山儿带兵去江口后，他们两人为此发生意见冲突。达鲁花赤命令卫兵将总管捆绑，幸好几个卫兵是陈以南的亲信，他们不抓总管陈以南，反而将达鲁花赤捆绑了。

吕家达、方礼、方明敏、方明谦等听了以上情况后，对陈以南先生表示由衷的崇敬。

这次奉化一战，取得了重大胜利，连丧元军两将，俘虏元军五千，可说战绩辉煌。追其原因是战略有方、战术有谋、指挥得当。

这次奉化的胜利，全赖方明谦的"调虎离山计"和"引蛇出洞""各个击破"的策略。同时还有陈以南先生的"民族大义"。

此时此刻，方礼情不自禁地口念小令《忆江南》一首：

> 多好事，昨夜梦秋花。正在与其骑竹马，
> 比如同住在吾家。明月正西斜。

正当大家在庆祝胜利的时刻，见李煜然匆匆而来，不知有何要事，且听下回分解。

第五十三回

余姚县修墙墙毁坏　陈以南接客客盈门

> 美丽姚江流水长，昏昏达鲁筑高墙。
> 谁知突发伤亡故，民怨飞腾难下场。

李煜然、李煜道是李金海、董娇蓉之子。李将军阵亡后，董夫人将儿

子俩带到外祖父家——南塘湾读书、习武。哥哥李煜然比方礼少两岁，今年一十八、弟弟也比方完少两岁，年方十六。他俩没有与方礼他们一起来海宁黄坦的"三竹"武馆习武，而是跟叔叔李金松、胡永潮、丁光土等，学习水上功夫、掌握船舶航行、练习水军基础知识。

由于李金松的精心培养，加上他俩的天资聪慧，经过几年的刻苦学习，进步很快，现在已经成为李金松的得力助手和理想的接班人。

今天他俩匆匆而来，定有要事。吕家远、吕家达、方礼、方明敏等就把他俩领进奉化县客堂。还是方明谦主动泡上两杯"雁荡山"绿茶说；"路上辛苦了，请用茶。有要事边喝边说。"

李煜然立起向吕叔叔他们行了叩首礼后说："李金松将军特地派我俩向众位报告个好消息——奉化县的水兵全部被我们捉住了，并且已经归顺我们民军了。"

方礼说："好好！是怎么抓住的？"

李煜道说："我们驾百条战船，由刚刚投降过来的'奉化水兵巡逻队'带领，悄悄地进入奉化水兵营地，在无任何抵抗的情况下，全部举手投诚、一致表示归顺我们了。"

吕家远等一齐鼓掌说："这是个好消息，我们正要寻找他们，不料已经投降过来了。谢谢！谢谢李将军！你们还带来什么好消息？"

李煜然接着转达李金松的话说："另有一件要事——元军定海的江浙中央水师，最近似有重大调动现象，估计是为保护庆元路作准备，因此说要么趁机攻打庆元，要么声东击西，佯打鄞县实打余姚。"

吕家远说："李金松将军的意见呢？他以为是先攻占宁波，还是先夺取余姚？"

"叔叔他没有明确说明，一切由吕将军决定。他认为必须从速，以免夜长梦多，以免从各地调入更多的元军。"李煜然说。

吕家远对下步行动自有打算，为了听听各方面见解，吸取有益的东西，他说："请各位多提宝贵意见，是先打庆元还是先夺余姚？"

吕家达有点性急，主张先夺宁波，他说："趁机攻打明州为妥，我们兵多势大，趁连夺两城的大好势头，乘风破浪、趁胜前进，一举夺取明州。"吕家达接着说："只要明州占领了，慈溪、余姚、镇海、定海就迎刃而解了。"

可是方明谦却说："家达将军说得也有些道理，但根据宁波的地理环境，四明山脉是浙东之腹地，它群山环抱、山峦耸翠，环境优美。因此我说，要夺明州府、必占四明山。"

接着他做了进一步解释说："现在我们占领了奉化，雪头山就连着四明山脉，我们再向北推移，就是余姚地界了。因此说，攻打余姚是最佳选择，是上上之策！"

吕家远说："明谦言之有理，根据明州的地理环境、参照温州的经验，决定先占四明山，同时夺取余姚县，这是我们的正确决策。"

在晚秋的十月十五夜，秋风飒飒，寒霜微微，一群北雁高歌从头上飞过，飞向遥远的南方。而民军的官兵们，身背背包，腰挂刀剑，肩搞抢械，悄悄地向鄞县的蒋山乡一带前进。

这支二千人的队伍，仍由祝天明为首的"三竹"带领，他们驻扎蒋山乡一带。蒋山乡属鄞县管辖，且离宁波较近，地面开阔，进可长驱直入宁波城，退可退到峰峦叠嶂的四明山。

而鄞县的达鲁花赤、总管们，听到方国珍的民军已经进入鄞县、进入蒋山一带，被吓得住进庆元路城区，借着宁波坚固的城墙，仗着万名官兵，可以抵挡一阵子。此时此刻，庆元路达鲁花赤、护城将军和浙东元帅，惶惶不可终日，寝食难安，但仍加强城区防守。他们自然而然地放弃了鄞县。

祝天明占领蒋山的二千民军，如入无人之境，自由自在，无人打扰。他们在夜间，经常四处活动，偷偷地到明州城墙外察看，有时干脆向城内放几下冷箭，搞得城里人心浮动，搞得官兵晕头转向。

就在祝天明他们进入蒋山的同时，以吕家通为首的五千民军，趁着皓洁的月光，从奉化县雪头山向北移动、向四明山前进。深秋的四明山，显得格外壮丽。有诗为证：

毓秀四明山

巍巍大壑四明山，翠柏苍松映宇寰。
跌宕峰峦坡起伏，钟灵毓秀泛斑斓。
梁乡处处闻啼鸟，雪头人人念佛还。
峡谷深坑喷碧水，崎岖曲道喜登攀。

这真是：

明月松间照，清泉石上流。
丹枫飘落叶，蝈蝈唱啾啾。

一夜的急行军，凌晨已经到达四明山的梁弄乡，梁弄是山上的小集镇。四明百姓勤劳朴实，热情好客，把来山上的人统统认作贵客、亲朋。民军从不扰民，他们自带粮食。因而得百姓的拥护。

余姚县，地处浙东宁绍平原，南列崇岭高峻之四明山（古称句余山），北临溟海横栽之钱塘湾，东接蛟门。余姚历史悠久，秦时置县，文化璀璨。史称名邦、东南名邑，是浙江省历史文化名城。西通曹娥江，中有姚江，发源于四明山中的太平山，北泻流经上虞。

他们在四明山住三五天后，余姚县的达鲁花赤和元军，全然不知。而他们只知鄞县蒋山乡那边的民军，所以把防守力量集中到靠鄞县的边界上。

却说余姚县达鲁花赤贴尔木铁，调入该县刚刚一年。他不懂农耕劳作、不问民众疾苦，一年里他专做防务这件"大事"，请看他以下的防务举措：

首先是高筑墙，他上任的头一天就去视察县城城墙是否坚固，高度是否达到超高状态、墙外有否堆积杂物、有否违章建筑物和可攀登树木等。检查结果，他不尽满意，就提出立即整改。

整改要有资金、物资、人力。时任余姚县总管的陈以良，提出不同意见，他认为当前财政空虚，于是说："目前连二百兵的薪水也难以维持，加上去年姚江洪水泛滥成灾，粮食歉收，皇上的田粮难以收缴，近来元廷催促甚紧。无水不行船、无钱难修城。本人认为筑高墙暂且推缓。"

"防务是头等大事，安全第一。"达鲁花赤接着说，"据最近消息，温州已被台州反贼方国珍占领了，下个目标便是宁波、余姚了，可以预料，就在一年内，庆元路就有落入贼寇之手的危险！因此说，筑高墙是刻不容缓的大事。"

他那一大堆的高谈阔论，却被陈以良反驳说："筑高墙不如顺民意、滋民心。民意、民心是摧不毁的铁壁铜墙。当前年关将近，无数百姓饥寒交迫，还是多做些得民心的事。"

达鲁花赤却说："事有轻重缓急，战争袭来，战火烧来，贼寇进来烧杀掠抢，还有什么民心可言！"

陈先生说："他们不至于到烧杀掠抢、无恶不作的地步。台州、温州倒是境泰民安、民心归顺。"

陈先生讲了这句不该讲的话，遭到贴尔木铁的严厉训斥。他批评说："总管怎能说出如此对大元朝离心离德的话来！竟然为反贼歌功颂德，真是岂有此理！"

陈总管不便多加阻拦，看来也是阻拦不了，所以他只好说："并非给反贼歌功颂德，而是随便说说罢了，主公要筑高墙您看着办好了。"

从此两人发生了小小的隔阂，陈总管对许多事只好看着他办。这个达鲁花赤却认为来余姚县后只半月内，在第一场与总管交锋中取得完全胜利，所以摆起架势，专横跋扈地亲自动手，开展了声势浩大的筑高城墙的行动。

这个达鲁花赤不顾民心民意，一意孤行地发出布告：

为保安宁，以防贼寇，必须加高城墙，周长三里，原高一丈，人梯就能翻入。现定加高三尺，凡是本县百姓，人人都有责任，有钱出钱，无钱出力。有钱出银二两，无钱出工半月。不分城乡，不论穷富，一律平等对待。若有抗拒，严惩不贷，轻则加倍处罚，重者羁压坐牢。……

布告一经贴出，遭到百姓强烈反对，尤其是四明山的群众，他们已经是饥寒交迫、度日如年，长年在伐薪南山中，卖柴挑百里。哪有银子可谈，何有时间可闲？可是这个达鲁便把令来行。就依靠手中的二三百兵，天天四处抓民工，搞得民不安生，余姚百姓怨声载道。

这是一项劳民伤财的工程，任凭百姓叫苦不迭、怨声载道，而贴尔木铁仍我行我素，眼看半年已经过去，工程尚未过半，眼前夏收夏种的农忙即将到来。百姓强烈要求暂停施工。为此总管陈以良先生中肯地提出建议说："农忙已经到来，是否暂停两月，待农忙过后，等三伏过去，天气凉些再来上工？"

陈以良的提议，当即遭到达鲁花赤的批评说："办事必须一鼓作气，岂可中途停歇，正是岂有此理！"

面对一意孤行的达鲁花赤，陈总管无权阻止，只好心里为农民着急。正当赤日炎炎的农忙季节，就是在六月十六上午，因大雨后高温等原因，造成蜊灰松散。突然声如惊雷，哗啦哗啦一阵巨响，城墙坍塌了！将近半里长的新加部分城墙塌陷了。出现重大的十四死三十伤的人员伤亡恶性事故。霎时人心骚动，哭泣声、呼叫救命声惊天动地。

有《菩萨蛮》写道：

余姚县内城墙倒，民工致死真难了。盛夏暑炎天，伤残痛可怜。

怨声皆载道，苦水知多少。死者怎还乡，亲人痛断肠。

这一事故非同小可，死伤者都是年轻力壮的农民，死者血肉横糊，场面惨不忍睹；伤者头破手残、骨断脚拐，喊爹叫娘，痛心疾首。失去儿子的父母、死了丈夫的妻子，他们痛不欲生，一时间哭声惊天动地！

余姚百姓怒不可遏，成百上千的民众自动地来到县堂，前来向达鲁花赤讨个说法。可是这个当时不可一世的达鲁花赤，却变成缩头乌龟，不敢出来接见。

"如若再不出来接见，不给我们一个答复，将组织万人来把达鲁花赤抓出！"群众的情绪越来越激昂。

这个达鲁花赤看到事越闹越大，迫于无奈，他硬着头皮出来接见说："对不起，筑城是为保地方安全，为防百姓不受方贼扰乱。今天发生塌墙事故，是始料未及的事。请有秩序地提出合理诉求。"

百姓是很讲道理的，他们自动地选出能言善辩的代表，经斟酌后提出以下三条诉求：

一是，认定死者是为国捐躯、为公殉难。必须给予厚葬，一切费用由县里支出，同时还给死难家属每户抚恤金银子五十两、稻谷二十担（一担百斤）；

二是，对三十位受伤者，必需立即救治。因为，余姚县只有两三家中医伤科，医疗条件差、床位有限，还需请明州医师前来协助治疗。与此同时，先给受伤家属银子三十两，以便自买药品、补品，以解燃眉之急。

三是，在查明事故原因之前，目前正在施工的工地，以防事故再次发生，必须给予立即停工。

此时的达鲁花赤呆若木鸡，对上述要求无言应答，他知道县里财政亏损严重，特别是最近筑城的费用，都是打白条的，要等到各乡村的摊派收来后支付。无水难行船。目前人死在板头，无钱怎能收葬！

这个贴尔木铁只得硬着头皮去找陈总管商量说："陈大人请，悔我当初没有慎重考虑，出现意想不到的、不可收拾的严重后果。为此请陈大人拉我一把，替我想个办法，帮我解决这个最棘手的问题。"

陈总管说："目前民心激昂、情绪失控，请愿的人将越来越多！只有主动地答应民众的合理诉求，才能平息民愤。"

迫于无奈，这个六神无主的达鲁花赤，走出县堂门口，准备向请愿民表态。谁知民心激昂，几位失去儿子的父亲，见他没有明确答应上述诉求，一怒之下，上前给他几个耳光。

陈总管怕情况失控，把贴尔木铁给打死了。于是出来阻止说："必须住手，不准打人！"总管一说，果然马上停止揍达鲁花赤。陈以良接着表态说："你们的以上三条诉求，合情合理，无可非议。"他接着说，"今天死伤的人，都是我陈以良的兄弟，首先向死难的兄弟致以沉痛的哀悼。对受伤的弟兄深表同情和慰问，祝愿早日康复！"

有人问说："我们的诉求是否合理，还要这达鲁花赤明确表态，应当要达鲁花赤本人向百姓谢罪。"

面对这种场面，如再不表态，就要遭打。达鲁花赤只好战战兢兢地重复陈总管的话说："以上三条诉求，合情合理，无可非议。"

陈总管接着高声地说："陈某我认为，无条件地接受。"陈总管明确表态后，群众激动情绪得以缓和，并开始陆续离去。

陈以良有非凡的才能，自塌墙事故后，这个达鲁花赤再没有当时拿般的骄气、傲气和主观了，可以说撒手不管，县内大小事务，均由陈总管说了算。

陈总管必须兑现三条承诺，他诚实地采取以几项措施：

其一，将死者给予厚葬，他以慈善之名义，向全县五十家富户、财主每家摊派银子五十两。这样很快筹到银子二千五百两。给死者每人银子一百两，其中五十两作丧葬费，五十两作抚恤金。一百两银子非同小可，超过他们的诉求，死难家属都自愿地取回遗体，并给予隆重收葬。

其二，对伤者每人三十两银子，作为医疗费，这样共九百两。上述的二千五百两是救死扶伤之钱，决不移作他用。这样只余下二百两、留给重病人之用。众人对这样处理结果表示支持。

其三，立即停止城墙高筑工程，除了对这段倒塌的修缮外，就来个拨乱反正，将做了半途的全部拆除，拆下的物资全部退还，其中损失的部分县里付钱。

这些钱从何而来？陈以良自已动手写好报告，快马加鞭报送庆元路达鲁花赤和总管，要求拨款银子五千两。在上级未拨下来之前，由余姚县达鲁花赤贴尔木铁亲自出面，打欠条子，签名盖印章。

当陈以良处理完上述事情后，不觉夏去秋临。现在是十月下旬，一天上午，余姚城内一群青年人，空闲无事地在街闲逛，此时，有五顶轿子匆匆抬过，这群好奇的青年，也随后加快步伐，也跟着走到县堂大门口。见轿子毫无阻拦地坦然而入，可是这些青年却被挡住。青年们远远看去，见轿子里下来一老两男和二女。老者不是别人，就是奉化县总管陈以南先生，小的自称是总管的大公子和小公子，二位女子自称是总管的女眷。

从此之后的连续三天里，余姚城中来了许多卖柴草的山民，今天是十一月初一日早晨。门卫还在甜睡中，不知是谁？城门提前打开了，忽然见东南西北四门大开，人潮汹涌地很快涌进城内、涌向余姚县堂。

在这时，本因县堂大门紧闭着，怎么也提前打开了，数以千计的人蜂拥而入，一下子把余姚县挤得水泄不通。其中一些人冲进了达鲁花赤的卧室，余姚县达鲁花赤贴尔木铁，迷迷糊糊地醒来，睁眼一看，见来的都是手拿刀剑的人，不由得吓出一身冷汗，忙喊："快来人呀！有强盗！"他只喊一声就被湿面布封住了嘴，被五花大绑了。

民军将这个达鲁花赤带入县堂，绑在柱子上后将封口的湿布拿了。然后将已经缴械的二百多兵统统带到县堂前的操场上，站队立正。

接着一位相貌堂堂的年青小伙子，向他们训话说："我就是民军大将军方国珍的儿子，名方礼。我们民军是为民抗元的军队，你们当兵的都是受苦的兄弟，愿意跟我们的，就举手……"他话音一落，全场举手。方礼接着问，"不愿意的可以立即回去，不愿的请举手。"结果一个也没有。

这些归顺的元军被编入民军队伍了，只剩下个达鲁花赤一个孤苦伶仃。

余姚县的顺利夺取，开创了民军夺县占城的先河。为何如此顺利，如何未动一刀一剑，未杀一人一马呢？就是前几天来了五顶轿子，轿子里出来的是何等样人？他就是奉化县前总管陈以南，这位大公子就是方国珍的长子方礼，小公子便是方国珉的长子方明谦，两位女眷就是关琼瑛和柳含春。

先说陈以良与陈以南是兄弟关系，陈以良小时跟叔公来过临海，孩童时他与陈以南就相识了，一次在杭州乡试时再次相遇。他与陈以南总算有缘，他又同在庆元路做官，且两人都是任总管职，实属难得。

陈以良，是本省湖州人，他为人诚实、为官清廉，他与陈以南不是同窗，却是同宗。陈以良祖上原籍台州临海人，其父亲在十八岁时跟叔父去湖州吴兴县，在一家丧夫的女人家做长工。

主人家不是富户，而是够吃够用、省吃俭用的农家，家有水田八亩。还有一个十岁的女儿。由于陈父人品端庄、天资聪慧、刻苦勤劳，得到主人的赏识。渐渐地成了胡家男当家，渐渐地小姑娘长大成婀娜多姿、婷婷玉立的姑娘了。渐渐地姑娘爱上了长工，在胡姑娘十七岁时便结婚了。婚后的第二年，就生下了这位陈以良先生。

陈以南他们一行的到来，有朋自远方来，陈以良当然热情接待。当谈及来意时，陈以南首先向他介绍方礼他们的身份后，就直言相告："我们是来劝降的，是要求你协助民军的。"

陈以良说："你们是来逼我上梁山的，我若不答应，除非将你们羁押起来送官，否则是自已戴上通贼罪名，死路一条。"

陈以南说："老弟可答应了？"

陈以良半开玩笑半认真地说："我可将事办得妥妥当当，你们给我什么好处？"

方礼说："谢谢叔叔大义！我代父亲向叔叔一拜！听说叔叔才能非凡，我向父亲禀报，给你当宁波府总管职。"说着双膝跪地。

未知下步怎么行动，是打鄞县还是慈溪？且听下回分解。

第五十四回
方国珍烧香普济寺　李金松围敌沈家门

国珍已上普陀山，佛地祥和透宇寰。

多谢高僧关照顾，宁波城外凯歌还。

继象山、奉化两县失守后，紧接着余姚县又传陷落之恶讯！这使庆元路达鲁花赤他们感到惊慌失措。

他们当初以为民军是打鄞县的，所以设了个空城计，凡是文职官员，全部撤进宁波城内，该县的武装力量，全部退出县城，再从庆元路调入六千兵力，埋伏在鄞县县城周围。准备等民军入城时，给予反击，打他个措手不及。

谁知民军首先占领了四明山后，悄然夺取余姚县。这完全出乎意料，故此使庆元路达鲁花赤等人感到大吃一惊，感到惊慌失措、束手无策。这是民军的"声东击西"的策略——佯攻鄞县，暗袭余姚。

为此，庆元路达鲁花赤贴尔铁木儿，总管周山、浙东慰抚使也速迷夫、浙东元帅勃多烈真等人，商议防务要事。达鲁花赤贴尔铁木儿首先提出说："方贼不声不响地陷我半个庆元，一下子夺我象山、奉化、余姚三县。局势对我们极为不利。下一步他们可能从何处袭击？我们应作何应对？"

元帅勃多烈真说："根据温州、台州的情况，接着便是顺手牵羊夺取慈溪县，因为慈溪与余姚山水相连，况且是战略要地，必然切断我们陆路通道，断我们撤退之路！"

浙东慰抚使也速迷夫说："勃多烈真元帅说得有理，也某我基本上同意元帅的看法。反贼攻打慈溪不仅是顺手牵羊，而且是势在必得，符合逻辑。"

达鲁花赤贴尔铁木儿说："完全有可能，有可能在年内就发起进攻。我们因从何处反击？"

可是总管周山却提出不同的看法，他说："从象山、奉化、余姚情况看，敌方很有谋略，从余姚失守中看出，他们用的是'明修栈道，暗渡陈仓'和

'声东击西'的策略；他们攻打奉化是采取'调虎离山'之计，将人引诱到江口，趁机夺取奉化县城。而象山则是采用'各个击破'的计策。"

听了周总管如此一说，达鲁花赤眨了眨眼说："总管言之有理，依你的看法呢？贼寇下一步到底玩什么鬼把戏？到底从何处袭击我们？"

周总管说："他们中有人熟读兵书，很注重谋略，很有可能再来一个'声西击东'，很有可能佯打慈溪，实攻定海。"

浙东慰抚使也速迷夫说："两种可能同时存在，我们应当做两手打算。打大仗是明摆着的事，现在是我们如何做两手准备？既要防止北边的慈溪，又要注重东面的定海。从某种程度讲，东大于西。"

暂且不说庆元路如何应对，却说民军自从顺利夺取余姚后，大大地鼓舞了民军全体将士的士气，人人欢呼雀跃、个个摩拳擦掌。尤其是李煜然、李煜道兄弟俩，更是信心百倍地提出攻打定海的主张。

以李金松为首的东海水师，已经做好了攻打定海的各种准备，准备打一场威惊朝廷的海战！已备战船三千八百艘，每船配六名兵士，其中二名水手，三名为弓箭手，一名为船长。共计二万二千八百水兵，再加指挥船二十艘。

具体分三个师团，每个师战船一千二百艘，还加指挥船四艘。尚有八条指挥船和二百条战船，直属总指挥部。且所有参战战船，每条都由方国璋为首的技术人员逐一地验收，合格后方可出征。

方国璋对战船很有研究，并且设计出攻击性极强、防御性能极好的战船。这次行动以方国璋为主帅，李金松将军为总指挥、董志强将军为副总指挥。一师团由李金有、李金富、李煜然三人指挥，二师团由胡永潮、丁光土、陈煜道指挥；三师团由徐朋飞、陈海滨、陈海清为帅。

方国璋、李金松、董志强直属的二百条崭新的战船，式样新型、装备精良。

以上训练有素的二万二千八百水兵、三千八百条战船，整装待发。

定海县，历史文化古城，是一座历史悠久、古迹众多的千年古邑。城内有中大街、西大街、东大街、柴水弄、留方路等历史街区。定海又是战略要地、水上要塞。因此元廷的江浙水师，驻有水军二万、战船四千，是全国水师最强之一。

要夺取庆元，必夺定海，要占领定海就要夺取制海权，驱逐江浙水师，这是非跨不可的门槛。

却说元廷的江浙水师，是一支强大的水军。原水师元帅贴尔木切因年事已高，今年二月被调回京，新任水军元帅赫尔黑木真。原来任职于青岛的黄海水师副帅，虽然年富力强，但好高骛远，喜欢夸夸其谈、喜欢做表面文章。

自从大间洋大战后，已经十多年了。这十多年来，东海没有发生大的战事，元军水兵渐渐地思想麻痹、纪律松懈。由于新上任的元帅官僚主义严重，很少深入基层。故军队内部混乱不湛，赌博、嫖娼者成风，长期处在懒散状态。

以方国璋、李金松、董志强为首的民军，选定在十二月二十六日发起攻击。十二月二十六日是月黑风高、天寒地冻，百姓忙于过大年，官兵都在忆故乡。

十二月上旬，沈家门、普陀山等从各地来了不少朝觐者，各地来客络绎不绝，处在爆满状态。引人注目的是，从上海方向款款地驶来的数条客船，缓缓地停泊在普陀山短姑码头，船中走出一对中年夫妇，和一对青年情侣，同时还有二十多个佣人。他们上得岸后，顾了四顶轿子，抬向普济寺敬香，随后侍从步履急速地紧跟其后。

四轿先后在普济寺山门前停下后，青年、中年两对男女走进佛殿，僧人点燃长香前来迎接说："施主请烧高香，祝君飞黄腾达、步步高升。"施主夫妇接过长香后分别向如来佛祖、观音菩萨跪拜磕头祈祷。

然后，女施主双手捧来签诗筒，口中默默地祈涛后，祈求一签，脱出上上之签。签语道：

> 所做蒙天佑，门招百福臻。
>
> 贵人相助力，名利彩纷缤。

主妇请僧人详解，僧人看了看后笑逐颜开地说：

> 求官定着紫罗衣，贵客暗中扶共持。
>
> 外出行人收顺利，君心定使旷神怡。

说后伸出双手说："施主，红包银！"

男施主随手递出一锭银子说："请给这对小夫妻问个吉祥，银子就不要找还了。"

且说这对年青男女，看来是一对未婚情侣。他俩双双跪在拜摊上，也口中念念有词，其实是默默祈祷，之后手摇签筒，筒中弹出也是上上签，签语云：

> 蚌中珠自现，石内玉生妍。
>
> 心正求望吉，世前姻有缘。

僧人解释说：

> 命中禄位逐迁高，头戴乌纱着紫袍。

宝马金枪迎夹道，婚姻成就乐陶陶。

僧人伸手讨纸包钱。女主人对僧人的解释十分满意，对最后句的"乐陶陶"非常满意，随手再给银子一锭。

这时，普济寺德高望重的高僧——方丈出来迎接说："有请大将军，有请董夫人，非常欢迎将军和夫人、公子和小夫人光临本寺，请请。"

施主见方丈前来迎接，慌忙与夫人、儿子们作揖说："谢谢方丈，方氏国珍携夫人、儿子、儿媳这厢有礼了！"

方丈说："大将军来普济寺不光是为儿女婚事而来？还有何大愿？"

方国珍说："方丈真神人呀，什么事都瞒不过方丈，方某我没什么大愿要求，我不图江山社稷，不求高官显赫，只求卫一方安宁、保本方平安。"

方丈说："大将军是讲情义道德之人，贫僧表示钦佩。你的愿望定能实现。"

方国珍说："方丈怎知我来普济寺敬香？怎能认识方某我呢？"

正在这时，见山门外来了一队人马,，他们气势汹汹的，哼着要进入寺院搜查强盗，吵吵嚷嚷地说："最近风声很紧，方国珍的东海水师要来攻打定海，据可靠消息，已经有奸细潜入普陀山了！今天普陀山实行哨禁，从现在起，严禁任何人出入寺院、出入普济寺！"

说着他们要走进寺院进行搜查，却被方丈挡住说："阿弥陀佛，佛门圣地，进我寺院者都是佛门弟子，若要进寺搜索，是造孽！是罪过！罪过、罪过！南无阿弥陀佛，南无大慈大悲观世音菩萨。"

官兵虽然没有进入寺院，但是普济寺外官兵围得紧，且有增无减。这位文弱少女有几分胆怯，表现战战兢兢。方丈命僧人将一对年青人引进内室更衣。不一会儿，三位年青僧侣手捧香炉，口中吟念阿弥陀佛，走出寺院，走进寻常百姓家，住进了民房。

走不多远，便到了一座民房，进去一看，柯萌秋猛然看见父、母亲已经在等候了。随携着方礼的手，向父母行叩首礼说："向父母大人请安，不知父母大人何时来此？"

父亲吕家远说："我们来此五天了，此房子是数年前购买来的，这是用作指挥三军的机要机关。"

所谓军事机关，这里就是民军的临时司令部，也是攻打江浙水师的指挥部，暂称军机处。房子虽是几间民屋，却也独门独户。

何能购买此屋？原来普济寺方丈是台州黄岩人，早年出家在黄岩院桥广化寺。三十岁时，就来到了普陀山。由于潜心佛学，刻苦研修，加上一片虔诚，终于修成真果，成为得道高僧。

当年方国珍在路桥宝香寺学习时，跟随公孙道长来过普陀山，拜见过这位大和尚，也可说是至交了。当年与道长也住在此屋，方国珍为了攻打沈家门的江浙水师，前年派出胡永潮来此，将这幢房子全买了，如今此房是方国珍的、是民军的了。

当夜，方国珍、吕家远他们在昏暗的菜油灯下，研究着攻打江浙水师的作战方案，直到更深。

翌日早上，方礼起来一看，见普济寺外人头攒动，情势异常紧张。昨夜戌时刚过，普陀山来了二千官兵，继续围困普济寺。等到天明，还在步步紧逼。谁知螳螂捕蝉，黄雀在后，由李金有、李金富、李煜然三人负责的第一大队，带五百条战船、五千兵士，在深夜零点包围了普陀山，把元兵围困在普陀山岛上。

元军没料到民军已经占领普陀、朱家尖、桃花岛了。以上三岛原来驻有元军水师。自从新元帅上任以后，渐渐地将兵员集中到沈家门、定海县城。你不占领，我来占领。这三个岛屿人不知，鬼不觉地已经落入民军之手了。普陀山已经成为前线临时指挥部。

昨晚元军水师元帅收到紧急情报，报说有人看到方国珍携夫人、儿子和儿媳上了普陀山、进入了普济寺，在寺院烧香拜佛。元军水师元帅赫尔黑木真，立即派副将帖木铁儿带千名军人，"封锁普济寺，捉拿方国珍"。他们的行动全在李金松的视线下，李金松调来五百艘船五千余兵，来个"封锁普陀山，捉拿帖木儿"。

当夜幕降临，李金有、胡永潮、丁光土、陈煜然他们，偷偷地将敌船一艘一艘地，连人一起拉出码头，拉到远处。其每艘船都留二人，五十艘船计百名元军水兵人，分别被民军制服了。

与此同时，民军分别从各个码头陆续上岸，来个包剿行动。胡永潮带数百人，从千步沙附近看见有二三十个黑影在移动，估计就是元兵，胡永潮命令卧倒在地，趁他们靠近的时候，突然猛冲上去，三对一、四对一的，很快将他们捆绑了。

再说李金有所带的百来人，经过潮音洞旁边，月黑风高，随风送来窃窃低语："方国珍在普济寺，我们来潮音洞干吗？"听此一说，便知道是元军了。于是就紧跟其后，当追赶到他们身后，趁其不备，将他们一个一个地推下山去，众所周知，这一带山坡险峻，不少元兵被一推，滚到山下、滚进滔滔的大海。

这样，李金有，李金富、胡永潮、陈煜然他们，集中力量向普济寺包剿过来。元江浙水师将军帕达赫里还不知道自己被包围、还以为是自己的人，所以命令说："你们紧盯着，方国珍肯定还在寺院内，必须抓活的，还要注意，听说其夫人气节不凡，你们决不许伤害她。"

在普济寺烛光的映照下，看帕达赫里亲自转到荷花池旁，混进敌军中的李金有，着意跨上一大步，一脚蹬去，这个帕达赫里落水了，他跌落在荷池的水中。此时正好丑时，池中凝结一层薄冰，幸好池水不深，他挣扎着爬了上来，已经是冻得浑身发抖。

站在池边的李金富、陈煜然他们把这个元兵水师将军，带走了。因夜深月黑，元军莫名其妙地眨眨眼，以为将他带到安全地方更衣去了，所以全然不顾不问。

当把帕达赫里带进一间民房里，他有气无力、半死不活地，嘴里不停喊着："我冷，我冷死了，快快给我换衣服。我冷哟，我冷死了哟！"

陈煜然上前一下子扒掉他的衣裤，从民众百姓家借了件破絮袄和旧夹裤给换上后说："帕达赫里，你不要装死，睁眼看看，我们是谁？看看他是谁？"

这个帕达赫里，还有几分魂在。当听到喊他名字，猛然一惊，睁眼一看！不对，眼看没有一个熟悉的人，不由得吓出一身冷汗！他大惊失色地问："你们是什么人？这是什么地方？"

李金有坦然地说："我可明白地告诉你，这里就是普陀山，这位就是你要找的方国珍大将军！正是有眼不识泰山，快快！快向大将军磕头行礼！"

这个帕达赫里不停地眨眨眼，用手擦了擦脸面，半信半疑地说："这是真的吧？不是的、不是的、这不可能的。"

李金富踢他一脚腿："给我跪下，向方大将军磕头，知道吗？"他还是没低头，金富再给一脚头，煜然将其头硬压下去说："你低不低头！"

这下他才明白了，一切都明白了，只不过明白得太迟了。他懊悔地连打自己三个耳光说："佩服佩服！非常钦佩你们的智慧和胆略！我真笨，我真笨，连这一小小的计谋都识不破。"

方国珍问道："你说说，这是用的什么计策？"

帕达赫里说："你们南方人最喜欢的叫钓鱼，就是诱敌上钩。妙妙！"他接着说，"我也是熟读兵书的人，也曾经考虑到这一点。但是我认为你们不会有这样的胆略，能下这么大的诱饵，真了不起，服你们了。"

方国珍立起走上前去，牵扶他站起并请他坐下说："我认为计策是重要，实力是前提，如果我们没有足够的实力，把你们的部队吃了，我们进得上普陀山吗？诸葛亮的空城计是在迫不得已的情况下才用这一奇招！"

董桂芳、柯萌秋俩在等待他们回来用餐。饭后，母子母女四人一起，步上了佛顶山。首先进佛顶寺敬香拜佛。然后走到空旷地方，遥望美丽的东海，不由得心潮澎湃、感慨万千！董桂芳说："在这海天佛国，机会十分难得。在此作首小令——《清平乐》，以作留念：

顶山远望，画舫鱼舟晃。骇浪惊涛明朗朗，喜听海螺吹响。

云淡白鹤霞光，旗樯桨橹飞扬。笑看芬芳诸岛，菩萨庇佑祺祥。"

柯雅文也作《清平乐》一首：

遥看大海，涛浪多风采。笑听那鸥歌奏凯。喜望鱼船满载。

菩萨普济如来，观音大士消灾。紫竹林观自在，潮音法雨莲台。

柯萌秋接着也想来首《清平乐》，猛然见沈家门方向，旌旗滚滚，樯橹林立，战鼓咚咚，号角声声。方礼立起告辞："请母亲原谅！请阿秋谅解！失陪了，我要上战场去。"

却说李金松制服了船上的元兵后，将五十条战船全换上胡永潮、丁光土他们水军，仍然打着元军的旗帜，迎着晨曦的曙光，缓缓地向沈家门方向前进。随即从朱家尖、桃花岛等岛屿驶来三千条民军战船，紧跟其后。

将到沈家门时，前船队奏起胜利归来的凯歌、擂起欢快的战鼓。元军水军元帅赫尔黑木真闻之，他披衣起床，伸了下懒腰说："这下你方国珍往哪里逃！元顺帝要记我头功了。"

当赫尔黑木真喜出望外走到码头，准备看看方国珍是什么模样。他一看觉得不对，码头上来的全是不熟悉的军人，服饰穿戴完全两样，再看满港都是未插旗帜的兵船，可是此时的元军正在床上蒙胧中。赫尔黑木真意识到，沈家门被民军包围了！

面对严峻的军情，赫尔黑木真面无惧色，匆匆回营，亲自吹起冲锋号，号召官兵紧急集合，立即与民军抵抗。未知胜败如何？且听下回分解。

第五十五回

江浙水师全军覆没　庆元达鲁举手投降

象山首战兴头开，奉化余姚接踵来。

定海兵船风火助，庆元聚会若仙台。

沈家门是江浙水师的大本营、是指挥中心。岛上拥有战船二千，水师万余。今天早上，当听到军号声声，且从普陀山方向而来，元军官兵们满以为是帕达赫里凯旋。因此懒洋洋地起来，来看俘虏来的方国珍是何等模样之人。

水师元帅赫尔黑木真走出兵营一看，看得目瞪口呆。谁知却招来东海水师的千艘战船和万名水兵，紧逼江浙水师大本营。

赫尔黑木真立即发出紧急号令，吹起紧急集合号。与此同时，自己披挂上阵，手拿七尺长矛，指挥兵士急忙解缆上船。他大声疾呼："将士们！齐心协力、英勇战斗，打败海盗，捉拿方国珍！把反贼方国珍碎尸万段！"

可是以李金松为首的民军已经掌握了主动权，江浙水师已经陷于绝境的地步。待元兵将扎堆的战船逐一疏散开来，时间约过半个时辰，已经来不及了。民军们以最快的速度，抢着登上了江浙水师的战船。于是就在船上展开了短兵相接，双方便噼噼啪啪地打了起来，打得激烈，江浙水师伤亡惨重。

先说胡永潮带五百余人登上敌船，一下子就夺得五十余艘船，几次击退敌方的反击，虽然自己部队也有五伤二亡，但击死、击伤元军官兵数十人。

正在这时，赫尔黑木真亲自杀将过来，他一个飞跃，跃到胡永潮的船上，他的功夫十分了得，手起刀落，连砍三人。胡永潮看情况不妙，看他的武功在自己之上，就急中生智，当看到刀砍过来时，胡永潮随即跳入水中，蹿入船底下。

丁光土以为胡永潮已经阵亡了，随即带十来个兵士冲了上来，因为船上不同于平地，是跃过隔水和船篷，待到达赫尔黑木真的船上，没斗几个回合，民军又被砍伤三五个。丁光土猛听见胡永潮说："光土，下来，快快！"

丁光土命令战士下水的同时，自己也随着蹿进水下。赫尔黑木真连续击败胡永潮、丁光土等人，民军兵士看得明白，再不敢有人冲上前去了。

深冬腊月，水温很低。胡永潮、丁光土冷得难熬，决定立刻将这个元军元帅拉下水。这个元军首领扬扬得意地说："来呀！来呀！谁敢上来？"

这时忽闻身后有人说："来啦，你末日来了！"他心中一惊，却被胡永潮、丁光土俩，一人拉一脚地把他拖倒了水中。这个水师元帅，其实没有水底功夫，一落水，一点办法都有没有，他几次伸出头来，手抓船帮沿，妄图爬上船，胡永潮、丁光土俩人，一人擒住一只手，连续不断地将其头往水下浸。不一会儿，这个元帅水喝得半死不活的了。

胡永潮他们也已经冷得浑身发抖，用尽力气地将赫尔黑木真拖上了船。

李金松看得明白，急忙脱下自己和战士身上的战袍等，送给胡永潮、丁光土，让他们脱掉湿衣、换上干服。同时随将赫尔黑木真捆绑，由胡永潮、丁光土俩押解至民军水师船上，交给方国珍大将军处置。

元军江浙水师元帅被俘虏的消息很快传开了。喜讯如强劲东风，民军官兵士气大振，李金松抓住这有利机会，乘胜前进，势如破竹、乘风破浪地扩大战果。而元军官兵知元帅赫尔黑木真被俘了，哪有精神、心思去战斗。兵败如山倒，不到一个上午，战斗宣告结束。这是一个奇迹般的重大胜利！意想不到如此之快便夺取舟山、俘虏元军水师元帅。

赫尔黑木真、帕达赫里虽然被俘虏，沈家门战斗已经结束。可是江浙水师还在，还有近一半的军力部署在甬江口，部署在定海县附近。

江浙水师大本营被破，元帅赫尔黑木真、将军帕达赫里被俘，消息很快传到庆元路达鲁花赤他们那里，传到江浙水师副帅尹贴土木为首的甬江水师。

方国璋、李金松、董志强决定乘胜前进，接着向江浙水师的下属——甬江水师发起攻击。

甬江水师主将尹贴土木，他是江浙水师的副帅。他们驻扎在定海至宁波的海湾港中，拥有战船一千五百艘，水兵万余，重点是保卫定海、宁波的安全。尹贴土木算得上是位虎将，他对舟山的失守认为是指挥无能。他仗着将近半个江浙水师的力量、仗着甬江的天然环境、仗着庆元路达鲁花赤等人的坚强支持，决心与方国珍的东海水师决一雌雄，于是提出"保护宁波、夺回舟山"的口号，号召"一千五百条战船全部出动、一万一千二百官兵一齐上阵"，并提出与反贼方国珍决一死战，"做到人在阵地在，与宁波共存亡"！

庆元路达鲁花赤贴尔铁木儿、总管周山、浙东慰抚使也速迷夫、浙东元帅勃多烈真等人，坐立不安地来到水师督战。

浙东元帅勃多烈真出身军事世家，熟读兵书、深懂兵法。对尹贴土木的部置做了调整，采取盾牌防守策略，一千条战船，分一二三的三层摆开。最后一层由尹贴土木、也速迷夫、赫尔黑木真、贴尔铁木等人督战。这样的的阵营可说是坚不可摧，前面冲来，绝无退路，只有拼死战斗到底。

每条战船有弓箭发射架三个，每架配二人，其中弓箭手六人，两个水手，两个刀枪手。分工十分明确，达到各显其能、各负其责。

他们以为民军十二月二十六日，就是打沈家门的当天下午就来攻打的，可是等到日落西山，仍未见动静。下午不来夜里必来。谁知等到东方发晓，仍无战事发生。

二十七日，这天是风和日丽，早上巳时时光，见朱家尖岛方向近百艘战船急速前来。浙东元帅勃多烈真命令五百艘船的机动部队出动。双方发生了短暂的短兵相接，各方都射了箭，约相持一个时辰，民军渐渐退去。

至这天下午申时，从象山港方向袭来二百条战船，尹贴土木急忙出动五百艘船的机动部队，上前拦击。民军也放了箭，双方僵持了一个时辰，至夕阳西下时，民军才逐渐退回去了。

白天两场小小的战斗，双方未造成重大伤亡。到了这天晚上，元军浙东水师严阵以待。可是等到半夜后，仍然未见民军的动静。

经过两天两夜的紧张备战，一个个精疲力竭，尽管北风呼呼，天寒地冻，元军水师官兵将士还是就位伏着船窗呼呼睡去。正在这时，猛然见沈家门方向驶来黑压压的一队战船，刹那间，弓箭如雨点般地射击过来，被乱箭射伤者多人。元军在睡梦中醒来，虽然做了应付性的反击，支支箭头射不到三五丈远。

而尹贴土木、也速迷夫、赫尔黑木真他们以为这下真的打来了，命令乱箭还击，在天未亮前，势如当年的"草船借箭"万箭齐发，收效甚微。

海上生明月，当弯月从海中露面，东方已经拂晓了。徐鹏飞、陈煜然、陈煜道带着百艘战船缓缓地离开了。随着民军战船的远去，甬江口又恢复了平静。

腊月二十八日，明州百姓虽然对甬江的紧张局势提心吊胆，但还是仍然为准备过大年，做年糕、办年货忙忙碌碌。而庆元路的达鲁花赤、元军的浙东水师们，仍然情慌心恐、寝食不安，仍然坚守在甬江水师的指挥船中。

而方国珍、方国璋、李金松、董志强等民军，个个士气高昂，做好了有关的准备，随时可以出击，就是在等待时机。可以说"万事俱备，只欠东风"。这天下午午时过后，已经是到了未时时分，见东北风逐渐加大。方国珍高兴地说："天助我也！终于借来了东北风啦！"他挥了挥手说："出击！"

方国珍一声令下，三千条战船一齐出发，浩浩荡荡地向镇海、向宁波、向甬江前进。顺风行舟，风驰电掣般地一帆风顺，至申时时光，顺利到达了甬江口。此时此刻，李金松的战船直冲尹贴土木的中军，箭似雨点，势不可当，直逼元军防线。

与此同时，方国璋、董志强的船队，从左右两翼，向着也速迷夫、赫尔黑木真他们直冲。眼看甬江水师喊爹叫娘，人人举手跪降！

到了夜幕即将降临时，靠近镇海处的有数百艘船，还在顽强地抵抗，这就是庆元路达鲁花赤贴尔铁木儿，浙东慰抚使也速迷夫、浙东元帅勃多烈真等人在现场督战，战斗仍十分激烈，民军方面也有伤亡。

民军水师胡永潮、丁光土怕民军造成重大伤亡，就采用早已准备好的"火器"。四十条火龙船同时喷火，数百支火箭齐发，火箭顺着东风，势如火龙飞向甬江水师，射入元军的船窗，一场火攻打响了。

东海水师的火攻技术是独一无二的，当年几次在大陈洋、披山洋都曾用过，尤其是在"大间洋"的战斗，打得中央水师全军覆没。现在仍动用那次用过的船队，发起猛烈攻击，今天的火攻趁着东北风，烈火喷射势不可当。烧得火光冲天，烧得元军失魂落魄，烧得浙东元帅勃多烈真措手不及，烧得达鲁花赤束手就擒。火光烧红东海，火光照亮明州。

勃多烈真元帅看到火势喷射，烈焰冲天，急忙下令撤退，谁知东风十分猛烈，已经来不及了，烈火烧着他的战袍，元帅着火了，迫不及待地脱下战衣。可是由于冬天，内衣的铁甲的解带被别人系在后面，任凭他如何解脱，最终解脱不了，已经被烧得焦头烂额的勃多烈真，没办法，只得跳下冰冷的江里。可怜这位被誉为常胜将军的元帅，再也没有蹿出水面。

而庆元路达鲁花赤贴尔铁木儿，浙东慰抚使也速迷夫俩，在随从、保镖的保护下终于逃出火海。刚出火海三五步，一群荷枪实弹兵士过来护卫，很快把他俩带走了。

当他们走进宁波城门口，在夜幕中、在灯光下，看见情况不对头，城里城外怎么来了很多不穿军装的军人？莫非是方国珍的民军？勃多烈真问说："你们是什么人，把我俩带到哪？"

"我们是保护你的，将你带回庆元路总可以了吗？"祝天明边说边走，很快把他带进了庆元路。他进去一看，感觉情况有变，怎么庆元路变了？坐在原来他所坐位置的却是别人？贴尔铁木儿忙问："你是谁？是江浙行省派来的？"

"非也，非江浙行省所派，而是受民军大将军方国珍委派的。方大将军任命吕家远为明州府代理知府。本官就是吕家远，见到本官还不叩首。"

这个达鲁花赤意识到，自已是阶下囚了。识事务者为俊杰，事到这个地步，不得不低头，于是低头叩首说："贴尔铁木儿有礼了！"

短短的两天时间，为何庆元路发生重大变化？为何达鲁花赤成了阶下囚？为何如此？

原来以方国珍为首的民军，设了一个大圈套，把江浙水师与庆元路一起套进去，也就是用的"声东击西"的策略。就是以方国珍为诱饵，诱庆元路达鲁花赤等出城。

就在十二月二十日早上，江浙水师发现舟山外海海面上有几艘船，从大陈洋外海航行到嵊泗洋，至二十五日，再从嵊泗岛绕了个圈，回到普陀山。水师将军帕达赫里看得明明白白。就派人盯住这几艘船，并派水师老兵，曾被方国珍俘虏后释放的人，盯住船中坐的是何样人物？结果此人认定：正是方国珍与夫人来普陀烧香。

这个特大情报很快送到了江浙水师元帅赫尔黑木真、庆元路达鲁花赤勃多烈真那里。他们接到这一重大情报后，就兴奋不已，立即部署捉拿方国珍。就派帕达赫里为先锋，亲自选取调精兵千余，包围普陀山，捉拿方国珍。

谁知螳螂捕蝉，黄雀在后。最大的黄雀是吕家远、吕家进、吕家通，吕家达四兄弟。方国珍把进攻宁波的责任交给吕氏兄弟，吕氏兄弟各带五千精兵，化装成农民、商人模样，分批分头进城潜伏。

至十二月二十八日中午，当浙东水师与民军的水师开战时，以吕家进为指挥的吕家军，同时制服宁波城四门的元军门卫。吕家军便从四门长驱直入，只半个时辰，二万民军已经进入了城区。

吕家军早已探明万名元军营地驻防状况。正在十二月二十八下午，浙东元帅和达鲁花赤，把他都调去帮助水师打仗去了。吕家军乘虚而入。两万大军如入无人之境，虽然尚有数千元兵，大兵进城，势不可当，只好束手就擒、人人举手投降。这样就很快占领了庆元路城里。

待甬江口的战火熄灭，已经是更深了，数以百计的元兵，跟跟跄跄地逃回宁波城里，回到原来熟悉的军营，可是个个饥肠辘辘，迷迷糊糊、半死半活地却成为俘虏兵。

二十九日一早，天刚拂晓，方国璋、李金松、董志强的水军们，十分忙碌地打扫战场，不论敌我，凡是伤员一律送去医治，对死亡将士，一律装上船，就在舟山洋的海面上举行公祭。公祭仪式比较隆重，同样点燃香烛，摆起祭礼，供上鱼、肉、豆腐、水果等数个盘头。公祭结束时，全部实行水葬，一个个被推入水中，最后烧了纸钱。

转眼间就是元朝至正十六年正月初一，宁波城里城外与往年一样，贺新年，放鞭炮，热火朝天，人人穿红着绿、喜笑颜开。街头巷尾红灯高挂，前门屋后春联贴遍。百姓对昨天甬江口的战斗不屑一顾，好像没有发生过似的。

上午巳时，宁波开门街显得格外热闹，见一队人马悠然自得地从东至西走过。立刻引起民众的关注，路人纷纷让道驻足，人人睁大眼睛观看，关注着一队显赫的人物走过。事后才知道这就是名声显赫的民军领袖方国珍、方国璋、方国瑛、方国珉、陈叔达、李金松、董志强、关磊、吕家远、吕家进、吕家通、吕家达十二上将。

还有李金有、李金富、杜屏山、潘文忠、胡永潮、丁光土、徐朋飞、柳贤明、黄宝富、黄宝贵十位副将；

此外还有方明善、方礼、方明敏、方元、方明谦，方明廉、李煜然、李煜道、陈海东、陈海清十小将。

军师刘仁本仍在台州，邱楠、邱桧和刘三宝、张兴、徐绍富等还在温州。

走着走着，当走到镇明路口处，忽见祝天明、卓天东、竺天豹"三竹"领着鄞县、慈溪二县的达鲁花赤、总管前来向方国珍"弃暗投明"。方国珍等将军们当即愉快地接见了他们，并与"归降者"挽手同行。

此时，正好是元朝至正十六年正月初一，方国珍大声宣布："庆元路全境归我们民军管辖了。"

方国珍接着派人快马加鞭，去台州请来军师刘仁本先生。同时派人去温州，请邱楠、邱桧兄弟俩，速来明州商量军机大事。刘仁本、邱楠、邱桧仨毫不迟缓，在第二天就起身来甬，赶在元宵节，参加在原庆元路召开重要会议。

会议着重商讨接管后的庆元路和江浙水师的有关事项。经过认真的商议，确定：

东海水师大本营，移师到舟山群岛的沈家门，仍由李金松、董志强将军为水军正副统帅。由董志强兼任定海县代理知县。同时决定，原江浙水师被俘投降的人员，不论官职高低、有罪无罪，一概既往不咎，一律给予释放。

改庆元路为明州府，调邱楠为代知府，原余姚总管陈以良提升为明州府府尹，原庆元路总管周山留用，暂时行施总管职，以观表现。

吕家远改任为温州府代理知府，其他照常不变。

奉化县由吕家达代理知县，原总管陈以南改任为奉化县县丞；

余姚县由方国瑛代知县，调方明敏代为县丞；

慈溪、鄞县两县自愿归降，暂时保留原职。只是改达鲁花赤为知县，总管为县丞。象山县的原总管改任县丞，象山县知县由宁海县知县吕家进兼任。

元宵节过后的第二天，就在正月十六日，方国珍在宁波召开庆功会。

与此同时，邀请原江浙水师、原庆元路及所属象山、奉化、余姚、慈溪、定海（后改镇海）鄞县，甬江水师等官员一起赴宴。

方国珍这一小小的举动，却大大地惊动了江浙水师元帅赫尔黑木真，庆元路达鲁花赤贴尔铁木儿，总管周山、浙东慰抚使也速迷夫等人。他们以为是阶下囚，非杀头便坐牢，谁知发来请柬，邀请他们赴宴，接到请柬谁敢不去，他们受宠若惊，战战兢兢地按时到达。

宴会放在原庆元路客厅，宴会十分隆重，菜肴之丰富不须言表，且说方国珍、刘仁本、邱楠、方国璋、吕家远等率上述上将、校尉、小将。还有王翠玉、董桂芳、董桂香、关琼瑛等众夫人和众女眷。

宴会在愉快的氛围中开始、在悠扬的乐曲声中进行，始终沉浸在欢声笑语中。仿佛是英雄欢聚、亲朋相会，无拘无束，热闹非常。

当宴会进入高潮时，方国珍、刘仁本、邱楠、吕家远、方国璋、方国瑛、方国珉，陈叔达、李金松、董志强、关磊、吕家远、吕家进、吕家通、吕家达、邱桧等，上来一一地向赫尔黑木真、贴尔铁木儿他们敬酒。

方国珍首先向原江浙水师元帅赫尔黑木真敬酒说："元帅受惊了，多有冒犯，请原谅！今敬薄酒一盅，以表歉意！"

赫尔黑木真回敬说："谢谢大将军，将军坦荡胸怀，非常人所有，钦佩！非常之钦佩！"赫尔黑木真为了讨好方国珍，争取放他回京而特意地说，"若能放我们回京，定能禀奏皇上，说方大将军是宰相胸襟、大将风范、仁义之人，若归顺朝廷，定封高官爵禄。"

原庆元路达鲁花赤大献殷勤说："方大将军是仁义之人，宽容大度、宰相胸怀。贴尔铁木儿我若回京，必将奏明圣上，封授方大将军为高官厚禄。"

浙东慰抚使也速迷夫见状，也拍起马屁说："方大将军若能放我回去，使末将回归故里，一家团聚！此恩此德，永生不忘！若能还京，定向圣上奏表，表彰大将军的仁义道德，给大将军封官进爵。"

方国珍略带激动地说："谢谢各位大人的美言，方某我并无反意，只是官逼民反，这次攻打庆元，就是庆元路多次派兵攻打我方国珍，前年浙东元帅在台州打我们时被我们俘获，人赃俱在。"

原庆元路总管周山直截了当地说："周某我是本省湖州人，任凭大将军如何处置，对于达鲁花赤他们，在此地生活不习惯，可否赦免无罪，释放回去？"

方国珍当即表态说："除在此继续任职者外，一律既往不咎，全部无罪释放！家眷同时回去。"

这些人当即千恩万谢，随后便整理行装，就悄无讯息地离开浙江。未知他们回到京都后，如何言讲，且听下回分解。

第五十六回
刘仁本拜访众大臣　方国珍官封万户侯

元廷日暮步途穷，无奈残喘叹息中。

江浙奏章沉海底，国珍反被受封崇。

方国珍全歼元廷的江浙水师，一举夺取庆元路及所属各县，大大惊动了江浙行省、惊动了元顺帝。就在与方国珍在庆元路开庆功大会的同时，由江浙行省儒学提举副使刘基起草的奏章，向朝廷、向皇上急报关于《反贼方国珍又陷我庆元路、溃我江浙水师的火急奏章》。

奏章明确写道："今东海方国珍聚众于海上为逆，掠地夺城，前年占领台州、去岁陷我温州，今春又夺庆元。为此，浙东道宣慰使元帅府都事刘基，要求皇上派天兵五万，速来江浙行省，一举荡平甬台温贼寇，捉拿反贼方国珍！以平东海之乱。"

奏章经江浙行省左丞也式迷夫签发后，火速派人直送朝廷。

元朝至正十六年（1356），是多事之秋，各路起义军风起云涌，这年也是徐寿辉的"治平"六年、张士诚的"天佑"三年、韩林儿的"龙凤"二年。唯有方国珍的民军没有立国称王。

就在去年，韩林儿遇到朱元璋，韩林儿任命朱元璋为元帅。朱元璋是个了不起的人物，他虽然在韩林儿门下，最近从江西扩展，看来朱元璋的这股势力不可少觑。

此时的元顺帝，可说是焦头烂额，心急如焚地天天听到恶讯。就在昨天，收到江浙行省送来的紧急奏章，今日在早朝时，由哈麻左丞相启奏道："江浙行省送来火急奏章，说方国珍在占领了庆元路的同时，还使江浙水师全军覆没，水师将领、庆元路大小官员，全都落入方国珍之手，至今生死不明。为解救被俘虏的将士、官员，要求皇上派天兵五万，平定方国珍之乱，夺回浙江东南大片失地、捉拿方国珍。"

这里要说的是，脱脱左丞因年事已高，加上与哈麻发生意见分歧而产生郁闷等原因，于去年年底病故家中。接替脱脱的就是哈麻。

听完哈麻的奏本后，孛儿只斤·妥懽帖睦尔皇帝说："五万兵从何而来？江苏的张士诚比方国珍还凶狠，是急着需要消灭的反叛势力。"

右丞相贴里帖木儿奏道："皇上英明，的确如此，张士诚已经称王六年了，几乎已经占领整个江苏，目前正朝浙江推进。当务之急，就是如何剿灭张士诚，先平江苏天佑之乱。"

哈麻左丞道："据江浙行省表奏，原江浙水师将士，庆元路及各县官员，若不及时解救，就有被方国珍杀害之险，是否先解浙江之危，再图消灭江苏张氏之患。"

元顺帝说："二位丞相言之有理，朕问二卿，兵员在哪、粮在何处？不说五万，就说一万之兵，你向何方调遣？"

元帝一问，问得左右各大臣有口无言。议了半天还是议而不决，这日早朝就无果而退。

事隔五天后的一天早朝，右丞相贴里帖木儿启奏道："启奏皇上，江浙水师正副元帅，原庆元路及所属各县的达鲁花赤，他们于昨天下午已经回京了。今江浙水师正副元帅、庆元路达鲁花赤，有事面觐圣上。他们仨在午门外候旨听宣。"

皇帝感到十分高兴，嘴上终于露出了丝丝微笑说："宣他们进殿！"

原江浙水师正副元帅、庆元路达鲁花赤听到宣召后，步入金殿俯伏金阶，三呼"我主万岁！万岁！万万岁！"

顺帝说了声"平身"，他们齐奏"谢我主万万岁"后起来，战战兢兢地站立旁边。

顺帝责问："今江浙水师全军覆没、庆元路全被方贼占领，你们却偷生怕死，你们说说，怎么逃出来的？还有脸面来见朕？"

赫尔黑木真、帕达赫里、贴尔铁木儿仨人，吓得浑身发抖，急忙俯伏奏道："启奏我主万岁，罪臣非偷生怕死之辈，非为偷生而逃回京都，而是被方国珍俘虏后释放的。罪臣本当以死谢罪，尽忠报效皇上！但为了江山社稷，故此回京面觐圣上，继续为国效力。"

"罪臣是原江浙水师元帅赫尔黑木真，因方国珍的东海水师兵力远超我江浙水师，江浙水师全体将士也进行顽强抵抗，死伤无数，终难以取胜。水师副帅兼浙东水师元帅勃多烈真在战斗中英勇就义、为国捐躯了。罪臣我也被俘虏，实在惭愧！"

"罪臣是原庆元路达鲁花赤贴尔铁木儿，刚才元帅之言句句是实，我们文职官员全部亲自上阵督战，仍难以挽回败局，最后以失败告终。我们被俘后，方国珍还宴请我们，除对慈溪、鄞县两县的达鲁花赤给予留任外，其他一律释放。"

"罪臣是江浙水师副帅帕达赫里，吾代表江浙水师和庆元路被俘后释放的大小官员，向皇上谢罪！同时认为方国珍非强暴之徒，也非与大元朝争夺江山之人。方国珍的兵力，实际超过张士诚他们，有战船四千多、兵士四万余，但几十年来没有太多地掠地夺城，更没有称王称帝，甘愿在海门任千户数年。臣以为方国珍是可为朝廷效力之人。"

无顺帝频频点头说："准奏！平身！"说到这里，当时皇上误以为他们是为方国珍说好话。

险些儿被弹劾的右丞朵儿只依启奏道："当下有徐寿辉、张士诚、韩林儿、方国珍四股势力，前三股都已称王称霸了，论时间方国珍最早、论力量方国珍最强，而方国珍自称'不图江山社稷'。相比之下，方国珍属温和的地方势力。臣以为可借方国珍之力，先除张士诚的'天佑'之患。"

时任大司农的达识帖木儿奏道："朵儿只依之言有理，这是上上之策，臣以为给方国珍封官许愿，给他一官半职，可为我所用。"

左丞相哈麻奏道："刚才朵儿只依和达识帖木儿的主意不错，这样是上上之策，既不花朝廷一金半银，更不用一兵一卒，变四股敌人为两股了。"

顺帝听后高兴地说："朕准奏，派谁去招安方国珍？"

达识帖木儿奏道："派人去不一定说服得了方国珍，还是请他们上来，以皇上之圣威感召他。"

朵儿只依启奏道："启奏万岁，愚臣以为还是召刘仁本、方国珉两人进京为宜。"

顺帝问："却是为何？这两位是何许样人？能代表方国珍？"

朵儿只依介绍道："刘仁本是儒家弟子、本朝进士，官为江浙行省政司职。现是方国珍之军师。方国珍之所以没称王称霸，成为温和的地方势力，有赖于刘仁本的谏阻；至于方国珉，他是方国珍之小弟，他才智聪明，能权衡利弊，是能接受归顺朝廷，能为我大元朝效力之人。方国珉之妻武功绝好，还有其子可称神童。"

达识帖木儿说："刘仁本与我同科，我是第八名进士，他是十八名。殿试是我头名榜眼，他未上皇榜。其人诚实，是可利用、可争取、可信赖之人。况且是方国珍的军师，要劝说方国珍招安，非他莫属。"

新上任的左丞哈麻说："刘仁本本来就是朝廷命官，这人我认识、我知道，也可说是老朋友。我认为他是最理想之人选。"

右丞相贴里帖木儿奏道："刘仁本本是我大元臣子，方国珍几经招安，也是元朝之官员。为了慎重其事，以万岁爷之诏书召刘仁本、方国珉进京面君。"

元顺帝道："准奏，大理寺拟旨。"

江浙行省自奏章送上后，焦急地盼望皇上派重兵来讨伐、剿灭方国珍。可是却等来"召刘仁本、方国珉进京"的诏书。这给刘基等人莫大打击，使他们大失所望！洞悉皇上可能又对方国珍搞"招安的把戏"。皇命重千钧，不得不服从，刘基等人，只好拭目以待。

方国珍占领宁波后，时间过去三个月了，今天是五月初一，母亲柯雅文对女儿柯萌秋说："当下一无战事，二正逢端阳佳节，三明州又是历史名城，借此难得机会，给你俩的婚事办了。"

柯萌秋羞羞答答地说："母亲说的就在宁波给我俩办理婚事？"

父母异口同声地说："是的，就在这里，就定五月初五端阳节。"

柯萌秋问："方礼他的父母可同意定于端阳节？"

柯雅文说："这主意先由方礼母亲提出来的，经得你公爹同意后定的。"

柯萌秋表示说："女儿从命就是，一切听从父母安排。"

五月初五，按照台州的风俗，在明州府知府衙门，举行隆重的拜堂仪式。参加婚庆的人员不必一一枚举，凡是在甬的将士、官员一律参加。

董桂芳最关心的是儿子、儿媳的新房，感觉"身在异乡为异客"魁对儿媳，就亲自去将衾被铺陈好，待到新郎新娘被送进洞房时才出来。

新郎新娘送入洞房后，见房间装饰雅典，安排别致，别出心裁、独具匠心，很是不错，十分满意。

方礼、柯萌秋相恋已经两年多了，双方都盼望这一天的到来，今天来得如此之美，刚好端阳佳节，是始料未及的。

方礼、柯萌秋送入洞房后，新娘含羞地说："听说柳含春她俩的洞房夜，做了好多诗词，感觉几分浪漫、几分有趣、几分甜蜜，而我俩总不能错过'洞房花烛夜'的'小登科'这良辰美景。也来几首。"

方礼赞成地说："柳含春、方明善作的是《浣溪纱》，我们来个《相见欢》：

　　　　洞房花烛祥和，小登科。您似蟾宫月殿下嫦娥。

　　　　君爱我，心一颗，念弥陀。恩爱夫妻奏瑟笛笙歌。"

新娘笑逐颜开地说："我也来一首《相见欢》：

　　　　笑声洋溢新房，喜成双。热闹非凡灯火映辉煌。

　　　　膝上坐，君爱我，爱疯狂。甜蜜今生似彩练芬芳。"

新郎帮助新娘卸装，当胸襟裸露、腰肌软绵绵的，软若蚕丝般地倚扶在他的胸前，新郎再作《相见欢》：

　　雪肤似玉无瑕，两霜花。扑鼻芳馨梦醉顷巫涯。

　　膝上坐，君爱我，日韶华。高耸双峰簇簇玉琵琶。

新娘帮助解带时，见新郎宽敞胸襟，不由得偎依在夫郎怀抱，含情脉脉地再作《相见欢》一首：

　　男儿健壮襟怀，枕中埋。宽阔胸膛女子醉乖乖。

　　膝上坐，君爱我，步台街。咱俩婚姻美满更和谐。

方礼、柯萌秋醒来一看，见红日高升，不觉口念一绝：

　　窗外晨风声烈嘶，房中恩爱睡迟迟。

　　晨光灿烂日高起，忽听君皇宣诏时。

正在这时，忽然方明谦、方完两人走来报告说："刚才钦差送来皇上圣旨，刘军师叫你们快去接旨！"

方礼、柯萌秋慌忙起床沐浴更衣，快步走进知府衙门，果真是皇上圣旨到来，刘军师他们已经做好接旨的各项准备，已经摆好香案，等待着方国珍等文武官员。方国珍郑重其事地急忙去沐浴更衣后，率在甬官员和妻子儿女前去跪地接旨。

钦差宣："圣旨下，方国珍、刘仁本、方国珉听旨。"方国珍、刘仁本、方国珉等齐呼"万岁！万岁！万万岁！！"钦差接着宣读圣旨：

　　朕自即位以来，用仁义以治天下，公赏罚以平干戈，求贤未尝怠慢，爱民尤恐不及。切念方国珍、刘仁本、方国珉等，素怀忠义，不施暴虐，归顺之心长存，报效之志凛然。数次招安，尔等基本遵守。虽然多次犯恶，抗吾官兵，占据台州、温州、庆元数城，但对百姓秋毫无犯，且对被俘将士、大小官员视作宾朋，晓之以理，一律放还。此仁此德，朕钦佩之至。……朕召刘仁本、方国珉二位进京，共商归顺天朝之大事。……钦此。

　　　　　　　　　　　　　　　　　　大元顺帝　至正十六年四月

在方国珍、方国璋等全体将士的积极支持下，刘仁本、方国珉接圣旨后，就准备些金银细软，以便在京城作些打点，择定五月初六起程。

为了途中安全，决定不走陆路走水路，由本水师董志强、李金有、胡永潮率领三条客船、五十余人护送，初六凌晨从甬江口出发，至长江口进长江，再从扬州沿运河抵京。

江浙行省某些人对方国珍的掠地夺城视作反贼、海盗。当听到方国珍应召进京，心中十分不服，耿耿于怀地准备在中途伏击，妄图在明州—绍兴—萧山一带的路上，埋伏数千人，在途中将他劫杀。谁知等了半个月，仍未见方国珍他们路过。经查，原来方国珍未去京城，而是刘仁本、方国珉俩应召已经赴京去了，在其东海水师的护送下，乘船过长江经运河，目前可能抵达大都了。

刘仁本、方国珉到达京城后，除了胡永潮等十来人守船外，其余都下榻在"京华"饭店。刘仁本、方国珉要找的第一个人是达识帖木儿，达识帖木儿当时任大司农职。大司农是当年来台州招安时认识的，他与刘仁本关系不错。现今达识帖木儿调任为中书省平章政事。刘仁本、方国珉首选登门拜访，并送上一些见面礼。达识帖木儿当然热情接待，并详细地介京城的情况，说了最大的变化是脱脱丞相已经去世了，接替他的是哈麻。哈麻左丞，就是首相，他手中握有大权。

刘仁本、方国珉第二个拜访的就是朵儿只依，他是朵儿只班的哥哥，他为方国珍的事受到了牵连，其弟朵儿只班为此而吐血身亡。据此说来，朵儿只依是有恩于方国珍的人。他是刘仁本、方国珉要特别重谢之人。除此之外，刘仁本、方国珉对哈麻左丞相等有关官员都做了一一的拜访，并做了些礼节性的打点。

本以为可以面君的事，几经拜访打点等曲折，时间十多天过去了，还是没有被下诏面君的任何消息。

六月初一日早朝，达识帖木儿奏道："浙江台州刘仁本、方国珉已经进京，现在管驿听宣。"

顺帝道："可宣他觐见。"

左丞相哈麻谏道："皇上不必觐见，他俩非六部九卿、也非五品以上官员。虽然刘仁本是进士，充其量不过是六品官，况且又是反臣，宣他进殿有失礼义。"

达识帖木儿奏道："是皇上下旨召他俩觐见来的，怎能不面君呢？"

哈麻继续谏道："江浙行省要剿讨于他们，唯恐江浙行省和刘基他们不服，引起不必要的麻烦。因此说万万不可！"

达识帖木儿看哈麻态度坚决，随改口附和说："丞相说得也是，皇上不见也可，只要下过诏书，封方国珍官职也是一样的了。"

顺帝说："不见也罢，吏部拟个诏书，交朕过目就是。"

六月的京城，炎热难当，刘仁本、方国珉他们实在熬不住了，只想来早点返还台州，到大陈洋去避暑，不想再待在京都，皇帝不见也罢，只要带来圣旨就好。六月初六日，知道皇上已下诏书了，从大礼寺得知了诏书内容。刘仁本、方国珉高兴地当天就起程返浙了。

顺帝派御史大夫雪雪为钦差大臣，达识帖木儿为传令御史，他俩皇命在身，就与刘仁本、方国珉他们同时起程赴临安传达圣旨。御史大夫雪雪到达临安后，达识帖木儿立即传令行省的也式迷夫、刘基、方国珍、方国璋到行省听旨。

此时刘仁本、方国珉、董志强他们刚回到了宁波，将在京情况做了些简要的介绍，方国珍、方国璋知道了圣旨的大概内容，心中喜出望外。

方国珍、方国璋由关磊、方明善、方礼等八十余人的护送，快马加鞭直达杭城、直达江浙行省。

当他们到杭的第二天早上，御史大夫雪雪召达识帖木儿、也式帖木儿、刘基、方国珍、方国璋五人听宣读圣旨，雪雪宣道：

"皇上命中书省平章政事达识帖木儿为江浙行省左丞、方国珍为江浙海道漕运万户兼江浙行省参知政事、江浙行省防御万户；方国璋任巨州路总管兼防御知事。"读到这里，达识帖木儿、方国珍、方国璋口呼"我主万岁！万岁！万万岁！"

原江浙行省左右丞铁里帖木儿、也式迷夫、提举副使刘基等人心中存有不服之意，暂且听听自己官任何职。谁知雪雪继续宣读道："铁里帖木儿、也式迷夫、也式速失三人，调离江浙行省，回京另行委任。"铁里帖木儿、也式迷夫、也式速失喜忧参半地口呼"我主万岁、万万岁！"

唯有刘基留到最后，因为刘基他满以为忠心耿耿为朝廷，为大元朝夺回失地而呕心沥血，也许会与左右省丞一同到京，做个京官。谁想到雪雪接下宣读："唯责刘基擅开兵衅，伤朝廷好生之德，免去浙东道宣慰使元帅府都事之职，待罪发落。"

刘基回到官驿，真是怒发冲冠，愈来愈气。他想方国珍反叛一次，却官提一级，越反官做得越大，竟然做起省级万户来了。而自己主张消灭反贼方国珍，却说成擅开兵衅，伤朝廷好生之德，结果弄得削职待罪的下场，真是岂有此理！刘基是位富有学识、足智多谋的政治家，岂能就此罢休？他自有深谋远虑，这里暂且不谈。

却说中原一带内乱因而收不上皇粮，京城粮荒严重。古云"湖广年情熟，天下粮食足"。近来湖北徐寿辉自称皇帝，两湖皇粮无法收缴，两广皇粮陆运必经两湖之地。闽皇粮更无法漕运，有江苏张士诚把关扬州——高邮——淮阴的运河要道，漕运粮食颗粒难运。因此，皇帝也半年没吃到白米饭了。

这次皇上任命方国珍为江浙海道漕运万户兼防御海道粮运万户，目的是要使闽广的大米漕运至京，解京城之饥。

方国珍、方国璋再不能与往常那样了，今日是皇上圣旨，不可不从，更不能敷衍了事，必须慎重其事。于是就与军师、各将军们商量。正好遇上中秋佳节，好不愉快地趁此难得的机会，众弟兄们欢聚一堂，共议军机大事。

不知从何而议？且听下回分解。

第五十七回
押运漕粮遭遇劫盗　改乘海道北上天津

百船款款到扬州，美丽长江缀晚秋。
路遇高邮遭抢劫，回乘海路顺风舟。

皇上圣旨到来已经半个多月了，方国珍、方国璋再不能与往常那样了，不能敷衍了事，更不可抗旨，必须慎重其事地做到尽职尽责，完成任务尽善尽美。正好遇上中秋佳节，好不愉快地趁此难得的机会，就与军师、众弟兄们欢聚一堂，同度中秋佳节、共议军机大事。

好在民军的将领们都还聚集在明州，因为一是温州、台州平安无事，无须他们操心；二是明州离省城近、消息灵通些，预计近来可能有好消息，所以在此等待。

庆中秋晚宴放在明州府衙门举办，宴会气氛之热烈、菜肴之丰富、场面之恢宏无须细表，单说出席宴会共分五个厅堂：第一厅是方国珍、刘仁本、方国璋、方国瑛、方国珉、陈叔达、李金松、董志强、关磊、关琼瑛、吕家远、邱楠、吕家进、吕家通、吕家达，邱桧共十六人；

二厅是有台州、温州、明州三府的原元朝官员，如陈以南、陈以良等十八人；

三厅是副将、偏将们，他们是杜屏山、潘文忠、柳贤明、李金有、李金富、黄法宝、黄法贵、胡永潮、丁光土、徐鹏飞、刘三宝、张兴、祝天明、卓天东、竺天豹等十六人。

四厅是女眷，有王翠玉、董桂芳、董桂香、董娇蓉、董娇荷、童婵、童娟、柯雅文，还有柳含春、柯萌秋等小一辈女孩十六人。

五厅是有方明善、方礼、方明智、方完、方明谦、方明廉、方明祥、李煜然、李煜道、李煜厚、陈海东、陈海清、陈海滨等吕家子等也十六人。

宴会开始后，由方国珍先举杯敬酒说："可记得去年的端阳节，我们在温州乐清县举行，大家欢聚一堂，共饮雄黄酒，同作'菖莆'诗。时光过去一年多了，我们从温州来到了明州，短短一年的时间，我们民军取得重大胜利，同时发生了巨大变化。"方国珍停了一后接着说，"国珍我已经成为朝廷命官、成为万户。从千户到万户，从乡级到省级，跨越了一大步。所有这一切，全赖兄弟们对国珍的厚爱。今借'花好月圆'之际，向各位弟兄、向民军所有将士、向各位父老乡亲和支持国珍的朋友致以崇高的敬意！并敬薄酒三盅，以表感谢！"

国珍话音一落，全场响便起了热烈的掌声，紧接着喝酒声、碰杯声此起彼伏。

接着方国璋举杯说："各位兄弟，各位朋友好，国璋我也可说是朝廷命官，算得上副五品官了……"

正在灯红酒绿之时，忽然门卫高声报喜："钦差大臣到！朝廷钦差大人到！！"

方国珍等众将领、众眷属等急忙停酒歇宴，立起迎接。走出厅堂一看，果然皇上圣旨到来。刘仁本、方国珍、方国璋等急忙摆香案，全体在场的官员、男女眷属皆到堂前俯伏接旨。

圣旨大意是说："闽、粤两省今有皇粮五千担，已从闽南运至京城，途经江浙齐鲁！朕命江浙海道漕运万户兼防御海道粮运万户方国珍，派兵护送押运，务必确保安全！勿误，钦此。"

方国珍接旨后，表现出大将风范，与二钦差共桌而坐。"佳节良辰莫错过，把酒添菜重开宴。"仍旧回到原来的欢乐氛围中。

这两个钦差大臣，长期锁在宫廷，连白米饭也半年未尝了，今日吃到如此丰盛的菜肴，高兴得手舞足蹈地赞叹说："方大将军在这儿当个土皇帝，要比宫廷里的真皇帝强多啦！当今皇上天天愁眉不展、唉声叹息的，宫里半年饷银未发，宫娥嫔妃无钱涂脂抹粉，人人成了黄脸婆，个个唉声叹息。"

邱楠开玩笑地说："你们可在我们这儿弄个地方官当当，多快活！"邱楠开玩笑的话，听者以为是真的，钦差认真地说："今日皇命在身，等着方将军的回执，待复旨后定来浙江，投靠在方将军麾下。"

听两位钦差如此一说，方国珍他们进一步明白了皇上对漕粮的迫切需求，所以慎重其事地以圣旨形式，迫不及待地急送这批漕粮安全抵京！

这批五千担漕粮已经从闽江口启运，预计八月下旬进入浙江，要方国珍的部下从洞头洋接收。善后负责押运、护送，务必在十月中旬到达京城。

李金松派李煜然、李煜道俩带百名水兵速去洞头，接管这批漕运任务。李氏兄弟俩在洞头岛外接管任务后，毫不停留地扬帆起航，在浙江省海面上、在东海水道畅通无阻，不几天便到舟山港了。在舟山休息一天后，加强了押运力量，由李金松将军亲自带五十艘船、五百水兵护航。

正好秋高气爽、风和日丽。漕粮顺利地从长江口进入扬州地界，准备在扬州入运河北上。正在这时，突然风云突变，北风呼呼、黑云滚滚，一场急风暴雨就要袭来。紧接着，暴风骤雨淅淅沥沥，李金松为了确保漕粮安全，就命令漕船在长江抛锚停航，谁知一阵狂风袭来，一支桅杆栏腰折断，风帆吹入大江，部分船篷受损。当暴风骤雨过后，李金松及时组织员工，立即进行抢修。经过紧张的抢救性修理，漕船基本修缮，可是李金松却有不祥之感。

此时此刻，猛然见扬州城外、江都地界、运河口岸，隐隐约约地发现船数艘，其船头上旌旗招展，"东吴诚王张士诚"的大旗猎猎飞扬。李金松想到苏北运河段险情重重，不可轻易进入。

李金松意识到肩负责任重大，运河必经高邮地段，必经苏北数百里的水路，前面就到高邮地界。高邮地处江、淮三角洲，是苏中、苏北地区重要门户，京杭大运河沿岸，是水陆交通要道。张士诚看中了高邮这一战略要地，故在此举旗起义，高邮成了"天佑"的都城。今年是张士诚的"天佑"三年，也是他的鼎诚时期，有兵力数万。

进入运河等于送入老虎口里，怎么办？于是与胡永潮、李煜然、李煜道等商量对策。胡永潮提出说："皇命在身，不可延误，我们只有勇往直前！我为先头船队，直上运河道，何惧高邮什么诚王。"

李煜然考虑问题比较谨慎，他初出远地，尤为小心地说："运河苏北段，数百里水路，都是由东吴王的属地，我们怎能进入他的领地？可说是插翅难飞！我的意见是不能硬闯，应立即改道而行。"

李金松感兴趣地问："小然请往下说，怎么样的改道法，请说详细点。"

李煜然接着翻开航海地图解释说："就是说改漕运为海运、不走运河走大海。漕船退出长江，沿海岸线北上，漕船到达天津港后，再可沿海河到大都。"

胡永潮头脑简单，认为改道太麻烦，会耽搁进京的时间，仍坚持原计划不变的观点说："改道太麻烦，也不一定是安全的，也有以下三个问题：一怕延误时间；二怕海面风大，风险更大；三怕海盗袭击。胡某认为我们要有'明知山有虎，就向虎山行''不入虎穴焉得虎子'的胆略，发扬勇往直前、不怕牺牲的大无畏精神。由我为先头部队，率战船十艘、粮船十条，明天早上进行试探性的尝试。其余漕船抛锚在长江江面上，以观动静。"

李金松被胡永潮的精神感动，他表态说："试试也可，但务必小心谨慎，必须随时做好撤退的准备。"

当时，张士诚、张士德、张士信带领大将李伯升、吴珍等大部分军力，都集中在江南，驻扎在苏州、昆山、太仓一带，以太湖为重点，准备进攻和夺取浙北广大地盘。

苏北是张士诚的基地，牢牢控制在他的手里，当时由东吴二大王张士义与大将军潘原明把守，高邮是临时都城，留有四千五百兵。四五千人不是个小数目。九月初四下午，有兵士报说，"长江面上有八十多艘的船队，从长江口到达了扬州地界，现停泊在江郊外的江面上，很有可能是漕粮！"

张士义接报后，高兴得哈哈大笑说："好好好！太好了，正当现在军中缺少粮食的时候，今天送上门来了，你们要加强观察，并做好劫持的准备。"说后就吩咐大将军潘原明，要切实防守，全部拦袭。潘原明是高邮起义十八条好汉之一，张士诚授于李伯升、潘原明、吴珍等级为大将军。

九月初五早上，胡永潮率二十艘船缓缓地进入运河，当驶过江都码头，将要进入高邮地带，见莩草丛中冲出十来条小舟，飞快地向漕粮船队冲来！

胡永潮看见小舟越来越多，多达数十条。于是命令护粮兵士严阵以待，决不让盗贼上得漕船，若是上来一个杀他一个、来一百杀一百、一律格杀勿论，确保漕粮安全。不一会儿，果然水盗一声呐喊"冲冲冲！"一时间约有数十人妄图冲上漕船。漕船里的兵士霎时也响起"杀杀杀！"的呐喊。紧接着双方就噼噼啪啪地格斗了起来！打斗得十分激烈，战斗持续了约半个时辰，盗贼被全部杀退。据不完全统计，杀死杀伤十余个，而漕方、就是胡永潮的队伍也有五伤一死。

虽然一时击退了抢劫漕粮的贼盗，可战斗却刚刚开始，序幕只是刚刚拉开，更大的战斗还在后面。不一会儿，见高邮、江都沿河两道，运河前面水上战船如蝗，陆地兵士似蚁地直向胡永潮的船队冲来。

胡永潮虽然见情况不妙，但仍不气馁，正准备与其来个鱼死网破，他毫无畏惧地立在船头，怒目而视。忽见前面一条大船，徐徐向他驶来，站船头的是们大将模样，见他怎生打扮：

头戴明晃镔铁盔，身披耀日连环甲，脚穿浅绿高马靴，腰系龟背犰猊带。衬着锦绣绯红色袍，执着铁杆狼牙棍，手持三尖刃八环刀。身长八尺，面如铁锣、音若铜钟。

此乃东吴诚王大将军潘原明也。他站立船头大声吆喝道："来者是谁？好大的胆，胆敢闯入东吴国的地盘！快快报上名来。"

胡永潮毫不胆怯地说："吾乃江浙海道漕运万户兼防御海道粮运万户方国珍部下水军上将胡永潮是也，今奉旨押运皇粮进京。敢问你是什么人？好大的胆，胆敢拦我漕船。"

潘原明道："此地是东吴国也，吾是东吴大将军，所有漕粮归本国所有，属本将军管辖。你把漕船留下，人可回去，免你们一死。"

胡永潮说："吾押运皇粮进京，闲话少说，必须快快让开，不然格杀勿论！"

潘原明喊了声"上"，他挥舞大刀向胡永潮杀将过来。胡永潮手持华戟隔船抵住了他，刀戟相逢，双方便噼噼啪啪地打了起来，船上不是平地，两船相隔丈余，只在隔船相斗。潘原明是在长江、运河贩盐出身，船上功夫还算可以。而永潮却是渔民出身，长年在海上打滚，无论是水上功夫、船上功夫，都略胜一筹。两人战了几十次枪挑刀削，仍不分胜败、战了个平手，各无损伤。

潘原明仗着地熟人多，意在引诱长江大批漕粮进运河，故意且战且退，妄图引后船追赶上来。而胡永潮不知是计，以为对方胆怯，于是挥手追赶。

李煜然、李煜道俩租了两条小渔舟，离船队约两里多路的水上，装作捕鱼模样，暗中观察动静。当看到胡永潮还想追赶时，立即发出后撤的讯号。

当漕船停止追赶时，潘原明立即发起还击，在芦苇丛中，小船四面八方杀向过来。为首便是潘原明，他再次挥舞三尖双刃八环刀，向胡永潮猛杀过来。胡永潮仍用方天华戟回击，双方格斗了将近半个时辰，对方的战船越来越多，有几艘敌船在后面阻截。更严重的是潘原明发起暗箭来，胡永潮剩下四十六人又有五人中箭，胡永潮看身临绝境，已经到了退无去路的地步！没有办法？只有弃船逃跑！

胡永潮命令弃船逃跑，众人霎时跳入河中，蹿入水底，瞬间消失得无影无踪。

胡永潮别称潜海蛟，他们人人水下功夫十分了得，入水后并没有逃走，反而蹿到敌船底下，将潘原明的这艘船掀翻。这样接连掀翻三艘敌船，东吴兵突然失去主将潘原明，搞得他们六神无主，一时不知所措。

趁此，胡永潮他们沿运河水下逃回，他们沿芦苇丛中，游一会儿轻轻伸首吸了口气又潜入水中再前进，就这样游了十余里路程，终于逃出虎口。这时李金松亲自率领战船前来迎接。胡永潮等四十二人上得船后，正好北风骤起，顺风顺水，很快就到达长江了。

李金松看此地不可久待，就决定调转船头，改道乘海路北上。

却说东吴二大王张士义，亲自前来督战，见漕船押运全无一人，误认为胡永潮他们还在漕船底下，就命令将漕船统统拖走，快快给拖到高邮城。这样一拖就半天过去，可是仍未见胡永潮等人？这时才知道胡永潮他们弃船逃跑了。张士义亲自率战船百条，水兵千员追赶上来。

当追赶到长江时，李金松的漕船过了江都，已经到达长江口了。潘原明、张士义俩望江叹息说："一场战斗，得来十船漕粮，还算胜他一筹啊！可惜却逃了大部啊！太可惜了！"

到达长江口后，李金松派李煜道将胡永潮等受伤人员送回宁波，疗伤养病。

黄海也与东海一样，同样是波澜壮阔，同样是碧水滔滔、银鸥展翅、渔帆点点，船来舟往，十分壮丽。李金松他们长期在海上生活，对大海情有独钟，他作词牌《清平乐》一首：

　　白云天半，见彩霞横断。碧海浪花层不乱，喜看渔船装满。

　　银鹭展翅翩翩。风帆樯橹然然。顺水航行北上，腾云驾雾神仙。

却说漕船向北前行，一路风平浪静，不几日便到天津海港。天津港船来船往，热闹非常。李金松正考虑如何从天津送到北平，谁知粮船一进港湾，就有红衣钦差前来迎接了。钦差远远地看到了李金松和他的船队，他热情地欢迎说："李将军好！将军辛苦了！众位辛苦了！"李金松问说："钦差大人好！谢谢你们来天津迎接。你们哪知道我们改道来天津？我们正愁着怎能运到大都呢？谢谢。"

钦差上前向李金松行鞠躬礼后如实地说："为了这批漕粮，皇上天天关注着，皇宫人人盼望着，盼望着早日到达京城，以解皇宫饥渴之望。"

李金松惊奇地问："有这么严重吗？"接着他说，"我们进入运河时，险些儿全队覆灭，险些儿命丧九泉了！"

钦差说："这都知道了，胡永潮将军英雄侠胆已经在宫廷广为赞颂。为这批漕运，我们派人一路跟踪。后来得知李将军改漕运为海运，我们终于看到希望了，所以前来天津迎接。李将军功勋卓著，为漕运开辟了一条黄金通道！"

李金松说："这是我侄儿李煜然想出来的，这是没法子的办法。俗话说'天无绝人之路',终于闯出了广阔的黄金通道来。"

钦差说:"到达天津总算安全了。你们的护卫兵士辛苦了!可在天津休息几天。漕船由我们的御林军护卫,待下了粮食后一起回去。"

漕船进入天津港后再转入海河,只两天时间就到京城。在京城码头,达识朵儿亲自来迎接李金松。达识朵儿第一句话说:"李将军辛苦了!你们为大元朝立了大功,你们送来了救命粮、拯救皇宫数千条生命!你们开辟了一条黄金通道,使南方粮食源源不断地进入京城,使我们看到了希望。"

李金松拱手道谢说:"谢谢朵儿只依大人前来迎接!谢谢大人如此抬举于我。"

朵儿只依握着李金松的手说:"来来!与我一同上车,到相府去,哈麻左丞相在相府迎接你。"

李金松乘着朵儿只依的马车,与朵儿只依并肩而坐,速速地向相府驶去,不多久便到达了相府,远远看去,哈麻左丞已在大门口迎接了。为何对李金松如此的敬重?正如朵儿只依说的"送来了救命粮"。皇宫在三个月前改一日三餐制为二餐制,现在到了一餐都难以维持,几乎到了断炊的边缘。

哈麻左丞与李金松俩从不相识,今日相见犹如亲朋好友,哈麻说:"久仰久仰!非常仰望李将军光临!见到李将军非常高兴,请请请!请进府坐坐。"

李金松真有受宠若惊之感,感觉到其目的是以后需要我们继续为他们效力,为他们送运更多的漕粮,要更多的海运。于是躬身叩首、十分感激地说:"谢谢相爷如此器重于我,李某这厢有礼了!"

哈麻挽着将李金松肩膀,与他一起步进客堂,随命家员献茶后接着热情地说:"将军一路辛苦,若非将军沉着机智,这批粮食又要落入反贼之手了。更可喜的是为后续漕运开辟出一条大通道,这是对南北通航作出了贡献。今表谢意!"

朵儿只依坦率地说:"奥闽尚有大量皇粮未运,这都要烦请李将军继续为皇上劳驾。"

李金松表示说:"两位相爷如此抬举于我。下次要运粮食只管吩咐好了。"

哈麻说:"听了李将军之说,感激万分。实话实说,目下两广、福建尚二万担粮食待运,有劳阁下和方将军,请将下一批粮食继续押运进京。"

李金松说:"请两位相爷放心,我们为全力以赴,确保粮食安全地运到京城，不过……"

朵儿只依问："不过什么，有何困难、有何要求只管提出。"

李金松十分巧妙地说："江苏张士诚气焰十分嚣张！现在重兵驻扎苏南，正向浙江进发。严重威胁着下一批漕粮的安全运输啊！"

哈麻最关心的是下一批漕粮，于是问："下一批有什么危险吗？"

李金松说："从长江口到山东青岛，这一带海域，也是在张士诚管辖下，他发现我们转道海运，就可调战船数百艘前来拦截，袭击我漕船易如反掌！危险呀！"

朵儿只依说："如何防止张士诚袭击，李将军有何高见？"

李金松叹息说："哎呀！别无选择，只有一条路可走，这就是打，打打！"

哈麻感兴趣地说："本官早有打算，只是朝廷缺少粮饷，无力派兵征剿。"说到这里哈麻老奸巨猾地也叹息说："哎呀！别无选择，只有一条路可走，就是借用你们的力量，只有请方大将军出兵，攻打张士诚。"

朵儿只依趁机说："攻打张士诚非方大将不可，只有你们才能消灭反贼张士诚！烦请李将军，将哈麻左丞的话转告给方将军。"

哈麻接着严肃地说："这不完全是哈某我的意见，而是当今皇上的旨意！"

李金松听此一说，当即表示"遵旨！"

未知有否出兵攻打张士诚？且听下回分解。

第五十八回
浙北首遭吴邦袭击　桐庐却被吕珍侵占

夕阳绚灿照林隈，路上行军夜半来。

锦绣桐庐兵入扰，富春江畔护瑶台。

却说张士诚自占领江南苏州后，一时利令智昏、野心勃勃地要扩大地盘——夺取浙江全省。张士诚经过三年多的经营，他的苏北根据地日益巩固。今年年初以来，张士诚把战略重心向江南转移，建立起以苏州为中心的大周国，还要攻占杭、嘉、湖，妄图占领浙江全省，把江浙连成一片，进一步壮大自己的力量，为西进北上奠定基础。

十月十五日，张士诚在苏州召开军事会议。与张士德、张士信、张士义，大将李伯升、吕珍等商讨夺取杭、嘉、湖地区的进军方略。

张士诚训示说："江北基础日益巩固，坚不可摧，我们无后顾之忧。苏南今天也已掌控在我们的手里。蒙元当局已无力顾及南方了，江浙是块沃土，尤其是最为富饶的杭、嘉、湖地区，自古称作天堂之地、粮米之仓，我们必须尽快占领之。"

张士德说："方国珍是我们的心头大患，他投降蒙元当局，封他为漕运万户，现在在主政江浙行省政事、军务。目前他虎视眈眈地要夺我苏南这块'肥肉'，因此说，我们不去占据杭、嘉、湖，占领浙江省，方国珍就会来夺取我苏南。这一仗是避免不了的，晚打不如早打，乘其主力尚在明州之时，我们先打下临安，这是上策。"

张士义说："我们与方国珍有不共戴天之仇，他自从投元后，积极为朝廷效劳，最近运送漕粮进京，被潘将军拦袭。此仇未报，使我寝食难安，我完全拥护我主诚王的主张，打到杭州去，打败东海盗贼、夺取全浙江、活捉方国珍。"

张士信也表示支持说："我完全赞同攻打杭、嘉、湖，进而夺取浙江省全境。现在条件对我们极为有利，机不可失，必须从速行动。"

张士诚说："众位一致同意攻打方国珍，抢先夺取杭、嘉、湖，目标方向明确。接下要商讨的具体战术问题。请各王弟、各将军多提见解，如何夺取这块风水宝地？"

大将军李伯升说："要打杭州，我们要全面布局，我愿带五千人马，先夺取嘉兴府的海宁县，海宁县地处杭州湾，夺得了海宁县，可以控制钱塘江水域的通道，阻止明州方向民军主力北上。"

张士诚说："李将军说得有理，占领海宁县，夺取杭州湾的控制权，对我军南扩和进攻临安是大为有利，同意你立即带兵去攻占海宁县。"

大将军吕珍说："切断敌军西进通道果然重要，我认为在攻打临安城前，先出奇兵攻占桐庐县，桐庐地处富春江、地处钱唐江上游、地处战略要地！我们占领桐庐后，就对临安城构成合击之势。我愿带兵五千，悄无声息绕道前去，出其不意地攻占桐庐县，眼下桐庐县兵力空虚，此举定能马到成功。"

没等吕珍讲完，张士诚抢着说："好好好，吕将军的主意太好了，正合吾意。桐庐、富阳是杭州的后花园，也是战略要地，夺取桐庐县就是占领了富春江，切断通往浙西的水上交通要道。本王同意你带兵五千，及早行动，争取在年内夺取桐庐县，使初到临安的方国珍过不好这个年，搞得他寝食难安。"

张士德雄心勃勃地说："好，好主意，你们两路得手后，我愿带领万名将士，水陆并进，先夺得吴兴县后，再分兵两路，一路南下打德清，一路西进取长兴。这样就可对临安城构成合围之势了。"

张士诚说："这些主意都不错，我可追调人马，一路从太湖西岸的宜兴南下助攻长兴，一路从太湖东岸的吴江南下攻占嘉兴，这样你们的人马就安全了。"

李伯升、吕珍等将军们吹捧说："德王爷高明，是一着妙棋，定能旗开得胜，威震敌胆。"

张士诚最后拍板定案，说："各位分头行动，我在苏州静候佳音。"

却说李金松回到了浙江，已是十一月底了。此时的方国珍他们已经住进了浙江省城——临安了，他肩负着保卫江浙行省和运送漕粮进京的重任。行省左丞达识帖木儿手下无人，只有依靠方国珍，大事小事都要与他商量。因此说，方国珍已经成为江浙行省的实权人物。方国珍趁此机会，将总部自然地搬到了临安城（杭州），人员也逐步地向临安城集结。除刘仁本、邱楠外，最近方国瑛、方国珉、陈叔达、关磊、关琼瑛等都相继进驻临安。

李金松到达明州（宁波）后，才知他们已在省城了，于是再从宁波赶来临安。他风尘仆仆的到来，主要是向左丞达识帖木儿和方国珍、刘仁本等，回报运送漕粮的遭遇及转为海运的经过，到京后受到左丞哈麻和右丞朵儿只依的热情接待事宜。同时将哈麻要方国珍征剿张士诚的话，做了原原本本的叙述："丞相哈麻说'征剿张士诚，皇上早有旨意，本官也早有打算，只是朝廷缺粮少兵，不能如愿，只有请方大将军出兵，攻打张士诚'。他还要求我们及早动手。"

方国珍现在是漕运万户，尤其是这次在扬州高邮遭受到张士义的拦袭，损失漕粮千担，险些全部被劫。今天当听到左丞相哈麻要他攻打张士诚，心中自然高兴，为探明朝廷各大臣的意见，于是问："我最相信右丞朵儿只依，他是怎么说的？"

李金松说："朵儿只依右丞的意见与哈麻的一样，他说'别无选择，只有一条路可走，这就是请方国珍出兵，及早打垮张士诚，疏通粮运通道'。意思也是请你发兵。"

达识帖木儿顺势进一步地说："看来这是皇上的旨意，责任就落在我们肩上了。"

李金松接着补充说:"是是是,是哈麻左丞,还明确告诉我说,'以上不是哈某的个人意见,确是当今皇上的旨意'。"

达识帖木儿说:"看来攻打张士诚,是到了时候了,江苏本是我大元朝的疆土,平定江苏是我们的职责,是义不容辞的分内之事。万望方将军定个作战方略,想个万全之策,我将全力支持。"

方国珍认真地说:"这仗看来是非打不可了,不过眼下我们的主力尚在浙东一带,只有从速调兵前来,现在年关将近,不如出年后发兵北征。"

刘仁本接着说:"形势逼人,目前临安城兵力仅万余名,别说进攻,连防守都感人手不足,调集人马是刻不容缓的大事,万万不可耽误。"

方国瑛提议说:"与张士诚对阵,我们的水师可派上大用场了,可派一支水师北上长江口集结,随后沿长江进军,占领江阴后可伺机直捣扬中,切断张士诚的退路。再调一支水师进入太湖助战,然后水陆并进决战苏州城。"

方国珍强调说:"这是一场大仗,务须周密部署,还要随机应变,合理调度,我坚信只要大家齐心协力,是一定能够获胜的。"

却说大周国大将吕珍,奉诚王之命,趁过年过节的大好时机、趁浙西北兵力空虚之时。率领五千兵马,日夜兼程,绕道前进,偷偷来到桐庐县南,突然发起进攻,一举夺得桐庐县城。

桐庐县统制贴达木儿侥幸逃得性命,赶往临安向方国珍报信说:"有数千吴军,打着大将吕珍的旗帜,偷袭和占领了我桐庐县城。"

行省左丞达识帖木儿焦急地问:"桐庐县的达鲁花赤和总管呢?还有大小官员的下落如何?"

贴达木儿回答说:"本人就是桐庐县统制贴达木儿,我们守城的只有百来人,虽然顽强地抵挡了一阵子,可是寡不敌众,百来人难挡五千兵,结果死的死,伤的伤,降的降,只剩下我们十多人逃回临安;达鲁花赤与总管他们可能都被俘虏了,也许已为国捐躯了。"

面对突如其来的紧急军情,的确让人感到紧张,正面战场尚未开战,却有敌军深入后方,攻占了桐庐县,看来这一场大战已经拉开了序幕,敌方先动手了。

行省左丞达识帖木儿心急如焚,焦急地说:"这可怎么办?该如何是好?快快派兵将他们赶出去,收复失地,保我后方安全。"

久经沙场的方国珍却表现冷静沉着,他不慌不忙地说:"他孤军侵入,乃是兵家之大忌,他却自投罗网,亲自送上门来,这点人马算什么,我管叫他有来无回。"

达识帖木儿提醒说:"将军切勿大意,张士诚手下有几万乱军,如若对我临安城两面夹击,如何是好,眼下我们仅有万余人马,请方将军、刘军师,你们务必沉着应对,火速退敌。"

方国珍不紧不慢地说:"好吧,先请刘仁本先生、邱楠先生、吕家远先生谈谈看法,共同商量对策。"

德高望重的军师刘仁本说:"目前张士诚的气势正盛,他把重兵驻扎在苏州,其目的就是妄图夺我临安、占我浙江!偷袭桐庐县的目的是为攻打杭州做准备,'司马昭之心,路人皆知',不过他也过于轻敌了,正面战场尚未展开,却孤军深入,是兵家之大忌,我们会给予迎头痛击,挫其锐气。"

不等方国珍开口,方国珉自报奋勇地说:"军师说得对,对付他们我自有办法,我同样带五千人马,定能把吕珍赶出桐庐县。"

关琼瑛纠正说:"不是赶出,而要歼灭他们,我愿助国珉一臂之力。"

方国珍知道方国珉用兵"沉着稳重",善于稳扎稳打,算得上是个常胜将军,加上其夫人关琼瑛作为得力助手,肯定是稳操胜券。于是点头表示说:"同意,由方国珉为讨贼先锋,关琼瑛为副先锋,务必要求全歼,让张士诚知道我们的厉害。"

方国珉、关琼瑛立起拱手欠身说:"我这就去整顿人马,三日内出征。"

方国珍叮嘱说:"桐庐是开头第一仗,必须打出威风来。请邱楠先生同往,作为监军,辅助国珉、琼瑛,给他俩出谋划策,助他们一臂之力,务必要打好这一仗。"

方国珉、关琼瑛、邱楠先生离席后,国珍松了口气说:"没想到战事来得这么突然,我们的兵员还在台州、明州,现在在杭州不到万人,国瑛你立即快马加鞭,去把大部兵力调到杭州来。"

兵贵神速,仅用两天,方国珉的五千兵,均已准备定当,作战计划,邱楠也已制订就署,只等方国珍一声令下。

可是大将军迟迟没有下令,原因是年关已近,再过十天,就是元至正十七年(1357)新年。方国珍是刚刚进驻杭州,后续人马尚未赶到,仅有的万人兵力,要拨出一半去收复桐庐,所以有所犹豫,想等明州人马过来后再发兵,担心的是敌人从正面战场南下,一时难以应对。

邱楠、国珉、琼瑛他们心急如焚,急着要出兵,认为只有给敌以重创,方能迟缓敌军的正面进攻,国珍细想这道理也不错,这才同意他们出兵。杭州到桐庐有百余里路程,就在十二月二十日上午出发,下午在离桐庐县城二十余里处安营扎寨。

桐庐县位于浙江省的西北部，，属临安府（钱塘）管辖。在三国时期，由东吴孙权的大帝黄武四年（225）置县，至元代，已有一千一百多年的历史了。境内总面积1825平方公里，距杭州一百五十里。桐庐县的中南部是山区，西界莪山，南邻钦堂，东临凤川。更有闻名遐迩的富春江，它以水色佳丽而著称于世，素有"奇山异水、天下独绝"之称。这条浙江水系是翡翠玉带，尤以桐庐段最为秀丽。

东吴行尽千山水，犹道桐庐真富春。

江畔清泉舟自直，渔翁何惧大鱼频。

奇山异水名天下，芳草鲜花遍绿茵。

三国孙权乡土地，钓台至此誉人民。

张士诚、吕珍看中桐庐的目的并非"奇山异水、天下独绝，而是它的战略地位。桐庐其地处钱塘江中游，是杭州后院，失了桐庐就直接威胁到杭州安全。桐庐县城位于富春江西岸，有一条支流从城西北绕过汇入富春江，东北面环水，西南面依山，依山傍水，不仅景色秀丽，还是个易守难攻的场所，美中不足的是地盘不大。吕珍的五千兵进入县城，住宿吃饭等日常生活有诸多不便，只因为了轻装偷袭，后勤物资粮饷都带得不多，除了水和柴薪外，粮食却成了大问题。

邱楠、方国珉、关琼瑛他们第二天并没有直接去攻打县城，而是绕道去桐庐城外，先去占领山头，随后又去封堵水道。把进出县城的道路全部堵死，给他来了个围而不攻。民军将士当天只是砍木料，建营寨，到了黄昏，同时点燃篝火。吴兵在城头往外看，只见四周火光通红，有人数了数，有五百多处，异常地壮观。这一独特的夜景，令吴军心寒。民军点火主要是御寒，是烤火取暖，同时也显示人马众多，惊慑了敌人。

吕珍得知方国珍的人马到来，就立即进入临战状态。可是方国珍的人马却不来攻城，而是围而不攻。吕珍好生疑惑，不知其是何计？分析一夜也找不到答案。如此相峙了三天三夜，直到第四夜，忽闻城外山上唱起歌曲。这又是为何？是楚歌，是越调？细心听着：（七阳十七韵）

山头火焰照天堂，何处来人到此狂。浙北山河皆美丽，桐庐景色烁辉煌。
未知贼盗来何处，百姓看其是恶狼。养虎恤风天所厌，占城掠夺地遭殃。
夜凉木末挂河汉，月出朦胧雨露决。东海清岚翻作浪，西山浊雾罩玄黄。
山头啼哭月升海，蜃气长存叹落阳。仰望皇天斜北斗，俯看大地百花香。
战争祸害众民苦，胜败难论是哪强。共说杀生成大禁，亡魂遍野实悲伤。
健儿战死何人葬，将士残躯一世创。去岁诚军苏北取，而今吕氏扰钱塘。
胡为早魃今还虐，作乱狐枭恩且亡。绝妙富春江水怒，何还许你再凶猖。

良民有地不能种，田野无收杂草长。猪狗耕牛成战马，锄头火把作刀枪。

越歌唱得吕珍头痛脑涨，围困到第五天，即十二月二十六日，吕珍再也忍耐不住了，决定出城攻击民军的营寨。公鸡初啼，星光闪烁，桐庐县城的吴军一分为二，吕珍领着三千士兵，偷偷地打开城门，悄悄地上山，打算对民军的营寨发起偷袭。

方国珉、邱楠、关琼瑛他们，早就料到吕珍必有这一手，迟早会要出城偷袭的，他们采取一分为三的办法，仅留下千余士兵，虚张声势地在山头营寨固守阵地，派出千余兵力，埋伏在山边峡谷处，等待时机堵住退路；还有二千兵埋伏到城外的竹丛中、沟壑间，等待时机攻城。

再说吕珍的三千兵士爬坡佯攻上山，刚爬到半山腰，猛然间，山上滚木，石块滚滚而下，似有天崩地裂之状，吴兵躲避不及，被砸得头破血流，砸得哭爹叫娘。

吕珍见自己的兵士伤亡惨重，只得下令后撤，正在这时，山上的民军发起反击，鼓声号声响彻云霄。方国珉的民军居高临下，似猛虎下山，势不可当。

吕珍且战后退，当快退到山脚时，忽然从坑边、地角、树上、崖下杀出无数民军，来了个前后夹击。吕珍他们腹背受敌，伤亡惨重，陷入了进退维谷的境地。

吕珍毕竟是大将，面对绝境，并不气馁，还是手提七尺两面双刃刀，挥舞砍杀，企图杀出一条血路。

这时，关琼瑛挡在了他的面前，只见她：

金钗双压蝉鬓，凤鞋三踏宝镫，连环铠甲衬红纱，绣带柳腰樱唇。

双刀将雄兵乱砍，玉纤把敌军生擒。虽然徐娘半老，风韵却比年青。

美貌侠女真豪杰，高强武艺关琼瑛。

吕珍见杀出一位女将，挡住去路，把他惊呆了。

关琼瑛吆喝一声道："你是何方神圣，真是好大的胆。敢到我美丽的富春江来撒野，快快报上名来。"

吕珍见刀光闪烁，急忙用刀抵挡住道："吾乃东吴诚王大将军吕珍是也。你是哪来的婆娘？胆敢在本将军面前撒野，快快报上名来。"

关琼瑛怒吼道："你这个狗子听着，姑奶奶名叫关琼瑛。见到大姑奶奶，还不下马低头请罪，正是岂有此理。"

吕珍回复说："本将军刀下不杀女流之辈，快快滚开，免得身首异处。"

关琼瑛手舞双刀大怒说："你给我快快滚开，免遭一死，否则即刻就要你身首异处。"说着双方便风风火火地打了起来，只见那：

黑云匝地，烈火当中。梓律律走万道金蛇，焰腾腾数千团火红。狂风相助，雕梁画栋片刻休，炎焰腾空。大厦殿堂弹指倾，这不是火，却是吕珍心怒忡，那不是风，就是琼瑛闪刀锋。

他与她，双方一上一下，三进两退，一个是如长龙俯冲，一个似彩凤飞舞。你来我往，就这样双方战了五十回合，仍不见胜负。吕珍回城心切，无心恋战，卖个关子，乘空当，转头就逃，他带着三百随从，斜刺里冲出包围，绕道逃回县城，刚到城边，只见城上插着的是民军的旗帜，顿时傻眼了，赶紧落荒而逃。

当时吕珍带兵三千走出城门后，留下的二千兵士，个个提心吊胆地在城头观望，盼着吕将军得胜归来，远远眺望着，只见吴军攻寨不成，反遭夹击，战场乱作一团，不多时，有一队穿吴军服装的兵士百余人，向县城逃来，刚近城门口，就高声呼救，请求打开城门，让他们进城，守城吴军不辨真假，打开城门，这时在逃来叫门的吴军后面，有大队民军追来，城上守兵连忙射箭阻挡追兵。说时迟，那时快，刚进入城门的"吴兵"，杀了城门口的吴兵，占领了城门，接着冲上城墙，向守城的士兵冲杀过去，城内一片混乱，城门外的民军乘势杀了进来，城头树起了民军的大旗，潜伏已久的民军乘势杀入城中，打了吴军一个措手不及，不到一个时辰，桐庐县城已经控制在方国珉的民军手里了。

再说落荒而逃的吕珍，在跑了十多里路程后，已听不到后面追兵的了，吕珍以为这下可脱险了，正准备休息片刻，忽见前面有一队人马前来。吕珍不觉大吃一惊，连忙转向小道逃蹿。

柳贤明只带三百兵士，绕道富阳县，是过来看望方国珉、关琼瑛的。当走到途中，看见有一队人马，在慌忙逃蹿，断定是吕珍之败兵，就奋勇直追，追赶了七八里路程，还是没追赶上，就这样放他们走了。柳贤明虽然没有捉住吕珍，但也收到了一些战果，也捉来二十多个残兵败将。

约过半个时辰，方国珉、关琼瑛闻说柳贤明前来，他俩就出城迎接说："幸会、幸会。"

柳贤明说："奉大将军之命，前来看望你们，说你们征战沙场，大年都没过好，特地带来些酒肉，犒劳三军将士的。"

方国珉致谢说："这些小事，蒙大将军挂心，实不敢当，先代将士们谢谢。"接着问道，"近来杭城情况可好，有无大事发生？"

柳贤明回答说："一切安好，就是在前天，正月初六日，接到快报，说张士诚的大将李伯升，领五千兵攻入海宁县城。眼下陈叔达、董志强将要前去迎敌了。"

方国珉说："他们都到杭州了，这下可热闹了，我也得赶快回去。"

不知后事如何？且听下回分解。

第五十九回
李伯升兵败海宁县　丁光土险胜盐官镇

李氏伯升侵海宁，孤军作战事难成。

六天日子惶惶过，遇却雄师方国瑛。

美丽的临安（杭州），曾经是南宋都城。自 1127 年宋徽宗第九子赵构即位后，就迁都至杭州城，史称南宋。南宋在此建都，时间长达 152 年，曾立过九位皇帝。至元代，杭州还留着浓厚的南宋都城的风貌，以临安的皇城御街（中山路）为轴线，当时的皇城宫阙，官署民舍，街巷河桥以及繁华的市容市貌等历历在目。

美丽的临安，留有无数优美的故事：如梁山伯与祝英台、陆游与唐婉的凄美故事，还有许仙与白娘子人与异类相恋而情定终生的精彩神话，更有李惠娘与裴俊卿忠贞不渝的幽雅传说。

杭州自古就是一座繁华的城市，自古就有"上有天堂，下有苏杭"之说。它是大自然赋予的山川秀美，与人文相辅相成相互交融的都市，更有苏轼笔下的"欲把西湖比西子，淡妆浓抹总相宜"的胜景，这就是美丽的西子湖的真实写照。

元至正十七年（1257）正月，方国珍、方国瑛、李金松、陈叔达、关磊、董志强、吕家进、吕家通、方明善、方明智、方明谦和董桂芳、董桂香、董娇荷、童娟、汤芳姿芝、吴娟秀、柯萌秋、柳含春等女眷，一起在杭州城过大年。

他们都是第一次来到美丽的西子湖畔，人人欣喜若狂，个个兴味益然地游览了繁华街市，欣赏了美丽的西子湖，饱览了湖光山色。

他们见景生情，因此少不了作诗、填词、谱曲、写赋。女眷诗才最好的，要算柯萌秋，现将她写的《临安赋》抄录如下：

东海之滨，明珠闪耀；杭州湾畔，宝地生光。枢纽通衢，见证繁华世界；运河逐浪，高歌辐辏钱塘。文脉绵延，良渚星光留迹；名人辈出，历朝帝相贻芳。身为炎黄后嗣，江浙儿郎。讴歌梓里，一诉衷肠！南宋国都，历史悠长。上溯秦时，潮涌滩涂明灭；延至东汉，坝分湖海初成。晋室南迁，一方兴盛；咸和春始，灵隐磬鸣。杨素凿河，水路贯通南北；隋王废郡，临安诞贵名。乐天建筑坝堤，铭碑文献；李宓浚修六井，造福庶民。吴越设都，整治钱江航道；邻邦通贸，往来商埠会盟。寺塔坛幢，西湖周筑；经幡钟磬，佛国声萦。时光荏苒，北宋繁荣。人流集聚，行业风生。多任知州，功德千秋不灭；几司要职，赤心子瞻重瘳。高宗奔浙，都定临安福地；百业兴隆，花开南宋深阃。观夫城市扩增，楼阁殿堂宏伟；西湖修葺，游人宾客贯盈。技艺精良，名贵丝绸锦织；作坊林立，繁多商品肆呈。文化中心，材育东胶学府；春风时雨，林成庠序宫黉。国际新星都市，西湖十景令名。

嗣后皇朝几易，省魁依然。运河直达大都，经贸流通四海。孟瑛拓荡，砌筑亭洲；李阮疏湖，继开新蕾。纵遭寇盗频摧，更看轻工纳采。提高效率，手工机械替传；仰慕苏白累载。钱江飞架长虹，沪甬相率主宰。终不抵列强掠夺，破败山河；直凭红日东升，重添光彩。六和俯瞰，庄重巍峨；灵隐扩增，恢宏明蔼。扇伞精专优美，辉映九州；丝绸富丽奢华，名闻天外。

呜呼！今之文化名城，历史渊源深厚；旅游胜地，先贤遗迹穰稠。气候宜人，众生哺育；丝绸之府，百鸟逗留。地域翻番，风光依旧；西湖淬砺，山水更柔。龙井诱人，夏有香樟庇荫；醋鱼品味，秋闻丹桂沁楼。城际交通，双铁明图施建；市区二绕，全盘经济权谋。噫嘻！幸福之花，人人浇灌；天堂为赋，小小情投。吾颂吾赞——省会杭州，吾心中之美丽绿洲！

正月初六早上，他们一行正准备要去玉王山游览，刚刚走出大门口时，忽然卫士匆匆跑来报告说："大将军，又出大事了。"

方国珍惊问："又出什么大事，莫慌张，慢慢地说。"

卫兵说："是海宁县统制亲自来报告的，详情请他向大将军报告。"

方国珍说："那就请他们过来吧。"他话音刚落，海宁县达鲁花赤、总管和统制就赶了过来，向方国珍行鞠躬礼后说："报告大将军，本人是海宁县达鲁花赤贴切木儿，昨天晚上，正好午夜子时，当更鼓三敲时刻。约有数千敌兵，架起云梯，从东南西北四门杀将进来，我们的守城官兵，怎能抵挡得住？尽皆被杀害。顿时喊杀声四起，直冲县堂而来。我们虽作顽强抵抗，毕竟是寡不敌众，只好趁着天黑，弃城逃跑了。特来向行省、向大将军报告，请将军恕罪。"

方国珍听到如此紧急军情，海宁县又失陷了，不由得大吃一惊。立即与国瑛、叔达、金松、志强、家进、家通等，回到了行省衙门议事。同时请来了行省左丞达识帖木儿，刘仁本等一起研究对策。

达识帖木儿、方国珍、刘仁本、方国瑛、李金松、陈叔达、关磊、董志强、吕家远、吕家进等听了海宁县达鲁花赤他们的报告后，对李伯升突然袭击表示愤慨和震惊。

方国珍首先说："张士诚真是欺人太甚，让李伯升带着五千兵，竟敢孤军深入，占我海宁，这次管叫他有来无回。"

方国瑛自告奋勇地说："我带六千人马，即刻动身，去会一会儿李伯升，让他知道我民军有多厉害，一举夺回海宁县。"

达识帖木儿说："半月前，吕珍也是孤军深入，突然袭击我桐庐县，现在又是故伎重演。他绕过嘉兴路，攻占我海宁县城，不知他们打的是什么主意？"

方国珍说："他是欺我眼下兵力空虚，采用跳蛙式进攻手段，随后必有大部队跟进。我们要乘其立足未稳，后续人马尚未跟进之时，给他一记重拳，不仅要打痛他，还应该打昏他，把他的战略部署彻底打乱。"

达识帖木儿又说："不知方国珉、邱楠、关琼瑛他们胜败如何？前几天双方僵持着，据我的意见先派人去桐庐一趟，先集中力量夺回桐庐县是最最要紧的了。"

方国珍自信地说："左丞达识帖木儿大人多虑了，方国珉他们是稳操胜卷的，我已派柳贤明带着犒劳物品，赶往桐庐慰劳三军去了，一则了解情况，再则也可助他一臂之力。"

刘仁本说："达识帖木儿大人说得不错，不过现在大将军已派柳将军前往了，据我估计，桐庐那边的确是没有问题的，不久就会有捷报传来。当前我们还应当重点部署攻打李伯升、收复海宁县要紧，这是刻不容缓的大事。"

方国瑛接着补充说："由我带六千兵，从旱路突袭海宁，请董志强将军带三百战船，三千水师，助我一臂之力，从海盐县那边横袭过来。这样东西合击，更有利于我们的整个战局。"

董志强接着表示说："我同意国瑛将军的意见，我们应当以绝对优势的兵力，做到万无一失，我可带五千水师，紧密配合国瑛将军。"

陈叔达说："我已经久未上战场了，这场仗还是由我来出战为好，我陈叔达一定有能力、有把握打好这一仗。"

方国珍说："我完全相信陈将军有能力，有把握打好这一仗，这一仗还是由国瑛去好了。以后仗有得打，下一个由你来做先锋是了。"

刘仁本说："就这么定了，至于具体的情况还请海宁县达鲁花赤、总管和统制多提良策。"

海宁达鲁花赤说："除总管外，我和统制都是军人出身，可说是久经沙场的人，况且我俩熟悉县城情况，由我们领路，定能助将军一臂之力，祝方将军旗开得胜、马到成功。"

刘仁本说："好好，就这么定了。现在立即开始做战前的准备，由大将军择日出兵。"

方国珍对达鲁花赤说："请你们将海宁现状画个详图给我们，让国瑛、志强俩心中有数，务必做好万全准备、达到万无一失。"

方国瑛手下的主要助手有杜屏山、潘文忠，他俩各带二千五百名兵士，刚从台州过来，恰巧五千兵。是一支训练有素的精锐力量，只要一声令下，便可出击。现在让他俩打头阵，方国瑛亲率精兵一千殿后。

东海水师的大部分力量，还都驻扎在舟山群岛，只有一部分，已经进入杭州湾了，现有战船百余艘在钱江口，由董志强率领调遣。还有丁光土、徐鹏飞各带百船，从沈家门出发，后天便会到达杭州湾与董志强会合。

正月十二下午，正当方国瑛、杜屏山、潘文忠他们出发前，桐庐方面的方国珉、邱楠、关琼瑛领着全体官兵胜利归来。国瑛见到国珉，热情地上前拉着弟弟的手说："很高兴你们凯旋，你们为我们开了个好头。"

国珉说："特地赶来为你们送行的，我们的胜利，必将挫伤李伯升的士气。祝愿你们也旗开得胜，马到成功。"

国珍说："国珉弟，你辛苦了，桐庐那边都没事了？"

国珉说："桐庐那边由柳贤明带的三百人暂且接管，他暂时接替达鲁花赤。"

下午申时，方国瑛的队伍出发了，他们由海宁县达鲁花赤和统制带路，方国瑛要采取夜间突然袭击的办法，所以让队伍以急行军的速度，跑步前进。

海宁县位于浙江省北部，东邻海盐县，南濒钱塘江，与绍兴上虞县隔江相望。它历史悠久，公元前4000年前还保留下来的人类文明的史前足迹。留有古墓葬、古建筑、园林、民居、石刻等古文化遗址。

杭州与海宁相距不远，刚好午夜到达海宁县城。方国瑛立即下令兵分三路，杜屏山率二千五百兵攻北门，潘文忠带领二千五百兵士闯西城，自已亲率一千精兵从南门进攻，这是围三缺一的攻城战术，留出东门作为放生门，用来瓦解他们的斗志。

却说东吴王张士诚的头名大将李伯升，见吕珍率兵五千，胜利夺取了桐庐县，他马到成功，至今将近半月了。而自已却按兵不动，心存愧对诚王之感。于是在初四动员和准备，初五凌晨从苏州发兵，向浙江嘉兴路进发，至黄昏就到了嘉兴路，当时浙北一带兵力空虚，好在李伯升并没有攻城，而是绕城而过，在离嘉兴城三十里处扎寨宿营。

第二天一早又拔营南下，黄昏时分兵临海宁县城外。一路走来如入无人之境，李伯升也不急于攻城，先在城外扎营，准备攻城的云梯等装备，待到半夜，指挥五千兵士，向海宁县城发起攻击。小小海宁县城，仅有百来个武装，怎能抵抗得住五千大军的突然袭击。不到个把时辰，海宁县就已经陷落了。

李伯升自占领海宁县后，一切风平浪静，已经五六天了，这几天来一切平安无事，使他心里也扬扬得意。

他异想天开，我们占领了海宁，吕将军夺取了桐庐，都如此顺利，德王爷今天动身去攻打吴兴县，也不会有什么麻烦，等德王爷再夺得吴兴县后，夺取临安城就指日可待了。又想到前天已经调集去的二百艘战船，估计明天傍晚就会到达，到那时我们封住了钱江口，浙北地域就成了我们的天下。

他正想得美滋滋的时候，苏州有快马来报，说："桐庐县被方国珍的小弟方国珉给夺回去了，吕珍将军一败涂地，几乎全军覆没，只逃回二百八十二人。据可靠消息，近日方国珍有万余人要进攻海宁，望李将军保持高度警惕，做好应对的准备。"

这一坏消息，给李伯升当头浇上一勺冷水，不觉大吃一惊。他急忙走上城头，南眺，西望，心里盘算着方国珍的人马会从哪里袭来，自己又将如何应战。

正在沉思时刻，突然括起一阵狂风，城墙上的"李"字大旗，霎时间被拦腰折断。这是不祥之兆，李伯升不寒而颤，心感不妙，于是就考虑起退兵的计划，毕竟是孤军深入，独自在敌之腹地，如若方国珍的万人前来围城，不仅是敌众我寡，连求援都来不及，何处才是退路？考虑再三，想到北撤肯定不成，方国珍定会在嘉兴一带布防阻击，后悔当初没有占据嘉兴，向南有钱塘江阻隔，唯有向海盐县方向撤退。

李伯升知道，张士义已带领二百艘船的水军，近日就可到海盐县，有他的接应，陆路不通，还可以从水路撤回，打定主意后，立却派快马返回苏州报信求援。

李伯升召集诸将部署城防，把固守待援和撤退路线的计划公诸于众。这真是聪明反被聪明误，李伯升原以为有两手准备，能稳定军心，提高士气，不料事与愿违，诸将见主帅缺乏固守的决心，嘴上没说，心中都各自打起了小算盘，既而消息一传出，兵士们就心中无底，随之人心浮动，斗志锐减。

方国瑛在海宁达鲁花赤和统制的引领下，原本打算夜袭海宁的，途遇大雨，耽搁了时间，待八千将士到达了海宁县，已经是十三日凌晨了。方国瑛随机应变，调整方案，使用先声夺人的策略，用声势威胁敌人，把海宁城先团团围困起来。接着就命潘文忠的部队，向西门守敌发起试探性进攻。

李伯升闻报敌方在西门开始攻城，就披挂上阵，亲自站到城楼上指挥战斗。只见民军潮水般涌来，急忙下令弓箭手放箭射击，顿时箭如飞蝗，阻挡住了民军的攻势，当场有一二十个民军兵士受伤。潘文忠将军立即调盾牌手上前，掩护弓箭手还击。双方用弓箭对射，形成僵持局面。

方国瑛传令城南的民军也开始攻城，把架势搞得更大些。李伯升刚稳住西城的局面，听说城南又开始攻城了，而且更为猛烈，急忙赶往南门指挥应敌，当南城的局面有所稳定后，李伯升又匆忙赶往东城观察，看看自己预设的退路情势如何。

从城楼上远眺，看见东城外的民军在远处扎营，士兵数量也不多，心想这可能是疑兵，心中暗喜，这是天不绝我也。转身又去北城巡视，到了北城一看，也没有战事，心想民军攻城的方向一定是西南两门，因此他就调整兵力，把防守的重点转向西南两门。

方国瑛根据海宁县达鲁花赤和统制的介绍，知道海宁县的薄弱环节在北城，北门的老城墙有几处是处于坍塌状态，本来确定过元宵节后要开始修理的，不料被敌占据。未修的城墙正好有利于今夜的反攻。

进攻北城是由杜屏山带领的二千五百兵士。号称"爬山虎"的杜屏山，他在这几年来，带着三百多人苦练"蜘蛛"功，专练攀爬城墙的技巧，经过多年的潜心苦练，造就出一支"蜘蛛人"队伍，同时配备有"铁爪"等专用工具。杜屏山对城墙仔细观察后心中暗喜，两丈高的城墙，对我手下三百多名的攀爬手来说，真是太容易了，有何难哉。他笑嘻嘻地回来对三百多名攀爬手说："你们都去睡觉休息，养足精神，晚上破城就看你们的真功夫了。"回头又对其他兵士说，"现在你们留八百人值班守阵，慎防吴军出城劫寨，其他的兵士也去休息，等待晚上攻城。"

方国瑛让西南两门的民军，时紧时缓地轮番进攻，曾数次攻到城下，被擂木、滚石击退，这让李伯升深信不疑，西南两门是民军主攻的目标，布下重兵加强了防御，不敢掉以轻心。随着夜色降临，对峙了一天的攻城战终于降温了，激烈拼斗的战场随之也慢慢地静了下来，民军在阵前筑起障碍，点上篝火，摆出一副提防敌人偷袭的架势，李伯升夜巡四城，从火光疏密程度来看，民军主攻的方向确是西南两门，为了应对明天的激战，李伯升让士兵们轮番休息。对值班的将士做了一番叮嘱后，自己也下城去了。

二更时分，天上飘起朵朵乌云，朗月在乌云的遮掩下时明时暗，在杜屏山看来是老天在助阵了，立即向方国瑛要求前去偷袭。

方国瑛心定气闲地说："别急，让兵士们再好好休息个把时辰，到三更过后再出击吧。一旦有所突破，我急调东城人马过来策应你们。进城后要分兵直插西南两门，接应攻城人马进城。"

杜屏山信心十足地说："一切听将军的安排，到时看我们的身手吧。"

方国瑛叮嘱说："开始行动时一定要迅速、隐蔽、勇猛。取得突破后要大张声势，在城内穿插要果断勇猛，夺下西南两门是取胜的关键。"

杜屏山严肃地答道："请将军放心，我记住了。"

等到三更过后，杜屏山把三百名攀登勇士秘密集结起来，亲自检查了他们的装备，叮嘱他们一定要利用月亮被浮云遮住的时刻前进，潜到城下"一"字排开，等后面弓箭手进入最佳的射箭位置后，立即开始攀登，务须同时行动，攻敌之不备。

一切准备妥当后，杜屏山举首望月，等待乌云来遮，看准时机他挥了挥右手说："上，大家一起上，动作要快，别惊动敌人。"杜屏山一声令下，三百名攀登勇士似灵猫般轻灵、快捷地前进，直逼北门城墙下，守城的吴兵毫无察觉。接着，杜屏山调弓箭手逼近城墙布阵，让盾牌手掩护，后续攻城人马也都备好攻城器械如抛石机、云梯、撞门车等准备随时出击，发起强攻。

弓箭手的推进被城墙上的吴军发现，惊慌地喊叫："敌人要攻城了。"这时民军弓箭手先发制人地向城头放箭，守城的吴军躲避不及，纷纷中箭倒下，城上一片混乱。乘此混乱之机，攀登勇士的铁爪已抛向城头，顺着绳索如猿猴般快捷往上爬。民军的弓箭刚刚停息，三百勇士就跃上城墙，如神兵天降，吴军顿时吓破了胆，狂奔乱喊："破城了，破城了，快逃命吧。"三百勇士如猛虎闯入羊圈，吴军根本无力抵抗，四处逃散。

杜屏山见城防突破，立即指挥大队人马扑向城门，这时，三百勇士已经杀散了城门口的守军，打开了城门。杜屏山身先士卒，率领民军潮水般地涌进城去，势如洪水猛兽，所向披靡。

一支队伍穿城冲杀，直达南门，在吴军尚未反应过来时，就杀散了守兵，打开了城门，接着又返身杀上城楼，两军在城墙上混战了起来。城外的民军乘势冲进城来。西城门的情况也基本相同，在民军的内外夹击下，破门而入。

李伯升在巡视城防后回来，与幕僚商议明日守城方案，大家一致认为，被动防守决非良策，打算在第二天凌晨，乘民军尚未发动攻城时，主动出击，投入二千重兵，去偷袭东城门外的民军营寨，一旦得手，不仅破了民军的合围之势，也可挫伤民军的锐气，迟缓民军的攻势，为等待援军赢得时间。当晚就进行了周密部署，直至半夜才完事休息。

三更才过不久，突然传来北城被攻破的凶信，李伯升急忙集结兵马，打算夺回北门。集结起的队伍尚未出发，又连连传来南城被破，西城失守。李伯升顿时感到大势不妙，但毕竟是久经沙场的大将，立即随机应变，决定以东城为基地，与民军展开巷战，谎称援军天亮就可赶到，让士兵苦战待援。俗话说"兔子急了也会咬人"，况且李伯升手下仍有数千兵士，遭遇绝境，岂不会垂死挣扎。一场惨烈的巷战就这样拉开序幕，要想速战速决，只是一厢情愿而已。巷战以拉锯的形式僵持着，天渐渐地亮了起来。

城楼上的兵士前来报信，说城外的民军走了，都从北门进城了。这个信息对李伯升来说，几乎看到一线生机，立即派出数百人的队伍出城探路，这样一来士兵的斗志锐减，军心大乱，后队纷纷涌向东门，只求早点脱离险境。

方国瑛接到报告，敌人已从东门逃出，杜屏山也赶来请命，要求领兵去阻袭，方国瑛却摇摇头说："杜将军莫急，先让他们逃吧，敌兵看到有逃生的希望，必定不会死战，待他们都逃离了县城，我们再去追击，就可以用较小的代价获得更大的成功。所以在你们破城时，我就撤下了东门外的人马，就是要让他们丧失斗志，这就是攻城兵法中，'围三缺一'的精妙之处。再说远在海盐县已有我们的人马在等他们，他们已经是无路可逃了，我们还是按原方案赶他们出城吧。"

等李伯升的残兵败将约三千人马逃出东门后，方国瑛、杜屏山、潘文忠的三支人马也直出东门，分左、中、右三队齐驱并进，尾追攻击，杀得李伯升丢盔弃甲，死伤无数。快到海盐县时，李伯斗猛见城头遍插民军旗帜，惊叫大事不好，我们面临绝境了，只好匆匆落荒而逃。

这时他手下已不足千人，正当走投无路之际，只见一骑快马迎面飞奔而来，见到李伯升后告知，请他们速向乍浦而去，张士义的二百条战船在那里接应。

张士义奉令率战船二百条，原本是要去攻打海盐，配合李伯升攻占海宁县的，当船进入钱塘湾时，发现民军的水师正向上游调动，规模不小，固而决定暂不与其发生正面冲突，秘密潜往乍浦驻扎，派人前往海盐打探，得知民军已增兵海盐防务，故而就潜伏在乍浦不动，观察局势的发展。

李伯升兵败海宁，正当走投无路时，张士义派人送信接应，虽无战功，也算有救危之功。李伯升的近千人马上船后，张士义立即下令启航，从海路撤回去了，李伯升无颜回苏州，就去太仓落脚。

他如何去向张士诚回复交差，且听下回分解。

第六十回
张士德侵吴兴失败　　方明谦取吴江胜利

茵茵芳草绿荫堤，美丽吴江出一奇。
士德刚才兵出去，城头立刻换方旗。

张士诚于至正十四年（1354）建立东吴国，自立国号为"天佑"元年后，于次年（1355）便占领了苏州地区，至今已经是第三个年头了。

张士诚之弟张士德在称作苏州的南大门吴江县驻守，吴江县西临太湖，北靠苏州，南与浙江的嘉兴相通，东连青浦。它历史悠久，后梁开平三年（909）吴江建县，县治设松陵。吴江景色秀丽，土地肥沃，物产丰富，是名副其实的丝绸之府、鱼米之乡。它是苏州的南方门户，是重要的战略要地。

张士德原配妻子贾氏是个农家妇女，她勤劳朴实，生有一男一女。自从他举旗造反，当上了王爷后，就把原配丢在老家，自己在高邮建了个小王府，娶来了如花似玉的王妃——扬州美女。他带兵攻取苏州，夺得吴江县后，看见苏南的美女别有风韵，又娶了一位吴江的苏王妃。这位苏王妃天生丽质，柔情万种，张士德醉倒在石榴裙下，缠绵在温柔乡里。

在半月前，即去年十二月二十三日夜，张士德接到诚王出战的指令，只因春节临近，爱妃缠绕，一直用各种借口延误了出征时日，直至正月十二日，张士诚得知吕珍兵败桐庐县，心中闷闷不乐地召张士德进殿，斥责他贻误战机，违犯军令而迟迟没有出兵，造成桐庐吕珍将军的失败。

张士德自知延误军机，有违军纪，于是辩解说："吕将军的失败，的确与我们没有配合好有关，这不单是我拖延了出兵日期，而他也是过于心急、争抢头功造成的损失。本当我与李伯升三人同时出兵，但他偏要抢占风头，故有此败。好好，本王确定明天出兵就是，一夜夺取吴兴县，五天内扫平湖州路全境，以报桐庐之仇。"

张士诚说："望王弟能旗开得胜，马到成功，为夺取浙江全省建立奇功。"

吴江县与吴兴县，一个在太湖东岸，一个在太湖南岸，可谓是山水相连，吴江既是苏州城的屏障，更是进攻浙江的前沿阵地。

吴兴县，是战国时期春申君的封地。北临浩淼太湖，西南有奇秀的东天目群山，东部一马平川，蚕桑茂盛，稻浪滚滚，是名符其实的鱼米之乡，丝绸之府。据说舜帝姚重华嫡裔69世嫡长孙，西汉大臣姚平为避战乱，为保全舜帝血脉永续，于公元前二十三年，举家南迁，隐居在吴兴郡。吴兴县的织里镇，是历史上因织造业兴盛而得名的，史料中就有"遍闻机杼声"的记载。还有闻名遐迩的湖笔，就产于该县善琏镇。

张士德对吴兴县早就垂涎三尺，他探得该县县城的武装力量不到百余人，要夺取吴兴，自然是易如反掌。但为了摆派头，造声势，显示威风，故意采用水、陆两路并进的方法，张士德亲自率领五千人马，从吴江县出发，沿陆路进军；再让水军二千沿太湖岸与自己齐头并进，配合作战。

自从桐庐遭袭之后，方国珍就急速调兵充实浙北的军事力量，接着海宁又遭袭侵，方国珍觉得北线的军力必须加强，故而对长兴，吴兴，嘉兴一线布防重兵，以防不测，同时抽调战船进入太湖备用。

吴兴县是关磊、关琼瑛的老家，他兄妹俩是在吴兴生长，也是在吴兴犯事出逃的，所以对吴兴县别有一种感情，方国珍提出北线布防计划时，关磊就自告奋勇地要求带兵去吴兴县驻防。方国珍认为这也比较合适，当场拍板定案，让关磊立即出发。

在场的方明谦抱怨说："我们为什么都只提防御，不讲进攻，不是都说进攻是最好的防御吗？"

方国珍笑着问道："明谦，你有何好主意，不妨直接说来。说错了也不怪你，好吗？"

方明谦犹豫地说："张士德是驻守吴江的主帅，如若他领兵犯我吴兴，那么吴江不仅兵力空虚，还缺了主帅，我们就趁虚而入，直捣吴江，这不是很好吗？"

方国珍眼睛一亮说："小谦儿主意倒不错，不知你有这个胆量、敢于偷袭吴江县吗？"

方明谦说："我单独当然不行，现在我身边只有柳贤明伯伯了，如果请母亲再助我一臂之力，我想还是行的。"

方国珍说："你母亲刚从桐庐回来，太辛苦了，还是叫方明善与柳含春与你一起去好。你看行吗？"

方明谦高兴得手舞足蹈地表示说："这太好了，我也想与明善哥一起去的，只是不好意思提出而已，非常高兴与明善哥、含春嫂子并肩战斗。谢谢。"

"吴江是敌之重地，你们又是人地生疏，凡事要沉着小心，切勿大意。"方国珍接着说，"五千兵马够了吗？不够可多调些。好在明善就在临平，你们就领兵去吧，希望你俩千万要小心。你们要随机应变，能攻下吴江果然可喜，攻不下来亦无妨，毕竟吴江是苏州的门户和屏障，吴军必有重军布防，一旦旗开得胜，攻下吴江，你们务必慎防吴军反击，我也会调兵增援你们的。"

再说关磊遵照吩咐，率领的五千兵士稍稍地向吴兴县城进发，到了吴兴县境，他立即兵分三路，派两千兵士趁夜色，赶往八里店附近潜伏，等到吴军围城时，再从敌军背后杀出。另派一千人马去太湖岸埋伏，拦击吴军从水路来的人马。随后亲率两千人马前去吴兴守城。

张士德不知吴兴县突然增兵五千，还以为原来的百来个守兵，所以就按原计划在十三日凌晨，当更楼鼓敲三嗵时，张士德就发起了攻城。城头突然冒出大批的弓箭手，当张士德的攻城人马，一进入弓箭的射程时，城头上的箭如飞蝗，矢如暴雨，急风暴雨般地射向敌群，吴军中箭者一时难以计数，张士德叫苦不迭，谁知一箭正射中他的头盔，幸好未伤着他。张士德大惊失色，心想城上怎么会冒出这么多人马，难道是神兵天降，首战就损兵折将，败下阵来，立即下令后撤三箭之地立阵。后撤三箭之地后，张士德重整人马，打算发动第二波攻势。

这时，猛听城头上一员大将喊道："德王爷辛苦了，赶快回苏州去吧，吴江县也被我们占领了。"

张士德听此一说，心中先是一惊，转念一想，这是不可能的，吴江离苏州这么近，援军个把时辰就能赶到，是不会失守的。尽管他心情不安，还是壮着胆喊道："本王爷亲自到此，还不快快缴械投降，如若继续负偶顽抗，破城后都别想活命。"

关磊说："识时务者为俊杰，你败局已定，别逞强了，我已布下天罗地网，你已经是无路可逃了。"

张士德吼道："光吹牛说大话有什么用，有种的放马过来，让我们比个高低。"

关磊高声说："还是你老老实实地回去吧，免得我替你收尸。"

张士德说："不要多说，有胆量就下来，没胆量就快快打开城门投降。"

关磊抬头眺望了一下远方，随后大声说："你等着，我这就来了。"说后便走下城楼。

不一会儿，城楼上擂起了急速的战鼓，号角齐鸣，紧接着城门打开了，二千余民军官兵左手拿着火把，右手捏着刀抢，势如猛虎地冲出城来。吓得张士德他们措手不及，匆忙应战。正在这时，忽然背后也喊杀声如同雷鸣，同样火把通红，照得田野和村庄如同白昼。

吴军突然间腹背受敌，瞬间陷入绝境。这是张士德始料不及的局面，军心顿时大乱，张士德指挥着吴军左冲右突，拼死奋战，一直战到东方拂晓，才杀出一条血路，冲出了重围，可是损兵折将惨重，来时五千兵士，只逃回二千六百多人，损兵折将近半。

再说吴军水兵从太湖登岸上来，就遭到民军的阻击。两军狭路相逢，双方碰个正着。吴军校官吴伯明问："前面是什么人，胆敢挡住去路，快快让开。"

民军总领祝天明答道："我是江浙行省偏将祝天明，奉行省左丞达识帖木儿、参政知事方国珍将军之命，特来捉拿东吴王反贼张士诚和他的狗卒。"接着又说，"你们是什么人，好大的胆。见到本将军还不快快缴械投降。"

吴军领队吴伯明听了，心里一惊，隐隐约约看见对方阵容强大，是有备而来的。但还是为自己壮胆说："我奉东吴王张士诚之命，特来收复吴兴县的，你们给我快快滚开，否则杀得你们片甲不留。"

祝天明说："好呀，那就来吧，你胆敢前进一步，管叫你死无葬身之地。"

接着，双方同时擂鼓呐喊，便打了起来。兵对兵，将对将，祝天明与吴伯明旗鼓相当，你进我退，枪来刀挡，刀来枪抵，一个是枪头蜻蜓点水，一个是刀飞蝶影，双方战了五十回合，虽然未分胜负，但是吴伯明渐渐感到难以招架，祝天明却越战越勇。这个吴伯明虚晃一枪，回头就跑。此时军心慌乱，齐向湖岸逃回。祝天明一路追杀，吴兵死伤近半。

再说张士德的败兵，退至三十里外的平望镇。他们一个个逃得精疲力竭，喊爹叫娘，到了平望，满以为这下可松口气了。

平望是吴江县的一个重镇，它历史悠久，在平望这块丰腴的土地上，人文荟萃。美丽的莺豆湖，碧波荡漾了几千年，它哺育了一代又一代的平望人，是平望的母亲湖。

平望是交通要道，是吴兴县城至吴江县城的中间地带。张士德以为到了平望，就等到于到了家里，所以不管三七二十一，在街头巷尾，乱七八糟地就地睡去，这个张王爷也坐着打起盹来。

话分两头，却说方明谦、方明善、柳含春他们的万名民军，直向吴江县前进。一路上马不停蹄，至傍晚到达了吴江下属的盛泽乡。前面探马来报说："在平望镇，发现有吴兵数以千计，正向吴兴县方向移动。"

方明善闻报，立即下令全军偃旗息鼓，避开大路，摸黑地偷偷前进。果然，在离平望镇不远处与张士德的吴军遭遇，幸好那天晚上，乌云遮月，天黑如泥，吴军打着火把前进，民军在暗处，未被发现。待吴军向吴兴方向过去后，方明谦、方明善的人马返回大路，继续向吴江县前进。

张士德的主力去攻打吴兴县了，吴江县城只有数百人留守。民军来到城外叫门，他们误以为是刚才出去的人马又返回了，所以毫无疑问地打开城门，方明善率领五千人马奋勇而入，打了吴军一个措手不及，不到半个时辰就控制了城防。方明谦率三千人马回到城外扎营，慎防苏州的吴军发起反击，布防妥当后，方明谦让柳含春领兵二千，南返平望去布防，防止张士德人马回军北上夹击。

柳含春的人马，离平望尚有二十余里，有探马回报，张士德攻打吴兴失利，现败退回平望休整。柳含春一面派人赴吴江报信，一面下令人马继续前进，在离城十里处扎营布阵，准备战斗。

吴江县原总管吴清，是本县平望人，自从张士德占领吴江后，让他归家养老，当晚，他得知张王爷兵败，留宿平望，即前来报告说："张王爷，您还在此休息，您还不知道吧？就在昨天傍晚，不，不，就在今晚，可说是今天早上，吴江县县城被方国珍的民军占领去了，现在他们有数千人马，正向平望镇赶来，情况十分危急，还不快快设法应对。"

张士德在睡梦中惊醒，忙问："这是真的？真有此事？"

原总管吴清说："千真万确，您吴江是回不去了，赶快另想办法吧。"

张士德惊惶失措地问："归路被阻断，这可如何是好？"

总管说："吴江是不能去了，还是赶快向昆山县方向撤退，这是唯一退路。"

这时的张士德如惊弓之鸟，急忙传令，率领残兵败将，狼狈不堪地向昆山方向逃走。

柳含春布阵完毕，即派前哨人马去平望打探消息，得知张士德已率残兵，弃平望镇向昆山逃去了。柳含春急忙起兵追击，只因对这一带路途生疏，加之河流密布，湖泊众多，追赶了好一阵子，难觅踪迹，只好收兵，返回平望驻防。

张士德这次脱险，全靠原吴江县总管的指点，才得以顺利逃过一劫。

方明谦接到报告，立即带精兵一千赶往平望增援，想不到张士德不战而逃，正打算到平望与柳含春会合，只见震泽方向有一队人马前来，方明谦暗吃一惊，以为还有敌之残部，立即把队伍散开，准备阻击。人马越来越近了，定睛一看，真是喜出望外，原来是舅舅的人马。

关磊知道张士德逃向平望镇，以为他们还驻在平望，于是挑选千余精锐力量，前来追击的。当到了平望附近，远远看见人头攒动，以为是张士德他们。不料遇到自己的亲外甥——方明谦。

舅甥两人寒暄几句后，把话题扯到了张士德逃跑的事上来。还是方明谦说："逃就让他跑吧，狗肉不烂多把柴，估计他逃到昆山县去了，我们一起打到昆山去，再找他算账。"

关磊最疼爱这位外甥，听了外甥这么一说，高兴地表示说："好的，我也想与你一起打到昆山去，不过，还得听从主帅的统一安排。"

不知何时何人前去攻打昆山县？更不知胜败如何？且听下回分解。

第六十一回

张士义长江将失守　李金松京口取瓜州

丽日长江浊浪流，千帆征战到瓜州。

声声号角催船进，每每交锋胜一筹。

张士诚自从占领苏州后，就将都城从高邮搬迁到姑苏，改国号为大周，年号仍是天佑，苏州便成为大周国的都城。张士诚妄图以姑苏为基础，进而进犯浙江。最近接连进攻杭、嘉、湖地区，短短半个多月，先后进攻临安路的桐庐县、嘉兴路的海宁县、湖州路的吴兴县，不言而喻，妄图夺取杭嘉湖，进而占领浙江省。

谁知却遭到方国珍的快速、有效的反击，很快击退吴邦的进攻，夺回了失地，并取得了重大胜利。

元顺帝得知后，就采取借刀杀人的惯用手段，要借方国珍之力，去消灭张士诚。在至正十七年春，元顺帝派钦差大臣传达圣旨：授予"方国珍为江浙行省参政知事，兼任海道运粮万户，征讨张士诚的统帅。"

方国珍接旨后，随即找刘仁本、邱楠、吕家远等在杭将领们商量说："朝廷命我为攻打张士诚的统帅，我们应如何行动？"

刘仁本说："这是朝廷要借我们的力量去剿灭大周国。我们正好利用这一难得的机会，打到苏州去，迫降张士诚，进而扩大势力范围、拓展新地盘。"

邱楠说："苏州与湖州、嘉兴，山水相连，道路相通，同是水网地带，可水陆并进，各个击破，逐一消灭。"

刘仁本接着说："历史上有过吴越之争、勾践夫差之斗。今天又要历史重演了。我认为必须打好这一仗。要打败大周国，必须首先要占领长江。"刘仁本接着解释说，"苏北是张士诚的老巢，只有占领长江，使其南北隔绝，使其北无援兵，退无去路。"

邱楠接着说："军师好主意！水军是我们的优势，我们应当发挥自己的长处，向长江进军，首先占领长江，使张士诚南北隔绝，切断吴军与老巢的联络，也可阻断敌之退路。妙棋！绝对的妙棋！"

方国珍赞赏说："这是个好主意，我们的总体力量，已胜张士诚一筹，况且我们的水师力量，可谓无敌于天下，向长江进军，定能所向披靡，威震敌胆。"

刘仁本接着又说："我们可以调战船再进入太湖，控制太湖水面，配合西路军从长兴出兵，攻取宜兴，直逼无锡；东路军迂回昆山，对苏州形成合围之势。"

方国珍点头表示说："可以，可以先动用水师，首先用一千五百条战船，二万名水兵，进军长江，把江苏南北分开，断绝其援兵和退路。"

吕家远说："对对，还是以水军为先，只有清剿掉他们的长江水师，夺取了长江的控制权，才能掌握战争的主动权。"

方国珍见大家的意见统一，就作出如下部署：

水军先锋为李金松、董志强、李金有、李金富、胡永潮、徐鹏飞、徐绍富。率战船一千五百艘，水兵二万，进入长江，将长江下游封堵住。对张士诚的所谓大周国的水师船只，彻底封死长江下游，使他们插翅难飞。

陆军由方国珉、关磊、关琼瑛、方明善、为第一军团，从太湖东边进军；由陈叔达、方国瑛、杜屏山、潘文忠为第二军团，从太湖西边进军。两军扫清外围敌军，会师苏州城。

邱楠、邱桧、吕家进、吕家通、吕家达、柳贤明、张兴、刘三宝等留守杭城，作为后备力量，随时准备增援策应。

以李金松为首的水师，挑选战船一千五百艘，水兵二万。于三月十八日，船队打着江浙水师的旗帜，高举平寇大将军方国珍的大旗，响起进军的号角，从钱江口和舟山港出发。三月天气，春暖花开风送爽。战船顺风行舟，徐徐地向长江口前进。一路上畅通无阻，于三月二十三日上午进入长江口。

大周国凭借高邮湖，运河水系，早就组建起水师，是一支不可小觑的力量。由大将史文炳、李金蛟、李冲斗为水师将领，有大小战船一千五百余艘，水兵近二万。他们长期在长江和运河一带活动，对长江情况了如指掌。这支水军由王爷张士义亲自统领指挥。

由此可见，江浙水师与苏州的大周水师旗鼓相当，势均力敌。李金松的战船一进入长江，就遇到张士义的水军的阻拦。

吴军有五百条战船"三"字形摆开。所谓"三"字形，即分为一二三，三个层次，封死长江航道。李金松、董志强站在船头一看，不觉暗吃一惊，只见敌船上弓箭架密密麻麻地摆着，弓箭手人人剑拔弩张，个个箭在弦上，气势不凡。

李金松令旗一挥，战船分列三个纵队，以"品"字形阵势攻击前进，毕竟民军的海船要比吴军的战船高大，双方弓弩大显神威，眼看吴军难以抵挡，第一梯队向南岸靠拢，第二梯队向北岸靠拢，第三梯队边战边退，如若民军再继续前进，必将进入三边受敌的危险境地。无奈之下，李金松改变进攻策略，采用各个击破的策略，先对退往南边的敌方船队，发起进攻，敌船抵挡不住，很快退进芦苇丛中，李金松正要乘胜追杀，不料前船纷纷搁浅，难以航行。原来吴军的船小底平，适合于运河，湖泊中的浅水航行，而民军的是海船，不仅船高大，而且是尖底的，虽能抗风浪，却吃水较深，不适于浅水航行。

面对这一状况，李金松决定暂缓进攻，两军在水面对峙，暗中准备火攻战船、器械和易燃易爆材料，等待天时。李金松被迫在长江口待了三天三夜，终于待到东风的到来。

三月二十六日傍晚，东风骤起，至深夜三更时，东风渐渐增强。李金松、董志强见机会来了，随即下令：作好"火攻"与"强冲"的一切准备。

三月二十七日凌晨，江面上静得有几分可怕，此时此刻，如钩的残月刚刚升起。猛然一阵大风刮起。李金松说："真是天助我也!"就命令"开战"。

李金松一声令下，战船趁着微弱的月光，风驰电掣般地随风呼呼前进，很快逼近了敌阵，放出火攻船，紧接着火箭齐发射向芦苇丛中，火借风势，风助火威，顺着强烈的东风，迅猛地烧向敌船。

史文炳在首战中，虽然成功阻挡了民军水师的进攻，却无还手之力，只能凭借芦苇丛与敌对峙，连续三个晚上，都没有睡好，今晚是第四个晚上了，史文炳不停地视察，直到下半夜，倦怠袭来，伸了个懒腰，便在船头坐下打个盹。

正在这时，史文炳猛然听到呐喊声和尖叫声震耳欲聋。睁眼一看，船阵前顺风漂来许多火船，火箭如流星般落入芦苇丛中，很快就烧向船阵，转瞬间已成一片火海，他一时傻了眼，眼睁睁地看火势越来越猛烈，战船怎能幸免？

不到半个时辰，史文炳见船中的水兵们，多数弃船跳水，不一会儿，自己的指挥船也随着着火了，他也只得跟着跳水逃生。这时长江北岸也火光冲天，长江上游吴军的百余艘战船见形势不妙，急急向上游逃去。

随着红日的冉冉升起，火势也随着渐渐熄灭，烟雾却尚未散尽。李金松、董志强苦战终于告捷，取得了重大胜利，冲破了敌人的封堵，也重创了张士诚的水师力量。

在长江水面上，李金松、董志强带领的江浙水师，全面进入打扫战场，救捞那些落水的吴军士兵。这时，徐鹏飞的船战前面，发现有个人，挣扎着向岸边泅游。徐鹏飞猛喊说："过来，快过来，我们救你上来。"可是这个人连头也不回，继续向岸边垂死挣扎般泅游着。

徐鹏飞明白，这个可能便是水师将领，于是决定亲自去把他擒拿过来。他即刻脱了上衣，"扑通"一声，跳入滚滚的长江，向着那人游去。

却说这史文炳从五更天跳入水中，曾两次想爬上船来，却因船只受烈火燃烧，他连续经历两次想上船而未上，当天明后，看见兵士们都上了江浙水师的船去了，他没办法，决定向岸边泅游过去。所以至今还在滔滔的大江中。

徐鹏飞生长在海边，长期在海水浸泡中长大的，水上功夫十分了得，绰号称他为"东海蛟"。徐鹏飞的确似一条蛟龙，很快游到了史文炳的身边。此时的史文炳，已经是筋疲力尽，处在临死状态。当徐鹏飞的右手拉住史文炳的左手时，已经精疲力竭的他，如一把稻草，任凭你拖带。

史文炳被拉上船后，软若春蚕，皮肤被水浸得雪白，有气无力地睁开眼睛看了看，又重新闭上眼睛，再也没有睁开。

同样，李金松、董志强、胡永潮、李金有、李金富他们也遇到类似状况，只不过没有亲自下水擒拿罢了。但也遇到多个已经将死的吴军水兵，如李金松就碰到的一个，这个人抓住了一块烧了半断的船板，随波逐流地在江上漂浮，李金有将他打捞上来后，脉博已经停止跳动。

就在这时，听远处传来求救的讯号，遥见有多人在水上挣扎，李金松他们急忙又去捞救，他们共有十二人，原来捞取了救命稻草——一艘刚被火烧的破船板，谁知一阵狂浪袭来，瞬间这块破板荡然无存。这十二人早已精疲力竭。他们完全处在绝望之中。当李金松的船赶到，把他门一一地救上来，他们个个都是在奄奄一息中。

就这样，捞了一批又一批、救了一个又一个，经过一个上午的打扫战场，共缴获大小战船二百二十余艘。俘获吴邦水兵三千为余众，其中大多数都已被火不同程度地烧伤。

这一胜利非同小可，大大挫伤了吴军的锐气。张士义、李金蛟他们接到败报，急忙收拾残局，重整水师。他们尚有近千艘战船，其中五百条停靠在扬中与泰兴之间，另外五百条在镇江，扬州之间的瓜州地界。尚有近百艘船就在太湖。

李金松、董志强哪能容敌方有喘息的机会，除留下胡永潮、李金有、李金富和三百船，五千兵，继续清理战场，处理俘虏与伤员。带领主力人马乘胜向镇江追击前进。

这里有词牌《渔家傲》写道：

江上东风吹画舫。春来雁去银鸥唱。薄雾涛声波荡漾。潮头涨，吹烟夕照江阴亮。　　晨日扬帆迎碧浪。黄昏锚地抛芦荡。水色粼粼舟跌宕。心惆怅。将军昂首征夫怆。

千艘战船扬着的风帆，吹起螺号，畅通无阻地向长江纵深前进，到达日落时光，夜幕降临，战船就在离江阴十余里的江中抛锚布阵，打算明日天亮后再通过江阴继续前进。

经过连续十多天的水上生活，尤其是昨夜至今，民军将士足足一天一夜眼睛未闭，一个个筋疲力尽，一抛下锚，停下船，便呼呼睡去了。

话说张士义当时就驻军扬中县一带，有战船五百，水兵近万，当得知两军在南通江面对峙时，就起兵赶赴江阴布防接应。想不到自己立足未稳，就接到前线败报，民军水师逆流而上，气势吓人。不服输的张士义召集众将商议，说：“今日方贼水军来势凶猛，首战就夺我战船，俘我将士，若不给点厉害看看，就会殃及大局。诸位有何退敌良策。”

李冲斗说：“王爷言之有理，长江水面岂能容民军存在，必须立即反击，只有消灭方贼水师，才能显示我大周国的国威。"

李金蛟说："敌方战船大而坚固，正面对阵我们势必要吃亏，我们可采取夜间偷袭的办法，攻其不备、击其不意。定能取胜。"

正在商议时有探哨来报，有大批敌船在离江阴十里处的江面下锚扎营，灯火辉煌，照得江面如同白昼，还有哨船在巡哨。

张士义闻报吃惊地说："来得好快，明天一场大战在所难免，诸位有何良策退敌？"

李金蛟说："兵贵神速，乘他初来乍到，立足未稳，我们来个先发制人，就在今夜，来一个偷营劫寨，打他一个措手不及。"

李冲斗附和说："金蛟将军说得好，偷营劫寨，打他一个措手不及，这是取胜之道，他们一路劳累，昨天刚打了一仗，可谓疲惫之师，晚上摆出这副排场，必定是虚张声势，除小量值勤和巡哨的人员外，众将士必将睡得如死猪一般，我们到下半夜去偷袭，定能取得成功。"

张士义沉思片刻后，拍案而起说："就这么定了，今夜三更造饭，四更出兵，一不要擂鼓，二不要呐喊，让战船顺流直冲敌阵，来一个近战混战，两军相逢勇者胜，我这就是置之死地而后生，望将士们奋勇杀敌，扬我国威。"

是夜，董志强见牟子善先生穿着黑色道袍，神采奕奕地走来说："董将军，你们好大意呀，还都在睡觉，敌人已经来偷袭了，赶快起来还击。"说后便用手中的法器在他头上猛击一下。

董志强在睡梦中惊醒，睁眼一看，只见夜幕沉沉，江水粼粼。正当侧耳细听时，惊闻得巡哨船上放起火流星报警，急忙举首遥望，见上游不远处有敌船密密麻麻地直冲而来。忍不住大呼一声："不好了，有敌船来偷袭了。"立即下令吹响紧急号角，发出警报，同时升起白色串灯，警示敌人从西边而来。

李金松等将士们惊闻号角骤起，想必有紧急军情，立即指挥全军投入战斗。说是迟，那是快，这时吴军已经逼近了。

李金有的船队靠在上游偏北的江中，而吴军从上游沿江岸而来，首当其冲的是李金有他们。李金有闻号角声，就紧急行动，可是敌船已经靠近了，急忙射箭拦堵，敌船用盾牌护体，继续顺水冲击而来，很快战船靠在一起，开始短兵相接，一场混战拉开了序幕。

吴军水师将军李冲斗、李金蛟率领的五百条战船，把李金有的二百条战船包围分割，李金有挥舞朴刀，顽强与敌搏杀，见一个杀一个，见二人杀一双。边杀敌，边聚集战船保持队形，与敌周旋缠斗，等待援救。

李冲斗见敌阵混而不乱，就身先士卒冲上前来，见一位民军将领虎虎生威，忍不住大声吼道："你是什么人，好大的胆，竟敢垂死挣扎。本将军来也，快快束手就擒，或许能留你性命。"

李金有大声回应说："吾乃江浙水师将军李金有是也，今奉皇上圣旨，特来捉拿反贼张士诚的，你们不要负隅顽抗了。"

说着，李冲斗的八尺长矛，向李金有直刺过来。李金有立即挥动华戟相迎，这样你来我往，隔船相斗起来，好一阵子，仍不见胜负。另一边李金富与李金蛟两人，也在隔船相斗，双方打得难解难分。

满以为偷袭能够成功，想不到局面却变得一团糟，双方缠斗在一起，谁想脱身都难。正当李金有与李冲斗，李金富与李金蛟，还在战得难解难分时刻，李金松、董志强带领的船队已经迂回到敌后，将他们反包围了。李金蛟、李冲斗见情形不妙，这时想退兵，已经来不及了。李冲斗心一乱，被李金有一戟划伤右臂，倒了下去，趁此机会，李金松指挥兵士跃进敌船，杀散众兵丁，李冲斗成为俘虏了。

而李金富与李金蛟的战斗，看来李金蛟略胜一筹，他意识到情况不利，就发出飞镖一支，正中李金富的右臂，他趁机向西北方向突围逃蹿。这时张士义率战船前来接应，见前方败局已定，哪里还敢上前冲杀。把战船一分为二，靠向南、北二岸，接着一排排无人的竹筏正在顺流而下，正当竹筏漂浮到吴军两队战船中间的时候，张士义一声令下，千百支火箭射向竹筏，顿时江面上出现一片漂浮的火海，顺流向民军的船阵烧去。

董志强被这突然的变局惊呆了，急忙下令全军撤退，躲避吴军的火攻。连续退了十多里，见竹筏的火势逐然变小，最后熄灭了，这才回过神来，重新整顿战船，编成三路纵队调头又向江阴前进。船队来到江阴，吴军已毫无踪影，董志强一边派哨船沿江侦探敌情，另一面让水军登岸扎营，以便水陆策应。

张士义的大本营是在扬中，这次前来江阴阻击，原以为是稳操胜券的，想不到偷鸡不成蚀把米，靠竹筏火阵总算阻挡了一阵，所以不敢再留守在江阴对阵，匆匆退回扬中布防。一则这里的江面要窄些，可采用水陆联防的办法对敌；二则扬中是他的大本营，人马、装备及后勤物资充足，周转余地较大。再则敌军是长驱直入，可谓孤军无援，意在速战速决，一旦双方僵持起来，敌军势必不战自退。

董志强、李金松的水军，虽然节节胜利，但吴军水师未能被彻底消灭，终究是隐患。据情报，张士义、李金蛟他们已经退到了扬中设防，那里江面进一步收窄，敌军可以水陆联防，一味强攻，已经不是良策，尤其是单纯从水路强攻，更会险象环生。此时胡永潮献计说："强攻不成，我们何不来个智取？"

董志强摇摇头说："谈何容易，目前双方都睁大眼睛盯着，水面上一有动静，还能骗得了谁。"

徐鹏飞试探说："江面被盯死了，陆上渗透潜入，总不至于也毫无办法吧？"

李金松接上说："这倒是个办法，我们可以谋划谋划，找出个可行的办法来。"

经过一番深思熟虑，反复探讨，一个智取的方案终于出来了。

五月初五是端阳佳节，有三五个渔夫，撑着两艘渔船，抛锚在镇江京口的江面上，不停地吸着老烟，此时对面的瓜州驶来一艘军船，军船里的人向他们招呼说："渔哥，渔船为何停着，为啥不去打鱼哟？"

渔夫说："近处打不到鱼，远处被浙江兵占领了，我们又不敢去，只好在江上乘风凉。"

那当兵的说："你这两艘船租赁吗？"

渔夫说："我们渔民是靠船吃饭的，船租了，我们吃什么？要租连人都租，可以吗？"

当兵的说："可以，可以，连人一起租，吃饭全包，还发饷银。"

渔夫说："不行，不行，你们要用这船去打仗，打仗我们可不会。我们只会摇船捕鱼。"

这个当兵的说："谁要你们去打仗，打仗是我们的事，你们只管为我们摇船就可。"

渔夫不放心地说："我们胆子小，能否再约几个人一起来，可以吗？"

当兵的说："当然可以，约好人，明天一起摇船到瓜州兵营报到。"

这渔夫就是胡永潮、徐鹏飞他们，他们就这样混进了吴军水师。

此间，李金松、董志强他们还将缴获的吴军平底战船，改装成商船，让士兵扮作商人，隔三岔五地驶向上游，到较为繁华的江都会聚，等待时机。

五月二十五日上午，董志强按预定方案率近千艘战船，从江阴出发征讨龟缩在扬中的张士义主力，气势雄壮，但前进速度沉稳，似有步步为营态势。

张士义得到消息，立即传令布防在江岸的守军进入战斗状态，由李金蛟率领战船三百艘前往江心立阵迎敌，不久，见民军船队呈三路纵队前进，离岸均有一箭之距，如此一来，岸上的守军弓箭起不到应有的作用，李金蛟心中暗惊，急调竹筏到阵前，企图故伎重施，以火攻来阻挡敌船前进。

董志强对这一手早有准备，各船都早备好特长竹竿，用铁皮包裹，使火竹筏无法靠近战船，采用纵队前进的目的就是预留空道，让火竹筏顺流通过，不会危及船队。李金蛟见火攻这一招失效了，顿时乱了方寸，战船在数量上处于劣势，如何对敌，急忙向岸边靠拢，希望借助岸边士兵的弓箭支援保命。

董志强的船队不为所动，继续稳稳地前进，仅用箭弩射击敌军。坐镇扬中的张士义见江面上民军势不可敌，只好把用来支援李金蛟的后备战船，往长江的支流中退避，躲到扬中地面的后方去，不仅可以暂时保存实力，而且从支流直下，仍可回到长江主河道。董志强见支流河道较窄，也不去追击，只是在叉道口的江中心，布阵封堵，对扬中地面，实施了半月形的围堵。张士义不得不把扬中的所有兵力，都调往江岸防守，战线有数十里之长。随着夜色降临，双方就这样水陆对峙着，互相用箭弩对射，处于胶着状态。

半夜刚过，有一支千余人的队伍偷袭了扬中城，当时扬中城的守军全都调往江沿，几乎是一座不设防的空城。偷袭得手后，在城上点燃三堆篝火，火光冲天，这是董志强预先定下的联络信号，一见城墙上火光，知道偷袭成功，立刻下令全线发起进攻，船队逐步向江岸逼近，箭矢密集如雨。

沿岸守军得知扬中城已失守，哪里还有心情战斗，顷刻间军心大乱，乘着黑夜各自逃命去了，岸上开始乱作一团，民军乘机登上岸来，举着火把一路追杀，正可谓兵败如山倒，这时张士义也无可奈何，三十六计逃走为上，带着几个亲信，绕到城南水岸边，寻找退避的船只，一到江边，只见人去船空。

突然听到有人在叫："王爷，快上船来。"

慌不择路的张士义立即跳上船，一看是昔日投军的渔夫，心中疑惑地问道："别人都逃走了，你们为何还在这里？"

渔夫回答说："船是我们渔民的命根，我们怎可弃船而走？"

张士义说："难得，难得，那快快摇船离开这是非之地，救驾之功，本王爷必当重赏。"

渔夫一边摇船，一边说："对岸去不得了，我们先到上游去。"小船在夜色的掩护下，向长江主河道划去，张士义警惕地紧盯着前方。只见扬中地面靠长江的岸边灯火通明，宛如一条长龙绵延在江边，望不到头。

张士义小声地说："把船向西北岸边靠近前行，不要被敌军发现。"话音刚落，突然张士义惊呼说："不好，敌船冲我们来了，快快靠岸，快快靠岸。"

渔夫镇定地说："王爷莫慌，先到船仓里暂避，取出渔网放到船头，场面由我应付，保管平安无事。"

张士义无奈地躲到船仓里，偷偷地观望着，敌船一步步靠近，只见敌船上有人高声喊道："前面船上是什么人，黑夜欲往何处？"

渔夫提起船头渔网，高声回答说："我是渔民胡永潮，乘黑夜出来，为了捕大鱼，不巧遇上打仗，只好在此游巡等待。"

对面战船上的将士一听是胡永潮，知道必有收获了，赶紧围了上来，说："我们打了胜仗，正要办庆功宴，把你们捕的大鱼都卖给我们吧。"

胡永潮高声地说："可以，可以，你们自己来拿吧。"

张士义见形势不妙，慌忙蹿出船仓，企图跳江逃生，说时迟，那时快，胡永潮提起渔网一撒，罩住了刚入水的张士义，人困网中挣脱不了，乖乖地成了俘虏。跟随张士义的几个亲随，也莫名奇妙地束手就擒。

再说撤往北岸的李金蛟，见扬中地面火光冲天，喊杀声震天动地，眼见败局已定，急忙下令逆水而上，撤离长江从支流北上，向江都方向逃命。刚过张家巷不远处，只见前方有近百条渔船、商船挡住去路，李金蛟站在船头高喊，让前面的船只让道。不料遭到一阵乱箭袭击。

只见对面一条较大的商船上站出一人，喊道："我乃浙江水师大将徐鹏飞是也，在此等候多时，还不束手就擒，更待何时。"

李金蛟一听，顿时呆若木鸡，前有阻击，后有追兵，不知如何而好，急火攻心，眼前一黑，便昏厥过去了。

不知后事如何，且听下回分解。

第六十二回

关磊攻昆山初受阻　琼瑛占古镇夜休闲

富庶昆山多戏台，金莺演唱展英才。
土司士德妄图占，关磊琼瑛城破开。

在李金松、董志强率二万水军占领长江的同时，方国珉、关磊、关琼瑛会同柳贤明等人，奉命攻打苏州辖下的昆山县。

张士德因攻打吴兴县失利，败退平望，原本打算退回吴江，岂料吴江已被方明谦夺取，绝望中受人指点，退至昆山。

昆山是苏州路下辖的一个县，位于江苏省东南部，总面积927.68平方公里，其中水域面积占 23.1％。地处上海与苏州之间；北至东北与常熟、太仓两县相连，东与上海嘉定、青浦接壤。昆山历史悠久，在新石器时代已有人类居住。昆山古名娄邑，春秋战国时期先属吴，后属越，继又归楚。吴王曾在这里豢鹿狩猎，故又名鹿城。秦置娄县，南朝梁大同初年（535—536）始立昆山县。唐天宝十年（751）分置华亭县。

张士德来到昆山后，因兵败而无颜返回苏州，就留宿驻守在昆山，每天除了加固城墙、加强防御外，就是看戏。元朝末期，戏曲很盛行，尤其是江南的昆山县，除晚上戏台有大戏看外，街头巷尾，处处琴瑟悠扬，天天鼓乐铿锵，人人昆曲高腔。在昆山这段日子里，最最让张士德思念的是吴江县那个吴王妃，自从吴江县被民军攻占后，吴妃已不知去向。平日虽然有勾栏院名妓陪伴，他仍不满足。

昆山《国风昆曲》剧院的名角——小旦、花旦，她俩不仅貌美，而且戏也演得惟妙惟肖。因此戏院夜夜爆满，德王爷天天必看，成为昆剧院的常客。

该剧院最好的戏目是《西厢记》，《西厢记》是元代著名杂剧，是王实甫的代表作。王实甫是大都（今北京）人。《西厢记》全名《崔莺莺待月西厢记》，又称"北西厢"，元代汉族戏曲剧本，《西厢记》中无不体现出道家哲学上善若水、素朴之美，追求自由的思想。说的是书生张君瑞在普救寺里，偶遇已故相国之女崔莺莺，便对她一见倾心，但却无法接近。此时恰有孙飞虎听闻莺莺美貌，欲强娶莺莺为妻。崔老夫人情急之下承诺："谁能救得小女崔莺莺，就将女儿许配于他。书生张君瑞解了孙飞虎之围，救了崔小姐之难，从而衍生出"待月西厢下"的精彩故事。

该城"国风昆剧"剧院的两个名角是：小旦名贾金莺，今年二十一岁；花旦甄银鹂，年方一十九，如花季蓓蕾，似雪中寒梅，都是妙龄女郎。她俩同是本县千灯镇南大街人。该县千灯古镇，是文化名镇，距今已有二千多年的历史，物华天宝，人杰地灵，人文荟萃，文化气息很浓，人称南大街是文人街。

张士德天天去昆剧院看戏的目的，是看中了这两位小旦和花旦。当小旦贾金莺扮演《西厢记》中的崔莺莺，她浓妆艳沫，轻移莲步地唱："我将这纽扣儿松，把缕带儿解；兰麝散幽香。不良会把人禁害，台，

怎不肯回过脸儿来。"（昆曲，上马轿）

"我这里软玉温香抱满怀。呀！阮肇到天台，春至人间花弄色。将柳腰款摆，花心轻拆，露满牡丹开。"（昆曲：胜葫芦）

"但溅着些儿麻上来，鱼水得和谐，嫩蕊娇香蝶恣采，又惊又爱，檀口温香腮。"（元曲，么篇）

贾金莺连唱三支昆曲后，她那悠扬声波回荡在戏院内，使人心旷神怡，无不拍手叫好。其中喊得最响的，要算是王爷张士德了。张士德看中了贾金莺、甄银鹏。

当演出结束后，张士德就亲自上台，给扮演莺莺的贾金莺，扮演红娘的甄银鹏两人送上两封赏钱。同时邀请她俩去其公馆吃点心（夜宵）。

贾金莺、甄银鹏俩意识到来者不善，于是委言谢绝说："谢谢张王爷赏赐，对不起，小女子身体多有不适，吃点心就免了吧。"

张士德说："本王爷请你俩，哪有不赏光之理？务必与我一起去。"

剧院的老板也来拍马屁说："王爷亲自前来请你俩，是你俩的福分，哪有不去之理？务必赏光，务必赏光。"

在张士德的催促和剧院老板的怂恿下，在张士德卫士的挟持下，贾金莺、甄银鹏被带进了他的寓所。

一进寓所，忽闻鼓乐齐鸣，丝竹悠扬；又见灯火辉煌，红烛高照。呈现出一派节日的氛围。贾金莺、甄银鹏俩感到不对劲，似有拜堂成亲之状、洞房花烛之况。果真如此，不一会儿，四十四岁的张士德，打扮得新郎模样，挽请她俩走进客堂。

其客堂红烛高烧，布置得富丽堂皇，张士德命人端上参茶三杯，与她俩对酌，约半支香时间后，又送上三碗燕窝汤，紧接着就摆上丰盛的筵席，美酒佳肴，一时难以细说，贾金莺、甄银鹏俩也无心一一品尝，心里急得七上八下地直打鼓，盘算着如何逃脱这樊笼鬼域。

可是这位王爷却得意忘形，酒一杯一杯地猛喝，喝得面红耳赤，汗流浃背。他热得脱光上衣，赤膊上阵，胸头的汗毛直冒汗珠，露出一副丑陋的窘态。紧接着他摇摇晃晃地走上前来，喜上眉梢地来挽扶她俩的香肩，语无伦次地说："我亲爱的莺莺小姐，我亲爱的红娘姑娘，你俩比莺莺还莺莺、比红娘还红娘，可把我想死了。"说着要把她俩同时挽进去洞房。

面对这一状况，如何摆脱魔爪？她俩本能地用力挣扎，小女子怎能挣脱得了？反使他扭得更紧，痛得叫苦。张士德岂能放松，一二下便将她俩拖进了房间里，先把贾金莺抱起抛到床上。

这下吓坏甄银鹏，她吓得直打哆嗦，还是鼓起勇气，曾几次开门，想冲出去、想逃脱魔爪。张士德再把她抱起，也把她抛在同一张床上说："你俩我都要，都是我的王妃，晚上都与我一起洞房。"

张士德越说越荒唐，越做越缺德。小红娘急中生智，谎称"方国珍打进来了，方国珍来了。"

甄银鹏的一句谎报，谁知弄假成真，突然间，门外突然响起急促的敲门声，说："德王爷，大事不好了！方国珍打来了，长江口的兵船起火了，方国珍的弟弟方国珉真的打进昆山城外来了。"

张士德听此一说，吓得战战兢兢、失魂落魄似的说："岂有此理，真是岂有此理。真是破坏我的好事。"边说边走出门外。他推窗一看，风长江上火光冲天，不言而喻，大周国的水军着火了！

与此同时，昆山城外火把彤红，弓箭呼呼，吓得德爷胆战心惊、魂飞魄散。乘此机会，贾金莺、甄银鹏逃之夭夭。

却说一关磊、方国珉、关琼瑛为首的民军，奉方国珍之命，率八千兵马，于三月二十五日从嘉兴路出发，经过一天半夜的急行军，至二十六日凌晨，大队兵马前来攻打昆山县，捉拿张士德。

关磊率领的先头部队，在红日东升时，到达昆山县城外约十里处扎营，让士兵们埋锅做饭。关磊带着数百人马，前去察看昆山县城的地理情形。

昆山县的守将，名叫董义，他与关磊的出身、经历十分的相似，他是《水浒传》中双枪将董平的重孙。他祖籍山东，其祖上随宋王赵构南逃时，一起而来到江南的苏州。苏州人杰地灵，钟灵毓秀，处处鸟语花香，四季姹紫嫣红。其祖上迷恋这块热土，就留住下来，在此生根开花，繁衍生息，以此算来是第十代了。

董义也有祖上遗风，使得一手好枪法，当年董平使的是双枪，人称双枪将董平，而其重孙董义，只施单枪罢了。可他使起单枪来，可说点水不漏。有人为他的好枪法点赞，有《西江月》一首为证：

枪出寒光秋色，刀收柳絮春光。纷纷枫叶正芬芳，闪闪朝霞映照。

娴熟刚柔相济，董哥巧遇关郎。风风火火斗辉煌，明月金星共上。

董义虽然枪法娴熟，武艺高强，英勇过人，可也是贩盐为生，他与李伯升是朋友，同在江南昆山学习武功，是师兄师弟。三年前，张士诚他在苏北举旗起义时，正在招兵买马，由李伯升介绍推荐，董义投入了张士诚的起义队伍，参加了高邮起义。

由于他为人诚实，武功高超，早就成为张士诚手下的一员得力上将，他也就是十八将领之一，手下有精兵三千。自从前年张士诚进入苏州，董义就带三千兵马驻守在称作苏州的东大门昆山县城，昆山是他的家乡，他对昆山情况了如指掌。自从张士德兵败吴兴县，带着二千六百残兵逃到昆山后，由此便成为张士德的搭档。

近日，长江上风声紧张，原东海水师将军李金松、董志强率领江浙水师，有数以千计的战船，浩浩荡荡地进入长江，看来长江风起云涌，苏州危在旦夕。

昨天傍晚收到紧急情报，由方国珉、关磊率领八千大军前来攻打昆山县，预计今天就要到达了。可是刚来昆山不久的张士德还在寻欢作乐，保卫昆山的责任就落在董义肩上。

身为驻守昆山的主将董义，他枕戈达旦，全军进入备战状态。城头弓箭手林立，人人剑拔弩张，支支箭在弦上，虎视眈眈地观察着城外的动静。

晨曦照亮江南大地，董义在城头巡视，突然看见关磊带着数百军人，在城外远处绕城巡视。董义心里明白，这是民军前来察看城防和地形，立即下令开城追袭。自己一马当先，领着千余人马，向关磊他们发起攻击，关磊的数百兵士，难以抵挡，只好且战且退，回到自己的驻地才脱离险境。董义见民军阵势严实，一时难以突破，稍作后退就地布阵对峙，一面回城调兵增援，一面把守城重任委托张士德，自己决心拒敌于城门之外。

方国珉听说前方已经交战，火速领军前来增援，当赶到关磊营寨时，知道遇上劲敌了，合兵一处后，整顿好人马出阵叫战，以探敌方虚实，关磊横刀立马阵前。

董义刚才小胜一场，士气旺盛，吩咐出阵迎敌，只见战旗摇动，鼓声震天，身高八尺，相貌堂堂的董义，手握长枪，气势汹汹地来到阵前。高声喊道："何处狂徒，胆敢来我县境，寻衅挑事，快快给我滚开，否则，将你们杀得片甲不留。"

关磊理直气壮地答说："我奉当今皇上圣旨，前来剿灭你们的。快快下马受缚，可饶你性命。"

董义怒斥道："蒙元皇朝是我们汉人的共同敌人，你们认贼作父，投靠元蒙，卖汉求荣，不知耻辱，还敢大言不惭。速速报上名来，本将军不杀无名贼辈。"

关磊反驳说："我们是替天行道，为民除害。本将军是讨逆先锋关磊是也。"

董义继续骂道："你们投元卖汉，敌我不分，助纣为逆，还敢前来攻打自己的兄弟姐妹，真是天理难容。我董义是大周国十八上将之一，岂能容汝辈在此撒野!"

关磊高声说:"你们自立为王,公然占我疆土,真是岂有此理,拿命来。"说着便举刀杀向过去。

董义见关磊之刀非同一般,忙用长枪挡住,这样双方便你来我往,噼噼啪啪地打了起来。

关磊与董义年龄相似,武艺相近,旗鼓相当。他俩战了五十回合,仍不分胜负,二虎相争,越战越勇,关磊的刀法具有祖辈遗风。董义觉得关磊这人的刀法不同一般,可能有些来历。于是虚晃一枪,落荒而去。

关磊拍马便追,喊道:"有种的使个回马枪看看。"

董义回头看关磊紧追而来,转身抖动枪花直袭而来,说:"看我董家枪法如何?"

关磊惊呼道:"果然厉害。"急忙举刀招架,挡住这一枪,怒斥道:"这是我伯父董天鸣的成名祖传枪法,小子,你是从哪偷学来的。"

董义边举枪,边问道:"关将军是否是湖州人氏?"

关磊见问,随口答道:"关某正是浙江湖州人氏,将军问这是何原因?"

董义接着又说:"关将军的祖籍可是山东,是从河南移迁到南方的。"

关磊半信半疑地说:"何以见得?你怎么知道?"

董义说:"你认得我这枪法,称我父为伯父,想必你的祖上就是大刀关胜,关将军父亲的大名是关天啸,对吧?"

关磊说,"果真如此,董兄,我们原来就是亲戚。"

董义他十分讲义气,他立即在马拱手,向关磊行礼说:"关兄请见谅,小弟多有得罪,万望仁兄海涵。"

关磊也慌忙向董义躬身行礼说:"董兄,想不到我们在战场相见,太意外了。"

董义说:"我们先各自收兵,凡事从长计议。"

关磊回应说:"好吧,先各自罢战回营,从长计议。为瞒人眼目,我们再打回阵前。"

两人你追我赶,又杀回阵前,董义喊道:"匹夫果然身手不凡,咱们改天再战吧。"关磊回应说:"谅你一夜时间,功夫也长进不了多少,你去吧。"

董义归阵后命令部下:"后退三里扎营,慎防偷袭,不得违命。"

关磊归阵后与方国珉耳语片刻,方国珉随即命令:"坚守营寨,不得前进一步。"

再说张士德得知关磊率军来攻昆山,心中大惊,见董义已率军出城迎敌，守城重任委托给自己，当然不敢掉以轻心，立即组织人马上城防守，亲自去四门巡视。当探哨回报，说董义将军与关磊对阵，在数十里外挡住敌军的攻势，双方对峙未分胜负。这才安下心来，坐在城楼上等待捷报。

关磊、方国珉认为此战若不能速战速决，苏州和太仓一旦出兵增援，势必造成两面夹击的不利局面，现在董义率精兵出城拦堵，那城中兵力必定单薄，不如另派人马绕道前去攻城，城中必无防备，若一举攻破城池，董义也会失去斗志，可不战而胜之。

关琼瑛、方明谦、柳贤明领令，带领三千人马，偃旗息鼓，绕小道火速飞奔昆山县城，直插到昆山县城西门，乘着夜色，高声叫道："快开城门，苏州援兵到了。"守城的士兵见队伍从西边而来，也相信是苏州发救兵来了，立刻打开城门。人马一进城就打出"关"字大旗，发起进攻，打了张士德守军一个措手不及。

此时此刻的张士德，坐在南门城楼等待董义的捷报，突然传来有苏州人马来援，接着又说西城已破的恶信，张士德心中疑惑，董义阻敌于前方，胜负未分，哪来的人马从西门攻入，这怎么可能呢？立即起身带亲随人员，赶往西门一看究竟。刚走到半路，见前面败兵来报，破城了，民军杀进城来了。张士德闻报大惊失色，只见城中已一片混乱。

张士德的部下在吴兴县时，被关磊打怕了的，一看到"关"字大旗，就一个个吓得魂不附体，只顾各自逃命，城中一片大乱。张士德眼看败局已定，难以挽回，只好随大流向东门败退。出了东门时有人献计说："王爷，为了保持实力，我们赶快到太仓县去，李伯升将军在太仓，再联合李将军的力量，再来夺回昆山吧。"

张士德说："也只能如此了，急不如快，快收聚人马向太仓撤退吧。"

此时的昆山县，已经完全在关琼瑛的控制之下，关琼瑛的队伍顺利地占领了昆山县城。

董义和关磊、方国珉他们两阵对峙，互不相让，突然传来消息说昆山失守了。董义开始还不相信，接着有败兵逃来向董义求救，并告知张士德向太仓逃避去了。董义一时心感惆怅，该向何处去？昆山失守，太仓已成孤城，还是去苏州为妥。立即拔营向西撤退而去。

关磊、方国珉看董义向苏州方向走去后，也不追击，随后率五千人马的大部队向昆山县城开进。进城后，立即贴出安民告示，对百姓秋毫无犯，昆山的社会秩序井然。

谁知董义的部队到达苏州城，却被张士诚拒之城外。这使董义处在十分为难的局面，如何解脱这一困境？且听下回分解。

第六十三回
叔达宜兴谋斗智　国瑛无锡勇擒凶

霞光碧浪映陶都，山色青岚映太湖。

水拍宜兴迎夕照，晚风暮色锡城和。

却说董义的部队，来到了苏州城下，要求进城。却被张士诚拒之城外，说："宜兴危急，请董将军即刻驰援宜兴，以解吕珍之危。"董义无奈，只好起程前往宜兴。

宜兴它位于江苏南部，是苏州辖下的一个县，地处江苏省南端，太湖西岸，与浙江的湖州山水相连，是通往南方的必由之路，是兵家必争之地。张士诚占领苏州后，就派大将军吕珍亲守宜兴，把住这一交通要道。

去年年底，吕珍领兵攻打浙江桐庐县时，就是从宜兴出发的。自从进攻桐庐失败，被方国珉赶出浙江后，就回到了宜兴县。吕珍预知方国珍他们必来报复，如果要来攻打苏州，宜兴是首当其冲的第一关隘。因此他一回到宜兴后，就立即着手加强战备，加固城防工事，以防民军来袭。

吕珍，字国宝，安丰（今江苏安丰）人，至正十三年（1353），随张士诚于泰州白驹场起义，是张士诚东吴政权中的重要将领。在至正二十三年（1363）二月，吕珍曾奉张士诚之命，率军突袭安丰，一举破城，杀死红巾军大将刘福通，从此名声大振。宜兴是战略要地，所以由吕珍镇守。

陈叔达、方国瑛、杜屏山、潘文忠统率的民军人马有八千余众，遵循方国珍的征讨计划，在关磊、方国珉、关琼瑛攻打昆山的同时，在太湖西岸展开攻势，吕诊防守的宜兴县首当其冲。

宜兴县城处在太湖和隔湖之间，故此名为"太隔桥埂"。早上，站在城上，遥望东方，红日喷薄而出，霞光万道，映照得太湖湖面上金波粼粼，渔帆片片，画舫款款，银鸥对对，野鹜双双；傍晚，站在西城，遥看隔湖，在晚霞的辉映下显得格外壮丽，湖水金光万道，美不胜收。还有那渔歌唱晚，悠悠扬扬，使人心旷神怡。

此时的吕珍，哪有心情去欣赏这美不胜收的湖光山色，每天早晚，习惯地登临南门城楼，观望着南方的动静，有一天，发现南门外远处，隐隐约约有数不胜数的人马，急匆匆地向宜兴而来。

吕珍立即命号兵吹起战斗的号角，宜兴城全面进入战斗状态。吕珍虽然在攻打桐庐时损兵折将，逃回只有几百兵，可是留守宜兴的尚有一千多人，上月从苏北华阴、高邮、泰州又调来三千五百兵士，经过整合后，宜兴城共有守兵五千。

五千兵马的武装力量，防守宜兴这样的县城，也可说是力量充足。吕珍他一声令下，城上城下，将士们斗志昂扬，个个剑拔弩张，人人箭在弦上。

陈叔达是员虎将，作战勇猛，但更具有智慧，他策马远眺，只见城上旗帜整齐，军士们张弓搭箭，严阵以待。再察看地形地貌，见宜兴县城的确与众不同，城东是面对碧波荡漾的太湖，城西远处是金波粼粼的隔湖，吕珍正是利用这独特的地理环境，集中兵力把南门防守得严严实实，的确是固若金汤，急切间实难突破。

陈叔达果断下令，民军在宜兴城外安营扎寨，以图诱敌出城再战，这样堵而不攻。倒使吕珍也感到为难，若开城出战，只怕落入敌方圈套，如若不出战，让敌军长堵在门口也不是上策。

陈叔达、方国瑛当然不会束手无策地消极等待，表面上不动声色地与敌人对峙，而暗地里让杜屏山带领二千兵，绕道去占领宜兴重地和桥镇；由潘文忠带二千兵前去鼎山镇防守。待两处布局妥当后，然后再合力攻打宜兴城。

众所周知，鼎山、和桥都是历史名镇。鼎山是陶都，这里陶窑林立，陶瓷制品琳琅满目，产品销往全国各地，随着海上丝绸之路的开托，鼎山的陶瓷名扬海外，客商云集。潘文忠前往鼎山的战略意义是，防止张士诚他们派援兵，到鼎山码头登陆支援，对攻城人马形成夹击之势。

和桥是宜兴经济发达的重镇，地处宜兴与无锡之间，它交通便捷，物产丰富，经济繁荣。其中的豆腐干咸而不鞠，徐舍的小酥糖甜而不腻，成为宫廷贡品，杨巷的葱油饼香酥可口，甜咸适中。杜屏山带的二千兵，偷偷地绕道来到城北，其中三百兵，扮作商人、小贩模样，肩挑箩筐等，来到了和桥镇。自称从远道赶来买小酥糖、和桥豆腐干、杨巷葱油饼、香酥等。和桥镇百姓认为有客商来，当然热情接待，杜屏山他们确实买了些当地的名特产，也买了些蔬菜等，同时也探清了和桥镇并未驻兵，只有数十兵士驻镇维持治安。

第二天一早，由兵士装扮的客商，农民，或肩挑担子，或手推货车，三五成群，陆陆续续地离开和桥向宜兴县城走去。因方国珍的民军前来攻打，宜兴县城进入战争状态，城南被围，城门日夜紧闭，好在宜兴地形特殊，县城与两湖呈十字交叉状，因窄长的湖水阻隔，在城外就南北隔绝了，县城像葫芦状形，成南北两个部分，因此北门仅是日开夜闭，查验较严，上午要到辰时开门放行，下午申时即要关闭。杜屏山的近三百兵士，前后混进城去，在北门附近潜伏下来。杜屏山得知兵士已顺利混进城了，立即派人飞报陈叔达，约定连夜攻城。

刚过半夜子时，城南的陈叔达发起攻城行动，在南门外摆开半月形的阵势，擂鼓呐喊，缓步向城墙逼近。吕珍闻讯，披挂上城迎敌，见城外火光通明，在盾牌的掩护下，弓箭手逼近放箭，云梯队随后跟进，抛掷车大显神威，向城上抛掷来一个个火球，攻势异常猛烈。吕珍下令弓箭手居高临下放箭，阻挡敌兵靠近，又让士兵们准备擂木、石块，还搬来大量桐油备用。

城南的攻防激战愈演愈烈，民军潮水般地涌上来，又退下去，显得非常的顽强勇猛，一个时辰转眼过去了，攻势仍旧不减，这时陈叔达放起三支火流星，呼啸着射向高空，擂鼓声，呐喊声又掀起一个高潮。久经沙场的大将吕珍，心中也不寒而栗，为预防万一，急速从北城调兵协防，城中因人马调动而引起纷乱。

利用夜色早已秘密潜到北城外的杜屏山，心中焦急地等待陈叔达的信号，当看到城南升起三支火流星时，知道进攻的时刻到了。立即按预先的约定，放起三声号炮，紧接着见北门城内升起火光和喊杀声，杜屏山立即率众冲向城门，正在这时城门被打开了，杜屏山的人马如潮水般涌进城去，顿时喊杀声震天动地，这一下宜兴城里彻底乱了。

在南门城楼上指挥防御的吕珍，见城内突然混乱起来，急忙查询原因，这时有人来报，民军已攻破北门，杀进城来了。这消息犹如晴天霹雳，吕珍惊慌失措地领着身边人马杀向北城，企图挽回败局，半路上与民军相遇，随即展开了巷战。

南门的攻防本来就非常激烈，主帅一离阵，兵士顿时六神无主，乱了阵脚，民军架起云梯，杀上城墙，守军的防线彻底崩溃了，民军顺势杀下城楼，驱散城门口的守军，打开城门，陈叔达指挥大队人马入城砍杀，吴军死的死，伤的伤，逃的逃。凶信传来，吕珍再也无心死战，凭借对宜兴周围道路熟悉，带着三五百贴身卫士，乘乱向东城突围而去。

吕珍出城后，直扑太湖岸，沿湖边小路向无锡方向逃命。当方国瑛得到吕珍出东门逃走的消息，立即带领五百精骑，循湖岸小路追赶，追了好一阵子，眼看快到无锡地界，仍不见吕珍踪影。正准备休兵回转宜兴时，不料从无锡方向有数千兵马，打着"董"字旗帜，迎面而来。方国瑛见敌强我弱而难以抵御，急忙回头，突然间，从太湖湖岸的芦苇丛中，隐藏着数十条敌船，数以千计的吴兵登上陆地，阻断了退路。

原来这是董义奉张士诚之命，前来增援吕珍的人马。董义带着五千人马，分水陆两路沿太湖岸并进，三千人马从无锡沿太湖岸直奔宜兴城，另二千人马是乘战船，直奔鼎山码头上岸。不料途中发现宜兴失守，吕珍仅逃回数百人马。董义放过吕珍后继续前进，见方国瑛人马不多，所以设下圈套，决定来个围歼。

方国瑛这时陷入了进退维谷的境地，前面有吴兵三千，正向他冲杀过来，后面又有吴兵千余，挡住去路，东临太湖水滔滔。无奈之下，只好冒险西行，吴军紧追不舍，方国瑛且战且退，总算安全撤回了三百余人。

宜兴之战，只因吕珍匆忙逃脱后群龙无首，吴军在顷刻之间，斗志瓦解，又无处可逃，几乎全军被俘，经清点，投降将士有四千余众，现已分散编入民军。

现在决定由潘文忠将军领二千人马留驻宜兴，其余人马乘胜杀向无锡。由杜屏山为先锋走大路，经和桥镇挺进到雪堰镇驻扎，由方国瑛带领一部从太湖沿岸搜索前进，也赶到雪堰镇去与杜屏山会师，随后再起兵围攻无锡。

董义在进军宜兴途中，遇到败逃回来的吕珍，击退追赶吕珍而来的方国珉，返回无锡后，与无锡守将张士信王爷商量对策。

无锡是江南重地，自从张士诚夺取苏州后，由王爷张士信自告奋勇，带五千兵驻守无锡。且说吕珍、董义突然逃入锡城，张士信当时莫名其妙。当搞清来龙去脉后，骄傲自满的张士信，大言不惭地表示说："别怕，有我张士信在，何惧方国瑛这小子，就是他有三头六臂也不怕。"

董义说："请问王爷，我们应如何防守？如何配合？"

张士信说："你们的兵马暂且休息，一切听从本王爷号令。无锡是我的地盘，保卫锡城是本王爷的责任。"

董义说："王爷经营无锡多年，当然是固若金汤，不过敌军前来侵扰，总该给他点厉害看看，教训他一下，让他不敢小瞧我们。

张士信赞赏说："董将军说得倒有几分豪气，你打算如何教训他们一下，你有何计划？"

董义底气十足地说："这次我与方国瑛交手，杀得他大败而逃，还俘获他百余名兵士。上次在昆山与其兄弟方国珉交手，也未显他们有何厉害之处，只不过张士德王爷过于轻敌，失了昆山，我照样安全撤退，未伤元气。我愿领本部人马为先锋，出城迎敌，挫其锐气，让其知难而退，随后我们可以乘胜追击，光复宜兴。"

吕珍接着附和说："董将军说得好，民军没什么了不起，我也不服，要与他们比个高低，请王爷借调千余人马给我，我愿与董将军并肩上阵，重创敌军。"

张士义就顺水推舟，说："我大周国面临严峻局面，有你们这样忠勇的将军，定能力挽狂澜，大展雄风。就按你们说的办，吕珍要的千余人马，我即刻调配给你，祝你们旗开得胜，早日光复宜兴，剑指杭城。"

董义整顿人马先行，吕珍把王爷调配的人马，与旧部残兵整合后约有二千人马，紧跟着前行。董义的大军刚临近雪堰镇，得知民军先锋杜屏山已经在雪堰镇安营扎寨，随即摆开阵势，上前叫阵挑战。

杜屏山出阵吼道："大胆狂徒，竟敢前来送死，快快报上名来。"

董义大声回敬说："老虎不发威，被你鼠辈当作病猫了，吾乃大周国名将董义，今特来擒你。"

杜屏山讥笑说："败军之将，你昆山丢失，却跑来这里送死，我杜屏山成全你。"话音刚落，举令旗一挥，阵中万箭齐发，董义大吃一惊，一边舞枪挡隔，一边退回阵去，下令反击，顿时阵前箭矢纷飞，眼看一场混战已不可避免。

两军对垒，势均力敌，拼的是勇气，比的是军心。董义知道，今天遇上强敌了，正当无计可施之际，吕珍率领的人马赶来了，董义急忙让吕珍从侧翼迂回包抄过去，向杜屏山阵形的侧后发起攻击，以求险中取胜。

董义见战场形势如此胶着，迂回包抄是唯一取胜之道，就不顾危险，率队从侧翼包抄过去，杜屏山见此局面，只能抽调后队人马前去阻挡，同时在思考撤退步骤和路线。

正乃天无绝人之路，局面极度严峻时刻，转机来了，从吕珍队伍的后面杀出一支人马，正是方国瑛率领的人马赶到，给吕珍的队伍来了个沉重打击，倾刻间，打得吕珍蒙头转向，溃不成军，大队人马转身就逃，方国瑛挥军追杀，不觉间到了董义阵营的侧后。方国瑛当机立断，不去追杀吕珍，而是调头向董义阵营的侧后发起进攻，董义眼看要腹背遭袭，慌忙调兵防堵，难免场面开始有点混乱。

杜屏山一看机会来了，下令全面发起猛攻，还调来骑兵助阵，在骑兵的冲击穿插下，敌阵被彻底打乱了，纷纷逃避。杜屏山令旗一挥，大军像潮水一样涌上前去，董义见败局已定，急忙下令撤退，杜屏山、方国瑛合兵一处向前追杀，董义边战边退狼狈不堪。

方国瑛兴致勃勃地高声鼓励说："将士们，乘胜追杀到无锡去，捉拿张士信。"随着呐喊声此起彼伏，如惊弓之鸟的吴军，开始慌不择路地向无锡逃去。

有词牌《清平乐》为证：

东吴越地，湖畔初秋意。露叶芦中惊鸟坠，战火纷飞谁指。

早上占领宜兴，午中无锡相争。傍晚东升明月，锡城灿烂光明。

时正中午，人们正在饭后休息纳凉，突然吕珍带着残兵败将回来了，一进城就大叫快关城门，敌军来了，搞得守城将士手忙脚乱。

王爷张士信闻信赶来，不见董义人马，急忙问吕珍说："先你而去的董将军现在何处？怎么你去得晚，反而回来得早？究竟发生什么事了？"

吕珍回答说："董义率军在雪堰与民军遭遇，就打了起来，开始时双方势均力敌，我赶到时就从侧翼助战，想不到敌人有多路援军赶来，我们寡不敌众，只好撤退回来，董义就在后面，被敌军咬住了，情况十分危急，王爷快想办法接应。"

张士信埋怨说："真是成事不足，败事有余。"转身吩咐士兵们上城防守，多准备弓箭迎敌。接着亲自披挂上马，领八百精兵出城，依城列阵，接应董义返回。

董义虽遭此不测，凭借三千子弟兵的英勇善战，董义将军又亲自断后，总算把大部分人马带回了无锡，在张士信的接应下，进了无锡城。杜屏山、方国瑛本想顺势杀进无锡城，却遭到城墙上众多弓箭手和出城立阵人马的共同阻击，只好在离城三箭之地立阵围堵。张士信见局面处于平稳，自信地收兵进城去了。杜屏山见无锡城防守严密，与方国瑛商量后，决定分兵封堵西北两门，等陈叔达大军到后再作打算。

无锡城历史悠久，早在六七千年前，无锡先民就在这块土地上劳动、生息、繁衍。在鸿声彭祖墩、新渎庙墩、葛埭桥庵基墩和玉祁芦花荡等地，均有原始氏族。无锡简称"锡"，古称梁溪、金匮，被誉为"太湖明珠"，位于太湖沿岸，水网密布，京杭大运河从中穿过，除城门众多外，还有多座水门。

陈叔达，柳贤明带后续人马赶到时，方国瑛焦急地说："无锡城通道众多，除四城八门外还有多座水门，一旦设防严密，攻城难度极大，不如乘董义、吕珍新败，城内混乱之机，我们四面围之，发起强攻，我料张士信和董义、吕珍他们，眼下尚未整合好，城防定有疏漏薄弱之处，突破城防定有机可乘。"

陈叔达听后略一思量，说："有道理，兵贵神速，请方将军说说具体方案，我们分头行动，四面合围，发现薄弱之处，就重点突破，让守敌防不胜防。"

俗话说：急不如快。兵法云：兵贵神速。方国瑛、陈叔达、杜屏山、柳贤明各带四千人马，分别把无锡城围得水泄不通，决定在半夜过后，举火为号，同时发起攻城。

王爷张士信对屡战屡败的董义、吕珍很瞧不起，当他们提出协防方案时，一口给予否定，让他们的人马先行休整，到时听候调动。这对他们二人来说，打击也太大了，难免心怀不满。默默无言地退了出来，遵循王爷的吩咐去休整人马，安排宿营休息去了。当晚董义和将士们早早就进入梦乡，吕珍因手下无兵而忧郁难眠。

这个张士信确实也太大意了，他不问敌情，只吩咐属下将士们登城严防死守。可是属下的将士们认为，大敌当前，都兵临城下了，应该同仇敌忾，共同抗敌，现在让董义的人马去休整睡觉，自己却要登城防守，故而产生怨恨之心，士气也低落了许多。

方国瑛、陈叔达他们一起，在上半夜环城视察，查看城墙高低状况和城外环境，寻找薄弱环节，选择突破口，商讨进攻手段和兵力部署。

这时，张士信也没有偷闲，亲自登城巡查，根据城外敌阵中的灯火疏密状况，来判断敌军的兵力分布，预测敌军可能进攻的主要方向，调整着城防的重点。直至半夜时分，见敌阵中的灯火逐渐熄灭了，只剩阵前的篝火，犹如一条蜿蜒不断的火墙照样亮着，张士信自信地认为，今夜不会有战事了，慢慢地走下城楼来，回馆舍休息去了。

方国瑛、陈叔达让营寨中灯火熄灭，一是迷惑敌人，二是为偷袭做准备。三更过后大地一片寂静，方国瑛指挥士兵秘密行动，每人背起一包土包，静悄悄地摸黑前行，到城墙边轻轻地把土包推入护城河中，随后返回。行动虽然在秘密进行，毕竟这是在敌人的眼皮底下，不久被城墙上的守敌发现了，觉得城下有动静，举起火把俯身察看，这时早就埋伏在一边的弓箭手，放箭射去，敌兵翻身跌落，城上开始乱了。

方国瑛沉着指挥，一边运土堆积，一边让云梯队，攀爬能手摸黑前进，既不点火，也没呐喊，一切在黑暗中悄然进行，只让弓箭手毫不客气地向城上敌军放箭。不一会儿，士兵个个如爬山虎，迅速登上城墙，与守城敌军展开短兵相接，乘敌人还未回过神来之际，迅速向两边杀去，扩大突破口，方国瑛乘势指挥大军上城，沿城墙杀向城楼，夺取城门。就这样偷袭成功。

睡梦中惊醒的董义，慌忙整备人马，准备参战。正好王爷张士信赶了过来，破口大骂，责怪董义心怀不轨，按兵不动，下令绑了。董义有口难辩，只能抗拒保命。张士信见他人多势众，不敢强为，只说了句"还不赶紧发兵反击"，转身就溜走了。

董义遭此意外，又想到丢失昆山后，又连败数阵，眼下城已破，到了山穷水尽，已无退路，为了三千子弟兵的性命，决定归顺民军，故而让士兵们不得参战。

这时的无锡城四门大开，城里乱作一团，张士信也成了无头苍蝇，四处乱蹿，被民军活捉，押解来见方国瑛。

方国瑛问："你是何人？"

张士信神魂未定地说："大吴国王爷——张士信便是。"

方国瑛斥道："手下败将，还敢自称王爷，不知羞耻，押下去。"

接着有人来报，说董义人马有三四千人，屯在城内几处大院里，既没有参战，也没有逃走，该如何处置。方国瑛来到大院门口，董义空手来迎，言明归顺之意，还特地提起与关磊将军的关系。方国瑛听后非常高兴。

渐渐地东方拂晓，陈叔达也抓来了吕珍。无锡城又回归平静。正在这时，捷报传来说关磊、方国珉在太仓和常熟取得了重大胜利。

不知详细情况如何？且听下回分解。

第六十四回
小将太仓胜伯升　国珉常熟降原明

夺取太仓名震耳，进攻常熟水军邦。

梅香院里王爷捉，无奈原明举手降。

太仓县临近长江，是昆山县近邻。太仓县守将李伯升是从浙江海宁败退后，来到太仓县城，重整起人马，又成为一方诸侯。李伯升是张士诚的十八扁担之一，是大周国的第一大将军，依次才是潘原明、吕珍、徐义、徐志雄、杨启宗和董义等将军。

王爷张士德兵败昆山，领着千余人匆忙逃向太仓县，李伯升当然要开城迎接。

张土德进来垂头丧气地说:"惭愧,惭愧,谁知董义一味逞强,中了敌人调虎离山之计,留一座空城让我防守,固有此败。"言下之意就是把昆山失守的责任推给董义,给自己留点面子。

李伯升安慰说:"常言道:胜负乃兵家常事,王爷不必耿耿于怀,不过昆山乃是苏州的东大门,地位重要,需尽快收复,我这就发信,联络常熟,上报苏州,我们三路合击昆山,定能报仇雪耻。"

张土德担心地说:"李将军雄才大略,说得不错。不过调兵合击之事,还需听候诚王的调遣部署。当下之急,还是先部署太仓的防务吧。"

李伯升自信地说:"王爷多虑了,敌军攻占昆山,必定要留重兵把守,即使分兵来打我太仓,肯定兵力有限,不足为虑。"

张土德仍不放心地说:"敌势正盛,我们不得不防,免遭不测。"

李伯升笑着说:"无妨,无妨,兵来将挡,水来土掩,有我李伯升在,定叫民军有来无回。"

说话间,有探马来报,民军有大队人马从昆山出城向太仓奔来。

方国珉、关磊、关琼瑛他们占领昆山县后,为下一步行动进行商讨。关磊极力主张乘胜追击,横扫太仓、常熟等周边地区,便于对苏州形成合围之势。方国珉主张稳扎稳打,不宜分散兵力,应全力提防苏州方向对昆山的反击。大家正在争论不休之际,忽报小将军方礼、方明谦、方明敏三人,奉大将军方国珍之命,各率一千五百人马前来增援,这近五千人马来得正是时候,方国珉所担心的兵力不足的问题解决了,所以就着手准备部署进攻太仓县城。

正当赤日炎炎的季节,五月二十九日,时日小暑,以关磊为首的民军,浩浩荡荡地向太仓县城进发。

李伯升接到探马来报,自命不凡地披挂上马,要率队出城迎战。张土德反复劝说无果,反遭李伯升讥讽畏敌,说:"王爷可率部下,即刻离开太仓前往常熟,让潘原明将军率兵前去攻击昆山,待我杀败来敌,去昆山与潘将军会师,共同收复昆山。"

张土德受辱,怏怏不快地带领着部下,出城去常熟传信,走到半路又停了下来,派人回去打探太仓的战况。

身长八尺的李伯升,骑一匹棕红色烈马,头戴一顶紫红色钢盔,身穿一身枣红锁子甲,腰挂四尺龙泉宝剑,手拿八尺长矛,领着三千兵马,出西门迎上前去。

迎面而来的小将是方明敏,李伯升立马嘲讽说:"方国珍怕是人都死光了,怎么派出你这个娃娃来打仗?你快快回去,你不配与本将军较量。

回去，回去，吃三年母乳后再来。"

方明敏今年一十七岁，个子不高，露有几分稚气。但功夫不错，刀法娴熟。只见他：

> 耀眼头盔明晃晃，连环铁甲着匆匆。
> 团花点缀红袍锦，金带围腰将帅风。
> 孔雀画弓藏袋内，狼牙箭矢插壶中。
> 大刀阔斧手双舞，稳坐雕鞍骑白骢。

方明敏跃马挥刀，大声喝说："你这厮有何能耐，欺我年幼，你可记得正月在海宁战败，落荒而逃的狼狈场境，今日竟敢耀武扬威，大言不惭，不知羞耻。"

方明敏的几句话，问得李伯升哑口无言，他恼羞成怒地挥鞭催马，提八尺长矛向方明敏直刺过来。方明敏眼明手快，急忙弯腰避过矛头，随手横刀削去，幸好李伯升抽矛快，方明敏的刀碰在他的矛上，火花四溅，险些儿将他的长矛斩断。

就这样，你来我往地斗了起来。双方约战了五十余回合，可说是旗鼓相当，不分胜负。

双方正在战得难解难分之际，又横空杀出一位小将来，这位小将就是方国珍的次子——方完，他与方明敏同庚。请看他怎的打扮上阵：

> 头戴朱红圆斗笠，身穿绛色锦袍鲜。
> 云鞋墨绿边镶玉，马甲连环金嵌肩。
> 鹏鸟天空飞展翅，雄狮下野着双鞭。
> 威风凛凛令人赞，洒脱男儿美少年。

方完身长七尺，骑一匹高头棕色大马，捏一把八尺长枪，大叫一声："我来也。"威风凛凛地杀上阵来。李伯升忙喝住道："慢，快报上名，方国珍哪里去了？怎么又来个娃娃送死。"

方完答道："本将军名叫方完，方国珍是本将军的父亲，这下可明白了。"

李伯升说："你快快回去叫你父亲来，与你们这些娃娃斗，赢也没趣，我要与方国珍比个高低，战个分晓。"

方完说："杀鸡何需宰牛刀，是家父派我们来收拾你的，还不赶快下马受缚，免遭一死。"

说话间，方完举枪猛刺过去，李伯升用枪挡开，紧接着向方完反刺过来，小将方完眼明手快，一闪身避过，转身来个斜飞刺。这一枪的确来得凶猛利索，使李伯升吃了一惊。

接着双方出手都要比较谨慎，你来我往去，枪来矛挡，矛来枪抵，走马灯似的，战了四十多会合，小将方完渐渐地处于下风的局面。

站在旁边的方明谦，看得真切，只怕方完有失，就提枪跃马挺身而上，说："完哥，请退下让我来。"又是一位小将军，见他英俊洒脱，气宇高昂。看他怎么的装束：

> 束发冠珠珍嵌玉，绛红锦服绣金花。
>
> 连环铠甲玲珑显，展翅双飞映彩霞。
>
> 腰系雄狮珍宝带，脚穿马镫众人夸。
>
> 手中双忉枪头亮，跨马横刀日月华。

方明谦是方国珉、关琼瑛之子，年方十七，他少年老成，胸怀大志。是在军旅中长大，战斗中成长，天资聪慧，勤奋好学，刀枪剑戟件件皆能。可说是方门弟子中的佼佼者。

李伯升与方完的打斗中刚刚略占上风，又来一个娃娃上前接替，这下李伯升可怒从心底起，心想年纪不大，鬼主意倒不少，竟敢用车轮战来对付我，不给点厉害看看，有损我第一大将的威名。于是不再开口，举长矛便刺。

方明谦在观战期间，已经看出李伯升的招式存在不足之处和薄弱环节，一经交手就直攻对方弱点，十几个回合下来，李伯升就有点手忙脚乱，只有招架之功，方明谦却越战越勇，抖开枪花，在李伯升眼花缭乱之际，一声大喝："着！"举枪直刺李伯升的咽喉，这时挡搁都来不及了，李伯升急忙后仰避让，枪尖贴面而过，总算躲过这致命的一枪。

李伯升这个大周国第一名将，果然名不虚传，避过这一险招，两马擦肩而过，李伯升重新坐起，回马直刺方明谦。方明谦将计就计，拍马拖枪而逃，李伯升穷追不舍，突然间方明谦转过身来，使出一招回马枪，李伯升躲闪不及，中枪落马被捉。

掠阵的关磊将军见三小将阵前得手，挥动令旗，全军掩杀过去，敌阵失去主将，顿时阵脚大乱，将士的纷纷逃蹿，有向城内逃的，也有落荒四散逃命的，场面乱作一团。此时见一员女将，扬鞭策马，领着数百骑兵旋风般直扑城门，杀散守敌，控制住城楼和城门口，迎接大军进城。

此时停在半路的张士德，在等待李伯升的战况，当传来李伯升落马被擒，太仓失陷的消息，张士德惊出一身冷汗，仰天长叹道："完了，完了，一切都要完了。"垂头丧气地逃向常熟。

常熟是苏州属下的一个大县，称作常熟州。常熟北临长江，东与太仓接壤，是富庶繁华之地，历来常有驻军。当下的驻军首领就是张士诚的十八扁担之一，大将潘原明。潘原明是个不骄不躁的将领，办事、打仗从不敷衍了事。其手下有兵五千，且都是训练有素的队伍。

张士德只带五百余骑，狼狈不堪地来到常熟县城，带来太仓失陷、大将李伯升落马被擒的坏消息，同时也带来了不祥之兆。

潘原明询问说："我听说昆山失陷，正在谋划如何收复，想与李伯升同时发兵合击昆山，想不到这么快太仓又出事了，方国珍究竟调来多少兵马，攻势如此猛烈？"

张士德说："打昆山时无非万把人吧，可这次打太仓人马比打昆山还多，真搞不清楚方国珍派来多少人马。"

潘原明接着问道："你来时后面可有追兵？"

张士德匆匆答道："没有，没有，不过他们迟早是要来的。"

潘原明说："我立即派出人飞报苏州、无锡，向诚王张士诚、王爷张士信，请求即刻派重兵攻打昆山，我立即发兵太仓，打他一个首尾难顾。"

张士德反说："眼下自身都难保了，还要打算去攻击他们，这也太不现实了吧。"

潘原明解释说："我这招比围魏救赵还要高明许多，你想想看，昆山是苏州的东大门，是双方必争之地，若苏州发兵去攻打，方国珍必须增援死保昆山的安全，这样一来，他们还哪有心思来打我常熟。所以我就能从容发兵去收复太仓，一旦太仓收复，昆山势将三面受敌，到时方国珍不从昆山撤军才怪呢。"

张士德听后面露喜色，竖起大姆指赞道："将军英明，此计甚妙，我大周国将会转危为安了。"

众将正在商议着，忽然探马来报，说："无锡刚在今天早上已经失守了，王爷张士信已被俘虏了。"

潘原明不敢相信地问："什么，我没听错吧，无锡失守了？那苏州情况如何？"

探马回答说："苏州城四门紧闭，与外隔绝，无法进城禀报诚王。因此立即赶紧回来禀报。"

潘原明摇头叹息说："谋事在人，成事在天，天数如此，怎可强求？还是考虑常熟的防务吧。"紧接着，"敌军从太仓杀来，东门将是首当其冲，谁愿担此重任？"

话刚落音，小将潘得才站起来说："小将愿担此重任，定能拒敌于城外。"

潘原明赞赏说："有气魄，你可领兵一千二百，前去东城布防，务须谨慎，不可轻敌。"

潘原明又说："南门外有一昆承湖，湖中芦苇丛生，先派一支力量潜伏其中，伺机策应。我亲自镇守南门，阻断敌兵向西移转。西门由偏将王叔基率一千二百兵镇守。"

张士德听到这里叫道："那本王爷愿去镇守北门，可惜人马太少，唯恐难当重任。"

潘原明当即说："这有何难，王爷愿守北城，我可调拨五百人马供你调度。"

潘原明他临危不惧、有条不紊地进行战斗部署，以最周密的防守来迎接挑战。

方国珉、关磊、关琼瑛和方明谦他们决定乘胜进军常熟，让小将方完驻守太仓，整顿好人马，第二天一早就起兵出征，兵至离城十余里的古里镇，就安营扎寨。

方国珉和方明谦带着几名亲兵，改穿民间服装，前往探视城防和地貌境况。一行人机警地向县城走去，见有一座高塔，走近一看是"崇教兴福寺塔"，四面九层，他们步上塔楼顶层观看，常熟城内街景布局，城防工事等尽收眼底。

方国珉边察看，边叹息说："潘原明果然名不虚传，常熟城的布防可谓滴水不漏。"

方明谦却有不同看法，说："我看他西北两门的防守并不严谨，倒有可乘之机。"

方国珉说："我们目前屯兵东城外，所以西北两门防守不怎么严谨，你看南门外有一湖泊，湖中长满芦苇，是设伏的好场所，若要想从城墙与湖岸间的狭窄空间通过，必定存在很大的风险。"

方明谦补充说："南门是通往苏州的大路，如若不去阻断他，就算顺利攻下城来，敌人必从南门逃往苏州。若攻城不顺利，苏州援兵也必定从南门来。而南门的地形对我方来说，是非常不利的。"

方国珉略作沉思说："由我和关磊分兵一半，连夜出发，绕湖去切断敌人与苏州的联络通道，进而去围困南城、西城，这样就构成围三缺一的攻城趋势。你和你母亲暂时按兵不动，等我在城南、城西布局好后，你们再向前推进同时发起试探性进攻，再根据敌情调整攻城部署。"

第二天一早，潘原明在城楼眺望，南门外有民军大队人马布阵扎营，还有人马向城西移动，一时潘原明还真不知人马来自何处，究竟有多少数量。立即传令全城将士准备应战。

辰时刚过，南城的攻城战打响了，强弓硬弩大显神威，箭矢骤雨般射向城头，潘原明急忙下令反击，弓箭手居高临下，射向民军阵前，战鼓声、呐喊声时起时伏。东城、西城也跟着发起攻城，历时个把时辰双方才偃旗息鼓。下午未时刚过，又开始攻城，如此连续三天，战局尚无进展，可是把敌军搞得非常疲倦，日夜提心吊胆，坚守在战位。

李金松、董志强、胡永潮他们占据长江后，吴军水师几乎全军覆灭，残余力量早已躲得无影无踪，长江水域再无战事。他们天天派人了解军情，当得知目前正在攻打常熟城，而常熟离长江很近，正可以登岸去显一下身手，为友军助一臂之力。

李金松、董志强、胡永潮他们与方国珉、关磊他们取得联系，方国瑛觉得奇兵可用，就让他们选择善于攀登的士兵，组建攻城先遣队，利用船上原有的缆绳，制作攀登城墙的用具，约定三日后秘密登岸开进到常熟北城，三更后开始偷袭，打守敌一个措手不及。

七月七日。是夜，常熟上空星光灿烂，银河两岸的牛郎星、织女星烁烁生辉。黄昏过后，弯月下山。不一会儿，长江口上空乌云袅娜，将近半夜，便下起雨来。人们都称它为牛郎织女的眼泪水。

就在这个时候，李金松、董志强、胡永潮、李金有等率万余水师，趁着黑夜和小雨，渐渐地靠近北城。当钟楼更打三鼓后，领兵趁着黑暗，摸向城墙脚下，向城墙上抛铁爪，顺着绳索向上攀爬，到城头一看，守城的兵士正手抱弓箭，靠着城垛在瞌睡，民军士兵拨刀砍杀，敌兵在睡梦中丧命。兵士转身放下绳梯，让后续兵士登城。当城楼上的守敌发现时，城上已聚起数百将士，一声呐喊杀向城楼，杀下城去，杀散城门口的守敌，打开城门。等候在城门外的人马立即冲了进来。战斗就这样在北门城口打响。

张士德的近千人马，镇守北城，在民军围住常熟城时，单单北门外没有敌军，连续数日，东、南、西三门战事频频，唯独北城太平无事，张士德清楚，这就是民军采用的围三缺一的攻城方略，北城外远处必有伏兵。既然如此，索性来一个忙里偷闲，把人马分为三批，轮流值班守城。每当听到各门战事起来时，就赶往城楼坐镇，倒也尽心尽责，平时在城头巡视一番，观察一下城外有无动静，去兵营走走，给士兵打气鼓劲。四五天过去了，日日如此，张士德紧张的心情开始有点松弛了下来，认为民军并不怎么可怕，坚固的城防足以拒敌于城外，敌人久攻不下，自然会退兵罢战。将军心思如此，当然也影响了兵士，果然大家的警惕性也放松了，给了李金松、胡永潮他们偷袭的机会。

北门破城后，胡永潮领兵从城墙上杀向东门；董志强沿城头杀向西门；李金松，李金有顺着街道杀向南门。这时潘原明接到民军攻破北门的报告，立刻派兵向北城反击而来。两军相遇，随即展开激战，李金松见敌军顽强，一时难以突破。转告李金友"分兵东去，配合胡永潮夺取东门，迎接方明谦、关琼瑛大军进城，这里由我死顶着"。

李金友立即挥军东去，一路上毫无阻挡，到了东门，只见城墙上在激烈争斗，胡永潮人马因城墙狭窄，难以发挥优势，李金友毫不犹豫地先率兵杀散城门口守敌，打开城门，随后身先士卒杀上城楼，与城墙上守敌展开猛烈的攻势，从敌后杀出一支生力军，顷刻间扭转战局，敌军开始四散逃蹿，方明谦、关琼瑛的大军如潮水般涌进城来。

主将潘原明，见大势已去，立即返回南门城楼，举火为号，让湖中伏兵前来接应，打算从南门杀开一条血路，逃回苏州城去。

湖中有千余伏兵，乘坐百余条战船，躲在芦苇荡里，见主帅有令，即刻前来接应，谁知船刚近岸，就有飞蝗般的箭矢射来，方国瑛早有安排，沿湖岸布有弓箭手，敌军刚刚露头，就用密集的箭矢阻拦。

潘原明在城头看得明白，最后一招也被破解了，逃跑已无路，再战更无望，仰天叹曰："此乃天意也！"拔剑就要自刎，幸亏亲兵手快，抱住潘原明说："将军，千万不可如此，留得青山在，不怕无柴烧。"正在这时，方国瑛已杀上城楼，见到这一幕，顿起英雄相惜之情，上前叫道："潘将军威名震世，只因投错主子，才有此败，非将军之故也。"

潘原明见国珉并无恶意，拱手说："两军相斗，各为其主，今败局已定，望方将军手下留情，别杀我将士，我下令让他们归顺于你。"

方国珉高兴地说："好啊，天有好生之德，你有仁慈之心，既肯归顺，我又何必杀之。"

就这样双方罢战，不知救了多少人的性命。大家回归县衙。见关磊、胡永潮押解着张士德走进县堂。

胡永潮将张士德绑缚在县堂中央的柱子上说："这个张王爷好风流呀，竟然蹿进勾栏院，躲在小梅香的床底下。"说得大家哈哈大笑。

常熟县的夺取，宣告苏州辖下的各县均被方国珍为首的民军占领，苏州就成为孤岛了，攻打苏州的战斗即将打响，不知胜负如何，且听下回分解。

第六十五回
大周国张士诚投降　苏州府方国珍班师

悬崖韫玉半山腰，日照林川岩石娇。
鹊跃枝头莺载舞，江枫绿树望春潮。

随着无锡和常熟的失陷，苏州城就成了孤岛。

苏州在吴越争霸的岁月里，曾经是吴国的都城，城池坚固，人口众多，是繁华富庶之地。前年，张士诚势力南扩，占领苏州后，就把都城从高邮迁到苏州，定为大周国的国都。半年前，诚王在此发动攻打浙江的战争，妄图把势力进一步南扩，岂料遭到方国珍的猛烈反击，节节败退，反把战火引到了苏州城。目前，苏州危在旦夕，张士诚如坐针毡，惶惶不可终日。

张士诚召集部下说："半年前，我大周国如日中天，气吞山河，威震天下。为扩张地盘，惹怒了方国珍，如今十八大将军中，李伯升、吕珍、潘原明、董义等战败投敌了，连我的亲兄弟张士德、张士信、张士义都落在方国珍手中，局势每况愈下，如今苏州也危在旦夕之中。如何解大周之危急，重整大周之雄风，请诸位各献良策。"

徐志雄说："诚王莫忧，目前姑苏城虽成孤岛，处在四面包围之中，但凭借姑苏城坚固的城墙，凭借着近二万善战的忠勇将士，坚守半年三月是没有问题的，我们可以从长计议，寻求脱险之计。"

杨启宗说："徐将军说的不无道理，但是末将认为：严防死守虽能保一时平安，总非长久之计，可否来个战略大转移，放弃苏州，向西发展，重新建立起以金陵为中心的大周国。"

徐义叹息说："谈何容易，目前我们已经成为笼中之鸟，插翅难飞，处在四面包围之中，连突围回高邮都难了，还谈什么去金陵，当下局面，只有考虑如何活着出去，只要人还活着，还可以东山再起，这才是长远之计。"

张士诚转头问军师说："赵军师，你有何良策，能破解眼前的危局。"

赵军师说："我认为，姑苏城是城固粮足，兵多将勇，只要全军将士齐心协力，能够抵挡住敌人的进攻，还是先部署城防要紧。至于下步策略，可根据局势发展，再从长计议吧。"

张士诚当即表示说："赵军师说得好，先部署城防要紧，本王封徐志雄为大周国第一大将军，负责姑苏城的一切防务。"

徐志雄上前俯伏在地，三呼"王上千岁，千千岁"。

杨启宗却摇摇头低声私下说："下策，下策，大周国危矣，苏州危矣。"

徐义若无其事地说："苏州危什么，只不过换个主子罢了。"

张士诚还说："我们在太湖还有四百条战船，三千名将士，水军将领金水蛟、史文炳、潘天宝等也归你调遣。徐将军，莫负众望。"

捷报频传，身为江浙行省参知政事的方国珍，喜上眉梢，今天又接到常熟县已经夺取，张士德被活捉，潘原明举手投降，下一步就是攻打苏州的事了。方国珍一面向朝廷报喜，为将士请功，一面传令前方再加一把劲，攻克苏州，夺取最后胜利。

七月将过，前方战事胶着，这让方国珍有所担心了。与时任江浙行省左丞达识帖木儿、方国璋、刘仁本、邱楠等在杭的官员、将领们，商讨时局和攻打苏州的有关策略事项。

方国珍说："自从征讨张士诚以来，东路军智取吴江旗开得胜，力克昆山，奔袭太仓，勇夺常熟；西路军战宜兴，夺无锡；可谓六战六捷，所向披靡。如今会战姑苏城，如何进攻苏州，诸位有何奇谋良策。"

方国璋说："姑苏城是张士诚所谓的都城，兵精粮足，城防坚固，难以攻克，也在情理之中。再说当下姑苏是座孤城，四面围困，没有可退之路，困兽犹斗，敌军岂有不死守之理？总体形势虽然对我们有利，但局部而言，敌人誓死相拼，所以短期难见成效。"

刘仁本说："国璋将军分析得不错，至于谋略要根据形势而定，只有到前线去了解实情，才能想出对策，我们可以携带劳军物资前去，向在前线艰苦卓绝战斗的将士们表示慰问，先鼓励一下士气。"

邱楠赞同说："战场的形势千变万化，不可一概而论，闭门造车是不行的，想当然，瞎指挥，势必造成损失乃至失败，我赞同刘军师到前线去的办法。"

方国珍说："好，就这么定，筹办劳军物资，三天后起程去前线犒劳三军，鼓舞士气。"

三天过后，方国珍领着劳军人马从杭城出发，经两天长途跋涉来到无锡城，根据围城情况，把犒劳军士的酒肉，分送前线军营，表示慰问犒赏，将士们欢声雀跃，激情沸腾，斗志大增。

同时走访各门攻城指挥官了解战况，大家一致认为敌人过于顽强，由于久攻不下，军心有所疲怠。

刘仁本与邱楠低声地交换着看法，方国珍看到后焦急地询问说："两位高参可有良策了，不妨说来听听。"

刘仁本说："我们正在探讨，是否把北城的人马撤了，缓解一下围城的氛围，让守敌透口气。"

方国珍疑惑地说："这是什么主意？让敌军有喘息机会，这是对谁有利？"

邱楠答非所问，说："一鼓足气，再而衰，三而竭。其中奥妙，无须细说。"

方国珍仍未明白过来，说："这是讲，进攻时要一鼓足气，不要迟疑，免伤士气。"

邱楠接着说："进攻如此，防守也是如此，也会再而衰，三而竭的，我们主动松一下，只会对我们有利。"

方国珍追问说："此话怎讲？"

刘仁本解释说："其一，我们撤走，给敌人有逃走的机会，这样会乱其军心；其二，我们撤了，就算敌人不想逃，他也总想要补充物资吧，虽然粮食充足，蔬菜鱼肉是否要补充，这样一来，原先密不漏风的城防，也该松动一下，否则物资如何进城，敌人一松动，我必有可乘之机。"

方国珍听到这里全明白了，说："妙计，妙计，此计太奇妙了。"

方国珍首先下令把东城外的人马先撤，回无锡休整。三天后，又让北城的人马撤回常熟休整。又过了三天，东门外的人马也撤回昆山了。唯独南门外人马紧盯着不撤。

这一反常举动，让张士诚丈二和尚摸不着头脑，部下也议论纷纷，意见不再统一了：有人提议乘机突围；有人担心这是民军的圈套，一旦离开苏州，失去城墙依托，难以与民军抗衡。张士诚也举棋不定，感到突围有风险，坚守无前途。

这时赵军师献计说："深处重围之中，突围必定要有人马接应方可一试，坚守乃是无奈之举。何不乘敌撤离的机会，派人混出重围，去高邮召集人马前来接应，为突围创造条件。另外，利用当下机会，出城采购一些蔬菜、鱼肉等生活必需品。"

张士诚觉得此计可用，就秘密派人潜往高邮，派兵士出城购物，这一松动，城外农户纷纷送菜进城换钱，被士兵挡在城门口外，城内居民赶往城门外买菜、购物。方国珍乘机派人潜进城去，没三四天时间，就有百来人潜入城中，还有人送回情报说张士诚尚有数百条战船潜藏在太湖之中。

方国珍发现苏州城东紧靠太湖，一旦破城，张士诚极有可能从东城突围，所以潜藏在太湖中的数百条战船，一直没有露面显形。一个周密的计划又想出来了。立即调李金松、胡永潮前来吴江县，率领水师对苏州外的太湖水域进行搜寻，定要剿灭潜藏的吴军战船。同时把休整后的人马重新调回到苏州城外，又把苏州城围困得严严实实，不过这次却没对苏州城发动进攻，只是围而不攻。东城有方国珉，关琼瑛；南城有方明谦，方明善；西城有陈叔达、方国瑛；北城有关磊、董义。

战斗首先在太湖打响，李金松、胡永潮调兵遣将，仅用短短三天，整顿好战船兵分二路，一路从东洞庭山向北搜索前进；另一路从西洞庭山开始向北搜索前进。

张士诚的太湖水师残部，由金水蛟、潘天宝带领，尚有百来条战船，潜藏在靠近苏州城的太湖岸边的芦苇荡中。得知民军水师有数百条战船搜索前来，金水蛟见难以藏身，觉得不如摆开一战，潘天宝劝他不要心急，开战是自寻死路，不如分散开来，在芦苇荡中与其躲猫猫，捉迷藏，这样也不至于全军覆灭。金水蛟不听劝说，定要迎战，潘天宝无奈地带着数十艘船离开，躲进芦苇荡深处。

金水蛟自知寡不敌众，把战船分布在水道两边芦苇丛中埋伏，如若未被发现，亦可因此漏网，如若躲不过去，就来个鱼死网破。不到半天时间，李金松的船队来了，一边前进，一边向芦苇丛中放箭试探，金水蛟藏身芦苇丛中探看，见只有十几条战船在探路搜索前进，船体虽然高大坚固，却无法进入浅水区。一时心血来潮，以为有机可乘，即刻下令偷袭，顿时箭矢纷飞射向大船。

民军的战船大，有比较完整的配套设备，每艘船都有坚固的挡箭牌，虽然金水蛟他们突然放箭，但船上人员伤亡甚微，李金海一边下令反击，一边放起火流星，让后军赶来助战。

金水蛟无法抵挡，很快便退入芦苇丛深处，四散躲藏。李金松的船大，吃水深，进不了芦苇丛深处，也就不再追赶，继续一路搜索前进，直抵苏州城外。胡永潮也一路搜索前进，冲散了芦苇丛中潜藏的敌船，与李金松会合，在苏州东侧的湖岸边构成一道防护网，彻底阻隔开湖中残余战船与苏州东门的呼应。

方国珍见一切准备就绪，攻城的条件已经完备，让方国璋担任攻城总指挥，在一线指挥调度，由邱楠跟随配合。自己坐镇无锡，掌控好二线人马，随时准备增援，如有敌军突围逃蹿，可及时围捕堵袭。

方国璋首先采用温水煮青蛙的战术，让各攻城队伍开始试探性进攻，强度逐步增强，在夜间也不间断，这样既可以疲惫敌人，又可以让敌人习以为常，丧失警惕性。经过三天围攻，基本目的达到了，在第四天傍晚，方国璋下达了总攻的命令。攻城部队架起强弩，推出抛掷车，把一团团火球抛上城墙，抛上城楼，强弩射出一支支火箭，一时间火光四起，照亮了苏州城的上空。城中守敌大惊失色，匆忙登城灭火反击，张士诚亲自登城查看，也被这激战场面惊呆了，下令营房中所有兵士，一律赶往城墙边轮班上城防守。

突然，城外偃旗息鼓了，攻城停止了，人马又后撤了。张士诚顿时也莫名奇妙，不知民军有何阴谋，让兵士们各守各位，就地休息待令，不得擅离。连续两个时辰，城外毫无动静，倦意袭来，将士们多半打起瞌睡来了。

子时刚过，城中冒起大火，有十来处，接着人声鼎沸，有逃命的，也有去救火的，也有人在喊民军进城了的，越来越乱了。在城头上的兵士不敢擅离，在城脚下的士兵开始向着火的营房跑，局面越发不可收拾。正当这混乱关头，有数十人手执利刃，直扑城门而来，举刀砍杀，打开城门，点燃火把向城外挥舞。突然城门外冒出数百名勇士直扑城门而去，紧接着全面攻城的场面又开始了，率先进城的勇士乘乱杀上城楼，同时点起熊熊大火，返身向城墙上的守敌杀去，一边砍杀，一边大声呼喊："破城了，民军进城了，快逃命吧。"

就这样，民军在苏州北城扯开了缺口。关磊领头向城中心杀去，董义领兵杀向东城，里应外合，很快又夺得东门，方国珉、关琼瑛领军冲进城来，勇如猛虎，势不可当，失去屏障后的张士诚部下，在人马数量、战力上都无法与民军抗衡，只能节节败退。站在南门城楼上的张士诚，看在眼里，急在心里，猛想起在太湖里，还有金水蛟和潘天宝的残留战船，就匆忙向西门逃去，刚到半路，西门也失守了。前后失据，逃蹿无路的张士诚只能束手就擒，大周国宣告灭亡。

欲知后事如何，且听下回分解。

第六十六回
庆胜利官兵求立国　拒登基每况下断崖

临安府院旷情怡，立国登基暂不提。
溃散人心难再聚，南塘湾处悔悲啼。

以方国珍为首的民军，自从在苏州"七战七捷"后，官兵人人精神振奋、个个欢呼雀跃，大家沉浸在胜利的喜悦之中。从而方国珍的名声大振，名扬大江南北、威震神州大地。

元至正二十年夏（1360），在临安、在江浙行省大院内，胜利归来的民军，举行了一次前所未有的庆功会。会议当然由方国珍、刘仁本主持。出入此次庆功会的各将领们情绪激昂、士气昂扬。

会上，方国珍首先说："这次出师攻打苏州张士诚，是一次最痛快的战斗，取得'七战七捷'的辉煌战果！我们打出了水平、打出了志气、打出了气壮山河的精神、打出了威震天下的气概。"

刘仁本说："这次与张士诚的战斗，取得重大的胜利！事实充分证明我们民军是一支攻无不克、战无不胜的军队！，当下之中华，有四支抗元队伍，在这四支抗元队伍中，我们的民军相比之下最为强大的了！"

方国珍接着说："我们的民军，可说是一支常胜军队，自从被逼下海以来，数十年来，披荆斩棘、勇往直前、节节胜利，这是一支'攻无不克、无坚而不摧、无敌于天下'的军队，二十多年来从无吃过败仗、更无造成重大失误！是十分可贵的了！"

在说到这次胜利的取得的原因时，方国珍接着说："我们这次打大周国成绩斐然！这些成绩的获得，全赖刘仁本先生的英明决策；全赖各位将军、各位兄弟的英勇；全赖台州乃至浙江百姓的大力支持！"

说到这里，陈叔达立起鼓掌说："我们之所以取得重大胜和辉煌战果，除了大将军说的上述三个主要原因外，还有三个全靠：一是全靠军师的英明决策和正确指导；二是全靠大将军的豁达胸怀、身先士卒的诚实品质，带领民军英勇奋战；三是全靠全军将士团结一致、英勇献身精神，我们的将士从不计较个人得息，奋不顾身，勇往直前。"

陈叔达说到这里，会议进入高潮，激起群情振奋，群情激昂地全场起立，报以热烈的掌声。

此时此刻，临安府大院的粉壁墙上，出现民军三十六天罡的名单：（上将）

公孙也、牟子善、刘仁本、方国珍、方国璋、方国瑛、方国珉、陈仲达、陈叔达、李金海、李金松、董志强、关磊、关琼瑛、杜屏山、潘文忠、吕家远、吕家进、吕家通、吕家达、柳贤明、邱楠、邱桧、李金有、李金富、胡永潮、丁光土、徐鹏飞、方明善、方明谦、方明廉。张兴、刘三宝、卓天东、祝天明、竺天豹。

紧接着再出现十二地支名单：（即副将）

方礼、方完、方明祥、陈海清、陈海滨、李煜然、李煜道、董华明、董华良、柳含春、黄宝富、黄宝贵。

以上共计四十八名将领，简称四十八宿。

这一场景，使人目不转睛、目瞪口呆，院内立即响起暴风雨般的掌声，出现欢呼雀跃的场面，人人沉浸在欢乐的幸福中。

此时此刻，与方国珍同生入死的李金松将军首先提出说："我几次漕运进大内，看到元廷每况愈下，处在摇摇欲坠、苟延残喘、惶惶不可终日之中。宫廷内人人面黄肌瘦、愁眉苦脸、无精打采，处在半饥饿状态。由此可见，元朝气数将尽，已经无望了。况且各省纷纷举旗造反、争霸天下，我们何不趁机'立国称王、冠冕登基'？"

陈叔达听了李金松如此一说，精神振奋、情绪激昂，再次立起接着说："我完全同意李金松将军的提议，当前元廷气数已尽，政局处在群雄争霸的格局。我们何不趁此大好机会，先得天机，宣布'立国登基'，我们完全同意拥立大将军方国珍为王！"

刘仁本分析了当前形势，提出了称王立国的必要性说："当下之中国，处在四方割据之局面：一是大周国的张士诚，他仍然占领着苏北的大片沃土；二是盘踞在江西九江一带的陈友谅，占据着湘、鄂、赣的大片地盘，妄图吞并全中国；三是在中部的小明王韩林儿，更有韩林儿的帐前元帅朱元璋，正在雄心勃勃，你不犯他，他必犯我；四是在东南沿海的我们、就是我们的大帅方国珍了。我们若不灭他，他们必来消灭我们。俗话说，先下手为强、后下手遭殃，我们可来个先声夺人、即刻立国登基。"

邱楠进一步地分析说："这四支力量中，最强有力的应该是算我们的了。他们中的三股势力是：

一是江苏的张士诚。张士诚是我们的手下败将，已经降服于我们了的，只要我们继续举旗抗元，他就立即投靠我们了，可以说，收纳张士诚非吹灰之力；

二是九江的陈友谅，他虽然有几分锐气、杀气。可是他有勇无谋，非治国之大才，可说是个草包式人物，不可能成大气候，我完全有能力征服他，可以说陈友谅是我们的囊中之物；

三是中部的小明王韩林儿。他以朱元璋的淮西兵势力，在江南称王称霸，一旦朱元璋羽翼丰满，这个韩林儿必遭朱重八的铲除。我们的主要对手就是这个朱重八，重八是一个不可小觑的势力！我们可趁朱元璋羽翼未丰之时。来个先声夺人，我们先来个立国称王。应该说目下是'立国登基称王'的最佳时期，是难得的天赐良机！"

吕家远接着明确地分析说："我完全同意邱楠先生看法，就是朱元璋，我们有能力制服他，可先用水兵，首先占领长江，把朱重八来个南北隔离，先吃掉江南的部分力量，然后再吃淮西军。"吕家远他论述了立国登基的利害关系，一针见血地说："古人云'逆水行舟不进则退''机不可失，时不再来'。当下是天赐良机，应该是乘胜前进的时候，由李将军、董将军率五万水师占领长江，割断韩林儿、陈友谅的咽喉，把张士诚隔在江北。同时将朱元璋的大批力量也隔在长江北岸，可以说，我们夺取江南就胜券在握、指日可待。如若错过这一良机，必将后悔莫及！"

刘仁本、邱楠、吕家远等人的意见，得到众将领的赞同，可说是形成了共识。李金松首先表示支持说："我完全同意刘军师、邱先生、吕先生的意见，形势对我们十分有利。我们的水师，当下可说是华夏第一，可以说打遍全国无敌手！我与董志强、胡永潮，率领五万水师，一举占领整条长江。"

李金松话音刚落，董志强抢着举双手赞成说："我同意李金松将军的意见，毋庸置疑，当下中国之水师，数我们东海水师最强势。目前我们处在英雄无用武之地，因此需要发挥水师作用。最近经过长江一战，曾经称霸江东的张士诚的长江水师，不堪一击。因此说，我们夺取长江胜券在握、如囊中探物矣！"

胡永潮兴致勃勃地说："各位将军说得很好，倚仗我们水师的优势，在占领长江的同时，我们可全面出击，占领整个江南，然后再夺江北。"

刚从苏州回来的关磊明确表示说："我完全同意各位将军们的意见！我同样认为：当下是我们民军立国的最佳时期，是方大将军称王的大好机遇，毋庸置疑，是天施良机、机不可失、时不再来！应当立即立国、称王、登基！"

吕家远急不可待地进一步说："临安是古都，数十年前便是宋国国都，城池依旧在、城墙未变，都城旧貌仍存。我们有着得天独厚的条件，就在临安登基立国！"

坐在方国珍对面的关琼瑛，时时关注着方国珍的表情，刚才大家的肺腑之言，他不但脸无喜色，反而露出愁眉苦脸的样子！为此，关琼瑛立起说："当下之中国，在群雄四起、群龙无首的关键时刻，是我们立国称王登基的大好时期。我们有得天独厚的'国都'条件。我们更有广阔的东海和强大的水兵，可以说'打遍天下无敌手'，可以说万里长江是'唾手可得'。我们还有强大的步军，轻取江南易如反掌，何不趁七战七捷的好势头，何不趁热打铁，宣布立国登基！"

在群情激昂、斗志昂扬的时刻，众人祈盼着方国珍作出勇敢、英明的的决策，可是他思考良久后却说："我们是被迫起义的义军，目的为了保境安民。方某我根本没有立国登基、称王称帝的欲望。况且自古道，得天下者就要先得中原，取中原需靠骑兵，非我水兵之所长。何况朱元璋占据江淮大片地盘，他们有文有武，可说是文韬武略全有，他们文有李善长、冯国用、宋濂、叶琛、章溢、罗致、朱升等；更有徐达、蓝玉、邓愈、常遇春、汤和、花云、廖永忠、吴桢、胡大海等武将。我们怎能取得中原呢？我军怎能取得虎口之肉？"

方国珍这么一说，给大家浇了一盆冷水、冰水！

可是方国珉还是坚持说："我们何必舍近求远、取远不取近、何必要去夺取中原？何不先来夺取江南？刚才军师和众位将军的意见十分中肯，我表示完全赞同。希望三哥接受众位先生、各位将军忠言，立即立国登基称王。"

关琼瑛为了壮大将军的胆略，故此自告奋勇地说："我同意国珉的'先近后远''先江南后江北'的战略构想。在李金松、董志强、胡永潮等水师进军长江的同时，由我和方国珉、关磊、方明善、方明谦和柳含春六位将军，率领二万步兵，立马进军江西、直插九江，一举消灭陈友谅！然后再夺取湘、鄂、赣。"

胡永潮心潮澎湃、急不可待地说："我同意关夫人的意见，我愿为水师先锋，即日率万名水师，挺进长江，直插九江，与关夫人会师……"

方国珍不耐烦地打断胡永潮话说："不要再说了，立国登基非同小可，是大事，是天大的事！若是要立国登基，也必须经国璋、国瑛他们商量。况且二哥人在衢州，四弟还在嘉兴。因此说立国、称王、登基今天就不议了。"

面对这一状况，方国珉知道多说也是白说，白说不如不说，于是就只得来个缓处理，说："刚才各位将军言之有理，可是称王立国登基非同小可，的确是件大事！需要与二哥、四哥商议为妥。现在二哥、四哥不在，因此立国称王之事，暂且缓议。"

大家听了方国珍如此一说，众位心里凉了半截，只得附和方国珉的话说："国珉将军说得也在理，只有暂缓、只好等国璋、国瑛将军来后再议。"

刘仁本本来想进一步说明立国称王是当务之急、刻不容缓之必要性，当听了方国珉的话后，就改口认同说："国珉将军说得也是，立国登基的确是件大事，需要与国璋、国瑛两位将军共同商议。本人同意国珉意见，立国称王之事暂且缓议。"

机不可失、时不再来。刘仁本的一句"暂且缓议"后，从此失去了难得的机遇，从此立国称王的大事也就此作罢了。

方国珍这样一说，如冷水浇头，给满腔热血的将士们浇了一盆冰水，从而大大挫伤了将士们的积极性，更是挫伤了民军的锐气、志气，挫伤了全体将士精神力量，民军从此便一落千丈、一蹶不振了。

他们普遍感到"不立国、不称王、哪有官？做官无望、苦之白落。自古道'胜者为王、败者为寇'意识到'非王即寇'，不将军，便流寇。"因此军心、民心即刻崩溃！

这真是：

> 驹隙流光夏复秋，朝霞灿烂乐悠悠。
>
> 庆功会上精神爽，立国登基民意稠。
>
> 拒绝称王倾冷水，暂时缓议失机筹。
>
> 惊雷暴雨相侵袭，时不再来珠泪流。

方国珍的一勺子冰水，非同小可，像一阵狂风突然刮来，刮得咧咧喇喇。真是山雨欲来风满楼，紧接着，雷声惊耳欲聋、如注的大雨，淅淅沥沥。与此同时，粉墙上的四十八宿的名单榜也随着暗暗淡出。

此时此景，使人有不祥之兆，有毛骨悚然之感。天真活泼的柳含春，不慎失声喊叫："怎么啦，东海发海啸啦、大厦要倾覆啦！"

"逆水行舟、不进则退"！从此，方国珍的民军从巅峰中滑下，从鼎盛走向衰退。原来那样生气勃勃的局面瞬间就荡然无存，欢呼雀跃的场面一去不复返了。

吕家远、吕家进、吕家通、吕家达四兄弟，意识到你不打他，他必打你，看清民军前程暗淡失色！于是在当天下午以公务在身、庆元公事要紧为由，带领柳贤明、柳含春，就匆匆忙忙地离开临安，一起回庆元去了。

邱楠、邱桧俩看着吕门四兄弟与柳贤明父女都要走了，也借温州公事要紧，带着刘三宝、张兴一起回温州去了。

方国珉、关琼瑛见吕家、邱家兄弟他们不约而同地都走了，他俩就与关磊一起，跨上战马回转台州。

李金松、胡永潮、李金有、李金富、丁光土他们本来以船为家，看着他们都走了，自然地一起回到船队中去。

一会儿，临安府便人去楼空，剩下方国珍、刘仁本和几位小将军们了。刘仁本若有所失地作词牌《满江红·感叹》一首：

锦绣山河、凭望处、东升旭日。堪壮丽，骄阳喷薄，伟哉天赤。二十多年前被逼，奈何结义刀枪戟。起举旗、正所向披靡，英豪集。

蒙未赶，元未黜。三方敌、旌能息。中华受损失，神州流滴。壮志未酬机遇失，英雄事业千秋责。到如今、愿望已难求，心头泣。

方国珍听了刘仁本先生的《满江红》后，若有所思地作《渔家傲》

一首：

世事风云谁向往。春来夏去风迷惘。百姓平民何快畅。心思想，帝王将相堪狂妄。　　晴日扬帆迎碧浪。霜天锚地抛芦荡。水色粼粼舟跌宕。心惆怅。将军昂首征夫怜。

方国珍心感惆怅，一时陷入不知所措状态，不觉打个盹来：见父亲带领二位老者，怒形于色地匆匆走来，方国珍急忙上前躬身拱手迎接说："父亲、爷爷、太公好！不知众位长辈光临，晚辈未及时迎接，请恕罪！"国珍接着问道，"请问父亲，两位当何称呼？"

父亲方伯奇说："这位是曾祖父，那位是祖父。"

国珍听后，急忙双膝盖跪地躬身拱手说："父亲、爷爷、太公好！今日光临，有何指教？"

曾祖父方天成说："你本是永乐国国王的嫡亲第十世传人，我们指望你复立永乐天国、继承永乐大统、冠冕登基，自封皇帝，光宗耀祖。"

祖父方人宙叹息地说："祖辈们年复一年、代复一代，已经足足等了十代、等了二百二十二年，从北宋末期至元朝末年。好不容易等来今天这一难得的天时、地利！可惜、可惜！可惜你失却天赐良机，竟然拒绝立国、称王登基。"

父亲方伯奇说："我们把一切希望寄托在你的身上，谁知你这样的胆怯！如此的无为！十代、二百多年的等待、祈求，谁知一个时辰便化为乌有，成了痴心妄想。也许是命运如此，也许是方姓就无帝王之福分？"

此时方国珍泪如雨下地说："儿孙知错，国珍知罪，曾祖父、祖父、父亲恕罪！"方国珍还准备进一步请问"是否还可挽回？"可是一阵狂风袭来，狂风刮得瓦片脱落，落得稀哩哗啦，响声惊醒了方国珍。他举目一看，才知是南柯一梦。

此日是七月初二，正好立秋过后的第三天，天气闷热难熬。中午过后，东海海面一股黑压压的乌云，此时的东南沿海，即刻黑云蓬蓬勃勃，紧接着东风渐起，预示着闷热的天气即将过去，天气会带来凉风好雨。谁知黄昏过后，东风渐渐地转为东北风，且风越来越大。瞬息之间，成为狂风暴雨，随后飘泼如注的大雨淅淅沥沥。

此间人们发现有地动山摇之感，挂在栅上的饭箩，突然出现摇动，房檐的几张瓦片稀哩哗啦脱落。有的老人说："狂风刮得树倒屋斜，暴雨下得水淹没田园，平原成为海洋，稻田变为泽国。

第二天即七月初三，初三是天文大潮，强台风伴随着大潮，海水滔滔不绝，铺天盖地。涛声震耳欲聋，有经验的老人听到如此声音，使人毛骨耸然，知道大难临头——洪潮就要袭来！

海啸，当地百姓称为洪潮，主要是东海海域地震造成的。此时此刻，洪潮铺天盖地袭来，大片的海堤被洪潮冲毁，不仅冲毁江堤，而且冲毁了不少村落和民房，致使田园被毁，洪潮吞噬数以百计的平民百姓的生命，境况惨不甚睹。东南沿海，尤其是台州地区受灾最为严重，一天之间，沿海人民陷入困境、陷入饥荒之中。

一场暴风骤雨，造成部分家田粮食歉收或颗粒无收。更严重的是，不少人家房屋冲毁，衣物、粮食荡然无存而无家可归。面对茫茫水泽，沿海百姓叫苦不迭。

时任江浙行省参知政理的方国珍，决不因此而气馁，他积极动员百姓开展声势浩大的生产自救行动。

当前最重要的是发动内地和山区民众，发扬无私援助精神，积极支援受灾百姓。政府担保等借贷方式，从各地借粮调粮，以解燃眉之急。与此同时，大力发动军民开展抢救行动：

一是动员农民开展扶苗、理苗行动，对还可挽救的稻苗等，立即进行扶苗、洗苗，使其复活；对于绝收的农田，立即进行复耕，全部改种秋粮、秋菜和其他秋季作物；

二是组织盐民和军人，全力投入抢修盐田，尽快恢复盐业生产。盐业是沿海的支柱产业，只要盐业恢复和发展，只要食盐源源不断地运出，粮食才会源源不断地运入。

虽然抗台抢险取得了显著成绩，但海啸也给东南沿海，尤其是台州人民带来灾难，造成直接经济损失，也致心灵伤痛。

未知政局如何发展？且听下回分解。

第六十七回

刘伯温遭诬回故里　朱元璋走访武阳村

为谋大业掌乾坤，徐达缙云邀伯温。

名著郁离书写就，元璋亲访武阳村。

却说在前年，钦差大臣雪雪来江浙行省宣读诏书，命中书省平章政事达识铁木儿为江浙行省左丞相，方国珍为江浙行省参知政理、海道运粮漕运万户兼防御海道运粮万户、方国璋为衢州路总管兼防御海道金事。唯责刘基"擅开兵衅，伤朝廷好生之德，免去浙东道宣慰使都元帅府都事之职，待罪发落"。

刘基越想越气，他认为方国珍反叛一次，反而官提一级，反两次官提二级，他越反官越大，从小盐贩到小镇千户，再从小镇千户到行省万户，真是岂有此理！而自己为蒙元皇朝忠心耿耿，结果换来"擅开兵衅，伤朝廷好生之德"的罪名，落得个"待罪发落"的下场。于是就闷闷不乐地在家喝起闷酒、发起牢骚，他情不自禁地自言自语："昏庸的皇帝、腐败的蒙元皇朝，看你还能坐几日江山、做几年皇帝？老子我终有一日，要把你赶回沙漠去。"

正在这时，突然啪啪啪地有人敲门，刘基急忙开门。打开一看，原来是江浙儒学提举副使吴斯宁。就上前拱手请道："吴兄请！请请、请进、请进！见到吴兄非常高兴，吴兄光临，有何指教？"

吴斯宁道："近闻刘兄遭皇上责备，免官待罪。呀！冤呀！刘兄为人堂堂正正，为元廷忠心耿耿。为何却遭此不白，弟心中愤愤不平，特来表示问候，请兄宽心！"

刘基听后感激涕零，随罢便宴斟酌。两人边饮边谈，刘基接前面的话说："元顺帝昏庸无能，朝廷腐败不堪，造成民变四起。看来元朝气数将尽，正处在苟延残喘、摇摇欲坠之中。"

吴斯宁附和着说："是呀，朝廷重用奸诡之臣，迫害忠良，如刘兄你满腹经纶，是宰相肚才，却不能重用，最后落得个'待罪发落'的处境。公理何在？真是岂有此理！"

吴斯宁的话讲到刘基的心坎上，进一步激起他对蒙元皇朝的愤懑，于是毫无掩饰地说："刘某我胸藏雄师百万，才能治国安邦，有朝一日，困龙出海，非把蒙鞑子赶回沙漠去不可。"

刘基是酒后吐真言。常言道，"知人知面不知心"，此言正确。谁知这个吴斯宁却是一个见利忘义的小人，他见刘伯温大势已去，目今是个半囚犯状况的人。他想"人不为己，天殊地灭"，他为了加官进爵，就当即去行省向左丞达识帖木儿告密，将刘基的"酒后真言"，原原本本、一五一十地做了揭发。

行省左丞达识帖木儿听后愤慨非常，当即就将刘基羁押，为了防止与人串通一气，就将他送往绍兴路严格监管。与此同时，立即写好严惩刘基的奏章，由钦差大臣雪雪带往京城、送交皇帝。

刘基被羁押绍兴后，知道这是吴斯宁所为，他怒气冲霄大喊道："苍天无眼，坏人当道、小人得志，天理何在？"一怒之下，便感头重脚下轻，即刻口吐鲜血，一时昏厥过去。经人抢救，方能转危为安。

刘基之好友王冕得知刘基犯了大罪，被羁押在绍兴路，就立刻来绍兴探望。他劝慰说："刘兄天堂饱满，相貌堂堂，生来自有福相，你要保重贵体。宰相肚里好撑船，你要放宽心，路还长着呢。今日阶下囚，明天国之相。"

刘基听后感激地说："俗话说，路遥知马力，日久见人心，患难见真情。谢谢王兄来看我，来安慰我。帮人帮到底，救人救上岸，还望仁兄为弟鸣冤叫屈，为弟洗雪冤枉。"

王冕说："为兄洗雪冤枉，义不容辞。小弟我将倾尽全力，定为仁兄申不白之冤。看来案情重大，小弟我务必亲自上京，打通各个关节，务必救出刘兄。"

王冕不食言，亲自上京，经过多方打点，打通各个关节，花去了不少钱财，用尽所有的资源，终于搞来"刘基释放，永不为官"的批文。

刘基释放后，一走出牢狱，他仰天长叹："路茫茫然往何处，天苍苍兮怎攀登？"刘伯温深知五行八卦，更知天文地理、周易阴阳算驳。他突然发现北天有条白毫在江、浙、皖、赣一带徘徊，似有气盖山河之状，预示着即将会出现风云变幻、改朝换代的预兆！

刘基似乎看到了曙光，就义无反顾地向南方、向家乡——处州走去。杭州至处州，山高、水恶、路险，可说千里迢迢，他只带身强力壮、武功高强的随从亲信五人。主仆一行六人，爬山涉水、晓行夜宿，连续不停地走了五日，终于来到了处州缙云县地带。在离县城不远处，见一群身佩腰刀、头扎红巾的官兵模样、操外地口音的人，挡住去路问说："你们是什么人？往哪里去？"

"我们是处州青田人，到家乡去。"刘基接着反问，"你们是什么人，在光天化日之下，胆敢挡住我们的去路？"

"我们是大宋红巾军，是小明王部下。"

说到这里，刘基明白，韩林儿发展迅速，且来势汹汹，这么快就打到浙江处州来了。于是解释说："我们从外地做工回来，请军爷放行。"

韩林儿手下当兵的看他们一行，除一人是当官模样，其他都是一身武士打扮，不像做工的。就进一步绊问说："你们不像做工的人，必须经我们检查后，方可放行。"

他们正要动手检查行李，刘基的随从、贴身警卫朱从时，使个眼色，说声"上"，五人一齐动手。眼前，对方共十八人，谁知他们人人功夫不凡，个个是武林高手。论功夫、论人数都要胜一筹。双方虽然战斗二十回合，最后以朱从时为首的五人都被擒拿、绑缚了。

朱从时知道这下闯祸了，好在对主人刘伯温毫毛未损。不一会儿，他们把刘基等带进一个松柏掩映的村落，带进一幢古朴的楼宇。见走来两位气宇轩昂的长官，对着刘基拱手说："先生请！先生莫非伯温乎？"

刘基也拱手行鞠躬礼说："学生正是刘基，刘某老家是本州青田人，今日与兄弟们返回故里，路过缙云，不料与贵属弟兄发生冲撞，得罪了，请君谅解！"

"倒是我们得罪了刘先生，是我叫他们来迎接你们的，谁知竟然发生冲撞，还请先生谅解！"

"你们怎知我们路过此地的，请问将军高姓大名？"刘基说。

"末将徐达，奉虎威元帅朱元璋之令，与蓝玉将军两人，前来迎接先生去应天府，请先生去辅助朱元璋大元帅。"

朱元璋（1328年—1398），濠州钟离（今安徽凤阳东北）人，幼名重八，参加农民起义军后改名元璋，字国瑞，元末农民起义军首领，明朝开国皇帝（1368—1398年在位），史称明太祖，卓越的军事家、战略家、统帅。朱元璋幼时贫穷，曾为地主放牛。1344年（元至正四年），入皇觉寺，25岁时（1353）参加郭子兴领导的红巾军反抗元朝，当下是至正十六年（1356），这时的朱元璋已经是韩林儿的红巾军帐前元帅。

徐达接着说："近来，朱元帅听说刘先生遭小人诬陷，被羁押在绍兴府。为此朱元帅寝食不安，派我和蓝玉将军前来劫狱的。就在准备就绪、正要劫狱时，又得知先生已经免罪释放了，先生要回老家去，故此我从绍兴赶到缙云，刚从前天到此，在此等候两天了，今表示迎接。"

刘基说："刘某与将军素不相识，有劳朱元帅和徐达、蓝玉将军如此器重、深表万分感谢。"

蓝玉说："闻说先生有张良之才，孔明之谋，是救国之良臣。今日在此拜见先生，是蓝玉之福分！敬请先生与我们一起赴应天府、与我们共谋抗元复汉大业，同担华夏一统重任。"

刘基摇手说："谢谢朱元璋元帅的器重，谢谢二位将军长途跋涉来到处州，辛苦你们了。刘某我一介书生，手无缚鸡之力，何德何才担此重任？请二位转告元帅，另请高贤！"

徐达恳求说："末将是奉命行事的，恳请先生与末将同往应天府一趟，使我俩交个差，否则说我办事无能！"

刘基说：“请告朱元帅，刘基家上有年迈老母，下有二子尚未长大成人，刘某我身负赡养老母和教养儿子的双重责任，故此实难从命。告辞！”说后与徐达、蓝玉等将士们拱手拜别。

刘基等随从一行六人，挑着行李，迈着从容的步履，向青田蓝田武阳村走去。而徐达、蓝玉他们望着远去刘伯温的背影，只有摇摇头地说：“高人难请呀！当年刘备亲自三顾茅庐，今日初次在途中相邀，未免太欠缺些。

刘基一行回到阔别多年家乡——丽水的青田县——文成南田镇武阳村。

刘基在家乡期间，写了著名的《郁离子》。据《诚意伯文集》中说，《郁离子》是刘基的代表作，它在中国思想上和文学史上都占有重要地位。《郁离子》的“郁”，有文采的样子；“离”，八卦之一，代表火；郁离，就是文明的意思，其谓天下后世若用斯言，必可抵文明之治。“郁离子”是刘伯温的托称。

刘基刚写好《郁离子》后，今天刚空闲着，正在草亭掠凉时，见树上两只喜鹊飞来报喜“客来客来，迎接迎接！”果然家人报说：“有贵客登门！金陵李善长先生登门拜访！”

李善长是足智多谋的学者，进士出身，且与刘基同科，现是朱元璋的谋士、老师。他曾为朱元璋提出“高筑墙、广积粮、缓称王”的著名策略。今天李善长的到达，刘基当然热情接待。刘基将李善长迎接至客堂，亲自泡上雁荡山云雾茶说：“久仰久仰！李先生光临，使寒舍蓬荜生辉！先生长途跋涉，一路辛苦了！”

李善长见刘基不问来意，只好自我介绍说：“是奉主上朱元璋之命，特来请刘仁兄出山，请去应天府，辅助朱大元帅的‘逐蒙复汉’‘统一中华’之大业。”

刘基说：“当今华夏群雄四起，攻城掠地、称王称霸。唯有朱重八采纳李先生的‘筑高墙、广积粮、缓称王’的策略，唯有朱元帅，才能统一华夏大业。可以说，别无他人能与朱元帅抗衡的了。”

李善长说：“刘兄高见，高见！为了早日驱逐蒙元，敬请先生与我一同出山，共同辅佐洪武江山一统的大业。”

“李先生才华横溢，有李仁兄的辅助就可以了，就可以完成统一大业的。”刘基接着说，“请代我谢谢虎威将军，谢谢李仁兄，刘某我实难从命，对不起了。”

李善长回到金陵，向朱元璋回报了刘基拒绝出山的情况。言语之中夹杂着多说了一些刘基傲慢的话。朱元璋听后难免对刘伯温失去了些信心。

此时，湖北陈友谅称王了，他正要发兵攻打应天府，要剿灭朱元璋。此时，淮西军中出现主和派和主战派两种势力，有人主张与陈友谅讲和，以徐达、蓝玉为首的主战派，有决心与他抗衡。朱元璋问计于李善长说："目前陈友谅气势汹汹，把主力对着我们，我们如何应对？"

李善长说："可派人出使九江，与陈友谅讲和，提出互不侵犯。这样既避免战争又保持实力，这是唯一的办法。"

由此看来李善长也是主和派，主和派实则是投降派。对此朱重八忧心如焚。马夫人知道李先生的主和主张，更知重八而为此忧心如焚，就向元帅提出说："请夫君亲自去一趟浙江处州青田，务必请刘伯温出山，只有请他出山，才能转危为安！"

"不是请过多次了吗？他次次拒绝了，只怕空跑一趟。"朱元璋说。

"人才难得，何况是高人！当年刘豫州三顾草庐，终于请来了诸葛亮，你呢？只派别人去。"马夫人接着进一步说，"闻说江南处州刘伯温才华横溢，不仅上知天文下知地理，更是上知五百年、下知五百年。还说刘先生是位卓越的军事家，在石门取得一部兵书，他熟读兵书，就有百战百胜才智。最近在江、浙、皖、赣一带出现有首童谣：

晨曦重八撑乾坤，落日元蒙梦断魂。

天下军师诸葛亮，一统山河伯温军。

朱元璋听了夫人这么一说，就坚定了去一趟浙江处州的决心，亲自来青田南田（当时属青田县管辖）武阳村，正式请伯温先生出山。

朱元璋为了尽快到达处州，选带徐达、蓝玉两位上将和贴心卫队三十余人，快马加鞭，匆匆向青田县武阳村前进。武阳村，地处高山，必经过崇山峻岭、道路崎岖、荆棘丛生，正遇赤日炎炎。朱元璋穷苦出身，放过牛、砍过柴、做过和尚、挑过水，攀山涉水，无所畏惧，而步履轻松。

天有不测风云，朱元璋一行将到武阳村的那天午后，突然间乌云密布，雷声大作，山雨欲来风扑面，似有地动山摇之感。青山野岭，断无人烟，随从将士提出想法子找个可避雨之地。可是朱元璋却若无其事地说："没事的，暴雨不会下到我的身上、苍天会保佑我们的！"

皇帝圣旨口。朱元璋上述的一句安定军心话，果然十分应验，果然"暴雨不下我身上"。这时的暴风骤雨，下个不停，下得山洪暴涨，可是他们却如闲庭胜步，照常前行，头上却点雨未下。这正是真命天子，上苍保佑。

雨后现骄阳，武阳更美丽。朱元璋一行来到了南田武阳村，见山色清岚、巍峨苍翠、峰峦叠嶂、鸟语花香、姹紫嫣红，景色十分秀雅，是钟灵毓秀的风水宝地。人杰地灵，孕育出如刘伯温这样的名人雅士。

刘基与诸葛亮不同，他不要"三顾茅庐"，而是亲自站在村口，热情洋溢拱手迎接。他见朱元璋一行的到来，欠身拱手行鞠躬礼说："久仰！久仰！有劳将军亲自登门，刘某这厢有礼了。"

朱元璋也拱手行鞠躬礼说："久仰！久仰！谢谢先生出村外迎接！朱某这厢有礼了！"

刘基听其言、观其色、看其形，朱元璋熊腰虎背、气宇轩昂、品行端庄，才华非凡，有帝王之相且有江山一统之志，于是说："谢谢将军长途跋涉、翻山越岭来到青田，一路辛苦了！有什么事，捎个信来就是了，何劳元帅亲自登门！元帅光临，未知有何指教？"

朱元璋说："此来是为逐元复汉、为河山一统的大事。恳求先生出山，辅助朱某我共谋华夏统一的大业。"

刘基说："谢谢元帅的器重！刘某我是山野村夫，何德何才授此重任？还是请元帅另请高贤。"

朱元璋说："先生才华横溢，可比高祖遇张良、刘备请孔明，正如童谣说的'天下军师诸葛亮，一统山河刘伯温'当下要将元蒙驱逐出中原，使华夏一统，非先生不可！"

"谢谢将军夸奖，将军把伯温比喻张良、孔明，实不敢当。"刘基说。

朱元璋道："朱某我就要寻找张良、孔明那样足智多谋、深谋远虑的高人。当今中华，唯有先生才能辅助我。人才难得，为了驱逐鞑虏、为了国家一统、为了江山社稷，特来敬请先生出山，请先生与我朱某共谋大业，辅助我建立新朝。一旦事成，就封先生为丞相。"

朱元璋与刘伯温谈得十分投机，从分析当前时局到探索战略战术，从韩林儿谈到方国珍，从张士诚到陈友谅，从北国到南疆。足足谈了三天三夜。朱元璋感到真是天助我也，终于找到军师了，有了刘基的辅佐，何愁江山不是姓朱的。而刘基也同时感到，终于找到真主了，当年卧龙虽得其主，不得其时，我刘伯温既得真主又得其时，何愁江山不能一统。

刘基愉快地接受邀请后问："将军要我刘某往何处落脚？"

朱元璋说："我与你一起到江西洪都，可带你去见小明王——韩林儿，与他一起商讨驱逐蒙元大业。"

刘基急忙摇手说："不可不可，不可寄人篱下。将军要借他人之力，为己所用，必须扩大自己的武装、扩大自己的领地、壮大自己的力量。"

朱元璋说："以先生之见呢？"

刘伯温说："此时韩林儿的大部队驻扎在江西、安徽。浙西由将军在指挥，这是最好的机会。机会就从丽水开始，丽水好山好水环境好，丽水是个无人管辖的真空地带，我先立足处州，接着先攻打衢、婺、严三州、就把处、衢、严、婺、四州连成一片，然后把方国珍逼回甬、台、温，逼回海岛去。"

朱元璋说："先生高见！衢州与江西隔壁，衢州一旦夺取，就开辟了一条大通道。只不过衢州目前由方国璋把守着，也是军力最强、最难攻克的地方。"

刘基说："将军可去一趟皖赣，去借韩林儿的力量，请韩林儿派兵来，你可打着韩林儿的旗号，攻打和夺取衢州，接着随手夺取严州和婺州。"

朱元璋说："不用韩林儿的也可以，我自己在濠州、在安徽有几万兵，足够对付得了方国璋的几千兵。"

"也好。不过现在还是打着小明王的旗号为好。"刘基说。

"这是为什么？是否怕韩林儿……"朱元璋说。

"是的，否则会引起小明王的怀疑！现在主要是借他之力，共同对付方国珍，还有江苏张士诚的残余势力。韩林儿得慢慢地给除掉。"刘基说。

朱元璋同意了刘基的意见，带着亲信随从赴皖赣。而刘基就在处州招兵买马，扩大地盘、扩大兵力、扩大影响力。刘基如何不动一兵一卒就摆平了处州，且听下回分解。

第六十八回
刘基顺手处州轻取　重八衢州首战无收

纶巾羽扇出山沟，口若悬河说处州。

二打衢城皆受挫，伯温一计定春秋。

元至正十八年（1358）即徐寿辉的天启一年、韩林儿的"宋"龙凤四年秋八月中秋。江浙行省所属的处州路衙门，走来几位不速之客——刘基一行。刘基仍带朱如时等五人，从容不迫地走进了处州路衙门。处州路总管汤显明，进士出身，是江西洪都人，与刘基是同科。今日同窗登门拜访，汤显明理所当然地热情接待，他喜上眉梢地说："幸会！幸会！刘兄大驾光临，请请请进！请进！”

刘伯温说：“汤兄请！小弟冒昧到此，多有打扰，请仁兄见谅！”

汤显明说：“听说仁兄被奸诬陷害，险遭不白之冤，是否确有此事？”

汤显明的一问，触到他的痛处。刘基为此险遭杀头，因而心存愤懑，他情不自禁地说：“刘某我为元廷忠心耿耿，却换来坐牢问罪，险遭杀头！如此腐败的元廷、如此昏庸的元顺帝，已经到了无可救药的地步。”

汤显明说：“仁兄胸怀坦荡、为人正直、有口皆碑。受此不白，遭此冤枉，使人同情，使人不平。”

“一言难尽，对我个人冤屈倒是小事，最大的事，看来元廷气数将尽，正处在苟延残喘、摇摇欲坠之中。”刘伯温进一步解释说，“从河北的刘福通到小明王韩林儿，他们已经打到浙西了；江苏有张士诚，浙江有方国珍，安徽从郭子兴、孙天崖到朱元璋，尤其是这个朱元璋，此人不可小觑，他很有谋略，更有一统河山之志！”

汤总管明确地说：“听说朱重八最近来我处州，去刘兄家请你出山，我本当派兵去捉拿，但因为达鲁花赤上省未归，加上汤某我不懂武功，又因兵力有限，加上胆小怕事，只怕引火烧身。更重要的是怕对刘兄过不去，为此考虑再三，就睁只眼闭只眼，当作假不知，其实是放他一马。”

“谢谢！谢谢汤兄！最主要的还是看元廷每况愈下、日暮途穷，正处在惶惶不可终日之中。”刘基进一步说，“汤兄做对了，幸好装作‘假不知’而没有动手，放朱元璋一马，这样做是一举两得，既避免了引火烧身，又为自己留了条光明的退路。高高！否则……”

汤显明说：“否则将如何？难道就抓不住朱元璋，他只有几十号人，就是三头六臂也没什么了不起。在我的地方，我有上千官兵，还可动员上万民团。对付朱重八足足有余。”

刘基说：“我完全相信汤兄的话，相信你有能力有办法去抓住朱元璋的。但你没有这样做，这说明仁兄是个明白人，能审时度势，伸张正义，这就是识时务者为俊杰！但也犯了大罪，上了贼船。”

汤显明说：“此话怎讲？请仁兄详解。”

刘基笑逐颜开地解释说：“仁兄是明白人，不言而喻，何用解释。反贼朱元璋明目张胆地来到处州，作为处州总管而不闻不问，更严重的是知而不报、知而不抓，任其出入，这不是对抗朝廷又是什么？”

汤显明若无其事地问：“仁兄未免危言耸听，怎么说我上了贼船呢？”

刘基进一步解释说：“见反贼不捉不拿，就等于与贼同流合污，你就是跳入黄河也洗不清通敌之大罪！”

汤显明笑容可掬地说："我不用跳进黄河，处州山好水好，就用南溪江之水洗得干干净净。今天把你抓起来，立即绑送行省，我不但无罪，反而立了大功！"

刘基说："我相信仁兄是德高望重的人，不是鼠目寸光的氓民、更不是见利忘义的小人。况且朱元璋是真命天子，俗话说'真命天子，雷打不死'，那天他来南田武阳村时，突然雷电轰鸣、大雨倾盆，可是朱元璋一行的头上却点雨未下，由此可见，高人自有福相的，何况是帝皇之人？"

说到这里，汤显时认可说："说来也奇，那天我派得力高手数十人跟踪，就在南田乡时，突然雷声霹雳，大雨滂沱，我们跟踪的人个个成了落汤鸡，而这个朱重八却点雨不沾，是确有此事？"

"千真万确。"刘基接着意渲染，"我知道朱重八要来，就在武阳村口草亭中迎接，见南田方向雷霆万钧、大雨倾盆，我以为这下这个姓朱的必成了落汤鸡了。谁知他们一行却点水未沾、安然自如，你说奇不奇、怪不怪！"

"据此说来，这个朱重八真有帝皇之福！真要统一大业、真要成气候了！"汤显明接着进一步问说，"他是来请你去做军师、当宰相的？"

刘基说："是的，他曾多次派人来请我，可是都被我一一拒绝了。目的是要看这位放牛娃、小和尚有没有帝王之相，听一听有没有统一河山之志！"

汤显明感兴趣地问："肯定不错吧！是有帝王之相、一统山河之志？"

刘基借此难得的机会，进一步渲染说："当然当然！一看便知他与常人不同，为他吾作词牌《永遇乐》，题为《一代帝君》写得怎么样？请兄指正。"说着递上这首词。

汤显明双手接过，见他有词牌写道：

永遇乐·一代帝君

千古江山，英雄辈出，当下重八。美丽神州、中华社稷，代代多豪杰。风雷霹雳，狼烟遍野，满眼刀枪泣血。七余年，胸中犹记，烽火将要平灭。　　可堪回首、中华统一，心尽精神如铁，一代明君。凭谁问的，民族希望决，尚能在揭。洪武天下，数百年根基彻。挽狂澜、金戈铁马，凌云伟烈。

汤总管看了这首词后说："而最近湖南、江西的九江一带兴起的陈友谅，如火如荼，大有鹤立鸡群、出类拔萃、力挫群雄之势，他难道不如朱重八乎？"

"当然当然，当然不及朱元璋。陈友谅他心急、志短，无帝王之胸怀，更无一统山河之谋略！看来总难成气候，只一时称王称霸罢了。"刘伯温明确地说。

汤显明说："看来元廷气数将尽，据仁兄看，未来却是朱重八的天下了？"

"当下元廷已经失去对南方的控制了，就说我们江浙行省，江苏张士诚，浙江方国珍，虽然难成气候，但也攻城掠地。"刘基进一步解释说，"更确切地说，淮西的朱元璋似出山猛虎，湖北、江西的小明王韩林儿气候正盛，最近又有陈友谅攻城掠地势如破竹。这三般势力以不可阻挡之势攻城掠地，加速着蒙元的灭亡！"

汤显明担心地说："看来时局风云激荡，据此说来，元朝气数已尽，目前华夏群雄四起、战火纷飞，就我们处州也不是真空地带，不知仁兄对时局有何高见？战火会不会烧到处州来？"

刘基说："这是迟早的事，韩林儿的红巾军已经占领江西上饶，紧逼衢州，据我估计，在三个月内定会夺取衢州；还有朱元璋的大批兵力，部署歙州，对浙江严州虎视眈眈，半年来，严州必将会落入朱元璋之手；下一步就是婺州和处州了。也许红巾军在夺取婺州的同时，一举攻打我们处州。"

汤总管说："我也有此担忧，不说元廷无能为力，就是现任行省参政知事的方国珍，他也是泥菩萨过河，自身难保，有何能耐顾及处州？凭我们自己有限的力量，怎能与朱重八、韩林儿他们抗衡？"

刘基说："请仁兄及早做好防避，以免临时抱佛脚，要使自己始终立于不败之地。这就是'识时务者为俊杰。'"

汤显明说："怎么个及早防避法？怎能使自己立于不败之地？"

刘基说："对对！就是要审时度势。趁达鲁花赤赴行省述职之际，可将处州路更名为处州府！自任处州府知府。"

"这样合适吗？万一行省挂罪下来，怎么办？"汤显明接着说，"不妥不妥！"

"有何不妥？赶走蒙元，天经地义。"刘基进一步解释说，"行省万户方国珍没有力量管到处州来，这个处州的达鲁花赤也回不转丽水了。你大可放心！"

"方国珍的哥哥方国璋现任衢州总管，手下有雄兵六千，万一打过来，我何以抵挡？"汤显明说。

刘基明确地说："别怕，方国璋不会再有能力、再有时间打到处州来的，很快就要把他赶回台州去，赶到东海去。"

汤显明说："是这样吗？听说方国珍已经占领苏州，所属的吴江、昆山、太仓、常熟、江阴和宜兴等县都被占领，再回马浙江，我们能立得住吗？"

刘基说："从现在起，方国珍从巅峰中滑下来了。因为他有两个致命弱点：一是目光短浅、胸无雄心大志，没有统一中国的宏愿，更无称王的胆略；二是投靠了元朝当局，元廷处在奄奄一息之中，这个方国珍哪来的前途可言？这就是犯了最大最致命的错误。"

"仁兄高见！"汤显明接着问说，"衢州的方国璋没有什么可怕的了？"

"是的，很快就要被赶出衢州，赶出浙西了。"刘伯温肯定地说。

却说方国璋自从被御旨任命衢州路总管后，皇命在身，当然赴任且尽心尽意。方国璋虽然初入仕途、虽无官场经验，可是尽职尽责地履职。好在代理过黄岩海门千户所千户。他在代任海门千户时，处理事务有条不紊，当时被誉为方"小包"，得到民众的好评。

而今是任衢州路总管，责任重大，但还能应付得过。当前最大的是元朝气数每况愈下，为蒙元效劳不是方国璋的意愿，他不是以此为荣，反而存有耻辱感。

当前最大的事是韩林儿的红巾军势力迅速扩大，他们从河北到湖北，从安徽到江西，目前与淮西的朱元璋连在一起，正逼近浙江，尤其是衢州。看来韩林儿重兵集结在江西上饶，上饶与衢州山水相连、道路相通的隔壁邻居。他们对衢州垂涎三尺，正对衢州虎视眈眈。

衢州历史悠久，文化底蕴深厚。考古资料表明，远在五六万年前，就有人类活动。衢州气候温和，雨量充沛，丛林密布，是一马嘶鹿鸣、猿啼虎啸、野牛成群、野猪结队、鸟语花香的风水宝地。

衢州府城，城墙坚固，它已有1800多年的建城史，历史上一直是闽、浙、赣、皖四省边际交通枢纽和物资集散地，素有"四省通衢、五路总头"之称。

衢州辖下的烂柯山、江郎山，是举世闻名风景名胜：衢州烂柯山又名石室山、石桥山，是浙江省重点名胜风景区，被誉为"围棋仙地"，位于衢州城郊13公里的石室村东。基本简介围棋源于中国，相传围棋之根则在烂柯山，早在二千多年前的春秋时期称空石山，以后相继改称石桥山、信安山、石室山。留有晋代"王质遇仙，观弈烂柯"的美丽传说。

还有江郎山，是名扬中外的重点风景名胜区，它由三爿石、十八曲、塔山、牛鼻峰、须女湖（青龙湖曾用名）和仙居寺等部分组成，钟灵毓秀、美不胜收。

人杰地灵，衢州山美水美人更美，百姓勤劳智慧。时任衢州路总管的方国璋原来带有五千兵，在衢州当地又招来千名新兵，是一支训练有素的队伍，准备应对韩林儿的挑战。尽管如此，但仍无胜算把握，为此方国璋忧心忡忡。

元至正十八年，也是徐寿辉的"天完"六年（改号为太平元年），是方国珍降张士诚的当年。更是韩林儿的"宋"龙凤四年。

正当时年秋八月，衢州秋高气爽、风和日丽、丹桂飘香的季节。时逢中秋节，方国璋正在衢州路与达鲁花赤商议防务事项，突然传来急报说"韩林儿的红巾军大举入侵衢州！"

此时朱元璋打着韩林儿的旗号，亲自率一万五千红巾军，分三路向衢州袭击。第一路由徐达率领五千精锐兵力，先攻常山县；中路由朱元璋、胡大海率五千兵主攻江山县；三路由蓝玉率五千兵攻开化县。

方国璋的六千兵力，重点都驻守在衢州府城，所属各县共千名，是在维护地方治安。面对两倍于我的敌军，方国璋并不气馁，凭借城墙坚固、将士训练有素、城民百姓拥护等有利因素，立即召集原天台"三竹"（当年天台洪畴教练卓天东、苍山教练祝天明、白鹤教练竺天豹，号称"天台三竹"）商议。

天台"三竹"原驻守在庆元（明州），因衢州军情紧急，眼看韩林儿的红巾军剑拔弩张，紧急调来祝天明、卓天东、竺天豹三将，同时各带一千兵前来助阵。"三竹"的三千将士刚在三天前到达。朱元璋他们全然不知。

衢州府城城墙坚固，方国璋亲自守西门，新到的"三竹"分别防守东、南、北三城门。弓箭手个个张弓待发，刀枪手人人枕戈待旦。

八月十八夜，夜深人静、月色清明，徐达率领红巾军的五千兵士，首先从西门发起进攻，他们刚进入城下，方国璋在城楼看得明白，一声令下，万箭齐发，千名弓箭手人均发十箭，箭如雨点，射击得徐达叫苦不迭，五千兵中中箭者达千人，还有数十人阵亡。

眼看难以继续战斗下去，徐达只得下令退兵。方国璋趁机会难得，趁热打铁、乘胜前进、趁机发起追击，他擂起战鼓、打开城门，三千精兵，齐声呐喊，如出山猛虎，势不可当，杀出二里多路。徐达的西路损失惨重，只得败退。

这一胜利，大大鼓舞了方国璋他们的斗志，同时也大大挫伤了朱元璋将士的士气。徐达的这一冒险攻城的失败，虽然损失重大，但并不损害其基本力量。为此朱元璋决定撤回到江山、常山、开化，进行必要的休整，进行适当的重新部署。

转眼间便是重阳节了，朱元璋确定再次进攻衢州路，攻打衢州的基本力量没有变，只有徐达部因伤病减员，他从上饶红巾军中补充千余人，仍保持一万五千人。最主要的是在策略上做了调整，改夜攻为晨攻，改分兵行动为统一行动。

衢州是历史古老的府城，重阳是重要节日，家家户户过重阳节，做重阳糕，人人沉浸在节日的氛围中。就在重阳节早上，一万五千余红巾军从南、西、北三门包围衢州城。突然间弓箭从城外射入，刹那间云梯架遍城墙，更有数以百计的武林高手，飞身越跃进入城池，一时间，似有风雨压城城欲摧之势。

可是方国璋是位虎将，他遇事冷静沉着，临危不惧。虽然人员处于劣势，尚有八千余将士守城，守比攻长，可以一顶三，化劣势为优势。八千人英勇善战，站立城头，同样弓箭齐发，红巾军上一个杀一个，从早上辰时到午时，足足战了三个时辰，还是攻不下来，看午时已过，红巾军伤的伤，死的死，没伤没死的，也一个个精疲力竭。没办法，只有宣告失败，只得再次撤退到江山、常山、开化。

此时的方国璋的民军也有重大伤亡，也是一个个筋疲力尽。所以眼睁睁地看着他们撤退，也不去追击。当然还有怕遭受伏击。

而方国璋两战两胜，并不以此而骄傲自满，而心情愈加沉重，知道朱元璋还会再来，并且越来越感到肩负责任沉重。最主要的是孤军奋战，浙西就只有他一支民军，方国珍的主力还在苏杭；此时的方国瑛、方国珉、李金松、关磊、董志强、关琼瑛他们还在湖州；方国珍、刘仁本、杜屏山、潘文忠、邱楠、邱桧等都在临安；还有吕氏四兄弟都在庆元；方国璋的两个儿子方明善、儿媳柳含春，次子方明敏他们刚回台温。

面对这一局面，方国璋感到压力沉重，一边构筑和加固工事，一边招兵买马。同时还写信送往杭州，将衢州情况报告方国珍和刘仁本，请求救兵。

朱元璋攻衢州再次失利，方知方国璋的厉害。一时感到束手无策，陷入困惑之中。正在这时，忽报刘基到来。

朱元璋得刘基后，如虎添翼。这一切，韩林儿全然不知，任由他调兵遣将。朱元璋根据刘基的策略，决定以处州为基地，先克衢州。

刘伯温的到来，给陷入困惑的朱元璋，带来了希望，他喜出望外地立即出外迎接。两人相见，欣喜若狂，又是拥抱、又是握手。朱元璋热情洋溢地说："非常盼望先生的到来！患难见真情，危急之时，想必先生就会到来，解朱某之困厄。"

刘基说："主公已到衢州，刘某我拜望来迟，请主公见谅！先向将军报个喜讯，处州的事已经办妥，汤总管愿为将军效劳，听从朱将军指挥！"

"我知道先生会带来好消息的，果然带来大好消息！未动一兵一卒，得了一个州府！"朱元璋举大拇指赞赏说："先生首立奇功，功勋卓著，可敬可贺！可歌可颂！"

"这赖将军之虎威、托将军之福气，才有如此顺利地收服处州。"刘基接着问道，"据说将军两次攻城失利，至今尚未拿下衢州，未知目下如何应对？"

"目下衢州正处在僵持状态，正在准备发起第三次进攻。"朱元璋思考自己的方案欠妥，于是改口说，"我们虽有预案，恐有不当。想必先生胸有成竹，还请先生先提良策。"

"攻城失利是常事，只因为方国璋不仅是位虎将，况且他是有勇有谋的常胜将军，曾经智取元军大元帅朵儿只班，几败元朝著名军事家泰不华，威惊朝野，名扬华夏。正因如此，所以朝廷派他为衢州总管，其目的是为了对付红巾军。"刘基接着说，"兵书云，'知己知彼，百战不殆'。失利的另一个原因，将军不知方国璋近日调来卓天东、祝天明、竺天豹三员将领和三千精兵。虽然我们有一万五千兵，而方兵也接近一万，他守我攻，这是失利的又一原因。"

朱元璋、徐达、蓝玉等听了刘基如此一说，知道犯了轻敌和情况不明等错误。从此找到了失败的原因所在。失败乃成功之母，下一仗怎么个打法？请看刘基的战略战术。

刘基的用兵独树一帜。兵贵神速，这次就用在"兵贵神速"上。刘基说："打衢州不能久拖不决，否则，明州的吕氏四杰就会来支援，如不近日夺取衢州，待吕氏四杰到来，就失却机遇。仙居'吕氏四杰'加上天台'教头三竹'，恐怕战局会发生重大转折，不但夺不下衢州，或许威胁上饶和苏皖赣，也许会影响全国的战局，务必引起高度重视！这是决胜一战，这场仗务必打好、务必迅速拿下衢州！"

徐达生性急躁，听此一说，急得坐立不安，朱元璋也坐不住了。蓝玉问道："何时开始攻城？"

刘基说："宜早不宜迟，今天是九月三十日，明天是十月初一，正是秋风扫落叶的季节，今年第一场秋季暴风就在明天刮起，就定明晚、即初二凌晨开始。"

徐达问道："请问先生，怎么个打法？"

蓝玉道："徐将军请勿着急，且看先生如何部署。"

第六十九回
朱元璋衢州欣胜利　方国璋再次失婺州

丢却衢州何处逃，婺城再失瑟萧萧。

国璋瞬变惊弓鸟，重八浙西成猛枭。

十月初一早上，衢州地区风和日丽、秋意盎然、平安无事。傍晚，卓天东发现西门外有敌军在活动，祝天明、竺天豹两人同时在南门、东门也发现类似动静。"天台三竹"立即报告主将方国璋，以防今夜偷袭。

以方国璋为首的民军，始终保持高度的警惕状态，立即进行战斗准备，仍按传统的方略，兵分四门、各自把守。

半夜前虽无月色，但星光灿烂。将近子时，渐渐北风加大，且越来越大。顿时乌云密布，似有山雨欲来风满楼之状。此时的方国璋和"三竹"，剑拔弩张、目不转睛地紧盯城外的一举一动、一草一木。

方国璋自己仍旧坚守西门，直到半夜，未见什么动静，西门守军略有懈怠。当半夜钟声过后，朱元璋的队伍在西、南两门发起佯攻。方国璋与"三竹"他们立即进入战斗状态。

就在半夜过后，驻守在北门的竺天豹，立在城楼，目不转睛地注视着北城外的敌情。由于北风呼呼，黑云滚滚，寒夜深深，当他发现城下出现黑压压的在移动，定睛一看，全是人，是敌人！敌人以排山倒海之势，风驰电掣般地袭击过来！竺天豹急忙命令放箭，可是来不及了，敌方的箭头如暴雨般地向城头射击，不一会儿，几百支火箭飞袭北城城楼，北城楼瞬时便成火海，朱元璋从火光中看见竺天豹还在顽强地指挥抵抗，就从兵士手中拿过弓箭，朝着竺天豹喊"中着"发出利箭。正好不偏不移地击中他的胸膛，这位刚正不阿的竺天豹将军，顷刻倒下了。

方国璋看见北城着火，且火光冲天，看见将士们一个个倒下。北城竺天豹将军被击伤，三千守军一时群龙无首，慌作一团。

此时此刻，朱元璋亲自指挥攻城，一万余人集中北城猛攻，势如排山倒海。他们采取接人梯、架云梯、打飞山等各种方法，飞越进城。

就说城门，朱元璋的百人兵士，扛来十根大木头，一齐向城门冲击，他们喊声"冲呀"，城门顷刻之间被冲开。朱元璋的部队如决堤的洪水，势不可当地冲进了衢州城。

方国璋并不因此而败兵如山倒，而是沉着应战，立即进入巷战。虽然力量有些悬殊，毕竟拥有八千余人，且是训练有素的军队，岂能一下就溃不成军呢？他们采取步步为营的战术，仍坚持顽强战斗。

先说卓天东率三千将士，从南城冲杀过来，就在前衢中巷，正好与徐达的兵马狭路相逢，二话不说，双方便进行激烈交锋。卓天东的三千兵士，将一里多长的小巷，阻截得水泄不通。徐达虽然拥有五千兵士，由于巷狭，同样无法前进，虽然多次发起进攻，但都无隙可乘、无能为力，搞得他进退维谷。双方只好僵持着，及到天明，各方虽然伤亡相当、胜负难测。

再说祝天明的二千余兵士，从东门冲杀过来，就在东门街十字巷口，与蓝玉的队伍相遇。双方一话未说便风风火火地打了起来，这里街面比较宽敞，兵对兵，将对将，一场激烈的战斗杀得死伤遍地、杀得鲜血染红街头。就说这祝天明与蓝玉的战斗，使人胆战心惊。

蓝玉使一把八尺方天铧戟，向民军直杀过来，民军兵士难以抵挡，伤亡数以十计。祝天明看到如此境况，就立即手拿八尺蛇矛，飞奔上去，一矛挡住蓝玉的方天画戟说："不得伤及兵士，有本事冲着我来！"

蓝玉说："难道怕你不成！有种的过来！"说着双方就噼噼啪啪地打了起来，但只见那：

黑烟匝地，炎焰飞天。忽律律起万道金蛇，热腾腾散千团火块。狂风相助，雕梁画栋片刻休。炎焰涨空，大厦高堂弹指完，这不是火，却是天明心头火，触脑丙种神，双方鏖激战，烈火自烧身。

蓝玉与祝天明针锋相对互不相让，双方各显神通，你进我退，我进你退，一个是画戟似风驰电掣、一个是蛇矛如狂风暴雨。一上一下，一刺一挡，你来我退，我冲你避。双方鏖战了九十余回合，仍然旗鼓相当、胜负难测。目下还在激烈的战斗中。

且说当时防守西城门的方国璋，发现北城城楼着火，在火光映照下，清楚看见北城被打开、红巾军蜂拥而入。他就率三千将士，向北城杀将过来。就在北大街，与朱元璋率领的红巾军碰个正着。

朱元璋与方国璋，"两璋"相遇！一个是青龙星，腾云驾雾；一个是白虎星，虎啸山谷。青龙白虎相遇，龙虎相斗，这正是：

青龙对白虎，龙虎竞争雄，朴刀起如虎踞龙盘，宝剑出似龙须回旋。

　　喘息息、忽喇喇，天崩地塌、阵云中黑气绕玄；

　　恶狠狠、雄赳赳，雷吼风呼，杀气内凶光冲天。

　　龙虎竞争食，杀得那衢州城，天荒地老日生烟；

　　龙争与虎斗，吓得浙西百姓，胆战心惊魂胆寒。

　　龙虎相争斗，眼花纹缭乱，乱云纷纭天阴深渊；

　　龙虎齐争食，野兽皆奔狂，震得男女老小发燃。

　　方国璋与朱元璋俩战了八十回合，同样是难解难分、胜负难测。"两璋"年龄相仿、长相相似、武艺也旗鼓相当，可说是难得相遇。双方互不服输，各不气馁，越来越勇。

　　"两璋"仍在如火如荼地战斗，且越来越勇，当战斗到一百五十回合时，东门忽然喊声惊天动地，传来祝天东抵挡不住，被蓝玉打落马下，败阵负伤的不利消息。此时的方国璋眼看敌方人员越来越多，知道难以取胜，作出决定——撤退。方国璋虚晃一枪后，传令下去向南门撤退，与卓天东的队伍相结合。

　　卓天东是员虎将，他的武艺与徐达相当，可说是两虎相争，就是在前衢巷，从半夜到早上，再从早晨到中午，仍然在战斗、仍然僵持着。由于徐达有五千兵，卓天东只有三千，战了半夜半天，徐达的军队约推进半条巷，双方伤亡基本持平，看来徐达略胜一筹。

　　此时的卓天东已经是筋疲力尽、感觉难以取胜，眼看兵士伤亡惨重，看来只有弃城、只有撤退。退往何方？向何处退？正在思考时，猛然看见主将方国璋向他的方向撤退过来。两队合成一后，还有原来竺天豹的部分、祝天明的大部先后会合在一起，兵员不到五千兵。方国璋决定向南城撤退。

　　可说只有南城可退，只有南城还控制在卓天东的手里。方国璋与卓天东俩带近三千多兵马和一千八百名伤员，且战且退。渐渐地从南门退出，至下午酉时时光，终于退出了衢州城。此时红日已经西沉，夜幕即将降临，朱元璋他们也已经筋疲力尽，也不敢穷追。

　　方国璋、卓天东他们从衢州败退，退往何处？方国璋说："卓将军，我们应当退向何处？"卓天东说："当然是向东，我的名字是天东，就是天指我们向东，就是暂时退到婺州。"

　　方国璋表示同意说："除金华外，别无他路，可以说，只有婺州一条路可退。好，由你为前路先锋，我断后。"

　　衢州在西，婺州在东。婺州与台州、温州、明州隔壁，明台温是方国珍的根据地，退到婺州是明智的选择。况且婺州是交通要道，是浙西重地，并有驻军千员之多。

衢州至婺州较近，只有百余里路程，衢州路总管方国璋，代统制卓天东，率六千余兵马，于次日早上便已到达。婺州路达鲁花赤贴金铁木、总管金华玉、统制白景驹等出城迎接。

经过连续激战，方国璋带领的六千余名的残兵败将，他们已经是人人精疲力竭，一个个饥肠辘辘、疲惫不堪。其中还有一二千号伤病员，给婺州带来了恐慌和不安。

婺州是以婺江而得名，婺江终点在兰溪市区。婺江起源是盘安山区到东阳后叫南江与东阳另一条发源于盘安的北江在东阳市区汇合后叫东阳江，东阳江到了义乌市区后叫义乌江。到了金华市区与武义江汇合后叫婺江。

却说朱元璋夺取衢州后，并不就此罢休，而是趁热打铁、趁此难得的机会，夺取浙西。当前就是要攻克婺州，把方国璋赶出浙西，赶回台州去。为此，朱元璋问计于刘伯温说："现在方国璋的残兵败将已经退到婺州去了，接下我们要攻下婺州，这场仗应如何打？"

"婺州是浙西重镇，可说是战略要地。将军趁此机会，一举夺取婺城是英明决策。"刘基接着说，"至于怎么打？请将军先说个大概，让我听听。"

朱元璋说："我们应当乘胜前进，趁方国璋元气大伤、立足未稳。发万兵攻打婺城，打得方国璋措手不及。"

刘基说："好好！说这样定了，至于具体作战部署，想必将军胸有成竹！一定是胜券在握。"

朱元璋的部队，经过五天的休整后，于十月初十日，发起进攻婺城的行动。

却说方国璋、卓天东到达婺城后，经过三天的休整，元气大有恢复，就与婺州路达鲁花赤、总管和统制商议如何抵挡朱元璋的红巾军。他们分析了当前形势，一致认为以朱元璋为首的红巾军，他们人多、势强、将勇；更有刘伯温作为军师，他熟读兵书、深知兵法、足智多谋，与之抗衡困难很大。

面对这一严峻的局面，如何保护婺州城是当务之急，方国璋明确地指出说："面对敌强我弱的形势，如何抗击来犯之敌，本人认为：首先整顿好本军队伍，我们还有五千余可上阵作战兵员，加上婺州一千余人，二者联合六千兵员，这是个不少的力量，要充分利用、发挥地熟的有利条件，发挥我军敢打敢拼的勇敢精神，努力提高战斗力；其次贴出招兵告示，动员婺州百姓投入保护婺城的行动，积极扩充兵力；最后立即派人去台州、明州，请求援兵，我们的骨干力量在明州，以万分火急的速度，去明州讨救兵。"

婺州达鲁花赤贴金铁木和统制白景驹，他俩都是武夫出身，提出了多条可采纳的意见。正当派人去明州讨救兵、正当各项防御措施即将落实之际，探兵报来紧急情报："大批红巾军风驰电掣般地打过来了，已经离婺城只有二三十里路程了，不到一个时辰便到婺城了！"

这是意料之中的事，是躲不过的事。闻此消息，立即关好城门，命令全军进入临战状态。

且说朱元璋统领万名精锐兵马，马不停蹄地向婺城袭来，正好是十月十五日傍晚。他们不急于攻城，而是安营扎寨，把婺城团团围住。

婺城的贴金铁木、方国璋、白景驹、卓天东他们，立即进入临战状态，立即投入战斗准备，做到严阵以待。他们亲自检查和加强了各项防守措施的落实，做好万全准备，做到万无一失。

谁知朱元璋他们却围而不攻，方国璋他们一夜未能合眼，第二天早上在城头一看，敌方不但没有攻城，反而后退一里安营。这使贴金铁木、方国璋、白景驹等丈二和尚摸不着头，这是为什么？这是什么计？

朱元璋对婺城围而不攻，三天三夜。搞得方国璋他们精疲力竭，搞得他们不知所措，到底葫芦瓶里卖什么药？原来刘基设置的计谋。是有意佯攻婺城，目的是造成守军军心混乱和消耗精力，更重要的是趁势占领县城。

婺州是浙西重地、隋朝置婺州府以来，直至元代，它所辖有金华、兰溪、义乌、东阳、永康、武义等县。朱元璋采取先易后难、各个击破的战略，在这两天时间，分三个团队，各领兵二千，共六千兵，分别去攻打兰溪、东阳、义乌。

上述三县离婺城不远，就在十月十六日上午，由徐达率二千兵去占领兰溪县，蓝玉领二千兵去打义乌县，还有红巾军的将领林通率二千兵去夺取东阳县。留下的四千兵由朱元璋自己指挥，继续在围城。

上述的兰溪、东阳、义乌三县的防务力量极其有限，怎经得起突如其来的重兵袭击！可说是顷刻之间土崩瓦解！朱元璋比较顺利地夺取了半个婺州——三县。只有在东阳遇到了较强的抵抗。

朱元璋先夺东阳县的主要目的，是防止方国珍的浙东援兵。朱元璋、刘基知道方国璋已经是势单力薄，难以立足浙西，难以挽回败局。估计必去浙东——明州讨救兵。夺取东阳、义乌，就是阻截方国璋的浙东援兵。因此说夺取东阳县是战略决策、当务之急，所以派大将徐达前去。

却说东阳县达鲁花赤也是蒙人，与贴金铁木是同族同乡，现是上下级，这位贴金木儿算得上是位骑士，马上功夫十分了得。他手下有十八名骑士，马上功夫十分地不错。

徐达的二千兵马突然袭击东阳县，东阳县达鲁花赤与统制率仅有的一百六十兵士出来抵挡。面对强敌，这个贴金木儿，仍精神抖擞，率领十八骑士，骑着高头白马、提着八尺蛇矛，威风凛凛地立在西城门口，挡住侵犯之敌。

一人当关，百人无敌，徐达的兵士冲不进去，几经冲突，造成数十人伤亡。徐达也骑高头白马，以最快的速度驰骋过来，满以为采取这一杀手锏，能将东阳达鲁花赤斩于马下。谁知东阳县达鲁花赤眼明手快，稍一转身，使徐达扑杀落空。待徐达再提枪冲刺，反被抵挡得火花四溅。就这样，两人战了数十回合，还是冲不进城去。

幸好兵多势大，小小县城，百余人怎么抵挡得住二千人的大兵？红巾军从东、南、北三门蜂拥而入，很快占领东阳县城，紧接着一起向城西袭来，这个达鲁花赤已经成为瓮中之鳖了。

十月二十日，围困三天四夜的婺州城，市民百姓已经是民心动荡不安，街上店铺关门，行人稀少，空空荡荡。

辰时过后，朱元璋发起攻城行动，顷刻之间，万名红巾军把婺州城包围得水泄不通。此时此刻，贴金铁木、方国璋、白景驹、卓天东披挂上阵，分别守住西南北东四门。

先说西门守将贴金铁木正要下令放箭时，猛听见城下有一熟悉的声音喊道："城上立着的是婺州达鲁花赤吗？请勿放箭，我是东阳县达鲁花赤贴金木儿呀！"紧接着多人异口同声地喊道："请勿放箭！我们是兰溪……"

贴金铁木听了，不觉心中一惊！他探头一看，看见敌军大将军徐达押解着九人城下跪着，仔细看看他们是东阳、义乌、兰溪三县的达鲁花赤，还有三县的总管和统制。这到底是怎么一回事呢？

他又听见贴金木儿在城外道："我们东阳、义乌、兰溪三县已经归顺朱元璋大将军了，为了婺城百姓免遭生灵涂炭，还请达鲁花赤归顺朱大将军了！"

贴金铁木眼看自己的部下都已经投降了，想想元朝大势已去，看看目下敌强我弱，决难取胜。思想产生动摇、精神开始崩溃。

南城由方国璋把守，真是冤家路窄，又是"两璋"相遇，正好朱元璋亲自主攻南城。方国璋下令放箭，紧接着箭如飞蝗，一齐向朱元璋的队伍射击。因为是白天，人人手提挡箭牌，大多被挡住。而朱元璋的红巾军同时发起向城头放箭，一支支箭矢射向城楼。战了一个多时辰，双方都有些伤亡，可是仍然僵持着。

东城守将卓天东的情况与南城方国璋基本相同，只是互相在放箭，相互都有些伤亡，也同样在僵持状态。

问题出在北城，北城守将是白景驹，攻城主将是蓝玉。大家都知道，蓝玉勇猛过人，他仍采取攻打衢州的办法，趁着冬季多北风的时节，发出千余支火箭，火箭支支射向城楼，瞬间城楼起火，蓝玉趁此机会，一边向城楼放箭，一边发起攻城，同样用大木头撞开城门。此时数以千计的兵勇、风驰电掣般地闯进城来，势如洪水猛兽，难以阻挡！

守在西城的婺州路达鲁花赤始终未发一箭，及至北城攻入，眼巴巴地望着敌方将城门打开。

方国璋、卓天东俩看形势不妙，知道三十六计，走为上计，眼前只有逃出婺城。退向兵何处？当然是向东，退向台州！于是两队合成一路，向东城突路逃奔。

当天下午申时，方国璋、卓天东俩率领五千兵士，冲出重围，向台州方向撤退。

当方国璋败退婺城后，当天朱元璋作出三条重要决定，颁布三项政令：

一是：改婺州为越州、改婺州路为越州府，包括处州、衢州，一律实行府治。调原处州路总管汤显明为越州知府。

二是：原婺州路达鲁花赤及所属各县的达鲁花赤，一律免职。一律从宽处置，务必在半月内离开婺州，遣回原籍。

三是：原在婺州的武职人员，交由越州府审理，凡有立功表现，且愿为我军效力的，一律编入我军；对不愿投诚我军的，一律予以遣散；对于犯有罪行者给予羁押。

以上三项政令颁布后，得到民众的赞赏。朱元璋处理好越州要事后，就立即进行追剿方国璋的行动。他仍派徐达、蓝玉、胡大海为先锋，各领二千兵，追到台州去，追杀方国璋残部。不知方国璋如何脱险？且听下回分解。

第七十回
胡大海仙居丧性命　朱元璋顺手取严州

峥嵘岁月一挥间，几度风云几度难。
衢婺两州皆失利，挽回一局战皤滩。

　　且说方国璋、卓天东带着数千余残兵败将，从婺州东门撤出，就一路向东、向台州方向退兵。队伍经过永康县，受到永康县达鲁花赤和总管们的接待，并安排了三千多人的晚餐。

　　此时的永康达鲁花赤、总管、统制都知道婺城已被红巾军占领，婺州路达鲁花赤、总管们都已经归顺朱元璋了。晚饭一餐是礼节性的接待，所以没有安排住宿。可是方国璋的部下一个个精疲力竭，有的倒地睡去，就不想走了。面对这一状况，永康县达鲁花赤下逐客令说："方将军，永康离婺城很近，只怕晚上红巾军前来偷袭，小小县城防御能力有限，还望将军退居方岩驻守。"

　　永康县的逐客令，是方国璋意料之中的，方国璋也觉得住宿永康县城很不安全，正想驻足到地势险要的方岩山去，永康县达鲁花赤的意见正中方国璋的下怀。于是当即表示说："谢谢招待，谢谢你们给我安排在方岩，方岩是个风景秀丽的地方。"说后就命令全军向方岩撤退。

　　方岩地理环境险要，丛山环抱，岩石峥嵘，是易守难攻的好地方。方国璋并不甘心于失败，妄图借此地方，等待浙东援兵的到来，进行战略反攻，夺回衢、婺失地。

　　而朱元璋想借此难得的机会，决定乘胜前进，一鼓作气打到台州去，夺取方国珍的老巢，使他无家可归。于是派徐达、蓝玉、胡大海率六千兵，追击方国璋残部。他们得知方国璋的民军还在浙西，仍在越州地界的永康方岩，就向方岩前进。

　　徐达、蓝玉的淮西兵，不熟悉山地战，面对崇山峻岭、悬崖峭壁、荆棘丛生的大山，就有几分胆怯。他们仗着人多气盛，还是采取硬碰硬的硬闯战术。命令部队从山下向方岩山包围，由于山道崎岖、荆棘丛生，悬崖绝壁！只有一条弯曲的石砌山岭。当他们到达半山腰时，方国璋、卓天东先是采用乱石、滚木向山下滚滚而抛，乱石、滚木如洪水猛兽，打得徐达、蓝玉措手不及，滚得他们人仰马翻，抛得他们喊爹叫娘。确实伤亡严重，没有办法，只好败退下来。

徐达、蓝玉怎肯认输呢，继续组织第二次进攻。第二次进攻的方法做了调整，改变原来硬拼硬的办法，采取软硬兼施的手段，即采用正面进攻与险境偷攀相给合的办法。以蓝玉为主的队伍仍为正面强攻，而徐达的队伍分散偷偷从丛林、从悬崖、从险道攀登。

方国璋的队伍凭借居高临下、悬崖峭壁等有利环境，仍采用滚石、滚木对敌外，还用磊筑路障、挖掘沟壑、置设陷阱、埋藏地炮等手段。方国璋身在高处，站得高看得远，敌方的一举一动都在他的眼皮底下。当徐达、蓝玉、胡大海的兵士到达半山腰时，方国璋一声令下，乱石、滚木以排山倒海般地滚下山去。红巾军虽然做了些防备，仍束手无策、寸步难行。

徐达、蓝玉、大海并不甘心，待一阵滚木、乱石过后，继续发起进攻。这时埋伏在半山腰的民军将士从战壕、沟壑、崖壁深处跃起，一齐向红巾军袭击。徐达、蓝玉虽然英勇善战，由于山道险峻、环境恶劣，几经攀登和突击，还是冲不上去，眼看伤亡惨重，终于被迫再次撤退下来。

徐达、蓝玉，连续两次攻打方岩的失利，且造成了不少伤亡。朱元璋岂能就此罢休，反而进一步激发起他要攻占台州的决心。他调动在浙西全部力量，再由胡大海从江西红巾军驻上饶借调五千兵，组织起一万五千兵的强大力量，决心把方国璋赶出越州，一气打到台州，把方国珍赶到东海角去。

经过几天的紧张部署，于十一月初三，发起包围方岩行动，准备把方国璋困厄在方岩。可是方国璋已经侦探到朱元璋的上述行动，就在十一月初二开始撤出方岩，把兵力部署在苍岭古道。

十一月初三早上，朱元璋率大军围困永康方岩后，发现方国璋已经撤退了。朱元璋的先锋徐达说："败退更好，追到台州去，把方国珍、方国璋赶到东海去喂长脚虾！"随命令全军向苍岭古道前进。

苍岭古道是仙居的西大门、也是台州的西大门，它地势虽然险要，可是景色却很美。南田村附近的山上遍植枫树，每逢深秋，漫山遍野的枫林，时逢初冬，初经寒霜，一眼望去，只见层林尽染，枫红与翠绿的松柏相映，景色十分秀丽。

仙居——缙云间的苍岭古道，蜿蜒于缙云与仙居交界的苍岭上，是古时连接台州与金华的台婺官（盐）道的一部分，也是至今路况保存最完整的一部分。它连接着缙云壶镇、仙居横溪两大重镇，全程近百里。古道两侧大山夹峙，山岭峻险，被誉为"浙西南第一岭"。自此作为古道起点的苍岭坑村繁华热闹的历史便戛然而止，苍岭古道曾经有过辉煌。仙缙苍岭古道曾经是浙江省十大户外徒步线路之一，尤其是横溪镇苍岭坑村到缙云南田村那段近二十里程的古道，最有原始风貌和人文气息、

苍岭山高水险，路窄峻峭。方国璋利用这一天然环境，就在苍岭埋伏，以阻朱元璋的兵马进入台州。

以徐达为先锋的红巾军，路经缙云县壶镇，沿苍岭古道前进。一路畅通无阻，将到缙云——仙居分界线上，即苍岭头，方国璋亲自指挥，下令："放箭！"紧接着，一支支箭矢一齐射向"红巾军"。与此同时，还有卓天东率千名兵士冲杀过来，势不可当。

先锋徐达一时束手无策，只得败退下来。毕竟兵多将广，后队的蓝玉将军匆匆赶上，阻截了卓天东的冲杀，就在这窄长的古道上进行了交战。双方约战了半个时辰，卓天东看对方十分顽强，只得撤退到原点——苍岭头。

方国璋把苍岭作为台州府门，严阵以待，再向徐达他们放箭，使"红巾军"难以前进，只得止步在苍岭西侧。

苍山虽然险峻，但是也大山宽广。朱元璋亲自察看了地理环境，提出了"逢山开路、遇水搭桥"的方案，作出了"拼弃苍岭古道，开辟盘安新路"。只留少数人仍在古道佯攻，将大部队绕道而行，更多的是攀山越岭。

方国璋看看发现对方没有进攻的迹象，莫非他们"明修栈道，暗渡陈仓"？莫非是"另辟蹊径，绕道而行"？

事实果真如此，当他站立最高处观察，果然不出所料，发现红巾军大批越过山界，已经进入仙居地带，进入台州地区了。方国璋急忙快速撤退到仙居的横溪乡，准备在横溪一带进行阻截。

仙居仙居，人们普遍说"是神仙居住的地方"，就在红巾军进入仙居境内后，他们就觉得进入梦幻世界、进入迷宫，仿佛陷入迷魂阵、陷入千军万马的包围、陷入迷迷惘惘之中。

说也奇怪，忽见白塔景星岩山上，祥云缭绕、彩霞飞舞、金光万道、白鹤翱翔、金猴攀崖，使人目不暇接、眼花缭乱。此时此刻，又见一位道人仙风道骨，手拿法器，从悬崖峭壁中走出。不难看出，是公孙也先生。随后还有一位似道非道、似神非神，一身学者打扮的人。仔细瞧瞧，似柯九思先生，怎么柯老先生也跟着公孙也先生，学起道来了？

此时此刻，吕家进、吕家通、吕家达和柳贤明率万名将士来到仙居白

塔镇，正向横溪进发，这是一支训练有素的支援部队，是来与方国璋并肩战斗的坚强力量。

却说方国璋曾几次向浙东明州府讨救兵，为何迟迟不见救兵？当时吕氏四兄弟不在宁波，而是在绍兴。当时只有柳贤明在明州，他不能调动兵马，只得去绍兴请示。

自从七战七捷苏州后，方国珍认为天下从此太平，便带刘仁本、吕家远等去绍兴旅游览胜，参观越王陵园王羲之的碑文，与此同时，拜望文人雅士……

正在这时，柳贤明急匆匆赶来，向方国珍、向刘仁本、吕家远、吕家达他们报告了方国璋讨救兵事。当时方国珍十分重视，就作出了由吕氏兄弟带重兵去救援。吕家远、吕家达与柳贤明一起回到了明州后，可是兵力一部分还在杭州，需要再等三五天。由吕家通、吕家进带在甬的兵力，一起赴婺州。吕家达、吕家通二兄弟，再率九千兵来救援。这样一拖就耽搁了援救婺州的大好时间。

他们本来从奉化—新昌—嵊县这条路过来的，到达新昌县后，据情报说东阳县已经被朱元璋占领了，方国璋已经向台州方向转移了。吕氏兄弟又从新昌转向台州、转向仙居而来。仙居是他们的家乡，现在敌人已经到达了横溪乡，横溪又是他们在习武的地方。

吕家进、吕家达、吕家通刚到达白塔镇，受到了方国璋、卓天东的热烈欢迎，举行简单的欢迎议式后，先由方国璋简述敌情，紧接着就商议御敌之策。就在这时，报说敌人正向白塔方向袭来，已经到达皤滩镇了。吕家进说："方将军辛苦了，暂且歇息。仙居是我们的家乡，皤滩是我老家，我对这里的地理环境了如指掌，况且保卫仙居、保卫家乡责无旁贷，由我三兄弟和柳将军负责，定把红巾军赶出仙居、赶出台州！"

不等吕家进说完，柳贤明率领二千兵马直向皤滩镇方向冲杀过去。红巾军的胡大海，是韩林儿的爱将，特地派他来帮助朱元璋攻打台州的。这位胡将军新来晚到，自报奋勇作先锋、打头阵。他们沿缙——仙古道，直下皤滩。

胡大海刚进皤滩西门，迎面遇着快马赶来的柳贤明，柳贤明披挂上阵，手拿八尺长矛高声喝道："你是何方神圣？胆敢冒天下之大不韪，侵犯台州，快快报上名来！"

胡大海道："本人是明王韩林儿红巾军的上将胡大海，今奉明王和朱元璋之命，特来收降你们的。见到本将军还不快快举手投降、束手就擒！"

柳贤明挥舞手中的长矛喝道："什么胡大海、胡小海的，谁识你这个无名鼠辈。看你有何能耐，快快放下武器、束手就擒吧!"

说着，双方便摆开架势，就此便兵对兵、将对将，就风风火火地打了起来。这个胡大海确有两下子，使一把八尺蛇矛，与柳贤明约打了半个时辰，虽然双方各有伤亡，可是双方旗鼓相当、平分秋色，不分胜负。接着各方援兵到来，台州兵由吕家进、吕家达、吕家通三兄弟，率八千兵马，加上原来的二千兵，真是万马奔腾之势，快马加鞭地赶来。

而红巾军也有万人，沿贩盐古道也向嶓滩袭来。他们仍以徐达、蓝玉为主力部队，浩浩荡荡地向嶓滩杀来。小小嶓滩，北靠大苍山、南临永安溪，地处半峡谷地带。怎能是容纳二万人决战的大战场?

嶓滩是连通东南沿海和浙西内陆的水陆交汇地。旧时这里是永安溪沿岸颇为风光的。是永安溪独一无二的五溪（朱姆溪、万竹溪、九都坑溪、黄榆坑溪）汇合点。

嶓滩是吕家进、吕家通、吕家达、柳贤明的老家，他们在此长大，熟悉这里的山山水水，更知大路小道和墙角转弯。吕氏三兄弟仗着这个独一无二的优越条件，充分利用地理环境、充分发挥自己的长处，采用山地战、街巷战、溪水战相给合的战略战术。

先说山地战，吕家通带三千兵，披荆斩棘、绕山间小道，占领古道以北的丛山高处，居高临下，占据为极有的位置。

永安溪涓涓流水，清澈见底，在元代，还是木船如穿梭，竹排似飞叶。由吕家通率三千兵，撑着竹排和小舟，从嶓滩向上游悠然自得地游弋。

而总指挥吕家进的二千兵与柳贤明的二千兵合在一起，坚守在嶓滩古镇。吕家进看山上、水中这两路兵马部署定当后，发出反击的讯号。

一声令下，民军吹起了号角，随着号角声，接着呐喊声四起、喊声惊天动地，且此起彼伏、震荡山谷。

首先是吕家通的三千兵，蓄势待发居高临下，当听到冲锋号响起，一齐冲杀过来，三千兵分散在山间，漫山遍野地向胡大海袭击。胡大海的队伍欲罢不能，陷入慌乱之中。虽然做了抵抗，可是吕家通善于营造声势，造成势不可当的局面。胡大海的部下，被强大的气势吓到、一个个被迫跳入永安溪，妄图越过永安溪，向着开阔的白塔镇退却。

当他们跳入永安溪后，吕家达的部队早已在等候了，数以百计跳入水中的红巾军兵士，一个个成了瓮中之鳖，全为民军所擒。

胡大海眼看自己已经是到了进退维谷、欲罢不能的境地，只有向前冲，冲进嶓滩街巷去，与柳贤明拼个死活。

柳贤明知道皤滩街巷有重兵把守、有吕家进将军指挥，着意放他们进入皤滩街市，使其有进无回。于是假意虚晃一枪，诈败下来，把他们引入巷战之中。

这个红巾军将领确实十分勇敢，且功夫也十分了得。一进入街巷后，更是耀武扬威、横冲直撞。由于街道窄小，鹅卵石街面上散落乱七八糟东西，当他的红鬃大马跃进时，突然店铺里甩出不少的木头等硬物，挡住胡大海的这匹红鬃烈马。果然这匹红鬃烈马绊倒在鹅卵石街面上，这位红巾军先锋也落了马下。他勒紧马绳欲再上时，却被飞来的三箭，分别正中额角、项背、胸脯，胡大海将军再次倒下，永远地倒下了，再也爬不起来了。

（据有关资料，胡大海、方国璋都死在苗军之手，其实，当时的苗军军力有限，其实方国璋、胡大海都死在仙居。）

徐达、蓝玉二位将军站在高处，看得明白，不仅看见仙居景色秀逸，同时看到百姓勤劳智慧，更看到方国珍的民军将士英勇善战、阵容整齐，且兵多粮足。同时还隐隐约约看见：

> 景星岩上雁南翔，白塔空天彩凤扬。
> 田市洋头翻麦浪，柯思呑里菊芬芳。
> 晨钟暮鼓尘烟净，法雨昙云教泽长。
> 佛国菩提登彼岸，神仙居处透清香。

不难看出，仙居是神仙居住的地方，台州是佛国菩提彼岸。徐达、蓝玉意识到台州不是用兵之地，台州不可取，就命令退兵。

这次台州一战，红巾军遭受较大的损失，胡大海的五千兵马，几乎全军覆没。上述胡大海和他的五千兵，是正宗的红巾军、是刚从江西上饶借调来的。而朱元璋自己的淮西军，基本完好无损。徐达、蓝玉的万名兵士，基本上未参加作战，便撤回来了。

朱元璋攻台州不成，回到越州后，就暂留五千兵士于浙西，交越州知府指挥。他与刘基、徐达、蓝玉等回应天府。此时的绍兴、严州、临安、湖州仍在方国珍的管辖下。朱元璋取台州不成，就利用易取之地——严州。决定取道严州，就是要随手牵羊，把严州收于囊中。

严州虽然离临安不远，却离皖南更近，加至方国珍无空顾及严州的安全防范。朱元璋、刘伯温到达严州地界，如入无人之境，一路畅通无阻，很快便到了严州府城。

本书引言中说过，严州原是称陆州，北宋时期，任江浙淮南宣抚使的童贯，剿灭了方腊后，将陆州改为严州，至今二百余年了。

　　朱元璋进得严州城后，原严州路达鲁花赤，总管他们乱了方寸，感到束手无策。这个总管是淮南人，知道朱元璋势如破竹地占领浙西的处、衢、婺三州，已经预见到严州必然是朱元璋的囊中之物。羊倒吃羊头，牛倒吃牛头，这个姓朱的总管主动地迎接朱重八入城，同时将达鲁花赤暂时羁押在官邸。

　　朱元璋当即就宣布三条重要决定：其一是实行府治，改严州路为严州府；其其二是任命原严州路总管朱江准为严州府府台；三是原严州路总制严自改任为严州府府尹，继续带兵，并给予兵员一千二百人，连同原三百兵，共计一千五百，可抵挡方国珍从临安攻打严州。

　　却说在仙居，以吕家进、吕家通、吕家达和柳贤明为首的吕家军，击退了朱元璋的进攻，打败了红巾军，打死了胡大海，保卫了台州的安全。从而打破了朱元璋妄图占领台州的计划，保卫了台州的安宁、保卫了仙居百姓的安居乐业，受到台州百姓，尤其是仙居百姓的赞赏。

　　就在这时，忽然从白塔传来噩耗——卓天东将军谢逝了！卓天东确是一位文武双全的将才，他从教头到将军，身经百战，次次胜利，可说是浙东硬汉、常胜将军。况且年富力强，为何突然谢世？

　　因为是常胜将军，从未吃过败仗，这次天台"三竹"同赴浙西，与方国璋并肩战斗，就在保卫衢州的战斗中，出生入死的战友——祝天明、竺天豹两人，战死在衢州，更使他耿耿于怀、心灰意冷的是"先后失却衢、婺二州"，为此而心有愧疚，存在着"愧对江东父老、愧对浙东乡亲"的思虑。

　　同时，卓天东将军因连续战争的辛苦和劳累，积劳成疾，渐渐体力不支。一到达白塔田市乡，一躺下床上后，便一睡不醒，于十一月二十一日凌晨与世长辞。

　　噩耗如晴天霹雳！尤其是方国璋将军，这次他与"三竹"从浙东赶到浙西，来与他并肩战斗，三位将军先后谢世，特别是卓天东在衢州战斗中，表现十分勇敢，全靠他固守南门，全靠他带领逃出衢城。

　　吕氏三兄弟闻说卓天东谢世，悲痛非常，他们曾记得在天台的战斗中，全赖天台"三竹"的大力支持，才能化险为夷。

　　方国璋、吕氏三兄弟与柳贤明决定，就在田市举行隆重的悼念行动，沉重追悼卓天东、祝天明、竺天豹将军。

　　灵堂庄严肃穆，民军将士、仙居百姓，数以万计地前往吊唁、祭奠。祭祀由吕家进、吕家通、吕家达、柳贤明主持，方国璋读祭文。

　　方国璋悲悲切切地读：

呜呼哀哉，天东兄弟，悲哉哀哉！天东兄……

读着哭着，哭着读着。其声音越来越沉弱，越来越无力，读着读着，便塌倒在地上，人们看情况不对，急忙去扶持，方国璋昏厥过去了！

经多方急救和众人的千呼万唤，终于唤醒了他。但也病倒了！不知何时、怎么康复？且听下回分解。

第七十一回
续序会兰亭题雅韵　接恶讯南塘急奔丧

绍兴会暨映烟霞，作序兰亭旭日华。
忽报南塘妻父病，国珍吊唁泪如麻。

"逆水行舟、不进则退"！自临安庆功大会后，方国珍领导的民军从巅峰中滑下，从鼎盛走向衰退。原来那样生气勃勃的局面渐渐就暗淡失色，那种团结奋斗、生动活泼的氛围荡然无存，欢呼雀跃的场面一去不复返了。

方国珍也意识到，自从拒绝"立国称王登基"的要求后，将士们的情绪立刻低落、军中士气不振。因而与官兵感情随着疏远多了。近来很少有人向他请示报告，也无人与他谈论打天下的事了。倒使方国珍感到冷冷清清，整天闲着无事，他趁着暂时的空闲，就练起书法、读起诗词、看起书来。

近半年来，书房铺满宣纸和书稿，他最喜的是王羲之的"兰亭序"，整天不停地临帖，由于认真临摹，确有几分相似，有人夸奖他达到"以假乱真"的效果。

他除了学习书法外，还十分爱好诗词。方国珍十分钦佩南宋爱国诗人陆游。

陆游（1125—1210），字务观，号放翁，汉族，越州山阴（今绍兴）人，南宋文学家、史学家、爱国诗人。国珍认为他与陆游有许多相似之处，陆游、国珍同是浙江人，他是抗金英雄，我是抗元将军；我武功出众，他文才横溢。论文才，他在我之上，感到自己在文才上的不足。当看到有人写的一首词牌《风入松·文化绍兴》，当即吟诵：

绍兴从古美名扬。文化底根长。史前大禹王陵院，甚壮观、闲逸清香。欣读那兰亭序，笑看勾践家乡。 "钗头"词韵写诗墙。唐婉叹凄凉。鉴湖山水清甜蜜，果然称、胜景芬芳。街市繁华兴旺，咸亨陈酒醇香。

方国珍读了这首无名氏的词后，就萌生想去绍兴参观的念头，于是决定去一趟绍兴。为了丰富自己的文化知识和涵养，在去绍兴前，特意请刘仁本、邱楠、吕家远仨，谈谈绍兴的有关文化历史知识，尤其是兰亭序、大禹陵、越王墓、陆游与钗头凤等美丽故事。带着愉快的心情、与刘仁本、邱楠、吕家远和三十来个随从，就从杭州来到绍兴。

方国珍一行首先游览兰亭。据历史记载，公元353年，即东晋永和九年三月三日，王羲之与友人谢安、孙绰等名流及亲朋共42人聚会于兰亭，行修禊之礼、饮酒赋诗。后来王羲之会集各人的诗文编成集子，并写了一篇序，这就是著名的《兰亭集序》。

方国珍被"兰亭"感动，提议"聚当今天下之名士，在绍兴山阴举行兰亭之会"。此提议当即得到刘仁本的赞同说："当年王右军聚山阴之会，大帅今效右军之为，招天下名士举行诗词大会，既得贤人又扬名，绝对是好事一桩，美哉、善哉！"

刘仁本时任江浙行省郎中，经他的积极的筹办，各项准备就绪，于至正二十年（1360）举行"续兰雅会"。与会者有：江浙行省郎中刘仁本、枢密院都事谢理、乡贡进士赵叔相、御史林彬、天台山高僧白云、肖山主簿朱右、帅府都事王霖、余姚学正车权、缙云教谕杨燧、防御元帅方永、参赞军机方行、永嘉典史文人焕、丹阳总管刘文彬、万户陈国安、镇江巡抚沈德初等四十二人。与当年"山阴之会"人数一样，与王右军的兰亭诗会相同，同样四十二人。诗韵相同，步晋人原韵。要求五言、七言诗各一首。众名士亭上临水宴饮，陶醉于景色，仿佛当年兰亭会再现。

众名士在兰亭作诗、品茶、宴饮。伴随着湖光山色、春光明媚、姹紫嫣红、紫燕双飞、白鹤翱翔。人人陶醉在诗情画意之中。

经过三天的思考，各人先后都作好了诗。大家要求先由行省郎中刘仁本吟咏。刘仁本吟道：

禊饮沐膏泽，草青鸿鸟暄。

灵图发幽秘，感此禹遗存。

衣继冠芳集，临流引对樽。

性情聊自适，理乱复奚言。

众人听后，人人喝彩叫好。大家只盼方国珍的诗；方国珍爽快地先吟五律诗：

相聚中秋月，千山草木深。

高朋欣满座，良友颂诗音。

溪水长流漱，闲云烦濯襟。

举觞齐畅咏，欢快会山阴。

方国珍吟咏这首五律后，谦虚地说："吾作一首歪诗，献丑了，请众位老师雅正为谢！"紧接着方国珍又作七律一首：

自古男儿志四方，常年不懈着戎装。

不思国帝思书海，却把诗文写画墙。

落笔千钧鸿雁志，提刀百战美名扬。

荡怀不尽人生趣，雅韵云云润墨芳。

方国珍的两首诗，得到了与会者的好评，普遍认为虽然称不上十分高雅，可是贴切、实在，很是不错。

接着，各位名士们，人人一一做了吟颂诗后，一致要求江浙行省郎中刘仁本作仿王右军的《续兰亭诗序》。

为了还原历史事实，本书作者只得原文抄袭如下：

东晋山阴兰亭之会，蔚然文物衣冠之盛。仪褒后世，使人景慕不忘也。当时在令者，琅琊王臣友谢安而下，凡四支持下二人。临流畅咏，从容文字之娱。而王右军墨迹，传誉无尽。余有是志久矣。簸适以至正庚子春，始治会稽之余姚州，与山阴邻壤。望故迹之丘墟，而重于慨叹。

于是相龙泉之左麓，州署之后山，簸是神禹秘图之处，作雩咏亭。惟时天气清淑，东风扇和，日景明丽，实三月吉也。合瓯越来会之士，或以官而居，或以兵而戍，与夫避地而侨，暨游四方者。若枢密都事谢理，元帅方永、邹阳朱右、天台僧白云以下，得四越来越二人，同修禊事焉。著单夹之衣，浮羽觞于曲水。或饮或酢，或咏或歌。令人请记，诗附州左。

江浙行省郎中刘仁本序并书。

朱右读罢刘仁本的诗序后，觉得几处遗漏，即写《补续兰亭诗序》：

至正二十年春，江浙行省郎中刘得元（刘仁本）督戍余姚州。暇日，常以文字，从容尊俎。慨流光之易迈，思往理之不可复。乃三月初吉，会文士四十二人，于秘图湖上，衣冠毕集，羽觞流波，肴核维旅，谈笑有容。追王谢之风流，想浴沂之咏叹，充然若有得也。遂取前人诗，考其四言者十有二，阙五言者三，全长不就者十有六，偕坐客次第补之。

秘图在州治北百步，旧志为禹藏图经之地。岩石坡陀，其上多嘉木美竹，不注成坻，泉水自石出，盘旋回折。因芟辟修治，秋为曲渠，覆以轩亭，而景益称。是举也，发神禹之秘踪，续兰亭之盛集，补昔人之遗典，上下二三千年，使故迹不泯而复显，诚可纪也。

正在这时，民军将军李金有，骑着快马从台州匆匆赶来，报说董卿"病在危急、危在旦夕！"董桂芳夫人请大将军速去南塘湾拜望。

众所周知，董员外名董卿，是方国珍、方国瑛、李金海、李金松将军的岳父。他是举人出身，为人正直，德高望重，盛名于台州。

惊闻德高望重的董员外一病，牵动着民军将士的心。岳父大人病情危急，方国珍焦急万分，他当即决定留刘仁本继续兰亭聚会，其他所在绍兴的随从一起同回台州共往南塘湾。

临行时，忽见柳贤明带三五个兵士，也是骑着快马，急匆匆地从明州跑来，同样跑得满头大汗、跑得上气不接下气！不言而喻，是有紧急军情！柳贤明见到大将军，急忙下马报说："衢州路军情紧急！衢州城已经被朱元璋的万余兵马、围困得水泄不通，衢州处在危急之中！方国璋将军请求火速派兵援救！"

方国珍当即决定："从庆元路调万名将士，由吕家达、吕家通两位将军带领，命你——柳贤明为先锋，火速前往衢州救援，不得有误！"

本来同去南塘湾的吕家远，因战争需要，就决定立即返回到明州，部署有关救援事项。兰亭盛会只留下刘仁本一人。

却说方国珍快马加鞭、马不停蹄地来到南塘湾，拜见了岳父大人，见董员外处在奄奄一息之中。董桂芳、董桂香姐妹俩，泪如雨下地跪在父亲床前，声嘶力竭地呼唤着父亲，喊得撕声裂肺。

董员外之病因风寒而起，开始发冷发热，当即请医师诊治，诊断为风邪侵入所致，需要服药，童妈谨慎照料，连服五贴汤药，病情不但未见好转，反而日沉一日。就在三天前，突然昏厥过去，至今已经三天了，三天来不吃不喝，不言不语，一直处在昏迷之中。

方国珍刚达董府只一刻钟时间，紧接着董志强、方国瑛、李金松三人也从临安赶来。董志强、方国珍、方国瑛、李金松的到来，给桂芳、桂香带来了希望。说也奇怪，已经昏迷了三天三夜的董员外，渐渐地睁开了眼睛，他有气无力地看了看儿子、女儿、女婿后说："我口渴，给我点茶水。"

董桂芳、董桂香见父亲苏醒过来，并会讨茶水喝，一时欣喜、兴奋，随手递上早已准备好的早米粥汤。

桂芳端着一小碗薄粥汤，一调羹一调羹地轻轻地喂饮，董员外慢悠悠地饮喝，一小碗的米汤，不到半个时辰，便饮喝完了。董桂香也调了一小碗说："父亲三天三夜没吃没喝，饿坏了肚子，再喝点米粥汤。"说着又一小调羹一小调羹地喂饮。当再喝半小碗后，他轻轻地推开桂香的手，表示暂且歇息。

董员外喝了一碗半薄粥汤后，精神好多了，说要坐起。国珍急忙将岳父慢慢扶起，坐在床榻上。此时，董卿暗示方国珍将其床头的包裹拿出。方国珍从其床头拿出一个沉甸甸的包裹，董卿示意董志强与方国珍一起打开。

包裹裹着一个铁盒子，盒子用铜锁锁定，员外递过锁匙，叫方国珍将铁盒子打开。盒子很快打开，展现在子女面前的非是金银珠宝，却是印章文书：

先说印章，内有大小黄金方印四枚，分别是篆刻着"大永乐国""吏部天官""刑部侍郎"，两枚小的是"公主""驸马"。不言而喻，董府原是驸马府。当年的董驸马身兼"吏部尚书"和"刑部侍郎"两职，由此可见，董门非同一般。

再看多份文书，每件都用红缎包着。桂芳、桂香各打开一件，见这两份皆是皇帝谕诏。就是封公主、驸马的诏书。方国珍再打开一份，展开一看是皇帝密诏！其中心内容就是："要董驸马辅佐皇后，保护小皇子长大成人，辅助皇子继承父业，完成恢复永乐国之大业！"

讲到这里，董员外对方国珍说："据种种迹象表明，你方国珍就是永乐王方腊的第十代传人！这两百多年来，指望有人能继承祖辈愿望。一直等到第十代，总算出了个你，就是把一切希望寄托在你的身上。谁知你最近在临安的一次会议上，将军们一致推举你为皇、辅助你登基。可是你却打起退堂鼓来。这样严重挫伤了将士们的心！你错过了难得的机会、失去了良机！想不到你这样的懦弱，这么的没出息！到手的江山，白白地送给别人、送给这个小放牛娃——朱重八了。可惜呀可惜！"

方国珍听了岳父的一席话，如梦初醒，后悔莫及，立马跪地说："岳父请原谅！小婿知罪，小婿知错。我已经回心转意了，立即回临安，重议立国登基大业！"

不等方国珍说完，董卿摇摇手说："晚了晚了，失去了好时机、耽误了好时辰，一切都晚了，晚、晚了、了……"说着说着，一个青瓷调羹"砰"的一声脱落，董卿便与世长辞了！

董员外的谢世，虽然让儿女悲痛万分，可是董员外也很有福气，不仅子孙满堂，更是等来了儿子董志强、女婿方国珍、方国瑛、李金松他们到来送终。

董员外的谢世，如晴天霹雳，董府立刻哭声惊天动地！

这里有词牌《乌夜啼·悼董卿员外》一首：

昨夜经风雨，栋梁折断号啕。烛残更漏频歊泪，痛切实难熬。

世事浮云流水，人生似梦操劳。仙翁一路应频好，天外有蓬蒿。

董桂芳、董桂香见到父亲谢世，痛哭号啕，悲痛欲绝。扑倒在父亲床头，千呼万唤。董娇蓉、董娇荷虽非亲生，却如同亲生，她俩视员外如亲生父亲，同样跟着姐姐哭倒在地上，媳妇汤芳芝同样跪地哭泣不止。

董夫人童妈，与董卿成婚已有十多年了，老夫老妻俩恩恩爱爱，卿卿我我，生活过得十分幸福。今天老爷子的谢世，董老夫人悲痛得晕厥过去。

一时间，董府哭声震耳欲聋，悲泣惊天动地。人人沉浸在悲泣之中，女人不顾一切地只在痛哭之中，男人们就要考虑董员外的后事。

老爷子生前已经安排好了自己的后事，已经做好寿域、寿枢，并做好了遗嘱，一切按遗嘱办，可说是有章可循、有条不紊。葬礼按传统礼节进行。

和尚写道：

董卿，生于元朝至元二十九年（1292）九月，卒于元朝至正二十二年（1362）秋九月十八，享年七十岁。

按照当地风俗习惯，按照大户人家气派，请来七七四十九个和尚，做了七天佛事。择定九月二十五日殡葬。葬礼之隆重难以一一细表，就是驻玉环、洞头的官兵多达万余，加上南塘湾的民众数千。最引人注目的是董员外的直系亲属，他们是：

儿子董志强、媳妇汤芳芝，率子董华光、董华明，女董华婵，顿首拜；

大女婿方国珍、女儿董桂芳，率子方礼、方完，女方迎春，顿首拜；

女婿方国瑛、女儿董桂香，率子方明祥，女方娴雅、方娴静，顿首拜；

女儿董娇蓉，率子李煜然、李煜道，顿首拜；

女婿李金松、女儿董娇荷，率子李煜厚，女李云燕、李云莺，顿首拜；

女儿童婵率子陈海东，女陈海清，顿首拜；

女婿陈叔达、女儿童娟率儿陈海滨，女陈丹凤、陈丹彤，顿首拜。

此外就是亲戚，也可称得上是外甥，他们是童妈的女儿、女婿，他们都来参加葬礼。

更值得一提的，从洞头来了六位白发苍苍的老人，这就是董员外的亲家、董志强的岳父母，原洞头千户汤显时和夫人，陪同而来的是方国璋的岳父母王日明和夫人章云香、方国珉的岳父母、也就是关琼瑛的父母关天啸和夫人。

此外还有王翠玉携子方明善、方明敏；关琼瑛携子方明谦、方明廉，女方清岚；吴娟秀携子关阳，女关月等。

九月二十五日，人人沉浸在悲痛中，最最悲痛的要算是童妈、桂芳、桂香和娇蓉、娇荷了，她们悲痛欲绝、号啕大哭，哭声惊天动地！幸好秋高气爽，这么多的人把南塘湾挤压得水泄不通。

翠玉、琼瑛、娟秀都好久没见到父母了，她们见到各自的父母同时、同船到来，心中暗暗高兴，她们就分别率子女去拜见各自的父母。

先说王翠玉，已有半年未曾看见的父母了，今天看见父亲苍老多了，已经拄着拐杖走路、喊他几声不应答，可见耳目不灵了。翠玉不由得激动得喊了声"爹、娘！"可是王日明却是老态龙钟、老眼昏花，还是没有听见。而母亲章云香却是耳聪目明，听到女儿的呼唤，她热情地招手说："玉姑，过来，父亲在这儿哟！"

王翠玉携儿子明善、明敏，媳妇柳含春，快步走到外祖父、外祖母身边，一齐向二老行鞠躬礼。就在此时，王日明由于一时过于激动的原因，不知怎么地一脚踩个空，跌倒在水沟里。方明善、方明敏喊了声"外公"急去扶，谁知老人家不堪一跌，就一时不省人事，晕厥过去了。

王老秀才一时晕厥过去，又牵动着在场人们的心。夫人章云香当即不知所措，吓得她目瞪口呆，只是"日明，日明！"地猛喊。在场的人，都乱了方寸，慌了手脚。还是玉姑清灵，她略懂医学知识，用手一搭父亲脉搏，知心跳停止，意识到是心肌梗塞，于是慌忙用嘴贴到父亲的口，进行口对口的呼吸，与此同时，并用双手挤压胸部两侧，经过有效抢救，父亲王日明终于苏醒过来了。

王日明虽然苏醒过来了，看他已经是手脚麻木，路也不能走，话也不能说，处在半昏迷、已瘫痪状态。此病非同小可，轻则中风瘫痪，重则危在旦夕、命悬一线！王秀才发大病了！

王日明本来回到乐清县城，做乐清县总管。由于久住洞头岛，习惯成自然、习惯了海岛生活，加上岛上还住着老千户汤显时，还有书画家关天啸的两对老朋友，所以一年有半载都住在洞头岛。王日明、汤显时、关天啸他们在洞头岛，生活过得很是开心，天天在说笑话、讲故事、下象棋。就在前天，听到董员外谢世的噩耗，三对老人就急忙从洞头赶来吊唁，不料王秀才又出了个如此不测！

王日明刚刚进入古稀之年，今年刚好七十，他生于至元二十就年（1292）与董员外同龄。可说是高龄老人了。王翠玉决定将父亲立即送温州救治。方明善就急忙派兵护送。

与此同时，南塘湾董员外的葬礼照常进行，此时此刻，哀乐重起，鞭炮复放，众人又进入悲痛的葬礼中。

就在这时，忽然见五匹高头大马，飞快而来！不知来者有何急事？且听下回分解。

第七十二回
方国璋病逝仙居县　老岳父魂归乐清城

暮色朦胧皓月遮，凄风苦雨别爹爷。
将军驾鹤西天去，子女悲哀泪眼赊。

众人正在心急如焚之时，忽然见五匹高头大马，飞快在向南塘湾董府而来。不知来者有何急事？但只见来者脸色阴沉、心情郁闷、行动仓促。来人见到方国珍，五人一齐拱手叩首道："大将军，方国璋将军身患重病，病情危急！我们奉吕家进、柳贤明将军之命，特来急请大将军和王夫人等速去仙居！"

方国珍惊问："病情很严重吗？到底怎么样？"

他们异口同声地说："已经三天粒米未进、点水未喝。病情十分沉重，务必请大将军和王夫人立即前去！"

方国璋将军，患疾于仙居白塔，近日病情突然恶化，目前处在危急之中。吕家远、吕家进、柳贤明等心急如焚，派遣部下特来向大将军方国珍及方国瑛、方国珉及其夫人、子女报告，并请大将军和国璋夫人、子女速去仙居。

"祸不单行、福无双至"，"屋倒遇着连夜雨，船破却遭对头风"，方国珍他们，刚刚送走董员外，突然病倒王老秀才，众人正在手忙脚乱地处理王日明病倒之时刻，又传来方国璋将军病情恶化的消息。翠玉闻讯，一时目瞪口呆、惊恐万状、惊慌失措、束手无策！眼前是父亲病重如山倒，耳闻夫君病恶似潮涌。她泪如雨下地喊说："天哪！怎么啦！"

翠玉是方家的大媳妇，她心地善良、聪明能干，家中的大小事务都由王翠玉说了算。今天遇到如此大事，桂芳、桂香、琼瑛决定：

由国珍、国瑛、国珉、玉姑、明善和柳含春、明敏等立即去仙居看望二哥，并和李金松、李金有、李金富他们一起去。这里由我们女人们担当着。

她们是董桂芳、董桂香、关琼瑛、董娇蓉、董娇荷、汤芳芝、吴娟秀、童婵、童娟。她们年青时的确美若天仙，有人称她们为九天仙女。如今虽然徐娘半老，仍然风韵不减当年，仍有几分楚楚动人之处。她们也很能干，处理家事有条不紊。

她们还一分为二：由桂香、琼瑛、童婵、童娟等五人，陪同章夫人送王老先生去温州治病；桂芳、娇蓉、娇荷、娟秀负责董员外尚在出殡的有关事项。

她们决定，对尚在送殡的队伍，仍照常按部就班地进行。孝子董志强、孝妇汤芳芝，和孝女董桂芳、娇蓉、娇荷依照父亲遗愿，继续哀乐声声、凄凄切切的葬礼。

最感痛不欲生的是董桂芳，她父亲视她如掌上明珠，自从她母亲去世后，父亲既是慈父又如慈母般地关爱着她，忆起父亲的关爱，她痛心疾首、泣不成声地作《摊破浣溪沙》一首：

菡菡秋霜玉树残。凄风苦雨白云间。慈父韶光不复返，胆心寒。

切望西方天外远。女儿悲痛断肠般。多少泪珠泉水涌，永无还。

董员外的葬礼，在悲痛中落下帷幕，亲戚们仍在堂前守孝，暂且不提。

却说董桂香等陪同章老夫人护送王老先生去温州治病，一路上马不停蹄，只有半天时间，即当天傍晚，便送进温州大生药房，经过名医把脉，诊断为因心肌梗塞造成中风。此病不轻！

在当时社会，人生七十古来稀。七十岁高龄的王老先生，患的是心肌梗塞症，按当时的医学条件，很难妙手回春，只能听天由命。只能用中药与针灸相结合的疗法，以延缓他的生命。

人们最关心的就是身患重病的方国璋将军。方国璋患的何样病？病情到底如何？从方国珍、国瑛、国珉到民军全体将士，人人忧心忡忡地关注着他的病情。

方国璋的病因说法纷纭，有人说被苗人暗箭射击所致。笔者认为，我们浙江苗族人数不多，况且与汉族长期友好相处，亲密无间，苗人杀害的可靠性不大。其实，方国璋是在衢州、婺州连续的战斗中积劳成疾所致，他连续三天三夜未能合眼，连续两天未能进食，造成身体极度虚弱，出现心、肝、肾、肺严重损伤、造成严重虚脱所致。

除了内脏的损伤外，更使方国璋病情恶化的原因是精神上的伤痛。方国璋是位德才兼备、智勇双全的虎将，可算得上常胜将军。二十多年来，从未打过败仗，今天连失衢、婺两州，同时失去了处州、严州，失去了浙西南的大片土地，更加悲痛的是接连失去与他并肩战斗的卓天东等级天台"三竹"。

从而心中总感到愧对浙江百姓、愧对台州父老！他怎能接受得了这个现实，故此终日愁眉不展、唉声叹气，一直是精神不振，长日垂头丧气。这样使病情日益加重。

方国璋自从败退到仙居后，虽经医师多方医治，尽管吃药针灸，仍未见好转，反而食欲减退、病情日沉一日。

方国璋的病情日益加重，这可急坏了众将士的心，尤其是吕家进、吕家达、吕家通、柳贤明，他们天天守望在他的床榻前、嘘寒问暖、关切备至。可是病情却每况愈下，在无可奈何的情况，决定派人去南塘湾，请大将军他们速来仙居。

方国珍、国瑛、国珉、玉姑和方明善、柳含春、方明敏他们到来，方国璋有气无力地从床上坐起，伸手首先握住玉姑的手说："你是我最尊敬的人，是难能可贵的贤妻良母，处处事事顾大局、识大体，尊夫爱子，与人为善，乐于助人。我国璋有幸娶你为妻，这是我的福分。实指望白头偕老、天长地久！有谁知……"

王翠玉泪如雨下地用手堵住他的口说："不要说了，谢谢你！我有幸嫁给你这样心胸开朗、胸怀宽宏、有志向、有抱负的好男儿，这是我王翠玉的福分。尊夫爱子是女人的本分。别的都不要说了，为妻别无他求，只求夫君身体恢复健康，长寿百岁！"

国璋接着伸手握住方国珍的手说："谢谢三位弟弟一起来看望我，二哥我心感十分愧疚和抱歉，愧疚没有保卫好衢州，致使同时接二连三地失却处、婺、衢、严四州，失去了浙西、失去了半个浙江！我如何面对台州父老？怎面对浙江百姓？但我是尽心尽力了的。可是我奋不顾身、竭尽全力、奋勇当先，全体官兵浴血奋战，还是失守了。"

听此一说，在场的人都泪水如雨下，方国珍泪珠滴滴地说："二哥不必为此而多加自责，责任在我，我没有及时派兵援助而造成的，是我没有估计到朱元璋会亲自、突然来袭击衢州的。"方国珍接着进一步劝慰说，"失去的就让他失去，或许本来不属于我们的；有的现在暂时失却，也许以后可夺回来。现在最最重要的是要保养好你自己的身体，有了健康的身体，以后可再将浙西统统夺回来！"

国璋摇了摇头说："难难！这次失败的原因就在这个刘伯温身上，当时我们曾二次击退朱重八的进攻，打得这个小和尚束手无策。可是后来来了个刘伯温，他采取多倍于我的兵力，调来一万五千精兵，借着黑夜和北风，发起火攻，很快衢州北城城楼着火，天豹将军英勇就义。这个刘基确实厉害，确实很难对付。败就败在刘基之手。"

方国珍说："刘伯温处处与我为敌，悔当初心慈手软，在杭州时，我没有干掉他。因此留下了隐患，后患无穷啊！至今后悔莫及。"

方国璋说："我看刘基是个人才，在杭州时，刘基与我关系不错，我曾想把他拉到我们这边来的，为我所用。我与他刚一熟悉，便奉旨到衢州去了，在衢州一任就三年了。呀！谁也没有想到，败得这样惨痛，更没想到我会葬送在他的手里！也许是命运如此。"

方国珍说："辛苦二哥了，只知道二哥在衢州身先士卒、关爱百姓，深得民众拥戴。弟我误认为浙西太平无事，所以一直未来看望二哥，未与二哥商讨浙西防务事项，造成重大失误。谁知'半途杀出个程咬金'、谁知杀出个刘伯温、朱重八。"

说到这里，方国璋心情稍为平静地说："据说前年在临安府，众将领要求你立国、称王、登基。你为何一口拒绝？为何如此的怯懦、胸无大志？这是个大好时机！可惜呀可惜！可惜失去了难得的机会。"

方国珍心感愧疚地说："二哥，事后弟已经认识到是我错了，错过了难得的机遇。因为我压根儿没有当皇帝的欲望，这一突如其来的提出，使我措手不及；再则是二哥不在场，没有二哥允许，珍弟我故此不敢贸然答应，结果造成了难以挽回的后果、造成终身遗憾、造成后悔莫及！"

说到这儿，方国璋叹了口长长的气后说："啊呀！四弟、五弟也过来，二哥我昨天晚上做了个噩梦，梦见了……"由于讲话太多，身体疲劳造成半昏厥状态，一时说不上话来。

国珍、国瑛、国珉和翠玉、明善、明敏他们慌作一团。翠玉急忙递上一碗已经调好的莲子汤说："璋哥，歇息吧，太累了！"说着，挽扶着国璋，将他按倒在床上说："饿了吧？先吃点东西，休息会儿再说吧。"说着玉姑端来莲子汤一口一口地喂饮。国璋喝了几口后，接着颤了颤手，示意国珍、国瑛、国珉一同坐在床边后说："我昨夜做了个噩梦，梦见了慈祥的父亲！"

国珍、国瑛、国珉异口同声地说："怎么样？父亲他说什么吗？"

国璋说："父亲若有所失的表情，似有心事地说：'自从你们七战七捷苏州后，国珍的名声大振，民军的士气高昂，众将士纷纷要求复国、称王、登基。可是你弟国珍却成了个谦谦君子、成了个胸无大志的懦夫呆子！说什么要登基先必取中原等话，结果错失良机！可惜可惜！"

国珉说："临安会议我是参加者，就是当事人，为了对三哥的尊重，是我表示支持三哥意见的。谁知造成不可弥补的后果！这一切，父亲他都知道？父亲还说些什么？是否可以挽回？"

"父亲叹息着……"方国璋说着有点口渴，有气无力地咳嗽了几声，玉姑慌忙递了茶水，他喝了几口后接着说，"我问过父亲，失去了的，是否还可以挽回、还可补救吗？父亲摇了摇头便走了。"

国珍一直是低头不语，听了国璋的叙述后，心中后悔莫及地重复地说："我很尊重二哥的意见，因为当时二哥不在场，未经二哥允许，不敢贸然答应立国称王登基这一大事，故此失却了良机，错过时间，造成了终身遗憾、造成难以弥补的后果！请父亲原谅！请二哥谅解！"

国璋点头说："二哥也有责任，我一心一意守望在衢州，心有百姓，为民效力，谁知反而失却衢州、婺州、浙西！三弟也不必过多地自责，也许是命运如此！失了的就让它失去，但愿如父亲说的'方门仍然是春秋常在、兴旺发达'就是了。"

国瑛说："我也负有一定的责任，当时我在苏州，与关磊、潘文忠巡视常熟、太沧、昆山等县，未及时赶上临安会议。如若我在场，我一定支持'立国、称王、登基'的主张，我一定是铁杆立国、称王派。那时，在我的一再坚持下，或许三哥会改变想法、或许不是现在这个局面了。"

国璋说："不要说了，再不要耿耿于怀了，更不能垂头丧气、一蹶不振！"方国璋接着转了话题说，"谢谢兄弟们来看我！事到如今，不瞒你们说，看来我已经病入膏肓、危在旦夕中！"

国珍、翠玉等听国璋这么一说，大家的心突然怦怦直跳。翠玉、明善、明敏、含春泪如雨下，他们异口同声地劝慰说："不碍事的，病慢慢会好的，一定会康复痊愈的。"

方国璋说："我们出身贫寒，半辈子南征北战、智擒元军元帅、几败中央水师，威慑大江南北，代过海门千户、当过朝廷命官。一生无愧于民众、无愧于方门！我会含笑九泉！"

翠玉、明善、明敏、含春和国珍、国瑛、国珉及众将军同口异声地继续安慰说："病情会有转机、会有好转的，吉人自有天相、定为化险为夷、转危为安的。"

国璋说："谢谢安慰！我别无牵挂了，方家有三位弟弟在、还有金松等诸位兄弟在，我方国璋有玉姑、明善、明敏、含春在，一切放心了。只有一事请各位切记——就是要爱民、惠民，切勿扰民、伤民。"

国珍、国瑛、国珉、明善等皆说："听从吩咐!"众人还齐说"听从吩咐!"

就在此时此刻，方国璋闭上了眼睛，再也睁不开了，方国璋与世长辞了!众人齐声呼唤，玉姑、明善、明敏、含春声嘶力竭地千呼万唤，顷刻之间，哭声惊天动地!

噩耗似风驰电掣!很快传遍民军军营、传遍台州各县，也传到了温州、明州、绍兴和杭嘉湖。噩耗如晴天霹雳!震惊民军官兵，从陆军到水兵，从战车到战船，立即插换上白帆，人人沉浸在哀悼之中，他们为失去这位宽宏大度的将军而悲痛、而哭泣、而悼念。

同时也震惊了台州百姓，方国璋最能体察民情，尤其是在代任海门千户所千户时，秉公办事，深受百姓赞赏。今闻方国璋将军谢世，深表哀悼!

最最悲痛要算方国璋的夫人王翠玉和儿子方明善、方明敏，儿媳柳含春了。他们不顾一切地只是在哭泣、在呼唤，哭得声嘶力竭、哭得死去活来。

方国珍、国瑛、国珉和李金松、吕家远、吕家进、吕家达、吕家通、柳贤明、李金有、李金富等一边布置灵堂、拟写讣告、安排后事。

闻说方国璋仙逝，仙居西俺寺的方丈带来四十九位和尚，做了七天道场，为方国璋超度亡灵。

在悲痛的同时，男人们立即安排国璋的后事，首先是灵堂的布置。灵堂就地安排在白塔。经官兵的共同积极主动合作，很快布置就署。灵堂庄严肃穆，由方国珍书写的斗大的"奠"字放在灵柩前，左右两边各放着十二只花蓝;再是左右各十二副挽联:

少壮洋屿习武为报地痞恶霸仇举旗起义清德厚盛行贤名热情服务乡间不图显达毕生树立勋劳旨在地方造福;

中年立志归休齐家以俭待人以诚业已女嫁儿婚成全父责正宜持泽竿畔怡乐天年岂知猝然长逝顿教戚友含悲。——胞弟方国珍敬挽

襄年蔡陈之厄占领盐田回思共话连床忧患余生成莫逆;

是后再度同寅被迫起义不料惊闻驾鹤拈香诣奠哭兄慈。——四弟方国瑛敬挽

二哥人品高尚民军官兵扬美誉文才笺瑶玉颂歌素仰战场高雅马;

秉道义心持松筠操艺苑赞芳名闻噩音道山归去那堪民军悼兄翁。——方国珉

秀水明山英灵不朽；

义仁布德世泽绵长。

灵堂还摆放着各州县陆续送来的花蓝、挽联：它们是江浙行省、临安、绍兴、明州、台州、温州及黄岩、临海、仙居、天台、温岭、宁海、奉化、乐清、永嘉、平阳等州县。

副副挽联表示对方国璋的沉痛悼念，写得贴切、悲怆、哀思。挽联无须一一复述。接着葬礼开始，首先开始吊唁。参加吊唁的人人穿上白衣素服。他们分三个层次，分别：

方国璋是方家的大哥，自然也是军中的大哥，葬礼照台州传统风俗习惯进行。出席葬礼的名单顺序是：

第一道是将军们：方国珍、方国瑛、方国珉、陈叔达、李金松、董志强、邱楠、邱桧、关磊、吕家远、吕家进、吕家达、吕家通、杜屏山、潘文忠、柳贤明、李金有、李金富、胡永潮、丁光土、张兴、刘三宝，共二十二人，他们人人手拈清香，跪在拜摊上磕头；

第二道是女眷们：王翠玉、董桂芳、董桂香、关琼瑛、董娇蓉、董娇荷、童婵、童娟、汤芳芝、吴娟秀……

第三道是子女下辈：方明善、方明敏、柳含春，方礼、柯萌秋、方完、方娴雅、方娴静、方明祥、方明谦、方明廉、董华光、董华明、董华婵、李煜然、李煜道、李云燕、李云莺、李煜厚、陈海东、陈海清、陈丹凤、陈丹彤、陈海滨。

由刘仁本拟写祭文并宣读：

方国璋男，于元朝延佑四年己未（1317），出生于台州黄岩县城西街；于元至正二十二年庚寅（1362），卒于台州仙居县白塔田市乡。享年四十五岁。

哀哉悲哉，苦焉痛焉！将军谢世，无限心伤！百姓痛心疾首，官兵泪水浃浃。

千山云雾，万垅阴霾，海在咆哮，水生怒涛。为将军而悲泣，因国璋而号啕。

出身贫寒，自强不息，贩过食盐，种过田洋。曾经沧海捞鳄，几上山南战疆。

遭人陷害、受尽欺凌，小姨被辱、母亲险殃。无奈避难洋屿，被迫背井离乡。

盐田侵占，海涂掠夺，灾祸接踵，节难叠强。守法却遭抄家，无罪说尔强梁。

迫于无奈，弃家下海，迫民为盗，逼良为娼。大哥杀害荒郊，家父惨死牢房。

迫于无奈，海角天涯，占领岛屿，抵抗官爷。活捉朵儿只班，战死泰氏不华。

久经沙场，几多海战，攻地掠城，以岛为家。几败中央水师，威震北国南沙。

坚忍不拔、刚正不阿，迎难而上，勇攀悬崖。东海掳漕粮万担，南麂擒倭寇螟蛇。

智战永嘉，巧夺平阳，呕心沥血，豁达矜夸。殊尹三珠在仙居，杀斑木松于县衙。

缚乐清达鲁花赤，绑闽瓯元帅檐牙。

乘胜前进，马不停蹄，南征北战、讨东伐西。庆元迫达鲁花赤；舟山降中央水师。

关爱下级，身先士卒，宽以待人，严于律己。深得官兵之拥戴；更受百姓之支持。

胸怀大局，志在千里，威武不屈，对人仁慈。代过海门千户，曾任衢州总治。

心藏百姓，胸有人民，关爱群众，民事深思。一生无愧民众，半世无辱良知。

哀哉悲哉，苦焉痛焉！将军离世，栋梁折撕。民军失却主帅，方门垮了砥枝。

国璋升天，将士悲啼，兄弟痛哭，号啕儿妻。台州人民痛泣；黄岩百姓依依。

苦哉痛哉，呜呼噫噫，泣泣凄凄！

最后还附读《蝶恋花》一首：

萧瑟凄风悲泪坠。杜宇哀啼，凄婉孤鸿意。残酒欲醒中夜吹。月牙如冷冰湖水。忽报将军黄鹤骑。　　　千古璋哥，无不哀声涕。笑貌音容何去哩，夜寒更静人垂泪。

悼词读完，送葬开始。送葬队伍成千上万、可说人山人海。除了上述的将军、亲属外，最主要是官兵，当时在仙居的就驻防着万余民军，他们全军出动加入送葬队伍，还有仙居白塔、田市、下阁一带的民众，他们出于对方国璋的尊敬、尊重，自觉自愿前来送别方国璋将军一程。

方国璋生前曾有夙愿，死后要求埋葬在黄岩路桥白峰岙、埋葬在父母坟墓旁边。路桥白峰岙离仙居白塔约二百里路程。上述的仙居的万余民众，护方将军的灵柩送出仙居县界，送经临海的到括苍山下，送到张家渡。

从张家渡到路桥白峰岙，路经临海的尤溪，过义仁岭古道，一路上除了万名军人护送外，沿途还得到路过的当地民众的送别。元代时黄岩——仙居，必经义仁岭古道，义仁岭地处潮济乡境内，过义仁岭南后，再翻猢狲岭。虽然行人不断，可说是崇山峻岭、弯道崎岖、荆棘丛生。沿途当地百姓为灵柩而披荆斩棘，队伍经头陀桥——山头舟过澄江。

当时山头舟的江面很宽，渡船却很小，八人抬的灵柩无法通过！为此当地村民搬来跳板，摇来大船，将灵柩慢慢地吊装到大船。船过得彼岸后，也用落船舶一样地再把灵柩吊桥上岸。总而言之，一路上受到黄岩百姓的夹道迎送。

灵柩到达路桥白峰岙，已是第二天下午已时，正好赶上是落土时间。紧接着哀乐与鞭炮齐鸣，落土仪式隆重进行。

此时此刻，有二位小女子，头扎白花，各人手提花蓝篮，急匆匆地赶来吊唁。要知来者是谁？且听下回分解。

第七十三回
叶小姐寻亲白峰岙　方公子相爱南塘湾

箭射空天大雁凋，姻缘岂料降云霄。
鹈鸿牵线谁人识，戴孝姑娘显窈条。

却说这两位女子，头扎白花，各人手提花篮，急匆匆地赶来吊唁。要知来者是谁？她俩原来从南塘赶来的戴小姐，说起两位戴小姐，这里有个美艳的故事：

石屏山头迎旭日；漩门湾畔听咆哮。旭日东升，金光万道，物华天宝，人杰地灵。南宋诗人戴复古，元朝举人董员外，他俩都出在南塘湾。

这两位戴小姐就是南宋著名江湖派诗人——戴复古的玄孙女，名叫戴娴雅、戴娴静。戴娴静、戴娴雅是孪生姐妹，年方二九，天生丽质，长得亭亭玉立、如花似玉，文静娴雅，聪明伶俐、活泼可爱。她俩是父母的掌上明珠。

娴雅、娴静俩有祖上遗风，爱好琴棋书画，尤其擅长诗、词、曲、赋。说到这里，约略介绍她曾祖父戴复古：

据史料记载，戴复古，字式之，（1167），常居南塘石屏山，故自号石屏、石屏樵隐。台州黄岩人，一生不仕。从他的二首遗诗中可以看出：

　　　岩路穿黄落，人家隐翠微。笼鸡为鸭抱，网犬逐鹑飞。

　　　竹好堪延客，溪清欲浣衣。禅扉在何许，僧笠戴云归。

他又写道：

　　　红叶无人扫，黄花独自妍。听谈天下事，愁到酒樽前。

　　　水阔终非海，楼高不到天。昔人已怀古，况复后千年。

戴复古老来回归故里，隐居在南塘石屏山，卒年八十一岁。

戴复古的曾孙戴爽，改变曾祖父的"黄花独自妍"一生不仕的遗风，独自一人去临安赴试，考中第八名举人。无独于偶，继董卿之后，时隔二十余年，再度出现一位南塘举人——戴爽。更值得美谈的是戴爽与董卿有着惊人的相似之处，戴夫人生养二子后，第三胎，也是最后一胎生下双胞胎，生下了一对孪生姐妹。这就是戴娴雅、戴娴静。

娴雅、娴静俩与当年的董桂芳、董桂香十分的相似，她俩不仅娴雅文静、聪明伶俐、才貌双全，更是性格爱好也与桂芳、桂香惊人的相同，姐妹俩要求不离不散，嫁也要嫁到一起，妹妹娴静曾经说过，愿意与姐姐共夫，真是如痴似狂，真是可笑之极。

十六岁后，娴静、娴雅长得越来越漂亮了，因此求婚者接踵而至，可说是门庭若市。求婚者虽然鱼龙混杂、良莠难分，但也不乏有好学勤奋的有志青年。可是她姐妹俩却一概拒绝，一概不闻不问、不听不看。母亲叶夫人为她俩的婚姻而忧心忡忡，经常在女儿面前夸张某某公子如何如何地帅气、怎么怎么地勤奋好学、满腹经纶。可是她俩却双手掩耳地说："不听不听！"

其中更可笑的是，南塘财主陈恒的儿子，年方二十，算得上南塘帅哥，十里八乡哪个女子都想要嫁给他。可是陈公子谁都看不中，就是看中戴府的二位小姐。这门亲事，门当户对，十分匹配，双方父母皆大欢喜。尽管叶夫人在女儿面前，如何如何地夸陈公子，可是戴小姐就是不答应。

为此，董夫人安排陈公子前来相亲，可是两位戴小姐却闭门谢绝，决不相见，弄得陈公子和叶夫人下不了台。

从此之后，为女儿的婚姻大事，叶夫人终日愁眉不展，长吁短叹！

一天早上，戴府花园突然落下一只受伤的大雁，这只大雁发出声声哀鸣，正在院中的娴雅、娴静俩，带着好奇和怜悯的双重心理，小心翼翼地抱起这只失魂落魄的大灰雁，准备给它敷药疗伤！

正在这时，忽地听见外面有急促的敲门声，家人把门打开，进来的是两位武士模样的小伙子。娴雅、娴静偷眼看去，见他俩相貌堂堂、眉清目秀、头戴浅灰色武生帽、脚穿深绿色半高靴，肩披一件黄缎绣花袄，腰系一条浅色紫罗带，肩背箭袋。他俩同样左手拿一把弓，右手提一支箭。

不难看出这二人是猎人、是来取雁的。两小组本想躲避，不知怎的又不想躲，也许是一时慌乱的原因。不等她俩回避，两位青年已经走到面前说："小姐请，冒昧到此，请小姐见谅！"

娴静含羞说："公子请，请问公子有何指教？"

两位公子异口同声地说："早上在海边，看见一群大雁飞过，随射一箭，击伤一只大雁，不料飞落在小姐院中，今冒昧来取。"

娴雅手抱大雁恋恋不舍地说："好残酷啊，它北来南往、自由翱翔在南天白云间，公子一箭，使这坚贞不屈的生命，顷刻命落虎口。"

公子说："钦佩钦佩！十分钦佩小姐善良慈祥，如若小姐愿意为它治愈创伤，我俩就不要了，就拜托二位将它治愈后放飞。"

另一公子打趣地说："我俩不是虎，是两个小笨牛，笨牛喜欢吃草，这只大雁可送给小花猫吃，雁落猫肚。"

娴静抢着也打趣说："我俩不是小花猫，而是小白兔，与你一样，也是吃草的，这大雁你拿回去好了，不过我俩可怜可怜这个无辜的小生命而已。"

公子拍手赞赏说："说得好说得好，小牛与小白兔都是吃草的，都是善良的动物，就拜托了，祈望你俩早日治愈它，使它早点归队。"

公子的一席话，得到小姐的赞赏："好好，说得好！我俩一定想法治好它的创伤，一定放它远走高飞。"

"就此拜托，告辞了。"两人说后就走。却被小姐喊住说："慢慢！两位公子从未见过？是何方人氏，不是南塘人吗？"

公子听她俩这么一说，就停住了脚步，回过头来笑了笑说："你说呢？你说我是否南塘人？你说是也不是，说不是也是。"

小姐谦虚地说："恕我愚笨，听不懂你们说的意思，万望直言指教。"

一位年纪小些的公子说："我的母亲是南塘人，父亲是黄岩路桥人。我是从南塘出生、在南塘长大的，算得上半个南塘人。"

娴雅听他一说，心中几分明白，此人可能是董员外的外孙？于是热情洋溢地问道："贵公子是否姓方，是董员外的外甥？"

"是是，董员外是我的外祖父，父亲方国珍，小生名叫方完。"

"这位公子呢？你俩有点相似，莫非是兄弟？"娴静关切地问。

"这位真是我的哥哥,不过是堂兄弟,他是我二伯伯的二公子,名叫方明敏,比我大二岁。"方完说。

"久仰久仰!久仰方公子大名,今日难得相遇,可否到客堂小坐片刻,喝杯茶水?"

方明敏见两位女子美貌非凡,靓丽无比,就有主不留客客自留之感,于是说:"尊敬不如从命。听从小姐吩咐。"

说后四人走进了戴府客堂,分宾主而坐。董夫人见女儿与两位打猎公子谈得如此投机,真是十分难得!当见女儿将两公子带进客堂,高兴得了不得!急忙派家人泡上人参茶。

娴雅、娴静意识到女儿家如此抛头露面,多有不雅与不便,只有请母亲出来,才能为我姐妹作主,于是说:"请两位方公子小坐片刻,我俩去去就回。"说着就去请母亲。其实叶夫人就在门外,她不请就到,随把女儿拉了回来。叶夫人进来笑逐颜开地说:"久仰久仰!很高兴方公子光临寒舍。"

明敏、方完慌忙立起拱手行鞠躬礼后异口同声地说:"请请请!冒昧登门,多有打扰,请夫人见谅!"

"坐坐坐,方公子请坐。"叶夫人笑容可掬地接着说,"自古道'有朋自远方来,不亦乐乎'!今日贵客光临,使戴家陋室生辉。"

"戴府侯门金璧、客堂辉煌!"方明敏也笑靥满怀地接着说,"今日冒昧登门,有幸拜见夫人,是我俩的福气!谢谢夫人接见。"

夫人边听边从女儿手中抱过大雁说:"公子是为大雁而来的,大雁也叫鸿雁,是传书之鸟、吉祥之物,它为我们带来佳音、喜讯的。"

方完说:"夫人说得好,鸿鹄志在千里,但愿人长久,千里共婵娟!"虽然有些离题,却中了夫人的下怀。叶夫人高兴地引了李煜《望江南》句子:昨夜梦魂中。还似旧时游上苑,车如流水马如龙。花月正春风。

方完听叶夫人引了李后主的名句,就临场发挥做了首《相见欢》:

　　鹄鸿落入园中,兴冲冲,岂料夫人小姐共相逢。

　　欢声擂,来人醉,几时重,但愿今生留住永春风。

娴静听了方完作《相见欢》一首,觉得作得很是不错。于是她想何不借此难得的机会,来表示表示,随作《虞美人》一首:

鹄鸿飞入花间了,喜鹊因知晓,故园昨夜喜东风,贵客登门真的乐无穷。

铬心刻骨谁知道,意愿容颜老。问君何有上高台,奴似春江流水百花开。

夫人听了方公子与女儿的词后,心中非常满意,不难看出两个女儿已经喜欢上两位方公子,更使她开心的是两位方公子也爱上了宝贝女儿。夫人也应当表个态,她手抱大雁借题发挥地随即念了首《菩萨蛮》:

负伤大雁应归去，小楼待日任君住。去往若为情，南塘潮水平。

姻缘容易得，只是人南北。今日此相逢，请君铭记中。

方公子听了夫人的《菩萨蛮》，知是夫人已经表了态，同时也下了逐客令了，随立起，见叶夫人手抱大雁走出客堂，引他们一起走到花草茵茵的院落中。夫人说："这小精灵只在翅膀上受一点轻伤，我已经给它敷了金疮药粉，并喂了点吃的，况且在我母女怀中温暖了半个多时辰，想必定无大碍，定能自由翱翔的。"

紧接着叶夫人她口中念念有词，虽然听不很懂念的什么经文，其大意是祝福它平安无事，保佑它飞回到伴侣的怀抱之中。随后敞开胸怀和双手说："飞吧，飞吧！飞向美丽天空、飞向美丽的地方！飞入伴侣的怀抱！"

果然大雁一飞跃，站到高墙之上，它在墙头站了一会儿，向夫人、小姐、公子叩了叩头，便展翅高飞去了。说也奇怪，众人看去，见天空有一只孤雁从远处匆匆飞来，迎接这受伤掉队归来的伴侣，一只孤雁瞬间成为一对，它俩在戴府上空回旋几圈，似有恋恋不舍、深深感谢之意后，向着南方飞去，翱翔在蓝天白云间。

此时此刻，各人的心情十分激动，娴静首先口占了首小诗：

> 早晨如意看春花，雁落园中奴戴家。
>
> 公子登门寻落物，飞鸿牵引说奇葩。

方完也来一首小诗：

> 伤禽早上故园凋，却遇双娴抱雁摇。
>
> 引路鹄鸿谁料识，客堂有幸共闲聊。

方明敏是二哥，本来就是诗才横溢，本想也来一首，觉得有所欠妥，今天偶然相遇，怎么变成赛诗会？于是道："谢谢夫人、小姐的热情款待，打扰了！告辞了，早安！"

两位戴小姐恋恋不舍挥手送别说："后会有期，祝君平安！"

时隔不久，正好董桂芳、桂香俩来南塘探望父亲时，不料董府来了位不速之客。她是前村戴府叶夫人的姐姐登门。叶大姐在南塘很有名望，今日登门不知有何要事，桂芳、桂香热情接待说："太太万福！叶太太请，请进客堂坐坐！非常高兴太太光临！未知太太有何吩咐？"说后吩咐小杏泡上人参茶。

叶太太直来直往、开门见山地说："二位董夫人请，闻说董夫人莅临南塘，老身特来作伐来的。"

桂芳问说："请问为谁作媒？千金是谁？"

叶氏说："是为董夫人的公子方完作伐来着，还为你的侄子方明敏俩作媒。"

桂芳一时感到惊奇，问："太太怎知道我小儿子方完和侄儿方明敏？难道他俩曾去过贵府或认识太太？"

"老身不曾认识贵公子，只是受我胞妹——戴爽的夫人委托而来的。"接着叶太太将雁落戴府花园，方完、方明敏来戴府取雁的经过情况，一一做了介绍，并将戴嫁两位孪生姐妹容貌、才学、贤淑及非方门公子不嫁的经过等，都做了详细的叙述后。接着说，"受妹妹所托，呈上戴府二位小姐的年庚八字！"

董桂芳双手接过红纸贴子，展开看来，见八字写着：

戴娴雅，女，生于元至正四年，甲申（1344）八月初八，午时。

戴娴静，女，生于元至正四年，甲申（1344）八月初八，未时。

不难看出，娴雅、娴静是同年同月隔时出生的孪生姐妹，董桂芳想想她俩与我桂芳、桂香十分相似。她正为自己儿子的婚姻发愁，正巧今日送上门的亲事，认为这是难得姻缘，是鸿雁牵线、是天降姻缘、是件美事。于是说："听此说来，两位小姐是官家之女，很有教养、十分贤惠，只是高攀了！"

叶太太说："夫人不必客气，可说是门当户对，十分匹配。夫人可答应了？"

"哪有不依之礼，只是高攀了。"董桂芳说。

叶太太明确地说："据叶夫人和二位小姐的再三交代，戴娴静配贵公子方完，戴娴雅嫁方国璋二公子方明敏。"

董夫人桂芳说："我完全同意这门亲事，表示谢谢戴夫人和戴小姐，谢谢她们看得起方国珍家、看得起小儿方完。至于大小姐与方明敏的婚事，他父母不在，我只好代收了，我与妹妹表示感谢了。"

就在这时，忽报董员外身体不适，董桂芳姐妹俩慌忙地送走客人后，匆匆地进屋去探望父病。

谁知董老员外的病情日沉一日，结果无妙手无回春之术。约过一个月后，董卿、董员外与世长辞了！当大家悲痛地送走老员外后，又谁知方国璋一病不起。董桂芳、董桂香还来不及将戴娴雅的年庚八字交给王翠玉，却不料两位小姐不远百里前来吊唁、悼念。

当时翠玉、国珍他们丈二和尚摸不着头，可是方明敏、方完却看得明白，因方明敏正在扶柩，无法脱身，他给方完使个眼色，意思叫他去说声表示谢谢！

董桂芳、董桂香不言而喻，猜定是戴府的二位小姐了。不等方完介绍，桂芳姐妹俩上前挽着娴雅、娴静她俩的手。孪生姐妹对孪生姐妹，四人目目相窥，看看自觉好笑。

葬礼结束后，已经是日落西山了，桂芳命柳含春、柯萌秋陪送她俩安排路桥住宿。含春、萌秋虽然对戴家二位小姐素不相识，但心中有几分明白，因为前几月，方明敏、方完自从南塘回来后，心情开心多了，不难猜出这两位的不速之客，可能与方完、方明敏有关。

娴雅、娴静的出现，一时成为新闻人物，各种猜测纷纷扬扬。看董夫人派柳含春、柯萌秋陪同，十有八九猜中了。喜讯传到方国珍的耳朵里，国珍高兴地说："完儿已经二十岁了，可到成亲的年龄了，今儿来了个好姑娘，这是天作之合，肯定是个好姻缘。请夫人择个日期，给他俩的婚事办了。"

桂芳说："还有明敏与娴雅的婚姻，翠玉正在悲痛欲绝之中，实难启齿，过几天后，待她心情宽慰些后，与玉姐说说。"

谁知翠玉就在门前，她也听到了一些消息，今来问问桂芳，想弄个明白。她在门外听见国珍与桂芳正说方明敏与戴娴雅的婚姻这事，玉姑就进来开门见山地说："听说昨天来的两位南塘姑娘，其中一位是明敏的媳妇?"

"是是。"董桂芳接着将明敏与方完在南塘射雁，伤雁落入戴府，从而认识戴府二位小姐的经过，细细地叙述了一遍，说得有声有色、入情入理。玉姑与方国珍听得津津有味。接着桂芳从怀中取出戴娴雅的年庚八字随手递交给玉姑说："这八字我天天放在身边，想交给你，只因没有机会，一搁近二个月了。"

玉姑高兴地说："明敏已经二十二岁了，已到成婚的年龄了。我正愁着他的婚事，谁知鸿雁牵线、天降姻缘！定是位好媳妇、定是天生一对、婚姻美满。谢谢三嫂子了，我也想法子明春将他俩的婚事办了。"

说到这里，桂芳呆了会儿说："照我们黄岩的风俗习惯，明敏孝服在身，必须守孝三年，需要等三年后方可成亲！"

玉姑心感一惊说："三年！三年未免太长了，现在二十二，三年后就二十五了，自古道'男大当婚，女大不中留'。是否可以提前给婚姻大事给办了?"

"我有办法，姆娘要先谢谢我这个大媒人。"她们正说着，不料董桂香也走了进来，三位妯娌在一起，还是桂香先接着说，"照当地的习惯，白事的同时可以办红事，就要在落土的七天内，举行婚礼，这就叫作'被下拜'。"

玉姑问："这样合适吗，这样未免太急了点，使人忙不过来。"

桂香说："大男大女的，给他俩送进洞房就是，现在不择日子、不办喜酒，据说结婚喜酒待儿子出生后、儿子办剃头酒时，一起补办结婚酒！

那时多好哇！这叫作老喜小喜，双喜临门。"

桂芳支持说："好主意、好主意！我表示支持，就这样定了。国珍，你是大将军、是江浙行省参知政理，明敏父亲去世了，你是方家最大的了，应当由你替他作主，由你表个态，说句话就是了。"

方国珍明确表态说："我同意，就这样定了。嫂子忙着，明敏与娴雅的婚事由桂芳、桂香和关琼瑛仨妯娌负责办理。"

桂芳、桂香、琼瑛她们十分能干，办事非常利索。只用了一天时间，从找房子、按床子、买嫁衣、铺被子到送入洞房，顺顺利利，妥妥当当，一概有条不紊。

当时遇到最大的难题是房子。幸好参加葬礼的从石曲来的方正、方圆俩，董桂芳、桂香、琼瑛就找他俩说："侄儿明敏急着办婚事，一时房子没有落实，托你两位的堂哥帮堂弟想个办法，在贵地找个洞房间。"

方正说："婶婶放心，这事交给我俩好了，好在我有二间现成的房子空着。任你明敏、方完用作新房。"

桂芳当时只考虑方明敏的婚事，没想到完儿的事，因此说："太谢谢你俩了！我的完儿可晚些儿好了，先借一间新房够了。"

琼瑛说："我以为借此机会，两人的婚事同时给办了。这样省钱省事，是最好不过的了。"

桂香很是能干，她立即表示说："我同意琼瑛的意见，明敏、方完的婚事一起办好了，这件大事就交给我办好了。"

桂芳觉得有理，认为何不趁此机会，图个方便。于是表态说："好好！我图个方便，同意桂香、琼瑛的意见，给完儿的婚事也一起办了。"定于元至正二十三年即癸卯年三月十八日，定在黄岩县路桥石曲新村举行。

黄岩西街是方国珍的祖宅，是方伯奇的出生地，也是国璋、国珍的出生地。该房既是开店的工场、作坊，也是住宅。方国珍一岁那年，被迫逃到路桥洋屿避难。一别四十四年了，四十四年对一个人来说是个漫长的日子，时过境迁，不仅旁人都把方国珍当作洋屿出生的人，就是史料也记载是洋屿田农，就连方国珍本人也只听其父母说过，祖居黄岩县城，更不知具体地点。

幸好方伯奇住洋屿后，其小弟方叔奇，堂侄方正、方圆等先后迁徙到路桥石曲，在临河岸建起新村，后来成为方新村。好在石曲离白峰岙很近，决定就借住堂兄家。

婚礼虽然简单，但使人感到董夫人贤惠高雅，也使儿子方完、儿媳戴娴静倍感温馨。更使参加婚礼的方明祥、方明谦、方明廉、董华光、董华明、董华婵、李煜然、李煜道、李云燕、李云莺、李煜然、陈海东，陈海清、陈丹凤、陈丹彤、陈海滨等感到实在。

说到这年青一代，他们如雨后春笋，蓬蓬勃勃。他们中有的正如方明敏、方完一样，正在热恋之中。其中如陈仲达的儿子，现任水师副将陈海东、陈海清兄弟俩，正在与李云燕、李云莺好上，处在火热的恋爱之中。

光阴如箭，日月如梭，不觉春去秋来，就中秋节的傍晚，董桂芳与柯萌秋、戴娴静，还有柯萌秋的儿子方扬扬在一起赏月吟诗。婆媳仨，可说是出身官宦家庭、书香门第，诗书琴画如拿手好戏。桂芳心情极佳，提议儿媳妇吟诗。

婆婆话音刚落，小媳妇戴娴静就念了首小诗：

> 中秋夜晚透馨温，黄道人家添小孙。
> 腊月之中儿问世，携来笑意满方门。

听娴雅这样一说，知是媳妇已经怀孕六个月了，这是多么赏心悦目、大快人心的喜事。此时门外传来翠玉的声音说："好好，好一个黄道人家添小孙。"

在月色明媚的黄昏，隐约见玉姑领着一个女子进来。桂芳和萌秋，娴雅慌忙立起迎接说："久仰久仰！非常高兴二姆娘光临！请请，夜晚登门有何要事？"

"并无要事，今晚月色最好，一则为赏月，晚饭后乘路桥至黄岩的航船，水上赏明月。再则是向你们报告个喜讯，我的儿媳妇也怀孕了，也有五六个月了，也许小孙子在年底降生。"玉姑高兴地说。

"这位女子是谁呢？似曾相识。"众人心中都有疑问。要问这位女子是谁，到此作甚？且听下回分解。

第七十四回
临海城严惩马天豹　　杭嘉湖战祸又重生

> 小女芙蓉泪水浇，娘亡父害苦难消。
> 沿街乞讨狗猪食，幸遇国珍惩恶枭。

此女子姓黄名芙蓉，家住临海章安，其父黄文标，小商小贩，中等人家。这孩子生来命苦，七岁那年，其父背着二袋银子，可说全部家产，说去姑苏经商。她还记得母亲牵着小芙蓉的手，送到航船码头，父亲临别依依地说："姑苏是繁华之地，待我先去苏州安排好住房后，下月就回来接你母女同去苏州。"

小芙蓉切切记在心头，天天盼望父亲来接她去繁华的姑苏。母亲十分惦念父亲，月余后，母女俩天天去航船码头迎接，日等一日，月等一月，谁知数月过去，仍杳无音信。母亲预感到是不祥之兆，天天哭泣不止，餐餐泪水浇饭。渐渐忧郁成疾，母亲病倒了。生活拮据，无钱医治，母女俩吃饭也成问题。

一年后，母亲的病情每况愈下、沉疴不起，处在奄奄一息之中。一日母亲对女儿说："蓉儿，前屋胡二头欠我们银子数笔，其中有借条一张，就是这三十两银子，这张借条也两年了，至今分文未还。你去他家走一趟，说母亲病重如山，家中一贫如洗，断米断柴月余，靠小女挖野草度日，求表叔还我这笔银子。"

八岁的小芙蓉十分懂事，她带着三十两银子的欠条，小心翼翼地走进胡二头家，她见到这个"表叔"，便泪如雨下地双膝盖跪地说："表叔，我父亲去姑苏年余未回，母亲病重如山，家无分文，今来请表叔行行善心、做做好事！可怜可怜我母女俩，还我三十两银子，以解目前断米无柴之苦。"

说后便递给他亲手写的欠条，可是胡二头接过欠条，假装慎重其事地东看西望，还瞧了又瞧后说："小蓉儿，起来起来，你母亲不识字，也许病糊涂了，这张不是欠条，是张陈年药方，搞错了。我记得欠你的钱，在'你父亲生前'已经还清了的。"

小芙蓉回到家里，向母亲如实地做了叙述，母亲更是伤心！可恨的胡二头不但分文不还，反将借条说成药方，拿去撕得粉碎！更使她悲愤的是，听了句"你父亲生前"的话，可见夫君已经不在世上了，也许是为他所害了！母亲突然感到天旋地转，就立即昏倒在地，不幸就此与世长辞了。

八岁的小姑娘，怎经得起这样的折磨？眼看母亲死去，痛不欲生，只是号啕大哭。孤苦伶仃的她，哭天呼地、走投无路。在好心邻居的帮助下，卖了仅有的一间住房，总算埋葬了母亲，草草地料理了丧事。

八岁的小女孩无家可归，只有露宿街头，乞讨为生，加上连年灾荒，百姓苦不堪言，何处求乞，何人施舍？只有与猪同槽、与狗同窝，过着猪狗般的生活。

小芙蓉的命也如猪狗一样贱，也与猪狗一般渐渐长大，不觉到了十四岁了。虽然破袄遮体，脏不堪言，但十四岁的姑娘风韵依稀可见。一天她讨饭讨到台州府城——临海，就在崇和门，小芙蓉看见一位好似熟悉的人，她仔细看了看，这就是借银子的表叔！

她见到表叔，呆了一会儿，认为父亲活着时，他天天来我家，常常跟父亲喝老酒。所以喊他是表叔、认他是亲人。由于肚子饿得厉害，见表叔衣着整齐，就上前"表叔表叔"地喊。

这个表叔见是一个衣衫褴褛的小叫花子，便说："谁是你的表叔？乱话三七、乱七八糟的。"

"你真的是我的表叔，我就是章安黄天标的女儿黄芙蓉啊！你可记得，我母亲去世那天，我曾去过你家哟。"

表叔胡二头呆了会儿，他看这个黄天标的阿囡，已经长高了，算来十四岁了，即将成为摇钱树了。主意一定就高兴地说："知道知道，原来黄天标的阿囡，我个侄女宝贝，表叔寻你寻了六年，今日有幸在临海相见，难得难得！吃饭去。"

肚子饿得咕咕叫的黄芙蓉，说一了声"谢谢！"便高兴得手舞足蹈地走进了面店。胡二头要了二碗大排面，她与表叔对坐，也是她有生以来，第一次吃这大排面，就狼吞虎咽，吃得津津有味。

胡二头是何许样人，他不仅是个赌徒，而且是个无恶不作的坏蛋、恶棍！他以赌为生、以赌为业，他还嫖娼宿妓。近来手势不好、运气欠佳，又输了钱，正愁着身无赌本、无钱嫖娼。今天遇到黄芙蓉，就在她的身上打起主意来了。

吃好大排面后，胡二头把小芙蓉带到詹三妈那里，准备将她卖进勾栏院，是一笔不错的收入。于是说："我的表姐就住在府城，给你带到你表姑姑家去，只要能听话，包你有吃有住的。"

黄芙蓉听此一说，高兴得点头表示说："好好！听表叔的。谢谢！"说后就跟着表叔走进了勾栏院。走进院子里一看，她们一个个穿红着绿、涂脂抹粉、花姿招展、靓丽非常。

店里走出个老妈，她见胡二头就问："你来作甚？带这个脏货谁要？"

胡二头说："詹嫂子有眼不识金镶玉，我给你带来摇钱树、聚宝盆。她底蕴厚道，十四岁的姑娘，给她洗洗澡，换套新的衣服，犹如出水芙蓉、初开蓓蕾！美艳无比、光泽照人。"

老鸨詹三妈仔细看看黄芙蓉后点头说："是不错，好吧，留下吧。你放心好了，我会待她好的！把她当成小女儿看待。"接着就吩咐二妹、三姐带她去洗澡更衣。

詹三妈比胡二头大八岁，胡二头是她的常客，今天他带来嫩货，还要与他讨价还价的，何不趁此机会，把胡二头带进自己的房间，好好地受用一番后，给他四十两银子，就了事，无须讨价还价。

经过二妹、三姐的精心洗澡、换衣、打扮后，小芙蓉再回到客堂，众人一看，果然是蓓蕾初开、芙蓉出水，她稚嫩秀雅，使人羡慕、招人喜爱。

詹三妈一看，喜上眉梢地说："果然是摇钱树、聚宝盆，是嫩模。"经过精心策划，贴出告示：

"本院有十四岁的姑娘黄芙蓉，如芙蓉出水、蓓蕾初开、含苞欲放、玉露莹莹。八月十六，开苞接客，提前报名，钱多为先。"

这一切，黄芙蓉被蒙在鼓里，全然不知。而府城临海已经传为头条新闻，所以吸引了不少油头光棍、流氓地痞、富商财主、贪官污吏等人。他们对这黄芙蓉垂涎三尺，他们麇集在勾栏院外，祈盼品尝这小鲜肉。

府城最有名的财主、最会寻花问柳的恶霸马天豹，他是勾栏院的常客，当然是先看到此告示，他岂能错过这个机会？就与詹三妈说："这个小鲜肉先陪我喝喝酒，看看她能值多少钱？"

"你一看就知道，正宗原庄货，嫩着呢！你看队排到三十六了。"鸨妈着意递上名册说："你是我院的常客，你看你看，给你放第一位，还不谢谢我詹三妈。"

鸨妈说着吩咐端上酒菜，亲自请黄芙蓉出来陪客说："马大官人是府城的大财主，他腰缠万贯，珍珠元宝如山，你好好地侍候他，以后你有的是好处。"

黄芙蓉稚气十足，不知内中用意，就点头表示说："听姑妈的，我会热情接待的，只是未喝过酒。"

詹三妈说："不会就学哪，不要怕，看他一副凶相，其实可温柔着呢。他会慢慢教你的。"

黄芙蓉满以为是去陪喝酒的，所以坦然接受了，她兴高采烈地去陪客喝酒。谁知喝酒就放在卧室，她走进一看，见马财主满脸横肉、胡子如刺、皮肤似蛇，一副凶相。她第一次陪客，应当有所表现，就提心吊胆地上前敬酒说："马老爷好，奴婢黄芙蓉敬老爷女儿红一杯，请慢慢饮用。"

今年五十八岁的马天豹，见小女孩天真无邪、纯若碧玉、美比翡翠、芳香醉人。几樽黄酒下肚后，酒不醉人人自醉，他连喝三杯后，原形毕露，就情不自禁地露出一副狰狞的面目，一手搂住小芙蓉说："我的小宝贝，你真是一朵含苞欲放的蓓蕾，活脱脱、水淋淋的出水芙蓉，是柔如粉团的小鲜肉！"说着乱脱乱摸，把她抱到床上。

毫无精神准备的小芙蓉，吓得魂不附体，挣扎着爬起便逃。这个马天豹没想到她会不依，还要逃跑！

到嘴的小鲜肉岂肯放过？马天豹就急忙去抓获。谁知他年纪渐大，再加上长期迷恋酒色，身体渐渐衰弱，酒量大大减退。他右手抓住小芙蓉的左臂膀，黄芙蓉凭全身之力，拼死一搏，用力一拉。"扑通"一声，马天豹栽倒在门槛上，前额碰了个大窟窿，鲜血便不停地流淌。

黄芙蓉看到马天豹流血不止，快要死了的样子，知道这下闯大祸了，她拔腿就跑，越快越好，逃逃逃，逃出这个鬼地方。

这还了得，马老爷满脸是血，吓得詹三妈哇哇乱叫，急得她如热锅里的蚂蚁。勾栏院乱作一团。詹老鸨一边派人抬他去药房治伤，一边派人去捉拿所谓凶手黄芙蓉。

黄芙蓉如放索的小狗，毫无目标地乱跑，就在鼓楼街，她见后面无数人追上，他们高喊"捉住她、抓获这个小婊子！"

黄芙蓉倒也聪明，就在此转个弯，向南逃跑。小姑娘拼死命地逃跑，一直逃跑到紫阳街。真在精疲力尽、看要被抓获时，正好遇到一队军人迎面而来，小芙蓉急中生智，就喊："军爷救我！军叔救我！"

这队军人是陈叔达的部队。听说近来府城临海治安不尽人意，各种乱象层出不穷，赌博、拐骗、盗窃、嫖娼、贪污腐化、强势压人等无处不在、无奇不有，民众反映较为强烈。为此，方国珍派第一大将陈叔达带三千精干力量，进驻临海，以整顿府城秩序。

陈叔达办事果断、严格，从来是秉公办事，更不讲情面，绝不徇私舞弊。他到任只有半月，半月来，他们深入基层，深入街街巷巷，了解到不少情况，正在准备整治的时候。

刚才这队军人就是陈叔达的儿子陈海滨，陈海滨今年十九岁，十七岁进入部队，已有两年军龄了。他年青有为，十分能干，刚在上月被提升为分队长职。今天带三十来人在街头巡逻，刚进入紫阳街，偶然遇着个小女子喊救命！陈海滨毫不犹豫地上前堵住追赶的人："你是什么人，好大的胆子，光天化日之下、大街之上，胆敢追逐一个小女子？"

这个领头的确胆子挺大的，他视马天豹是台州的土皇帝，自己就是"皇帝"的亲信，所以天不怕地不怕！所以气势汹汹地说："你管多了，这与你们当兵的何干？府城的事由我的主人说了算。你给我让开，将这个小婊子交还给我们。"

陈海滨说："你主人是什么人？他就可不顾王法、无法无天吗？"

这位姓马的奴才摇头晃脑地说："我的主人就是府城赫赫有名的马老爷、马天豹，这下可知道了吗？"

陈海滨对马天豹略有所闻，他是府城的一个恶霸，由于势力较大，官府忌他三分，就是犯了点事，大不了出百两银子就摆平了，无人敢动他半根毫毛，所以他越来越肆无忌惮。方国珍接管台州多年来，忙于战事，一直无暇处理，由此而导致歪风邪气嚣张，这次派陈叔达来的目的，就是打击不法行为，正准备找马天豹算账。因此陈海滨理直气壮地说："路见不平拔刀相助，你们欺负一个小女子，这事我管定了，回去与你主子说声，是当兵的救去了。"

可是这个马奴才的确不识相，仗着十来个打手，说声"上"，他真的敢从官兵手中夺回黄芙蓉。这还了得，幸好有三十个当兵的，陈海滨下令把马奴才抓起来。这批横行城里的恶棍，见马奴才被抓，就夹着尾巴逃跑了。

方国珍从黄芙蓉这个案例中，清楚看到当前存在着严重的腐败状况。从而进一步认识到，我方国珍出身贫苦家庭，从小身受贪官、恶霸、地痞压迫之苦。今天不能"好了疮疤忘了痛"，于是决定开展"兴利政除弊端"行动，就是要除贪官治污吏。

就决定在府城临海开始，从黄芙蓉案为突破口，以马天豹为打击对象。前一时期，马天豹隔三错四地来府衙，要知府交出其小妾黄芙蓉。据此状况，方国珍、陈叔达俩，就在知府衙门，坐等马天豹的到来。

果然不出所料，不几天马天豹带来十二个歹徒，气焰嚣张地来到知府衙门，声言要找府台大人。他不认识方国珍、陈叔达。开口就说："叫知府出来，叫方国珍出来，方国珍抢去了我的爱妾，已经个把月了，至今还不还给我，真是岂有此理！今天若再不交出黄芙蓉，我就要搞得台州府不得安宁，搞得方国珍名声扫地！"

陈叔达说："你认识方国珍吗？你认识我吗？"

马天豹看了看他俩后说："方国珍身材高大，我看见过多次，应该说是认识的，你俩不是方国珍。你快把方国珍叫出来，我要向他算账。"

方国珍立起来说："马天豹，看清楚了吧？我就是方国珍，这位就是第一大将军陈叔达。"

马天豹看情况不妙，想溜之大吉，于是改口说："方大帅、陈将军请原谅！我找错了地方，对不起，走！到别处找去。"

方国珍喝住说："慢！马天豹，你不能走，你们一个都不许走！"随即对手下喊说："来人哪，将马天豹给抓起来，把他打入牢狱，将他们统统地抓起来，待本帅审问后，再作处置。"

这下临海炸锅了，"马天豹被方国珍抓进牢狱了，他的十二个打手也同时被羁押了！"这是府城临海的特大新闻，这是大快人心的大事，街街巷巷、家家户户都在谈论着马天豹被关押在台州府牢狱的这一特快新闻。

却说黄芙蓉逃脱、勾栏院遭砸，马天豹被捕后，府城临海安静多了。可是这个胡二头却异常地忙碌，他要寻找黄芙蓉的下落，想要利用这棵"摇钱树"。再从她身上弄点钱花花。于是在临海街头巷尾、城门码头，东张西望。与此同时，探听到方国珍的有关整治行动的风声。

马天豹入牢一个月了，这一个月来，牢房纪律严明，不准任何人探望，也不许官府有人进入马家。昔日门庭若市的马家，树倒猢狲散，瞬间冷落凋零，无人问津。可是发现一个四十多岁的男子，天天在马府门外徘徊，引起关琼瑛、柳含春和黄芙蓉她们的注意。黄芙蓉看得清楚，这就是胡二头。关琼瑛决定引蛇出洞，决定以黄芙蓉为诱饵。

黄芙蓉上前说："胡二叔，你在找谁啊？"

这个胡二头真是喜出望外，匆匆上来说："在找寻你啊，我的侄女下落不明，使我牵肠挂肚，月余不见了，怕你出什么事了？所以天天在找寻。"

小芙蓉说："你把我找去干吗？是把我再次卖入勾栏院，从中又可赚一笔钱吗？"

胡二头见到黄芙蓉，觉得她大变样了，衣着整洁、打扮时尚，声音洪亮、清脆，人也长高了许多，完全不是当时的样子，感觉情况不对。听她这么一说，知她识破了他的阴谋诡计，于是想溜之大吉说："不是的、不是再将你卖到妓院去的。看到了侄女，我就放心了，我走了。"说着扭头便走，却被关琼瑛、柳含春一人一手地牵住说："往哪儿跑？你溜不了了！"就这样，胡二头被捕了。

二个月刚过，方国珍亲自审堂。十月初十日，方国珍在台州府大堂，召开审判大会。公堂布置得庄严肃穆，方国珍主审，左手边坐着陈叔达，右手边坐着原总管。

第一个带上来的是胡二头。方国珍问道："胡二头，你知罪吗？"

这个胡二头倒也几分狡猾，他装作镇静的样子摇摇头说："何罪之有？"

"你犯杀人罪，身犯三条人命罪！"方国珍右手连拍五下响子接着说，"罪大恶极、罪不可赦！"

胡二头这下就立不住，塌软在地上，身上直打哆嗦地抵赖说："大老爷，你说话要有真凭实据，不能诬陷好人，我是清白良民呀。"

方国珍气得双手发抖地说"你杀人手段之恶劣，令人发指！"接着说，"陈海滨，你将胡二头的罪行宣读给大家听听。"

紧接着陈海滨走上台来说："胡二头罪孽深重，罪行累累，主要有以下三条：

第一条是杀害黄文标，抛尸大海，抢去银子二双马袋、约计一百二十两。事实发生的经过是，黄文标是做纺织生意，主要经营苏州绢纺、南通粗布，生意兴隆。游手好闲的胡二头赌博输钱无数，常常来向黄文标借款赌博，黄文标菩萨心肠，基本上有求必应，这样日结月累，计达银子百余两。

胡二头眼看债台高筑、无力偿还。就设下害死黄文标的阴谋，说其朋友在苏州有一幢房子，准备廉价出售，只要二百四十两银子，这五间小院就卖了。"如果黄兄若买，我向你借的百两银子可以抵上，你只要拿出一百四十两银就好，这房屋就是你黄文标的了。"

黄文标信以为真，就拼足一百四十两银子，前往姑苏购置房产。谁知船到象山港，胡二头挽着黄文标上船喝酒，谁知酒中下毒，黄天标死于非命。胡二头拿出十两银子，托人埋葬在小山坡下。黄文标的一百四十两银子，都是他的了。

说到这里，胡二头还想抵赖说："没有这样的事，他是死在苏州的。"

陈海滨斩钉截铁地说："千真万确，证据确凿！航船证明是你将他叫去喝酒、是你说他不去苏州，还退给你船费银子五两；黄文标是砒霜毒死的，尸体已经找到。当年埋葬黄文标的人、航船老板也在场，他俩可上堂指认！"

胡二头已经吓得魂不附体，终于低头认罪说："陈老爷说的句句是实，的确是我害死黄文标的。我胡二头罪该万死。"

陈海滨接着问："胡二头，杜下桥陈大梅，涌泉王仙明是不是你以同样的手法害死的？必须从实招供。"

胡二头已经精神崩溃了，他低头认罪说："我胡二头在事实面前，无可抵赖。自以为可瞒天过海、天衣无缝。谁知陈老爷查得一清二楚，佩服佩服！"说后就画了押。

这时方国珍宣布："将胡二头押出去，立即斩首！"

第二个提审的是马天豹，马天豹由陈叔达主审，陈将军宣布："将马天豹带上来！"马天豹他亲眼看到胡二头血淋淋的头颅，已经吓得半死不活了。陈海滨将他押到堂下跪下。

经陈叔达将军的几审后，马天豹的罪行基本揭发出来了，接着也由陈海滨报告调查结果，认定马天豹主要三大罪行：

其一是横行霸道，他凌驾法律之上、非法家养打手三十六人，终日寻衅滋事。顺者昌，逆者亡，凡是不顺他的随便打砸抢，造成府城百姓敢怒不敢言。几年来重大打砸事件高达百余起。

其二是欺行霸市，凡是交通码头、市场买卖、赌场妓院，都由马天豹收取好处费，谁敢违抗，就搞得你不得安宁，甚至家破人亡。

其三是开场放赌，明目张胆地公开聚众赌博。

总之陈海滨说得有根有据，有头有尾，揭发淋漓尽致，使人心服口服。百姓皆说方国珍、陈叔达和陈海滨办事公道、奉公执法。

接着陈叔达宣布："马天豹是台州府城的恶霸，他横行霸道、建立非法武装，随便打骂百姓；欺行霸市，开场放赌，罪行极其严重。台州府决定给予马天豹坐牢二十年，没收其所有财产。"

方国珍在专心治理台州社会秩序的同时，朱元璋却加紧致力于统一中国的大业。朱元璋除了陈友谅、韩林儿、张士诚后，下一个打击对象就是方国珍了。

时任江浙行省参知政理的方国珍，实际只控制着浙江的临安、湖州、嘉兴、绍兴、明州、台州、温州七个州府。处州，金华、衢州、严州早已落入朱元璋手中了。

一天，朱元璋召见刘伯温、汤和两人，就有关攻打方国珍的事说："现在小明王陈友谅已经灭亡了，张士诚羁押在囚牢，待日给他处死就是了。现在的主要对手就只有方国珍了，攻打方国珍成为当务之急。至于如何攻打，请诸位多提良策。"

刘伯温说："现在是到了该攻打方国珍的时候了。至于具体作战行动计划，应采取'先易后难、先北后南，顺序推进'的办法。直捣其台温老巢。"

朱元璋说："请说得具体些，先从何时、何处开始？"

刘伯温说："就在今冬，同时分别攻打嘉兴府和临安府。就要他们保证在年前拿下上述两府。"

朱元璋问："还有湖州呢？暂不动它，是要切断他的后路？"

刘基说："没错。这就叫先易后难，湖州的关磊不仅足智多谋、武功高强，而且兵多粮足。不仅难攻，更重要的是要化敌为友，为我所用。"

湖州是关磊的老家，他是在湖州出生、湖州长大的。同时他也是个孝子，自从任湖州路总管后，也就是参加方国璋的葬礼后，就把父亲关天啸与继母接回到湖州老家，以便在湖州颐养天年。

朱元璋迫降张士仁后，首先采取先北后南的战略，从浙北的杭、嘉、湖开始。着意派上将花云、吴祯为先锋，共发二万精锐兵力，从皖南、严州顺水而下，出其不意地进攻桐庐、富阳。

时任临安（杭州）总管兼总制的方国瑛，思想上比较麻痹大意，认为湖州有关磊、嘉兴有李金有两人挡着，所以未加注意和提防。尤其是对桐庐、富阳两县的保卫未加注重，每县只有百来个兵，是在维持地方秩序的，可以说基本没有驻军。

花云、吴祯各率领七千兵袭击富阳县，谁知富阳也和桐庐县一样，城门大开，如入无人之境，让他们长驱直入，很快富阳陷落了。

临安府原是南宋国都，市井繁华，商业发达，街景鳞次栉比、商品琳琅满目，一片歌舞升平的景象。这天下午，方国瑛闲着无事，与李金富一道去看由杭州才子洪升编著、执导的昆剧《贵妃醉酒》。突然有人匆匆来报说："方将军，大事不好了！桐庐、富阳两县被朱元璋的大将花云、吴祯占领了，目前正向临安袭来。"

方国瑛半信半疑地说："此事当真吗？"

"千真万确。是富阳县统制亲自逃来向将军报告的，他人在府中，请将军即刻回府。"

这一突如其来的恶讯，如晴天霹雳，打得方国瑛措手不及。方国瑛急忙披挂上阵，命令立即进入战斗状态：关紧城门、全军出动、严防死守。

当时驻守临安的虽然有一万兵，但最近台州、明州在抗洪抢险、修堤筑坝，借调去二千兵，实际只有八千兵马。

当关好城门后，见打着大明旗帜的兵马，在城外摇旗呐喊，将偌大的临安府包围得水泄不通，一场攻打临安城的战斗已经打响。

面对强敌进攻，方国瑛并不气馁，仍坚持顽强抵抗。当时在方国瑛身边的只有柳贤明、李金富两员将领，柳贤明自告奋勇带二千余兵坚守西门，李金富也带二千多兵直奔南门，方国瑛自领二千兵去守北城，东城一时无将可派。

方国瑛的小儿子，时年十八岁的方明祥，他自己请缨，要求带兵上阵。大将之后无弱兵。方明祥年少志高、相貌堂堂，在方明善、方明谦的影响和帮助下，武功很是不错，"蜀中无良将，廖化作先锋"，方国瑛只好点头表示说："准，你要与城门同生死！"

方明祥上前领命说："得令！孩儿听从父亲训示。"说后，看他身披白色盔甲，骑上高头白马，带着千余兵马，直奔东门。

不等方国瑛部署拒敌行动，而花云、吴祯已经发起猛烈的攻城行动。临安是南宋百余年的都城，不同于州府县城，其城墙坚不可摧，城楼固若金汤，尽管吕珍他们万箭齐发，几乎毫发无损，攻了半天，还是攻不进去。双方处在僵持状态。花云生性有点急躁，有点耐不住了，他率七八千人，就在北城，一齐发起更猛烈的进攻。

北城正好是主帅方国瑛把守，他采取沉着应对的办法。他急我不急，凭借城墙的坚固、城楼箭眼睁睁，外面箭射不进来，方国瑛居高临下，城楼的支支箭头射击得花云难以招架。几次冲击几次败退，伤亡不少，只好败退下来。

吴祯在的南门也遇到如此相同的情况，也没有突破。还是吕珍点子多，他装作偃旗息鼓的样子，卷起大明旗，背走大战鼓，抬着几多伤员，像是败退，实则重兵埋伏在沟壑、墙角、树林之中，妄图引柳贤明开城，趁此机会，来个突然袭城行动。

方国瑛凭借临安坚固的城墙、凭着八千余将士的沉着应战，虽然挡过一天的两次攻城。但也无法击退大明军的进攻。方国瑛知道绍兴没有驻军，庆元（明州）离临安较远，远水难救近火，只有盼湖州、嘉兴的救兵。

临安撤退也不容易，主要两大难题，一是滔滔不绝的钱塘江阻隔，要有水兵才行；二是在临安的眷属太多，还有无数的文职人员，怎么保证他们的安全撤离？最主要的是如何冲出重围？

当务之急就是在防守的同时，做好撤退的准备，尤其重要的是先把老弱病残、妇幼家眷、文职人员撤出临安，暂避到钱塘江南岸，撤退到萧山、绍兴。

这个任务就落到方明祥身上。方明祥考虑着如何悄无声息地把他们送出临安、送到钱塘江彼岸，唯一之路是在小东门。小东门位于东门与南门之间，这里有一条小河，河浅难能渡船，只有用于排水沟作用，一般人没注意，方明祥动用百来个军人，用半天的时间，将小河疏通、加深、加宽，使小舟可以从城墙底下、从排水渠中通过。

当夜幕降临，由军人领路，采用一艘艘小舟，有条不紊、悄无声息，先后将眷属们一批批、一船船地送出杭城，再由钱江下游水兵，一个个地接送至江南——萧山。

明军那边因为攻不下城池，一时心感惆怅，由此而产生焦躁情绪。正在有点儿无可奈何之时，见一位身穿黑灰色长袍，头戴烟灰色生帽、羽扇纶巾的先生走来，人们不难看出，这就是名扬九州的刘基、刘伯温先生。

刘伯温听了花云、吴祯、吕珍的回报后，习惯地摇了摇羽扇，便笑逐颜开地说："临安处在我军的包围之中，方氏之兵已经成为笼中之鸟、瓮中之鳖！杭城就成囊中之物，唾手可得了。"

花云说："据说守城主帅是方国瑛，他凭借巩固的城墙、易守难攻的城楼，加之严防死守的策略，我们应怎突破？"

刘基不慌不忙地说："两种策略，一是围而不攻，断其供需。不须二月，必起反攻，吾辈以逸待劳，必全歼之；此策欠妥，以防援兵，延误战机！应当采取积极的战略行动，及早占领临安，明天准备，后天就开始攻城。"

"及早攻克杭州，是我们的迫切愿望，一切听从军师调遣。"吴祯接着说，"请军师明确告知攻城行动计划？"

刘基说："紧紧抓住其薄弱环节，集中优势兵力，攻其不备、击其要害。我十八岁考中进士后，十九岁开始一直就在临安当官。足足待了十五年，可以说对杭城的情况了如指掌。"刘基略带激动地接着说，"其最薄弱环节在小北门，小北门隔武林门二三里路程，城外有条环城河，城内守兵认为小北门最安全，所以不会部署军人。他们认为最安全，我们也同样是最安全。"

吕珍问说："在小北门，我曾经观察过多次，想从这里突破，可是一筹莫展，总是找不到办法？"

刘基说："这里有几家捕鱼的，我与他们很熟悉，我们可以搞几十艘船，借几十张云梯，木梯架在船上，就是攀登木梯而上城头。待进城后遂打开城门，就可长驱直入。"

那天正好是深秋十月初二晚上，黄昏过后，方国瑛等发现城外有些风吹草动、鸟飞狗叫等异常现象，预示今晚有可能再次攻城。为此就立即进行战前动员，告诉官兵务必提高警惕、加强防备、严阵以待。

二更过后、果然不出所料，北、西、南三门同时发起猛烈攻城，可说是万箭齐发，箭如雨点。方国瑛、柳贤明、李金富进行顽强抵抗，双方激战了将近一个时辰，仍不分胜负。

正好钟楼头鼓打三更，刚好正入半夜子时。见小北门城门突然大开，无数明军从河里蹿出、水上过来，他们便向大北门、大西门、大南门等冲去，不多时，城门被明军打开了，他们似洪水猛兽般地冲了进来，势不可当。

幸好做好了后退的预案，方明祥年青有为，他看情况不妙，为了保存实力，尽最大努力减少损失，就发出撤兵的信号。好在前天刚作过演练，民军他们边战斗边撤退，至东方拂晓，临安城被朱元璋的明军占领。

花云下令，立即关紧城门，不许任何人进出，紧接着进行搜捕行动。他们搜遍了街街巷苍、找遍了东西南北、寻觅了池塘地窟，就是找不到方国瑛和他的弟兄、查不到其家眷亲属。还有那诸多的文职人员，再后，终于找到小南门流水河，才知他们全从流水河中逃出。

刘基住在临安一十五年，对临安的情况了如指掌，就是不知道小南门有一河渠能通钱塘江，刘基目瞪口呆地说："智者千虑难免有失，愚者千失也有一得。"

却说方国瑛、柳贤明、李金富、方明祥等用小舟逃出临安城后，驻守在钱塘江口的胡永潮，探索到临安有变，随调二百条战船，前来钱塘江观察动静，刚到钱塘江，就遇到如此重大事件。

待刘基醒悟，立即派兵追赶到钱塘江，方国瑛他们的船已经上了钱塘江南岸了。刘伯温笑笑说："逃得了今日，逃不了明天，逃出了临安，逃不出台州。方国瑛听着，你在台州等着。"

却说方国瑛、柳贤明他们何处驻足？且听下回分解。

第七十五回
吕家远弃官回故里　方国瑛不意失台州

汤和伐甬适时宜，家远用兵堪说奇。

冰水开汤真武器，钗头凤曲护城池。

元至正二十七年（1367）丁未，方国瑛败退临安、来到绍兴。随后，驻守嘉兴府的李金有将军，被明军大将汤和打得大败，李金有带着五千多兵，也败退到绍兴。他们在绍兴做了短暂的休整后，意识到绍兴虽美却非久留之地，因为朱元璋的明军就会追来。于是由柳贤明负责安排随军眷属、老弱病残、文职人员，首先逐步撤退到庆元路（宁波），避免造成意想不到的危险。

当他们刚刚渡过曹娥江不久，朱元璋、刘伯温命汤和、花云、吴桢，领三万余大军，从旱路向绍兴、明州（宁波）追杀过来。汤和他们渡过钱塘江后，即便夺取萧山县，随后毫无抵抗地占领了原越国都城——诸暨、接着占领了绍兴府、他们为进攻庆元路打下了基础。

方国瑛清楚，虽然自己有七八千兵力，加上李金有的五千兵，两者合在一起，约一万三千兵，虽然有能力抵挡一阵子，但还是力量悬殊，难以抵挡汤和三万余人的进攻。方国瑛、柳贤明、李金有、李金富决定放弃绍兴府，兵分两路，分别由方国瑛、李金富、方明祥领原临安兵，从上虞、嵊县、新昌，退回到台州。

由柳贤明、李金有率原嘉兴兵，随着家眷退到庆元，与吕家远、吕家达他们合作，共守明州府。

方国瑛本当与柳贤明一道，同去庆元与吕家军一起，共同来保卫明州不会陷落。为何不走庆元路？可是方国瑛错误地认为庆元路有吕家远等四兄弟把守，可说是兵强马壮，固不可摧，加上有柳贤明、李金有的五千兵的支援，认为他们能够对付得了的。所以方国瑛作出了退回台州的决定。

谁知道，自从前年的杭州会议之后，接着方国璋兵败浙西，当时危及台州，故而吕氏兄弟将大批兵力抽调去救援台州仙居，其中部分一直还在驻守仙居县。方国璋病逝仙居后，吕家远、吕家达一直未还，至今还在仙居。

吕氏兄弟是抗元的中坚力量，自从方国珍被招安、元顺帝任他为江浙行省参知政理、漕运万户后，吕氏兄弟认为向蒙元王朝投降，心中就感几分不爽。但还企盼方国珍有朝一日回心转意，积极积蓄力量，与他们一道率领大军，一起推翻蒙元皇朝，夺取中央政权。吕家与方家是患难与共的弟兄，愿与方国珍并肩战斗，展望着未来可以更好地为国家出力。

却说汤和、花云、吴祯领三万大军，在上虞县曹娥镇，横渡曹娥江。主帅汤和他们分兵二路进军庆元：一路由大将花云，率一万兵沿海岸线，向慈溪县挺进；另一支由吴祯率一万兵沿四明山傍向余姚前进。汤和自领中军，直扑庆元路。

却说庆元总管吕家远、守将吕家达兄弟俩，分析了当前形势，认为：省城临安失守后，绍兴又已经落入朱元璋手中，方国珍的民军只剩下庆元、台州、温州三个州府，况且朱元璋有刘伯温的辅佐，手下将领云集，雄兵数十万，势不可当。目下元军已经日暮途穷，危在旦夕。方国珍已无力挽狂澜之志，更无东山再起之胆，也无独霸一方、自立为王之意，只有下海为盗和束手就擒两条路。

吕家达问说："大哥，目下明军三万兵马向明州袭击过来，我们有一万五千兵，再调动各县武装，可以抵挡一阵子，或许会有返败为胜的可能。"

　　吕家远说："如果方国珍放弃降元，胆敢独树一帜，敢于提出独立建国、与朱重八抗衡，我们有能力、有智慧保住明州，还可集结力量，进行战略反攻。现在的问题是我们为蒙元打仗，还是为方国珍打仗？如果是为方国珍打仗，我们就抵抗到底。"

　　吕家达说："这仗怎么打？现在是敌兵已经渡过曹娥江，正向明州袭来，即将兵临城下，我们是束手就擒举手投降，还是誓死不屈、决战到底、与明州同生存？"

　　正说着，柳贤明、李金有领五千兵士、三千家眷到达。吕家达急忙大开城门，迎接他们进城。他们的到达，打乱了吕家远的战略部署。主要是三千家眷和文职人员的到来，在住宿、生活、安全上，带来了诸多不便。吕家远当机立断、办事决不拖泥带水，作出了明确的决定说："由李金有负责，立即调百艘战船，从涌江口下船，将这三千家属，安全地送到台州，最好安排他们住在松门、玉环、洞头。使他们免遭战火之恐！"

　　当李金有护送家属上得船后，以汤和为首的三万明军，随即很快包围了明州城，很快把四门包围得水泄不通。看来一场攻城与守城的战斗即将打响，双方将进入斗智、斗勇的激烈较量之中。

　　明州守城总指挥是吕家远。吕家远是文人、书画家、诗家，也习过武、读过兵书、深懂兵法。今日兵临城下，如何指挥已经成为棘手的事。吕家达问道："汤和、花云、吴祯三员都是大明国的大将，他们把我们围困在城里，我们应如何防守？怎么应战？"

　　吕家远说："明州是战略要地，是千年古城，因此城池坚固，易守难攻。我们要充分发挥这一特点，只要坚忍不拔、严防死守，任凭汤和、花云、吴祯三员大将攻他个三天三夜，先挫挫他们的傲气。三天后的事，到时再作安排。"

　　的确，汤和、吴祯、花云仗着兵多气盛，以锐不可当之气乘胜前进，连续不疲地猛攻，打了个三天三夜，妄图打得城内民军喘不过气来，这叫作强势高压的战术，逼迫民军投降。

　　可是汤和他们连续战了三天三夜，他们轮番上阵，一刻不停地强打猛攻。事与愿反，搞得他们自己精疲力竭，一个个无精打采、叫苦不迭。可是明州城内的守军，却阵脚不乱、应战自如，丝毫看不出破绽。

　　果然不出吕家远所料，猛烈的三天激烈攻城终于过去，果然出现暂停攻城的局面。此时吕家达、柳贤明、李金有佩服地说："佩服佩服，十分佩服你料事如神，敌人的行动全在你的掌控之中！第一阶段总算胜利顶过来了，下一步应如何应对？应怎样防守？"

吕家远说:"从来是'兵来将挡、水来土掩'。下一步他们改全面强攻为重点进攻,可能集中优势兵力,从西城为突破口。时间选择夜间袭击,我们要准备更多的箭头,同时也准备些带火的箭矢。有可能就在明天半夜左右,再次发起更加猛烈的进攻,到那时我们来个万箭齐发,射得敌人无还手之力,打得他们胆战心惊,吓得他们喊爹叫娘的。随后由柳贤明从南门冲出五千兵,杀他一个回合。但是要把握战机,见好就收,把他们杀出二三里外,就收兵进城。"

汤和、花云、吴祯认为要改变全面强攻的状况,应采取"抓住薄弱环节、集中优势兵力、重点突破"的进攻战法。从白天探测的情况看,认为敌方的重兵在北城,西城倒是个薄弱环节。三人决定于今晚半夜子时,再次发起从西门为突破口,动用二万人发起猛烈的攻城行动。

元至正二十七年十一月二十三日,冬至过后的第十三日,后天就是小寒,虽然已经进入数九寒天,可是天空晴朗,风和日丽、阳光明媚。宁波城内城外正在紧张的备战之中。

先说汤和、花云、吴祯他们用二万重兵,准备架千张云梯、五千支火箭、三百人扛十株大树,猛撞原明州府(现庆元路)西城城门。当夜半钟声敲响,西城城外摇旗呐喊,箭矢如雨点般地射向城楼,其中火箭射击得城里如同火海。紧接着架起一架架云梯,攻城行动已经开始。

而守在城楼内的吕家远、吕家达、李金有眼看敌人已经爬上城墙,就立即将城上已经准备着的三千多桶冰水、一千桶刚刚烧滚的开水泼了下去,冰水、热水倾盆而浇,那些扛树撞城门的人,被浇得晕头转向、衣如水洗、浑身发抖,有的人烫伤头皮叫苦不迭。紧接着城楼万箭齐发,火箭射击得城墙外如同白昼,造成明军不少将士中箭伤亡。

面对一这突如其来的冰水、开水浇头,汤和他们感到丈二和尚摸不着头,感到一筹莫展!这是兵书上从未用过的战术,而吕家远却运用得淋漓尽致、妙趣横生、无可挑剔。

这时,南门突然打开,柳贤明率五千兵马,"冲冲冲!杀杀杀"的喊声惊天动地,五千兵一下子杀了出来,当时攻守南门的明军约有三千兵,怎能经得起柳贤明的五千兵突然的冲击,双方虽然进行过猛烈较量,由于力量的悬殊,大明军遭受较大的伤亡,被击退,败退二三里路外。柳贤明见好就收,立即鸣锣收兵,退回府城。

汤和他们两次攻城的失利,才知吕家远胸有文韬武略、足智多谋。但他们决不气馁,誓言不攻下明州城决不罢休。在总结前两次失败的经验教训的同时,决定先用攻心战,首要的是动摇城内民军的军心,造成不战自退的局面。

而吕家远对以上两仗的胜利不骄傲自满，而是谦虚地说："虽然取得以上的胜利，更艰苦的战斗马上就要来临。下一个战斗如何而打？值得认真思考。"

正在这时，忽而报说，城外的大明军射进数十支箭头，支支系有"传单"，吕家远、吕家达、柳贤明等拿来一看，见传单上写着：

大明军元帅朱亮祖率三万精兵强将，从浙西婺州（越州）盘安县进入台州天台县，本月二十二日，围困台州府城临海，二十三日，临海府城告破，方国瑛降我大明！方国珍暂避于楚门。温州的方明善已被包围。奉劝吕将军迷途知返、弃暗投明，放下武器，归顺我主大明洪武。

与此同时，住在仙居的吕家进、吕家通知道庆元路危在旦夕，吕家远、吕家达、柳贤明、李金有他们正与汤和他们浴血奋战，尽管取得胜利，但知方国珍的大势已去，靠吕家军是无法力挽狂澜的。于是兄弟俩亲自带数十个贴心将士，自骑上高头大马，连夜动身，披星戴月、马不停蹄地赶来庆元路。他俩通过暗道进得城来，随将台州陷落的情况报告了吕家远、吕家达、柳贤明、李金有他们。

吕家远问道："现在方国珍大将军身在何处？有何军令？要我们做些什么？我们应如何应对？是继续战斗、还是举手就降？"

吕家进说："大将军在黄岩，方国珉、关琼瑛和儿子方明谦在松门、楚门一带，方明善、方明敏在温州。"

吕家远说："台州府城临海怎么很快就会失陷？方国瑛、陈叔达难道没有防备？就是仗着临海古城墙也能守他个十天半月的。"吕家进、吕家将情况做了大概的叙述：

朱亮祖、徐达、邓愈、常遇春四将，从东阳、盘安、新昌三路同时入侵天台县，自从"三竹"兄弟阵亡后，天台县就没有驻军。朱亮祖他们如入无人之境，一路畅通无阻地直逼府城临海。

临海守将是第一大将陈叔达，陈叔达武功高强，自从与方国珍起兵以来，他所向披靡，攻无不克，称得上常胜将军。他驻守临海是十分恰当的，况且深得府城民众的拥戴。

就在这时，方国瑛、李金富领八千多名兵马从杭州败退回来，他们路过新昌时，正好被常遇春的部队发现。常遇春就利用这一难得的机会，偷偷地一路跟踪，就是与方国瑛他们保持只隔半天时间的路程，就是保持十多里路的距离。

当时方国瑛不知道后面有敌军，更不知是敌方的主力部队在跟踪。常遇春他们似狼如虎、虎视眈眈、紧跟其后，随后朱亮祖、徐达他们也接着跟随其后，随时都可以吃掉方国瑛，但更大的阴谋在后头。而沿途民众也误认为这是方国瑛的后续部队。

当方国瑛的部队进入临海大石时，后方的人越来越多，朱亮祖、徐达、邓愈的三支部队也相继到达，且距离也越来越近，接近到只有五里之差距。

当方国瑛的部队从北门而来，守城兵看到民军的青龙旗，才知方国瑛和将士们从杭州回来。府城临海驻军是大将陈叔达见方国瑛的到来，就立即大开城门，迎接方国瑛他们。跑得精疲力竭的方国瑛，到达临海就意味着到了家了，一切交由陈叔达给予安排食宿等。

陈叔达是德高望重的将领，也是方国珍、方国瑛、方国珉的老师、教练，他办事谦虚谨慎、不骄不躁。自从担任台州总管二年来，得到台州百姓好评。最近知道方国瑛兵败杭州后，紧接着汤和正在进攻庆元，朱亮祖已经进攻台州，台州府城临海危在旦夕。

为此，陈叔达做好保护府城——临海的万全准备，从前三天开始，就进入临战状态，全城处在高度警戒之中。谁知方国瑛先到一步，陈叔达不得不迎接他们进城。他以为是好事，有方国瑛、李金富两人加八千余兵，能助他一臂之力。

就在这时，陈叔达发现不对，怎么有这么多的兵？怎么崇和门方向也大批武装涌进？怎么穿着各异、武器也不一样，说话语言都是北方口音？莫非有诈？

他急忙喊醒正在休息的方国瑛，疲惫不堪的方国瑛被陈叔达喊醒。他眨了眨眼，只见全不是自己的人，他们已经荷枪实弹、占领了知府衙门了，一刹那，整个府城都被朱亮祖他们占领了。

陈叔达岂能束手就擒？立即披挂上阵，跨上战马，手拿八尺长枪，和杜屏山、他的儿子陈海滨等，横冲直撞，杀出重围，杀出崇和门。跟随其后的兵马只有五千多兵。

陈叔达、杜屏山、陈海滨领五千多兵败退敌兵的几次拦阻，终于冲出重围，杀条血路，向东、向邵家渡方向撤退，暂时退隐在桐树山、以桐树山的山高水险，依靠桐树山的山明水秀、资源丰富，他们在此休养生息。

却说尚留在临海府城的民军，约一万五千兵，其中方国瑛的就有八千多了，他们虽然作过短暂的抵抗，只因力量悬殊，抵抗是无力的。最主要是看主帅方国瑛已经被朱亮祖、常遇春他们捉住了，他们只好举手就擒。

继杭州、嘉兴、绍兴失陷后，接着台州府城——临海又被朱亮祖占领了，更严重的是方国瑛被擒！恶讯如晴天霹雳，打得方国珍晕头转向、惊慌失措、束手无策。

吕家远、吕家达、柳贤明、李金有他们听了吕家进、吕家通的介绍，知道大势已去，不愿看到的失败局面终于到来，大家沉浸在悲痛之中。

吕家远是吕家的大哥，柳贤明是吕家远姑母之子，是嫡亲的表兄弟。面对这一局面，需要由家远作出决断。吕家远悲泣说："方家是我们患难与共的兄弟，况且我俩是亲家，女儿与方礼成婚多年，已经有外孙了。我们与方国珍一起浴血奋战决不后悔、更无怨言。可是我们已经尽力了，对得起方家了。谁知现在大势已去，我们吕家兄弟无能力挽狂澜。只有到此隐退。"

吕家进问说："先说当前明州的战局怎么收场？是四兄弟加贤明表哥、金有兄一起大打一场，把汤和赶出宁波后撤军，还是现在偷偷地先撤？"

吕家远说："汤和他们有大将三员、雄兵三万，后面有足智多谋的刘伯温，打一场大仗，付出的代价太大了，况且没有胜算的把握，这一条不可取；再说偷偷地逃也不可取，这有损我吕门'光明正大'的传统。"

吕家通说："难道与他议和，先向他表示投降，再求他放过我们？"

吕家远说："这也不必，这也有辱方国珍的脸面、更是有损我们吕家的高风亮节，绝对不可取。"

柳贤明说："以远兄之见，莫非是采取……"

吕家远说："是这样，我已经拟好了一首词，用当年陆游的《钗头凤》：

军人手，强弓抖，满城民众声叹口。谁胜负，人长久。一时糊涂，半生难受。丑、丑、丑！　　河依藕，山空蓉，泪痕流湿鲛绡钮。该休否，饮杯酒。千消愁绪，暖风雄赳。走、走、走！

吕家远把这首《钗头凤》交给吕家达说："你把它系在箭头上，发射给汤和，看看他们的态度，试探他们如何反应？"

却说汤和、徐达、常遇春他们，正在商讨继续攻城的计划，此时此刻，收到吕家远发来的词——《钗头凤》。他们看了后，喜不自禁地说："好呀！这样好，既保护宁波百姓免遭生命财产的损失，又使千年古城原貌无损，更使我军免遭伤亡！一举三得，何乐而不为？是十分难得的机遇。"说后也写了首《钗头凤》，以表积极响应：

躬双手，交朋友，满城民笑张开口。无胜负，人长久。决无糊涂，两方皆否。否、否、否！　　心相逗，胸怀厚，庆元齐赞将军袤。罢休就，举杯酒。千无愁绪，任凭晨昼。走、走、走！

汤和亲自填好这首词后，命令将士把这首《钗头凤》射击进城去。

　　吕家四杰和柳贤明、李金有他们，虽然发出和平友好的《钗头凤》，但还是常备不懈、枕戈待旦，作决战决胜的准备。果然不出吕家远所料，这天下午，果然城外射入了一箭，《钗头凤》很快送到吕家远的案头上。吕家远他们看到了汤和签名的这首词后，就做了撤出庆元的具体行动计划。

　　摆在面前的是何时走？怎么走？走何处？这就要吕家远作出正确的决定。还是柳贤明心直口快地说："这里防止有诈，防止前有埋伏、后又追兵！这是万万不可麻痹大意的事！"

　　吕家进说："柳兄说得对，我看以水路为主，立即调李金海的水兵，乘船而走，免遭路上偷袭。"

　　吕家达说："我对船上不习惯，还是陆路方便，我可带一万八千的，他们兵来将挡，一路杀到仙居，怕什么！"

　　虽然各人都提出了不同的看法和想法，基本上就是两条路，是水路还陆路，虽然各执一词，基本方向一致——就是怎么安全地撤出明州城。

　　吕家远思考良久后说："各位说得不错，都是为了体面、安全地撤出宁波。办法有三。"吕家远接着说，"第一是光明正大地走，我们确定后天早上开始，时间两天走完，明天就要先贴出告示，说明走的理由，以便得到民众的理解和支持！争取商店店面贴些红纸、写上欢送的客气话。同时也告诉汤和他们，请他们待我们走后再来。"

　　吕家进举双手赞成说："好好好！这样最好，这样做想必汤和他们也不敢来偷袭，否则必遭百姓的辱骂。那第二呢？"

　　吕家远说："历代是兵必殃民，我们在临走前切勿扰民，凡是所借的东西一律偿还，损坏了的一律照赔。这是一条铁的纪律，决不含糊其辞。"

　　吕家达说："这条很重要，我马上通知下去，从现在开始，立即进行自我检查，自我退赔。还有第三呢？"

　　吕家远说："第三是先君子、后小人，就是慎防小人突然袭击。因此我们要时刻保持高度警惕，由柳贤明的八千兵，埋伏在暗处，以防不测事发。"

　　却说大明军看到了民军撤出宁波的告示，他们不得不佩服吕家远的才华横溢和足智多谋。花云说："他这么光明正大的气度，逼我们也要光明正大行为，否则被百姓骂我们是小人。好了好了，就让他们安全撤出好了！"

　　而吴祯一言未发，他心中自有打算，他计划在吕家远他们大多数撤出的路上，进行拦截行动。

时间过得很快，一眨眼间就是十一月十三日，民军分两路撤出明州，一路是由李金有的五千原嘉兴兵，从东门撤出，在涌江口下船，由东海水师直运至上下大陈岛，在那儿候命。

其余的全都从大南门撤出，当队伍大部分撤出明州府城时。吴祯亲自带五千兵精锐兵士埋伏在郊野，他看吕家军扛着七倒八歪的旗帜，就以为是最后的兵士了。吴祯就从草丛、麦田、村落中杀将出来。

有所精神准备的吕家军，不慌不忙地立即回首刺杀，因为吴祯领的精锐部队，双方战了半个时辰，虽无胜败，还是吴祯略胜一筹。正在这时，柳贤明五千兵从后面杀上。这样形势发生根本变化，吴祯的五千兵被夹在中间，被包了饺子，成了肉馅子。尽管他左冲右突，但也受到较大的伤亡。

事后，吴祯忆起这件往事，还心有余悸。汤和他们不得不佩服吕家远的智慧和策略。从此之后，吕家远、吕家进、吕家达、吕家通、柳贤明等，率二万兵，从奉化—宁海—天台，直至仙居县，一路上畅通无阻。暂时隐藏在仙居的下阁、白塔、田市、横溪一带，依靠神仙居、惊星岩等崇山峻岭深处，需要时召之即来。

却说朱亮祖、徐达、邓愈、常遇春岂能就此罢休？他们发起夺取黄岩、温州的行动，一场生死搏斗即将打响，未知方国珍是死是活，是战是降？且听下回分解。

第七十六回
刘伯温智取温州府　方国珍举降大明朝

温州失陷惨凄凄，仁本遭擒话主题。
归顺元璋签画押，官兵百姓共悲啼。

自从省城临安陷落后，如决堤洪水，接二连三地失却嘉兴、绍兴、庆元。与此同时，台州府城失陷、主将方国瑛被俘，看来大势已去，只剩下黄岩县和温州府了。就是温州、黄岩也危在旦夕。

为此方国珍在黄岩县县堂中，主持召集一次紧急会议，与会者有刘仁本、方国珉、邱楠、李金松、董志强、关琼瑛、邱桧、方明善、方明谦、方明敏、潘文忠等人。方国珍说："朱亮祖、徐达、邓愈、常遇春占领台州府城后，接着就要攻打我们黄岩、温州了。可以说温州、黄岩危在旦夕，形势十分险峻！面对这一严重的局面，我们当作何应对？"

刘仁本说："形势虽然十分严峻，可是我们尚有将军十员、雄兵数万，还有仙居吕门四杰和兵士万余，再加万余水兵，足能坚守住这一方土地，这是我们的上上之策。"刘仁本接着进一步说，"我们将富饶的温州作为我们的后院，'水阔凭鱼跃'，还有辽阔的东海作为我们大后方。坚持抵抗才是唯一的道路。只要挡住目前这一危急难关，或许还会出现转机、也许会有反败为胜的可能。当前应当利用翠屏山这一天然屏障，严防死守，拒敌于黄土岭以外。"

刘仁本的话不无道理，可是邱楠却提出议和主张说："看来大势已去，我们从数十万兵只剩下数万多兵、从江浙行省退到东海角落。况且方国瑛将军落在敌人手里，为保国瑛将军的生命安全，还是给自己留条后路，可与他们议和。"

此时会上出现主战、主和两种不同意见，刘仁本、方国珉、方明善他们，坚持积极抵抗、主张集中力量，将敌人拒绝在翠屏山以北；而以邱楠、邱桧、潘文忠他们的主张议和。而李金松、董志强、方明谦未作明确表态，形成了三三三的局面。在这紧要关头，需要方国珍作出正确的决择。

可是方国珍却模棱两可、轻描淡写地说："刘先生、邱先生两人说的都有道理，我们应采取议和与抵抗相结合的两手，由潘文忠组织八千兵守住翠屏山的黄土岭和西乡的义城岭，在义仁岭、黄土岭挡他一阵。温州是后院，由邱楠、邱桧、方明善、方明敏立即去温州，保证温州的安全是最最重要的；方国珉、关琼瑛、方明谦守住玉环、楚门，这也是温州的门口。李金松、董志强、胡永潮防守沿海岛屿。"

时任温州路总管（兼任）的刘仁本说："我兼职温州路总管，是朝廷命官，因此，我与邱楠兄一道去温州，与明善、明敏一起抵抗朱重八、保卫温州路。"

在危急关头、患难时刻，方国珍需要军师刘仁本在身边，于是说："温州有邱楠先生去了，刘老师暂时不要去了，况且黄岩也需要你。"

刘仁本坚持说："我是温州命官，现今温州危在旦夕，岂可擅离职守？保卫温州责无旁贷！"

方国珍的战前动员和作战部署，貌似积极抵抗，实则是无所作为，轻描淡写，无的放矢、漫无重点。大敌当前，黄岩危在旦夕，应当集中力量守住黄岩。可是只给潘文忠五千兵，潘文忠终有三头六臂，也怎挡得住数倍于我的敌军？在潘文忠的要求下，再增三千兵。

而朱亮祖他们乘胜前进，四万大军耀武扬威地向方国珍袭来、向黄岩、温州袭来。他们却兵分两路，一路由徐达、常遇春俩率二万兵攻打黄岩，直捣方国珍的老巢。由朱亮祖、邓愈率二万兵攻打温州。

在元代，黄岩至临海的主要道路是义城岭，当时马头山的道路尚未开发，所以义城岭是千年古道。

义城岭它位于黄岩西乡瑞岩山。潘文忠他从小就在这里生活，对义城岭情况了如指掌，他亲自率五千兵驻防义城岭。这五千兵分三道防线：其中二千部署在岭北、一千兵部署在岭头、另二千部署在岭南、三道防线，道道严严实实、人人剑拔弩张。

可是朱亮祖他们率二万兵，从临海的尤溪上山，不走岭路步树林，他们走荆棘丛生的小道，越涧水、攀悬崖、过壑谷，所以漫山遍野的，以二十多里长的范围翻山越岭，潘文忠的五千兵，怎挡得住他们四万雄兵的进攻？

潘文忠是久经沙场的将帅，准备万支箭矢，扛到义城岭头，准备等朱亮祖他们到来时，以一当十，万箭齐发。谁知他们仗着人多，而不走山岭走丛林，却是漫山遍野地越过高山，反把潘文忠给包围了。潘文忠虽然做了顽强抵抗，五千兵怎挡住二万兵？潘文忠右腿被箭射伤，迫于无奈、只有束手就擒，他和他的五千兵，都成为俘虏。

大明军越过义城岭后，很快就占领乌岩镇，乌岩是西乡重镇。朱亮祖他们在乌岩做了短暂的休息后，接着就兵分两路：第一路由朱亮祖、邓愈俩率一万兵马，从平田洋上山，翻越仙姑洞，进入乐清雁荡山，向温州前进。由徐达、常遇春俩也率一万兵，攻打黄岩、路桥、沙门、楚门、玉环等。其重点是攻打方国珍。

先讲远慢说近，先说朱亮祖、邓愈他们走的是一条崎岖山道，虽然如蛇似龙的逶迤山道，却无荆棘丛生。乌岩至乐清雁荡山，只有百来里路程，就在当天傍晚，大部队顺利进入温州府乐清县大荆镇、雁荡山。

雁荡山是方明善外祖母的出生地，也是方明善的第二故乡。他对雁荡山情有独钟，平时将精兵强将都隐匿在乐清大荆、雁荡山。可是最近温州军事紧急，刚刚在前天，将万名官兵调到温州去了。说也奇怪，偏偏就在这个节骨眼上，不料出现个朱亮祖来，突然冒出万人的大部队来。当时大荆的民众误以为是方明善的部队。

此时此刻，方明善、方明敏、柳含春正好在乐清城里，正密切注意着朱亮祖的兵马。忽见部下急不可耐地快马飞报说："以朱亮祖为首的数万大明军，已经占领了大荆镇和雁荡山了，现在正向温州方向前进！情况紧急，望将军立即应对。"

方明善、方明敏、柳含春听了，立即亲自披挂上阵，快马来到清江，重兵把守住清江南岸。

元代的清江，其江面宽约二里，潮起潮落，汹涌澎湃。行人过江必乘渡船。方明善借这条天然江水，阻止了朱亮祖大兵的长驱直入。

而朱亮祖见彼岸戒备森严，看江中浊浪滔滔，知敌方严阵以待。众将士问道："如何渡过清江、越过浊水？"朱亮祖说："我军身经百战，跨越过千山万水，从来是'逢山开路、遇水搭桥'。何况这小小的清江，有何惧哉？"

乐清雁荡山遍山长有毛竹，邓愈命兵士砍来数以万计的大毛竹，编制成一个个竹排。他们扛着竹排在离清江以西数十里的上游，就在上塘一带、乘着退潮时刻，将竹排放在清江江水上，数以千计的竹排几乎铺平了江面。邓愈的万名兵士蜂拥而过，呼风呐喊势不可当。

方明善是位年青有为的将军，他看见敌方的兵力已经往清江上游方向活动，估计在上塘一带用竹排强渡，于是就派妻子柳含春，弟弟方明敏带五千兵去上塘阻击。柳含春、方明敏到达上塘，看见邓愈他们撑着竹排横渡。

而柳含春、方明敏见此情况，连忙命令射箭，箭矢如飞蝗，射得人仰马翻、射击得邓愈无法前进。可是对方也箭矢乱射，射得柳含春的兵也有伤亡，双方互不退让，僵持了约一个时辰。至夜幕降临，才偃旗息鼓，各自收兵。

与此同时，朱元璋、刘伯温命胡廷瑞、何文辉率二万兵从浙西的处州杀来，他们一举夺取永嘉，已经进入瑞安县了。

身为江浙行省抠密院副使、兼温州路总管的刘仁本，早与闽南主帅陈有定签有"互相帮助，相互支持"的协议。刘仁本已经遣人与陈有定联系上了，而陈有定明确答应今天派二万兵前来支援温州。谁知道这个刘伯温预料到这一步，已经遣胡廷瑞、何文辉埋伏在平阳，伏击了陈有定的援兵，害得陈有定全军覆没。

而刘仁本率朱右军领五千兵，出南门来瑞安县，来迎接陈有定援军的到来。他刚出城南不远，见打着陈有定旗帜的兵马迎面而来，刘仁本笑逐颜开。

岂料落入刘伯温的圈套，刘仁本、朱右军和他的五千兵，全部被俘。

刘仁本被俘后，刘伯温指使廖忠永审问："你姓甚名谁？任何官职，必须从实讲来。"

刘仁本昂首挺胸地说："吾乃江浙行省抠密院副使兼温州路总管刘仁本也。"

廖永忠冷笑着说："原来就是方国珍的主幕、大名鼎鼎的刘大人，失敬失敬！今日落此不幸，有何话说？"

刘仁本慨然地说："大丈夫视死如归，今已被俘，要杀要刽由你！"

廖永忠道："先生果真是英雄也，佩服佩服！人非圣贤，孰能无过？若先生能归顺于我主朱元璋，今日打开城门，献出温州，将功补过，保你平安，施你无罪，放你回去。"

刘仁本仍镇定自若地冷笑说："你看错人了，刘某我熟读四书五经，十八岁考中进士，懂得忠孝节义。刘某我岂能背主偷生？"

刚才廖永忠与刘仁本的对话，刘伯温听得明明白白。刘伯温与刘仁本两人，不仅同姓，而且是同科，同时参加乡试、殿试，同是进士，同在江浙行省任职。只因在对方国珍看法上意见相左，最主要的是元顺帝任方国珍任行省参政知事的同时，革了刘基的职，要将他坐牢，因而耿耿于怀！

刘基对廖永忠说："机会来了，我们打着福建陈有定的旗帜，举着支持方国珍、刘仁本、方明善小旗，浩浩荡荡地进城，一举夺得温州。"

翌日，果然见温州南门有扛着福建元帅陈有定旗帜的数以万计的官兵，浩浩荡荡走进温州府城。守城主将邱桧不知其计，急忙出来迎接。谁知却被廖永忠、胡廷瑞、何文辉算计了。

此时尚在清江对峙的方明善、方明敏、柳含春惊闻温州失陷，连忙撤兵，幸好道路熟悉，马上向东、向海岸退去，退向玉环和洞头。

此时，柳含春悲悲泣泣地思念刘仁本先生，对他的忠诚表示赞叹，就在船中作词牌《柳梢青》一首：

仁本遭囚，实堪悲痛，泪水泉流。似父如兄，惊闻俘虏，无限忧愁。

韶光逝却难留。飒风恶，无休怨尤。浊浪波涛，淌流不止，珠泪何收。

柳含春声泪俱下地又吟七绝一首，题为《悲别》：

含春切痛别温州，明善悲声珠泪流。

仁本忠诚人赞赏，官兵暗地泣啾啾。

方明敏听了柳含春的诗后，泪水汪汪地也口吟七绝一首，题为《惋惜》：

乐清雁荡景幽幽，满目韶华天意留。

锦绣温州今失落，依依不舍泪横流。

方明善、方明敏、柳含春恋恋不舍地离开温州，离别半世经营的沃土，心感无限惆怅。军船死气沉沉地向着玉环、向着松门方向驶去。

再说当时在乌岩的常遇春、徐达俩，也一分为二：由常遇春领一万兵从西乡直逼黄岩州西城，兵临五洞桥。

黄岩五洞桥又名西桥，坐落在黄岩城西西街与桥上街之间，横跨西江。有五个桥洞，故名五洞桥，又叫孝友桥，它建造在宋代，由宋朝一个名叫张孝友的县令设计和建造的。桥全长 63.5 米，一共宽 4.3 米。这么长的桥，全部用石块垒结而成。这里有诗赞五洞桥：

西江水秀透凌霄，古韵留芳五洞桥。

历史辉煌南宋建，元明修缮更妖娆。

匠心独具块金石，月洞成形锦绣描。

圣境如虹河汉跨，轻移缓步自逍遥。

此时常遇春立在桥上，剑拔弩张，正在等待徐达的兵马到达，统一行动攻城。

而徐达的一万兵，由平田洋经茅畬、过沙埠岭，从三童乡入黄岩西门。

当时方国珍和夫人董桂芳，儿子方礼、方完和儿媳柯萌秋、戴娴雅都在黄岩城。方国珍知道朱亮祖等约四万兵越过义城岭，兵分两路，向黄岩、温州袭击过来。况且方国珍身边只有五千兵，怎抵得住徐达、常遇春的二万人的攻城？考虑再三，决定撤出黄岩，暂避松门。

自从省城临安失陷后，方国珍考虑再三，就去请出德高望重的陶承恩先生出山，任命他代理黄岩州总管。陶承恩是黄岩东城白龙岙人，举人出身，是原台州路总管赵琬的同窗好友，此人学识渊博，品行端庄，很有威望。方国珍临时委任他为黄岩州总管，虽然是权宜之计，但也人才难得，物尽其用、人尽其才。方国珍慷慨陈词："近日省城临安已失，看来绍兴、明州、台州也危在旦夕！黄岩岌岌可危。形势所迫，我们要避一避，避到松门去。为此把黄岩州嘱托于你，任命陶大人为黄岩州总管！临危上任，责任重大！黄岩州全仗陶大人周旋了。"

陶承恩说："原台州路达鲁花赤泰不华曾多次请我出任台州路总管，都被我一一谢绝了。现在处在非常时期，在危急关头，陶某我哪有不依之理？你们快走，陶某自有办法对付他们的，你们放心好了。"

方国珍刚刚走出，而徐达、常用遇春分别从西城、南城两路直攻黄岩州城了。他们毫无抵抗地进入县堂衙门，走进一看，县堂内空空如也，只有一位年过六旬的老者，不偏不倚地坐在当中，见他目光炯炯有神，态度不卑不亢，倒使他们倍感尊敬。

常遇春走上前问道："你是什么人，见到本将军，还不起来迎接？"

"我是黄岩州总管陶承恩，你们是什么人？擅自进入州路公堂，见了本总管还不鞠躬请安，成何体统？"

徐达上前拱手说："有眼不识泰山，原来黄岩县总管大人，失敬失敬！"

陶承恩立起拱手说："我是黄岩州总管，非黄岩县，请纠正一下称呼。"他还特意补充道，"州与路基本同级。"

徐达礼貌地说："今向总管大人介绍一下，本人姓徐名达，这位就是大名鼎鼎的大明军大将军常遇春。今奉朱元璋大元帅的旨意，与常遇春将军两人，特来与方国珍将军罢战议和、劝说方国珍归顺大明的。"

"失敬失敬！原来两位大名鼎鼎的大将光临，有失远迎！"陶承恩接着说，"请问二位，罢战议和的条件怎样？方将军有事在外，怎么个议和办法？"

徐达说："请问总管大人，还有方国珉和他的侄儿方明善、方明谦呢？我们想会会他们。"

"陶某我现在不知方国珉将军他们的去向，若有要事，卑职可以转告。"陶承恩说。

徐达明确地说："罢战议和事，全赖陶总管周旋了。"接着他说，"这里随便说一下，温州府已经收归我主麾下了、温州路总管刘仁本已经为廖永忠、胡廷瑞、何文辉所擒，邱楠、邱桧已经向我军投诚了。方明善、文明敏、柳含春放他一马，让他们逃回玉环了。这是昨天的事，可能陶总管还不知道吧？"

陶承恩听此一说，不觉大惊失色，知道大势已去，仍保持谨慎地说："议和可以，请说个条件，使我可以转告方大元帅。"

常遇春说："条件可以商量，请陶总管起草提个方案。"

陶总管说："我们主要有三条要求：一是归顺你们明军后，被贵方暂时羁押的方国瑛、刘仁本、潘文忠、李金富等人，同时无罪释放。"

徐达说："这条可以考虑。议和归顺我们后，都是自己人，同意总管的提议。"

陶总管说："二是方国珍是朝廷命官，归顺你们后，其所属人员也要给予他们相应的官职，要给予恰当重用。"

常遇春说："只要双方罢战议和了，这条也可以考虑。请提第三条？"

陶总管说："第三是现有数万名官兵，同时归顺你们后，你们给予同等待遇，不得岐视！"

徐达、常遇春表示说："当然当然。陶总管的以上三条意见，合情合理，我们理所当然地表示接受。最后还要经过主上阅览审批。"

陶承恩说："当然当然，陶某说的是个人设想，归降是大事，必须要经得方大将军应允、得到众将领的共识后，方可进一步商讨具体事项。"

总之方国珍归降朱元璋已现端倪、初露雏形。

此时的方国珍、方国珉、李金松、董志强、关琼瑛、方明善、方明谦、胡永潮他们，都集中在松门—楚门——玉环—洞头—大陈一带，约有水、陆两军共四万五千人。方国珍已经准备好抵抗和归降两手。

德高望重的陶承恩先生的到来，知道定有要事，就在松门军营中，讨论方国珍他们命运相关的大事—归降还是抵抗。首先由陶承恩说明来意后，传达了归降的三个条件。

方国珉、方明善、方明谦、关琼瑛是主战派，提出"反击朱元璋、打出台州府，夺回宁波、温州"的主张。方国珉说："我们的主力部队尚在，我们身边有陆军三万、水兵一万五千，战船二千艘；还有仙居吕氏四杰他们，拥有精兵二万多，更有陈叔达、杜屏山两将军，约有万名雄兵隐匿在桐树山。如若我们再举抗元大旗，他们定会回到三哥麾下。"

而方国珍、李金松、董志强他们则认为大势已去，只好顺其自然。方国珍最担心的是方国瑛、刘仁本、潘文忠已落入他们之手，如不归降，恐怕他们性命难保。为此提出归顺的主张说："看来元朝已经穷途末路了，彻底地完了，跟着元朝绝望了。"

方国珍进一步分析说："而朱元璋比我强多了，他先后除了韩林儿、陈友谅、张士诚。看来统一中国的只有这个朱重八了。面对这一状况，我们必须立即改弦更张，弃暗投明，投奔朱元璋好了。"

关琼瑛泪如雨下，语重心长地说："几十年开辟起来的基业，就这样地断送了，多么地可惜！使人撕心裂肺、痛不欲生！"

方国珉说："现在还是来得及的，我去仙居与吕家四杰，带二万兵来夺台州西门，还请琼瑛去陈叔达、杜屏山将军领一万兵夺临海东门；再请李金松、董志强、胡永潮带万名水师夺取灵江。"

他们正在摩拳擦掌之时，可是方国珍却直白扫兴地说："假若你打到宁波、打到杭州又如何？我生来不是做皇帝的料，也不想做皇帝，只要保证国瑛、刘仁本、潘文忠、李金富他们安全无事，什么我都答应。"

方国珍以上的表态，国珉、明谦他们也无话可说，也只有表示："听三哥的、听三伯父的、听大将军的。"

国珉、琼瑛，明善，明谦只是摇摇头说："可惜！可惜！这么多年的东荡西闯、南征北战！落得个举手投降，以后将过着'寄人篱下'的生活。可悲、可叹！"

在陶代总管的周旋下，初步达成了共识，双方确定由陶先生拟写《归顺书》：

自古天无二日、国无二君……

陶承恩写《归顺书》的同时，确定在黄岩州举行双方见面会，具体商讨归顺事宜。此时汤和、吴祯俩从宁波赶来。从温州来的有朱亮祖、邓愈俩。方国珍方面参加的有方国珍，方国珉、方明善、方明谦。双方各四位，陶总管作为中间人、书记员。

双方见面时，气氛比较融洽，可以说议和在友好气氛中进行。对方由汤和主持说："十分欢迎方国珍将军愿意归顺我主朱元璋将军！俗话说'不打不相识'，今天难得相聚，十分荣幸！从今之后，都将成为自己人，同是兄弟，将成为'有福同享、有祸同当'的兄弟。"

汤和的慷慨陈词，使方国珍感动不已，他向汤和等行鞠躬礼说："方某我是被逼下海，与宋代的《水浒传》十分相似，自从下海造反以来，并无霸主之想，更无霸业之意。今闻朱元璋将军举旗驱逐鞑虏，方某我表示拥护和支持，愿率我军归顺朱大元帅。"

汤和、朱亮祖他们听后非常感动，认为方国珍是位诚实之人，绝非奸诈之徒。对他的归顺再次表示欢迎。接着徐达问道："我们答应你们三个条件，请问方将军答复我们几个条件？"

"我也答应三条："方国珍接着说，"首先是一心一意归顺，决不三心两意，将现有官兵全部归顺明军，并移交花名册。"

朱亮祖说："好好，这样可以，那二呢？"

方国珍说："第二条是同时将军需物资，主要是战船、兵器、地图等军需物资，全归你们所用。"

汤和说："好好！好极了！请说说第三条？"

方国珍说："第三是，我们到达南京后，数万人的军饷，全由你们负责发放。之前的所有饷银均由我们负责，包括一路上的川资。"

方国珍的以上三条，说得十分大方、得体。自然也得到他们的同意。紧接着就在黄岩州举行酒宴。至于何时赴宁、怎么赴宁？且听下回分解。

第七十七回

朱元璋建业登宝座　方国珍举家上金陵

满腹希望已落空，金陵却似入牢笼。

休言卧虎藏龙地，无限凄悲悔恨中。

收复方国珍部为登基做皇帝增光添色，朱元璋焦急地等待浙江台州的消息。

元至正二十七年（1367）晚秋，大将徐达、常遇春带着方国珍的《归降书》，骑上千里快马，马不停蹄地来到金陵，向朱元璋呈上方国珍的《归降书》。

朱元璋喜不自禁地急忙打开《归顺书》见它写着：（历史资料，原文抄录）

臣闻天无所不覆，地无所不载。王者体天法地，于人无所不容。臣荷陛下覆载生成德久矣，安敢自绝于天地？敢一陈愚衷，惟陛下幸载之。臣本庸才，篡上乎季世，保境安民，非有黄屋左纛之念。者陛下霆击雷制之师至于婺州，臣愚以为天命有在，遣子入侍，于是固已知陛下日矣。所谓依日月之末光，望雨露之余泽者也。而陛下开诚布公，赐手书归质子，俾守郡县，如钱缪故事。十年之间，与中吴角立，皆陛下之赐戢也。逮天兵下临吴，会臣尝上书，谓朝定杭越，则暮归田里。不意今年以来，老病交攻，顿成昏昧，而兄弟子侄志虑不齐，致烦陛下兴问罪之师。方怀忧惧，未能自明而大军已至台、温。今臣计无出，虽遣使再三，而承诏之师不容已。是以封府库，开城廓，以俟王师之至。然犹未免为浮海之计者，昔有孝子于其瓶罂也，遇小杖则受，大杖则走。臣之理适于相类。虽然臣一介草莽，亦安敢自绝于天地？故每自思，欲面缚待罪阙庭，复恐陛下万一震雷霆之怒，天下后世议者不谓臣得罪之深，将谓陛下不能容臣，岂不累天地之大德哉！谨昧死奉表以闻，俯伏俟命。

朱元璋看了《归降书》后，比较满意地说："姓方的这个小子，降表写得倒还可以，似有归降之意。"随命李善长立即写《诏书》，召方国珍立即赶赴金陵，参加陛下开国登基大典。

朱元璋随派大将汤和赴台州向方国珍宣诏。应天府至台州，路二千多里。汤和只怕长途跋涉、旅途劳累，决定乘船去台州。皇命在身，汤和毫不懈怠，随带亲信随从百余人，人人穿上黄衣马褂。还有三艘兵船、遴选高手百人的水师警卫军人保卫。汤和一行耀武扬威地乘长江船，顺风行舟、随波逐流，很快便到长江口了。

出长江口就进入嵊四洋，进入东海海域。嵊四洋洋宽浪高，这里是"无风三尺浪，大风船难航"。突然间，狂风大作，暴雨倾盆，浊浪滔天，船帆击落、樯桅折断。没办法，在众水兵的抢险中，终于转危为安，但不得不在嵊四岛作避风修理。

待等风停浪平、雨过天晴，船帆修缮后，放可续航。这样一搁将近半月，到达台州，已经是将近冬至节了。李金海、董志强在象山港迎接汤和将军他们到来。

圣旨到来！方国珍、方国珉、率方明善、方礼、方完、方明谦、方明敏、方明祥等，快马加鞭赶到象山港石浦镇，慌忙摆香案接旨。

汤和宣谕，圣旨下：

皇上阅览方国珍的《归降书》，认为写得还算可以，是有归降之心。为此龙颜大悦！特派汤和将军传诏。命方国珍、方国珉、方明善、方明谦等率全部兵马、战船，带金、银、珠、宝等贵重物品，立刻进京（金陵），参加本皇登基大典，不得有误！钦此。

接诏谕后，方国珍、方国珉、方国瑛等三呼万岁后，方国珍问："此去方某我官为何职？吾弟国珉、侄明善、明敏、明谦、明祥，吾子方元、方完等作何任用？"

汤和说："方国珍将军官还原职，仍为行省参知政理，方国珉等基本官还原职，我主英明，定会论功行赏、量才录用；至于刘仁本、方国瑛、潘文忠、李金富四位，曾是我军俘虏，虽然作无罪释放，已经不是将军了，不宜官复原职，一般降职任用，所以没有参加接旨。

方国珍听后表示："万望汤将军多多关照，在皇上面前多多美言、多多美言！"汤和趁机敲诈勒索说："请方将军给点金银珠宝、山珍海味等，有值钱的，赏赐赏赐！便于本官好在皇上和众大臣面前打点打点，将来对你们仕途大有好处的，也是你和我的脸面。"

听此一说，方国珍完全明白，于是明确表示说："汤大人说得对，需要的、需要的！方某我已经做了安排了，请汤将军笑纳便是！"说后随即递上清单。

汤和打开一看，不由得张口咋舌！见清单上写着：黄金三百锭、银锭三千锭、翡翠八十斤、玛瑙八十块、珍珠八斗。还有松门黄鱼白鲞八十担、宁波鳗鲞五十担，大陈岛墨鱼鲞五十担，洞头洋虾干五十担、温岭石塘炊虾、虾皮各三十担。（每担百斤）。

汤和见方国珍出手慷慨大方，"小小开个口，珍珠八大斗"，他欣喜若狂地说，"谢谢方将军馈赠，破费了！进京后有什么用得着我汤某的地方，尽管说来，必将尽心竭力。"

方国珍拱手说："方某不才，初次进京，人地生疏，万望汤大将军多多关照，多多关照！"

这次汤和初次奉命出京宣诏，收益颇丰，第一次发那么多的横财，可说是满载而归！真把他惊呆了。他谦和地说："好说好说！请按诏书说的办就好了。"

方国珍、方国珉他们送走汤和后，紧接着安排赴金陵的相关事项。离别经营几十年的故土，这是一个艰难的选择。俗话说"虽做大国臣，不如小国君"。为此，必须要有个周密的考虑、妥善的安排。

归降是件大事，事关生死命运的大事！为此，方国珍召集有关人员商议。首先传达朱元璋诏书，接着商议去金陵的相关事项。会议出现了两种不同的意见：

就是除方国珍、方国珉、方国瑛、方明善、方明谦和邱楠、邱桧外，其余的人都不愿去南京，愿意解甲归田，甘做平民百姓。

经过多方协商，仙居的吕家远、吕家进、吕家通、吕家达和柳贤明等，决定从此隐姓埋名，不问朝中之事，甘为平民百姓，他们手下尚有二万兵士，全部解甲归田，有家的回家、与父母妻子团圆，无家可归者，就帮助他们在仙居安家落户。

陈叔达、杜屏山他俩，手下约有万名弟兄，他们大多还在桐树山一带，绝大数人表示同样的愿望，愿意解甲归田，以桐树山为家，开荒耕种，在此安家落户，从此不问政事，做个诚实公民。也有数十人当兵的愿意皈依我佛，在涌泉寺剃度做和尚，成为僧人。

李金松、董志强、李金有、胡永潮、丁光土等水师头领一致表示，决意不去金陵，从此弃军从渔、晒盐。可是这么多船、这么多水师，全部解散，无法向南京交代，于是方国珍决定由丁光土为水师头领，继续带部分战船、官兵同赴南京。

还有原温州的刘三宝、张兴他们，现在仍在平阳、瑞安，已经投降朱元璋了。

方国瑛是在朱亮祖他们攻临海城时投降的，作降将处置，也要与方国珍、方国珉一起赴金陵。刘仁本、潘文忠、李金富三人是俘虏，必须同上金陵。

刘仁本进士出身，为官廉洁奉公，深受百姓拥戴。只因为斑木松所害，逼得他去投靠方国珍。论文才，与刘基不分上下，同在杭州为官。只因方国珍无帝王之志，正如三国时的孔明先生一样，已得其时，不得其主。尽心竭力地为方国珍出谋策划，到头来一事无成，落得个俘虏！说到这里，黄岩百姓对刘仁本先生存有亲切的感情，对他的不幸遭遇深表同情，黄岩百姓无不为他伤情落泪。

诏书没有说明洪武帝登基大典的具体时间，也没有指定到京的日期。可是方国珍、方国珉他们接旨后，仍积极准备赴京。这次上京以方家为主体。

元至正二十七年十二月十二日，方国珍、方国珉率方明善、方礼、方完、方明敏、方明谦、方明祥和邱楠、邱桧、方国瑛、刘仁本、潘文忠、李金富等五百五十五人，步兵一万一千一百一十一人，水师九千九百九十九人。同时献上战马三百三十三匹、战船八百八十八艘、军粮五万五千五百五十五担。

以上兵马、战船、粮草等清单，由方礼、方完兄弟俩呈交给皇上。此时此刻，朱元璋已经登上了皇帝宝座，他看到这样的数字，心花怒放，点头说："这个小子倒还几分诚实，明天早朝给他好好地发落。"

翌日早朝，文武百官鱼贯而入，随后听宣："方国珍、方国珉，邱楠、邱桧、丁光土、方明善、方明谦、方礼、方完、方明敏、方明祥、方国瑛入殿！"

方国珍、方国珉等步入金銮，俯伏金阶，三呼"我主万岁、万岁、万万岁！"

朱元璋身披黄袍，高高端坐在金銮之上说"平身"后，问道："方国珍，为何不来参加本皇的登基大典？是否有意抗旨？"

朱元璋淡淡一句，吓得方国珍汗毛悚然，吓得一时答不上话来。还是方国珉坦然地说："禀皇上，臣接诏书后，至今日，只有四十六天的时间，就是当日启程，二千多里路，长途跋涉，日行六十里，也需五十天，我们只用四十五天便到金陵了，数万人的行军，晓行夜宿，人人精疲力竭！"

汤和奏说："启奏皇上，是我们传诏途中耽搁，只因为路过嵊泗洋时，遭遇北方风暴袭击，故此诏书迟到，这不怪方国珍的事。况且诏书上尚未写明皇上登基的具体日期。"

朱元璋说："恕你无罪！本皇认定你为人还算诚实。"

方国珍、方国珉等齐呼"皇上英明！我主万岁、万岁、万万岁！"

说到这里有必要将朱元璋登基前后的经过作些介绍。早在元至正二十四年（1364），朱元璋在应天府已经建立了明王朝，自称吴王，也称明朝。此时朱元璋的主要对手方国珍尚控制着浙江大片土地，东海尚未平定。而今报来方国珍已经归顺大明、朱元璋闻之大悦，他对李善长半开玩笑半认真地说："现在终可以'筑好墙、可称王'了！终于等来了这一天，可以正式迁都金陵、可以正式开国大典、可以登基称王称帝了！"

李善长说："现在正是'高墙固、民心顺、无敌手、可称王'的时候了。"

元至正二十七年冬，朱元璋与刘伯温、李善长拟定开国大典有关事项，做了如下决定：

一是定都金陵。金陵史称古都，从三国的吴国开始，人称"江南佳丽地，金陵帝王州"。它拥有着6000多年文明史、近2600年建城史和近500年建都史，是中国四大古都之一。它是中华文明的重要发祥地，也是中国历史上建都时间最长的，有六个朝代（吴、东晋、宋、齐、梁、陈）在此建都。从此开始，将金陵称作南京。

二是国号：说起国号，众大臣意见各不相同，当时朱元璋已经在应天府暂定为明，明是光明。朱元璋说："日月为明，古人有云'日月相推而明生焉'。故定国号大明王朝、大明帝国，简称明。可否？"

刘伯温说："明即火也，拆开成日月，千百年来，大明和日月皆为朝廷正祀。以阴阳五行之说，南方为火，属阳。北方属水，是阴。我们可以以阳制阴，以火消水。"此言得到文武百官一致拥护，确定年号为洪武，朱元璋为洪武大帝。

三是政体：基本继承唐、宋体制，也设六部九卿，但取消中书省。没有了宰相，就由皇帝独揽大权。

经刘伯温择个大吉大利的日子——至正二十八年（1368）正月初四，吴王率一班开国元勋，沐浴戒斋、筑坛祭祀天地。

日月星辰、风云雷电、五岳四渎、名山大壑，诸神登坛。坛中香烟绛绕，坛下鼓乐齐鸣！吴王登坛行祭。由大史令刘基祝礼致辞：

维大明洪武元年岁次戊申正月壬辰，皇帝朱元璋，昭告皇天后土，……继天立极，抚临亿兆，尧舜神童让，汤武吊伐，行虽不同，受命则一。

昔胡元乱世，宇宙洪荒，四海有蜂虿之忧，八方有蛇蝎之祸。群雄并起，河山瓜分寇盗齐生，乾坤毁灭。……因苍生无主，经群臣推举，吾承天之基即帝王之位。躬为黎民。今改元为洪武，兴国号为大明……

祝礼完毕后，文武百官，三呼"吾主万岁、万岁、万万岁！"此日正好阳光灿烂、风和日丽、雪融冰消、气象万千。朱元璋心中大悦道："吾为明太祖，册马氏为后，世子标为皇太子。李善长为韩国公、徐达为魏国公、李文忠为曹国公、汤和为信国公、刘基为诚意伯、吴祯为靖海候、廖永忠为德庆候、朱亮祖为永嘉候。

今天是正月十六早朝，方国珍等是第一次参加朝贺的官员，这是对方国珍他们表示器重。接着汤和奏道："启奏陛下，方国珍、方国珉等带领队伍归降当朝皇帝，皇上应当封以他们官职。"

朱元璋说："准奏。方国珍归降有功，朕赐方国珍官为行省左丞，出任广西省；方国珉广东茂州知府、邱楠为广东韶州知府、方明善为梅州知府。方礼任濠州凤阳县县令，方完滁州滁县县丞。方明谦为明威将军，在朝伴君；方明敏、方明祥暂留金陵、官位偏将。"

虽然方国珍、方国珉、方明善都封了官职，但分别出任广西、岭南等地。特别是方国珍，官为广西左丞。那里山高水险，从金陵到广西，朝行夜宿，需要半年，一路上要经历严寒酷暑、风霜雨雪，就算是顺风顺水、平安到达广西，那又如何？那里人地生疏，那里是少数民族，语言不通、风俗各异。这不是去做官，而是去受罪，搞不好这老命就送在那里了！这明摆着去受活难的差事。

此外更有刘仁本、方国瑛、潘文忠、李金富四人未知作何处置。

方国珍做了仔细推敲，作出不去广西的决定。不去广西上任，就有可能定为"抗旨罪"。抗旨之罪不轻，轻则坐牢，重则杀头！他考虑再三，只有装病，因病请假天经地义，于是就无病装病。

说也奇怪，方国珍一说有病就果然有病，假病成真病。因为精神不振，睡眠不好、吃饭无味，只有几朝半月的时间，人也消瘦了许多。突然发现脸色腊黄，脚酸手软，头重脚轻，四肢无力，眼睛凹陷许多。一天方国珍小病装大病地向皇上提出说："我主龙恩浩荡！谢皇上对国珍的器重，给我予以重用，派我出任广西行省左丞，本当立即赴任。只因旧病复发，肝炎肾炎同时复发，疼痛难受！致使吃不下饭、睡不着觉，看来此病不轻，无法赴任广西了，请陛下开恩！"

朱元璋细细一看，看方国珍的确面容憔悴，面黄肌瘦，尤其皮肤眼睛黄得可怕，定是黄胆肝炎，见他眼睛凹进、眼骨露凸，走路脚不稳，讲话落了魂，一副贫病交迫的样子。随生怜悯之心说："朕准奏，有病在身，需要医治，待养好病后，再去赴任。"

　　方国珍虽然避过这场活难，但也确实发病了，无病装病，弄假成真，确确切切地生了肝病、肾病。此病不轻，且有日沉一日之感，沉疴难治。

　　方国珍有病在身，天天需要就医问诊、捉药煎汤，却身边无人。只是闷闷不乐地待在房里，偶尔走出去散散心。

　　方国珍初次上金陵，月余来，尚未去过玄武湖、夫子庙等名胜古迹。今天是三月初三，春暖花开，天气晴朗，他带着难以承受的病痛和苦恼，走到了夫子庙，在夫子神像前祈祷说："祈求夫子先生，保佑我方家平安吉祥，保佑我方国珍病体早日康复，保佑原来跟我方某一起的弟兄们平安无事、祈求去岭南的邱楠、国珉、明善他们身体健康，早日回归浙江故土。"

　　方国珍在祈祷时，不料邱桧将军也走到夫子庙，他听见有个熟悉的声音在祈祷，走近仔细瞧瞧，可把他惊呆了，"是国珍！又不像国珍？怎么啦？短短三月不见，怎么胡子满面，怎么成为一个干老头子似的？简直换了个人！"听他最后一句祈祷，这下明白无疑了，于是上前招呼说："大将军好！三月不见，怎么消瘦了许多，是犯病了？"

　　方国珍抬头一看，知是邱桧将军，惊喜地说："邱桧将军好！三月不见，想必贵体康泰、万事吉祥？"

　　邱桧一时感觉愕然，于是上前瞧了又瞧后，语无伦次重复地说："怎么的，大将军瘦多了，瘦得不成样子了，仿佛成了个病瘦老头的样子！怎么的，生大病了？"

　　方国珍泪花汪汪地说："一言难尽，是生大病了，是肝炎、肾炎病。"

　　邱桧泪水横流地说："我们以为大将军已经快马加鞭、马不停蹄地去广西上任去了！谁知病得面黄肌瘦！仿佛换了个人。想勿到会在这里碰面……"

　　方国珍听邱桧这样一说，倍加伤感，忍不住泪如雨下地说："是的，是生病了，有病在身，怎去广西。你们好吧！部队状况如何？他们驻扎何处，我很想过去看看弟兄们。"

　　邱桧长叹一声说："陆军、水师都已经全部分解了，解体后的陆军、水师重新插入他们的部队之中，原来的全被拆散了。连我也不知道他们的去向，据说我们的浙江兵，统统地调到淮北，他们可能驻扎在蚌埠、濠州、亳州一带。"

　　濠州，古地名，治所在今安徽省凤阳县。隋开皇二年（582）改西楚州置，治钟离县（今安徽凤阳）。因濠水得名。大业初改为钟离郡。唐武德、乾元间复改濠州。

方国珍问道："还有水师呢，水师总不好调到中原去？丁光土他们怎么样？"

邱桧说："至于水师，也是一样，丁光土碰到我时说，'悔不该来南京，都怪大将军叫我来这里'。他们也被打乱拆散了，多数调防到天津港、大连港去了，真是岂有此理！"

方国珍与邱桧的相遇，如难兄难弟！要说的话自然很多，走着走着，就在秦淮河畔散步解闷，时间过得很快，已经将到中午，邱桧就请方国珍在秦淮饭店用餐。

秦淮饭店就在秦淮河边，环境优美，生意兴隆、顾客盈门。国珍与邱桧正在订菜时，正巧遇见杜屏山、潘文忠俩。杜屏山怎么来到金陵？又怎么与潘文忠在一起？这里有必要作些介绍。

自从方国珍、方国珉他们来金陵后，与方国珍同生入死的弟兄们、方家的亲朋好友们，如陈叔达、李金松、董志强、胡永潮他们，人人牵肠挂肚。尤其是董桂芳、桂香、关琼瑛和她们的子女们，还有黄岩的百姓们，个个朝思暮想，十分惦念他们的生活起居、健康安全等。他们经常聚集在黄岩西街方家里，聚集在董桂芳面前，祈祷国珍、国瑛、国珉、明善、方礼、方完、明谦他们安康。

尤其是董桂芳，董桂香两人，天天泪水洗面，心情忐忑不安，天天吃不下饭、夜夜睡不好觉，时刻惦念着夫郎和儿子的安康。为此，经大家商量，确定由杜屏山、柳贤明俩来金陵打探刘仁本、方国珍等人的消息。

杜屏山、潘文忠与刘仁本他们是患难与共、生死之交的朋友。杜屏山、柳贤明俩前往羽山村，拜望了刘仁本的夫人金氏和他的三个儿子两个女儿。金夫人和子女们急切想来金陵探望父亲，可是不敢，生怕遭遇不测，只有托杜屏山、柳贤明叔叔代为问候。

他俩扮作商人模样，带领十多个侍从，人人带着白鲞、鳗鲞、墨鱼鲞、虾干等高档干水产品。他们下榻于秦淮河畔的布衣巷饭店。茫茫人海，往何处寻找？一天，饭店来了几位当差的，杜屏山上前说："各位好，我们是台州来，有正宗、高档的水产品，货真价实。"

其中一人说："拿来看看，是否真的是松门白鲞。"

杜屏山应了声"好唻"，随递给上好松门白鲞说："不骗你的，是正宗的松门白鲞，你若内行人一瞧便知。"

那人手拿黄鱼鲞看了看后说："是的，不错、不错，是松门黄鱼鲞。"

杜屏山说："老爷子这么的识货，想必去过台州松门？"

"台州去过，松门倒没有去。"这人接着说，"在去年冬，我跟汤和将军去台州宣谕，方国珍送给汤将军很多金银珠宝和高档水产品，其中光松门白鲞就有八十担，我从中拿了半担。"

杜屏山上前拱手打躬说："有眼不识泰山，原来老爷子是皇上身边的人。来来，拿酒菜来，今天我请客！"

白吃白勿吃，因乌衣饭店档次欠高，他们一行六人笑逐颜开地转到秦淮饭店用餐。菜肴之丰富不必多讲，凡是有好菜只顾点来，有好酒尽情而饮。当他们酒足饭饱时，杜屏山再送给每人海味约五十斤作礼物说："这几位老爷子想必是汤将军的亲朋好友？"

此时这位军爷点头说："我是汤和的堂弟名汤顺。"他接着说出了方国珍贿赂汤和了，后被朱元璋得知而害刘仁本的情况。未知怎么东窗事发，怎涉及刘仁本，致刘仁本于死地？且听下回分解。

第七十八回
明太祖金陵施鞭刑　刘仁本溃疡命归阴

刘爷入狱使人愁，举目无亲珠泪流。
只怨国珍无霸气，秦淮河畔泣啾啾。

明太祖洪武元年（1368），重阳佳节，朱元璋得知信国公汤和，去年奉旨赴台州传诏时，向方国珍索取大量金银珠宝、山珍海味等价值连城的宝物。时间过去十多月了，至今尚未上交！不难看出，他妄图占为己有，这还了得！必须查个水落石出。要查清这事易如反掌，就从刘仁本身上开刀：

却说刘仁本、方国瑛、潘文忠，与方国珍他们同时到达金陵，一直处于被监视状态。这天正当大家欢度重阳节的大好日子，突然间朱元璋将刘仁本传召密室提审，他亲自审问道："这次汤和奉旨去台州传诏时，你和方国珍送给他哪些宝物？必须如实说来，否则作欺君罪论处。"

刘仁本道："回禀皇上，刘某我当时被羁押在温州，确实不在场，所以不知详情底细，请皇上明察。"

朱元璋说："你不知道谁人知道？"

刘仁本特意卖着关子说："我不知，他俩肯定知道，何不问问他俩？"

朱洪武急切地问："他俩是谁？人在哪？"

刘仁本着意慢吞吞地说："是方国珍、汤和俩，他俩是当事人，肯定是知道的，皇上可去问问汤和、方国珍两人便可知晓。"

朱元璋听此一说，即刻龙颜大怒，他喝令道："推出去鞭挞四十。"

宫廷警尉们将刘仁本带入刑房，把其上衣脱光，俯卧在特制刑具上，并将身体及两手左右捆绑得扎扎实实，使他不能动弹。然后，用枝枝叉叉的竹篾笆在刘仁本的背部猛打，所以在刘仁本的史料中记载着"鞭背"二字。

这种刑具极其简单，就是当年朱重八放牛时用过的牛鞭，是浙江山上毛竹篾稀，用它来击牛，牛皮厚，只一两下就击得耕牛服服帖帖；用它来击蛇，击十下，这蛇便死。况且是人皮，怎经得起四十下重击？如无数的针尖刺入肺腑，抽打得刘仁本几次昏厥过去！

刘仁本是位文弱书生，况且年事已高，怎经得严刑毒打？怎经得起如此折磨？在不得已的情况下，刘仁本只好将听到的情况做了如实交代："黄金三百锭、白银三千两、翡翠三斤、玛瑙三十块、珍珠八斗。还有松门黄鱼白鲞八十担、宁波鳗鲞五十担，大陈岛墨鱼鲞五十担，洞头洋虾干五十担、温岭石塘炊虾、虾皮各三十担。（每担百斤）"

洪武帝得到以上证据后，怒不可遏地说："这还了得？汤和他目无皇上、目无皇法！这是国法、皇法难容，难道就此罢了不成！必须给予严惩。"

皇后马秀英力阻道："皇上请息怒，此案交给哀家处置好了。"

朱洪武问道："这是为何？皇后怎么对此案如此感兴趣？"

马皇后道："因为皇上与汤将军亲如兄弟，汤夫人与哀家情同姐妹，前几天马秀芬曾多次来过本宫，似有要事想说未说，几次欲言又止，想必就为此事而来的。所以此案交由本宫处置吧。"

皇上问道："皇后你怎么审理、又怎么的处置？说来听听。"

皇后道："皇上请勿声张，本宫自有道理，待本宫审理清楚后，再向皇上奏明。"

洪武帝喜形于色地问道："皇后莫非是想看看这些金银珠宝？"

马皇后道："正是如此。应天府我住够了，夏天这么热，实在受不了。金陵更比应天府热。"皇后接着明确道，"本宫想做件珍珠衫，从小就听父亲说，珍珠衫是宝衣，穿在身上就很凉爽，我做梦都想要有件珍珠衫。"

皇上被马秀英说服了，他笑逐颜开地说："珍珠衫真的是这么凉爽吗？我们可穿上凉爽的珍珠衫了？"

皇后说："天下是我们姓朱的，要穿珍珠衫何难，我有你有。我给你做两件，给皇上可对换。"

朱元璋呆了会儿说："众大臣知道后，会说我皇上中饱私囊吧?"

皇后继续说："天下是我们的，谁敢！若是胆敢妄议皇上，就是妄自尊大、目无皇上！治他欺君之大罪！"

朱元璋说："好了，此事交由皇后处理就是了。"

马皇后名秀英，生于元朝泰定四年（1327）安徽宿州人。百姓称她仁慈、善良、俭朴、贤淑，称她母仪天下。谁知她因贪婪一件珍珠衫起因，酿成宫廷冤案接踵，冤魂遍野。朱元璋杀大臣都只为方国珍的八斗珍珠而起。这是后话，本书无法一一说清，只有留作后人议论。

马秀英迫不及待地想要穿珍珠衫，急忙传汤和夫人进宫。汤夫人与马皇后同是宿州人，两人亲密无间、情同姐妹。马秀芬闻诏进宫，心中感觉忐忑不安。感到汤和这次出使台州，索取这么多的金银珠宝，至今不报。若被皇上知道，犯下欺君之大罪，就要杀头问斩，罪灭九族。

汤和夫人马秀芬与当今皇后马秀英，很有可能是堂姐妹。汤和、马秀芬闻说皇上亲审刘仁本，并给他处以施竹篱稀鞭笞，皇上已经知道"方国珍献物"了！急忙交给夫人"原始清单"带上。同时将刚刚做成的男、女各一件珍珠衫一起呈给皇后、皇上。

汤夫人走进后宫拜谒马皇后说："皇后娘娘千岁！千千岁！今天召妾身进宫有何吩咐?"

马皇后说："芬妹，快快请起，咱是姐妹俩，不必举礼。我是直来直去，直截了当地问你'方国珍献物'的事，到底是怎么一回事，必须从实说来，否则是贪赃枉法，罪该万死、罪灭九族。"

马秀芬才智聪慧，她口若悬河地说："娘娘恕罪！'方国珍献物'确有此事，汤老爷子当时就要将这些物品送交皇上，是我太为皇上着想、想给皇上一个惊喜！所以暗地里请来上好工匠，为皇上、皇后各做一件珍珠衫！此宝衫刚刚昨天做好！本来就是今天送过来的。"说着，马秀芬随即呈上用红绸包装的、两件珠光闪耀的珍珠衫，并附上方国珍敬奉的《原始清单》。

马皇后接过清单看了一遍后，随与刘仁本交代的进行校对，可说完全一样。她笑逐颜开地说："不错不错，与刘先生说的一样。"

马秀英信以为真，就迫不及待地打开这件女式的珍珠衫，汤夫人帮助她穿上，的确十分贴切，相当合身、舒服极了。

马秀芬趁此进一步说："我是请最好的工匠，顶级的老师，亲自监督、精心制作而成的。皇上这一件也一样，都是顶级老师做的，皇上一定满意！"

马秀英打开男式珍珠衫一看，的确做功考究，独具匠心，非常满意地说："谢谢芬妹想得如此周到。"

马秀芬说："这是应当的，只要万岁满意、娘娘高兴就好。"

马秀英感兴趣地问："你看过这些金银、翡翠、玛瑙，真的好看吗？"

马秀芬说："好看好看，好看极了。黄金金光璀璨、闪烁耀眼；白银似雪，银花灿烂；翡翠千姿百态、玛瑙姹紫嫣红，美不胜收。"

马秀英说："什么时候拿来看看，让我饱饱眼福？"

马秀芬说："天下是姓朱的，这些都是皇后的，娘娘什么时候要拿，只要娘娘您开个金口就是了，我立即送上。"

皇后说："待与皇上说说，由皇上定夺。"

马秀芬说："我有一件要求，我也想做件珍珠衫穿穿。"

皇后信口开河说："你留下一斗珍珠好了。"

汤夫人立即双膝盖跪地，俯伏着说："谢主龙恩，娘娘千岁千岁、千千岁！"

刘仁本因"方国珍行贿"而遭受的鞭挞，鞭得他背部遍体鳞伤、血肉模糊，疼痛难以忍受，虽然做了些敷药，但因伤势严重，不几天，伤口严重恶化，出现大面积溃疡，出现流脓出水，惨不忍睹。

更为严重的身边无人照顾，正在度日如年之时，杜屏山、柳贤明俩在军爷的指引下，终于找到了刘仁本先生。

刘先生蜷曲在一间矮小的平房里，房内仅有一张又窄又矮的木板床，完全是牢房一般，简直是猪圈、狗窝。蚊子、苍蝇满天飞。

杜屏山、柳贤明看到如此情况，真是痛心疾首，不觉泪如雨下，杜屏山声泪俱下地说："刘老爷，您受苦了，想不到遭此不幸、受此大难，真叫我心痛哟。"

刘仁本声泪俱下："我以为再也见不到你们了，想勿到杜、柳两位老弟今天前来看望我，刘某我感激涕零！"

柳贤明说："自从你们到金陵以来，我们始终是牵肠挂肚、忐忑不安、朝思暮想。更担心的是刘先生您，大将军若听先生话，怎落得如此悲惨的结局？您若不去温州，也不至于落得被俘的下场。"

刘仁本泪如雨下，问："家里人好吗？我的孩子们怎样？想必他们更是牵肠挂肚？"

杜屏山咽喉哽塞着说："家里人却也好，只是太惦念老爷子了，他们天天以泪洗面、泪水浇饭，总是泪挂嘴边。"

说到这里，有必要简单扼要地介绍一下刘家的状况：刘仁本与周丽娟的婚姻结束后，经人介绍娶了位名叫金秀琴的姑娘，秀琴贤惠娴雅、勤劳俭朴，是位难得的好夫人。她育有二男二女，儿子分别取名正德、正义；女儿分别取名淑贞、淑秀。两个儿子和大女儿，进过学堂读过书。

大儿子刘正德，他学业不错，但没有上过考场。却跟路桥李济世学医，目下已经成为名扬黄岩的郎中。

二儿子刘正义，虽然读过书，继承祖业，就是在家种田。刘家祖上是农民，家有良田五亩。

大女儿淑贞婚嫁城里南北货店，早已是"商人妇"了，两个儿子也都已娶亲生子了。唯有小女淑英，年已十八，尚在闺中，未于许配，更无读书。

以上说来，刘仁本福分非浅，有儿、有女、有孙，可说是子孙满堂。所不足的是临老却不能与夫人、子女、孙辈们欢聚一堂。

刘先生虽然身临绝境，处在贫病交迫之中，他强忍疼痛，还念念不忘曾经并肩战斗的朋友，十分关心方国珍他们安全。他关切地问："国珍、国瑛、国珉他们怎样？他们安好吗？还有潘文忠他们呢？"

正好潘文忠得知杜屏山、柳贤明来南京看望刘先生等，急忙赶上。当走进门口，听刘先生问他的名字，他感激涕零地上前，毕恭毕敬、泪如雨下地向刘先生行鞠躬礼说："刘先生好，谢谢刘老爷的关怀！潘某探望来晚，请恕罪！"

刘先生艰难地伸出右手，紧紧握住潘文忠的手说："谢谢你来看我！我与潘老弟同病相怜，同是阶下之囚，只盼望你逢凶化吉、消灾免祸、遇难呈祥！"

潘文忠听此一说，禁不住"哇"的一声，抱头痛哭，与此同时，四人皆放声大哭。门卫以为死了人了，慌忙进来，他们看到这种场景，也表示同情，虽然没有过多的指责。但也要他们离开。

杜屏山、潘文忠、柳贤明哪舍得离开？坚持要留下陪伴刘先生。"天下十八省，银子到处行"。杜屏山使了二两银子后，才同意留下两人。潘文忠同样是被看管、受监视之人，当然不能久陪。

当下必须双管齐下，首先是治疗创伤之溃烂，防止进一步溃烂，这是当务之急！与此同时，立即报知大将军，以求得方国珍的支持。

潘文忠对刘仁本忠心耿耿，赶快寻找名医，经打听得南京古楼街金茂生药房的金医生，对医治创伤性溃烂有独到之处。金郎中百忙中前来给刘仁本诊治，诊断认为："伤势之重、面积之大、耽搁之久、体质之虚，实属罕见。"而更加严重的是："心肌衰竭、肝脏火盛、脾胃阻滞、肾炎并发，病入膏肓。"可说已是不治之症。

面对这一病情，金医师本着救死扶伤的精神，实施内外并治、表里兼顾的治疗方针。即首先治疗溃疡性创伤是重中之重，就是要减少皮肤溃烂造成的疼痛。金大夫制有"消炎解毒散"，此散由多种药物精制而成，对溃疡性创伤有独特的疗效。

此药最好加配一剂珍珠粉。珍珠是名贵的中药，为历代医家所推崇。《本草纲目》中记载："珍珠……安魂魄、止遗精、白浊、解痘疗毒，……珍珠涂面，令人润泽、好颜色……"《中国药典》中记述："珍珠在临床上……采用珍珠粉祛腐生肌功能创面外涂，对促进溃疡愈合取得满意疗效。"

刘仁本先生的创伤必须要用珍珠粉治疗，不仅是外用，最好内外结合，还要与其他中药配合，用珍珠粉外敷。

刘先生的祸因珍珠而起，也必须用珍珠而治。珍珠是名贵中药，刘先生大面积的创伤，需求大量的珍珠粉。一时药房存货很少，所有库存不及他的半次敷药。

刘仁本病情沉重的消息不胫而走，很快传到方国珍耳朵里，传到尚在南京的原方国珍部下的耳朵里，他们闻讯分别前来探望。当下除杜屏山、柳贤明、潘文忠外，还有方国珍、方国瑛、方明谦、方明敏等。他们看了刘先生的病况，听了被"鞭背"的惨痛！人人痛哭号啕，无不对朱重八咬牙切齿。

渐渐地把对朱重八的痛恨转到方国珍身上，刘仁本在病入膏肓时，强打精神指出说："方国珍的最大错误，就是没有抗元立国的宗旨，存在严重的投降主义，因此失却夺取国家最高权力的机会，造成皇帝不当做囚徒的后果。就是最后还要贿赂给汤和这么多的金银珠宝干吗？害得我受此'鞭背'之苦难！"

方国珍听刘仁本如此批评，他痛心疾首地跪在刘仁本床前说："刘叔父，是我方国珍害了你，害得您受苦受难，害得多少弟兄流血牺牲！"

刘仁本有气无力地说："起来吧，哭也迟了、悔也晚了，你把这么多人带到半途还可，又怎么把他们带到南京——送进虎口？"

方国珍泣不成声地说："带众弟兄来南京是迫不得已、是无奈之举。送金银珠宝是为了以心感人，为了众兄弟平安无事。谁知反遭此折磨，受这活难！"

在场方明谦说："三伯父的最大错误是如刘公说的'没有抗元立国宗旨'更无称王称霸雄心、也无夺取天下的壮志！"

方国珍听了侄儿的话，心有很大的触动，当即表示说："明谦的话极是，就是没有抗元立国的雄心壮志，所以处处被动应对、从不主动出击。"

方明谦说："直截了当说，连被动应付都谈不上。比如就是在去年，何不把兵力撤退到海岛，建立以沿海岛屿为基地，完全可以东山再起？可是却采取如此下策——投降？"

方国珍被方明谦说得目瞪口呆，他也直截了当地说："我心底里根本没有当皇帝的思想，所以在临安会议上我表了这样的态度。"

方明谦说："就是这次临安会议上，只要大将军说句'打！打到大内去'。我们就可奋勇当先、所向披靡。也许当下天下是姓方的了！"

方国珍摇摇手道："不要说了，一切都晚了！"

此时此刻，忽然刘仁本先生休克了。此时此刻，幸好这么多人在场，大家急忙去抢救刘先生。他们七手八脚地唤的唤、摇的摇，方明敏学过针灸，他立即用银针针刺患者的百会、人中、合谷、三里等穴位。经过针灸等抢救，刘先生渐渐面有转色、慢慢地张开双眼。

刘仁本先生苏醒，大家才松了口气，但并不说明病情的好转，只能说明病情的严重。

首先是如何治愈其背部的大面积溃疡，以及以背部溃烂造成炎症严重、高烧不退？金郎中提出说："此病十分沉重，本药房的'诊伤散'是金陵最好的了，它以珍珠粉为主要原料，当下珍珠粉短少，急需珍珠！能否请患者家属协助？"

这是件刻不容缓、义不容辞的任务，自然而然地落到方国珍身上，于是杜屏山提出说："事到如今，人在南京，我们人地生疏，还请大将军出个主意、想个办法？"

方国珍明确表示说："只有请求金医师想办法寻找，价格高一点、银子多一点，想必金陵能找到的。"

原方国珍部下留守在南京任职的唯有方明谦。洪武帝十分欣赏方明谦，并授予"明威将军、广洋卫亲军指挥金事"，担负南京宫禁值宿警卫。

金郎中表示前去寻找的同时，方明谦决定派出手下亲信随从十人，打着明威将军的旗帜、带上方国珍的手书，骑着快马，晓行夜宿，选择最佳路线，只用了十二天的时间同，便赶到了台州黄岩，找到了方夫人董桂芳。

董桂芳不知方国珍的金库放在何处？家中哪来的五升珍珠？没有办法，只有将自己的嫁妆，首饰全部拼凑起来只有一升多一点。董桂芳向妹妹董桂香，再向妯娌王翠玉、刘仁本夫人——金秀琴等拼凑，终于拼凑得三升。三升就三升，他们带着三升珍珠，就马不停蹄地返回金陵。

金秀琴和子女们得知刘老爷子被洪武皇帝"鞭背"创伤而溃烂不堪。金氏为此粒米不进、悲啼不歇，这使其子女和王翠玉、董桂芳、董桂香她们束手无策，一时陷入困境。

此时的陈仲达夫人童婵，闻此不幸消息，率子陈海东、陈海清前来拜望。陈海东、陈海清俩是孝子，本来是水师将军，他看叔父陈叔达他们避至临海桐树山开荒种地。故此照顾母亲，就与母亲一起，住到大陈岛，住在母亲在此长大的地方，种地打鱼。

陈海滨、陈海清曾是将军、是血性男儿。他俩看到刘老夫人如此境况，就提出说："黄岩至金陵路途遥远，山高水险，我兄弟俩护送老夫人和众兄弟，乘船前往。这样避免旅途劳顿。"

刘老夫人听此一说，立刻表示："有劳两位小哥了，谢谢陈夫人，谢谢海滨、海清了。"

紧接着准备启程赴宁的事项，主要是调度比较大的船舶是最最主要的了，以免浪高水恶而引起呕吐等身体不适。陈海滨兄弟俩匆匆去海岛，调来原台州路达鲁花赤泰不华害死陈仲达将军的那艘特制的指挥船。

因为这艘大船长期未用，需要作些修理，虽然立即进行检修，也需时日，待修缮后到黄岩，此时已经是十一月二十八了。为此刘夫人他们心急如焚，就在当天启航。陪同刘老夫人的除其子正德、正义，女秀贞、淑英外，还有方国珍夫人董桂芳、方国瑛夫人董桂香俩，乘此难得的机会，一同赴金陵。

时值深冬，北风呼呼，浪涛汹涌，逆水行舟。陈海滨、陈海清他们尽职尽责，竭尽全力，还是在船上足足行了一个月，到达南京已经是十二月二十八了。

却说刘仁本的病情，虽然经金郎中的精心治疗，黄岩拿去的三升珍珠基本用光了，其溃疡大有好转，伤口有所收敛。但身体越来越不行、可说越来越严重。再请内科大夫会诊认为，"毒气攻心、心脏严重衰竭，病入膏肓！"

刘仁本曾多次休克，终于熬过了过大年，似在等待亲人的到来，终于等来了夫人儿女的到来。

刘先生虽然病入膏肓，处在昏迷状态，但听到夫人和子女的呼唤声，渐渐地睁开眼睛，慢慢地伸出右手，握住夫人的手说："谢谢你领儿女来看我，辛苦了！"

刘夫人见此情境泪如雨下："老爷子受此苦难、遭此不幸！如割我肺腑、摘吾心肝！"

大儿子刘正德是郎中，他把了父亲的脉、摸了头、看了眼，知道此病无救了。还是安慰说："请父亲宽心，恕孩儿不孝，没有在父亲身边侍候！父亲的病体慢慢会有好转的。"

刘仁本艰难地摇了摇手说："我本来早已经走了，只是硬撑着，几次死而复苏，就是等待你们的到来！终于等来了夫人、儿女来我床前，我终于满足了！"说着两手一松，刘老爷子与世长辞了，刘仁本先生升天了。

刘先生福分非浅，不仅子孙满堂，在此送终的还有方国珍、方国瑛、杜屏山、潘文忠、柳贤明、董桂芳、董桂香、方明谦、方明敏、陈海滨、陈海清等。正当大家痛哭号啕时，忽地方国珍因伤心过度而晕厥过去了。众人急忙抢救方国珍要紧。在忙乱中，刘仁本先生的葬礼，只能草草了事。未知方国珍的病情如何？且听下回分解。

第七十九回
赖祖德临终妻子送　沐天恩四代受封侯

> 保境安民数十年，方公厚道德高贤。
> 金陵病故皆悲惜，落土异乡沉痛怜。

方国珍的身体日趋虚弱，加上因刘老叔叔的仙逝而过度悲伤，造成突发晕厥，一时不省人事。经过这么多人的呼唤、抢救，不一会儿便苏醒过来。刘正德是医生，他把脉诊断认为，幸好抢救及时，方国珍的身体眼下并无大碍，但需要进一步治疗。

方国珍的病情主要是以抑郁引起，郁闷而引起怒气伤肝，郎中诊断为肝病。现在已经成为慢性肝病，需要长期休息和服药。

今天好在夫人到来，好在晕厥在夫人胸怀中，被董桂芳拦腰抱住，免遭摔倒在地之险。董桂芳年余未见夫君，今天看到方国珍面黄肌瘦、瘦骨如柴的样子，看到疲惫不堪的状况，她无比心痛，泪如雨下地紧紧抱住说："怎么啦！你这么英俊洒脱、体魄强健壮的男子汉，一年多不见，怎会变成一个贫病交迫的黄叟老头！我心痛万分，心如刀绞哟！"

方国珍却安慰说："夫人不必过于伤心，有夫人在我身边，想必身体慢慢会恢复健康的。"

董桂芳表示说："自从你来金陵，我正是夜不成眠、日懒三餐。从今天起，我再也不离夫君半步，日夜守护在你的身边。"

的确，在董桂芳的无微不至的照顾下，她煎药熬汤尽职尽责，递茶送饭刻不容缓。在夫人的关爱、呵护下，方国珍的病情日见稳定、稍有好转。

一时风平浪静，岂料方明敏出了大事，被太祖定他为欺君罪。昨天被驱逐出南京，发配到云南。方明敏是方国璋之次子，方明善之弟，他才智聪慧、性格耿直。眼见刘仁本先生遭此不幸、受此苦难。心中耿耿于怀、愤愤不平，一怒之下，以诗抒发心中之不平，于是提笔作七律一首：

> 癞头和尚小牛牵，故把篱稀制竹鞭。
>
> 鞭背严刑皮肉腐，肤伤惨惨血淋川。
>
> 用心重八何狠毒，谋士功臣赴九泉。
>
> 帝逼贤人无罪死，莱山岛上作神仙。

方明敏这首平常的诗，不料被人告发，说他侮辱当今皇上，犯下欺君之大罪。洪武帝最气的这句"癞头和尚小牵牛"，他怒不可遏地将方明敏谪发云南卫所，谪发就是充军，充军就是犯罪之人。方明敏充军到云南的处境和苦难可想而知，那里多是少数民族，语言不懂、习惯不适，天天苦役，过着生不如死的生活。

方明敏被派去修工事，一天上午，云南卫徐虔指挥使来工地检查，他听到这长官讲的明州口音，定是浙江人。于是举首一看，见是明州余姚人徐虔。明敏急忙上前喊道："徐大老爷好！"好在方明敏前三年做过余姚县总管，与这位徐虔指挥有一面之交，不仅免于劳役，还委以千户，免于戴罪劳役之苦。

方国珍"投降朱元璋"后，不仅使方家遭受厄运，同时给台州、黄岩带来深重灾厄。太祖皇帝对台州心存疑虑，怕台州方国珍的残余势力东山再起、死灰复燃，于是派浙江提刑按察使熊鼎来到台州黄岩。

熊鼎他以十分残暴的手段，强迫百姓迁徙淮北。台州是鱼米之乡、文化礼义之邦，气候温和、物产丰富，百姓安居乐业。谁人愿去濠州？可是熊鼎采取极其残暴的手段和高压措施，就是为了消除方国珍的影响、清除方国珍的残余势力。所以列出以下三种人：凡是为方国珍做过事、效过力的人，一律全家迁出；凡是与方国珍有亲戚关系的也同时迁往；还将凡是姓方的也作为主要清理对象。

当年方伯奇、方国珍他来洋屿后，方伯奇有三位堂弟和五位侄辈相继从仙居移居至路桥，这样一宿二三十年过去了。熊鼎这次大清洗、大迁移就从洋屿村开始。首先从姓方的入手。方国珍的堂弟方正、方圆等首当其冲，当抓获去方正、方圆等十多人后，幸好路桥石曲姓方的，说他们是方国珍的亲戚，他们闻讯连夜四散逃避。凡是被抓的，统统就被羁押，直至发配至淮北。

就这样，一场大规摸的"清除"行动在台州开展，搞得台州百姓怨声载道、惶惶不可终日，逃的逃，避的避，有的逃到处州、金华。也有的避至绍兴、明州。由此而造成良田荒芜、民不聊生。

据说不少人避进寺院暂当和尚、做尼姑。一时堂门、寺院人多为患，如城内明因寺，原有和尚十一人，三天时间增加到百人，因而带来住宿、用膳等困难。可是却被熊鼎发现，他派来兵员三百，将明因寺所有男女统统抓获，包括原来的和尚，一律发配濠州。

熊鼎的"清除"行动历时二年，据资料所载，共有十多万黄岩百姓，洒泪离别故土，牵儿带女去往淮北、迁往濠州。此时此刻、此情此境，有人作《踏莎行》词一首：

江浙台州，大明太祖，黄岩百姓离乡路。牵儿带女远途行，红皮脱尽千辛苦。　　澎湃心潮，向谁可诉，依依难舍离家去。吴王重八窄心胸，无端却向黎民误。

又有小诗一首写道：

阡陌行人泪水流，失魂落魄去濠州。

声声号哭痛心肺，夜夜寒霜宿野丘。

身陷南京的方国珍听了这些消息后，心感惆怅，即时伤情落泪地自责说："都是我害了台州、害了黄岩的父老乡亲。本以为投降重八，换来保境安民，却造成百姓遭殃受苦！"这对于疾病缠身的他，无非是雪上加霜、加重了病情。又是董桂芳无数的话语劝慰他。

方国珍对女儿方迎春十分疼爱，常问起爱女方迎春的情况。说起方迎春，这里有个凄婉的故事：

方国珍的小女方迎春貌若西子，聪明伶俐、袅娜多姿，温柔和顺，且十分孝顺。她是方国珍、董桂芳的掌上明珠。这次方国珍上南京，董桂芳哪舍得她抛头露面？想留在自己身边。可是方迎春坚持要与父亲同去金陵，她跪在母亲跟前说："请母亲原谅！我看父亲身体日趋衰弱，需要有人在父亲身边照顾，女儿我哪舍得父亲只身在外，女儿我要尽一份孝心，与父同上金陵，以便随时照顾父亲。"

方迎春到达金陵后，得知父亲要去广西任职，她见父亲愁眉不展、唉声叹气。于是问说："父亲为何心事重重、是否就为去广西的事？"

　　国珍说："正是为此而发愁，一是路途遥远，途中山高水险，那里是少数民族，语言不懂；二是愁女儿怎么安排？回转故土还是同往广西？"

　　方迎春慨然地说："父亲到哪，女儿我就到哪。父亲去广西，我方迎春就毫不犹豫跟随父亲一同前往。"

　　从广西前来述职的黔国公，登门拜访将任广西左丞的方国珍，他来的目的是：介绍广西概况、商谈如何治理等事，也为了彼此之间沟通感情。

　　黔国公的登门拜访，是贵客光临！方逢春急忙呈上果品、泡上香茗。且腼腆地行鞠躬礼说："国公万福！贵客光临，使舍下蓬荜生辉！"说着便奉上香茗。

　　黔国公发现如此美貌的姑娘！就问道："这位是方大人的千金？"

　　国珍道："是，是吾之小女，她很孝顺。"

　　国公说："芳龄几何？"

　　国珍说："今年十八。"

　　国公说："有否许婚？"

　　国珍说："尚未择偶。"

　　国公说："好好，尚未许配正好！"

　　国珍问："却是为何？"

　　国公说："吾之小子刚好方龄十九，至今尚未娶亲，真是天作之合、天生一对。本国公有意娶方迎春小姐为儿媳。不知方大人意下如何？"

　　国珍说："高攀了，只是路途遥远……"

　　翌日早朝，黔国公向太祖皇帝奏道："方国珍大人之小女方逢春，年方十八，品貌端庄、贤惠孝顺。下官有小子年方十九，尚未娶亲。臣有意与方大人缔结秦晋之好，娶其小女方逢春为儿媳。请万岁恩准！"

　　太祖皇帝高兴地应允说："很好！朕准、准、准！"

　　这门亲事四方都感到满意，太祖皇帝高兴，他认为这样方国珍可以安心去广西任职；黔国公高兴，娶来如此贤惠、孝顺、美貌的儿媳妇；方国珍高兴，有皇帝为女儿赐婚，是方门的荣耀；而方逢春也高兴，她认为可以更好地孝敬父亲。

　　这位黔国公不能在京城久留，就要返回故里，就要儿媳妇一同前往。就这样，方迎春匆匆拜别父亲，就跟随黔国公远去广西。

　　爱女方迎春一去六年了，可是音信全无。不知情况如何？说起小女迎春，董桂芳就泪如雨下地埋怨说："你把春儿送到遥远的广西、送到少数民族的地方，那里是穷乡僻壤。我心疼呀！似割我肺腑、取我心肝！"

　　方国珍更为心痛地说："如此孝顺的女儿，她为父而去广西的。谁知我没有去，岂不是我骗了女儿！为此而心感十分难受，因而天天都在想念着女儿。"

夫人董桂芳说："还有儿子他们呢？礼儿、完儿他们都很孝顺，目今还在淮北？也在濠州、还在凤阳当县官吗？"

方国珍说："我和你一样，也不知详细，也许还在凤阳、滁县。"

正当夫妻俩想念子女而哭泣之时，儿子方礼、方完从濠州来到了都城——南京。儿子的到来，父母当然高兴！

却说方礼、方完分别派去濠州凤阳、滁县任县丞。他俩一去六年，六年来第一次前来南京看望父亲。如方完所在的滁县，离南京不远，但因公务缠身和纪律的约束，一直不敢来宁。今天两儿子同时到达，国珍、桂芳心中无比喜悦！而儿子方礼、方完见到父母激动非常、感慨万千。同时看见母亲也苍老许多，尤其是父亲，不仅仅是个病瘦老头，更是面黄肌瘦、骨瘦如柴，简直是一个僵尸！

方礼、方完看见父亲如此状况，泪如雨下，"扑通"一声，双膝盖落地说："父母亲大人好，恕儿子之不孝，长期不在父母身边，父亲受苦了！"

方国珍、董桂芳最关心地问："濠州情况怎样？听说黄岩有十多万人去淮北，他们生活如何？"

接着方礼将凤阳的状况做了大概的介绍：凤阳是历史文化名城。有中国花鼓之乡、中国帝王之乡、中国曲艺之乡称呼。位于安徽省东北部，淮河中下游南岸，北隔淮河与蚌埠，自然灾害频繁发生。方礼任凤阳县丞六年来，就有三年因淮河决堤而发严重水灾。造成数以万计的百姓背井离乡、流离失舍，过着乞讨生活。

凤阳花鼓是卖唱求乞的歌曲，唱的都是民间小调，曲目有近百种。濠州地区灾荒不断，许多人家离开家园，以打花鼓唱曲为生，凤阳花鼓又成了贫穷讨饭的象征。

由于大批劳动力外出求乞讨饭，造成恶性循环——有田无人种，大片土地荒芜。正因为如此，太祖皇帝向浙江台州强征数以十万计的移民。可想而知，黄岩百姓到达凤阳等地，人人过着饥寒交迫的生活……

方礼正在叙述时，报说有贵客光临，董桂芳率儿子方礼、方完等出来迎接。他们就是从仙居县而来的吕家进、吕家通、吕家达三兄弟。

却说吕家远等吕家四兄弟，虽然回归仙居故里，过着农耕的田园生活，但也遭到熊鼎他们的清查，说他是方国珍的同党。好在地处山乡，当官兵来时就躲避到处州、婺州去了，因此免遭迁移之苦。

吕家远等四兄弟却心系家国情怀、情系方国珍兄弟他们的情况。最近听闻"方国珍身体健康状况每况愈下",为此而牵肠挂肚、寝食不安。于是决定亲自前来探访。仙居至金陵数千里之遥,况且山高水险,要经无数座高山峻岭、过湍急河流,日行夜宿,足足走了一个月、各人走破十双草鞋,终于到了南京。吕家远不胜体力而未来。

吕家三兄弟的到来,方国珍激动之心、感激之情溢于言表,要讲的话岂是三言两语?千言万语,并作一句"谢谢!"就在无比激动人心之时,又有更激动人心的喜讯报来:方国珉从岭南回来了!

前些日子,远在岭南的方国珉,接到太祖皇帝的诏书,说其在梅州成绩斐然,深受百姓拥戴,决定召回京城!国珉奉诏即刻回京。夫人关琼瑛一直跟随夫郎,自然也随国珉一同返宁。

国珉还京向太祖皇帝述职后,就与夫人急来拜望哥哥、嫂嫂。一别七年,国珉、琼瑛看见三哥如此憔悴、如此苍老,病情如此严重,怆然泪下,就在泣不成声地喊了声"哥哥"的同时扑向方国珍,且紧紧地搂着不放,激动得一时说不出话来。无声胜有声,情在不言中。

方国瑛、董桂香得知五弟、五嫂从岭南回来,也即刻前来三哥处。这样三兄弟、三妯娌相见,这是不幸中的大幸,也是方门的福祉。

就在方门兄弟团聚、激动人心的时刻,忽然台州仙居县吕家三兄弟长途跋涉、翻山越岭、千里迢迢的到来。此时此刻,方门三兄弟、吕家三兄弟难得重逢。方国珍与吕家进、方国瑛与吕家通、方国珉与吕家达,六双手紧紧握住,谁也不愿松开。大家感激涕零!尤其是方国珍激动说:"咱们两家亲如兄弟,真正是'家国情怀,有国才有家'方吕两门合起来就是'国家'就是国……国……国……家……家……家……"

由于过于激动,方国珍忽然晕厥过去了!方礼、方完和董夫人急忙施救!夫人紧紧抱住方公在摇晃的同时,用口对口地进行救助,结果吸出了一口痰液后,方国珍醒来了。

方国珍被董夫人救活、被儿子和众人唤醒,大家松了口气。而董夫人还是把夫君紧紧搂在胸怀,只怕他跑了。搂抱了一会儿后问道:"珍哥,肚子饿吗?要我们为你做些什么?"

国珍看了看夫人,儿子方礼、方完和国瑛、国珉、家进、家通、家达他们后,有气无力地说:"我是将死之人,本来已经走了,正要走出门外,听到你们在呼唤,我才回来,向方吕两家兄弟、向夫人、儿子、子侄们说几句话。"

桂芳见他口燥,从方礼手中接过一盅"人参茶"用调羹慢慢喂三小羹匙后,国珍提了点精神,接着陆陆续续地说:"我一生襟怀坦白、光明磊落，所作所为都是为了保境安民，为的人民百姓。就……就是没有称王称帝的欲望，结果害得多少弟兄流血牺牲、受苦受难、使十数万台州百姓远走他乡、流离失舍。"

董桂芳见方国珍自责而眼泪横流，她边擦着方公的眼泪边劝慰说："珍哥也不必过于自责，人非神仙，凡人俗子，孰能无过？"

国珍说："我决不后悔，如果不起来造反，我们方家，还有陈家、李家等全死在蔡乱头手里了。"国珍再喝了口参茶接着说："我即将死去，我死后，你们要忠于江山社稷，忠于大明王朝，忠于太祖皇帝。太祖对我方国珍不薄，我方家子女照样沐浴皇恩。你看！多少在太祖身边与太祖并肩战斗、为太祖赴汤蹈火的功臣、名将，至今还剩几个？恐怕除汤和将军外，就是我方国珍了！"

方礼、方完跪地叩首表示："孩儿听从父亲教诲！"

方国珍接着说："我们台州地处东南沿海，常有海盗侵犯，前些年来了夷人、倭人，他们还会常来扰乱，还要你们共同保境安民、保卫海海海疆！国……家……家国……国国……家！"说着说着便闭上眼睛了。

桂芳他们与上次一样呼唤、一样口对口地呼吸！可是千呼万唤唤不回。方国珍与世长辞了！此乃洪武七年（1374）甲寅五月初八日，享年五十六岁。

噩耗如晴天霹雳，南京沉浸在悲怆之中，当下在宁的台州人沉浸在痛哭之中！时遇五月炎夏，素有"火炉"之称的南京，烈日难当。方国珍的葬礼必须尽快、从速举办。

夫人董氏，儿子方礼、方完在悲痛欲绝中安排葬礼，经太祖恩准，葬礼以王公大臣的身份举行，将方公国珍安葬在金陵北固山。葬礼还算隆重，参加葬礼的：除夫人董桂芳，孝子方礼、方完外，还有方国瑛、董桂香、方国珉、关琼瑛、吕家进、吕家通、吕家达、潘文忠等。与此同时，明威将军方明谦率京城御林军三百多人前来送葬。就将出丧时，忽报亲王率中书省等前来吊唁。

太祖皇帝闻知方国珍谢世，同时得知方国珍的《临终遗嘱》，感慨万分。太祖念方公国珍忠诚，念方公之德，念其在金陵的七年里，受尽病魔折磨，并无反意，更无怨言。就派遣皇太子及众亲王前来方府致祭。中书省、都督府、御师台等皆来祭奠。并亲御翰墨撰文，封赠方氏三代：

曾祖方天成，封为光禄大夫、湖广中书省平章政事；

祖父方人宙，封为荣禄大夫、福建中书省平章政事；

父亲方伯奇，封为青禄大夫、淮南中书省左丞相；

方公国珍，封为越国公，封董桂芳为越国夫人。

众人听了太祖皇帝以上封赠，个个感激涕零，人人痛哭流涕！董夫人、方礼、方完等数百人跪拜并三呼："太祖皇帝万岁、万岁！万万岁！"

宋濂为方公国珍作神道碑于后世：

元季纷纭，群雄相吞，公据海滨，志欲靖民。被迫下海聚义，皆为保境安民。大明煌煌，出自东方，天威奋张，孰敢有违？率将士来帝都，携子女投真主。皇帝诏还，喜动龙颜，卿能庇民，朕数嘉叹。愿弃沿海沃土，甚为江山一统。卿居海邦，倚水为强，旌旗扬帆，自立一方。岛屿星罗棋布，海阔天高云翔。舳舻数千，勇士几万，东方酋长，南疆国王。能舍富饶之地，愿丢美丽乡土。炳乎几先，能从天命，精神可嘉，受人钦佩。乃社稷之大幸，民族之福祉。何哉暴强？驱民锋镝，酣战弗禁，身乃就殛。以此较彼，卿实为能，爵之崇阶，禄给子孙。天语褒嘉，金宣玉奏，公拜稽首，天子万寿。惟公挺生，人中之杰，功在三府，其惠孔昭。公虽殁矣，德曷忘矣，太史铭矣，发幽光矣。

（以上是神道碑原文）

葬礼开始时，天气晴朗，万里无云，烈日当空。灵枢抬出时，方明善、柳含春率滁县数百原黄岩人前来吊唁，他们人人头戴白帽，身穿孝服，手捧清香，沿街跪送，场面十分感人。

就在这天，天空出现一只雄鹰，随着送葬队伍，不停地在上空展翅翱翔。

方国珍葬礼刚结束，就接到太祖传诏。诏方国珉、方明谦进殿。不知有何要事？且听下回分解。

第八十回

明太祖宣诏驱敌寇　　方明谦接旨逐倭人

东南沿海富台州，倭寇贪婪口水流。

岛屿乡村遭掠夺，庶民百姓泣啾啾。

上回说到皇帝诏方国珉、方明谦进殿，为的是倭寇来犯。

元武宗至大元年（1308）倭寇开始在庆元（明州）"城郭，抄略居民";第二年即元武宗至大二年（1309）七月，枢密院记载："去年日本商船焚掠庆元，官军不能敌。"

元武宗至大四年（1311）十月，以江浙省尝言："两浙沿海濒江隘口，地接诸蕃，海寇出没。"枢密院官议："庆元与日本相接，且为倭商焚毁。"

元朝统一中国后不到三十年，中国东南沿海频繁遭日寇侵犯、几经倭寇抢掠、欺负。

元至正十二年（1352）倭寇接二连三地侵我台州、温州的披山、北麂等沿海岛屿。当时被民军将军关琼瑛、方国珉他们击败并俘获，经过数月的羁押和训斥，倭寇表示认罪后，被方国珍、方国珉、关琼瑛将他们全部被释放、遣返。这样也给东南沿海带来近二十年的太平无事。

满以为经关琼瑛的教育后，倭寇从此改邪归正、再不来犯了，谁知他们念念不忘、时时妄想侵占、掠夺富饶的东南沿海乃至整个中华。因此，经常不断地派船队来侦察、刺探我国东南沿海的政治、军事和经济情报。

近年来，倭寇探知方国珍、方国珉、关琼瑛等东海水师不复存在了、已经归降大明皇朝了。他们也深知洪武帝派熊鼎前来台州、黄岩，将数以十万计的强壮劳动力迁移到淮北，随着劳动力的锐减，造成部分田园荒芜。从此大陈、北麂、披山等岛屿的居民陆续迁徙回陆地了，使部分岛屿空无一人。倭寇最近还得知方国珍重病于金陵，知其沉疴不治。于是胆大妄为地乘虚而入，再次大规模地袭扰我东南沿海。

这次侵犯我东南沿海的倭寇规模空前，他们数以万计，且来势十分凶猛，手段极其恶劣。三个月的时间，就相继占领了北麂、洞头、玉环、披山、积谷、龙门、道士冠、琅矶、黄礁、上下大陈、头门、蛇蟠等数十个岛屿。目下正向明州的象山、舟山群扩展，进而向大陆延伸、蚕食我沿海大片乡镇、村落！

台州、明州、温州府和浙江省，分别向太祖皇帝呈上一叠叠紧急奏章，要求立即派天兵给予驱逐、剿灭！还东南沿一个平安、还百姓一个安宁。

正当用兵之时，朱元璋就想起当年火烧"功臣楼"之事，将与自己出生入死、并肩战斗、立下赫赫战功、且功不可没的功臣，几乎全被烧死在"功臣楼"了。当朝宰相徐达听从刘伯温之计，寸步不离地紧跟洪武帝，虽然免遭粉身碎骨之难，自此心有余悸而抑郁成疾，不到半年也便病故于金陵了。

虽然在朝老臣就只剩下汤和一人了。可是朱元璋共有 26 个儿子。此时扶助太祖执掌朝纲的是太子朱标、二子秦王朱樉、三子晋王朱棡和四子朱棣（硕妃出生），还有五子朱橚（周王）、六子朱桢（楚王）、七子朱榑（齐王）、八子朱梓（潭王）等。这些王子中存在着互相争权夺利。但最有能量、最有野心就是四子朱棣了。

当下倭寇大举入侵我国东南沿海的危急关头，太子朱标、秦王朱樉、晋王朱棡和朱棣等王子们、他们互相推托、无人胆敢担当卫国保疆的重任。

为此，洪武帝召老丞相汤和问道："汤爱卿，近来倭寇大举侵我中华、犯我东南沿海、占我疆域、掳掠百姓财物等。贼寇还从海岛伸向陆上，目前正向沿海乡村扩展，军情十分紧急！如何驱逐蛮夷？"

汤和说："从前朝开始，倭寇已经经常不断地侵犯我国，从朝鲜半岛直至我东南沿海。据说在二十年前的东海，是方国珉、关琼瑛擒拿倭寇百人，并将他们驱逐出境。关琼瑛、方国珉是中国抗倭第一人，他俩开创中国抗倭战斗的先河、立下了丰功伟绩。当下倭寇横行我东南沿海，还是请方国珉、关琼瑛和其儿子方明谦、方明廉再次出征惩讨。"

洪武帝龙颜大悦："汤爱卿言之有理，且正合朕意！"于是决定启用原东海水师、与倭寇浴血奋战并取得胜利的关琼瑛、方国珉。有其父母，必有其子，况且两个儿子是最有军事天才的，必须重用明威将军方明谦。

方国珉、关琼瑛与儿子方明谦、方明廉一别七年，今日团聚，激动心情溢于言表。正在这时，欣接传诏，太祖皇帝宣诏方国珉、关琼瑛、方明谦三人进殿！

圣旨如山，关琼瑛、方国珉与方明谦即刻进殿，俯伏金阶，三呼："我主万岁、万岁、万万岁！"

太祖皇帝说："平身！"后，接着由御史宣诏：

朕自登基以来，以仁义治天下，以赏罚定干戈，求贤未尝小怠，爱民犹恐不及。

故而迎来"物阜年丰，民富国强"之太平盛世。

美丽河山，富饶中华，倭邦贼寇，唾涎三尺。侵我东南沿海，占我岛屿村镇。

抢我财物，杀我百姓！奸淫掳掠、穷凶极恶。用心极其狠毒，手段十分残酷。

伟大中华！天朝大国，岂容侵犯，哪许践踏！立即出师声讨，必须尽快驱逐。

朕闻琼瑛、将军国珉，卫国保疆，尽责尽心，素怀忠诚赤胆，立志报国为民。

二十年前，东南沿海，美丽岛屿，遭倭入侵，尔等勇斗敌寇，机智活捉倭人。

大敌又来，毁灭田园，百姓遭灾！火急万分。刻不容缓出击，还我东海太平。

……

太祖任命方明谦为帅、方明廉为先锋，率天军万余，迅速前往东南沿海消灭和驱逐倭寇。

方国珉、关琼瑛深知责任重大，就向太祖请求，愿同儿子同上前线、同赴海疆，愿为保家卫国尽心尽力。方国珉、关琼瑛此举，得到皇上的赞赏，当即任命他俩为兵马总监。

皇命在身，责任重大！兵贵神速，方明谦立即选兵点将，决定兵分水陆两路，向台州前进。陆军（当时称旱军），由六千名组成，方明谦亲自率领；水军确定战船六百艘、五千人，号称大明朝皇家水师，由方明廉率领。于十一月二十日，水陆两军同时出发，浩浩荡荡地前往台州。

先说陆路，他们快马加鞭、马不停蹄，爬高山、越峻岭，只用二十天的时间，于十二月初十便到达台州府城临海。方国珉、关琼瑛也同时到达。

他们受到了台州官府和百姓热烈欢迎，特别深受原部属的大力支持。台州百姓、尤其是原部下，他们爱国热情高涨，听到方国珉夫妇和方明谦、方明廉前来惩剿倭寇，就纷纷前来报名参战。出现了无数可歌可泣的感人故事。

首先是六十多岁的老将军陈叔达，他当年带数千官兵隐居在临海涌泉桐树山，在那里开荒种地，十余年来，他们与世无争、生活过得十分平静安详。只因为近来倭寇侵犯我东南沿海、侵占台州岛屿、进而占领沿海陆上乡村。陈叔达对这些岛屿存有深厚感情、对倭寇深恶痛绝。今天听到方国珉、关琼瑛、方明谦领兵前来攻打倭寇，感到十分欣慰。就带着昔日与方国珍、方国珉并肩战斗的三百名老兵，自愿前来临海府城，向方明谦将军报到，志愿参加抗倭战斗。

再说吕家进、吕家通、吕家达三兄弟，他们从南京回来，由于旅途劳累，吕家进病倒在客店中，幸好家通、家达两人精心护理，总算回到故地，他犯的是"中风"病，一直卧床不起。更使人痛心的是，就在三兄弟去金陵期间，吕家远突发脑溢血，大哥不幸与世长辞了。

吕家三兄弟回到家里，知道大哥去世，悲痛欲绝。他们去南京送走了方国珍，却没能送送自己的同胞大哥——吕家远，深感无比愧疚。就在悲痛之时，从台州城临海传来消息——方明谦率万名官兵前来征讨剿倭寇。吕家通、吕家达宝刀勿老、老当益壮。率当年隐匿在仙居的老兵千人，前来支援抗倭战斗。

吕家通、吕家达带千名将士的来到，方国珉、关琼瑛、方明谦十分高兴，当然是设宴款待。宴会当然由主帅方明谦主持，方明谦首先举杯说："叔达、家通、家达伯父、三位长辈请！三位长辈人老志坚、老当益壮，爱国精神拳拳。可敬、可贺、可歌、可泣！晚辈我感激涕零。请各举杯，敬请薄酒一杯，以示感谢！"

陈叔达老将军说："我与珉弟、瑛嫂和明谦元帅一别已经十余年了，十多年来，时刻都在想念着你们！近来大批倭寇袭扰我们东南沿海，他们烧杀抢掠、无恶不作。百姓义愤填膺、深恶痛绝！因此说'驱逐倭寇，保家卫国'是当务之急！大敌当前，义不容辞、责无旁贷。"

吕家达说："吕家与方门，原本就存家国情怀，所以人在仙居，可是心系国家。国家有事，匹夫有责！今天疆土遭到倭寇侵占、国人遭受敌人残虐，岂能熟视无睹？欣喜方门重展雄风，重新担当起保家卫国的重任。大敌当前，应当挺身而出、奋勇当先。"

"说得好、说得好！"众人一看，是杜屏山、杜老将军到来。大家急忙起立拱手说："杜兄请，杜兄请。"

杜屏山今年七十五岁了，自从在南京参加刘仁本先生的葬礼后，便与刘正德等一起返回黄岩杜家村了。仍"宝刀未老"，他很有远见卓识，知道倭寇定会重来，所以在杜家村办起了"翠屏拳坛"。由于教学有方，习武学员逐渐壮大，从十来人发展到百多人，成为台州闻名的习武基地，为黄岩培育出数以百计的抗倭人才。

当杜屏山听到昔日的方家军重来，激动的心情溢于言表。他就迫不及待地来到府城，拜见方国珉、关嫂子，更重要的向方明谦元帅报名，愿率拳坛弟子百人，志愿参加抗倭战斗，为杀退倭寇出力。

方明谦再次举杯说："众位长辈请，长辈们高昂的爱国热情，深深感动着我，有老将军们的大力支持，这次抗倭战斗定能旗开得胜、凯旋而归。至于如何一举歼灭敌人，请各位长辈多提良策。"

方统帅的一席话，把话题转移到战略战术上来。原东海水师大将军陈叔达慷慨激昂地说："总的战略先陆后岛，即先把敌人赶出大陆，然后再攻打海岛，夺回被占据的所有岛屿。在第一阶段战斗中，陈某我愿为先锋，用一个月的时间，定把倭贼赶出大陆。"

陈老将军一语定音。关琼瑛说："陈叔达将军言之有理，'先陆后岛'

的战略是正确的。我表示同意。"

杜老屏山说:"关嫂子文韬武略超群,在中国历史上,是第一个与倭寇交战并完胜贼寇的人,应该标为中国抗倭第一女英雄!只可惜,尚无载入史册。今天有方明谦为帅、明廉为先锋、嫂子和国珉为监军,必将旗开得胜!"

吕家达说:"陆地容易海战难。不知水军如何部署?当年我们水师可说是天下无敌,如今,难以为继呀,却要重振旗鼓!"

却说皇家水师,由方明廉为先锋的六百艘战舰,从南京出发,浩浩荡荡地沿长江口南下。一路上天气不错,目今已经到达舟山群岛了。

为了配合皇家水师,原东海水师老将领胡永潮、李金有和年富力强的陈海清、陈海滨将军,他们四人率原水师旧部数百人,已经前去舟山迎接了。

暂不说水师的作战方略,就说如何歼灭和赶走陆上的倭寇。他们首先分析了敌情:据不完全统计,敌人约有万名武装力量已经登陆在台、温沿海乡村,从三门湾到乐清湾,重点就在黄岩海门的椒江口南岸——乐清的清江口北岸。就是从海门、洋屿、金清、松门、玉环楚门一带沿海乡镇、村落。

方明谦对这些地方的地理环境、风土人情等了如指掌。据此状况,方元帅作出如下决定:

一是向黄岩、临海、路桥、温岭等城镇的糕饼店订购干食品,其中定制十五万只肚脐饼(中间有孔的饼),务必在正月十四日前交齐货物。在十五日下午,分发到每个参战官兵手里,每人十五只(一串),串连一起,挂在颈项(脖子)上,作为晚餐、点心。

二是与此同时,通知上述城镇的店铺做出十五万支红蜡烛,也务必在十三日交齐,十四日发到沿海百姓家。并通知在十五(即元宵夜)将蜡烛发放到在倭寇出入的村落,达到每家每户都有红蜡烛,并通知每家每户、每个房间、村前屋后等每个角落,同时点燃红烛,让烛光照亮台州沿海每个角落,家家户户所有房间和路口,达到"村村亮""间间亮",使敌人无藏身之处。

各有关店铺接到元帅号令,决不推诿,按时完成任务,同时交付到各个村落。

不言而喻,反击倭寇的战斗就在正月十五日傍晚正式打响。当夜幕降临,台州和黄岩沿海被倭寇占领有倭寇活动的乡镇、村落,处处亮起烛光,瞬间灯火辉煌。当时的倭寇一时不知所以然,感到莫名其妙和惊慌失措，他们急忙前来灭火。早已经埋伏在村前村后的明军趁势杀入敌营。

洋屿村是方国珍起义之地，倭寇认为洋屿是方国珍的家乡，所以登陆后首先占领洋屿村，可能是为当年首次侵入中国海岛，被关琼瑛、方国珉击败而报复。这时的倭寇把洋屿作为一个基地，进而发展到向路桥、泽国等乡镇伸展。

陈叔达是路桥出生、路桥长大的人，对路桥和洋屿情况了十分熟悉、了如指掌。就率原部下三百余精锐老兵，于当天下午潜入洋屿附近，刚好这天天下蒙蒙细雨，他们趁着灯光进入村里。

倭寇大多都住在洋屿殿，当夜幕降临，他们就出来进入百姓家中进行奸淫抢掠。正当这时，陈叔达他们一齐动手，乘着烛光，见一个杀一个，敌人一时莫名其妙、来不及抵抗，已经有百来个被杀。陈叔达乘胜前进，很快包围洋屿殿，将正准备睡觉的倭寇全部抓获。不到两个时辰，宣告洋屿乡倭寇全被消灭。

杜屏山率领三五百人的年青勇士，他们个个身强力壮，人人武功高强。似一把锋利的尖刀插入敌人的心脏——楚门。当时倭寇想把南塘湾当作进攻温州、永嘉的跳板。杜屏山组成的飞虎队，其队员来自台州各地，由楚门人带路。

在楚门的倭寇有千余人，他们驻扎在丫髻山下的大殿里，戒备森严、百步三岗哨。黄岩细雨蒙蒙，楚门却雨过天晴，月色清明，没法靠近，很难偷袭。杜屏山老将军决定采取强攻、快攻的策略。

当月上柳梢头、更打二鼓后，飞虎突击队猫步爬到岗哨附近，猛吹起冲锋螺号，正准备就寝的倭寇，一时丈二和尚摸不着头，陷入惊慌失措的困境。等他们清醒过来，三百名突击队员，手起刀落，只用了半个时辰，杀敌三百，俘虏八百。敌人看见我方只有三百号人，就挣脱绳索进行反击，一下击伤击死十来人。方明谦用兵十分谨慎，不打没把握的仗，方明谦派柳贤明率明军千人暗中保护，就在这危急关头，千名大军很快制服他们，取得楚门战斗的胜利。

楚门离松门不远。吕家通、吕家达俩率千多名久经沙场的老兵，担负起主攻松门的重任。松门曾是方国珍的根据地，目今成了倭寇的大本营，驻有二千余兵力。松门是渔港，倭寇侵占松门的目的是切断日益兴旺发达的水产加工业，占领所有的四个加工场。

吕家通、吕家达的仙居兵兵分二队，分别各带五百，就在黄昏时分，发起突击。吕家通的五百兵冲进第一工场，开始比顺利，似有势如破竹之状，双方虽然进行激烈的战斗，战了半个时辰，还是吕家通占主动。就是待半个时辰后，倭寇另两个工场约千名倭兵，来个反包围，把吕家通的五百兵包围在核心之中。

吕家通的五百人，已经伤亡了近百人，敌方再来一千多人，叽叽喳喳冲杀过来，吕家通率领的三四百人进行顽强的抵抗，想杀出重围。可是敌强我弱，很难冲出重围。正当短兵相接的混战中，倭寇中有个弓箭手，看中身材高大的吕将军，"着"的一声，吕家通中箭了，敌箭正好射中吕家通的胸膛！久经沙场的老将军在抗倭战斗中，为国壮烈牺牲了。

就在这时，方明谦知松门有倭寇二千多，怕吕家通兄弟有失，就亲自率三千主力前来增援，谁知晚来一步，吕家通将军为国献身了。就在倭寇放箭后，方明谦跃马过来，手起刀落，一刀斩断了这个放箭的贼人。，三千官兵和吕家达的五百兵，从四面八方包剿过来，将他们包围在第一加工场内，任由官兵处置，宣告松门倭寇被全部消灭。

与此同时，也就是元宵夜，在温州的平阳、瑞安、乐清沿海的部分乡村，也同时全部歼灭来犯倭寇。还有临海章安、杜下桥、上盘和三门湾等三十多乡村，也已经抓获陆地夷人。此时，宣布侵占中国东南沿海陆上的倭寇，已经全部击退！

这是大快人心的大事。

倭寇还盘踞在我沿海岛屿，如何赶走岛屿中的倭寇，是刻不容缓的大事。却说方明廉率领的皇家水师，于十一月下旬到达了舟山群岛，到达了沈家门码头。刚好胡永潮、李金有、陈海滨、陈海清四位原水师将军，已经在码头迎接了。

胡永潮他们对沿海情况十分了解、对敌人兵力部署心中有数。决定从北至南，逐步推进，一个岛一个岛地包剿。首当其冲的是三门蛇蟠岛，蛇蟠岛是三门湾的一颗璀璨明珠，山色青岚苍翠、洞穴纵横交错。有《江南春》一首写道：

> 观宝岛，见芳菲。三门湾福地，东海域珠玑。
> 波涛惊荡长天色，樯橹催来鱼蟹肥。

倭寇在蛇蟠岛约五百人，人虽不多，却是精英。陈海清、陈海滨兄弟俩率战船二百艘，水军二千，以压倒的优势兵力。敌方战船十艘，虽然船身比我方大，但显得破旧不堪。当敌船发现我们数以百计的战船靠近，就发乱箭予以抵挡。我方二百条战船同时射向这十船，敌船伤亡惨重。活着的一个个龟缩在船底下，不一会儿，敌船无还手之力，很快缴械投降了。

可是岛上的敌人并不甘心失败，仍剑拔弩张，妄图击退我们登岛。陈海清他们采取千箭齐发，一起射击在一点上，射击得倭寇人仰马翻。这时水师用竹竿撑跳上岛。很快占领了蛇蟠岛，可说倭寇第一次在岛战中全军覆没。

在蛇蟠岛战斗时，倭寇的巡逻船发现并观看了现场激战的状况，随即报告了头门岛的倭寇。驻扎在头门的三百倭人就闻风丧胆，撤退到大陈岛总部。

倭寇总指挥部设在大陈岛，总部决定撤回各岛驻军，集中万名兵力与中国明朝皇家水军决一死战。

再说方明敏、胡永潮、李金有、陈海清、陈海滨胜追击，紧接着来夺取头门岛。他们上岛一看，知道蛮夷刚刚逃走，现场一片狼藉。方明祥决定"追击"，可是追了一阵子，眼看已经过一江山岛，离大陈不远了，所以放弃追赶，回头来到海门（椒江），与元帅方明谦的陆路兵马取得联系。

水陆两军会合在海门白云山下的海神庙，此时方明谦和陈叔达、杜屏山、吕家达、柳贤明等老将军在悼念为国捐躯的吕家通将军。大家对为抗倭而献身的吕家通将军表示沉痛哀悼！水军将士自然也加入了悼念行动。吕家通的为国捐躯的精神，大大激励大家的爱国热情。

据最新情报，就在昨天，倭寇已经从沿海附近的琅矶、黄琅、白果、龙门、积谷、披山、道士冠等撤退了，他们集中在大陈岛，与我们决一死战！

方明谦、方明廉决定乘胜前进，集中力量攻打盘踞在大陈岛的倭寇，夺回沿海所有岛屿。对此大家情绪振奋、意气奋发、斗志昂扬。

方元帅对老将军十分敬佩、非常感慨地说："陈叔达、杜屏山、吕家通、吕家达、柳贤明、胡永潮、李金有老将军和陈海清、陈海滨将军，怀着对祖国的热爱、对倭寇的深仇大恨，他们老当益壮、带领旧部老兵、奋勇当先。精神可敬可贺！"方明谦接着说，"这次攻打大陈岛，浪汹涛险，众位老将军请勿参加。全由我们年青人前往，请放心，定将倭寇赶出我国东南沿海。"

德高望重的老将军陈叔达说："保家卫国是中华儿女义不容辞的神圣职责，国家存亡匹夫有责。大敌当前，何说年老！"

杜屏山说："倭寇侵我国土、犯我中华、杀我同胞、掠我资财，岂可袖手旁观？保卫祖国，匹夫有责。"

"说得好！说得好！"方明谦举大拇指赞赏着说："那就劳驾各老将军督战！"

方明谦安排一艘大些的战船，由胡永潮、李金有俩为大副、二副，陈叔达、杜屏山、柳贤明仨为指挥。

三月初三是清明季节，方明谦、方明廉决定今天攻打大陈山。大陈岛分上下两岛，它离大陆百余里路程。大陈洋海阔浪高，海况十分复杂，加上敌人非常狡猾。方明谦诚请父母方国珉、关琼瑛莅临指导。

狡猾的倭寇集万名武装力量，妄图将大陈岛占为己有、作为向东南沿海进攻的跳板，将它作为永久性基地。所以他们在此构筑工事，深挖战壕、建造地堡等。

最狡猾的狐狸也逃不过猎枪，方明谦先用引蛇出洞的计策，先调三十艘船，在下大陈西南面游弋，可是狡猾的倭寇不敢轻易出船抗击，只是用零星箭矢警告式地射击。可见双方都在观察、试探。这样连续三天的佯攻后，第四天方明谦他们增至五十来艘船，双方进行较为激烈的战斗，双方虽有损伤，但都未造成重大伤亡。为了引出敌人，陈海清、陈海滨各领十多艘船，装出败退的样子，向一江山岛撤退。

倭寇果然中计，约有五十艘船从上大陈大岙里隐蔽的船坞里驶出来，发起追击。陈海清、陈海滨他们且战且退、边战边退，佯败引敌入瓮，弃一江山向头门岛退却。当敌人追过一江山岛时，隐蔽在一江山西侧的方明谦率三十多艘船从半途杀出。胡永潮、李金有和陈叔达、杜屏山等也同时从西面冲来。此时的陈海清、陈海滨他们调转船头，以迅猛之速，向倭寇杀回马枪。

与此同时，方明祥率领的数百条战船，趁着春天的季风——东南风，以迅雷不及掩耳之速，向方大陈岛袭来，从滩涂、峭壁、悬崖、码头，四面八方攀登上岛。岛上的倭寇被气势压垮，虽然作过抵挡，但零散无力。只用一个时辰，上下大陈岛的约四千倭人全部投降了。

尚在海上战斗的五十艘船，约二千倭兵被四面包围住，有如插翅难飞之状。与此同时，见大陈山上飘扬起大明皇朝的旗帜，听日光岩头吹响胜利的号角！倭寇知道无路可逃了。

就在这时，陈叔达、杜屏山等老将军们，兴高采烈地高喊"投降不杀"。胡永潮、李金有俩紧握门舵，稳步前进，步步紧逼。

敌船中的指挥船知已经是穷途末路了，就来个破釜沉舟！就向胡永潮的将军船冲杀过来！胡永潮急忙转向，已经来不及了。两船相撞，撞得船破人亡。

将军船被撞翻，很快船底朝天，船中的几位老将军，怎经得如此汹涌澎湃的惊涛骇浪？陈叔达、杜屏山、李金有、胡永潮四位将军，在保卫祖国、在与倭寇战斗中壮烈牺牲了。

史料明确记载：

"明太祖授他为明威将军、广洋卫亲军指挥金事，担负南京宫禁值宿警卫。明洪武十八年（1385），帝赐五花马，方孝孺作《御赐广洋卫方指挥明谦五花马诗序》。此时倭患东南沿海，信国公汤和荐举方明谦，方说：'倭来海上，即海上御之。请量地远近置卫所，陆聚兵，水具战舰，错守其间，俾不得入，入亦不得敷岸。'又建议，近海四丁抽一丁防守卫所，可免客兵镇守。明太祖命汤和、方明谦巡视海防，设置防御。选壮丁筑浙江卫所城 59 座，四丁取一为兵，征集 5.87 万人。洪武二十年，台州设立海门、松门、新河、楚门、隘顽、桃渚卫所。"

陈叔达、杜屏山、李金有、胡永潮、吕家通五位老将军为国捐躯精神，可敬可贺、可歌可泣！他们的英雄形象深深感动着台州百姓、感动着中国人民！

以方明谦为首的明军，虽然取得了胜利；可是敌人并不甘心于失败，还会再来，战争还将继续。